Aesthetics and Poetics

美学与诗学

——张晶学术文选

张 晶 著

第三卷

中国社会科学出版社

图书在版编目（CIP）数据

美学与诗学：张晶学术文选：全6卷／张晶著．—北京：中国社会科学出版社，2017.5

ISBN 978－7－5161－6184－5

Ⅰ．①美…　Ⅱ．①张…　Ⅲ．①古典诗歌－诗歌研究－中国－文集②美学－中国－古代－文集　Ⅳ．①I207.22－53②B83－092

中国版本图书馆CIP数据核字（2015）第117585号

出 版 人　赵剑英
责任编辑　曲弘梅
责任校对　张晓东
责任印制　戴　宽

出　　版　中国社会科学出版社
社　　址　北京鼓楼西大街甲158号
邮　　编　100720
网　　址　http：//www.csspw.cn
发 行 部　010－84083685
门 市 部　010－84029450
经　　销　新华书店及其他书店

印刷装订　北京君升印刷有限公司
版　　次　2017年5月第1版
印　　次　2017年5月第1次印刷

开　　本　710×1000　1/16
印　　张　195.5
字　　数　3595千字
定　　价　498.00元（全六卷）

目　　录

（第三卷）

审美范畴

中国古典美学

审 美 范 畴

审美感兴论*

一

感兴，是中国古典美学的重要范畴。有关感兴的论述，在中国古代的诗论、画论中大量存在，而且形成不断深化、愈加切近审美本质的历时性发展脉络。感兴论揭示的是创作过程中的内在机制，又深深植根在中华民族特有的哲学——文化的思想土壤之中的、具有鲜明的民族思维特征，与西方创作论中的灵感论显示出带有本体意义的差异。因此，有关审美感兴论述的探索，对于建设有民族特色的美学体系，有颇为重要的价值。

在以往的有关著述中，论者大多指感兴为艺术创作中的灵感现象，即指创作主体进入创作高潮时的高度兴奋的心理体验。这样，就把中国的感兴论与西方文论中的灵感基本上等同了起来，而忽略了“感兴”之为感兴的本质规定性，西方的灵感论是把灵感与天才紧紧地联系在一起的，侧重于创作主体的心理描述，而不是将审美主客体联系起来研究灵感现象。中国的感兴论固然包含灵感这种审美创造过程中主体所感受到的“高峰体验”，但这决非感兴的全部含义。在我看来，感兴就是“感于物而兴”，指创作主体在客观环境的偶然触发下，在心灵中诞育了艺术境界（如诗中的意境）的心理状态与审美创造方式。感兴是以主体与客体的瞬间融化也即“心物交融”作为前提，以偶然性、随机性为基本特征的。

很多学者将感兴与感物分而论之析为二物，实际上是未能抓住感兴的本质特征，中国古典美学资料中，基本上都是以心物触引感发来谈感兴的。没有对心的触发，心对物的感应，就谈不到感兴。

感兴这个审美范畴滥觞于“诗六义”中“赋、比、兴”的“兴”。在人们对“兴”的训释中，已经包蕴了感兴作为中国古典美学范畴的基本内

---

* 本文刊于《学术月刊》1997 年第 10 期。

涵。关于比兴，历代学者从各种角度作了诸多界说，就中颇有从物我关系的角度来阐明比兴性质的，最为趋近审美一途。这类界说中简赅而有代表性的阐释有郑众的“比者，比方于物也。兴者，托事于物”①；有朱熹的“先言他物以起所咏之词也”②；有宋人李仲蒙的“触物以起情谓之兴，物动情也”③。郑说认为兴是创作主体将自己的意向投射于“物”中，这实际上与他对“比”的界定没有什么区别，未必符合“兴”的本义。“兴”的本义应如孔颖达所训：“兴，起也。”也即刘勰所说的“起情故兴体以立”④。郑众之言，恰与“兴”的思维方向是逆反的。朱熹的界说较为符合《诗经》的艺术表现手法的实际状况，但仅是一种现象描述，而没有探到诗歌创作的心理层次。我们认为，倒是不甚知名的李仲蒙对“兴”的解释最能说明诗歌创作的心理动因。所谓“触物以起情”⑤，是说创作主体在客观外物的偶然触引下，兴发了情感，涌起创作冲动。“触”是偶然的、随机的遇合。而非创作主体有预先计划、有明确目的地寻求物象。正是在这点上“兴”区别于“比”，李仲蒙对“比”的解释为“索物以托情谓之比”⑥。与对“兴”的解释相对举，尤能见出其区别之所在。

二

“感兴”论一开始便建立在“心物交融”的基础上，这也便是人们所熟悉的“物感”说，“物感”说正确地说明了艺术创作的灵感来源与心理动因，只是侧重点是放在物对心的感发关系上，而尚未放在“兴”的审美心理机制上。有关“感兴”的最早文献当推《礼记·乐记》。《乐记》中说：“凡音之起，由人心生也。人心之动，物使之然也，感于物而动故形于声。乐者，音之所由生也，其本在人心之感于物也。”⑦明确论述了音、心、物三者之间的关系，认为音乐的产生在心（即人的情感世界）的波动变化，而人心的波动变化则是外物引起的。那么，音乐是外物感发人心的产物。这

① （汉）郑玄等：《周礼注疏》卷23，见李学勤主编《十三经注疏》，北京大学出版社1999年版，第610页。

② （宋）朱熹：《诗集传》卷1，中华书局1958年版，第1页。

③ （宋）胡寅：《与李叔易书》，见《斐然集》卷18，中华书局1993年版，第386页。

④ 范文澜：《文心雕龙注》，人民文学出版社1962年版，第601页。

⑤ （宋）胡寅：《与李叔易书》，见《斐然集》卷18，中华书局1993年版，第386页。

⑥ 同上。

⑦ 王云五、朱经农主编：《礼记·乐记》，商务印书馆1947年版，第83页。

便是《礼记·乐记》的艺术本质观。

魏晋南北朝时期，文学创作理论中的感兴论进一步成熟、发展，一些重要的文论著作，大多涉及“感兴”问题。陆机在《文赋》中这样描述自然时序、客观外物对创作主体心态的感染兴发：“遵四时以叹逝，瞻万物而思纷。悲落叶于劲秋，喜柔条于芳春。”① 同时，陆机更侧重于揭示创作中的灵感心态：“若夫应感之会，通塞之际，来不可遏，去不可止。藏若景灭，行犹响起。方天机之骏利，夫何纷而不理？”② 尽管陆机很坦诚地说“吾未识夫塞之所由”③，但前面的“应感之会”，已经道出“感物”乃是“天机”的重要动因。钟嵘《诗品》也论及客观外物与诗歌创作的关系：

气之动物，物之感人。故摇荡性情，形诸舞咏。……若乃春风春鸟，秋月秋蝉，夏云暑雨，冬月祁寒，斯四候之感诸诗者也。嘉会寄诗以亲，离群托诗以怨。至于楚臣去境，汉妾辞宫，或骨横朔野，魂逐飞蓬；或负戈外戍，杀气雄边；塞客衣单，孀闺泪尽，或士有解佩出朝，一去忘返，女有扬蛾入宠，再盼倾国。凡斯种种，感荡心灵，非陈诗何以展其义？非长歌何以骋其情？④

钟嵘在谈到四季物候变化对诗人心灵影响时是较为简单化的，而重要的是他把许多社会现象引入“感兴”论的范畴，也就是在“物”的内涵中加进了社会事物的要素，这是对感兴论的重要拓展。刘勰对审美感兴论作出了更为系统的理论建设，《文心雕龙·物色》可以视为感兴的专论：

春秋代序，阴阳惨舒，物色之动，心亦摇焉。盖阳气萌而玄驹步，阴律凝而丹鸟羞，微虫犹或入感，四时之动物深矣。若夫珪璋挺其惠心，英华秀其清气，物色相召，人谁获安？是以献岁发春，悦豫之志远，霰雪无垠，矜肃之虑深。岁有其物，物有其容；情以物迁，辞以情发。⑤

---

① 张怀瑾：《文赋译注》，北京出版社1984年版，第20页。
② 同上书，第46页。
③ 同上。
④ 陈延杰：《诗品注》，人民文学出版社1961年版，第1页。
⑤ 范文澜：《文心雕龙注》，人民文学出版社1958年版，第693页。

这里较为具体地指出了不同的物候对于不同类型的情感之间的感发作用，且第一次把“情”的概念引入审美主体的畛域。在《文心雕龙》中，刘勰多处以“情”作为主体一方的代称，此与陆机“诗缘情而绮靡”[①]的命题相联系，说明了情感在审美领域受到空前的重视。在下面的论述中，刘勰则重点谈了在“感物”前提下审美主体对客体的驾驭与统摄：

> 是以诗人感物，联类无穷，流连万象之际，沉吟视听之区；写气图貌既随物以宛转；属采附声，亦与心而徘徊。故灼灼状桃花之鲜，依依尽杨柳之貌，杲杲为日出之容，瀌瀌拟雨雪之状，喈喈逐黄鸟之声，喓喓学草虫之韵。皎日嘒星，一言穷理；参差沃若，两字穷形。并以少总多，情貌无遗矣。[②]

在刘勰之前的感兴论，主要是强调物对心的感发作用，“物”是主动的，“心”是被动的，其思维是单向度的尚未来得及论述主体对客观的作用。刘勰一方面也以物对心的感发作用为其感兴理论的前提，并提出“人禀七情，应物斯感；感物吟志，莫非自然”[③]的著名命题，另一方面则充分论述了主体对客体的统摄与驾驭。“随物宛转”和“与心徘徊”正是主客体交互运动、形成对立统一关系的概括，其思维是双向逆反的，这不能不说是感兴论的重大进展。唐宋时期诗论、画论领域有关感兴的论述很多，且呈现出新的特点。首先是越来越注重审美主客体之间的偶然性触发，并把感兴与意境的创造结合起来。其次越来越多地谈到感兴的审美直觉性质，予以较为深入的描述。再次是从读者接受的角度谈感兴，有了新的拓展。唐代遍照金刚的《文镜秘府论》中有“感兴”一势，其云：“感兴势者，人心至感，物色万象，爽然有如感会。”[④]这里是包含了心物之间的偶然感会这种感兴性质的。作者又指出“自古文章，起于无作，兴于自然，感激而成，都无饰练，发言以当，应物便是”[⑤]，认为文章的灵思难于预期，而是创作主体偶然应物的产物。著名诗人王昌龄则把感兴作为创造诗歌意境的一种方式。称为“生思”：“久用精思，未契意象，力疲智竭，放安神思，心偶照境，率

① 张怀瑾：《文赋译注》，北京出版社1984年版，第29页。
② 范文澜：《文心雕龙注》，人民文学出版社1958年版，第693页。
③ 同上书，第65页。
④ ［日］遍照金刚：《文镜秘府论·地卷》，人民文学出版社1975年版，第41页。
⑤ 同上书，第127页。

然而生。"① 在偶然的心境遇合下，灵感会自然而来。此处的"境"指客观外境。取代感兴论传统中的"物"，以"境"代"物"，是很值得注意的倾向，它标志着审美客体的进一步虚灵化。一方面说明了佛学对美学渗透，另一方面，也标志着感兴论的时代特征。唐诗对于前代诗歌创作的超越，很重要的一点，便是普遍具有了兴象玲珑的空灵神韵，王昌龄有关感兴的论述，是明显带有这种痕迹的。

宋人颇为重视感兴在审美创造中的重要功能，结合艺术实践，发表了许多精辟而深刻的见解。在画论领域，大画家董逌论画说：

> 燕仲穆以画自嬉，而山水尤灵妙于真形，然平生不妄落笔，登临探索，遇物兴怀。胸中磊落，自成丘壑。②
>
> 世人不识真山而求画者，叠石累土，以自诧也。③
>
> 岂知心放于造化炉锤者，遇物得之，此其为真画者也。④

他认为只有"遇物兴怀"，方能创作出真正的艺术佳构。宋代诗学中论感兴者颇多，而且有明显的针对性，往往是针对诗坛上那些闭门觅句、苦吟力索的创作倾向而发的。南北宋之际的诗家叶梦得对感兴的论述最中肯綮，如他论谢灵运诗即有诗学的普遍意义，他说：

> "池塘生春草，园柳变鸣禽"，世多不解此语之工，盖欲以奇求之耳。此语之工，正在无所用意，猝然与景相遇，借以成章，不假绳削，故非常情所能到。诗家妙处，当须以此为根本，而思苦言难者，往往不悟。⑤

叶氏正是从感兴论出发来阐释谢诗妙处的，并且上升到诗的"根本"来认识。南宋诗人杨万里极重诗的感兴，他认为："大抵诗之作也，兴，上

---

① （唐）王昌龄：《诗格》，见张伯伟编《全唐五代诗格汇考》，凤凰出版社 2002 年版，第 173 页。

② （宋）董逌：《广川画跋·书燕龙图写蜀图》，见于安澜《画品丛书》，上海人民美术出版社 1982 年版，第 297 页。

③ （宋）董逌：《广川画跋·书范宽山水图》，同上书，第 307 页。

④ 同上。

⑤ （宋）叶梦得：《石林诗话》卷中，见（清）何文焕《历代诗话》，中华书局 1981 年版，第 426 页。

也；赋，次也；赓和，不得已也。然初无意于作是诗，而是物是事，适然触于我，我之意适然感乎是物是事，触先焉，感随焉，而是诗出焉，我何与哉？天也，斯之谓兴。”[①] 又说：“郊行聊着眼，兴到漫成诗。”[②] 他十分重视感兴在诗歌创作中的作用，“诚斋体”的特色，是与这种感兴的审美创作方式密不可分的。

明清时期对感兴的论述相当丰富，而且有所深入和发展，明代感兴论更多地着眼于情与景的结合方式，对于诗歌创作的内在心理机制有颇为深入的描述。在这方面最有理论建树的当推谢榛。谢榛的《四溟诗话》（又名《诗家直说》）中多处论及诗歌的审美感兴，如：

> 诗有天机，待时而发，触物而成，虽幽寻苦索，不易得也。如戴石屏“春水渡旁渡，夕阳山外山”。属对精确，工非一朝，所谓“尽日觅不得，有时还自来”。[③]
>
> 诗有不立意造句，以兴为主，漫然成篇，此诗之入化也。[④]
>
> 渊明最有性情，使加藻饰，无异鲍谢，何以发真趣偶尔，寄至味于澹然？[⑤]
>
> 子美曰：细雨荷锄立，江猿吟翠屏；此语宛然入画，情景适会，与造物同其妙，非沉思苦索而得之也。[⑥]

这些论述，结合对作家作品的评价分析，具体发挥了感兴论的美学原则，并在整部《四溟诗话》中贯穿了感兴论的基本思想，他全然用“情景”这对范畴取代了“心、物”，这对于中国古典抒情诗以情景交融作为基本的审美价值标准，起了很大作用。不仅如此，谢榛还从感兴的角度出发，对于诗歌创作中的情景关系作了具体分析：

> 作诗本乎情景，孤不自成，两不相背。凡登高致思，则神交古人，穷乎遐迩，系乎忧乐，此相因偶然，著形于绝迹，振响于无声也。夫情

---

① （宋）杨万里：《答建康府大军库监门徐达书》，见《诚斋集》卷67，四部丛刊本，第6页。

② 同上书，第22页。

③ （明）谢榛：《四溟诗话》卷2，中华书局1985年版，第23页。

④ 同上书，第15页。

⑤ 同上书，第23—24页。

⑥ 同上书，第32页。

景有异同，模写有难易，诗有二要，莫切于斯者，观则同于外，感则异于内，当自用其力，使内外如一，出入此心而无间也。①

此处对情景关系的分析达到了前所未有的高度。一是情景作为诗歌创作的两个对立统一的要求，缺一不可；二是情景相互感发可以超越有形，通过无限；三是艺术个性的根基，可以认为，谢榛对感兴的认识，代表了明代感兴论的高度。

清代是我国古典美学中感兴论的总结阶段，这个时期，关于感兴的一般性论述随处可见，而能够代表清代感兴论成就的是著名的文论家王夫之与叶燮。他们在各自的诗学体系中为感兴论做出了新的建树。

王夫之对感兴论的建树，在于他以“现量”说来阐释情景关系，进一步揭示了“心物交融”的审美直觉性质。王夫之认为，诗歌中的情景遇合，是一种物我融为一体的体验，他说：

兴在有意无意之间，比亦不容雕刻。关情者景，自与情相为珀芥也。情景虽有在心在物之分，而景生情，情生景，哀乐之触，互藏其宅。②

“池塘生春草”，“胡蝶飞南园”，“明月照积雪”，皆心目中与相融浃，一出语时，即得珠圆玉润，要亦各视其所怀来，而与景相迎者也。③

王夫之重视诗歌创作中的审美感兴，而对审美主体的一方面尤为关注。在《姜斋诗话》中对主体心态的论述值得注意。“各视其所怀来”，便指诗人当时的胸襟、怀抱。王夫之更为重视诗人的当下心态，他说：

僧敲月下门，只是妄想揣摩，如说他人梦，纵令形容酷似，何尝毫发关心？知然者，以其沉吟“推敲”二字，就他作想也。若即景会心，则或推或敲，必居其一。因景因情，自然妙，何劳拟议哉？长河落日

① （明）谢榛：《四溟诗话》卷3，中华书局1985年版，第41页。

② （清）王夫之：《姜斋诗话》卷1《诗绎》，见戴鸿森《姜斋诗话笺注》，人民文学出版社1981年版，第33页。

③ （清）王夫之：《姜斋诗话》卷2《夕堂永日绪论内编》，见戴鸿森《姜斋诗话笺注》，人民文学出版社1981年版，第50页。

圆，初无定景。隔水问樵夫，初非想得。则禅家所谓现量也。①

这里引入佛学“现量”的认识范畴，来说明诗歌创作审美感兴的直觉性质，是颇为值得注意的。“现量”作为佛教因明学的基本概念之一，指直观的认识方式。王夫之对“现量”有自己的解释：“现者有现在义，有现成义，有显现真实义。现在，不缘过去作影；现成，一触即觉，不假思量计较。显现真实，乃彼之体性本自如此，显现无疑，不参虚妄。”② 王夫之论诗，倡“现量”精神，包含了这几层含义，正可说明“感兴”的性质在于主体之间的瞬间直观。

叶燮对感兴的论述是其理论框架中的有机部分，在他的“理事情——才识胆力”的严密体系中，感兴论上升为更为科学、系统的形态。叶燮说：

> 原夫作诗者之肇端而有事乎此也，必先有所触以兴起其意，而后措诸辞、属为句、敷之而成章。当其有所触而兴起也，其意、其辞、其句，劈空而起，皆自无而有，随在取之于心。出而为情、为景、为事，人未尝言之，而自我始言之，故言者与闻其言者，诚可悦而永也。③

这里对感兴的分析比前代的感兴论严密、全面得多，有严谨的逻辑性，指出感兴是艺术个性，独创性的基础，这是前人所未明确言及的。关于创作主体，叶燮有较为深入的论述：

> 我谓作诗者，亦必先有诗之基焉。诗之基，其人之胸襟是也。有胸襟，然后方能载其性情、智慧、聪明、才辩以出，随遇发生，随生而盛。千古诗人推杜甫。其诗随所遇之境之物，无处不发其思君王。忧祸乱、悲时日、念友朋、吊古人、怀远道，凡欢愉、幽愁、离合、今昔之感——触类而起，因遇得题，因题达情，因情敷句，皆因甫有其胸襟以

① （清）王夫之：《姜斋诗话》卷2《夕堂永日绪论内编》，见戴鸿森《姜斋诗话笺注》，人民文学出版社1981年版，第52页。

② （清）王夫之：《相宗络索》，见石峻等《中国佛教思想资料选编》第3卷第3册，中华书局1989年版，第380页。

③ （清）叶燮：《原诗·内篇上》，见霍松林、杜维沫校注《原诗·一瓢诗话·说诗晬语》，人民文学出版社1979年版，第5页。

为基。[1]

通过对杜甫这样一位伟大诗人的范例，揭示了审美主体的“胸襟”在创作中的重要作用。

叶燮将感兴论与其著名的“才、识、胆、力”说结合起来，并强调主体之“志”：

> 《虞书》称诗言志。志也者，训诂为心之发端，虽有高卑、大小、远近之志，而以我所云才、识、胆、力四语充之，则其仰观俯察、遇物触景之会，勃然而兴，旁然而出，才气心思，溢于笔墨之外。志高则其之洁，志大则其辞弘，志远则其旨永。如是者，其诗必传，正不必斤斤争工拙于一字一句之间。[2]

叶燮出色地解决了以往的感兴论所未解决的审美主体问题。泛之心物交融、情景遇合，很难令人信服地说明为什么有的诗人可以写出优秀诗作，有的则不能。情、景相遭只是一种创作契机，而诗人的主体条件则是根本。在叶氏看来，志向高洁远大，再充之以才、识、胆、力，便具备了主体条件，他与客观外境的接引感兴中触发诗思，方能写出传世之作。这种对审美主体的高度重视与严谨论述，使中国古代的审美感兴论有了一个很高的理论归宿。

三

感兴论是中华民族美学的产物，也是我们民族理论宝库中的瑰宝。我们在对它的发展作了一番检视之后，不能不叩问一下它的理论价值所在。

感兴论包含了对灵感的论述，在这方面，我们并不愧色于西方文论。但感兴论的价值更在于解释灵感的来源。西方的灵感论带有浓重的神秘色彩，不是乞灵于神赐的“迷狂”，便是归之于天才的禀赋。而中国的感兴论一开始便素朴地却又是正确地找到了唯物主义的解释。感兴论把客观事物的变化

---

① （清）叶燮：《原诗·内篇下》，见霍松林、杜维沫校注《原诗·一瓢诗话·说诗晬语》，人民文学出版社1979年版，第17页。

② （清）叶燮：《原诗·外篇上》，同上书，第47页。

视为感发创作主体心灵的必不可少的媒质，并认为感发艺术作品正是外物感召主体心灵的产物，这自然是坚持了唯物主义的基本立场，同时，在艺术本体论的理论建构中，开拓了一条宽广的道路。在对于民族美学传统的反思与省察中，我们更应看到，感兴论的意义在于使我们祖先的审美意识沿着心物交融、主客观相互感通的方向发展，在艺术创构中牢牢地树立着心与物、情与境相互依存、缺一不可的观念。我国古代文论中意象论、意境论的高度发达，正是以感兴论作为基础的。没有心物交融、情景遇合的感兴论的不断发展，便不会有意象论、意境论的盛行于诗坛。我国诗歌以其意象性著称于诗坛，尤受西方诗学界的青睐，又不能不溯源到感兴论。“情景交融”的诗歌审美价值取向，更是直接导源于感兴论。可以认为，感兴论在某种程度上决定了中国古典诗歌的独特道路。

审美感兴论的又一明显的理论特征是强调审美主客体之间的偶然触发，或者说是一种随机性的遇合，这几乎是每条有关感兴的论述都包含的内容。前面引述的有关资料中，这是可以得到毫无疑问的印证的，大量出现的“触”字，足以说明“感兴”的随机的、偶然的性质。从语义上讲，“触”是无意间的遭逢、碰撞，这是不言自明的。使用频率略低于“触”的“遇”、“会”等词汇，意义与“触”相近，也经常出现有关感兴的论述之中。后期感兴论更是常常直接使用“偶然”这样一类词语，明确显示了感兴论的偶然性特质。这种大量的、前后一贯的对偶然的张扬，不能不说是中国古典文论与美学中的特定现象。

偶然性在审美创造活动中究竟有何意义？这是值得思索的问题。偶然性是与必然性相对应的范畴，它和必然性是相互依存的。在审美创造活动中，偶然性有着特殊重要意义。世界和社会生活的各种现象以其千姿百态的偶然性形式存在着，它们的必然性是通过偶然表现出来的。审美主体在偶然的、随机的机缘中与客体遇合，兴发起创作冲动，形成审美意象，这种审美意象带着原生态之美，有内在的生命力，正如黑格尔所说的“必然性是各部分按照它们的本质即必须紧密在一起，有了这一部分就必有那一部分的那种关系。这种必然性在美的对象里固不可少，但是它不应该以必然性本身出现在美的对象里，应该隐藏在不经意的偶然性后面。”① 黑格尔以严密的理论形态所表述的美学观点，在中国古代感兴论中，早以直观感悟的形式和简要明快的语言大量存在了，在西方文论中，关于偶然性的论述不多，而在中国古

① ［德］黑格尔：《美学》第1卷，朱光潜译，商务印书馆1979年版，第148页。

代感兴论中，却自始至终贯穿着这种观念，成为感兴论能够成立的基本要素。

感兴论是对审美直觉现象的成功描述与理性积淀，“兴”的本身，便是一种物我冥合的体验，而难以用语言穷尽这种感受。朱熹称“诗之兴，全无巴鼻”①，“全无巴鼻”即指审美直观的浑然无迹。王夫之所说的“含情而能达，会景而生心，体物而实神，则自有灵通之句，参化工之妙”②，谢榛讲的“诗之入化”③，其实都是指审美直觉的高级形态。叶燮所谓“诗之至处，妙在含蓄无垠，思致微渺，其寄托在可言与不可言之间，其指归地可解与不可解之会，言在此而意在彼，泯端倪而离形象，绝议论而穷思维，引人入于冥漠恍惚之境，所以为至也”④，正是描述由感兴而进入审美直觉的境界。在这种审美中诞育出的意象，往往能于有限中见无限，“以数言统万形，元气浑成，其浩涯矣”⑤。意象自身，有很大的开放性，可以使人兴发无穷的联想。

感兴，是艺术作品艺术个性、独创性的生长点。因为感兴是主体与客体偶然遭逢，触遇生趣，没有预先确立的主旨，没有固定的构思模式，也难于再次重复，故被称为诗之“天机”，产生的意象也是十分独特而自然的，正是叶梦得所说“非常情所能到”⑥。由感兴而形成的审美意象，方有可能达到“入化”、“化工”之境，而“入化”、“化工”本身就包含着高度独创性意义在内的。

---

① （宋）朱熹：《朱子语类》卷80，中华书局1986年版，第2070页。

② （清）王夫之：《姜斋诗话》卷2，见戴鸿森《姜斋诗话笺注》，人民文学出版社1981年版，第95页。

③ （明）谢榛：《四溟诗话》卷1，中华书局1985年版，第15页。

④ （清）叶燮：《原诗·内篇下》，见霍松林、杜维沫校注《原诗·一瓢诗话·说诗晬语》，人民文学出版社1979年版，第30页。

⑤ （明）谢榛：《四溟诗话》卷3，中华书局1985年版，第41页。

⑥ （宋）叶梦得：《石林诗话》卷中，见（清）何文焕《历代诗话》，中华书局1981年版，第426页。

审美惊奇论*

一

“语不惊人死不休”，这是大诗人杜甫的执着追求；“学诗漫有惊人句”，这是女词人李清照的傲然自信。“惊人”，是人们对于作品的审美效应的一个重要标准。对于人们的审美心理来说，惊奇或云惊异是获得快感的必要契机。站在日观峰顶，我们惊奇于日出的壮丽；望着窗外的急风暴雨，我们惊奇于大自然的神奇威力；读着李白的“白发三千丈，缘愁似个长”，我们惊奇于诗人想象的奇崛；观赏达·芬奇的《蒙娜丽莎》，我们惊奇于那微笑的神秘；听着贝多芬的《英雄交响曲》，我们惊奇于作曲家那伟大的心胸。……真正的审美快感，是伴随着惊奇感产生的。惊奇不等于快感，但却是豁然贯通人们胸臆、发现审美对象的整体底蕴的电光石火。

惊奇是一种审美发现。在惊奇中，本来是片断的、零碎的感受都被接通为一个整体，观赏者的心灵受到了强烈的撼动，而作为审美对象的作品里潜藏着、幽闭着的意蕴，突然被敞亮了出来。观赏者处在发现的激动之中。也许，没有惊奇就没有发现，也就没有美的属性的呈现，没有崇高和悲剧的震撼灵魂，没有喜剧和滑稽的油然而生。正如亚里士多德所说的：“一切‘发现’中最好的是从情节本身产生的、通过合乎可然律的事件而引起观众的惊奇的‘发现’”① 是惊奇带来了发现。在“发现”之中，本来是平常的东西变得那样不平常，一切都在美的光晕里。

黑格尔非常重视惊奇在“艺术观照”中的重要作用，我们不妨举出他在《美学》中有关惊奇的大段论述：

---

* 本文刊于《文艺理论研究》2000 年第 2 期。

① ［希腊］亚里士多德：《诗学·诗艺》，罗念生、杨周翰译，人民文学出版社 1962 年版，第 55 页。

> 艺术观照，宗教观照（毋宁说二者的统一）乃至于科学研究一般都起于惊奇感。人如果没有惊奇感，他就还是处在蒙昧状态，对事物不发生兴趣，没有什么事物是为他而存在的，因为他还不能把自己和客观世界以及其中事物分别开来。从另一极端来说，人如果已不再有惊奇感，他就已把全部客观世界都看得一目了然，他或是凭抽象的知解力对这个客观世界作出一般人的常识的解释，或是凭更高深的意识而认识到精神的自由和普遍性；对于后一种人来说，客观世界及其事物已转化为精神的自觉的洞见明察的对象。惊奇感却不。只有当人已摆脱了原始的直接和自然联系在一起的生活以及对迫切需要的事物的欲念了，他才能在精神上跳出自然和他自己的个体想在的框子，而在客观事物里只寻求和发见普遍的，如其本然的，永住的东西；只有到了这个时候，惊奇感才会发生，人才为自然事物所撼动，这些事物既是他的另一体，又是为他而存在的，他要在这些事物里重新发见他自己，发见思想和理性。①

亚里士多德曾认为，一切知识开始于惊奇，黑格尔就此指出，主观理性作为直观具有确定性，在此确定中，对象首先仍然满载着非理性的形式，因此，主要的事情乃是以惊奇和敬畏来刺激对象。黑格尔扩大了惊奇是哲学之开端的含义，认为不仅哲学，而且艺术、宗教，总之，“绝对知识”的三个形式都以惊异为开端，但三者的展开都远离惊奇。黑格尔上述这段话是在论述象征型艺术时所说的，他认为，象征型艺术或者说整个艺术，都起源于惊奇，起源于人从不分主客的蒙昧状态到能区分主客、能看到外物的对象性和外在性的状态之间。

德国著名哲学家海德格尔也非常重视惊奇与存在的关系，他认为惊奇就是惊奇于“人与存在的契合”，或者说，人在与存在契合的状态下才感到惊奇。在海德格尔的思想里，哲学与诗是一体化的。诗与思都是存在的状态。他在《什么是哲学?》一文中指出：“惊奇就是一种倾向，在此倾向中并且为了这种倾向，存在者之存在自行开启出来。惊奇是一种调音，在其中，希腊哲学家获得了与存在者之存在的响应。”② 柏拉图认为惊奇是哲学的开端，而海德格尔则认为“惊奇并非简单地停在哲学的发端处，就像诸如一个外

---

① ［德］黑格尔：《美学》第2卷，朱光潜译，商务印书馆1979年版，第23页。

② ［德］海德格尔：《海德格尔选集》，孙周兴译，上海三联书店1996年版，第603页。此处为了统一术语，将原译文中的“惊讶”改译为“惊奇”。

科医生的洗手是在手术之前一样。惊奇承荷着哲学，贯通并支配着哲学。”[①] 海德格尔还说：“然而，惊奇乃是 πάθos。我们通常译为情绪、情绪的迸发。但 πάθos 却是与 πάθxεcv 即遭受、承受、承荷、共生和得到规定等意思联系在一起的。”[②] 在海德格尔这里，哲学与诗的体验是联系得非常密切的。所谓“情绪”、“情绪的迸发”以及“承受、承荷、共生”等，与其说是哲学的，无乃说是更为诗化的、体验的。惊奇，既属于哲学，更属于诗。

西方的诗人与文论家颇有非常重视惊奇的美学意义的。或作为审美追求，或作为审美效应，或作为审美经验。柯勒律治论及渥兹渥斯时，就指出惊奇是这位诗人的美学追求，他说：“渥兹渥斯先生给自己提出的目标是，给日常事物以新奇的魅力，通过唤起人对习惯的麻木性的注意，引导他去观察眼前事物的美丽和惊人的事物，以激起一种类似超自然的感觉；世界本是一个取之不尽、用之不竭的财富，可是由于太熟悉和自私的牵挂的翳蔽，我们视若无睹、听若罔闻，虽有心灵，却对它既不感觉，也不理解。”[③] 渥兹渥斯通过诗歌创作要使所描写的日常事物有一种新奇的魅力，产生“惊人”的审美效应，以便激活熟视无睹的麻木感觉。俄国形式主义文论所提出的最著名的诗学命题“陌生化”，也是为打破读者知觉的机械性，恢复生动的刺激性，造成一种令人吃惊的效果。什克洛夫斯基指出：“那种被称为艺术的东西的存在，正是为了唤回人对生活的感受，使人感受到事物，使石头更成其为石头。艺术的目的是使你对艺术的感觉如同你所见的视象那样，而不是如同你所认知的那样；艺术的手法是事物的‘陌生化’手法，是复杂化形式的手法，它增加了感受的难度和时延，既然艺术中的领悟过程是以自身为目的的，它就理应延长。”[④] “陌生化”是要使本来熟悉的对象变得陌生起来，这就有惊奇的因素在其中。什克洛夫斯基以普希金为例，指出，在他那个时代，人们已习惯于接受杰尔查文情绪激昂的诗歌语言，但普希金却使用俗语来表达并用以吸引人注意，这使当时人感到难以接受，而这正是一种陌生化的处理。著名的德国戏剧家布莱希特也在他的戏剧理论中提出“陌生化”效果的命题，其中更多地含有惊奇的内涵。比起什克洛夫斯基来，布

---

① ［德］海德格尔：《海德格尔选集》，孙周兴译，上海三联书店 1996 年版，第 602 页。

② 同上书，第 603 页。

③ ［英］柯勒律治：《十九世纪英国诗人论诗》，刘若端译，人民文学出版社 1984 年版，第 63 页。

④ ［俄］维克托·什克洛夫斯基：《作为手法的艺术》，见［俄］什克洛夫斯基等《俄国形式主义文论选》，方珊等译，三联书店 1989 年版，第 6 页。

莱希特的“陌生化效果”不是仅在形式层次上，而且通过这一手段，使观众（或读者）在惊奇感中思考，进而认识社会生活中还未广为人知的本质及深层结构，达到社会批判的目的。在其戏剧学名著《戏剧小工具篇》中，布莱希特指出：“戏剧必须使观众吃惊。要做到这一点，就必须运用对熟悉的事物进行间离的技巧。”[①] 可见他所说的“陌生化”就是要达到使观众“吃惊”的审美效应。西方马克思主义理论家本雅明以“震惊”为其核心的审美范畴，在评论波德莱尔的现代抒情诗时主要是运用这个范畴进行阐释。本雅明所说的“震惊”，指作品被阅读时所引起的带有突发性疏离性体验的审美心理学的感受效果，并把它视为现代艺术区别于传统艺术的根本特点之一。

上面所述使我们不难看出，在西方美学与文论中，惊奇是深受理论家和作家高度重视的审美范畴。从古希腊的亚里士多德到当代的美学思想家，对惊奇感深入探讨者大有人在。作为一个审美范畴，它是有着悠远的历史渊源的，在美学思想史上可以说是不绝如缕。

二

与西方美学中对惊奇的理论建树形成遥相呼应的是中国艺术理论中广泛存在的关于惊奇的思想资料。这些也许并不那么系统与思辨，但却是相当的丰富，且有十足的美学意味。“惊人”的审美效果，是中国古代诗文戏曲等理论中的普遍性的价值追求。

关于惊奇的大量论述中，包含着许多既矛盾又互补的不同说法，显示着充分的艺术辩证法的性质。比如，既有关于审美心理中惊奇感的描述，也有文本中词语之奇的分析；或云惊奇为“惟陈言之务去”的自觉意识的产物，或论惊奇乃得之于偶然不经意间的灵思。其间有许许多多相去甚远的理解，却构成了惊奇这个审美范畴的复杂意蕴。

从诗学的角度来说，“惊人”是诗人们追求的一种至高境界和最佳效果。杜甫所谓“为人性僻耽佳句，语不惊人死不休”（《江上值水如海势聊短述》），把诗语的“惊人”作为最高的追求目标，同时也是“佳句”的价值准绳。在《八哀诗》中，杜甫称颂严武时也说：“阅书百氏尽，落笔四座

---

① ［德］布莱希特：《戏剧小工具篇》第44条，见伍蠡甫《现代西方文论选》，朱光潜译，上海译文出版社1983年版，第157页。

惊。”以惊人作为对好诗的赞语。宋代诗人戴复古《论诗绝句》云：“诗本无形在窈冥，网罗天地运吟情。有时忽得惊人句，费尽心机做不成。”宋代诗论家吴可《学诗诗》云：“学诗浑似学参禅，自古圆成有几联。春草池塘一句子，惊天动地至今传。”① 唐代大诗人杜牧《偶成》一诗云：“才子风流咏晓霞，倚楼吟住日初斜。惊杀东邻绣床女，错将黄晕压檀花。”明代诗论家都穆有《学诗诗》亦云：“学诗浑似学参禅，语有惊人不在联。但写真情并实境，任他埋没与留传。”② 宋代大诗人杨万里论诗以“惊人”为尺度，并举一些诗句为例，他说：“诗有惊人句。杜《山水障》：‘堂上不合生烟树，怪底江山起烟雾。’又‘斫却月中桂，清光应更多。’白乐天云：‘遥怜天上桂华孤，为问嫦娥更要无？月中幸有闲田地，何不中央种两株？’韩子苍《衡岳图》：‘故人来自天柱峰，手提石廪与祝融。两山坡陀几百里，安得置之行李中。’此亦是用东坡云：‘我持此石归，袖中有东海。’杜牧之云：‘我欲东召龙伯公，上天揭取北斗柄。蓬莱顶上斡海水，水尽见底看海家。’李贺云：‘女娲炼石补天处，石破天惊逗秋雨。’”③ 清代诗论家赵翼论杜牧诗云：“诗家欲变故为新，只为词华最忌陈。杜牧好翻前代案，岂知自出句惊人。”

诸如此类者尚可举出不少，足以说明在中国古代诗人与诗论家的审美观念里，“惊人”是一个非常普遍而且非常重要的价值尺度，好诗、佳句，应该是“惊人”的。只有“惊人”，诗之使人惊愕感奋，击节再三，才有永久留传的可能。因而，诗人们也正是把“惊人”作为创作的自觉追求，诗论家们则将“惊人”作为衡量诗的重要标准。

若要作品产生“惊人”的审美效应，首先文本自身从意象到语言都须奇警不俗。“奇句”是产生“惊人”的效果之客观基础，这在中国古代文论中是大量论述的。而语言的独特性、创造性，是“奇句”的主要内涵。陆机《文赋》中所谓“立片言以居要，乃一篇之警策。虽众辞之有条，必待兹而效绩。”④ 就是说在一篇诗文中应有“警策”的奇句，作为全篇的灵魂。这种“警策”之“片言”有着高度的独创性质。陆机论及语言的独创性时说：“谢朝华于已披，启夕秀于未振。”譬喻诗人能够超越于古人，六臣

① （宋）魏庆之：《诗人玉屑》卷1，上海古籍出版社1978年版，第8页。

② 郭绍虞等：《万首论诗绝句》，人民文学出版社1991年版，第183页。

③ （宋）魏庆之：《诗人玉屑》卷3，上海古籍出版社1978年版，第50页。

④ （宋）吕本中：《童蒙诗训》，见郭绍虞《宋诗话辑佚》下册，中华书局1980年版，第587页。

《文选》张铣注此谓："朝华已披，谓古人已用之意，谢而去之；夕秀未振，谓古人未述之旨，开而用之。"① 甚是。宋人吕本中论及陆机"警策"之说云："陆士衡《文赋》云：'立片言以居要，用一篇之警策。'此要论也。文章无警策，则不足以传世，盖不能竦动世人。如老杜及唐人诸诗，无不如此。但晋宋间人，专致力于此，故失于绮靡，而无高古气味。老杜诗云：'语不惊人死不休'，所谓惊人语，即警策也。"② 明确指出"警策"即是惊人之语。刘勰《文心雕龙》中有《隐秀》一篇，其中言"隐"，乃是义生文外的含蕴之美；其中言"秀"，也就是警策卓拔的惊人之句。刘勰如是说："夫心术之动远矣，文情之变深矣，源奥而派生，根盛而颖峻，是以文之英蕤，有秀有隐。隐也者，文外之重旨者也；秀也者，篇中之独拔者也。隐以复意为工，秀以卓绝为巧，斯乃旧章之懿绩，才情之嘉会也。夫隐之体，义生文外，秘响旁通，伏采潜发，譬爻象之变互体，川渎之韫珠玉也。"③ 此中所言之"秀"，正是奇警卓拔之句。"秀"是可以产生"惊人"的效果的，刘勰在《隐秀》篇的"赞"中说："言之秀矣，万虑一交。动心惊耳，逸响笙匏。"④ 明确揭示了"秀"是给人以惊奇感的前提。

所谓"奇句"，主要是意象脱略凡庸，不主故常，令人匪夷所思。如诚斋所举的杜甫《山水障》诗句"堂上不合生烟树，怪底江山起烟雾"，岑参的"忽如一夜春风来，千树万树梨花开"（《白雪歌送武判官归京》），东坡的"我持此石归，袖中有东海"（《文登蓬莱阁下》）。再如黄庭坚《蚁蝶图》"胡蝶双飞得意，偶然毕命网罗。群蚁争收坠翼，策勋归去南柯。"李贺《雁门太守行》中的"黑云压城城欲摧，甲光向日金鳞开。角声满天秋色里，塞上燕脂凝夜紫。"这类诗句都以意象之"奇"而著称。还有一些是以意之"奇"见长，如杜牧的《赤壁》："折戟沉沙铁未销，自将磨洗认前朝。东风不与周郎便，铜雀春深锁二乔。"李商隐的《乐游原》："向晚意不适，驱车登古原。夕阳无限好，只是近黄昏。"王安石的《明妃曲》中的"君不见咫尺长门闭阿娇，人生失意无南北。"这类诗都因立意奇崛而使读者惊叹不已。还有就是炼字之奇，如杜甫的"月傍九霄多"、"晨钟云外湿"等，王安石的"春风又绿江南岸"，辛弃疾的"马上琵琶关塞黑"，李清照

① 《六臣注文选》，转引自张怀瑾《文赋译注》，北京出版社1984年版，第24页。

② （宋）吕本中：《童蒙诗训》，见郭绍虞《宋诗话辑佚》下册，中华书局1980年版，第587页。

③ 范文澜：《文心雕龙注》，人民文学出版社1958年版，第632页。

④ 同上。

的“守着窗儿，独自怎生得黑?”等等，都以用字之奇而有惊人之效果并得以传世。

能够“惊人”的奇句究竟是苦心孤诣、刻意寻求，还是遇之感兴、得之偶然？古代文论家、艺术家的看法并不一致。有些论者认为是前者，而大多数论者则认为是后者。创作主体在特殊的情感与外境的偶然遭逢中触发了艺术感兴，创造出只可有一，不可有二的独特意象，这才是真正的“奇”。宋人叶梦得评谢灵运的名句“池塘生春草”的一段话颇可玩味，他说：“‘池塘生春草，园柳变鸣禽’，世多不解此语为工，盖欲以奇求之耳。此语之工，正在无所用意，猝然与景相遇，借以成章，不假绳削，故非常情所能到。诗学妙处，当须以此为根本，而思苦言难者，往往不悟。”①“池塘生春草”是谢灵运《登池上楼》中的名句，读者在其中所感受到的是春天带来的惊喜，它有着历久弥新的艺术魅力，因而人们皆以奇句目之，似乎它是诗人刻意锤炼的产物。但从叶石林的角度来看，恰是审美主客体邂逅相遇的产物。正因其是极特殊的境遇下的情景相遭，所以是一般情识所难以推度的。也恰因如此，才更显现出“奇”的特点。清人贺贻孙说：“吾尝谓眼前寻常景，家人琐俗事，说得明白，便是惊人之句。盖人所易道，即人之所不能道也。如飞星过水，人人曾见，多是错过，不能形容，亏他收拾点缀，遂成奇语。骇其奇者，以为百炼方就，而不知彼实得之无意耳。”② 认为“奇”正是得之于无意之间。而宋人杨万里有诗云：“山思江情不负伊，雨姿晴态总成奇。闭门觅句非诗法，只是征行自有诗。”（《下横山滩头望金华山》）也认为奇句是得之于人与自然的偶然相遇之中，而非闭门觅句得来的。殷璠编选《河岳英灵集》，评刘昚虚的诗云：“昚虚诗，情幽兴远，思苦词奇，忽有所得，便惊众听。”③ 指出其“思苦语奇”是“忽有所得”的产物。

而唐代韩愈这一派则立意于奇，以奇险怪谲为其审美理想，在创作上则在陈言务去，刻意求奇。如韩愈所说：“当其取于心而注于手也，惟陈言之务去，戛戛乎其难哉!”④ 他对孟郊诗的奇奥非常欣赏：“有穷者孟郊，受材

① （宋）叶梦得：《石林诗话》卷中，见（清）何文焕《历代诗话》，中华书局1981年版，第426页。

② （清）贺贻孙：《诗筏》，见郭绍虞《清诗话续编》，上海古籍出版社1983年版，第164页。

③ （唐）殷璠：《河岳英灵集》卷上，见《四库全书》第1332册，上海古籍出版社1989年版，第29页。

④ （唐）韩愈：《答李翊书》，见傅云龙、吴可《唐宋明清文集》第1辑《唐人文集》卷2，天津古籍出版社2000年版，第889页。

实雄骜。冥观洞古今，象外逐幽好。横空盘硬语，妥贴力排奡。”（《荐士》）皇甫湜也说：“夫意新则异于常，异于常则怪矣；词高则出于众，出于众则奇矣。虎豹之文，不得不炳于犬羊，鸾凤之音，不得不锵于乌鹊；金玉之光，不得不炫于瓦石，非有意先之也，乃自然也。”① 力主出众之奇，而且认为，只有奇才能传之久远：“秦汉以来至今，文学之盛，莫如屈原、宋玉、李斯、司马迁、相如、扬雄之徒。其文皆奇，其传皆远。”② 将“奇”作为文学作品具有传世的艺术价值的条件。

“奇”是否与“常”截然分为两橛？也就是说，惊人之句一定要是奇奥险怪、迥异于一般诗句吗？按皇甫湜等人的看法正是如此。皇甫湜这样说：“谓之奇即非常矣。非常者，谓不如常者；谓不如常，乃出常也。无伤于正而出于常，虽尚之亦可也。此统论之体也，未以文言之失也。”③ 把奇与常视为对立的审美要素。而另一些论者的看法则异于是。他们认为奇与常是对立的融合与统一，“奇”也就在“常”里，或者说在看似自然平淡的风貌中，就有惊人好句。苏轼即持此种看法，他说：“渊明诗初看若散缓，熟读有奇趣。如曰：‘日暮巾柴车，路暗光已夕。归人望烟火，稚子候檐隙。’又曰：‘采菊东篱下，悠然见南山。’又曰：‘蔼蔼远人村，依依墟里烟。犬吠深巷中，鸡鸣桑树颠。’才高意远，造语精到如此，如大匠运斤，无斧凿痕；不知者疲精力，到死不悟。”④ 苏轼所举这些陶诗，与韩愈等人所追求的“奇”是有相当大的距离的。这些诗句看似平淡散缓，质朴无华，细味之则精诣非常，奇趣盎然。显然这里的“奇趣”是更为内在于诗歌意境的。清人吴乔也认为：“唐诗固有惊人好句，而其至善处在于淡远含蓄。”⑤ 在淡远含蓄中见惊人好句。清代诗论家贺贻孙于此有明确见解，他说：“古今必传之诗，虽极平常，必有一段精光闪烁，使人不敢以平常目之，及其奇怪则亦了不异人意耳。乃知‘奇’、‘平’二字，分拆不得。”⑥ 指出在平常的诗境中即有惊人的奇警所在。李卓吾：“世人厌平常而喜新奇，不知言天下之至新奇，莫过于平常也。日月常而千古常新，布帛菽粟常而寒能暖，饥能

---

① （唐）皇甫湜：《答李生第一书》，见傅云龙、吴可《唐宋明清文集》第1辑《唐人文集》卷2，天津古籍出版社2000年版，第1311页。

② （唐）皇甫湜：《答李生第二书》，同上书，第1312页。

③ 同上。

④ （宋）魏庆之：《诗人玉屑》卷10，上海古籍出版社1978年版，第211页。

⑤ （清）吴乔：《围炉诗话》卷1，四部丛刊本，第44页。

⑥ （清）贺贻孙：《诗筏》，见郭绍虞《清诗话续编》，上海古籍出版社1983年版，第136—137页。

饱，又何其奇也！是新奇正在于平常。世人不察，反于平常之外觅新奇，是岂得谓之新奇乎？”① 再如李渔论词曲重尖新惊奇，但同时又指出这种尖新惊奇即在日常见闻之中，而不在于离奇的杜撰。他论述词的创作时说：“文字莫不贵新，而词为尤甚。不新可以不作。意新为上，语新次之，字句之新又次之。所谓意新者，非于寻常闻见之外，别有所闻所见，而后谓之新也。即在饮食居处之内，布帛菽粟之间，尽有事之极奇，情之极艳，询诸耳目，则为习见习闻，考诸诗词，空为罕听罕睹以此为新，方为词内之新，非齐谐志怪、南华志诞之所谓新也。人皆谓眼前事、口头语，都被前人说尽，焉能复有遗漏者。予谓遗漏者多，说过者少。由斯以谭，则前人常漏吞舟，造物尽留余地，奈何泥于‘前人说尽’四字，自设藩篱，而委金玉于路人哉！词语字句之新，亦复如是。同是一语，人人如此说，我之说法独异，或人正我反，人直我曲，或隐约其词以出之，或颠倒字句而出之，为法不一。昔人点铁成金之说，我能悟之。不必铁果成金，但有惟铁是用之时，我以金试而不效，我投以铁即金矣彼持不龟手之药而往觅封侯者，岂非神于点铁者哉！所能忌者，不能于浅近处求新，而于一切古冢秘笈之中，搜其隐句，及人所不经之冷字，入于词中，以示新艳，高则高，贵则贵矣，其如人之不欲见何。”② 李渔对词的创作之新奇的理解与众不同，在他看来，新奇并不在于虚荒诞幻的离奇杜撰，不是远离现实生活的怪异奇诡，而就在于活生生的日常生活之中，关键在于创作主体对于生活的独特体验与审美发现，在日常生活中发现前人所没有发现的东西，通过一些日常生活情景而写出“事之极奇，情之极艳”，这才是真正的新奇。要达到这种新奇的境界，作家必须不停留在生活的表层现象，而是有深入的、特殊的体验。

似乎应该悖乎常理，才能称之为“奇”，其实真正的奇，恰恰是要在更深的层次上合于事理。用苏轼的话说就是“反常而合道”。东坡评柳宗元诗说：“柳子厚诗曰：‘渔翁夜傍西岩宿，晓汲清湘燃楚竹。烟消日出不见人，欸乃一声山水绿。回看天地下中流，岩上无心云相逐。’东坡云：以奇趣为宗，反常合道为趣，熟味之，此诗有奇趣。”③ 所谓“反常”即意象奇特，不同一般，但细思起来，又深合道理。这就是所谓“奇趣”。清代诗论家洪亮吉也主张“奇而入理”，他说：“诗奇而入理，乃谓之奇。若奇而不入理，

① （明）李贽：《焚书·续焚书》卷2《复耿洞老书》，岳麓书社1990年版，第60页。
② （清）李渔：《窥词管见》，见唐圭璋《词话丛编》，中华书局1986年版，第551—552页。
③ （宋）魏庆之：《诗人玉屑》卷10，上海古籍出版社1978年版，第212页。

非奇也。卢玉川、李昌谷之诗，可云奇而不入理者矣。诗之奇而入理者，其惟岑嘉州乎？如《游终南山》诗：‘雷声傍太白，雨在八九峰，东望紫云阁，西入白阁松。’余尝以乙巳春夏之际，独游南山紫、白二阁，遇急雨，憩草堂寺，时原空如沸，山势欲颓，急雨劈门，怒雷奔谷，而后知岑之诗奇矣。又尝以乙未冬杪，谪戍出关，祁连雪山，日在马首，又昼夜行戈壁中，沙石赫人，没及髁膝，而后知岑诗‘一川碎石大如斗，随风满地石乱走’，奇而实确也。大抵读古人之诗，又必身亲其地，身历其险，而后知心惊魄动者，实由于耳闻目见得之非妄语也。”① 洪氏认为真正的奇应是合于事理的，也即合乎现实的逻辑。他认为真正的“奇”应是“奇而入理”，以岑参作为典范；而如卢仝、李贺在他看来，“奇而不入理”则不是真正的“奇”。这种看法是很有一点艺术辩证法的味道的。

三

审美惊奇的客观基础在于艺术作品或其他审美对象本身的“奇”，但惊奇感更属于审美心理的范畴。惊奇感是审美主体的一种十分重要的审美心态，可以说，惊奇感是主体进入审美过程的关键性契机。在惊奇感中，世界如同被一道鲜亮的电光普照而变了模样，头脑中那些零碎的印象都豁然贯通为一整体，在惊奇感中，一切都从蒙昧的状态得以敞开。正如有诗人所说：“啊！惊异！有多少美好的造物在这里！人类多么美丽！啊，鲜艳的新世界，有这样的人们住在这里。”② 这种感觉正是与惊奇感同时俱来的。如果说，原来未曾被审美主体注意到的事物（包括作品中的各种要素）都处在背景式的幽暗之中，而当主体对于这个对象感到了前所未有惊奇，那么，原本幽暗中的一切，便都呈现在主体的眼前。禅宗有一个著名语录：“老僧三十年前来参禅时，见山是山，见水是水，乃至后来亲见知识，有个入处，见山不是山，见水不是水；而今得个体歇处，依然见山是山，见水是水。”③ 从“见山是山，见水是水”，到“见山不是山，见水不是水”，这其中恰有一个惊奇的心理过程，再从“见山不是山，见水不是水”，到依然是“见山是山，见水是水”，又是一个惊奇的过程。在惊奇中，平时最平常的事物都

① （清）洪亮吉：《北江诗话》卷5，人民文学出版社1983年版，第86页。

② 张世英：《进入澄明之境》，商务印书馆1999年版，第213页。

③ （宋）普济：《五灯会元》，中华书局1984年版，第1135页。

变成了最不平常的了。

著名哲学史家张世英先生把中国诗学中的感兴与惊奇感联系起来，他认为："中国美学史上所说的'感兴'，其实就是指诗人的惊异之感。"① 这给人的启示意义是很大的。作为审美心理的"兴"，正是有一个惊奇感在其中的。"兴者，起也"②，即是兴起情感。宋人李仲蒙所谓"触物以起情"③，这种对感兴的阐释是最为恰当的。从美学的角度来说感兴是主体审美对象在偶然触发下，在心灵中诞育艺术境界的心理状态与审美创造方式。在中国古典诗学的范围里，兴的获得契机主要是外物的触发。可以说，感兴的机缘是感物。惊奇感存在于"兴"中，是可想而知的。正如刘勰在《文心雕龙·物色》中所说"春秋代序，阴阳惨舒。物色之动，心亦摇焉。盖阳气萌而玄驹步，阴律凝而丹鸟羞，微虫犹或入感，四时之动物深矣。若夫珪璋挺其惠心，英华秀其清气，物色相召，人谁获安?"④ 人心受到"物色"变化的影响而摇动震撼，也就是感到了惊奇。如当年的谢灵运在久病之后刚刚康复，初春里第一次登上湖边的楼台，看到造物主给大地带来的勃勃生机，池边已生满了蒙茸的绿草，林中也已变换了鸟儿的叫声，眼里的这一切，使诗人心中充满了惊喜之情，于是才有"池塘生春草"这样的名句的诞生。许慎《说文解字》云："感者，动人心也。"⑤ 人心之动，即是惊奇感的发生。

惊奇给鉴赏带来的是审美快感。亚里士多德在论述悲剧时就指出："惊奇是悲剧所需要的，史诗则比较容纳不近情理的事（那是惊奇的主要因素）。……惊奇给人以快感。"⑥ 无论是读一首诗，还是看一场舞蹈，也无论是观赏一幅名画，还是听一支美妙的乐曲，惊奇都是审美活动中所非常必要的。如果不能在鉴赏中产生惊奇的心理状态，那么，也就无从产生对于对象的审美感应。如果一看，一听，就觉得是陈陈相因，臭腐乏味，那又如何能够引起审美主体的兴趣呢？苏轼批评匠人之画云："往往只取鞭策皮毛，槽枥刍秣，无一点俊发，看数尺便倦。"⑦ 就是因为这种画作不能使人产生惊奇之感，很快就倦怠疲劳，当然无从产生审美的快感。李渔谈作文说："开

① 张世英：《进入澄明之境》，商务印书馆 1999 年版，第 212 页。

② 范文澜：《文心雕龙注》，人民文学出版社 1958 年版，第 601 页。

③ （宋）胡寅：《与李叔易书》，见《斐然集》卷 18，中华书局 1993 年版，第 386 页。

④ 范文澜：《文心雕龙注》，人民文学出版社 1958 年版，第 693 页。

⑤ （汉）许慎：《说文解字》，中华书局 1963 年版，第 222 页。

⑥ ［希腊］亚里士多德：《诗学》，罗念生、杨周翰译，人民文学出版社 1962 年版，第 89 页。

⑦ （宋）苏轼：《又跋汉杰画山》，见张春林《苏轼全集》下，中国文史出版社 1999 年版，第 1449 页。

卷之初，当以奇句夺目，使人一见而惊，不敢弃去。”① “一见而惊”，就会使人“不敢弃去”，其实是“不忍”，这正是因为有着很明显的快感。

关于惊奇在审美活动（包括创作与鉴赏两个方面）的作用，中外文论与美学中都不乏吉光片羽的精彩之言，但尚未有人把它作为一个审美范畴进行整合与熔炼。在我看来，美学的开拓与延伸可以从这个方面进行探索，通过一些新的美学范畴与命题的整合、熔炼，使美学理论有一个切实的发展。

① （清）李渔：《闲情偶寄·词曲部》，浙江古籍出版社 2011 年版，第 32 页。

审美回忆论*

一

对于文学或艺术创作来说，回忆是美的源泉。那往日的情景淡逝了曾经有过的痛苦与忧烦，带着美的光晕走进了作品。也许就是昨天，也许是无数岁月之前的往事，在诗人的凝思中化成了动人的意象，呈现在人们的审美观照面前。那尘封的记忆库藏，在诗人的回忆中获得了形式，敞亮在时空之间。

诗人或艺术家把他们内心深处幽闭着的遥远时间的记忆残片，通过回忆整合成审美意象，并在作品中加以艺术传达，使之具有超越时空的永恒魅力。作为一种审美创造的能力而言，回忆在文学艺术中是处处闪烁着它的光泽的。

我们在这里与其说是在心理机能的意义上来讨论“回忆”，毋宁说是在审美创造的角度来阐释“回忆”的价值。没有回忆，也许许多美妙绝伦的文学艺术佳作就不复存在了。甚至可以断言，没有回忆，就没有文学，也就没有美的艺术化表现。《离骚》是屈原对其身世的回忆；《北征》是杜甫对自己家庭命运和国家命运的回忆；《无题》是李商隐对爱情经历的回忆；《虞美人》是李煜对故国山河的回忆。《少年维特之烦恼》是歌德式的回忆；《追忆逝水年华》是普鲁斯特式的回忆。《月光奏鸣曲》是贝多芬的回忆；《自由神领导着人民》是德拉克洛瓦的回忆。……回忆是文学艺术创作不可或缺的要素。

---

* 本文刊于《文艺理论研究》2000 年第 5 期。

二

美学家们非常重视回忆的审美创造意义。在西方美学史上，从古到今有不少美学家论述过艺术创作中的回忆。而如柏拉图、海德格尔则是在本体论的层面上来看重回忆的作用的。

回忆在柏拉图那里，是达到美的理念的最重要的途径。柏拉图认为美的理念是先于美的事物而存在的本体。而美的事物所以为美，是由于它分有了美的理念。在柏拉图看来，各种各样不同的美的东西中，有一个共同的理念，这就是不同的美的东西中的共同的东西。美的理念是一切美的事物所以是美的唯一真正原因。柏拉图在《会饮篇》中说："一切美的事物都以美的理念为源泉，所有一切美的事物分有美的理念，有了它，那一切美的事物才成其为美。"① 柏拉图在《美诺篇》中认为，知识只能得之于天赋，是不朽的灵魂所固有的。既然灵魂不朽，那么它在轮回之中，就已经先验地获得了对一切事物的认识。那么，通过回忆，就可以获得现世中的一切知识。他说："一切研究，一切学习，都只不过是回忆罢了。"② 对于各种美的事物的参悟，都应以美的理念即美的本体为终极目的："先从人世间个别的美的事物开始，逐渐提升到最高境界的美，好像升梯，逐步上进，从一个美形体到两个美形体，从两个美形体到全体的美形体；再从美的形体到美的行为制度，从美的行为制度到美的学问知识，最后再从各种美的学问知识一直到只以美本身为对象的那种学问，彻悟美的本体。"③ 而上升到美的理念或曰美的本体的途径就是回忆。著名的柏拉图研究者弗里德兰德这样揭示道："哲学的辩证法本身实际上被称为'回忆'，同时爱情的迷狂是建立在回忆的基础上的。所以，导致上升达到理念的这两种运动采取回忆的途径。"④ 这是符合柏拉图的思想初衷的。

众所周知，柏拉图把诗歌创作的灵感归之于神灵凭附的"迷狂"。在柏

---

① ［古希腊］柏拉图：《柏拉图文艺对话集》，朱光潜译，人民文学出版社 1963 年版，第 272 页。

② ［古希腊］柏拉图：《美诺篇》，参见蒋孔阳、朱立元主编《西方美学通史》第 1 卷，上海文艺出版社 1999 年版，第 279 页。

③ ［古希腊］柏拉图：《柏拉图文艺对话集》，朱光潜译，人民文学出版社 1963 年版，第 273 页。

④ 转引自蒋孔阳、朱立元主编《西方美学通史》第 1 卷，上海文艺出版社 1999 年版，第 333 页。

拉图的著作中，灵感（enthos）和迷狂（mania）以及出神（ekstasis）的含义都是相通的。[①] 柏拉图如是说："此外还有第三种迷狂，是由诗神凭附而来的。它凭附到一个温柔贞洁的心灵，感发它，引它到兴高采烈神飞色舞的境界，流露于各种诗歌，颂赞古代英雄的丰功伟绩，垂为后世的教训。若是没有这种诗神的迷狂，无论谁去敲诗歌的门，他和他的作品都永远站在诗歌的门外，尽管他自己妄想单凭诗的艺术就可以成为一个诗人。他的神智清醒的诗遇到迷狂的诗就黯然无光了。"[②] 诗人之所以能创造出美，就是因为在迷狂中回忆到上界的美。"有这种迷狂的人见到尘世的美，就回忆起上界里真正的美，因而恢复羽翼而且新生羽翼，急于高飞远举，可是心有余而力不足，像一个鸟儿一样，昂首向高处凝望，把下界一切置之度外，因此被人指为迷狂。"[③] 因此，回忆在柏拉图的美学思想或者是诗学观念中都有着非常重要的地位。回忆是从尘世的美或者美的事物提升到美的本体的唯一途径，也是诗歌创作的首要心理能力。应该看到，柏拉图所说的"回忆"不是审美主体在头脑中对于自己的经历的复现，而是在感觉的触发下对"上界"美的本体的获得。

在柏拉图的学说里，回忆有着普遍性的方法论意义，也有着非常丰富的内涵。与心理学中的作为一种心理能力的范畴相比，显得更为根本，更为高级。诚如范明生先生所指出的："《美诺篇》中讲的回忆是一种数学的推理，《斐多篇》讲的是从一件具体事物推想另一件事物，《会饮篇》讲的从杂多的事物集合成单一的东西，也就是理念。柏拉图说这便是回忆，它是灵魂已经先认识一个理念，运用它将杂多的事物的共同特性集合在一起，从而认识到统一的理念。这里虽然没有像《会饮篇》那样一个阶段一个阶段地上升的过程，但它说明是将杂多的东西集合成为一个单一体，从多中得到一，这便是《斐德罗篇》所讲的辩证法意义上的综合。"[④] 即把柏拉图所讲的回忆，看作是一种辩证的综合方法。而我们还应进一步看到，柏拉图在诗歌中所讲的回忆，则更多的是一种审美观照。柏拉图所说的美的"理念"，并非是纯

---

① 参见蒋孔阳、朱立元主编《西方美学通史》第1卷第7章，上海文艺出版社1999年版，第318—334页。

② ［古希腊］柏拉图：《柏拉图文艺对话集》，朱光潜译，人民文学出版社1963年版，第118页。

③ 同上书，第125页。

④ 参见蒋孔阳、朱立元主编《西方美学通史》第1卷第7章，上海文艺出版社1999年版，第329页。

粹的概念性的精神实体，而类于后来康德所说的“范型”。朱光潜先生译为“理式”，他在译注中指出：“柏拉图所谓‘理式’（eidos，即英文 idea）是真实世界中的根本原则，原有‘范型’的意义。……‘理式’的空心佛家所谓‘共相’，似概念而非概念。”① 这对我们理解柏拉图的“理念”有很重要的帮助。这种“本体境界”，他又称为“光辉景象”，回忆便是对这种“光辉景象”的聚精会神的观照。② 这对我们理解艺术创作中的回忆的审美性质是很有启示的。

20 世纪德国著名的大哲学家海德格尔把回忆作为诗的源泉，艺术的母亲。海德格尔在《什么召唤思》这篇文章里把回忆作为思的根本品性加以深刻论述，他说：

> 回忆，这位天地的娇女，宙斯的新娘，九夜后成了九缪斯的母亲。戏剧、音乐、舞蹈、诗歌都出自回忆女神的孕育。显然，回忆绝不是心理学上证明的那种把过去牢牢把持在表象中的能力，回忆回过头来思已思过的东西。但作为缪斯的母亲，回忆并不是随便地去思能够被思的随便什么思的东西。回忆是对处处都要求首先去思的那种东西的聚合。回忆是回忆到的、回过头来思的聚合，是思念之聚合。这种聚合在敞开处都要求被思的东西的同时，也遮蔽着这要求思的东西，首先要求被思的就是这作为在场者和已在场的东西在每一事物中诉之于我们的东西。回忆九缪斯之母，回过头来思必须思的东西，这是诗的根和源。这就是为什么诗是各时代流回源头之水，是作为回过头来思的去思，是回忆。的确，只要我们坚持，逻辑使我们洞悉被思的东西，我们就绝不能够思到以回过头来思、以回忆为基础的诗所达到的程度。诗仅从回过头来思、回忆之思这样一种专一之思中涌出。③

海德格尔明确指出，他所说的“回忆”不是心理学上那种把过去把持在表象上的能力，而是思之聚合。他把回忆作为诗的根和源、作为艺术之神的母亲，这种定位是再高不过的。在这里，海德格尔用回忆把诗与思连接起

---

① ［古希腊］柏拉图：《柏拉图文艺对话集》，朱光潜译，人民文学出版社 1963 年版，第 124 页。

② 同上书，第 100 页。

③ ［德］海德格尔：《海德格尔选集》，孙周兴译，上海三联书店 1996 年版，第 1213—1214 页。

来。在海德格尔的后期思想中，诗和思都是最重要的论题，而这二者都是“大道”（Ereignis）的言说方式，即所谓“道说”（Sage）。在这个意义上，思即是诗。海德格尔如是说：“思想乃是作诗，而且，作诗并不是在诗歌和歌唱意义上的一种诗。存在之思乃是作诗的原始方式。在思中，语言才首先达乎语言，也即才首先进入其本质。思道说存在之真理的口授。思乃是原始的口授。思是原诗，它先于诗歌，却也先于艺术的诗意因素，因为艺术是在语言之领域内进入作品的。”① 在思与诗之间存在着隐蔽的亲缘关系。海德格尔以诗的形式吟道：“歌唱和运思同源/皆系诗之近邻。”② 我们不妨参考孙周兴博士对海德格尔后期思想中关于诗与思关系的阐释：“海德格尔所理解的‘诗’与‘思’分别领有着解蔽与聚集之特性。‘大道’之‘道说’乃是 Aletheia 与 Logos 的一体两面的运作，与之相应，响应‘大道之说’的人的‘道说’也有两种方式，即诗与思。诗是解蔽，思是聚集。进而我们可以发挥说，诗是揭示、命名、创建、开启，是动态的；而思是掩蔽、庇护、收敛、期待，是静态的。”③ 在海德格尔的关于思的论著中，是把思与回忆紧紧联系在一起的，也可以说，思即回忆。而这主要指的是思的聚集性，也即前说之“思之聚合”。海德格尔又在诗中说：“是以运思执著于/曾在者之来临/运思乃一种回忆。”④ 而思又是原诗。回忆也是成为诗歌与其他艺术的源头。

西方其他一些著名的哲学家、美学家如叔本华、尼采、柏格森、弗洛伊德、本雅明、马尔库塞等，都颇为重视回忆在审美创造过程中的重要作用。他们从各自不同的体系出发，揭示了回忆在审美与艺术中的功能。

三

在诗歌创作与其他艺术中，回忆是构成作品的审美意象的主要因素。（由于在诗中回忆占有的地位尤其突出，文中多举诗歌为例。）回忆在这里不是名词，而是动词化的概念。

首先，回忆是一种表象化的持存与聚合，使审美主体的不在场的记忆残

① ［德］海德格尔：《林中路》，孙周兴译，上海译文出版社 1997 年版，第 336 页。
② ［德］海德格尔：《海德格尔选集》，孙周兴译，上海三联书店 1996 年版，第 1163 页。
③ 孙周兴：《说不可说之神秘》，上海三联书店 1994 年版，第 324 页。
④ ［德］海德格尔：《海德格尔选集》，孙周兴译，上海三联书店 1996 年版，第 1163 页。

片，聚合为完整的审美意象，并成为作品的有机组成部分。在人们的心灵天地中，一般的记忆是处在无意识状态的，是模糊的，断裂的。它们经常浮现在意识面前，却又是时起时伏、倏生倏灭的。虽然是主体亲历过的事件，但在没有回忆整合为完整的意象并通过艺术传达之前，仍是无法把捉的。本雅明引用心理学家雷克的话作了如是区分："回忆功能是印象的保护者；记忆却会使它瓦解。回忆本质上是保存性的，而记忆是消解性的。"[①] 这种区别并非是多余的，而是必要的。在笔者看来，记忆是自在的，而回忆则是自为的。这些记忆的残片，只能作为潜在的素材，而无法成为作品的审美意象。审美创造主体在某种情感的牵引和驱动下，把记忆的残片从无意识状态中调动出来，以回忆的方式整合成完整的意象。这个过程，正是回忆的聚合。陆机在《文赋》中所说的"情曈昽而弥鲜，物昭晰而互进"[②]，亦可形容此时的状态。主体心灵中那些模糊的记忆残片，在回忆的作用下，聚合为较为鲜明的表象，从而作为审美意象进入作品。回忆是一种持存，也即是对以往的美的印象的保有。海德格尔借对荷尔德林的五个中心诗句的阐释来揭示诗的本质，其中第四句是"而诗人创建持存"。他阐释道："诗乃一种创建，这种创建通过词语并在词语中实现。如此这般被创建者为何？持存者也。但持存者竟能被创建么？难道它不是总是已经现存的东西吗？决非如此。恰恰是这个持存者必须反抗撕扯而达乎恒久。"[③] 诗中所持存之物，并非"现的东西"，那是什么呢？自然是以往的印象。它们是短暂易逝的，而诗歌却可以通过回忆使之持存，使之永恒。主体的经历是很短暂的，此后便是以记忆的形式残留在意识里，如果不是诗歌或其他艺术作品把它们表现出来，就不可能成为人们的审美观照对象。

回忆使回忆的残片聚合为完整的意象。心灵深处的记忆，基本上是杂乱无章的，没有形式，也缺少鲜明清晰的表象。而主体通过回忆，把那些记忆残片聚合起来，这中间已经经过了运思，删除了许多不相关的东西，并且聚合为整一的表象，同时浮现到意识的面前。原来在记忆中是模糊的影像，回忆使之表象化了。回忆可以说是对内在的、不可见的东西的一种敞开。黑格

① ［德］本雅明：《发达资本主义时代的抒情诗人》，张旭东、魏文生译，三联书店 1989 年版，第 130 页。

② （西晋）陆机：《文赋》，见（南朝·梁）萧统选，（唐）李善注《文选》，商务印书馆 1936 年版，第 350 页。

③ ［德］海德格尔：《海德格尔选集》，孙周兴译，上海三联书店 1996 年版，第 317 页。

尔说：“回忆属于表象，不是思想。”① 这是颇为准确的。回忆有着由隐到显、由内在向外在的运思力量，使人们记忆深层幽闭着的库藏得以敞亮，并且形成有序的结构。正如海德格尔所说：“内在回忆关涉到内在的东西和不可见的东西。因为无论是被回忆者，还是被回忆者之所向，都具有这种本质。内在回忆乃是颠倒那种告别而达于敞开者的最宽广之轨道中。”② 回忆正是有着这样的能力与性质。

回忆可以使原本是日常经验的琐碎记忆审美化，使那些本来并不完美的东西变得完美。经过了时间的距离，当时并不具有审美意义的一些生活阅历，一些记忆残片，甚至是痛苦的往事，在主体的回忆中变得富有情味，具有了审美意义。譬如一位经历了上山下乡知青生活的中年人，当年的生活可能是相当艰苦的，而且在精神上非常压抑而茫然。但经过了时间的销蚀后，再回想起来，当时的痛苦就已不复存在，而会觉得对那段生活的回忆非常充实，甚至带有美的意味。新时期以来的知青文学的巨大成就，在很大程度上正是得益于这些知青作家的生活阅历，换言之，也就是得益于他们对当年知青生活的审美回忆。

叔本华从生命意志论出发，认为生命意志的本质就是痛苦。因为意志是永不满足的欲求，因而人的痛苦是与生俱来、生生不息的。而艺术是人摆脱痛苦的手段之一。艺术可以使人们意志的痛苦得以暂时的解脱。因为艺术采取的是纯粹观审形式，挣脱意志的束缚，达到主体与理念的水乳交融，内心充满喜悦的美感，从而将日常生活的痛苦抛在脑后。从这种意义出发，叔本华对回忆中的幻景予以高度的赞美：

> 在过去和遥远［的情景］之上铺上一层这么美妙的幻景，使之在很有美化作用的光线之下而出现于我们之前的［东西］，最后也是这不带意志的观赏的怡悦。这是出于一种自慰的幻觉［而成的］，因为在我们使久已过去了的，在遥远地方经历了的日子重现于我们之前的时候，我们的想象力所召回的仅仅只是［当时的］客体，而不是意志的主体。这意志的主体在当时怀着不可消灭的痛苦，正和今天一样；可是，如果我们自己能够做得到，把我们自己不带意志地委心于客观的观赏，那

---

① ［德］黑格尔：《哲学史讲演录》第2卷，贺麟、王太庆译，商务印书馆1960年版，第184页。

② ［德］海德格尔：《林中路》，孙周兴译，上海译文出版社1997年版，第315页。

么，回忆中的客观观赏就会和眼前的观赏一样起同样的作用。所以还有这么一种现象：尤其是在任何一种困难使我们的忧惧超乎寻常的时候，突然回忆到过去和遥远的情景，就好象是一个失去的乐园又在我们面前飘过似的。[①]

在叔本华看来，回忆中的情景会使人摆脱一切痛苦。如能以纯客观的观审态度来看这些回忆的幻影，会作为认识的纯粹主体和对象完全合一，从而获得审美的快感。当人们以这种观审的态度来回忆过去，那以往的情景便会像乐园一样充满美感。

接受美学的开山祖师尧斯尤为重视回忆在审美经验中的重要意义，在《审美经验与文学解释学》一书中，充分论述了作为审美能力的回忆，他指出："回忆的和谐化和理想化的力量是一种新近发现的审美能力。"[②] "回忆作为一种审美能力，它不信任历史学家带有偏见的选择和传记作者的理想化的回忆，而是在观察不到的情感生活的积淀中寻找失去的历史真理。"[③] 尧斯还认为："回忆不仅仅是审美认识的精确工具，它还是真正的、仅有美的源泉。"[④] 同时，他还认为回忆可以使不完美的东西变得完美，"审美活动在回忆中创造了旨在使不完美的世界臻于完美和永恒的最终目标"[⑤]，着重强调了回忆的审美特性。

回忆不仅是对以往记忆残片的掇拾，同时，更是按着美的理想所进行的想象与创造。在作品的回忆中，诗人不是简单地回顾过去，而是在回忆的意象中融进了诗人的某种审美理想。这种回忆性的意象，也许正是审美的乌托邦。马尔库塞这样说过："伟大的艺术中的乌托邦从来不是现实原则的简单否定，而是它的超越的持存。在这种持存中，过去和现在都把它们的影子投射到满足之中，真正的乌托邦建立在回忆往事的基础之上。"[⑥] 这个"乌托邦"不意味着是对未来的幻想，而是以主体的审美理想来将记忆残片构织为一个整体的美的回忆性意象，这也就是尧斯所说的"和谐化与理想化的

① ［德］叔本华：《作为意志和表象的世界》，石冲白译，商务印书馆 1982 年版，第277 页。

② ［德］尧斯：《审美经验与文学解释学》，顾建光等译，上海译文出版社 1997 年版，第 126 页。

③ 同上书，第 123 页。

④ 同上书，第 134 页。

⑤ 同上书，第 16 页。

⑥ ［德］马尔库塞：《审美之维》，转引自刘小枫《诗化哲学》，山东文艺出版社 1986 年版，第 177 页。

力量”。杜甫的《忆昔》其二：“忆昔开元全盛日，小邑犹藏万家室。稻米流脂粟米白，公私仓廪俱丰实。九州道路无豺虎，远行不劳吉日出。齐纨鲁缟车班班，男耕女织不相失。宫中圣人奏云门，天下朋友皆胶漆。百余来年未灾变，叔孙礼乐萧何律。”与其说是对开元盛世的回忆，毋宁说是一幅理想社会的图画。辛弃疾的《破阵子》：“醉里挑灯看剑，梦回吹角连营。八百里分麾下炙，五十弦翻塞外声，沙场秋点兵。马作的卢飞快，弓如霹雳弦惊。了却君王天下事，赢得生前身后名。可怜白发生。”对自己在北方时抗金斗争的回忆，又焉能说没有理想化的成分！回忆中包含着想象，投射着理想，诗人的憧憬就融进这回忆的意象之中。“缘已往，缘未来，以追光蹑影之笔，写通天尽人之怀。”① 又如何不可在回忆的角度来理解？

自在的记忆残片全然是个人化的，是无法为外人所知的，是积存在个人的意识深处的。回忆使之获得形式，进而成为审美意象。主体“独照之匠，窥意象而运斤”②，“然后使元解之宰，寻声律而定墨”③。通过艺术传达，固定在作品之中。这样，由于回忆的运思，原来曾是个人的记忆残片就成为审美观照的对象。那失去的时光就展示在人们的面前，它也就成为主体与他人对话的谈资。通过回忆，主体可以超越时空来和他人交流。

尧斯这样说：“被现实的无可弥补的缺陷所阻滞的期待可以在过去的事件中得到实现。这时回忆的净化力量有可能在追求美的过程中弥补经验中缺憾。不妨说，审美经验在乌托邦式的憧憬中和在回忆的认识中都是同样有效的。它不仅设计未来的经验而且还保存过去的经验，以使那本不完美的世界变得完美。”④ 我们可以进一步说：在那回忆性的意象中，乌托邦式的憧憬就焕发着它的美质，那旧日韶光的重现，乃是艺术中不可或缺的因子。

回忆，这缪斯的母亲！

---

① （清）王夫之：《古诗评选》卷4，文化艺术出版社1997年版，第170页。

② 范文澜：《文心雕龙注》，人民文学出版社1958年版，第493页。

③ 同上。

④ ［德］尧斯：《审美经验与文学解释学》，顾建光等译，上海译文出版社1997年版，第11页。

审美静观论*

一

我们也许专注于峭崖上苍松的虬劲，我们也曾忘情于雨后那七色的虹霓；我们兴怀于万丈飞瀑的“银河落九天”，我们痴望于西子湖的“水光潋滟”与“山色空蒙”……在美的事物面前，我们遗忘了尘世的忧烦，洒落了欲念的纷扰，将自己的心意与眼光都投入到对象的观照之中，获得的是前所未有的审美感受。读一首境界深远、意兴遄飞的诗，看一幅墨色迷离、山高水长的画，我们如同涤荡了心胸，而“行于山阴道上”。闻一多先生读唐代诗人张若虚的《春江花月夜》而有如斯的赞叹：“更夐绝的宇宙意识！一个更深沉更寥廓更宁静的境界！在神奇的永恒前面，作者只有错愕，没有憧憬，没有悲伤。”① 海德格尔这样描述作为艺术作品的希腊神庙：“这个建筑作品阒然无声地屹立于岩石上。作品的这一屹立道出了岩石那种笨拙而无所逼迫的承受的幽秘。建筑作品阒然无声地承受着席卷而来的猛烈风暴，因此才证明了风暴本身的强力。岩石璀璨光芒看来只是太阳的恩赐，然而它却使得白昼的光明、天空的辽阔、夜晚的幽暗显露出来。神庙的坚固的耸立使得不可见的大气空间昭然可睹了。作品的坚固性遥遥面对海潮的波涛起伏，由于它的泰然宁静才显出了海潮的凶猛。树木和草地，兀鹰和公牛，蛇和蟋蟀才进入它们突出鲜明的形象中，从而显示为它们所是的东西。”② 这也正是审美主体面对美的事物静观的感受！

审美静观，这是中西美学史上一个非常重要的命题。而对这个命题的阐

---

* 本文刊于《吉林大学社会科学学报》2003 年第 2 期。

① 闻一多：《唐诗杂论 · 宫体诗的自赎》，古籍出版社 1956 年版，第 20 页。

② ［德］海德格尔：《艺术作品的本源》，见《林中路》，孙周兴译，上海译文出版社 1997 年版，第 26 页。

释与分析，在今天的美学研究中仍有着重大的理论意义。

二

审美静观，是西方关于审美态度理论的最核心的命题。静观说的实质是审美的无功利性。对于对象是否采取不关涉于功利的静观态度，在康德等学家看来，是区分审美与非审美的一个根本的分水岭。审美的非功利性，是审美静观的一个根本前提，同时，审美主体的静观所面对的是对象的无目的而合目的性的形式。静观是不经由概念的，而是以知觉的形式把握对象的表象。

最深刻、最系统地论述审美静观的著名哲学家是康德。在他的《判断力批判》中，康德把审美无功利作为其美学体系的第一个契机也是最重要的契机加以规定："鉴赏是凭借完全无利害的快感和不快感对某一对象或其表现方法的一种判断力。"① 所谓"鉴赏判断"，也即审美判断，康德说："鉴赏判断因此不是知识判断，从而不是逻辑的，而是审美的。"② 康德以"审美无利害"作为审美与非审美的根本区别。在他看来，"一个关于美的判断，只要夹杂着极少的利害感在里面，就会有偏爱而不是纯粹的欣赏判断了"。③ 康德正是在"审美无利害"的前提下来论述审美静观的。康德把鉴赏判断的快感与"快适"及"善"加以区别。"快适"指的是感官的满足，"在感觉里使诸官能满意，这就是快适"。④ 善则是实践的愉快，"依着理性通过单纯的概念使人满意的"。⑤ 快适和善当然有很大区别，但它们都是与利害感结合着的。康德明确指出："不管快适和善中间的这一切的区别，双方在一点上却是相一致的：那就是它们时时总是和一个对于它们的对象的利害结合着，不仅是那快适和那间接的善（有益的），它是作为达到任何一个快适的手段而令人满意的，并且还有那根本的在任何目标里的善，这就是那道德的善，它在自身里面带着最高的利害关系。因为善是意欲的对象（这就是通过理性规定着的欲求能力的对象）。欲求一个事物和对于它的存在怀

① ［德］康德：《判断力批判》，宗白华译，商务印书馆 1964 年版，第 47 页。
② 同上书，第 39 页。
③ 同上书，第 41 页。
④ 同上书，第 44 页。
⑤ 同上书，第 43 页。

着愉快之情，就是说，对它感着利害兴趣，这两者是一回事。”[①] 在指出快适与善的共同之处是主体与对象之间的利害关系之后，康德着重论及了鉴赏判断的快感与快适、善的区别：“快适和善二者对于欲求能力都有关系，并且前者本身就带着一种受感性制约（因刺激而生的）愉快，后者带着一种纯粹的实践的愉快，而这不单是受事物的表象，而同时是受主体和对象存在的表象关系所决定。不单是这对象而也是它的存在能令人满意。与此相反，鉴赏判断仅仅是静观的，这就是这样的一种判断：它对一对象的存在是淡漠的，只把它的性质和快感及不快感结合起来。然而，静观不是对着概念的，因为鉴赏判断并不是知识判断（既不是理论的，也不是实践的），因此既不是以概念为其基础也不是以概念为其目的。”[②] 在康德这里，鉴赏判断就是静观，静观的快感与对象的内在存在没什么关系，也不是面对概念，那么，静观所面对的是什么呢？那就是对象的表象，或云形式。形式是对对象的存在而言，表象则是对概念而言。

依笔者的理解，康德至少在这样几点上规定了审美静观的性质：一是静观是审美主体以一种无利害的、无偏爱的态度对于对象所作的观照；二是它不关乎欲念，亦不关乎概念。三是静观所获致的快感不同于快适和善；四是它所面对的是事物的表象或云形式。这对于近代美学的发展有着非同小可的影响作用。

德国19世纪哲学家叔本华从他的唯意志论哲学出发，非常重视“静观”在美学中的地位。从人生哲学来说，叔本华所主张的是悲观主义哲学，他认为生命意志的本质就是痛苦。因为生命意志就是盲目的无止境的欲望，而欲求本身的高度激烈性就已经是痛苦的永久根源。在叔本华的代表著作《作为意志和表象的世界》中，叔本华这样说：“意志被阻挠比畅遂的机会要多得多。于是激烈和大量的欲求也会由此带来激烈和大量的痛苦。原来一切痛苦始终不是别的什么，而是未曾满足的和被阻挠了的欲求。”[③] 人生面临着永恒无边的痛苦，人可以通过理性来认识痛苦，却无法借助理性来消除痛苦。能够帮助人们暂时解脱痛苦的，则是审美的静观（或按通常译本所译之“观审”）。在静观时，主体已是不带意志了，而对象则从与其他事物的各种关系中孤立出来，呈现在主体面前。叔本华说：“由于主体已不再仅

---

① ［德］康德：《判断力批判》，宗白华译，商务印书馆1964年版，第45页。
② 同上书，第46页。
③ ［德］叔本华：《作为意志和表象的世界》，石冲白译，商务印书馆1982年版，第497页。

仅是个体的，而已是认识的纯粹而不带意志的主体了。这种主体已不再按根据律来推敲那些关系了，而是栖息于，浸沉于眼前对象的亲切观审中，超然于该对象和任何其他对象的关系之外。”① 在这种静观（即“观审”）状态下，主体忘怀了现实的痛苦忧烦，与客体交融为一，用叔本华的话来说，就是“自失”：“人们在事物上考察的已不再是‘何处’、‘何时’、‘何以’、‘何用’，而仅仅只是‘什么’；也不让抽象的思维、理性的概念盘踞着意识，而代替这一切的却是把人的全副精神能力献给直观，浸沉于直观，并使全部意识为宁静地观审恰在眼前的自然对象所充满，不管这对象是风景，是树木，是岩石，是建筑物或其他什么。人在这时，按一句有意味的德国成语来说，就是人们自失于对象之中了，也即是说人们忘记了他的个体，忘记了他的意志；他已仅仅只是作为纯粹的主体，作为客体的镜子而存在；好像仅仅只有对象的存在而没有觉知这对象的人了，所以人们也不能再把直观者（其人）和直观［本身］分开来了，而是两者已经合一了；这同时即是整个意识完全为一个单一的直观景象所充满，所占据。”② 叔本华的审美静观说有这样几个特点，一是强调了审美的非功利性。他继承了康德关于“鉴赏判断的快感是没有任何利害关系”的观点，把审美看成是主体完全摆脱了生命意志、个人目的等利害关系的束缚的状态下对理念的直观，由此产生的愉快才是纯粹的美感。二是主张审美的非理性，他所说的“观审”，也是排除抽象理性活动的纯粹直观。三是强化了审美中的主体因素。叔本华的“观审”的关键不在客体，而在主体，是主体挣脱意志和理性束缚，达到无利害境界才导致全部主客体关系的变化。对象从现实的各种关系中孤立出来。客体能否成为审美对象，取决于主体特定的审美态度。

在西方的“审美态度”学说的发展中，叔本华是承上启下的重要人物，他的“观审”说直接继承了康德“审美无利害”的基本命题，而又在很大程度上开示了西方美学由客观论转向主观论的方向。

审美静观说在英国19世纪的著名美学家鲍桑葵那里有了重要的发展。鲍桑葵的美学名著《美学三讲》，虽然只是一本薄薄的小册子，却是美学史上关于审美态度理论的一部非常重要的著作。鲍桑葵把静观作为审美态度的首要基本性质，因此，“三讲”中的第一讲，题目就是《审美态度的一般性质——静观与创造》。鲍桑葵这样概括审美态度：“到目前为止，审美态度

① ［德］叔本华：《作为意志和表象的世界》，石冲白译，商务印书馆1982年版，第249页。
② 同上书，第250页。

好像是这样的：贯注在一个愉快的情感上，体现在一个可以静观的对象上，因而遵守一个对象的那些规律；而所谓对象，是通过感受或想象而呈现在我们面前的表象。”① 他又说：“审美态度是一种我们在想象上用以静观一个对象的态度，这样我们就能生活在这个体现我们情感的对象里。”② 从上面的论述中，我们可以看到鲍桑葵把静观作为审美态度最重要的因素，而对于静观，鲍桑葵认为它必须是一种对象化的行为。也就是说，静观必须面对一个对象，这个对象又是被主体的情感所贯注。在这方面，鲍桑葵作了如下的论述：“这三种性质——稳定性、关涉性、共同性——都意味着审美态度有一个对象。我们说，情感是对某些事物具有情感。……审美态度是这样一种态度，它使我们具有一种完全体现在某个对象里面的情感，因而经得起人去看它，而且原则上经得起任何人去看它。”③ 再就是鲍桑葵提出审美静观的对象必须是表象化的东西，而不能是概念。这在《美学三讲》中得到了充分的阐扬。他说：“凡是不能呈现为表象的东西，对审美态度说来是无用的。”④ “审美态度的对象只能是表象。”⑤ 在这一点上，鲍桑葵也是继承并推阐了康德“美是那不凭借概念而普遍令人愉快的”⑥ 重要命题的。康德认为审美是不经由概念而系于表象的，他说：“如果人只依概念来判断对象，那么美的一切表象都消失了。”⑦ 这在康德美学中是个极为重要的命题，被作为鉴赏判断四大契机中的第二个。鲍桑葵又进一步强化了表象在审美中的重要地位，对其作了更为深入的论述，并且将之确立为“审美表象的基本学说”。

鲍桑葵在审美静观的理论建树上，还在于他揭明了静观及其表象的情感因素。情感在审美态度中是不可或缺的，而且是对象化的。这在上面引述的审美态度“使我们具有一种完全体现在某个对象里面的情感”等论述中，得到了明确的规定。鲍桑葵把静观的对象即审美表象与主体的情感结合起来，在《美学三讲》中，他作了很多阐述，比如他说：“而我们的情感所要附着的，所要找到形式的，就是这个表象。……我们经常谈情感与对象或表

① ［英］鲍桑葵：《美学三讲》，周煦良译，上海译文出版社 1983 年版，第 6 页。
② 同上书，第 15 页。
③ 同上书，第 3 页。
④ 同上书，第 6 页。
⑤ 同上书，第 9 页。
⑥ ［德］康德：《判断力批判》，宗白华译，商务印书馆 1964 年版，第 57 页。
⑦ 同上书，第 53 页。

象的交融，尤其是与形式或联系的和渗透的各种关系的交融——这就是我们简略地概括为事物的生命或灵魂的东西。……在静观对象时，尤是在静观线条和形状体系时，你总是经验到与你所领会的形式有关的身体张力和冲动，经验到形状的升沉、冲激、撞击、相互抵制等等。而这些，是和你自己领会这些形状的活动联系着的；的确，对象的形式或者对象的联系规律，据他们说，在被领会上，恰恰就是因你这方面的‘身—心’活动而定的。而这种活动的情感和联想，包括其一切联带的意义，就是你自动地用来组成你眼中的关于对象的情感，或作为情感体现的对象。这个学说很生动地说明了情感和对象是怎样被看成一个东西的。”① 鲍桑葵从表象的形式与主体的情感联系中具体地论述了情感与表象的关系，甚至把它们视为一个东西，这当然是就其密切关系而言，却说明了情感与表象的深刻关系。鲍桑葵的审美静观理论的一个更值得注意的是他抉发出“静观”中的创造因素来。在一般性的理解中，所谓“静观”，即应是客观地、静止地观照对象，在此前的美学家的有关论述中，人们都是从“审美无利害”的前提出发来谈静观的，而鲍桑葵在他的《美学三讲》中，则很明确地揭示了审美静观的创造因素，令人不能不钦佩这位美学家的独具慧眼。他这样说：“我觉得这里的审美态度显然必须是想象性质的。这就是说，这里的审美态度必须是这样一种心灵态度，即为了一种特殊的满足而自由地探索和追求经验的各个细节——那种满足并不是完整和自圆理论的满足，而是所谓情感完整体现的自动满足。在我看，这里的重要一点好象是，‘静观’一词不应当意味着‘静止’或‘迟钝’（inertness），而是始终含有一种创造因素在内。”② 那么，这里所说的“创造”指的又是什么呢？它指的是情感的不断充盈与生成，也指表象通过主体的想象而得以充实与活跃。故此鲍桑葵说：“一句话，想象表现在创造情感的体现时，也创造了情感，而这样创造出来的情感不但不能用其他的方式表现，而且也不能以其他的方式存在；它只能在想象替它找到的体现里，以及通过这种体现，方才存在。所以当我们说审美态度是静观时，我们仅仅意味着这种态度里总有一个表象摆在我们面前，而我们从体现情感上所得的满足就来自这个表象的特性与细节上。我们并没有意思要否认想象始终是活跃的、创造的；是从头到尾，从詹姆士的例子起到更高、更上层的例子都是这样；换言之，心灵是在按照实现最大的‘形式’的方向，把感受提供给

① ［英］鲍桑葵：《美学三讲》，周煦良译，上海译文出版社 1983 年版，第 11 页。
② 同上书，第 17 页。

它的东西自由地加以改造和塑造。”[①] 这正是鲍桑葵所说的“静观”的创造因素的内涵。布洛的“心理距离”说与闵斯特堡的“孤立”说实质上都是一种审美静观理论。瑞士美学家布洛（1880—1934）主张在审美活动中应与对象保持一定的距离，这种距离不是空间上的，也不是时间上的，而是一种心理上的距离。布洛说：“距离是通过把客体及其吸引力与人的本身分离开来而取得的，也是通过使客体摆脱了人本身的实际需要与目的而取得的。”[②] 其实，他所说的“心理距离”指的便是人与对象的实际利害关系的分离。心理距离着重的是事物的形式或云表象的观赏，对于客体来说，心理距离意味着孤立，也就是把它的形象与其他方面区别开来；而对审美主体来说，它又意味着“静观”，也即超越实际利害的审美观照。

19世纪德国美学家闵斯特堡在其美学著作《艺术教育原理》提出了“孤立”说，正是与审美静观理论血脉一致的。他认为：“事物的最高知识应该是事物本身的知识，而不是它的原因和结果，应该是人的理智对事物本身的丰富内容和全部意义的认识，而不是对于学者为了说明继起的现象而提出的它的替代物的认识。”[③] 那么，分析而得的知识，就不再是对象本身了。为了获得“事物的最高知识”，闵斯特堡认为最好的方法就是“孤立”，也即把经验和其他事物分开，使之孤立于原因与结果之外。这样，就会导致美的事物和审美活动的产生。他说：“对于客体来说，这是完全的孤立，对于主体来说，这是在客体中的完全静止，而归根到底，这不过是美的享受的别名而已。孤立客体，对于理智来说意味着使它成为美的，因为它完全地占有了理智，在理智中已没有其他任何思想的地位，结果就是印象本身吸引着我们的兴趣，无需乎再依据它以外的任何存在于时空中的东西。客观印象在其中成为最终目的本身的这种完全的静止是美的真正体验的唯一可能的内容。”[④] 闵斯特堡在这里高度强调了孤立的作用，认为孤立在客体造成了美，在主体形成了审美活动。这种“孤立”其实也就是排除一切现实的利害的审美静观。美国当代的美学家斯托尔尼兹对“审美无利害关系”这个重要命题的起源予以系统的论述，他的两篇重要论文《“审美无利害关系”的起源》与《论夏夫兹博里在近代美学理论中的重要性》把这个命题的起源追

① ［英］鲍桑葵：《美学三讲》，周煦良译，上海译文出版社1983年版，第17—18页。

② ［瑞士］布洛：《作为艺术因素与审美原则的“心理距离”说》，见《20世纪西方美学经典文本》第1卷，复旦大学出版社2000年版，第352—365页。

③ 蒋孔阳、朱立元：《西方美学通史》，上海文艺出版社1999年版，第106页。

④ 同上。

溯到夏夫兹博里等英国经验主义美学家，并把这个概念的重要性提到了整个现代美学“出发点”的地位。就中他也用静观来规定审美态度。他对审美态度的定义就是“以一种无利害关系的（即没有隐藏在背后的目的）和同情的注意力去对任何一种对象所进行的静观，这种静观仅仅由于对象本身的缘故而不涉及其他”①。

三

在中国古代哲学与美学中，几乎找不到与西方的“审美静观”说这样有着明确的理论规定性相一致的论述，但却存在着许多与之相近的思想资料。这些资料有着与西方的“审美静观”说不同的哲学背景与文化传统背景，但与西方的有关论述相参照，却能够给我们以非常丰富的或深刻的启示。

《老子》中提出了“涤除玄鉴”的命题，对中国美学思想中关于审美心胸、审美态度的观念有着重大的影响。《老子》十章云：“涤除玄鉴，能无疵乎？”② “玄鉴”，通行本作“览”，陈鼓应先生据帛书乙本及高亨先生之说改。③“玄”形容人心的深邃灵妙。“玄鉴”，比喻心灵深处明澈如镜。高亨先生释云：“玄鉴者，内心之光明，为形而上之镜，能照察事物，故谓之玄鉴。”④ 所谓“涤除”，即清除内心的杂念与世俗妄见。陈鼓应先生阐释说：“‘涤除玄鉴’，即是洗清杂念，摒除妄见，而返自内心的本明。”⑤ 以笔者的理解，“涤除玄鉴”，是要求主体有一个摒除各种欲念的空明澄静的心灵，这当然也就可以看作是“无利害”的。“玄鉴”把心灵比喻为幽深的镜子，那么，应该是对象化的，也就是要有观照的对象。但老子显然不是以具体事物形象作为观照对象的，倒毋宁说是“返照内心的本明”。“玄鉴”而观的对象便是对“道”的观照。道是道家哲学的本体论范畴，它并非具体的事物却是万事万物的本根。《老子》十六章中的这样一段话可说是对“涤除玄鉴”的发挥。其云：“致虚极，守静笃。万物并作，吾以观复。”⑥

① 朱狄：《当代西方美学》，人民出版社 1984 年版，第 270 页。
② 陈鼓应：《老子注译及评介》，中华书局 1984 年版，第 96 页。
③ 同上书，第 98 页。
④ 同上书，第 18 页。
⑤ 同上书，第 101 页。
⑥ 同上书，第 124 页。

“致虚极，守静笃”的意思是与“涤除玄鉴”一样的，陈鼓应先生释云：“‘虚’、‘静’形容心境原本是空明宁静的状态，只因私欲的活动与外界的扰动，而使得心灵蔽塞不安，所以必须时时做‘致虚’、‘守静’的工夫，以恢复心灵的清明。”① 虚静以观的对象是什么呢？是“复”。复即往复循环。这其实正是“道”的一个重要属性。道除了指万物之本根，还指事物运动之规律。老子说：“反者道之动。”② “反”也即“复”。庄子哲学中有明显的“静观”思想。首先，是《庄子》中提出的“心斋”和“坐忘”的命题，都是指主体内心世界的摒除欲念、空明虚静。《人间世》中借孔子与颜回的问答以论“心斋”：“回曰：‘敢问心斋。’仲尼曰：‘若一志，无听之耳而听之以心，无听之心而听之以气！耳止于听，心止于符。气也者，虚而待物者也。唯道集虚。虚者，心斋也。’”③ 庄子说心斋即虚，这与老子的“涤除玄鉴”是非常相近的，都是指空明澄静的心灵状态，它排除了世俗的欲念与理性的概念活动。庄子这里进一步提出了对象化的问题。“虚而待物”是说心灵对事物的观照。至于“坐忘”，《庄子·大宗师》里还是借孔子与颜回的对话来说：“颜回曰：回益矣。仲尼曰：何谓也？曰：回坐忘矣。仲尼蹴然曰：何谓坐忘？颜回曰：堕肢体，离形去知，同于大通，此谓坐忘。”④ 徐复观先生认为“心斋”、“坐忘”即是一种审美观照，他说：“庄子的‘堕肢体’、‘离形’，实指的是摆脱由生理而来的欲望。‘黜聪明’、‘去知’，实指的是摆脱普通所谓的知识活动。二者同时摆脱，此即所谓‘虚’，所谓‘静’，所谓‘坐忘’。”⑤

庄子在《天道》篇中又说：“圣人之静也，非曰静也善，故静也；万物无足以挠心者，故静也。水静明烛须眉，平中准，大匠取法焉。”⑥ 《德充符》篇中有“况官天地，府万物，直寓六骸，象耳目，一知之所知，而心未尝死者乎？”⑦ 之语，“一知”就是静一专注之知。《刻意》篇中说：“一而不变，静之至也。”⑧ “一知”也即“静知”。徐复观先生认为：“所谓静

① 陈鼓应：《老子注译及评介》，中华书局1984年版，第124页。
② 同上书，第223页。
③ （清）王先谦：《庄子集解》，成都古籍书店1988年版，第23页。
④ 同上书，第44页。
⑤ 徐复观：《中国艺术精神》，春风文艺出版社1984年版，第63页。
⑥ （清）王先谦：《庄子集解》，成都古籍书店1988年版，第74页。
⑦ 同上书，第30页。
⑧ 同上书，第88页。

知，是在没有被任何欲望扰动的精神状态下发生的孤立性的知觉。”① 这与西方美学中的“静观”说是非常相似的。

老子、庄子的“虚静”说指的是主体内心世界的空静澄明，排除外物干扰，而非指外在感官的“观”，这一点是与西方的静观说有相当差异的。西方的“静观”说要求无利害的、排除欲念的，但又同时是以感官直接观照对象的。《周易·系辞传》提出的“观物取象”的命题，则更多地是侧重于感官的观照。《系辞传》云：“古者包牺氏之王天下也，仰则观象于天，俯则观法于地，观鸟兽之文与地之宜，近取诸身，远取诸物，于是始作八卦，以通神明之德，以类万物之情。”② 此即“观物取象”的概括性论述，对中国古代的审美意象论的发展有重要的影响，有不可低估的美学价值。《易》对世界的把握方式，从根本的一点来说，就是“象”。通过卦象，“以通神明之德，以类万物之情”③。把世界万物的变化规律予以象征性的表现。那么，这些“象”是如何得来的呢？是圣人“观物”的结果。仰观天象，俯观地文，从对宇宙天地物象的直接观察与感受中，提取出一些范型（即卦象）。这些范型既是对客体的观照模仿的产物，同时也是主体心灵创造的结果。“观”是易象产生的关键所在。

南北朝时期的著名画家宗炳在其画论名著《画山水序》中提出的“澄怀味象”的命题，是最与西方的“审美静观”说精神相通的。他说：“圣人含道映物，贤者澄怀味象，至于山水，质有而趣灵。”④ 宗炳是南北朝时期著名的山水画家，这篇《画山水序》，也是中国画论史上最早的山水画论。“含道映物”与“澄怀味象”都是体验山水之美所必需的审美态度。尤其是“澄怀味象”，更是非常完整的美学命题。“澄怀”，是审美主体方面的条件，它要求主体在审美过程中，排除外物的纷扰，尤其是功利关系的炫惑，而保持虚静澄明的精神状态。“味象”明确提出了审美对象问题。“象”即是主体所面对的事物（山水）之表象，“味”本是“玩味”之意，但这里首先是对具体的对象之“象”的感性直击，也即观照。“澄怀”与老子的“涤除玄鉴”，庄子的“心斋”、“坐忘”是同一种精神状态，但老、庄还主要是讲对天道的体验，虽可作美学角度的阐释，而就其本身而言，却是一种哲学主

① 徐复观：《中国艺术精神》，春风文艺出版社 1984 年版，第 71 页。

② 廖名春校点：《周易》，辽宁教育出版社 1997 年版，第 54 页。

③ 同上。

④ （南朝·宋）宗炳：《画山水序》，见（唐）张彦远《历代名画记》，中华书局 1985 年版，第 208 页。

体论；宗炳的“澄怀味象”，则是对审美观照过程的完整而明晰的表述。它既规定了主体的非功利的虚静空澄明的形态，又指出了其对象的表象化特征。

南北朝时期的著名文学理论家刘勰在他的文论巨著《文心雕龙》中从创作构思的角度相当深刻地论述了创作中的“静观”问题。《文心雕龙·神思》篇中这样一段话是为人所熟知的：“陶钧文思，贵在虚静，疏瀹五脏，澡雪精神。积学以储宝，酌理以富才，研阅以穷照，驯致以怿辞；然后使玄解之宰，寻声律而定墨；独照之匠，窥意象而运斤：此盖驭文之首术，谋篇之大端。”① 这段论述谈的是创作构思中的虚静心态。在“陶钧文思”的过程中，排除杂念、“澡雪精神”是孕育审美意象的前提条件。而这种虚静的心胸也是有着观照的对象的，值得着意指出的是，这里“静观”的对象并非外在的事物形象，而是内在的审美意象。“独照之匠，窥意象而运斤”，在中国美学史上是具有非常重要的理论首创意义的命题。“独照”之意，应是专注精一的观照，它的对象不是外在事物的表象，而是内在于审美创造主体的意象。刘勰第一次在美学史上提出了“意象”这样一个极为重要的审美范畴，这是中国古代美学的意象论发展的一个里程碑。刘勰对“静观”说的贡献，是为静观的主体提供了内视的对象。这也许正是中国的“静观”说的一个突出特点。

宋代的大文学家苏轼在中国的“静观”说的发展中提出了自己的理论创见。他在《送参寥师》一诗中说：“欲令诗语妙，无厌空且静。静故了群动，空故纳万境。阅世走人间，观身卧去岭。咸酸杂众好，中有至味永。诗法不相妨，此语当更请。”苏轼此诗生动而诗意地阐发了“静观”的创造性价值。苏轼认为诗人“诗语妙”的前提是“空静”的审美心胸。“空静”是对“虚静”说的发展。这是以佛教哲学的“空”置换了道家的“虚”，却有着可以发抉的内蕴所在。“空”是佛教的基本概念之一，指的是万事万物的存在，但又指其为幻影。所以说：“色不异空，空不异色。色即是空，空即是色。”② 苏轼将其纳入诗歌美学的轨道，使之有了不同以往的美学理论价值。静与动是一种辩证的关系，大乘佛学便持这种观点。南北朝时期的著名佛学理论家僧肇在其佛学名著《肇论》中说：“寻夫不动之作，岂释动

① 范文澜：《文心雕龙注》，人民文学出版社 1958 年版，第 493 页。

② 应慈法师：《般若波罗蜜多心经浅说》，佛学书局 1933 年版，第 12 页。

以求静？必求静于诸动，故虽动而常静。”① 意谓动中含静。苏轼的“静故了群动”则是认为空静的心胸可以了然洞察纷纭变幻的万象。苏轼在其他文章中也表述了这种看法，如说：“处静而观动，则万物之情，毕陈于前。”②“幽居默处而观万物之变，尽其自然之理。”③“空故纳万境”，是说心性虚空，正可纳涵万境。佛教认为虚空之体性广大，周遍于一切处。苏轼的“空静”说指出了空静的心灵具有更大的创造性意义，同时，也是有着对象化的性质的。空也好，静也好，都是为更好地洞照世间万象，创造出更丰富、更深微的意境。

近代著名学术大师王国维在《人间词话》中也涉及“静观”的问题。他提出“有我之境”和“无我之境”的概念：“有有我之境，有无我之境。‘泪眼问花花不语，乱红飞过秋千去。’‘可堪孤馆闭春寒，杜鹃声里斜阳暮。’有我之境也。‘采菊东篱下，悠然见南山。’‘寒波淡淡起，白鸟悠悠下。’无我之境也。有我之境，以我观物，故物皆著我之色彩。无我之境，以物观物，故不知何者为我，何者为物。古人为词，写有我之境者为多，然未始不能写无我之境，此在豪杰之士能自树立耳。”④ 又说：“无我之境，人惟于静中得之。有我之境，于由动之静时得之，故一优美，一宏壮也。”⑤王国维认为“境界”是最高的审美标准，在《人间词话》中说：“词以境界为上。有境界则自成高格，自有名句”。所谓“有我之境”和“无我之境”，其实很难有明确的疆界，“有我之境”是主体的主观情感因素更为浓烈、更为明显，而“无我之境”无非是主观的情感因素在作品意境中体现得较少、较淡而已。而在王国维看来，“无我之境”是“静观”的产物。“以物观物”意谓排除主体欲念而以淡泊之心胸以观物象，故王国维称为“静中得之”。王国维深受康德、叔本华美学思想的影响，康德、叔本华都认为美在于事物的形式，坚持审美无利害的观点。审美静观，是康德、叔本华关于审美学说的基本观念。王国维认为美在形式，他说：“一切之美，皆形式之美也。就美之自身言之，则一切优美皆存于形式之对称、变化及调和。至宏壮

① （晋）僧肇：《物不迁论》，见石峻等《中国佛教思想资料选编》第1卷，中华书局1981年版，第142页。

② （宋）苏轼：《朝辞赴定州论事状》，见《苏轼文集》卷36，中华书局1986年版，第1019页。

③ （宋）苏轼：《上曾丞相书》，见《苏轼文集》卷48，中华书局1986年版，第1379页。

④ 王国维：《人间词话》，人民文学出版社1960年版，第191页。

⑤ 同上书，第192页。

之对象，汗德（按：即康德）虽谓之无形式，然以此种无形式之形式，能唤起宏壮之情，故谓之形式之一种，无不可也。”① 王国维的“无我之境”，其实质无非是对事物表象的静观而已。

四

静观是西方美学史上非常重要的基本命题，也正是审美态度的核心。对一个对象是否采取审美态度，关键就看主体是否能对事物作摒除利害关系的静观。这是康德、叔本华、鲍桑葵们的审美学说的基本点，也是近代美学与古典美学的分水岭。审美静观这个命题的基本要义笔者以为有这样几点：一是无利害关系，主体对于对象排除欲念，远离利害关系；二是主体以视觉感官直观对象的形式或表象，而不经由概念的途径，亦不涉及对象的实存在；三是由此引起的快感不同于一般的感官满足的快适与道德的善的概念。

中国古代美学中的“静观”说很少有在完整的、系统的理论层面上的论述，但其思想资料却不能说不丰富。本文所及，可说只是有代表性意义的一小部分，但却体现了中国美学观念的民族化特色。中国的“静观”，很少是对具体外物的直观，而更多的是内在的视像；二是更多由静观而得的形而上的意义视域，如宗炳所说：“至于山水，质有而趣灵”②。三是对主体世界的返照。庄子的“心斋”、“坐忘”，苏轼云：“观身卧云岭”，都不无这种含义。

对西方美学史上的审美静观说作些梳理与分析，可以见出它的发展与变化的轨迹所在；对中国美学史上的有关资料从静观说的角度进行重新认识与发抉，以前并未见过。二者之间的参照比较、互为发明，更未见及。本文对中西美学中的有关审美静观的思想资料作了一点相当粗疏的排比缕析，并在二者之间初步找到了互相参究的着眼点，作为一种尝试，奉献于理论界。

---

① 王国维：《王国维遗书·静安文集续编》第5册，商务印书馆1940年版，第38页。

② （南朝·宋）宗炳：《画山水序》，见（唐）张彦远《历代名画记》，中华书局1985年版，第208页。

审美化境论*

在中国古典美学中，“化境”是一个时常见到却未尝得到理论提炼的范畴。当然，人们可以视之为意境的最高层次而将其置于意境论范畴中加以考察。但我以为，“化境”是有着深刻的中华美学底蕴和丰富理论价值的概念，通过对“化境”的研究，可以使我们更亲切地体会中华美学的特殊魅力。

一

从西方美学发展史来看，并没有一个与“化境”相同或相类的美学范畴。西方关于审美价值的范畴如崇高、优美、丑、荒诞、滑稽等，都与“化境”含义相去甚远。但在中国艺术领域，“化境”却是最高品级的审美范畴。在中国艺术品评中，说一个作品“臻于化境”，无疑是对其审美价值的最高度肯定和对作者至高无上的褒奖。而“化境”既包含又超越了形式因素，有着深刻的中国哲学思想背景；“天人合一”、“与万物一体”是它的哲学基因，但“化境”又是美学含量非常之高的范畴，是人们对艺术美的最根本体认。

试举几例以“化境”论艺者。明代著名诗论家谢榛云：“诗有不立意造句，以兴为主，漫然成篇，此诗之入化也。”① 清人贺贻孙云：“诗有画境焉，有化境焉，兼之为难。”② 清人纪昀云：“风水沦涟，波折天然，此文章

---

* 本文刊于《中国美学》第2辑，商务印书馆2004年版。

① （明）谢榛：《四溟诗话》卷1，见丁福保《历代诗话续编》下册，中华书局1983年版，第1152页。

② （清）贺贻孙：《诗筏》，见吴文治《明诗话全编》卷10，江苏古籍出版社1997年版，第10382页。

之化境，吾闻之于老泉。"[1] 以"化境"论艺者虽不算很多，但我们完全有理由说它是作为对艺术品最高审美价值的认定而出现的。这一点，无须多加论证即可以得到人们的首肯。

那么，"臻于化境"是一种怎样的境界？按照中国人思维习惯和美学观念，其应是不可言说、也无法言说的，如老子所谓"天地有大美而不言"。不过，本文作为一篇学术论文，不得不"强为之说"。

于是，如果一定要用语言对"化境"加以表述的话，庶几可以"超越众美而浑化无迹的审美境界"拟议之。其内涵有这样几点：一是艺术手法或形式非常高妙，但却浑化无迹，如一片天籁，使人并不注意作品的形式要素；二是具有以小见大、与造化自然脉息相通的氤氲感；三是自然生成，其发生缘于审美主体与客体的偶然遇合、物我为一。这当然仍是极为笨拙的说法，但略微可以表达出一点意思来。

化境之"境"，当然是指艺术境界。在中国美学中，意境或云境界是一个非常重要的范畴，以至于王国维以"境界"为其美学思想的最高范畴，并以此为"探其本"[2]。而我们对"化"字也当作些索解，才好更深入地认识这个范畴的意义。"化"的本义，一是指变化、改变之意；二是指造化，指自然界生成万物的功能。而从哲学角度看，"化"更多是指万物之变迁流转。庄子常说的"万物之化"[3]，"万化而未始有极也"[4]，都是认为一切皆在变动之中。宋代理学家谈宇宙规律时多以"化"论之，如周敦颐云："二气交感，化生万物，万物生生，而变化无穷焉"[5]，意谓阴阳交感而化生万物；万物生生不已，变化乃无止息。"化"在理学家这里除了变迁流转之意外，还有宇宙生机的意味。如程颐云："天地之化，自然生生不穷。"[6]"化"虽是变迁流转，却并非痕迹显露的有形之变，而是不露圭角的无形渐变。张载《正蒙》有《神化》篇，以化为"天道"，云"气有阴阳，推行有渐为化，合一不测为神"[7]，意谓细微无形之变为"化"。因而又说"变

---

① （清）纪昀：《纪晓岚文集》第1册《水波砚铭》，河北教育出版社1995年版，第293页。

② 王国维在《人间词话》中说："然沧浪所谓兴趣，阮亭所谓神韵，犹不过道其面目；不若鄙人拈出'境界'二字，为探其本也。"

③ （清）王先谦：《庄子集解》，中华书局1954年版，第24页。

④ 同上书，第22页。

⑤ （宋）周敦颐：《太极图说》，见《中国历代哲学文选》，中华书局1963年版，第34页。

⑥ （宋）程颢、程颐：《二程遗书》卷15，上海古籍出版社2000年版，第194页。

⑦ （宋）张载：《张子正蒙》，上海古籍出版社2000年版，第116页。

则化，由粗入精也，化而裁之谓之变，以著显微也”①，即以“化”为精微之至的变化。清代著名思想家王夫之从而阐释道：“变者，自我变之，有迹为粗；化者，推行有渐而物自化，不可知为精。”② 此可谓的论。在中国哲学中，“化”还指宇宙造化的自然生成之创造力，这在魏晋玄学中郭象一派的“独化”论中最为明确。所谓“独化”，乃是玄学中于“贵无”、“崇有”之外一种主要的观点，认为万物之生成非以任何外力为原因，而是以自身为原因，自然而然地生成的结果。如汤一介先生所说：“郭象在《庄子注》中常用‘自尔’一一概念，而‘自尔’这一概念往往是和‘自生’的涵义是相同的，如他说：‘万物皆造于自尔’，‘物各自生，而无所生焉，’都是‘有物之自造’的意思。”③ 著名国学大师汤用彤先生早在20世纪三四十年代写的哲学史名著《魏晋玄学论稿》中，曾专门论及郭象哲学中“化”的概念：“《庄子注》说‘化’大概指‘变化’，此所谓‘化’非宋人所说仿佛有物的化（如大化转流），此言‘化’者如《齐物论注》所言：‘日夜相代，代故以新也。夫天地万物变化日新，与时俱往，何物之萌哉，自然而然耳。’又如《大宗师注》所说：‘夫无力之力，莫大于变化者也。故乃揭天地趋新，负山岳以舍故。故不暂停，忽已涉新，则天地万物无时不移也。世皆新矣，而目以为故。舟日易矣，而视之若归。山日更矣，而视之若前。今交一臂而失之，皆在冥中去矣。’‘变化’人们不能知觉；‘夜半有力者’，不可见之力也；‘无力之力’即‘无力’，此与下文‘不神之神’、‘不生之生’同意。‘交臂失之’谓快也；‘冥中’即‘玄冥之中’。先述向郭‘化’之意，以便明其‘独化’学说也。”④ 郭象所谓“化”，是说宇宙造化无以察觉的伟力所在。

二

艺术创作中的“化境”，首先指其如同宇宙造化所生的天工自然之态，其境界蕴含无限生机而又浑然天成。严羽在评盛唐诗的境界时云“所谓不涉理路，不落言筌者，上也。诗者，吟咏情性也。盛唐诸人唯在兴趣，羚羊

① （宋）张载：《张子正蒙》，上海古籍出版社2000年版，第116页。
② 同上。
③ 汤一介：《郭象与魏晋玄学》，湖北人民出版社1983年版，第298页。
④ 汤用彤：《魏晋玄学论稿》，上海古籍出版社2001年版，第181页。

挂角，无迹可求。故其妙处透彻玲珑，不可凑泊，如空中之音，相中之色，水中之月，镜中之象，言有尽而意无穷”①，颇能得其仿佛。沧浪以“透彻之悟”为诗之高。“妙悟”是严羽论诗的基本范畴，他所谓“禅道唯在妙悟，诗道亦在妙悟”②，成为沧浪“以禅喻诗”的核心命题。“妙悟”作为佛学基本概念之一，指在佛教修习过程中，通过主观内省而达到对于佛教“真谛”的彻底体认与把握，与真如佛性契合为一。在笔者看来，“悟”不仅指对“终极真理”的直觉体验过程，同时也往往指主体与终极真理融为一体时的“大彻大悟”境界。如南朝高僧竺道生所说：“悟则众迷斯灭。”③谢灵运也说：“至夫一悟，万滞同尽耳。”④ 而严羽以“悟”论诗时则说：“且孟襄阳学力韩退之远甚，而其诗独出退之之上者，一味妙悟而已。惟悟乃为当行，乃为本色。然悟有浅深，有分限，有透彻之悟，有但得一知半解之悟。汉魏尚矣，不假悟也。谢灵运至盛唐诸公，透彻之悟也。”⑤ 严羽最为推崇盛唐诗，所谓“透彻之悟”的表述，乃是至高的审美境界。“透彻之悟”境界大致可与“化境”相当，其突出特征就是浑融圆整，不见缀合痕迹。王国维论诗词境界，有“隔”与“不隔”之别，“问‘隔’与‘不隔’之别，曰：陶谢之诗不隔，延年则稍隔矣。东坡之诗不隔，山谷则稍隔矣。‘池塘生春草’、‘空梁落燕泥’等二句，妙处唯在不隔。词亦如是。即以一人一词而论。如欧阳公《少年游·咏春草》上半阕云：‘阑干十二独凭春，晴碧远连云。’千里万里，二月三月，语语都在目前，便是不隔。至云：‘谢家池塘，江淹浦畔’，则隔矣。白石《翠楼吟》：‘此地，宜有词仙，拥素云黄鹤，与君游戏。玉梯凝望久，叹芳草萋萋千里。’便是不隔。至‘酒祓清愁，花消英气’，则隔矣。然南宋虽不隔处，比之前人，自有浅深厚薄之别。”⑥ 这里所谓“隔”，当指作品境界不能形成浑然完整的整体，各个意象间有支离之感；而“不隔”则是作品各个意象间成为有机整体且透彻玲珑，毫无“雾里看花”的隔膜感。意象的生涩阻隔，“如雾里看花，终隔一

① 郭绍虞：《沧浪诗话校释》，人民文学出版社1961年版，第26页。

② 同上。

③ （晋）竺道生：《大唐涅槃经集解》，见石峻等《中国佛教思想资料选编》第1卷，中华书局1981年版，第212页。

④ （南朝·宋）谢灵运：《与诸道人辩宗论》，见石峻等《中国佛教思想资料选编》第1卷，中华书局1981年版，第222页。

⑤ 郭绍虞：《沧浪诗话校释》，人民文学出版社1961年版，第26页。

⑥ 王国维：《人间词话》，人民文学出版社1960年版，第211页。

层”[①] 当然不能成为“化境”。反过来，谈“化境”的起码条件也须是“不隔”之作。

“臻于化境”，就是超越有形的艺术语言，不见安排之迹，直如自然之化生。元好问论杜诗之语，用来形容“化境”颇为合适：“窃尝谓子美之妙，释氏所谓学至于无学者耳。今观其诗如元气淋漓，随物赋形；如三江五湖，合而为海，浩浩瀚瀚，无有涯涘；如祥光庆云，千变万化，不可名状。固学者之所以动心而骇目。及读之熟，求之深，含咀之久，则九经、百氏，古人之精华，所以膏润其笔端者，犹可仿佛其余韵也。夫金屑、丹砂、芝术、参桂而名之者矣。故谓杜兰无一字无来处亦可也，谓不从古人中来亦可也。前人论子美用故事，有‘著盐水中’之喻，固善矣，但未知九方皋之相马，得天机于灭没存亡之见，物色牝牡，人所共知者可为略耳。”[②] “化境”是没有任何痕迹可寻的“天籁”，一切形迹都退居无形之中。李贽提出“化工”和“画工”两个概念，以为“画工”是“第二义”的。而所谓“画工”，指艺术创作极尽艺术手法和形式之工巧，在一般的结构和笔墨方面无可挑剔，李贽曾举南戏代表作《琵琶记》为例。不过，他最推崇的却还是“化工”，认为这才是艺术的至高境界，而元杂剧《拜月亭》和《西厢记》便是真正的“化工”，亦即臻于化境之作。“化工”之作，是无工可寻的，其如造化生物，一切都是自然而然、无迹可求，在作品中是一片天籁、不见安排。用李卓吾的话说，就是“至觅其工，了不可得”。至于“画工”之作，虽然备极工巧，但入人心者不深，而艺术结构、手法和形式“依于理道，合乎法度”，都还属于“画工”之列，不足以与语“化工”。而从价值论角度看，李卓吾的价值认可显然也是在“化工”，主张戏剧的最高境界即在如《拜月亭》、《西厢记》这样的“化工”之作，是“天下之至文”。

臻于“化境”的作品，充满了内在生机和灵动感，如同造化所生，灵动变化却不着任何痕迹。“含情而能达，会景而生心，体物而得神，则自有灵通之句，参化工之妙。”[③] 清代诗论家贺贻孙曾论“诗家化境”云：“诗家化境，如风雨驰骤，鬼神出没，满眼空幻，满耳飘忽，突然而来，

---

① 王国维：《人间词话》，人民文学出版社 1960 年版，第 211 页。

② （金）元好问：《杜诗学引》，见《元好问全集》下卷，山西人民出版社 1990 年版，第 24 页。

③ （清）王夫之：《姜斋诗话》卷 2《夕堂永日绪论内编》，见戴鸿森《姜斋诗话笺注》，人民文学出版社 1981 年版，第 95 页。

倏然而去，不得以字句诠，不可以迹相求。如岑参《归白阁草堂》起句云：‘雷声傍太白，雨在八九峰。东望白阁云，半入紫阁松。’又《登慈恩寺诗》中间云：‘秋色从西来，苍然满关中。五陵昆原上，万古青濛濛。’不惟作者至此，奇气一往，即讽者亦把捉不住，安得刻舟求剑，认影作真乎？近见注诗者，将‘雨在八九’、‘云入紫阁’、‘秋从西来’、‘五陵’、‘万古’语，强为分解，何异痴人说梦。”① 贺氏通过对岑参诗的举例，描述了“诗家化境”特质之一斑，给人的感受是很具体的。

“化境”之作的一个更为突出的特点，应是其以小见大的宇宙感。“化境”本身即有如造化所生之义，以浑成自然的艺术境界，吐纳乾坤之气，透露宇宙之机，含广大而致精微。宋人叶梦得论杜诗云：“诗人以一字之工，世固知之，惟老杜变化开阖，出奇无穷，殆不可以形迹捕。如‘江山有巴蜀，栋宇自齐梁。’远近数千里，上下数百年，只在‘有’与‘自’两字间，而吞纳山川之气，俯仰古今之怀，皆见于言外。滕王亭子‘粉墙犹竹色，虚阁自松声’，若不用‘犹’、‘自’两字，则余八言凡亭子皆可用，不必滕王也。此皆工妙至到，人力不可及，而此老独雍容闲肆，出于自然，略不见其用力处。”② 即是指出诗之化境的这种与宇宙融通的气息。而明代诗论家胡应麟论盛唐近体诗云：“近体盛唐至矣，充实辉光，种种备美，所少者曰大，曰化耳。故能事必老杜而后极。杜公诸作，真所谓正中有变，大而能化者。今其体调之正，规模之大，人所共知。惟变化二端，勘覈未彻，故自宋以来，学杜者什发失之。不知变主格，化主境，格易见，境难窥。变则标奇越险，不主故常；化则神动天随，从心所欲。如五言咏物诸篇，七言拗体诸作，所谓变也，宋以后诸人竞相袭者是，然化境殊不在此。”③ 这里区分了变与化的不同，强调“变”是明显的诗格变革，其迹鲜明，而“化”是意境的浑涵汪茫、自由卷舒。宋以后诗人更多是学杜的诗格之创变，而未能得到杜诗之“化境”。应该说，胡应麟的观点是相当精辟的。

关于诗的“化境”，胡应麟还从杜诗中引了一些例证。“老杜字法之化者，如‘吴楚东南坼，乾坤日夜浮’，‘碧知湖外草，红见海东云’，坼、浮、知、见，四字，皆盛唐所无也。然读者但见其闳大而不觉其新奇。又如

① （清）贺贻孙：《诗筏》，见郭绍虞《清诗话续编》上册，上海古籍出版社 1983 年版，第 165 页。

② （宋）叶梦得：《石林诗话》卷中，见（清）何文焕《历代诗话》，中华书局 1981 年版，第 420 页。

③ （明）胡应麟：《诗薮·内编》卷 5，上海古籍出版社 1958 年版，第 87 页。

‘孤嶂秦碑在，荒城鲁殿余’，‘古墙犹竹色，虚阁自松声’，四字意极精深，词极易简，前人思虑不及，后学沾溉无穷，真化不可为矣。句法之化者，‘无风云出塞，不夜月临关’，‘露从今夜白，月是故乡明’、‘江山有巴蜀，栋宇自齐梁’、‘近泪无干土，低空有断云’之类，错综震荡，不可端倪，而天造地设，尽谢斧凿。篇法之化者，《春望》、《洞房》、《江汉》、《遣兴》等作，意格皆与盛唐大异，日用不知，细味自别。”① 胡氏所举这些杜诗，当然是被他认定为“化境”的作品，它们与一般概念中的盛唐之诗相比，其实已大有不同，它们不露“新奇”之痕，谢去斧凿之迹，如同天造地设。从诗歌史角度看，杜诗为唐诗之一大变，而这种变却并非句法之新奇，而在于诗境之“化”。这种境界，正如庄子所谓“夫藏舟于壑，藏山于泽，谓之固矣。然而夜半有力者负之而走，昧者不知也”②。

三

从艺术作品的审美创造看，“化境”的创作契机，首先在于审美主体和审美客体之间的互化，亦即“物化”。所谓“物化”，是指作为审美主体的艺术家把自己全部身心都倾注到审美客体中，在意识中已是物我合一、难辨彼此。“物化”思想由庄子提出，“昔者庄周梦为胡蝶，栩栩然胡蝶也，自喻适志与！不知周也。俄然觉，则蘧蘧然周也。不知周之梦为胡蝶与，胡蝶之梦为周与？周与胡蝶，则必有分矣。此之谓‘物化’”。③用“庄周梦蝶”的故事，庄子表述了他的“物化”观念，亦即物我界限消解，万物融化为一。在《齐物论》中，庄子还提出了“天地与我并生，万物与我为一”的命题，其与“物化”思想是一致的。在《达生》篇中，他又以“物化”为艺术创作的主客体因素，“工倕旋而盖规矩，指与物化，而不以心稽，故其灵台一而不桎”。工倕作为上古传说中的最巧之人，在《庄子》这里代表着“臻于化境”的理想，而在庄子的描述中，其创造过程就是“指与物化”。正如徐复观先生所阐释的：“指与物化，是说明表现的能力、技巧（指）已经与被表现的对象，没有中间的距离

---

① （明）胡应麟：《诗薮·内编》卷5，上海古籍出版社1958年版，第90页。

② 陈鼓应：《庄子今注今译》，商务印书馆2007年版，第209页。

③ 同上书，第109页。

了。这表示出最高的技巧的精熟。”①

庄子“物化”思想虽并非就审美而论，但它对中国美学的影响却不可小觑。中国美学思想史上，有一些著名的语涉“物化”而论“化境”的例子。如苏轼称文同画竹：“与可画竹时，见竹不见人。岂得不见人，嗒然遗其身。其身与竹化，无穷出清新。庄周世无有，谁知此疑神。”② 文同所画墨竹，是宋代文人画的翘楚。而苏轼描述文同画竹时的状态，全然是“身与竹化”。清代著名画家邹一桂记载宋代画家曾无疑画草虫时的体会时也说：“宋曾云巢无疑工画草虫，年愈迈愈业，或问其何传，无疑笑曰：此岂有法可传哉！某自少时，取草虫笼而观之，穷昼夜不厌，又恐其神之不完也。复就草间观之，于是始得其天，方其落笔之时，不知我之为草虫耶？草虫之为我耶？此与造化生物之机缄，盖无以异，岂有可传之法哉！”③ 这位著名画家在画草虫时，与草虫互化，不知草虫为我，我为草虫，如此方得造化之生机，超越了笔墨畦径。

艺术作品中“化境”的创造，从构思方式上来看，基本上是审美主体和客体之间偶然触遇而产生审美感兴，而非苦思冥想的预先立意。宋人叶梦得在论谢灵运的名作时指出：“‘池塘生春草，园柳变鸣禽。’世多不解此语为工，盖欲以奇求之耳。此语之工，正在无所用意，猝然与景相遇，借以成章，不假绳削，故非常情所能到。诗家妙处，当须以此为根本，而思苦言难者，往往不悟。”④ 谢灵运《登池上楼》的名句“池塘生春草，园柳变鸣禽”，可谓“臻于化境”之作，叶梦得以为它不是“思苦言难”的苦吟，而是情与景之间的猝然相遇，所以成了只可有一、不可有二的奇妙之作。这里，叶氏不是单纯地评价谢诗，而是上升到诗学的根本，因而具有了特殊的美学理论意义。

“化境”在中国古代艺术理论中是一个常见概念，存在于诗词、绘画、戏剧等艺术领域。古代艺术评论家以之评价其认为最上乘的佳构，因之，它可以说是一个审美价值论的范畴。关于它的义界，也许还相当含混，迄今仍有待进一步清理厘定。但就中国美学的特色而言，它又有着重要的意义。可

---

① 徐复观：《中国艺术精神》，春风文艺出版社1984年版，第111页。

② 李之亮：《苏轼文集编年笺注·诗词附9》，巴蜀书社2011年版，第298页。

③ （清）邹一桂：《小山画谱》，见沈子丞《历代论画名著汇编》，文物出版社1982年版，第462页。

④ （宋）叶梦得：《石林诗话》卷中，见（清）何文焕《历代诗话》，中华书局1981年版，第420页。

以说，“化境”作为审美价值的范畴，是其他范畴所无法取代的。“化境”所指称的是艺术品的最高品级，它超越了艺术形式层面，浸沃于中国传统哲学思想渊源之中，其意蕴非常丰富，而且具有以现代美学理论眼光来阐释其价值的可能性。

审美物化论*

一

“物化”是中国美学中的一个有着久远的渊源和独特意蕴的范畴，它既有中国哲学的深厚背景，又有充分的美学意味。它与西方美学中的“移情”说颇为相近，但其哲学基础和美学内涵又是有着相当的差异的。在中国古代文论与美学的范畴系列里，“物化”与“感兴”、“感物”、“体物”等有很密切的联系，但又是并不等同的。“物化”是主体进入审美体验和审美创造的高峰时，在感觉和意识中与客体完全融合为一，无法分辨物我关系的至高境界。从艺术创作的角度讲，“物化”是艺术大师们创作出神入化佳构的审美体验阶段。就体验论的意义而言，它是比“感兴”、“体物”、“感物”等审美范畴更具有生命感的极致状态。当主体与其凝神观照的对象进入到“物化”情境时，再没有名言概念的指称，没有物与我之间的任何中介，而是与对象幻而为一，主体完全浸化于对象的存在状态之中，主体的意识则成为对象的灵光，而与天地万物息息相通。

“物”在中国哲学思想史上，是一个出现得非常早的重要范畴。其初始时是作为一般的具体存在物的概念，而后来则升华为具有高度普遍意义的范畴。就其最为广义的内涵来说，“物”不仅指作为与人相对而言的自然界的物质存在，而且还包括了超越于有形物体之外的事物。“物”最早见于甲骨文，本义为牛，后扩大为指杂帛、动物及各种各样的庶物。王国维对物的训释较为令人信服，他说：“古者谓杂帛为物，盖由物本杂色牛之名，后推之以名杂帛。《诗·小雅》曰：‘三十维物，尔牲则具。’《传》云：‘异毛色者三十也。’实则‘三十维物’与‘三百维群，九十其’句法正同，谓杂色牛三十也。由杂色牛之名，因之以名杂帛，更因以名万有不齐之庶物，斯文

---

* 本文刊于《求是学刊》2004 年第 3 期。

字引申之通例也。”[①] 一个词，从作为具体事物的概念引申为、上升为普遍事物的概念，这是符合概念生成的逻辑的。许慎的《说文解字》释物云：“物，万物也。牛为大物，天地之数起于牵牛，故从牛勿声。”[②] 许慎的训释既包含了“物”的本来义，也包含了它的引申义。在春秋时期，“物”已具有了客观存在的物体普遍性的含义，“物”的内涵不止于牛和动物，而气势磅礴为自然界的各种各样的东西。如《国语·周语下》云：“利，百物之所生。”[③]《老子》云：“万物并作，吾以观复。”[④]《左传》云：“物生后而有象。”[⑤]《论语》云：“百物生焉，天何言哉？”[⑥] 这里的“物”，指自然界有形有象的物体。老子以道为物，使物字开始有了本体论的意义，如云：“道之为物，惟恍惟惚。”[⑦]“有物混成，先天地生。”[⑧] 这里的“物”，已经成为相当成熟的哲学概念了。“物化”的最早提出者是庄子。《庄子·齐物论》中通过“庄周梦蝶”的寓言，明确提出了“物化”的命题：“昔者，庄周梦为胡蝶，栩栩然胡蝶也，自喻适志与！不知周也。俄然觉，则蘧蘧然周也。不知周之梦为胡蝶与，胡蝶之梦为周与？周与胡蝶，则必有分矣。此之谓‘物化’。”[⑨] 庄周与胡蝶，当然“有分”，也即是有主客体之别。而《齐物论》的基本思想就是从主观上取消事物之间的差别，使主客之间混而为一，视天地万物如同一物。在《齐物论》中庄子还说过这样一段非常有名的话：“天下莫大于秋毫之末，而太山为小；莫寿于殇子，而彭祖为夭。天地与我并生，而万物与我为一。”[⑩] 这在中国思想史上是对后世的哲学与美学思想影响十分深远的命题。而“庄周梦蝶”的“物化”论，当然是与庄子的“齐物”思想完全一致的，而尤为值得人们关注的是，“物化”的命题，成为《齐物论》中最具美学意味的部分。如果说，“彼亦一是非，此亦一是

① 王元化：《文心雕龙创作论》，上海古籍出版社1984年版，第109页。
② （汉）许慎：《说文解字》，中华书局1963年版，第30页。
③ 《国语·周语下》，齐鲁书社2005年版，第6页。
④ 李存山注译：《老子》，中州古籍出版社2008年版，第67页。
⑤ （周）左丘明：《春秋左传正义》，见李学勤主编《十三经注疏》，北京大学出版社1999年版，第382页。
⑥ 杨伯峻、杨逢彬：《论语译注》，岳麓书社2009年版，第218页。
⑦ 李存山注译：《老子》，中州古籍出版社2008年版，第74页。
⑧ 同上书，第79页。
⑨ （清）王先谦：《庄子集解》，成都古籍书店1988年版，第18页。
⑩ 同上书，第13页。

非”①、“是亦彼也，彼亦是也”②、“天地一指也，万物一马也”③ 更多的是哲学上的相对主义的思想方法，是外在于主体的客体世界的取消差别、混一是非；那么，“庄周梦蝶”的物化，则是主体与客体的互融，由原来的“有分”，化而为一。这也即是审美体验的状态。笔者在这里引述一下李泽厚、刘纲纪两位先生对此问题的美学角度的分析：“庄子在这里所要说明的本来不是审美的问题，但在实质上却深刻地涉及了这个问题。经验的事实告诉我们，在审美中主体与对象经常处在一种物我不分交融统一的状态中，主体感到了自己化为了对象，同对象不可分。庄周梦为胡蝶，好像胡蝶那样自由自在，欢快自得，就科学的观点看是胡说八道，而就美学的观点看来却揭示了审美心理活动中普遍存在的现象。所谓‘物化’，物我一体在审美中是存在的，没有它就没有审美。从马克思主义的观点看来，这是在实践的基础上所发生的自然的人化在人们的情感心理上的反映。庄子学派自然不可能认识到这些，但他们在古代的条件下看到了意识中的‘物化’现象，触及到了审美的特征。”④ 李、刘二位先生的分析，还是颇为客观的。庄子其时虽然谈不到美学的自觉，但从今天的美学观点来进行考察，其“物化”思想是有充分的美学蕴含的。我们知道，在人类艺术发展的早期，艺术是和技术、技艺不可分的。庄子所讲述的几个技艺达到出神入化的境界的故事，都是极高的美的境界。《庄子·达生》篇中所说的佝偻承蜩、吕梁丈夫、工倕等寓言故事，都是阐述物化的思想。如佝偻者承蜩之说，佝偻者承蜩技艺之高，几于出神入化，在于其“用志不分，乃凝于神”，对世间万物毫无旁顾，全副身心都集中于蜩翼，进入“物化”状态；“吕梁丈夫”也说明同样道理，其所以有如此奇妙的水性，在惊涛骇浪中随心所欲，自由出入，是因其已然与水化而为一，“与齐俱入，与汩偕出”⑤，难分彼此。同在《达生》篇中，庄子还说：“工倕旋而盖规矩，指与物化而不以心稽，故其灵台一而不桎。忘足，履之适也；忘要，带之适也；知忘是非，心之适也，不内变，不外从，事会之适也。始乎适，而未尝不适者，忘适之适也。”⑥ 工倕是传说中尧时代的画师和巧匠。其作品臻于极致，合于规矩，是因其“指与物化”。

① （清）王先谦：《庄子集解》，成都古籍书店1988年版，第9页。

② 同上。

③ 同上。

④ 李泽厚、刘纲纪：《中国美学史》第1卷，中国社会科学出版社1984年版，第270页。

⑤ （清）王先谦：《庄子集解》，成都古籍书店1988年版，第9页。

⑥ 同上书，第12页。

陈鼓应先生解释“指与物化”说：“手指与物象化而为一。”① 宋人黄庭坚论书法云：“手不知笔，笔不知手。”② 手与物两忘，即是“指与物化”的境界。徐复观先生对此阐释道：“按上面几句话，实透出了艺术最高的技巧与心灵。技巧的进程，首先须有法度；若以木匠而言，即应当有规矩。但欲由一般的工艺进而为艺术，则须由有法而进于无法，在无法中而又有法。有法而无法，乃是把法的规格性、拘限性化掉了，实际上是超过了；这是超过了法的无法，所以在无法中而又自然有法。这是工倕旋而盖规矩的意义；规矩是代表方法的。最紧要的是‘指与物化，而不以心稽’的两句话。指与物化，是说明表现的能力、技巧（指），已经与被表现的对象，没有中间的距离了。这表示出最高地技巧的精熟。”③ “物化”可以说是艺术的审美创造的最高的境界。庄子有时也称这种境界为“物忘”，则是更为了突出与物冥化，忘却主体与对象的区分的意义，在《在宥》篇中说：“汝徒处无为，而物自化。堕尔形体，黜尔聪明，伦与物忘；大同乎涬溟，解心释神，莫然无魂。万物云云，各复其根，各复其根而不知；浑浑沌沌，终身不离；若彼知之，乃是离之。”④ “堕尔形体，黜尔聪明”，与《大宗师》篇中的“堕肢体，黜聪明，离形去智，同于大通，此谓之坐忘”⑤ 意思是一样的，也即去其形体之欲，忘掉分解性的、概念性的知识活动。“伦”即“沦”，泯没之意。泯没自我而与物相忘，也即“物化”。

二

在中华传统艺术领域中，“物化”是诗词画书法艺术家审美体验中物我相忘、而将主体的灵性与对象的物性化而为一的极致之境。我们先看唐人符载的一篇名作《观张员外画松石序》：

> 尚书祠部郎张璪字文通，丹青之下，抱不世绝俦之妙。居长安中，好事者卿大臣既迫精诚，乃持权衡尺度之迹，轮在贵室，他人不得诬妄而睹者也。居无何，谪官为武陵郡司马，官闲无事，士君子往往获其宝

① 陈鼓应：《庄子今注今译》，中华书局1983年版，第493页。
② 同上。
③ 徐复观：《中国艺术精神》，春风文艺出版社1987年版，第110页。
④ 陈鼓应：《庄子今注今译》，中华书局1983年版，第284页。
⑤ 同上书，第205页。

焉。荆州从事监察御史陆澧陈宴宇下，华宇沉沉，尊俎静嘉。庭篁霁景，疏爽可爱。公天纵之思，欻有所诣，暴请霜素，愿㧑奇踪。主人奋裾，鸣呼相和。是时座客声闻士凡二十四人，在其左右，皆岑立注视而观之。员外居中，箕坐鼓气，神机始发。其骇人也，若流电激空，惊飙戾天。摧挫斡掣，㧑霍瞥列。毫飞墨喷，捽掌如裂，离合惝恍，忽生怪状。及其终也，则松鳞皴，石巉岩，水湛湛，云窈眇。投笔而起，为之四顾，若雷雨之澄霁，见万物之情性。观张公之艺非画也，真道也。当其有事，已知夫遗去机巧，意冥玄化，而物在灵府，不在耳目。故得于心，应于手，孤姿绝状，触毫而出，气交冲漠，与神为徒。若忖短长于隘度，算妍媸于陋目，凝觚舐墨，依违良久，乃绘物之赘疣也，宁置于齿牙间哉?①

张璪是唐代的著名画家，善画松石山水。他在画论方面有“外师造化，中得心源”② 的名言，虽然只有八个字，却在绘画美学思想史上有非常重要的影响。符载所记述的张璪作画的情景，即“神机始发”的一段描写，就是物我一体的状态。“物在灵府，不在耳目”③，已不仅是作画，而是通于大道，主体与对象全然融而为一。物象不再停留于耳目，不再停留于直接感触，而是主体与物象的内在合一。因而，张璪所画山水松石才能成为极具个性、无人可及的精品。

“物化”作为审美体验与审美创造的“物我合一”状态，是一个动态的过程，也可说是一个“高峰体验”的瞬间，它不会是长久的，而是审美体验的顶端。由动态而臻极致，应是“物化”的特征。唐代著名书论家张怀瓘对书法创作的描述，也大可见出“物化”的动态性质，他在《书断序》中说：

尔其初之微也，盖因象以曈昽，眇不知其变化，范围无体，应会无方，考冲漠以立形，齐万殊而一贯，合冥契，吸至精，资运动于风神，颐浩然于润色。尔其终之彰也，流芳液于笔端，忽飞腾而光赫；或体殊

① 俞剑华：《中国古代画论类编》，人民美术出版社2000年版，第20页。

② （唐）张彦远：《历代名画记》卷10，上海人民美术出版社1964年版，第201页。

③ （唐）符载：《观张员外画松石序》，见俞剑华《中国古代画论类编》，人民美术出版社1998年版，第20页。

而势接，若双树之交叶；或区分而气运，似两井之通泉；麻荫相扶，津泽潜应，离而不绝，曳独茧之丝；卓尔孤标，竦危峰之石；龙腾凤翥，若飞若惊，电烻曜爥，离披烂漫，翕如云布，曳若星流，朱焰绿烟，乍合乍散，飘风骤雨，雷怒霆激，呼吁可骇也！信足以张皇当世，轨范后人矣。①

张怀瓘在这里所描述的，是从书家进入创作之前的审美体验，一直到书法作品完成后的美感。前者是“其初之微也”一段，后者是“其终之彰也”一段。在书家的审美体验中，就充满着物化的特点，即所谓“合冥契，吸至精”②，而这个情境是动态变化着的。在后面的论述中，张怀瓘又写了这种创作中的物化情态：“及乎意与灵通，笔与冥运，神将化合，变出无计，虽龙伯系鳌之勇，不能量其力；雄图应箓之帝，不能抑其高，幽思入于毫间，逸气弥于宇内，鬼出神入，追虚补微，则非言象筌蹄所能存亡也。”③这种审美创造上的“物化”情境，超越于言象之间，变化多端，逸气四射，入于精微。

值得指出的是，艺术创作中审美体验的“物化”，不止于心与物的合一，而是“身与竹化”，是以“身”为代表的全副身心与对象的冥化。所谓“物化”，当然不是身体真的与客体之物溶而为一体，而是出现在主体的精神世界之中的感觉。“物化”的审美体验和创作状态，使宇宙自然的生机涌动在艺术品之中，也正是苏轼所题的“无穷出清新”。宋人董逌论著名画家李成画云：“由一艺以往，其至有合于道者，此古之所谓进乎技也。观咸熙（李成字）画者，执于形相，忽若忘之，世人方且惊疑以为神矣，其有寓而见耶？咸熙盖稷下诸生，其于山林泉石，岩栖而谷隐。层峦叠嶂，嵚欹崒嵂，盖其生而好也。积好于心，久而化之，凝念不释，殆与物忘。则磊落奇特，蟠于胸中，不得遁而藏也。他日忽见群山横于前者，垒垒相负而出矣。岚光霁烟，与一一而下上，漫然放乎外而不可收也。盖心术之变化，有时出则托于画以寄其放，故云烟风雨，雷霆变怪，亦随而至。方其时忽乎忘四肢形体，则举天机而见者，皆山也。故能尽其道。”④ 而当主体与对象的“物

① （唐）张彦远：《法书要录》，辽宁教育出版社1998年版，第111页。
② 王伯敏等：《书学集成》，河北美术出版社2002年版，第140页。
③ （唐）张彦远：《法书要录》，辽宁教育出版社1998年版，第112页。
④ 于安澜：《画品丛书》，上海人民美术出社1982年版，第307页。

化”之时，主体的灵性与对象的物性融而为一时，作品的审美意象便既有着物象的特征，又有着艺术家的独特烙印，以独一无二的面目呈现给人们。清人贺裳云：“稗史称韩干画马，人入其斋，见干身作马形，凝思之极，理或然也。作诗文亦必如此始工。如史邦卿《咏燕》，几于形神俱似矣。”① 以画马著称于世的唐代画家韩干，初时玄宗令其以画马名家陈闳为师，干不奉诏，却以厩中宝马为师，揣摩马的形体神态以至于“身作马形”，达于“物化”之境。贺裳举此认为诗词创作也应以“物化”情境为创作成功的条件，他举史达祖的《双双燕·咏燕》作为物化之例。史达祖的《咏燕》，在咏物词中的确是上乘的精品，词人几于与燕俱化，又极具人情之美。咏物诗词中，这类佳作是臻于物化之境的。

审美体验与创造中的“物化”，有着中国哲学的深厚根基，即是“天人合一”、“万物一体”的根本性观念，而颇具审美意味的“物化”说，则是这种哲学理念最具艺术意味的集中体现。庄子“物化”命题的提出，本身就是与其“天地与我并生，而万物与我为一”② 的思想同体而生的，破弃物我的界限，扬弃我执，打破自我中心主义，进而与天地万物通为一体，这是庄子《齐物论》的基本思想。《齐物论》中又说：“今者吾丧我”③，就是说摒弃我见，“丧我”的“我”，是偏执的我。由丧我而达到忘我、臻于万物一体的境界。《齐物论》篇末的“物化”说，是由这里的思想生发而来的。

魏晋南北朝时期的著名玄学家郭象，以注《庄子》来阐发自己的哲学思想。郭象的玄学体系主要是“独化”论，而“玄冥之境”则是他所提出的主要哲学命题。“独化”论超越了魏晋玄学的最为基本的本体论讨论中的“贵无”和“崇有”的命题，正如蒙培元教授所指出的：“郭象的‘独化说’，却否定了玄学本体论。他既否定了董仲舒的天人目的论，又否定了王弼以无为本的本体论，同时，他也不同意裴頠以有为体的崇有论。”④ 郭象的“独化”，更重要的是解决生命的存在和意义问题，因此可以说是存在论的哲学思想。“玄冥之境”是一种主体的精神境界，然则是物我一体的境界。蒙培元阐发道：“所谓‘玄冥之境’，就是‘玄同彼我’、‘与物冥合’

① 唐圭璋：《词话丛编》第1册，中华书局1986年版，第704页。
② 陈鼓应：《庄子今注今译》，商务印书馆2007年版，第88页。
③ （清）王先谦：《庄子集解》，上海书店1987年版，第6页。
④ 蒙培元：《心灵超越与境界》，人民出版社1998年版，第260页。

的精神境界或心灵境界，其根本特点就是取消物我内外的区别和界限，取消主观同客观物的界限，实现二者的合一。所谓‘玄同’，就是完全的直接的同一，没有什么中间环节或中介，不是经过某种对象认识，然后取得统一，而是存在意义上的合一或同一。这一点是符合中国哲学基本精神的，只是郭象的‘玄冥之境’更具有存在哲学的特征。”① “玄冥之境”同审美关系的“物化”是一致的。

宋明理学家更明确地提出“万物一体”的思想，程颢所谓“万物一体者，皆有此理，只为从那里来”，则是将“万物一体”与“理”的本体联系在一起。但“万物一体”毕竟有着消除物我、内外界限的意义，使个体的生命与宇宙生命合而为一。程伊川的“万物一体”观指人与宇宙万物为一体，道贯通于人与宇宙万物之中。王阳明则更明确地阐述他的“人与万物一体”的观点，他说：“大人之能以天地万物为一体也，非意为之也，其心之仁本若是，其与天地万物而为一也。”② 人不仅与人相通，而且与不同类之鸟兽相通，与无知觉之草木瓦石相通，总之，人与任何不同的东西，皆因其为一体而彼此相通，而无分隔隘陋。

佛教进入中国之后，在其哲学义理上吸收了中国哲学中“万物一体”的思想，形成了颇为逻辑严密的独立体系，回过头来又深刻地影响着中国思想史的发展。华严宗和禅宗都有成系统的“万物一体”观。华严宗最有名的命题，即是“一切即一，一即一切”。禅宗则讲佛性遍于一切有情，亦遍于一切无情。“青青翠竹，尽是法身；郁郁黄花，无非般若”③ 的偈语，尤能道出后期禅宗的“万物一体”的观念。

三

就“物化”的审美体验和审美创造论而言，艺术创造中的“物化”由此而产生的几个鲜明的特点：一是物我之间的直接冥合，没有知识的、概念的中介，当然也就没有任何阻隔。庄子所讲的“物化”，就是扬弃名言概念，破除主客体界限的。郭象的“玄冥之境”，也是不以概念知解而造玄极

---

① 蒙培元：《心灵超越与境界》，人民出版社 1998 年版，第 266 页。

② （明）王阳明：《王阳明全集》下册，上海古籍出版社 1992 年版，第 968 页。

③ 《大珠禅师语录》，见石峻等《中国佛教思想资料选编》第 2 卷第 4 册，中华书局 1983 年版，第 193 页。

的。二是由物冥合而产生的宇宙感。中国美学的“物化”观念，一开始就是与“万物一体”的观念深深地联系在一起的，因而有着与天地万物浑灏一气的宇宙感，使艺术品勃发着强劲的生命力。董逌论画云：“古之人化形于无，人乎无有，故能得其无间，方且以天地为一气，浮游乎万物之祖，且遁而藏矣。彼鬼神有不得窥，虽木石山川，无分于一气也。”① 谢榛论诗所谓“思人杳冥，则无我无物，诗之造玄矣哉！”② 三是臻于“物化”的作品，都是由艺术家的精诚专一，而创造出超越于人工雕琢的出神入化的精品。如《宣和画谱》中记载著名画家戴嵩画牛时说：“嵩以画牛名高一时，盖用志不分，乃凝于神。苟致精于一者，未有不进乎妙也。如津人之操舟、梓庆之削鐻，皆所得于此。于是嵩之画牛亦致精于一时也。”③ 金圣叹论文章之几重境界时也说：“心之所至，手亦至焉者，文章之圣境也；心之所不至，手亦至焉者，文章之神境也；心之所不至，手亦不至焉者，文章之化境也。”④ 很明显，“化境”是作为艺术创造的最高境界提出的。

“物化”是一种“物我合一”的审美体验与创造，这在美学理论上颇与西方的“移情”说有一致之处。在主客体融而为一审美体验这点上，“物化”与“移情”确乎是非常相近的。朱光潜先生即用“移情”说来阐释“物我同一”的美感经验，他说：“在凝神观照时，我们心中除开所观照的对象，别无所有，于是在不知不觉中，由物我两忘进到物我同一的境界。……这种物我同一的境界就是近代德国美学家讨论最剧烈的‘移情作用’。”⑤ 朱先生以之作为例证的西方艺术家的审美感受如乔治·桑、波德莱尔和福楼拜等人的论述都与中国美学中的“物化”是一致的。如波德莱尔所说：“你聚精会神地观赏外物，便浑忘自己存在，不久你就和外物混成一体了。”⑥ 乔治·桑在她的《印象与回忆》中所说的：“我有时逃开自我，俨然变成一棵植物，我觉得自己是草，是飞鸟，是树顶，是云，是流水，是天地相接的那一条水平线，觉得自己是这种颜色或是那种形体，瞬息万变，去来无碍。”⑦ 这些感受都可以说用“物化”加以解释。但中国的“物化”

① 董逌：《广川画跋》，见于安澜《画品丛书》，上海人民美术出社 1982 年版，第 242 页。

② 丁福保：《历代诗话续编》下册，中华书局 1983 年版，第 1181 页。

③ 《宣和画谱》，见中国书画全书编纂委员会编《中国书画全书》第 2 册，上海书画出版社 1993 年版，第 102 页。

④ 胡经之：《中国古典文艺学丛编》第 1 册，北京大学出版社 2001 年版，第 203 页。

⑤ 朱光潜：《文艺心理学》，安徽教育出版社 1996 年版，第 37 页。

⑥ 同上书，第 43 页。

⑦ 同上。

说与西方的“移情”说毕竟还是有区别的。现就其要略之处以论之。一是“物化”说有着中国哲学“天人合一”、“万物一体”的独特观念作为其哲学基础，虽是主体的审美体验，却不偏重于以主体为其本位的，更多的是强调主体与客体的融合与互幻，而“移情”则是主要是一种主体情感的外射，有明显的主观色彩。移情说的代表人物德国美学家立普斯对“移情”更多的是强调主体的外射作用，是把主体的感情移入对象之中。立普斯认为，“移情作用所指的不是一种身体感觉，而是把自己‘感’到审美对象里面去”①。在立普斯看来，“移情”是将“我”注入审美对象中去。因而他又说：“这种向我们周围的现实灌注生命的一切活动之所以发生而且能以独特的方式发生，都因为我们把亲身经历的东西，我们的力量感觉，我们的努力，起意志，主动或被动的感觉，移置到外在于我们的事物里去，移置到在这种事物发生的或和它一起发生的事件里去。这种向内的移置的活动使事物更接近我们，更亲切，因而显得更易理解。”② 立普斯的这些论述，都指明了“移情”说是将主体的意志、情感等投射到外物之中去，更多的是强调主体对客体的作用力。而中国的“物化”说则揭示了主体与客体互化中物我两忘的境界，与之相比，西方的“移情”说是有着更强烈的“我”在其中的。“物化”说所呈示的是无我无物的玄极状态，如李白诗中所描写的“当其得意时，心与天壤俱。闲云随舒卷，安识自有无”（《赠丹阳横山周处士惟长》）正是此种境界。“物化”说更是将主体的灵性化人对象的物性之中，使其物性得到了带有灵性的“敞亮”。无论是邹一桂所说的“不知我为草虫耶？草虫之为我耶”，还是石涛所说的“山川使予代山川而言也，山川脱胎于予也，予脱胎于山川也。搜尽奇峰打草稿也。山川与予神遇而迹化也”③，等等，非常典型的“物化”观，都是灵性与物性的互化，而非仅仅是主体对外物的投射。

中国古代文论中的“感兴”等，与“物化”都是相近的范畴，乃至于有些内涵是重合的，这在中国古代文论和美学中，是司空见惯的现象，但“物化”说就其独特的理论内涵而言，却是并不全然相同的。就其相同之处而言，这些范畴都是在中国的“天人合一”的哲学思想基础上，对艺术创

① ［德］立普斯：《论移情作用》，见《古典文艺理论译丛》第8辑，人民文学出版社1962年版，第52页。

② 同上书，第40页。

③ 李来源、林木：《中国古代画论发展史实》，上海人民美术出版社1997年版，第302页。

作中主客体关系的表述；就其相异之处而言，“感兴”强调的是外物对主体情感的触发兴起作用，是主体与客体的直接交融，更注重主客体之间的偶然性触发；“物化”则更多的是强调主客体之间交融的极致，无物无我，物我两忘，进入审美体验的巅峰状态。二者又是不能互相取代的。

审美观照论*

一

作为一个重要的、具有普遍性意义的美学范畴，“审美观照”无论在中国还是在西方，在美学理论和实践中都有非常广泛的运用。但人们对这个范畴虽然常用，却多是习焉不察，对它的内涵与渊源不甚了了。在我看来，审美观照是人类审美活动的必要过程，是审美主客体之间发生实践性联系的特殊方式。审美状态的进入、审美活动的实现，在很大程度上都有赖于审美观照这个阶段的发生。作为审美经验的一种，审美观照与直觉、想象、联想、回忆、移情等都是有密切联系的，但确实又不可以等同。在审美活动的实践中，观照与直觉等非常相近，甚至有相同的一些性质，但从理论上认识，审美观照是不可取代的。如果说有的审美经验的要素在审美过程中并不一定都要出现或存在，那么审美观照却是必不可少的。或者可以说，没有审美观照这个过程，就不成其为审美活动。在某种意义上说，审美观照是审美活动中最为关键、最为本质的环节，它的存在是审美活动与一般认识活动相区别的标志。

审美观照，是审美主体与客体之间所发生的最为直接的联系。观照是以一种视觉直观的方式，对于具有表象形式的客体进行意向性的投射，从而生成具有审美价值的意象。观照不能没有视觉方式，这也意味着观照的对象必须是表象化的客体。在这一点上，笔者是颇为赞同英国美学家鲍桑葵的观点的，鲍桑葵认为只有表象化的、感性化的东西，方能成为审美对象①。但同时，审美观照又远不止于一般的视觉观看，它还兼之以明显的心理活动。“观照”的本来含义出自于中国哲学，它的所指从来都不止于一般的视觉观

* 本文刊于《哲学研究》2004 年第 4 期。

① ［英］鲍桑葵：《美学三讲》，周煦良译，上海译文出版社 1983 年版，第 5 页。

看，而是意味着通过视觉观赏把握事物的本体的、终极的意义。

观照并不排除认识，在观照过程中会包含着认识价值的产生；但如果以认识作为观照的本质，那自然是对观照的扭曲。观照是审美主体以充满情韵的眼光和超越逻辑思维的智慧，来看对象物时的观赏与晤对。这个过程，不仅是对对象的映入，而且是以特有的角度将其改造成以此一对象为原型的审美意象。它不仅视对象为观赏的客体，而且与对象彼此投入，形成物我两忘的关系。主体与客体的审美关系由此形成，审美价值的生成也正是在这个过程之中。

审美观照对于审美主客体都需要相应的条件。就客体而言，能够成为审美观照的对象之物，一是感性的、具象的，能够提供给审美主体的知觉以原型或者说是整体性的材料；二是对象本身具有某种审美属性，或云美的潜质，在主体的意向性召唤中使其美的潜质或属性得以呈现。从审美主体的角度看，一是需要排除欲念，使心境空明虚静，凝神注目于对象物；二是主体以独特的智慧、灵性进行直观，没有这个条件，也很难谈到审美观照。

审美观照是人的主客体关系的一种特殊方式，其过程是相对短暂的。但是审美观照却是主体进入审美过程、审美情境的最重要的、最关键的阶段。在进入审美观照的同时，主体暂时隔断了与其他事物的所有的、任何方式的联系，而有意无意地投入于此一对象的凝神注目之中，从而产生审美愉悦。主体与对象在观照中形成了物我两忘的情境，其实，这种物我两忘的情境，只是主体的一种感受而已。但与这种情境相伴的，恰恰是主体所产生的审美愉悦。在观照达到极致时，就是叔本华所说的“自失”的状态。他说：“人在这时，按一句有意味的德国成语来说，就是人们自失于对象之中了，也即是说人们忘记了他的个体，忘记了他的意志；他已仅仅只是作为纯粹的主体，作为客体的镜子而存在；好像仅仅只有对象的存在而没有觉知这对象的人，所以人们也不能再把直观者（其人）和直观（本身）分开来了，而是两者已经合一了；这同时即是整个意识完全为一个单一的直观景象所充满，所占据。”① 叔本华所说的“直观”，从美学意义而言，与我们说的“观照”基本上是一致的。尽管叔本华的观点有其自已的出发点，但这里对于“直观”也即审美观照的分析是较为充分和合乎实际的。值得注意的是，叔本华在论述审美观照时指出了由此而产生的审美愉悦（或云“快感”），他说：“不管它是由艺术品引起的，或是直接由于观审自然和生活而引起的，本质

① ［德］叔本华：《作为意志和表象的世界》，石冲白译，商务印书馆1982年版，第250页。

上是同一愉快。”[①] 在笔者看来，进入审美观照的过程，必然带来的就是主体的审美愉悦感。

二

“审美观照”这个范畴有着深厚的中国哲学背景，可以说“观照”的主要含义是来自于中国哲学传统的。审美观照的主体虚静心境、物我两忘的情境、主客体的意向性关联以及本质直观等特征，都在中国哲学和美学有关“观照”的思想资料中蕴含着。

中国古代哲学中，《老子》的“涤除玄鉴”、《庄子》的“见独”、《周易》的“观物取象”等命题，都对中国的审美观照思想有至关重要的影响。“鉴”即镜子，观照事物之具。老子以明镜喻心灵，意谓：内心灵明虚静，即可洞彻事物之玄微。《庄子》对此颇有发挥并以水之平静喻“圣人”之心。由于主体心灵的虚静，才能呈现一种观照对象的心胸。老子、庄子所云主要是指心灵的虚静莹彻，并以心灵为观摄万物之镜，并未提及视觉的作用，但实际上心灵对万物的观摄，是以其内在视像为其中介的。庄子所谓的“见独”，恐怕就是将主体的内视作用加入其中了。《大宗师》篇云：“吾犹告而守之，七日而后能外物；已外物矣，吾又守之，九日而后能外生；已外生矣，而后能朝彻；朝彻，而后能见独。”[②] “外”即忘也，“外物”、“外生”，也即忘却外物、世俗乃至存在之相。“朝彻”，形容心境的清明洞彻。“见独”，则是指洞见独立无待的“道”，见到他所无法见到的“道”之幽深精微。庄子又云：“视乎冥冥！乎无声。冥冥之中，独见晓焉。无声之中，独闻和焉。故深之又深而能物焉，神之又神而能精焉。故其与万物接也，至无而供其求，时骋而要其宿。”[③] 此番话意谓：对道的洞察，视而深远，听而无声。深远之中，却可以见其象；无声之中，却闻和音。[④] 庄子在这里的意思，是说对道的洞见是通过视听之途的。当然这不是一般的视觉观察，而是以视听等感知机能体悟道的幽深。庄子这里所提到的“视听”，是值得注意的，从视觉角度来看，还是内在的视像更为客观。而无论是老子讲

---

① ［德］叔本华：《作为意志和表象的世界》，石冲白译，商务印书馆1982年版，第272页。

② （清）郭庆藩：《庄子集释》卷3，中华书局1961年版，第252页。

③ 同上书，第411页。

④ 陈鼓应：《庄子今注今译》，商务印书馆2007年版，第354页。

的“玄鉴”，还是庄子讲的“见独”，都是关涉于对象的。镜子当然是照人照物的，“水静”亦以“明烛须眉”，都是与客体直接相关的。用现象学的话来说，就是“意向性”。

《周易》作为中国思想史的重要源头之一，其“观物取象”的思想对后世的哲学、美学的发展，其影响之深巨是毋庸多言的。易象本身就是“观物取象”的产物。“观物取象”首先是视觉之“观”，“仰观于天”和“俯观于地”都是切实的视觉方式。但这个“观”又不是一般的物象观察，而是通过观象对事物的深层蕴含作符号化的彰显。《系辞上》云：“圣人有以见天下之赜而拟其形容，象其物宜，是故谓之象。”① 所谓“赜”，是指幽深复杂的事理。在《周易》作者来看，“象”是圣人发现天下幽深难见的道理，把它譬拟成具体的形象，用来象征事物适宜的意义。“观物”是主体对事物的直接观照，但同时又以此把握事物内在的机微。

“观照”一词在中国的佛学典籍中出现最多。“观”、“照”意思相近，但分而析之则颇有不同。“观”从文字义来说是：“谛视也。”观是佛教的重要修行方法，即以“正智”，照见诸法。方立天先生释“观”说：“众生主体以佛教智慧观察世界，观照真理，主体心灵直接契入所观的对象，并与之冥合为一，而无主客能所之别，谓之观；或主体观照本心，反省本心，体认本心，也称为观。观是佛教智慧的观照作用，是一种冥想，也即直观，直觉。”② “照”在佛教典籍中所见颇多，其义与“观”相近，然更近于“本质直观”。方立天先生释之云：“与观紧密相连的是照。照即照鉴……印度佛教说，佛、菩萨具有洞见众生和万物的大用。中国佛教则把最高真理、终极本体‘真如’和主体的心联系起来，说真如也有观照万物的妙用。真如本体是空寂的，由此中国佛教又把照与寂连用，从而有寂照和照寂之说。寂，寂静，反映真如本体的空寂状态。寂照，即寂体（真如本体）的观照作用。”③ 我们可从佛教典籍中得见“照”字之义。南北朝慧达在《肇论疏》中阐述道生的“顿悟”说云：“夫称顿者，悟语极照。以不二之悟，符不分之理。”④ 谢灵运论“小顿悟”云：“夫明非渐至，信由教发。何以言

---

① 廖名春校点：《周易》，辽宁教育出版社1997年版，第54页。

② 方立天：《中国佛教哲学要义》下，中国社会科学出版社2002年版，第1032页。

③ 同上书，第1033页。

④ 转引自汤用彤《汉魏两晋南北朝佛教史》，中华书局1983年版，第471页。

之？由教而信，则有日进之功；非渐所明，则无人照之分。”① “一有无、同物我者，出于照也。”② 而南北朝时著名佛教思想家竺道生云：“未是我知，何由有分于入照？岂不以见理于外，非复全昧。知不自中，未为能照耶！”③ 由这些论述可见，“照”是通过直观的方式，对佛教的“终极真理”的洞彻。在某种意义上，“照”与“悟”是同义的，汤用彤先生谓：“悟者又名照，乃顿，为真，为常，为智，为见理。”④ 但“照”重在直观的方式和所悟真理的不可分性。禅宗更多使用“观照”的说法，如六祖《坛经》中所说：“用智慧观照，于一切法不取不舍，即见性成佛道。”⑤ “故知本性自有般若之智，自用智慧观照，不假文字。”⑥ “汝若不得自悟，当起般若观照，刹那间，妄念俱灭，即是自真正善知识，一悟即知佛也。”⑦ 六祖慧能所云“观照”，是“顿悟见性”的主要方法，其性质一是“不假文字”，即非名言概念而是直观的方式；二是观照主体应具“般若智慧”。

三

审美观照必然是意向性的，也即是说，观照不可能是无对象的泛览，而是针对某一特定的相关物的。同时，在审美观照中，观照的对象必然是与主体的意识相贯通或者说浸染着主体的意识的。作为现象学哲学的一个最基本的概念，“意向性”对我们来说也许并不陌生，但要以之阐释“审美观照”，却又不能不作出相应的说明和理解。在现象学的正式开创人胡塞尔那里，“意向性”是从其老师布伦塔诺师承下来而加以改造的重要概念。它的含义是：意识活动总是指向某个对象。意向性作为意识的基本结构意味着：意识总是指向某个对象，总是有关某对象的意识，而对象也只能是意向性对象。胡塞尔说：“我们把意向性理解为一个体验的特性，即作为对某物的意识。”⑧ 观照是对某物的观照，而某物作为对象，也只能是被主体的审美意

① （南朝·宋）谢灵运：《与诸道人辩宗论》，见石峻等《中国佛教思想资料选编》第1卷，中华书局1981年版，第222页。

② 同上书，第477页。

③ 转引自汤用彤《汉魏两晋南北朝佛教史》，中华书局1983年版，第479页。

④ 汤用彤：《汉魏两晋南北朝佛教史》，中华书局1983年版，第476页。

⑤ 郭朋：《坛经校释》，中华书局1983年版，第53页。

⑥ 同上书，第54页。

⑦ 同上书，第60页。

⑧ ［德］胡塞尔：《纯粹现象学通论》，李幼蒸译，商务印书馆1992年版，第210页。

识所贯穿的客体。

审美观照无疑具有感性的特征，但又非止于感性。观照不能脱离视觉的作用，但也同时又是心灵的关注。而对于客体而言，观照所把握的决非仅是感性的形象，而且包括直观中的本质。佛教所说的“自用智慧，常观照故”①、“若起真正般若观照，一悟即至佛地”② 等，都意味着对佛教实相的领悟。这与现象学的“本质直观”（Wesensscchau）颇有相似之处。倪梁康在阐释“本质直观”时说：“现象学的本质直观（观念直观）概念起源于对胡塞尔在《逻辑研究》中所采用的直观概念的扩展。在个体直观的基础上，一个普遍性意识在‘观念化的抽象’中构造起自身，在这个普遍性意识中，这个个体之物的‘观念’、它的‘普遍之物’‘成为现时的被给予’。……这种观念、种类——胡塞尔以后也说：这种本质——的被给予不是一种‘符号性思维’，而是一种‘直观’，一种‘对普遍之物的感知’。”③ 可以说审美观照所洞悉的是在表象中寓含的本体化的东西。

与审美观照联系最为密切的心理功能便是知觉。观照是感性的、直观的，但观照中呈现于主体心灵的主要是知觉，它是一个综合的、完整的知觉整体，而非零散的、局部的感观印象。慧达所说“夫称顿者，明理不可分，悟语极照。以不二之悟，符不分之理”④，道生所说“夫真理自然，悟亦冥符。真则无差，悟岂容易？（故悟须顿）不易之体，为湛然常照，但从迷乖之事未在我耳”⑤，此处所举之“照”，都是指向终极的、整体的“实相”，而非可以分解的、离析的局部知识或印象。宋人严羽所谓“羚羊挂角，无迹可求。故其妙处透彻玲珑，不可凑泊。如空中之音，相中之色，水中之月，镜中之象，言有尽而意无穷”⑥，虽是谈诗的审美境界，亦可以从主体角度理解为知觉的整体性意义。

审美观照所带来的知觉是非常丰富而又统一的，而且，这种知觉是以主体的审美情感和意趣对客体物象进行了某种程度的改造。清人郑燮论对竹的审美观照，最可说明问题，他说：“江馆清秋，晨起看竹，烟光、日影、露

① 郭朋：《坛经校释》，中华书局 1983 年版，第 54 页。

② 同上书，第 60 页。

③ 倪梁康：《胡塞尔现象学概念通释》，三联书店 1999 年版，第 512 页。

④ （晋）慧达：《肇论疏》，见《续藏经》第 1 辑第 2 编乙，第 23 套第 4 册，新文丰出版公司 1983 年版，第 425 页。

⑤ 转引自汤用彤《汉魏两晋南北朝佛教史》，中华书局 1983 年版，第 471 页。

⑥ 郭绍虞：《沧浪诗话校释》，人民文学出版社 1961 年版，第 26 页。

气，皆浮动于疏枝密叶之间。胸中勃勃，遂有画意。其实胸中之竹，并不是眼中之竹也。因而磨墨展纸，落笔倏作变相，手中之竹又不是胸中之竹也。”① 板桥所谓“胸中之竹”，正可以视为主体的审美知觉。它是生机盎然的、充满动感的，又是无比丰富的，它包含着主体在观照中所获得的审美享受在其间。王夫之论作诗的观照时云“神理流于两间，天地供其一目，大无外而细无垠，落笔之先，匠意之始，有不可知者存焉”②，颇得审美观照之“真谛”。现象学美学家施皮格伯格谈及审美享受时说“审美享受的特征在于它注视到客体的直观丰富性”③，这句话尤其有助于说明审美观照中知觉的丰富性。现象学美学非常重视本质直观中的知觉地位。这在胡塞尔的先验现象学中已奠定了厚实的基础。胡塞尔在其《逻辑研究》中论述了感知表象的充盈，他说：“表象的充盈则是从属于它本身的那些规定性之总和，借助于这些规定性，它将它的对象以类比的方式当下化，或者将它作为自身被给予的来把握……表象越是清楚，它的活力越强，它所达到的图像性阶段越高；这个表象的充盈也就越丰富。据此，充盈的理想可以在一个完整无缺地包含着对象及其现象学内容的表象中达到。如果我们将那些个体化的规定性也算作对象的充盈，那么能够达到充盈之理想的肯定不会是想象，而毋宁说只有感知。”④ 胡塞尔这里其实是指通过本质直观所得的知觉表象，它们的“充盈”不是支离破碎的，而是整一而有生命力的，是“活泼泼”的。施皮格伯格论及胡塞尔现象学的“意向性”特征时，曾指出其中的一个特征是“意向的统一”，他说：“意向对象化功能的下一步就是它使我们把各种连续的材料归结到意义的同一相关物或‘极’上。如果没有这种统一的功能，那就只有知觉流，它们是相似的，但决不是同一的。意向提供一种综合的功能，借助于这种功能，一个对象的各个方面、各种外观和各个层次，全都集中并合并在同一个核心上。”⑤ 施皮格伯格还归结为：“意向是任何一种活动的这样一种特征，它不仅使活动指向对象，而且还（a）用将一个丰满的呈现给我们意识的方式解释预先给与的材料，（b）确立数个意向活动

① 卞孝宣：《郑板桥全集》，齐鲁书社 1985 年版，第 196 页。

② （清）王夫之：《古诗评选》卷 4，见《船山全书》第 14 册，岳麓书社 1996 年版，第 736 页。

③ ［美］赫伯特·施皮格伯格：《现象学运动》，王炳文、张金言译，商务印书馆 1995 年版，第 302 页。

④ ［德］胡塞尔：《逻辑研究》，倪梁康译，上海译文出版社 1998 年版，第 75 页。

⑤ ［美］赫伯特·施皮格伯格：《现象学运动》，王炳文、张金言译，商务印书馆 1995 年版，第 156 页。

相关物的同一性，（c）把意向的直观充实的不同阶段连接起来，（d）构成被意指的对象。”① 这里的归结尽管未必全然符合审美观照中的知觉特点，但从它的整一性来说，还是有启发的。现象学美学家梅洛—庞蒂和杜夫海纳都以知觉研究作为其现象学的基石。前者认为知觉是现象学最核心的研究对象。对于意识和知觉化的解释，使其终于走向了超越性审美问题。在他看来，只有通过知觉感觉得到的才能体验到，而只有知觉到的才能被把握到。如果人处于知觉和体验之外，那么他就与真理和真理的认识无缘。只有人的知觉才能赋予人的灵魂以光辉。梅洛—庞蒂强调知觉的综合性，他告诉我们这样一句意义深远的话：“知觉向我开启一个世界。”② 杜夫海纳的现象学美学，尤以对审美知觉的精辟论述而著称。杜夫海纳认为，只要分析知觉就能最清楚地说明意向性概念中所包含的主体与客体的特殊相异性。其代表性著作《审美经验现象学》以审美知觉作为主要的研究目标。他认为，“审美对象是在知觉中完成的”③。在杜夫海纳的现象学美学研究之中，感觉、想象等心理功能在审美活动中都是从属于知觉的。杜氏还非常重视审美知觉中的情感、意义和深度，这对我们理解审美观照是颇有启示的。杜氏在他的另一部名著《美学与哲学》中就这个问题有明确的表述：“当知觉深化为情感时，知觉接收审美对象的一种意义。这种意义我们曾主张称之为表现，这表现就是语义学称之为内涵的东西。这种意义的特点是：它是直接从对象上读出来的，不是外加在知觉之上的，不是它的延伸或注释，而是在知觉中心被感受到的。于是，主体与客体深深地介入这种经验。”④

对于观照中的审美对象而言，之外的事物都被“悬搁”起来。“悬搁”也是现象学的基本方法，胡塞尔亦称之为“加括号”（Bracketing），是现象学哲学对经验事实世界采取的一种根本立场。其实，这个方法的“专利”不应仅属于作为当代西方哲学派别的现象学，在中国哲学中可以说是早已有之矣。庄子说“用志不分，乃凝于神”⑤，除所观照的对象，对其他事物都采取视而不见的态度，非“悬搁”而何？正因其对其他事物的“悬搁”，主

① ［美］赫伯特·施皮格伯格：《现象学运动》，王炳文、张金言译，商务印书馆1995年版，第158页。

② ［法］梅洛—庞蒂：《知觉现象学》，姜志辉译，商务印书馆2001年版，第473页。

③ ［法］米·杜夫海纳：《审美经验现象学》，韩树站译，文化艺术出版社1992年版，第371页。

④ ［法］米盖尔·杜夫海纳：《美学与哲学》，孙非译，中国社会科学出版社1985年版，第113页。

⑤ 郭庆藩：《庄子集释》卷7，中华书局1961年版，第641页。

体所观照的对象得到了“去蔽”与显现，它焕发着自由的光彩而呈露在主体的视域之中。现象学中有“显现”的概念，恰好适合于审美观照中这种审美对象的呈现。德国著名现象学家克劳斯·黑尔德说：“所谓‘显现’（Erscheinen）意味着：从一个未被照亮的背景中显露出来。”① 这也就是海德格尔所说的“澄明之境”。海德格尔以诗意的笔触所描述的梵高的《农鞋》和希腊神殿，其实正是在审美观照中的“显现”，用海德格尔的话就是“它敞开了一个世界”，这也就是“澄明之境”。海德格尔用更为诗化的语言来表述了这种境界：“此澄明也是愉悦，在其作用下，每一事物都自由徜徉着。澄明将每一事物都保持在宁静与完整之中……它是神圣的。对诗人来说，最高者与神圣是同一个东西即澄明。作为众乐之源，澄明也就是极乐。通过愉悦的澄明，他照亮人的精神以使他们的本性得以对那些在其田野、城市、住宅中的本真者敞开。”② 审美观照的视域，是如此的光亮、自由和充满诗意，又是如此的广远、深微和充满意义；它是感性的显现，也是本体的敞亮。“此中有真意，欲辨已忘言”、“两看两不厌，唯有敬亭山”，庶几近于审美观照的情境吧！

① ［德］克劳斯·黑尔德：《世界现象学》，倪梁康等译，三联书店2003年版，第99页。
② 张世英：《进入澄明之境》，商务印书馆1999年版，第139页。

娱乐：审美文化中的“溶解性的美”*

娱乐时常被一些人所轻视，乃至看作是低档或无聊的同义语，这是一种误解。作为一种审美活动，娱乐有着特殊的审美功能。在我看来，娱乐在审美文化中的地位是不可取代的。

一　娱乐对审美需要的满足

我们在这里不是发生学的意义上来说“游戏”的，而且，也不是形而下的“游戏活动、游戏节目”，甚至也并非文艺理论和美学教材上所讲的“艺术起源于游戏”的“游戏”说，但又的的确确与之密切相关。这里所说的“游戏”，是在美学意义上的“游戏”。娱乐在本质上是审美的游戏。在人的全面发展的过程中，娱乐是满足人的审美需要的一个非常重要的途径。

在一定的意义上讲，审美是以快感的追求与获得为其标志的，而这种快感当然是不等同于生理的快适的。康德在其美学的经典名著《判断力批判》中认为，审美鉴赏就是快感的获得。他把审美鉴赏的快感与“善”和“快适”都作了区别，他说：“快适和善二者对于欲求能力都有关系，并且前者本身就带着一种受感性制约的（因刺激而产生的）愉快，后者带着一种纯粹的实践的愉快，而这不单是受事物的表象，而同时受主体和对象存在的表象关系所决定。不单是这对象，而也是它的存在能令人满意。与此相反，鉴赏判断仅仅是静观的，这就是这样的一种判断：它对这一对象的存在是淡漠的，只是把它的性质和快感及不快感结合起来。然而，静观本身不是对着概念的；因为鉴赏判断并不是知识判断（既不是理论的，也不是实践的），因此既不是以概念为其基础也不是以概念为其目的。”① 康德对审美的第一个

---

* 本文刊于《社会科学》2002 年第 12 期。

① ［德］康德：《判断力批判》，宗白华译，商务印书馆 1964 年版，第 46 页。

说明就是“鉴赏是凭借完全无利害观念的快感与不快感对某一对象或其表现方法的一种判断力”①。康德在这里明确区分了善、快适与审美快感的不同，但认为审美是一种没有利害关系的快感。

美国著名的美学家桑塔亚那对于美感的问题作了深入的研究，他指出了生理快感与审美快感的区别。② 桑塔亚那并不赞同把审美快感规定为完全是无利害关系的，而且指出了审美快感是有生理条件的；他对肉体的快感与美感的区别，是很有价值的。而我们还是把娱乐定位在审美快感的获得之上，娱乐的目的是美的快感的获取。

娱乐的快感与悲剧性的快感是判然而为两途的。西方古典美学中的悲剧理论，在谈及悲剧的审美心理效应时，最为经典的概念就是“净化”，快感是由“净化”转化而来的。所谓“净化”，希腊文为 Katharsis，主要是痛苦的和不愉快的激情得到一定的宣泄、消灭，转化为相反的激情。“净化”说虽然在亚里士多德之前已经提出，但却是在亚里士多德的悲剧学说中得到系统化和产生巨大影响的。亚氏认为，“我们不应要求悲剧给我们各种快感，只应要求它给我们一种特别能给的快感。既然这种快感是由悲剧引起我们的怜悯与恐惧之情，通过诗人的模仿而产生的，那么显然应通过情节来产生这种效果”③。悲剧所给予人们的快感，是由“怜悯”与“恐惧”而产生的“净化”转化而成的，娱乐的快感与此有相当大的不同。娱乐是使原本紧张的身心得以缓释与松弛，从而产生快感的方式。从某种意义上说，工作、劳动，总是带有某种强制的性质，这只是人的生活的一个方面。从整个社会而言，如果只有工作而没有娱乐，人们会觉得多少有点单调、乏味；娱乐，使人补充了另一面，也就是使人解放的一面。正如黑格尔说的：“审美是令人解放的。”④ 在“令人解放”的审美文化中，娱乐、游戏不应不占有足够的份额。马克思讲的“劳动者只有劳动之外才感到自由自在”⑤，这里虽然是针对异化劳动而言，但从一般情况看，也是实情所系。娱乐的需要，其实是人的审美需要的主要成分。娱乐是使人得到全面的丰富和发展的正当的和重要的途径之一。娱乐是通过感觉的松弛而得以调整身心的状态的。席勒最为重视的就是“游戏冲动”的美。他认为对人来说，有两种对立的力，即是

① ［德］康德：《判断力批判》，宗白华译，商务印书馆 1985 年版，第 46—47 页。
② ［美］桑塔亚那：《美感》，缪灵珠译，中国社会科学出版社 1982 年版，第 24 页。
③ ［希腊］亚里士多德：《诗学·诗艺》，罗念生译，人民文学出版社 1962 年版，第 43 页。
④ ［德］黑格尔：《美学》，朱光潜译，商务印书馆 2010 年版，第 147 页。
⑤ 马克思：《1844 年经济学—哲学手稿》，刘丕坤译，人民出版社 1979 年版，第 47 页。

感性冲动和形式冲动。感性冲动来自人的物质存在或人的感性天性，把人当作个人放在时间之中，要求变化与实在性。形式冲动来自人的绝对存在，或人的理性天性，把人当作类属，超越一切感性世界的限制而达到人格的自由，在认识中要求真理，在行为中要求合理。将感性冲动和形式冲动完美地结合在一起的，便是“游戏冲动”。在游戏冲动中，人将努力使变化与持恒、接受与创造结合；自然的强制与精神的强制将相互抵消，感性与理性将相互调和。席勒反对把游戏视为低等的对象，他在给伯爵的信中说：“您也许早已想反驳我，把美当作纯粹的游戏，这岂不是贬低美，岂不是把美同一向被叫作游戏的那些低级的对象等量齐观吗？美是文明的工具，如今局限于纯粹的游戏，这不是与美的理性概念以及美的尊严相矛盾吗？游戏即使摒弃了一切趣味也可以存在，如今把它仅仅限于美，这不是与美的经验概念相矛盾吗？”① 席勒所辨析的正是这种认识，他认为只有游戏才能使人成为完全的人。他这样论述：“我们已经知道，在人的一切状态中，正是游戏而且只有游戏才使人成为完全的人，使人的双重天性一下子发挥出来，既然如此，那么究竟什么是纯粹的游戏？您根据您对这个问题的意象认为是限制，我根据我已经用证据加以证明的我自己对这个问题的意象称为扩展。因此我要反过来说，人对舒适，善，完美只有严肃，但他同美是在游戏。当然，我们不能一谈到游戏，就想到现实生活中进行的、通常只是以非常物质性的对象为目标的那些游戏，但要在现实生活中寻找这里所谈到的美也是枉费心机。实际存在美同实际存在的游戏冲动是相称的；但是由于理性提出了美的理想，同时也就提出了人在他的一切游戏中应该追求的理想。”② 在席勒看来，艺术家不是以严峻的态度对待他的同时代人，而是在游戏中通过美来净化他们，他使他们在闲暇时得到娱乐，不知不觉地从他们的娱乐中排除任性、轻浮和粗野，再慢慢地从他们的行动乃至意向中逐步清除这些毛病，最后达到性格高尚化的目的。马克思主义美学从未否定娱乐在审美中的作用。马克思曾这样说过：“只是由于属人的本质的客观地展开的丰富性，主体的、属人的感性的丰富性，即感受音乐的耳朵、感受形式美的眼睛，简言之，能感受人的快乐和确证自己是属人的本质力量的感觉，才或者发展起来，或者产生出来。”③ 这里高度肯定了“感受人的快乐”在确证人的本质力量中的合

① ［德］席勒：《审美教育书简》，冯至、范大灿译，北京大学出版社 1985 年版，第 79 页。
② 同上。
③ 马克思：《1844 年经济学—哲学手稿》，刘丕坤译，人民出版社 1979 年版，第 79 页。

理性。

文学艺术果真要实现自己所承诺的“审美文化”的功能，不但不可以排斥娱乐，而且要充分发挥娱乐的功能，通过娱乐来使人逐渐向全面的、丰富的人生成。娱乐使人松弛，所产生的是一种“溶解性的美”。所谓“溶解性的美”，这是席勒提出的美学命题。在他看来，人性的观念与美的一般概念都是直接来自理性，人性观念的圆满实现就是美。但是现实中的人与观念中的理想人不同，他受到种种限制。这些限制总的说来有两种：一是单个的力片面活动破坏了人的本质的和谐一致，造成一种紧张状态；另一是两种基本的力（即感性的力和精神力）同时衰竭，造成一种松弛状态。人在经验中基本上是处于上述两种状态，因而美在经验中对人的作用也有两种：适用于前者的是溶解作用，以恢复和谐一致为目标；适用于后者的是振奋作用，以恢复力为目标。溶解的美也有两种形式：一是以宁静的形式缓和粗野的生活，即以形式解除物质的统治；另一是作为活生生的形象给抽象的形式加上感性的力，即以实在解除概念的统治。这种“溶解性的美”是颇为适合于对娱乐的美学阐释的。娱乐是通过轻松和谐的快感，使人们在现实中的紧张得以“溶解”。席勒作了这样的说明：“我曾经断言，溶解性的美适用于紧张的心情，振奋性的美适用于松弛的心情。——因此，片面地受法则控制的人，或曰精神紧张的人，须通过形式得以松弛，获得自由。”① 这里所说的意思是非常明确的，娱乐，作为溶解性的美，正是使人们的紧张心情得以缓解，从而达到和谐的状态。

二 娱乐为审美文化的重要层面

“三个代表”之一的“先进文化的前进方向”，是最具时代色彩的文化概念，也是党中央的文化战略的概括。从文化的角度来看，“先进文化的发展方向”意味着什么呢？以笔者不成熟的理解，“先进文化”的长远目标，应当是指向人的本质的全面丰富化，用马克思的话说：“也创造具有人的本质全面丰富性的人，创造着具有深刻的感受力的丰富的、全面的人。”② 以当前的时代要求来看，就是适应乃至引领中国的社会主义现代化发展的需要，使全民族有一种与现代化强国相匹配的民族精神。江泽民总书记《在

① ［德］席勒：《审美教育书简》，冯至、范大灿译，北京大学出版社 1985 年版，第 89 页。
② 马克思：《1844 年经济学—哲学手稿》，刘丕坤译，人民出版社 1979 年版，第 80 页。

中国共产党成立八十周年大会上的讲话》中说：“我们党要始终代表中国先进文化的前进方向，就是党的理论、路线、纲领、方针、政策和各项工作，必须努力体现发展面向现代化、面向世界、面向未来的、民族的科学的大众的社会主义文化的要求，促进全民族思想道德素质的不断提高，为我国经济发展和社会进步提供精神动力和智力支持。”① 这是对“先进文化”的经典阐释。“先进文化”是一个复合的概念，是作为一个民族的健康的、优秀的符合进步趋势的文化形态。文化本身包含着精神的、物质的、制度的层面。“先进文化”当然是包括这些层面的内在整体上的代表民族的社会发展趋势的文化形态。而在这里面，“审美文化”在“先进文化”中占有不可忽视的重要地位。关于“审美文化”，这是研究的一个热点话题，然而，对于什么是“审美文化”，不同学者的理解却相去甚远。有的学者认为审美文化是指文化的现代性。这种观点是把审美文化作为传统文化向现代文化转型中的文化模式的概括。在当代审美文化中，又以带有文化产业性质的大众文化为其核心。还有一种观点，把审美文化与当代商品状态下的大众消费型文化直接对应起来，认为当代审美文化是一个特指概念，是指在现代商品社会中应运而生的、以大众传播媒介为载体的、以现代都市大众为主要对象的文化形态。这是一种带有浓厚商业色彩的、运用现代技术手段生产出来的文化。还有一种观点认为，审美文化是文化发展到比较高级阶段上的文化。这些对“审美文化”的理解与阐释都有各自的道理，但笔者与这些看法都略有不同。笔者试图对审美文化作这样的理解：

1. 审美文化是人类文化中具有审美属性和审美价值的文化要素，它包括了审美创造的物化形式、人们的审美意识和审美活动等方面。审美文化是人类自身不断走向完美和全面发展的感性显现，是人通过审美形式而实现的人的本质力量的对象化，审美文化具有鲜明的社会性、民族性和时代性特征。

2. 审美文化的承担主体是社会上最为多数的人，但不能将“审美文化”与“大众文化”的概念等同起来。因为“大众文化”是一个有着特定背景的文化学概念。在西方马克思主义那里，“大众文化”是一种缺少深度、缺少创造，以商业盈利为目的的消费型文化。法兰克福学派认为大众文化完全是物化的意识形态的产物。所谓“物化”，是“西马”的先驱人物卢卡契在《历史与阶级意识》这部名著中所指出的关于商品价值统治一切的社会现

① 江泽民：《在中国共产党成立八十周年大会上的讲话》，人民出版社 2001 年版，第 18 页。

象。在阿多诺看来，大众文化整体上是一种大杂烩，是由上而下地强加给大众的。阿多诺说："作为精神解放与精神压制的代理人的资产阶级，已经接纳和享受着那些的确最不可信的精神特征。就艺术迎合社会现存需求的程度而言，它在很大程度上已成为一种追求利润的商业。作为商业，艺术只要能够获利，只要其优雅平和的功能可骗人相信的艺术可以生存，便会继续存在。"① 在法兰克福学派的大众文化批判中，大众文化是粗鄙的、丧失个性的。阿多诺又说："文化商品之所以是粗鄙的，是因为它使人认同于他们的非人化。"② 洛文塔尔也说："不管通过什么媒介，通俗文化处处证明了它真正的特性：标准化，陈腐，保守主义，平庸，操纵化的消费性商品。"③ 这些都是西方马克思主义所批判的"大众文化"特征。而在我们看来，用"审美文化"指谓"大众文化"是不合适的，因为审美文化是一个涵盖度相当大的范畴，它包含了社会文化中具有审美属性和审美价值的各个方面。这其中，包含着作为精神层面的审美活动、审美行为，也包含着凝聚着审美价值的物化形式。

娱乐是没有外在的功利目的的，它所满足的人的内在需要，是身心放松的需要。正是这一点，使之成为审美不可或缺的成分。从文学艺术的创作来看，包含有娱乐性因素的作品是大多数，为受众提供娱乐性体验的欣赏过程也是大多数。

娱乐并非仅属于通俗文艺，现在被视为高雅的文学艺术中也有许多娱乐的内容。如元曲、杂剧中，古典小说名著里，都有大量的娱乐性要素。

娱乐不等于庸俗，这是很明显的道理。很多娱乐性很强的作品，同样有很高的思想品味的内在意蕴；反之，有些作品为了搞笑而搞笑，甚至雇佣一些人来发出强装出来的笑声，却难说是什么娱乐。

娱乐在审美文化中是普遍性的存在，是审美的题中应有之义。

---

① ［德］阿多诺：《美学理论》，王柯平译，四川人民出版社 1998 年版，第 32 页。

② 同上书，第 31 页。

③ ［英］洛文塔尔：《文学，通俗文学和社会》，转引自杨小宾《否定的美学》，三联书店 1999 年版，第 52 页。

美学的创化：在中西阐释之间*

美学研究在新世纪之初，能不能有所作为？20世纪的美学树立起了许多的理论峰巅，尤其是西方众多的美学思想派别，为我们提供了冲破传统思维的方法论工具，中国美学研究也同样取得了令人瞩目的重要成就。当新世纪美学研究对我们提出历史性要求之际，我们应该有自己的建设性构想。笔者认为，中国美学的发展，应该走一条通过中西美学的互相阐释而进行创化的道路。

一

中国古典美学，可以视为新世纪美学建构中最有活力的资源之一。这个说法也许会被一些学者质疑，但我认为，这至少是可以尝试的途径。如果不假思索地说，作为研究对象，中国古典美学是一种凝固化的存在，也是不可再生的。尽管古典美学在中国的文化中有相当重要的地位，也有汗牛充栋的层积，但要把它说成是新的美学思维建构的基础，大概会遭到许多人的反对。我也并没有将中国古典美学作为在当今的语境中能够超越20世纪美学、代表新的美学时代高度的理论体系。从我对中国美学的多年濡染而知，对于新的美学理论建构，作为发展的“资源”，它的价值还远远没有得到发掘和实现，它真可以说是一个“源头活水”，汩汩不断地生发出一些新的思想和新的命题。当然，这种资源的发掘和实现，必须是在研究主体的意向投射中得到的。

一般的看法，认为西方美学以思辨的严密性和系统性为其思维特色。其体系非常完整，范畴义界非常明晰，而且它的论证相当缜密；而中国古典美学则是以直观的、体验的思维方式为其特点，多是描述性的、比喻性的，其

* 本文刊于《解放军艺术学院学报》2005年第2期。

实，这还是以形式逻辑的眼光来认识古代美学的结果。笔者认为，中国古代美学是有其贯穿的、流变的体系性的。如果从某一位美学家的情况来看，可能所表现出来的体系性远不如西方的美学家的理论观点那样具有明显的体系性，因为西方的美学家，大都是有着独创的哲学系统的哲学家，其美学观点是其中的有机部分。如古希腊的柏拉图、亚里士多德、德国古典哲学时期的康德、黑格尔和谢林，乃至于20世纪的海德格尔、伽达默尔、梅洛—庞蒂等都如是。中国古典美学思想尽管在表层形态上，很少有严密的体系性，却体现为另外一类体系性，即以某种哲学思想为其根基，通过某些范畴、命题作为纽带或中枢，形成了源远流长的体系。西方著名美学家所提出的重要的范畴，往往充满了强烈的个性色彩，成为其独树一帜的理论旗号。如克罗齐的“直觉”、什克洛夫斯基的“陌生化”、姚斯的“期待视野”、贝尔的“有意味的形式”、本雅明的“惊颤效果”等等，都形成了有别于其他人的理论核心。中国古代文论的、美学的范畴，则多是由某一思想流派提出，再由历代的文论家、艺术家反复运用，踵事增华，从而成为贯穿中国文学理论史一脉相承而又不断流入新的活力的范畴。更具有贯穿的、流变的体系性。中国古代美学和文论的范畴在这个领域中占有非常重要的位置，有非常丰富的内涵。范畴研究，在某种意义上，是中国美学研究的最具前景的课题之一。在范畴研究方面，若干年来已经取得了不可小觑的卓越成就，尤其是蔡钟翔先生主编的《中国古典美学范畴丛书》，第一辑已问世，第二辑也即将出版，这些著作对中国古典美学和文论的一些基本范畴作了系统的梳理。对于中国的美学理论建设来说，范畴研究是目前最具有操作性价值的。中国古代美学的范畴，大多数并非某一个人所专有，往往是为文学艺术史上的许多作家、艺术家所运用。在长时期的过程中，这些范畴的含义得以不断地深化、丰富，并使其内涵越趋明晰、完整。这个过程不是完成于某一个文论家的手中，而是在长期的使用、阐释中进行的。其实，中国古代的文论范畴，在这样的形态里呈现出有更大的宏观背景的体系性，从而在中国文学批评的整体框架中，以更具民族特色的面目得以凸现。一些最为基本的范畴，历久而不衰而又不断衍生新义，形成若干元范畴，文论范畴网络基本内核的元范畴。如象、言、意、形、神、兴等，都是如此。

如“形”、“神”这对美学范畴，在先秦时期就已出现，本义上形是指形体、身体；神，也即灵魂、精神。《庄子》内篇中提出“形变而神不死”

的说法。荀子则提出“形具而神生”[①] 的命题。魏晋时期的慧远则明确提出“神不灭”论。著名画家顾恺之在其画人物画论中提出“传神写照”、“以形写神”的命题，使这对范畴具有了美学的意义。这里的“形神”，已经不是单纯的形体和灵魂，而是指作品所描写的外在形象和内在气质。宗炳在《画山水序》中也提出“应会感神”和“畅神”的说法，则更多的是审美主体的精神境界。[②] 宋代苏轼在诗中道：“论画以形似，见与儿童邻。赋诗必此诗，定非知诗人。”[③] 主张以“神似”超越“形似”。南宋著名诗论家严羽论诗：“诗之极致有一，曰入神。诗而入神，至矣，尽矣，蔑以加矣！惟李杜得之。他人得之盖寡也。”[④] 这里的“入神”，则是指写作进入高度自由的峰巅状态。金代的王若虚就苏轼的形神观发表这样的看法：“东坡云：‘论画以形似，见与儿童邻；赋诗必此诗，定非知诗人。’夫所贵于画者，为其似耳；画而不似，则如勿画。命题而赋诗，不必此诗，果为何语！然则，坡之论非欤？曰：论妙在形似之外，而非遗其形似；不窘于题，而要不失其题。如是而已耳。”[⑤] 这些对形神关系的论述，并非出于一家，却形成了一个首尾贯穿的体系，且不断融入新的内涵。另如“感兴”这个范畴，其源起于“诗六义”中“赋比兴”之“兴”，其后在中国诗学史上形成了以“感兴”为创作方式的传统。关于比兴，历代学者从各种角度作了许多阐释，有些很多难见其中区别，有的则能揭示“兴”的特殊内涵。汉代经学大师郑玄释比兴云：“比方于物也。兴者，托事于物也。”[⑥] 他掌握了比、兴与物的联系。而郑玄对比兴的解释则侧重于比兴的政治内容，他说：“比，见今之失，不敢斥言，取比类以言之。兴，见今之美，嫌于媚谀，取善事以喻劝之。”[⑦] 把比兴视为讽刺和颂美的两种不同手段。晋代的挚虞解释比兴说：“比者，喻类之言也。兴者，有感之辞也。”[⑧] 指出比是引同类事

---

① 王先谦：《荀子集解》，中华书局 1988 年版，第 309 页。

② 沈子丞：《历代论画名著汇编》，文物出版社 1982 年版，第 14 页。

③ （宋）苏轼：《书鄢陵王主簿所画折枝二首》，见《苏轼诗集》，中华书局 1982 年版，第 1525 页。

④ 郭绍虞：《沧浪诗话校释》，人民文学出版社 1961 年版，第 26 页。

⑤ （金）王若虚：《滹南诗话》卷 3，见吴文治《辽金元诗话全编》，凤凰出版社 2006 年版，第 207 页。

⑥ 范文澜：《文心雕龙注》，人民文学出版社 1958 年版，第 604 页。

⑦ （汉）郑玄注：《周礼注疏》卷 23，见李学勤主编《十三经注疏》，北京大学出版社 1999 年版，第 610 页。

⑧ （晋）挚虞：《文章流别志论》，见严可均辑《全晋文》，商务印书馆 1999 年版，第 819 页。

物为比喻，而兴则是有感之词。刘勰认为，“兴者，起也”①，“起情者依微以拟议。起情故兴体以立”②。依微，就是依据微小的事物，兴即托物起兴。诗人从触发微小的事物来触发情思。而宋人李仲蒙对兴的解释着眼于物对心的触发作用：“触物以起情谓之兴，物动情也。”③ 这都使“感兴”的内蕴逐渐明确。

中国美学之“兴”的本质在于物对心的触发感通，所以，感兴一开始就建立在心物交融的基础之上。很多有关论述也许并未完全打着兴的牌子，却是完全在感兴论的范围之中的。如《礼记》中的《乐记》说：“凡音之起，由人心生也。人心之动，物使之然也。感于物而动，故形于声，乐者，音之所由生也，其本在人心之感于物也。”④ 认为音乐的产生在心的波动变化，而人心的波动变化则是由外物引起的。音乐是外物感发人心的产物。钟嵘《诗品序》中论述客观外物与诗歌创作的关系：“气之动物，物之感人，故摇荡性情，形诸舞咏。……若乃春风春鸟，秋月秋蝉，夏云暑雨，冬月祁寒，斯四候之感诸诗者也。”⑤《文心雕龙》的《物色》篇可能视为感兴的专论。唐代遍照金刚的《文镜秘府论》中有“感兴”一势：“感兴势者，人心至感，物色万象，爽然有如感会。”⑥ 这指出了感兴的基本内涵。宋明时期的文论家更多地重视“感兴”的创作方式，南宋著名诗人杨万里极重诗的感兴，他认为，“大抵诗之作也，兴，上也；赋，次也；赓和，不得已也。然初无意于作是诗，而是物是事，适然触于我，我之意适然感乎是物是事，触先焉，而是诗出焉，我何与哉？天也，斯之谓兴”⑦，确揭示了感兴的内涵。从这些例子中我们不难看出，“感兴”是作为一个贯穿始终的文论范畴存在于中国文论史上的。它的基本内涵是颇为清楚的，而在长期的流变中亦充填了新的意蕴。这不能不说是一种中国美学的体系性。在我们对中国美学的特质的理解中，在我们建构新的美学理论的过程中，这种特质都会提供给我们以重要的借鉴价值。

西方美学多是“自上而下”的，即其美学观念是从其哲学体系中派生

---

① 范文澜：《文心雕龙注》，人民文学出版社1958年版，第601页。

② 同上。

③ （宋）胡寅：《与李叔易书》，见《斐然集》卷18，中华书局1993年版，第386页。

④ 《礼记·乐记》，见叶朗主编《中国历代美学文库·秦汉卷》，高等教育出版社2003年版，第221页。

⑤ 陈延杰：《诗品注》，人民文学出版社1961年版，第1页。

⑥ ［日］遍照金刚：《文镜秘府论·地卷》引，人民文学出版社1975年版，第41页。

⑦ （宋）杨万里：《答建康府大军库监门徐达书》，见《诚斋集》卷67，四部丛刊本，第6页。

出来的，往往与具体的艺术鉴赏或批评相距甚远，著名的康德美学即是如此。中国古典美学则不然，中国美学有着强烈而鲜明的体验性，它们都是具体的文学艺术鉴赏和批评之中升华出来的。中国美学缺少整体的理论形态，绝大多数是存在于诗、词、文、书画、戏曲的鉴赏和批评之中的，所谓“美学”，是进入现代社会之后从美学角度所作的阐释与建构。但从美学思想的内涵来说，中国美学又是非常丰富的、具有鲜活的生命力的。中国美学思想大量存在于诸如诗话、词话、曲话、小说评点、书信、序跋等形式之中，真可说是浩如烟海，又可说是散如尘沙。论者认为中国美学是以体验性、直观性为其特色的，这是很客观的。其实中国美学并不因之而缺乏理性和抽象的高度。这是我们在认识中国美学的性质所必须看到的。就中西思维方式的区别而言，西哲基本上是以本质主义为其思维特征的，追问超越于现象的本体，又往往是把本体和现象对立起来。中国的思想家或理论家，绝不是缺少理性思维的能力，同时，也对本体和现象作了明显的区分。尤其是魏晋玄学时期建立起来的思维模式，提炼出一批关乎本体和现象的范畴，并且成为中国哲学、美学的重要范畴体系，如道与德、言和意、体和用、本和末、一和多等等。中国美学所达到的抽象程度，其实是非常之高的，只不过大多数情况下，是和文学艺术的体验、品评浑然一体地结合在一起的。中国美学论著，或是从具体的审美批评中升发出思想形态的命题，或是以丰富的文学艺术史为其根基，往往都是将具体和抽象相结合的理路。在中国美学史上，几乎找不到康德式的以思辨演绎而与文学艺术史罕有关联的理论家。“体大思精”如刘勰的《文心雕龙》，提炼出很多重要的美学范畴和命题，如“神思”、“风骨”、“物色”、“时序”等等，但它们都是以在对多种文学体裁特征和创作实践的深刻体验中升发出来的。《明诗》、《乐府》、《诠赋》等文体论的篇章，则是在对此一文体发展史的精确描述中提出的。如《明诗》中“人秉七情，应物斯感；感物吟志，莫非自然”① 的美学命题，是以从先秦时期的歌谣到南北朝时期的诗歌发展的轨迹为其出发点的。如其中对当时的诗歌创作倾向的概括所说的“宋初文咏，体有因革；庄老告退，而山水方滋。俪采百字之偶，争价一句之奇；情必极貌以写物，辞必穷力而追新。此近世之所竞也”②，这种概括，显示了刘勰作为文艺理论家和文学史家二者的完美结合。《物色》篇中的这样一段话，充满了深刻的美学内涵：

---

① 范文澜：《文心雕龙注》，人民文学出版社 1958 年版，第 65 页。

② 同上书，第 67 页。

“是以诗人感物，联类不穷；流连万象之际，沉吟视听之区。写气图貌，既随物以宛转；属采附声，亦与心而徘徊。故灼灼状桃花之鲜，依依尽杨柳之貌，杲杲为日出之容，瀌瀌拟雨雪之状，喈喈逐黄鸟之声，喓喓学草虫之韵。皎日嘒星，一言穷理；参差沃若，两字穷形：并以少总多，情貌无遗矣。”① 这里所说的“写气图貌，随物宛转”、“属采附声，与心徘徊”和“以少总多，情貌无遗”，作为美学命题，是代表了当时的时代高度的，到现在来看，也是有深刻意义的，都是作者在对《诗》、《骚》的艺术体验中得出来的。钟嵘在其《诗品》中对120多位写作五言诗的著名诗人进行品评，分为上、中、下三品，对这些诗人的创作都写了精彩的评语，如说曹植诗是“骨气奇高，词采华茂，情兼雅怨，体被文质”②，说阮籍是“言在耳目之内，情寄八荒之表”③，说左思是“文典以怨，颇为精切，得讽喻之致”④，等等，都是恰中肯綮的。在此基础上，钟嵘在《诗品》的“总论”中指出：“气之动物，物之感人，故摇荡性情，形诸舞咏。照烛三才，辉丽万有；灵祇待之以致飨，幽微藉之以昭告；动天地，感鬼神，莫近于诗。”⑤ 从本体论上揭示了诗歌创作的美学性质。

魏晋时期在画论中提出的美学命题，都是出自著名画家。如顾恺之所提出的“以形传神”和“传神写照”，可以说是最能代表中华美学特色的观念，它们都是与顾氏的高超的艺术实践和审美体验密切结合的。有关材料说明了这些命题都是在顾恺之的艺术实践中体悟出来的，如《世说新语》记载：“顾长康画人，或数年不点目睛。人问其故，顾曰：四体妍蚩，本无关于妙处，传神写照，正在阿堵中。”⑥ 顾恺之从其最为高妙的人物画艺术中总结出“传神写照”的命题，正是代表了中国美学的精神。再如刘宋时期的著名画家宗炳，提出了“澄怀味象”的重要美学命题，他在《画山水序》中说：“圣人含道映物，贤者澄怀味象。至于山水，质有而趣灵。”⑦ 宗氏所谓“澄怀味象”，可以说是在中国美学史上第一次真正在艺术创作的语境内提出的完整的审美命题，而它完全是在山水画的艺术感受中产生的。唐代画

① 范文澜：《文心雕龙注》，人民文学出版社1958年版，第693页。
② 陈延杰：《诗品注》，人民文学出版社1961年版，第20页。
③ 同上书，第23页。
④ 同上书，第28页。
⑤ 同上书，第1页。
⑥ 余嘉锡：《世说新语笺疏》，中华书局1983年版，第849页。
⑦ 沈子丞：《历代论画名著汇编》，文物出版社1982年版，第14页。

家张璪提出非常有名的命题“外师造化，中得心源”，这是他在回答其他画家时所说的。晚唐张彦远《历代名画记》中载：“初，毕庶子宏擅名于代，一见而惊叹之，异其唯用秃笔，或以手摸绢素。因问璪所受，璪曰：‘外师造化，中得心源。’毕宏于是阁笔。”① 这里所举的例子，都是从具体的艺术实践升华出具有普遍意义的美学命题。在体验中寓理性，在感受中提升观念，这是中国美学的一个重要特质。而其所提出的范畴或命题，一方面具有哲学的高度，一方面又具有可操作性。“技进乎道”，这是庄子思想中的核心观念，在中国的美学思想发展中有着非常重要的影响。

二

立足于中国的美学理论建设，“创化”是一个重要的途径或者是有效性方法。是指在我们中国传统美学的资源和思想方法中汲取其活的因子，提出具有时代意义的美学理论来。中国的美学思想资源，其实不是封闭的，而是在一个开放的时空里存在。为什么这样说？因为中国美学资源虽然不能再生，却大有可以阐释的余地。它们都是散在于各种文献典籍之中，蕴含在对文学艺术作品的感悟和体验之中，它们在大多数的情况下是不具备现成、现代意义的理论形态的。有些文献是有较为系统的理论体系的，如《文心雕龙》、《文史通义》等，但更多的是零散的状态存在着。而为美学理论的建构计，必须对其进行整合的、提纯的工作。这个过程也就是一个重新阐释的过程。而由于这些论述是包蕴在对文学艺术作品的直接体验和感悟中的，因此，它们就不可避免地带着中国美学特有的丰富性和原生态性质。那么，阐释的空间也就更为富有弹性。反之，由于它们是从论者对艺术的审美体验中升发出来的产物，因此，这些理论观念，就有着明确的指向性和操作性价值。“创化”是对中国美学资源中富有生命力的内涵的进一步认识、整合并提出新的美学观念的理论活动。“创化”当然不是简单地回归，不是仅仅揭示了几条中国美学的特点，也不是空谈其价值的现代转换所能解决问题的。“创化”的一个基本方式，就是中西方美学的互相阐释。从中国美学的立足点看，就是借助于西方的哲学和美学的眼光来理解、诠释中国的美学资源。

从笔者自己的体会来讲，中国古代美学中有许多非常丰富的理论蕴含，有明确的范畴表述，但要充分展示其美学价值，得到当代性质的阐释，则须

① （唐）张彦远：《历代名画记》卷10，上海人民美术出版社1964年版，第201页。

借助西方美学的眼光来进行观照。中国文论的意义在今天看来，具有很大的包蕴性，需要我们以具有西方理论思维训练的眼光和方法进行阐发，这对理解古代文论的意义是非常必要的。借用叶燮论宋诗之语来说即是："譬之石中有宝，不穿之凿之，则宝不出。且未穿未凿以前，人人皆作模棱皮相之语，何如穿之凿之之实有得也。"① 中西美学的相互映发是非常之必要的。以西方的美学理论来与古代文论相互参融，可以使古代文论的范畴、命题及理论体系得到当代性的理解。同时，古代文论的一些话题，又可以裨补西方美学和文论的不足。中国文论的光彩也就显发于其间。

中国古代文论的范畴或命题，就表述方式来说有独特的魅力。具体而言，就是简洁明晰，其逻辑关系严谨而直接，并伴随着诗意的描写。这种特点，与西方文论的范畴颇有不同，甚至可以看作超越了西方文论。如刘勰《文心雕龙·神思》中论述文思的超越时空："文之思也，其神远矣。故寂然凝虑，思接千载；悄然动容，视通万里。"② 简洁明确，逻辑性颇强。再如《物色》篇的"赞"云："目既往还，心亦吐纳。春日迟迟，秋风飒飒；情往似赠，兴来如答。"③ 表述具诗意，其含义却非常准确，把文学创作的心理机制说得甚为清楚。另如南宋诗论家严羽论诗的境界："诗有别材，非关书也；诗有别趣，非关理也。然非多读书，多穷理，则不能极其至。所谓不涉理路，不落言筌者，上也。诗者，吟咏情性也。盛唐诸人惟在兴趣，羚羊挂角，无迹可求。故其妙处透彻玲珑，不可凑泊。如空中之音，相中之色，水中之月，镜中之象，言有尽而意无穷。"④ 意蕴丰富而内涵明确，成为诗歌创作的经典命题。

以"审美观照"为例，在西方的美学中非常普遍地得到使用，如在黑格尔的美学论著中，"照"是一个特别具有美学色彩的范畴。但是西方美学并未对此作出过认真的、深刻的阐释，而恰恰是中国的哲学和美学，倒是很早就有了"观"、"照"的概念，而后又合成一个稳定的、完整的范畴。"观"本是佛教的重要修行方法，即以"正智"照见诸法。方立天先生阐释"观"的概念："众生主体以佛教智慧的观察世界，观照真理，主体心灵直接切入所观的对象，并与之冥合为一，而无主客能所之别，谓之观；或主体

① （清）叶燮：《原诗·内篇上》，见霍松林、杜维沫校注《原诗·一瓢诗话·说诗晬语》，人民文学出版社1979年版，第9页。

② 范文澜：《文心雕龙注》，人民文学出版社1958年版，第493页。

③ 同上书，第695页。

④ 郭绍虞：《沧浪诗话校释》，人民文学出版社1961年版，第26页。

观照本心，反省本心，体认本心，也称为观。观是佛教智慧的观照作用，是一种冥想，也即直观、直觉。”① “照”在佛教典籍中之间所见颇多，其义与“观”相近，然更近于“本质直观”。我们可以从佛教典籍中得见“照”之本义。南北朝著名佛教学者慧达在《肇论疏》中阐述道生的“顿悟”说云：“夫称顿者，悟语极照。以不二之悟，符不分之理。”② 竺道生则说：“未是我知，何由有分于入照？岂不以见理于外，非复全昧。知不自中，未为能照耶？”③ “照”重在直观的方式和所悟真理的不可分性。禅宗更多地使用“观照”的概念，如六祖《坛经》中说：“用智慧观照，于一切法不取不舍，即见性成佛道。”④ “故知本性自有般若之智，自用智慧观照，不假文字。”⑤ “汝若不得自悟，当起般若观照。刹那间，妄念俱灭，即是自真正善知识，一悟即知佛也。”⑥ 这里所说的“观照”，有两个含义，一为非名言概念而是直观的方式；二是观照主体应具的“般若智慧”。从西方哲学的眼光来看，审美观照必然是意向性的。现象学最基本的概念是“意向性”，它的含义是意识活动总是指向某个对象。意向性作为意识的基本结构，意味着意识总是指向某个对象，总是有关某物的意识，而对象也只能是意向性对象。胡塞尔说：“我们把意向性理解为一个体验的特性，即作为对某物的意识。”⑦ 观照总是对某物的观照，不可能是没有对象的。而中国哲学中所说的“观照”，较之西方哲学中所说的“观照”，其含义是更为具体的和更具思辨性的。而借助于西方哲学的视角来看，则可以见出其更为深邃的意义。同时，又可以裨补西方美学的不足。

借助于西方美学的眼光或云视角来阐释中国古代美学，在于互相的参融和比较，从而使双方的独特背景、特征及其深刻内蕴得以扩展，从而实现中西之间的“对话”。但是，我们用不着对西方的哲学、美学亦步亦趋，虽然西方的思想家们的思想体系和范畴系统独特，其方法论和价值学的色彩也颇为鲜明和非常突出。无论是德国古典哲学时期的，还是20世纪的思想家们，哪怕是渊源直接的师承关系，如亚里士多德之于柏拉图，海德格尔之于胡塞

① 方立天：《中国佛教哲学要义》下卷，中国社会科学出版社2002年版，第1003页。

② （晋）慧达：《肇论疏》，见《续藏经》第1辑第2编乙，第23套第4册，新文丰出版公司1983年版，第425页。

③ 汤用彤：《汉魏两晋南北朝佛教史》，中华书局1983年版，第479页。

④ 郭朋：《坛经校释》，中华书局1983年版，第53页。

⑤ 同上书，第54页。

⑥ 同上书，第60页。

⑦ ［德］胡塞尔：《纯粹现象学通论》，李幼蒸译，商务印书馆1992年版，第210页。

尔，荣格之于弗洛伊德，前者都是后者的登堂入室的弟子，而又都以“离经叛道”的精神自立门户，形成了自成一家的独特体系。他们为了更为明确地阐扬自己的思想体系，对自己的学说都予以精心的思辨和论证，而且尤为注重自己的主要范畴的独特内涵的内在建构，这就使得其思想意蕴非常明确和逻辑严密。比如，作为胡塞尔的老师，布伦塔诺已经经常使用“意向性”这个主要范畴，但其内涵在他这里和后来的胡塞尔手里，是发生了深刻的变化的。“意向性”的范畴，起始于著名心理学家布伦塔诺，具有明显的心理主义的色彩，而到胡塞尔手里则被改造成一个现象学的元范畴。正如著名现象学家施皮格伯格在其《现象学运动》中所说：“当胡塞尔把指向对象的意识的所指这个思想接受过来时，立即就抛弃了它们内在于活动中的这种思想。因此，只是在胡塞尔的思想中，‘意向的’一词才获得指向客体这种意义，而不是客体内在于意识的意义。而且，只是从胡塞尔开始，这样指向的活动才被称为‘意向’，并被说成是与‘意向的对象’，即意向的目标有关。这两个词好像布伦塔诺从未用过。因此，从此以后‘意向的’和‘意向性’这两个词就代表具有意向所指这种关系性质。”① 可见，在大多数西方思想家的体系中，其主要的理论范畴都是有鲜明的独创性的，区别于其他思想家的范畴，而这个范畴所缩结的也是一个有独特体系的理论框架。如俄国形式主义文论家什克洛夫斯基所提出的“陌生化”（见其代表性的论文《作为手法的艺术》），弗洛伊德所说的“无意识”（见其《梦的解析》等论著），荣格所说的“集体无意识”和“原型”（见其《心理学与文学》等论著），本雅明所说的“惊颤效果”（见其代表性论著《机械复制时代的艺术作品》），都是这样的独树一帜的核心范畴。

中国古代美学思想，较少这种具有很强的体系论证的范畴，而多有在历代相沿的使用中形成的一些源远流长的范畴或命题。如“气韵”、“情景”、“风骨”、“言不尽意”等等。它们尽管都有自己的提出者、首倡者，尽管也有相应的义界阐释，但其意蕴往往并不止于初始时的范围，而是在其千百年的传承和运用中既保留了其基本的义界，又不断地增添着许多新的内涵。可以说，中国古代文论的相关范畴、命题，具有明显的开放性、延展性。它们的义界不是封闭的、固定的，是可以不断添加的，因而，就使其有了更多的生成的性质。这些文论所体现出的理论观点，又大都是在对具体作品的品评

① ［美］赫伯特·施皮格伯格：《现象学运动》，王炳文、张金言译，商务印书馆 1995 年版，第 156 页。

中提出的，如钟嵘的“滋味”说，是在其《诗品》中对五言诗的品评中提出的；“兴象”则是唐代殷璠在对盛唐诗人的评论中反复运用的。“意境”或“境界”更是许多的诗论家、词论家在其评论诗词、戏曲时使用的。因此，与西方美学的“形而上”特点相比，中国古代美学有着鲜活的创作根基和非凡的当代的理论价值。

三

中国古代美学在新世纪大有可为，乃至会成为文艺学建设的重要资源。但是它的前提是研究主体必须具备相当高的学术素养和思辨能力。中国美学的资源矿藏虽是丰富无比，但是如果没有具备深厚学养和当代学术意识的学者，是不可能实现它们的当代价值的。

作为美学的研究者，应该具备颇为扎实而广博的文献版本学知识，同时还要有敏锐的审美感悟能力，这是不言而喻的。如欲将古代的美学文献和文学作品中的思想要素及美学品格提炼出来，就要有非常广泛的文献基础，乃至于对一般人所不知的一些材料也能了然于心，对其进行分析和综合，从中捕捉到一些具有理论意义的内涵。同时，古代的文学创作中包含着非常丰富的美学思想，体现着各种审美倾向，要使古代美学焕发出当代的光彩，应以很强的审美能力来把握作品中的文学韵味。仅仅是抽象的理论把握，是很难得到古代文学作品中的那些非常真切而又活生生的审美韵味的，也就很难与古人心灵相通。既然不能体味古人的情感世界，也就无从谈到古代美学中当代价值的显发。其实，要从古代美学中抉发当代人需要的理论资源，很重要的一点是与古人心灵的相通，对古人的精神世界的理解。这是古代文论学者必备的功底。因为我们往往可以从古代的文学家的理论主张和创作中，感受和意味到对我们新的文艺学建设很有借鉴意义的东西。

研究美学，必须有很高的哲学修养和美学理论功力，对于中国哲学和西方哲学，有一个通晓性的了解，并对其中若干重要的思想家有精深的把握，是美学学者能够实现“现代转换”的主体条件。因为中国古代美学本身之所以富有鲜明的民族特色，之所以具有可以和西方文论“对话”和抗衡的地位，是因其有非常深厚的中国哲学的根基。儒、释、道，都有其迥异的思想体系，有其不同的范畴，因而，也都衍生出不同的文艺观念。如果只知道一些文论家的文学观点，而不了解其生长于其中的哲学背景，在对其进行整合的过程中就缺少依据。对于中国哲学史、思想史的系统了解，对于中国哲学的深刻濡染，会使对美学观点的认识既深入腠理，又能升华到更高的层面。而且，很多哲学内在的问题，从哲学家的角度来看，是一个样子，而从文艺家的眼里去解读，又会有很多不同的意蕴。比如，“形神”问题本是哲学的内在问题，讲的是身体和灵魂的关系。佛家讲“神不灭”论，意思是人的肉体消亡了，而灵魂可以不死，可以转世，而顾恺之说的“传神写照”、“以形写神”，则是引申到人的精神气质。“妙悟”是佛家哲学的重要观念，指对佛教真理的终极体认，而严羽以之论诗，则是指对诗歌审美创造规律的把握与反思。但是，如果不能对它的哲学渊源有所了解，就无法得知它的原始意义，从而也很难说清它的当代价值。中国的哲学和美学并非如有些学者所论断的只是直觉的感悟性的思维方式，很多范畴和命题的抽象程度是相当之高的。如“物”的范畴，其抽象程度是高于西方哲学中的物质的范畴的。它既包含了自然事物，也包含了社会事物。另如《易经》中所说的“易，穷则变，变则通，通则久”①，将事物的变化法则从根本上概括出来。魏晋时期著名的玄学思想家王弼所说的“以无为本”，将“无”作为万物之本，也是将其本体论的观点揭示得非常明确，说明世界万物的统一性在于“无”，而证明“无”是世界的根本。我们只有将中国哲学的主要精神和运思方式把握于心，才能真正了解中国古代美学的内蕴。

对西方哲学、美学的濡染也是非常重要的。西方的哲学、美学，是以论证的严密和系统化著称，在理论形态上呈现为一种既定的完整性，而且尤其是以其思想的个性化魅力引人入胜的。从中国人的眼光来看，也许西方的思想家时常失之于偏激，不像中国哲学那样讲究“中和”，但是这种偏激却是对思想界有着更大的冲击力，也更能将自己的哲学观点推向极致。哲学家们的理论呈现出更为强烈的主体的角度和作用，为了将自己的理论立于思想之林，而对自己提出的核心观念范畴进行反复的、周延的阐述。如果为思想界的繁荣着想，这种哲学精神恰恰是颇为值得我们借鉴的。20 世纪的文艺理论深受西方哲学和美学流派的影响，更多的是观点上的接受，借用西方的一些方法来说明和解释文学现象。我想我们可以从西方的哲学和美学中受到这样的启示：既是在对古代美学的阐释中强化个人的视角，更能见出我们的主体精神。

从研究主体的角度来看。思想的原创能力是学者最为重要的能力，古代文论的研究尤其是如此。仅仅是对古代文论的资料进行解读是远远不够的，

① 马国欣：《易经解读》，九州出版社 2010 年版，第 341 页。

因为解读本身就不可能是纯客观的。这与对资料的本义阐释并不是矛盾的，对于资料的字词句章及作者背景等的研究及解释当然要尊重历史的原貌，如果不是这样，那就失去了起码的科学态度。但是，对古代文论的整合与阐释要使其与当代的审美思潮相联结，并且具有对文艺学建设具有未来意义，笔者认为研究主体的思想原创能力当是最重要的。在某种意义上而言，古代美学的资料还只是作为一种文化的存在，其当代的意义与价值的实现，是在于研究主体带有主体角度的阐释。仅仅靠对古代文论和文学的知识是远远不够的，建立在文献基础上的思想整合和创造力是最重要的条件。对于西方哲学和美学的长期濡染和沉潜，尤其是对一些经典的研读与贯通，对于提高研究者的思想原创力是必不可少的。

21 世纪的美学研究，面临着发展的契机，也给我们以深刻的挑战。回答这个问题，并非是一件轻松的事情。也许我们还没有成熟的答案，而且还要有待于美学理论格局的变化。新的理论格局的出现，对于美学的发展来说，肯定是非常必要的。美学之于 21 世纪，其“大有为”是在预料之中的。我们不应该被动地等待这个新的格局的出现，而要以自己的独立思考进行探索。这种思考谁也很难说就是成熟的、“一锤定音”的，但我想新的格局应该是以许多的美学学者活跃的思想因子为其基础的。基于这种初衷，笔者才敢将这点鲁钝的想法公之于世。

论审美构形能力*

一 何谓“审美构形能力”？

在人的审美心理活动中，有一种基本的能力却又未在美学理论研究中得到充分重视，或者说是没有得到恰当的冠名，那就是审美构形能力。其实，很多美学和艺术理论的论著都涉及这个问题，却未能将它作为一个基本的心理因素来定位。而在我看来，审美构形能力是人的非常重要的一种心理能力，而且也是进行审美创造的最为关键的一种能力。

审美构形能力指的是什么呢？是指审美主体在进行审美创造时在头脑中将杂多的材料构成为一个“完形”的心理能力。这个“完形”是新质的、独特的、整一的，也是充满着主体精神的。在文学和艺术的创作中，这种构形能力显得尤为重要；在审美接受中，这种能力也是非常必要的。这种能力虽然是心理化的，却在创作和欣赏过程中都起着非常关键的作用。或者这种能力的强弱、高下，都会直接影响到艺术品的生成及其生命感、独创性。这种心理能力是带有很强的主动性和建构性，是能否构成审美活动的主要心理能力之一。

所谓“构形能力”，并不限于审美活动，在人类的其他精神活动中也都是不可缺少的。诸如科技发明、学术研究等都离不开人的这种构形能力，只是构形的方式有所不同而已。人类的每一个创造活动，在其创造物（无论是物质的还是观念性的）产生之前，都在创造主体的头脑中呈现出这种新的事物的整体形象。这种形象是过去所未曾有过的，但它必然是观念化地先在人的头脑中构造出来，然后再通过实验、生产等过程将其物化，从而才能有新事物的诞生。无论是物质文化的发明，还是精神文化的创造，都是如此。马克思的这样一段名言是最能说明这个问题的，他说：“最蹩脚的建筑

---

* 本文刊于《社会科学战线》2005 年第 4 期。

师从一开始就比最灵巧的蜜蜂高明的地方，是他在用蜂蜡建筑蜂房以前，已经在自己的头脑中把它建成了。劳动过程结束时得到的结果，在这个过程开始时就已经在劳动者的表象中存在着，即已观念地存在着。”① 马克思所举的建筑师和蜜蜂的例子，非常恰切地说明了人与动物相比，他的创造能力就在于在其创造物尚未物化之前就已经在头脑中有了一个整体化的模型。从这个意义上来说，柏拉图所说的“理式”，其实指一个事物尚未物化地出现之前的整体样子。创造活动中的新事物之“形”，是其物化之前必然先在的。试想一下，在人类所创造的新的事物出现之前，在发明者的头脑中如果没有这样一个新事物的“形”首先构成，那么，新事物的发明又从何谈起呢？

精神生产的情形也是如此。如人文科学的学术研究，一种新的理论的产生，是在对大量的材料进行整合，而在这个基础上提出新的命题的过程。研究主体必须是以一种整体性的思维对这些材料进行提炼加工。面对杂多的材料，所谓“构形能力”更是显得十分必要。康德所说的“统觉”，就包含了这样的内涵。康德指出，世界给人的表象是“杂多”的，而人对这些表象必须是以一种主体的能力将其统摄为一个完整的表象。康德称之为“统一杂多之概念”②。康德认为这是一种先验的能力，他又称此为“悟性”。也就是将杂多的表象按主体的角度联结为一体的主体能力。康德说：“表象之杂多能在纯为感性（即仅为感受性）之直观中授予；而此种直观之方式，则能先天的存在吾人之表象能力中，只为主观在其中被激动之形相。但‘普泛之杂多’之联结，则决不能由感官而来，故不能已包含在感性直观之纯粹方式中。盖联结乃表象能力所有自发之活动；且因此种能力与感性相区别，必须名为悟性，故一切联结——不问吾人意识之与否，或为直观（经验的，或非经验的）杂多之联结，抑为种种概念之联结，——皆为悟性之活动。对于此种活动，可以名为‘综合’之普泛的名称归之，以指示吾人自身若不能豫行联结，则不能表现事物在对象中联结，且在一切表象中，联结乃唯一不能由对象授予者。因其为主观自身活动之一种活动，故除主观自身以外，不能有此种活动。”③ 康德又说：“‘故直观中所授予之表象一切皆属于我’云云之思维，正与‘我联结表象在一自觉意识中’云云之思维为

① 马克思、恩格斯：《马克思恩格斯全集》第 23 卷，中共中央马克思恩格斯列宁斯大林著作编译局译，人民出版社 1965 年版，第 202 页。

② ［德］康德：《纯粹理性批判》，蓝公武译，商务印书馆 1960 年版，第 100 页。

③ 同上。

同一之思维；此种思维其自身为其前提者。易言之，仅在我能总括表象之杂多在一意识中，我始名此表象一切皆为我之表象。否则我将有形形色色之自我，一如我所意识之种种表象之数。故视为先天的所产生之直观杂多之综合的统一，乃统觉自身之同一之根据，此统觉乃先天的先于我所有一切确定之思维者。但联结实为悟性独有之任务，盖悟性亦只‘先天的联结所与表象之杂多而置之于统觉之统一下’能力而已。故统觉之原理，乃人类知识全范围中最高之原理。”① 康德所论述的“统觉”，也就是将杂多的表象联结为一个整体表象的心理能力。外在的事物通过知觉的渠道纷纷进入主体的意识，而主体必须以自己的统觉使之成为一个整体。康德所说的“自觉意识”讲的是这种统觉的自觉性、主动性。这些杂多的表象在主体的统觉的整合下，成为带有主体色彩的一个整体表象，康德称之为“我之表象”，并在“我之”下面加重点号。这个整体的表象是由整合外来的表象而成，但已具有了创造性质。康德对于统觉的论述对我们是深有启发的。

就文学和艺术创作而言，这种构形能力是尤为重要的。作家、诗人在进入创作之前，头脑中必须有整体上异乎其他作品的整体形象，这是创作的关键所在。刘勰在其《神思》篇中所说的“独照之匠，窥意象而运斤”②，是可以从这个角度来理解的。“独照”即如康德所说的“我之表象”，是贯穿了主体的特定意向性而得到的独特的直觉观照，而作家所“窥”之“意象”，其实正是自己的主动构形。

在诗歌创作中，诗人也是在其头脑中先有了整体的构形之后，才付诸语言表现。如严羽所说的“盛唐诸人唯在兴趣，羚羊挂角，无迹可求。故其妙处透彻玲珑，不可凑泊，如空中之音，相中之色，水中之月，镜中之象，言有尽而意无穷”③，其实正是指在诗人的创作中，那种由诗人构造出的整体形象。又如明代诗论家谢榛论诗所云：“作诗本乎情景，孤不自成，两不相背。凡登高致思，则神交古人，穷乎遐迩，系乎忧乐，此相因偶然，著形于绝迹，振响于无声也。夫情景有异同，模写有难易，诗有二要，莫切于斯者。观则同于外，感则异于内，当自用其力，使内外如一，出入此心而无间也。景乃诗之媒，情乃诗之胚，合而为诗，以数言而统万形，元气淋漓，其

---

① ［德］康德：《纯粹理性批判》，蓝公武译，商务印书馆 1960 年版，第 102 页。

② 范文澜：《文心雕龙注》，人民文学出版社 1958 年版，第 493 页。

③ 郭绍虞：《沧浪诗话校释》，人民文学出版社 1961 年版，第 26 页。

浩无涯矣。”[①] 以“统万形”者，乃是诗人之一形耳。

以绘画论，画家在进行创作时尤须先有整体之构形。英国著名艺术理论家贡布里希称之为“造型意志”。[②] 贡氏以画家对世界的主动把握来取代了对于外在事物的模仿理论，他引用了贝克莱的观点说：“我们所看见的世界的面貌是一个构造。”[③] 而我国清代著名画家石涛在其《画语录》中所主张的“一画”，其实也正是画家的主动构形。《画语录》中说：“太古无法，太朴不散。太朴一散而法立矣。法于何立，立于一画。一画者众有之本，万象之根。见用于神，藏用于人。而世人不知所以。一画之初学者，乃自我立。立一画之法者，盖以无法生有法，以有法贯万法也。夫画者从心者也。山川人物之秀错，鸟兽草木之性情，池榭楼台之矩度，未能深入其理，曲尽其态，终未得一画之洪范也。”[④] 石涛所谓“一画”，其实也就是以画家心灵构造整一之形，它是充满了主体的色彩的。

审美构形能力有着明显的想象性质。这种想象虽然是内在的，但却又是轮廓鲜明的。19 世纪至 20 世纪初的法国哲学家、心理学家里博所说的“造型想象”殆近于此。他说：“我所理解的造型想象是指本身具有明确表现形式这种特点的想象，更明确地说，是指以接近人们的感觉、给人以真实印象的明确形象为材料的想象，在这种想象中占主导地位的是形象间具有客观关系的联想，即能明确的联想。因此，造型的标志存在于形象中和形象间的联想方式中。用一句粗略一点的、要求读者自己去细品其中含义的话来说，这是一种有形想象。”[⑤] 里博在这里所说的“造型想象”，是和我们的构形能力相近的。

二　构形的内在视听性质及其整一性、运动感

进行艺术创造时的构形，带有内视或内听的性质。想象艺术（文学）和视觉艺术（绘画、雕塑等）、综合艺术（如戏剧、电影、电视等）的构

---

① （明）谢榛：《四溟诗话》卷 3，见丁福保《历代诗话续编》，中华书局 1983 年版，第 1180 页。

② ［英］贡布里希：《艺术与错觉》，李本正、范景中译，湖南科学技术出版社 2002 年版，第 12 页。

③ 同上书，第 217 页。

④ 沈子丞：《历代论画名著汇编》，文物出版社 1982 年版，第 364 页。

⑤ ［法］里博：《造型想象》，见蒋孔阳主编《十九世纪西方美学名著选》（英法美卷），复旦大学出版社 1990 年版，第 544 页。

形，都有内视的效果呈现；而听觉艺术（音乐）则会有内听的效果呈现。但无论何种艺术，都应该是在艺术家的头脑中先有一个整体的、创造性的构形，才能有超越于以往的艺术品的问世。这种能力对于一个艺术家来说是至关重要的。美国著名的符号论美学家苏珊·朗格称之为“感性的幻象”，她论述了这种“幻象”的视觉性质：“从错综复杂的现实生活中的复杂利益中抽象出来美的形象的最可靠的方法，就是创造出一种纯粹的视像，这就是那种只有表象而无其他的事物，亦即那种只能被视觉清晰地和直接地把握的事物（本讲只就绘画艺术而言）。这就是幻象在艺术中起到的作用：立即有效地抽象出视觉并使人看到它的真正面目。”① 朗格从符号学的立场出发，指出一件艺术品就是一个独立自足的符号。她说：“艺术品作为一个整体来说，就是情感的意象。对于这种意象，我们可以称之为艺术符号。这种艺术符号是一种单一的有机结构体，其中的每一个成分都不能离开这个结构体而独立地存在。所以单个的成分就不能单独地去表现某种情感。——在一件艺术品中，其成分总是和整体形象联系在一起组成一种全新的创造物。——因此，艺术符号是一种单一的符号，它的意味并不是各个部分的意义相加而成。”② 苏珊·朗格所说的“单一的艺术符号”，也就是笔者说的整体构形，它是整体也即单一的，不可重复的，是艺术家心灵创造的产物。这种主体的构形能力，突出地体现了艺术的创造性质。朗格是从绘画本身的空间形式而言的，她认为：“总之，绘画是一种虚像，它可以被眼睛看到，但不能用手触摸到；它的可见空间虽然无限广大，然而却不具有任何通常的声学特性，以便为耳朵所感知；存在于其中的那些坚固的立体虽然是显而易见的，但却不能像感觉普通的物理事物那样去感觉它们，因为它们仅仅存在于视觉之中；整幅画都是一幅只能为视觉感知的空间，它不是别的，而是一种虚像。”③ 而这种“虚像”，是画家创造的结果，朗格突出地强调了它们的创造性质，也即是以往所未曾有过的，是一种凸现。她指出：“绘画及绘画中的空间幻象却是全新的，因为它们是过去任何时候和任何地方都没有见到过的东西（包括它们的组成要素），它们完全是创造出来的空间幻象。”④ 从艺术家的方面来看，就体现为构造这种幻象的心理能力。这种整体的构形，自然

① ［美］苏珊·朗格：《艺术问题》，滕守尧译，中国社会科学出版社 1983 年版，第 30 页。
② 同上书，第 130 页。
③ 同上书，第 27 页。
④ 同上书，第 28 页。

有着从现实生活的观照中抽象出来的元素，但从整体而言，它必须是新的，不同于从外在事物中抽象出来的元素的叠加。

除了绘画，在造型艺术中的雕塑和建筑，艺术家（设计家）在创造它们时也都有着属于自己的独特的整体构形。这种整体的构形，出自于艺术家的心灵的主动构造，并非仅由外在表象的摄入可以说明问题的。当然，它们也同样有着明显的可视性质。朗格论及于此说："在这类艺术中，那创造出来的形象的虚幻性虽然不如绘画那样明显，然而这些形象确实是一些仅仅诉诸于视觉的形象，它们有着自己独特的空间，即不与物理空间或实际空间发生联系的空间，也没有再现任何事物，它们将自身强有力地呈现在视觉面前，以至于看上去好像专为视觉而存在着似的。"① 作为听觉艺术的音乐，也同样有一个构形问题。音乐家在创作乐曲之前，在头脑中已经有了一个带有时间外观的整体形态。也许，音乐的构形是更为重要的。一首乐曲很难说是对现实事物的模仿，而毋宁说是音乐家以音乐材料创造出的一个具有主体色彩的整体旋律。对此，苏珊·朗格也说："音乐，同样也具有它自己的首要幻象，每当从乐音材料中诞生出一种音乐印象时，这种幻象也就随之产生出来了。……音乐，同样也为我们呈现出一种鲜明的幻象，这种幻象是如此鲜明，以至于使人经常把它与真正的物理现象混淆起来。"② 而实际上，一个乐曲必然有其独特的形态，这是音乐家的构造所致。

关于艺术家进行创作的构形能力，早在一个多世纪之前，德国艺术理论家、雕塑家阿道夫·希尔德勃兰特在其艺术理论名著《造型艺术中的形式问题》中已经有所论及。当笔者最近刚刚求得它的新译本时，读之不禁非常激动，因为恰好使笔者思考多时的问题有了明确的印证。希尔德勃兰特明确提出了造型艺术创造中的"构形方法"的概念，在他看来，这是使艺术获得"独立性"的最佳方法。希氏在其书第三版前言中指出："雕塑和绘画就其基于对自然的研究而言确实是模仿艺术。但这一点却在某种程度上束缚了艺术家，因为由此会得出结论，当艺术家模仿时，他必须处置的形式问题直接源自他对自然的感觉，但是，如果只是这些问题而不是别的问题需要解决，或者说，如果艺术家的作品只要求注意这些方面，那么它除了自然之外就不能获得一种独立性。为了获得这种独立性，艺术家必须把他作品的模仿

① ［美］苏珊·朗格：《艺术问题》，滕守尧译，中国社会科学出版社1983年版，第34页。
② 同上。

作用提到更高的层面上，他实现这一目的的方法我欲称为构形方法。”① 很明显，希尔德勃兰特是将“构形”与“模仿”相对而言的，并认为“构形”是高出“模仿”的。在他看来，一般性的“模仿”还只能是自然主义的，而“构形”才能使作品进入真正的艺术领域。他说：“由这种构形的方式产生的形式问题，虽不是由自然直截了当地向我们提出的，但却是真正的艺术问题。构形过程把通过对自然的直接研究获得的素材转变为艺术的统一体。当我们讲到艺术的模仿特征时，我们所谈的是还没有按此种方式演进的素材。于是，通过构形的演进，雕塑和绘画摆脱了纯粹的自然主义而进入了真正的艺术领域。”② 在他看来，模仿只能停留在自然主义的层面上，而只有构形才能进入真正的艺术领域。这个看法是正确的。希尔德勃兰特还强调了构形概念的首要地位及其与艺术个性的关系，他说：“在审视古代艺术作品时，我们发现，一件艺术品的构形方式处处都凸现为首要的因素，而纯粹的模仿却只是一件逐渐演进的事情。事实上，我们本能地把感觉所承担的工作结合到一个理想的整体中。相反，依赖于长期经验的纯粹的模仿只能通过对自然逐渐的研究才能实现。有意思的是，在我们的科学时代，今天的艺术品很少能超出模仿的水平。构形的感觉要么丧失殆尽，要么被纯粹外在的、多少具有审美力的形式安排所取代。”③ 希尔德勃兰特在此处指出了“构形方法”与“模仿”的区别，然而又指出了它与“外在的形式安排”的区别。这种“构形”同“模仿”有着不同的审美趋向，它是审美创造主体所主动发出的，而非依赖于外在自然的。用刘勰的话来说，就是“与心徘徊”，而非“随物宛转”。“构形”具有的是一种内在的视觉性质。它不是概念方式的构成，也不是外在的形式安排，它是视觉表现形式。这里用清代学者章学诚的说法是最为恰当的，那便是“人心营构之象”④。希尔德勃兰特以雕塑家和画家的角度来论述“构形”说：“当这种表现的视觉投影做出之后，它给观众提供了对物体的一个统一的形式观念。”⑤

谈到这里，我们无法回避“构形”问题与格式塔心理学美学的关系，

① ［德］希尔德勃兰特：《造型艺术中的形式问题》，潘耀昌等译，中国人民大学出版社 2004 年版，第 19 页。

② 同上书，第 20 页。

③ 同上。

④ （清）章学诚：《文史通义·易教下》，中华书局 1956 年版，第 5 页。

⑤ ［德］希尔德勃兰特：《造型艺术中的形式问题》，潘耀昌等译，中国人民大学出版社 2004 年版，第 13 页。

也无法脱离开构形与审美知觉理论的联系。格式塔心理学美学的代表人物阿恩海姆从造型艺术的角度讲了视知觉的统一性和选择性、简化性等，而同时，阿恩海姆又强调了视知觉的主动性和创造性。其实，我们所说的“构形”，正是通过内在的视知觉的外射倾向和创造作用而形成的。阿恩海姆在《艺术与视知觉》中指出，视知觉是一种积极探索的工具，他完全不赞成那种将视知觉看作是和照相机相类似的功能，而认为“人的视觉绝不是一种类似机械复制外物的照相机一样的装置。它不是像照相机那样仅仅是被动的接受活动，外部世界的形象也不是像照相机那样简单地印在忠实接受一切的感受器上。相反，我们总是在想要获取某种事物时才真正地去观看这件事物。这种类似无形的‘手指’一样的视觉，在周围的空间中移动着，哪儿有事物存在，它就进入哪里，一旦发现事物之后，它就触动它们、捕捉它们，扫描它们的表面、寻找它们的边界、探究它们的质地。因此，视觉完完全全是一种积极的活动”①。阿恩海姆还颇为重视视知觉的创造性功能，他说：“每一个伟大的艺术家所创造的都是一个全新的世界，在这个世界里，一切原来为人们所熟悉的事物都具有了一种人们从未有过的外表。这个新奇的外表，并没有歪曲或背叛这些事物的本质，而是以一种扣人心弦的新奇性和具有启发作用的方式，重新解释了那些古老的真理。”② 格式塔心理学的创始人之一考夫卡对于艺术品的结构有过这样的论述，他说：“艺术品是作为一种结构感染人们的。这意味着它不是各组成部分的简单的集合，而是各部分互相依存的统一整体。这样，对物体——自我要求性的考察，把我们引到了艺术品本身的要求性面前。由于艺术品的魅力来自它的结构，因此，对我们理解艺术心理学来说，最重要的就不是艺术品的结构所唤起的情感，而是这结构本身。”③ 考夫卡认为在艺术品中重要的是作品的结构，当然是从他的“格式塔”的立场出发的看法，但这种观点却给我们以深刻的启示。在我看来，艺术品的这种“格式塔”，其来源则是创造主体的“构形”，而主体的构形，当然也是一种“完形”，它是具有内在的视觉性质的，就整体而言，它是最具创造性的。考夫卡强调了“优格式塔”的特殊品格，他说：“一种优格式塔具有这样的特点：它不仅使自己的各部分组成了一种层序统

① ［德］阿恩海姆：《艺术与视知觉》，滕守尧译，中国社会科学出版社 1984 年版，第 48 页。

② 同上书，第 68 页。

③ ［德］考夫卡：《对待艺术的精神分析和完形心理学方法》，见李普曼《当代美学》，邓鹏译，光明日报出版社 1986 年版，第 412 页。

一，而且使这统一有自己的独特性质。”① 而艺术创造主体的构形，也就是创造出一个具有独特意义的“格式塔”。它有着鲜明的主体色彩，更富有创新的价值。恰如美国心理学史家波林所指出的：“新特性在整体中的突现，是一个相当明显的事实。”② 作为艺术创造主体的“构形”，就是具有独创性质的“格式塔”。

我们在谈到审美构形能力时，也不可能无视知觉在其中的关键作用。知觉当然是从外界事物中摄入的整体印象，但它绝不是被动的、仅仅来自于外部世界的。在我看来，作为审美创造的构形，其根本的支撑就是主体的审美知觉。无论是格式塔心理学美学，还是现象学美学，都非常重视知觉的主动性和创造性。知觉当然是不可能脱离外部世界的各种表象的，因而，作为艺术品的基础的“构形”，是给人以活生生的感性世界的外观的。但实际上，构形是以摄入的外部事物的表象为其材料而形成的整体的创造，是一种感性存在方式的结构。阿恩海姆在承认知觉的认识功能的基础上，指出了知觉对结构的发现功能，他说：“我自己的看法是：艺术首要的是实现一种认识功能。我们有关自身环境的一切知识都是通过感官所获得的；然而，我们通过眼睛、耳朵和触觉感官所接受的意象，离那些易解读的自然和事物机能的图景却相距甚远。一棵树是一种混乱的视像，一辆自行车或一群走动的人的视像亦复如此。感官知觉不可能只限于给接受者的器官以某些简单记录的意象。知觉必定在寻找结构。事实上，知觉是结构的发现，结构告诉我们事物的组成因素是什么，依照什么类型的秩序交互作用。一幅画或一尊雕塑也就是这样一种探求结构的产物；它是艺术家知觉的明晰、强烈和富有表现力的对应物。”③ 阿恩海姆一方面指出知觉通过感官对外部世界表象的接受，另一方面更揭示了知觉主动地寻找结构、探求结构和组织结构的功能。对于在审美过程中知觉的作用与功能，著名的现象学美学家杜夫海纳有更系统、更具有建设性的论述。他认为，“知觉本身也是一个整体和统一者”④。所谓“统一者”，也即一个能动的、将各种表象统一成一个整体的发出者。杜氏

---

① ［德］考夫卡：《对待艺术的精神分析和完形心理学方法》，见李普曼《当代美学》，邓鹏译，光明日报出版社1986年版，第418页。

② ［美］E. G. 波林：《实验心理学史》，高觉敷译，商务印书馆1982年版，第693页。

③ ［美］阿恩海姆等：《作为心理治疗的艺术》，见《艺术的心理世界》，周宪译，中国人民大学出版社2003年版，第96页。

④ ［法］米·杜夫海纳：《审美经验现象学》，韩树站译，文化艺术出版社1992年版，第371页。

称之为“呈现”。笔者以为“呈现”这个概念意义重大，它将审美知觉在构形中的作用揭示出来。呈现固然是有其意义在内的，但它又必定是感性的形态，如其所言：“任何完整的感知都要把握一种意义。正因为如此，感知使我们进行思考或者采取行动，它就是这样与我们的一生结合在一起。感知不是消极地记录一些本身并无意义的外观，而是在外观之中或之外去认识亦即发现外观只向善于辨认它的人交付的一种意义，是从这一认识中得出符合于指导我们这种行为的意图的结果。”① 杜夫海纳认为，“无论怎么说，知觉都是从呈现开始的。而这正是审美经验所能向我们保证的。审美对象首先是感性的高度发展，它的全部意义都是在感性中给定的”②。在笔者看来，“呈现”即是呈现于主体心灵的整体之形。它必然是感性的存在，也必然是提供给内在的视觉的。

另一位著名的现象学美学家英加登也从现象学的立场出发，将文学艺术作品视为一种意向性的构成。他认为文学作品是一个多层次的构成，它包括：(1) 语词声音和语音构成以及一个更高级现象的层次；(2) 意群层次：句子意义和全部句群意义的层次；(3) 图式化外观层次，作品描绘的各种对象通过这些外观呈现出来；(4) 在句子投射的意向事态中描绘的客体层次。③ 作为文学作品，其实真正作为审美对象的，便是所谓“图式化外观”这个层次，也就是欣赏者能够在阅读中马上转换为整体的内在画面式的东西。从创作者而言，在其构思时已在头脑中呈现了这种“图式化外观”，这当然也就是“构形”。这种“图式化外观”或许与欣赏者在审美过程中所呈现的有所差异，但后者必然是以前者为其基础的。可以说，没有创作者头脑中的“图式化外观”，也就谈不到欣赏者感受到的“图式化外观”。

作为艺术创作的构形能力，不仅需要使其有“状难写之景，如在目前”④ 的内在视觉和“玲玲如振玉”⑤ 的内在听觉，还要有使其所构之形，具有内在的运动感和生命感。这点，无论诗歌、书法和绘画等艺术门类都是如此，只不过是其表现形式不同而已。以诗词论，大多数诗人在构形之时都

---

① [法] 米·杜夫海纳：《审美经验现象学》，韩树站译，文化艺术出版社 1992 年版，第 372 页。

② 同上书，第 376 页。

③ [波兰] 罗曼·英加登：《对文学的艺术作品的认识》，陈燕谷、晓未译，中国文联出版公司 1988 年版，第10 页。

④ (宋) 欧阳修：《六一诗话》，见 (清) 何文焕《历代诗话》，中华书局 1981 年版，第 267 页。

⑤ 范文澜：《文心雕龙注》，人民文学出版社 1958 年版，第553 页。

内蕴了运动感，如“吴楚东南坼，乾坤日夜浮”（杜甫）、“气蒸云梦泽，波撼岳阳城”（孟浩然）、“竹外桃花三两枝，春江水暖鸭先知。蒌蒿满地芦芽短，正是河豚欲上时”（苏轼）、“青山欲共高人语，联翩万马来无数”（辛弃疾）。尽是如此，即便是看似宁静的构形，也都内蕴着生命感。谢灵运的“池塘生春草，园柳变鸣禽”，即是显例。宋代诗论家叶梦得评杜甫诗说：“诗人以一字为工，世固知之，惟老杜变化开阖，出奇无穷，殆不可以形迹捕。如‘江山有巴蜀，栋宇自齐梁’。远近数千里，上下数百年，只在‘有’与‘自’两字间，而吞纳山川之气，俯仰古今之怀，皆见于言外。”[①] 中国的诗论、画论、书论皆以“势”为其重要的审美范畴，尤能见其运动感与生命感。如清初大思想家王夫之论诗云：“论画者曰：‘咫尺有万里之势。’一势字宜着眼。若不论势，则缩万里于咫尺，直是《广舆记》前一天下图耳。五言绝句，以此为落想时第一义。唯盛唐人能得其妙，如：‘君家住何处？妾住在横塘。停船暂借问，或恐是同乡。’墨气四射，四表无穷，无字处皆其意也。”[②] 魏晋时期的书论家崔瑗在其《草书势》中论草书之势云：“草书之法，盖又简略。——观其法象，俯仰有仪，方不中矩，圆不中规。抑左扬右，望之若欹。兽跂鸟峙，志在飞移。”[③] 清代画家沈宗骞论画专有“取势”一目，其论如说：“笔墨相生之道全在于势，势也者往来顺逆之间即开合之所寓也。生发处是开，一面生发，即思一面收拾，则处处有结构而无散漫之弊。收拾处是合，一面收拾又即思一面生发，则时时留余意而有不尽之神。”[④] 诸如此类的论述在中国艺术理论中比比皆是。而里博论及“造型想象”的特点时指出：“它使用的首先是视觉形象，其次是运动形象，最后在实际发明中是触觉形象。”[⑤] 里博又论运动感说：“继视觉表象之后的是运动表象：钟楼刺破地平线，高山穿过云层，高山直起身子左顾右盼，‘阴森森的山洞惊得张开大嘴’，劲风一遍又一遍地抽打泪水满面的山崖，荆棘成了怒发冲冠的植物，等等，等等，不一而足。一个更为奇特的现象

---

① （宋）叶梦得：《石林诗话》卷中，见（清）何文焕《历代诗话》，中华书局1981年版，第421页。

② （清）王夫之：《姜斋诗话》卷2《夕堂永日绪论内编》，见戴鸿森《姜斋诗话笺注》，人民文学出版社1981年版，第138页。

③ 潘运告：《汉魏六朝书画论》，湖南美术出版社1997年版，第3页。

④ （清）沈宗骞：《芥舟学画编》，见俞剑华《中国古代画论类编》，人民美术出版社2003年版，第910页。

⑤ ［法］里博：《造型想象》，见蒋孔阳《十九世纪西方美学名著选》（英法美卷），复旦大学出版社1990年版，第544页。

是，有些好像是无形的感觉，或者说声音形象，可以转换为视觉和运动形象：‘短笛织出声音的花边，长笛升高到女低音之上，犹如柱头高居于柱顶。’这种从根本上说属于造型的想象始终和它本质保持一致，总是自动地，无意识地，把一切引向明确的空间条件。”① 里博举了许多的例子，这些例子是足以说明审美构形的运动感和生命感的。

三 构形与审美抽象及“艺术意志”

这里还要谈到这种在审美创造中的构形能力与审美抽象的关系。

在构形的过程中，抽象是一种主要的思维方式。我指的不是逻辑思维中的抽象，而是审美创造过程中的抽象。作为逻辑思维中的抽象，是与具体相对而言的。在认识论上从具体到抽象的过程表现为：从感性认识上升到理性认识，也就是从认识对象中分析出一般的、本质的东西，把它从使得对象彼此区别开来的其他的一些特性中抽象出来，然后通过概括把它们固定在一定的概念范畴的形式上。如马克思所说的，抽象是把直观和表象加工成概念。审美过程中的抽象与逻辑思维中的抽象之共同处是它的概括性，但它是保留着感性的形式的。或者说，审美抽象是以完整的符号特征体现了主体的创造意识的。德国的著名美学家沃林格在其名著《抽象与移情》中提出了与移情冲动不同的抽象冲动，并将移情和抽象视为人类的两种相反的审美心理机能。所谓“移情”，是对美学略知一二的人都知道的，认为审美活动就是把人的自我内部活动移入到对象中去，对对象作人格化的观照，从而产生审美享受。沃林格不满于当时盛行的移情论美学，从而推出了艺术中的抽象原则。沃林格指出：“移情需要的这个对立面就是抽象冲动。”② 沃林格在与移情相对立的意义上指出了抽象的性质：“他们在艺术中所觅求的获取幸福的可能，并不在于将自身沉潜到外物中，也不在于从外物中玩味自身，而在于将外在世界的单个事物从其变化无常的虚假的偶然性中抽取出来，并用近乎抽象的形式使之永恒，通过这种方式，他们便在现象的流逝中寻得了安息之所。他们最强烈的冲动，就是这样把外物从其自然关联中，从无

① ［法］里博：《造型想象》，见蒋孔阳《十九世纪西方美学名著选》英法美卷，复旦大学出版社1990年版，第547页。

② ［德］沃林格：《抽象与移情》，王才勇译，辽宁人民出版社1987年版，第15页。

限地变幻不定的存在中抽离出来，净化一切依赖于生命的事物，从而使之永恒并合乎必然，使之接近其绝对的价值。在他们成功地这样做的地方，他们就感受到了那种幸福和有机形式的美而得到满足。确实，他们所达到的只能是这样的美，因此，我们就可称经过这种抽象的对象为美。”① 沃林格所说的“抽象”，显然是在人类的审美活动中具有普遍性意义的思维方式，也是以之构形的方式。它充分体现了人类对外物进行构形的能力。造型对人的审美活动来说是主动的，又是合乎于美的规律的。沃林格对此又说：“因而，这种抽象的合规律造型就是独一无二的最高级的造型，当人类面对外物巨大的杂乱无章时，在这种造型中就能获得心灵的安息。”② 审美抽象体现了人类的主动构形能力和心理欲求，而恰是与那种对外物的模仿的审美观念相左的。沃氏由此而言：“真正的艺术在任何时候都满足了一种深层的心理需要，而不是满足了那种纯粹的模仿本能，即对仿造自然原型的游戏式的愉悦。”③ 那么，这种“深层的心理需要”是什么呢？沃林格借用了德国著名艺术史家李格尔的概念称之为“艺术意志”并加以发挥。李格尔在其艺术史名著《风格问题》和《罗马晚期的工艺美术》中都多次使用“艺术意志”这样一个概念，以至于使它成为欧洲艺术理论中的一个备受关注的问题。李格尔在其《罗马晚期的工艺美术》一书中说道：“我在《风格问题》中第一次提出了一种目的论的方法，将艺术作品视为一种明确的有目的性的艺术意志（Kunstwollen）的产物。艺术意志在和功能、原材料及技术的斗争中为自己开道。因此，后三种要素不再具有桑佩尔的理论所赋予它们的那些积极的作用，而有着保守的、消极的作用：可以说它们是整个作品中的摩擦系数。”④ 李格尔在写《风格问题》一书时，对于“艺术意志”的概念使用得较为谨慎，基本上是与“创造性艺术冲动”（Ereative artistic impulse）同义，而到《罗马晚期的工艺美术》一书中，“艺术意志”则成为一个集合性的概念，是超越了个体艺术家意志和意图之上的抽象物。但是总的看来，李格尔所说的“艺术意志”是人类以主动构形的方式来把握世界的审美冲动。李格尔说：“所有人类意志都

① ［德］沃林格：《抽象与移情》，王才勇译，辽宁人民出版社1987年版，第18页。

② 同上书，第20页。

③ 同上书，第12页。

④ ［奥］李格尔：《罗马晚期的工艺美术》，陈平译，湖南科学技术出版社2001年版，第50页。

倾向于和周围环境形成令人满意的关系。创造性的艺术意志将人与客体的关系调整为以我们的感官去感知它们的样子；这就是为何我们已经赋予了事物以形状与彩色（恰如我们以诗歌中的艺术意志使事物视觉化一样）。不过人并不只是一种仅仅以感官（被动地）来感知的生物，他也是一种怀有渴望之情的（主动的）生物。因此，人要将这世界解释为最符合于他的内驱力的样子（这种内驱力会随民族、地域和时代而变化）。这种意志的特点永远是由可称之为特定时代的世界观所规定的。”① 李格尔还指出了艺术意志的两方面的内涵，他说：“十分明显，有两种意志，它们之间存在着某种内在联系。一种意志倾向于通过视觉艺术将事物作悦人的视觉化，另一种意志则尽可能多地根据其内驱力来解释事物。”②“艺术意志”的这两方面的内涵，其实都是人的审美构形能力所应具有的。而沃林格对“艺术意志”的借用与阐发，正是以之说明“抽象冲动”的心理基础。沃氏说：“人们很难理解，艺术意志这个概念何以获得了这样一个如此独特的意义，这一般是由于，人们从这样一种根深蒂固的朴素原则出发，即艺术意志，一种先于艺术作品而产生的意识的冲动，在任何时候都是与人们称之为风格化的一定程度上的变形相同一的，而且，只要去观赏造型艺术就能看到，这种变形合目的地接近了自然原型。”③ 由此看来，沃林格大加阐扬的“抽象冲动”，是李格尔等人的“艺术意志”的发展，而且赋予了更具建设性的含义。

四 余论

审美构形能力是人的一种基本的心理能力，也是马克思所说的“艺术的掌握世界的方式”④ 的思维体现。马克思这样论述“人的掌握世界的方式”：“整体，当它在头脑中作为被思维的整体而出现时，是思维着的头脑的产物，这个头脑用它所专有的方式掌握世界，而这种方式是不同于对世界

① ［奥］李格尔：《罗马晚期的工艺美术》，陈平译，湖南科学技术出版社2001年版，第213页。

② 同上书，第214页。

③ ［德］沃林格：《抽象与移情》，王才勇译，辽宁人民出版社1987年版，第11页。

④ 董学文编：《马克思、恩格斯论美学》，文化艺术出版社1983年版，第47页。

的艺术的、宗教的、实践——精神的掌握的。”① 这里提出的“艺术的掌握世界的方式”，在我理解也就是审美地掌握世界的方式。它也许并不是仅仅存在于文学家、艺术家的创作过程之中，而且也存在于人类的审美实践的各个环节之中。当然，在人类的文学艺术的创造过程中，这种构形能力显得尤为重要和必要。

“构形”对于不同的文学和艺术的种类而言，有不同的材质，因而，也就构成了如苏珊·朗格所说的每门艺术的不同幻象。苏珊·朗格强调：“每一门艺术都有自己的基本幻象，这种幻象不是艺术家从现实世界中找到的，也不是人们在日常生活中使用的，而是被艺术家创造出来的。”② 这种被艺术家创造出来的“幻象”，也就是主体所构之形。

构形相对于模仿。模仿理论所提倡的在于对外在事物形象的依附性，并以“形似”为其价值尺度；而构形则重在强调人以独特的形式感来掌握世界，并以之创造一个未曾出现的世界。构形当然不是空洞无物的，而是以现实世界的各种存在的表象为其材质；但文学家、艺术家的构形能力就体现为以其个性化的、未尝有过的“完形”昭示了一个新的艺术生命的诞生。这种构形能力的强弱、高下、奇俗等等，在很大程度上决定了艺术创作的成功与否，也决定了艺术作品有没有创新的魅力。构形不是一个纯粹的形式问题，它始终包含着主体对世界的理解和意义；但它又绝不是以逻辑思维的方式构成的，它必然是感性化的，如同清代诗论家叶燮所说的“妙在含蓄无垠，思致微渺，其寄托在可言不可言之间，其指归在可解与不可解之会，言在此而意在彼，泯端倪而离形象，绝议论而穷思维，引人于冥漠恍惚之境，所以为至也。若一切以理概之，理者，一定之衡，则能实而不能虚，为执而不为化，非板则腐。如学究之说书，闾师之读律，又如禅家之参死句，不参活句，窃恐有乖于风人之旨”③。它是建构于心理层面，存在于观念形态的，因而有着某种不确定性和虚幻性，苏珊·朗格称之为“幻象”，盖以此也。但我们所说的“构形”，最主要的是指艺术创作个案的完形之诞生，并不是指一类艺术的共同性质。

---

① 马克思：《〈政治经济学批判〉导言》，见《马克思恩格斯选集》第2卷，中共中央马克思恩格斯列宁斯大林著作编译局译，人民出版社1966年版，第215页。

② ［美］苏珊·朗格：《艺术问题》，滕守尧、朱疆源译，中国社会科学出版社1983年版，第76页。

③ （清）叶燮：《原诗·内篇下》，见霍松林、杜维沫校注《原诗·一瓢诗话·说诗晬语》，人民文学出版社1979年版，第30页。

在心理的层面和观念形态这个意义上，“构形”是指心理的创造能力，而不在艺术品的外在形式的物化过程和形式安排上，它有着内在的视觉空间价值，而并非作为艺术品的客观存在的物化因素。

综上乃是笔者对“审美构形能力”的并不完整的阐释，相关问题，还有待于更为科学和深化的认识。

审美经验迁转论*

一

审美经验成为人们关注的话题，成为美学研究的热点，不是美学学者的人为之举，而是当下的审美现实所形成的必然趋势。关于美的本体论的研究和争论渐趋消歇，而关于审美经验的论述在美学的范围内成为主流话语。而且，对于审美经验本身内涵的理解和阐释，也经历了一个巨大的而又是无所不在的迁转变异，以往的那种以康德为代表的自律性的“审美无利害”的审美经验论，正在遭遇广泛的解构。发生这种迁转的原因，一是以电视等大众传媒为主因的视觉文化审美方式，另一是后现代主义的美学观念对传统美学思想的消解。而这二者又是密切相关的。

审美经验的迁转首先是社会文化转型的产物。在当下的消费社会的审美现实中，视觉文化扮演了最主要的角色。作为人们的审美对象，以往在印刷文化时代主要是文学形象，而当今的视觉文化，则主要是电子技术所大量复制的图像。这给人们的审美经验所带来的变化是客观的、普遍的，决非是一种理论的假设，而是真真切切的文化现实。如果说，过去谈论审美经验还是一个经院化的问题，而现在则是“大众”都常常经历的心理经验，只是一般的非专业人士不用这种“专业术语”而已。我们不妨看一下詹姆逊教授对此的论述：“当下的后现代时期似乎也正经历着一次对审美的普遍回归，同时，具有悖论意义的是，现代艺术中的那些超美学的观点似乎已经使人们对它完全失去了信任，并且在新的后现代的支配下，各种各样令人眼花缭乱的风格和混杂物充塞着消费社会。……事实上，我们很快就会明白，在一个如此多地由视觉和我们自己的影像所主宰的文化中，审美经验的概念既太少又太多：因为从那个意义上说，审美经验随处即是，并且广泛地渗透到了社

---

* 本文刊于《社会科学辑刊》2006 年第 3 期。

会与日常生活中。但正是这种文化的扩散使个人艺术作品的观念成为问题，也使审美判断的前提变得不甚恰当。自然，阅读的危机就在于这些新的未定性和由此产生的论争中。美学的回归很有可能在文化特别是影像文化以及它们在全社会的扩散中找到其合理性。”① 詹姆逊对于当下人们审美经验的现状的评价是颇中要害的。在现在这样一个以影像（或云图像）成为最基本的审美对象的前提下，人们的审美经验与以往的不同是不言而喻的。审美经验脱离了原来的那种纯粹的、与切身的利害无涉的形态，而无孔不入地与人们的日常生活经验互渗在一起。我们至少可以看到有这样几种情形作为审美经验迁转的轨道：一是由原来的“韵味”变成了现在的“震惊”；二是由原来的审美静观变成了现在的身体介入；三是由原来的整体形式感到现在的虚拟真实感。

二

著名的西方马克思主义思想家本雅明曾将传统的艺术作品和现在的机械复制的艺术作品加以比较，认为前者具有“原真性”，它的魅力在于“韵味”（也译为“光韵”），而后者的审美效应则是“震惊”。这是很可以用来概括人们的审美经验从传统到现代的某种转变的。所谓“韵味”，指的是传统艺术中那种在特有的时间空间中的独一无二性，它具有“膜拜价值”。本雅明指出：“即使在最完美的艺术复制品中也会缺少一种成分：艺术品的即时即地性，即它在问世地点的独一无二性。……原作的即时即地性组成了它的原真性。对传统的构想依据这原真性，才使即时即地性时至今日作为完全的等同物流传。完全的原真性是技术——当然不仅仅是技术——复制所达不到的。”② 什么是“韵味”或者说“光韵”？本雅明对此作了说明：“从时空角度所作的描述就是：在一定距离之外但在感觉是如此贴近之物的独一无二的表现”③。本雅明颇为敏感地把握了传统艺术和当代以影视为代表的大众传媒给人们带来的不同的审美经验。

对于传统艺术，“审美静观”确乎是最为普遍、最为典型的审美态度，

---

① ［美］弗雷德里克·詹姆逊：《文化转向》，胡亚敏等译，中国社会科学出版社 2000 年版，第 97 页。

② ［德］本雅明：《机械复制时代的艺术作品》，王才勇译，中国城市出版社 2002 年版，第 8 页。

③ 同上书，第 13 页。

而作为审美接受主体的观赏者，所产生的审美经验是以“韵味”为其主要特征的。中国古典诗学和古代画论都是以“韵味”为非常高的审美价值的。钟嵘在其诗学名著《诗品》总论中即言：“干之以风力，润之以丹采，使味之者无极，闻之者动心，是诗之至也。”① “味”一方面是批评的行为，一方面又是欣赏作品时所得到的审美体验。刘勰在《文心雕龙·隐秀》中说：“深文隐蔚，余味曲包。”② 在画论中“韵”、“味”也都是最为常见的审美范畴。传统艺术的形态是静态的，而且，在作品的文本中显现着作者作为创作主体的形式创造能力。人们面对这些作品，无论是诗歌，还是绘画、雕塑等艺术品，都是在凝神观照中感受到美的意韵。以电影电视为代表的当代视觉艺术，以时间性极强的运动画面充斥人的视觉，而不再以引发人们的联想为其旨趣，而是以各种艺术手段引起受众的震惊感，这样才能使大量的机械复制的影像使人们产生审美兴趣。可以说当前人们对世界的把握方式，更多地由文字转为视觉方式，影像无所不在地包围着我们的生活，这些影像的制作，都带着一定的审美因素，如广告、时尚杂志、电子游戏等等，更不用说每天在各个电视台的许多频道不断播出的电视节目。海德格尔在其《世界图像的时代》一文中非常深刻地揭示了“图像”的现代性特征，他说：“倘我们沉思现代，我们就是在追问现代的世界图像。通过与中世纪的和古代的世界图像相区别，我们描绘出现代的世界图像。世界图像并非从一个以前的中世纪的世界图像演变为一个现代的世界图像；毋宁说，根本上世界成为图像，这样一回事情标志着现代之本质。”③ 海德格尔是把图像视为现代的整体存在方式的。图像或影像成为当代人把握世界的主要方式，这在很大程度上造成审美经验的转换是必然的。正是由于影像的无孔不入，一方面使人们习惯于对于影像的审美方式，一方面易于形成对影像的“审美疲劳”。于是，创作者便利用各种技术的、艺术的手段，给观赏者以令人震惊的审美效应，而从观赏者来说，“震惊”或“惊奇感”便成为主要的、能够代表当代视觉艺术的审美经验。这种“震惊”的经验可以是各个层面的。如对那些用高科技手段制作出来的大片的令人心悚的场面；如情节的匪夷所思，出人意料；如画面的高强度视觉冲击力，等等。本雅明便以“惊颤效果”来概

① （南朝·梁）钟嵘：《诗品》，中华书局1991年版，第11页。

② 范文澜：《文心雕龙注》，人民文学出版社1958年版，第633页。

③ ［德］海德格尔：《世界图像的时代》，见《海德格尔选集》，孙周兴译，上海三联书店1996年版，第899页。

括受众观赏电影的审美经验。本雅明指出："电影银幕的画面既不能像一幅画那样，也不能像有些现实事物那样被固定住。观照这些画面的人所要进行的联想活动立即被这些画面的变动打乱了，基于此，就产生了电影的惊颤效果，这种效果像所有惊颤效果一样也都得由被升华的镇定来把握。"① 电视艺术是与日常生活关系尤为密切的艺术形式，无论是家庭生活的环境中，还是与日常生活非常密切的内容，都更需要"震惊"作为独特的审美经验来强化电视艺术的魅力与收视效果。笔者曾经将"惊奇"作为一个重要的审美范畴加以论述，对它的审美性质描述道："惊奇是一种审美发现。在惊奇中，本来片断的、零碎的感受都被接通为一个整体，观赏者的心灵受到了强烈的撼动，而作为审美对象的作品里潜藏着、幽闭着的意蕴，突然被敞亮了出来，观赏者处在发现的激动之中。也许，没有惊奇就没有发现，也就没有美的属性的呈现，没有崇高和悲剧的震撼灵魂，没有喜剧和滑稽的油然而生。"② 笔者所论者还是作为一般性的审美范畴，而在影视等动态视觉艺术中，"惊奇"或"震惊"就成为时代感很强的审美经验形态了。

三

传统美学是以"审美无利害"为审美经验的本质的，这是从康德以来的最为核心的美学观念。康德判定审美判断（即鉴赏判断）是与利害感不相容的，尤其是和欲望能力相冲突的，他说："凡是我们把它和一个对象的存在之表象结合起来的快感，谓之利害关系。因此，这种利害感是常常同时和欲望能力有关的。一个关于美的判断，只要夹杂着极少的利害感在里面，就会有偏爱而不是纯粹的欣赏判断了。"③ 此后鲍桑葵的"审美静观"说、布洛的"心理距离"说等，都主张这样的审美经验的纯粹性。而到了 20 世纪中期之后，这种以纯粹的形式的审美经验论受到了严重的挑战。传统美学对审美经验的规定是纯粹精神性的，是脱离了人的身体的机能和欲望的。而质疑这种自律性审美经验论的美学理论，则更多地将人的身体作为审美经验不可缺少的出发点的。弗洛伊德的精神分析的审美经验论认为美感经验为对

① ［德］本雅明：《机械复制时代的艺术作品》，王才勇译，中国城市出版社 2002 年版，第 61 页。

② 张晶：《审美之思》，北京广播学院出版社 2002 年版，第 197 页。

③ ［德］康德：《判断力批判》，宗白华译，商务印书馆 1985 年版，第 41 页。

人的欲望的满足。弗洛伊德认为：“生活中的幸福是在对美的享受中得到的，无论美以什么形式——人类形体和姿态的美，自然物体和风景的美，艺术创造甚至是科学创造的美——被我们感知和评价都不例外。这种对生活目标的美学态度不是抵御痛苦的威胁的，但它能弥补很多东西。……唯一可以肯定的便是美是性情感领域的派生物，对美的热爱是目的受到控制的冲动的最好的例子。”① 弗洛伊德是将审美经验与日常生活中的幸福密切联系在一起的，并且在他看来，美的性质是与某些次要的性特征相关。在视觉文化研究和后现代主义语境中，“身体”成了显赫的话题。福柯、梅洛—庞蒂以及布迪厄、德勒兹等著名西方的思想家，都将“身体”作为哲学研究中的重要对象。这是对笛卡尔以来的身心二元论的反动。我们不妨引述汪民安先生对这个问题的概括，他指出：“在尼采、福柯、德勒兹之后，身体占据了哲学中的重要一课。福柯和德勒兹分头运用尼采的理论，他们共同将意识赶出了哲学的地盘，但是，德勒兹对尼采的运用更为忠实。在尼采和德勒兹这里，身份更多是主动性的，它是对世界的积极评估，身体具有某种凶悍的改变和估价一切的力量。但福柯的身体更多是被动的，它不是改变世界，而是消极但又敏感地记录、铭写、反射世界，他们都将身体和律法、权力关联起来，将身体作为一个重要的楔子插入社会之中。身体与社会相交织，它既可能改写社会，也可能被社会所利用；既可能控制社会，也可能被社会所控制。身体，不再是纯粹的自然事实，不再是一个纯粹的有机体，不再仅仅是医学、生物学和人类学的对象，不再是生产主义的劳作工具，现在，身体的表面不仅是光滑的皮肤，而且是复杂的社会印记。”② 在美学视域中，身体更多地介入了审美活动之中。以往我们谈审美主体，基本上是一种不顾及身体的抽象主体，而在后现代美学理论中，审美主体已经和身体不可分割了。身体的快感已被承认为美感的重要因素。著名现象学美学家梅洛—庞蒂在其现象学美学中非常突出地论述了身体作为主体的重要意义，其名著《知觉现象学》更是对身体作了全面的、甚至近于繁琐的身体论证，在他那里，身体是某种主客、主物交融的东西。知觉的产生和差异，都是由身体发出的。身体和意识完全可以结合在身体中，这既让意识得到了实现，同时，又揭示了身体的生机和灵性。身体不等于医学上研究对象的躯体，它是意识的

① ［德］弗洛伊德：《文明及其缺憾》，傅雅芳、郝冬瑾译，安徽文艺出版社 1987 年版，第 53 页。

② 汪民安：《身体的文化政治学》，河南大学出版社 2004 年版，第 16 页。

载体，是活生生的，而意识的内涵也是和身体的感受融为一体的。作为一个身体，是不可能和性别无关，或和欲望无缘的，人的审美知觉和主体与身体产生的意向性不可分离的。在消费文化的语境中，人的审美感受是与人的身体和快感密切相关的。一方面，身体成为人们的审美对象，在波德里亚的《消费社会》中有这样的表述；“在消费的全套装备中，有一种比其他一切都更美丽、更珍贵、更光彩夺目的物品——它比负载了全部内涵的汽车还要负载了更沉重的内涵。这便是身体。在经历了一千年的清教传统之后，对它作为身体和性解放符号的‘重新发现’，它（特别是女性身体，应该研究一下这是为什么）在广告、时尚、大众文化中的完全出场——人们给它套上卫生保健学、营养学、医疗学的光环，时时萦绕心头的对青春、美貌、阳刚/阴柔之气的追求，以及附带的护理、饮食制度、健身实践和包裹着它的快感神话——今天的一切都证明身体变成了救赎物品。”① 从审美主体的方面来看，以往的那种“澄怀味象”式的纯净的审美心理，已经被包括身体的快感和欲望日常生活化的审美感受所取代。美感自然不能等同于一般肉体的快感，正如桑塔亚那所指出的：“一切快感都是固有的和积极的价值，但决不是一切快感都是美感。快感确实是美感的要素，但是显然在这种特殊快感中掺杂了其他快感所没有的要素，而这要素就是我们所知所说的美感和其他快感之间的区别的根据，留意这种差异的程度，将是有益的。”② 我们当今的审美活动，在影像上满足人们的快感的对象是普遍存在的。与以往审美经验的“无利害”的典型形态相区别，身体的介入，在当今的审美活动中是最为普遍的。一方面是身体的影像作为审美对象的泛化，另一方面，审美主体作为一个活生生的、由身体出发的人的存在，所产生的审美知觉、意向和体验。消费社会所产生的审美需要，说到底，决非出自于抽象的精神主体，而是和具体的人的身体欲望密切相关的一些需要。它的图像化、对象化、虚拟化，又使之具有了审美的属性。

四

传统的审美经验，尤其是面对艺术品所产生的审美经验，是以完整的形

① ［法］让·波德里亚：《消费社会》，刘成富、全志钢译，南京大学出版社 2000 年版，第 139 页。

② ［美］桑塔亚那：《美感》，缪灵珠译，中国社会科学出版社 1982 年版，第 24 页。

式感作为基本要素的，中国古典美学中的“意境”论，正是以审美对象的整体性为其特征的，只不过这种意境的表现是虚与实的结合。无论是诗学中所说的“韵外之致”、“透彻玲珑，不可凑泊”，还是画论中的“传神写照”、“计白当黑”，都是以艺术品的完整境界为前提的。这种形式感与完整性带有明显的艺术创造的技巧特征，人们通过对艺术品的品味和观赏，感受到的是艺术品的整体境界和艺术家的形式创造才能。比如，宋代名画中的“深山古寺”、“踏花归来马蹄香”，都是通过画面笔墨的映带，而暗示着文本外的东西，因而形成了一个完整的艺术境界。而在这个审美过程中，观赏者必定惊奇于艺术家的匠心高妙，巧夺天工。这是艺术符号的特征，它也使观赏者产生了一种审美的距离感与陌生感。人们对艺术家艺术语言的高度认可，意味着对某个艺术品类的整体性的艺术形式的价值取向。如美国著名美学家苏珊·朗格所说：“每一门艺术都有自己的基本幻象，这种幻象不是艺术家从现实世界中找到的，也不是人们在日常生活中使用的，而是被艺术家创造出来的。艺术家在现实世界中所能找到的只是艺术创造所使用的种种材料……色彩、声音、字眼、乐音等等，而艺术家用这些材料创造出来的却是一种虚幻维度构成的‘形式’。我之所以把这种幻象说成是‘基本的’，并不是说这一幻象在开始创造艺术品之前就已经存在了，而是说艺术家从第一笔到最后一笔的整个创造过程中都在创造这个幻象。”① 其实，传统艺术都是在作品中突出地显现出艺术家的才华，也使观赏者在审美中体会到“间离感”或“陌生感”。

以现代科技手段制作的大众传媒的视觉文化，显然是对这种整体的形式感的解构。无法胜数的电子图像，如“过江之鲫”似的在我们眼前匆匆来去，我们无法也很少再专注于整体形式感的获得，而是以一种漫不经心的或寻求快感的态度来观赏这些显得异常真实的影像。一方面是我们环境中到处都充斥着美的因素的景观，让人觉得我们的环境中似乎到处都有艺术的气质。正如德国美学家韦尔施所描绘的：“审美化最明显地见之于都市空间中，过去的几年里，城市空间中的几乎一切都在整容翻新。购物场所被装点得格调不凡，时髦而又充满生气。这股潮流长久以来不仅改变了城市的中心，而且影响了市郊和乡野。差不多每一块铺路石、所有的门户把手和所有的公共场所，都没有逃过这场审美化的大勃兴。甚至生态很大程度上也成了

---

① ［美］苏珊·朗格：《艺术问题》，滕守尧、朱疆源译，中国社会科学出版社 1983 年版，第 76 页。

美化和一门分支学科。"[①] 在当今的审美现实中，那种超离日常生活的纯粹审美活动当然也是有的，但作为视觉文化的大部分对象则是令人眼花缭乱、无所不在的。人们对整体的形式感的追求已退居其次，而代之以更多的刺激性快感和浅表化的审美状态。

数字技术和高科技手段所制作出来的影像，与以往的那种体现艺术家才华和创造力的造型有明显的不同，前者是用电脑制作的看上去非常真实的虚拟空间。制作者也许用高科技手段做了很大的"手脚"，但是，给人的观感却是非常真实的，波德里亚称之为"仿像"或"类像"，这种图像当然是虚拟的，但它们看上去又是非常真实的，这也就是"仿真"。波德里亚指出："影像不再是让人想象现实，因为它就是现实。影像也不再能让人幻想实在的东西，因为它就是其虚拟的实在。"[②] 这就道出了"超真实"的含义。作为审美客体而言，图像是有高度的"超真实性"的。而在人们的审美经验中，人们对以往的那种艺术形象是以现实生活为其参照，来找寻它的真实感的艺术向度；而现在面对电子技术所制作的影像，尤其是以电视为其典型，人们不再意图体味其间的整体形式美感和艺术家的高妙表现能力，而是普遍有着在这虚拟空间中如同置身其间的超真实感。正如美国学者贝斯特和科尔纳在《后现代转向》中所评述的："幻象不过是符号和真实的影像，它逐步组成一个新的体验王国，在这里自然世界和它所有的指涉物已经普遍地被技术和自我指涉符号所替代。"[③] 这种"仿像"，是与传统艺术的形象造型有相当不同的，它使人们进入一个"超真实"的世界，同时泯灭了真实与虚拟的界限。

在当代美学领域中，审美经验取代了美的本质问题的本体论追问，而成为学者们关注的重点。这种美学的变化是时代使然的，也应视为美学的一个重大进步。而从传统的美学理论关于审美经验的理论来看今天的审美现实，显然已有了相当明显的逆转。人们的审美生活与往日有了很大变化，审美经验被大大地泛化了，也浅表化了，学者们已然注意到了这种美学的转向，从不同的角度论及了这个事实；而从理论上加以深入研究，还是重要的课题所在。

---

① ［德］沃尔夫冈·韦尔施：《重构美学》，陆扬、张岩冰译，上海译文出版社 2002 年版，第 4 页。

② ［法］让·波德里亚：《完美的罪行》，王为民译，商务印书馆 2002 年版，第 8 页。

③ ［美］贝斯特、科尔纳：《后现代转向》，陈刚等译，南京大学出版社 2002 年版，第127 页。

审美境界与道德境界*

审美境界与道德境界都是人之为人所应当具有的，二者是有很大区别的，但又是彼此交叉重合的。这既是美学的话题，更是伦理学的话题。从美学的意义上看，人生的审美境界是包含着道德之维的，或者说是不可以抽离道德因素的，但是道德因素不是作为概念，而是作为一种直观融化在审美境界中的；反之，人生的道德境界也是包含审美因素的，审美因素的缺失，将使道德境界不够完善，不够理想。当然，审美境界也好，道德境界也好，都是人生的正面价值体现，也是人生的一种理想状态。我们的初衷决非混淆审美与道德的界限，恰恰是要使美学角度的审美境界更臻高致；使伦理学角度的道德境界更具情致。

对于境界，这里不想多做词源学的阐释，而想必要地指出这点："境界"带有明显的中国哲学的色彩，这个概念也是中国哲学的源流中凝聚和升华为我们现在所理解的含义的。境界是人的一种整体性的心灵状态，同时，也是一种外显的气象。显然，它不是由知识的摄取和积累而致，而是感性直观和理性反思的不断提升。

一

人类的审美活动是不同于科学活动、宗教活动、道德活动等等的特殊活动方式，也是人类掌握世界的一种基本方式。就其价值取向而言，审美活动的价值取向当然是美。是人发现、选择、感受、体验、判断、评价美和创造美的实践和心理活动。审美境界则是在审美活动的反复进行和不断升华中生成的整体性心灵状态和外显气象。它更多的是对审美客体的形式的体验和创造性建构，这集中地体现在艺术的创造与欣赏过程中。诚如宗白华先生所

---

* 本文刊于《伦理学研究》2007 年第 3 期。

说："什么是意境？人与世界接触，因关系的层次不同，可有五种境界：(1) 为满足生理的物质的需要，而有功利境界；(2) 因人群共存互爱的关系，而有伦理境界；(3) 因人群组合互制的关系，而有政治境界；(4) 因穷研物理，追求智慧，而有学术境界；(5) 因欲返本归真，冥合天人，而有宗教境界。功利境界主于利，伦理境界主于爱，政治境界主于权，学术境界主于真，宗教境界主于神。但介乎后二者的中间，以宇宙人生的具体为对象，赏玩它的色相、秩序、节奏、和谐，借以窥见自我的最深心灵的反映；化实景而为虚境，创形象而为象征，使人类最高的心灵具体化、肉身化，这就是'艺术境界'。艺术境界主于美。"[①] 宗白华先生所说的"艺术境界"，当属审美境界之最主要的一种，其实在很大程度上可以作为审美境界的代表。审美境界核心价值是美，这是没有问题的。而审美境界不是纯然客观的对象的形态的反映，而是审美的人在审美对象召唤之下而产生的整体性的心灵样态。这其中有相当复杂的主体因素。审美境界的形成是由于某种特定的契机，主体与客体相遇合，因而，面对相同的对象，不同的审美主体会产生并不一样的审美境界。明代诗论家谢榛指出这种审美现象："观则同于外，感则异于内，当自用其力，使内外如一，出入此心而无间也。"[②] 此语特具理论价值，"内外如一，出入此心而无间也"[③]，正是一种融摄了对象的特征而又体现了主体意向的审美境界。审美境界的形成从表现形态上似乎是当下的、直击的，但是，却与主体的多方面积淀和修养密切相关的。我们认识审美问题，既要与其他领域、其他学科相区别，又要看到融合在其中的复杂因素。美是关乎形式的，这一点笔者没有异议；但如果说美是无关乎人类的价值感的，那笔者无论如何也无法接受。形式给人所带来的愉悦，究其深层仍可以说是积淀着人类的价值感的。我们不打算用道德感来取代美感，因为这是两个不同的维度，也不愿意让美学和伦理学的界限模糊不清，那对学术研究来说是一种倒退。但我们并不主张那种把美的问题与其他问题统统抽离开的观点，那是并不符合客观实际的，而且，也不利于我们现在的和谐文化的建设。我们知道，康德主张美是无目的的合目的性，他的一个重要命题就是："鉴赏判断除掉以一对象（或它的表象样式的）合目的性的形式作为根

---

① 宗白华：《艺境》，商务印书馆 2011 年版，第 183—183 页。

② （明）谢榛：《四溟诗话》卷 3，中华书局 1985 年版，第 41 页。

③ 同上。

据外没有别的。”① 似乎只在于给以人快适的形式，而这种形式虽然是无目的的，却又要满足合目的性的条件。而这种合目的性其实是与伦理、认识都有牵连。康德认为，审美判断不经由概念，却又有着普遍有效性作为依据。康德在明确拒绝审美活动中的逻辑形式的同时，其实并没有把认识与善排除出去，而是把它融合在合目的性的普遍有效性之中了。康德的这样一段话似乎并未引起人们的注意，他说：“美的艺术是一种意境，它只对自身具有合目的性，并且，虽然没有目的，仍然促进着心灵诸力的陶冶，以达到社会性的传达作用。”② 在“心灵诸力”中，道德应该是最重要的一种。康德其实非常重视审美与道德之间的关系，他提出了那个非常有名的命题，即“美是道德性的象征”③。值得说明的是，这个命题，并非是对美的本质的揭示，而是对于审美与道德关系的看法。在康德看来，美绝非是与道德无关的，而恰恰是普遍有效性（或普遍传达性）的基本内涵。只不过在审美判断中它是直观的，而在伦理学中它应该是概念的、逻辑的。我们现在采用邓晓芒的译文来看康德的有关阐述：“1. 美直接地令人喜欢（但只是在反思性的直观中，而不是像德性那样在概念中）。2. 它没有任何利害而令人喜欢（德性—善虽然必然与某种兴趣［利害］结合着，但不是与那种先行于有关愉悦的判断的兴趣，而是与那种通过这判断才被引起的兴趣结合着）。3. 想象力的（因而我们能力的感性的）自由在对美的评判中被表现为与知性的合规律性是一致的（在道德判断中意志的自由被设想为意志按照普遍的理性法则而与自身相协调。）4. 美的评判的主观原则被表现为普遍有效、即对每个人都有效的，但却不是通过任何普遍概念而看出的（道德的客观原则也被解释为普遍的，即对一切主体、同时也对同一主体的一切行动都是普遍的，但却是通过一个普遍概念而看出的。）因此，道德判断不仅能够是确定的构成性原则，而且只有通过把准则建立在这些原则及其普遍性之上才有可能。”④ 在康德这里，审美不但不是和道德相脱离或相悖谬的，恰恰道德判断是作为审美的普遍有效性的基本内涵，只是在伦理学的角度里是以普遍概念的方式出现的，而在审美中则是予以直观的、表象的方式存在的。

缺少道德修养的主体是难以形成和呈现审美境界的。在当下的消费主义

① ［德］康德：《判断力批判》，宗白华译，商务印书馆 1964 年版，第 74 页。
② 同上书，第 151 页。
③ 同上书，第 199 页。
④ ［德］康德：《判断力批判》，邓晓芒译，人民出版社 2002 年版，第 201 页。

和后现代主义的语境下，许多号称和自诩为“审美”的现象，其实更多的是感官的刺激和身体享乐。道德的崇高与善似乎都是不屑一顾的，甚至是必欲弃之而后快的。正如德国美学家韦尔施所指陈的那样，“只是从艺术当中抽取了最肤浅的成分，然后用一种粗滥的形式把它表征出来。美的整体充其量变成了漂亮，崇高降格成了滑稽。……在表面的审美化中，一统天下的是最肤浅的审美价值：不计目的的快感、娱乐和享受。这一生气勃勃的潮流，在今天远远超越了事物的时尚化和满载着经验的生活环境。它与日俱增地支配着我们的文化总体形式，经验和娱乐近年来成了文化的指南。一个日益扩张的节庆文化和娱乐，侍奉着一个休闲和经验的社会”①。这是很客观地概括了在消费主义背景下的颇为泛化的审美现实的。人们讨论很多的“日常生活审美化”，看上去是使人们的日常生活充满了审美情调，其实相当多的现象是离真正的审美相去甚远的。在过度的娱乐化倾向中，感官刺激成了唯一的价值诉求，道德感的匮乏乃至消遁就是不可避免的。实际上这种“审美”已经很难说是真正的审美了，也就更加无法以“境界”评价之，论述之。

王国维以“境界”论词，也以之论小说、论戏剧，“境界”是其进行艺术评论的最高价值范畴。如其说：“词以境界为最上。有境界则自成高格，自有名句。”②“有造境，有写境，此理想与写实二派之所由分。然二者颇难分别。因大诗人所造之境，必合乎自然，所写之境，亦必邻于理想故也。”③“境界非独谓景物也。喜怒哀乐，亦人心中之一境界。故能写真境物、真感情者，谓之有境界；否则谓之无境界。”④ 王国维作为近代美学的开山人物，其境界说有着非常丰富的美学意蕴。他深受康德、叔本华等人的影响，而在美学上又是具有独创意义的。作为一个根本的美学范畴，其实“境界”是远非康德、叔本华等人的美学思想所能囊括的。“境界”当然包括了艺术的形式因素，且不是概念所能概括和解析的，但是境界又是审美主体融摄客体所创造而出的整体。它体现在艺术作品中，但又有着深刻的主体因素。这种主体因素，也不是单纯的，而是综合的。清人叶燮以“胸襟”论诗人，在我看来是诗的审美境界所由生成的主体因素。其云：“我谓作诗者，亦必有

① ［德］沃尔夫冈·韦尔施：《重构美学》，陆扬、张岩冰译，上海译文出版社 2002 年版，第 6 页。

② （清）王国维：《人间词话》，四川人民出版社 1981 年版，第 1 页。

③ 同上书，第 3 页。

④ 同上书，第 7 页。

诗之基焉。诗之基，其人之胸襟是也。有胸襟，然后能载其性情、智慧、聪明、才辨以出，随遇发生，随生即盛。”① 在“胸襟”中，有各种因子在内，但是道德情感则是其中最重要的内涵。这种道德情感不是外在的，也不是刻意为之的，而是发自于中，沛然而生的。叶氏以伟大诗人杜甫为例，他说：“千古诗人推杜甫。其诗随所遇之人之境之事之物，无处不发其思君王、忧祸乱、悲时日、念友朋、吊古人、怀远道，凡欢愉、幽愁、离合、今昔之感，一一触类而起，因遇得题，因情敷句，皆因甫有其胸襟以为基。”② 杜诗有很高的审美境界，这是无可置疑的，也是诗歌史上公认的。在叶燮看来，其中的关键在于诗人作为审美主体，有着超越于一般人的胸襟。而诗人所抒发之情，是美好的人伦之情。这里面有封建道德所嘉许的思君之情，也有对于民族的、时局的忧患之情，有对朋友的怀念之情，也有对亲人的眷恋之情，等等。这些美好的情感，其实是与诗人的纯真而善良的德性融为一体的。它们汇合在一起，即是诗人的胸襟，也体现着诗人的道德的充实与完善。审美境界又是充满生命活力的，这是与主体的胸襟有内在的一致性的。叶燮描述杜诗的审美境界说：“如星宿之海，万源从出；如钻燧之火，无处不发；如肥土沃壤，时雨一过，夭矫万物，随类而兴，生意各别，而无不具足。”③ 这种生机勃发的样态，恰是审美境界的性质所在。

人的审美活动之所以能臻于“境界”，正是由于有道德价值参与其间，否则便无法达到“境界”。我们这样说，并不是想抹杀审美价值和道德价值之间的差异和矛盾，这种差异和矛盾是客观的存在，也正由此构成了审美和道德的不同性质。苏联著名美学家斯托洛维奇指出了艺术史上的这种现象，他说：“如果看一下艺术史，那么，一方面存在着含有最道德的思想和理想但艺术价值欠佳的作品；另一方面存在着才华横溢、技术娴熟但同时道德意义上却毫无价值或者甚至是不道德的作品。”④ 理想的情况当然不是如此，而应当是健康的、美好的道德观念和娴熟而宛妙的艺术手法的融合。而一部作品，如果当得起具有“审美境界”，则应该是这种状态。在斯氏看来，审美价值的构成，并非仅是单纯的形式因素，而包含复杂的社会性因素在内。

① （清）叶燮：《原诗·内篇下》，见霍松林、杜维沫校注《原诗·一瓢诗话·说诗晬语》，人民文学出版社1979年版，第17页。

② 同上。

③ 同上。

④ ［苏联］列·斯托洛维奇：《审美价值的本质》，凌继尧译，中国社会科学出版社1984年版，第95页。

他认为："审美价值所特有的意义不等同于道德价值的意义。后者表示个人和社会的一定关系。审美价值的意义较为广泛。它既包括对人的创造可能性的关系，又包括各种实践关系，在这些实践关系中人从物质上和精神上使自己在世界中得到确证。当然，如果审美意识和它的这种形式——如艺术——的客体是人们的行动和行为，那么审美评价不可能从道德评价中抽象出来。在这种情况下，道德关系一定同其他社会关系一起处在审美价值之中。"① 斯托洛维奇对于审美价值的阐析是重视其社会性内涵的，他认为审美价值里就有道德评价在其中。笔者这里不是以一般的审美活动来看待"审美境界"的，而是将它作为审美的最高样态来阐说的。笔者认为审美的形式特征，并非要以道德的善的牺牲为其代价，即便如贝尔的著名定义"艺术是有意味的形式"，其中的"意味"也无法排除深层的道德力量的存在乃至外射。审美境界是我们的一种对人的理想状态的追求，它更多地体现在艺术创造及其作品之中。它是浑然一体的，体现着审美主体的性情与人格。要在这其中竭力排除道德的向上力量是一种偏执，同时也是审美的滑坡。

二

道德境界又是何谓？如果以伦理学为本位，那么在道德境界中是否有审美的因素？这是我们变换一下思维立场时所要探寻的。不言而喻，道德是任何伦理学的思考所要首先面对的最基本的问题，也是伦理学的逻辑起点，这是无须多加申说的。但我们这里所说的道德境界，不是一般的规范伦理的内容，即是所谓遵守"道德底线"的水准；它是体现着最高的道德价值的。不仅如此，如果将"道德境界"作为伦理学的一个范畴的话，那么，这个范畴还有着一般伦理学所没有包含进去的蕴含。或者说，你也不必把它作为纯然意义上的伦理学范畴，因为伦理学的体系中是不好容纳这个范畴的。从本文作者来看，笔者远非一个伦理学学者，而是美学研究者。那么，笔者提出"道德境界"的概念，也不期待进入伦理学的学理谱系之中，而是借用"境界"的说法来沟通道德与审美的关系，从而描述道德的完善状态。首先要说明的是，在这里所谓的"道德境界"，已经不是一个伦理学的知性范畴了，毋宁说是道德主体所臻致的最高品位。我们在这里固然可以通过知性分

① ［苏联］列·斯托洛维奇：《审美价值的本质》，凌继尧译，中国社会科学出版社 1984 年版，第 94 页。

解的方式来阐释这个范畴，而其实是无法对其作出确切的表述。道德境界中应该是以“至善”为其核心价值的，它包含着美德、幸福和快乐等多种正面的伦理价值，用“境界”以概括之，恰恰在于其是无法解析的。对此，康德已然预料到了这种情形，即这种“至善”是无法分析的。康德在《实践理性批判》中指出：“在对于我们系实践的，亦即通过我们的意志而实现出来的至善里面，德行和幸福被思想为必然地联结在一起的，因此，实践理性若不能够认定其中一项，另一项也就不属于至善。现在这种联结（与每一个一般的联结一样）或者是分析的，或者是综合的。但是，因为这个被给予的联结不能够是分析的，就如前面刚刚指明的那样，所以它们就必须被思想为综合的，甚至思想为原因与结果的连接，因为它关涉实践的善，亦即通过行为而可能的东西。”① 康德认为“至善”是德行和幸福的综合，在至善中，德行和幸福是缺一不可的。它们是一个综合的整体，是无法进行分析的。这是可以借用以为我们所说的“道德境界”的含义的，但还很难将其独特意义揭示出来。道德境界是人以至善为其核心价值，并且包含了“应当”、“正义”、“快乐”、“情感”等道德因素，（而后者是以“至善”为其基础和根据的）的整体人格。道德境界不是一般地遵守规范道德，而是达到美德的层面，并且将一切意志和行为，都化入其中。在中国哲学中，道德境界的最高体现当然是圣贤了。儒家称这种道德境界为“本心”。朱熹作《四书章句集注》释《为政章》云：“圣人之教亦多术，然其要，使人不失本心而已。欲得此心者，惟志乎圣人所示之学，循其序而进焉。至于一疵不存，万理明尽之后，则其日用之间，本心莹然，随所意欲，莫非至理。”② 这里说的“本心”，其实可以视为道德境界。孔子以“仁”为其最高的道德取向，这个“仁”，就是最高的德性。“仁”是人的真性情，而又合于礼的。孔子云：“君子道者三，我无能焉：仁才不忧，知者不惑，勇者不惧。子贡曰：‘夫子自道也。’”③ 在孔子看来，做到知、仁、勇三者的统一，这才是君子应达到的最高境界。而这三者之间，仁是核心，仁的境界能够而且应当包括知和勇。朱子发挥孔子的“克己复礼为仁”说，认为“仁者，本心之全德。克，胜也。己，谓身之私欲也。复，反也。礼者，天理之节文也。为仁者，脾性以全其心之德也。盖心之全德莫非天理，而亦不能不坏于人欲。

① ［德］康德：《实践理性批判》，宗白华译，商务印书馆1999年版，第125页。

② （宋）朱熹：《四书章句集注》，上海古籍出版社2001年版，第64页。

③ 杨伯峻、杨逢彬：《论语译注》，岳麓书社2009年版，第176页。

故为仁者心有胜私欲而复于礼，则事皆天理，而本心之德复全于我矣”①。冯友兰先生指出：“有时候孔子用‘仁’字不光是指某一种特殊德性，而且是指一切德性的总和。所以‘仁人’一词与全德之人同义。”② 这是较为中肯的。朱子所谓“仁”是君子的“实践理性”，是一种价值追求，是可以通过不断践行而达其目标的。它包含着“德”和“勇”。德指内在的德性，勇指内在的坚定和勇气。孔子说：“有德者必有言，有言者不必有德；仁者必有勇，勇者不必有仁。”朱熹注曰：“有德者，和顺积中，英华发外。能言者，或便佞口给而已。仁者，心无私累，见义必为。勇者，或血气之强而已。”③ 一般的“勇”，可能是血气之强，而仁者之勇，则是“见义必为”。仁是可以通过追求和践行而臻致的，孔子说：“仁远乎哉？我欲仁，斯仁至矣。”④ 仁是心之德，它是君子的道德目标，如果努力践行，就可以达到仁的境界。孔子谈到自己一生修行不断提升的人格境界，其云：“吾十有五而志于学，三十而立，四十而不惑，五十而知天命，六十而耳顺，七十而从心所欲不逾矩。”只有经过“知天命”，才能找到真正的“安身立命”之地。蒙培元先生为之阐释道：“‘从心所欲’决不是指感性欲望，也不是为所欲为，毋宁说是意志自由。这所谓‘自由’，不是对客观必然性的认识，或被认识了的必然性，而是心灵意志与天命、天德的合一。在这里，主观意志与客观法则达到了统一。”⑤ 这便是仁的自由性质。道德境界并不是外在的约束，而是发自内心自觉。求仁得仁，是心甘情愿的，是在从内心感到幸福的。孔子说：“富而可求也，虽执鞭之士，吾亦为之。如不可求，从吾所好。”⑥ 所谓“可求”，意谓以其道求之，也就是符合道德规范，如果不可求，即是不符合道德要求，那么，就放弃对富的追求，而遵从自己所好的仁义之道。“所好”可以见出仁者对于道德境界的由衷喜爱。孔子还表达了安贫乐道的心灵幸福感，其云：“饭疏食，饮水，曲肱而枕之，乐亦在其中矣。不义而富且贵，于我如浮云。”⑦ 孔子对于其最推崇的贤弟子颜回的赞赏：“贤哉，回也！一箪食，一瓢饮，在陋巷。人不堪其忧，回也不改其

① （宋）朱熹：《四书章句集注》，上海古籍出版社 2001 年版，第 155 页。
② 冯友兰：《中国哲学简史》，北京大学出版社 1996 年版，第 38 页。
③ （宋）朱熹：《四书章句集注》，上海古籍出版社 2001 年版，第 332 页。
④ 杨伯峻、杨逢彬：《论语译注》，岳麓书社 2009 年版，第 85 页。
⑤ 蒙培元：《心灵的超越与境界》，人民出版社 1998 年版，第 135 页。
⑥ 杨伯峻、杨逢彬：《论语译注》，岳麓书社 2009 年版，第 78 页。
⑦ 同上书，第 80 页。

乐。贤哉，回也!”（《论语·雍也篇》）即是所谓“孔颜乐处”，都是把超越于物质生活的道德境界作为由衷的内心的快乐的。孟子则是以诚为其最高的范畴，这既是一种精神状态，又是一种道德境界。孟子论诚云：“居下位而不获于上，民不可得而治也。获于上有道，不信于友，弗获于上矣。信于友有道，事亲弗悦，弗信于友矣。悦亲有道，反身不诚，不悦于亲矣。诚身有道，不明乎善，不诚其身矣。是故诚者，天之道也；思诚者，人之道也。至诚而不动者，未之有也；不诚，未之能动者也。”[①] 诚，是道德修养的重要条件。孟子论诚，是孟子哲学的根本之处，正心诚意，乃是实现“仁”的途径。孟子把诚提升为“天道”，确立了诚的普遍性和绝对性。诚是天和人的统一，也是主观和客观的统一，诚的境界的实现是一个连续的过程。而这内心的诚即是“明乎善”，对于善的明彻与践行。孟子这里所说的“诚身有道，不明乎善，不诚其身矣”，将诚的道德境界的性质揭示得非常确实。朱熹释曰：“诚，实也。反身不诚，反求诸身而其所以为善之心有不实也。不明乎善，不能即事以求理，无以真知善之所在也。”[②] 孟子又以对诚的践行为最大的快乐，其云：“万物皆备于我矣。反身而诚，乐莫大焉。强恕而行，求仁莫近焉。”[③] 这正是在不断攀升道德境界过程中的快乐感和幸福感，这是一种精神世界的悦畅，当然并非是感官快感。

三

道德境界和审美境界自非一事，但是二者之间有其内在的相通之处。从道德境界的角度而言，越是克服了异化，则越是具有了审美的性质。马克思在《1844 年经济学—哲学手稿》中深刻地阐述了异化劳动对人的戕害，有这样一段有名的论述：“劳动为富人生产了珍品，却为劳动者生产了赤贫。劳动创造了宫殿，却为劳动者创造了贫民窟。劳动创造了美，却使劳动者成为畸形。劳动用机器代替了手工劳动，同时却把一部分劳动者抛回到野蛮的劳动，而使另一部分劳动者变成了机器。劳动生产了智慧，却注定了劳动者的愚钝、痴呆。”[④] 这种异化劳动本身当然不道德的，也是反美学的。马克

① 郑训佐、靳永：《孟子译注》，齐鲁书社 2009 年版，第 121 页。

② 同上。

③ 同上书，第 225 页。

④ 马克思：《1844 年经济学—哲学手稿》，刘丕坤译，人民出版社 1979 年版，第 46 页。

思认为，克服了异化劳动而从事的社会创造和享受，才是人的本质实现的标志。人既是社会的，又是个体的。马克思在强调人的社会属性时恰恰是以对人的自然个体的尊重为前提的。马克思指出：“社会的性质是整个运动的普遍的性质，正像社会本身创造着作为人的人一样，人也创造着社会。活动及其成果的享受，无论就其内容或就其存在方式来说，都具有社会的性质：是社会的活动和社会的享受。”① 对于个体的活动和享受的尊重，这对是道德的。因此，马克思认为：“社会的活动和社会的享受决不仅仅以直接的活动和直接集体的享受这种形式存在，虽然集体的活动和集体的享受，亦即直接通过同其他人的实际聚合来表现自己和确证自己的那种活动和享受，在社会性的上述直接表现以这种活动或这种享受的内容本身为根据并且符合于这个内容的性质的地方，是到处存在的。”② 马克思在这里充分肯定个体作为活动和享受的价值，也是符合道德内涵的。这种活动和享受不止于物质层面，而是人本质的全面发展，其美学意义是尤为重要的，马克思指出：“同样地，对私有财产的积极的扬弃，也就是说，通过人并且为了人而对人的本质和人的生活、对对象化了的人和属人的创造物的感性的占有，不应当仅仅被理解为对物的直接的、片面的享受，不应当仅仅被理解为享有、拥有。人以一种全面的方式，也就是说，作为一个完整的人，把自己的全面的本质据为己有。人同世界的任何一种属人的关系——视觉、听觉、嗅觉、味觉、触觉、思维、直观、感觉、愿望、活动、爱——总之，他的个体的一切官能，正像那些在形式上直接作为社会的器官而存在的器官一样，是通过自己的对象性的关系，亦即通过自己同对象的关系，而对对象的占有。”③ 这里的含义其实是谈到人通过感官的把握世界，而产生的超越于物质的享受，即审美享受。

中国哲学中在道德体验中所感受的“乐”，其实是与审美相通的，这也从先秦儒家的论述中多有展现。无论是在孔子还是在孟子，他们眼中的美都不离开道德境界而单独存在。孔子说：“里仁为美”，明确地表达了他的观念，即：美是要与仁为邻的。孔子闻韶乐谓之“尽美尽善”，是将美与善作为一致的价值尺度来评价韶乐。孔子还说：“志于道，据于德，依于仁，游

① 马克思：《1844 年经济学—哲学手稿》，刘丕坤译，人民出版社 1979 年版，第 75 页。

② 同上。

③ 同上书，第 77 页。

于艺。”① 这里就是将道德方面的学习和审美方面的习染都作为人生全面发展的基点了。孟子说“充实之为美”，也是以人格力量来指谓美，至少是美的一种表现吧。

审美境界和道德境界的问题分属于美学和伦理学，但既是“境界”，就是一个人的精神风貌之整体状态，一种人格的外显。人的审美境界是不可能没有道德因素的，而道德境界是也无法排除审美因素。其间的相通与相异，是值得我们思考的。

① 杨伯峻、杨逢彬：《论语译注》，岳麓书社 2009 年版，第 76 页。

论审美抽象*

一 审美抽象的立义

在人的审美活动中，有没有抽象的思维形式？如果有，它是一种什么样态？它与逻辑思维的抽象有什么不同？它在审美活动中的功能又是如何的？这些问题具有重要的理论意义。在我看来，审美过程中是不可能没有抽象的思维方式的，但它不同于逻辑思维的抽象，而是一种有着特殊概括与提升路径、并使审美活动获得意义的基本思维方式。为了与逻辑思维的抽象相区别，我将这种思维方式称为“审美抽象”。对这个范畴，谭容培先生在《美与审美的哲学阐释》中曾将其作为审美意识的内容作过探讨，本文则将其作为审美活动中独特的思维方式来加以阐释。

审美抽象指审美主体在对客体进行直觉观照时所作的从个案形象到普遍价值的概括与提升。审美抽象与逻辑思维抽象的不同之处在于：虽然它们都是从具体事物上升到普遍的意义，但逻辑思维的抽象以语言概念为工具，通过舍弃对象的偶然的、感性的、枝节的因素，以概念的形式抽出对象主要的、必然的、一般的属性和关系；审美抽象则通过知觉的途径，以感性直观的方式使对象中的普遍意义呈现出来，在艺术创作领域中表现为符号的形式。逻辑抽象是在个别的和偶然的东西中发现一般的合乎规律的东西，用马克思的话说就是“完整的表象蒸发为抽象的规定”①，它意味着舍弃对象的全部丰富具体的细节、特征和属性，这当然是和审美的、艺术创作与鉴赏的过程殊异的。多年前学术界关于“形象思维”的论争，旨在强调文学艺术创作中的审美化的思维方式，其基本含义如别林斯基对形象思维的经典论

---

* 本文刊于《哲学研究》2007 年第 8 期。

① 中共中央党校教材审定委员会审定：《马列著作选编》，中共中央党史出版社 2002 年版，第 247 页。

述："诗人用形象来思考；他不证明真理，却显示真理。"① "形象思维"思考的重心在于艺术创造的形象化特质，而"审美抽象"则是指在审美创造或审美鉴赏过程中通过审美知觉和符号化的形式直观地把握对象的本质特征，其思考重心在于审美活动在其感性的方式中所达到的思维高度及把握世界的深度。

康德在对"鉴赏判断"（即审美判断）的表述中已经指出了"审美抽象"的性质，他说："静观本身不是对着概念的；因为鉴赏判断并不是知识判断（既不是理论的，也不是实践的），因此既不是以概念为其基础也不是以概念为其目的。"② 康德还说："虽然这判断只是审美的，并且仅仅包含着对象对于主体的一种关系，然而因为它究竟和逻辑的判断相似，人们能够设定它适用于每个人。但是从概念也不能产生这普遍性来。因为从概念是不能过渡到快感及不快感的……所以鉴赏的判断，既然意识到在它内部并没有任何的利害关系，它就必然只要求对于每个人都能适用，而并不要求客体具有普遍性，这就是说，它只是和主观普遍性的要求连结着的。"③ 康德在这里明确认为这种审美的判断有其与逻辑判断相似之处，那便是主体的普遍性的愉快，或者说是另一种抽象，但它是不经由概念的途径的，而是通过直观的方式进行的。康德在《纯粹理性批判》中所讲的"直观中领会的综合"，笔者以为也可以从不同于逻辑抽象的另一种抽象的角度来加以理解。康德说："每一个直观都在其自身中包含有一种杂多，这种杂多只有在心能够于一个印象跟着另一个印象发生的这种次序中分辨出时间来，才能作为一种杂多来表现，因为每一个表象，就其包含在一单个的瞬间中来说，总不能是别的东西而必是一个绝对的统一体。为了直观的统一体可以从这种杂多发生出来（像在空间的表象所需要的那样），就必须首先把它概观一遍而使之抓在一起，我称这种活动为'领会的综合'。"④ 这种"直观的综合"其实也正是审美判断中主体的抽象功能。20 世纪初，沃林格提出"情感抽象"说，他指出："我们必然导出这样的结论：必有一种与移情本能恰恰相反的本能存在，这种本能遏制了满足移情需要的事物。在我们看来，移情需要的这个对立面就是抽象冲动。"⑤ 沃林格所阐扬的"抽象冲动"的命题，完全是在美

① ［俄］别林斯基：《别林斯基选集》第 2 卷，满涛译，上海译文出版社 1979 年，第 96 页。
② ［德］康德：《判断力批判》上卷，宗白华译，商务印书馆 1964 年版，第 46 页。
③ 同上书，第 48 页。
④ ［德］康德：《纯粹理性批判》，韦卓民译，华中师范大学出版社 2000 年版，第 132 页。
⑤ ［德］沃林格：《抽象与移情》，王才勇译，辽宁人民出版社 1987 年版，第 15 页。

学的框架里的，是基于此前德国艺术史家里格尔的“世界感”和“艺术意志”加以发展创造的。所谓“世界感”指人在应世观物中面对世界的精神态度；而“艺术意志”指所有艺术现象中最深层、最内在的本质，表现了人类的审美需求。沃林格认为“抽象冲动”是人类的普遍性的审美心理动因，他指出：“抽象冲动与任何一种艺术同时并生，而且在特定的、具有发达文化的民族那里，也依然是占主导地位的。”① 沃林格反复阐述了审美抽象所带来的对规律性的把握及如何从偶然事物中审美地抽象出永恒，这对于我们认识审美抽象是富有启发意义的。

二　知觉作为审美抽象的关键环节

审美抽象的操作是以知觉尤其是视知觉为其中介的。经过格式塔学派和符号论美学的阐扬，那种将知觉理解为被动反映对象的印象的观念已经被主张知觉具有建构性功能的观念所代替了。无论是逻辑抽象还是审美抽象，都是将对象的本质属性凝定下来，成为人们把握世界的基本网结，只不过前者是以概念的方式，后者是以形象的方式。格式塔心理学美学家阿恩海姆认为：“知觉到一个物体的恒常样相，实则是一种最高水平的概括，而这样一种高水平的概括，则适用于视觉被用来从物理上察觉对象时（或察觉其物理特性时）的一切场合。”② 阿恩海姆在这里揭示了视知觉普遍性的抽象功能。他又说：“抽象是将一切可见形象感知、确定和发现为具有一般性和象征意义时所使用的必不可少的手段，或许我可以将康德的论断作另一种表述：视觉没有抽象是盲目的；抽象没有视觉是空洞的。”③ 阿恩海姆对于视知觉与抽象的关系所作的论述，其指向在于艺术审美具有普遍意义的抽象功能，这其实已从视知觉扩展到以视觉为核心的艺术感知，从而阐发了知觉对审美抽象所起的关键作用。

一个真正的作为审美主体的人或者艺术家，其知觉是主体对于外部世界的一个积极探索的工具。通过选择和简化等机能，将对象的具有特征的“完形”摄入主体的心灵。知觉，尤其是审美知觉，其主动性和建构性是进行审美抽象的基本功能。卡西尔指出：“美不能根据它的单纯被感知（per-

---

① ［德］沃林格：《抽象与移情》，王才勇译，辽宁人民出版社 1987 年版，第 16 页。

② ［美］阿恩海姆：《视觉思维》，滕守尧译，四川人民出版社 1998 年版，第 55 页。

③ ［美］阿恩海姆：《艺术心理学新论》，郭小平、翟灿译，商务印书馆 1994 年版，第 77 页。

cipi）而被定义为‘被知觉的’，它必须根据心灵的能动性来定义，根据知觉活动的功能并以这种功能的一种独特倾向来定义。它不是由被动的知觉构成，而是一种知觉化的方式和过程。但是这种过程的本性并不是纯粹主观的，相反，它乃是我们直观客观世界的条件之一。艺术家的眼光不是被动地接受和记录事物的印象，而是构造性的，并且只有靠着构造活动，我们才能发见自然事物的美。”① 奥尔德里奇则特别注重阐发这种审美知觉的“整体性”特征，他认为：“这种知觉的作用在于揭示经验的潜在的有机统一，或通过对感官经验的明智的整理来制造这种整体性，从而把经验从它那通常是支离破碎和贫乏的结构中解救出来。”② 在奥尔德里奇的观念中，审美知觉所具有的整体性不是现成的，而是由审美主体建构而成的；它包含抽象的内涵在其中，是对对象的一种“领悟”。

知觉对于审美抽象是非常关键的阶段与环节。以现象学美学的观念来看，对于审美主体而言，知觉是审美对象形成的关键因素：没有知觉，外在事物就不可能进入到审美主体的心灵世界中成为审美对象。杜夫海纳因此指出：“审美对象是在知觉中完成的。”③ 知觉将对象构形为一个统一的整体，在这个过程中，知觉渗透了情感与意义。知觉并不排除意义，相反，任何完整的感知都要把握一种意义；审美抽象的实现是有待于意义的呈现的。

对于审美知觉来说，其更为突出的特征是选择性。阿恩海姆已对视知觉中的这种性质作了非常明确的阐述，其他许多美学家也都强调这一特征。奥斯本指出：“正是通过选择性的抽象，才使得天才的艺术家能够提出新的观察世界的方法。在通过感觉器官不断涌向我们的大量信息中，我们只能接受其中很少一部分。这样，选择就非常重要。其实，这就是知觉所包含的意义。对那些不断向我们袭来的大量感觉信息，我们把注意力有选择地集中在其中某几项上，通过运用关联联想，赋予它们以秩序。”④ 在奥斯本看来，这种选择实质上就是“艺术中的抽象”，即审美抽象。

审美抽象通过知觉实现时，需发挥知觉过程中构形的作用。笔者认为，任何人类的创造活动首先都是以构形为前提的。所谓“构形”，指人的每一

---

① ［德］恩斯特·卡西尔：《人论》，甘阳译，上海译文出版社1985年版，第192页。

② ［美］奥尔德里奇：《艺术哲学》，程孟辉译，中国社会科学出版社1986年版，第24页。

③ ［法］米·杜夫海纳：《审美经验现象学》，韩树站译，文化艺术出版社1992年版，第371页。

④ ［英］奥斯本：《20世纪艺术中的抽象和技巧》，闫嘉、黄欢译，四川人民出版社1988年版，第42页。

个创造活动在其创造物（无论是物质的还是精神的）产生之前，都在创造主体的头脑中呈现出这种新的事物的整体形象。马克思指出：“最蹩脚的建筑师从一开始就比最灵巧的蜜蜂高明的地方，是他在用蜂蜡建筑蜂房以前，已经在自己的头脑中把它建成了。劳动过程结束时得到的结果，在这个过程中开始时就已经在劳动者的表象中存在着，即已观念地存在着。”① 在审美活动中，构形能力是一个非常重要的心理能力。笔者曾于此有过正面的论述：“审美构形能力指的是什么呢？是指审美主体在进行审美创造时在头脑中将杂多的材料构成一个‘完形’的心理能力。这个‘完形’是新质的、独特的、整一的，也是充满着主体精神的。在文学和艺术的创作中，这种构形能力显得尤为必要。在审美接受中，这种能力也是非常必要的。这种能力虽然是心理化的，却在创作和欣赏过程中都起着非常关键的作用。或者说这种能力的强弱、高下，都会直接影响到艺术品的生成及其生命感、独创性。这种心理能力带有很强的主动性和建构性，是能否构成审美活动的主要心理能力之一。”② 从某种意义上说，这里所说的“构形”正是知觉的功能，也是其实现审美抽象的关键环节。构形的过程就是形成一个完整的感知的过程。知觉对象的过程从审美主体来说，大多数时候是无意为之的，但却是由主体的审美素养、职业习惯而进入感兴的状态的。而当这种审美知觉获得之时，也就是其意义呈现之际；意义通过完整的感知而得到强化，其实也是审美抽象的实现。构形的过程也就是抽象的过程，不过它不是通过推理与概念的方式而见其“真谛”，而是通过艺术符号加以呈现而已。这就是刘勰所说的“诗人感物，联类不穷……写气图貌，既随物以宛转；属采附声，亦与心而徘徊……皎日彗星，一言穷理；参差沃若，两字穷形：并以少总多，情貌无遗矣”③。“一言穷理”、“以少总多，情貌无遗”，准确地道出了审美抽象最主要的特征，即以非常简化的构形来摄取更多的蕴含，而其原生态的情感状貌却于此纤毫毕现。在审美抽象的过程中，知觉以构形的方式获得了愈加鲜明的内在“完形”，这也是其意义聚集和呈现的过程。

审美抽象的独特产物是情感浸透的艺术符号。逻辑抽象是忌讳情感的掺入的：在从大量偶然的现象提纯出概括对象的本质的概念、范畴或命题时，

① 马克思、恩格斯：《马克思恩格斯全集》第23卷，中共中央马克思恩格斯列宁斯大林著作编译局译，人民出版社1965年版，第202页。

② 张晶：《论审美构形能力》，《社会科学战线》2005年第4期。

③ 范文澜：《文心雕龙注》，人民文学出版社1958年版，第693页。

要将情感的成分“蒸发”出去，如此才能保证达成抽象的高度与纯度。审美抽象则不然，主体的情感不但不被排除，反而成为抽象过程的动力因素，甚至成为抽象的内容。卡西尔指出：“审美的自由并不是不要情感，不是斯多葛式的漠然，而是恰恰相反，它意味着我们的情感生活达到了它的最大强度，而正是在这样的强度中它改变了它的形式。”① 那么，审美抽象又是如何形成其最终结果的呢？或者说，作为一种思维方式，它的产物与逻辑抽象有何不同呢？简而言之，逻辑抽象的结果是以语言符号来表述的概念、范畴或命题；审美抽象则是以艺术符号来表征的人生意义、情感及洞察。如果说逻辑抽象所要概括的是客观真理，那么审美抽象（以艺术创造为例）则是通过一个整一的艺术符号，表征和凝定主体关于人生意义和情感的终极性体验。艺术符号不是提供给人们用于思辨和推理运作的，而是诉诸视觉、听觉甚至想象的知觉形式，它是一种能将人类情感的本质清晰地呈现出来的形式。符号论哲学或美学都非常重视艺术创造中的形式问题，因为西方论及审美抽象或艺术抽象的思想家或艺术家，大都是从造型艺术的角度提升出他们的有关理论的。苏珊·朗格指出：“艺术中的一切形式均为抽象的形式。它们的内容仅仅是一种表象，一种纯粹的外观，而这表象、这外观也能使内容显而易见，也就是说内容的表现会更直率、更完整，而如果在真实的环境和切近的利害中，它们即使作为范例也不会如此明显。正是在这种意义上，一切艺术都是抽象的。”② 朗格所论显然不限于造型艺术，而是揭示了艺术所具有的普遍思维品格。艺术的各种样式，包括造型艺术（如绘画、雕塑等），也包括想象艺术（如小说、诗歌等），都是以特殊形式创造出的艺术符号，它们植根于人的情感、意义的深处；而且，如果它们是优秀之作的话，就会以超强的符号样态使之凝定，从而成为人类文化的精品，传之于久远。

三 文学的审美抽象：必须补充的话题

因为西方学者大都是以造型艺术作为谈论审美抽象的基础，所以，我在这里要补充关于文学创作的审美抽象的合理性的讨论。“形象思维”讨论的

① ［德］恩斯特·卡西尔：《人论》，甘阳译，上海译文出版社1985年版，第189页。

② ［美］苏珊·朗格：《情感与形式》，刘大基等译，中国社会科学出版社1986年版，第61页。

出发点多是文学创作，这与当年毛泽东提出“诗要用形象思维”的著名论断有相当密切的关系。形象思维讨论中涉及抽象问题时，主要是争论在创作思维过程中有没有一个逻辑思维的阶段，而笔者这里所说的“审美抽象”则是从另外的理路来提出看法。逻辑抽象是以语言符号来形成概念、范畴或命题，这与造型艺术或其他艺术种类的艺术语言是大不相同的。以语言符号为材料的逻辑抽象与从造型艺术出发的审美抽象之区别，是很容易为人们理解的。但是，要说清楚与逻辑抽象同是以语言文字为材料的文学创作中的审美抽象却非易事。而如果不能说明文学的抽象也是一种与造型艺术等门类相通的审美抽象，不能说明其与同是以语言为材料的逻辑抽象的区别，我们就很难使这方面的认识向前推进一步。笔者认为，文学的审美抽象虽然在所使用的材料上似乎与逻辑抽象并无二致，但是，后者是以一系列的语言符号进行判断推理，从而蒸发或遗落掉事物偶然的、外在的表象，以概念、范畴或命题的形式来反映客观真理；而文学的审美抽象则是在文学创作过程中，以语言作为描述内视性的完整艺术符号为特征。作家用语言描绘出一幅幅通过接受主体的意向性阅读活动而呈现于头脑中的内视性画面、场景。一部小说、一首诗歌，在其构思和形成完整故事的过程中，就已经将人生的意义或情感注入了进来，又通过这种内视性的艺术符号使之强化。文学中的审美抽象很多是通过具象的变形进行的。阿恩海姆指出：“在突出本质的意义上说，知觉具象并不排除抽象，诗人并非不加区别地引用具体细节，而是强调那些对他来说能使主体获得艺术想象力的个别特征。”① 这段论述既指出了文学创作的实际，也指出了它的美学价值，值得我们认真思考。

别林斯基指出：“真理同样也构成诗歌的内容，正像构成哲学的内容一样。就内容而言，诗情作品是跟哲学论文一样的东西。在这方面，诗歌和思维之间没有任何不同之处。然而，诗歌和思维远不是同一个东西，它们因其形式之不同而显著地互相有所区别。”② 但文学的审美抽象之不同于逻辑抽象还不仅限于此；在笔者看来，诗歌作为“文学的艺术作品”，其与“思维”（指逻辑思维）的区别，不仅是形式上的，而且还是内涵上的。诗歌通过诗人的审美知觉和艺术体验创造出艺术符号，所呈现出来的是人生的意义、情感及智慧，而并非是以“形象和画面”来证明和诠释哲学教科书上

---

① ［美］阿恩海姆：《抽象语言与隐喻》，载《艺术的心理世界》，周宪译，中国人民大学出版社 2003 年版，第 65 页。

② 《鸭绿江》杂志社资料室：《形象思维资料辑要》，辽宁人民出版社 1979 年版，第 276 页。

的概念、范畴和命题。诗歌中的审美抽象可以说比比皆是。诗人不是通过形象描绘来证明普遍性的哲学概念、范畴，而是在主体的审美感兴中创造出具有内视效果的艺术符号，又在情感的助动下升华出对人生与社会的感悟，从而具有普遍的概括意义。

审美抽象对于文学艺术来说，使作家艺术家的人生感悟凝定在艺术符号之中，并以简化、变形等艺术手段使作品中的具象给人以强烈震撼。刘勰论文学创作中的“隐秀”时所作的赞语“深文隐蔚，余味曲包。辞生互体，有似变爻。言之秀矣，万虑一交。动心惊耳，逸响笙匏”[①]，颇能道出审美抽象的这种特质。无论是逻辑抽象还是审美抽象，有一点应该是共同的，那就是主体以其特有的方式把握世界，将其终结点推向巅峰，然后使之凝定，成为人类精神的“高光点”。

审美抽象作为一个美学范畴，不仅有其存在的合理性，而且有其非常重要的理论价值。抽象能力是人类具有的一种最为基本的特征，这在审美领域中不仅是存在的，发挥着基本的、甚至是决定审美基本属性的重要作用。从哲学的立场上看，审美抽象是人类以不同于逻辑思维的抽象方式来面对世界和把握世界的一种特殊的抽象方式；它通过审美知觉的途径进行，显现出主体的主动性和建构性。从艺术创造的角度来看，审美抽象更是一种不可或缺的思维方式和操作方法：主体凭借属于其艺术门类的艺术语言对客观对象进行抽象活动（这个阶段基本上是运用已经内化在主体审美意识中的艺术语言来进行的），其结果是主体以其独特的艺术语言，创造出具有个人风格的、浸透着情感因素的艺术符号。这里还须指出，我们对审美抽象的这种理解和立义，是和“形象思维”的命题并不重复的：“形象思维”无论其背景还是理论内涵，都旨在确立文学艺术不同于理论思维的独特思维方式，即形象化、感性化的思维特质（尽管许多学者也谈到了形象思维过程中的理性的、抽象的因素，但其重心显然不在于此），“审美抽象”则旨在揭示通过审美知觉的建构性质，以艺术符号的形式来呈现人类的情感与世界的本质特征。

① 范文澜：《文心雕龙注》，人民文学出版社1958年版，第633页。

论审美享受*

"审美享受"是人们谈论审美活动时时常涉及的一个概念，在审美主体欣赏一个艺术佳作或面对大自然的美景而感到美不胜收或沁人心脾，总是说自己获得了非同寻常的审美享受。而在美学理论著作中，却很少对审美享受这个概念做出学理上的建构。我们认为，审美享受是审美活动最直接的成果，也是审美活动区别于其他活动的重要标志。如果在美学理论体系中不补足审美享受的链条，将大大减弱美学理论体系的内在分量。尤其是在当代美学的文化背景下，关于审美享受，更需要进行学理的剖判，以使人们更多地获取由从事审美活动带来的人生乐趣与价值。

一

审美享受无疑是属于审美心理学的范畴，指审美主体在面对审美对象时进行审美观照，所获得的美好的、类似于高峰体验式的感受。审美享受是通过审美主体的个体性的审美感知获得的，因之，具有很强的直观性、体验性和个体性的色彩，但它又蕴含着深刻的社会性因素。审美享受又是审美价值论的范畴，审美享受的获得，是人们满足自己的审美需要的标志。审美价值本身就意味着任何的自然、社会、艺术领域中的客体形象对主体审美需要的满足。苏联著名美学家奥夫相尼柯夫和拉祖姆内依主编的《简明美学辞典》中指出："人的审美需要，即领会美并按照美的规律进行创作的需要，直接表现在审美享受的追求上。这种需要仅仅在人的劳动和社会活动的条件下形成，虽然它始终是通过个人的特殊个别的精神状态表现出来的。"① 揭示了

---

* 本文刊于《美学》第 2 卷，南京出版社 2008 年版。

① ［苏联］奥夫相尼柯夫、拉祖姆内依：《简明美学辞典》，冯申译，知识出版社 1982 年版，第 94 页。

审美享受与审美需要的关系。作为审美主体的人，之所以在对审美对象的观照中获得审美享受，是因为满足了他的审美需要；反过来，他的审美需要，体现为对审美享受的追求。审美需要与审美享受，构成了审美活动中审美价值的动力系统。

马克思从人的本质力量和对异化劳动的批判，对“享受”作了非常深刻的论述，为我们更为全面地理解“审美享受”提供了科学的思想方法。在马克思那里，享受和创造一起构成了人的本质，而这种本质则是超越了费尔巴哈的抽象的人的“类本质”。马克思指出，人的创造和享受，形成了的社会性质。他说：“社会的性质是整个运动的普遍的性质；正像社会本质创造着作为人的人一样，人也创造着社会。活动及其成果的享受，无论就其内容或就其存在方式来说，都具有社会的活动和社会的享受。”① 马克思所讲的“作为人的人”，是社会的人，又是活生生的感性的人。而人的创造与享受，正是构成人之为人的最关键的活动。马克思正是从这个意义上批判了费尔巴哈的抽象的人本论的。马克思于此还有更为明确的阐述，对我们理解“享受”的本质大有益处：“不论是生产本身中人的活动的交换，还是人的产品的交换，其意义都相当于类活动和类精神——它们的真实的、有意识的、真正的存在是社会的活动和社会的享受。因为人的本质是人的真正的社会联系，所以人在积极实现自己本质的过程中创造，生产人的社会关联系统、社会本质，而社会本质不是一种同单个人相对立的抽象的一般的力量，而是每一个单个人的本质，是他自己的活动，他自己的生活，他自己的享受，他自己的财富。因此，上面提到的真正的社会联系并不是由反思产生的，它是由有了个人的需要和利己主义才出现的，也就是个人在积极实现其存在时的直接产物。有没有这种社会联系，是不以人为转移的；但是，只要人不承认自己是人，因而不按照人的样子来组织世界这种社会联系就以异化的形式出现。因为这种社会联系的主体，即人，是自身异化的存在物。人们——不是抽象概念，而为作这现实的、活生生的、特殊的个人——就是这种存在物。”② 马克思这段话强调指出的就是人的本质是社会的，而又是个体的、活生生的，是现实的存在物。与费尔巴哈所讲的人的抽象的“类本质”有着明显的不同，马克思认为人的社会性本质，恰恰就是体现在具体

---

① 马克思：《1844 年经济学—哲学手稿》，刘丕坤译，人民出版社 1979 年版，第 75 页。

② 马克思：《詹姆斯·穆勒〈政治经济学原理〉一书摘要》，见《马克思恩格斯全集》第 42 卷，人民出版社 1979 年版，第 24 页。

的人的活动之中的，也就是在人的创造和享受之中的。创造和享受，既是个体的，又是社会的。而这种本质的体现，主要是由社会的创造和社会的享受。这样，创造和享受，就成了人的本质的体现的最重要的因素之一。恩格斯在这个问题与马克思的观点接近，他更为直接地将享受作为人类社会更为高级的需求和目标，也作为人与动物质的区别。他在致拉甫罗夫的信中指出："人类社会和动物社会的本质区别在于，动物多是搜集，而人则能从事生产。仅仅由于这个唯一的然而是基本的区别，就不可能把动物社会的规律直接搬到人类社会中来。由于这种区别，就有可能，如您所正确指出的，使'人不仅为生存而斗争，而且为享受，为增加自己的享受而斗争——准备为取得高级的享受而放弃低级的享受。'在不否定您由此得出的进一步的结论的情况下，我从我自己的前提出发将作出下面的结论。人类的生产在一定的阶段上会达到这样的高度：能够不仅生产生活必需品，而且生产奢侈品，即使最初只是为少数人生产。这样，生存斗争——假定我们暂时认为这个范畴在这里仍然有效——就变成为享受而斗争，不再是单纯为生存资料而斗争，而是也为发展资料，为社会地生产发展资料而斗争，到了这个阶段，从动物界来的范畴就不再适用了。"① 恩格斯引申了拉甫罗夫的观点，也由此提出了自己关于享受的重要观点，即为享受而且是"高级的"享受而斗争，就是为了人类的社会的生产发展资料的斗争。恩格斯提出了"生存资料"和"发展资料"的概念，而后者是在前者的基础上进入到更高的层次的。享受主要是对发展资料的需要。如果说动物界还仅仅是能够获取生存资料，而人之所以能够不断超越动物界而不断发展，就是因为人不断生产发展资料，而其中的动力乃是人的享受需要。

享受究竟是受动的，还是能动的？是对物的直接的拥有，还是人自己的全面本质据为己有？人们往往认为享受是受动的，而这只是就其表现形态而言，而从本质来说，应该是能动与受动的互动。在审美享受中，这种能动与受动互动的性质就更为突出。马克思非常辩证地阐述了这个问题，从而为我们提供了认识审美享受的性质的钥匙。马克思指出："对私有财产的积极的扬弃，也就是说，通过人并且为了人而对人的本质和人的生活、对对象化了的人和属人的创造物的感性的占有，不应当仅仅被理解为对物的直接的、片面的享受，不应当仅仅被理解为享有、拥有。人以一种全面的方式，也就是

① 恩格斯：《致彼·拉·拉甫罗夫》（1875 年 11 月 12 日—17 日），见《马克思恩格斯全集》第 34 卷，人民出版社 1972 年版，第 163 页。

说，作为一个完整的人，把自己的全面的本质据为己有。人同世界的任何一种属人的关系——视觉、听觉、嗅觉、味觉、触觉、思维、直观、感觉、愿望、活动、爱——总之，他的个体的一切官能，正像那些在形式上直接作为社会的器官而存在的器官一样，是通过自己的对象性的关系，亦即通过自己同对象的关系，而对象的占有。对属人的现实的占有，属人的现实同对象的关系，是属人的现实的实际上的实现；是人的能动和人的受动，因为按人的含义来理解的受动，是人的一种自我享受。”① 马克思所说的“享受”，是全面占有了人的全面本质的高级享受，也就体现了审美享受的本质。马克思所说的“享受”，并不排除对于物的“直接的、片面的享受”，但是绝不止于这些，而在更高的层面上，是实现人的全面的本质。人同世界的属人的关系，包括视觉、听觉、嗅觉、味觉、触觉、思维、直观、感觉、愿望、活动、爱等等，体现了审美的特质，同时，享受正是对这些主体的感官与思维的全面发展。在这个意义上，享受当然就不是单纯的“受动”，而是人的能动和人的受动的辩证的运动。马克思在《1844 年经济学—哲学手稿》中的审美观念，以其出发点来说，就是指向人的全面本质的实现，指向“属人”的现实的占有的。“享受”由此而得到了由单纯的物的拥有到人的感性的丰富性转变的。正是这个意义上，马克思对人的审美感性所作的著名论述，尤能见出审美享受与人的本质力量的内在关系，他说：“从主体方面来看，只有音乐才能激起人的音乐感；对于不辨音律的耳朵说来，最美的音乐也毫无意义，音乐对它说来不是对象；因为我的对象只能是我的本质力量之一的确证，从而，它只能像我的本质力量作为一种主体能力而自为地存在着那样对我说来存在着，因为对我说来任何一个对象的意义（它只是对那个与它相适应的感觉说来才有意义）都以我的感觉所能感知的程度为限。所以社会的人的感觉不同于非社会的人的感觉。只是由于属人的本质的客观性地展开的丰富性，主体的、属人的感性的丰富性，即感受音乐的耳朵、感受形式美的眼睛，简言之，那些能感受人的快乐和确证自己是属人的本质力量的感觉，才或者发展起来，或者产生出来。因为不仅是五官感觉，而且所谓的精神感觉、实践感觉（意志、爱等等）——总之，人的感觉、感觉的人类性——都只是由于相应的对象的存在，由于存在着人化了的自然界，才产生出来的。五官感觉的形成是以往全部世界史的产物。囿于粗陋的实际需要的

① 马克思：《1844 年经济学—哲学手稿》，刘丕坤译，人民出版社 1979 年版，第 77 页。

感觉只具有有限的意义。"① 这段话对我们今天理解审美享受问题具有非常重要的价值，它告诉我们，审美享受是"感受人的快乐和确证自己是属人的本质力量的感觉"，它是真正的属人的享受，而超越了"粗陋的实际需要的感觉"，如果说后者也是"享受"的话，但它远非马克思所讲的"享受"。马克思在这里其实是将审美享受与一般享受的区别揭示出来。如果说一般意义上的享受，主要表现在对物的占有；而审美享受更为集中地体现了"属人的享受"的审美特质，即人的适应与把握对象的形式的感官愉悦与自由体验。

马克思还论述了由那种"粗陋的实际需要的感觉"到属人的享受的升华过程，并揭示了其社会因素，他说："因此，私有财产的废除，意味着一切属人的感觉和特性的彻底解放；但这种废除之所以是这种解放，正是因为这些感觉和特性无论在主观上还是在客观上都变成了人的。眼睛变成了人的眼睛，正像眼睛的对象变成了通过人并为了人而创造的社会的、属人的对象一样。因此，感觉通过自己的实践直接变成了理论家。感觉为了物而同物发生关系，但这物本身却是对自己本身和对人的一种对象性的、属人的关系；反之亦然。因此，[对物的]需要和享受失去了自己的利己主义性质，而自然界失去了自己的赤裸裸的有用性，因为效用成了属人的效用。同样地，别人的感觉和享受也成了我自己的所有物。因此，除了这些直接的器官以外，还以社会这种形式形成社会的器官。例如，直接同别人一起共同实现的活动等等，成了我生命与众不同的器官和获得人的生活的一种方式。"② 马克思在这里所分析的是，人的享受的社会性和主体间性，一方面，需要与享受是个体化的；一方面，它又是人类所共通的，在与他人的聚合中，才能传达和沟通这种享受的感觉，同时，又由此而确证自己的享受感。在这一点上，康德的表述是："美是不依赖概念而作为一个普遍愉快的对象被表现出来的。"③ 康德是从先验理性的前提下来谈审美的普遍性的，如他认为："因此必须认为这种愉快是根据他所设想人人共有的东西。结果他必须相信他有理由设想每个人都同感此愉快。"④ 康德所说的美的普遍可传达性，是先验的，是无由论证的。而马克思则是深刻地阐述了享受的个体性和社会性的辩证

① 马克思：《1844年经济学—哲学手稿》，刘丕坤译，人民出版社1979年版，第79页。
② 同上书，第78页。
③ [德]康德：《判断力批判》，宗白华译，商务印书馆1964年版，第48页。
④ 同上书，第48页。

联系。

二

作为一种价值形态，享受是与快乐有着密切关系的，享受中包含着快乐的体验，这是毋庸置疑的。无论是物质的还是精神的享受，都与主体所感受到的快乐有着不解之缘，不承认这一点，就缺少起码的客观态度。但是，享受不在于对于物质本身，而在对主体来说，客体在对象化的过程中，主体所感受到的体验过程。主体在对客体的体验过程越是丰富，越是沁人心脾，这种享受也就越是高级，越是具有审美的意味。从这个意义上说，享受并非止于快乐。审美享受当然与日常生活的享受固然有很多联系，但又确实有着明显的超越性质。在审美领域中的享受，归其大类，其体验内容大致有关于艺术创作的，有关于艺术欣赏的，有关于自然审美的，等等。我们姑且将审美中的快乐成分称之为“娱乐性”的话，我们就可以理解，娱乐性固然可以是审美享受的感受或体验之一种，但绝非全部。审美享受是融合了身体与精神、感性与理性、内涵与形式等多种维度的综合性体验。如在艺术创作的发生阶段，作家或艺术家获得了创作灵感并有了适合的艺术语言予以表现的喜悦，就很难用“娱乐”来解释的。我们在欣赏具有崇高美的艺术品，如德拉克洛瓦的《自由神领导着人民》，所引起的震撼和激励也是无法用娱乐来说明的。萨克斯曲《回家》使人得到的那种心灵的召唤与曲调之美对于人的感官的沁入，也是难用“娱乐”或“快乐”来表述的。在自然美的事物面前，在很多时候，都是无法用“娱乐”或“快乐”来形容的。如你面对着汹涌澎湃的黄河渡口，那种灵魂的激荡与震撼，那种挥之不去的心灵回应，如果仅仅用“快乐”来概括此种心情，就未免过于肤浅了。当然，有很多具有幽默的、喜剧色彩的作品，如卓别林的喜剧，中国的许多小品、相声，都给人以强烈的娱乐快感，同时，也使人得到隽永而绵长的身心体验。真正给人留下深刻印象、给人以审美享受的娱乐性节目，是使人在笑过之后又产生了回味，对于社会人生起了透视作用；那些仅仅是“搞笑”的东西，不仅事后无法给人留下什么印象，甚至在当时都不能使人笑起来。真正能给人审美享受的喜剧类作品，用中国美学的话来说，也应该是“众作之有滋味者”。这个“味”的内涵，其实是为最为接近“审美享受”的含义的。南北朝时期著名的文论家钟嵘论诗说：“干之以风力，润之以丹彩，使味之者无极，闻之者动心，是诗之至也。”① 这是从诗歌作品的艺术效果而言的，而实际上，“味之者无极，闻之者动心”的心理感受，才是真正的审美享受。著名现象学美学家莫里茨·盖格尔对于艺术效果做了深刻的分析，其实是对审美享受的正面讨论。在他看来，“伟大的艺术家不仅必须具有精神上的深度，而且还必须具有完满的体验。……不论精神上的深度还是生命体验的完满，在艺术作品中都不可或缺，并且要发挥互相映衬的作用”②。这是从一个较高的层面上对审美享受作了规定。盖格尔在其代表性著作《艺术的意味》里，对艺术品带给人们的心理感受以“快乐”和“幸福”加以区分，虽然不够确切，但他旨在说明一般的快乐感与审美享受间的不同。盖格尔也指出了与之相对应的两种艺术的效果，即艺术的表层效果和深层效果。表层效果，给人带来的是局部的、暂时的快乐感或娱乐效果。“深层效果”则是审美主体所获得的总体的幸福感，“它充满了艺术的深层效果，使得它生机勃勃，丰满充实，完美无瑕”，“它使生命的力量和人格的活力充分运动起来”③。我们认为，盖格尔的描述，恰恰是审美享受的特征。艺术的表层效果，是相对于我们所说的“一般性快乐”或“娱乐”而言的。“也许，一出滑稽戏、一个实际生活的笑话，或者一次滑稽歌舞演出确实能使我们得到娱乐。但是，除了这种娱乐效果（或者叫作快乐效果）之外，艺术的表层效果还包括其他类型的效果。由一首情调感伤的民间歌曲激起的情感只能触及自我的表层。同样，存在于一出情节剧带来的激动或者一个冒险故事那肤浅的紧张状态之中的快乐，问题存在于自我的表层激动之中的快乐，它距离艺术情感所具有的深层效果还很远。就这些艺术的表层效果而言，普通心理学理论是有道理的；这样一种艺术的表层效果是与那些存在于非审美领域之中的效果联系在一起的。它把艺术作品的心理意味和我们从打扑克、吃吃喝喝、赛马，或者从一场学生娱乐中获得的快乐并列起来了。”④ 无疑，这都是被盖格尔排除于审美享受之外的一般性快乐。这个眼光未免苛刻，它把一般的娱乐类节目给人们的快乐，与那些艺术之外的非审美的快乐相提并论，这表明了盖格尔对于审美享受的更高的期许。

审美享受应该是面对真正的艺术品的艺术体验的高峰点，它不排斥快乐

① （南朝·梁）钟嵘：《诗品》，中华书局1991年版，第11页。
② ［德］莫里茨·盖格尔：《艺术的意味》，艾彦译，华夏出版社1999年版，第73页。
③ 同上。
④ 同上书，第61页。

效果本身，但快乐效果只能融化于审美享受所产生的总体幸福感之中。盖格尔试图是以“幸福”作为说明审美享受的体验类型的。他说：“不论快乐具有多少种类（例如，那些关于美食的快乐），它们的总和都根本不可能与幸福相等。幸福的根源比这些快乐的根源要深刻得多。幸福是作为一个整体的自我所具有的一种总体状态，是一种充满着快乐的状态；它是从某种宁静状态或者某种崇高状态中产生出来的自我的完善——这种状态包含了快乐的各种条件，但是它本身却不是快乐。——幸福是一个人的状态，而快乐则主要是一个孤立事件的外衣。另一方面，虽然幸福也充满了快乐，但是它却主要是个人的一种状态。”① 以此来理解一般的快乐和审美享受的差异，大致上可以这样认为，审美享受是审美主体在对审美对象进行观照时所产生的一种总体上的、深度的幸福感。盖格尔同样也将艺术的表层效果和深层效果的对比，同快乐与幸福联系起来论列。他这样比较：“存在于快乐和幸福的这种对比，同时也表明了存在于艺术的表层效果和深层效果之间的对比。快乐是存在于生命领域之中的某种反应；人们在一个游戏的激动和悬念中所感受到的快乐，在饮食方面在感官情欲方面所感受到的快乐，以及人们在肉体和心灵的激动中所感受到的快乐——所有这些都属于生命的领域；就这样一些快乐而言，人和动物是相同的。只有艺术的深层效果才能达到人的层次，才能达到自我的更深层的领域，并且因此而把它们自身从快乐的层次上转移到幸福的层次上。停留在表面层次上的艺术效果不可能给人们带来幸福，因为它不可能渗透到幸福植根的人格领域之中去。它只能通过仅在表面上发挥作用的纯粹的快乐来反映内容。”② 由此可见，盖格尔也是将审美享受定位在人的本质上的，而认为一般的快乐并不能反映“属人”的特质，动物也可以得到这种感受；审美享受作为一种人的深层幸福感，又是关涉到人的人格力量的，这是一般的快乐所无须具备的。

三

审美享受的唤起，必定是有一个触发点的；而审美享受的生成，则必定是有一个归结点的。这个触发点，在于审美主体通过审美知觉所把握到的对象的形式特征；这个归结点，则在于对于这种形式特征的意义的领悟。从这

① ［德］莫里茨·盖格尔：《艺术的意味》，艾彦译，华夏出版社 1999 年版，第 66 页。

② 同上书，第 67 页。

个认识来看，克莱夫·贝尔的著名美学命题“有意味的形式”，是可以借来说明审美享受所把握的真正内容的。审美对象的形式感，对于审美享受来说，包括了艺术领域和自然领域，当然社会领域也可以给我们以很多的审美享受，只是主体要以审美态度来对待它们而已。人们所说的“形式”，并不是仅仅指狭义的结构样式，而是指特定的审美对象的感性呈现方式，包括其独特的艺术幻象的呈现。如诗词中的意象与语言之新颖独特，如杜甫诗中的“碧瓦初寒外”、“月傍九霄多”、“晨钟云外湿”、“高城秋自落”等，在意象上有鲜明的独创性价值，读之使人玩味不已。清代诗论家叶燮高度赞赏这些诗句，尤其是论“碧瓦初寒外”云：“然设身而处当时之境会，觉此五字之情景，恍如天造地设，呈于象，感于目，会于心。意中之言，而口不能言；口能言之，而意又不可解。划然示我以默会想象之表，竟若有内、有外，有寒、有初寒。特借‘碧瓦’一实相发之，有中间，有边际，虚实相成，有无互立，取之当前而自得，其理昭然，其事的然也。”① 再如苏轼咏杨花之词《水龙吟·次韵章质夫杨花词》，极尽杨花之神韵，倍受读者推崇，如张炎评其词云：“后段愈出愈奇，真是压倒千古。”其他门类的艺术品，无论是音乐、美术，还是电影、电视，形式创造的独特新奇，都是审美享受的必要条件。真正给人带来审美享受的艺术品，是以其独特的形式感、创造性价值召唤着审美主体的知觉敏感的。从进行艺术创造的艺术家本人来说，他所获得的审美享受，是以其独特艺术语言，捕捉到了属于他本人的审美幻象而加以表现，对此，他会长久地沉浸于这种创造性的幸福感之中。曹雪芹之于《红楼梦》，鲁迅之于《狂人日记》，都是如此。诗人为自己找到了新奇独特的意象或诗句而欣喜若狂，如杜甫所说的“语不惊人死不休”；画家为自己创造出挺然秀出的山水画时所体验的欢愉之情：“望秋云，神飞扬；临春风，思浩荡。虽有金石之乐，圭璋之琛，岂能仿佛哉！”② 正是因为这些真正的作家、艺术家才能感受到创造的幸福感，而那些拾人牙慧乃至抄袭仿制者是不可能获得这种享受的。无论是作家、诗人或其他门类的艺术家，都曾为自己的创造性追求所深深困惑、苦恼过，而当他们在求索之后，捕捉到了属于他自己的艺术幻象时，那种喜悦、兴奋和激动，是一生也难以

① （清）叶燮：《原诗·内篇下》，见霍松林、杜维沫校注《原诗·一瓢诗话·说诗晬语》，人民文学出版社 1979 年版，第 30 页。

② 王微：《叙画》，见（唐）张彦远《历代名画记》卷 5，上海人民美术出版社 1964 年版，第 132 页。

忘怀的。苏珊·朗格认为，“在艺术创作中，艺术家所使用的材料必须完全隐没在他所创造出的形式里”①，非常强调形式在艺术创造中的关键作用。我们也同样认为，艺术创造的审美享受，主要是体现在审美主体对于独特的形式的创造与表现。在艺术欣赏中又是如何获得审美享受的呢？同样，作为欣赏者的审美主体，也是为对象的独特的、新颖的形式感唤起了审美知觉，使之进入兴奋的活跃的状态之中。盖格尔非常肯定地说：“每一个艺术作品所具有的审美价值都是独一无二的，它不同于任何其他艺术作品所具有的审美价值。”② 虽然有些独断，但却基本如此，真正的艺术品必然是以独特的、新奇的艺术形式呈现于审美主体面前的，其所以能给欣赏者带来审美享受，关键的媒质是对象所呈现出的形式的独特与精微，如果在形式上没有任何新观感可以触动欣赏者的审美知觉，欣赏者就很难进入审美态度，也就无从谈起审美享受。

属于一个特定的主体的审美享受，其归结点在于其在对于审美对象的独特的形式直观和玩味中升华出、腾跃出具有人生智慧的意义。宋人严羽称为“妙悟”的东西，即是这种审美享受的重要内涵。严羽说：“大抵禅道惟在妙悟，诗道亦在妙悟。——惟悟乃为当行，乃为本色。”③ 从佛学的角度来讲，“妙悟”是对佛教真谛的直观把握，是参透玄机；对于诗学来讲，是要使诗歌在非常有限的艺术形式中蕴含人生的意义与智慧。严羽关于鉴赏诗歌的名言“言有尽而意无穷”，其意也在于诗中意蕴的无限延伸。英国著名美学家H. 奥斯本提出“鉴赏即敏悟”的命题，奥斯本对“鉴赏”做了很全面的分析，认为“鉴赏是一种复杂而多方面的活动”④。他在这里所说的“鉴赏”，可以认为就是审美活动。奥斯本说：“我们在谈起某物时，依然可以说这是从审美态度的角度来描述此物的，而不是从分析的角度来思考此物的，不是从情感的角度对其做出反应的，不是评估其实用价值的也不是对其视而不见或忽视此物的。或许，最为根本的一点是以审美的方式关注这一事物，要做到这一点，就需要采用一种特殊的方式感悟对象，需要入乎其内，提高意识，此处将这种方式称为‘敏悟’（percipience）。”⑤ 其实，这正是

---

① ［美］苏珊·朗格：《艺术问题》，滕守尧、朱疆源译，中国社会科学出版社1983年版，第37页。

② ［德］莫里茨·盖格尔：《艺术的意味》，艾彦译，华夏出版社1999年版，第45页。

③ 郭绍虞：《沧浪诗话校释》，人民文学出版社1961年版，第12页。

④ ［英］奥斯本：《鉴赏的艺术》，王柯平等译，四川人民出版社2006年版，第36页。

⑤ 同上书，第37页。

奥斯本关于审美享受的认识，因为他在下面论述审美享受问题时，对于“审美享乐主义”是持否定态度的。他明确指出了这种分野：“与鉴赏即敏悟这一观点形成对照的是另一种观点，也就是将感性愉悦当做审美体验范式的观点。”① “单纯的感性愉悦一直被奉为审美享受的范式”是奥斯本所不同意的。奥斯本从康德关于鉴赏判断的思想升发开去，注重在官能感知基础上的升华活动。他指出：“在康德眼里，审美愉悦来自我们认知官能的升华活动，官能所关注的对象可以使其充分发挥作用。康德还争论说，我们要尽可能地认识大自然，要与我们的环境打成一片，这是认真对待自然的充足理由，看上去好像自然在目的论上已经适应了我们的认知能力似的。这种适应情况主要涉及两种途径：一种是理论理解与科学系统建设的途径，另一种是凭借感性知觉或理智直觉取得直接感悟的途径。当我们把注意力引向某物时，我们就会享受到一种审美体验，就会称该物是美的，而此物不仅特别适合于我们的直接感悟能力，而且能够持续地使感悟能力充分地发挥作用，使其无拘无束，尽其所能，除了理性地思索对象之外，还可以进行理论分析。——我们在审美鉴赏中所体验到的愉悦感，也就是我们自由无碍地运用自己的意识能力从对象中获得的愉悦感，这个对象正是适合于上述意识能力充分发挥作用的对象，会使这些能力尽其所能，在增强了的活动中经久不衰。一种训练有素打官司能会被激发到一种非常警觉的高度；在自由而成功地运用这一官能的过程中，我们会体验到一种愉悦感；这一愉悦感不同于感官享受的快感，譬如说，不同于闻一闻蔷薇花所获得的快感。此乃鉴赏的结果，而非鉴赏的构成因素。”② 奥斯本并不否认在进行审美活动时，感性愉悦是包含在其中的，不过，奥斯本认为感性愉悦只是审美享受的构成因素，而非结果。同时，奥斯本无疑是认为真正的审美享受是在感性知觉基础上的感悟，或者按他的话来说，就是“敏悟”。笔者认为，奥斯本虽然是崇尚审美享受中的理性因素的，但还是符合事实的。真正的艺术创造，一定会使欣赏者在审美的激动和涵泳中得到智慧的启迪的。海德格尔认为艺术的本质是在于真理将自身置入作品，他说：“真理，作为所是的澄明和遮蔽，在被创造中产生，如同一诗人创造诗歌。所有艺术作为让所是的真理出现的产生，在本质上是诗意的。艺术的本性，即艺术品和艺术家所依靠的，是真理的自

① ［英］奥斯本：《鉴赏的艺术》，王柯平等译，四川人民出版社2006年版，第61页。

② 同上书，第64页。

身设人作品。”[1] 尽管海德格尔所说的“真理”与我们所理解的并不完全一致，但是，作为艺术品中的理性之光是同样的。审美享受中蕴含着理性的升华，人们感受到心智的豁亮。这种升华当然不是逻辑思维的产物，而是感兴的果实。

四

审美享受是一直包含着情感因素的。艺术作品的创作不可能没有情感的参与，这是一个基本的常识。刘勰就在论创作时称“登山则情满于山，观海则意溢于海”[2]，说的是在通过“神与物游”的过程，以情感的伴随兴发了创作的感兴。完成的作品文本，也是融合着创作主体的情感的，苏珊·朗格将艺术定义为“表现人类情感的知觉形式”[3]，她认为：“艺术是一种技艺，然而这种技艺所要达到的目的却非同一般。在我看来，它的目的就是为了创造出一种表现性形式——一种诉诸视觉、听觉，甚至诉诸想象的知觉形式，一种能将人类情感的本质清晰地呈现出来的形式。”[4] 这是概括了艺术的性质的。任何创作过程和作品都是饱含着情感的要素的，这是很容易被人理解的。而在审美享受的意义上，情感也是不可忽视的要素，而且是绵延于这个过程始终的。成功的艺术品最为重要的功能就是激发人们的情感，享受是通过审美感知获得的，奥斯本于此也有很明确的论述，他认为“鉴赏的感知力取决于情感因素”[5]。奥斯本提出了三点，其一是任何感官的细微感知都会染上感情色彩，有时还会受到感情的左右。其二是感知形式上的审美特性，如平衡、和谐、比例、适当等，也可能受到情感的左右。其三是当一件艺术品的再现内容包括描述情感场景的话，我们对这些情景的理解有一部分是通过对所描述的情感的同情反射。[6] 审美享受之所以与一般的快感相比更为深沉，更为绵长，是因为审美主体的情感感染在其中是贯穿始终的。

关于审美享受问题，在当下的美学研究中是有重要的现实意义的。在审

---

① ［德］海德格尔：《诗·语言·思》，彭富春译，文化艺术出版社 1991 年版，第 67 页。

② 范文澜：《文心雕龙注》，人民文学出版社 1958 年版，第 493—494 页。

③ ［美］苏珊·朗格：《艺术问题》，滕守尧、朱疆源译，中国社会科学出版社 1983 年版，第 75 页。

④ 同上书，第 107 页。

⑤ ［英］奥斯本：《鉴赏的艺术》，王柯平等译，四川人民出版社 2006 年版，第 143 页。

⑥ 同上书，第 144 页。

美与日常生活的界限越来越模糊不清的文化现实中，美感与快感也似乎变得难以厘定了。什么是真正的审美享受？目前的美学研究很少提供清晰的答案，但是这个答案确是非常重要的。这里没有提供更为深刻的、明晰的答案，但是可以引起学术界的关注与争论，以便使之深入下去。

再论审美构形*

几年前，笔者曾在一篇文章里专论审美构形能力，提出“审美构形能力是指审美主体在进行审美创造时在头脑中将杂多的材料构成一个完形的心理能力”①，并主张它是“人的一种基本的心理能力，是在进行审美创造的最为关键的一种能力”。现在，关于这个问题，笔者又有了一些延展性的想法，提出来以就教于学界同仁。

一

所谓“构形”（configuration），本是生物科学中形态学方法的一种，形态学方法在20世纪被引入到文学研究之中，曾被命名为“形态文艺学”。其中关于诗，从这种方法出发，被称为“构形的整体”（Gestalt），也即是有生命力的有机体，它通过和自然同等的创造力这样一个构形性的中介组成整体。而在美学范围内，我们指的是在艺术想象基础之上借助艺术家主体的独特艺术语言而生成内在的艺术形象的过程。它是艺术创作得以物化为作品文本前的最后一个环节，它是相对稳定的和明晰的。构形作为人的一种基本的思维品格，有别于逻辑的、概念的思维形式，它的生成物不是概念、判断和推理，不是一个理论性的思想，而是一个创造性的表象。从文学艺术的范围来说，是以不同门类的艺术语言，在头脑中建构出的新的表象。这是就其生成物而言的，构形本身则是一个过程，也是文学艺术创作的一个最重要的环节。歌德于此有非常重要的论述：“艺术早在其成为美之前，就已经是构形的了，然而在那时候就已经是真实而伟大的艺术，往往比美的艺术本身更真实更伟大些。原因是，人有一种构形的本性，一旦他的生存变得安定之

* 本文刊于《文艺理论研究》2009年第2期。

① 张晶：《论审美构形能力》，《社会科学战线》2005年第4期。

后，这种本性立刻就活跃起来。”① 歌德所说的“构形”，正是从人的审美创造的本性来讲的，即是艺术品尚未得到物化时便已在头脑中呈现了。

构形作为艺术家的能力，虽然与想象密不可分，却非后者所可取代，是需要我们剔抉而出的。这个过程不仅是非常必要的，而且也是艺术品得以产生的最后一个关键环节。正如德国艺术理论家希尔德勃兰特所着力指出的那样：“由这种构形的方式产生的形式问题，虽不是由自然直截了当地向我们提出的，但却是真正的艺术问题。构形过程把通过对自然的直接研究获得的素材转变为艺术的统一体。当我们讲到艺术的模仿特征时，我们所谈的是还没有按此种方式演进的素材。于是，通过构形的演进，雕塑和绘画摆脱了纯粹的自然主义范畴而进入真正的艺术领域。”② 这是希尔德勃兰特在很久之前便明确意识到的，虽然是在造型艺术范围中提出的，但笔者以为在文艺美学中是颇具普遍意义的。希氏对于文学艺术沉溺于模仿是不以为然的，因此他才撰写了《造型艺术中的形式问题》申言艺术创造中的构形。他指出：“在我们的科学时代，今天的艺术品很少能超出模仿的水平。构形的感觉要么丧失殆尽，要么被纯粹外在的、多少具有审美力的形式安排所取代。在这篇论文中，我的目的是引起对构形方式这一思想的注意，从这一观点逐步展开形式所提出的问题，并展示这些问题对我们与自然关系的直接依赖。不过请注意，这种依赖关系并不排斥艺术家的个性。”③ 这段并不费人猜详的话，明晰而全面地道出了希氏的初衷所在。笔者认为希氏的观点是非常富有远见的，而且揭示了审美创造过程的一个为人所未重视的环节。这个环节恰恰是相当重要的。

构形的一个重要特质就是它的独特性和创造性，这也是我们超越“模仿说”的一个依据。再现或反映都算不上构形，只有产生了以往的作品都未曾出现过的表象而成为作品中的基本存在，这才是我们所说的审美构形。而其实审美构形并不可能没有任何材质的来源，而应该是以客观的物象或事象作为构形的资源的。无论是文学创作，还是其他艺术门类，如绘画、雕塑等等，外在的物象或事象，一方面作为感兴的契机引发创作冲动；一方面则是作为创作素材成为构形的基础。钟嵘在《诗品序》中说：“若乃春风春

① ［英］鲍桑葵：《美学三讲》，周煦良译，上海译文出版社 1983 年版，第 59 页。

② ［德］阿道夫·希尔德勃兰特：《造型艺术中的形式问题》，潘耀昌等译，中国人民大学出版社 2004 年版，第 20 页。

③ 同上。

鸟，秋月秋蝉，夏云暑雨，冬月祁寒，斯四候之感诸诗者也。嘉会寄诗以亲，离群托诗以怨。至于楚臣去境，汉妾辞宫，或骨横朔野，魂逐飞蓬；或负戈外戍，杀气雄边；塞客衣单，孀闺泪尽，或士有解佩出朝，一去忘返；女有扬蛾入宠，再盼倾国。凡斯种种，感荡心灵，非陈诗何以展其义，非长歌何以骋其情?”① 指出这些物象和事象，都是使诗人感荡心灵，起而赋诗的感兴之源。另一方面，诗歌创作是要有内在的构形的，钟嵘又论五言诗云：“五言居文词之要，是众作之有滋味者，故云会于流俗。岂不以指事造形，穷情写物，最为详切者邪?”② 认为诗的功能首在于“指事造形”。从内在的神思来说，也即构形。从构形的外力而言，必然是自然物象的变化或社会事物的刺激，使艺术家兴发了创作的冲动和构形的动力，同时，这些内容又往往成为构形的材质。黑格尔认为：“艺术家的地位是这样：作为一个天生地具有才能的人，他与一种碰到的现存的材料发生了关系，通过一种外缘，一个事件，或是像莎士比亚那样，通过古老的民歌、故事和史传，通过这一类事物的推动他自觉有一种要求，要把这种材料表现出来，并且因此也表现他自己。所以创作的推动力可以完全是外来的，唯一重要的要求是：艺术家应该从外来材料中抓到真正有艺术意义的东西，并且使对象在他心里变成有生命的东西。”③ 我们所说的审美构形，并非纯然主观的，更非虚空的，是以客观的物象为其材质的。而在作家艺术家心里生成的构形，却是在整体上超越于外在物象的新的东西。恰如刘勰所说：“是以诗人感物，联类不穷，流连万象之际，沉吟视听之区，写气图貌，既随物以宛转；属采附声，亦与心而徘徊。”④ 诗人受外在物象的变化之感兴，而生发创作冲动，并以外在“万象”为其资源，在摄写外物时，是“随物宛转”的；但是诗人又对其加以改造，赋予内在的整体构形，这即是“与心徘徊”，创造主体的关键作用是显而易见的。五代时著名画家荆浩论画有“六要”，其一为“气者，心随笔运，取象不惑”。其二为“韵者，隐迹立形，备仪不俗”。其三为“思者，删拨大要，凝想形物”⑤。所谓“取象不惑”，是指画家有选择地撷取物象。所谓“隐迹立形”，是画家在心里隐去物象之迹，而立出欲画

① 陈延杰：《诗品注》，人民文学出版社 1961 年版，第 2—3 页。

② 同上书，第 2 页。

③ ［德］黑格尔：《美学》第 1 卷，朱光潜译，商务印书馆 1981 年版，第 365 页。

④ 范文澜：《文心雕龙注》，人民文学出版社 1958 年版，第 693 页。

⑤ （五代）荆浩：《笔法记》，见沈子丞《历代论画名著汇编》，文物出版社 1982 年版，第 50 页。

之形。所谓“删拨大要，凝想形物”，则是以清晰的内在的笔触来使构形凝定。这里既指出绘画对外在物象的撷取与选择，更强调了画家内在的审美构形。其间的联系是非常密切的。我们也不妨将其看作是一个关于画家作画时的内在的运思过程。

我们也可以这样看，作家艺术家在头脑中所进行的审美构形，恰恰又是发现和汲取外在事象之美、撷取感性材质的机能和动力因素。构形的过程是一种聚焦，形成强烈的意向性，将那些本来是散在的、变幻不居的想象之物，聚集于稳定的、具有新质的构形之中。黑格尔认为：“所以艺术家须用从外在世界吸收来的各种现象的图形，去把他心里活动着和酝酿着的东西表现出来，他须知道怎样驾御这些现象的图形，使他们服务于他的目的，它们也因而能把本身真实的东西吸收进去，并且完满地表现出来。”① 通过主体的构形能力和主体意志，吸收外在的图形，使之形成一个新质的内在形象。南朝画家宗炳论山水画所说的“以形写形”②，可以理解为是以画家的内心构形来吸纳外在的山水之形。作为艺术创作活动的审美意向性，构形对外在物象材质的聚集与整合，是有其统一的功能的。现象学的开创者胡塞尔以意向性作为现象学的最为基本的范畴，这是从他的老师布伦塔诺那里承续并加以改造的。但在这样的内涵上他与布伦塔诺并无不同，按照施皮格伯格的阐释，胡塞尔意向性的内涵是“他决不把意向关联看成是一种简单的关系，而是看成一种复杂的结构，在其中材料仿佛被用作原料，并被结合到总体对象上，这总体对象构成全部指向的极”③。意向性还有一种统一的功能：“意向对象化功能的下一步就是它使我们把各种连续的材料归结到意义的同一相关物或‘极’上。如果没有这种统一的功能，那就只有知觉流，它们是相似的，但决不是同一的。意向提供一种综合的功能，借助这种功能，一个对象的各个方面、各种外观和各个层次，全都集中并合并于同一个核心上。”④ 艺术创作的内在审美构形，可以得到这样的理解。

著名美学家苏珊·朗格以“基本幻象”来说明门类艺术的本质：“每一

① ［德］黑格尔：《美学》第1卷，朱光潜译，商务印书馆1981年版，第359页。

② （南朝·宋）宗炳：《画山水序》，见沈子丞《历代论画名著汇编》，文物出版社1982年版，第14页。

③ ［美］赫伯特·施皮格伯格：《现象学运动》，王炳文、张金言译，商务印书馆1995年版，第157页。

④ 同上。

门艺术都有自己特定的基本幻象，这种基本幻象便是每一门艺术的本质特征。"[①] 这种"基本幻象"却非我们所说的构形，而是此一门类与彼一门类相互区别的特征，对于同一门类的艺术来说，却是一个共名的概念。朗格又说："每一种大型的艺术种类都具有自己的基本幻象，也正是这种基本幻象，才将所有的艺术划分成不同的种类。"[②] 很显然，朗格所说的"基本幻象"，是属于此一门类所共有的。构形却是属于殊相的，也即个别的，是此一作品区别于其他作品的。构形当然是有其客观基础的，正因为客观事物的千差成别，才有了艺术家头脑中构形的个性化特征。魏晋时期著名文论家陆机云："体有万殊，物无一量。纷纭挥霍，形难为状。辞程才以效伎，意司契而为匠。在有无而黾勉，当浅深而不让。虽离方而遁圆，期穷形而尽相。"[③] 所论的落脚点并非指物象的殊异，而是"形难为状"的构形烦恼，也说明创作主体是追求在审美构形中的独特与个性化的。"离方遁圆"是要脱略艺术的程式窠臼，而"穷形尽相"则是在客观外物的殊异的基础上而产生的构形的殊异，也即个性化的生成。刘勰在《文心雕龙》中论及创作的运思过程云："故思理为妙，神与物游。神居胸臆，而志气统其关键；物沿耳目，而辞令管其枢机。枢机方通，则物无隐貌；关键将塞，则神有遁心。是以陶钧文思，贵在虚静，疏瀹五脏，澡雪精神。积学以储宝，酌理以富才，研阅以穷照，驯致以怿辞，然后使玄解之宰，寻声律而定墨；独照之匠，窥意象而运斤：此盖驭文之首术，谋篇之大端。"[④] 这段在古文论里极其重要的名言，是讲了文学运思的内在过程，而通过声律而最后定型（即"定墨"），是在内在的运思阶段最后的构形。"独照之匠"是作家在内在形成独特的审美观照，它是独特的，也是终极的。庄子所谓"视乎冥冥！听乎无声。冥冥之中，独见晓焉；无声之中，独闻和焉"[⑤]，也是在冥冥之中得到的独特观照。南朝高僧慧达阐析竺道生的"顿悟"说云："夫称顿者，明理不可分，悟语极照。以不二之悟，符不分之理。"[⑥] "极照"即是完整的、终极的。"窥意象而运斤"的"意象"，也可以说是构形。这同样是非

① ［美］苏珊·朗格：《艺术问题》，滕守尧、朱疆源译，中国社会科学出版社1983年版，第77页。

② 同上书，第39页。

③ 张少康：《文赋集释》，人民文学出版社2002年版，第99页。

④ 范文澜：《文心雕龙注》，人民文学出版社1958年版，第493页。

⑤ 陈鼓应：《庄子今注今译》，商务印书馆2007年版，第352页。

⑥ 引自汤用彤《汉魏两晋南北朝佛教史》，中华书局1983年版，第471页。

常个性化的。萧子显谈到文学创作的“神思”时说：“属文之道，事出神思。感召无象，变化不穷。俱五声之音响，而出言异句；等万物之情状，下笔殊形。”① 这揭示了创作中的个性特征。面对同样的“万物情状”，创作出来的却是不同的艺术形象。这个“殊形”，应是作者笔下所现，但又是头脑中已经构成了的。

二

有人不免要问：你的所谓构形，难道不就是想象吗？笔者在这里要做一个区分：构形当然离不开想象，或者说是想象为其基础；但我们所说的构形，并不等同于想象，而是在想象之后借助于独特的艺术语言在头脑中建构而成的最为明晰的艺术样态了。想象带有更多的自发性，而到构形阶段，则有明确的意识和更为明晰的轮廓。艺术家在想象阶段还是较为不确定的，游移的，而进入构形阶段，则是进一步定型，而且是以艺术语言为其载体的。正如黑格尔所言：“艺术家的这种构造形象的能力不仅是一种认识性的想象力、幻想力和感觉力，而且还是一种实践性的感觉力，即实际完成作品的能力。”② 可以说，构形是艺术创作在作品没有问世之前的最后一个环节。从逻辑上说，构形的环节，是在想象之后的，是将想象以艺术语言来赋形的。在构形过程中，审美主体是有着明确的自觉意识的，也是有着强烈而执着的艺术意志的。

构形有着突出的创造性质。也正是在这一点上，即便是以“模仿”为艺术理念的创作，也不可能没有审美构形。可以认为，缺少了审美构形，就不复有艺术存在。正如德国哲学家卡西尔所指出的，“即使最彻底的模仿说也不想把艺术品限制在对实在的纯粹机械的复写上。所有的模仿说都不得不在某种程度上为艺术家的创造性留出余地。”③ 即便是对外在事物的模仿，要在作品中呈现出来，也必须在审美主体的头脑中先要构形。构形超越模仿，模仿蕴含构形。

在这个模仿过程中，作家、艺术家将外在事物的印象在自己的作品中复现出来，那就只能以属于自己的艺术家身份的艺术语言作为媒介。而其实这

① （南朝·梁）萧子显：《南齐书》卷52《文学传》，中华书局1975年版，第907页。
② ［德］黑格尔：《美学》第1卷，朱光潜译，商务印书馆1981年版，第363页。
③ ［德］恩斯特·卡西尔：《人论》，甘阳译，上海译文出版社1985年版，第179页。

个过程已是灌注了创作主体的情感因素。譬如诗人是要用文字，画家要用笔墨和色彩，音乐家要用音符和旋律，如此等等。构形的一个重要含义，便是运用不同门类的艺术语言来建构出独特的形象。无论是怎样以再现为初衷的作品，都会因为主体的不同，而生成不尽相同的构形。尽管每门艺术都有属于它的基本艺术语言，但是，作为艺术家来说，在其创造过程中，其艺术语言必然具有主体的色彩，这也就导致了构形的差异，创造性也就由此而生。美国艺术理论家古德曼对于写实就有这样的理解，他说："诱人上当的东西依赖于所观察到的东西，而观察到的东西则由于趣味与习惯的不同而有所不同。如果融合的或然与否为一，那么，我们也就没有了再现，我们也就有了统一性。"① 构形必然是个性化的，创造性也就寓于其中。

艺术品作为艺术家情感表达的产物，这无论是在中国，抑或是在西方，都成为人们的共识。中国古代有"诗言志"的命题，这个"志"，就包含着情感因素。西方则有"诗是诗人感情的自然流露"的说法，强调了艺术创作的情感动因。这也就是关于艺术创作的"表现"说。但是，表现就不需要构形了吗？不是的。情感表现与其说是审美直觉，毋宁说也同样需要审美构形。克罗齐的"直觉即表现"的命题是靠不住的。因为只有直觉等于什么也没有说，什么也没有创造出来。艺术品是具有"物性"的。情感的表现要具有艺术的品格，就必须是构形的。我们可以从卡西尔的论述中非常清楚地认识到这种规律，他说："艺术确实是表现的，但是如果没有构形它就不可能表现。"② 构形是内在地进行的，但它之所以与一般的想象不同，就在于在艺术家的头脑中，构形已然是以独特的艺术语言来进行的。如一位诗人，在其作品尚未写出之前，已经在头脑中用语言构思好了。作曲家亦复如是，其在乐曲没有完全定型之前，也在头脑中用其独特的旋律有了基本的构形。即便是最具有表现性质的作品，也还是要通过艺术语言进行构形的，这才能有作品的物化产生。为此，卡西尔颇为深刻地批判了克罗齐的直觉理论："而这种构形过程中在某种感性媒介物中进行的。歌德写道：'一当他无忧无虑之时，那些悄悄地产生的半神半人就在他周围搜集着材料以便把他的精神灌输进去。'在许多现代美学理论中——尤其是克罗齐及其弟子和追随者们——这种物质因素被忘掉或受到了极度的轻视。克罗齐只对表现的事实感兴趣，而不管表现的方式。在他看来方式无论对于艺术品的风格还是对

① ［美］尼尔森·古德曼：《艺术语言》，褚朔维译，光明日报出版社1990年版，第50页。

② ［德］恩斯特·卡西尔：《人论》，甘阳译，上海译文出版社1985年版，第180页。

于艺术品的评价都是无关紧要的。唯一要紧的就是艺术家的直觉，而不是这种直觉在一种特殊物质中的具体化。物质只有技术的重要性而没有美学的重要性。克罗齐的哲学乃是一个强调艺术品的纯精神特性的精神哲学。但是在他的理论中，全部的精神活力只是被包含在并耗费在直觉的形成上。当这个过程完成时，艺术创造也就完成了。随后唯一的事情就是外在的复写，这种复写对于直觉的传达是必要的，便就其本质而言是无意义的。但是，对一个伟大的画家，一个伟大的音乐家，或一个伟大的诗人来说，色彩、线条、韵律和语词不只是他技术手段的一个部分，它们是创造过程本身的必要要素。"① 卡西尔还举抒情诗为例来说明构形在表现型艺术中的必要存在。他又认为："这一点对于特殊的表现艺术正像对描写艺术一样地适用。甚至在抒情诗中，情感也不是唯一的和决定性的特征。——抒情诗人并不仅仅只是一个沉湎于表现感情的人。只受情绪支配乃是多愁善感，不是艺术。一个艺术家如果不是专注于对各种形式的观照和创造，而是专注于他自己的快乐无比或者'哀伤的乐趣'，那就成了一个感伤主义者。因此我们根本不能认为抒情艺术比所有其他艺术形式具有更多的主观特性。因为它包含着同样性质的具体化以及同样的客观化过程。马拉美（Mallarme）写道：'诗不是用思想写成的，而是用语词写成的。'它是以形象、声音、韵律写成的，而这些形象、声音、韵律，正如同在剧体诗和戏剧作品中一样，结合为一个不可分割的整体。"② 卡西尔从符号论哲学的立场出发，对于表现型艺术的论述是笔者所深为认同的。表现型艺术也不可以只是情感的直接宣泄，而是要用语词来进行审美构形。如杜甫写国破家散之痛则是"国破山河在，城春草木深。感时花溅泪，恨别鸟惊心"这样的具体构形。李商隐写爱情的感伤，则是"昨夜星辰昨夜风，画楼西畔桂堂东。身无彩凤双飞翼，心有灵犀一点通"，也是有着具体的审美构形的。

从艺术的角度而言，克罗齐的"直觉即表现"的理论肯定是缺少环节的。克罗齐所说的"直觉"，并非如我们想象的那样，是混沌的感受，而是具有强烈的主体色彩的能力，克罗齐在努力分辨这种差异："直觉有时被人混为单纯的感受，但是这就违反常识；——直觉据说就是感受，但是与其说是单纯的感受，无宁说是诸感受品的联想。"③ 克罗齐在谈"直觉即表现"

---

① ［德］恩斯特·卡西尔：《人论》，甘阳译，上海译文出版社1985年版，第180页。

② 同上书，第182页。

③ ［意］克罗齐：《美学原理·美学纲要》，朱光潜译，外国文学出版社1983年版，第13页。

时已经注意到了表现的形式化问题了。他认为："每一个直觉或表象同时也是表现。没有表现中对象化了的东西就不是直觉或表象，就还只是感受或自然的事实。心灵只有借造作、赋形、表现才能直觉，若把直觉和表现分开，就永远没有办法把它们再联合起来。"① 在这一点上，我们宁可赞同克罗齐的观点，他所说的直觉是与表现直接相关的，而不是被动的感受。尤其是他主张的"心灵只有借造作、赋形、表现才能直觉"②，其实是讲直觉的心灵创造功能。笔者所说的"构形"当然还是在头脑中的，还没有物化出来的内在形式，但我强调的是，在逻辑上构形在想象之后，是以不同门类的艺术语言甚或是属于某一独特的艺术家特殊艺术语言习惯而构成的在头脑中业已生成的作品"完形"。它是想象后的产物，又是以不同门类和不同媒介语言所构成的、呼之欲出的"胎儿"。在这个地方，克罗齐还是显得太简单化了，他是为了心灵而忽略了艺术创作的构形环节的。而在这个环节里，不同艺术门类的艺术语言，是通过外在艺术媒介的成熟化而形成的内在艺术语言的构形作用。英国著名美学家鲍桑葵对此甚是关注，他颇为认真地考究了艺术创作的外在媒介对于内在构形之间的深刻联系，如其说："为什么艺术家在木刻上，在泥塑上，在铁画上，制出不同的图案，或把同一图案处理得不一样呢？如果你能够把这个问题回答得彻底，我相信你就探得了艺术分类和情感转变为审美体现的秘密了。"③ 鲍桑葵看到了不同艺术门类的物质性的外在媒介对于内在的审美构形之间的影响，说："所以那些伟大艺术之间的区别，仅仅就是模塑泥土、木刻、铁艺之间的区别；这些区别大规模地发展起来，并给审美想象的整个领域带来不可避免的后果。"④ 鲍桑葵特别重视的就是媒介与创作的构形之间的关系，他继而说："因为这是一件无比重要的事实。我们刚才看到，任何艺人都对自己的媒介感到特殊的愉快，而且赏识自己媒介的特殊能力。这种愉快和能力感当然并不仅仅在他实际进行操作时才有的。他的受魅惑的想象就生活在他的媒介的能力里；他靠媒介来思索，来感受；媒介是他的审美想象的特殊身体，而他的审美想象则是媒介的唯一的特殊灵魂。"⑤ 鲍桑葵的这段话极为值得重视，所谓的"媒介"就是指不同艺术门类的艺术语言。鲍桑葵虽然没有用"构形"这样的概念，而

---

① ［意］克罗齐：《美学原理·美学纲要》，朱光潜译，外国文学出版社 1983 年版，第 15 页。
② 同上书，第 14 页。
③ ［英］鲍桑葵：《美学三讲》，周煦良译，上海译文出版社 1983 年版，第 30 页。
④ 同上书，第 31 页。
⑤ 同上。

是指出想象是要通过媒介进行的，由此我们也可看出构形是与想象密不可分的。而笔者宁愿将“构形”与想象加以剥离，因为想象还是相对不够稳定的，较为模糊的，而构形则是在艺术作品在物化前最为明晰和定型的内在样态，它是以“媒介”为工具来构造的。笔者认为，鲍桑葵在这里所说的与媒介难以分开的“审美想象”其实也就是笔者所说的“审美构形”。在克罗齐看来，“外在的媒介，严格说来，是多余的东西，因此区别这种表现方式和那种表现方式（如绘画、音乐、语言）是没有意义的”①。在这一点上，笔者完全赞同鲍桑葵的看法。艺术创作的内在的审美构形，不可能是与外在的艺术媒介相脱离的，而恰恰是通过外在媒介的思维习惯来进行构形的。以诗歌创作为例，诗歌是以语言作为媒介的，但却是通过语言来创作一个完整内在的视像，这就是诗歌的构形。鲍桑葵这样论及诗歌创作的审美观点构形：“诗歌和其他艺术一样，也有一个物质的或者至少一个感觉的媒介，而这个媒介就是声音。可是这是有意义的声音，它把通过一个直接图案的形式表现的那些因素，和通过语言的意义来再现的那些因素，在它里面密切不可分地联合起来，完全就像雕塑和绘画同时并在同一想象境界里处理形式图案和有意义的形状一样。”② 鲍桑葵特别重视在艺术创作中内在地运用媒介的问题，他认为用语言进行诗的构思，其实是与雕刻和绘画一样构成“有意义的形状”，这也便是诗歌创作中的构形。

三

当然并非所有的作品都是在其未得到物化之前都已经做好了完整的构形，那样，就会缺少了大量的偶然性因素，也即缺少了那些电光石火般的灵性闪现。内在的审美构形是指艺术家在头脑中形成的作为独特而完整的艺术品的统一性。因为任何真正的艺术品，都应该有着内在的完整性和统一性的。苏珊·朗格最为重视艺术品的整体性特质的，这显然出是出自于其符号学的美学观念。她说：“艺术品作为一个整体来说就是情感的意象。对于这种意象，我们可以称之为这种艺术符号是一种单一的有机结构体，其中的每一个成分都不能离开这个结构而独立地存在，所以单个的成分就不能单独地去表现某种情感。艺术品的这一作用与语言词汇的作用是正好相反的。字或

① ［英］鲍桑葵：《美学三讲》，周煦良译，上海译文出版社 1983 年版，第 30 页。

② 同上书，第 33 页。

词是语言的组成成分，每一个字或每一词都有它自己的单独的意义，所有的字和词加到一起就构成了整句话的整体意思。——而艺术品却恰好与此相反，它并不是一个符号系统，在一件艺术品中，其成分问题和整体形象联系在一起组成一种全新的创造物。——因此，艺术符号是一种单一的符号，它的意味并不是各个部分的意义相加而成。”① 艺术创作中的审美构形，应该是整一的，这也是作为艺术品的成功前提。

现在再来看一下情感因素对于审美构形的作用。即使是情感表现，也不能是直接的、无构形的宣泄，而应该是以具体的艺术语言加以审美构形，以艺术符号的形式来使人得到感染；这里所论，则是指出情感对于构形的动力作用。审美构形，在艺术创造中情感成为构形的动力和它的含蕴。而审美构形，也是表现情感的最为根本的艺术途径。在苏珊·朗格看来，“艺术品是将情感呈现出来供人观赏的，是由情感转化成的可见的或可听的形式。它是运用符号的方式把情感转变成诉诸人的知觉的东西，而不是一种征兆性的东西或是一种诉诸推理能力的东西”②。朗格一直把艺术视为表现情感的知觉形式，这样，情感就成了构形的内涵。而中国古代文论中，则更多是以情感为审美构形的动力因素，如刘勰所说的“神用象通，情变所孕”③，“夫情动而言形，理发而文见，盖沿隐以至显，因内而符外者也”④，明确揭示了情感的发动作为语言构形的动力性质。情感的不同的类型会在很大程度上影响到构形的不同。元代书法理论家陈绎曾说：“情之喜怒哀乐，各有分数：喜则气和而字舒，怒则气精而字险，哀则气郁而字敛，乐则气平而字丽。情有轻重，则字之敛舒险丽亦有浅深，变化无穷。”⑤ 即是认为情感的不同类型使书家在书法创作时有了不同的构形。

情感作为艺术创造的动力和内涵，使艺术家在进行审美构形时注入了自己的生命体验，从而也使其胸中的整一的构形，有了鲜活的生命感。情感的和生命力的，在审美构形中是融贯在一起的。这一点，无论在西方，还是在中国，都有不少类似的看法。黑格尔颇为深刻地指出：“通过渗透到作品全

① ［美］苏珊·朗格：《艺术问题》，滕守尧、朱疆源译，中国社会科学出版社1983年版，第130页。

② 同上书，第24页。

③ 范文澜：《文心雕龙注》，人民文学出版社1958年版，第495页。

④ 同上书，第505页。

⑤ 陈绎曾：《翰林要诀》，见叶朗《中国历代美学文库·元代卷》，高等教育出版社2003年版，第404页。

体而且灌注生气于作品全体的情感，艺术家才能使他的材料及其形状体现他的自我，体现他作为主体的内在的特性。因为有了可以观照的图形，每个内容（意蕴）就能得到外化或外射，成为外在事物；只有情感才能使这种图形与内在自我处于主体的统一。就这方面来说，艺术家不仅要在世界里看得很多，熟悉外在的和内在的现象，而且还要把众多的重大的东西摆在胸中玩味，深刻地被它们掌握和感动；他必须发出很多的行动，得到过很多的经历，有丰富的生活，然后才有能力用具体形象把生活中真正深刻的东西表现出来。"① 黑格尔已然看到构形问题的重要，而且认为主体渗透于作品的情感在构形之中起到的作用是非常重要的。卡西尔更尤为深刻地指出了作品的内在生命力与构形之间的关系，他说："每一位大艺术家那里，想象力的作用都以一种新的形式和新的力量再次出现。在抒情诗人中我们首先感到了这种连续不断的再生和更新。这些诗人不可能谈及一个事物而不使它浸透了他们自身的内在生命力。华兹华斯就已把这种才能形容为他的诗歌的内在力量：'对每一种自然形态：岩石、果实或花朵，甚至大道上的零乱石头，我都给予有道德的生命：我想象它们能感觉，或把它们与某种感情相连：它们整个地嵌入于一个活跃的灵魂中，而一切我所看到的都吐发出内在的意义。'但是，具有这种虚构的力量和普遍的活跃的力量，还仅仅只是处在艺术的前厅。艺术家不仅必须感受事物的'内在的意义'和它们的道德生命，他还必须给他的情感以外形。艺术想象的最高最独特的力量表现在这后一种活动中。外形化意味着不只是体现在看得见或摸得着的某种特殊的物质媒介如粘土、青铜、大理石中，而是体现在激发美感的形式中：韵律、色调、线条和布局以及具有立体感的造型。"② 我们所说的审美构形，经过艺术语言的传达，给人以带着生命活力的美感，这是艺术品的基本特质，如果没有内在的生命力，只有外在的形式，是很难称之为真正的审美构形的。中国的文论也多有以人的有机生命来比拟创作过程中的审美构形的。如刘勰以"风骨"论文章云："是以惆怅述情，必始乎风；沉吟铺辞，莫先于骨。故辞之待骨，如体之树骸；情之含风，犹形之包气。"③ 魏晋南北朝著名画论家谢赫在其"六法"中第一条便是"气韵生动"，这是总贯"六法"的基本原则；而"六法"之第三条是"应物象形"，即是绘画中的构形过程。晚唐张

① ［德］黑格尔：《美学》第1卷，朱光潜译，商务印书馆1981年版，第359页。

② ［德］恩斯特·卡西尔：《人论》，甘阳译，上海译文出版社1985年版，第196页。

③ 范文澜：《文心雕龙注》，人民文学出版社1958年版，第513页。

彦远在《历代名画记》中认为，“夫象物必在于形似，形似须全其骨气，至于鬼神人物，有生动之可状，须神韵而后全。若气韵不周，空陈形似，笔力未遒，空善赋彩，谓非妙也”①，指出绘画不应只有形似，更重要的是要内在而外显的气韵。气韵是发自于内在的生命力、也体现着生命力的。

由上面的论述来看，审美构形问题并非今天才提出的问题，但在美学领域并未得到认真的对待和讨论。相关的情况，以往的美学与艺术理论著述多在想象论中涉及。笔者之所以一再撰文阐明这个问题，是因为在笔者看来审美构形作为文学艺术创造的重要环节，是想象论所无法完全包容的。在作品尚未问世之前，这是依据想象构思，以艺术家特有的艺术语言在头脑中创造出的最为稳定、最为明晰的轮廓了。这个环节无疑是被忽略了。美学学者们并未有专文论述；但与其在艺术创造中的功能相比，这种情况显然是远远不够的。将这个内在的构形过程与想象甄别开来，也许不无牵强之感；但是艺术家运用独特的艺术语言进行构形，而非一般的想象所致，这就涉及作品形成过程中的内在媒介。它虽然不同于在创作的外在实施阶段的媒介那样显而易见，但笔者认为却是客观的存在！作家、艺术家在头脑中凝定自己作品的艺术形象时，是以自己的艺术语言运思的。

① （唐）张彦远：《历代名画记·论画六法》，上海人民美术出版社1964年版，第23—24页。

审美情感·自然情感·道德情感*

审美情感和道德情感分属美学和伦理学这样两个不同的学科范畴，但是二者之间并不是泾渭分明的两种情感，而是有着密切的内在联系的。审美活动中的情感因素是举足轻重的，没有情感体验就无法构成审美活动。审美活动中的情感就其情感形态来说，可以称之为“审美情感”，它与人们的自然情感有密切的联系，但又有很大不同的。审美作为人的一种高级的精神活动，必然体现着一定的价值取向，也会在一些具有社会性内容的审美实践中与人们的伦理意识相关联。在当前与日常生活广泛“结缘”的审美活动中，探讨如何使审美具有“至善”的品位和健康的指向，不能不考虑审美情感和道德情感的关系。

一

审美情感是体现在人的审美活动过程及其物化形态中的情感类型。审美情感是审美主体的审美需要的情感指向，它与人的自然情感有密切关系，却又超越自然情感而得到审美层面的升华。审美情感伴随着很强的形式感，而更多地疏离人的日常生活中的功利性欲望。这在艺术创作和欣赏的领域里是可以得到阐明的。著名美学家苏珊·朗格认为，艺术是情感表现的形式，而这种情感是一种审美情感，而非人的自然情感。她说：“凡是用语言难以完成的那些任务——呈现感情和情绪活动的本质和结构的任务——都可以由艺术品来完成。艺术品本质上就是一种表现情感的形式，它们所表现的正是人类情感的本质。”① 朗格明确主张审美情感是与人的自然情感有深刻的区别，

---

* 本文刊于《文艺理论研究》2010年第1期。

① ［美］苏珊·朗格：《艺术问题》，滕守尧、朱疆源译，中国社会科学出版社1983年版，第7页。

她认为艺术家所表现的决非人在非审美中的自然情感，而是通过艺术形式来表现人类的情感，她说：“一个艺术家表现的是情感，但并不是象一个大发牢骚的政治家或是象一个正在大哭或大笑的儿童所表现出来的情感。艺术家将那些在常人看来混乱不整的现实变成了可见的形式，这就是将主观领域客观化的过程。但是，艺术家表现的决不是他自己的真实情感，而是他所认识到的人类情感。”① 在朗格看来，艺术品就是将情感呈现出来供人观赏的，是由情感转化成的可见的或可听的形式，而由这种形式蕴含和呈现的情感，不再是个人的自然的情感，而是人类的情感。

审美情感与自然情感的重要区别就是：审美情感是被赋予了形式的，而自然情感没有形式可言。审美情感既是超离了人在日常生活中的意志和欲望——这恰是人的自然情感所由生的缘由；而它又是怎样生成的呢？它又是如何存在而给人带来审美享受的呢？这就和形式有着不解的姻缘了。英国美学家鲍桑葵对此有明确的阐述，其云：“美是情感变成有形。……如果它不是有形的，亦即没有一个用来体现什么的表现形式，那么从审美目的说来，它就什么也不是。但是如果它是有形的，即如果它有表现形式，因而体现一种情感，那么它本身就属于美的普遍定义之内，即等于审美上卓越的东西。”② 这在中国古典美学中同样是有着精彩的论述的，如刘勰从创作论的角度指出：“夫情动而言形，理发而文见，盖沿隐以至显，因内而符外者也。”③ 这里揭示了文章之美是由情感发动而由言辞组织为形式，沿隐至显，因外符内。后面又讲“并情性所铄，陶染所凝，是以笔区云谲，文苑波诡者矣”④。所谓“笔区云谲，文苑波诡”，即是指文章艺术形式的绚烂多姿，复杂变幻，而其内在的生成，则是“情性所铄”。刘勰又论述道：“圣贤书辞，总称文章，非采而何？夫水性虚而沦漪结，木体实而花萼振，文附质也。虎豹无文，则鞟同犬羊，犀兕有皮，而色资丹漆，质待文也。若乃综述性灵，敷写器象，镂心鸟迹之中，织辞鱼网之上，其为彪炳，缛采名矣。故立文之道，其理有三：一曰形文，五色是也；二曰声文，五音是也；三曰情文，五性是也。五色杂而成黼黻，五音比而成韶夏，五性发而为辞章，神理

① ［美］苏珊·朗格：《艺术问题》，滕守尧、朱疆源译，中国社会科学出版社 1983 年版，第 25 页。

② ［英］鲍桑葵：《美学三讲》，周煦良译，上海译文出版社 1983 年版，第 51 页。

③ 范文澜：《文心雕龙注》，人民文学出版社 1958 年版，第 505 页。

④ 同上。

之数也。”① 刘勰将“情采”合而为一个独立的审美范畴，也就是指文学作品的审美形式以情感为其内蕴，而情感也必以审美形式（即“藻饰”）为其生成与外显的载体的。

审美情感与人的自然情感是有很大差异的，这个看法我们可以认同；但是，如果说审美情感与人的自然情感无缘，那就不免失之于极端了。审美情感如果仅仅归之于抽象的“人类情感”，而不能与人的自然情感相通相接，也就不可能给人们以同情、哀悯、愉快等情感感染，因而也就无法给人以真正的审美享受。将审美情感与自然情感的差异绝对化、极端化，尽管可以更为重视审美情感的存在与特征，但却难以更为有力地说明艺术创作中的情感功能。可以这样认为，自然情感是审美情感的基础，审美情感是自然情感的升华。没有自然情感的触发，就不可能有艺术创作中审美情感的呈现；反之，自然情感进入艺术创作是要升华为审美情感的，否则，就不成其为艺术品。割裂自然情感和审美情感的内在关联，其实也就否定了审美情感的发生。我们在这里谈论的审美情感和道德情感的关系，其实也是与这个问题密切相关的。

自然情感是人的原发性情感状态。是人对客观事物或客观环境的态度与体验，是人的一种直接反应状态，折射着人的价值观。情感的发生过程是生理活动（感觉和情绪反应）与心理活动（感情活动）交织在一起的。人的自然情感包括了不同的类型，如一般所说的喜怒哀乐，这些都属于原发性的自然情感。近代欧洲著名哲学家休谟所指出这种情感就是我们所说的自然情感：“情感是一种原始的存在，或者也可以说是存在的一个变异，并不包含有任何表象的性质，使它成为其他任何存在物或变异的一个复本。当我饥饿时，我现实地具有那样一种情感，而且在那种情绪中并不比当我在口渴、疾病、或是五尺多高时和其他任何对象有更多的联系。因此，这个情感不能被真理和理性所反对，或者与之相矛盾，因为这种矛盾的含义就是：作为复本的观念和它们所表象的那些对象不相符合。”② 自然情感是由于客观事物对于主体的触发产生的，而对于文学创作或艺术创作来说，又是审美情感呈现的发生机制。以苏珊·朗格为代表的符号论美学强调审美情感在艺术创作中的特殊性质和地位，却是以将审美情感和自然情感割裂为代价的。中国古典美学则是在创作动因的角度，揭示着自然情感和审美情感的内在联系，也将

① 范文澜：《文心雕龙注》，人民文学出版社 1958 年版，第 537 页。
② ［英］休谟：《人性论》，关文运译，商务印书馆 1980 年版，第 453 页。

在创作中从自然情感到审美情感的升华勾勒出来。如刘勰所言：“人禀七情，应物斯感，感物吟志，莫非自然。”① 这里所说的“七情”，指的是人的自然情感，即《礼记》所谓“何为人情？喜怒哀惧爱恶欲，七者弗学而能”②。刘勰所说的“莫非自然”，是指从自然情感为外物触发而引起诗歌吟咏，是一个自然而然的过程。人的自然情感为客观事物所触发，在创作主体心中生起表达的冲动，于是通过艺术形式使情感得以升华，也即审美化的表现。《礼记·乐记》云：“凡音之起，由人心生也。人心之动，物使之然也。感于物而动，故形于声。声相应，故生变，变成方，谓之音。比音而乐之，及干戚羽旄，谓之乐。”③ 《礼记》中所说的“人心”，其实正是人的情感，而且是自然情感。自然情感的发生，是由于外在事物的触发，而这外在事物的触发，其实是和主体有着这样或那样的价值关系的，这才使之产生了喜怒哀乐这样的自然情感。

中国古典美学最为强调的就是“感于物而动”的发生机制与过程。在中国哲学思想中，情与性是无法剥离的一对范畴。“性”是指人的本性或本质，指人与动物相区别的质的规定；所谓“情”，是指人的感情，即人的本性与外物相接而表现出来的喜、怒、哀、乐、惧、爱、恶、欲等多种感情。在艺术创作的畛域中，创作冲动的发生，必然是由人的自然情感的生成与变化作为动因的。《礼记》中又说：“乐者，音之所由生也；其本在人心之感于物也。是故其哀心感者，其声噍以杀；其乐心感者，其声啴以缓；其喜心感者，其声发以散；其怒心感者，其声粗以厉；其敬心感者，其声直以廉；其爱心感者，其声和以柔：六者非性也，感于物而后动。”④ 这里所说的“非性”的“六情”，其是主体的自然情感，它们的发生，是“感于物而后动”的。南朝钟嵘在《诗品序》中谈到了这种感兴的过程，从中可以看出自然情感是作为艺术品的审美情感的动因的。其云：“气之动物，物之感人，故摇荡性情，形诸舞咏。……若乃春风春鸟，秋月秋蝉，夏云暑雨，冬月祁寒，其四候之感诸诗者也。嘉会寄诗以亲，离群托诗以怨。至于楚臣去境，汉妾辞宫；或骨横朔野，魂逐飞蓬；或负戈外戍，杀气雄边；塞客衣单，孀闺泪尽；或士有解佩出朝，一去忘返；女有扬蛾入宠，再盼倾国。凡

① 范文澜：《文心雕龙注》，人民文学出版社1958年版，第65页。

② （清）孙希旦：《礼记集解》，中华书局1989年版，第606页。

③ 同上书，第976页。

④ 同上书，第976—977页。

斯种种，感荡心灵，非陈诗何以展其义？非长歌何以骋其情？”钟嵘对于诗歌创作的发生机理的理解是全面的、自觉的，在他看来，诗的创作冲动是由于客观外物的变化引发人的情感，所谓“楚臣去境，汉妾辞宫”、“塞客衣单，孀闺泪尽”等与人的境遇直接相关的变故，所引发的情感是属于自然情感，它们的产生是“感物”的结果，但它们又恰恰是艺术品的创作动因所在。而诗歌篇什中的审美情感，是由这种自然情感转化而来。中国古典美学在创作发生论这个问题上，最为重视的便是在客观事物的触发下，人的情感兴发而成为创作之源。易言之，如果没有人的情感作为创作的动因，中国美学中的“感兴”是无从谈起的。

作为艺术创作动因的自然情感的发生，是主体的际遇与客观事物的触发而成的。换言之，在与外物的随机触发中产生了作为艺术品中的审美情感的胚胎的自然情感。因此，中国古典美学中随处可见的“兴”、“触”、“会”、“遇”等说明艺术作品发生的概念，其实都暗示了这种作为艺术创作动因的情感生成都是自然情感。如苏轼谈及自己的诗歌创作体验时说：“山川之秀美，风俗之朴陋，贤人君子之遗迹，举凡耳目之所接者，杂然有触于中，而发于咏叹。”① “杂然有触于中”而发生的情感，是主体的自然情感。而自然情感进入作品则有待于提升为审美情感，它被艺术家以独特的艺术语言加以呈现，如美的声律、画面、旋律等等，而形成有意味的形式，但又保留着原来的自然情感对于欣赏者的触发性功能。朱熹论诗之作云：“或有问于予曰：诗何为而作也？予应之曰：人生而静，天之性也。感于物而动，性之欲也。夫既有欲矣，则不能无思。既有思矣，则不能无言。既有言矣，则言之所不能尽，而发之于咨嗟咏叹之余者，必有自然之音响节奏而不能已焉。此诗之所以作也。”② 朱子在这里实际已经大略指出了从自然情感进入到诗的审美情感的过程。“感于物而动，性之欲也”③，显然是人的自然情感。而“自然之音响节奏而不能已”，则是以自然宛妙的音响韵律表现之，在诗里所呈现的便是审美情感了。如果说人的自然情感还是内在的，不规律的，非意象化的，而呈现在艺术品中的审美情感，一方面保留了自然情感的个体性和触发性，并使之形式化、意象化，一方面则是通过形式化和意象化使之有

① （宋）苏轼：《南行前集叙》，见张春林编《苏轼全集》，中国文史出版社 1999 年版，第 575 页。

② （宋）朱熹：《诗集传序》，上海古籍出版社 1958 年版，第 1 页。

③ （清）孙希旦：《礼记集解》，中华书局 1989 年版，第 984 页。

了普遍传达性。

二

与审美情感有重要区别而又密切相关的还有道德情感。我们说的道德情感也还是在艺术审美的框架之中。其实，在艺术创作过程中，从人的自然情感到审美情感的升华过程中，道德情感已经在起着作用。在堪称真正的艺术品的作品里，审美情感和道德情感都是必要的因素。当然，道德情感要通过审美的方式加以透射才是有效的。正如斯托洛维奇所说的："但是精神效用不为审美价值所独占，在不小的程度上它也为道德价值所固有。"① 对于艺术创作而言，美与善的统一是基本的价值定位。先秦儒家所说的"尽善尽美"，即是如此。苏珊·朗格认为艺术是表现人类情感的知觉形式，而这种表现在作品中的人类情感，其实是包含有审美情感和道德情感都在其内的。苏珊·朗格认为："艺术品是将情感呈现出来供人观赏的，是由情感转化成的可见的或可听的形式。"② 但她所说的"情感"不是人的自然情感，而是"人类情感"。苏珊·朗格所说的"他自己的真实情感"也就是本文所说的"自然情感"，而她说的"人类情感"，其实应该是审美情感和道德情感的完美融合。

关于道德情感，康德在《实践理性批判》中有多处颇为深刻的论述，他说："在一个有限的理性存在者那里，这样一种情感是与道德法则的表象不可分割地联结在一起的。倘若这种敬重情感是本能的，从而是一种以内感觉为基础的快乐情感，那么想要发现它与任何先天理念的联结，都是徒劳无功的。但是它是这样一个情感，单纯关涉实践的东西，并且仅仅依照法则的形式而非由于法则的客体才与法则的表象相联系，从而既不能够算作愉快也不能算作痛苦，然而产生了对于遵守法则的一种关切（或者对于道德法则本身的敬重）的能力其实就是道德情感。"③ 道德情感与实践理性相关联，对于道德法则有着内在的关切。或者说是一种敬重与自爱，但它不是外在的制约，而是依赖于情感。道德法则是道德情感的根据，而同时，它又对道德

---

① ［苏联］列·斯托洛维奇：《审美价值的本质》，凌继尧译，中国社会科学出版社 1984 年版，第 93 页。

② ［美］苏珊·朗格：《艺术问题》，滕守尧、朱疆源译，中国社会科学出版社 1983 年版，第 24 页。

③ ［德］康德：《实践理性批判》，韩水法译，商务印书馆 1999 年版，第 87 页。

法则起着非常重要的基础作用。康德指出："因为既然在自爱中所见及的一切都属于禀好，但一切禀好都依赖于情感，因而一并瓦解自爱之中的所有禀好的东西，出于同样的缘故必然影响到情感。"① 道德情感内在地发生于道德律令之上，但它又是感性的，是对道德律令的敬重与对自我人格的自爱。它是本能的，却又是人类共通的。

中国古代思想史上对于道德情感的论述在先秦儒家的经典中非常普遍，而且在很大程度上奠定了中国的士大夫的行为准则。孔子将"仁"提升为最重要的道德准则，而"仁"在最重要的方面是"爱人"，这即是一种道德情感。孔子以"爱人"释"仁"，当然并非"仁"的内涵之全部，但却是在情感方面的基本规定。孟子所说的"良心"、"良知"，就是善良之心，是以道德情感为基础的。孟子云："乃若其情，则可以为善矣，乃所谓善也。"② 清代思想家戴震释"情"为"情实"之义："情犹素也，实也。"③ 这未必确切，朱熹则释为："情者，性之动也。人之情，本便可以为善可以为恶，则性之本善则才亦善。"④ 这种解释是符合孟子的思想原貌的。"性之动"正是与性相对的情感。情之根据在性，性之发动为情，这就是中国哲学关于"性情"的概念。孟子所说的"情"即人的情感。孟子主张"性善"论，而人的情感取向以此为依据，是可以为善的。这里孟子所说的"情"即是道德情感，它是原发的，自在的，而非外在授予的。孟子论述"四端"，即是内在的道德情感的具体体现。他说："乃若其情，则可以为善矣，乃所谓善也。若夫不善，非才之罪也。恻隐之心，人皆有之；羞恶之心，人皆有之；恭敬之心，人皆有之；是非之心，人皆有之。恻隐之心，仁也；羞恶之心，义也；恭敬之心，礼也；是非之心，智也。仁义礼智，非由外铄我也，我固有之矣，弗思耳矣。"⑤ 孟子主张"性善"说，这里讲的"恻隐之心"、"羞恶之心"、"恭敬之心"、"是非之心"，即所谓"四端"，正是四种道德情感，它们非由外铄，而是本能地存在于人的本性之中的。孟子亦称这种本然地存在于人性中的善良本能与认识能力为"良能"与"良知"。其云："人之所不学而能者，其良能也；所不虑而知者，其良知也。孩提之童，无不知爱其亲者，及其长也，无不知敬其兄也。亲亲，仁也；敬

① ［德］康德：《实践理性批判》，韩水法译，商务印书馆1999年版，第81页。
② 杨伯峻：《孟子译注》，中华书局2012年版，第283页。
③ （清）戴震：《孟子字义疏证》，中华书局1961年版，第105页。
④ （宋）朱熹：《四书章句集注》，上海古籍出版社2001年版，第387页。
⑤ 杨伯峻：《孟子译注》，中华书局1960年版，第259页。

长，义也；无他，达之天下也。”① 蒙培元先生认为，孟子的良能、良知，好像是先天的能力和认识，“但真正说来仍是一种情感的反应，或者说是一种情感意识”②。朱熹注曰“良者，本然之善也”③，道出了其中道德情感的本质。仁爱作为一种道德情感，不仅是在中国，在西方也同样是道德情感中最有价值者。英国著名哲学家休谟指出：“或许可以认为，证明仁爱或较温柔的感情是有价值的，它们不论出现在哪里都博得人类的赞许和善意，是一件多余的事情。这样一些语词如‘友善的’、‘性情善良的’、‘人道的’、‘仁慈的’、‘感激的’、‘友爱的’、‘慷慨的’、‘慈善的’，或与它们意义相同的那些词，在所有语言中都是众所周知的，普遍地表达着人类本性所能达到的最高价值。”④ 他认可仁爱这样一类道德情感的价值含量。

然而，道德情感其实并非只是发于本能的自然产物，在某种程度上，是要以更具理性特征的“性理”来规范、匡正人的自然情感的。这便是所谓“性其情”。魏晋时期卓越的玄学家王弼提出著名的“圣人有情”的命题，则是包含了道德情感的内涵，并非只是讲情感的自然发生，而是包蕴了“性其情”的意义。何劭《王弼传》载：“何晏以为圣人无喜怒哀乐，其论甚精，钟会等述之，弼与不同，以为：圣人茂于人者神明也，同于人者五情也。神明茂，故能体冲和以通无；五情同，故不能无哀乐以应物。然则圣人之情，应物而无累于物者也。今以其无累，便谓不复应物，失之多矣。”⑤ 与王弼齐名的玄学家何晏认为“圣人无情”，也即没有喜怒哀乐，这正是圣人之超出于常人之处。此说在当时是最有代表性的，钟会等人都称述这种观点。王弼则与之不同，提出“圣人有情”之论，主张圣人与常人相同之处在于悉有五情。这是发于自然的，但又是合于道德规范的。“圣人”之五情，作为道德意义来说是其具有自明性的前提。王弼答荀融责难其《大衍义》云：“夫明足以寻极幽微，而不能去自然之性。颜子之量，孔父之所预在。然遇之不能无乐，丧之不能无哀。又常狭斯人，以为未能以情从理者也。而今乃知自然之不可革。”⑥ 这段话其实正是对“圣人有情”论的最佳注脚。王弼重在指出圣人之情发于自然，又认为圣人之神明“足以寻极幽

① 杨伯峻：《孟子译注》，中华书局 1960 年版，第 337—338 页。
② 蒙培元：《情感与理性》，中国社会科学出版社 2002 年版，第 53 页。
③ （宋）朱熹：《四书章句集注》，上海古籍出版社 2001 年版，第 418 页。
④ ［英］休谟：《道德原则研究》，曾晓平译，商务印书馆 2001 年版，第 28 页。
⑤ 楼宇烈：《王弼集校释》，中华书局 1980 年版，第 640 页。
⑥ （晋）何劭：《王弼传》，见叶楚伧《三国晋南北朝文选》，正中书局 1936 年版，第 74 页。

微”，即其超乎常人之处。但是，王弼所讲的发于自然的哀乐之情，却又是内在地契合道德理性的。“以情从理”，是说为了“理”而牺牲“情”，从而达到“无情”，王弼以孔子为例，认为圣人也不能无情，遇事仍要有喜怒哀乐。王弼举孔子之于颜渊，恰好说明了这种圣人之情是契合于一种很高的道德境界的。颜渊为孔门弟子中最为贤德者，孔子对其评价之高无出其右。孔子评颜回云：“贤哉，回也！一箪食，一瓢饮，在陋巷。人不堪其忧，回也不改其乐。贤哉，回也！”[①] 又赞颜回之仁：“回也，其心三月不违仁，其余则日月至焉而已矣。”[②] 对于颜渊之死，孔子是悲痛万分的。《论语》载：“颜渊死，子曰：噫！天丧予！天丧予！”[③] “颜渊死，子哭之恸。从者曰：子恸矣。”[④] 王弼以孔子对颜渊的深挚情感为例，说明圣人有情，而其情感又是深合道德之旨的。王弼注《周易》中的“利贞者，性情也”[⑤] 云：“不性其情，何能久行其正？”[⑥] 这是后来程颐的“性其情”之说直接的源头。蒙培元先生指出：“程颐有‘性其情’之说，认为‘性’（即理）作为先验的道德理性，同时也就是善；‘情’（这里主要指‘七情’）是动于中而形于外者，故有善与不善。如果纵其情而不知约束，就会出现‘邪僻’，就会‘梏其性而亡之’，因此要‘性其情’。所谓‘性其情’的‘性’字，应作动词解，即是用性理制约人的情感，也就是将情感德性化、理性化。”[⑦] 王弼所提出的“性其情”，尽管没有后来程子那种明确的理学内涵，但其基本意向是为其导夫先路的。汤用彤先生曾阐释王弼的“圣人有情”观云：“王弼曰：‘五情同，故不能无哀乐以应物。’盖辅嗣之论性情也，实自动静言之。心性本静，感于物而动，则有哀乐之情，故王弼《论语释疑》曰：‘夫喜惧哀乐，民之自然，应感而动，则发乎声歌。’（皇疏四）又曰：‘情动于中，而形于言，情正实而后言之不作。’（皇疏七）夫感物而动为民之自然，圣自亦感物而有应，应物则有情之不同，故遇颜子而不能不乐，丧彦子而不能不哀，哀乐者心性之动，歌声言貌者情之现于外，所谓‘形’也。圣人虽与常人同有五情，然圣人之情，应物而无累于物。无累于物，乐而不淫，

① 杨伯峻：《论语译注》，中华书局1980年版，第59页。
② 同上书，第57页。
③ 同上书，第112页。
④ 同上。
⑤ 廖名春：《周易》，辽宁教育出版社1997年版，第2页。
⑥ （清）李道平撰，王承弼整理：《周易季解纂疏》，中央编译出版社2011年版，第40页。
⑦ 蒙培元：《情感与理性》，中国社会科学出版社2002年版，第111页。

哀而不伤，亦可谓应物而不伤。……人之性禀诸天理，不妄则全性，故情之发也如循于正，由其理，则率性而动，虽动而不伤静者也。”① 这里的所谓“乐而不淫，哀而不伤”，乃是道德情感的典型形态。

三

在艺术创作中，审美情感与道德情感的契合是一个颇为重要的问题。一般来说，道德情感的表现是要通过审美情感来贯穿的。如果道德情感不能与审美情感结伴而行，将是很难唤起欣赏者的情感体验，从而也难达到其特殊的效果；而审美情感如果没有道德情感的渗入，也同样很难使作品具有感染人的力量和高尚的情操格调。席勒指出：“道德感在哪里得到满足，在那里美感也不会减少。而且同理念的协调一致也不应该在现象中付出牺牲的代价。”② 审美情感与道德情感具有内在的统一性和适应性，当然它们不是同一的，而是相互交织的。苏联美学家斯托洛维奇认为：“在艺术性的特征不受破坏的场合，反映真正道德价值的道德思想和理想，有机地处在审美理想中。……如果在作品中审美评价和伦理评价之间发生不协调，不道德的东西被认为是美的，而道德的东西被认为是丑的，那么这不能不是对作品艺术价值本身的否定。”③ 从基本的取向上看，审美情感是要与道德情感协调一致的。审美情感与道德情感相悖谬，或者说离开了道德的基本框架，乃至从反道德的眼光来强调“审美”，必然会违背真正的审美规律。席勒认为：“审美的外观绝对不会危及道德的真理，如果人们在什么时候地方发现情况不是这样的，那么在那里就可以毫无困难地指出，那里的外观不是审美的。”④ 但是，审美情感与道德情感并非一回事，也是不能互相取代的。只有道德情感而无审美情感，也就没有真正的艺术创作可言。道德情感是无须借助于艺术形式的，而审美情感却必须是通过艺术形式展示出来。道德情感与审美情感的融合，才能成为艺术品之中的道德情感，否则是不可能进入艺术品的。

在好的艺术品中，道德情感之所以能够与审美情感融为一体而非对立的或隔膜的，是因为它和审美情感一样，都是内在于主体的，出自于直觉的，

---

① 汤用彤：《魏晋玄学论稿》，上海世纪出版集团 2005 年版，第 63 页。

② ［德］席勒：《审美教育书简》，张玉能译，译林出版社 2009 年版，第 257 页。

③ ［苏联］列·斯托洛维奇：《审美价值的本质》，凌继尧译，中国社会科学出版社 1984 年版，第 97 页。

④ ［德］席勒：《审美教育书简》，张玉能译，译林出版社 2009 年版，第 89 页。

而非有意的安排。如果说在艺术品中是以有刻意的安排来呈现道德情感，那么那就只是“道德”而无“情感”了。无论是孟子的良知、良能，还是朱子所说的“本然之善”，都是这样的发自于中，油然而生的直觉状态。中国美学所讲的“情”，其实是包括了审美情感和道德情感都在其中的。在儒家的美学理论中这方面是得到了突出的彰显的，如《礼记·乐记》中有云：“乐者，心之动也。声者，乐之象也。文采节奏，声之饰也。君子动其本，乐其象，然后治其饰。……是故情见而义立，乐终而德尊，君子以好善，小人以听过。”① 很显然，《乐记》论乐，是从审美的角度讲了它的艺术表现的；但是又揭示了情感的道德价值。“情见而义立”是说情感的呈现就使道义自然发显，“乐终而德尊”是说音乐的表演使道德弘扬。《乐记》这里着重指出的是音乐里所表现的情感所产生的道德效应，即“君子以好善，小人以听过”。也许这里是过于夸大音乐的道德感化作用了，但是，音乐中审美情感和道德情感的交融却是客观存在的。

审美情感与道德情感的相通，在“崇高”这个美学范畴中得以集中的体现。在西方美学理论中，崇高一直有着非常重要的位置。在人的审美经验里，崇高与美是相伴相生的美学范畴，从美学的角度来看，它们有着深刻的相关性，但又有着相当明显的差异。康德在其美学经典著作《判断力批判》中，在“美的分析”之后，紧接着就是“崇高的分析”，就是将美与崇高都作为美学最为重要的范畴。正如波兰美学家塔塔尔凯维奇指出的：“在这种或那种意义之中，崇高的概念在当时几乎难以与美的概念分开来，两者彼此相连，其密切的程度，实要超过在其他的时代中美与适当性，美与雅逸或美与微妙相关的程度，在一段相当长久的时间里，崇高被认为是一种与美平行却有别于美的价值，因而并非一种美的自身的范畴。崇高与美，博克写道：‘形成了一种显著的对比。’”② 其对崇高与美的关系作了历史性的说明。康德的《判断力批判》则是从四个方面指出了崇高与美的共同特点，“对于崇高和对于美的愉快都必须就量来说是普遍有效的，就质来说是无利害感的，就关系来说是主观全目的性的，就情况不定期说须表象为必然的”③。康德所揭示的是崇高与美作为美学范畴的同样的重要性。崇高感与美感都是一种

① 王云五、朱经农主编：《礼记·乐记》，商务印书馆1947年版，第99页。

② ［波兰］塔塔尔凯维奇：《西方六大美学观念史》，刘文潭译，上海译文出版社2006年版，第179页。

③ ［德］康德：《判断力批判》，宗白华译，商务印书馆1964年版，第24页。

情感反应，或也可以说都是一种审美情感，尽管康德从数学和力学两个方面来分析崇高，似乎是以自然对象为崇高感产生的对象，而其实康德对于崇高感的理解更为重要的还是在道德根基之中，关键在于主体心灵的提升。恰如康德所说："真正的崇高只能在评判者的心情里寻找，不是在自然对象里。"① 崇高感是一种审美情感，而非理性推导的结果；而同时，崇高感又是与德行密切联系的，从总体情况上看，离开了主体的高尚德行就没有崇高可言。康德说："所以从审美方面来说，那愉快（在对感性的关系中）是消极性的，这就是说反抗着这利害感，但从知性方面来看，却是积极性的，并且和一种兴趣相结合着。由此得出结论：那知性的，在自身合目的性的（道德的）善，从审美角度来评判，必须表象为不只是美，而更多的是崇高。因此它唤醒的是尊敬的情绪（这是轻视魅惑力的），更多过于爱和亲切的倾向。"② 无论是数学的崇高还是力学的崇高，归根到底是在于主体的心意状态。这种美学上的崇高感其实是与主体的情操密切相关的。康德论美学上的崇高又说："就审美观点上来说'兴奋'是崇高的，因它是通过观念奋发力量的。这给予心意以一种高扬，这种高扬是比较那个经由感性表象的推动是大大地增强了和更加持久。……每一属于敢作敢为性质的情操（即是激起我们的力量的意识，克服着每一障碍）是审美上的崇高，例如愤怒，甚至于如绝望（例如愤懑的，而不是失去信心的绝望）。但属于软弱的，溶解的那一类的情操（这情操使反抗的努力自身成为不快的对象）本身是没有任何的高贵，却能够算进心情态式的美里面去。"③ 这其实都指出了审美上的崇高，是带有深刻的道德内涵的，它是一种能够使人的心意状态高扬的情操。

崇高包含有理性的成分，但它更具有情感的性质。它是可以通过陶冶和培育养成的。它具有审美反省判断力的普遍有效性，却并非逻辑推理而产生的。康德的一段论述揭示了崇高的这种性质，他说："因而真正的德行只能是植根于原则之上，这些原则越是普遍，则它们也就越崇高和越高贵。这些原则不是思辨的规律而是一种感觉的意识，它就活在每个人的胸中而且它扩张到远远超出了同情和殷勤的特殊基础之外。我相信，如果我说它就是对人性之美和价值的感觉，那么我就概括了它的全部。前者是普遍友好的基础；

① ［德］康德：《判断力批判》，宗白华译，商务印书馆1964年版，第95页。

② 同上书，第113页。

③ 同上书，第114页。

后者则是普遍敬意的基础。而当这种感觉在一个人的心中达到了最大的完满性的时候，那么这个人就确实该爱他自己和尊重他自己，——但这是仅就他乃是他那博大而高贵的感觉所扩及于一切人之中的一个人而言。唯有当一个人使他自己的品性服从于如此之广博的品性的时候，我们善良的动机才能成比例地加以运用，并且会完成成其为德行美的那种高贵的形态。”① 崇高作为审美范畴，一方面有着内在的道德内涵，另一方面又是情感化的，而非推理的或逻辑运演的。

中国古代的文学艺术创作中，作家艺术家的审美情感是与道德情感融为一体的。尤其是崇高的美学追求，是与德行的高尚融而为一的。譬如伟大诗人屈原，在其代表作《离骚》中所表现的既是审美的崇高，又是德行的崇高。悲剧性的命运与诗人对自我的“内美”期许，形成了这种双重的崇高品位。如《离骚》中所言之：“纷吾既有此内美兮，又重之以修能。扈江离与辟芷兮，纫秋兰以为佩。”“日月忽其不淹兮，春与秋其代序。惟草木之零落兮，恐美人之迟暮。”“长太息以掩涕兮，哀民生之多艰。余虽好修姱以鞿羁兮，謇朝谇而夕替。”杜甫诗中审美情感和道德情感的崇高性，也是最具代表性的。那些近乎完美的艺术形式所表现出来的审美情感，以及诗人忧国忧民的崇高情怀，非常自然地融合在一起。清人叶燮评之云：“我谓作诗者，亦必先有诗之基焉。诗之基，其人之胸襟是也。有胸襟，然后能载其性情、智慧、聪明、才辨以出，随遇发生，随生即盛。千古诗人推杜甫。其诗随所遇之人之境之事之物，无处而不发其思君王、忧祸乱、悲时日、念友朋、吊古人、怀远道，凡欢愉、幽愁、离合、今昔之感，一一触类而起，因遇得题，因题达情，因情敷句，皆因甫有其胸襟以为基。如星宿之海，万源从出；如钻燧之火，无处不发；如肥土沃壤，时雨一过，夭矫百物，随类而兴，生意各别，而无不具足。即如甫集中《乐游园》七古一篇，时甫才三十余，当开宝盛时，使今人为此，必铺陈飏颂，藻丽雕缋，无所不极，身在少年场中，功名事业。来日未苦短也，何有乎身世之感？乃甫此诗，前半即景无多排场，忽转‘年年人醉’一段，悲白发、荷皇天，而终之以‘独立苍茫’，此其胸襟所寄托何如也！”② 叶氏的分析非常中肯，杜甫也确实是在诗人中在审美情感和道德情感的双重意义上都是崇高的最佳典范。无论从审

① ［德］康德：《论优美感和崇高感》，何兆武译，商务印书馆2001年版，第14页。

② （清）叶燮：《原诗·内篇下》，见霍松林、杜维沫校注《原诗·一瓢诗话·说诗晬语》，人民文学出版社1979年版，第17页。

美的角度还是道德的角度，杜诗可以说都深刻地体现了崇高的含义。关键还在于，杜诗中的崇高之美不是观念式的，也不是做作的，而是以情感形态随遇发生的。

在文学艺术创作中，审美情感和道德情感都是体现于作品中的，最为理想的样态是融而为一，因为它们都是以情感形态出现的。审美情感可以给人以审美享受，产生愉悦感；道德情感则使作品有着更为美好的立意，更为超越的品格，更为久远的艺术魅力。道德情感所体现出的人格风范、仁爱情怀和高尚节操，都会使作品得到人们更高程度的认同。其实，作为艺术，如果仅仅给人以优美，即一般意义的美感，那就很难使人产生普遍性的尊敬和敬畏之感。而道德情感则恰恰使作品能够产生震撼人心的感受。

分而言之。作品中的审美情感源自于人的自然情感的审美化、形式化和意象化。人的自然情感受到外物或客观境遇的触发，产生创作的冲动，即如钟嵘所言："气之动物，物之感人，故摇荡性情，形诸舞咏。"① 从主体的自然情感到审美情感，是需要进行形式化和意象化的表现的，刘勰于此有切实的论述："是以诗人感物，联类无穷，流连万象之际，沉吟视听之区，写气图貌，既随物而宛转，属采附声，亦与心而徘徊。故灼灼状桃花之鲜，杲杲为日出之容，瀌瀌拟雨雪之状，喈喈逐黄鸟之声，喓喓学草虫之韵。皎日嘒星，一言空理；参差沃若，两字穷形：并以少总多，情貌无遗矣。"② 刘勰所论，重在情感在作品中转化为审美形式，同时，作为审美情感对于鉴赏者来说起着历久弥新的审美效应。

四

艺术家将主体的自然情感经过形式化的过滤和普遍性的提升，形成了具有符号性质的审美情感，这个过程即是艺术表现。著名美学家科林伍德认为有着一种特殊的审美情感，就在于它是经过了艺术的艺术表现的。他说："在另一种涵义下，说存在一种特殊的审美情感就是对的。如我们所看到的，一种未予表现的情感伴随有一种压抑感，一旦情感得到表现并被人所意识到，同样的情感就伴随有一种缓和或舒适的新感受，感到那种压抑被排除了。这类似于一个繁重的或理智或道德问题被解决之后所感到的那种放松

① 陈延杰：《诗品注》，人民文学出版社 1961 年版，第 1 页。

② 范文澜：《文心雕龙注》，人民文学出版社 1958 年版，第 693—694 页。

感。如果愿意，我们可以把它称为成功的自我表现中的那种特殊感受，我们没有理由不把它称为特殊的审美情感。但它并不是一种在表现之前就预先存在的特殊情感，而且它具有一种特殊性，即一旦它开始得到表现，这种表现就是富有艺术性的。这是表现无论哪种情感时都会伴随产生的情感色彩。”[①]科林伍德非常重视审美情感，而认为特殊的审美情感的产生，关键在于艺术表现。

道德情感在艺术品中的存在，为人们对艺术品的欣赏提供了更多的共通感。仁爱的、善良的、同情的、崇高的、忧国忧民的，诸如此类的道德情感，在作品中以情感形式的呈现，使得作品有了更为美好的情操和超越的品格。如仁爱的或悲悯的情怀，这在很多艺术品中都呈现出令人震撼的道德力量。杜甫自己的幼儿饿死，“入门闻号咷，幼子饥已卒！吾宁舍一哀，里巷亦呜咽”。但诗人却是推己及人，想到的是“平人”的艰辛，“生当免租税，名不隶征伐。抚迹犹酸辛，平人固骚屑。默思失业徒，因念远戍卒。忧端齐终南，澒洞不可掇”（《自京赴奉先县咏怀五百字》)。这种情怀使杜诗产生了亘古长新的震撼人心的力量。罗丹的《欧米哀尔》体现出的悲悯情怀，也是其伟大的力量所在。正义的、爱国的情操在艺术品中的张扬，更是其千古不朽的原因。如岳飞的《满江红》、柯勒惠支的《磨镰刀》，还有当代中国的电视剧如《亮剑》等，都因之有了气贯长虹的价值。

审美情感和道德情感都是文学艺术创作中的客观存在，二者并不等同，但却是不可分割的。如果仅有审美情感，那可能作品中就只有魅惑性的美，而缺少真正能够震撼人心的力量和令人尊敬的格调，这样的作品是行之不远的。如果仅有道德情感而没有审美情感，那就可能缺少审美形式带来的美好魅力，而道德情感也无法得到符号化的呈现。何兆武先生在阐释康德论优美感和崇高感时说：“人心的美丽（优美）激发了感情，人性的尊严（崇高）则激发了敬仰。……最高的美乃是与善相结合、相统一的美，而最高的善变奖。道德高尚必须伴有美好的感情，美好的感情也不能缺少道德的高尚。优美表现为可爱迷人，崇高则表现为伟大的气概。而最能使我们产生崇高感的，还是我们对于内心道德力量的感受。崇高又是和优美不分开的，于是美和德行就这样终于合为一体。”[②] 这也可以作为我们对审美情感和道德情感

① ［英］科林伍德：《艺术原理》，王至元、陈华中译，中国社会科学出版社 1985 年版，第 120 页。

② ［德］康德：《论优美感和崇高感》，何兆武译，商务印书馆 2001 年版，第 11 页。

的认识。优美主要是审美情感，而崇高在美学领域中是最有道德内涵的。但是，无论是审美情感还是道德情感，都在情感的范畴之列，其感染人的力量也在于此，它们都不是推理的产物，而是通过情感作用而产生审美愉悦。斯托洛维奇主张审美和伦理的融合而产生积极的审美价值，他认为："不过这一切并不说明审美和伦理、艺术和道德之间必然会发生冲突。在艺术性的特征不受破坏的场合，反映真正道德价值的道德思想和理想，有机地处在审美理想中。……审美价值包括道德关系，给人以高尚的影响。因为任何一种审美价值所唤起的无私性，表现出个人和社会的交融，因而在最高的程度上具有意义。"① 这种对审美和道德的看法，对我们是有重要的借鉴意义的。

① ［苏］斯托洛维奇：《审美价值的本质》，中国社会科学出版社 1984 年版，第 96 页。

审美主体：感兴论的价值生成前提*

在中国古代文论和艺术论中，“感兴”论当然不是什么陌生的话题，在一些美学史构架中，“感兴”也成为重要的单元。感兴缘起于先秦儒家诗学中的“赋、比、兴”之“兴”，当无疑义；而后逐渐衍生为中国艺术创作论的一个重要的理论脉系，其内蕴义界已远非“比兴”之“兴”所可局限。有关感兴的描述中，感兴类于西方文论中的灵感，这是到处可以见到的；而中国文论中感兴的发生机制在于感物，刘勰所谓“人禀七情，应物斯感”①最能提摄感兴论的基本观念，这与西方美学中的灵感说又有很大的区别，因为感兴论最为强调的是外物对创作者的触发作用。而在目前已有的关于感兴的美学阐述中，罕有对审美创造主体条件的认识，容易给人造成这样的印象：似乎无论是什么人，只要有了“感于物而动”的契机，就可以有绝佳之作，其实这是难以凭信的，也是感兴论研究中的一个缺项。事实上，只有具备了出色的作家、诗人或艺术家的主体条件，又获得感兴的契机，才能真正创造出不可替代的艺术精品。本文的初衷是试图打通审美主体的修养及条件与感兴的内在联系。

一　感兴作为艺术精品的发生条件

“感兴”在中国古典美学研究中越来越受到重视，并被看作艺术佳作产生的绝佳契机。笔者曾有《审美感兴论》② 等多篇文章从不同侧面论及感兴的内涵与特质，择其要者，一为物色之感，二为偶然。在笔者看来，感兴必然是受触于外在物色的变化而唤起了审美情感和创作冲动，比较标准的解释

---

* 本文刊于《复旦学报》（社会科学版）2011 年第 3 期。

① 范文澜：《文心雕龙注》，人民文学出版社 1958 年版，第 65 页。

② 张晶：《审美感兴论》，《学术月刊》1997 年第 10 期。

当为宋人李仲蒙所说的“触物以起情谓之兴，物动情也”①。关于“兴”固然有许多种不同的解释，如王逸的“依诗取兴，引类譬喻”，郑众的“兴者，托事于物”，钟嵘的“文已尽而意有余，兴也”②，朱熹的“先言他物以引起所咏之词也”③，等等。而从“感兴”论的发展和走向看，李仲蒙的概括是最能体现其主导精神和本质特征的。有必要加上一句，“感兴”论作为中国美学的重要范畴，是从先秦时期诗学的“比兴”的“兴”义发展起来的，是根基于“兴”的基本义项的。而“感兴”在后来的诗学或美学发展历程中，已不再局限于“六义”之一，而是成为能够体现艺术创作机制的主导理论取向。“感物”之说，是应该汇入“感兴”的大范畴之中的。这是因为，“感兴”的含义，必以外在物色的变化为其触媒，正如刘勰所说的“情以物兴”，“物以情观”④；而“感物”或“物感”，其旨归必在于兴情，也就是唤起情感。所以，“感物”（物感）宜入“感兴”这个基本范畴之中。另一个含义，感兴是以偶然为契机的。这可以认为是感兴必不可少的基本义项。日人遍照金刚说：“感兴势者，人心至感，必有应说，物色万象，爽然有如感会。”⑤ 宋人叶梦得论诗说：“‘池塘生春草，园柳变鸣禽。’世多不解此语为工，盖欲以奇求之耳。此语之工，正在无所用意，猝然与景相遇，借以成章，不假绳削，故非常情所能到。诗家妙处，当须以此为根本，而思苦言难者，往往不悟。”⑥ 这里所举的几则材料，虽然在字面上不一定都有“偶然”“偶尔”的字样，但都有偶然的含义在内。我们以往对艺术创作中的偶然性因素是缺少关注的，美学理论中也基本上没有对于这个问题的专门论述。而笔者认为，在艺术美学中，必然和偶然是一对辩证的范畴，值得我们深入地探究。仅有必然因素而无偶然因素的作品，势必要落入概念化的套子，缺少生香活色、鸢飞鱼跃的生机，也没有那种令人惊叹不已的审美价值。当年的“革命样板戏”就是最典型的例子，只有必然性而没有偶然性，看了开头即知结尾，情节结构都是一样的套路，只能是让人兴味索然。睿智的黑格尔谈到了艺术创造中的必然和偶然的关系，对我们的启示是深刻

① （宋）胡寅：《与李叔易书》，见《崇正辩·斐然集》，中华书局 1993 年版，第 386 页。

② 陈延杰：《诗品注》，人民文学出版社 1961 年版，第 2 页。

③ （宋）朱熹：《诗集传》卷 1，上海古籍出版社 1958 年版，第 1 页。

④ 范文澜：《文心雕龙注》，人民文学出版社 1958 年版，第 136 页。

⑤ （唐）遍照金刚：《文镜秘府论·地卷》，见卢盛江《文镜秘府论汇校汇考》，中华书局 2006 年版，第 393 页。

⑥ （宋）叶梦得：《石林诗话》卷中，见（清）何文焕《历代诗话》，中华书局 1981 年版，第 426 页。

的，他说：“美的对象里各个部分虽协调成为观念性的统一体，而且把这统一体显现出来，这种谐和一致却必须显现成这样：在它们的相互关系之中，各部分还保留独立自由的形状，这就是说，它们不像一般的概念的各部分，只有观念性的统一，还必须显出另一方面，即独立自在的实在的面貌。美的对象必须同时显出两方面：一方面是由概念所假定的各部分协调一致的必然性，另一方面是这些部分的自由性的显现是为它们本身的，不只是为它们的统一体。就它本身来说，必然性是各部分按照它们的本质即必须紧密联系在一起，有这一部分就必有那一部分的那种关系。这种必然性在美的对象固不可少，但是它也不应该就以必然性本身出现在美的对象里，应该隐藏在不经意的偶然性后面。”（此处着重号为笔者所加）① 人所共知，黑格尔美学的核心观念就是“美是理念的感性显现”，特别重视精神内核在审美创造中的地位；但是不等于说黑格尔忽视感性，他是主张在感性的显现中内蕴着理性的光芒的。“统一体”是意味着必然性的，而另一方面，他又认为，必然性是应该通过偶然性得以显现的。偶然性是作品中的丰富多彩，是情节或细节的出人意料，在作品的统一体中，它可以是这样的，也可以那样的，有很多时候，它是出于作者（或导演、演员）的即兴创造。像黑格尔这样对于偶然性的重视，在文论和美学著作中还是非常少见的。

我们可以看到，中国古典美学中的感兴论，主客体之间的偶然性遇合，是一个基本的要素。宋代大诗人杨万里说“诗如得句偶然来”（《冬至前三日》），理学家、诗人邵雍说“句会飘然得，诗因偶尔成”（《闲吟》），明代诗论家谢榛说“作诗有相因之法，出于偶然”②，都特别能够说明这个问题。这些对于感兴的论述，在中国古典诗学中是颇有代表性的。其中的偶然性质，是一望即知的。这种对“偶然”的创作契机的重视，可以认为是中国古典美学的闪光之处，也是对于当代美学理论具有建构价值的。而它也带来了另一方面的问题，是容易使人产生这样的误解，即文学艺术创作有赖于偶然契机的光顾，而主体的修养和才能却因此受到忽视。这也是本文所要侧重解决的问题。

感兴并非一般的创作，而是艺术精品的创造过程。感兴即非刻意之作，而是在主体与客体的偶然遇合中产生的创作冲动，并由此创造出只可有一、不可有二的艺术精品。以感兴论创作者，所指都具有颇高的审美价值。如宋

---

① ［德］黑格尔：《美学》第1卷，朱光潜译，商务印书馆1979年版，第147页。

② （明）谢榛：《四溟诗话》卷4，中华书局1985年版，第86页。

代诗人戴复古诗中说："诗本无形在窈冥，网罗天地运吟情。有时忽得惊人句，费尽心机做不成。"① "惊人句"非庸常之作，而是令人耳目一新的佳作，杜甫所谓"为人兴僻耽佳句，语不惊人死不休"，当是对诗歌最高审美价值的诉求。前述叶梦得所极力推崇的谢灵运《登池上楼》中的名句，更是诗中经典。叶氏将感兴的创造方式，视为作诗的根本，也即上升到诗歌本体论的层面。明代谢榛论诗艺更重感兴之途，并认为达到艺术化境的创造方式，他说："诗有不立意造句，以兴为主，漫然成篇，此诗之入化也。"② 谢榛不赞成预先"立意造句"，而主张感兴为诗，认为这样方可使诗达到"入化"之境，这是诗艺的峰巅。谢氏又论杜甫诗云："子美曰：'细雨荷锄立，江猿吟翠屏。'此语宛然入画，情景适会，与造物同其妙，非沉思苦索而得之也。"③ "与造物同其妙"是一种至高的境界，它非"沉思苦索"所能得，而是以感兴的方式获致。谢榛还有一段具有很高美学价值的诗论，更为完整地道出了由感兴而臻化境的诗学观念，其云："作诗本乎情景，孤不自成，两不相背。凡登高致思，则神交古人，穷乎遐迩，系乎忧乐，此相因偶然，著形于绝迹，振响于无声也。夫情景有异同，模写有难易，诗有二要，莫切于斯者。观则同于外，感则异于内，当自用其力，使内外如一，出入此心而无间也。景乃诗之媒，情乃诗之胚，合而为诗，以数言而统万形，元气浑成，其浩无涯矣。"④ 谢榛所论，内容非常丰富，且对当代美学有重要启示意义。尤其是关于诗歌创作中的情景关系，可谓的论。"元气浑成，其浩无涯"⑤，呈现为一种"天人合一"的境界。清初大思想家王夫之以"现量"说论诗，其实也是感兴论的传统。所谓"现量"，是佛家认识论的逻辑范畴，即当下触发的感知，与"比量"相对应。英国学者渥德尔对"现量"、"比量"有明确的阐释："现量是没有分别的知识。这里解释为无分别，未通过分类或假立名言等的转换比喻，更严格说是转换的知识，它是在五官感觉和各个方面直接缘境如色境等等，而显现的。比量是通过中词得来的知识，它认识一个主体是属于某一类别的，属于具有某种特殊性质（中词）事物的一类。主体也可以属于其他类别，如果选定了其他特性。但是比量只

① （宋）戴复古：《论诗十绝》，见郭绍虞等《万首论诗绝句》，人民文学出版社 1991 年版，第 119 页。

② （明）谢榛：《四溟诗话》，中华书局 1985 年版，第 15 页。

③ 同上书，第 32 页。

④ 同上书，第 41 页。

⑤ 同上。

识类别的特性（共相），而现量认识对象自身的特性（自相），是无类别的。”① 在印度哲学中，现量、比量是认识论的基本范畴。前者是当下的、直接的感知，获取的是对象的殊相（“自相”），后者则是经过了类比推论后的认识，获取的是某类事物的“共相”。如果从文学艺术的审美方式而言，显然，感兴即属于“现量”的感知。王夫之虽不信佛，但对佛学却是颇有造诣的。他以“现量”来比拟诗之感兴，所举皆为经典名作。如其说：“‘僧敲月下门’，只是妄想揣摩，如说他人梦，纵令形容酷似，何尝毫发关心？知然者，以其沉吟‘推’‘敲’二字，就他作想也。若即景会心，凡或推或敲，必居其一，因景因情，自然灵妙，何劳拟议哉？‘长河落日圆’，初无定景；‘隔水问樵夫’，初非想得：则禅家所谓现量也。”② 王夫之此处举例所说的“现量”，在于即景会心的感兴，是审美主客体邂逅相遇而触发的审美意象，并非预先立意的产物，也即“初非想得”，有很明显的偶然性特征。王夫之论诗所推崇的如“‘池塘生春草’、‘胡蝶飞南园’、‘明月照积雪’，皆心中目中与相融浃，一出语时，即得珠圆玉润，要亦视其所怀来而与景相迎者也”③，这些都是艺术佳作，而它们都是出自感兴的审美创造方式。

感兴论在古代创作论中具有广泛的影响，成为许多著名诗论家和艺术理论家所主张的创作观；但这特别容易给人这样的印象，即只要有外物的触发和特定的机遇，即能获得“天机”，写出传世的杰作。主张“感兴”者似乎强调的便是这种随机触遇的机缘，好像无论是谁都能得到“缪斯”的眷顾。感兴论的普遍流行，给人这样的误解是在情理之中的。其实，感兴的创作论是要以审美主体的胸襟品格和艺术禀赋为前提的。中国美学具有深厚的民族气质，感兴论很能代表这种民族气质，但从现在的理论阐释中，却罕有对于感兴的主体论建构。本文拟在感兴论的框架中，阐发古代美学中关于审美主体的思想资源。

二 感兴连通于主体的构形能力

感兴论不是对于任何人都有意义的，它的合理性，在于审美主体是有着

---

① ［英］渥德尔：《印度佛教史》，王世安译，商务印书馆 1987 年版，第 420 页。

② （清）王夫之：《姜斋诗话》卷 2，见戴鸿森《姜斋诗话笺注》，人民文学出版社 1981 年版，第 52 页。

③ 同上书，第 50 页。

深厚艺术修养的作家或艺术家。如果不是这样，感兴是不存在的，因为感兴只有作家、艺术家才能得到。感兴并不等同于西方文艺学美学所说的“灵感”，而从创作契机的获得来看，它们又有着基本的共同之处。我们所要说明的还有，感兴也好，灵感也好，并不仅仅是艺术创作的冲动，而是以其独特的艺术语言创造出内在的审美意象，为作品的物化提供了内在构形的过程。如果不是一个训练有素的作家或艺术家，是无法产生这种东西的。感兴并非仅仅是被动的“物使心动”，更在于主体情感的兴发；而主体的情感被外物唤起的过程，其实也正是审美情感的形成过程。所谓“兴者，起也”①，主体情感的唤起是谓感兴。这种在艺术创作中蕴含的情感不是一般的自然情感，而是一种审美情感，也即已经具有内在形式感的主体情感。这种在艺术创作中的审美情感，并非抽象的、空洞的，而是和内在的构形结合在一起的。文学艺术作品被认可，是以其物化存在为标志的，不同的艺术门类，有不同的物化形态，这也是不同艺术门类的分野所在。正如海德格尔所说：“一切艺术品都有这种物的特性。如果它们没有这种物的特性又将如何呢？或许我们会反对这种十分粗俗和肤浅的观点，托运处或者博物馆的清洁女工，可能会按这种艺术品的观念来行事。但是，我们却必须把艺术品看作是人们体验和欣赏的东西。但是，极为自愿的审美体验也不能克服艺术品的这种物的特性。建筑品中有石质的东西，木刻中有木质的东西，绘画中有色彩，语言中有言说，音乐作品有声响。艺术品中物的因素如此牢固地现身，使我们不得不反过来说，建筑艺术存在于石头之中，语言作品存在于言说之中，音乐作品存在于音响之中。”② 艺术品是一种物性的存在，不同的门类有着不同的物性特征，这对艺术创作的深入理解是很重要的。看上去是一个简单到不能再简单的问题，却是涉及艺术创作的内在思维的性质。这种艺术品的物性直接关系到不同艺术门类的媒介，而媒介正是从内在的构思到外在物化这个创作过程的联结。文学的物性似乎与其他艺术门类不太一样，它的可感性没有那么直接；但是文学仍然是一种物性的存在，语言本身就是一种物质外壳，而且在文学创作中，语言是构造出一个可感的世界来作为审美对象的。英国著名美学家鲍桑葵认为：“诗歌和其他艺术一样，也有一个物质的或者至少一个感觉的媒介，而这个媒介就是声音。可这是有意义的声音，它把通过一个直接图案的形式表现的那些因素，和通过语言的意义来再现的

① 范文澜：《文心雕龙注》，人民文学出版社1958年版，第601页。

② ［德］海德格尔：《诗·语言·思》，彭富春译，文化艺术出版社1991年版，第23页。

那些因素，在它里面密切不可分地联合起来，完全就像雕刻和绘画同时并在同一想象境界里处理形式图案和有意义形状一样。语言是一件物质事实，有其自身的性质和质地。”① 鲍桑葵对于文学物性的揭示，有助于我们对文学创作内在思维方式的理解。这一点也是本文所要阐明的问题之一。

在作品没有物化地诞生之前，作家或艺术家的头脑中必然经历一个或长或短的构思孕育阶段，这里面是从感兴开始的，包括了想象、构思等环节。但我一向认为，在艺术创作的内在阶段，有一个环节是被我们所忽略的，那就是构形。在现行的艺术创作论的著述中，关于构形罕见专论，但笔者认为这个环节——也是艺术家的一种主体能力，是要得到彰显的。黑格尔的这段话不太为人所注意，却是特别富有美学价值的，他说：“艺术家的这种构造形象的能力不仅是一种认识性的想象力、幻想力和感觉力，而且还是一种实践性的感觉力，即实际完成作品的能力，这两方面在真正的艺术家身上是结合在一起的。凡是在他的想象中活着的东西好像马上就转到手指头上，就像凡是我们所想到的东西马上就转到口上说出来，就是我们一遇到最深处的思想、观念和情感，马上就由姿势态度上现出一样。从古以来真正的天才都感到完成作品所需要的技巧是轻而易举的事，而且有本领迫使最枯燥和表面上最不易驯服的材料听命就范，使它不得不接受想象中的内在形象而把它们表现出来。”② 黑格尔所讲的其实正是构形能力问题。构形与形式虽然有密切关系，但并非一回事。笔者认为构形是艺术家创作的内在构思（将感兴、想象等因素都包含在内）阶段中最后的环节，当然不一定是时间上的，更是逻辑上的。构形，我们指的是在艺术想象的基础之上，借助艺术家独特的艺术语言生成内在的艺术形象的过程。构形与想象是连在一起的，却可以尝试加以区分：构形当然离不开想象，或者说是以想象为基础的；然而，构形却不等于想象，而是在想象之后凭借内在艺术语言建构而成的最为明晰的整体样态。在想象环节，还是带有更多的自发性，而到构形阶段，则有明确的意识和更为明晰的轮廓。其实，中国古代的美学资料和西方思想家都有所论述。陆机论及文学创作的内在过程时云：“体有万殊，物无一量。纷纭挥霍，形难为状。辞程才以效伎，意司契而为匠。在有无而黾勉，当浅深而不让。虽离方而遁圆，期穷形而尽相。”③ “纷纭挥霍，形难为状”言物象纷

① ［英］鲍桑葵：《美学三讲》，周煦良译，上海译文出版社1983年版，第30页。

② ［德］黑格尔：《美学》第1卷，朱光潜译，商务印书馆1981年版，第363页。

③ （晋）陆机：《文赋》，见张少康《文赋集释》，人民文学出版社2002年版，第99页。

杂，在头脑产生一个完整的构形是很难的，“期穷形而尽相”直接表达了构形的诉求。五代著名画家荆浩有论画名著《笔法记》，提出画有“六要”：一曰气，二曰韵，三曰思，四曰景，五曰笔，六曰墨。① 与谢赫“六法”相比，荆浩的“六要”有独特的理论价值。其中的“思”，指的是画家的内在构思活动。荆氏对此的阐释为“思者，删拨大要，凝想形物”②，也即以清晰的内在绘画语言来使构形凝定。荆浩对“韵”的阐释为“隐迹立形，备仪不俗”，也是构形问题，指画家在心里隐去物象之迹，而立出欲画之形。可见，荆浩对于画家构思时的内在构形是充分重视的。这种艺术创造中的内在构形活动，并不是以一般的内在思维进行的，而是因为不同门类的艺术家身份，凭借不同的媒介系统进行的。所谓“艺术媒介”，指艺术家在艺术创作中凭借特定的物质性材料，将内在的构思化为独创性的艺术品的符号体系。媒介是以材料为其元素的，如绘画中的颜色、笔墨等，雕塑中的大理石或青铜等，诗歌或其他文学作品中的语言文字。媒介是一个符号系统，它以材料为元素，但不等同于材料。而在内在的构思阶段，不同的艺术家也是使用不同的媒介来感受外界，进行审美构形，但不是外在的材料，而是一种材料感。达·芬奇认为在构思时就已经是用媒介因素了，“不须动手，单凭思维就足以理解明亮、阴暗、色彩、体量、形状、位置、远近和运动、静止等原则。这是存在于构思者心中的绘画科学，从这里产生出比上述的构想或科学之类更为重要的创作活动”③。显然，达·芬奇所说的“明亮、阴暗、色彩、体量、形状、位置”等媒介要素，是在画家构思时便被凭借的，也就是说，画家在产生创作冲动、进行艺术构思时就运用了它们。黑格尔在谈到绘画中的颜色感，也是画家的内在构思能力时，他说：“颜色感应该是艺术家所特有的一种品质，是他们所特有的掌握色调和就色调构思的一种能力，所以也是再现的想象力和创造力的一个基本因素。艺术家凭色调的这种主体性去看他的世界，而同时这种主体性仍不失其为创造性的。”④ 黑格尔所说的“颜色感”，正是具有内在的媒介性质的“主体性”，也就是画家掌握世界的方式。而如诗歌这种文学的代表性形式，在构思阶段，是以具有很强声律感的内在语言创建带有内在视像性质的构形，所以刘勰论“神思”时说：

---

① （五代）荆浩：《笔法记》，见俞剑华《中国古代画论类编》，人民美术出版社 1998 年版，第 605 页。

② 同上。

③ ［意］达·芬奇：《达·芬奇论绘画》，戴勉编译，人民美术出版社 1979 年版，第 16 页。

④ ［德］黑格尔：《美学》第 3 卷上册，朱光潜译，商务印书馆 1979 年版，第 282 页。

“然后使玄解之宰，寻声律而定墨；独照之匠，窥意象而运斤。”① 所谓“玄解之宰”，指内心深层的“宰治”，也即作家的运思活动，这已经是依照声律来进行的了；“意象”也是作家心中呈现出的较为稳定的构形，作家对此进行“运斤成风”般的艺术表现。

这种凭借不同媒介进行的内在构形活动，是与艺术家的审美情感融为一体的，换言之，艺术家的审美情感，是和内在的构形不可分割的。鲍桑葵说过的一句话令我们深思：“美使情感变为有形。”② 它直接揭示了构形对于审美情感的必要性。而审美情感的产生，则是由感兴唤起的。刘勰在《神思》篇的赞语中说：“神用象通，情变所孕。物以貌求，心以理应。刻镂声律，萌芽比兴。结虑司契，垂帷制胜。”③ 刘勰是以意象作为“神思”基本元素的，又认为是由情感而催生的。“萌芽比兴”则指情感是由“比兴”为缘起而萌芽的。

三　艺术精品：主体修养与感兴的遇合

虽然审美感兴的观念相当普遍，但古人其实也相当重视作者的主体修养。这是我们在本文中所要重点阐发的问题。感兴的方式能够产生艺术精品，但这肯定是有前提的。并非随便什么人就可以“有如神助”般在偶然的契机中创造出佳作来，而是要具备胸襟、性情、才学、技巧和敏悟等多方面因素。这些因素不同程度的综合，形成不同作家、艺术家的个性化条件，加之偶然的审美感兴，方能创造出超越时空的艺术杰作。古代的文艺理论，在这方面其实有大量的论述，有待我们予以抉发和阐释。

关于胸襟。胸襟是指一个作家或艺术家的胸怀、人格与境界。这其中包含着内在的道德和伦理内涵，它是艺术创作最为根本的因素。清代诗论家叶燮将“诗人胸襟”和审美感兴深刻地统一起来，云：

> 今有人焉，拥数万金而谋起一大宅，门堂楼庑，将无一不极轮奂之美。是宅也，必非凭空结撰，如海上之蜃，如三山之云气。以为楼台，将必有所托基焉。而其基必不于荒江、穷壑、负郭、僻巷、湫隘、卑湿

① 范文澜：《文心雕龙注》，人民文学出版社 1958 年版，第 493 页。

② ［英］鲍桑葵：《美学三讲》，周煦良译，上海译文出版社 1983 年版，第 51 页。

③ 范文澜：《文心雕龙注》，人民文学出版社 1958 年版，第 495 页。

之地；将必于平直高敞、水可舟楫、陆可车马者，然后始基而经营之，大厦乃可次第而成。我谓作诗者，必先有诗之基焉。诗之基，其人之胸襟是也。有胸襟，然后能载其性情、智慧、聪明、才辨以出，随遇发生，随生即盛。千古诗人推杜甫。其诗随其所遇之人之境之事之物，无处不发其思君王、忧祸乱、悲时日、念友朋、吊古人、怀远道，凡欢愉、幽愁、离合、今昔之感，一一触类而起，因遇得题，因题达情，因情敷句，皆因甫有其胸襟以为基。如星宿之海，万源从出；如钻燧之火，无处不发；如肥土沃壤，时雨一过，夭矫百物，随类而兴，生意各别，而无不具足。即如甫集中《乐游园》七古一篇：时甫才三十余，当开宝盛时；使今人为此，必铺陈飏颂，藻丽雕缋，无所不极，身在少年场中，功名事业，来日未苦短也，何有乎身世之感？乃甫此诗，前半即景事无多排场，忽转"年年人醉"一段，悲白发，荷皇天，而终之以"独立苍茫"，此其胸襟之所寄托何如也！余又尝谓晋王羲之独以法书立极，非文辞作手也。《兰亭》之集，时贵名流毕会；使时手为序，必极力铺写，谀美万端，决无一语稍涉荒凉者。而羲之此序，寥寥数语，托意于仰观俯察，宇宙万汇，系之感忆，而极于死生之痛。则羲之之胸襟，又何如也！由是言之，有是胸襟以为基，而后可以为诗文。不然，虽日诵万言，吟千首，浮响肤辞，不从中出，如剪彩之花，根蒂既无，生意自绝，何异乎凭虚而作室也！①

叶燮举杜甫诗和王羲之的《兰亭集序》为例，揭示了作家胸襟对于诗文创作来讲是何等的重要！杜诗也好，王序也好，都是迥出俗流的不朽之作。叶氏明确认为，正是因为作家作为审美主体，其胸襟远远超越时辈，方能在随所感兴中写出立意迥别的杰作。这一切，都是自然而然的。感兴之发生，是以诗人胸襟为前提的。叶氏门人薛雪，也同样强调："作诗必先有诗之基，基即人胸襟是也。有胸襟然后能载其性情智慧，随遇发生，随生而盛。"② 清代著名诗论家沈德潜也说得非常清楚："有第一等襟抱、第一等学

① （清）叶燮：《原诗》，见霍松林、杜维沫校注《原诗·一瓢诗话·说诗晬语》，人民文学出版社1979年版，第17页。

② （清）薛雪：《一瓢诗话》，见霍松林、杜维沫校注《原诗·一瓢诗话·说诗晬语》，人民文学出版社1979年版，第91页。

识，其有第一等真诗。”[①] 又论陶诗云：“陶诗胸次浩然，其中有一段渊深朴茂不可到处。”[②] 这些论述，都非常强调诗人胸襟在创作中的根本性的意义。

在艺术创作的主体因素中，“性情”也是非常重要的。性情与胸襟有密切联系，但所指各有侧重。性情有明显的先天和个性的色彩，含义也并非十分清楚。然而前人所论甚多，大致是指作家、艺术家禀赋中的个性及其情感表现。性情本是中国哲学的范畴，孟子提出“性善”说，并说：“乃若其情，则可以为善矣。”[③] 荀子则将性、情、欲统一起来：“性者天就也；情者性之质也；欲者情之应也。”[④] 孟、荀都是主张性情统一的。董仲舒明确提出：“性情相与为一瞑，情亦性也。”[⑤] 到宋代理学中，性情就成为更为根本的问题。二程区分了性与情，认为性是理，是本，情是动，是末。后来朱熹又提出“心统性情”。因而，在中国哲学的范围内，性情是备受重视的，而性情之说很早便在文学创作论中获得了美学的性质。《文心雕龙》中的《体性》篇，就肯定了性情对创作个性的决定作用。刘勰将“才”、“气”、“学”、“习”四种主体方面的创作要素统一于性情，云：“夫情动而言形，理发而文见，盖沿隐以至显，因内而符外者也。然才有庸俊，气有刚柔，学有浅深，习有雅郑，并情性所铄，陶染所凝，是以笔区云谲，文苑波诡者矣。故辞理庸俊，莫能翻其才；风趣刚柔，宁或改其气；事义浅深，未闻乖其学；体式雅郑，鲜有反其习：各师成心，其异如面。”[⑥] 不同的作家，在“才”、“气”、“学”、“习”四方面都是有所差异的，前两者更多是先天的禀赋，后两者更多是后天的习染，而其根本在于性情。黄侃指出：“体斥文章形状，性谓人性气有殊，缘性气之殊而所为之文异状。然性由天定，亦可以人力辅之，是故慎于所习。此篇大旨在斯。”[⑦] 作品的风格个性是其外显，“才”、“气”、“学”、“习”是作家的主体创作因素，而根本在于性情。刘勰指出：“若夫八体屡迁，功以学成，才力居中，肇自血气；气以实志，志以定言，吐纳英华，莫非情性。”又云：“是以贾生俊发，故文洁而体清；

---

① （清）沈德潜：《说诗晬语》，见霍松林、杜维沫校注《原诗·一瓢诗话·说诗晬语》，人民文学出版社1979年版，第187页。

② 同上书，第207页。

③ 杨伯峻：《孟子译注》，中华书局2012年版，第283页。

④ （清）王先谦：《荀子集解》，中华书局1988年版，第428页。

⑤ （汉）董仲舒：《春秋繁露·深察名号》，见曾振宇注说《春秋繁露》，河南大学出版社2009年版，第267页。

⑥ 范文澜：《文心雕龙注》，人民文学出版社1958年版，第505页。

⑦ 黄侃：《文心雕龙札记》，中华书局1962年版，第94页。

长卿傲诞，故理侈而辞溢；子云沈寂，故志隐而味深；子政简易，故趣昭而事博；孟坚雅懿，故裁密而思靡；平子淹通，故虑周而藻密；仲宣躁锐，故颖出而才果；公干气偏，故言壮而情骇；嗣宗俶傥，故响逸而调远；叔夜隽侠，故兴高而采烈；安仁轻敏，故锋发而韵流；士衡矜重，故情繁而辞隐：触类以推，表里必符。岂非自然之恒资，才气之大略哉！”在这里，刘勰把这些作家的情性特征和作品风格直接联系起来。南朝萧子显论文学时也将“情性”为其根本条件，在《南齐书》的《文学传论》中，萧氏云：“文章者，盖情性之风标，神明之律吕也。蕴思含毫，游心内运，放言落纸，气韵天成，莫不禀以生灵，迁乎爱嗜，机见殊门，赏悟纷杂。若子桓之品藻人才，仲治之区判文体，陆机辨于《文赋》，李充论于《翰林》，张眎摘句褒贬，颜延图写情兴，各任怀抱，共为权衡。”萧氏也是将文章作为性情的“风标”，同时还突出了性情的先验特性，认为它是“禀于生灵”的学养与敏悟。文学创作是一种特殊的审美创造，不能等同于知识论，其中有天才、性情、艺术技巧等因素，但其实不可能与学养无关。明清性灵派袁枚认为诗只关天性，无关学问，如袁枚所说“诗有音节清脆，如雪竹冰丝，非人间凡响，皆由天性使然，非关学问”①，可谓执偏之论。人们对此印象最为深刻的，当推宋人严羽所说：“夫诗有别材，非关书也；诗有别趣，非关理也。”② 严羽认为，诗歌创作有其特殊的材质，非由书本知识构成；诗歌创作有其特殊的审美兴趣，不是理性思维的路数。这个观点影响深远，被视为诗歌形象思维的经典论述，也受到文论界和美学界的深度阐释。长期以来，这给人们一个误解，即严羽论诗只重“别材”、“别趣”，而摒弃知识学养。这甚至成了文论史或美学史上的一个固定的看法。其实，严羽接着又说：“然非多读书，多穷理，则不能极其至。”宋人魏庆之的《诗人玉屑》本，在“别材”“别趣”之后，有“而古人未尝不读书，不穷理”的句子。其实，“读书”和“穷理”是创作艺术精品的必要条件。试想一下，如果毫无知识修养，不通世事人心，又如何能够创作出感人的作品呢！严羽虽是提出“别材”、“别趣”，却并不主张废弃学问，非毁读书。只是认为，读书和穷理，是要化在别材、别趣之中。早在《文赋》中，陆机就说：“伫中区以玄览，颐情志于典坟，遵四时以叹逝，瞻万物而思纷。悲落叶于劲秋，喜柔条于芳春。心懔懔以怀霜，志眇眇而临云。咏世德之骏烈，诵先人之清芬。游

① （清）袁枚：《随园诗话》卷9，人民文学出版社1982年版，第326页。

② 郭绍虞：《沧浪诗话校释》，人民文学出版社1983年版，第26页。

文章之林府，嘉丽藻之彬彬。慨投篇而援笔，聊宣之乎斯文。”陆机这里所说的是诗文创作的基本前提，既包括了对于物色的感兴，又包括了对于经典的涵咏颐养。“颐情志于典坟”，即是说要浸润于经典文献，这也是为文的首要条件。当然，这里更有通过经典而涵养德性的意思。“咏世德之骏烈，诵先人之清芬。游文章之林府，嘉丽藻之彬彬”，更强调了要在前人的文章中得到心灵滋养和艺术启示，这些都属于知识论或学养的范围之内。张少康先生阐释说：“《文赋》这一段讲要有丰富的知识学问，是针对‘文不逮意’的问题而来的。没有丰富的学识，对于已经构成的‘意’就很难把它充分表达出来。这种学识包括学习前人的驾驭语言文字的经验在内。当然，学习书本知识只是丰富知识学问的一个方面，同时还必须从生活实践中去积累活的生动的知识学问。但是学习书本知识也是必要的、不可缺少的。只有具备了广博的知识学问，深厚的文学修养，驾驭语言文字的能力，才能把构思好的意象生动形象地表达描绘出来。”① 张少康先生的理解是颇为全面而且客观的。关于这一点，《文赋》之后，刘勰的表述更为全面而简练：“是以陶钧文思，贵在虚静，疏瀹五脏，澡雪精神。积学以储宝，酌理以富才，研阅以穷照，驯致以怿辞，然后使玄解之宰，寻声律以定墨，独照之匠，窥意象而运斤：此盖驭文之首术，谋篇之大端。”② 刘勰这里讲的也是文学创作的主体条件，虚静是其必需的创作心态。作为作家必备的修养，首在于“积学”，当然是指知识储备，刘勰称之为“储宝”；其次是“酌理”，也就是洞察或明辨社会和自然之理。值得注意的是，刘勰将“酌理”与“富才”联系起来，使我们对“才”的理解甚有启发。一般来说，“才”或才华，有更为明显的先验性质，似乎是与生俱来的。宋人张戒说：“人才各有分限，尺寸不可强。”③ 清人叶燮以“才识胆力”作为作家的主体因素，将“理事情”作为创作的客体因素，以“才”居主体因素之首。叶氏云：“其优于天者，四者俱足，而才独外见，则群称其才，而不知其才之不能无所凭而独见也。其歉乎天者，才见不足，人皆曰才之歉也，不可勉强也。”④ 叶氏还是将“才”视为一种先天的禀赋。刘勰认为“酌理”的目的是“富才”，或

① 张少康：《文赋集释》，人民文学出版社 2002 年版，第 35 页。

② 范文澜：《文心雕龙注》，人民文学出版社 1958 年版，第 493 页。

③ （宋）张戒：《岁寒堂诗话》卷上，见丁福保《历代诗话续编》，中华书局 1983 年版，第 454 页。

④ （清）叶燮：《原诗·内篇下》，见霍松林、杜维沫校注《原诗·一瓢诗话·说诗晬语》，人民文学出版社 1979 年版，第 24 页。

者说，“酌理”是“富才”的手段，“酌理”是理性的思考，他主张通过酌理来丰富、提升作家的才华，这就更为全面地理解了“才”的性质。“研阅以穷照”是指积累阅历使创作能够蕴含深意。“穷照”可以理解为终极观照，有佛学色彩，指对“不二之理”的洞察。“驯致以怿辞”，指文学类的创作要对自己使用的语言工具进行纯熟的运用。范文澜先生对这四句有非常精到的阐释：“此四语极有伦序。虚静之至，心乃空明。于是禀经酌纬，追骚稽史，贯穿百氏，泛滥众体，巨鼎细珠，莫非珍宝，然圣经之外，后世撰述，每杂邪曲，宜斟酌于周孔之理，辨析于毫厘之间。才富而正，始称妙才。才既富矣，理既明矣，而理之蓄蕴，穷深极高，非浅测所得尽，故精研积阅（阅有积历之意。研，靡也，审也，有精思渐得之意。），以穷其幽微。及其耳目有沿，将发辞令，理潜胸臆，自然感应。”① 刘勰已将作为作家的主体修养的学识问题作了明确的阐发。

如果仅有学识而缺少审美敏悟，那可能成为一个学者，而不能成为作家或艺术家。严羽称之为“妙悟”。严羽论诗，首重“妙悟”，因而，也多有学者即以“妙悟”为其诗论之概括。严氏有云：“大抵禅道惟在妙悟，诗道亦在妙悟。且孟襄阳学力下韩退之远甚，而其诗独出退之之上者，一味妙悟而已。惟悟乃为当行，乃为本色。”② 严羽是将“妙悟”作为诗人的基本素质的，也是其他因素所无法替代的。“妙悟”固然有明显的佛学色彩，但绝非只是借鉴或比喻，而是诗人的“当行本色”，它有着与佛学所说的“妙悟”非常相似的思维特征，但并不能等同视之。因为佛学之“妙悟”是以证空为目的，而诗学的妙悟，则有着审美创造的内涵的。明代诗论家胡应麟对此有一语中的的剖解：“严氏以禅喻诗，旨哉！禅则一悟之后，万法皆空，棒喝怒喝，无非至理。诗则一悟之后，万象冥会，呻吟咳唾，动触天真。然禅必深造而后能悟，诗虽悟后，仍须深造。”③ 钱锺书先生指出了“妙悟”在学道、学诗中的重要功用，同时，也揭示了在佛与诗中“悟”的不同，其云：“夫‘悟’而曰‘妙’，未必一蹴即至也；乃博采有所通，力索而有所入也。学道学诗，非悟不进。”④ 钱锺书先生还进一步指出“妙悟”与严羽所说的“别材”的关系，“曰‘别材’，则宿世渐熏而今生顿见之解

① 范文澜：《文心雕龙注》，人民文学出版社1958年版，第498页。
② 郭绍虞：《沧浪诗话校释》，人民文学出版社1983年版，第12页。
③ （明）胡应麟：《诗薮·内编》卷2，上海古籍出版社1958年版，第25页。
④ 钱锺书：《谈艺录》，中华书局1984年版，第98页。

悟也。曰‘读书穷理以极其至’，则因悟而修，以修承悟也。可见诗中‘解悟’，已不能舍思学而不顾；至于‘证悟’，正自思学中来，下学以臻上达，超思与学，而不能指思为学。”① “妙悟”其实是直接关系到作品的内在审美意象的，如刘勰所说的“窥意象而运斤”。笔者也将这种审美敏悟称之为“灵性”：“灵性者何谓？从文学艺术创作的角度而言，是指作为审美创造的主体的人，其气质中包含着的诗性智慧，同时，也指因长期进行艺术创作而形成的、易于为外在触媒激发的灵机。”② 灵性也即审美敏悟，其与审美客体的物性相互感应，相互激发，才能创造出最佳的艺术作品。妙悟即灵性与学力涵养的结合，是创造艺术精品的真正成因。清人陈仅在回答“敢问何谓性灵”的问题时说：“性灵，即性分也。学诗者，有天资颖悟，出手便高者，是性分中宿世灵根。摩诘所谓‘宿世本辞客，前身老画师’，沧浪所谓‘诗有别趣’。此种人学诗最易，然往往缺于学术，转到自误；其由学力进者，多不能成家，以性情不相入也。故两者必相须而成。”③ 认为只有将学力和妙悟融合为一，才能成就最佳的作品。

除此之外，艺术家对于本艺术门类的技巧的熟练掌握，也是审美主体最为重要的条件之一。如果不能熟练地掌握艺术技巧，无论有多么好的构思，多么易于令人感染的感兴契机，都无法创造出上乘之作。而且，在我看来，作家、艺术家的内在构思，其实是与他的艺术技巧分不开的。艺术技巧其实就是审美创造主体使用艺术语言的能力，它不仅是外在的表现，而且在内在构思阶段就已凭借这种能力把握世界，进行审美构形的。刘勰所说的“寻声律而定墨”，对声律的熟练运用，正是诗人最基本的艺术技巧之一。艺术技巧要经由从必然走向自由的过程，达到“从心所欲不逾矩”的境界，也是作品从内在的构思到外在的物化的实现途径。杜甫所说的“读书破万卷，下笔如有神”，下笔有神，没有超卓的艺术技巧是不可想象的。

作家、艺术家作为审美创造的主体，在进行创作时有待于外在的契机，在外物的触发下获得审美感兴，这是中国古典美学所特别重视的。所谓“天机”并非凭空出现，而是要在外界事物的触发下得到感兴，这被中国的批评家视为艺术创造的最佳契机，明代徐沁论画说：“能以笔墨之灵，开拓胸次，而与造化争奇者，莫如山水。当烟雨灭没，泉石幽深，随所遇而发

① 钱锺书：《谈艺录》，中华书局1984年版，第99页。
② 张晶：《灵性与物性》，《社会科学战线》2006年第3期。
③ （清）王士禛等著，周维德笺注：《诗问四种》，齐鲁书社1985年版，第298页。

之，悠然会心，俱成天趣；非若体貌他物者，殚心毕智，以求形似，规规乎游方之内也。”① 以感兴为最佳的审美创造契机。但是，难道随便什么人都可以获得这种审美感兴吗？随便什么人都可以因为偶然的因素成为艺术家吗？当然不是！能够真正获得艺术创造中的审美感兴的，前提必须是作家、艺术家。这种身份并非“浪得虚名”，是要由长期的艺术创作经验和自己的作品造就。海德格尔所说“艺术家是艺术品的根源”，“艺术品又是艺术家的根源”②，看似循环说明，其实大有深意。能够获得绝妙的审美感兴者，本身当是非常优秀的艺术家。优秀的艺术家是一个非常特殊的个体，他们的成功因素各有不同，颇为复杂，本文所论，只是就古典文艺理论中的一些论述归纳出的几种要素，表现在作家、艺术家身上，必然是综合在一起的，文章所及，只是为了论述的方便而已。

① （清）徐沁：《明画录》，见俞剑华《中国古代画论类编》，人民美术出版社 2000 年版，第 804 页。

② ［德］海德格尔：《诗·语言·思》，孙周兴译，文化艺术出版社 1991 年版，第 21 页。

审美经验的历史性变异*

审美经验是当今美学谈论最多的话题，从对美的本质的反复追问，到现在对审美经验的普遍言说，这本身便是当今美学的一个显著标志。正如彭锋所指出的："审美经验长期被视为现代美学可以依据的事实，现代美学用关于审美经验的实证研究，取代了传统美学关于美的思辨研究。"① 然而，审美经验又是一个不再单纯的概念，随着媒介条件的变化，审美经验呈现出复杂化、多元化的样态。这是我们面临着的当下审美事实。如果仅以传统美学中的"审美无利害"或静观的、心理距离的审美经验为尺度，就会遮蔽掉当代大量活生生的审美事实，而以虚无的态度予以否认；反之，如果以日常生活审美化的立场来否定前者，也会使美学发生前所未有的断裂。因此，在笔者看来，审美经验作为美学观念变异的核心问题，必欲得到多重的关注和理解。

一

审美经验作为美学的核心问题，现代以来受到高度重视，"审美无利害"和"心理距离"等关于审美经验的认识曾占据主导地位。审美经验的获得是以快感为标志的，而在康德看来，"鉴赏判断"也即审美判断所获得的快感是没有任何利害关系的。这是康德美学的最重要观念之一，他在《判断力批判》以此为第一个重要命题，突出强调："一个关于美的判断，只要夹杂着极少的利害感在里面，就会有偏爱而不是纯粹的欣赏判断了。"② 康德的这种观点，成了有关审美经验的无利害观的滥觞和理论基石。相关的

---

* 本文刊于《新华文摘》2011 年第 12 期。

① 彭锋：《回归》，北京大学出版社 2009 年版，第 67 页。

② ［德］康德：《判断力批判》，宗白华译，商务印书馆 1985 年版，第 41 页。

审美经验理论都以审美态度为其主导因素，也就是认为审美经验的产生是取决于审美主体的，这也是康德美学的出发点。康德将客体的表象也归之于主体的作用："一个客体的表象的美学性质是纯粹主观方面的东西，这就是说，构成这种性质的是和主体而不是客体有关。"① 后面相关的审美经验理论，主要有"心理距离"和"审美静观"等。布洛的"心理距离"说实际上也是主张审美经验的"无利害"，认为审美经验产生于主体与对象之间的适当距离。这种"心理距离"是指主体与对象之间在心理上既非很远也非很近的距离，"很近"是说将其作为实际需要的对象，"很远"则是说与对象不相干的态度。布洛认为："距离还可以当作审美悟性的主要特征之一——我用'审美悟性'这个词指的是对于经验的某种特殊的内心态度与看法。"② 这种心理距离，也恰是对于人的实际功利的脱离，如布洛所说的"距离是通过把客体及其吸引力与人的本身分离开来而获得的，也是通过使客体摆脱了人本身的实际需要与目的而取得的"③。"心理距离"说虽然认为"距离太远"和"距离太近"都是丧失距离的原因，但其实真正针对的是"距离太近"，也就是与实际需要的混杂。布洛明确指出："丧失距离往往是由于'距离太近'而不会是由于'距离太远'。从理论上讲，距离的缩短是可以无止境的。所以在理论上，不仅一般的艺术题材可以使其保有足够的距离，以便达到可供审美欣赏的境地，而且甚至连对那些最富于个性的感情，诸如观念、知觉或激情也可以这样做。艺术家们正是在这方面具有极高的才华。而普通人的情况则恰恰相反，他们缩短距离的能力很快就会罄尽，他们的'距离极限'就是他使距离丧失，使欣赏力丧失，要么变质的那个限度。"④ 在布洛这里，"心理距离"的审美经验最根本的是与现实利害关系的剥离。

与之相近的是"审美静观"的态度。最有代表性的是英国美学家鲍桑葵和德国哲学家叔本华。鲍桑葵认为真正的审美经验必然产生于静观的审美态度之中，他说："审美态度是一种我们在想象上用以静观一个对象的态度，这样我们就能够生活在这个体现我们情感的对象里。"⑤ 这正是审美经

① ［德］康德：《判断力批判》，宗白华译，商务印书馆 1985 年版，第 27 页。

② ［瑞士］布洛：《作为艺术因素与审美原则的"心理距离"说》，见蒋孔阳主编《二十世纪西方美学名著选》，复旦大学出版社 1987 年版，第 241 页。

③ 同上书，第 245 页。

④ 同上书，第 249 页。

⑤ ［英］鲍桑葵：《美学三讲》，周煦良译，上海译文出版社 1983 年版，第 15 页。

验的内容所在。鲍桑葵认为："在审美经验中，人的心灵态度是静观的。它的情感是有组织的，是塑造的，体现了的，或者是具体化了的。"① 静观的对象是一种由形式而生成的表象，它是不关乎实际存在的事物的，当然也就是与现实利害无缘的。因此，鲍桑葵又指出："审美态度的'对象'只能是表象，而不是我们叫做的实在东西。"② 叔本华认为审美经验的产生在于摆脱了意志的煎熬那种纯粹的观赏（静观），这在他的最具代表性的名著《作为意志和表象的世界》中得到了反复的阐述。叔本华论及审美的怡悦时说："在过去和遥远［的情景］之上铺上这一层美妙的幻景，使之在很有美化作用的光线之下而出现于我们之前的［东西］，最后也是这不带意志的观赏的怡悦。这是由于一种自慰的幻觉［而成的］，因为在我们使久已过去了的，在遥远地方经历了的日子重现于我们之前的时候，我们的想象力所召回的仅仅只是［当时的］客体，而不是意志的主体。这意志的主体在当时怀着不可消灭的痛苦，正和今天一样；可是这些痛苦已被遗忘了，因为自那时以来这些痛苦又早已让位给别的痛苦了。于是，如果我们自己能做得到，把我们自己不带意志地委心于客观的观赏，那么，回忆中的客观观赏就会和眼前的观赏一样起同样的作用。"③ 或许可以认为，在叔本华那里，审美的怡悦必须是摆脱了意志的痛苦的。

二

近代以来的经典美学中关于审美经验的理论，都是以超越功利，摆脱欲望为特征的，无论是康德的"审美无利害"，还是叔本华的"审美静观"，也无论是布洛的"心理距离"，还是鲍桑葵的"审美态度"，在这一点上都是一脉相承的。而在当代社会中，由视觉文化、媒介文化等新的文化模式催生的新美学观念，对这种审美经验的铁律发出了强烈的质疑，并从不同的角度提出了新的审美经验理论，与前者相比它们又是大相径庭的。审美经验已经不是与日常生活保持"距离"，操持纯粹的审美态度，而是与生活、利害以及欲望等有着难以割舍的诸多联系。充斥着人们的眼睛、遍布在人们的环境中的高清晰度的电子图像，给人的是超真实的感觉，也就是波德里亚所说

① ［英］鲍桑葵：《美学三讲》，周煦良译，上海译文出版社 1983 年版，第 5 页。
② 同上书，第 9 页。
③ ［德］叔本华：《作为意志和表象的世界》，石冲白译，商务印书馆 1982 年版，第 277 页。

的“仿像”，现实已经和这种东西难辨真假了。恰如美国学者萨拉·休恩梅克对波德里亚的阐释：“当客体依照一种二元模式被复制的时候，实际上它们不仅变得彼此之间无法区分了，而且与产生它们的模型之间也无法区分。随着复制过程被推向极限，现实消失了。真实的事物不仅变成了可以复制的事物，而且变成了‘总是已经被复制的事物。就是超真实’。在现实与其表征之间，在客体和符号之间已经不再有可以察觉的差异了。超真实被完全仿真了、复制了，根据的是一种模式而不是客观意义上的脱离模型的存在。现实本身就完全是由自身结构不可分离的审美观所产生的，所以现实已经同自身的形象融合在一起了。”① 这种超真实的仿像，是现在的电子科技所制造和复制的图像，电视和电影及其他的影像作品，都类属于此。它们使人们形成了与传统的艺术有相当不同的审美方式，也同文学的审美方式大相径庭。文学的审美，是需要读者通过阅读文字而在头脑中转化为内在的视像，这才成其为审美对象，这种生成在脑海里的审美意象，与眼下的直接呈现在眼前、给人以直观的视觉冲击的电子图像相比，当然是最易形成“心理距离”而获得那种“蓝田日暖，良玉生烟，可望而不可置于眉睫之前”② 的审美经验了。这种以文学阅读而获致的审美经验，天然地与物欲的、现实的利害较为疏离，它们本身就是超越于现实世界的。而当代这种瞬息变化又活色生香地呈现在眼前的影视图像，是无法使人“静观”的，也很难令人回味，其产生的审美经验以本雅明所说的“惊颤”为主。本雅明将电影这种可以视为当代代表性的艺术与传统的绘画进行了比较，指出：“人们可以把电影在上面放映的幕布与绘画驻足于其中的画布进行一下比较。幕布上的形象会活动，而画布上的形象则是凝固不动的，因此，后者使观赏者凝神观照。面对画布，观赏者就沉浸于他的联想中。观赏者很难对电影画面进行思索，当他意欲进行这种思索时，银幕画面就已变掉了。电影银幕的画面既不能像一幅画那样，也不能像有些现实事物那样被固定住。观照这些画面的人所要进行的联想活动立即被这些画面的变动打乱了。基于此，就产生了电影的惊颤效果。”③ 本雅明所说的“惊颤效果”，可以视为当代的电影电视等大众化艺术

① 见［美］道格拉斯·凯尔纳《波德里亚：一个批判性的读本》，陈维振等译，江苏人民出版社2005年版，第235页。

② （唐）司空图：《与极浦书》，见傅云龙、吴可主编《唐宋明清文集》第1辑《唐人文集》卷4，天津古籍出版社2000年版，第2570页。

③ ［德］本雅明：《机械复制时代的艺术作品》，王才勇译，中国城市出版社2002年版，第61页。

给人们带来的最典型的审美经验。本雅明作了令人信服的比较，主要是将电影和传统的绘画加以比较，电影画面是瞬间变化的，而画布上的形象则是静态的，当然是可以“凝神观照”的。对于前者的审美经验，本雅明称之为“惊颤”，而对于后者，他则称为“韵味”。这种“韵味”与中国古代美学中的“滋味”说是可以参照理解的。中国美学中的“味”，恰是面对那种静态的艺术形象的。其实，当代影视带给人们的审美经验之“惊颤”，除了本雅明所说的上述因素之外，还在于影视艺术在情节和结构方面给人们的心灵冲撞以及影像的高清晰度的视觉冲击。正如波德里亚所揭示的那样：“按照我们自己的影像被高清晰度地克隆；因为这种精确的相似，我们注定要使大众传媒惊愕，就像制成品注定要使美学惊愕一样。”① 人们的自身影像，在高清晰度的技术条件下的呈现，注定要使大众传媒获得“惊愕”的效果。波德里亚以其一贯的玄虚的表达口吻来说：“所有与影像同类的幻觉都被完善的技术消灭。全息摄影或虚拟的实在或三维画只是生成它的数字码的表现。它只是狂热地使一幅画不再是一幅画，也正是这个夺走了现实世界的一维。”② 这种“超真实”的影像已经与传统的艺术形式大相径庭，也使人无法对其保持超然的审美态度，传统美学所谓的“距离”很重要的方面是对身体欲念的剥离与淡化，如果对象燃起了身体的欲念，那么，也就不可能成其为审美对象。而当代的影像审美，则无法摆脱身体欲念的介入。诚如英国著名学者费瑟斯通所说的：“事实上，代表着后现代艺术特征的‘身体’审美（aestheticization of the body）。在创造它或欣赏它的时候，都需要解除对情感的控制。”③ 所谓“解除控制”，在某种意义上就是指激活身体的欲念，这在现在的审美活动中是难以排除的。

三

审美经验和生活经验的关系。传统美学中的审美经验被认为是与生活经验相脱离的或者说是超越生活经验的，因为从康德美学开始的关于审美的最基础的观念就是“审美无利害”。审美经验的获得关键在于审美态度。如李

① ［法］让·波德里亚：《完美的罪行》，王为民译，商务印书馆2002年版，第32页。

② 同上书，第33页。

③ ［英］迈克·费瑟斯通：《消费文化与后现代主义》，刘精明译，译林出版社2000年版，第69页。

建盛先生所概括的："审美经验现代性工程中的这些主题可以概括为三大主题，即：审美无利害理论（disintesteed theory）、审美静观理论（contemplation theory）和审美距离理论（distance theory），这三大主题的基础性概念是'审美态度'。"① 审美态度这个观念的独特意义就在对于日常生活的超离。这种关于审美经验的看法是普遍化的，而却在美学的发展进程中尤其是后现代语境中受到了根本性的质疑与解构。美国著名哲学家杜威的实用主义美学观念对于审美经验的理解就是与生活经验密切相关的。他明确反对将艺术品的审美经验与生活经验相隔绝，指出："当艺术物品与产生时的条件和在经验中的运作分离开来时，就在其自身的周围筑起了一座墙，从而这引起物品的、由审美理论所处理的一般意义变得几乎不可理解了。艺术被送到了一个单独的王国之中，与所有其他形式的人的努力、经历和成就的材料与目的切断了联系。"② 杜威对这种情况显然是非常不满的，因而他提出："恢复作为艺术品的经验的精致与强烈的形式与普遍承认的构成经验的日常事件、活动以及苦难之间的连续性。"③ 杜威美学思想中最关键之处也正在于艺术品的经验与日常生活经验之间的连续性。在杜威看来，"审美经验的区别，不是通过它惟独拥有一个特别的要素，而是通过它对日常经验的所有要素的更完美、更热情的整合，'在它们的所有的多样性中，用它们做成一个整体'，给经验者对世界的秩序和整体的更大感受"④。在后现代主义的消费文化中，人们的审美经验已经同日常生活经验难以"划清界限"，所谓"日常生活审美化"，就将审美经验与日常经验在消费文化中的杂糅明确揭示出来。如费瑟斯通所言："在这个审美化的商品世界中，百货商场、商业广场、有轨电车、火车、街道、林立的建筑物及所有陈列的商品，还有那些穿梭于这些空间中的熙攘人群，都唤起了人们如今半数已被遗忘的梦想，有如来往人群的好奇与记忆，经常受到来自与背景分离的、变化的景象所刺激，并通过解读那些物品外表所散化的气息，产生出了某些神秘的联想。就这样，大城市中的日常生活具有了审美的意义。新的工业化过程曾经为走向工业提供了机会。并且，为生产一种具有新的审美情趣的城市景观，在广告、市场营销、工业设计和商业展览等领域中，各种职业也一直在不断地扩张。在 20 世纪，

① 李建盛：《后现代转向中的美学》，江西教育出版社 2004 年版，第 185 页。
② ［美］杜威：《艺术即经验》，高建平译，商务印书馆 2005 年版，第 3 页。
③ 同上。
④ ［美］舒斯特曼：《实用主义美学》，彭锋译，商务印书馆 2002 年版，第 31 页。

照片影像的激增，大众传媒的增加，充分证实了本雅明所谈到的这些趋势。的确，就连本雅明也未认识到的一些影响，在一些后现代主义的理论（如波德里亚和詹明信的理论）概括中也能找得到。他们在这里所强调的，就是后现代主义的‘无深度’的消费文化的直接性、强烈感受性、超负荷感觉、无方向性、记号与影像的混乱或似漆如胶的融合、符码的混合及无链条的或飘浮着的能指。在这样的‘对现实的审美幻觉’中，艺术与实在的位置颠倒了。”① 当然，费瑟斯通的描述并非仅就审美经验和生活经验的关系而言，但他通过这种颇富时代特征的文化现象，全面地指陈了当代的审美特征——这与以往那种“纯而又纯”的审美经验早已不可同日而语了。美国著名思想家詹姆逊以其颇具深度的论述揭示了这种关于审美经验的变化：“当下的后现代时期似乎也正经历着一次对审美的普遍回归，同时，具有悖论意义的是，现代艺术中的那些超美学的观点似乎已经使人们对它完全失去了信任，并且在新的后现代的支配下，各种各样令人眼花缭乱的风格和混杂物充塞着消费社会。而老的美学传统已几乎不能拿出足够的理论储备来解释这些新作品，因为这些新作品吸纳了新的交流手段和控制论技术，同时，对于过去的现代主义的进步这个概念——导向新的技术发现和新的形式创新的目的——的怀疑使艺术进化论的时代终结，也预示了那些不能再以旧的现代主义方式，维持那些现代主义方式维持的艺术样式的一种空间增殖。最后，老的学科和专业之间分类普遍破除——在这种情况下，曾经界限分明的高雅艺术与大众文化（更不必说日常生活）之间边界的坍塌——给传统的关于审美特性、关于自然与艺术经验、关于作品作为超越实践与科学领域的自主性等等问题的分析带来极大的未定性，如同我们时代的艺术接受、消费（或许甚至生产）正在经历某些根本的变异一样，使旧的范式变得互不相关至少成为昨日黄花。”② 詹姆逊对于后现代文化的透视更多地带着美学的目光，他看到在消费社会的背景下呈现了各种各样令人眼花缭乱的风格，艺术与日常生活、高雅艺术与大众文化之间的边界业已坍塌，那种超离于现实生活的特殊审美经验理论，已经无法解释当下的文化现实和审美现象，因之他又说了下面这样意味深长的话：“在一个如此多地由视觉和我们自己的影像

---

① ［英］迈克·费瑟斯通：《消费文化与后现代主义》，刘精明译，译林出版社2000年版，第34页。

② ［美］弗雷德里克·詹姆逊：《文化转向》，胡亚敏等译，中国社会科学出版社2000年版，第97页。

所主宰的文化中，审美经验和概念既太少又太多；因为从那个意义上说，审美经验随处即是，并且广泛地渗透到了社会与日常生活中。但正是这种文化的扩散（在更大、更宏伟的意义上说）使个人艺术作品的观念成为问题，也使审美判断的前提变得不甚恰当。自然，阅读的危机就在于这些新的未定性和由此产生的论争中，美学的回归很有可能在文化特别是视像文化以及它们在全社会的扩散中找到其合理性。”① 詹姆逊直接把问题置于审美经验的论域里，勾画出当代在视觉影像所主宰的文化环境中审美经验的复杂性和多变性。所谓“太少”，指的是传统意义上那种以“无利害”为基色的审美经验；所谓“太多”，指的是当下这种四处可见的、飘浮在生活表层的泛泛的审美现象。

我们认为，以传统的“无利害”观念为审美经验的价值尺度来衡量当今的审美现象，会产生一种虚无的态度，也会对当下的审美现实视而不见。事实上，在电子图像成为主要的文化元素的今天，人们的审美方式产生了很大变化，随之而来的是审美经验也产生了深刻的变化，生活经验对于审美来说，已不再是避之唯恐不及的异己因素，而成为审美经验的重要内容。但是能否将一切生活中的经验或感受都与审美经验混同，这是一个值得认真考量的问题。目前“日常生活审美化”的命题成为美学中的强劲势头，而在笔者看来，更多的是现象的描述，并未深入到内在的腠理。况且，按着这种理论来评估当下的许多事物的审美价值，未免有浅薄和浮泛之嫌。时尚、华丽和快感，就等于审美吗？笔者以为未必！肤浅的“审美”充斥了现在的文化空间，表面上看起来是对美学的高度认同，其实，恰恰是对人们的审美神经的麻痹。笔者特别推重著名德国美学家韦尔施的一段话：“从非常广泛的意义上说，‘审美’一词指的是感性。‘审美’多多少少可用作‘感性的’同义词。同理，严格地说，我们并不将一切感性的东西都称为‘审美的’。我们更经常地将之同粗俗的感性区分开来，只把目光盯住经过培育的感性。比如，我们并不认为饕餮之徒口腹之欲的快感是‘审美的’，而只把这个词来指美食品尝家的快感。感性的精神化、它的提炼和高尚化才属于审美。”② 笔者是完全赞成这种观点的，而不主张将审美泛化。

---

① ［美］弗雷德里克·詹姆逊：《文化转向》，胡亚敏等译，中国社会科学出版社 2000 年版，第 98 页。

② ［德］沃尔夫冈·韦尔施：《重构美学》，陆扬、张岩冰译，上海译文出版社 2002 年版，第 18 页。

审美经验是当代美学中备受关注的话题，从美的形上追问，到审美经验成为美学研究的重心，这个过程已然是美学发展最为突出的标志。20 世纪的美学家们多半都对审美经验予以深刻的关注，这也是不争的事实。杜威、迪基、比尔兹利、鲍桑葵、杜夫海纳、古德曼、丹托等一长串著名美学家的名字都是与“审美经验”这个当代美学最为显赫的话题紧紧联系在一起的。而审美经验本身内涵的变化，同样深刻地寓意着美学的变迁轨迹。了解这个轨迹，对于美学理论的当代建构，是大有裨益的。

论审美抽象的生成形态*

在审美创造的过程中究竟有没有抽象的思维方式？答曰：有之。笔者曾有专文论述“审美抽象”这个命题，其旨归在于使人关注其在今天的理论价值所在，并揭示其内在的机理。抽象的产物应该是概念、判断和推理，但这种理解主要是对逻辑抽象而言的；艺术领域的抽象的独特之处就在于不能以这种逻辑抽象的思维方式而生成，不能以理性的样态而存在；但这决不等于说在艺术领域里没有抽象的思维方式在起作用，它只是不同于逻辑抽象而已。笔者认为，在逻辑思维和艺术思维中都有抽象的思维方式存在着，只是二者的途径不同，前者是取得对现象进行反思后提纯出的概念判断推理，后者则是通过感兴的方式在知觉中生成艺术品中的意义，或者是有着审美的命题。笔者在《论审美抽象》一文中有这样的表述：

> 审美抽象与逻辑抽象的不同之处在于：虽然它们都是从具体事物上升到普遍的意义，但逻辑思维的抽象是以语言概念为工具，通过舍弃对象的偶然的、感性的、枝节的因素，以概念的形式抽出对象的主要的、必然的、一般的属性和关系；审美抽象则通过知觉的途径，以感性直观的方式使对象中的普遍意义呈现出来，在艺术创作领域中表现为符号的形式。逻辑抽象是在个别的和偶然的东西中发现一般的合乎规律的东西，用马克思的话说就是“完整的表象蒸发为抽象的规定”，它意味着舍弃对象的全部丰富具体的细节、特征和属性，这当然是和审美的、艺术创作与鉴赏的过程殊异的。①

这大致将逻辑抽象和审美抽象的特质区别开来了，同时，也彰显出审美

---

* 本文刊于《解放军艺术学院学报》2013 年第 4 期。

① 张晶：《论审美抽象》，《哲学研究》2007 年第 8 期。

抽象的基本内涵。然而，审美抽象所涉及的问题远不止这些，笔者经过近年来的沉淀和反思后，又对审美抽象问题有了进一步的思考。

一

抽象是人的一种主体的能力和意志，这对于哲学家和艺术家来说，都有这样的意志和冲动。抽象和移情是审美过程中两种最基本的心理倾向或者说是能力，“移情”说是著名的美学学说，对于艺术创作来说，移情是艺术品获得生命力的动力来源；而抽象则是对主体所观照对象的形式赋予及恒久意义的凸显。这二者构成了艺术创作的主要元素，二者又是相互渗透相互作用的。

人们面对的世界，是纷纭复杂的，变动不居的，而且也充满了偶然因素。人们要认识和把握这个世界，从纷繁的现象中提取出类的概念是十分必要的。黑格尔揭示了从感性的东西中提取一般的观念的反思也即抽象的特征：

> 感性的东西是个别的，是变灭的；而对于其中的永久性东西，我们必须通过反思才能认识。自然所表现给我们的是个别形态和个别现象的无限量的杂多体，我们有在此杂多中寻求统一的要求。因此，我们加以比较研究，力求认识每一事物的普遍。个体生灭无常，而类则是其中持续存在的东西，而且重现在每一个体中，类的存在只有反思才能认识。①

黑格尔所说的“类的存在”是逻辑抽象的结果。而在“此杂多中寻求统一的要求”，就是抽象的意志。

笔者始终认为，审美过程中是有抽象的思维因素存在的，只不过它们不是通过概念判断推理的方式进行。抽象意味着意义的产生。对于外在事物的生灭变幻、杂多纷陈，人们是有着把握其本质和统一的欲望和意志的，列宁曾这样理解黑格尔逻辑学关于抽象的真实价值：

> （抽象的）概念的形成及其运用，已经包含着关于世界客观联系的

① ［德］黑格尔：《小逻辑》，贺麟译，商务印书馆1980年版，第75页。

规律性的看法、信念、意识。把因果性从这个联系中分出来，是荒谬的，否定概念的客观性、否定个别和特殊之中的一般性的客观性，是不可能的。由于黑格尔探讨客观世界的运动在概念的运动中的反映，所以他比康德等人深刻得多。某种商品和其他商品交换的个别行为，作为一种简单的价值形式来说，其中就已经包含着资本主义的尚未展开的一切主要矛盾，——即使是最简单的概括，即使是概念（判断、推理等等）的最初和最简单的形成，就已经意味着人对于世界的客观联系的认识是日益深刻的。在这里必须探求黑格尔逻辑的真实的涵义、意义和作用。①

列宁对黑格尔逻辑学的评价，揭示了逻辑抽象的客观本质，说明了人们从变动的表象中发现事物本质的意志和能力。

同样，在人类的审美活动中也是有着抽象的意志和冲动的。审美活动不同于理性思维活动，这对理论界来说只是一个常识；但说审美具有抽象的过程，也许有很多人觉得诧异或另类，事实上，审美活动中的抽象是普遍存在着的，它的途径和方式当然与理性思维中的抽象颇见不同。现象学的“本质直观”，在很大程度上就可以说明审美抽象的样态。本质直观指的是主体在对对象的直观过程中就直接洞见了真理，通过明见性把握了对象的本质。而按照德国理论家沃林格的观点，在艺术领域中，在艺术家或审美主体方面，除了移情这种冲动之外，还有抽象冲动这与之相反相成的心理冲动。在笔者看来，沃林格所说的其实正是审美抽象。他说：

这些民族困于混沌的关联以及变幻不定的外在世界，便萌发出了一种巨大的安定需要，他们在艺术中所觅求的获取幸福的可能，并不在于将自身沉潜到外物中，也不在于从外物中玩味自身，而在于将外在世界的单个事物从其变化无常的虚假的偶然性中抽取出来，并用近乎抽象的形式使之永恒，通过这种方式，他们便在现象的流逝中寻到了安息之所。他们最强烈的冲动，就是这样把外物从其自然关联中，从无限地变幻不定的存在中抽离出来，净化一切依赖于生命的事物，净化一切变化无常的事物，从而使之永恒并合乎必然，使之接近其绝对的价值。在他

① 列宁：《哲学笔记》，中共中央马克思恩格斯列宁斯大林著作编译局译，人民出版社1956年版，第189页。

们成功地这样做的地方，他们就感受到了那种幸福和有机形式的美而得到满足。确实，他们所达到的只能是这样的美，因此，我们就可称经过这种抽象的对象为美。①

我们知道，“移情说”在西方美学史上占有重要的地位，最有代表性的是活动于19世纪下半叶的德国美学家立普斯。所谓“移情作用”，就是人在观察外界事物时，设身处在事物的境地，将原来没有生命的东西看成有生命的东西，仿佛它也有感觉、思想、情感、意志和活动，同时，人自己也受到对事物的这种错觉的影响，多少和事物发生同情和共鸣。移情理论在当时是美学界得风气之先的。对于人类的艺术思维活动，沃林格则是在移情之外明确提出了“抽象冲动”，从而推出了艺术中的抽象原则，也就是笔者所说的“审美抽象”。美国著名艺术理论家阿恩海姆肯定艺术中的抽象的意义说：“抽象是将一切可见形象感知、确定和发现为具有一般性和象征意义时所使用的必不可少的手段。或许我可以将康德的论断作另一种表述：视觉没有抽象是盲目的；抽象没有视觉是空洞的。”② 从知觉的意义上确定了艺术中的抽象是一种必不可少的“手段”，这当然是有着明显的审美性质的。笔者认为审美抽象的生成途径主要在于知觉，在造型艺术中，视知觉更是完成抽象过程的主要中介。美国著名哲学家苏珊·朗格从其符号论哲学的角度出发，就把知觉形式作为艺术的基本品格，她说：“艺术是一种技艺，然而这种技艺所要达到的目的却非同一般。在我看来，它的目的就是为了创造出一种表现形式——一种诉诸视觉、听觉，甚至诉诸想象的知觉形式，一种能将人类情感的本质清晰地呈现出来的形式。”③ 因此，她认为“一切艺术都是创造出来的表现人类情感的知觉形式”④。而苏珊·朗格又认为艺术符号中不可避免地包含着抽象活动，她是把抽象活动和直觉联系在一起的。在她看来，艺术知觉是一种直接的、不可言传的、然而又是一种合乎理性的直觉。以下这段话明确地揭示了审美抽象和逻辑抽象的区别所在：

一切符号表现都要涉及到给所要表现的东西赋予一种形式，都要包

① ［德］沃林格：《抽象与移情》，王才勇译，辽宁人民出版社1987年版，第17页。

② ［德］阿恩海姆：《艺术心理学新论》，郭小平、翟灿译，商务印书馆1994年版，第77页。

③ 同上书，第107页。

④ ［美］苏珊·朗格：《艺术问题》，滕守尧、朱疆源译，中国社会科学出版社1983年版，第75页。

含着对形式的把握和初步的抽象活动，而这种抽象活动则又是直觉的一种主要功能。在推理性的语言中，我们一般是通过概括得到抽象的（或达到对形式的知觉的），但在艺术中我们就不能进行概括，任何一件艺术品都是对它所要表达的意味的一种个别的和特殊的呈现，而要做到使这种意味能够被人感知，就必须使得这种意味通过表现它的形式被直接抽象出来。这就是为什么一切优秀的艺术品既是抽象的、又是具体的原因。①

苏珊·朗格是将抽象作为艺术品的基本性质来阐述的，她认为越是优秀的艺术品，就越是融抽象和具体于一体的。然而，朗格又明确指出了艺术中的抽象和推理性的抽象的不同途径，后者是通过概括得到抽象的，而前者对它所要表达的意味，是要通过被人感知，在表现它的形式中直接抽象出来的。这对我们对审美抽象的认知是颇有裨益的。

二

逻辑抽象是一定要撇开偶然的东西的。与偶然性相对的是必然性。无论是黑格尔，还是马克思，都认为必然和偶然是一对辩证的范畴，必然性的抽象对于本质的抽象来说，是更深一层的抽象。审美抽象则是从偶然性中得来，并且保留着偶然性的样态的。审美抽象的产生契机是审美经验，是在主客体的偶然触遇中生成的，但其生成之物，虽不脱离偶然性的生命样态，却又有着恒久的意义。所谓“抽象”，其含义有三：一是从偶然的样态中升华出恒久的人生意义、价值；二是凝定为某种独特的形式；三是审美主体对客体的立义。中国古代诗学中的“兴”，本来是最有偶然触发的性质的，但却又是特别能生发出恒久的意义与价值的。兴的本义是触物而兴，最恰切的解释应该是宋人李仲蒙所说的“触物以起情谓之兴，物动情者也”②。“触物起情”是有着明显的偶然性质的，这在中国古典美学的有关资料中是普遍存在的。诗学中的感兴，还有触、遇、适会等等，都是说明艺术发生契机的偶然性质。唐代遍照金刚《文镜秘府论》中有“感兴”一势：“感兴势者，人

① ［美］苏珊·朗格：《艺术问题》，滕守尧、朱疆源译，中国社会科学出版社1983年版，第64页。

② （宋）胡寅：《斐然集》卷18，中华书局1993年版，第386页。

心至感，物色万象，爽然有如感会。”① 著名诗人王昌龄则把感兴作为创造诗境的一种方式，称之为“生思”，同时，也强调它的偶然性质：“久用精思，未契意象，力疲智竭，放安神思，心偶照境，率然而生。”② 明代诗论家谢榛最重诗兴，在其《四溟诗话》中，认可“触物而成”的偶然感兴，如说：“诗有天机，待时而发，触物而成，虽幽寻苦索，不易得也。如戴石屏‘春水渡旁渡，夕阳山外山’，属对精确，工非一朝，所谓‘尽日觅不得，有时还自来。’”③ 然而，兴的偶然性质并非本文的着眼点，这个观点在笔者的若干篇文章中都有表述，并认为这是中国美学的重要品格；笔者在本文中着重阐述的是感兴所蕴含的审美抽象的性质，或者说审美的抽象是以偶然的感兴为起点的。这也是审美抽象和逻辑抽象的区别之一。汉代学者王逸说：“《离骚》之文，依《诗》取兴，引类譬喻。故善鸟香草以配忠贞，恶禽臭物以比谗佞，‘灵修’、‘美人’以媲于君，‘宓妃’、‘佚女’以譬贤臣，虬龙鸾凤以托君子，飘风云霓以为小人。其词温而雅，其义皎而朗。”④ 王逸指出屈原的楚骚在诗兴中所生发的意义，在香草美人的意象中所传达出的意义是“皎而朗”的。刘勰在《文心雕龙》中论“兴”说：“观夫兴之托喻，婉而成章，称名也小，取类也大。”⑤ 其抽象的性质是完全可以确定的。兴所托喻之象虽小，但其取类含义却大，这是典型的抽象作用。

审美抽象伴随着偶然的发生契机，却又是在情感的唤起和贯通的。审美抽象的起因为离不开情感的。中国美学之感兴，恰恰就是对主体情感的唤起。刘勰释比、兴云：“故比者，附也；兴者，起也。附理者切类以指事，起情者依微以拟议。起情故兴体以立，附理者故比例以生。”⑥ 所谓“起情”，意思再明显不过了，就是“兴”即情感的唤起。英国美学家赫伯恩以情感唤起作为艺术理论的主要命题，指出：“在美学中情感唤起也应该占有一席之地。”⑦

审美抽象的主体是诗人或艺术家，主体的情感被触发之后，由于主体的

---

① ［日］遍照金刚：《文镜秘府论·地卷》，金枫出版社 1999 年版，第 61 页。

② （唐）王昌龄《诗格》，见叶朗《中国历代美学文库·隋唐五代卷》，高等教育出版社 2003 年版，第 369 页。

③ （明）谢榛：《四溟诗话》卷 2，见丁福保《历代诗话续编》，中华书局 1983 年版，第 1161 页。

④ （汉）王逸：《楚辞章句》，引自朱自清《诗言志辨》，凤凰出版社 2008 年版，第88 页。

⑤ 范文澜：《文心雕龙注》，人民文学出版社 1958 年版，第 601 页。

⑥ 同上。

⑦ ［美］李普曼：《当代美学》，邓鹏译，光明日报出版社 1986 年版，第 322 页。

直觉性创造，凝结为带有形式感的艺术符号，于是，那种在偶然契机中呈现的主体情感，被客观化为具有恒久价值的艺术构形。刘勰界定诗歌的功能说："诗者，持也，持人情性；三百之蔽，义归无邪：持之为训，有符焉尔。"① 所谓"持人情性"，就是通过偶然感兴而产生的诗作，使人们的某种情感得以恒久持存。诗人的创作冲动是在偶然的感兴中所获得的，其情感有其具体的诱因；但是诗人以其通过审美知觉而形成的内在意象和语言形式加以表现，使诗人在当时的情感得以恒久持存，以至其他人和后人通过对其作品的阅读而唤起同类的情感，从而产生广泛的共鸣。海德格尔对荷尔德林的诗进行阐释说："哪里有一种对话，本质性的词语就必定总是关联于单一和同一的东西。倘没有这种关联，也不可能有争执式对话。但是，单一和同一的东西惟在一个持存和持续者的光照中才能昭然若揭。而惟当持守和当前（Beharren Gegnwanrt）闪现之际，持续状态和持存（Bestandigkeit und Bleiben）才达乎显露。而这又发生于那个瞬间，即时间在其延展中开启自身的那个瞬间。"② 海德格尔的话颇为晦涩难懂，但其基本的意思，就是在偶然的瞬间开启了持存和持续者的光照。这正是就诗歌的功能而言的。在中国古代诗歌中，如曹操诗中的"青青子衿，悠悠我心。但为君故，沉吟至今。呦呦鹿鸣，食野之苹。我有嘉宾，鼓瑟吹笙。明明如月，何时可掇？忧从中来，不可断绝"（《短歌行》），本是迎候友人的具体感怀，而为渴望延揽人才心情的千载写照。杜甫诗中"人生不相见，动如参与商。今夕复何夕，共此灯烛光？少壮能几时，鬓发各已苍。访旧半为鬼，惊呼热中肠"（《赠卫八处士》），本是诗人见到故人卫八的即时题咏，却成为人世沧桑的经典之作。苏轼途中遇雨的词句"莫听穿林打叶声，何妨吟啸且徐行。竹杖芒鞋轻胜马，谁怕，一蓑烟雨任平生。料峭春风吹酒醒，微冷，山头斜照却相迎。回首向来萧瑟处，归去，也无风雨也无晴"（《定风波》），本是在黄州途中遇雨偶感，却使人洞见其旷达超越的人生态度。《毛诗正义》论诗："诗者，人志意之所适也。虽有所适，犹未发口，蕴藏在心，谓之为志，发见于言，乃名为诗。言作诗者，所以舒心志愤懑，而卒成于歌咏，故虞书谓之诗言志也。包管万虑，其名曰心，感物而动，乃呼为志。志之所适，外物感焉。言悦豫之志，则和乐兴而颂声作，忧愁之志，则哀伤起而怨

① 范文澜：《文心雕龙注》，人民文学出版社 1958 年版，第 65 页。

② ［德］海德格尔：《荷尔德林诗的阐释》，孙周兴译，商务印书馆 2000 年版，第 42 页。

刺生。"[1] 这是《毛诗正义》对"诗言志"的解释。所谓"志"，是"意之所适"，指"情"的方向感，一旦产生，难以遏制。而它正是感兴的产物，所谓"志之所适，外物感焉"。这其实可以和沃林格所说的"艺术意志"联系起来看。在沃林格看来，制约所有艺术现象的根本和内在的要素就是人所具有的"艺术意志"，"艺术意志"是所有艺术现象中最深层、最内在的本质。他认为，每部艺术作品就其最内在的本质来看，都只是艺术意志的客观化。这种艺术意志还具体表现为形式意志。从这个观念出发，沃林格认为艺术的审美的抽象，是艺术意志的结晶。沃林格指出：

> 在此存在着一种纯粹的直觉创造，也就是说，抽象冲动并不是通过理性的介入而为自身创造了这种具有根本必然性的形式，正是由于直觉还未被理性所损害，存在于生殖细胞中的那种对合规律性的倾向，最终才获得抽象的表现。因而，这种抽象的合规律造型就是独一无二的最高级的造型，当人类面对外物巨大的杂乱无章时，在这种造型中就能获得心灵的安息。[2]

沃林格对于艺术意志和抽象冲动的论述，带有艺术人类学的色彩，是从人们的群体艺术心理出发的，但这不妨碍我们来理解志的"意之所适"是一种意志。这种艺术意志体现在具体的艺术创作中则是由于受到外物的感发而发生的，它是发之于偶然的，却又使审美主体获得了充沛的动力，同时，在创作过程中，一是形成了某种艺术形式，二是获得了审美抽象的意味。如刘勰在《文心雕龙》论及"物色"时所论，是说诗人在感兴之中获得创作冲动，一方面摹写物象，即"随物宛转"；另一方面，以主体的审美形式感驾驭对象，即"与心徘徊"。而"一言穷理"、"两字穷形"、"以少总多"等，都有抽象的含义在其中。审美抽象是由感兴发生的，这个过程也被刘勰称为"入兴"，它为审美抽象提供了充沛的动力。这在《物色》篇接下来的论述中有更明显的表述。"善于适要"、"析辞尚简"，都可以视为创作中的抽象。这种抽象，使审美创造的主体用词语或其他的艺术形式，使那些在偶然的感兴中产生的情感得以持存，绵延于千年百代。海德格尔是在阐释德国著名诗人荷尔德林的诗句时表达了这种观点，他说：

---

① 范文澜：《文心雕龙注》，人民文学出版社 1958 年版，第 69 页。

② ［德］沃林格：《抽象与移情》，王才勇译，辽宁人民出版社 1987 年版，第 19 页。

> 这个诗句构成《追忆》一诗的结尾：“但诗人，创建那持存的东西。”凭借这个诗句，就有一道光线进入我们关于诗之本质的问题中了。诗是一种创建，这种创建通过词语并在词语中实现。如此这般被创建者为何？持存者也。但持存者竟能被创建出来么？难道它不是总是已经现存的东西吗？决非如此。恰恰这个持存者必须被带向恒定，才不至于消失；简朴之物必须从混乱中争得，尺度必须对无度之物先行设置起来。①

海德格尔所阐发的“但诗人，创建那持存的东西”对诗的本质和功能都非常重要的，恰恰与中国诗学中的“诗者，持也，诗人性情”② 是不谋而合的。抽象使在偶然感兴中生成的新颖意象成为恒久的东西，卡西尔对此有颇为充分的阐述，他说：

> 只要看一件伟大的艺术作品，艺术的这一基本特征就会和盘托出。每一件艺术作品都给我们留下这样的印象——我们接触到某种新颖的东西，某种我们从未领略过的东西。在这种场合中，世界似乎总是以某些新的方式和新面貌展示于我们面前。抒情诗似乎比任何一种专门的艺术都更受制于当下场合。抒情诗旨在捕捉跳跃的、惟一的、短暂的和一去不复返的主观感受。它萌发于一个单一的瞬间存在，并且从不顾及此一瞬间之外的存在。然而，在抒情诗中，或许首先是在这里我们可以找到某种“理想性”，亦即歌德所刻画的思维那种新颖、理想的方式和于暂时性中的永恒等特性的“理想性”，当其使自身沉湎于此一瞬间时，当其仅仅寻觅那耗尽于此一瞬间的全部情感和气氛时，这种观念就由此而为此一瞬间取得了久远性和永恒性。③

卡西尔谈抒情诗的特征，认为抒情诗与其他艺术样式相比，最为突出的便是捕捉当下的瞬间感受，而这种瞬间感受的表现中取得了久远性和永恒性。这和笔者所表达的在偶然感兴中生成恒久的东西的观点是吻合的。

---

① ［德］海德格尔：《荷尔德林诗的阐释》，孙周兴译，商务印书馆 2002 年版，第 44 页。
② 范文澜：《文心雕龙注》，人民文学出版社 1958 年版，第 65 页。
③ ［德］卡西尔：《人文科学的逻辑》，沉晖等译，中国人民大学出版社 2004 年版，第 79 页。

三

从艺术欣赏的角度来看。艺术品以创造审美价值为目的，这是美学上的一个常识。欣赏艺术品会令人产生审美愉快，而审美愉快总是呈现于人们的感性观照的。但是，我们要追问的一个问题是，就艺术品的欣赏而言，所谓审美愉快或者称为“快感”，难道仅仅是感官的满足和消费文化中的“娱乐至死”吗？答案是否定的。于当下的情形而言，后现代文化思潮泛溢于生活的许多场合，“日常生活审美化”的口号使“审美”装饰了一切。人们对于审美的追求是普遍化的，却又是非常浅表化的。德国著名美学家韦尔施指出这种表面的审美化，他认为这种情形在当下的日常生活中比比皆是，人们用浅表化的“审美”装扮着和自己相关的一切。身体更成为审美关注的重中之重，乃至美国实用主义哲学家舒斯特曼将“身体美学”作为一个学科加以提议。西方著名的后现代思想家波德里亚将身体的消费作为“最美的消费品”来描述，他说：“在消费的全套设备中，有一种比其他一切都更美丽、更珍贵、更光彩夺目的物品——它比负载了全部内涵的汽车还要负载了更沉重的内涵。这便是身体。在经历了一千年的清教传统之后，对它作为身体和性解放符号的‘重新发现’，它（特别是女性的身体，应该研究一下这是为什么）在广告、时尚、大众文化中的完全出场——人们给它套上的卫生保健学、营养学、医疗学的光环，时时萦绕心头的对青春、美貌、阳刚/阴柔之气的追求，以及附带的护理、饮食制度、健身实践和包裹着它的快感神话——今天的一切都证明身体变成了救赎物品。在这一心理和意识形态功能中它彻底取代了灵魂。”① 波德里亚对身体成为当下社会的审美现实的把握是客观的和准确的，尤其是他所指出的，身体美学其实是以快感取代了灵魂，真是一针见血！对于非美学的一般社会人士而言，这种潮流无非是一种时尚而已；而对于那些以美学或艺术理论为思考对象的学者来说，这种把审美等同于感官的快感的观点，无疑是过于浅薄的。如果是仅有感官的快感而缺乏意义，那是很难称为真正的审美的。审美基于感性，这是没有疑问的；但是审美并不止于感性，而是在感性中升华出意义。即便是特别强调感性的美学家，也往往主张意义是蕴含在感性之中的。如现象学美学家杜夫海纳，

① ［法］让·波德里亚：《消费社会》，刘成富、全志钢译，南京大学出版社 2001 年版，第 139 页。

认为美就是感性中呈现出来的。但杜夫海纳所说的感性，绝非只是感官的快感，而是蕴含了意义的美感。杜夫海纳如下的这段话是值得我们思考的，他说：

> 美不是一个观念，也不是一种模式，而是存在于某些让我们感知的对象中的一种性质，这些对象永远是特殊的。美是被感知的存在在被感知时直接被感受到的完满。首先，美是感性的完善，它以某种必然性的面目出现，并能立刻打消其加以修改的念头。其次，美是某种完全蕴含在感性之中的意义。没有它，对象将毫无意义。至多是令人愉快的、装饰性的或有趣的事物而已。①

杜夫海纳在强调美的感性特质的时候，并没有否定美的艺术品所蕴含的意义。他还进一步认为，如果缺失了感性中所蕴含的意义，作为审美对象，就是没有任何价值的。仅仅是令人愉快的或装饰性的东西，在杜夫海纳看来，是不能作为审美价值而存在的。他所说的“令人愉快的”、“装饰性的”或“有趣的”，正是那种在“日常生活审美化”中到处泛滥的“浅表审美化”的景观。艺术同哲学不同的地方就在于，意义不是通过概念判断推理的方式得出的，而是通过感性的呈现使人们感知到的。因此，他又说：“艺术的特点就在于它的意义全部投入了感性之中；感性在表现意义时非但不逐渐减弱和消失；相反，它变得更加强烈、更加光芒四射。因此，艺术家是为了突出感性而不是创造价值而工作的。另外，指引他的意义也产生了。”②真正的美感，当然离不开感性的愉悦，在这一点上，也许我们和那些后现代文化的热情支持者没有什么分歧；但我们认为在感性愉悦中是蕴含着审美的抽象的，也就是意义由此而生的过程。我们所理解的感性愉悦，不应该是碎片化的、拼贴式的，无意义的，去深度的。在这个问题上，美国学者阿瑞提也从审美欣赏的角度上谈道：“把审美愉快完全或主要归结为单单由于感性知觉的体验或者对它的突出强调这是不正确的。艺术作品的欣赏者并非那种靠感性知觉来把握世界的经验论者。知觉上的丰富多彩更多的是和装饰而不是和真正的艺术联系在一起的。审美愉快确实包含了比感性快乐更多的内容。它的产生是由于丰富的感性包含有抽象的概念与范畴，反过来又不同寻

---

① ［法］杜夫海纳：《美学与哲学》，孙非译，中国社会科学出版社 1985 年版，第 20 页。

② 同上书，第 31 页。

常的情感。实际上审美意义里很大部分是在于抽象内容与知觉内容的谐调统一。”① 感性的愉悦是不能脱离情感的，情感的兴发与唤起，在笔者的理解中应该是感性愉悦的题中应有之义，而意义的生成与领悟，不但不是感性的阻隔，反倒是强化了情感的力度的。审美抽象正是其间的通道。

四

另一个问题值得我们追问，那就是审美抽象和形象思维是什么关系？它们就是一回事吗？笔者以为，审美抽象和形象思维是在不同的背景下提出的命题，虽然它们所指的内涵颇为相近，却又有着不同的时代特征，并产生不同的理论效应。

“形象思维”的源头不在中国，在俄国和苏联时期的一些著名的思想家如别林斯基、普列汉诺夫等人的相关理论中；20 世纪五六十年代苏联理论界发生了关于形象思维的论争，中国的理论界受此影响，也形成了一场关于形象思维的论争，一些著名的美学家和文艺理论家如蒋孔阳、毛星、陈涌、李泽厚、霍松林等都发表了代表性的论文表述了对形象思维这个问题的观点。而当我国进入新时期之后，再度展开了关于形象思维的讨论，契机源自毛泽东同志给陈毅同志谈诗的一封信所引发的学术界的讨论。关于形象思维论争的理论清理，并非本文的目的，也不可能在本文中给出那么大的空间。笔者所要说明的只是“审美抽象”和“形象思维”的关系，这样可以说明“审美抽象”这个命题提出的合理性。

20 世纪七八十年代理论界关于形象思维的论争，其现实意义首在对于文艺理论领域中“四人帮”主导文艺工作时“三突出”、“主题先行”等极“左”文艺思潮的清算。形象思维指的是在作家艺术家的创作过程中，始终伴随着感性形象的思维活动方式。形象思维的命题得到大多数美学家和理论家的认同，正是在于文艺界对那种以枯燥乏味的政治说教倾向的厌弃。形象思维在别林斯基的论述中指“寓于形象的思维”，但他认为诗与哲学的途径不同，而其最终目的都是为了表现真理，别林斯基指出：

> 诗是直观形式中的真理，它的创造物是肉身化的观念，看得见的、可通过直观来体会的观念。因此，诗歌就是同样的哲学，同样的思维，

① ［美］阿瑞提：《创造的秘密》，钱岗南译，辽宁人民出版社 1987 年版，第 229 页。

因为它具有同样的内容——绝对真理，不过不是表现在观念从自身出发的辩证法的发展形式中，而是在观念直接体现为形象的形式中。诗人用形象来思考；他不证明真理，却显示真理。①

20世纪五六十年代和七八十年代形象思维在中国的两度讨论，使之成为文学艺术创作本质的基本概括，李泽厚先生便以最为简单的话语将其定义为：“不脱离形象想象和情感的思维，就叫形象思维。”② 李泽厚先生又区别了形象思维和逻辑思维的不同特征，他说：

逻辑思维有逻辑，形象思维有没有逻辑呢？这要看“逻辑”这个词有含意指什么。逻辑思维的逻辑是指概念、判断、推理的规则。例如概念之间的种属逻辑关系，判断的逻辑分类（全称肯定、特称肯定!!）推理的逻辑规定和格式（如三段论、四名词谬误等等），在这个意义上的逻辑，形象思维是没有的。形象思维不能找出什么判断分类、推理格式来。像什么“草蛇灰线”之类的“小说作法”，只是概念化的扯谈，并非形象思维的逻辑。但如果把“逻辑”一词理解为客观规律，那形象思维当然有其自己的这种规律。这种规律亦即形象思维的特征，即我1959年提出的“本质化与个性化的同时进行”和“富有情感”。这两个特征是不可分割的，所以两点实际上是一点，即“以情感为中介，本质化和个性化的同时进行”。③

应该说，李泽厚先生关于“形象思维”的系列论述，是在形象思维的理论论争中辨析和提升出来的观点，是颇具代表性意义的。形象思维经过了深入讨论之后，已经成为文艺学界的共识，被作为文艺创作的基本规律加以认同。

形象思维的重心在于艺术创作思维方式的形象化和情感性特征，它不同于形式逻辑的思维方式，不能以概念、判断和推理的规则来进行创作的。其实，形象思维的命题的内涵，在中国古代文论中早已客观存在着，刘勰

① ［俄］别林斯基：《智慧的痛苦》，见中国科学院外国文学研究所编《外国理论家作家论形象思维》，中国社会科学出版社1979年版，第58页。

② 李泽厚：《美学旧作集》，天津社会科学院出版社2002年版，第176页。

③ 李泽厚：《形象思维续谈》，见李泽厚《美学旧作集》，天津社会科学院出版社2002年版，第189页。

《文心雕龙》中创作论的第一篇《神思》，就描述得非常清楚："古人云：形在江海之上，心存魏阙之下，神思之谓也。文之思也，其神远矣！故寂然凝虑，思接千载；悄焉动容，视通万里；吟咏之间，吐纳珠玉之声；眉睫之前，卷舒风云之色，其思理之致乎！故思理为妙，神与物游。"① 宋人严羽更明确提出："诗有别材，非关书也；诗有别趣，非关理也。"②

"审美抽象"的提出，其背景和着眼点当然是不同于形象思维的。主张这个命题的学者不多，在笔者之前，谭容培教授在其专著《美与审美的哲学阐释》中曾以"审美抽象"为专章，作为审美意识的内容加以探讨。笔者在《哲学研究》2007年第8期以《论审美抽象》为题予以专门论述，其实是多年思考的结果。"审美抽象"当然没有引起像"形象思维"那样的理论论争，也没有引起广泛的关注，但笔者仍然认为这个命题的提出是有其重要的现实意义和美学理论价值的。当下文化深受后现代主义思潮的影响，无深度、碎片化、拼贴等成为艺术中的时尚。视觉文化渐成主导，无所不在的图像充斥着人们的眼帘。很多人在感性浏览的过程中陷溺于、满足于不断游走的视觉图像，而缺失了对意义的问询和抽象的功能。"审美抽象"的命题，揭示了审美过程中的抽象元素，认为审美活动虽然是感性的直观的，但并不排除抽象元素的存在，只是不同于形式逻辑的抽象规则而已。

审美抽象在审美活动中具有创造性的价值。这不仅在于抽象艺术，而且是在艺术创作中的普遍存在。抽象即是审美主体对外界事物的一种提取。它是主动的而非受动的。美国著名哲学家苏珊·朗格对于艺术中的抽象作了深刻的阐述：

> 艺术中的抽象过程又完全不同于科学、数学和逻辑中的抽象，艺术中抽象出来的形式不是那种帮助我们把握一般事实的理性推理形式，而是那种能够表现动态的主观经验、生命的模式、感知、情绪、情感的复杂形式，这样的形式不能通过逻辑中使用的渐进式概括手法得到，这就使得整个艺术的发展和它使用的一切技术与推理性思维的发展及其使用的技术有了根本的不同。虽然艺术与科学都是发乎同一种根源，即符号表现的冲动力——这种符号表现的最丰富、最强烈和最古老的呈现形式

① 范文澜：《文心雕龙注》，人民文学出版社1958年版，第493页。

② 郭绍虞：《沧浪诗话校释》，人民文学出版社1961年版，第26页。

自然是语言——然而它们从一开始起就分道扬镳了。①

苏珊·朗格揭示了艺术中的抽象和逻辑抽象的区别，并且强调了在艺术中抽象的合理性和生成性。也可以认为，艺术作品的价值生成，其实也即是审美抽象的过程，它是与逻辑抽象大有不同的。

审美抽象的结果，更多的是经过艺术家精心结撰后呈现的图式化外观。这在文学和其他艺术中大致都是如此。其间的中介环节是艺术家的知觉。美国著名的完形心理学美学家阿恩海姆指出："在一件成熟的艺术品中，所有的东西看上去都彼此相像，天空、海洋、大地、树木、人物，看上去都是用同一种物质材料构成的。这种相似性并没有掩盖这些事物的本质，而是在使它们服从于伟大艺术家所掌握的那种统一力量的同时，而把每一件事物再现出来。每一个伟大的艺术家所创造的都是一个全新的世界，在这个世界里，一切原来为人们所熟悉的事物都具有了一种人们从未见过的外表。这个新奇的外表，并没有歪曲或背叛这些事物的本质，而是以一种扣人心弦的新奇性和具有启发作用的方式，重新解释了那些古老的真理。因此，由艺术概念的统一所导致的简化性，决不是与复杂性相对立的性质，只有当掌握了世界的无限丰富性，而不是逃向贫乏和孤立时，才能显示出简化性的真正优点。"②阿恩海姆认为视知觉的一个最基本的性质便是"简化"，简化是以相对简单的结构来寓含丰富而复杂的意义。这个过程，在很大程度上可以视为是一种抽象。

五

审美抽象的生成，在笔者看来可以两种路径，并产生两种不同形态的产物。由中国美学的情况看来，一种是由作家艺术家的艺术创作经验升华而成的审美命题，它们具有明显的理论价值，但并非以逻辑抽象的方法形成，带有经验的性质。如文论中的"诗缘情而绮靡"、"窥意象而运斤"、"读书破万卷，下笔如有神"、"超以象外，得其环中"等等；画论中的"气韵生

① ［美］苏珊·朗格：《艺术问题》，滕守尧、朱疆源译，中国社会科学出版社1983年版，第168页。

② ［美］阿恩海姆：《艺术与视知觉》，滕守尧、朱疆源译，中国社会科学出版社1984年版，第68页。

动”、“外师造化，中得心源”、“论画以形似，见与儿童邻”等等，都是作家艺术家以自己的审美经验抽象出来的审美命题。它们不是遵循逻辑抽象的规则得以概括出来的，而是对于丰富的艺术创造经验的感悟与升华。

另一种形态，就是作为符号的艺术作品。真正的艺术品是完整的，也是有生命的。在形象的表现中，它们又是有意义的。艺术家通过审美化的抽象，使其意义在作品中呈现出来。符号论美学家苏珊·朗格指出，“艺术品作为一个整体来说，就是情感的意象。对于这种意象，我们可以称之为艺术符号。这种艺术符号是一种单一的有机结构体，其中的每一个成分就不能离开这个结构体而独立地存在，所以单个的成分就不能单独地去表现某种情感。……在一件艺术品中，其成分总是和整体形象联系在一起组成一种全新的创造物。”① 笔者认为苏珊·朗格这种对艺术品的性质的分析是客观的。艺术品可以视为一个完整的符号，它是单一而不可分割的，它的意义是通过对于艺术品的直觉感受获得的。一首诗词，欣赏者可以从它的意境和诗人的情感中感受到特别的意义。如陶渊明的《归园田居》表现了对官场的厌恶和对自然的强烈向往；杜甫《月夜忆舍弟》表现了战乱中对亲人的深切思念；苏轼的《卜算子》（“缺月挂疏桐”）体现了作者的高洁与孤独。一幅画如王维的《雪中芭蕉图》，传达了佛学中的“色即是空”的意味；朱耷的《荷鸟图》，表现的是画家内心那种对现实的强烈不满情绪，如此等等。艺术品以完整的独特的形式存在，它不以某个局部或某个元素被欣赏者所领悟，而是以整体的符号形式给人以情感的感染，同时也使人们在形式中得到某种抽象的意义升华。苏珊·朗格又揭示了审美抽象不同于逻辑抽象的不同途径，她说：

> 艺术符号表现的意味不能够用推理性语言表达出来。一切符号表现都要涉及给所要表现的东西赋予一种形式，都要包含着对形式的把握和初步的抽象活动，而这种抽象活动则又是直觉的一种主要功能。在推理性的语言中，我们一般是通过概括得到抽象的（或达到对形式的知觉的）但在艺术中我们就不能进行概括，任何一件艺术品都是对它所要表达的意味的一种个别的和特殊的呈现，而要做到使这种意味能够被人感知，就必须使得这种意味通过表现它的形式被直接抽象出来。这就是

① ［美］苏珊·朗格：《艺术问题》，滕守尧、朱疆源译，中国社会科学出版社1983年版，第129页。

为什么一切优秀的艺术品既是抽象的、又是具体的原因。[①]

苏珊·朗格认为优秀的艺术品都是具有抽象的意味的，但这是与推理性抽象即逻辑抽象颇为不同的，这也便是笔者所主张的审美抽象。

作为一个复杂的理论命题，审美抽象的阐述当然还远远不够，但它其实也是早就被若干著名理论家思想家所认识和提出过的。在艺术的和审美的活动中它是客观的存在。现在笔者对它进行阐发，是有感于我们在当下往往满足于纷杂流走的图像而忘却了在艺术审美中的吟味和领悟。后现代思潮对于意义的消解使人们停留于碎片化的影像而缺乏了抽象的能力，这对艺术的发展与提升来说，很难说是一件好事！在理论上明确提倡审美的抽象，无论是创作过程中还是欣赏活动中，都是题中应有之义。

从审美抽象的形态来看，本文意在指出，很多艺术理论的命题和艺术品，都是审美抽象的产物。艺术理论的命题当然有理性思维的作用在其中，但它们又往往是由作家艺术家从自身丰富深厚的创作体验中反思得来的，带有审美经验的色彩；艺术品则是艺术家将在现实中兴发的感受和意向，以其同样被激发的独特艺术语言加以表现，形成具有长久生命力的完整的艺术品，又被欣赏者所不断地领悟。这两种情形都是审美抽象的基本形态。

① ［美］苏珊·朗格：《艺术问题》，滕守尧、朱疆源译，中国社会科学出版社1983年版，第64页。

中国古典美学

透彻之悟：审美境界论

——严羽《沧浪诗话》新探*

一

所谓“透彻之悟”，是宋代诗论家严羽提出的“妙悟说”的一个主要层面。严羽“借禅以为喻”来阐发诗歌创作的独特艺术规律，在《沧浪诗话》里，“妙悟”是沟通诗学和禅学的津梁。在思维方式上，禅学与诗学确有极相类似之处。然而，禅学与诗学在根本性质上又是极不相同的。禅学认为只要“心体无滞”，即可“顿悟真如”；而诗歌创作却非如此，它虽然有一个万象腾踔、豁然开朗的灵感爆发过程，但这种灵感心态的背后，却是以长期的艺术陶养作为土壤，以孜孜不倦的艺术渴求为催生剂，以蓬蓬然的生命欲望作为内驱力的。从这个角度来看，诗与禅，不可混一而言。

严羽虽然以禅喻诗，用禅道“妙悟”来比喻诗道“妙悟”，但他并未将二者完全混同。细绎《沧浪诗话》，严羽的“诗道妙悟”，包括了由学诗到创作以及成诗后的境界这样一个诗学的整体历程。其“妙悟说”实际上包含着两个主要层面：一是所谓“第一义之悟”——主要是指学诗者在长期的艺术陶养过程中，不断地取法、参悟最上乘的艺术作品，“酝酿胸中，久之自然悟入”①，在涵咏艺术佳品的过程中，逐渐领悟诗歌创作的独特艺术规律。另一个主要层面就是“透彻之悟”。“透彻之悟”的内涵很丰富，但主要是指那种优秀诗作所应具有的浑融圆整的审美境界。“妙悟说”正是包括了从“悟第一义”到“透彻之悟”这样一个从学诗到作诗以及好诗所应具有的审美境界的整体过程。而《沧浪诗话》在中国古典美学中的独到价值，又主要在于对诗歌审美境界的建设性阐发。因此，要真正探得《沧浪

---

* 本文刊于《江海学刊》1988年第3期。

① 郭绍虞：《沧浪诗话校释》，人民文学出版社1961年版，第1页。

诗话》的“骊珠”，就必须对“透彻之悟”的审美内涵加以科学的揭示。只有把“透彻之悟”说得“透彻”，才能认识到《沧浪诗话》的独特美学价值，整个《沧浪诗话》所蕴含着的严羽的诗学思想体系，也就以其独特的、清晰的面貌和有机的、完整的形态呈现于我们面前了。

二

对于“透彻之悟”理解的关键，笔者以为在于下面这段引起学术界众说纷纭的话：

> 夫诗有别材，非关书也；诗有别趣，非关理也。然非多读书，多穷理，则不能极其至。所谓不涉理路，不落言筌，上也。诗者，吟咏情性也。盛唐诸人惟在兴趣，羚羊挂角，无迹可求。故其妙处透彻玲珑，不可凑泊。如空中之音，相中之色，水中之月，镜中之象，言有尽而意无穷。①

关于“别材”、“别趣”，论者们提出了各自不同的解释，笔者觉得“别材”、“别趣”与下面的“盛唐诸人惟在兴趣”一段描述，是理论上的有机整体，只有把后者谈清楚，前者才有扎实的依据。

“盛唐诸人惟在兴趣”以下这段话，很多论者都从风格学的角度来进行阐释。一般都认为，严羽在这里是极度推尊王、孟一派淡远空灵的风格，美学趣味偏嗜于王、孟，而不在李、杜。另有一些论者同样从风格学角度来反驳前种观点，认为严羽推崇李、杜，以李、杜为标准。笔者则以为严羽并不是在强调哪一家、哪一派的风格、家数，而是在标举、呈示好诗所应具有的境界。换言之，如果从中国古典诗歌意境论的角度来透视《沧浪诗话》，可能会产生一些新的认识。

这也就是“透彻之悟”的审美境界。这种审美境界的首要特点在于它是浑融圆整、毫无缀合痕迹的。每首诗由许多词、句构成，创造出若干个意象，但每首诗作为基本的艺术单元，应该有一个完整的审美境界，这个审美境界中的各个意象之间，应该浑融圆整，没有隔阂，没有缀合痕迹。“羚羊挂角，无迹可求。故其妙处透彻玲珑，不可凑泊”，正是上述之意。“羚羊

① 郭绍虞：《沧浪诗话校释》，人民文学出版社1961年版，第26页。

挂角”是禅宗语录中常以作为佛理有待于“妙悟”、不能寻章摘句的比喻。如《五灯会元》中“雪峰义存禅师”条云：“师谓众曰：吾若东道西道，汝则寻言逐句，吾若羚羊挂角，汝向什么处扪摸。”[①] 禅宗主张“以心传心，不立文字”，反对拘执于名言概念，“寻言逐句”是禅家所不屑于为的。而“羚羊挂角”则是“言语道绝”、返照自心的禅悟方式。禅宗在理论上的先驱人物南朝宋名僧竺道生即主“顿悟”之说。其根据便在于“佛理”的终极一体性。因为“佛理”是完整不可割裂的，对“佛理”的领悟，也只能是顿然的，一次性的。“夫称顿者，明理不可分，悟语极照，以不二之悟，符不分之理。”[②] 这种“顿悟”，当然是不能支离凑合的，而应该是浑然一体，不着痕迹的。严羽以此来比喻好诗的审美境界浑融圆整，没有雕琢、缀合的痕迹，因此，接着又补充道：“故其妙处透彻玲珑，不可凑泊。”所谓“凑泊”也是禅家话头，即聚合、聚结之意。《续传灯录》中“湛堂智深禅师”条云：“盖地水风火，因缘和合，暂时凑泊，不可错认为己有。”[③] 佛学认为现象界都是由缘起生成，临时聚合（凑泊），因而也是虚幻不实的。严羽则借此话头说明诗作要有一种超越各要素之上的整体美，而不应是诗中各要素的机械拼凑。严羽是十分强调这种整体美的，他所说的“气象”、“兴趣”、“意兴”，大体上都是指这种浑融圆整的审美境界所产生的整体美。从所谓“汉魏古诗，气象混沌，难以句摘”[④]，“建安之作，全在气象，不可寻枝摘叶”[⑤]，“胡笳十八拍混然天成，绝无痕迹，如蔡文姬肺肝间流出”[⑥] 之类，即可看出严羽用以铨评诗作的尺度。

这种浑融圆整的审美境界既不能等同于诗歌中严整的语言形式，这只是它的载体，也不能看作是诗中各种意象的相加，这只是构成它的一些要素。它是一种生发于、却又超越于诗歌的物质形态的全新的美质。如果用“完形心理学”的术语来表述，可以说是一种“格式塔质”。完形心理学最基本、也是最经典的原理是整体不等于其部分相加之和。所谓“格式塔”亦即“完形”，十分值得注意的特性在于：作为一个整体，它并不是客体本身

---

① （宋）普济：《五灯会元》卷7，中华书局1984年版，第385—386页。

② （晋）慧达：《肇论疏》，见《续藏经》第1辑第2编乙，第23套第4册，新文丰出版公司1983年版，第425页。

③ 《续传灯录》，见《永乐北藏》整理委员会整理《永乐北藏》第196册，线装书局2008年重印大明正统五年版，第788页。

④ 郭绍虞：《沧浪诗话校释》，人民文学出版社1961年版，第151页。

⑤ 同上书，第158页。

⑥ 同上书，第189页。

就有的，而是完全独立于构成这个客体的要素的全新的整体。诗歌境界正是借助于审美主体对审美客体的观照，才显示出其整体的构成。它由诗歌的语言形式生发而出，但不等同于诗歌的语言形式，而是出现于审美主体的知觉经验中的情境。它以诗歌的语言形式为物质载体，却又游离于、超越于这个载体，这也就导致了诗歌审美境界的另一个特点：“幻象”式的不确定性或多义性。

严羽所用来形容好诗的审美境界这几个喻象“空中之音，相中之色，水中之月，镜中之象”，正极为形象地呈示出这种审美境界生发于诗的语言形式，而又超越于语言形式的“幻象”性质。但是，正如一个天上的月亮映在水里不只是一个月亮（所谓“月印万川”）一样，一首诗作为本体所产生的“幻象”也并非一个。因为，这种幻象并不是与审美主体无涉的客观性质，而是有赖于审美主体对客体的知觉经验。这种知觉不是对客体的纯客观的消极反映，而是一种知觉的积极建构。由于审美主体在个性气质、生活阅历、文化修养等方面的差异，其感知图式也就各不相同。这是作品的多义性所产生的主要原因，也是“有尽之言”表现于不同的审美主体的知觉经验中的“无穷之意”。而即使是同一个审美主体，在不同时期、不同情境下所感知的意蕴也不是完全一样的，所产生的幻象也是会有差异的。因此，“无穷之意”一方面指诗歌在不同的审美主体的特殊体验中所形成的不同的审美境界；另一方面，则是指特定的审美主体在不同情境下所形成的不尽相同的审美境界。

对于这种生发于而又超越于诗歌的语言形式的审美境界的认识与追求，并不自严羽始，而是中国古典诗歌美学的一个独特的传统。刘勰《文心雕龙》有“隐秀”篇，所谓“隐”，就是“文外之重旨”，“夫隐之为体，义生文外，秘响旁通，伏采潜发，譬爻象之变互体，川渎之韫珠玉也”，正是说语言形式外的“余味曲包”的境界；钟嵘《诗品》鄙视“文繁而意少”，而推崇“文已尽而意有余”，认为最好的诗，应该能使欣赏者产生“味之者无极，闻之者动心”的审美体验；皎然则称许“两重意以上”的“文外重旨”[①]；司空图则以“韵外之致”[②] 论诗；梅尧臣认为诗之高致应是“必能

① 李壮鹰：《诗式校注》卷1，人民文学出版社2003年版，第42页。

② （唐）司空图：《与李生论诗书》，见傅云龙、吴可《唐宋明清文集》第1辑《唐人文集》卷4，天津古籍出版社2000年版，第2569页。

状难写之景，如在目前，含不尽之意，见于言外”①；姜夔以“句中有余味，篇中有余意”为诗之“善之善也”。可见，认为好的诗歌应该是在有限的语言形式中蕴含极为丰富的“言外之意”、“文外重旨”，是大多诗论家共同的看法，也是中国古典诗歌美学的突出特点。这是意境理论形成的一条脉络，是一个逐渐发展成熟的过程。严羽的意义，在于将“言外之意”这条理论线索纳入意境理论的轨道，成为意境理论（境界说）不可或缺的美学内容。前述那些“言外之意”、“文外重旨”的说法，并不是意境理论，而只是以后形成意境理论的要素。严羽虽未标榜“境界”，但却主要是在谈论“境界”的美学特征。他把“言有尽而意无穷”作为好诗的审美境界的一个基本特征，为中国古典诗歌美学中意境理论的建设做出了不可忽视的贡献。“空中之音，相中之色，水中之月，镜中之象”与“言有尽而意无穷”放在一起，适足说明严羽是以“言外之意”作为基本要素来规定诗歌审美境界的特质的。钱锺书先生独具慧眼地看到沧浪这里所论不是哪一派的风格，而是境界，他说：“沧浪别开生面，如骊珠之先探，等犀角之独觉，在学诗时工夫之外，另拈出成诗后之境界，妙悟而外，尚有神韵。不仅以学诗之事，比诸学禅之事，并以诗成有神，言尽而味无穷之妙，比于禅理之超绝文字。”② 如果仔细读这段文字，就可发现，钱先生明确指出沧浪是论述“成诗后之境界”，而且揭示了“言尽而味无穷”与境界的关系。这是颇有启示于《沧浪诗话》中“透彻之悟”的研究的。

审美境界一方面有待于主体的审美知觉经验，另一方面又有赖于客体的自身形式。天上倘无明月，水中之月何由而来？片面强调主体，而忽视客体，审美境界也成了无源之水、无本之木。同时，也就取消了诗歌优劣的差异。事实上，审美境界的产生，在于审美客体自身与审美主体的感知图式的遇合之中。这就对诗歌创作提出了独特要求。换言之，怎样的诗才能产生“言有尽而意无穷”的艺术效果呢？对诗歌来说，一方面是前面所谈到过的（不过角度微有差异）浑融圆整，意象之间没有支离、饾饤之痕，没有缀合之迹；另一方面，要求所创造出的诗歌“艺术幻象”，不应该有过于狭窄、过于明确的意向，过于固定的含义，而应该有一定的“模糊感”即不确定性。这样，审美主体在观照诗歌，形成审美境界的过程中，才能发挥艺术知

① （宋）欧阳修：《六一诗话》，见（清）何文焕《历代诗话》，中华书局 1981 年版，第 267 页。

② 钱锺书：《谈艺录》，中华书局 1984 年版，第 258 页。

觉积极建构的功能，投射进独特的审美经验，形成独特的审美境界，才能收到“言有尽而意无穷”的效果。反之，诗歌语言意向过于明确、狭窄，几乎不给审美主体投射的机会，等于把欣赏者的审美联想都钉死在诗歌的语言形式之上，势必造成“言尽意穷”、毫无曲味可言的状况。严羽的“透彻玲珑，不可凑泊”，“空中之音，相中之色，镜中之象”，除了前面的分析而外，又都有着恍惚惝惘、模糊幻化、扑朔迷离的意思。钱锺书先生引西人诗境之论以证沧浪：“魏尔伦比诗境于‘蝉翼纱幕之后，明眸流睇’，言其似隐如显，望之宛在，即之忽稀，正沧浪所谓‘不可凑泊’也。”① “镜花水月”的喻象，佛学常以比喻万法之虚幻。如“一切法性皆虚妄见，如梦如焰，所起影像，如水中月，如镜中像”②，“菩萨观诸有情，如幻师观所幻事，如观水中月，观镜中像，观芭蕉心”③，都是比喻虚幻难以捉摸。严羽以“镜花水月”喻诗，正是要表征这种生发于而又超越于诗歌语言形式的审美境界的不确定性、模糊性；同时，也是要求欣赏者对诗的欣赏理解，不能拘执其迹，正如明人谢榛所说：“诗有可解、不可解、不必解，若水月镜花，勿泥其迹可也。”④

三

诗与禅之间，最突出的相似点在于：非逻辑思维的思维方式。禅宗最根本的信条之一便是“不立文字”，这并不是说完全不要语言文字，而是要排除以概念、判断、推理构成的逻辑思维方式，强调“无念为宗”，因此在禅宗典籍中的确极难看到逻辑思辨的东西。但禅宗并不反对形象直觉的认识方式，“世尊拈花，迦叶微笑”成为禅宗奉为经典的悟解模式。禅宗公案中大量的是用感性事物的符号来作为悟道的钥匙。“如何是佛？师曰：嘶风木马缘无绊，背角泥牛痛下鞭”⑤，“如何是祖师西来意？师曰：三尺杖子破瓦盆”⑥，“如何是西来意？师曰：四溟无窟宅，一滴润乾坤”⑦，“如何是道？

① 钱锺书：《谈艺录》，中华书局1984年版，第276页。

② 《说无垢称经·声闻品》，见“永乐北藏”整理委员会整理《永乐北藏》第38册，线装书局2004年版，第96页。

③ 《说无垢称经·观有情品》，同上书，第135页。

④ （明）谢榛：《四溟诗话》卷1，中华书局1985年版，第1页。

⑤ （宋）普济：《五灯会元》卷11，中华书局1984年版，第674页。

⑥ 同上书，第697页。

⑦ 同上书，第326页。

师曰：石头频吐三春雾，木马嘶声满道途"①，尽管所答非其所问，但毕竟是用一种感性直观的符号作为契机，震开悟道者闭锁着的心灵门窗。也正是在这里，诗与禅相通了。诗歌要创造出浑融圆整的审美境界，决不能用逻辑思维的方式，也就是不能按照判断、推理的程序进行思维，而应该是以意象作为元素来进行思维。值得充分注意的是，严羽第一次明确地揭示了诗歌创作的思维方式的特征："诗有别趣，非关理也"，"所谓不涉理路，不落言筌，上也"。诗歌创作在思维方式上的独特之处就是直觉的、意象化的思维方式，与逻辑思维别是一路。指出这一点，就阐明了诗之所以为诗的关键特征所在，这不能不说是严羽在中国古代诗歌美学理论发展中的卓越建树。可惜的是，严羽此意一直被研究者们所误解，认为是否认理性的神秘主义、不可知论。其实，严羽只是说在诗歌创作的思维方式、思维程序上不同于逻辑思维，却并没有排除诗歌创作中的理性因素。他甚至认为"非多读书、多穷理，则不能极其至"。要达到诗歌的最高境界，读书、穷理是学诗过程中必经的修养途径。在这里，也就是诗与禅的根本不同之处。其所谓"诗有词理意兴"，就已指出了理性是构成诗歌的几个要素之一。他所不满的只是"南朝人尚词而病于理；本朝人尚理而病于意兴"。只有漂亮词采而缺乏义理、格调卑微，或者宣教义理而缺乏意兴，使诗歌堕于理窟，同样为严羽所不屑。他推崇的是"唐人尚意兴而理在其中，汉魏之诗，词理意兴，无迹可求"的诗歌境界。具有好的义理，却又是融化于意兴之中，这才是严羽所首肯的好诗。

我们不妨以苏珊·朗格的符号论美学的某些观点来反观一下严羽的理论。朗格认为，一件艺术品就是一个艺术符号，这种艺术符号区别于艺术中的符号，"不是由一整套符号系统构成的"②，"本身就是一个独特的符号"③，并且"是一种单一的和不可分割的符号，它的意味又不是它的各个部分的意味之和"④。创造这种"艺术符号"的洞察力是一种艺术知觉——直觉。但朗格所理解的直觉绝不是与理性对立的非理性的直觉，而是合乎理性的思维活动。它的特点只在于不同于推理，不借助于概念。"它包括着对各式各样的形式的洞察，或者说它包括着对诸种形式特征、关系、意味，抽

① （宋）普济：《五灯会元》卷11，中华书局1984年版，第323页。

② ［美］苏珊·朗格：《艺术问题》，滕守尧、朱疆源译，中国社会科学出版社1983年版，第129页。

③ 同上。

④ 同上。

象形式和具体实例的洞察和识认”①，但它“是永远也不能通过推理性的语言表达出来的”②。朗格对直觉与理性关系的看法是深刻的，她不是把二者对立起来，而是联系起来。这里是不是能够把严羽对诗歌思维方式的特征的认识与朗格的理论沟通一下呢？严羽主张达到“透彻之悟”这种审美境界的好诗应该是浑融圆整、没有缀合痕迹的，而创作诗歌时要“不涉理路”——不同于逻辑思维的方式、程序，但又要求“理在其中”，这与朗格的符号论美学很有一点相似之处。严羽在七八百年之前对诗歌艺术规律就有这样的深刻认识，不能不说是有着卓越的理论眼光的。

对“透彻之悟”的审美境界作了上述阐发，“别材”、“别趣”之说也就可以得到水到渠成的解释。联系下面“透彻之悟”所表征的审美境界，似乎可以大胆地提出这样的认识：“诗有别材，非关书也”，别材，是指诗中应该具有的完整不可分割的审美境界，也可以说是一种“完形”，它不同于书本材料的缀合，因此说“非关书也”；“诗有别趣，非关理也”，所谓“别趣”是指诗歌不同于理论文字（甚至也不同于其他文学体裁）的特殊的“艺术意味”，这种“艺术意味”决非逻辑思维可以产生诞育的。

四

很多论者将“妙悟”等同于审美直觉、灵感，这是不全面的。我把“妙悟”析为“第一义之悟”和“透彻之悟”这样两个主要层面：前者是学诗工夫，后者是“诗成后境界”，前者是途径，后者是目标。其间还有一个中介的环节，那就是“悟入”。前面已经重点论述了“透彻之悟”的审美境界，这里将要准备着重探讨“透彻之悟”这个目标是如何达到的。

严羽谈“妙悟”，主张达到“透彻之悟”的审美境界，绝不是忽视学力，相反地，他极为重视为了达到“透彻之悟”所要进行的长期学习、陶养。他明确地说：“然非多读书、多穷理，则不能极其至。”“读书”、“穷理”非但与“透彻之悟”不相悖谬，而且是达到后者的必经之路，并不是可有可无的东西。因此，他强调学诗者要“悟第一义”，“入门须正，立志

① ［美］苏珊·朗格：《艺术问题》，滕守尧、朱疆源译，中国社会科学出版社1983年版，第129页。

② 同上。

须高”[1]，要反复熟读那些上乘之作，甚至要“枕藉观之”，熟读之外，尚须“熟参”：“试取汉魏之诗而熟参之，次取晋宋之诗而熟参之，次取南北朝之诗而熟参之，次取沈宋王杨卢骆陈拾遗之诗而熟参之，次取开元天宝诸家之诗而熟参之，次独取李杜二公之诗而熟参之，又取大历十才子之诗而熟参之，又尽取晚唐诸家之诗而熟参之，又取本朝苏黄以下诸家之诗而熟参之，其真是非自有不能隐者。”[2] 通过“熟读”与“熟参”，才能逐渐认识诗歌创作的艺术规律。但是，熟读熟参诸家之诗，还只是书本材料的吸收、掌握，这些材料必须经过陶钧、熔化，变为学诗者自已的创造力。这个过程，严羽称为“悟入”，“酝酿胸中，久之自然悟入”[3]。“悟入”的过程，就是从学诗到逐渐掌握诗歌创作的艺术规律，进而能够创作出达到“透彻之悟”那种境界的诗歌的过程。钱锺书先生说：“夫‘悟’而曰‘妙’，未必一蹴而至也；乃博采而有所通，力索而有所入也。学道学诗，非悟不进。……人性中皆有悟，必工夫不断，悟头始出。”[4] 这就较全面地揭示出“妙悟”的内涵。“悟”必以长时期的学习、陶养为基础、为前提；长时期的学习、陶养则有待于“悟入”——上升到对诗歌创作规律顿见天光、豁然开朗、了然于心的全新境界。也只有这样，才能在创作中诗思如泉、万象在旁又能精汰陶炼而深合诗歌创作规律，达到“透彻之悟”的审美境界。这是一个由“必然王国”进入“自由王国”的过程。严羽在《诗法》篇里描述过这样的过程：“学诗有三节：其初不识好恶，连篇累牍，肆笔而成；既识羞愧，始生畏缩，成之极难，及其透彻，则七纵八横，信手拈来，头头是道矣。”[5] 这段话的重要意义在于，严羽所标举的“妙悟”，并非是仅指“宛如神助”的灵感状态，也不是什么“神赐的迷狂”，而是体现出在艺术实践过程中由不断提高而逐渐摆脱“必然王国”的约束，从而进入纵横驰骋却无不中矩的“自由王国”这样一个过程。从学诗的工夫到诗成后的境界，是离不开这样的中介环节的。严羽虽然对“气象浑沌”、“不可寻枝摘叶”的汉魏古诗颇为称赏，但在根本上，他最为提倡的还是“盛唐诸人”的“透彻之悟”。汉魏古诗虽然浑朴，但却没有经过“悟”这样的诗学过程，只是一种原初状态的浑朴自然，所谓“不假悟也”。许学夷说：“汉魏天成，本不假

---

① 郭绍虞：《沧浪诗话校释》，人民文学出版社 1961 年版，第 1 页。
② 同上书，第 12 页。
③ 同上书，第 1 页。
④ 钱锺书：《谈艺录》，中华书局 1984 年版，第 99 页。
⑤ 郭绍虞：《沧浪诗话校释》，人民文学出版社 1961 年版，第 131 页。

悟，六朝刻雕绮靡，又不可以言悟。”① 胡应麟也认为：“汉人直写胸臆，斫削无施，严氏所云，庶几实录。”② 这些都有助我们理解严氏之意。汉魏古诗虽好，但是很原始，未经“悟入”，六朝诗歌雕琢绮靡，算不得“悟”，只有“盛唐诸人”的“透彻之悟”，经过了否定之否定的环节，达到了“至矣，尽矣”的最佳审美境界。严羽最终“以盛唐为法”，归根到底，还是对经过了长期的艺术陶养，掌握了诗歌创作的艺术规律的“透彻之悟”的推崇与提倡。

① （明）许学夷：《诗源辨体》，人民文学出版社 1987 年版，第 181 页。
② 同上书，第 73 页。

意象还原与视界融合

——古典诗歌鉴赏偶感*

时下各种鉴赏辞典很多，大有充斥书店柜台之势，笔者也常常参与这类文字的写作——不瞒您说，大半是为了“经济效益”，至于究竟写得如何，很少听到什么“信息反馈”，鉴赏文字作者中如我之辈亦恐并非绝无仅有吧。

有些“纯而又纯”的学者，对于鉴赏之类的工作颇有些不屑，对鉴赏辞典的大量发行颇有些愤愤然，以为这种东西降低了学术档次，或者败坏了学术风气。其实，这种肝火是大可不必动的，鉴赏辞典之所以能够出版，正是因为它们有销路，这正反映着社会上最广大的人民群众的文化渴求。对于颇有些“失落感”的专业古代文学工作者来说，这实在是一种福音！用不着太多的“愤世嫉俗”。

笔者所耿怀的，不是各种鉴赏出版物太多，而是质量粗劣，真正脍炙人口的鉴赏文字不是太多，而是太少了。因此，此务之急，应是提高鉴赏文字的审美品位，使鉴赏文字兼具阐释、学术、审美三者的价值，使更多的人爱读，读了之后确乎得到精美的文化滋养与丰富的审美享受。如此，则功莫大焉！

近得友人陶文鹏君惠赐他所撰写的两本赏析新著《王维诗歌赏析》、《陶渊明诗文赏析》（均为广西教育出版社出版，后者系与丘万紫合作）。初时尚以漫不经心的态度读之，不知不觉间竟被吸引住了，恍如为其所牵引，行于山阴道上，“山川自相映发，使人应接不暇”①，大有渐入佳境之感。陶君的赏析文字佳处倒不在于文笔如何华丽，却在于能够深得诗心，揭示出诗歌意象的细微妙处，而且诗作的一些深层意蕴也通过鉴赏文字呈

---

* 本文刊于《名作欣赏》1992 年第 2 期。

① 余嘉锡：《世说新语笺疏》，中华书局 1983 年版，第 172 页。

现出来。诗歌意象中所蕴含的理性内容，在作者笔下也都剖露而出。如对《终南别业》一诗的赏析，就是把审美意象的还原与理性因素的阐释很好地结合着的。在对“行到水穷处，坐看云起时”这联诗的赏析中，作者这样写道：

颈联上句“行到水穷处”说，自己随意而行，无一定目的，走到哪里算哪里，然而在不知不觉间，竟来到流水的尽头，下句“坐看云起时”说，眼看无路可走了，于是索性就地坐下来，又见到一团团白云飘浮而起。这一联，将叙事、写景和抒情融为一体。从叙事角度着，十个字之中，一气叙写出诗人一行、一到、一坐、一看，干净利落，显出诗人无住无沾、自由洒脱之态；从抒情角度看，行到水穷，仍然不急不忙，不烦不恼，就在水边坐看白云涌起，寻水之趣乍尽，观云之趣又生，这种随处生发而又悠悠不绝的自然情趣，正可作王维形神之写照。多么闲适悠远，令人心旷神怡！从写景角度看，用的是轻笔淡墨，随意一挥，略微见景，而情与事皆溶化其中，天然一幅山水画图，其笔致之含蓄空灵，胜于孟浩然《晚泊浔阳望庐山》中的“泊舟浔阳郭，始见香炉峰”一联。然而，这两句之妙，还在于深蕴禅理。在佛家的眼里，白云的无心无意，舒卷自如，悠悠自在，无所窒碍，正是所谓“不住心”、“无常心”，淡泊闲适、安详自足等禅意的象征。“水穷”与“云起”这两个意象的巧妙组合，还饱含着诸如“无心遇合”、“处变不惊”、“绝处逢生”、“妙境无穷”等自然、宇宙和人生哲理。①

这段文字在这两部书中是很有典型性的。既有对诗歌意象的欣赏，也有对意象中积淀的理性内容的解析，使读者既能领略原诗的意象之美，同时也对诗的内涵有了更加深入的理解。

可以说，诗歌以审美意象为本体，诗歌中的语言，是审美意象的载体。“意象”作为中国古典美学的一个重要范畴，是完全从中国古代的审美创造实践中生长出来的。对于诗歌的欣赏与理解，主要是对诗中审美意象的品味。诗人运用语言创作诗歌，主要是传达、表现在诗人心中涌现而出的意象。从这个意义上说，诗歌中的语言不是终极目的。在审美创造中是如此，

① 陶文鹏：《王维诗歌赏析》，广西教育出版社 1991 年版，第 16 页。

在审美鉴赏领域也是如此。也正是从这一点上，苏珊·朗格把艺术作品作为一种特殊的符号，区别于一般的语言符号。诗歌创作用语言来创造意象，构成一个完整的审美境界，苏珊·朗格把一件完整的艺术作品，如一首诗、一幅画、一件雕塑称之为“艺术符号。”她说：“艺术符号是一种单一的符号，它的意味并不是各个部分的意义相加而成。我认为，所谓艺术符号，就是塞西尔·德·莱维斯所说的‘诗的意象’，也是某些画家在抵制了那些流行一时的错误概念之后赋予绘画的称呼——‘绝对的意象’，这种意象就是通过空间、音乐中的音程或其他一些虚幻的和可塑性的媒介创造出来的生命和情感的客观形式。”① 朗格是把一件完整的艺术品作为一个“艺术符号”的。她对这种艺术符号和普通符号如我们所使用的词汇区别开来，对于后者，她称之为“艺术中的符号。”她又说：“这种艺术符号是一种单一的有机结构体，其中的每一个成分都不能离开这个结构体而独立地存在，所以单个的成分就不能单独地表现某种情感。艺术品的这一作用与语言词汇的作用是正好相反的。字或词是语言的组成成分，每一个字或每一个词都有它自己单独的意义，所有的字和词加到一起就构成了整句话的整体意思。这就是说，在语言这种符号系统中，每一个单独的符号都有着自己独特的意义，还有专门适合这种符号的构造法则。正是依照这些法则，才逐渐组成了某些较大一些的单位——短语、句子、完整的文章等等。只有在这个时候，才能把某些互有联系或互相组合的概念表达出来。而艺术品却恰好与此相反，它并不是一个符号系统，在一件艺术品中，其成分总是和整体形象联系在一起组成一种全新的创造物。”② 可见，艺术品之所以发生审美功能，主要在于它的审美意象。语言符号虽然是用来表现审美意象的，但决不能等同于审美意象。在欣赏古典诗歌的时候，领会了字面意义之后，主要是构现诗歌语言所创造的审美意象，而不能停留在字词意义这个层面。借用禅宗的比喻，就是“舍筏登岸”吧。

审美鉴赏对于审美创造来说，是个逆向思维过程。欣赏诗作是从文本进入，从而构现诗的审美意象，产生审美兴趣。一般的鉴赏诗歌，阅读本文到审美意象在心灵的荧屏上映现，其间的过程是非常短暂迅捷的，而审美意象的呈现方式是一种直觉的观照。然而，鉴赏文章的写作，不同于一般的鉴

---

① ［美］苏珊·朗格：《艺术问题》，滕守尧、朱疆源译，中国社会科学出版社1983年版，第130页。

② 同上书，第129页。

赏。作者首先要完成鉴赏过程，然后加以分析，诉诸文字，起到鉴赏的导引功能。既然诗歌以审美意象为本体，那么，鉴赏文章自然不能以词语阐释为归依，而当以审美意象的还原作为鉴赏的重要任务。

何谓“审美意象的还原”？就是为了使读者能够更加深刻地了解诗歌意象的丰富内蕴，对于诗歌意象所表现的内涵，所运用的艺术手法等，进行语言阐析，描述出比文本更为具体化的画面，同时，也使读者进一步了解意象的构成方式，以及创造意象时所运用的方法。

欣赏主体在进入审美过程时，面对审美客体，应是进入一种“物我两忘”的境界，与客体互相交融，产生审美体验。作为鉴赏文章的作者自然首先是作为欣赏主体存在的。但这还不够，还应该在完成审美过程之后，跳出来，把诗作再作为评判对象进行分析，方能看到远比一般读者更为丰富、深邃的内在意蕴，这叫“入乎其内，出乎其外”①，而这一“出”一“入”，又应该是不着痕迹的融合。

诗歌意象是一种经过了创作主体高度简化的东西，具有很大的象征性，同时，意象本身存在着许多“不定点”。那么，欣赏过程在很大程度上，便是对于诗歌文本的“具体化”。无须隐讳，这种观点是来自于现象学美学家罗曼·英加登。但这种说法笔者以为是较为深刻地揭示了文学文本尤其是诗歌的特质的。英加登说：“文学作品，尤其是文学的艺术作品，是一个图式化构成。至少它的某些层次，尤其是客体层次，包含一系列‘不定点’。凡是不可能说（在作品句子的基础上）某个对象或客观情境是否具有某种特征的地方，我们就发现存在着这样一个不定点……我把再现客体没有被本文特别确定的方面或成分叫做‘不定点’。文学作品描绘的每一个对象、人物、事件等等，都包含着许多‘不定点’，特别是对人和事物遭遇的描绘……‘不定点’的作用对抒情诗有很大的重要性。诗歌越是‘纯粹’抒情的，对本文中明确陈述的东西的实际确定就越少（大致说来）；大部分东西都没有说出。”② 的确如此。诗歌意象中存在着许多“空白”或云“不定点”，使之具有了很大的不确定性，这些都是需要读者进行“具体化”的。中国古典诗词的这种特征尤其明显。譬如王维的《送别》：“下马饮君酒，问君何所之？君言不得意，归卧南山陲。但去莫复问，白云无尽时。”这首

---

① （清）王国维：《人间词话》，四川人民出版社 1981 年版，第 75 页。

② ［波兰］罗曼·英加登：《对文学的艺术作品的认识》，陈燕谷、晓未译，中国文联出版公司 1988 年版，第 51 页。

诗里的“君”究竟是个什么样的人？是老还是少？因何而不得意？有一系列的“不定点”。再如辛弃疾《青玉案》词中“众里寻他千百度，蓦然回首，那人却在灯火阑珊处”，这里的“他”（实际可能是“她”）究竟是个什么样的人？“灯火阑珊处”又是哪里？都不得而知。实际上，中国古典抒情诗中的“不定点”是最多的。这也正是诗歌艺术魅力、审美兴味的生长点。

实际上，审美意象的还原，在很大程度上是对“不定点”的填充，也即“具体化”。意象之间，有许多省略跳脱处，都由欣赏者自觉不自觉地加以填充了。鉴赏文章的作者，也是把审美意象产生时的“原生态”加以复原。因为鉴赏文章所担负的功能，是导引、帮助一般读者的阅读与鉴赏，进入诗歌所创造的审美境界之中，所以，一定程度的审美具体化就是非常必要的了。

“具体化”是一种“意向性结构”，带有很强的个性色彩。这在一般读者来说是无所谓的，“要亦各视其所怀来与景相迎者也”①。而在鉴赏作者来说，“具体化”要在一定程度上进行，注意给读者留下充分的想象空间。因为鉴赏文章对于读者来说，并不能取代审美过程，审美必须是亲自体验，阅读鉴赏文章，无非是寻一位“导游”而已。

鉴赏作者一方面要导引、帮助读者的审美具体化；另一方面，又要跳出“局外”，对于作品的艺术手法、审美意象的创造方式等等进行评析，使读者对意象的生成有所了解，培养读者的审美能力。因此，鉴赏作者在进行“具体化”的同时，又要不断地进行艺术阐析与判断，以便使读者了解诗歌作品的特殊结构。好的鉴赏文字，审美具体化与艺术阐析是紧紧糅合在一起的。如陶文鹏君在《过香积寺》一诗的赏析中对“泉声咽危石，日色冷青松”一联的鉴赏文字：“上句写闻，下句写见。山中危石耸立，流泉受到阻挡，只能缓慢地时断时续地流淌。它们在嶙峋的危石间艰难地穿行。水流声音变得细小了、低沉了、喑哑了，仿佛是在痛苦地幽咽。因此，‘咽’字下得极准确、生动、传神。深山青松树密荫浓，日光照射在松林间，因为受到阴暗的环境影响，而现出寒冷的色调。诗人用‘冷’字形容日色，更新奇绝妙。这十个字，把泉声、危石、日色、青松四个意象有机地组合在一起，使日色之凄冷和泉声的幽咽互相衬托，深僻冷寂之境界全出。赵殿成评论说：‘下一咽字，则幽静之状恍然；著一冷字，则深僻之景若见、昔人所谓

① 戴鸿森：《姜斋诗话笺注》，人民文学出版社1981年版，第50页。

诗眼是也。'‘日色冷青松’一句，还巧妙地运用了‘通感’的手法。‘日色’是视觉意象，作者却用触觉感受的‘冷’来形容它，使视觉向触觉挪移，从而互相交通，这就更深刻更奇妙地表现出幽僻的感受。"[①] 陶文鹏君用准确、生动、美妙的语言，使意象的客观内容得以复原，同时，又作了颇为深细精辟的音术分析，这二者又是很好地融合在一起的。笔者以为好的鉴赏文字，应该是这样一种把意象还原与艺术分析糅而为一的文字。

诗歌的审美意象，其创造的过程主要是直觉的，而并非主要用逻辑的、推理的思维方式堆垒出来的。对于诗歌审美意象的欣赏也主要是直觉观照的，不能只运用概念分析的方法进行知性解析。借用佛教的话来说，叫作"以不二之悟，符不分之理"[②]。诗歌意象是终极性的，不可分解的，因此，诗歌意象的鉴赏，是一种"果熟自零"似的"妙悟"。但是，鉴赏文章的写作，并不仅仅是审美过程，还需要作者的理性判断。它既有审美的层次，又有科学的层次。诗歌鉴赏的过程本身是审美过程，但写作鉴赏文章，又是一门艺术科学。这是鉴赏写作不同于一般鉴赏的地方。诗歌文本，作为鉴赏对象，绝不是仅在于艺术形式。在其他艺术门类中，如绘画、音乐等，或许形式化的因素更重些，而在诗歌中，形式是和内容密不可分的。任何诗歌都难以不荷载内容而纯以形式美感呈现出来。古典诗歌的意象，便是深深积淀着理性内涵的。它不以逻辑的、概念的方式呈现，而以具象的方式呈现，但是都包容着丰富的理性内涵。这是无须举例、不言自明的。

需要说明的是，诗歌中的理性内涵以意象的方式呈现，这就对鉴赏文字提出了某种特殊的要求，也就是不应把形式和内容剥离开而分别论列，而这正是许多鉴赏文字的通病。扩而言之，在我们以往的文学史著作和大部分研究论文中，形式与内容二分法是最为常见的模式，也是很难挣脱的一种思维定式，这使文学研究尤其是古典诗歌研究流于一种肢解与肤浅，而很难把握住研究对象的活的生命以及整体的美感。而近年来的文学研究由于受"新批评"以及"形式主义"等西方批评观念及方法的影响，又有专谈形式美而抛离作品社会内容的倾向，这同样是不切实际的。笔者以为，在鉴赏文字里也好，在其他研究论著中也好，都应打破这种"二分法"，而注重于把握作品的整体生命，具体探求诗中的理性内涵是通过怎样的意象化方式表现出

---

① 陶文鹏：《王维诗歌赏析》，广西教育出版社 1991 年版，第 75 页。

② （晋）慧达：《肇论疏》，见《续藏经》第 1 辑第 2 编乙，第 23 套第 4 册，新文丰出版公司 1983 年版，第 425 页。

来的。

陶君的赏析文字，很少有这里所指出的“形式内容两分法”的通病，而是将诗的意象化方式与理性内涵的分析融而为一。因此，对于诗歌作品，是一种活的、有血有肉的把握。如他对王维《酬张少府》诗中最后一联“君问穷通理，渔歌入浦深”的分析：“诗的尾联，回到酬张少府的题旨，其意思说：‘您要问有关穷通的道理吗？请听那河浦深处传来的渔歌吧。’这里用一问一答形式，又妙在以不答作答，借渔人驾渔舟唱渔歌渐逝于深浦的画面，使友人顿悟，显然得力于禅宗借自然景象的观照悟解禅理的思维方式。‘渔歌’的意象，又暗用了《楚辞・渔父》的典故。……王维诗里的‘渔歌’，含有避世隐遁的意思。但这些意思都没有明白说出，而是隐藏在画面之中，使全诗富于哲理意味和艺术情趣，耐人咀嚼，发人深思。”① 很明显，作者把诗歌意象中所积淀的理性内涵深刻地揭示出来了，但不是单纯的内容阐述，而是把这些理性内涵的意象化方式一并托了出来，应该说，这是鉴赏文字应当取法的途径。理性和审美直觉并非冰炭不相容，而是可以互融互印的。在审美直觉中积淀着理性，而理性因素又必须转化为直觉方式方能成为艺术品。剥离了理性因素的直觉是不会具有审美性质的。鉴赏文字应该把理性内涵使其意象化方式活生生地呈现出来。

对于古典诗歌的鉴赏，是一种历史性的理解。尽管时间已经非常遥远了，尽管诗人当时的心境以及他所要表达的全部内容，是我们在今天所无法完全确知的，但这并不妨碍我们对古典诗歌本文有自己的理解。意义不是固定不变的，而是不断生成的。一部古典文学名著、一篇古典诗歌的意义与价值，并不仅仅在于文本自身，同时，也在于历时性的各种阐释之中，换言之，对于文本的历代的解析、评价、连同本文一起，构成了有关这部古典名著或某篇古典诗歌的意义系统。恰如著名哲学家伽达默尔所说的：“我们称之为古典的东西首先并不需要克服历史间距，因为在它自己不断的传达中，已经克服了它。”② 在伽达默尔看来，“一段文本或一件艺术品的真正意义的发现永远不会结束，事实上它是一个无限的过程”③。由这种解释学的观点出发，以往对古典诗歌的各种注解、阐释，并不是我们发掘文本价值的包袱

① 陶文鹏：《王维诗歌赏析》，广西教育出版社 1991 年版，第 60 页。

② ［德］伽达默尔：《真理与方法》，转引自张汝伦《意义的探究——当代西方释义学》，辽宁人民出版社 1986 年版，第 188 页。

③ 同上书，第 188 页。

或者说是障碍，相反地，是一种积极的、有建设性的东西，意义发现的无限过程是由此而得以传递与实现的。

在古典诗歌的鉴赏文字中，积极地借鉴前人的评价与研究成果当是题中应有之义。在个人审美鉴赏的基础上，引述前人的理解、评价，不但是可以的，而且能够构成鉴赏文字的有机组成部分。好的鉴赏文章应该具有相当的学术价值，其体现亦在此处。当然，不应是为了炫耀博学或增加字数，而只是在会心一得之际，挽进前人的理解与评价。这恐怕就是伽达默尔所提出的“视界融合”的概念的意思吧。在伽达默尔这里，视界主要指人的前判断，即对意义和真理的预期，视界之不同是对应于不同的前判断体系的。伽达默尔认为，理解是一种“视界融合”，即理解者的现在视界与对象内容所包含的诸过去视界的融合，也就是拓宽自己的视界，使之与别的视界融为一体，融合的结果是，理解者和理解对象都超越了各自原有的视界，从而达到了新的视界。我们的视界是同过去的视界相接触而形成的，这个视界也就是我们的视界与传统的视界不断融合的过程，这个过程便是“视界融合”。那么，在古典诗歌鉴赏过程中，前人对于同一对象的阐释、评价，也应是在“视界融合”之中的。譬如杜诗，它本身有其视界，宋人对杜诗的评价又是一种视界，后来清代一些研杜名家如浦起龙、钱谦益等亦各有其视界，我们今天对杜诗的评价、认识，自然有我们今天的视界，那么，杜诗及其研究，应该是包含了这些内容的“视界融合”。在鉴赏文字里，体现这种“视界融合”是很有意义的。陶君在对王维和陶渊明的诗作进行赏析时，广泛地吸取了前人的阐释与评价，并有很强的针对性，显得颇为恰切，具有较高的学术价值，同时，又提出自己的认识与评价，较为成熟地体现了“视界融合”这样一个具有历史感的特点。

墨戏论*

纵观中国古典绘画美学的源流可知，“墨戏”不是一个一般性的绘画名词，而是一个能够代表文人画艺术精神的独特美学范畴。在某种意义上，它甚至表征着中国画创作论的鲜明特色。因此，探索“墨戏”的内在机制、发生发展情况、审美内涵是有很重要的理论价值的。

一

首先，什么是“墨戏”。《中文大辞典》云：“墨戏，谓绘事也。”这个界定显然失之宽泛了。“墨戏”只是“绘事”的一种，而不能等同于全部“绘事”。“绘事”中的工笔画，显然不是“墨戏”。经过精心构思、着意布置的大型画作，如李思训的《嘉陇江山水图》、张择端《清明上河图》等，都非墨戏。所谓“墨戏”，是文人画中那些即兴点染的写意之作。元人吴镇论画云：“墨戏之作，盖士大夫词翰之余，适一时之兴趣。”① 这倒是颇为确切的。“墨戏”也就是游戏笔墨。画家并非是郑重其事地预先构思，而是以一种游戏的创作态度即兴挥毫。在创作主体方面，这种态度，是产生“墨戏”的必要条件。而作“墨戏”画的画家，基本上都是文人（士大夫），似与专业画师无干。因而，墨戏是属于文人画的范畴的。

关于创作主体的游戏态度，前人在画论中多有论及。苏轼在《题文与可竹》中说“斯人定何人，游戏得自在。诗鸣草圣余，兼入竹三昧”，说明了文同在画墨竹时是以“游戏”态度出之的。文同以墨竹名世，在文人画的发展史上有重要地位。但他作画“初不自贵重”，看见“精缣良纸”便

---

* 本文刊于《学术月刊》1992 年第 7 期。

① 沈子丞：《历代论画名著汇编》，文物出版社 1982 年版，第 206 页。

“愤笔挥洒，不能自已”[①]，完全是一种游戏的态度。明代著名画家徐渭，在诗中谈及自己的创作体验：“世间无事无三昧，老来戏谑涂花卉。”[②]《明画录》谓其“中岁始学花卉，初不经意，涉笔潇洒，天趣灿发，可称散僧入圣”[③]。“墨戏”之“戏”，首先就是创作主体的游戏态度。

创作主体的游戏态度，并非是毫无社会内容的形式冲动感，而是一种自由地、即兴地抒写主体情志的创作欲求。这也便是“写意”。中国传统绘画中的“写意”，虽是一种创作手法，但又是与画家实现自我价值、高扬主体精神的文人画本质特征紧密联系在一起的。“墨戏”之作必然是“写意”的，工笔画不能称为“墨戏”。在这一点上，《辞源》的解释“墨戏，写意画，随兴成画”[④]，是符合实际的。突出主体的意趣，随意所适，是“墨戏”在创作主体方面的特征。既然以“适意”为其旨归，就必然打破那种酷肖客观物象的模仿式画法，而以画家的主体意趣恣意挥洒。离客观而趋主观，决不要求笔下形象的逼似物态，而是要在形象中寄托生发主体的意趣，“写意不求形似”是“墨戏”的技法上的特点。元人汤垕在《画鉴》中指出：“游戏笔墨，高人胜士寄兴写意者，慎不可以形似求之。先观天真，次观意趣，相对忘笔墨之迹，方为得之。”适足说明“墨戏”画的艺术精神，同时也从审美鉴赏的角度揭示了“墨戏”的内涵所在。元代“四大家”之一的吴镇，在论“墨戏”时又说：“尝观陈简斋墨梅诗云：‘意足不求颜色似，前身相马九方皋。’此真知画也。”[⑤] 在对陈与义于诗中所表现的审美态度的认同中，表达了自己对“墨戏”画的这种看法。其实，这并非是某一位画论家的观念，而是宋元以来文人的一种普遍的审美价值观。苏轼“论画以形似，见与儿童邻”[⑥] 的著名论点，引起历代文人的长期争议。实际上，联系苏轼美学思想的整体以及文人画美学思潮的发展历程，就会看到，苏轼轻形重神的审美观是十分清楚的。苏轼是宋元文人画美学思潮的代表人物，他们的看法与当时画坛上文同、米芾这样一些文人画家的绘画实践有密切联系，同时，苏轼本人也是著名的文人画家，他所画的墨竹等题材，也都有着

① 李之亮：《苏轼文集编年笺注》，巴蜀书社 2011 年版，第 594 页。

② （明）徐渭：《画百花卷与史甥题曰漱老谑墨》，见《徐文长全集》，广益书局 1936 年版，第 51 页。

③ 潘天寿：《中国绘画史》，团结出版社 2006 年版，第 212 页。

④ 转引自周积寅《中国画论辑要》，江苏美术出版社 1985 年版，第 52 页注。

⑤ 沈子丞：《历代论画名著汇编》，文物出版社 1982 年版，第 206 页。

⑥ 李之亮：《苏轼文集编年笺注·诗词附 9》，巴蜀书社 2011 年版，第 298 页。

“墨戏”画的特点。元代著名画家倪瓒所说的“仆之所谓画者，不过逸笔草草，不求形似，聊以自娱耳”[①]，其中“自娱”也正说明了“墨戏”画抛离形似的特点，也是“墨戏”的创作心态。

“墨戏”画的题材也有大致的范围。正因为是“适一时之兴趣”，即兴为之，所以不宜于作那种规模宏阔、结构谨严的画，而多半是花木松石等小景。文人画中常见的题材，墨梅、墨竹、墨兰、墨菊、枯木、松石、人物等等，基本都属于“墨戏”的画材。潘天寿先生论元代墨戏时说：“以其画材言，则以四君子（竹、梅、兰、菊）为最盛，墨戏花鸟次之，枯木窠石又次之。”[②] 清人王时敏评画云：“宣和主人于万几之暇，游戏丹青，山水树石外，间作花鸟虫鱼，用以写生适兴。”[③] 潘天寿论明人墨戏说：“亦以墨竹墨梅为最盛。”[④] 明代名画家文徵明也说：“古之高人逸士，往往喜弄笔，作山水以自娱。”[⑤] 从中都可看出“墨戏”画的题材领域。

“墨戏”画之所以多取上述题材，是由于这些形象适于寄寓士大夫的情志意趣。竹、梅、兰、菊是高洁品格、君子之风的象征，而枯木窠石或山水，也往往能表现出画家的那种狂狷傲世的精神世界。当然并非所有以这些题材入画的都是墨戏，只有那些以游戏态度创作的即兴点染之作，才可称作“墨戏”。

二

“墨戏”是历史的产物。文人画的崛起，才带来了“墨戏”的产生与发展。而“墨戏”的日益繁盛，却显示了中国画的发展趋向。

宋代以前，没有自觉的文人画观念，也没有纯粹的“墨戏”。但王维等人的水墨画，可目为“墨戏”之滥觞。到了宋代，文人画（当时也称“士人画”）成为画坛上越来越强的劲旅，自觉的文人画审美观念已经在画论中表现得颇为充分。苏轼、黄庭坚等人在其审美鉴赏中大力阐扬文人画的审美价值观，对书画界产生了深刻影响。墨戏在这种文艺思潮中大显身手。潘天寿先生在《中国绘画史》中对墨戏的发生发展有着颇为清晰的揭示，他说：

① （元）倪瓒：《玄元馆读书序》，见《全元文》第46册，凤凰出版社2004年版，第618页。
② 潘天寿：《中国绘画史》，上海人民美术出版社1983年版，第177页。
③ （清）王明敏：《烟客题跋》，上海人民美术出版社1986年版，第74页。
④ 潘天寿：《中国绘画史》，上海人民美术出版社1983年版，第217页。
⑤ 沈子丞：《历代论画名著汇编》，文物出版社1982年版，第226页。

> 吾国绘画，虽自晋顾恺之之白描人物，宋陆探微之一笔画，唐王维之破墨，王洽之泼墨，从事水墨与简笔以来，已开文人墨戏之先绪；尚未独立墨戏画之一科，至宋初，吾国绘画文学化达于高潮，向为画史画工之绘画，已转入文人手中而为文人之余事；兼以当时禅理学之因缘，士夫禅僧等，多倾向于幽微简远之情趣，大适合于水墨简笔绘画以为消遣。故神宗、哲宗间，文同、苏轼、米芾等出以游戏之态度，草草之笔墨，纯任天真，不假修饰，以发其所向，取其意气神韵之所到，而成所谓墨戏画者。其画材多为简笔水墨之林木窠石，梅兰竹菊，以及简笔水墨之山水等，已开明清写意派之先声。①

唐代大诗人兼画家王维，开水墨画之先河，打破时空界限，而以跳跃幅度极大的审美意象创造画面，如沈括在《梦溪笔谈》中所举的“雪里芭蕉”图，就颇有“戏笔”味道，清人王士禛赞曰：“世谓王右丞画雪里芭蕉，其诗亦然。……大抵古人诗画只取兴会神到。”② 王维在唐代画坛上地位并不很高，而到了宋代，地位却直线上升。从文人画审美观出发来评画的苏轼置王维于吴道子之上③，王维的水墨简笔画被大加推崇。苏轼本人也是著名的文人画家，以画墨竹著名于当世。苏轼墨竹虽出于文同的湖州画派，但更具有自家的独创风格。在题李龙眠所画《憩寂图》诗中，苏轼说得很清楚：“东坡虽然湖州派，竹石风流各一时。”苏轼的画多墨戏之作，“所作枯木，枝干虬屈无端倪，石皴亦奇怪，如其胸中盘郁也。作墨竹，从地一直起到顶，或问何不逐节分？曰竹生时何尝逐节生耶！”④ 黄庭坚评苏轼所画枯木：“恢诡谲怪，滑稽于秋毫之颖。”⑤ 又题苏轼所画竹石云：“东坡老人翰林公，醉时吐出胸中墨。”⑥ 邓椿评苏轼作画说：“先生非乘酣以发真兴，则不为也。”⑦ 都可见出苏轼以戏笔发真兴的情形。汤垕也称：“东坡先生文章翰墨

① 潘天寿：《中国绘画史》，上海人民美术出版社 1983 年版，第 148 页。

② （清）王士禛：《池北偶谈》，见王士禛著，张宗柟纂集，戴鸿森校点《带经堂诗话》，人民文学出版社 1963 年版，第 68 页。

③ （宋）苏轼：《王维吴道子画》，见《苏轼诗集》，中华书局 1982 年版，第 108—110 页。

④ （宋）邓椿：《画继》，人民美术出版社 1964 年版，第 16 页。

⑤ （宋）苏轼：《苏李画枯木道士赋》，见于安澜《画史丛书》第 1 册，上海人民美术出版社 1963 年版，第 11 页。

⑥ （宋）黄庭坚：《题子瞻画竹石》，见《黄庭坚全集》第 1 册，四川大学出版社 2001 年版，第 224 页。

⑦ （宋）邓椿：《画继》，人民美术出版社 1964 年版，第 17 页。

照耀千古，复能留心墨戏，作墨竹师与可，枯木奇石，时出新意。”① 而苏轼的好友黄庭坚在当时就有《东坡居士墨戏赋》一文，足以说明苏轼作墨戏画的成就已为人们认识了。著名画家米芾以墨戏著称，宋人赵希鹄记载道：“米南宫多游江浙间，每卜居，必择山水明秀处，其初本不能作画，后以目所见，日渐模仿之，遂得天趣，不专用笔，或以纸筋，或以蔗滓，或以莲房，皆可为画。”② 从这段记载中可以看出，米芾以墨戏为其特长，信笔点染，不为绳墨法度所拘，而且米氏的作画工具不只是笔，而是信手拈来，用什么都可以作画，这自然是一种游戏态度了。米芾的儿子米友仁，作画继承、发展了乃父的“墨戏”画风，并以“墨戏”自许。米友仁有《云山墨戏图卷》，其上款书道：“余墨戏气韵不凡，他日未易量也。”在《云山得意图卷》自志中也说是“实余儿戏得意作也”。可见他是有意识发展“墨戏”画风的。邓椿评米友仁画云：“天机超逸，不事绳墨，其所作山水，点滴烟云，草草而成，而不失天真，其风气尚乃翁也。每自题其画曰墨戏。”③ 可见，宋代在文人画审美思潮的背景下，墨戏在画坛上地位更加重要。

元代是文人画高度发达的时期。由于元代统治者不葺文治，汉族士大夫如欲仕进，是十分不易的，于是不少人便飘散于江湖，野逸自放，心里有一种勃郁不平的情绪。发之于绘画，多为“逸笔草草”的墨戏。潘天寿先生述云：

> 元代墨戏画作者，济济多士，可谓空前绝后。其专长一科之专门作者，固甚多；实则元人以能画名者，几无不兼工墨戏画。以其画材言，则以四君子为最盛，墨戏花鸟次之，枯木窠石又次之。四君子，以墨竹为最盛，墨梅次之，墨兰、墨菊为下。专长墨戏花鸟及枯木窠石者，有班惟志、边武、边鲁、南宫文信等。兼长者，有郭畀、张中等。④

这段话大略叙述了元代墨戏画发展的概况。元继宋后，文人画的审美思潮更盛，墨戏画也更为普遍，文人画家无不染指。元代大画家赵孟頫“善

① 沈子丞：《历代论画名著汇编》，文物出版社1982年版，第47页。

② （宋）赵希鹄：《洞天清录》，见陈高华《宋辽金画家史料》，文物出版社1984年版，第574页。

③ （宋）邓椿：《画继》，人民美术出版社1964年版，第29页。

④ 潘天寿：《中国绘画史》，上海人民美术出版社1983年版，第177—178页。

墨戏，于水仙尤得意，晚作梅，自成一家”①。元“四大家”更以墨戏画闻名于世。“四大家”作画以寄兴适趣为宗旨，以求神韵所寓而不屑于形似。他们不仅在艺术实践上多“墨戏”之作，在理论上也揭示了“墨戏”的内涵。前面所引倪瓒及吴镇的有关论述，都接触到了“墨戏”的根本性质。潘天寿先生概括说：“盖吾国绘画，至元全入于文人余事之范围，纯入士大夫词翰之余，消遣自娱之具，故墨戏中梅兰竹菊，孤姿清致，殊有契于士夫之怀抱，尤见兴盛。”② 正可说明元人墨戏的性质及对宋代墨戏的继承和发展。

明、清两代，墨戏画更盛。尤其是清代写意派发展之后，该派画家都以游戏态度，作简笔水墨花卉，以及梅兰竹菊等。墨戏画归入写意之潮流。明代画家如徐渭、文徵明、夏昶等，都以墨戏著称。徐渭以一种大刀阔斧、纵横捭阖的写意画法来表现形象，抒写胸中郁闷之气，清之石涛、八大山人等兀傲怪诞的写意花鸟，莫不受到他的影响。清代墨戏画亦极普遍，上述八大山人、石涛，还有郑板桥等画家的写意花鸟、墨竹墨兰等，都是墨戏中的佳品。明清时期画论著述十分丰富，关于墨戏的理论文字也多见于这时期的画论之中，如明董其昌的《画禅室随笔》，清吴历的《墨井画跋》、恽格的《南田画跋》等，都有许多关于墨戏的论述。

总之，墨戏滥觞于唐代，成熟于宋代，而在元明清则典型地体现着文人画的审美意识。研究中国绘画史，不能不注意到墨戏的美学价值，认识它在中国古典美学中的独到意义，而不应再将它“尘封土埋”了。

三

现在让我们进一步认识“墨戏”在审美创造上的意义。

我们已经说过，“墨戏”就是游戏笔墨，就是以一种游戏的态度进行即兴的创作，这是“墨戏”在创作主体方面的必要条件。这种游戏的创作态度，使创作主体得到一种精神世界中的自由。画家不是为了某种直接的功利目的作画，而主要是使主体的内在情趣得以发抒，内心世界得到一种新的平衡。作画的目的在于“自娱”，而不在于博取某种功利与效益。正如吴历所

① （宋）周密：《癸辛杂识》，中华书局 1988 年版，第 44 页。

② 潘天寿：《中国绘画史》，上海人民美术出版社 1983 年版，第 184 页。

说："古人能文，不求荐举，善画，不求知赏，曰文以达吾心，画以适吾意。"① 那么，这种作画的游戏态度绝非是无所谓的。这是一种主体的内在需要，而不是为了满足外在的功利性需求，用康定斯基的话来说，就是"内在需要的冲动"。这是一种自由的创造，在这种创造中所诞生的是真美而非赝品。庄子借宋元君之口赞誉的那个"解衣盘礴"的画师是"真画者"，这是中国古代美学中最早对不受束缚的创作态度的表述与认同。然而，这位画师还算不上有游戏的创作态度，因为他作画还是奉宋元君之命而行，恐怕是由宋元君定下画的主题的。而"墨戏"的游戏态度，是"适一时之兴趣"，不会是"主题先行"的。

德国美学家席勒在他的美学著述中特别强调"游戏冲动"的意义。当然，席勒的"游戏"不是"现实生活中进行的、通常只是以非常物质性的对象为目标的那些游戏"②，而是有着哲学层次上的特定内涵，与在康德术语里一样，是与"自由活动"同义而与"强迫"对立的那种游戏。感性冲动使人感到自然要求的强迫，而理性冲动又使人感到理性要求的强迫，游戏冲动既脱离了前者又脱离了后者，"扬弃了一切偶然性，因而也就扬弃了强制，使人在精神方面和物质方面都得到自由"③。"游戏冲动"也即审美的自由。席勒高度评价游戏冲动的意义："正是游戏而且只有游戏才使人成为完全的人。"④"只有当人是完全意义上的人，他才游戏；只有当人在游戏时，他才完全是人。"⑤ 我们并不是站在斯宾塞式的立场上来欢迎"游戏说"的，但席勒的"游戏"说确实可以说明审美的自由。笔者以为"墨戏"要求创作主体的游戏态度，是要摆脱直接的功利性欲求和外在的主题律令，进行自由的审美创造，以席勒的"游戏冲动"所具有理论内涵来阐释"墨戏"，是可以得其仿佛的。

"墨戏"既然要求创作主体取一种脱略直接的功利目的与外在的主题律令的游戏态度，那么，它的创作契机是什么呢？那便是"随兴作画"。这个"兴"，可以从诗歌创作的比兴之"兴"得到审美关系的理解。在中国古典

---

① （清）吴历：《墨井画跋》，见沈子丞《历代论画名著汇编》，文物出版社 1982 年版，第 324 页。

② ［德］席勒：《审美教育书简》第 15 封信，冯至、范大灿译，北京大学出版社 1985 年版，第 79 页。

③ ［德］席勒：《审美教育书简》第 14 封信，同上书，第 74 页。

④ ［德］席勒：《审美教育书简》第 15 封信，同上书，第 79 页。

⑤ ［德］席勒：《审美教育书简》第 15 封信，同上书，第 80 页。

美学中，对“兴”有许多界说，这里无须胪列，然而笔者以为从物我关系的角度进行界说，较中肯綮。宋人李仲蒙所说的“触物以起情谓之兴，物动情者也”[①]，最能说明“兴”的特质，“兴”是客观物象对主体的偶然的触发，主体和客体在一种邂逅相遇式的感发中形成审美关系，形成创作冲动。中国古典美学十分重视这样的审美创造方式。宋人叶梦得评谢灵运“池塘生春草”这名句时说：“世多不解此语为工，盖欲以奇求之耳。此语之工，正在无所用意，猝然与景相遇，借以成章，不假绳削，故非常情所能到。诗家妙处，当须以此为根本。”[②] 明人谢榛云：“诗有天机，触物而成，虽幽寻苦索，不易得也。”[③] 袁宏道谓：“机境偶遇，文忽生焉。”[④] ……还可以举出许多，古典诗论中倡扬这种偶然感发的审美创造方式者不乏其人。“墨戏”也是以这种偶然感发的审美创造方式来作画的。诗与画表现形式、媒介手段固然不同，但创作灵感的发动确是相通的。吴历说：“兴来画竹，要得其风雨流韵，霜雪洒然，乃得竹君之品格。”[⑤] 又说：“绘学有得，然后见山见水，触物生趣，胸中了了，方可下笔。”[⑥] 李日华则谓：“点墨落纸，大非细事；必须胸中廓然无一物，然后烟云秀色，与天地生生之气，自然凑泊笔下，幻出奇诡。”[⑦] 恽南田说：“随意涉趣，不必古人有此。”[⑧] 这些都透露出文人画中这种灵机触发的审美创造方式。而“墨戏”画不以直接的功利目的和外在的主题律令相约束，“随兴作画”更成为创作契机，这种随境偶发的审美创造方式，可以使诗、画所创造的审美境界自然入妙，不露痕迹，“透彻玲珑，不可凑泊，羚羊挂角，无迹可求”[⑨]。所谓“曾不经意，而皆得神妙”[⑩]，也可以说是“神来之笔”。

以“墨戏”为画者“不求形似”，而以高扬主体情趣为归依，此点已见前述。与“不求形似”紧密联系的是对于技法的超越。“墨戏”画要摆脱前

---

① （宋）胡寅：《与李叔易书》，见胡寅《斐然集》卷18，中华书局1993年版，第386页。

② （宋）叶梦得：《石林诗话》卷中，见（清）何文焕《历代诗话》，中华书局1981年版，第426页。

③ （明）谢榛：《四溟诗话》卷2，中华书局1985年版，第23页。

④ 钱伯城：《袁宏道集笺注》，上海古籍出版社1981年版，第1571页。

⑤ （清）吴历：《墨井画跋》，见杨家骆《历代论画名著汇编》，世界书局1984年版，第325页。

⑥ 同上书，第324页。

⑦ 转引自潘天寿《中国绘画史》，上海人民美术出版社1983年版，第225页。

⑧ （清）恽格：《南田画跋》，见《瓯香馆集》卷12，中华书局1985年版，第203页。

⑨ 郭绍虞：《沧浪诗话校释》，人民文学出版社1961年版，第26页。

⑩ （元）汤垕：《画鉴》，见于安澜《画品丛书》，上海人民美术出版社1982年版，第416页。

人的甜熟途径，不拘于成法，而发挥更大的创造力。一般来说，“墨戏”似乎与程式法度相悖谬。汤垕在《画鉴》中说：“画马最难。盖一主于变化出没，必流于戏墨，于画法甚亏，若拘于画法，则又乏变化之意。”① 由此看来，墨戏主于变化，而不墨守一般的画法。清人秦祖永论杨龙友画云：“余见尺幅数种，均系一时兴到之作，不为蹊径所拘。”② 王时敏论画云：“宣和主人于万几之暇，游戏丹青，山水树石外，间作花鸟虫鱼，用以写生适趣。其措意用笔处，迥出天机，超然尘表，非寻常畦径可及。”③ “游戏丹青”就要“脱略畦径”，其间是有必然联系的。推崇“墨戏”的恽南田也说：“作画须有解衣盘礴旁若无人意，然后化机在手，元气狼藉，不为先匠所拘，而游于法度之外矣。”④ 看来“墨戏”画者都是倡言不拘法度的。

然而，“不拘法度”，“不落畦径”，并不等于是抛弃法度，进入一种“出神入化”的境界。王时敏又说：“寓法度于纵放之中，得奇趣于笔墨之外。”⑤ 恽南田也说：“作画须化入古人法度中，纵横恣肆，方能脱略畦径，洗发新趣也。”⑥ “脱略畦径”是出于“古人法度”的。在高度熟练地掌握法度而后加以变化，并且有意识地突破传统画法程式，给人以新奇狂怪之感。苏东坡“出新意于法度之中，寄妙理于豪放之外”⑦，此其谓也。实际上，宋代诗论中所谓“活法”与“墨戏”的此种品格是同一机杼的。“活法”说所谓“规矩备而能出于规矩之外，变化不测而亦不背于规矩也”，“盖有定法而无定法，无定法而有定法”⑧，用来说明“墨戏”对“规矩法度”的态度，颇能语其三昧。李日华评苏轼、米芾的墨戏画说：“苏玉局、米南宫辈，以才豪挥霍，借翰墨为戏具，故于酒边谈次率意为之而无不妙。”⑨ 汤垕亦论苏画云：“枯木奇石，时出新意。”“墨戏”画法奇特，时出新怪，变化多端，给鉴赏者以“陌生化”的审美感受，引发了鉴赏者的

① （元）汤垕：《画鉴》，见（明）陶宗仪《说郛》第 3 册，中国书店 1986 年版，第 170 页。

② （清）秦祖永：《桐阴画诀 · 桐阴论画》，中国书店 1983 年版，第 5 页。

③ （清）王明敏：《烟客题跋》，上海人民美术出版社 1986 年版，第 74 页。

④ （清）恽格：《南田画跋》，见《瓯香馆集》卷 11，中华书局 1985 年版，第 176 页。

⑤ （清）王明敏：《烟客题跋》，上海人民美术出版社 1986 年版，第 87 页。

⑥ （清）恽格：《瓯香馆集》，中华书局 1985 年版，第 255 页。

⑦ （宋）苏轼：《书吴道子画后》，见《苏东坡集》卷 23，商务印书馆 1933 年版，第 402 页。

⑧ （宋）吕本中：《夏均父集序》，见刘方喜编《中华古文论释林 · 南宋金元卷》，北京大学出版社 2011 年版，第 12 页。

⑨ 陈传席：《中国绘画美学史》，人民美术出版社 2009 年版，第 434 页。

审美兴趣。

墨戏画不屑于规摹物像，不拘于画法，不求形似，甚至以否定、超越形似来突出主体情趣，因而在笔法上尚“简”。所谓“逸笔草草”，正是说画面简率。董其昌在《画禅室随笔》中评米元晖的《潇湘白云图》时说：“一望空阔，长天云物，怪怪奇奇，一幅米家墨戏也。”① 说明董其昌所见之“米家墨戏”乃是简率怪奇的。清人王翚称许元代文人画家“一派简澹荒率，真得象外之趣，无一点尘俗风味，绝非工人所知”②。潘天寿论明代墨戏画时说：“例如青藤道士（徐渭）等之简写诸作，着笔草草，实系一有力之墨戏画家。”③ 尚“简”，是宋元以还文人墨戏的共同特点。

作为文人画的审美意识，尚“简”的内涵是颇为丰富的。“简”并非一般意义上的“简”，而是包含了更大的容量的“简”。简削形迹当然不是为了画起来省事，而恰恰是为了增加意境的深广程度。正如伍蠡甫先生所指出的：“绘画虽然不能像禅宗那样不立文字而废除形象，但是要求笔墨尽量从简，方能突出意境，寄寓深遥。”④ 简率使画面有更多的虚白，可以使画境在有限中融会无限。《南田画跋》云：“平远数笔，烟波万状，所谓愈简愈难。”⑤ 恽南田是深知其中奥理方能道出此种甘苦之言的。宋人黄庭坚作《东坡居士墨戏赋》云：“东坡先生游戏于管城子、楮先生之间，作枯槎寿木，丛篠断山，笔力跌宕于风烟无人之境，盖道人之所易，而画工之所难。”这都是说墨戏画在简率的画面中“吐纳风云之色”、“与天地精神相往来”的艺术精神的。

“墨戏”作为中国古典绘画美学的独特范畴，有着很高的审美价值，可以发掘出更为丰富的意蕴。它非常突出地表现着文人画的审美价值取向，理所当然地应该得到更为深入、系统的理论研究。而就目前情形来看，却显得很不相称，本文作为发轫，期待着更多的研究成果的出现。

---

① 王伯敏、任道斌：《画学集成》，河北美术出版社 2002 年版，第 227 页。
② 《王翚题挥格画册》，《故宫周刊》第 84 期，1931 年 5 月。
③ 潘天寿：《中国绘画史》，上海人民美术出版社 1964 年版，第 217 页。
④ 王世襄：《中国画论研究》，广西师范大学出版社 2010 年版，第 113 页。
⑤ （清）恽格：《瓯香馆集》，中华书局 1985 年版，第 257 页。

现量说：从佛学到美学*

“现量”是中国古典美学的一个重要范畴。作为美学范畴，它的母体在于佛教哲学之中。这个范畴本身就经历了由佛学而美学的演变过程。把“现量”作为美学范畴正式提出的是明末清初思想家、文学家王夫之。“现量”说是王夫之美学思想体系中非常重要的部分。综观王夫之的有关文学评论著作，就会发现，“现量”说是一个根本的概括，可以代表王夫之美学思想的特征，而且它的意义并不局限于此。虽然王夫之首倡“现量”，但它所代表的美学思想却是源远流长的，形成了中国美学的一个独特传统。在中西美学的比较考察中，“现量”这个中国美学的范畴，显得独具光彩。

一

王夫之又称船山。船山著书一百余种，收入后人所辑《船山遗书》中的有七十余种。王夫之的诗学思想主要包含在他的《姜斋诗话》、《古诗评选》、《唐诗评选》、《明诗评选》、《诗广传》等著作中。“现量”说则是贯穿其诗学思想整体的一个基本范畴。王夫之指出：

> “僧敲月下门”，只是妄想揣摩，如说他人梦，纵令形容酷似，何尝毫发关心？知然者，以其沉吟“推”“敲”二字，就他作想也。若即景会心，则或推或敲，必居其一，因景因情，自然灵妙，何劳拟议哉？“长河落日圆”，初无定景；“隔水问樵夫”，初非想得。则禅家所谓现量也。①

---

* 本文刊于《学术月刊》1994 年第 8 期。

① （清）王夫之：《姜斋诗话》卷 2《夕堂永日绪论内编》，见戴鸿森《姜斋诗话笺注》，人民文学出版社 1981 年版，第 52 页。

王夫之论述诗歌的创作构思方式，力倡“现量”式的直接审美观照，而不满于“妄想揣摩”，这是其诗学思想的一个重要内容。“长河落日圆”，是王维《使至塞上》中的名句，“隔水问樵夫”是王维《终南山》中结句，显然，这类诗句所荷载的审美意象，是诗人“即景会心”的产物，审美主客体邂逅相遇而触发的审美意象，具有不可重复的个性特征，而王夫之最为赞赏、推崇的便是这种“初无定景”、“初非想得”的创作构思方式。王夫之从佛学中借用了“现量”这个术语加以概括。说是“禅家”，其实不够准确，只因唐宋以后禅宗大盛，成为佛学的主流，多有以禅代佛的说法，此处，即指佛家。

“现量”是印度佛教中因明学的主要范畴之一，与之相对的是“比量”。古印度大乘佛教瑜伽行派的大师陈那特别注重逻辑和认识论的研究，所谓“因明学”也即佛家逻辑。陈那曾撰有《因明正理门论》、《集量论》等因明经典，他的弟子商羯罗主也有《因明入正理论》，是阐释陈那的因明理论的。我国唐代佛教大师玄奘在印度留学期间，主要是学习这派的唯识论思想，归国后建立了我国的唯识学派——慈恩宗（即法相宗）。玄奘同时弘扬了因明学，翻译了《因明正理门论》和《因明入正理论》，使之得以留传。

在佛学中，“现量”、“比量”是一对基本的范畴。印度学者认为，思维是用一定工具来求得知识的过程，这称之为“量”（pramāna）。量分现量、比量。现量是明显的、现前的，一般指人们的感知觉。由感知觉而得到的知识是从现量得来的，这种知识本身也叫现量。以现量为起点，思维进一步展开活动就到了比量。即以看到、听到的为基础，而推及未看到未听到的，叫比量，比量也即推理、类推。现量的认识对象是“自相”，即事物的本来的、独特的形象，而比量的认识对象则是“共相”，是事物经过抽象后的类的特性。渥德尔的《印度佛教史》对此说得较为清楚、准确，他说：

> 现量是没有分别的知识。这里解释为无分别（avikalpaka），未通过分类（visesana）或假立名言（abhīdhyāyaka）等的转换（upacāra，比喻，更严格说是转换）的知识，它是在五官感觉的各个方面直接缘境（artha）如色境（rupa）等等，而显现的。
>
> 比量是通过中词得来的知识，它认识一个主体是属于某一类别的，属于具有某种特殊性质（中词）事物的一类。主体也可以属于其他类别，如果选定了其他特性。但是比量只认识类别的特性（共相），而现

量认识对象自身的特性（自相），是无类别的。①

现量、比量在认识论的意义上，是印度哲学的普遍性范畴，婆罗门教系统的诸派哲学也都以现量和比量作为主要的认识论范畴。如数论派哲学即以现量为知觉，定义为“对于外界对象的心理了解”，“对于和感官相接触的外界物体的确定。”数论派哲学把现量分为“无分别现量”与“有分别现量”二种。前者是指外界对象和外部作用器官接触所引起的认识；后者是在前者的认识基础上再通过内部作用器官的加工——分别、确定和给予名称以后所得的认识。这种认识实际上已加上概念作用，属于理性认识范围了。数论派哲学认为“比量”是在知觉的基础上（“以证为先”）从已知推知未知的，也便是推理。其他如弥曼差派哲学、胜论派哲学在谈认识论问题时，都以现量、比量为基本范畴，内涵也是大体一致的。在佛教哲学中，主要是因为大乘有宗即瑜伽行派的陈那等人，把因明学与认识论结合起来，又经过唐玄奘的传播，在中国建了慈恩宗，使唯识论哲学得以发挥光大，“现量”这个范畴，经过王夫之之手而进入美学领域。

王夫之不信佛，对佛教采取批判的态度，但他善于借鉴佛学的分析方法，辨析名理，把自己的学说阐述得明确而有条理。他曾著有《相宗络索》一书，对于唯识哲学有深入研究。该书有“三量”一节，是理解“现量”说美学内涵的重要线索。他说：

“现量”，“现”者有“现在”义，有“现成”义，有“显现真实”义。“现在”不缘过去作影，“现成”一触即觉，不假思量计较；“显现真实”，乃彼之体性本自如此，显现无疑，不参虚妄。前五根于尘境与根合时，即时如实觉。知是现在本等色法，不待忖度，更无疑妄。②

这是“现量”说从佛学到美学的转捩关键。它包含着王夫之对佛学中“现量”范畴的深刻理解与辨析，同时也是其诗歌理论中“现量”说的直接渊源和哲学基础。王夫之指出“现量”的三层含义：其一是“现在”义，

---

① ［英］渥德尔：《印度佛教史》，王世安译，商务印书馆1987年版，第420—421页。

② （清）王夫之：《相宗络索》，见石峻等《中国佛教思想资料选编》第3卷第3册，中华书局1989年版，第380页。

就是指它的当下性。“现量”是当下的直接感知而获得的知识，而非以往留下的后象。其二是“现成”义。“一触即觉，不假思量计较”，是说“现量”是瞬间的直觉而获得的知识，不需要比较推理等抽象思维方式的参与。其三是“显现真实”义，是说“现量”是显现客观对象的真实存在，“实相”，而非虚妄的或抽象的。在这一点上，王夫之发挥了佛教大乘有宗的某些合理因素，对佛教唯识论哲学进行了唯物主义的改造。

二

王夫之诗歌理论中的“现量”说，要求诗人在创作构思时要以主体所直接感知过的事物为创造审美意象的素材，他说：

> 身之所历，目之所见，是铁门限。即极写大景，如“阴晴众壑殊”、“乾坤日夜浮”，亦必不逾此限。非按舆地图便可云“平野入青徐”也，抑登楼所得见者耳。隔垣听演杂剧，可闻其歌，不见其舞；更远则但鼓声，而可云所演何出乎？前有齐梁，后有晚唐及宋人，皆欺心以炫巧。①

“身之所历，目之所见”，是诗人亲自经历、体验的情境，王夫之以之作为创作的“铁门限”，即便是十分宏阔的“大景”，也应出自诗人的亲自体验。这要求诗歌意象的直接经验性，否定了创造性审美想象的作用，这是对那些远远脱离社会生活、脱离诗人亲切体验的诗歌构思方式的针砭。王夫之要求诗人直接亲近生活，拆除审美主客体之间的障蔽。王夫之又说：

> “欲投人处宿，隔水问樵夫”，则山之辽廓荒远可知，与上六句初无异致，且得宾主分明，非独头意识悬相描摹也。“亲朋无一字，老病有孤舟”，自然是登岳阳楼诗。尝试设身作杜陵，凭轩远望观，则心目中二语，居然出现，此亦情中景也。孟浩然以“舟楫”、“垂钓”钩锁合题。却自全无干涉。②

---

① （清）王夫之：《姜斋诗话》卷2《夕堂永日绪论内编》，见戴鸿森《姜斋诗话笺注》，人民文学出版社1981年版，第55—56页。

② 同上书，第74—75页。

王夫之在这里举王维《终南山》的尾联和杜甫《登岳阳楼》的颈联，来说明诗歌的意境必须是诗人的亲身感受，方才是不可取代的独造之境。所谓“独头意识”，是佛学术语，此处喻指没有真实感觉、强行揣度的意识。《百法问答钞》卷二谓此曰：“四种意识之一：一独头意识，不与他之五识俱起，独起而泛缘十八界（六根、六点、六识）之意识也。此在散心，于三量中必为比、非二量。”独头意识是与现量不相容的，而只能是比量、非量所获得的意识。王夫之明确指出，好诗是决非这种不属于主体亲自体验的“独头意识”所“悬相描摹”的。王夫之在诗论中所强调的这种直接体验，正是他在《相宗络索》中的“显现真实”所生发的。“显现无疑，不参虚妄”，真实地显现诗人所亲历的情境。充分表现出其唯物主义美学观的基本特质。

“现量”说要求诗人的创作构思是审美主客体之间的随机遇合、感兴，“即景会心”，心目相遇，而反对那种预设主题、窠臼拘挛、苦吟力索的创作方式。《相宗络索》中所谓“现在”“现成”二义，都直接生发出这种诗学思想。“一触即觉”，主客体之间的触遇，使主体获得瞬间“妙悟”，没有概念化的东西梗塞其间、“不缘过去作影”，从诗学角度来理解，是捕捉当下的、随机的情境。王夫之说：

> 只于心目相取处得景得句，乃为朝气，乃为神笔。景尽意止，意尽言息，必不强括狂搜，舍有而寻无。在章成章，在句成句，文章之道，音乐之理，尽于斯矣。①

所谓“心目相取”，是诗人之心与目中所见偶然的相遇，也即是“即景会心”，是一种随机的审美创造。这种审美创造方式没有固定的规矩法度可以依循，而是根据当下的情境所创化的。王夫之的“现量”说，由此必然是反对“死于法下”。王夫之对唐代以后“诗法”、“诗式”、“诗格”的盛行十分反感，他指出：“诗之有皎然、虞伯生，经义之有茅鹿门、汤宾尹、袁了凡，皆画地成牢以陷人者：有死法也。死法之立，总缘识量狭小。如演杂剧，在方丈台上，故有花样步位，稍移一步则错乱。若驰骋康庄，取涂千

① （清）王夫之：《唐诗评选》卷3，河北大学出版社2008年版，第117页。

里，而用此步法，虽至愚者不为也。”[①] 这是对于“死法”的批评，强调审美主客体随机感兴的创造方式，反对“死于法下”，是“现量”说的重要内容之一。

“现量”在佛家哲学中指主体对于对象的直接感知，不包括抽象、概括、推理的成分。这一点，在进入王夫之的诗学后，保留而且凸显了“现量”的这种基本特质。所谓“不假思量计较”，就是指“现量”认识中，不掺有抽象的、概念化的成分。诗歌要表现主体所亲自体验的直观的审美境相。

王夫之诗论的“现量”说，大大超越了佛学“现量”范畴的含义，实现了由佛学到美学的飞跃。在佛学中，“现量”仅是指一般的直接感知，属于认识的“初级阶段”；而在诗论中，王夫之把它改造为诗歌创作那种独特的、成熟的审美创造形态。它不再是一般的感知，也并非是空诸理性的普通直觉，而是融贯着“神理”的高级审美直觉。王夫之论“现量”，指诗歌创作不能取“比量”那种推求、论理的思维方式，而是在亲自体验的情境中采撷审美表象，并未排除诗作的理性内涵。他说得十分明确：“王敬美谓：‘诗有妙悟，非关理也。’非谓无理有诗，正不得以名言之理相求耳。”[②] 所谓“名言之理”，即概念化的抽象思维方式。王夫之论诗特重“神理”，他说：“以神理相取，在远近之间。才着手便煞，一放手又飘忽去，如‘物在人亡无见期’，捉煞了也。……‘青青河畔草’，与‘绵绵思远道’，何以相因依，相含吐？神理凑合时，自然恰得。”[③] “神理相取”，是王夫之的美学要求。诗人创作之际，情景之间必须有思理和意象上的投合、融汇，毫无勉强凑合之迹。他又主张作诗“以意为主”：

> 无论诗歌与长行文字，俱以意为主。意犹帅也，无帅之兵，谓之乌合。李杜所以称大家者，无意之诗十不得一二也。烟云泉石，花鸟苔林，金铺锦帐，寓意则灵。[④]

---

① （清）王夫之：《姜斋诗话》卷2《夕堂永日绪论内编》，见戴鸿森《姜斋诗话笺注》，人民文学出版社1981年版，第69页。

② （清）王夫之：《古诗评选》卷4，文化艺术出版社1997年版，第176页。

③ （清）王夫之：《姜斋诗话》卷2《夕堂永日绪论内编》，见戴鸿森《姜斋诗话笺注》，人民文学出版社1981年版，第63页。

④ 同上书，第44页。

这个“意”，当然不是感知所获的表象，而是诗人的主体意向，是理性的东西，但它必须是寓于意象之中。

由此可见，王夫之所谓“现量”，绝不是完全摈弃了理性的纯粹感知，而是建立在主客体随机感兴基础上的审美直觉。这种审美直觉是融汇着独特的理性要素在内，但它又必须是以审美表象的形态显现的。

三

人们对王夫之诗论中大量的情景关系论相当重视，但又都把它与“现量”说分割开来，作为一个独立的问题来探讨。其实，情景关系论是王夫之“现量”说的一个极为重要的部分，也是“现量”说美学化的突出标志。

在佛学中，“现量”只是一般的感知觉活动，认识主体通过现量所获得的是事物的本来性状。而在王夫之诗论中，“现量”说所揭示的乃是审美主客体的关系，王夫之以“情景”这对概念来表示，并把它们纳入“现量”说的体系之中，给予了细致的辨析。

在诗歌创作构思过程中，诗人接触现实生活、客观外物，不再是一般的认识主体，而是带有强烈的情感色彩的审美体验与投射，而客体进入诗人的视界之后，也不再是一般的认识对象，而是以鲜明生动的表象吸濡、荷载诗人的情感。审美主客体之间水乳交融，你中有我，我中有你，是一种互动关系。“现量”说包含着情景交融互即、妙合无垠的意思。王夫之有一段话最能道出个中三昧：

> 情景名为二，而实不可离。神于诗者，妙合无垠。巧者则有情中景，景中情。景中情者，如“长安一片月”，自然是孤栖忆远之情；“影静千官里”，自然是喜达行在之情。情中景尤难曲写，如“诗成珠玉在挥毫”，写出才人翰墨淋漓，自心欣赏之景。凡此类，知者遇之；非然，亦鹘突看过，作等闲语耳。①

王夫之认为优秀的诗人在创作中应使情景之间“妙合无垠”，水乳交融，情与景之间实不可分，当然，情景之间未必均衡，“情中景”和“景中

① （清）王夫之：《姜斋诗话》卷2《夕堂永日绪论内编》，见戴鸿森《姜斋诗话笺注》，人民文学出版社1981年版，第72页。

情”都是一种审美倾斜，前者是艺术表现中的再现，后者是艺术再现中的表现。王夫之又说：“景中生情，情中含景，故曰：景者情之景，情者景之情也。”① “景以情合，情以景生，初不相离，唯意所适。截分两橛，则情不足兴，而景非其景。”② 在王夫之看来，诗中之景，是饱含着诗人之情的；诗人之情，又是由景而触发的，二者是不能分开的。王夫之又举例说：“不能作景语，又何能作情语邪？古人绝唱句多景语，如‘高台多悲风’、‘胡蝶飞南园’、‘池塘生春草’，‘亭皋木叶下’、‘芙蓉露下落’，皆是也，而情寓其中矣。”③ 这些名句都是写景，但又都浸透着诗人的浓郁情感，情语正借景语托出。

王夫之的情景关系论不应脱离“现量”说来单独谈论。它们含有王夫之所说的“现在”、“现成”与“显现真实”之义，又使“现量”说真正具有了美学性质。“景”是进入诗人体验的审美物象，“情”是由感知而触发的审美情感，二者之间不能有任何屏蔽，是审美主客体之间最直接的交融。诗人感兴、体验，呈现出浸满诗人之情的审美意象。

四

“现量”说还揭示了由此种审美创造方式而产生的诗歌审美效应。首先是诗的审美意象充盈着一种生气贯注的整体性与生命感。王夫之举例言此：“‘池塘生春草’，‘胡蝶飞南园’、‘明月照积雪’，皆心中目中与相融浃，一出语时，即得珠圆玉润，要亦各视其所怀来，而与景相迎者也。”④ “珠圆玉润”，指诗歌意象的完整、美好，且具有内在的生命感，由此可见，王夫之的“现量”说，并非粗糙的感知印象，而是达到高度完美的审美意象。王夫之十分重视意象的整体美感，他评诗云：“无端无委，如全匹成熟锦，首末一色。唯此故令读者可以其所感之端委为端委，而兴观群怨生焉。”⑤ “全匹成熟锦”，比喻诗作成为完美的、成熟的艺术佳品，是有着鲜明的整体性的。美国著名美学家苏珊·朗格从符号学的角度高度重视艺术品的整体

---

① （清）王夫之：《唐诗评选》卷4，河北大学出版社2008年版，第208页。

② （清）王夫之：《姜斋诗话》卷2，见戴鸿森《姜斋诗话笺注》，人民文学出版社1981年版，第76页。

③ 同上书，第91页。

④ 同上书，第50页。

⑤ （清）王夫之：《古诗评选》卷5，文化艺术出版社1997年版，第251页。

性，她说："艺术品作为一个整体来说，就是情感的意象，对于这种意象，我们可以称之为艺术符号，这种艺术符号是一种单一的有机结构体，其中的每一个成分都不能离开这个结构体而独立地存在，所以单个的成分就不能单独地表现某种情感。"① 王夫之以诗化的语言所表述出的对整体美的要求，不妨视为与之相通。在这种"现量"的创作方式中所形成的完整的审美形式，在王夫之看来，是蕴含着很强的生命感、灵动感的。"乃为朝气，乃为神笔"，正谓此矣。王夫之还说过："含情而能达，会景而生心，体物而得神，则自有灵通之句，参化工之妙。若但于句求巧，则性情先为外荡，生意索然矣。"② 这里集中阐述了"现量"说所具有的诗歌生命感、灵动感的含义。黑格尔十分强调"一种灌注生气于外在形状的意蕴"，"要显现出一种内在的生气"③，王夫之"现量"说十分明确地包含着这方面内容，而这正是好的艺术品所应具备的。王夫之对诗歌生命感、灵动感的论述，超越了以往的诗论家，是中国古典美学中极有价值的部分，认识"现量"说，不应忽略于此。

王夫之"现量"说还指出，以"现量"的方式作诗，尤能发挥诗歌以有限传无限的审美势能。他说：

> ……可兴、可观、可群、可怨，是以有取于诗。然因此而诗，则又往往缘景、缘事，缘已往，缘未来，终年苦吟而不能自道。以追光蹑影之笔，写通天尽人之怀，是诗家正法眼藏。④

"追光蹑影之笔"是典型的"现量"，即捕捉当下的、瞬间的感受，而写出"通天尽人之怀"，这既是主体的，又是客体的，体现着"天人合一"的中国哲学精髓，使主体与宇宙相通为一，在有限中表现无限。王夫之举"柳叶开时任好风"、"花覆千官淑景移"及"风正一帆悬"、"青霭入看无"为例，说这都是"以小景传大景之神"⑤，又着重强调"势"的艺术力量：

① ［美］苏珊·朗格：《艺术问题》，滕守尧、朱疆源译，中国社会科学出版社1983年版，第129页。

② （清）王夫之：《姜斋诗话》卷2，见戴鸿森《姜斋诗话笺注》，人民文学出版社1981年版，第95页。

③ ［德］黑格尔：《美学》第1卷，朱光潜译，商务印书馆1979年版，第24—25页。

④ （清）王夫之：《古诗评选》卷4，文化艺术出版社1997年版，第170页。

⑤ （清）王夫之：《姜斋诗话》卷2，见戴鸿森《姜斋诗话笺注》，人民文学出版社1981年版，第92页。

> 论画者曰：“咫尺有万里之势。”一“势”字宜着眼。若不论势，则缩万里于咫尺，直是《广舆记》前一天下图耳。五言绝句，以此为落想时第一义。唯盛唐人能得其妙，如“君家住何处？妾住在横塘。停船暂借问，或恐是同乡。”墨气所射，四表无穷，无字处皆其意也。①

这种审美势能论，是中国古典美学中“言有尽而意无穷”这脉传统的继承与发展，然而，王夫之以“势”字概括，便使之进入一个新的阶段。王夫之的诗论中多处论及这种审美势能。所谓“参化工之妙”、“超然玄远”，盖谓此也。他又说“自五言古诗来者，就一意中圆净成章，字外含远神，以使人思；自歌行来者，就一气中骀宕灵通，句中有余韵，以感人情”②，都重在论“势”。这是“现量”说中所包括的审美效应论。

五

王夫之“现量”说是对中国古典美学的多方继承，又是一个侧面上的概括总结，开启了中国近代美学的先河。从王夫之开始，中国美学理论进入一个新的阶段。因之，挽住了“现量”说，就抓住了中国近古时期美学发展承前启后的枢机所在。

“现量”说所包容的美学内涵，在王夫之之前的诗论中大都古已有之。比如主体的直接感知这一思想就是源远流长的。南朝诗论家钟嵘在《诗品序》中已经指出：“至乎吟咏情性，亦何贵于用事？‘思君如流水’，即是即目；‘高台多悲风’，亦惟所见；‘清晨登陇首’，羌无故实，‘明月照积雪’，讵出经史。观古今胜语，多非补假，皆由直寻。”在宋人叶石林、杨万里的诗论中也多倡此义。而主张诗歌构思的随机创造，审美主客体之间的偶然遇合，在“感兴论”传统中也随处可见，如叶石林所谓“随物应机，不主故常”③，王世贞所谓“偶得其境，以接吾意”（《皇甫百泉三州集序》），谢榛所谓“诗有天机，待时而发，触物而成，虽幽寻苦索，不易得

① （清）王夫之：《姜斋诗话》卷2，见戴鸿森《姜斋诗话笺注》，人民文学出版社1981年版，第138页。

② 同上书，第139页。

③ （宋）叶梦得：《石林诗话》卷上，见（清）何文焕《历代诗话》，中华书局1981年版，第406页。

也”[①]，等等，都是主张在审美主客体的随机偶合中触发诗思的。至于说“字外含远神”的审美势能思想，正是中国古典美学中最具特色的“言不尽意”这类命题及其传统的继承与概括，当然说不到是独创之论。

那么，王夫之“现量”说对中国古典美学的新贡献何在呢？笔者以为，王夫之创造性地改造了佛学大乘有宗“现量”这个具有唯物主义要素的范畴，使之成为王夫之美学的认识论基石。在进入王夫之思想体系后，“现量”已经成为其唯物论的认识论的重要成分，即要求主体意识必须建立在对客观事物的感知基础之上。王夫之将中国古典美学中极有民族特色的内容，纳入“现量”说的范围之中，使原来散乱的一些诗论瑰宝，在“现量”说的框架里构成了有机的体系。王夫之对“现量”范畴的阐释“现在”义、“现成”义、“显现真实”义，既是对佛学“现量”概念的理解与改造，也是涵盖其美学“现量”说的三条主线。“现量”说的丰富内蕴都是以此三条主线提挈而构成了一个有机的体系。

经过王夫之的改造，“现量”正式进入了中国古典美学的殿堂，具有了足够的美学特质与色彩。它将许多内容纳入这个范畴内涵之中，凝聚成具有相当深度和力度的美学理论命题，在某种意义上，它具有“集大成”的地位。

“现量”说又可以说是中国近代美学的曙光。尽管王夫之是明末清初的人物，他的美学思想却有着重要的近代意义。可以不夸张地说，“现量”说包含了西方近现代美学大师康德、克罗齐、鲍桑葵的一些重要命题。康德美学的一个主要命题是：“美是那不凭借概念而普遍令人愉悦的。”[②] 康德认为美是不以概念为媒介的，他又说：“如果人只依概念来判断对象，那么美的一切表象都消失了。”[③] 在这一点上，王夫之提出了完全同样的思想。王夫之借用了佛家哲学的概念“现量”来表述自己的观点。“现量”正是没有推理与归类抽象的感知，而“比量”正是概念推理的思维方式。王夫之论诗的审美创造只重“现量”而摈除“比量”，正是与康德美学不谋而合的。在中西美学之间，王夫之的“现量”说，与康德美学形成了一个联结八方通衢的交汇点。康德美学对于西方现代美学有至为深广的影响。而其“非概念”的美学思想正是其中一个重要源头，与康德美学对应来看，我们就不

---

① （明）谢榛：《四溟诗话》卷2，中华书局1985年版，第23页。

② ［德］康德：《判断力批判》上卷，宗白华译，商务印书馆1964年版，第57页。

③ 同上书，第53页。

能不佩服王夫之的睿智了。须知，王夫之比康德要早一个多世纪哩！

西方现代著名美学家克罗齐以他的“直觉”说著称。克罗齐最有名的命题便是“直觉即表现”。在这一点上，克氏的“直觉”与王夫之的“现量”既有相通之处也有迥异之别。克罗齐把知识分为两种形式：“不是直觉的，就是逻辑的；不是从想象得来的，就是从理智得来的；不是关于个体的，就是关于共相的；不是关于诸个别事物的，就是关于它们中间关系的；总之，知识所产生的不是意象，就是概念。”① 这种区别同“现量”、“比量”的区别是相似的。“现量”把握个体的表象，而不依靠推理、抽象，从这个角度说，“现量”是一种直觉。但是，克罗齐的“直觉”说不谈直觉的客观基础，属于唯心主义范畴，王夫之的“现量”是依赖于客观外界的生活体验的，属唯物主义美学体系。再则，克罗齐强调“直觉知识可离理性知识而独立”，这就给人造成很大的误解，认为他所说的“直觉”便只是剥离了理性认识的纯粹感受，但是实际上克氏并没有把概念全从艺术品中排挤出去，只是说艺术品的完整效果仍是直觉形式。而王夫之的“现量”说则主张在诗的审美意象中以“神理”、“意”为其整合的灵魂。克罗齐把直觉和表现重合在一起，主张“每一个真直觉或表象同时也是表现。……心灵只有借造作、赋形、表现才能直觉。若把直觉与表现分开，就永没有办法把它们再联合起来”②。克氏把直觉提高到完美的审美意象的高度，而有意否定艺术传达这个过程。王夫之所说的“心中目中与相融浃，一出语时，而得珠圆玉润”，与克罗齐的说法极为相似，但王夫之的“现量”说主要是谈诗歌创作的构思方式的，极少涉及艺术传达问题，而不是有意的否定。

再如像鲍桑葵所提出的“审美表象的基本学说”，认为“审美态度的对象只能是表象”，“凡是不能呈现为表象的东西，对审美态度来说是无用的”，与王夫之的“现量”说也是可以互相沟通的。“现量”的根本之处便是主体直接感知表象，王夫之把它纳入美学轨道，有非常重要的意义。

由此可见，“现量”说的美学内涵，是西方美学在康德以后陆续得以彰明的。当然，中西美学形态不同，语汇不同，尽管王夫之提出这些思想远远早于西方美学家诸人，但是由于缺少西方美学体系中那么科学化的明晰界定，以及美学上“欧洲中心论”的作祟，“现量”说的影响没有康德、克罗齐那么广泛。

---

① ［意］克罗齐：《美学原理·美学纲要》，朱光潜译，外国文学出版社 1983 年版，第 7 页。
② 同上书，第 14—15 页。

“现量”说的弱点表现在王夫之过分强调感性体验的决定作用，以至于由此否定了审美想象的功能，违背了美学规律。这种见解暴露出素朴的、机械的唯物论进入美学领域后的致命弱点。比起刘勰所说的“思接千载”、“视通万里”的“神思”来，在理论上是倒退了许多的。王夫之本人在具体评论诗歌时，也时常突破这个局限。在中国美学的发展中，“现量”说较之以往的美学命题贡献了许多新的东西，又体现出一种内在的严密体系，是一座引人注目的里程碑。

中国古典美学中的“感物”说*

一

在中国古典美学的发展流变中，曾有“气”、“物”和“情”、“景”等不同的成对范畴来表示审美主客体之间的关系。其中，“心”、“物”是相对早起的一对范畴。先秦时的有关美学资料已经用“心”和“物”的概念来说明艺术创作的动因。《礼记·乐记》是最明显的例子。在此后相当长时期里，“心”、“物”作为表示审美主客体的一对范畴，得到了不断深化的理论建构，在中国古典美学的民族化进程中成为较早成熟的重要范畴。

由于“心”与“物”之间关系的不同反映方式和趋向，在文论与其他美学资料中衍生出一个非常重要的创作论命题，那就是“感物”。“物”在中国哲学和美学中并不是某个具体物的指称，而是一个高度抽象的、具有普遍性的范畴，它的内涵是指外在于审美主体并作为对象的客观事物，它既可以是自然事物，也可以是社会事物。而且，还有着很强的动态性。显示出中国哲学、美学中“物”的范畴与西方哲学中“物质”范畴的不同特点来。“感物”说指艺术家（主体）对客观事物（客体）的变化的感受，是以“心”感“物”。“感物”说侧重于揭示艺术创作的动因。

二

首先，我们看一下“感物”说的发展。有关“感物”说的最早萌芽，可上溯到战国时代的《乐记》。《乐记》有这样一段非常有名的论述：“凡音之起，人心生也。人心之动，物使之然也。感于物而动，故形于声，声相

---

* 本文刊于《吉林大学社会科学学报》1998 年第 4 期。

应，故成变，变成方，谓之音。比音而乐之，及干戚羽旄，谓之乐。”[①]“乐者，音之所由生也；其本在人心之感于物也。”《乐记》里所说的“乐”，不是单纯的音乐，而是以诗、乐、舞三位一体的综合性艺术的面貌出现的。它的乐论，不仅关乎音乐，而且涉及一般的文艺原理。《乐记》指出“乐”的创造源于创作主体的心灵波动，而心灵的波动则是由于受外物变化的感应而形成的。《乐记》认为，心灵“感于物而动”[②] 而形之声，声与声的呼应构成一定的变化规律，便形成了音乐。“乐”之产生的根本在于创作主体的心灵之感于物。作为发轫，《乐记》的论述对中国美学中的“感物”论的发展有着重要的影响，它以素朴的唯物主义观点解释了艺术创作的动因，同时它并未流于那种机械的反映论，即把艺术创作看作是客观外物的直接反映；《乐记》中的“物感”说强调的是创作主体的“人心之动”，“乐”是“人心之动”的产物，而“物”是使之产生波动变化的动因。可以说，《乐记》的作者是没有忽视创作主体的主导作用的。在中国古代美学思想中并不存在着机械反映论的一种潮流，都是非常重视创作主体在艺术创作中关键作用的，同时，又客观地、唯物地解释了创作主体产生创作冲动和灵感的外部因素，这既不同于西方美学中的“迷狂”说，也不同于把艺术创作视为客观世界的“镜子”式的映像的机械反映论。可以说，中国美学思想的发展，是沿着这样一条道路开拓的。而《乐记》中“乐”作为诗、乐、舞三位一体的综合概念，虽是带着原初的、混沌的风貌，却是在相当于艺术美学的层次上提出的。

魏晋南北朝时期在文学理论范围里的“物感”说得到了充分发展。譬如，陆机在《文赋》中说：

> 伫中区以玄览，颐情志于典坟。遵四时以叹逝，瞻万物而思纷。悲落叶于劲秋，喜柔条于芳春。心懔懔以怀霜，志眇眇而临云。[③]

这是谈作家在四季的变迁中引发纷繁的思绪，但也并不能把这里所说的“感物”仅仅理解为自然景物。作家、诗人是生活于社会生活之中的，其胸中的郁结归根到底是源自于社会，由个人的遭际生发的。所谓“叹逝”、

---

① 王云五、朱经农主编：《礼记·乐记》，商务印书馆1947年版，第83页。
② 同上。
③ 张怀瑾：《文赋译注》，北京出版社1984年版，第20页。

“思纷”其中包含着诸多的社会内容。

陆机论述作家受外物感发而引起创作冲动的时候，不是把“物”看作静态的，也不是把它视为浑沦一体的，而是充分注意到“物”的动态变化性及其殊相性。正是从这种认识出发，陆机《文斌》的宗旨在于探讨作家的“意”如何能更好地把握“物”。他在《文赋》中说：

每自属文，尤见其情。恒患意不称物，文不逮意。盖非知之难，能之难也。……至于操斧伐柯，虽取则不远；若夫随手之变，良难以辞逮。盖所能言者，具于此云尔。①

由上文可见，陆氏非常重视文学创作中的具体变化，即所谓“随手之变”，这是超越于一般性法度规则之上的“变”。在《文赋》中陆机又说：“体有万殊，物无一量。纷纭挥霍，形难为状。”② “其为物也多姿，其为体也屡迁。”③ 都是主张文章之体是随着“物”的变化而变化的。这是《文斌》中的一个值得注意的理论观点。

刘勰的《文心雕龙·物色》篇是将“感物”与“体物”作为一个完整的过程来论述的。其中论及“感物”时他说过这样一段非常优美而又内容丰富的话：

春秋代序，阴阳惨舒，物色之动，心亦摇焉。盖阳气萌而玄驹步，阴律凝而丹鸟羞，微虫犹或入感，四时之动物深矣。若夫珪璋挺其惠心，英华秀其清气，物色相召，人谁获安？是以献岁发春，悦豫之情畅；滔滔孟夏，郁陶之心凝；天高气清，阴沉之志远；霰雪无垠，矜肃之虑深。岁有其物，物有其容；情以物迁，辞以情发。一叶且或迎意，虫声有足引心。况清风与明月同夜，白日与春林共朝哉！④

这里也是论述了四季物色之变异对诗人心灵的感发作用，似乎与陆机等人的说法没有多少区别，但刘勰对“感物”说是有着独特的贡献的。因为

① 张怀瑾：《文赋译注》，北京出版社1984年版，第18页。
② 同上书，第29页。
③ 同上书，第32页。
④ 范文澜：《文心雕龙注》，人民文学出版社1958年版，第693页。

刘勰所云之“感物”主要是指“物”的外在样态，即所谓“物色”。“色”是借用了佛学的概念，指事物的现象。佛学以“空”为基本思想，它的“空”并非虚无一物，而是说由于万物的“无自性”而产生的虚幻不实。“色不异空，空不异色。色即是空，空即是色”①，是大乘佛教的基本命题。刘勰早年即入定林寺，依僧祐，协助僧祐整理大量佛经，对佛学颇为谙熟。“物色”的内涵，不无佛学色彩是题中应有之义。《昭明文选》卷13系“物色”之赋，李善注“物色”云：“四时所观之物色，而为之赋。”又云：“有物有文曰色。”② 由李善的话我们又可以得到这样的启示：“物色”不仅是事物的自然形态，而且有着这样一层含义，指事物进入诗人视野的、带有审美价值的形式之美。“文”的本义是指不同的线条交错而成的一定可观的视觉形象。《说文解字》上讲：“文，错画也，象交文。”③ 先秦时已形成了“物一无文”的审美观念，这是有助于我们对“物色”的理解的。可以这样认为：“物色”不仅指自然事物本身，更重在自然事物的形式样态之美。刘勰在这段文字里，重点论述物对心的感发作用，更为明确地提出了“物”作为审美客体的形式美的问题。“物色相召，人谁获安?”也就是说在自然物象的感召之下诗人心灵的涌动不安，其着眼点仍在于自然景物的外在样态。“岁有其物，物有其容”，说得就更为清楚了。“容”即事物之“容貌”，也就是物的形式美。

钟嵘在《诗品序》则以“感物”说来阐发诗歌创作，他说：

> 气之动物，物之感人，故摇荡性情，形诸舞咏……若乃春风春鸟，秋月秋蝉，夏云暑雨，冬月祁寒，斯四候之感诸诗者也。嘉会寄诗以亲，离群托诗以怨。至于楚臣去境，汉妾辞宫；或骨横朔野，魂逐飞蓬；或负戈外戍，杀气雄边；塞客衣单，孀闺泪尽；或士有解佩出朝，一去忘返；女有扬蛾入宠，再盼倾国；凡斯种种，感荡心灵，非陈诗何以展其义？非长歌何以骋其情?④

钟嵘在“感物”说的传统中，又注入了新的内容。诗人感于“物”而

---

① 应慈法师：《般若波罗蜜多心经浅说》，佛学书局1933年版，第12页。
② （梁）萧统：《文选》卷13，太白文艺出版社2010年版，第352页。
③ （汉）许慎：《说文解字》，中华书局1962年版，第185页。
④ 陈延杰：《诗品注》，人民文学出版社1961年版，第1页。

有诗的创作；“物”又非无生命的东西，而是在“气”的生化之中不断变化的。在中国哲学中，“气”是一个非常重要的元范畴，王充、张载等思想家都把“气”作为化生万物的本体。即便是如朱熹这样以“理”为世界万物本根的大理学家，也认为“理”是不能直接生成万物的，而要通过“气”的阴阳变化来完成的。王充、张载以至于朱熹哲学中的“气”，都是物质性的，与孟子所说的“吾善养吾浩然之气”之“气”并不相同，后者是有着精神性质的。中国古代“气”的范畴，最突出的特点是它的生命感和运动性。如在王充看来，元气之所以能产生万物和人类，就是由于其内部阴阳之气的合和运动。张载以气为宇宙之本，万物以气为最终根源。他所说的“气”，也是充满变化运动的特质。张载的理论认为，阴阳二气的相互感应和屈伸变化是客观存在、永不止息的。朱熹所说之“气”也是充满运动感的。这些都说明中国哲学、美学中的“气”范畴是以生命感和运动性为其特点的。钟嵘以“气”来说明“物”之动的本因，使之充满了一种氤氲化生的生命感。中国古代气论中有“通天下一气”的看法，《庄子·知北游》中就说：“人之生，气之聚也。聚则为生，散则为死。……故曰：通天下一气耳。”通天下一气，故人与宇宙万物能够相感相通，因为同此一气。“通天下一气耳”① 在中国哲学中是一个人们普遍认同的思想。文学上的“感物”说是建立在这种思想的基础上的。当然，二者并不等同。“气”说只是说明，万物一气，故能相通相感，“气”说是感物说的哲学基础，而感物说则是从气之相通进而为情之交流。物色引起感情的波动，从而引起创作的冲动。钟嵘正是从“气”说通向感物说的。再者，“感物”说中的“物”一般都是指自然事物。尤其是特指四季节物的变化。而在《诗品序》中，钟嵘除以四时自然物候的变化指称“物”之外，又将社会事物引入“物”的内涵。

唐代以还，“感物”说在理论上没有更大的拓展，但已形成一种成熟的艺术创作理论，其中也不乏颇有见地的论述在文学艺术的各种理论阐述中存在着。如唐人梁肃说：“诗人之作，感于物动于中，发于咏歌，形于事业。事之博者其辞盛，志之大者其感深，故仲山有过墓之什，廓然其虑，粲乎其文，可以窥盘桓居贞之道，梁父闲吟之意。”② 论者将“感物”与所从事的

---

① （清）王先谦：《庄子集解》，上海书店 1987 年版，第 124 页。

② （唐）梁肃：《周公瑾墓下诗序》，见高文、何法周《唐文选》，人民文学出版社 1997 年版，第 419 页。

事业联系起来，使之更为深入一层。宋代著名文学家苏轼则以“感物”说来阐发他“自然为文”的思想，他说：“夫昔之为文者，非能为之工，乃不能不为之为工也。山川之有云，草木之有华实，充满郁勃而见于外，夫虽欲无有，其可得耶？自少闻家君之论文，以为古之圣人有所不能而作者，故轼与弟辙为文至多，而未尝敢有作文之意。”① 苏轼认为作文是有感有“物”而发，因此文是不可牵强为之的，而应该是自然而然的结果。这就是所谓“不能不为之为工”②。大哲学家朱熹在论诗时也认为诗的创作是“感物而动”，他说：“人生而静，天之性也，感于物而动，性之欲也。夫既人欲矣，则不能无思，即有思矣，则不能无言，既有言矣，则言之所不能尽，而发于咨嗟咏叹之余者，必有自然之音响、节奏而不能已焉。此诗之所以作也。”③ 朱熹虽然还是用那种理学化的术语来表述，但其认为“诗之作”乃是“感于物而动”的产物是十分明确的。

宋代画论中也颇有“感物”而作的创作论思想。著名作家董逌在《广川画跋》中认为“遇物兴怀”才能有“自成丘壑”的佳作；郭熙也以“感物”作为画之高致的契机。

明代诗文论中都颇为重视“感物”作为创作机缘的作用，而且，更多地是以“情”作为主体方面的范畴，李梦阳则正面地突出了主体之“情”，“情者，动乎遇者也。……故遇者物也，动者情也，情动则会，心会则契，神契则音，所谓随寓而发者也。梅月者，遇乎月者也；遇乎月则见之目怡，聆之耳悦，嗅之鼻安。口之为吟，物之为诗。诗不言月，月为之色。诗不言梅，梅为之馨。何也？契者会乎心者也，会由乎动，动由乎遇，然未有不情者也。故曰：情者，动乎遇者也。”④ 在这里，“物”所感发的是“情”，而取代以往较为抽象的“心”。清人叶燮也颇为重视诗歌创作中“感物而兴”的发生机制。他在《原诗·内篇》中说：“原夫作诗者肇端而有事乎此也，必先有所触以兴起其意，而后措诸辞，属为句，敷之而成章。当其有所触而兴起也，其意、其辞、其句劈空而起，皆自无而有，随在取之于心，出而为情、为景、为事，人未尝言之。而自我始言之，故言者与闻其言者，诚可悦

---

① （宋）苏轼：《南行前集叙》，见邓立勋《苏东坡全集》中册，黄山书社1997年版，第89页。

② 同上。

③ （宋）朱熹：《诗集传序》，中华书局1958年版，第1页。

④ （明）李梦阳：《梅月先生诗序》，见王筱云、韦风娟等《中国古典文学名著分类集成·文论卷》，百花文艺出版社1994年版，第378页。

而永也。”① 叶氏指出作诗的“肇端”始乎感物，同时还看到了诗人感物而发，与诗歌的艺术独创性之间的密切关系。

中国古典美学中的“感物”说起源颇早，《礼记·乐记》中的“感物”说，可以说是艺术发生学的奠基之论。“感物”说在魏晋南北朝的诗论、文论中得到充分发展，形成了一个美学思想史上的高潮。唐宋以还，有许多这方面的论述，但在理论上并无重大的突破，但毕竟显示了“感物”说的成熟与延伸。

三

“感物”说不仅是中国美学中较为早起的重要命题，而且在某种意义上说，有着足以代表中国美学民族特色的内涵。发掘“感物”说的有关美学资料，梳理其发生发展的脉络轨迹，探索其独特理论含蕴，在中华美学体系的建构中是有意义的。

“感物”说唯物地、客观地阐释了艺术创作的动因，它是全然不同于柏拉图的“迷狂”说的，同时，也不同于机械唯物论的“反映”论。“感物”强调的是审美主客体之间的交感互渗。“感物”是主体之“心”受外物变化的感染而引起情感的波动，从而产生创作冲动，然后形之于“言”（也包括其他艺术语言）。在“感物”说的框架中，主体与客体相互依存、相互交融而产生艺术作品。主体并非孤立地、无缘无故地产生创作冲动，同时也不是对客体的被动依赖。在“感物”过程中，主体之“心”，是处在一个十分关键的地位，“心”的能动作用是相当明显的。如明代文论家宋濂所说的：“及夫物有所触，心有所向，则沛然发之于文。”② 心灵受外物之感发，形成了某种很强的意向性，成为决定艺术创作内容的关键性因素。心感于物而动并非是对客观外物的摹写，而是主客体的互相交融感通。刘勰在《文心雕龙·物色》的赞语中说得非常之好：“山沓水匝，树杂云合。目既往还，心亦吐纳。春日迟迟，秋风飒飒。情往似赠，兴来如答。”③ 非常诗意地形容出诗人感物的主客体交融关系。清人纪昀有过这样的精彩议论：“故善为诗

① （清）叶燮：《原诗·内篇上》，见霍松林、杜维沫校注《原诗·一瓢诗话·说诗晬语》，人民文学出版社1979年版，第5页。

② （明）宋濂：《叶夷仲文集序》，见黄卓越《中华古文论释林·明代上卷》，北京大学出版社2011年版，第14页。

③ 范文澜：《文心雕龙注》，人民文学出版社1958年版，第695页。

者，其思浚发于性灵，其意陶熔于学问。凡物色之感于外，与喜怒哀乐之动于中者，两相薄而发为歌咏，如风水相遭，自然成文；如泉石相舂，自然成响。……岂步步趋趋，摹拟刻画，寄人篱下者所可拟哉！”[①]对“感物”说的独特美学内涵作了清晰的表述，否定了那种对于客体事物作亦步亦趋摹写的作法。

中国古典美学中“感物”说的“物”，作为客体一方的指称，与西方哲学中的物质概念是有相当大的差异的。一则它不是指具体的物体，而是有着高度的抽象意义，泛指外在于审美主体的客观物，有时即指整个宇宙自然；二则它主要不是指客观事物的质的方面，而更多是指事物的外在形式、样态，所谓“物色”是也。这一点，刘勰在其《文心雕龙·物色》篇中说得相当清楚，“岁有其物，物有其容”，揭示了“物”的形式化的性质。中国诗论、文论中的“感物”，多是感触于物色的变化，恰如《文镜秘府论》中所说的“物色万象，爽然有如感会”[②]。

“感物”所着眼的主要在于物象的变化所带来的生命感。“感物”之“物”，在诸文论家的论述中都不是静止的、抽象的，而是时时处于变化之中的，这都是造物所赋予的生命律动。如陆机《文赋》中所说的“遵四时以叹逝，瞻万物而思纷。悲落叶于劲秋，喜柔条于芳春。”[③]刘勰在《文心雕龙·物色》中所说的“春秋代序，阴阳惨舒。物色之动，心亦摇焉”[④]，萧子显所说的“若乃登高目极，临水送归，风动春朝，月明秋夜，早雁初莺，开花落叶，有来斯应，不能已也”[⑤]，这些有关“感物”的著名论述，都指四时迁替所带来的物色变化，其中充满了生机勃勃的生命感。

“感物”的创作契机，使作品元气淋漓，沛然而发，有着一种不得不然的自然态势，也即苏轼所云之“不能不为之为工也”。宋濂也说：“诗者，发乎情而止乎礼义也，感事触物，必形于言，有不能自已也。”[⑥]这就避免了那种“主题先行”的作法，而形成了有感于中、不得不发的自然风貌。

---

① （清）纪昀：《清艳堂诗序》，见《纪晓岚文集》第1册，河北教育出版社1995年版，第202页。

② ［日］遍照金刚：《文镜秘府论·地卷》，人民文学出版社1975年版，第41页。

③ 张怀瑾：《文赋译注》，北京出版社1984年版，第20页。

④ 范文澜：《文心雕龙注》，人民文学出版社1958年版，第693页。

⑤ （南朝·梁）萧子显：《自序》，见《全梁文》卷23，商务印书馆1999年版，第259页。

⑥ （明）宋濂：《刘母贤行诗集序》，见《宋学士全集》，中华书局1985年版，第189页。

“感物”是中国古典美学中一个源远流长的重要命题，在创作论中占有突出的地位。倘能更细致地对有关文献进行探索分析，使其理论价值得到更为深刻的认知，以见出与西方美学有关命题的不同特色，则可以使中国美学焕发出更为强盛的生命力。

中国古代美学中的“体物”说*

“体物”是一个很有理论价值却又被忽略的重要命题。它与“感物”之说有密切的联系，却又有着相当大的差别。二者之间构成了一种互补关系，展示了审美主客体之间的不同趋向。“感物”说着眼于客观外物对创作主体心灵的触引感发，引起创作冲动。而“体物”说则侧重于艺术传达过程。它更注重的是对客观外物形貌的描绘与摹写。而在其发展过程中，又逐渐加进了审美体验论的某些内涵。“体物”说经历了一个不断丰富、不断发展的过程，它的内涵随着时代的递嬗产生了深刻的变化。本文即对“体物”说的内涵及其发展作初步的探索。

一

“体物”说最早见于陆机的《文赋》：“诗缘情而绮靡，赋体物而浏亮。”① 按一般理解，这两句是分别指出诗与赋的不同文体特征。诗是以抒发诗人情感为主，而赋则以刻画物象为主。体物，就是铺陈描写事物的形态。这种理解自然是不错的，但还较为表层的、带有很大局限性的。通观《文赋》全篇，可以看到陆机是魏晋南北朝时期文学批评中倡“体物”说的最为突出的代表人物，他的有关论述，集中体现了追求穷形尽相地再现客观事物形态的美学思想。这在魏晋南北朝的文论、画论中都是有相当代表性的。

其实，陆机的“体物”思想，并不仅止于对赋的文体特征的标示，而且是贯穿于其《文赋》一种整体的观念。试读《文赋》之序文：

---

* 本文刊于《天府新论》1999 年第 6 期。

① 张怀瑾：《文赋译注》，北京出版社 1984 年版，第 29 页。

余每观才士之所作，窃有以得其用心。夫其放言遣辞，良多变矣。妍蚩好恶，可得而言。每自属文，尤见其情。恒患意不称物，文不逮意，盖非知之难，能之难也。故作《文赋》以述先士之盛藻，因论作文之利害所由，他日殆可谓曲尽其妙。至于操斧伐柯，虽取则不远，若夫随手之变，良难以辞逮。盖所能言，具于此云尔。[①]

陆机认为为文最大的难点在于“意不称物，文不逮意”。“意不称物”指的是作者之“意”不能与作为描写对象的“物”相符合，而文章又不能很好地表达作者之“意”。这里就指出了物—意—文三者之间的关系问题。而“物”能否被准确地反映、摹写，成了作文的“利害”所在。可以看出，陆机在序文中所阐述的重心，并不在于作者如何进行自我表现，抒发个人情感，而在于如何准确地摹写“物”的形态。《文赋》在论述创作过程时候一直是以“物”为焦点的。“遵四时以叹逝，瞻万物而思纷”[②]，是说作者看到万物变迁之象而兴发创作激情；“情曈昽而弥鲜，物昭晰而互进”[③]，是说外在的物象在作者的头脑中纷至沓来；“笼天地于形内，挫万物于笔端”，谓广阔的天地都可概括进形象，万物之象都可以描绘于笔端；“体有万殊，物无一量。纷纭挥霍，形难为状。辞程才以效伎，意司契而为匠。在有无而黾勉，当浅深而不让。虽离方而遁圆，期穷形而尽相”[④]，是说由于作者才性之不同，于是观察事物也可有不同的角度，所以物象无一定之量，而作者对物象的描摹，以“穷形尽相”为标的；“其为物也多姿，其为体也屡迁”[⑤]，是说物象多姿多彩，那么描写它的文章体式也要随之而变化。在《文赋》中，“物”字凡六见，所涉及的是创作过程的各个方面，但都是以能否更准确细致地描写物象为旨归。这可以说是陆机《文赋》一个总体性的思想，而非仅是某一种文体写作的特征的指谓。

“体物”之“物”，并非事物的内质，而是事物的外在形式、样态，陆机在《文赋》中虽然并未明言，但他确实又是在这种意义上来用这个概念的。“瞻万物而思纷”、“其为物也多姿”等等，都表明了“物”是指物象的意思。

① 张怀瑾：《文赋译注》，北京出版社1984年版，第18页。
② 同上书，第20页。
③ 同上书，第22页。
④ 同上书，第29页。
⑤ 同上书，第32页。

当然，“体物”的观念最主要的是体现在赋这种文体之中，陆机的“体物”思想也可以视为汉赋的美学观念的发挥与揭橥。“体物”在艺术手法上是以铺陈描摹为主，这是导源于汉赋的“写物图貌”的艺术特征。赋，本为诗之“六义”之一，原系一种诗歌艺术表现方法。朱熹在《诗集传》中的解释为“赋者，敷陈其事而直言之者也”①，指出了赋作为一种诗的表现手法是以铺陈描摹为主的。与铺陈描摹紧密相关的便是对艺术形象的审美价值的实现。“体物”的赋，是非常重视形象描绘的。关于这点，刘勰在《文心雕龙》的《诠赋》篇中有深刻系统的论述。他说：“诗有六义，其二曰赋。赋者，铺也，铺采摛文，体物写志也。”② 又在同篇的赞语中说：“赋自诗出，分歧异派。写物图貌，蔚似雕画。”③ 将体物之赋描绘形象的特征加以概括性的总结，揭示其中的审美意义。“写物图貌，蔚似雕画”，把赋的艺术特征上升到美学的高度，在中国美学思想上很值得注意。其实，这也是“体物”说的重要内涵。刘勰非常重视文学艺术的形象描绘，如《总术》篇中提出的“视之则锦绘，听之则丝簧，味之则甘腴，佩之则芬芳”④，能够把艺术形象描写得有色、有声、有气、有味，就确如刘勰所说“断章之功，于斯盛矣”。这就是艺术创造了，只有创造这样的形象，才有文学艺术的发展可言。

“体物”说并非只是刻画描摹物象，而且主张寓情于物，在物象描写中抒情言志。刘勰所谓“体物写志”，正是此意。刘勰还说：“原夫登高之旨，盖睹物兴情。情以物兴，故义必明雅；物以情观，故词必巧丽。丽词雅义，符采相胜。如组织之品朱紫，画绘之著玄黄。文虽新而有质，色虽糅而有本，此立赋之大体也。”⑤ 他认为体物必须和兴情相交融，作者当是带着充沛的情感来摹写物象的，否则物象就会毫无生意。清人刘熙载也谈到赋之体物须有主体之情在其中，他说：“赋与谱录不同。谱录惟取志物，而无情可言，无采可发，则如数他家之宝，无关己事。以赋体视之，孰为亲切且尊异耶?”⑥ 可谓发挥了这种思想。

---

① （宋）朱熹：《诗集传》卷1，中华书局1958年版，第3页。
② 范文澜：《文心雕龙注》，人民文学出版社1958年版，第134页。
③ 同上书，第136页。
④ 同上书，第656页。
⑤ 同上书，第136页。
⑥ 王气中：《艺概笺注》，贵州人民出版社1980年版，第287页。

二

刘勰对“体物”说有更为重要的贡献。一是他揭示了“物”的概念其实是着重于事物的外在形态、样式。《文心雕龙》有《物色》一篇，专论审美主体与作为审美客体的自然景物之间的关系。“物色”即是自然景物的外在形貌。刘勰早年即入定林寺，协助僧祐整理佛经，对佛学颇为谙熟，《文心雕龙》体大思精的特色，在某种程度上即是受佛学经典的影响，这一点范文澜先生已有论述。“物色”的含义，不无佛学之色彩。从佛学的角度而言，“色”主要是指现象。因为“空”是佛学的最基本的范畴。但在佛教中的“空”，并非空无一物，而是说世界万物的虚幻不实。梁昭明太子萧统的《文选》卷13系“物色”之赋。李善注“物色”为“四时所观之物色，而为之赋”，又云：“有物有文曰色。”[①] 可见，“物色”并不仅指自然景物本身，更主要的是指自然景物的形式美。

刘勰在《物色》篇里系统地论述了诗人在创作中“感物”到“体物”的过程，深刻揭示了文学创作中审美主客体互动的关系：

> 春秋代序，阴阳惨舒，物色之动，心亦摇焉。盖阳气萌而玄驹步，阴律凝而丹鸟羞，微虫犹或入感，四时之动物深矣。若夫珪璋挺其惠心，英华秀其清气，物色相召，人谁获安？是以献岁发春，悦豫之情畅；滔滔孟夏，郁陶之心凝；天高气清，阴沉之志远；霰雪无垠，矜肃之虑深。岁有其物，物有其容；情以物迁，辞以情发。一叶且或迎意，虫声有足引心；况清风与明月同夜，白日与春林共朝哉！[②]

刘勰的论述是与以往的“体物”说颇为不同的。在他看来，体物并非是对物象的被动摹写，而同时就有着心对物的统辖观照。在“写气图貌”的过程中，就不是单纯的“随物宛转”，而且还要“与心徘徊”。刘勰对司马相如等作家的汉代体物大赋的作法是持批评态度的。他认为对物象的摹写要善于把握对象的特征，以少总多，在这方面，最好地典范当是《诗经》

---

① （南朝·梁）萧统编，（唐）李善注：《文选》卷13，太白文艺出版社2010年版，第352页。

② 范文澜：《文心雕龙注》，人民文学出版社1958年版，第693页。

的一些名篇，而非汉赋。他又说：“然物有恒姿，而思无定检。或率而造极，或精思愈疏。且《诗》、《骚》所标，并据要害。故后进锐笔，怯于争锋；莫不因方以借巧，即势以会奇。善于适要，则虽旧弥新矣。是以四序纷回，而入兴贵闲；物色虽繁，而析辞尚简；使味飘飘而轻举，情晔晔而更新。”① 刘勰主张发挥审美主体的能动作用，在描写自然物象时把握事物的瞬间特征。这样，才能使作品产生历久弥新的艺术魅力。“物色虽繁，而析辞尚简”，提出了在“体物”过程中的“简化”原则。“简化”不等于简单。相反，正是为了使作品的无限丰富性表而出之，刘勰在《物色》篇里已经明确指出“简化”是为了表现审美对象的无限丰富性，“以少总多，情貌无遗”，正可以视为刘勰对“体物”说的新的开拓。

三

宋代诗论家朱弁在“体物”论的发展中作出了新的理论贡献。朱弁最有代表性的诗学著作是《风月堂诗话》，是书成于绍兴十年，时作者尚羁留于金国。

朱氏论诗，发挥钟嵘《诗品》之旨，不满于以故实相夸，而倡自然浑成，他说：

> 诗人胜语，咸得于自然，非资博古。若“思君如流水”、“高台多悲风”、“清晨登陇首”、“明月照积雪”之类，皆一时所见，发于言辞，不必出于经史。故钟嵘评之云：“吟咏情性，亦何贵于用事？”颜、谢椎轮，虽表学问，而太始化之，浸以成俗。当时所以有书钞之讥者，盖为是也。大抵句无虚辞，必假故实；语无空字，必究所从。拘挛补缀而露斧凿痕迹者，不可与论自然之妙也。②

这是朱氏论诗的首要宗旨，提倡钟嵘所说的“直寻”，而反对“必假故实”，依赖书本。他在《风月堂诗话》中又倡导“体物”之说，也正是在此基础上提出来的。朱弁这样认为：

---

① 范文澜：《文心雕龙注》，人民文学出版社1958年版，第694页。

② （宋）惠洪，朱弁，吴沆：《冷斋夜话·风月堂诗话·环溪诗话》，中华书局1988年版，第99页。

> 诗人体物之语多矣，而未有指一物为题而作诗者。晋宋以来始命操觚，而赋咏与焉，皆仿诗人体物之语，不务以故实相夸也。梁庾肩吾《应教咏胡床》云："传名乃外域，入用信中京。足敧形已正，文斜体自平。"是也，至杜甫咏蒹葭云："体弱春苗早，藂长夜露多。"则亦未始求故实也。如其他咏薤云："束比青刍色，圆齐玉箸头。"黄粱云："味岂同金菊，香宜配绿葵。"则于体物之外又有影写之功矣。予与晁叔用论此，叔用曰：陈无己尝举老杜咏子规云："渺渺春风见，萧萧夜色栖。客怀那见此，故作傍人低。"如此之语，盖不从古人畦径中来，其所镕裁，又恶用故实为哉！①

朱弁从"自然"的创作论出发，主张以"体物"的方法来作诗。朱弁强调诗人要有所"自得"，这是诗人在物色交融的审美体验中得到的深刻感受。在《风月堂诗话》中，"体物"不仅是指对物象的摹写，而且是指诗人描写自己亲自经历的境界，尤其是在奇崛不凡的征行经历中身心融入宇宙，使其诗作带着"大化"的脉息，用朱弁的话来说，就是"夺造化"。这是"体物"的更高境界。由此，朱弁最为推崇杜甫由秦入蜀的经行诗，也是从他的"体物"观念出发的。他说："老杜《剑阁》诗云：惟天有设险，剑门天下壮。连山抱西南，石角皆北向。宋子京知成都过之，诵此诗，谓人曰：此四句盖剑阁实录也。"② 他又借苏轼的议论表达自己的观点："东坡云：老杜自秦州越成都，所历辄作一诗，数千里山川在人目中。古今诗人殆无可拟者。独唐明皇遣吴道子乘传画蜀道山川，归对大同殿，索其画无有，曰'在臣腹中，请匹素写之。'半日而毕。明皇后幸蜀，皆默识其处。惟此可比耳。"③ 朱弁对杜甫入蜀诗的高度评价，着眼点在于这些诗作的实历性质与审美体验性。杜甫避乱之蜀、于千难万险的颠沛道途中所作，诗人又无处不发其忧念苍生、系念家国的胸臆怀抱。积郁于诗人心中的深切感受与奇崛险壮的蜀山蜀水相遇合，造就了这些诗作中的独特境界。倘非诗人亲历，且有极深的体验，决难办此。

朱弁对苏轼更是推崇备至，而且尤为赞叹东坡遭贬南迁后的诗文创作，

① （宋）惠洪，朱弁，吴沆：《冷斋夜话·风月堂诗话·环溪诗话》，中华书局1988年版，第99—100页。

② 同上书，第104页。

③ 同上。

很重要的一个因素，是由于在贬谪生涯中“实历”了艰辛困苦的磨难。朱弁在《风月堂诗话》中说过这样一段话：“东坡文章，至黄州以后，人莫能及，唯黄鲁直诗时可以抗衡。晚年过海，则鲁直亦瞠乎其后矣。或谓东坡过海虽为不幸，乃鲁直之大不幸也。”① 朱弁对黄庭坚的诗歌成就还是相当赞赏的，认为本来鲁直的诗作可以比肩东坡，然而，东坡晚年远谪海南后的诗作达到了更为浑成完美的境界，而鲁直就只能“瞠乎其后”了。这里有“诗穷而后工”的意思，而更是由于东坡亲历了人生的风霜磨难，同时又饱览了海南的自然风光。这也是“体物”的创作方法带来的成就。朱弁的关于“体物”的论述虽然不是很多，但却是《风月堂诗话》中的主要观点。朱弁所谓“体物”，与陆机等人的有关论述有着一脉相承的关系，但又有着很大的不同。他更加注重的是审美主客体中的直接交融，而不满于以“必假故实”的方式堆砌诗歌。他的“体物”更多地是继承和发展了钟嵘《诗品》中的诗学观点，而且更加注重诗人的审美体验。

“体物”在中国美学思想史上是有重要意义的一个命题，它更加重视的是艺术创作中的艺术传达阶段对客观物象的准确摹写。同时，对艺术形象的创造理论有重要贡献。在其发展过程中，它的理论内涵有很大变化，更多的是关注审美主体的审美体验。

我们以往对“体物”这个命题缺少系统的理解与研究，以至于长时期以来对它的理论价值没有全面的认识。现在看来，“体物”说的有关材料还有待于进一步搜集整理，并进行系统性的考察，这样，有助于建设有民族特色的中国美学体系。

---

① （宋）惠洪，朱弁，吴沆：《冷斋夜话·风月堂诗话·环溪诗话》，中华书局1988年版，第106页。

入兴贵闲

——关于审美创造心态的一个重要命题*

一

“入兴贵闲”这样一个说法并未受到古代文论界的重视，但在笔者看来，却是一个关于审美心理的重要命题。它与“虚静”说有密切关联，十分相近，而又有着深刻的差异。如果说“虚静”是一种自觉进入的空明澄静的精神世界，那么，“入兴贵闲”则是指无意为之的闲适心态进入审美感兴。

“入兴贵闲”一语出于刘勰《文心雕龙》的《物色》篇，其云：“然物有恒姿，而思无定检，或率而造极，或精思愈疏。且诗骚所标，并据要害，故后进锐笔，怯于争锋。莫不因方以借巧，即势以会奇，善于适要，则虽旧弥新矣。是以四序纷回，而入兴贵闲，物色虽繁，而析辞尚简，使味飘飘而轻举，情晔晔而更新。”① 这段话的主要意思是说作家应该把握描写对象的特征，使作品产生历久弥新的审美情味。而“入兴贵闲”则是主张在一种闲适优游的心态下才能产生创作上的感兴。有的论者以规矩法度训释“闲”字，这样译解“四序纷回，而入兴贵闲”：“因此，一年四季的景色虽然多变，但写到文章中去要有规则。”② 释“闲”为“法度”固然并非全无依据，但通观《文心雕龙》的整体来看，这种解释却是扞格不通的。

“闲”在这里无须曲为之释，就是闲适心态。纪昀的评价颇为中肯，他说：“四序纷回四语尤精。凡流传佳句都是有意无意之中，偶然得一二语，无累牍连篇苦心力造之事。”纪昀显然是认为此中之“闲”即闲适无意的心

---

* 本文刊于《吉林大学社会科学学报》2000 年第 1 期。

① 范文澜：《文心雕龙注》，人民文学出版社 1958 年版，第 694 页。

② 陆侃如、牟世金：《文心雕龙译注》，齐鲁书社 1995 年版，第 554 页。

态。联系《文心雕龙》的其他篇章，可以看到纪昀的阐发是符合刘勰原意的。

刘勰在《文心雕龙》有关创作论的一些篇章的论述中，提倡作家平素的陶养文气，以优游闲适的心境获致诗文创作的灵机，而不主张临纸苦吟，强刮硬搜。较为集中地表达这种思想的是《养气》篇，其中的论述颇值得我们注意："昔王充著述，制养气之篇，验己而作，岂虚造哉！夫耳目鼻口，生之役也；心虑言辞，神之用也。率志委和，则理融而情畅；钻砺过分，则神疲而气衰：此性情之数也。……夫学业在勤，功庸弗怠，故有锥股自厉，和熊以苦之人。志于文也，则申写郁滞，故宜从容率情，优柔适会。若销铄精胆，蹙迫和气，秉牍以驱龄，洒翰以伐性，岂圣贤之素心，会文之直理哉？且夫思有利钝，时有通塞，沐则心覆，且或反常，神之方昏，再三愈黩。是以吐纳文艺，务在节宣，清和其心，调畅其气，烦而即舍，勿使壅滞；意得则舒怀以命笔，理伏则投笔以卷怀，逍遥以针劳，谈笑以药倦，常弄闲于才锋，贾余于文勇，使刃发如新，凑理无滞，虽非胎息之迈术，斯亦卫气之一方也。"《养气》通篇都可以视为"入兴贵闲"这个理论命题的系统阐释，而刘勰是从"养气"的角度来谈创作心态之"闲"的，易言之，"闲"的含义就是指作者"清和其心，调畅其气"的身心状态。黄侃《文心雕龙札记》认为："此篇之作，所以补《神思篇》之未备，而求文思之常利也。"这样来看此篇之旨是对的。《养气》所论，与《神思》篇中"陶钧文思，贵在虚静"联系非常密切，但又是"虚静"说所不能全然包括的。刘勰主张，为了更好地进行诗文创作，不能过于劳累，以至于气衰神疲，即所谓"销铄精胆，蹙迫和气"，而应该颐养精气，使自己神完气足，"从容率情，优柔适会"。"弄闲"也就是"率志委和"，其反面则是"钻砺过分"。范文澜先生这样阐述"养气"之旨："彦和论文以循自然为原则，本篇大意，即基于此。盖精神寓于形体之中，用思过剧，则心神昏迷。故必逍遥针劳，谈笑药倦，使形与神常有余闲，始能用之不竭，发之常新，所谓游刃有余者是也。"① 此言极是，也正是回答了什么是"入兴贵闲"的问题，把"养气"与"闲"的关系揭示得非常清晰。刘勰最早把"养气"概念引进艺术理论之中，并作专章论述，把养气同感兴、神思等联系起来，强调养气对于艺术构思的重要作用。而且在刘勰这里，"养气"是使作家呈现身心闲逸状态的根本途径。

① 范文澜：《文心雕龙注》，人民文学出版社1958年版，第648页。

二

为了更准确地理解“入兴贵闲”这个命题，我们不能不对刘勰“养气”说的理论意义作一点必要的探讨。“气”的概念，在中国哲学发展史中有这样几个主要含义：一是指自然万物的本原或本体；二是指客观存在的质料或元素；三是指具有动态功能的客观实体；四是指人生性命；五是指道德境界等等。可以说，气是一个有着多重内涵的范畴。“养气”也是中国哲学中的一个重要命题。最早提出的便是孟子所说的“我善养吾浩然之气”①。而孟子所说的“浩然之气”，并非自然界的天地之气，也不是人体中的阴阳之气，而是一种道德精神。孟子回答什么是“浩然之气”时说：“难言也。其为气也，至大至刚，以直养而无害，则塞于天地之间。其为气也，配义与道，无是，馁也。是集义所生者，非义袭而取之也。”② 孟子所说的“养气”，是纳入其主体心性之中的。荀子也提出“治气养心”的理论，他说：“治气养心之术，血气刚强，则柔之以调和；知虑渐深，则一之以易良；勇毅猛戾，则辅之以道顺；齐给便利，则节之以动止；狭隘偏小，则廓之以广大；卑湿、重迟、贪利，则抗之以高志；庸众驽散，则劫之以师友；怠慢僄弃，则昭之以祸灾；愚款端悫，则合之以礼乐，通之以思索。凡治气养之术，莫径由礼，莫要得师，莫神一好。夫是之谓治气养心之术也。”③ “治气”与“养心”，其实是互文见义。可以认为，荀子所谓“治气养心”，是以气质涵养为主的。孟、荀的“养气”，更多的是一种道德境界和气质涵养，属于主体心性的范畴，这与刘勰所说的“养气”还是有很大差别的。刘勰的“养气”是为了更好地进行文学创作而颐养自己体内的“精气”或云“元气”，在这一点上，刘勰主要是发挥了《管子》、《白虎通》、王充和葛洪关于“气”的思想，并引入到文学创作论中的。

中国气论哲学中关于“气”的一种重要阐释是人秉受天地阴阳之气而充于体内和精神中的“精气”。《管子》把气规定为精气，即指不断运动变化的精微的气。精气是形成天地万物和人类的精微物质，赋予人以生命和智慧，又赋予人的形体，这比《易传》“精气为物”的命题更为明确深刻。汉

① 杨伯峻、杨逢彬注译：《孟子》，岳麓书社2000年版，第47页。

② 同上。

③ （清）王先谦：《荀子集解》，中华书局1988年版，第25页。

代思想家王充以元气为天地万物之本原，构建元气自然论的哲学体系。他认为天地万物都是禀受元气而生，随元气运动而发展变化。元气是天地万物的本原，同时，也是智慧生灵的本原。在王充看来，人是最有灵性、最高级的有智慧的生命，构成人体及其道德精神的气是最精的。“人之所以生者，精气也。”① 刘勰作《养气》是颇受王充影响的，其在开篇即云：“昔王充著述，制养气之篇，验己而作，岂虚造哉?”这里所说王充的“养气之篇”，是指其《养性》一书。王充在《论衡·自纪》中说：“章和二年（按，公元88年），罢州家居，年渐七十，时可悬舆。仕路隔绝，志穷无如。事有否然，身有利害，发白齿落，日月逾迈，俦伦弥索，鲜所恃赖，贫无供养，志不娱快，历数冉冉，庚辛域际，虽惧终徂，愚犹沛沛，乃作养性之书，凡十六篇。养气自守，适食则酒，闭明塞聪，爱精自保，适辅服药，引导庶冀，性命可延，斯须不老。”《养性》一书已佚，但从这篇《自纪》中可以得知这是作者晚年所作的一部关于“养气自守”、“爱精自保”的书。东晋道教大师葛洪从道教养生之学的角度论气，提出“人与气互涵”的思想。他说：“夫人在气中，气在人中，自天地至于万物，无不须气以生者也。”② 葛洪把气作为生命的本原，所以他论气与命说：“夫有因无而生焉，形须神而立焉。有者，无之宫也。形者，神之宅也。故譬之于堤，堤坏则水不留矣。方之于烛，烛糜则火不居矣。身劳则神散，气竭则命终。根竭枝繁，则青青去木矣。气疲欲胜，则精灵离身矣。”③ 葛洪主张养性保命，其中关键在于养气。命受气的制约，气决定生命力的盛衰。气盈则精力充沛，气竭则生命终结。

应该说，刘勰所谓的“养气”，更多的是沿用王充—葛洪“养气”说的含义，颐养体内精气，保持旺盛的生命力。但刘勰最先把它引入到文学创作论中，指出作家在创作时不宜“钻砺过分”，那样不但不能创作出艺术精品，反而会“神疲气衰”，而如果能“率志委和”，则会使作品“理融而情畅”。通过养气而使自己精力充沛，在一种闲逸充盈的心境中进行创作，方可使文思灵动，如新发之刃，无往不利。刘勰从葛洪的“宝精行气”之说受到深刻启示，移之以说明作家创作时所应具有的充盈闲逸的心态。这就不仅具有创作心理学的意义，而且是将生理和心理联系在一起来揭示审美创造

① （汉）王充：《论衡》，上海人民出版社1974年版，第315页。
② （晋）葛洪：《抱朴子·至理》，上海书店1986年版，第24页。
③ 同上书，第22页。

的奥秘。“闲”的创作心态，是“清和其心，调畅其气”的结果。

三

如果说刘勰的“入兴贵闲”说还是在诗文创作的范围内提出来的命题，那么，无独有偶的是，著名的画论家宗炳也在其山水画论的开山之作《画山水序》中论及“闲”的心态在审美过程中的重要作用，他说：“夫以应目会心为理者，类之以成巧，则目亦同应，心亦俱会，应会感神，神超理得。虽复虚求幽岩，何以加焉。又神本亡端，栖形感类，理入影迹，诚能妙写，亦诚尽矣。于是闲居理气，拂觞鸣琴，披图幽对，坐究四荒，不违天励之丛，独无应人之野，峰岫峣嶷，云林森渺，圣贤映于绝代，万趣融于神思。余复何为哉？畅神而已。神之所畅，孰有先焉？”这段话当然不如刘勰的“入兴贵闲”那样具有高度概括的理论价值，但在绘画领域中提出了以“闲居理气”而进入审美过程的观点，反映出当时的理论家对于“闲”的审美心态的共同认识。“畅神”是宗炳在《画山水序》中提出的一种理想的审美境界，而欲得“畅神”的体验，则必以“闲居理气”为其心理前提。

这种闲逸的心态对于艺术创作来说，可以使创作主体在面对最普通的日常事务时进入感兴状态，以一种浓厚的审美兴趣来观照生活，从而使再平凡不过的景物或生活场景闪烁着美的光辉。不妨举人们非常熟悉的大诗人陶渊明的诗歌创作来说明这种情形。像大家都相当谙熟的《归园田居》（少无适俗韵）、《移居》（春秋多佳日）、《饮酒》（结庐在人境）这几首名诗，都是诗人辞官归田以后不久所作。诗人的心境闲适恬淡，脱离官场污浊，忘却世事营营，也就是诗人所说的“心远”。在这种心境中，本来是非常普通的乡村景色与农家风物，进入诗人笔下，则变成了十分优美的诗意境界，成为中国文学宝库中的艺术精品。诗人所谓“虚室有余闲”，并非仅是身体之休闲，更主要的则是从官场中抽身时的心境之闲。没有这种“余闲”、“心远”，就不会写出如此富有审美韵味的诗境。用德国大哲学家海德格尔的话来说，这是一种“敞开”。海德格尔这样来表述艺术的真理：“真理从来不是现存和一般对象的聚集，不如说，它是敞开的敞开，是所是的澄明。是作为投射描画出的敞开的发生。这使它在投射中出现。真理，作为所是的澄明和遮蔽，在被创造中产生，如同一诗人创造诗歌。所有艺术作为让所是的真理出现的产生，在本质上是诗意的。艺术的本性，艺术品和艺术家所依靠的，是真理的自身投入作品。这由于艺术的诗意本性。在所是之中，万物是不同于日常的另外之物。……诗作为澄明的投射，在敞开性中所相互重叠和在形态的间隙中所预先投下的，正是敞开。诗意让敞开发生，并且以这种方式，即现在敞开在存在物中间才使存在物发光和鸣响。"① 这段看上去颇为晦涩的论述，却深刻地道出了"存在物"与艺术品或诗之间的关系。正如海德格尔在同一篇文章所举的梵高所画的农鞋的例子，作为具体存在物的农妇劳动时穿的鞋子，是一种被遮蔽的存在，而当它进入了梵高的画中，就得到了"敞开"。"一个存在者，一双农鞋，进入作品，处于其存在的光亮之中，存在者的存在的显现恒定下来。"② 这对于我们理解日常的、普遍的景物与事物何以在进入真正的艺术品中时，具有了浓郁的审美韵味，是颇富启示意义的。而中国美学中的这个"入兴贵闲"，正说明了在审美创造主体方面的重要条件。"闲"其实也正是一种"澄明"。在无意的闲逸心态之中，世俗的功利杂念都已消遁了，隐逝了，充盈调畅的精神气息，使诗人在观照日常的、普通的景物和事物时都感受到了充沛的诗意，而使其笔下创造出的意象或意境焕发出美的光彩，甚至具有一种审美"乌托邦"的性质。

四

我们再来看一下唐宋时期一些诗人、艺术家在这种"闲"的心态下所创造的诗歌意境有着怎样的特点。

在唐宋一些著名诗人那里，"闲"的心态也许潜藏着颇为丰富的内蕴，大概可以说是一种饱谙人生况味而后的心灵恬适。"闲"主要不是指身体的休闲，而是安恬的心境。这又多半是与诗人们的禅学濡染很有关系的。王维、孟浩然、裴迪、白居易、柳宗元、苏轼、王安石等，都是与佛禅有很深的因缘而又在其诗歌创作中流露出"闲"的心态的。禅学中所说的"不应住色生心"③、"无心之心"、"于一切上，念念不住，即无缚也"④ 等，对唐宋时期的诗人们的人生观是有很大影响的。值得注意的是，唐宋诗人大多是在经历了仕途的失意、政治上的打击以及人生的磨难之后，对禅理有了更深的体悟，进入一种萧散闲淡的心境的。这种心境又使其诗歌创作在从容纡徐

① ［德］海德格尔：《诗·语言·思》，彭富春译，文化艺术出版社1991年版，第67—68页。

② 同上书，第37页。

③ 梁归智译注：《金刚经·坛经》，山西古籍出版社2007年版，第23页。

④ 郭朋：《坛经校释》，中华书局1983年版，第32页。

之中有着更为渊深的含蕴。

在这方面，王维是相当典型的。王维经历了“安史之乱”的磨难后，虽然仍在朝中挂职，却更为栖心释梵。他中年以后卜居辋川，游心禅悦，心境闲淡，如他在诗中写到的：“终南有茅屋，前对终南山。终年无客长闭关，终日无心长自闲。不妨饮酒复垂钓，君但能来相往还。”（《答张五弟》）“端居不出户，满目望云山。落日鸟边下，秋原人外闲。遥知远林际，不见此檐间。好客多乘月，应门莫上关。”（《登裴迪秀才小台作》）“井邑傅岩上，客亭云雾间。高城眺落日，极浦映苍山。岸火孤舟宿，渔家夕鸟还。寂寥天地暮，心与广川闲。”（《登河北城楼作》）“寒更传晓箭，清镜览衰颜。隔牖风惊竹，开门雪满山。洒空深巷静，积素广川闲。借问袁安舍，悠然尚闭关。”（《冬晚对雪胡居士家》）。这些篇什，意境空明玲珑，神韵悠远天然，而且明显都是出自“闲”的创作心态的。裴迪是王维的“法侣”（禅友）与诗友，在辋川时常与王维唱和，也在诗中不断表露出这种“闲”的心态：“不远灞陵边，安居向十年，入门穿竹径，留客听山泉。鸟啭深林里，心闲落照前。浮名竟何益，从此愿栖禅。”（《同王维过感化寺昙兴上人山院》）其诗中的心境、风格，与上述摩诘诗可谓同调。白居易晚居洛阳，分司东都之后，最典型的心态便是“闲”。“闲适诗”是其为自己诗集编类的重要一类。白居易的后期诗歌创作，就多有以“闲”为题者，如《闲乐》、《夏日闲放》、《闲坐》、《闲咏》、《闲居》、《春池闲泛》、《闲卧寄刘同州》、《闲园独赏》、《唤起闲行》、《晓上天津桥闲望》、《初夏闲吟》、《喜闲》、《池上闲吟二首》、《闲出》等等，约有数十首。这种情形并非偶然。饱经宦海浮沉后的闲逸中潜藏着很深的感慨。这种感慨遇到外物的触发便转而为诗之感兴。可以举白居易的《闲咏》一诗以见其一斑：“步月怜清景，眠松爱绿荫。早年诗思苦，晚岁道情深。夜学禅多坐，秋牵兴暂吟。悠然两事外，无处更留心。”从这首诗中可以看出，白居易晚年的闲逸之情与其佛学濡染是颇有关系的，而这又牵动着诗兴。柳宗元在政治斗争失败之后被贬永州，在永州期间，他也是以一种“闲安”的态度来面对自然山水，从而写出了许多著名的诗文佳篇。柳宗元对佛教的态度与韩愈不同，韩愈排佛甚力，而柳宗元则颇为嗜佛，但他在很大程度上是推崇“为其道者”那种不入名利场中、“乐山水而嗜闲安”的人生态度的，他在《送僧浩初序》中说：“且凡为其道者，不爱官，不争能，乐山水而嗜闲安者为多。吾病世之逐逐然唯印组为务以相轧也，则舍是其焉从？吾之好与浮图游以此。”他认为这些佛徒禅僧远离政治斗争的旋涡，不争权位，有着“乐山水而嗜闲安”

的恬淡超脱，这正是他所向往的，如他称许僧浩初所说："今浩初闲其性，安其情，读其书，通《易》、《论语》，唯山水之乐，有文而文之，又父子咸为其道，以养而居，泊焉而无求，则其贤于为庄、墨、申、韩之言，而逐逐然唯印组为务以相轧者，其亦远矣。"① 这也正是他所说的"忘机"。在其诗歌创作之中，诗人一再抒写"忘机"的体验："发地结青茅，团团抱虚白。山光落幽户，中有忘机客。涉有本非取，照空不待析。万籁俱缘生。窅然喧中寂。心境本同如，鸟飞无遗迹。"（《禅堂》）"自谐尘外意，况与幽人行。霞散众山迥，天高数雁鸣。机心付当路，聊适羲皇情。"（《旦携谢山人至愚池》）诗人在其中忘却了朋党倾轧的险恶，在"忘机"的闲逸中得到了心灵的宁静与愉悦。王安石晚居钟山，其心态也是一种摆脱政争纷扰的闲适，其诗作多有一种闲适之趣与宁静之美。如他在诗中写道："屋绕湾溪竹绕山，溪山却在白云间。临溪放杖依山坐，溪鸟山花共我闲。"（《定林所居》）"乌石冈边缭绕山，柴荆细路水云间。吹花嚼蕊长来往，只有春风似我闲。"（《乌石》）这类诗的风格与其表现出的诗人心境都不脱一个"闲"字。由上面所举的几位诗人可以看出，唐宋诗人创作中的"闲"，大都是与禅学有关的，易言之，唐宋时期诗中的"闲"，多有佛禅因素在其中。禅家以心为本体，而其所谓"心"，乃是一种"无心之心"。也就是不造作，不染著，无拘无缚。这种观念对唐宋诗人们是有很深影响的。

"入兴贵闲"是关于审美创造心理的一个有价值的命题，它与"虚静"说有密切联系，但又有着独特的内涵。对于诗歌创作来说，"闲"这种创作心态给诗作带来的是纡徐从容的气度和悠远空灵的意境。我们在对中国古典美学的探赜中，应该充分认识"入兴贵闲"作为理论命题的意义。

① （唐）柳宗元：《送僧浩初序》，见《柳宗元集》，山西古籍出版社2006年版，第123页。

远：超然之美*

"远"是中国古典美学中最能体现民族艺术精神的审美意识之一。"超越有限，追求无限"是它的核心内涵。"远"观念自萌芽、形成、发展直至成熟，几乎经历了中国古典美学史的全部。在这漫长的嬗变过程中，"远"以其独特的"超然之美"行迹于各种审美领域，显示出极高的美学价值。然而，目前对"远"的研究存在着许多局限，论家往往将"远"归结为山水画的意境之一，这显然没有全面而深入地揭示出"远"的审美精神及哲学底蕴。因此，打破这一理论局限，重新阐释"远"的深广内涵，重新树立"远"的美学地位，具有十分重要的理论意义。

一 "远"作为审美意识的出现

从辞源学上考察，"远"的最初含义有三种。一是近之反，《庄子·天道》："吾固不辞远道而来愿见。"① 《吕氏春秋·大乐》："音乐之所由来者远矣。"② 《战国策·齐一》："窥镜而自视，又弗如远甚。"③ 二是深奥，《易·系辞下》："其旨远，其辞文，其言曲而中。"④ 三是疏远、离去，《论语·雍也》："敬鬼神而远之，不谓知矣。"⑤ 又《颜渊》："舜有天下，还于众，举皋陶，不仁者远矣。"⑥ 这三种含义在先秦两汉典籍中被广泛应用，却并不具有明显的美学意味。

---

* 本文刊于《社会科学战线》2000 年第 3 期，与刘洁博士合作。

① （清）王先谦：《庄子集解》，上海书店 1986 年版，第 86 页。

② （战国）吕不韦：《吕氏春秋·大乐》，中州古籍出版社 2010 年版，第 65 页。

③ 关树东：《战国策》，吉林人民出版社 1996 年版，第 138 页。

④ 廖名春校点：《周易》，辽宁教育出版社 1997 年版，第 54 页。

⑤ 杨伯峻、杨逢彬：《论语译注》，岳麓书社 2009 年版，第 69 页。

⑥ 同上书，第 146—147 页。

然而，在这一时期的文学作品中，“远”却流露了最初的审美意味。《诗经·小雅·渐渐之石》中出现了这样的诗句：“渐渐之石，维其高矣。山川悠远，维其劳矣。”（《广韵·尤韵》：“悠，远。”《毛传》：“悠，远。”）这里的“悠远”一词，表面看用的是“远”的第一种本意，形容山川之于抒情主人公距离的遥远。可全诗特定的审美语境却赋予了“悠远”更加丰富的含义。山川之悠远，使主体在与客体的距离中捕捉到某种主客契合的情绪，“悠远”成为一种因距离而萌生的原始美感。

秦汉时期的“远”概念虽然有了审美意味的流露，但它还没有完全脱离语义学内涵，其存在也必须依附于特定的审美语境。因此，这一时期“远”还只是处于萌芽状态。真正具有美学意义的“远”的观念当始于审美自觉的魏晋时代。宗白华先生在《论〈世说新语〉和晋人的美》一文中说：“中国美学竟是出发于‘人物品藻之美学。美的概念、范畴、形容词，发源于人格美的评赏。”① “远”的观念正是在这种品藻人物的世风之下成长起来，以超凡脱俗的人格美和人生美走进了中华美学。翻开刘义庆的《世说新语》，以“远”品人、以“远”立志的辑录实在不少，比如：“晋文王称阮嗣宗至慎，每与之言，言皆玄远，未尝臧否人物。”② “王戎云：太保居在正始中，不在能言之流。及与之言，理中清远，将无以德掩其言。”③ “安弘粹通远，温雅融畅。”④ “会稽贺生，体识清远，言行以礼，不徒东南之美，实为海内之秀。”⑤ “祖东海太守承，清淡平远。”⑥ “傅嘏善言虚胜，荀粲谈尚玄远。”⑦ “桓惮其旷远，乃趣解兵。”⑧ “见山巨源，如登山临下，幽然深远。”⑨ “康子绍，清远雅正。”⑩ “王夷甫雅尚玄远，常嫉其妇贪浊，口未尝言钱字。”⑪ “雅素恢达，度量弘远，心存事外，而与时俯仰。”⑫ 从这些辑录中我们可以看出，“远”在内涵上已经完全走出语义学范围，而成为晋人

① 宗白华：《艺境》，北京大学出版社 1997 年版，第 134 页。

② 余嘉锡：《世说新语笺疏》，中华书局 1983 年版，第 21 页。

③ 同上书，第 26 页。

④ 同上书，第 42 页。

⑤ 同上书，第 113—114 页。

⑥ 同上书，第 157 页。

⑦ 同上书，第 236 页。

⑧ 同上书，第 437 页。

⑨ 同上书，第 500 页。

⑩ 同上书，第 518 页。

⑪ 同上书，第 658 页。

⑫ 同上书，第 799 页。

心目中高尚的人格品性和理想的人生境界。它既是风度仪容、才情思理的清雅洒脱，又是生存空间、精神领域的自由放达。那原始的空间距离之美，在这时已经演变成精神对于现实的逃离，心灵对于世俗的隐遁。

魏晋时代的这种人格审美、人生审美，反映出士人对现实的不满和对自由个性的渴望。沉寂了几百年的庄子美学此时重又受到士人的青睐。庄子美学实际上就是一种人生美学，其核心思想就是以“乘云气、御飞龙，而游乎四海之外”① 的逍遥游来摆脱现实的痛苦，超越世俗的羁绊。那种超越了有限束缚而飞向无限自由的精神状态便是人生的最高境界即“道”。庄子的艺术精神在魏晋玄学时代得到了最充分的继承与发扬，从而促成了“远”的观念的形成。《晋书·王坦之传》载有《废庄论》，其中说：“孔父非不体远，以体远故用近。”② 在这里，王坦之直接就以“远”来称谓庄子的思想，“体远”就是“体道”，就是体悟那逍遥超然的人生至美。

可见，“远”作为审美意识的出现，是我们民族哲学、艺术发展的必然结果。它既是审美手段，又是审美目的，更是一种独具民族特色的审美思维。自魏晋始，“远”以其“超然”本色独步于中国艺术的核心领域，从而树立起它不可替代的美学地位。

二 “远”的哲学意蕴

直接培育了“远”的观念的土壤是魏晋时期的玄学思潮。它赋予“远”更加深厚的哲学内蕴，为“远”发展成诗书画论中纯粹的美学范畴打下了坚实的哲学基础。魏晋玄学派别众多，思想繁杂，但其中的“以无为本”、“得意忘言”、“越名任心”三个命题对“远”之审美精神的形成与发展影响颇深。

1. “以无为本”的本体论培育了“远”观念中“超越有限，追求无限”的审美思维

“以无为本”是何晏、王弼玄学的核心论点。何晏说：“天地万物皆以无为本。”③ 王弼说：“天下之物，皆以有为生。有之所始，以无为本。将欲

---

① （清）王先谦：《庄子集解》，上海书店 1986 年版，第 4 页。

② （唐）房玄龄等：《晋书》卷 75，中华书局 1997 年版，第 1307 页。

③ 《王衍传》，同上书，第 1236 页。

全有，必反于无也。”[①] 玄学的主要渊源是老庄学说，因此王弼又说：“道者，无之称也，无不通也，无不由也；况之曰道，寂然无体，不可为象。”[②] 可见，“道”就是无，它没有形象，没有声音，是超越一切形质之上的最高精神实体，它规定一切事物的形质，一切有形之物皆由它派生而成。这种“以无为本”的本体论，改变了魏晋士人的思维方式，人们要超越感性、具体、有限、相对、偶然等现象界，而去追寻、把握那理性、抽象、无限、绝对、必然的本体。同时“因为魏晋玄学的关键和兴趣并不在于去重新探索宇宙的本源、自然的规则，而在于如何从变动纷乱的当时人世中去抓住根本和要害，这个根本和要害归根结蒂是要树立一个最高统治者的‘本体’形象”[③]。因此，“以无为本”与其说是宇宙本体论，倒不如说是人格本体论。而诞生于人物品藻中的“远”观念恰恰印证了这一哲学，于是就在“超越有限，追求无限”这一思维方式上，玄学与美学找到了连接点。

2. “得意忘言”的认识论树立了“远”观念中“言有尽而意无穷”的审美理想

“以无为本”的本体论促成了自《易》以来的“言不尽意”的认识论。王弼根据庄子“得鱼忘筌”的说法，在《周易略例·明象》中说：“夫象者，出意者也；言者，明象者也。尽意莫若象，尽象莫若言。言生于象，故可寻言以观象；象生于意，故可寻象以观意。意以象尽，象以言著。故言者所以明象，得象而忘言；象者所以存意，得意而忘象。犹蹄者所以在兔，得兔而忘蹄；筌者所以在鱼，得鱼而忘筌也。”[④] 在这里，王弼讨论了言、象、意三者的关系，联系其“以无为本”的本体论，我们便可以得出，“意”与“无”一样是超越于“言”“象”的。既然得意在于忘象忘言，所以要能够得到本体的“无”就必须不停留在言语表达上，而必须超越“言”之外。对此，汤用彤的阐释极为透彻：“盖文并为虚无、寂寞（宇宙本体）之表现，而人善为文（善用此媒介），则方可成就笼天地之至文。至文不能限于‘有’（万有），不可囿于音，即‘有’而超出‘有’，于音而超出‘音’，方可得‘弦外之音’、‘言外之意’。文之最上乘，乃‘虚无之有’、‘寂寞之声’，非能此则无以为至文。”[⑤] 王弼的“得意忘言”说，给予当时以及

---

① 楼宇烈：《王弼集校释》，中华书局1980年版，第110页。
② 同上书，第624页。
③ 李泽厚：《李泽厚哲学美学文选》，湖南人民出版社1984年版，第8页。
④ （魏）王弼，（晋）韩伯康：《周易王韩注》，岳麓书社1993年版，第251页。
⑤ 汤用彤：《魏晋玄学和文学理论》，载《中国哲学史研究》1980年第1期。

尔后的中国文学艺术思想以极大的影响，诗书画论中所极力标榜的“远意”便是以此为其哲学根源的。

3.“越名任心”的方法论滋养了“远”观念中“澄怀虚静”的审美心态

怎样才能达到“俯仰自得，得意忘言”的艺术境界和“超越有限，以至无限”的人生境界呢？嵇康提出了“越名任心”的主张。他在《释私论》中写道：“夫称君子者，心无措乎是非，而行不违乎道也。何以言之？夫气静神虚者，心不存乎矜尚；体亮心达者，情不系于所欲。矜尚不存乎心，故能越名教而任自然；情不系于所欲，故能审贵贱而通物情。物情顺通，故大道无违；越名任心，故是非无措也。是故言君子，则以无措为主，以通物为美；言小人，则以匿情为非，以违道为阙。何者？匿情矜吝，小人之至恶；虚心无措，君子之笃行也。”① 在嵇康看来，要“不违道”，主体必须“无措”、“通物”，必须超越“名教”的外在桎梏，突破荣华富贵的羁绊，走向逍遥的人生至美。正所谓“外荣华，去滋味，游心于寂寞，以无为为贵”②，“浊酒一杯，弹琴一曲，志愿毕矣”③。这种超越功利以达绝美的心理渴望驱使士人们希心高远，游心方外，寄情山水之间。“远”的观念之所以在山水画论中尤为成熟，其原因正在于此。

简言之，“远”的哲学意蕴在于“超越”，超越世俗，超越形质，超越语言，超越有限，只有实现了“超越”的人生才是高尚的，只有实现了“超越”的艺术才是至美的。

三 “远”的审美精神

“远”的哲学内蕴铸就了“远”的审美精神。哲学上对世俗、形质、语言、有限的“超越”，形成了“远”在审美上的“超然”姿态。它是距离之美，却又超越距离，追求物我合一的澄怀虚境；它是形象之美，却又超越形象，追求简约冲淡的神妙意境；它是言语之美，却又超越言语，追求意在言外的无穷韵味。无论于画于书于诗，“远”都是“超越有限，以至无限”

① 鲁迅：《鲁迅三十年集·嵇康集》，鲁迅全集出版社 1947 年版，第 81 页。

② （三国·魏）嵇康：《与山巨源绝交书》，见（唐）李善等注《六臣注文选》卷 43，浙江古籍出版社 1999 年版，第 785 页。

③ 同上。

的终极审美。

1. *超越距离的观照方式和物我合一的澄怀虚境*

中国古典美学中，“远”是极为重要的观照方式。它暂时拉开审美主体与审美客体的空间距离，尽可能使主体对客体形质与态势的把握全面而深入。尤其是中国的山水画，无不是“登高远望”所得之景。南朝宗炳在《画山水序》中说：“且夫昆仑山之大，瞳子之小，迫目以寸，则其形莫睹，迥以数里，则可围于寸眸。”① 王微《叙画》中说：“目有所极，故所见不周。”② 宋代郭熙的《林泉高致》说得更好：“山水大物也，人之看者须远而观之，方见得一障山川之形势气象。”③ “真山水之川谷，远望之以取其势，近看之以取其质。”④ “真山水之风雨，远望可得，而近者玩习不能究错纵起止之势。真山水之阴晴，远望可尽，而近者拘狭不能得明晦隐见之迹。”⑤ 正是这种“远望取势”的观照方式，使山之重叠水之悠长罗列胸中跃然纸上。所以宋人沈括评价说：“又李成画山上亭馆及楼塔之类，皆仰画飞檐。其说以谓自下望上，如人平地望塔檐间，见其榱桷。此论非也。大都山水之法，盖以大观小，如人观假山耳。若同真山之法，以下望上，只合见一重山，岂可重重悉见？不应见其溪谷间事。又如屋舍，亦不应见中庭及后巷中事……李君盖不知以大观小之法。其间折高折远，自有妙理。岂在掀屋角耶？”⑥ 这“以大观小”、“折高折远”的妙理便在于“远望取势”的审美观照。

然而，“远望”的观照方式并非要造成审美主客体之间的对立。因为它不是定位、定向的观照，而是“忽反顾以游目兮，将往观乎四荒”⑦ 的“流观”。郭熙说：“山近看如此，远数里看又如此，远十数里看又如此，每远每异，所谓山形步步移也。山正面如此，侧面又如此，背面又如此，每看每异，所谓山形面面看也。”⑧ 因此，“远望”不是居于山水之外，而是“身

---

① （南朝·宋）宗炳，王微：《画山水序·叙画》，人民美术出版社1985年版，第5页。

② 同上书，第15页。

③ （宋）郭熙：《林泉高致》，见俞剑华《中国古代画论类编》，人民美术出版社1957年版，第632页。

④ 同上书，第634页。

⑤ 同上。

⑥ （宋）沈括：《梦溪笔谈》卷17《活笔》，辽宁教育出版社1997年版，第93页。

⑦ （战国）屈原：《离骚》，见宋涛《国学经典》第1卷，辽海出版社2009年版，第8—9页。

⑧ （宋）郭熙：《林泉高致》，见俞剑华《中国古代画论类编》，人民美术出版社1957年版，第635页。

所盘桓，目所绸缪”[①]；不是直线式的“焦点透视”，而是曲线式的“散点透视”，每一观每一意均有待另一角度另一位置的补充。于是，一幅山水画中找不到主体的站位，看不出物我的距离。主体虚化了，距离消解了，尺幅之间仿佛包容着完整的宇宙，正所谓“以一管之笔，拟太虚之体”[②]。这种对距离的超越是“远”观照的精义所在，它实现了主客化一、物我交融的澄怀虚境，实现了在有限的山水形质之间、有限的咫尺画幅之中，体悟到自然的无穷律动、精神的无限自由。

2. 超越形象的创作理法与简约冲淡的神妙意境

“远”观照使自然形象充满了灵动之气，精神也在自然之美中获得了升腾。于是“远”径直成为一种目的，它无边无际的延展，超越视线，超越形质，它是虚空，它是无限。因此，“远”景的描画不可拘泥于形象，必须以“超越形象”的创作理法方能达到无限之境。唐王维《山水论》中说：“远人无目，远树无枝。远山无石，隐隐如眉；远水无波，高与云齐。”[③] 这是远景创作的笔法原则，也是“离形得似”的创作理论。沈括《梦溪笔谈》有《论画山水》，其中写道：“江南中主时，有北苑使董源善画，尤工秋岚远景，多写江南真山，不为奇峭之笔。其后建业僧巨然祖述源法，皆臻妙理。大体源及巨然画笔，皆宜远观，其用笔甚草草，近视之几不类物象，远观则景物粲然。幽情远思，如睹异境。如源画《落照图》，近视无功，远观村落杳然深远，悉是晚景，远峰之顶，宛有返照之色，此妙处也。”[④] 以简约之笔创造出似又非似的形象，这景致必定缥缈冲淡，蕴含着无限神妙。于是宋人郭熙提出“三远”之说：“山有三远。自山下而仰山颠，谓之高远；自山前而窥山后，谓之深远。自近山而望远山，谓之平远。高远之色清明，深远之色重晦，平远之色，有明有晦。高远之势突兀，深远之意重叠，平远之意冲融而缥缥缈缈。其人物之在三远也，高远者明了，深远者细碎，平远者冲淡。”[⑤] 三远中，“平远”之境最能体现“超然之美”的内在精神。“高远”、“深远”有太多的刚性与进取，只有“自近山而望远山”的“平远”

---

① （南朝·宋）宗炳，王微：《画山水序·叙画》，人民美术出版社 1985 年版，第 5 页。

② 同上书，第 3 页。

③ （唐）王维：《画学秘诀》，见傅云龙、吴可《唐宋明清文集》第 1 辑《唐人文集》卷 3，天津古籍出版社 2000 年版，第 1641 页。

④ （宋）沈括：《梦溪笔谈》，团结出版社 1996 年版，第 196 页。

⑤ （宋）郭熙：《林泉高致》，见俞剑华《中国古代画论类编》，人民美术出版社 1957 年版，第 639 页。

有着更多的柔性与放任，它冲融平淡的意境正是精神无所牵挂、超脱自由的虚空之境，也是庄子美学、魏晋玄学所追求的人生至美。《林泉高致·画诀》中多言“平远”，如“夏山松石平远”、“秋山晚照，秋晚平远”、“雪溪平远”、“风雪平远”，等等。《林泉高致·画格拾遗》中，郭思记其父画迹时也说：“烟生乱山，生绢六幅，皆作平远，亦人之所难。一障乱山，几数百里……看之令人意兴无穷，此图乃平远之物也。”① 这些都说明郭熙于三远之中是尤趋“平远”的。自郭熙之后，画者皆以“平远”为佳境。

不仅山水画推崇平淡简约、冲融缥缈的“远”美，中国的书法艺术也同样如此。苏轼最善以“远”论书，如“褚河南书，清远萧散，微杂隶体”②、“今长安犹有长史真书《郎官石柱记》，作字简远如晋宋间人”③、“予尝论书，以谓钟王之迹，萧散简远，妙在画笔之外”④、“颜鲁公平生写碑，唯《东方朔画赞》为清雄，字间栉比而不失清远”⑤，等等。宋代书法以“尚意”为特征，在书法艺术的形与神、法与意的关系上，更加重视和突出神与意的审美地位和意义，因此表现出轻形似卑法度的创作思理，追求笔简意丰、率真自然的艺术境界。苏轼所说的“简远”之风，便是在形式上笔法简约不求工丽，在内涵上襟怀冲淡寓意高远。只有这样，才能“自言其中有至乐，适意无异逍遥游”。⑥

3. *超越语言的体悟思维和意在言外的无穷韵味*

哲学上，“远”就是“道”，它不可名状、不可穷尽。一切语言都是“道”依附的形质却不是“道”本身。得道需要超越语言，体悟言外之意、弦外之音。所以，对诗歌艺术来说，“远”便是诗句之外的无穷韵味，它只可意会不可言传。严羽说“羚羊挂角，无迹可求”⑦、“空中之音，相中之色，水中之月，镜中之象”⑧，司空图说“不著一字，尽得风流”⑨，皆是诗

---

① （宋）郭熙：《林泉高致》，见俞剑华《中国古代画论类编》，人民美术出版社 1957 年版，第 646 页。

② 李之亮：《苏轼文集编年笺注·诗词附》，巴蜀书社 2011 年版，第 584 页。

③ 同上。

④ 同上书，第 286 页。

⑤ （宋）苏轼：《题颜公书画赞》，见《东坡题跋》卷 4，中华书局 1985 年版，第 76 页。

⑥ （宋）苏轼：《石苍醉墨堂》，见张春林编《苏轼全集》上，中国文史出版社 1999 年版，第 39 页。

⑦ 郭绍虞：《沧浪诗话校释》，人民文学出版社 1961 年版，第 26 页。

⑧ 同上。

⑨ 杜黎均：《二十四诗品译注评析》，北京出版社 1988 年版，第 115 页。

中之“远”的审美精神。“远”是对诗中语言形质的超越，它与“意”紧密相连。自唐以后，文人开始以“远意”论诗。唐皎然《诗式·辨体有一十九字》说：“非如渺渺望水，杳杳看山，乃谓意中之远。”① 唐遍照金刚《文镜秘府论》说：“诗有意阔心远，以大纳小为体。”② 白居易《文苑诗格》也说：“为诗须精搜，不得语剩而智穷，须令语尽而意远。”③ 唐景淳《诗评》则说：“远不言远，意中含其远。”④ 宋叶梦得《石林诗话》说：“七言难于气象雄浑，句中有力，而纡馀不失言外之意。……语远而大体也。”⑤ 其后《李希声诗话》说：“古人作诗，正以风调高古为上，虽意远语疏，皆为佳作。”⑥ 范晞文《对床夜语》也说：“诗在意远，固不以词语丰约为拘。”⑦ 可见，“远意”即“意在言外”已是唐宋评诗论诗的重要标准了。

“超然之美”在诗歌美学中的发展与“韵味说”密不可分。实际上，在魏晋时期“韵”便是指人的清远风神，如葛洪《抱朴子·刺骄》说：“若夫伟人巨器，量逸韵远。”⑧ 后世品画品书也多将“远”与“韵”相连，在基本精神上，二者几无差别，都是指在平淡中含有意到而笔不到的深度。直至晚唐司空图将“远韵”带进了诗歌领域。他在《与极浦书》中说：“戴容州云：‘诗家之景，如蓝田日暖，良玉生烟，可望而不可置于眉睫之前也。’象外之象，景外之景，岂容易可谈哉！”⑨ 又于《与李生论诗书》中说：“近而不浮，远而不尽，然后可以言韵外之致耳！”⑩ 这“韵外之致”便是“超以象外”的诗之“远意”。“远”是对有限语言的超越，在体悟中追寻无限的言外之意，在品味中获得无穷的乐趣。如此看来，“韵”不就是

---

① 李壮鹰：《诗式校注》卷1，人民文学出版社2003年版，第71页。

② ［日］遍照金刚：《文镜秘府论》，人民文学出版社1975年版，第135页。

③ （唐）白居易：《文苑诗格》，见张伯伟《全唐五代诗格汇考》，江苏古籍出版社2002年版，第367页。

④ 同上书，第16页。

⑤ （宋）叶梦得：《石林诗话》卷下，中华书局1991年版，第25页。

⑥ 吴文治：《明诗话全编》9，江苏古籍出版社1997年版，第9973页。

⑦ （宋）范晞文：《对床夜语》，见（清）丁福保《历代诗话续编》上册，中华书局2006年版，第420页。

⑧ （晋）葛洪：《抱朴子》，上海书店1986年版，第152页。

⑨ （唐）司空图：《与极浦书》，见傅云龙、吴可《唐宋明清文集》第1辑《唐人文集》卷4，天津古籍出版社2000年版，第2570页。

⑩ （唐）司空图：《与李生论诗书》，见傅云龙、吴可《唐宋明清文集》第1辑《唐人文集》卷4，天津古籍出版社2000年版，第2569页。

"远"，"远"不就是"韵"吗？所以宋人范温说"有余意之谓韵"，"妙在法度之外，其韵自远"①。直至明清两代，文人依然以"远"释"韵"。神韵说的标举者王士禛说："汾阳孔文谷（天允）云：诗以达性，然须清远为尚。薛西原论诗，独取谢康乐、王摩诘、孟浩然、韦应物，言'白云抱幽石，绿筱媚清涟'，清也；'表灵物莫赏，蕴真谁为传'，远也；'何必丝与竹，山水有清音'，'景昃鸣禽集，水木湛清华'，清远兼之也。总其妙在神韵矣。"② 所以说，在审美精神上，"远"与"韵"皆为"超然之美"。然而"远"更具深厚的哲学内蕴，其审美精神乃是哲学之"道"在艺术上的延伸。如此丰富的审美精神，如此深厚的哲学内蕴，使"远"成为中国古典美学中最具美学价值的审美意识之一。它不仅仅属于山水画，而几乎属于全部中国艺术；它不仅仅是审美理想，也是审美心态与审美方法；它不仅仅具有平淡简约冲融缥缈的风采，而更具超越一切有限的腾然骨力。远是超然之美，是我们民族最深刻的艺术精神。

① （宋）范温：《潜溪诗眼》，见郭绍虞《宋诗话辑佚》，中华书局 1980 年版，第 373，374 页。

② （清）王士禛：《池北偶谈》，见王士禛《带经堂诗话》，人民文学出版社 1963 年版，第 73 页。

论王夫之诗歌美学中的“神理”说*

明末清初的大思想家、文学家王夫之（船山），在中国近古的思想史上有着突出的重要地位，被称为清初三大思想家之一。不唯如此，他的美学思想在中国美学史上也是颇为引人注目的。他改造了佛教因明学的基本范畴“现量”作为自己的美学思想中的核心命题，深受治中国美学史的学者关注，有关论著对其“现量”说有着较为系统、全面的研究。而船山美学中还有另一个相当重要的范畴“神理”，却未引起学术界的充分重视，迄今为止，尚未见及有关王夫之“神理”说的专论。而综观船山的论著（尤其是诗论著作），“神理”这个概念有较高的使用频率，约达几十处，同时，有着颇为丰富深广的内涵，并与“现量”、“势”等范畴有十分密切的联系。有关“神理”说的发掘与研究，有助于深化对王夫之美学思想的认识，重新估计中国近古时期美学史的发展高度，有非常深刻的意义。

一

船山有关“神理”的言论，主要集中在他的诗话著作《姜斋诗话》和他的三部诗歌评选著作《古诗评选》、《唐诗评选》及《明诗评选》之中。在这些诗论著作里，船山是以“神理”为其评诗、选诗的重要价值尺度的。“神”和“理”，在船山诗论中常常是分开使用的，但又更多是合而为一的，形成一个新的审美范畴。“神”与“理”这两个概念在单独使用时都有着各自的含义，但相互又有深刻联系；而当神、理合为一个新的范畴出现时，就不只是包括了这两个概念各自的意义，而且有着更为复杂、深广的蕴涵。

“神”是中国古典美学中的一个传统范畴，早在魏晋南北朝时期业已得到充分的讨论。在哲学领域里，关于“神灭”、“神不灭”的争论为美学思

---

* 本文刊于《文艺研究》2000 年第 5 期。

想中关于“神”的范畴的提出与成熟提供了深厚的基础。大画家、美术理论家顾恺之提出了有名的“以形写神”①、“传神写照”② 的观点，成为中国美学思想史上影响至为深远的美学命题。在顾氏的画论中，“神”主要是指人物画中所画人物的神态与精神气质。稍后一些的宗炳，在山水画论中，也提出了“应会感神”，又云“至于山水，质有而趣灵”③，将“神”的范畴用于山水画的创作与评论。这里的“神”，指的是审美主体在与山水这样的审美客体相对时，所感受到的客体的精神气韵，与后来清人刘熙载所说的“山之精神写不出，则烟霞写之”的“山之精神”差相近之。④ 唐代大诗人杜甫所云“读书破万卷，下笔如有神”，其中的“神”，则是指创作过程中那种天机突现的灵感状态。宋代大文学家苏轼在其艺术理论中力主“传神”论，鄙薄专尚形似的创作倾向。他在著名的《书鄢陵王主簿所画折枝》一诗中说：“论画以形似，见与儿童邻。赋诗必此诗，定非知诗人。诗画本一律，天工与清新。边鸾雀写生，赵昌花传神。……”在《题过所画枯木竹石》一诗中，他又谈到画之传神：“老可能为竹写真，小苏今与竹传神。”苏轼所云之“神”，指超越于艺术描写对象“形似”之外的内在精神气韵。

“理”是中国哲学中一个非常重要的基本范畴，在不断的自我否定或扬弃的过程中，汲取了各个时代的精华，使其内涵得到了丰富与具体化。在传统哲学中，大体有这样几层含义，一是治理，引申为规律。《说文解字》云：“理，治玉也。”⑤《说文系传校勘记》引徐锴曰：“物之脉理惟玉最密。”⑥ 依玉的脉理而治，就是理。二是名理，即是逻辑性的思维规律。《黄老帛书·名理篇》提出了“审察名理”、“循名究理”，都是以理为概念、判断等逻辑思维形式。三是理为天理。本土的儒学文化和道家文化、外来的佛教文化，经过整合而创造了宋明理学文化。理学注重道体的探讨。从周敦颐、张载到二程，他们面对外来佛教文化的挑战，而创造了天理论的哲学逻辑结构，以理为宇宙自然最高本体的人伦道德的最高准则。

在中国古代诗学中，“理”也是一个很有普遍意义的范畴，它与哲学中

① （唐）张彦远：《历代名画记》卷5，人民美术出版社1963年版，第118页。
② （南朝·宋）刘义庆：《世说新语·巧艺》，上海古籍出版社1982年版，第355页。
③ （南朝·宋）宗炳：《画山水序》，见沈子丞《历代论画名著汇编》，文物出版社1982年版，第14页。
④ （清）刘熙载：《艺概·诗概》，上海古籍出版社1978年版，第82页。
⑤ （汉）许慎：《说文解字》，天津市古籍书店1991年版，第12页。
⑥ （南唐）徐锴：《说文解字系传》，中华书局1987年版，第338页。

的“理”有密切关系，但又有相当大的差异，主要是指诗中的哲理、义理，但在中国古代诗论中，“理”又常常处在被否定的位置。如宋代著名诗论家严羽所说的“诗有别趣，非关理也”①，意思是说诗歌有其特殊的审美兴趣，不在于以诗来表述理念。又如宋代一些诗作，尤其是理学家的诗作，被诗论家们视为“堕于理窟”，也是从诗歌的审美特性出发，认为诗歌不宜表现抽象的理念，这在中国古代诗学理论中是有相当普遍性的。诗歌有其特殊的审美趣味，不宜枯燥地言理，这是对的；但是，绝对地反对在诗中蕴涵理念，把诗的审美直觉与理性对立起来，又是非常片面的。事实上，我们在古人的吟咏之中，不仅产生强烈的情感共鸣，而且在更多的时候也得到灵智的省豁。许多传世的名篇，都在使人们“摇荡性情”的同时，更以其十分警策的理性力量穿越时空的层积。那么，诗中之“理”的表现怎样才算是好的呢？中国古代诗论中有“理趣”之说。所谓“理趣”，即是以诗的审美意象来托出某种道理。如苏轼的《题西林壁》、《琴诗》，朱熹的《观书有感》、《春日》、《偶题三首》等。钱锺书先生对于“理趣”诗有很深刻的阐释，其云：“徒言情可以成诗，‘去去莫复道，沉忧令人老’是也。专写景亦可成诗，‘池塘生春草，园柳变鸣禽’是也。惟一味说理，则于兴观群怨之旨，背道而驰，乃不泛说理，而状物态以明理；不空言道，而写器用之载道。拈形而下者，以明形而上；使寥廓无象者，托物以起兴；恍惚无朕者，著述而如见。譬之无极太极，结而为两仪四象；鸟语花香，而浩荡之春寓焉；眉梢眼角，而芳菲之情传焉。举万殊之一殊，以见一贯之无不贯，所谓理趣者，此也。”② 可以认为，钱锺书先生对理趣诗的论述相当精辟。然而，理趣诗的“理”，还是颇为显明的，诗的意象对其中的理来说，还只是起着寓托的作用。

二

王夫之作为一个思想家，对于诗中之“理”非但不避讳，而且将之作为诗的一个重要标准。仅有艺术直觉，而无睿智深刻的理性，在船山看来，并非诗之上乘，“理”恰恰是好诗应有的必要条件。船山评诗，眼界甚高，每多非议，不轻许可，而独心折谢灵运，在他对中国古代诗人的评价中，可

---

① 郭绍虞：《沧浪诗话校释》，人民文学出版社 1961 年版，第 26 页。
② 钱锺书：《谈艺录》，中华书局 1984 年版，第 228 页。

说是无出其右的，如其说：“情景相入，涯际不分，振往古，尽来今，唯康乐能之。”① 他对谢灵运的推崇，在很大程度上是因为谢诗以“尽思理”见胜，他对谢灵运的评价透露出此中消息：

> 谢灵运一意回旋往复，以尽思理，吟之使人卞躁之意消。《小宛》抑不仅此，情相若，理尤居胜也。王敬美谓‘诗有妙悟，非关理也’，非理抑将何悟?②

船山在这里已不仅是对谢诗的评价，而是对诗中之理的普遍性思考。但由此可见其对谢诗之所以如此偏爱，主要的价值尺度是能否“以尽思理”。更值得注意的是，船山将诗中之理与宋明以来影响广泛的“妙悟”说统一起来，使人们对于“理”及“妙悟”的认识都更为深化。所谓“诗有妙悟，非关理也”，本是源自南宋严羽的诗论，严沧浪在《沧浪诗话》中有关的著名论述为船山所本。严羽在诗歌创作论中以禅喻诗，主“妙悟”之说：“大抵禅道惟在妙悟，诗道亦在妙悟。且孟襄阳学力下韩退之远甚，而其诗独出退之之上者，一味妙悟而已。惟悟乃为当行，乃为本色。”③ 他又说：“夫诗有别材，非关书也；诗有别趣，非关理也。然非多读书，多穷理，则不能极其至。所谓不涉理路，不落言筌者，上也。”④ 这两段话，可以说是严羽诗论中最有影响的论断，对于沧浪诗论的是非褒贬，多是集矢于此。在人们的诠释和评论之中，沧浪的“诗之妙悟”是与“理”不搭界的，不唯如此，而且是互为妨碍的。王世贞在《艺苑卮言》卷1中曾引录此语，船山此处略其原出，又误记为其弟王世懋（敬美）语。船山并非一般地不同意“诗有别材，非关理也”之说，而是有意把“妙悟”和“理”这两个在严氏诗学中看似对立的概念联系在一起，而且把“理”作为“妙悟”的内涵，这不能不被人看作是船山诗论中的惊心醒目之处。在船山看来，诗中的“妙悟”，悟的不是别的东西，恰恰就是“理”！理是船山论诗的一个重要价值标准。诗倘若不能表达透彻深邃之“理”，很难称为上乘佳作。我们不妨看看船山的几则诗评。评陆云的《失题》诗云：“晋初人说理，乃有如许极

① （清）王夫之：《古诗评选》卷5，见《船山全书》第14册，岳麓书社1996年版，第731。
② 戴鸿森：《姜斋诗话笺注》卷1，人民文学出版社1981年版，第30页。
③ 郭绍虞：《沧浪诗话校释》，人民文学出版社1961年版，第12页。
④ 同上书，第26页。

至，后来却被支许凋残。”[①] 这里对于陆云诗作中“说理”是倍加推崇的，认为臻于“极至”。“说理”本身并不应该成为诗歌被诟病的理由，只是后来到了支遁、许徇、孙绰等人手里，抽象地、枯燥地言理，使诗中之“理”成了支离僵死之物，缺乏诗人的情感，缺少与宇宙天道相通为一的浑然之气，才是船山所不取的。他又评刘琨的《答卢谌》诗云：“无限伤心刺目，顾以说理语衍之，乃使古今怀抱，同入英雄泪底。”[②] 这都是对诗中的“说理”之语有很高评价的。他评初唐诗人王绩的《石竹咏》云“非但理至，风味亦适。得句即转，转处如环之无端，落笔常作收势，居然在陶、谢之先”[③]，更以“理至”为其首要理由。这些都可以充分说明船山的诗学观念中，“理”非但不是必欲排之除之而后快的负面价值，而且是诗歌艺术价值的重要内涵。

然而，我们千万不要以为船山是赞成或者支持诗人在诗中以抽象的思维方式、以名言概念的构织在诗中言理，那又恰恰是他所反对的。对于“支许”等玄言诗人对“理”的“凋残”，船山是非常反感的。他在评西晋诗人司马彪的《杂诗》时明确说过：

> 王敬美谓“诗有妙悟，非关理也”，非谓无理有诗，正不得以名言之理相求耳。[④]

虽然十分简短，但却是“截断众流”、“寸铁杀人”之语。船山对于“无理有诗”，即对把诗与理绝对对立起来的观点是明确否定的，认为诗中之理不仅是可以的，而且是必要的，关键在于如何理解“理”的内涵以及“言理”的方式。船山认为诗中之理不应是那种“名言之理”，也就是以名言概念构成的伦理教条或抽象理念。在船山看来，诗中之理应是饱含着诗人情感、在对生活的随机感兴中所体悟到的带有独特性的理思。这种“理”不是抽象的、知性分解的，而是以活色生香般的生命感、诗人拥抱人生的深切情怀以及在迁流变化的社会与自然中捕捉到的神韵来启人心智的。因此，船山也时常以“神理”作为一个诗学范畴来论诗。它的内涵也就是上述的

---

① （清）王夫之：《古诗评选》卷 2，见《船山全书》第 14 册，岳麓书社 1996 年版，第 594 页。

② 同上书，第 598 页。

③ 同上书，第 927 页。

④ 同上书，第 687 页。

意思。在《姜斋诗话》及三个《评选》中，“神”与“理”时分时合，但作为一个完整的、崭新的诗学范畴，尤能见出船山诗学思想的独特贡献所在。

“神理”说的一个重要内涵就是“理”与情的融合。船山论诗中之理，非常注重理与情的相因相得，不满于剥落诗人情感之后的枯燥言理。船山在评陆机诗时说：

> 诗入理语，惟西晋人为剧。理亦非能为西晋人累，彼自累耳。诗源情，理源性，斯二者岂分辕反驾者哉？不因自得，则花鸟禽鱼累情尤甚，不徒理也。取之广远，会之清至，出之修洁，理顾不在花鸟禽鱼上耶？①

船山认为，在诗中言理，以西晋人为甚，但这并不能说明西晋人为理所累，而是那些枯燥言理的诗人“自累”。诗出于情，理出于性，但二者并非彼此排斥的，而是相融互济的。无论是情，抑或是理，都应源于“自得”，也就是诗人的亲身体验。倘若不是源于“自得”，那些似乎是以抒情为目的的花鸟禽鱼之类的意象，也同样难于表达诗人之情，并非仅是理成为诗中负累。船山在此处强调诗中的理与情均是不可缺少的要素，并且可以相融互济，并非“分辕反驾”。进而可以认为，船山是主张诗中之理应该饱含诗人之情的。船山在评李白的《苏武》诗时说：“咏史诗以史为咏，正当于唱叹写神理，听闻者之生其哀乐。”②“唱叹”自然是诗人的至情流露，“神理”应是出于诗人之至情；而“听闻者之生其哀乐”，则是指欣赏者在接受过程中在情感方面的强烈共鸣。在评张协诗时又云“感物言理，亦寻常耳，乃唱叹沿洄，一往深远。储、王亦问道于此，而为力终薄，力薄则关情必浅”③，也同样是强调言理与深情之间的密切关系。在船山这里，诗中言理，应是生发于诗人的至情体验之上的。

船山之“神理”说的又一重要内涵，是云诗中之理的超以象外，广远精微，与天地宇宙相通，浑灏流动充满生命的动感，绝非道学先生口中笔下

---

① （清）王夫之：《古诗评选》卷2，见《船山全书》第14册，岳麓书社1996年版，第588页。

② 同上书，第953页。

③ 同上书，第705页。

的伦理教条。他评价谢灵运之诗云：“亦理，亦情，亦趣，逶迤而下，多取象外，不失环中。”[①] 又论谢诗说：“神理流于两间，天地供其一目，大无外而细无垠。”[②] 既称“神理”，就不是那种以知性分解的方式所得的抽象之理，乃是“墨气四射”、广大骀荡的精神性实体。如船山所说：“自五言古诗来者，就一意中圆净成章，字外含远神，以使人思；自歌行来者，就一气中骀荡灵通，句中有余韵，以感人情。”[③] 又论陶潜之《癸卯岁始春怀古田舍》诗云：“通首好诗，气和理匀，亦靖节之仅遘也。‘鸟弄欢新节，泠风送余善’，自然佳句，不因排撰矣。陶此题凡二作，其一有云‘平畴交远风，良苗亦怀新’，为古今所共赏。‘平畴交远风’信佳句矣，‘良苗亦怀新’乃生入语。杜陵得此，遂以无私之德，横被花鸟，不竞之心，武断流水。不知两间景物关至极者，如其涯量亦何限！”[④] 船山还评陶之《读山海经》一诗云：“此篇之佳，在尺幅平远，故托体大。如托体小者，虽有佳致，亦山人诗尔。‘少无适俗韵’、‘结庐在人境’、‘万族欣有托’，不满余意者以此。‘微雨从东来’二句，不但兴会佳绝，安顿尤好。若系之‘吾亦爱吾庐’之下，正作两分两搭，局量狭小，虽佳亦不足存。”[⑤] 足见船山之推崇“神理”之托体广大，浑灏骀荡。船山之评张协《杂诗》语则更为典型：

> 风神思理，一空万古，求共伯仲，殆唯“携手上河梁”、“青青河畔草”足以当之。诗中透脱语自景阳开先，前无倚，后无待，不资思致，不入刻画，居然为天地间说出，而景中宾主，意中触合，无不尽者。[⑥]

这里指出诗中神理也即“透脱语”十分广大，非知性分解的思维方式所能把握，所谓“一空万古”、“为天地间说出”，足见船山所云之“神理”是以小见大、与道相通的。

---

① （清）王夫之：《古诗评选》卷5，见《船山全书》第14册，岳麓书社1996年版，第737页。

② 同上书，第736页。

③ 戴鸿森：《姜斋诗话笺注》卷2，人民文学出版社1981年版，第139页。

④ （清）王夫之：《古诗评选》卷4，见《船山全书》第14册，岳麓书社1996年版，第719页。

⑤ 同上书，第723页。

⑥ 同上书，第706页。

船山言“神理”不仅在于其广远浑灏，超乎象外，还在于其能致精微、入毫芒，深入事物难于言喻之处，这两方面都是“神理”所应具备的，这是带有艺术辩证法的意味的。船山所云之“大无外而细无垠”，是一个很好的概括。船山评谢灵运的名作《登池上楼》说：“‘池塘生春草’，且从上下左右看取，风日云物气序怀抱，无不显者，较‘胡蝶飞南园’之仅为透脱语，尤广远而微至。”① “广远”与“微至”，是辩证地统一在“神理”之中的。

三

诗中之“神理”是如何获得的？是以知性分析的思维方式，在诗中先入为主地确定，还是以触物感兴的方式，在与自然、社会的随机感遇中升华而出？船山的答案是后者。船山是非常反感诗中腐儒式的枯燥言理的，如其所云：“一部《十三经》，元不听腐汉挦剥作头巾戴。侮圣人之言，必诛无赦，余固将建钟鼓以伐之。”② 在船山看来，倘以腐儒的态度来对待经典，即是对圣人之言的侮辱。“神理”当是“以追光蹑影之笔，写通天尽人之怀”的产物。③ 在《姜斋诗话》中，船山有这样一段重要论述：

> 以神理相取，在远近之间。才着手便煞，一放手又飘忽去，如“物在人亡无见期”，捉煞了也；如宋人咏河豚云：“春洲生荻芽，春岸飞杨花。”饶他有理，终是河豚没交涉。“青青河畔草”与“绵绵思远道”，何以相因依，相含吐？神理凑合时，自然恰得。④

关于诗中“神理”的获得，这里说得相当清楚，即是在变动不居的自然与社会事物中捕捉得来的，非以逻辑解析方式而致，“才着手便煞，一放手又飘忽去”，正说明“神理”是鲜活地存在于生活之中的，必须在触物感兴中获致。“神理”并非既定的、不变的抽象之理，而是在生成之中的，诗人对它的获致，是偶然的感兴过程。船山评李白的《春日独酌》云：“以

① （清）王夫之：《古诗评选》卷5，见《船山全书》第14册，岳麓书社1996年版，第732页。

② 同上书，第720页。

③ 同上书，第681页。

④ 戴鸿森：《姜斋诗话笺注》卷2，人民文学出版社1981年版，第63页。

庾、鲍写陶，弥有神理。‘吾生独无依’，偶然入感，前后不刻画求与此句为因缘，是又神化冥合，非以象取。”① “偶然入感”，正是感兴的方式，也就是船山所说的“现量”。

船山论述诗歌创作的思维方式，力倡“现量”式的审美观照，成为他的诗学思想的一个基本命题。在印度佛学中，“现量”、“比量”是一对有关认识论的基本范畴。印度学者认为，思维是用一定的工具来求得知识的过程，这就称为“量”。量有多种，但最基本的是现量和比量。现量是现前的、直接的，一般指人们的感知觉，由感知觉而得到的知识也就是现量。以现量为起点，思维进一步展开活动，就到了比量。即以看到、听到的为基础，而推及未看到、未听到的，叫比量，比量也即推理、类推。现量的认识对象是“自相”，即事物的本来、独特的形相；而比量的认识对象则是“共相”，是事物经过抽象后的类的特性。英国哲学史家渥德尔对此说得较为准确、清楚，他说：

> 现量是没有分别的知识。这里解释为无分别，未通过分类或假立名言等的转换，它是在五官感觉的各个方面直接缘境如色境等等，而显现的。比量是通过中词得来的知识，它认识一个主体是属于某一类别的，属于具有某种特殊性质（中词）事物的一类。主体也可以属于其他类别，如果选定了其他特性。但是比量只认识类别的特性（共相），而现量认识对象自身的特性（自相），是无类别的。②

船山并不信佛，但他借鉴佛教的认识论范畴，来建构自己的诗学思想体系。他曾著有《相宗络索》一书，对于唯识哲学有较为深入的研究。该书有“三量”一节，是理解“现量”说美学内涵的重要线索。他说：

> “现量”，现者，有“现在”义，有“现成”义，有“显现真实”义。“现在”不缘过去作影，“现成”一触即觉，不假思量计较；“显现真实”，乃彼之体性本自如此，显现无疑，不参虚妄。前五根

① （清）王夫之：《唐诗评选》卷2，见《船山全书》第14册，岳麓书社1996年版，第955页。

② ［英］渥德尔：《印度佛教史》，商务印书馆1987年版，第420—421页。

于尘境与根合时，即时如实觉。知是现在本等色法，不待忖度，更无疑妄。①

这是“现量”说从佛学到美学的转换关键。它包含着佛学中“现量”范畴的深刻理解，同时也是其诗歌理论的直接渊源、哲学基础。这里所指出的“现量”的三层含义：其一是现在义，就是指它的当下性。现量是当下的直接感知而获得的知识，而非以往留下的后象。其二是现成义，是说“现量”是瞬间的直觉而获得的知识，而不需要比较推理等抽象思维方式的参与。其三是显现真实“义”，是说“现量”是显现客观对象的真实存在，而非虚妄或抽象的。船山诗学框架中的“现量”是审美主客体之间的随机遇合，感兴，“即景会心”，心目相触，而反对那种预设主题、窠臼拘挛、苦吟力索的创作方式。船山云：

只于心目相取处得景得句，乃为朝气，乃为神笔。景尽意止，意尽言息，必不强括狂搜，舍有而寻无。在章成章，在句成句，文章之道，音乐之理，尽于斯矣。②

船山所倡“心目相取”，是诗人之心与目所见偶然的相遇，是一种随机的审美创造，没有固定的规矩法度可循，而是根据当下的情境创化的。船山论及诗中之理，与其“现量”说的诗歌创作论密不可分。在他看来，诗歌中的理，不应是根据经典教条预设的，而是诗人在与现实生活或大自然中触遇兴发的，充满着灵动感和生命感。他这样说：“理关至极，言之曲到。人亦或及此理，便死理中，自无生气。此乃须捉着，不尔飞去。”③ 这种“理”充满了鲜活的生气。这也是神理说的重要内涵。

“神理”说尽管未能引起学者们的充分重视，在古代文论与美学史界都罕见有关的成果问世，但这都难以证明它在理论价值方面的匮乏，相反地，倒是见出对其进行深入研究的迫切性。王夫之的“神理”说，对于诗中之理的合理性存在价值给予充分肯定，同时又深刻论述了它的审美化特征，很

① （清）王夫之：《相宗络索》，见石峻等《中国佛教思想资料选编》第3卷第3册，中华书局1989年版，第380页。

② （清）王夫之：《唐诗评选》卷3，见《船山全书》第14册，岳麓书社1996年版，第999页。

③ 同上书，第742页。

好地阐发关于理性和艺术直觉之间不可分割的联系。在他之前，从未有人达到这样的高度。对于今天的美学理论研究，同样也有着不可低估的启示意义。对于“神理”说的探索过程，也昭示了我们古典美学与诗学研究仍然是有着广远而诱人的前景的。

“逸”作为审美范畴在唐宋时期的迁替*

一

较之唐代，宋以后的审美思潮发生了很大变化。其标志在于，“逸”作为审美范畴，在士大夫的观念中占据了主导地位，乃至于成为一种审美理想。“逸”的概念虽在唐代已经出现，但并不重要，而到了宋代，却成为文人士大夫审美倾向的一个重要范畴。其间的迁替变化，反映了唐宋之际审美思潮的嬗变。

什么是“逸”？这是一个较为复杂的问题。宋人黄休复有论画名著《益州名画录》，以能、妙、神、逸四格品画，置逸格为绘画之最高品位，在其他三格之上。黄氏界定逸格云：“画之逸格，最难其俦。拙规矩于方圆，鄙精研于彩绘。笔简形具，得之自然。莫可楷模，出于意表，故目之逸格尔。”① 这个界定是从艺术表现方式的角度来说的。“逸”的本义是放纵或超绝，在绘画领域是指脱略形似、超然高妙的画品。而黄休复的这段话揭示了“逸”的三重内涵：一是脱略规矩方圆，超越一般艺术表现规范，进入一种审美上的自由境界；二是鄙薄彩绘精研，主张用笔简率，却又显得神完气足；三是得之于心，无可仪范。这也是文人画的突出特征。元代“四大家”把这种特征发展到了极致。最有代表性的是倪云林。倪云林的画满纸士气，荒寒简远。他有两段著名的议论，最可说明“逸”的性质。他说：“仆之所谓画者，不过逸笔草草，不求形似，聊以自娱耳。岂复较其似与非、叶之繁与疏、树之斜与直哉。或涂抹久之，他人视以为麻为芦，仆亦不能辩为

* 本文刊于《吉林大学社会科学学报》2001 年第 4 期。

① （宋）黄休复：《中国历代画论画史选注·益州名画录》，四川人民出版社 1982 年版，第 6 页。

竹。"[①]"逸笔"就是"不求形似"。这种对于形似的否定不仅是艺术表现问题，而是与创作主体的精神境界有直接关联的。在倪云林看来，作画决非为了摹写物象，而是借某种手象"聊写胸中逸气"[②]。手象的似与不似无关紧要，关键是要突出主体的精神境界，抒写主体的情志。文人画发展臻于成熟之际，往往通过对物象的变形来突出主体的情志。

不是什么样的精神世界都能发而为"逸笔"的。所谓"胸中逸气"是脱略凡庸、高远淡泊的情怀，是一种萧散野逸、不满于现实的在野情绪。元代政治黑暗，士大夫对异族统治愤懑尤深，因而，胸次中块垒峥嵘者居多。倪云林正是这类胸怀高旷、与世不谐的人物。"瓒（云林）扁舟独坐，与渔夫野叟混迹五湖三泖间，有类天随子。"[③] 正是这样一种野逸的胸次，才发而为"逸笔"。因此，所谓"逸"，在艺术表现方面，是脱略规范，进而否定形似；在主体方面，是不同流俗、孤高傲世。清人恽南田概括得很准确："不落畦径，谓之士气，不入时趋，谓之逸格。"[④] 前后两句互文见义，"逸格"正是士气的表现。

二

宋人黄休复以逸为最高品位论画，从理论上奠定了"逸"这个审美范畴的地位。而这个审美范畴的确立，并非一朝一夕所可成就的。它表征着由唐至宋元审美思潮的嬗变演化。"逸"是"神"的必然发展趋势，唐以前的画论虽然讲"气韵生动"，而更多的是注重"骨法用笔"、"应物象形"、"随类赋彩"、"经营位置"、"传移模写"。[⑤] 这其实是对客观物象的写实摹拟与绘画技法的探求精研。从西晋始，诗便超越了汉魏诗歌的古朴质直，而具有贵族文学的特点。这个时期是形式美大张其帜的时期，是审美意识发展史上的一个必然阶段。人们的兴奋点在于对艺术表现技巧的追求，而形式美的张扬又在某种程度上掩盖了主体的性灵。再就是对自然美的发现与认同，是魏晋南北朝人审美意识的一个特征。山水诗在此时勃兴，山水诗人如谢灵

① （元）倪瓒：《玄元馆读书序》，见《全元文》第46册，凤凰出版社2004年版，第618页。
② 同上。
③ 潘天寿：《中国绘画史》，上海人民美术出版社1983年版，第172页。
④ （清）恽格：《南田画跋》，见沈子丞《历代论画名著汇编》，世界书局1984年版，第333页。
⑤ （唐）张彦远：《历代名画记》卷1，上海人民美术出版社1964年版，第23页。

运对山水景物的描摹曲尽其态，逼真细腻，代表了当时的一般审美倾向。诚如宗白华先生所言："晋人向外发现了自然，向内发现了自己的深情。"① 然与唐人相比，对自然的发现与摹写同对创作主体心灵的抒发，尚未臻于完美的统一。景语与情语往往是有着很明显的分野的，又是组合在一首诗中，而不是完全融合为一。

在唐代，人们的审美意识发生了很大变化。形与意的高度融合、统一，成为理想之美。各种艺术样式的表现技巧都发展到了炉火纯青的地步，诗人能够在极为自由地运用艺术技巧的前提下，创造出极富神韵的艺术境界。就创作主体而言，这是一种"轮扁斫轮"、"大匠运斤"的境界。杜甫所谓"读书破万卷，下笔如有神"的"神"，大概就是指此种境界。宋人严羽极为称道盛唐诗，并以李杜为高标，他说："诗之极致有一，曰入神。诗而入神，至矣，尽矣，蔑以加矣！惟李杜得之，他人得之盖寡也。"② 这也是就创作主体所体验的最高境界而言的。唐代著名画家吴道子的创作就有这种"宛如神助"的特点。玄宗命吴道子与李思训同画蜀中山水；道子"于大同殿图之，嘉陵江三百余里山水，一日而毕"，李思训则"累月方毕"③。将军裴旻请吴道子为之作画，道子无所收受，只请裴将军为之舞剑，以兴发灵感，"为舞剑一曲，足以当惠。观其壮气，可助挥毫。旻因墨缞为道子舞剑。舞毕，奋笔俄顷而成，有若神助"④。这种"有若神助"的创作状态，是在十分纯熟、高度自由地运用艺术表现技巧的基础上方能产生的。作为艺术家个人是如此，作为一个时代的艺术也是如此。"神"作为一个审美范畴兴盛于唐代，绝非偶然，它是审美意识发展史在经历了形式美的不懈追求之后，自由地运用形式抒写主体情志所达到的层位。

审美意象的诞生是直觉的、整体的。只有冥思苦索，而无最后的灵感喷薄，这样产生的意象，往往给人以支离和人为的感觉；经过了与自然心会神遇的过程而发的灵感的孕诞吐之的审美意象，则自然而又圆美。盛唐诗歌兴象玲珑，用宋人严羽的话来说，就是"羚羊挂角，无迹可求"⑤、"透彻玲

① 宗白华：《论〈世说新语〉与晋人的美》，见《艺境》，商务印书馆2011年版，第157页。

② 郭绍虞：《沧浪诗话校释》，人民文学出版社1961年版，第8页。

③ （明）王绂：《书画传习录》，见中国书画全书编纂委员会《中国书画全书》第3册，上海书画出版社1993年版，第238页。

④ （唐）朱景玄：《唐朝名画录》，见于安澜《画品丛书》，上海人民美术出版社1982年版，第74—75页。

⑤ 郭绍虞：《沧浪诗话校释》，人民文学出版社1961年版，第26页。

珑，不可凑泊”[①]，形与意高度融合，诗中的意象渗满了诗人的情感，很难找到单纯的物象摹写。其艺术特色是意溢于形，所谓“言有尽而意无穷”、“韵外之致”、“弦外之音”等对唐诗的评价，不妨从这个角度加以理解。一方面是形的刻画极得自然天工之妙，另一方面，形所寓含的意十分丰富，溢于形外，因而使诗的审美意象产生多义性，造成了含蓄蕴藉、神余言外的特征。而这又蕴含着转化为宋代士大夫审美意识的因子。

三

“形似”与“神似”这两个既密切联系又相互对立的审美范畴，在宋代明确地提出来，意味着形和意在更高层次上的分离，意味着“逸”这个代表着宋元审美思潮总的倾向的范畴登上历史舞台。形意融合，一片天然化机，此谓之“神”。黄休复对神格的界定是很中肯的：“大凡画艺，应物象形，其天机迥高，思与神合，创意立体，妙合化权。”[②]“神”是盛唐的审美理想所在，而“逸”则成了宋代文人士大夫的时髦。苏东坡论形似与神似诗云：“论画以形似，见与儿童邻。赋诗必此诗，定非知诗人。”[③]这位大诗人明明是在鄙薄形似，崇尚神似，并且把形似与神似对立起来，这是他一以贯之的审美倾向，代表了宋代士大夫审美意识的主流。有人为之作翻案文章，说苏轼是重形神统一的，并不贬低形似，只是说在形似中要有神似，等等。这种好心的辩护并不符合审美意识发展的实情。苏轼最为推崇文人画，鄙薄画工画，他本身又是著名的文人画家，这是人所共知的。唐代大诗人王维是文人画的开山祖师，在李思训青绿山水之外，另开水墨渲淡一派。他作画构思不以现实时空为依据，而以表面上互不连属的心理时空为依据，如人们所称道的《雪里芭蕉图》。但王维的画在唐代地位并不甚高，在唐人眼里，王维远不能与吴道子相提并论。到了宋代，王维在画史上的地位却直线上升，备受推崇。正是因其开了文人画的先河。苏轼曾将王、吴二人的画艺加以比较，其中轩轾明显，他在《王维吴道子画》一诗中说：“吴生虽妙绝，犹以画工论。摩诘得之于象外，有如仙翮谢笼樊。吾观二子皆神骏，又

---

① 郭绍虞：《沧浪诗话校释》，人民文学出版社1961年版，第26页。

② （宋）黄休复：《中国历代画论画史选注·益州名画录》，四川人民出版社1982年版，第6页。

③ 李之亮：《苏轼文集编年笺注·诗词附9》，巴蜀书社2011年版，第298页。

于维也敛衽无间言。"[①] 吴道子的画再神妙，在苏轼眼里也还是属于画工画的范畴。这位在唐代被视为天下第一的画家，被苏东坡拉来作为王维的陪衬。吴道子的画在苏轼笔下被写得活灵活现，而经过两相比较，苏轼对王维的服膺之意是十分显豁的。

王维在宋代得到推崇，在于他超越形似，突出主体意向。正如沈括所说："书画之妙，当以神会，难可以形器求之。"[②] 苏轼评王维"画中有诗"，也是此意，在宋代士大夫的观念里，画的功能决不在于"存形莫善于画"[③]。不在于摹写物象，而在于表现主体的精神。苏轼说："文以达吾心，画以适吾意而已。"[④] 宋代的文人画，为了高扬主体的情志，是以贬损形似作代价的。不仅要超越形似，而且要通过简化、变形等艺术手段，使画中的形象与所画的事物产生很大程度的"间离感"、"陌生化"，使欣赏者在审美过程中感到错愕惊讶，从而突出地表现出主体的情意。苏轼推崇文人画云："观士人画，如阅天下马，取其意气所到。乃若画工，往往只鞭策皮毛。槽枥刍秣，无一点俊发。"[⑤] 高扬主体之"意"，有意贬损形似，是文人画的实质所在。在宋代士大夫看来，如果画得形神丰满，就会喧宾夺主，湮没了画家之"意"。元人汤垕云："画梅谓之写梅，画竹谓之写竹，画兰谓之写兰，何哉？盖花卉之至清，画者当以意写之，初不在形似耳。陈去非诗云：'意足不求颜色似，前身相马九方皋。'其诗之谓欤！"[⑥] 文人画之多以兰、竹、梅为题材，就是人们赋予了它们以高洁品格的象征意蕴。这些文人画的特征，都是"逸"的审美意蕴。苏轼虽然没有用"逸"这个概念，但他对文人画特点的揭示与推崇，都是在谈"逸"。

四

从创作主体的精神状态而言，"逸"是一种审美的自由创造。作者并不是冥思苦想，而是在一种十分自由、毫无挂碍的心意状态下从事创作，简言

---

① （宋）苏轼：《王维吴道子画》，见《苏轼诗集》，中华书局 1982 年版，第 108—110 页。

② （宋）沈括：《梦溪笔谈》卷 17《书画》，辽宁教育出版社 1997 年版，第 92 页。

③ （唐）张彦远：《历代名画记》，人民美术出版社 1963 年版，第 5 页。

④ （宋）苏轼：《书朱象先画后》，见张春林编《苏轼全集》下，中国文史出版社 1999 年版，第 1446 页。

⑤ （宋）苏轼：《又跋汉杰画山》，同上书，第 1446 页。

⑥ （元）汤垕：《画鉴》，见中国书画全书编纂委员会《中国书画全书》第 2 册，上海书画出版社 1993 年版，第 902 页。

之，是一种游戏的态度。因此，文人画在某种意义上又被称为“墨戏”。元代四大家之一的吴镇曾说：“墨戏之作，盖士大夫词翰之余，适一时之兴趣。”① 倪云林的“逸笔草草”，“聊以自娱”，都表明文人画在创作时的那种自由的心态。苏轼题文与可墨竹诗云：“斯人定何人，游戏得自在。诗鸣草圣余；兼入竹三昧。时时出木石，荒怪轶象外。”② 也是说文同是以游戏的创作态度来画墨竹的。游戏的创作态度就是摆脱一切拘束与功利目的性的笼罩，自由自在地进行创作，唯意所之，也正是庄子说的“解衣般礴”。这种游戏态度是“逸”在主体方面的一个基本特征。清人恽格曾说：“高逸一种，盖脱尽纵横习气，澹然天真，所谓无意为文乃佳；故以逸品置神品之上。”③ 又说：“逸品其意难言之矣。殆如卢敖之游太情，列子之御洽风也。其景则三闾大夫之江潭也。其笔墨如子龙之梨花枪，公孙大娘之剑器，人见其梨花龙翔，而不见其人与枪也。”④ “无意为文”是说创作目的不是为画而画、为文而文，而是由于内心冲动，随意驱遣。把逸品置于神品之上，就是因为创作主体以游戏态度出之。处于一种极为自由的精神状态之中。正如德国著名美学家席勒所说：“只有当人是完全意义上的人，他才游戏；只有当人游戏时，他才完全是人。”⑤ “摆脱任何目的、任何义务、任何忧虑的枷锁，使闲散和淡泊成为值得羡慕的神境的命运。”⑥ 这种游戏的创作态度是一种真正的审美态度，只有在这种游戏中，人才能由分裂的人走向完整的人，可以超越现实的烦恼、忧虑与一切功利性的目的，而通向永恒。“一木一石，自有千岩万壑之趣”⑦，在极为简省的笔墨中传达无限的意趣。

“逸”所要求的游戏创作态度，必然引起艺术表现上对技巧规范的超越，也正是黄休复所谓以规矩方圆为拙。苏轼论述艺术创作，不断倡导对法度规矩的突破。论文要求“如行云流水，初无定质，但行于所当行，常止

① 沈子丞：《历代论画名著汇编》，文物出版社1982年版，第206页。

② （宋）苏轼：《题文与可墨竹》，见张春林编《苏轼全集》上册，中国文史出版社1999年版，第231页。

③ （清）恽格：《南田画跋》，上海人民美术出版社1987年版，第44页。

④ 同上。

⑤ ［德］席勒：《审美教育书简》第十五封信，冯至、范大灿译，北京大学出版社1985年版，第80页。

⑥ 同上。

⑦ 刘一闻：《恽寿平画集》，上海人民美术出版社1996年版，第96页。

于不可不止，文理自然，姿态横生”[①]。论诗主“天工”，“好诗冲口谁能择”，同样是意之所至，“殆天所赋不可及”[②]，反对“屈折拳曲以合规绳，曾不得自伸其喙”[③]。论画更主张摆脱畦径，以“天工与清新”为价值尺度。他论画云：“画以人物为神，花竹禽鱼为妙，宫室器用为巧，山水为胜。而山水以清雄奇富、变态无穷为难。燕公之笔，浑然天成，粲然日新，已离画工之度数，而得诗人之清丽也。”[④] 赞赏“离画工之度数”即超越画工画的规矩法度的自由境界。苏轼又论文同画竹时说：“竹之始生，一寸之萌耳，而节叶具焉。自蜩腹蛇蚹，以至于剑拔十寻者，生而有之也。今画者乃节节而为之，叶叶而累之，岂复有竹乎？故画竹必先得成竹于胸中，执笔熟视，乃见其所欲画者。急起从之，振笔直遂，以追其所见。如兔起鹘落，少纵则逝矣。”[⑤] 指出画竹要突破成法，不循旧规，迅速捕捉已在眼前呈现的形象。苏轼还有“出新意于法度之中，寄妙理于豪放之外”[⑥] 的名言，通过对吴道子画作的赞誉倡导超越于法度而出新意。恽格较为集中地论述了画之逸品，所论多是从突破规矩法度的视角来谈的，如说：“笔墨可知也，天机不可知也；规矩可得也，气韵不可得也。以可知可得者，求夫不可知不可得者，岂易为力哉？”[⑦]“作画须有解衣盘礴旁若无人意，然后化机在手，元气狼藉，不为先匠所拘，而游于法度之外矣。”[⑧] 创作主体处于“解衣盘礴”的自由状态，在艺术表现上就会超越法度绳墨。

五

“逸”作为审美范畴在宋元时期文人士大夫的审美思潮中占据了主要地位，上升为有时代色彩的审美理想。在宋代，苏轼、黄庭坚等人都起了领导

① （宋）苏轼：《答谢民师推官书》，见张春林编《苏轼全集》下册，中国文史出版社 1999 年版，第 1087 页。

② （宋）苏轼：《书郑谷诗》，同上书，第 1402 页。

③ （宋）苏轼：《送水丘秀才序》，见张春林编《苏轼全集》上册，中国文史出版社 1999 年版，第 576 页。

④ （宋）苏轼：《跋蒲传正燕公山水》，同上书，第 605 页。

⑤ （宋）苏轼：《文与可画筼筜谷偃竹记》，见傅云龙、吴可《唐宋明清文集》第 1 辑《宋人文集》卷 2，天津古籍出版社 2000 年版，第 1289 页。

⑥ （宋）苏轼：《书吴道子画后》，同上书，第 1510 页。

⑦ 蔡星仪：《中国名画家全集·恽寿平》，河北教育出版社 2006 年版，第 206 页。

⑧ 同上。

潮流的作用。苏轼以“高风绝尘”赞人，他本人的艺术创作也都表现出胸次高旷、与世不谐的精神世界。黄庭坚的艺术评论更是鲜明地表现出这种倾向。“超轶绝尘”，被视为艺术创作的最高品格。“逸”的对立面是“俗”。在宋代士大夫看来，斤斤于法度绳墨，以技巧笔法金针度人，这便是俗，也就是“匠气”。宋代院体画讲细腻的写实，逼真的模拟，工笔的描绘，这是为士大夫的审美观所鄙薄的，被视为俗不可耐。“稍涉畦畛，便入庸匠。”[①]从“逸”的审美理想来看，一落规矩绳墨，便是俗气。同时，“逸”之为“不俗”，更是指着主体胸次的高远脱俗，“超轶绝尘”。黄庭坚称苏轼的《卜算子》（“缺月挂疏桐”）词云：“语意高妙，似非吃人间烟火语。非胸中有万卷书，笔下无一点尘俗气，孰能至此。”[②] 则主要是认可创作主体胸次的高洁脱俗。

苏黄等人主“逸格”，鄙弃尘俗的审美意识，通过文人画的崛起与传承，对以后的社会审美思潮有相当大的影响。至元代“四大家”，“逸”更成了重要的审美范畴。明人董其昌、清人恽格（南田）都被深深地笼罩在这种审美意识之中。可以这样说，从宋以后，“逸”就逐渐成为主要的审美范畴，统治着画坛。而这个地位的奠定是在宋代。元代则以倪云林为代表，把它的内涵发展到极致。前此，在唐人的审美观中，“神”是占主导地位的范畴。唐代也有“逸”的概念，而且内涵与宋代颇为接近。朱景玄的《唐朝名画录》中“逸品”所举如王墨、李灵省、张志和的画风，都与宋代“逸”的概念相合。如王墨“善泼墨画山水，时人故谓之王墨。多游江湖间，常画山水、松石、杂树。性多疏野，好酒，凡欲画图幛，先饮。醺酣之后，即以墨泼。或笔或吟，脚蹙手抹。或挥或扫，或淡或浓，随其形状，为山为石，为云为水。应手随意，倏若造化。图出云霞，染成风雨，宛若神巧，俯观不见其墨污之迹，皆谓奇异也”[③]。李灵省“落拓不拘检，长爱画山水，每图一幛，非其所欲，不即强为也。……若画山水、竹树，皆一点一抹，便得其象，物势皆出自然。……得非常之体，符造化之功，不拘于品格，自得其趣尔”[④]。这类画家被朱氏以“逸品”加以概括，也完全符合宋

① （明）文徵明：《文待诏论画》，见沈子丞《历代论画名著汇编》，世界书局 1984 年版，第 225 页。

② （宋）黄庭坚：《山谷题跋》卷 2《跋东坡乐府》，中华书局 1985 年版，第 15 页。

③ （唐）朱景玄：《唐朝名画录》，见于安澜《画品丛书》，上海人民美术出版社 1982 年版，第 87 页。

④ 同上书，第 88 页。

人"逸"的审美内涵。有意思的是,"逸品"在唐人那里,置于神、妙、能品之下,屈居最后一等。在唐人的观念里,他们的画"非画之本法,故目之为逸品,盖前古未之有也"①,也就是认为他们不在画法的正路之上;而到了宋代,"逸品"却扶摇直上,跃居最高品级。黄休复《益州名画录》同样以四品论画,"逸品"却从朱景玄的《唐朝名画录》的最后一品翻到最上一品。"逸"的这种地位逆转,唐与宋之间审美思潮的更迭转换。从神到逸,是审美意识发展史上的一个划时代的分野。"逸"的际遇的迁替升腾,标志着近古时期社会审美思潮中主体意识的觉醒。这是一面大书着"自我"的旗帜。它以贬损、否定客体来高扬主体,它以客观现实相悖谬、相抗衡来舒张自己的主观世界。它有消极的作用与影响,甚至走上狂怪、幽僻的歧路。但它对主体的张扬,则是历史脚步的必然。它是人的心灵的呼喊与人格的升越。它不能与令人窒息的现实相妥协、相混迹,而以自己的内宇宙与客观世界相抗衡。但这种内宇宙过多地沉溺于个人的雅趣,孤芳自赏,只能是一种鸵鸟式的隐遁。然而,这是主体意识的渐次觉醒。对于理学的思想统治,它是一种异己的、破坏性的力量。无论怎样,"逸"作为审美范畴,从其出现到占据审美思潮的主导地位,其间的变化轨迹,应该得到明晰的揭示。

---

① (唐)朱景玄:《唐朝名画录》,见于安澜《画品丛书》,上海人民美术出版社 1982 年版,第 88 页。

“天机”论的历史脉络与美学品格*

一

“天机”是中国古代艺术理论中时常可见的一个说法，从先秦时期出现于文献之中，到明清时期在诗画创作论中广泛存在，并且映带着相当丰富的美学蕴含。纵观有关“天机”的材料，可以认为“天机”在很大程度上可被视为中国古代艺术创作中的“灵感”。细加斟酌又不尽然。“天机”是中国古代艺术美学中一个充满生命感的实体性概念。如果说灵感是创作主体在艺术构思中飞跃突进的思维形式，在西方文论中主要指艺术家的天才，而“天机”作为一个中国美学中的特殊概念，是一个既存在于主体创作构思，又勃动于作品文本中的精神实体。对于艺术创作（尤其是诗、画）来说，这是十分重要的质素，有了它，作品才有了真实的生命。在中国古代艺术理论中，“天机”这个概念似乎更多的是直观的体悟，而少有理性思维的品格，但它蕴含的丰富内容，却有许多是现代的灵感理论所不能全然包容的。

二

“天机”的最早出现是在《庄子》的《大宗师》。庄子云：“古之真人，其寝不梦，其觉无忧，其食不甘，其息深深。真人之息以踵，众人之息在喉。屈服者，其嗌言若哇。其耆欲（笔者注：即嗜欲）深者，其天机浅。”①庄子的原意是把“真人”与众人相比，因为众人嗜欲深重，所以天机就浅薄。陈鼓应先生注云：“天机：自然之生机。当指天然的根器。”② 很显然，

---

* 本文刊于《天府新论》2001 年第 6 期。

① 陈鼓应：《庄子今注今译》，商务印书馆 2007 年版，第 199 页。

② 同上书，第 171 页。

庄子所说的“天机”并非是在艺术理论的意义上提出的。

陆机在《文赋》中云：“若夫应感之会，通塞之纪，来不可遏，去不可止。藏若影灭，行犹响起。方天机之骏利，夫何纷而不理?”① 陆机对灵感现象的描述是非常生动直观的，而且正面触及了艺术创作中灵感思维的最重要的一些特征，如灵感的突发性、偶然性和创造性等。这些问题，已有专著或论文论及的，这里不再赘言。笔者想指出的是这样几个问题：（1）陆机首次把“天机”引入到文艺创作思维的轨道上来，使之具有了完全的、充分的美学价值。（2）“天机”在陆机描述的灵感思维过程中，具有精神实体的性质，它的“在场”与“不在场”，对于艺术构思的影响是至关重要的，也是作品成败的关键所在。在创作过程中，“天机骏利”的情形是否“光顾”诗人的心灵，不仅关涉文思的利钝，而且直接影响作品艺术表现形式的高下优劣。当“天机骏利”之时，诗人头脑中的意象纷涌而至，而且很快形成了有序的内在结构（“夫何纷而不理?”），并且由此非常自然地升发为高度完美的语言表现形式（“文徽徽以溢目，音泠泠而盈耳”）。诗人所写成的篇什，作为艺术品的文本来说，有无“天机”作它的创造性机制，是其高下优劣的根由所在（“或竭情而多悔，或率意而寡尤”）。（3）陆机一开始就把“天机”（在这里亦可说是灵感）的产生置于创作主体与客观外物互感的基础上，这与西方的灵感理论在产生根源的问题上是大异其趣的。西方的灵感理论是把灵感与天才紧紧联系在一起的，最典型的当然是柏拉图的“神赐迷狂”说。忽略客观外境对主体的触发契机，只是把灵感归为不可知的“神赐”，而不是从审美主客体的关系中来考察灵感现象，这是传统的西方灵感理论的特点。而陆机则以中国美学中的“物感”说来建构其灵感理论的基础，这对中国美学中“天机”论的发展趋向，有着至关重大的影响。陆机所谓“应感之会”，正是指创作主体与客观外境的感应，“应感之会”很明显是“天机骏利”的产生前提。在笔者看来，以上所析这几点，恰是陆机为中国艺术理论中的“天机”论的发展所提供的最重要的规定性所在。

“天机”这个概念，在陆机之后，宋代之前，并未在艺术评论中得到广泛的运用，而到了宋代，则在艺术理论中大行其道。这当然也是与宋代艺术创作实践（尤其是诗、画）与评论非常繁荣紧密相关的。宋代诗人与诗论家如邵雍、陆游、包恢等都曾以“天机”之有无作为论诗的一种价值尺度。而画论中的“天机”之说更为普遍，也有着更为丰富的理论蕴含。邵雍的

① 张怀瑾：《文赋译注》，北京出版社1984年版，第46页。

《闲吟》诗云："忽忽闲拈笔，时时乐性灵。何尝无对景，未始变忘情。句会飘然得，诗因偶尔成。天机难状处，一点自分明。"① 邵氏这首诗以"天机"来谈自己作诗的体验。他感觉到自己诗中的佳句、诗意，更多的是飘然而得，偶尔而成，这是因为作者在闲适的心意状态下，得到了"天机"。"天机"是难以言状的，却又是了了分明的。有了"天机"，才有了诗的创造性感觉。陆游在他的《九月一日夜读诗稿有感走笔作歌》诗中，以"天机"的获得来表现自己在诗歌创作中进入了一个崭新的境界："天机云锦用在我，剪裁妙处非刀尺。世间才杰固不乏，秋毫未合天地隔，放翁老死安足论，《广陵散》绝还堪惜。"诗人在这首诗中以天上织女的织机来巧妙地关合诗的"天机"，而他的"诗家三昧"的获得，是从戎南郑的生活阅历给诗人的创作带来的回报。

宋金元时期的画论中以"天机"论画者颇多，如韩拙的《山水纯全集》、董逌的《广川画跋》等画论名著，都以"天机"为论画的重要尺度。其他如刘从益、王恽、许有壬等人也都持"天机"论画。从这些论述所见到的"天机"，更多地侧重于作品文本中的体现，即从艺术家的灵感发动，产生了作品的"万变生焉"。董逌在其《广川画跋》中主张"天机自运"，达于技进乎道、默契造化的境界。董氏论画云："凡赋形出象，发于生意，得之自然。待其见于胸中者，若花若叶，分布而出矣。然后发之于外，假之手而寄色焉，未尝求其似者而托意也。元本学画于徐熙，而微觉用意求似者，既遁天机，不若熙之进乎技。"② 董氏主张作画"发于生意，得之自然"，而画中"天机"正是自然而得。在他看来，李元本的画学徐熙而有意求似，"天机"不见于其画，远不如徐熙那样达到技进乎道的境界。又评宋代著名画家李伯时（龙眠）画云："伯时于画，天得也，常以笔墨为游戏，不立寸度，放情荡意，遇物则画，初不计其妍蚩得失。至其成功，则无毫发遗恨。此殆进技乎道，而天机自张者耶？"③ 董逌对李龙眠的画评价最高，《广川画跋》中对伯时画的认可代表了董逌的审美价值判断。董逌还认为"天机"是画家"遇物兴怀"的结果，他这样说："山水在于位置，其于远近阔狭，工者增减，在其天机。务得收敛众景，发之图素。惟不失自然，使

① （宋）邵雍：《伊川击壤集》卷4，学林出版社2003年版，第38页。

② （宋）董逌：《书李元本花木图》，见于安澜《画品丛书》，上海人民美术出版社1982年版，第288页。

③ （宋）董逌：《书李伯时县霤山图》，同上书，第290页。

气象全得，无笔墨辙迹，然后尽其妙。故前人谓画无真山活水，岂此意也哉？燕仲穆以画自嬉，而山水尤妙于真形。然平生不妄落笔，登临探索，遇物兴怀。胸中磊落，自成丘壑。至于意好已传，然后发之。或自形象求之，皆尽所见，不能措思虑于其间。自号能移景物随画，故平生皆因所为之。此固世人不能知，纵复能知，未必其意也。"① 董逌以"天机"论画有其自成系统的美学观点，在《广川画跋》中是处处可见的。金元人以"天机"论画者还有刘从益、王恽和许有壬等人。刘从益题苏轼、李龙眠合画云："天机本自足，人事或相须。东坡画三昧，乃与龙眠俱。"② 王恽评赵大年画云："大年分天潢之秀，驰誉丹青。当其琐窗春明，绣阁香静，以倒晕连眉之妩，写荒寒平远之思。非天机所到，未易得企及。"③ 许有壬评宋代著名画家米友仁的山水画说："米家世以书名世，驰誉丹青乃余事。小米触处是天机，扫绝众史庸俗气。"④ 宋濂论李伯时画云："李公麟画如云行水流，固为宋代第一。其所画马，君子谓逾于韩干者，亦至论与。丁晞韩、赵景升虽极力学之，仅仅得其形似，而其天机流动者则无有也。"⑤ 这些有关"天机"的论述，更多的是对作品文本的内在生命力的揭示，而不止于创作主体灵感思维。

明清时期艺术理论中以"天机"论诗、论画者更为普遍化，也更有理论深度。诗论家如谢榛、徐渭、吴雷发、刘熙载等，画论家如王昱、布颜图、沈宗骞、恽格等，戏剧理论家如李渔，都在其著名的艺术理论著作中多处以"天机"作为重要的价值尺度进行艺术评论，表述对艺术创作的思维特质与文本的审美属性的看法，使"天机"这样一个艺术命题得到了前所未有的发挥，可以说已经升华到一个重要的审美范畴。

清代的恽格说："笔墨可知也，天机不可知也。规矩可知也，气韵不可知也。以可知可得者，求夫不可知不可得者，岂易为力哉？"⑥ "作画须有解

① （宋）董逌：《书燕龙图写蜀图》，见于安澜《画品丛书》，上海人民美术出版社 1982 年版，第 297 页。

② （金）刘从益：《题苏李合画〈渊明濯足图〉》，见（金）元好问《中州集》卷 6，中华书局 1959 年版，第 304 页。

③ （元）王恽：《跋赵大年画王摩诘诗意》，见陈高华《宋辽金画家史料》，文物出版社 1984 年版，第 417 页。

④ （元）许有壬：《题米元晖山水》，同上书，第 585 页。

⑤ （明）宋濂：《题龙眠居士画马》，同上书，第 549 页。

⑥ （清）恽格：《南田画跋》，见沈子丞《历代论画名著汇编》，文物出版社 1982 年版，第 332 页。

衣盘礴旁若无人意。然后化机在手，元气淋漓，不为先匠所拘，而游于法度之外矣。”① 认为“天机”是不可知的，却又是作画必不可少的因素，而“化机”也即天机的存在，使画作元气淋漓，充满一种独创的艺术魅力。方薰论画也重“天机”，他说：“气韵生动，须将生动二字省悟。能会生动，则气韵自在，气韵生动为第一义，然必以气韵为主。气盛则纵横挥洒，机无滞碍其间韵自生动矣。老杜云‘元气淋漓嶂犹湿’即是气韵生动。”② “古人用笔，妙有虚实。所谓画计，即在虚实之间。虚实使笔，生动有机，机趣所之，生发无穷。”③ 方薰把“天机”与“气韵生动”联系在一起，而且指出“天机”所之，有生发无穷的美妙意蕴。

画论家中最为集中地以“天机”论画的是沈宗骞。沈氏的《芥舟学画编》是清代的一部非常重要的画论著作。在这部书中，论述“机神”之处颇多，“机神”也即“天机”。沈宗骞肯定了“机神”在绘画中的重要作用。

沈宗骞论画，最为推重的就是这种作画的“机神”，它所产生的是“前者所未有，后此之所难期”的独创之笔，这是只可有一不可有二的妙境。主客体的偶然触遇，得到的是“千古之奇迹”，而“必欲如何”的人为之作，只能落入匠人一流。因此，“机神”所创之画是无待于“筹画”，也是“筹画”所无法企及的。沈宗骞生动地描述了机神来时那种“如弩箭之离弦，如震雷之出地”的不可遏状态，关键是要抓住“机神”，不可迟疑顾虑。

三

可以认为，“天机”是中国古典美学中的一个重要的概念，甚至也可说是范畴。从魏晋南北朝到晚清，有那么多的艺术理论家用它谈文论艺，品评作品，且其内涵也是基本一致的，这使我们不应不重视它。我们以前对中国美学中“天机”论的研究是远远不够的，缺少全面的考察与梳理。我们通过上面的描述与大致的分析，可以很充分地看出，“天

① （清）恽格：《南田画跋》，见沈子丞《历代论画名著汇编》，文物出版社1982年版，第332页。

② （清）方薰：《山静居论画》，同上书，第580页。

③ 同上书，第584页。

机"这个概念在中国古代的创作论中是占有相当分量的。那么，我们就有充足的理由来对"天机"这个概念进行分析，并指出它对艺术创作的意义所在。

中国古代美学中没有灵感这个概念，与之相近的是"神思"、"感兴"，再就是本文所探讨的"天机"，这几个范畴都与西方的"灵感"说有相当一部分的重合，但又都有很大的区别。譬如有关"天机"的论述，就其作为艺术家创作冲动的契机而言，说的就是灵感。从魏晋时期的陆机到清代的沈宗骞，谈及"天机"时都绘声绘色地描述了"天机"的突发性、偶然性和不可控御性。陆机所说的"来不可遏，去不可止。藏若影灭，行犹响起"①，谢榛说的"兴不可遏，入乎神化，殊非思虑所及"②，沈宗骞说的"其不可遏也，如弩箭之离弦，其不可测也，如震雷之出地"③，都生动而准确地道出了艺术创作中"天机"的突发性、偶然性和不可控御性。这是灵感的典型特征。

但中国美学中的"天机"论所指的并非是一般意义上的创作灵感，而是指创造出最佳、最独特的作品的契机。艺术理论家们谈到"天机"，都是指那些被人们视为出神入化的奇妙佳构，对这些作品的创作动因表现了无限的神往。如谢榛对戴石屏诗的赞许，就认为它是"天机"所为。董逌最为推崇的是李伯时的画作，多处对他的画以"天机"论之，说他的画是"毫发无遗恨"，这当然是完美无憾的。李渔称"笔机飞舞"的创作"破竹之势已成，不忧此后不成完璧"④。"完璧"当是指最为完美的艺术珍品了。艺术作品的独创性与不可重复性，乃至于成为艺术奇葩的绝世佳品，也都是"天机自运"的产物，这也便是沈宗骞所说的"千古奇迹"。

获得"天机"的主体条件是什么？绝非是刻意的追求，而是自由自得的舒展胸臆。一旦有意为之，"天机"就会远离你的心灵了。这就是所谓"天机自动，天籁自鸣"。前人在谈到"天机"时常以"解衣盘礴"来形容艺术家心态，如清代画论家布颜图所说："但天机由中而出，非外来者，须待心怀怡悦，神气冲融，入室盘礴，方能取之。"⑤ 清代文论家刘

① 张怀瑾：《文赋译注》，北京出版社1984年版，第46页。
② （明）谢榛：《四溟诗话》卷4，中华书局1985年版，第77页。
③ （清）沈宗骞：《芥舟学画编》卷2，人民美术出版社1959年版，第86页。
④ （清）李渔：《闲情偶寄·词曲部》，浙江古籍出版社2011年版，第31—32页。
⑤ （清）布颜图：《画学心法问答》，转引自胡经之《中国古典美学丛编》，中华书局1988年版，第337页。

权之所说的“从来大家之文，无意求工而机趣环生，总由成竹在胸，故能挥洒如意，所谓风行水上，自成文章也”[①] 也是此意。沈宗骞更强调这种绝去人为的自由心态：“解衣盘礴，旷然千古，天人合发，应手而得，固无待于筹画而亦非筹画之所能及也。”[②] 都认为天机是在并非有意追求的自由心态中获致的。当然这是指有高远追求的艺术家的自由心态，而非对与艺术无缘之人的“天赐”。为了获得“天机”，也可以通过主体审美性灵的培养来使心境澄明自在，李渔便有“养动生机”之说：“然则开手锐利者宁有几人，不几阻抑后辈而塞填词之路乎？曰：不然，有养机之法在。如入手艰涩，姑置勿填，以避烦苦之势。自寻乐境，养动生机，俟襟怀略展之后，仍复拈毫，有兴即填，否则又置。如是者数四，未有不忽撞天机者。”[③] 清代画论家王昱也有“养兴”之说：“未作画前，全在养兴，或睹云泉，或观花鸟，或散步清吟，或焚香啜茗，俟胸中有得，技痒兴发，即伸纸舒毫，兴尽斯止。至有兴时续成之，自必天机活泼，迥出尘表。”[④] 认为可以通过“养”的方式获得艺术创作的“天机”。但从根本上说，以“天机”论艺者都认为“天机”是在非有意追求的自由心态下获致的。

与西方灵感论形成最为明显的差别的是中国美学中的“天机”论，不是仅在主体方面考察其源，而是在主客体的感应触遇中解释“天机”的缘由。几乎所有以“天机”论艺者都是这样明确断言的。陆机的“应感之会”，就是主客体的互相感应。董逌多处讲“遇物兴怀”。谢榛说：“诗有天机，待时而发，触物而成，虽幽寻苦索，不易得也。”[⑤] “夫情景相触而成诗，此作家之常也。”[⑥] “作诗有相因之法，出于偶然。”[⑦] 在论述“天机”之源时，中国的艺术理论家们都是以主体心灵与外物的触遇加以阐释的，这就使“天机”论得到了客观的、合理的解释，而非陷入唯心的、神秘的泥淖。

---

① （清）刘权之：《纪文公遗集序》，转引自胡经之《中国古典美学丛编》，中华书局 1988 年版，第 471 页。

② （清）沈宗骞：《芥舟学画编》卷 2，人民美术出版社 1959 年版，第 86 页。

③ （清）李渔：《闲情偶寄》卷 3《冲场》，浙江古籍出版社 1985 年版，第 56 页。

④ （清）王昱：《东庄论画》，见沈子丞《历代论画名著汇编》，文物出版社 1982 年版，第 401 页。

⑤ （明）谢榛：《四溟诗话》卷 2，中华书局 1985 年版，第 23 页。

⑥ 同上书，第 81 页。

⑦ 同上书，第 86 页。

"天机"作为中国古典艺术论中颇有美学理论价值的范畴，是有待于开掘、有待于探索的，深入梳理、分析"天机"论的有关材料，对其进行理论的建构，并考察其在中国美学范畴体系中的位置，对于中国古代文论及美学的现代转换，有着不可小觑的意义。

“逸”与“墨戏”：中国绘画美学中的主体价值升位*

在中国的画论中，“逸”与“墨戏”都是具有特殊内涵的审美范畴，但又都未得到足够的理论考察。对于画论中的“逸”品，尚有论著涉及，但也缺少史的发展观与深入的美学思索；至于“墨戏”，这样一个宋元文人画中非常普遍的概念，却基本上没有得到当代学者的美学阐释。而以笔者的眼光来看，这两个范畴之间，有着历史性的内在联系，可以说是中国绘画美学中渐次高扬主体精神的轨迹上最为特出的两个焦点。

一 “逸”的历史性迁替与其美学内涵

“逸”作为审美范畴的出现，源自于书画艺术中的以“品”评骘其高下的批评传统。在书画的审美批评中，最早以“品”论画的是南朝著名画家谢赫的《古画品录》。（以当代学者考订，应为《画品》）以“品”论书法的则是南朝著名文学家、书法家庾肩吾，庾氏有《书品》行世。最早以“品”论诗的则是为人熟知的钟嵘《诗品》。可见，在齐梁之际，以“品”论艺，是当时已然相当成熟的批评方法。“品”即鉴别评骘其高下优劣。谢赫在《古画品录》中开篇即言：“夫画品者，盖众画之优劣也。”① 依蒲震元先生之说，“在中国古典审美理论中，品包含两重基本义：一、当‘品用作动词，或与有关的词素或词一起组成动词性词语时，品与审美主体鉴别、体察、辨析、评定审美对象有关。……二、当‘品用作名词，或与有关的词素或词一起组成名词性词语时，品则与事物的品类、品质、品貌、品格、

---

* 本文刊于《中国文化研究》2002 年第 3 期。

① （南朝·齐）谢赫：《古画品录》，人民美术出版社 1959 年版，第 1 页。

品第、品位及某种深层的审美特质有关。”① 钟嵘以上、中、下三品论五言诗人，谢赫以六品评定画家，庾肩吾以上、中、下三品（每品中又分上中下，合而论之则为九品）论骘书家，都以“品”为衡定艺术高下之等级。

“逸”作为书画品第的出现是在唐代，而前此已然在南朝谢赫论画品中作为一种风格得到了描述。谢赫在《古画品录》评第三品中姚昙度云：“画有逸方，巧变锋出。魑魅神鬼，皆能神妙。同流真伪，雅郑兼善。莫不俊拔，出人意表。天挺生知，非学所及……”② 又评毛惠远云：“书体周赡，无适不该，出入穷奇，纵横逸笔，力遒韵雅，超迈绝伦……”③ “逸”的本义有放纵、超绝、逃亡、奔跑等，谢氏所说之“逸方”、“逸笔”，指超越法度，出人意表。初唐书论家李嗣真作《书品后》，效庾肩吾之《书品》，然其最为特出之处是另设逸品，且为最高品第，置之上上、上中、上下、中上、中中、中下、下上、下中、下下九品之上，鲜明地体现了作者的审美价值尺度。在《书品后》中，李嗣真将李斯、张芝、钟繇、王羲之、王献之等五位书家列为品第最高的逸品，从中亦可见出他所谓“逸”的内涵。如其论李斯小篆：“右小篆之精，古今妙绝。秦望诸山及皇帝玉玺，犹夫千钧强弩，万石洪钟，岂徒学者之宗匠，亦是传国之遗宝。”④ 论另外四人：“右四贤之迹，扬庭效技，策勋底绩，神合契匠，冥运天矩。皆可称旷代绝作。”⑤ 大抵是指其超越一般规矩法度，达到“神合冥运”之境。这在其单论王献之时就更为清楚：“子敬（献之字）草书逸气过父，如丹穴凤舞，清泉龙跃，倏忽变化，莫知所成。”⑥ 富于变化，超越规矩，是李嗣真所谓“逸”品的基本特性。

唐代画论家朱景玄作《唐朝名画录》，以“神、妙、能、逸”四品论画，置神妙能三品于逸品之前。朱景玄为晚唐会昌时期的画家，吴郡人，官翰林学士。所作《唐朝名画录》，为有唐一代最重要的美术史论著之一。《四库全书提要》曰：“唐朱景玄撰，景玄吴郡人，官翰林学士。《图画见闻志》作朱景真，避宋讳也。是书唐艺文志题曰：唐画断，故《通考》称《画断》，一名《唐朝名画录》，《通志略》、《通考》均称三卷，此本不分

① 蒲震元：《中国艺术意境论》，北京大学出版社 1999 年版，第 216 页。
② （南朝・齐）谢赫：《古画品录》，人民美术出版社 1959 年版，第 12 页。
③ 同上书，第 14 页。
④ （唐）张彦远：《法书要录》，辽宁教育出版社 1998 年版，第 47 页。
⑤ （唐）张彦远：《法书要录》，人民美术出版社 1984 年版，第 102 页。
⑥ 同上书，第 103 页。

卷，盖后人合并。通考又称前有天圣三年商宗儒序，此本亦传写佚之。所分凡神妙能逸四品，神、妙、能又名别上中下三等，而逸品则无等次，盖尊之也。初庾肩吾、谢赫以来以品书画者，多从班固古今人表分九等。古画品录陆探微条下称上上品之外，无他寄言，故屈标第一等，盖词穷而无以加也。李嗣真作《书品后》，始别以李斯等五人为逸品。张怀瓘作《书断》，始立神妙能三品之目。合两家之所论定，为四品，实始景玄。至今遂因之，不能易。”盛唐时期的书论大家张怀瓘有著名的书法论著《书断》，以神、妙、能三品论书，而将神品置于最高品第。朱景玄显然是将张怀瓘的神、妙、能三品与李嗣真的“逸品”冶为一炉，而成神、妙、能逸四品评骘画家。那么，我们要考虑的是，逸品在朱景玄的画评等级中地位究属如何？按《四库全书总目提要》的说法是“尊之”。但从神妙能逸的排序与画家的地位实际情况来看，这是不太合乎实际的。一是神、妙、能三品历来是由高而低的排列，逸置于其后，无论如何也难说是“尊之”；二是从对唐代画家的品评中也更难说是“尊之”。朱景玄将唐代最有名的画家吴道子放在“神品上”，神品的其他画家也都是当时被认为是第一流的，如李思训、周昉、阎立本、阎立德、韩干、张藻等，而逸品的画家有王墨、李灵省、张志和三位，他们都可视为画坛“怪杰”，而并不为画坛正流所推重。还是《书画书录解题》说得较为客观：“是编以神、妙、能、逸分品。前三品俱分三等，逸品则不分。盖既称逸，则无由更分等差也。”[①] 那么，关于“逸”的审美内涵，朱氏在自序中说：“其格外有不拘常法，又有逸品，以表其优劣也。”[②] 颇为清楚地说明了“逸”的内涵是超乎格外、不拘常法。朱景玄对逸品中的王墨、李灵省、张志和概括评价说：“此三人非画之本法，故目之为逸品，盖前古之未有也。”[③] 不拘于画法之常格，出之以应手随意的自由创造，这是逸品的主要特征。

“逸品”在宋代的地位得到了明确的升越与稳定。在朱景玄的《唐朝名画录》里，逸毕竟是排在神、妙、能三品之后。虽说它的情形较为特殊，但它可以说是在神、妙、能品“之外”，而显然不在这三品“之上”。宋代画论家黄休复在其画论名著《益州名画录》中也以四品论画，然而，四品

① 余绍宋：《书画书录解题》卷4，见于安澜《画品丛书》，上海人民美术出版社1982年版，第66页。

② （唐）朱景玄：《唐朝名画录》，见于安澜《画品丛书》，上海人民美术出版社1982年版，第68页。

③ 同上书，第88页。

次第却有明显不同，逸品置于神、妙、能三品之上。益州即成都，黄休复是蜀人，所评画家均系蜀中名家，计57位。其中妙、能二格又分上、中、下三品，而以逸格置于各格之首。各格之中，能品下为7人，能品中5人，能品上15人，妙品下11人，妙品中10人，妙品上6人，神品2人，逸品1人。突出逸格的地位，是该书的最大特点。苏辙在《汝州龙兴寺修吴画殿记》有这样一段话："予昔游成都，唐人遗迹，遍于老佛之居。先蜀之老，有能评之者曰，画格有四，曰能妙神逸。盖能不及妙，妙不及神，神不及逸。称神者二人，曰范琼、赵公佑；而称逸者，孙遇而已。"① 这里所说的神品二人，逸品一人，全与《益州名画录》相合，所谓"先蜀之老"，当然是指黄休复。宋人邓椿《画继》卷九云："自昔鉴赏家分品有三：曰神、曰妙、曰能。独唐朱景玄撰《唐贤画录》，三品之外，更增逸品。其后黄休复作《益州名画录》，乃以逸为先，而神、妙、能次之。景真虽云逸格不拘常法，用表贤愚，然逸之高，岂得附于三品之末，未若休复首推之为当也。"② 指出黄休复在绘画理论史上真正确立了逸格的至高地位的贡献。

与黄休复相比，朱景玄论逸格没有确定它的品级地位，也还缺少对逸所作的理论上的说明。而黄休复则对诸格都有简明而精到的理论阐述。关于逸格，黄休复说："画之逸格，最难其俦。拙规矩于方圆，鄙精研于彩绘，笔简形具，得之自然，莫可楷模，出于意表，故目之曰逸格尔。"③ 作为论画的最高审美范畴，黄休复这段论述至少有这样几层意思：一是逸是一种至高的境界，难于匹敌；二是脱略规矩方圆，超越一般的艺术表现程式，进入一种审美创造上的自由天地；三是鄙薄彩绘精研，主张用笔简率，却又显得神完气足；四是得之自然，无可仿效。这就从各种角度全面地揭示了逸格的规定性。

其实，逸格在宋代升越到画品中的最高层位，也许并非偶然，而与宋元时期的文人画思潮是紧密相关的。逸格的这几种特征，恰恰也正是文人画的突出特征。举扬心灵的自由创造态度，主张超越规矩方圆，用笔简率，同时，鄙弃彩绘精研的匠气，这正是宋元文人画的艺术主张。对于形似与艺术程式的超越，是逸格的主导审美倾向，而这在文人画中得到了突出的提倡。

① （宋）苏辙：《汝州龙兴寺修吴画殿记》，见傅云龙、吴可《唐宋明清文集》第1辑《宋人文集》卷3，天津古籍出版社2000年版，第1689—1690页。

② （宋）邓椿：《画继》卷9，人民美术出版社1964年版，第114页。

③ （宋）黄休复：《益州名画录》，见《宋人画评》，湖南美术出版社1999年版，第120页。

“逸”之所以超越形似与一般性的程式，是画家以自己的主体意向为创作旨归。正如宋代文人画的代表人物苏轼所说：“观士人画，如阅天下马，取其意气所到。”① “文以达吾心，画以适吾意而已。”② 举扬主体的意趣，超越形似，是文人画的突出特征。“逸”的突出主体意趣的品格是明显地体现在宋元文人画家身上的。元代四大家之一的倪瓒曾这样阐释自己的绘画美学观念：“仆之所谓画者，不过逸笔草草，不求形似，聊以自娱耳！”③ “余之竹聊以写胸中逸气耳，岂复较其似与非、叶之繁与疏、枝之斜与直哉！或涂抹久之，他人视以为麻为芦，仆亦不能强辩为竹，真没奈览者何！”④ 倪瓒的说法表明了文人画家对“逸”的自觉追求。画法上的“逸笔草草”，正是为了抒写“胸中逸气”，反之主体的“胸中逸气”也正是“逸笔”的基础与动因。朱景玄和黄休复的“逸格”，还是从审美批评的角度对超越一般性的程式所作的评骘，而到苏轼和倪云林这里，则从文人画的立场明确地阐扬了“逸”作为一种创作主体的态度与情怀的自我需要。从画风与笔法而言，“逸”是脱略一般的画法畦径、超越形似的画格；而从创作主体方面而言，“逸”是一种迥异流俗、解衣盘礴的自由心态。没有后者，无以言前者。清代画论家恽格对画中“逸格”有颇为精到的论述，他说：“不落畦径，谓之士气；不入时趋，谓之逸格。”⑤ “作画须有解衣般礴旁若无人意，然后化机在手，元气狼藉，不为先匠所拘，而游于法度之外矣。”⑥ 所论揭示了“逸”的主客体两方面的内涵。

二 创作主体的游戏态度

从创作主体的精神状态而言，“逸”是一种审美的自由创造。作者并不苦思冥想，并不郑重其事，而是在一种十分自由、毫无挂碍的心态下从事创作，简言之，是游戏的态度。因此，文人画在很多情形下又被称为“墨戏”。“墨戏”的说法在文人画中是相当普遍的，但却没有理论上的深入探

① （宋）苏轼：《跋宋汉杰画山》，见《苏轼文集》卷70，中华书局1986年版，第2211页。

② （宋）苏轼：《书朱象先画后》，同上书，第2216页。

③ （元）倪瓒：《答张仲藻书》，见沈子丞《历代论画名著汇编》，文物出版社1982年版，第205页。

④ 同上。

⑤ （清）恽格：《南田画跋》，见沈子丞《历代论画名著汇编》，世界书局1984年版，第333页。

⑥ 同上书，第334页。

讨与分析。其实，"墨戏"与"逸"在审美内涵上是一脉相承的，不过是"墨戏"所体现的时代色彩主要在宋元之后。而从内在的理路来说，"墨戏"作为绘画美学范畴是"逸"在近古时期的发展。这个范畴进一步标示着中国绘画美学重视主体价值的走向。"墨戏"从某种意义上来说，更多地体现了创作主体的游戏态度。

虽然在中国画论中，"墨戏"是一个耳熟能详的概念，但在理论界却并没有得到学理上的解释，这不能不是中国古典美学研究的一个遗憾。因为，"墨戏"确乎是独具中华民族美学品格的重要范畴。什么是"墨戏"？这是一个值得深入追问的问题。《中文大辞典》云："墨戏，谓绘事也。"这个界定显然是失之宽泛了。墨戏只是"绘事"的一类，而不能等同于全部"绘事"。"绘事"中的工笔画，显然并非"墨戏"。经过精心构思、着意布置的大型画作，如李思训的《嘉陵江山水图》、张择端的《清明上河图》等，均非墨戏。所谓"墨戏"，元代画家吴镇说得甚好："墨戏之作，盖士大夫词翰之余，适一时之兴趣。"① 这倒是相当确切的。直白一点说，"墨戏"也就是游戏笔墨，但这又是文人画的特定范畴。"墨戏"的创作主体是与"画工"或云"画师"相对的"士大夫"，也即文人画家。在士大夫来说，绘画乃是为文之余事。文人画的审美追求不在于画之技法，而在于审美主体胸臆之抒发以及当下意兴之挥洒。画家并非郑重其事地预先构思，而是以一种游戏的创作态度即兴挥毫。在创作主体方面，这种态度是产生"墨戏"画的必要条件。

至于创作主体的游戏态度，宋代的文人画家中是普遍存在的。以文同、苏轼、二米为代表的文人画家，几乎都是墨戏画的作者，而其中最重要的便是主体的游戏态度。指出文同画竹是以游戏态度出之的是苏轼，而苏轼本人也正是墨戏的重要代表人物。如惠洪评东坡画云："东坡居士游戏笔墨，作大佛事如春形容，藻饰万象，又为无声之语。致此大士幅纸之间，笔法奇古，遂妙天下，殆希世之珍，瑞图之宝。"② 又为赞语曰："唯老东坡，秀气如春。游戏翰墨，掀雷翻云。"③ 楼钥题东坡所画《古木》云："东坡笔端

---

① （元）吴镇：《论画》，见沈子丞《历代论画名著汇编》，文物出版社 1982 年版，第 206 页。

② （清）陈梦雷原著，杨家骆主编：《鼎文版古今图书集成·中国学术类编·艺术典》，鼎文书局 1977 年版，第 8127 页。

③ （宋）惠洪：《石门文字禅》卷 19，见陈高华《宋辽金画家史料》，文物出版社 1984 年版，第 394 页。

游戏，槎牙老气横秋。笑揖退廉博士，信酤似文湖州。”[①] 元代著名画论家汤垕论东坡画云：“东坡先生，文章翰墨，昭耀千古，复能留心墨戏。作墨竹师文与可，枯竹奇石，时出新意。”[②] 可见，苏轼作画的创作态度，基本上是游戏笔墨。苏轼画墨竹是师事文同，而文同作画，也是以游戏的创作态度著称的。作为文人画的重要代表人物，是把作画视为文字翰墨之余事的。《宣和画谱》称：“文臣文同，字与可，梓潼永泰人。善画墨竹，知名于时。凡于翰墨之间，托物寓兴，则见于水墨之戏。”[③] 画竹诗云：“斯人定何人，游戏得自在；诗鸣草圣余，兼入竹三昧。”[④] 表明了文同作墨竹是以游戏的态度出之。赵令穰也是宋代著名的文人画家，其人虽出身宗室，但却与这些胸次高逸的士大夫有相同的意趣，作画脱去俗径，荒远闲暇。元人王恽赞其画曰：“写荒寒平远之思，非天机所到，未易企及。”[⑤] 风格属文人写意一派。《宣和画谱》述赵令穰画云：“宗室令穰，字大年，艺祖五世孙也。令穰生长宫邸，处富贵绮纨间，而能游心经史，戏弄翰墨，尤得意于丹青之妙。”[⑥] 宋代著名诗人黄庭坚是文人画的有力鼓吹者，他题大年画说：“大年学东坡先生，作小山丛林，殊有思致。……大年儿戏，所谓书窗涴壁，不能嗔者也。今其得意，遂与小李将军争衡耶！……荒远闲暇，亦有自得意处。”[⑦] 指出大年画同于东坡一类的文人画及其“儿戏”的创作态度。元末宋濂题大年画曰：“赵令穰与其弟令松以宋宗室子，精于文史，而旁通艺事，所以皆无尘俗之韵。今观令穰所画《鹤鹿图》，丛竹幽汀，长林丰草，其思致宛如生成。”[⑧] 也说明了大年画属文人画系统。宋代“二米”即米芾、米友仁父子都是著名的文人画家。他们的画作以“墨戏”著称，米友仁尤以“墨戏”自我标许。黄庭坚称米芾画云：“米黻（即米芾）元章在扬州，

---

① （宋）楼钥：《玫瑰集》卷5，见陈高华《宋辽金画家史料》，文物出版社1984年版，第396页。

② （元）汤垕：《画鉴》，见于安澜《画品丛书》，上海人民美术出版社1982年版，第421页。

③ 岳仁译注：《宣和画谱》，湖南美术出版社1999年版，第407页。

④ （宋）苏轼：《题文与可墨竹》，见张春林《苏轼全集》，中国文史出版社1999年版，第231页。

⑤ （元）王恽：《秋涧先生大全集》卷73，见陈高华《宋辽金画家史料》，文物出版社1984年版，第417页。

⑥ 岳仁译注：《宣和画谱》，湖南美术出版社1999年版，第401页。

⑦ （宋）黄庭坚：《豫章黄先生文集》卷27，见陈高华《宋辽金画家史料》，文物出版社1984年版，第411页。

⑧ （明）宋濂：《宋文宪公全集》卷9，同上书，第421页。

游戏翰墨，声名籍甚。其冠带衣襦，多不用世法。"① 而其子米友仁则径自题其画为"墨戏"，邓椿《画继》载："友仁宣和中为大名少尹。天机超越，不事绳墨，其所作山水，点滴烟云，草草而成，而不失天真，其风气肖乃翁也。每自题其画曰：墨戏。"②《图绘宝鉴》亦云："米友仁，字元晖，元章之子。能传家学，作山水清致可掬，略变其父所为，成一家法。烟云变灭，林泉点缀，草草而成，不失天真，意在笔先，正是古人作画妙处。每自题曰'墨戏'。晚年多于纸上作之。"③ 南宋张元幹跋米元晖山水图云："士人胸次洒落，寓物发兴，江山云气，草木风烟，往往意到时为之。聊复写怀，是谓游戏水墨三昧，不可与画史同科也。"④ 可见，"二米"是以"墨戏"为特征的，而其主体的游戏态度是自觉的、明确的。宋以后，文人画中的"墨戏"，渐次成为中国绘画中的强劲一流，正是与文人画的发展同一机杼的。

其实，"逸格"与"墨戏"在内在的审美意蕴上是联系密切的，而且，可以视为是一种随时代演进的发展。"逸格"主要还是作为一个画品评骘的品级，"墨戏"则作为画中之一类而愈加得以扬厉。而其间相通之处首在于创作主体的游戏态度，次在于对程式化的画法之超越。关于"逸格"的论述中突出地强调着后者，然而前者已包含于其中；"墨戏"则大张其帜地揭明主体的游戏态度。从"逸"到"墨戏"，是举扬主体意趣、超越一般的画法程式的发展过程。其实，在画论家对"逸格"的描述中已包含了画家以游戏态度作画的意思。如朱景玄所列逸品三人，其一为王墨。《唐朝名画录》记载："王墨者不知何许人，亦不知其名，善泼墨画山水，时人谓之王墨。性多疏野，好酒，凡欲画图幛，先饮。醺酣之后，即以墨泼。或笑或吟，脚蹙手抹。或挥或扫，或淡或浓，随其形状，为山为石，为云为水。应手随意，倏若造化。图出云霞，染成风雨，宛若神巧，俯观不见其墨污之迹，皆谓奇异也。"⑤ 其二为李灵省。"李灵省落拓不拘检，长爱画山水、竹树，皆一点一抹，便得其象，物势皆出自然。或为峰岑云际，或为岛屿江

① （宋）黄庭坚：《豫章黄先生文集》卷25，见陈高华《宋辽金画家史料》，文物出版社1984年版，第561页。

② （宋）邓椿：《画继》，人民美术出版社1964年版，第29页。

③ （元）夏文彦：《图绘宝鉴》，见陈高华《宋辽金画家史料》卷4，文物出版社1984年版，第559页。

④ （宋）张元幹：《芦川归来集》卷9，同上书，第565页。

⑤ （唐）朱景玄：《唐朝名画录》，见于安澜《画品丛书》，上海人民美术出版社1982年版，第87页。

边，得非常之体，符造化之功，不拘于品格，自得其趣尔。”① 其三为张志和，“或号为烟波子，常渔钓于洞庭湖。初颜鲁公典吴兴，知其高节，以渔歌五首赠之。张乃为卷轴，随句赋象，人物、舟船、鸟兽、烟波、风月，皆依其文，曲尽其妙”②。由这些记述可知，被评“逸格”的画家，都非刻意作画的画师，而是以游戏随兴的态度作画的。

墨戏尤其突出了创作主体的游戏态度，如前所述之墨戏画家，都是出之以自由的而非功利的态度。这种态度，并非没有社会内容的形式冲动感，而是一种自由、即兴地抒写主体情志的创作欲求，其实，这也便是“写意”。“墨戏”之作必然是写意的，工笔画不能称之为“墨戏”。在这点上，《辞源》的解释“墨戏，写意画，随兴成画”③ 是符合实际的。突出主体的意趣，随意所适，是“墨戏”在创作主体方面的特征。

然而，“逸”也好，“墨戏”也好，虽是以游戏的态度作画，却对主体的情志本身有所要求。不为世俗所羁勒、不为名利所牵绊，高标拔俗，野逸自放；而那种卑琐庸俗的功利之徒是不可能成为“逸格”画家或发为“墨戏”的。在有关“墨戏”的论述中，多数都谈到创作主体的胸襟之高格逸调、远轶俗辈。如文彦博评文同云：“与可襟韵洒落，如晴空秋月，尘埃不到。”④ 叶梦得亦称文同：“为人靖深超然，不撄世故。”⑤《图绘宝鉴》称苏轼：“高名大节，映照古今，复能留心墨戏。”⑥ 黄庭坚对东坡墨戏的评价尤重胸臆高峻与笔墨之关系，其以诗赞东坡之画云：“烂肠五斗对狱吏，白发千丈濯沧浪。却来献纳云台表，小山桂枝不相忘。”⑦ 又云：“折冲儒墨陈堂堂，书入颜杨鸿雁行。胸中元自有丘壑，故作老木蟠风霜。”⑧ 刘克庄评赵令穰小景图：“大年胸次萧洒，故见于笔端如此。”⑨ 所论都指出墨戏画家是

① （唐）朱景玄：《唐朝名画录》，见中国书画全书编纂委员会《中国书画全书》第 1 册，上海书画出版社 1993 年版，第 168 页。

② 同上书，第 89 页。

③ 转引自周积寅《中国画论辑要》，江苏美术出版社 1985 年版，第 52 页。

④ （元）脱脱等：《宋史》卷 443《文同传》，中华书局 1975 年版，第 13101 页。

⑤ （宋）叶梦得：《石林诗话》卷中，见（清）何文焕《历代诗话》，中华书局 1981 年版，第 417 页。

⑥ （元）夏文彦：《图绘宝鉴》卷 3，见陈高华《宋辽金画家史料》，文物出版社 1984 年版，第 387 页。

⑦ （宋）黄庭坚：《题子瞻寺壁小山枯木》，见《黄庭坚全集》第 1 册，四川大学出版社 2001 年版，第 214 页。

⑧ （宋）黄庭坚：《题子瞻枯木》，同上书，第 215 页。

⑨ （宋）刘克庄：《跋赵大年小景》，见《后村题跋》，中华书局 1985 年版，第 98 页。

一些胸次高洁洒落的士大夫。所谓"适意"，指的是高洁脱俗的意趣。

三 脱略形似而源于造化的生命感

既然以"适意"为旨归，就不必斤斤于一般的画法程式，也不以"形似"为其审美价值标准。事实上，背离"形似"的绘画准则，超越庸常的画法蹊径，乃是"逸格"与"墨戏"的共同之处。朱景玄在《唐朝名画录》的自序中说得非常明白："其格外有不拘常法，又有逸品。"① 这也正是"逸"的主要标志。黄休复对"逸格"的规定："拙规矩于方圆，鄙精研于彩绘"②，也明确指出"逸格"的鄙薄形似、超越规矩的性质。"墨戏"画的论述中也有这样的美学追求。苏轼的绘画美学观念在其"论画以形似，见与儿童邻"的诗句中表述得非常清楚。《春渚纪闻》谈到苏轼的墨戏画云："先生戏笔所作枯枝石，虽出一时取适，而绝去古今画格，自我作古。"③ 元人汤垕论苏轼墨戏画云："墨竹凡见十四卷，大抵写意不求形似。"④ 邓椿评米友仁墨戏画："天机超越，不事绳墨。"⑤ 而汤垕在谈到墨戏画的观赏之法时说："游戏翰墨，高人胜士，寄兴写意者，慎不可以形似求之，先观天真，次观意趣，相对忘笔墨之迹，方为得之。"⑥ 这些都指出了墨戏画"不求形似"的特质，而这也正是从"逸格"到"墨戏"都一贯强调的。

与不求形似和绝去蹊径相表里的，是"逸"品与墨戏画的出乎自然，变化无穷，而又有着源于造化的生命感，画论家们称之为"生意"。变化莫测，不可端倪，这在逸格与墨戏画中都是有着突出的表现的。这并非是出于画家的刻意为之，而是得之于自然。这使逸格与墨戏画充满了强劲的动势，或许正可视为生命的强力。早在谢赫的《古画品录》中虽无逸格，却已出现了"逸方"、"逸笔"等说法，如评第三品中的姚昙度说："画有逸方，巧

---

① （唐）朱景玄：《唐朝名画录》，见于安澜《画品丛书》，上海人民美术出版社 1982 年版，第 68 页。

② （宋）黄休复：《益州名画录》，上海人民美术出版社 1964 年版，目录第 1 页。

③ （宋）何薳：《春渚纪闻》，见陈高华《宋辽金画家史料》，文物出版社 1984 年版，第 398 页。

④ （元）汤垕：《画鉴》，见沈子丞《历代论画名著汇编》，文物出版社 1984 年版，第 192 页。

⑤ （宋）邓椿：《画继》卷 3，人民美术出版社 1964 年，第 37 页。

⑥ （元）汤垕：《画鉴》，见沈子丞《历代论画名著汇编》，文物出版社 1984 年版，第 201 页。

变锋出。……莫不俊拔，出人意表。"[①] 评毛惠远云："出入穷奇，纵横逸笔，力遒韵雅，超迈绝伦。"[②] 评张则云："意思横逸，动笔新奇。鄙于综采。变巧不竭，若环之无端。"[③]

这里，都是以变化无穷来阐释"逸"的内涵的。朱景玄所评为逸品之三人的画风，都是以自然之变化为其突出特征的。黄休复所云"逸格"之"笔简形具，得之自然，莫可楷模，出于意表"[④]，也是意味着变化的。唐代李嗣真以"逸"为书品之最上，列李斯、张芝、钟繇、王羲之、王献之为逸品，其中对王献之评云："子敬（献之字）草书逸气过父，如丹穴凤舞，清泉龙跃，倏忽变化，莫知所成。或蹴海移山，或翻涛簸岳。"[⑤] 变化得之自然，出乎造化，带来的是画作的动感与生命力，在对逸格的表述中与对墨戏画的评价里都充溢着这种看法。人们对宋代文人墨戏画家的代表人物苏轼的评价，更多地强调了东坡墨戏的变化动感与源乎造化的生命伟力。楼钥赞东坡画云："东坡竹树犹传之文与可，兹以一点成月，一抹成蛇，曲尽妙趣，盖自得之，若曹不兴误墨成蝇，子敬为乌驳牛，高道兴坠笔亦成画。彼皆工于画者，坡乃游戏至此，真天人哉！"[⑥] 元代著名文学家吴澄曾作诗题咏东坡的《古木图》："当年眉山孕三苏，曾闻眉山草木枯。长公拈笔作仙戏，老木槎丫动春意。信知造化在公手，一转毫端活枯朽；此木一春一秋一千年，与公雅文峭字永久同流传。"[⑦] 元人龚璛题东坡墨戏画云："坡仙胸中非酒浇，吐出苍玉秋寥寥。忽然变化不可极，怒龙倒海拔沃焦。"[⑧] 这些都指出了苏轼的墨戏画变化百端、生意无穷的特点。

逸格与墨戏不求形似、摆脱甜熟畦径，其实是为了追求一种艺术上的独

---

① （南齐）谢赫：《古画品录》，人民美术出版社 1959 年版，第 12 页。

② 同上书，第 14 页。

③ 同上书，第 16 页。

④ （宋）黄休复：《益州名画录》，上海人民美术出版社 1964 年版，目录第 1 页。

⑤ （唐）李嗣真：《书品后》，见（唐）张彦远《法书要录》，辽宁教育出版社 1998 年版，第 48 页。

⑥ （宋）楼钥：《攻媿集》卷 71，见陈高华《宋辽金画家史料》，文物出版社 1984 年版，第 396 页。

⑦ （元）吴澄：《吴文正公文集》卷 48，见陈高华《宋辽金画家史料》，文物出版社 1984 年版，第 405 页。

⑧ （元）龚璛：《题岳仲远所藏坡翁焦墨枯木竹石》，见陈高华《宋辽金画家史料》，文物出版社 1984 年版，第406 页。

创价值。不拘常格，“得非常之体，符造化之功”[①]，其所为之画便更多地呈现出只可有一、不可有二的特殊形态。因而，也就有令人惊奇的审美效应。在人们的审美心理活动中，惊奇感是一种重要的审美心理现象，也可以说真正的审美快感，是伴随着惊奇感产生的。正如亚里士多德所说：“一切‘发现’中最好的是从情节本身产生的、通过合乎可然律的事件而引起观众的惊奇的‘发现’。”[②] 黑格尔也非常重视惊奇在艺术观照中的契机作用，他说：“艺术观照，宗教观照（毋宁说二者的统一）乃至于科学研究一般都起于惊奇感。”[③] 布莱希特倡导戏剧的“间离化”，其实，也是为了造成使观众惊奇的审美效应，他在其剧论名著《戏剧小工具篇》中说：“戏剧必须使观众吃惊。要做到这一点，就必须运用对熟悉的事物进行间离的技巧。”[④] 不唯西方的美学家，中国古代的艺术家们也都注重于作品的“惊人”的审美效果。杜甫的“为人性僻耽佳句，语不惊人死不休”（《江上值水如海势聊短述》）就是最为典型的。在绘画领域中，令观者惊奇，也同样是画家们追求的审美效果。宋元画坛上，画工画与文人画判为二途。画工画是职业画家的作品，也即画师画，在美学观念上，画工画受到士大夫的鄙薄，就是因其更多地以“形似”与彩绘精研为艺术追求。而文人画则以富于生命感的“草草而成”获得前所未有的个性化表现，同时，也就带来了审美上的惊奇感。在这一点上，逸格与墨戏都是相当明显的。《唐朝名画录》中评王墨之画云：“图出云霞，染成风雨，宛若神巧，俯观不见其墨污之迹，皆谓之奇异也。”[⑤] 前举谢赫所云之“逸才”、“逸笔”，也都处处体现出“出人意表”的新奇。人们对墨戏的感受也多有惊奇之感。如汤垕评米芾画说：“山水其源出董元，天真发露，怪怪奇奇，枯木松石，时出新意，惜传世不多。”[⑥]

---

① （唐）朱景玄《唐朝名画录》，见于安澜《画品丛书》，上海人民美术出版社 1982 年版，第 88 页。

② ［希腊］亚里士多德：《诗学·诗艺》，罗念生译，人民文学出版社 1962 年版，第 55 页。

③ ［德］黑格尔：《美学》第 2 卷，朱光潜译，商务印书馆 1981 年版，第 23 页。

④ ［德］布莱希特：《戏剧小工具篇》第 44 条，见伍蠡甫主编《现代西方文论选》，朱光潜译，上海译文出版社 1983 年版，第 157 页。

⑤ （唐）朱景玄：《唐朝名画录》，见于安澜《画品丛书》，上海人民出版社 1982 版，第 88 页。

⑥ （元）汤垕：《画鉴》，见于安澜《画品丛书》，上海人民出版社 1982 版，第 421 页。

四 感兴式的创作契机

从“逸”到“墨戏”的相通点，主要在于作者主体胸襟的价值升位。“墨戏”最为强调创作主体的游戏态度，而前此出现的“逸格”，也是无意为画而游于法度之外的。这其实所主张的是一种不受束缚的自由心态。清代著名画论家恽格最为推崇逸品、逸格，他对“逸”的论述突出地阐明了这个意思。如说：“逸品其意难言之矣，殆如卢遨之游太清、列子之御泠风也。”① 这完全是无拘无束的自由心态。而其又言：“作画须有解衣盘礴、旁若无人意，然后化机在手，元气狼藉，不为先匠所拘，而游于法度之外矣。”② “高逸一种，盖欲脱尽纵横习气，所谓无意为文乃佳，故以逸品置神品之上。若用意模仿，去之愈远。”③ 这可以说是站在一种历史的高度，对“逸”所作的阐释。恽南田所标举的“逸品”，侧重于创作主体的无目的性。

“墨戏”更多地发挥了主体的游戏态度。这种游戏的态度，使创作主体得到精神上的自由。画家不是为了某种直接的功利目的作画，而是在于主体的内在情趣得以发抒，内心世界得到新的平衡。作画的目的在于自娱，而不在于博取功利与效益。清代画论家吴历倡导墨戏画，他认为作画的目的不是“王公贵戚”的“招使”而求得物质的功利：“古人能文，不求荐举，善画不求知赏。曰：文以达吾心，画以适吾意。草衣藿食，不肯向人。盖王公贵戚，无能招使，知其不可荣辱也。笔墨之道，非有道者不能。”④ 那么，这种作画的游戏态度绝不是无所谓的，而是一种主体的内在需要，并非是为了满足外在的功利性目的，用康定斯基的话来说是“内在需要的冲动”。这是一种自由的创造，在这种创造中所诞生的是真美而非赝品。庄子借宋元君之口赞誉的那个“解衣盘礴”的画史是“真画者”，这是中国古代美学中最早对不受束缚的创作态度的表述与认同。然而，这位画史还算不上有游戏的创作态度，因为他作画还是奉宋元君之命而行，恐怕还是宋元君定下画的主题的。而墨戏的游戏态度，是“适一时之兴趣”，不会是“主题先行”的。

---

① （清）恽格：《南田画跋》，见沈子丞《历代论画名著汇编》，文物出版社 1982 年版，第 328 页。

② 蔡星仪：《中国名画家全集·恽寿平》，河北教育出版社 2006 年版，第 206 页。

③ （清）恽格：《南田画跋》，见沈子丞《历代论画名著汇编》，文物出版社 1982 年版，第 328 页。

④ （清）吴历：《墨井画跋》，同上书，第 324 页。

德国美学家席勒特别强调"游戏冲动"的意义。当然，席勒的"游戏"不是"现实生活中进行的，通常只是以非物质性的对象为目标的那些游戏"①。它有着哲学层次的特定内涵，与在康德的术语里一样，是与"自由活动"同义而与"强迫"对立的那种游戏。感性冲动使人感到自然要求的强迫，而理性冲动又使人感到理性要求的强迫。游戏冲动既脱离了前者又脱离了后者，"扬弃了一切偶然性，因而也就扬弃了强制，使人在精神方面和物质方面都得到自由"②。"游戏冲动"也即审美的自由。席勒这样高度评价游戏冲动的意义："正是游戏而且只有游戏才使人成为完全的人。"③"只有当人在游戏时，他才完全是人。"④ 黑格尔说审美令人解放，席勒所谓"游戏"本质上正是审美的自由。笔者以为"墨戏"要求创作主体的游戏态度，是要摆脱直接的功利性欲求和外在的主题律令，进行自由的审美创造，以席勒的"游戏冲动"所具有的理论内涵来阐释"墨戏"，是可以得其仿佛的。

逸格与墨戏既然要求创作主体取一种脱略直接的功利目的与外在的主题律令的游戏态度，那么，它的创作契机又是什么呢？那便是"随兴作画"。这个"兴"，即是诗学中所谓"感兴"。笔者曾在拙文《审美感兴论》中对"感兴"有这样的界定："在我看来，感兴就是'感于物而兴'，指创作主体在客观环境的偶然触发下，在心灵中诞育了艺术境界（如诗中的意境）的心理状态与审美创造方式。感兴是以主体和客体的瞬间融化也即'心物交融'作为前提，以偶然性、随机性为基本特征的。"⑤ 这里引出笔者对兴的性质的认识。在中国古典美学中，关于"兴"有许多界说，然而，宋人李仲蒙所说的"触物以起情谓之兴，物动情者也"⑥ 最为学者们所认可。"兴"是客观物象对主体的偶然的触发，主体和客体在一种邂逅相遇式的感发中形成审美关系，形成创作冲动。中国古典美学十分重视这样的审美创造方式。在诗学中，如宋人叶梦得评谢灵运的名句"池塘生春草"时所说："世多不解此语为工，盖欲以奇求之耳。此语之工，正在无所用意，猝然与景相遇，借以成章，不假绳削，故非常情所能到。诗家妙处当须以此为根

---

① ［德］席勒：《审美教育书简》，冯至、范大灿译，北京大学出版社 1985 年版，第 79 页。
② 同上书，第 74 页。
③ 同上书，第 80 页。
④ 同上书，第 80 页。
⑤ 张晶：《审美感兴论》，《学术月刊》1997 年第 10 期。
⑥ （宋）胡寅：《与李叔易书》，见《斐然集》卷 18，中华书局 1993 年版，第 386 页。

本。”[①] 明代诗论家谢榛说：“诗有天机，触物而成，虽幽寻苦索，不易得也。”[②] “诗有不立意造句，以兴为主，漫然成篇，此诗之入化也。”[③] 古代诗论中倡扬这种偶然感发的审美创造方式者不乏其人，而画中之“逸格”与“墨戏”也是以这种偶然感发的审美创造方式来作画的。《唐朝名画录》中所列逸品之三人，都是没有预先立意的随兴为画，如王墨之“醺酣之后，即以墨泼”[④]。恽南田认为“逸格”应是“所谓无意为文乃佳”[⑤]，又说：“随意涉趣，不必古人有此。”[⑥] 吴历对墨戏画的创作方式有这样一些论述：“绘学有得，然后见山见水，触物生趣，胸中了了，方可下笔。”[⑦] “兴来画竹，要得其风雨流韵；霜雪洒然，乃得竹君之品格。”[⑧] “乘醉画竹，则有赌博披折偃仰之势。”[⑨] 所论皆指出了墨戏画的感兴性质。

在中国绘画美学中，从范畴论角度对“逸”与“墨戏”进行的研究非常薄弱，尤其是“墨戏”，更是无人问津。其实，在建构具有中国民族特点的美学方面，它们是有着重要的理论意义的。“逸”与“墨戏”并非是一个范畴，但它们却有更多的相通之处。

---

① （宋）叶梦得：《石林诗话》卷中，见（清）何文焕《历代诗话》上册，中华书局 1981 年版，第 426 页。

② （明）谢榛：《四溟诗话》卷 2，见丁福保《历代诗话续编》，中华书局 1983 年版，第 1161 页。

③ 同上书，第 1152 页。

④ （唐）朱景玄：《唐朝名画录》，见于安澜《画品丛书》，上海人民美术出版社 1982 年版，第 87 页。

⑤ （清）恽格：《南田画跋》，见沈子丞《历代论画名著汇编》，文物出版社 1982 年版，第 335 页。

⑥ 同上书，第 361 页。

⑦ （清）吴历：《墨井画跋》，见沈子丞《历代论画名著汇编》，文物出版社 1982 年版，第 324 页。

⑧ 同上书，第 325 页。

⑨ 同上书，第 324 页。

“自得”：创造性的审美思维命题*

在中国古代思想家和文学艺术家的言论中，“自得”是一个并不罕见的命题，自先秦以来的典籍中多处可见“自得”的说法。虽然它并未得到学理层面的提炼与升华，却在思想家的理性思辨与艺术家的艺术评论及创作实践中成为创造之源。可以这样说，在中国的学术传统中，“自得”是一个具有鲜明的体验性和直觉思维色彩的重要命题。而且，“自得”在审美创造上有突出的价值。笔者认为，无论从方法论还是价值论的角度看，“自得”都有支撑中国美学特色的深刻意义。

一 “自得”的哲学渊源

从中国哲学史上看，“自得”思想有深远的渊源。儒家、道家、玄学、理学等不同的思想支派都在不断明晰、丰富着“自得”这个命题的内涵。

“自得”在中国哲学中是一种以直觉和体验而“体道”的方式。这种方式不是语言可以传授和说明的，也不是逻辑思维可以获致的，而是超越于名言概念之上的亲身体验。“自得”有鲜明的价值论色彩，体现着主体对宇宙和人生的能动的诉求和掌握世界的欲望。“自得”的对象不是具体的存在物，而是“道”与“大化”。

《庄子·知北游》中已有了“自得”思想的初萌，其中有言：“夫体道者，天下之君子所系焉。今于道，秋毫之端万分未得处一焉，而犹知藏其狂言而死，又况夫体道者乎！”① “体道”即以主体的直觉体验而通于大道。魏晋著名玄学家郭象释之云：“明夫至道非言之所以得也，唯在乎自得耳！”②

---

* 本文刊于《哲学研究》2003年第1期。

① （清）郭庆藩：《庄子集释》卷7，中华书局1961年版，第755页。

② （晋）郭象：《庄子注疏》，中华书局2010年版，第402页。

郭象在这里说得言简意赅，认为“至道”不是语言概念所可得，只有主体的亲在体验即“自得”才能真正“体道”。

《孟子·离娄章句下》明确提出“自得”的概念：“君子深造之以道，欲其自得之也。自得之，则居之安；居之安，则资之深；资之深，则取之左右逢其源，故君子欲其自得之也。”杨伯峻先生通过译文对孟子的“自得”阐释云：“君子依循正确的方法来得到高深的造诣，就是要求他自觉地有所得。”① 很明显，杨伯峻先生是将“自得”作为一种方法论提出来的，但将“自得”说成是“自觉地有所得”，未知何据。从孟子的整体思想联系来看，“自得”应是自然而然地得之于己心，恰与外在的安排、传授相左。在人性论上，孟子以“性善”论而著称，“性善”的内涵首先是道德的天赋性，同时，也包含了智慧的天赋性。孟子所提出的“诚”的范畴，涵容了“仁义礼智”。孟子认为仁义礼智之“四端”是内在地包含在人性之中的，如其所言：“仁义礼智，非由外烁我也，我固有之也，弗思之也。”② 笔者以为，朱熹对孟子“自得”的阐释是较近本意的：“深造之者，进而不已之意。道，则其进为之方也。……言君子务于深造而必以其道者，欲其有所持循，以俟夫默识心通，自然而得之于已也。自得于己，则所以处之者安固而不摇；处之安固，则所藉者深远而无尽；所藉者深，则日用之间取之至近，无所往而不值其所资之本也。”③ 朱熹又引程子之言：“学不言而自得者，乃自得也。有安排布置者，皆非自得也。”④ 程朱虽然在阐释孟子的“自得”思想中加入了他们自己对“自得”的理解，但其对孟子“自得”命题的阐释是颇为符合孟子之意的。

理学家“二程”在讲治学时尤为重视“自得”。二程云：“‘致知在格物’，非由外铄我也，我固有之也。因物而迁，迷而不知，则天理灭矣，故圣人欲格之。”⑤ “学莫贵于自得，得非外也，故曰自得。”⑥ “自其外者学之，而得之于内者，谓之明。自其内者得之，而兼于外者，谓之诚。诚与明一也。”⑦ 由此可见，二程所说的“自得”，正是发挥了孟子“非由外铄”

① 杨伯峻：《孟子译注》，中华书局1960年版，第189页。

② 同上书，第259页。

③ （宋）朱熹：《四书章句集注》，中华书局1983年版，第292页。

④ 同上。

⑤ （宋）程颢、程颐：《河南程氏遗书》卷25，商务印书馆1935年版，第347页。

⑥ 同上。

⑦ 同上。

的含义，而得之于主体之内，也即内在的体验。

二程的“自得”观念与他们的“万物一体”思想有深刻的联系，二程中又以明道（程颢）最著。恰如蒙培元教授所揭示的：“程颢是理学中最善于言‘仁’的思想家，他把儒家‘仁’的境界提升为普遍的宇宙关怀，其中既有道德和美学意义，又有宗教精神，他的‘浑然与物同体说’、‘天地万物一体说’，就是这种境界的最好的表达。”① 而程颢所谓的“自得”思想，正是与这种“浑然与物同体”的宇宙精神共生的，前者以后者为其渊薮。程颢云：“‘鸢飞戾天，鱼跃于渊，言其上下察也。’此一段子思吃紧为人处，与‘必有事焉而勿正心’之意同，活泼泼地。会得时，活泼泼地；不会得时，只是弄精神。”② “万物一体”充满着这种“活泼泼”的宇宙生机。他又有一首名诗云“闲来无事不从容，睡觉东方日已红。万物静观皆自得，四时佳兴与人同。道通天地有形外，思入风云变态中。富贵不淫贫贱乐，男儿至此是豪雄”（《秋日偶成》），尤能见出“自得”与“万物一体”境界的关系。

宋代心学（亦可视为理学一脉）的开创者陆九渊（象山），把“自得”作为治学的正确门径。象山以心为本体，上承孟子加以发展，又将禅学之思运入理学。他所理解的“心”，又是万物根源性的实体。在他看来，充塞宇宙的万物之理即在心中，发自于心中，因而提出“心即理”的命题。在本体论的基础上，他又以“自得”为其方法论原则。

在象山心学中，“自得”意味着不傍人门户，充分发挥主体意志，有独立不倚的学术个性。象山云：“君子无入而不自得焉，所谓自得者，得其道也。”③ “自得”即是反身内省，在自我体验中发明本心。“或问先生之学，当来自何处入？曰：不过切己自反，改过从善。”④ 而象山的“自得”，又是与“万物一体”的思想相通的。象山提出的最有名的命题是：“宇宙即是吾心，吾心即是宇宙。”⑤ “自得”是得于“吾心”，也即通于宇宙。

明代前期的著名理学家、思想家陈献章（白沙）是中国近古思想史上一个举足轻重的人物。他上承陆九渊，下启王阳明，对心学的发展建树良多。陈献章为学，以“自得”为第一要著。《年谱》记载：“自临川归，足

---

① 蒙培元：《心灵超越与境界》，人民出版社 1998 年版，第 284 页。
② （宋）程颢、程颐：《河南程氏遗书》卷 3，商务印书馆 1935 年版，第 63 页。
③ （宋）陆九渊：《陆象山全集》卷 12，中国书店 1992 年版，第 100 页。
④ （宋）陆九渊：《象山语录》，山东友谊出版社 2001 年版，第 26 页。
⑤ （宋）陆九渊：《陆象山全集》卷 22，中国书店 1992 年版，第 173 页。

不至城市。朱英时为参议造庐求见，卒避不见。闭户读书，益穷古今载籍。彻夜不寝，少困则以水沃其足。久之叹曰：'夫学贵自得也。自得之，然后博之以载籍。"①他对"自得"有正面的阐述："自得者，不累于万物，不累于耳目，不累于造次颠沛，鸢飞鱼跃，其机在我，知此者谓之善学，不知此者虽学无益也。"②他又批评当时的治学风气说："今之学者各标榜门墙，不求自得，诵说虽多，影响而已，无可告语者。"③陈白沙的"自得"，突出地强调了主体性特征，反对随人作计，人云亦云，而以亲身体验为"致知"的唯一良途。陈氏学术有强烈的主体性色彩，在"万物一体"的观念中又强化了"我"的主导作用。他提出了"天地我立，万化我出，而宇宙在我"④的著名命题。这一命题把主体之"我"作为宇宙万化的本体，使"天人合一"这个中国哲学的根本命题产生了根本性的变化。他又在诗中写道："朽生何所营，东坐复西坐。搔头白发少，摊地青蓑破。千卷万卷书，全功归在我。吾心内自得，糟粕安用那！"（《藤蓑》）"糟粕"用《庄子·天道》篇之意："然则君之所读者，古人之糟粕已夫！"⑤即指古人之陈言。所谓"吾心内自得"，也就是指内在的自我体验。"自得"在陈白沙那里更强调了主体对世界的能动把握。他又在诗中吟道："古人弃糟粕，糟粕非真传。眇哉一勺水，积累成大川。吾亦非积累，源泉自涓涓。至无有至动，至近至神焉。发用兹不穷，缄藏极渊泉。吾能握其机，何必窥陈编？"（《答张廷实内翰祥书，括而成诗，呈胡希仁提学》）这里明显是主张他的"自得"之说不为"陈编"所累。

作为背景或渊源，中国哲学中的"自得"说大致有这样的内涵：一是反身的直观体验性。"自得"不是向外的知识觅求，而是超越于语言层面的直接领会。二是以"万物一体"的观念为背景的主体性。既强调"浑然与物一体"，又突出了主体对客体的主导与把握。三是"鸢飞鱼跃"的自由性。摒弃刻意的安排，而是于"优游厌饫之间"自然而然地获致。在某种意义上，"自得"可以代表着中国哲学的方法论的独到特色。而正是这些哲

---

① （明）陈献章：《陈献章集》附录，中华书局1987年版，第807页。

② （明）陈献章：《赠彭惠安别言》，见（清）黄宗羲《明儒学案》，中华书局2008年版，第90页。

③ （明）陈献章：《陈献章集》卷2，中华书局1987年版，第193页。

④ （明）陈献章：《陈献章集》，见四库全书存目丛书编纂委员会《四库全书存目丛书·子部》第91册，齐鲁书社1995年版，第431页。

⑤ （清）郭庆藩：《庄子集释》卷5，中华书局1961年版，第490页。

学品格，直接造就了中国古代美学理论中的“自得”说的创造性思维特质。

二 “自得”作为美学的创造性思维

在中国古代的文学艺术理论中，关于“自得”的论述与哲学中的“自得”有着内在的相关性，同时也有特殊的美学内蕴。综而观之，“自得”在美学层面意味着创作的审美体验的生成方式，意味着与宇宙自然相通的勃勃生命力，意味着摆脱前人窠臼的艺术个性，更意味着审美创造主体对于客体的意向性把握。

宋人魏庆之编纂的《诗人玉屑》中说到诗歌创作中的“自得”：“诗吟函得到自得处，如化工生物，千花万草……若模勒前人，无自得，只如世间剪裁花草，只一件样，只做一件也。”① 此处所讲的“自得”，是一种相当高的审美境界。“如化工生物，千花万草”，指的是诗歌与宇宙万物相关联的内在生命力。中国的美学从发生的角度尤为重视艺术与宇宙大化相通所产生的生命感。如钟嵘《诗品》中所说“气之动物，物之感人，故摇荡性情，形诸舞咏”②；陆机在《文赋》中所说“伫中区以玄览，颐情志于典坟。遵四时以叹逝，瞻万物而思纷。悲落叶于劲秋，喜柔条于芳春”③；萧子显在《自序》中所说“若夫登高目极，临水送归，风动春朝，月明秋夜，早雁初莺，开花落叶，有来斯应，每不能已也”④；又如司空图《诗品》中“雄浑”所说“大用外腓，真体内充。返虚入浑，积健为雄。备具万物，横绝太空。荒荒油云，寥寥长风。超以象外，得其环中。持之匪强，来之无穷”⑤，等等，都包含了这种意蕴。诗到“自得”，如同千花万草，生自于大千世界，各具生态，充满生机。如果没有“自得”，只知模拟前人，便会像剪裁的纸花一样，徒有形状，了无生意，当然也就谈不到艺术个性。“自得”的艺术个性，是审美创造的主体与生生不息的宇宙大化相融通而产生的，充满了内在的生命力。

金代著名诗论家、诗人王若虚论诗以“自得”为最重要的价值尺度。

---

① （宋）魏庆之：《诗人玉屑》卷10，上海古籍出版社1978年版，第220页。

② 陈延杰：《诗品注》，人民文学出版社1961年版，第1页。

③ 张怀瑾：《文赋译注》，北京出版社1984年版，第20页。

④ （南朝·齐）萧子显：《自序》，见（唐）姚思廉《梁书》卷35，中华书局1974年版，第356页。

⑤ 杜黎均：《二十四诗品译注评析》，北京出版社1988年版，第61页。

他在《滹南诗话》中指出："古之诗人，虽趣尚不同，体制不一，要皆出于自得。至其辞达理顺，皆足以名家，何尝有以句法绳人者！鲁直开口论句法，此便是不及古人处。而门徒亲党，以衣钵相传，号称法嗣，岂诗之真理也哉！"① 这里所说的"自得"，指审美创造的主体与客体的直接交融。诗人的亲身体验，只要出于"自得"，都足以成为佳作。王若虚对于宋代诗人黄庭坚的诗风相当排斥，攻讦最力，其理由就是以"句法"绳人，不是出于"自得"。王若虚又有论诗诗云："文章自得方为贵，衣钵相传岂是真。已觉祖师低一著，纷纷法嗣复何人。"（《山谷于诗，每与东坡相抗，门人亲党，遂有言文首东坡，论诗右山谷之语。今之学者亦多以为然，漫赋四诗为之商略之云》其四）"自得"是与"衣钵相传"相对的，指的是诗人从自己亲身体验的独创性。王若虚的"自得"，也有发于情性、出于造化的内涵。"郊寒白俗"，往往为诗人所鄙薄，却为若虚视为"诗之正理"。他说："郊寒白俗，诗人类鄙薄之。然郑厚评诗，荆公、苏、黄辈，曾不比数，而云：'乐天如柳荫春莺，东野如草根秋虫，皆造化中一妙。'何哉？哀乐之真，发乎情性，此诗之正理也。"② 他推崇白居易诗说："乐天之诗，情致曲尽，人人肝脾，随物赋形，所在充满，殆与元气相侔。"③ 这也正是"自得"的境界。

明代著名文学家徐渭论艺以"自得"为一种至高境界。他对诗的创作，以"自得自鸣"为贵，其云："人有学为鸟言者，其音则鸟也，而性则人也。鸟有学人言者，其音则人也，而性则鸟也。此可以定人与鸟之衡哉？今之为诗者，何以异于是。不出于己之自得，而徒窃于人之所尝言，曰某篇是体，某篇则否，某句似某人，某句则否，此虽极工逼肖，而已不免于鸟之为人言矣。"④ 他赞赏友人叶子肃之诗云："若吾友子肃之诗则不然，其情坦以直，故语无晦，其情散以博，故语无拘，其情多喜而少忧，故语虽苦而能遣其情，好高而耻下，语虽俭而实丰，盖所谓出其不意于己之所自得，而不窃于人之所尝言者也。就其所自得，以论其所自鸣，规其微疵而约于至纯，此则渭之所献于子肃者也。"⑤ 徐渭以"自得"、"自鸣"为创作的价值标准，其含义是诗人自己的独特体验，而不是人云亦云，拾人牙慧。

---

① （金）王若虚：《滹南遗老集》卷40，中华书局1985年版，第257页。
② 同上书，第246页。
③ 同上。
④ （明）徐渭：《叶子肃诗序》，见赵伯陶《明文选》，人民文学出版社2006年版，第246页。
⑤ 同上书，第247页。

明代著名诗论家谢榛论诗主张创作灵感的发生应是"得我之得"，亦即"自得"，同时又推崇得之天然、"忽然有得"的感兴。他说："今人作诗，忽立许大意思，束之以句则窘，辞不能达，意不能悉。譬如凿池贮青天，则所得不多；举杯收甘露，则被泽不广。此乃内出者有限，所谓'辞前意'也。或造句弗就，勿令疲其神思，且阅书醒心，忽然有得，意随笔生，而兴不可遏，入乎神化，殆非思虑所及。或因字得句，句由韵成，出乎天然，句意双美。若接竹引泉而潺湲之声在耳，登城望海而浩荡之色盈目。此乃外来者无穷，所谓'辞后意'也。"①又说："予虽历举唐诗引证，毕竟难晓。况尔心非我心，焉知我心之有得也？以我之心，置于尔心，俾其得我之得，虽两而一矣。"②谢榛在这里的"得我之得"，是一种"内出者"，即内在的创作冲动，表现为"兴不可遏，入乎神化"③的审美感兴。而这种"自得"，是与自然造化的相接相融中获得的，而非苦吟力索可致，谢榛也称之为"天机"，他说："诗有天机，待时而发，触物而成，虽幽寻苦索，不易得也。如戴石屏'春水渡旁渡，夕阳山外山'，属对精确，工非一朝，所谓'尽日觅不得，有时还自来'。"④"自得"意味着审美创造主体与客体的直接相融，谢榛对此有具体的论述："作诗本乎情景，孤不自成，两不相背。凡登高致思，则神交古人，穷乎遐迩，此相因偶然，著形于绝迹，振响于无声也。夫情景有异同，模写有难易，诗有二要，莫切于斯者。观则同于外，感则异于内，当自用其力，使内外如一，出入此心而无间也。景乃诗之媒，情乃诗之胚，以数言而统万形，元气浑成，其浩无涯矣。"⑤面对同样的观照对象，却得出不同的感受，生出不同的立意，这正是"自得"。

画论中也颇多"自得"之说。明代画论家沈灏反对因袭流弊，倡导独立不倚的"自得"精神。他说："董北苑之精神在云间，赵承旨之风韵在金阊，已而交相非，非非赵也、董也，非因袭之流弊。流弊既极，遂有矫枉，至习矫枉转为因袭，共成流弊。其中机棙循迁，去古愈远，自立愈羸。何不寻宗觅派，打成冷局。非北苑，非承旨，非云间，非金阊，非因袭，非矫

---

① （明）谢榛：《四溟诗话》卷4，中华书局1985年版，第77页。
② 同上。
③ 同上。
④ （明）谢榛：《四溟诗话》卷2，中华书局1985年版，第23页。
⑤ （明）谢榛：《四溟诗话》卷3，中华书局1985年版，第41页。

枉，孤踪独响，敻然自得。”[①] 沈灏所提倡的“敻然自得”，是一种独立不倚、破除因袭的艺术个性。“孤踪独响”，在艺术史上是卓然自成一家的，沈氏亦称之为“自家面目”：“古来豪杰不得志于时，则渔耶，樵耶，隐而不出。然尝托意于柔管，有韵语无声诗，借以送日。故伸毫构景，无非拈出自家面目。今人画渔樵耕牧，题不达此意，作个秽夫伧父，伛偻于钓丝，戚施于樵斧，略无坦适自得之致，令识者绝倒。”[②]

清代著名画家沈宗骞论画特重“自得”，而其主要的内涵则是“无意求合而无不合”的自然感兴。他说：“行笔之际有一字诀曰便。便者无矫揉涩滞之弊，有流通自得之神。风行水面，自然成文；云出岩间，无心有态。趣以触而生笔，笔以动而合趣。相生相触，辄合天妙，能合天妙，不必言条理脉络，而条理脉络自无之而不在。惟其平日能步步不离，时时在手，故得趣合天随自然而出，无意求合而自无不合也。”[③] 在沈氏看来，画家的“自得”，是“风行水面，自然成文”的微妙之境。他反感于那种“今人既自揣无以出众，乃故作狂态以惑众，若俗目喜之，便矜自得”[④] 的伪“自得”，而认为“自得”乃是出于自然、天然的“天机”：“不徇时好，不流异学，静以会其神，动以观其变，久之而有得焉，则如丝之吐，自然成茧，如蕉之展，自然成荫。风蹙水而成文，泉出山而任势。到此地位虽笔所未到而意无不足，有意无意之间，乃是微妙之境矣。”[⑤] 这也是沈宗骞论“自得”的本质属性。

三　从哲学到美学：“自得”的意义

在中国美学中，“自得”是一个有丰富意蕴的重要命题。它在许多艺术理论家的批评实践中得到较为普遍的运用，因而也产生了不尽一致却又相关相生的意义。可是，在当今的美学史研究中却未见一篇论文、一部专著对此作过理论的剖析，也就无从谈及它作为美学范畴的内涵及学理性建构。在我

---

① （明）沈灏：《画麈》，见卢辅圣主编《中国书画全书》第 6 册，上海书画出版社 2009 年版，第 430 页。

② 同上书，第 431 页。

③ （清）沈宗骞：《芥舟学画编》，见俞剑华《中国古代画论类编》，人民美术出版社 1957 年版，第 889 页。

④ 同上书，第 891 页。

⑤ 同上书，第 892 页。

看来，"自得"是中国古典美学中关于审美主体的创造性思维的颇具特色的命题。它基于哲学思想中的"自得"命题，艺术理论与之有深刻的渊源关系，又有植根于艺术实践的变异。从哲学的角度讲，"自得"所呈现的意义主要有这样几点：一是拆除名言概念之障蔽的亲身体验性；二是高扬自我的主体性；三是"反身而诚"的反思性；四是"与万物浑然一体"而又洞照其间的意向性。

迨至美学领域，"自得"这个命题有着更多的创造性特征，也可以视为一种审美创造的思维方式。它所包含的意蕴是相当丰富的，也是其他的范畴所难以涵容的。从审美发生的角度来说，它包含了"感兴"论的内涵，指的是审美主体与客体的偶然兴发，而并非仅是指主体方面的思维。换言之，"自得"不是审美主体单方面的灵感获得，而是审美主体与宇宙大化参融所获的创作冲动，张璪所说的"外师造化，中得心源"恰是对此的最好概括。从思维的形态来说，"自得"是一种自然而然的生成，而非刻意的苦思觅求。苏轼所说的"风行水上，自然成文"，董逌所说的"登临探索，遇物兴怀。胸中磊落，自成丘壑"①，谢榛评杜诗所说的"此语宛然入画，情景适会，与造物同其妙，非沉思苦索而得之也"② 等，都是很好的说明。"自得"是一种审美主体与客体之间无所障蔽的亲在体验，进而形成"化机在手，元气淋漓"的审美体验高峰，苏轼所说的"与可画竹时，见竹不见人；岂独不见人，嗒然遗其身"③，则最能道其仿佛。"自得"又是突破前人窠臼、挺立自我艺术个性的标示，王若虚的"文章自得方为贵，衣钵相传岂是真"（《评东坡山谷四绝》），可谓破的之语。

"自得"是中国哲学和美学中的一个独特的命题，在很深的层次上体现着民族思维的特色。不同的思想派别作为背景的存在，并不妨碍其进入美学领域中创造性意蕴的生发。它是方法论的，也是价值论的。作为方法论，有着强烈的主体性质，排斥外在的既成模式；作为价值论，它有充盈的创造力，而且体现为主体对客体的意向性投射。就其作为一种艺术思维而言，与西方的长于逻辑分析的审美思维理论相比，有着判为两途的特色，凸显了中华美学的气质。

---

① （宋）董逌：《广川画跋·书燕龙图写蜀图》，见于安澜《画品丛书》，上海人民美术出版社1982年版，第297页。

② （明）谢榛：《四溟诗话》卷2，中华书局1985年版，第32页。

③ 李之亮：《苏轼文集编年笺注·诗词附9》，巴蜀书社2011年版，第298页。

“神不灭”论与魏晋南北朝文艺美学中的重“神”思想*

从汉朝到魏晋南北朝，关于“形神”关系的论述，关于“神灭”与“神不灭”的论争，是当时思想史上的一个焦点。而在某种意义上来说，这实际上是一个问题。从原初的含义而言，“形”即人的形体、肉体；“神”即人的灵魂、精神，形神关系也就是形体与灵魂或精神的关系。先秦时期的思想家就已经开始探讨“形神”问题。魏晋南北朝时期由于佛教的介入，“神灭”与“神不灭”这两种针锋相对的观点进一步衍成思想界的轩然大波，同时，也使“形神”成为中国哲学史和美学史的非常重要的范畴。范缜、何承天等唯物主义思想家鲜明主张“神灭”论，而佛教思想家慧远等人则大力宣扬“神不灭”论，双方展开了激烈的论战。这场论战在我们所能见到的哲学史著作中都是着力揭载的。从哲学基本问题的角度，“神灭”论（即“形尽神灭”）属于唯物主义的观点，“神不灭”论属于唯心主义的观点，已成定论。而从美学的角度来看，这场论争的意义就远不止于此。在笔者看来，这场论争大大提高了当时论坛的思辨水平，深化了人们对精神现象的超越性、丰富性和广延性的认识，并且以一种直接的助力，强化了魏晋南北朝时期文艺美学中重“神”的倾向，并从哲学角度为文艺创作的“神”的范畴提供了理论的动力。魏晋南北朝的著名文论家、画论家如宗炳、刘勰、谢灵运、沈约等，大都与此时期佛教哲学中的“神不灭”论的背景有深刻的联系。本文从美学价值论的角度加以发掘，似乎可以认为，以佛教理论为基点的“神不灭”论，却给中华美学的“重神”观念，添注了具有丰富价值的内涵。

---

* 本文刊于《社会科学辑刊》2004 年第 3 期。

一

魏晋南北朝时期的“神不灭”论，虽然有其先秦思想的渊源，但是佛教宣扬“因果报应”的需要和轮回主体的学说，却是其现实的理论动力。南北朝时期“神不灭”论的主张者都是以佛学理论作为其理论根据的。其中最有代表性的如慧远，即是当时的著名高僧和佛教思想家，而宗炳虽未出家，但他是慧远的高足，而且其阐述“神不灭”论的经典文章《明佛论》（亦称《“神不灭”论》）更是以佛学为出发点的。其他倡导“神不灭”论者如梁武帝萧衍，更是著名的佛教徒。著名文学家沈约也是佛教的虔诚信奉者。他们以先秦和两汉主张“神不灭”论者为前源，又以佛学理论为其主要的理论支撑，提出更为明确、缜密的“神不灭”命题，他们与辩难的对方主张“神灭”论者如范缜、何承天等思想家一道，使关于“形神”关系的哲学思维向前大大推进了一步，成为中国哲学的一个非常重要的问题。

在这场论争中，“神不灭”论在对精神现象的重视与论析方面，却是使六朝美学中重“神”的思想有了更为丰富而深邃的内涵的主要因素。

慧远（334—416）是东晋时期的著名佛教领袖，是当时佛教般若学的代表人物道安的高足，慧远对佛学的精思与敏悟，受到道安的高度评价与赞赏，慧远长住江西庐山东林寺30余年，广泛从事佛教理论的宣传和佛教实践活动，是佛教学者中倡导“神不灭”论的最为突出的代表。

慧远著《沙门不敬王者论》5篇，主要是继承了道安的思想，着重发挥了佛教三世报应和“神不灭”的理论。他从道安的“本无”说出发，进一步阐述了佛教所谓的最高实体和最高精神境界的关系，他在《法性论》（残篇）中说：“至极以不变为性，得性以体极为宗。”① 这就是说，佛教的最高实体和最高精神境界实际上是合二为一的。由此观点出发，慧远系统地阐述了他的“神不灭”理论。《沙门不敬王者论》中即有《形尽神不灭》专章，其论“神”的含义云：“夫神者何耶？精极而为灵者也。精极则非卦象之所图，故圣人以妙物而为言。虽有上智，犹不能定其体状，穷其幽致。”② 慧

① （晋）慧远：《法性论》，见华梵佛学研究所编辑《慧远大师文集》，台北原泉出版社1990年版，第16页。

② （晋）慧远：《沙门不敬王者论》，见石峻等《中国佛教思想资料选编》第1卷，中华书局1981年版，第85页。

远认为，“神”是一种非常精灵的东西，是超越于物质形态的。它是无形象的，也无法以形象来表示，圣人也只能说它是一种非常微妙的东西。

倡导“神不灭”论主要人物还有晋宋之交的宗炳（375—443）。宗炳既是当时的一位著名的画家，又是一位精于佛理的佛教徒。他曾师从慧远“考寻文义”。宗炳是一个执着的“神不灭”论者，他曾写长文《明佛论》，盛赞佛教，大力阐扬“神不灭”。宗炳在《明佛论》中说：“佛国之伟，精神不灭，人可成佛，心作万有，诸法皆空，宿缘绵邈，亿劫乃报乎？”① 概括了佛教的宏旨，并以“精神不灭”为佛教的主要精义。宗炳不仅笃情佛教，而且也尊儒家、道家，但他认为佛学可以包容儒、道的精髓，并在对精神层面的洞察上高于儒道。他认为：“中国君子明于知礼义而暗于知人心，宁知佛心乎？今世业近事谋之不臧犹兴丧及之，况精神我也？”② 他又说：“彼佛经也，包五典之德，深加远大之实；含老庄之虚，而重增皆空之尽。高言实理，肃焉感神，其映如日，其清如风，非圣谁说乎？”③ 认为佛经可以包括儒家经典和道家学说的精华。关于形神关系，宗炳是明确反对“形生则神生，形死则神死”④ 的“神灭”论的。他认为“神非形作”，可以超越形体而独存，这自然是很荒谬的，但他对“神”作为精神现象的功能的描述，却是颇有意味的。他说：“神也者，妙万物而为言矣。若资形以造，随形以灭，则以形为本，何妙以言乎？夫精神四达，并流无极，上际于天，下盘于地，圣之穷机，贤之研微。”⑤ 认为“神”是“万物”中最为奇妙的，它可以超越时间、空间的局限而流布四方，上天入地。宗炳突出地强调了“神”的这种奇妙功能，如其云：“夫以法身之极灵，感妙众而化见，照神功以朗物，复何奇不肆，何变可限？岂直仰陵九天，龙行九泉，吸风绝粒而已哉？凡厥光仪，符瑞之伟，分身涌出，移转世界，巨海入毛之类，方之黄、虞、姬、孔，神化无方。”⑥ 这里是将精神现象的作用夸大到无所不能的地步。宗炳还强调心灵的本体地位，认为心是可以派生万物的，一切都可以从心生出。这对后来禅宗和心学的“心本体”哲学是有相当影响的。他

① （南朝·宋）宗炳：《明佛论》，见石峻等《中国佛教思想资料选编》第1卷，中华书局1981年版，第228页。

② 同上。

③ 同上。

④ 同上。

⑤ 同上书，第230页。

⑥ 同上书，第232页。

说："夫洪范庶征休咎之应，皆由心来。逮白虹贯日，太白入昴，寒谷生黍，崩城陨霜之类，皆发自人情而远形天事，固相为形影矣。夫形无无影，声无无响，亦情无无报矣，岂直贯日陨霜之类哉？皆莫不随情曲应。物无遁形，但或结于身，或播于事，交赊纷纶，显昧渺漫，孰睹其际哉？众变盈世，群象满目，皆万世已来精感之所集矣。故佛经云：'一切诸法，从意生形。'又云：'心为法本，心作天堂，心作地狱。'义由此也。是以清心洁情，必妙生英丽之境；浊清滓行，永悖于三涂之域。何斯唱之迢递，微明有实理，而直疏魂沐想，飞诚悚志者哉？"[①] 将"心"作为万物产生的基因，认为一切诸法皆是由心而生，当然是典型的宗教唯心主义，也并非独家创造，而是佛教理论的基本观念。宗炳又从因果业报的角度加以论述，更是将慧远的因果报应说和"神不灭"论融而为一。但宗炳对情感业报的论述以及"清心洁情"以生妙境的看法，也是别具美学意味的。

"神不灭"论的这些文章，都是以佛教的因果报应说为理论依据，亦以业报轮回为理论归宿，从哲学基本问题的角度看，这自然是相当荒谬的。这一点，无须多加论证辩驳；但从思想史的进程来看，关于"形神"的论争对魏晋南北朝的美学观念影响却是巨大的、十分深刻的，"神不灭"论者在其间所起的作用是颇为独特的。这些论著中，关于"神"的含义除了与形体相对应的灵魂，在很多地方是谈人的精神境界。而"神不灭"论者对"神"的论述是关于人的精神的，这一点已经跨越了作为三世轮回主体的承担者的灵魂的内涵。如论及"神"的奇妙性、超越性：如宗炳所说的"夫精神四达，并流无极，上际于天，下盘于地"[②]，精妙地概括了精神超越时空的特质。论及"神"的"感物而动"的特点，如慧远所说的"神也者，圆应无生，妙尽无名，感物而动，假数而行"[③] 等，这些在某种程度上都越出了原有的宗教含义而对六朝的美学思想起了很大的建构性作用。

二

魏晋南北朝的文艺美学思想中有突出的重"神"思想，这在顾恺之、

① （南朝·宋）宗炳：《明佛论》，见石峻等《中国佛教思想资料选编》第1卷，中华书局1981年版，第232页。

② 同上书，第230页。

③ （晋）慧远：《沙门不敬王者论》，见石峻等《中国佛教思想资料选编》第1卷，中华书局1981年版，第85页。

宗炳、萧子显等人的论著中体现得颇为鲜明，构成了六朝美学的一个特色，同时，也深刻地影响了此后中国艺术理论的走向，使“形神”成为带有浓郁民族特色的重要审美范畴。

顾恺之（约346—407）字长康，小字虎头，是东晋时期的杰出画家，其画深受世人推尊，谢安曾称赞其画云：“卿画自生人以来未有也。”其绘画思想以“传神”著称。他在绘画理论上提出了著名的“传神写照”、“以形写神”等命题。《世说新语》载：“顾长康画人，或数年不点目睛，人问其故。顾曰：‘四体妍蚩，本无关于妙处，传神写照，正在阿堵中。’”① “顾长康道，画‘手挥五弦’易，‘目送归鸿’难。”② “顾长康画裴叔则，颊上益三毛。人问其故。顾曰：‘裴楷俊朗有识具，正此是其识具。’看画者寻之，定觉益三毛如有神明，殊胜未安时。”③ 顾恺之将眼睛视为传神的关键，而在他看来，人物画的价值取向主要不在于形似，而在于“传神写照”。“传神”即是传达出所画人物的特有的神韵；而“写照”也并非一般的外形摹写，而是一种对人物内心世界的直觉洞照。“照”是佛学的术语，指以佛教的般若智慧来直觉地观照事物，这里引出一段李泽厚、刘纲纪先生的有关论述：“在佛学中，所谓‘照’指的是心的一种神妙无方的直觉认知的能力，它是和人的精神分不开的。慧远说：‘鉴明则内照交映，而万象生焉。’僧肇说：‘智有穷幽之鉴，而无知焉；神有应会之用，而无虑焉。神无虑，故能独王于世表；智无知，故能玄于事外。’‘照’既是一种神妙的感知能力，是主体的有‘穷幽之鉴’的智慧（佛学所谓‘般若’）的表现，因而它也就和玄学常讲的‘神明’联到一起了。所以‘写照’就不是一般所说的画像的意思，而是要写出人的神妙的精神、智慧、心灵的活动。”④ 在绘画艺术中，顾恺之所讲的“传神写照”，是说要表现出人物的内在神韵、精神气质。

关于形神关系，顾恺之虽然非常重视“传神”，但他并不认为“神”可以离开形而独立，认为传神离不开写形。因而，他提出了“以形写神”论。他说：“人有长短，今既定远近以瞩其对，则不可改易阔促，错置高下也。凡生人亡有手揖眼视而前亡所对者，以形写神而空其实对，荃生用之乖，传

① 余嘉锡：《世说新语笺疏》，中华书局1983年版，第849页。

② 同上。

③ 同上书，第847页。

④ 李泽厚、刘纲纪：《中国美学史》第2卷，中国社会科学出版社1987年版，第478页。

神之趋失矣。空其实对则大失，对而不正则小失，不可不察也。一像之明昧，不若晤对之通神也。”① “晤对通神”的命题，笔者以为是有重要的美学理论意义的，它说明，顾恺之所谓的“神”，在其绘画思想中，是一个最主要的审美价值范畴，绘画的目的不在“形似”，而在于“传神”，“形似”不过是手段、途径而已。而“神”的获得，则是艺术创造的主体与客体相晤对而产生的。主体移情于客体之中，在你中有我、我中有你的“自失”之中，“神”便油然而生了。

顾恺之辩证地处理绘画艺术中的形神关系，并不是脱离形似而单纯强调神似，而是将形似与神似辩证地统一起来。形似只是手段，而“写神”才是目的。“以形写神”，并非现实形象的机械模仿，而是以艺术想象加以补充，所以顾恺之又提出了一个重要的命题，即“迁想妙得”。顾氏云：“凡画，人最难，次山水，次狗马；台榭一定器耳，难成而易好，不待迁想妙得也。此以巧历不能差其品也。”② “迁想”就是将画家的艺术想象投射到所画的对象中去。“妙得”即是达到传神的目的。顾恺之的“传神写照”和“以形写神”的命题，在中国美学史上的影响是极为深远的，在文人画的审美观念中尤其是带有主导倾向的。

宗炳所作的《画山水序》，是中国绘画理论史上第一篇山水画论，在中国美学史上，《画山水序》有着独特的价值。

《画山水序》原载于晚唐张彦远的《历代名画记》，宗炳在文中提出了“澄怀味象”、“应会感神”、“畅神”等命题，具有丰富而深刻的美学内涵，这些命题的提出，与他的佛学思想有很深的关系。《画山水序》中首先提出“澄怀味象”的命题：“圣人含道映物，贤者澄怀味象。至于山水，质有而趣灵，是以轩辕、尧、孔、广成、大隗、许由、孤竹之流，必有崆峒、具茨、藐姑、箕、首、大蒙之游焉。又称仁智之乐焉。夫圣人以神法道，而贤者通；山水以形媚道，而仁者乐。不亦几乎?”③ 笔者以为“澄怀味象”是在中国美学史上第一次完整地表述了主客体审美关系的命题。“澄怀”要求审美主体在审美过程中，排除外物的纷扰，尤其是功利关系的炫惑，而保持虚静空明的心胸以应外物。“味”是特定的审美过程，而“象”则是指观照对象的形象。而“山水质有而趣灵”，是谓山水是物质性的存在，但其中有

① （唐）张彦远：《历代名画记》，上海人民美术出版社 1964 年版，第 110—111 页。

② 同上书，第 102 页。

③ （南朝·宋）宗炳，王微：《画山水序·叙画》，人民美术出版社 1985 年版，第 1 页。

着整体性的灵趣所在。"澄怀味象"与老子所说的"涤除玄览"，庄子所说的"心斋"、"坐忘"，"虚而待物"，是同一种精神境界，但老庄是讲对天道的体验，虽然可做美学角度的阐释，就其本身而言，则是哲学主体论的，而宗炳的"澄怀味象"，是就山水审美而发的议论，是地道的审美主体论。

"山水质有而趣灵"的美学思想与其《明佛论》中的佛学论述是相互关联的。《明佛论》阐述其"神不灭"的思想即举山川为例，其云："若必神生于形，本非缘合，今请远取诸物，然后近求诸身。夫五岳四渎，谓无灵也，则未可断矣。若许其神，则岳唯积土之多，渎唯积水而已矣。得一之灵，何生水土之粗哉？而感托岩流，肃成一体，设使山崩川竭，必不与水土俱亡矣。神非形作，合而不灭，人亦然矣。"① 宗炳认为，"五岳四渎"这些山山水水，也是因为有了神灵而成一整体，而有各自的风貌。设使无神，不过是积土、积水而已。这种说法当然是唯心主义的，而从山水审美中所发现的灵趣，则并不能全然归之于唯物与唯心的范畴，而是审美主体与审美客体在相互感应中所产生的。宗炳在《画山水序》中所说的山水之神（趣灵），决非客体本身可以独立存在的，而只能是在主体观照的过程中方能产生。作为审美对象，山水是特殊的客观存在。"质有"，不仅是对山水形质的肯定，而且还意味着它的不同的形态差异。"趣灵"是指审美在晤对山水时所感受到的灵趣。这并非存在于主体方面的，也并非是单纯存在于客体方面的，而是在审美主体与客体的晤对感应中呈现出来的。"山水质有而趣灵"，是一个很纯粹的美学命题，早已逸出了宗教有神论的范围。

而要体验山水之神，主体方面必须"澄怀"，这与宗炳的佛学思想是息息相通的。宗炳画论中的"澄怀味象"，强调审美主体的虚静的审美态度，一方面通于老庄的"虚静"说，另一方面则是以其佛学思想中的"炼神"说为其渊源的。在宗炳的佛学思想中，"神"是一种虚空抽象的精神实体，"神"存在于主体之中，而就客观来说，还有"道"的根本性存在。宗炳说："今称'一阴一阳之谓道'，'阴阳不测之谓神'者，盖谓至无为道，阴阳两浑，故曰'一阴一阳'也；自道而降，便入精神，常有于阴阳之表，非二仪所究，故曰'阴阳不测'耳。"② 这是宗炳所谈的神与道之关系。悟道必须练神，"道在练神，不由存形"。宗炳认为，练神就是空诸一切，"心

① （南朝·宋）宗炳：《明佛论》，见石峻等《中国佛教思想资料选编》第1卷，中华书局1983年版，第230页。

② 同上。

与物绝”，这又是与道家“虚静”说一致的。他说：“夫圣神玄照而无思营之识者，由心与物绝，唯神而已。故虚明之本终始常住，不可凋也。今心与物交，不一于神。虽以颜子之微微，而必乾乾钻仰，好仁乐山，庶乎屡空。皆心用乃识，必用用妙接，识识妙续，如火之炎炎相即而成焰耳。今以悟空息心，心用止而情识歇，则神明全矣。”空明澄澈的主体心胸，是练神的必要条件。这与《画山水序》中提出的“澄怀味象”是一致的。

宗炳在《画山水序》中提出“应会感神”、“畅神”等命题，也是生自于《明佛论》中的“练神”思想的。他说：“夫以应目会心为理者，类之成巧，则目亦同应，心亦俱会，应会感神，神超理得。虽复虚求幽岩，何以加焉？又，神本无端，栖形感类，理入影迹。诚能妙写，亦诚尽矣。于是闲居理气，拂觞鸣琴，披图幽对，坐究四荒，不违天励之丛，独应无人之野，峰岫峣嶷，云林森眇。圣贤映于绝代，万趣融其神思。余复何为哉，畅神而已。神之所畅，孰有先焉。”① 这段内容重在山水之神的获得。山水之神如何获得？是在于审美主体以澄静之心与山水感应的产物。“应目会心”是指审美主体通过眼睛观照对象而会心感通，悟得其神，从而升华为“理”。李泽厚、刘纲纪先生阐释道：“这是说山水是以‘应目会心’为‘理’的，只要能把山水巧妙地描绘出来，那么观者目接于形时，心就会领会其‘理’。即使是亲身游于山水之间，求山水之神理，所得也不过如此了。”② 所论大致不差。而笔者以为“应会感神”，是主体与山水之形的晤对，在瞬间交融的审美体验中，主体感悟了山水之“神”。宗炳又指出“神”与山水形质的关系，“神”是精神性的，不体现在具体的存在形态中，而是寄寓于山水之形中的。《明佛论》中说：“夫钟律感应，尤心玄会，况夫灵圣，以神理为类乎？”山水是主体感应的对象，可以使人在“应目会心”中悟得“神理”。当人以眼睛来观照对象之时，心灵也在主客相通中获得了山水之神。

“畅神”则是在观赏山水画时的审美过程中所体验到的高度自由、高度兴奋的境界。宗炳以“畅神”为山水画最为重要的审美功能。“畅神而已”，言下之意是“岂有他哉”！“神之所畅，孰有先焉”是说没有比欣赏山水画更能令人“畅神”的了。“畅”是一种超越于现实缧绁而使精神舒展、飘逸的高度自由的状态。著名诗人孙绰已在《天台山赋》中写道：“释域吕之常恋，畅超然之高情”，在《庐山诸道人游石门诗序》中又提到了山水之赏可

① （南朝·宋）宗炳，王微：《画山水序·叙画》，人民美术出版社 1985 年版，第 9 页。

② 李泽厚、刘纲纪：《中国美学史》第 2 卷，中国社会科学出版社 1987 年版，第 515 页。

以使人“神以之畅”。宗炳的说法可能是由此而出，但他将其凝练为“畅神”的命题，同时，又以之作为山水画审美功能的最高价值体现，这就突出了山水审美“令人解放”的性质。

在魏晋南北朝的文学理论中，著名的文学理论家刘勰（约465—520）提出了“神思”的美学命题。《神思》是《文心雕龙》创作论中的首章，也是刘勰所提出的关于艺术创作思维的核心范畴。“神思”范畴的提出，也与当时的“形神”关系的论争有内在的联系。刘勰二十四五岁时入定林寺依僧祐。在《文心雕龙》创作论中，“神思”是艺术创造思维的核心范畴。《神思》篇中云：“古人云：形在江海之上，心存魏阙之下。神思之谓也。文之思也，其神远矣。故寂然凝虑，思接千载；悄焉动容，视通万里。吟咏之间，吐纳风云之色，其思理之致乎？故思理为妙，神与物游。神居胸臆，而志气统其关键；物沿耳目，而辞令管其枢机。枢机方通，则物无隐貌；关键将塞，则神有遁心。是以陶钧文思，贵在虚静，疏瀹五脏，澡雪精神。”①“神思”，笔者以为可以包括狭义和广义两个层面：狭义是指创造出达于出神入化之境的艺术杰作的思维特征、思维规律和心意状态；广义则是在普遍意义上揭示了艺术创造的思维特征、思维过程和心理状态。它包含了审美感兴、艺术构思、创作灵感、意象形成乃至于审美物化这样的重要艺术创造思维的要素，同时，它是对于艺术创造思维过程的动态描述。

“神思”体现了创作主体的自由本质，突破时间与空间的限制，使想象的翅膀冲破客观时空的云层，上可达天，下可入地；可以回溯于千载之前，可以驰骋于百代之后，刘勰对“神思”的界定明确指出了艺术思维的这种特点。这与慧远、宗炳等人所阐述的“神”的特征是相通的。

慧远、宗炳所倡“神不灭”论，除了“灵魂不死”的含义之外，还相当多地谈到“神”作为精神现象的性质、形态和功能，也即逸出了有神论的范围而具有了心灵哲学的意义。以对精神现象的功能和价值的阐述而言，慧远们所论还是有一定的合理性和建设性意义的。精神现象是无形无相的，却又有无可限量的创造能量。“不能定其体状，穷其幽致”②，可以超越形质、时间、空间的限制而“神机自运”。正是说精神可以突破时空限制的特点。

---

① 范文澜：《文心雕龙注》，人民文学出版社1958年版，第493页。

② （晋）慧远：《沙门不敬王者论》，见石峻等《中国佛教思想资料选编》第1卷，中华书局1983年版，第85页。

刘勰的"神思"在这方面明显是吸取了慧远、宗炳等的思想养料，却以之作为文学创作思维的理论支撑，使之具有了纯粹的美学意味。刘勰在《神思》篇中所说的都是"文之思"，而非泛泛的精神现象的描述。这一点，是吸融了陆机《文赋》中对文学创作思维的描述："其始也，皆收视反听，耽思傍讯，精骛八极，心游万仞。其致也，情曈昽而弥鲜，物昭晰而互进。倾群言之沥液，漱六艺之芳润。浮天渊以安流，濯下泉而潜浸。"① 而刘勰的论述则因吸取了慧远、宗炳等人的"神不灭"论对精神现象的论述，更有了哲学的高度。

"神思"的自由性质还在于不拘于成法，变化万端，进入一种自然灵妙的境界。"神"的含义所指的一是神灵和精神的作用，二是指微妙的变化。这也是"神不灭"论所描述的"神"的奇妙特性。张岱年先生也指出"神"这个概念的微妙变化的内涵，他说："以'神'表示微妙的变化，始于《周易大传》。《系辞上传》云：'阴阳不测之谓神。'又云：'神无方而易无体。'又云：'知变化之道者，其知神之所为乎！'《说卦》云：'神也者，妙万物而为言者也。'这就是说：'神'是表示阴阳变化的'不测'，表示万物变化的'妙'。"② 刘勰所谓"神思"的"神"，首先是微妙变化之意，而"神思"则是变化莫测的运思。稍晚于刘勰的萧子显谈及"神思"时强调的也是这种性质，他说："属文之道，事出神思，感召无象，变化无穷。俱五声之音响，而出言异句；等万物之情状，而下笔殊形。"③ 萧子显认为，神思是一种特殊的文学创作思维方式，可以将各种大自然中的情状召至笔下，创造出各具形态的美文。这里揭示了"神思"对文学创作个性化的根本作用。

魏晋南北朝时期形神关系的论战，在中国哲学史上是一个重大问题，有关哲学史的著作已有许多论述，但多从哲学基本问题的角度，对"神灭"论和"神不灭"论作唯物主义和唯心主义的判定。这是正确的，没有什么疑问的。可是如果联系魏晋南北朝时期的美学思想来看，重神的思想是非常突出的现象，而且对后世的文艺思想的发展，起了很大的引导作用。后世文论中对于"神"或"神似"的推尊，成为中国古代美学的一个源远流长的

---

① （晋）陆机：《文赋》，见（南朝·梁）萧统选，（唐）李善注《文选》，商务印书馆 1936 年版，第 350 页。

② 张岱年：《中国古典哲学概念范畴要论》，中国社会科学出版社 1989 年版，第 97 页。

③ （南朝·梁）萧子显：《南齐书》卷 52《文学传》，中华书局 1975 年版，第 907 页。

思潮。美学思想中的“神”，当然和佛学中的“神”并非有全然相同的内涵，但却是有相当密切的关系的。“神不灭”论认为精神可以脱离形体而独立存在，可以转生于其他形体，这自然是荒谬绝伦的；但他们对精神现象的高度重视和深刻的阐析，却是文艺美学中的“重神”思想的哲学渊源与土壤。

论董逌的绘画美学思想*

董逌是北宋时的画论家，有画论名著《广川画跋》。董逌生卒年不详，东平（今属山东）人。其书画评论活动主要在北宋宣和年间。著有《广川画跋》、《广川书跋》、《广川诗故》、《广川藏书志》等著作。其中《广川画跋》虽然多是考据鉴赏文字，却多有为人所未道的精彩美学见解。惜乎研究者甚少，其内在精义罕有抉而发之者。本文试作论析。

一

《广川画跋》（以下简称《画跋》）中有题跋134篇，其文偏重考据鉴赏，但就中所发之议论却是与众不同的。这里先录《四库全书总目提要》中关于《画跋》之提要如次："宋董逌撰。逌在宣和中，与黄伯思均以考据赏鉴擅名。毛晋尝刊其书跋十卷，而画跋则世罕传本。此本为元至正乙巳华亭孙道明所钞，云从宋末书生写本录出，则尔时已无锓本矣。纸墨岁久剥蚀，然仅第六卷末有阙字，余尚完整也。古图画多作故事用物象，故逌所跋，皆考证之文。其论山水者，惟王维1条，范宽2条，李成3条，燕肃2条，时记室所收一条而已。其中如辨正《武皇望仙图》、《东丹王千角鹿图》、《七夕图》、《兵车图》、《九主图》、《陆羽点茶图》、《送穷图》、《乞巧图》、《勘书图》、《击壤图》、《没骨花图》、《舞马图》、《戴嵩牛图》、《秦王进饼图》、《留瓜图》、《王波利献马图》，引据皆极精核。其《封禅图》一条，立义未确。《鱼图》一条，附会太甚。《分镜图》一条，拘滞无理。《地狱变相图》，误以卢楞伽为在吴道玄前，皆偶然小疵，不足以为是

---

* 本文刊于《中国文化研究》2004年第3期。

书累也。”[1]《四库全书总目提要》对董逌《广川画跋》的评价是全面而中肯的。《书画书录解题》评《画跋》则更多地着眼于其独特之处，其云：“其文偏重考据及论议，俱极朴实。逌与苏黄同为宋人，而题跋风趣迥殊。题故事图画，应以此为正宗。然非学有本源者不辨，故后来无能效之者。”[2]《画跋》的考据文字，并非本文的关注点，而其中的绘画美学思想，则是值得深入领略的。

董氏论画，在其对画家的创作的高度赞赏中透露出他的评价标准和绘画美学观念。他主张最上乘的画家当是以“天机”作画，而非刻意求其“形似”。董氏决非反对作画以“似”为标准，相反，他认为画的价值在于得物理、物性，在他看来，这是真正的“似”。画家能以其主体的灵性与宇宙外物相遇，则往往能够产生出最高境界的作品。董氏论李成画时云：“谢赫言画者，写真最难。而顾恺之则以为都在点睛处。故谓传神写照，正在阿堵中尔。世人论画，都失古人意。不知山水、草木、虫鱼、鸟兽，孰非其真耶？苟失形似，便是画虎而狗者，可谓得其真哉？营丘李咸熙，士流清放者也。故于画妙入三昧，至无蹊辙可求，亦不知下笔处，故能都无蓬块气。其绝人处，不在得其形，山水木石，烟霞岚雾间。其天机之动，阳开阴阖，迅发惊绝，世不得而知也。故曰：‘气生于笔，笔遗于像。’夫为画而相忘画者，是其形之适哉？非得于妙解者未有能遗此者也。”[3] 李成（营丘）乃宋初山水画大家，在中国绘画史上地位甚高，开士人画之先河。其以天机兴会作画，非拘拘于笔墨形似之间者。

宋代画论家刘道醇在其论画名著《圣朝名画评》中评李成画云：“成之命笔，惟意所到。宗师造化，自创景物，皆合其妙。耽于山水者，观成所画，然后知咫尺之间，夺千里之趣，非神而何？故列神品。”[4] 甚合董氏之语。董氏指出，为画是不可失去“形似”的，失之则如画虎类狗，当然说不上是“真”；但真正的“似”并不止于表层的“形似”，而是以“天机之动”，得其物性之真。

真正的“似”不在于表层的、静止的形似，而在于物性之真；而物性

① （宋）董逌：《广川画跋》序，引自于安澜《画品丛书》，上海人民美术出版社 1982 年版，第 221 页。

② 余绍宋：《书画书录解题》，见于安澜《画品丛书》，上海人民美术出版社 1982 年版，第 222 页。

③ （宋）董逌：《广川画跋·书李营丘山水图》，同上书，第 277 页。

④ （宋）刘道醇：《圣朝名画评》，同上书，第 131 页。

之真，则在于事物是充满生机、倏忽变化的。董氏论曹霸画马图和李元本花木图都明确地表述这种观点。他评曹霸画马时说：

> 论天下之马者，不于形骨毛色中求。彼得其白体者，若搏执绊羁不可离者也。且将以形容骨相而求画，吾知天下无马矣。况若得若丧其一，而见之恍惚难穷哉！观者不能进智于此也。谓画者能之，将托之神遇而得其妙解者耶！曹霸得此，诚于马也，放乎技矣。彼以无托于外者，或未始见有也。其守以形似，而得其骨相者，果真马乎？照夜白、玉花骢，此良马也，可以形容毛骨求也。于良马而论形似者，其神遁矣。其午于兰筋初成，肉翅已就，此千里马也。神驹天马，有常形而其异者，角相翅力，赭流吻下，血出膊中，霸皆不及也。是真有意于马乎？夫能忘心于马，无见马之累，形尽倏忽，若灭若没，成象已具，寓之胸中，将逐逐而出，不知所制，则腾骧而上，景入缣帛。初不自觉而马或见前者，为真马也。若放乎象者，岂复有马哉？①

曹霸是唐代以画马著称的画家，董氏以画马为例，说明了真正的"似"，"不于形骨毛色中求"，而于马的"形尽倏忽，若灭若没"的生机之中。在另一题跋中，董氏更为正面地谈到对"形似"的认识："乐天言：'画无常工，以似为工。'画之贵似，岂其形似之贵耶？要不期于所以似者贵也。今画师卷墨设色，摹取形类，见其似者，踉跄其处而喜矣。则色以红白青紫，花房萼茎蕊叶，以尖圆斜直，虽寻常者犹不失。曰：此为日精，此为木芍药，至于百花异黄，皆按形得之。岂徒曰似之为贵？则知无心于画者，求于造物之先。凡赋形出象，发于生意，得之自然。待其见于胸中者，若花若叶，分布而出矣。然后发之于外，假之手而寄色焉，未尝求其似者而托意也。元本学画于徐熙，而微觉用意求似者，既遁天机，不若熙之进乎技。"② 董氏从对"形似"的看法作为出发点来评价李元本的画。他举了白居易画论中"画无常工，以似为工"的观点，加以自己的阐释，但其实是不同意白氏的观点的。以"似"论画，这是没有分歧的，但董氏是不同意以形似为贵的，他所认为最好的"似"应是"不期于似者"为贵也。真正

① （宋）董逌：《广川画跋·书曹将军照夜白图》，见于安澜《画品丛书》，上海人民美术出版社 1982 年版，第 281 页。

② （宋）董逌：《广川画跋·书李元本花木图》，同上书，第 288 页。

的“似”，是这样的境界：无心于画，但却是在“造物”的指顾之中，“赋形出象，发于生意，得之自然”，这才是真正的“似”。他对李元本的花木图并不满意，其原因就在于其是“微觉用意求似，既遁天机”，不如徐熙那样是“技进乎道”。

在董氏看来，超越于“形似”者在于得“物理”，也即“物性”，“物理”也好，“物性”也好，都是指事物得之“造化”的内在律动。生命感、变化感及此事物独特的形态，都属于这类东西。如他评价曹不兴画时所说：“谢赫阅秘所藏画，独爱曹不兴画龙，以谓龙首若见真龙。然不兴遗墨不传久矣，不知赫于此画，何以论其真耶？虽然，观物者莫先穷理，理有在者，可以尽察，不必求于形似之间也。”① 董氏论画水，也力主画出水之本性，《书孙白画水图》云：“画师相与言，靠山不靠水，谓山有峰峦崖谷，烟云水石，可以萦带掩连见之。至水则更无带映，曲纹斜势，要尽其窊隆派别，故于画为尤难。彼或争胜取奇，以夸张当世者，不过加蹙纹起浪，若更作蛟蜃出没，便是山海图矣，更无水也。唐人孙位画水，必杂山石，为惊涛怒浪。盖失水之本性，而求假于物，以发其湍瀑，是不足于水也。”② 那么，董氏认为的“真水”是什么样子呢？董氏借评孙白画水说：“近世孙白，始创意作潭滔浚原，平波细流，停为潋滟，引为决泄，尽出前人意外，别为新规胜概。不假山石为激跃，而自成迅流。不假滩濑为湍溅，而自为冲波。使夫萦纡曲直，随流荡漾，自然长纹细络，有序不乱，此真水也。”③ 所谓“真水”，也即画出了水的物性之作。董氏还在《画犬戏图》中指出了“形似”与“物理”的区别：“画者得之犬戏，而且曰能观其变矣。有而易之将不止人立而冠也。故负乘序行，拥戟前列，据案临轩，指呼趋走，形态百出，若可人事而尽求者。疑当德光陷中原时，画者故为此也。然形类意相，各有至到处。又知游戏于画，而能得其笔墨自然者，此其异也。昔有人为齐画者，问之画孰难？对曰：狗马最难。孰最易？曰：鬼魅最易。狗马人所知也，旦暮于前，不可类之，故难。鬼魅无形，无形者不可睹，故易。岂以人易知故画难，人难知故画易耶？狗马信易察，鬼神信难知，世有论理者，当知鬼神不异于人，而犬马之状，虽得形似，而不尽其理者，亦未可谓工也。

---

① （宋）董逌：《广川画跋·御府吴淮龙秘阁评定因书》，见于安澜《画品丛书》，上海人民美术出版社 1982 年版，第 264 页。

② （宋）董逌：《广川画跋·书孙白画水图》，同上书，第 247 页。

③ 同上。

然天下见理者少，孰当与画者论而索当哉？故凡遇知理者，则鬼神索于理不索于形似。为犬马则既索于形似，复求于理，则犬马之工常难。"① 在董氏看来，比形似更深层的是"理"，亦即"物理"，也即事物的内在特征、规律等。关于这个问题，后来清初著名的思想家王夫之有更为明确的论述，他在其诗论名著《姜斋诗话》中说："苏子瞻谓'桑之未落，其叶沃若'，体物之工，非'沃若'不足以言桑，非桑不足以当'沃若'，固也。然得物态，未得物理。'桃之夭夭，其叶蓁蓁。''灼灼其华'，'有蕡有实'，乃穷物理。"② 也是要求艺术创作要得其物理。

二

以"天机"论画，是董逌绘画美学思想的突出之处。他在画评中多次谈到"天机自张"是作画的最高境界。如其评李伯时画云："伯时于画，天得也。常以笔墨为游戏，不立寸度，放情荡意，遇物则画，初不计其妍蚩得失。至其成功，则无毫发遗恨。此殆进技于道，而天机自张者耶？"③ 董逌对李伯时的画评价最高，他认为伯时的画之所以能达到很高的境界，是因为"天机自张"。所谓"天机自张"，如此中所言，在作画时并非刻意求似，而是"不立寸度，放情荡意，遇物则画"，如同笔墨游戏；但到画成之后，却是无毫发遗恨，十分圆满。董逌又论荆浩画云："而荆浩画松桧，至数万本，不近。然寓物写形，非天机深到，取成于心者，不可论也。"④ 评范宽山水图云："余于是知中立放笔时，盖天地间无遗物矣。故能笔运而气摄之，至其天机自运，与物相遇，不知披拂隆施，所以自来，忽乎太行王屋起于前，而连之若不可掩。计其功，当与夸娥争力。呈尝夜半求之，石破天惊，元气淋漓，蒲城之所遇而问者，不可求于冀南汉阴矣。"⑤ 评王勤学士画图云："观其意在漭瀁万里外，天机开阖，自我而入者，虽置涂立木，幸而有至处，然端行颐霤，遂得剡直，岂转遁其后，缩缩而求循耶？"⑥ "天

① （宋）董逌：《广川画跋·画犬戏图》，见于安澜《画品丛书》，上海人民美术出版社 1982 年版，第 252 页。

② 戴鸿森：《姜斋诗话笺注》卷 1，人民文学出版社 1981 年版，第 17 页。

③ （宋）董逌：《广川画跋·书李伯时县霤山图》，见于安澜《画品丛书》，上海人民美术出版社 1982 年版，第 290 页。

④ （宋）董逌：《广川画跋·书陈中玉收桃花源图》，同上书，第 289 页。

⑤ （宋）董逌：《广川画跋·题王晋卿待制所藏范宽山水图》，同上书，第 289 页。

⑥ （宋）董逌：《广川画跋·书王勤学士画图》，同上书，第 306 页。

机”说代表了他的绘画创作论思想，即最佳的作品，决非画家刻意求似的结果，而是以“解衣盘礴”的态度，在与大自然的随机感应中振笔直遂的产物。

“天机”可以看作中国古典美学的一个重要概念，也可以视为范畴。它的最早出现是在《庄子》中。《庄子·大宗师》云：“古之真人，其寝不梦，其觉无忧，其食不甘，其息深深。真人之息以踵，众人之息在喉。屈服者，其嗌言若哇。其耆欲深者，其天机浅。”① 庄子的意思是把“真人”与众人相比，因为众人嗜欲深重，所以天机就浅薄。陈鼓应先生注云：“天机：自然之生机，当指天然的根器。”② 很明显，庄子所说的“天机”，并非是在艺术理论的意义上提出来的。

魏晋南北朝时期的著名文艺理论家陆机，首次将“天机”引入到文艺创作思维的轨道上来。他在其文论代表作《文赋》中说：“若夫应感之会，通塞之际，来不可遏，去不可止。藏若影灭，行犹响起。方天机之骏利，夫何纷而不理？”③ 陆机所说的“天机”，基本是指的是作家创作的灵感。以“天机”来论画，在宋代画论中以董逌最具代表性，且有重要的美学理论价值。董逌对古典美学的贡献，正可以从其对“天机”论的内涵的揭示得到认识的。

从董逌对画的评价来看，“天机”并非是一般意义上的创作灵感，而是指导创作出最佳、最独特的作品的契机。董氏在题跋中所谈到的“天机自张”、“天机自运”，都是他最为推崇的画家，如李成、李伯时、燕肃等；而他所不甚以为然的画家或画作，他常常是以其缺乏“天机”作评判。

我们不应误以为董逌“天机”只是主体的因素，准确地说，董逌乃至中国古代的艺术理论中有关“天机”的论述，是以“天人合一”作为其哲学背景的艺术创作思想，指艺术家的主体灵性和客体事物的物性在特定机缘中的遇合。它是以随机性为其特征的，因此有相当的神秘感，因为它是难以预期、难以控制的。所谓“藏若影灭，行犹响起”，此其谓也。它是非目的论的，而最终达到的是一种无目的的合目的性。在董逌画论中，“天机”有着深厚的哲学底色，也即是人与自然的一体化，“天机”的根据，正在于“造化”的力量。“天机”的针对性首先是超越刻求形似，这是董氏反复申

① （清）郭庆藩：《庄子集释》卷3，中华书局1961年版，第228页。
② 陈鼓应：《庄子今注今译》，中华书局1983年版，第171页。
③ 张怀瑾：《文赋译注》，北京出版社1984年版，第46页。

说的。在他看来，以“天机自张”的作品，决不会是以“形似”为目的画师之作，而是兴会淋漓、解衣盘礴的创化。董氏对其认为是最佳画作的称赏，往往都是建立在以造化之气为根基之上的。如评李白画像云：“秋水为神，春冰为质，神锋太隽，逸气震散。盖玉在璞而流光，金藏矿而著美。凝脂点漆，岂非神仙中人，瑶树琼树，自是风尘外物。此盖造化之完精，合于浑沦，而不得藏者。”① 李白被世人誉为“谪仙人”，超越凡俗，其画像表现出诗人的这种气质，在董氏看来，这是造化元精的产物。董氏论韩干画马时同样认为，韩干画马之神骏，并不在于刻意求似，而是“夺物精魄”的结果，其云：“世传韩干凡作马，必考时日，面方位，然后定形骨毛色。大抵以马为火畜，而南面离方，其色青骊騂骆，皆以支干相加，故得入妙。又以为其画得马之神骏，故能如是云。夫移形索影，写照寓神，自是夺物精魄。苟造其微，得其玄解，则物有寓者。马之凝于神者，其几于是耶？将神运之而不知也。画独不可至是哉？”② 画犬马最易模仿形似，而从董逌的眼光看来，画马之神骏，也是夺物之精魄之所为。

“天机”意味着艺术创作的最佳契机是只可有一、不能有二的，因为这是审美创造主体和客体事物的不可再遇的契机，这才是真正的“天机”。尽管这里面有着神秘主义的色彩，但它实际上是有着客观的依据的。董逌认为，“天机”正是这种人与造物之间的神秘默契所产生的最佳契机。它是可遇而不可求的。其评范宽的山水图云：“当中立有山水之嗜者，神凝智解，得于心者，必发于外。则解衣盘礴，正与山林泉石相遇。虽贲育逢之，亦失其勇矣。故能揽须弥于一芥，气振而有余，无复山之相矣。彼含墨咀毫，受揖入趋者，可执工而承其后耶？世人不识真山而求画者，垒石累土，以自诧也。岂知心放于造化炉锤者，遇物得之，此其为真画者也。”③ 谓其天机作画，不可复得。

天机为画，不仅在于主体所获的灵感，当然也不仅在于客体的物象，而在于主体与客体在不经意间的遇合。这种遇合，在主体方面的条件是需要的其独特的灵性的，同时，还要有对艺术的不倦的追求。这是迥然不同于作画时的刻意求似的。董逌论画时所说：“然寓物写形，非天机深到，取成于心

---

① （宋）董逌：《广川画跋·书李太白画像》，见于安澜《画品丛书》，上海人民美术出版社1982年版，第293页。

② （宋）董逌：《广川画跋·跋韩干马后为龙眠居士书》，同上书，第296页。

③ （宋）董逌：《广川画跋·书范宽山水图》，同上书，第307页。

者，不可论也。[1]“自有正于心者，求之至于无所求而自得者，吾知真马出矣。”[2] 又云：“故遇物而象，即此心见。”[3] 等等。这里含有这样的意思，主客体的遇合是以主体的内在审美素质和图式为其基础的。

“天机”为画，不在刻意求似，而在于主体与客体的遇合，这种遇合，却是创作主体有意识而为的。真正要获得“天机”，就要时时造访自然，与造物相亲，在某种邂逅相遇式的主客遇合中体验“天人合一”、“物我两忘”的境界，这样的画，才能脱略笔墨形迹，带着大自然的生命感，元气淋漓，这在山水画等题材中体现得是颇为明显的。他评燕肃之画云：“余评燕仲穆之画，盖天然第一。其得胜解者，非积学所致也。想其解衣盘礴，心游神放，群山万水，冷然有感而应者。故雷霆风雨，忽乎其前而不可却。当此之时，岂复有画者耶?”[4] 即认为燕肃之画以天然而著称，并非以“积学而致”，而是“取寓一时所见”，而画家平素的观察山水，得之会心，更是十分重要的。他评燕肃画云：“山水在于位置，其于远近阔狭，工者增减，在其天机。务得收敛众景，发之图素。惟不失自然，使气象全得，无笔墨辙迹，然后尽其妙。故前人谓画无真山活水，岂其意哉? 燕仲穆以画自嬉，而山水尤妙于真形。然平生不妄落笔，登临探索，遇物兴怀。胸中磊落，自成丘壑，至于意好已传，然后发之。”[5] 以“天机”为画，在作画之时，画家是“不能措思虑于其间”的，但它们又是画家有意识地“登临探索”的产物。平素的观察求索，是画家之所以成功、画出杰出作品的根本原因。

董逌多次在画论中提出绘画要“技进乎道”，这自然是来源于庄子的思想，而具体到绘画中，是要注重平时的绘画技巧训练，从必然进入自由。没有精湛的技巧和胸中积累的审美图式，则不可能获得“天机”。平时的技巧和审美观察，为画家画出“天机自张”的作品奠定了必不可少的根基，“天机”实际上是以平时的技巧练习和审美观察为前提的。但画家不能止于技法，而是在特定的契机中体验到的“物我两忘”、“天人合一”的境界，在这难以预测之时，兴会淋漓，于是画出了无法重复的天才画作。所谓“进乎道”，就是达到这种境界。董逌评燕肃画时所说：“论者谓丘壑成于胸中，

① （宋）董逌：《广川画跋·书陈中玉收桃花源图》，见于安澜《画品丛书》，上海人民美术出版社 1982 年版，第 289 页。

② （宋）董逌：《广川画跋·书李伯时马图》，同上书，第 289 页。

③ （宋）董逌：《广川画跋·武宗元画〈天王图〉》，同上书，第 290 页。

④ （宋）董逌：《广川画跋·书王氏所藏燕仲穆画》，同上书，第 307—308 页。

⑤ （宋）董逌：《广川画跋·书燕龙图写蜀图》，同上书，第 297 页。

既寤则发之于画。故物无留迹，景随见生，殆以天合天者耶?”① 所谓“丘壑”，以笔者的理解，即是平素由技法训练和审美观察而得到的内在的图式。其实，画家在创作某一类画的时候，在其心中已然存在了一定的内在图式，这是由平时的技法训练和对这一类事物的审美观察而积淀形成的。关于这个问题，英国著名的艺术理论家贡布里希曾从艺术心理学的角度有过独到的论述，其间的阐述非常复杂，而大概意思是：艺术家在面对所要描写的对象时，并非是一个被动模仿的过程，而是在以往的艺术实践中形成了与这类事物相关的某种图式，这种图式为其创作提供了一个同类事物的大致范型，可以帮助艺术家掌握对象世界的多样化和多变性。贡布里希称：“我所说的‘图式’指的是共相。”② 贡氏还引用了一篇博士论文中的结论作为支持自己的观点：“训练有素的画家学会大量图式，依照这些图式他可以在纸上画出一只动物、一朵花或一所房屋的图式。这可以用作再现他的记忆图像的支点，然后他逐渐矫正这个图式，直到符合他要表达的东西为止。”③ 贡氏还指出：“我们说文艺复兴时期艺术家全神贯注于结构。我认为这种全神贯注有一个很实用的根基，那就是他们需要了解事物图式。因为在某种意义上我们关于‘结构’的概念本身，即关于决定事物‘本质’的某种支架或骨架的观念本身，反映了我们需要一个方案用来掌握这个多变世界的无限多样化。”④ 这种图式或者“共相”在绘画中是客观存在的，如画家画马或画竹时会有一个基本的画法和轮廓，这就是贡布里希所言的“图式”。董逌所说的“丘壑成于胸中”，此其谓也。而这种“丘壑”的获得，则是在于画家平时的技法训练和审美观察所致。在主客体的邂逅感应中，这种内在的图式得到了个性化的修正，成为“天机自张”的杰作。

三

董逌论画有所谓很有名的“以牛观牛”之说，很有一点美学蕴含在其中。《画跋》是这样说的：“一牛百形，形不重出，非形生有异，所以使形者异也。画者为此，殆劳于智矣。岂不知以人相见，知牛为一形，若以牛相

① （宋）董逌：《广川画跋·书燕仲穆山水后为赵无作跋》，见于安澜《画品丛书》，上海人民美术出版社 1982 年版，第 238 页。

② ［英］贡布里希：《艺术与错觉》，杨成凯译，湖南科学技术出版社 2002 年版，第 110 页。

③ 同上书，第 107 页。

④ 同上书，第 113 页。

观者，其形状差别，更为异相。亦如人面，岂止百耶？且谓观者，亦尝求其所谓天者乎？本其所出，则百牛盖一性耳。……知牛者，不求于此，盖于动静二界中，观种种相，随见得形，为此百状，既已寓之画矣。其为形者特未尽也。若其岐胡寿匡，豪筋旄毛，上阜辍驾，下泽是驱。畜勇槽侧，息愤场隅。怒于泰山，神于牛渚。白角莹蹄，青毛金锁。出河走踢，曳火冲奔。渚次而饮，岸旁而斗。掺尾而奏八阙，叩角而为商歌。饭于鲁阁之下，饮于颍阳之上。虎斗而蛟争，剑化而树变。献豆进刍，阴虹厉颈，果有穷尽哉？要知画者之见，殆随畜牧而求其后也，果知有真牛者矣。”① 这篇题跋，提出了在绘画创作中的不同的审美观照角度问题。② 董氏在这篇文章中所见甚为深刻，而且对于艺术创作启示颇大。董逌以《百牛图》为例，说明了要表现出对象的个性化特征，不仅要“以人观物”，还要“以物观物”。《百牛图》中的牛各具姿态，千形百状，其原因在于画家的主体因素，即所谓“使形者异”。这个主体因素，关键在于主体的审美观照角度。如果仅仅是从人的一般性角度来看牛，那么，牛的形状都趋于一致，也就是说，所见到的是牛的共相，所谓“以人相见，知牛为一形”。其实，牛与牛之间的区别也是千姿百态的。如果从牛的眼光来看，牛的面目也是各异的。这就要求画家在表现对象时往往要用“以物观物”的观照角度来把握对象的个性。北宋著名的理学家邵雍在哲学认识论上提出了“以物观物”的方法论，其说见于其的《观物内篇》：“夫鉴之所以能为明者，谓其不隐万物之形也。虽然，鉴之能不隐万物之形，未若水之能一万物之形也。虽然，水之能一万物之形，又未若圣人能一万物之情也。圣人之所以能一万物之情者，谓其圣人之能反观也；所以谓之反观者，不以我观物也。不以我观物者，以物观物之谓也，既能以物观物，又安有我于其间哉？”③ 邵雍是主张“以物观物”而非“以我观物”的。“以我观物”是以主体的成见来观物，以物观物则是客观地站在物的立场上来观物。在《观物外篇》中，邵子又说：“以物观物，

① （宋）董逌：《广川画跋·书燕仲穆山水后为赵无作跋》，见于安澜《画品丛书》，上海人民美术出版社1982年版，第238页。

② 有学者专就此篇作出颇为深入的分析，认为董逌在绘画美学上的主要贡献就是对艺术观照方式的探讨。并指出，董氏的观点是，只有采取一定的艺术观照方式，才能完整地把握住对象的生动面貌，才能成功地表现出对象的丰富个性。参见樊波《中国书画美学史纲》（吉林美术出版社1998年版）。仅就此篇题跋而言，笔者是完全赞同这种分析的，只是觉得此书对董逌的研究应该更为全面一些。

③ 转引自中国科学院哲学研究所中国哲学史组《中国哲学史资料选编·宋元明之部》，中华书局1980年版，第49页。

性也；以我观物，情也。性公而明，情偏而暗。”① 所谓“性”，此指事物的客观属性，而“情”则有主体的成见在其中。“以物观物”，因循物理体现物性，公而无私，能够把握万物变化的微妙作用，达到通明的认识；而与此相反，则是“以我观物”，蔽于一己之见。“以物观物”的观物方法，是以客观事物及规律来观察事物，而不是以个人的私见来观察事物，从方法论来说，是很深刻的。董逌生于邵雍之后，受其思想影响是完全可能的，而他以此种方法来谈审美观照的不同角度，对于绘画理论是一种带有美学色彩的升华。

董逌在绘画理论史上以《广川画跋》而著称，但其画论的理论价值却远远没有得到认真的分析与研究。这篇小文试图在其中提出一些具有普遍意义的问题来加以认识，笔者以为还是很有阐释的现代价值的。就中国古典美学而言，丰富了其中的内涵。

① 转引自中国科学院哲学研究所中国哲学史组《中国哲学史资料选编·宋元明之部》，中华书局1980年版，第49页。

神思：艺术创作思维的核心范畴[*]

一　神思：艺术创造思维的核心范畴

作为《文心雕龙》中创作论的首篇，《神思》在中国文论史及美学史上的地位之重要，是显而易见的。在笔者看来，《神思》的意义也许更为深刻，这是因为刘勰将有关艺术创作思维的主要内涵熔炼进“神思”这样一个范畴之中，这对于中国美学的深层发展，是功不可没的。从某种意义上来说，“神思”不是孤立的存在，而是刘勰对中国艺术思维理论的一个重要突破和凝练。

关于“神思”有各种理论上的阐释，或以之为艺术构思，或以之为艺术想象，或以之为灵感，或以之为艺术创作的运思过程。我认为这些观点都有相当充分而客观的道理，在“龙学”研究中可以卓然成家。从我的观点来看，“神思”可以说是有关艺术创作思维的基本范畴。刘勰之前，已有“神思”这个词语的出现；刘勰之后，有许多文论家、诗论家和画论家等从不同的侧面将“神思”的思想加以延伸和发挥。本文对“神思”美学范畴的考察，虽是以《文心雕龙》中的《神思》篇为重心，但又概括了更为丰富的内涵。

依笔者之见，“神思”论可以视为艺术创造思维的核心范畴。认为“神思”是艺术想象，是灵感，是艺术构思等等看法，都是有着充分理由的，但如果把“神思”等同于或想象，或灵感，或构思，都是不够完整和不够准确的。因为从《神思》篇来看，刘勰是将其作为艺术创造思维的整体加以论述的，包含着艺术创造思维的全过程和多方面的特质。在我看来，“神思”作为中国古典美学中的艺术思维的核心范畴，其内涵包括了文学创作的准备阶段、创作冲动的发生机制，艺术构思的基本性质、创作灵感的发生

* 本文刊于《解放军艺术学院学报》2006 年第 1 期。

状态、审美意象的产生过程以及艺术作品的传达阶段等。“神思”具有自由性、超越性、直觉性和创造性等特点，是一个动态的运思过程及思维方式，而非静止的概念。

在很大程度上，“神思”并非指泛泛地一般性的艺术思维，而是指能够创造出达到至高境界也即出神入化的艺术杰作的思维活动。“神思”并非一般之“思”，而是通于“大道”、发于“天机”、富于精微变化的创作运思。“神”之原义指原始宗教所崇拜的神灵。《左传·桓公六年》“夫民神之主也，是以圣王先成民而后致力于神”，后来的有关著述将“神”和“形”对举，指人的精神作用；另一层含义是指天地的一种状态、自然界的一种奇异的作用。《易传》指出“阴阳不测之谓神”。“神思”固然是创作主体的一种审美的精神活动，但它又不是纯粹主观的，而是和宇宙造化的状态、运动有着内在联系的。在刘勰之前，萧子显已对创作运思有过论述，他说：“文章者，盖情性之风标，神明之律吕也。蕴思含毫，游心内运，放言落纸，气韵天成。莫不禀以生灵，迁乎爱嗜，机见殊门，赏悟纷杂。若子桓之品藻人才，仲治之区判文体，陆机辨于《文赋》，李充论于《翰林》，张眎擿句褒贬，颜延图写情兴，各任怀抱，共为权衡。属文之道，事出神思，感召无象，变化不穷。俱五声之音响，而出言异句；等万物之情状，而下笔殊形。”① 应该说，萧子显关于“神思”的论述也道出了这个范畴的一些精义。

刘勰对“神思”的表述，虽然没有明言是指最为杰出的篇什，但实际上是如此，即是刘勰心目中最佳的创作思维状态。所谓“神思”，并非一般之思，更非滞涩之思，而是出神入化、状在巅峰之思。“‘古人云：形在江海之上，心存魏阙之下’，神思之谓也。文之思也，其神远矣！故寂然凝虑，思接千载；悄焉动容，视通万里；吟咏之间，吐纳珠玉之声；眉睫之前，卷舒风云之色：其思理之致乎。故思理为妙，神与物游。”② 这是作家艺术家进入忘我的境界的运思状态。如果不能进入一个思如泉涌、灵妙美好的境界，那么，很难写出杰出的篇什来。在此之前，陆机在《文赋》中就描述过文思灵妙或滞涩的不同状态：“若夫应感之会，通塞之纪，来不可遏，去不可止，藏若影灭，行犹响起。方天机之骏利，夫何纷而不理？思风发于胸臆，言泉流于唇齿。纷葳蕤以馺遝，唯毫素之所拟。文徽徽以溢目，音泠泠而盈耳。及其六情底滞，志往神留；兀若枯木，豁若涸流。揽营魂以

① （南朝·梁）萧子显：《南齐书》卷52《文学传》，中华书局1975年版，第907页。
② 范文澜：《文心雕龙注》，人民文学出版社1962年版，第493页。

探赜，顿精爽于自求。理翳翳而愈伏，思轧轧其若抽。是以或竭情而多悔，或率意而寡尤。虽兹物之在我，非余力之所戮。故时抚空怀而自惋，吾未识夫开塞之所由。”① 陆机所讲的是文思的两种不同情况，一种是“天机骏利”，另一种是“六情底滞”。很明显，前者正是创作出好的作品的思维状态，而后者则无法写出好的篇什。

“神思”体现了创作主体的自由本质，突破时间和空间的限制，使想象的翅膀冲破客观时空的云层，上要达于天，下可入之地，可以回溯千载之前，可以驰骋百代之后。刘勰对于“神思”的描述明确指出了艺术思维的这种特点。“文之思也，其神远矣。”② 这个“远”，是一种心理的时空状态。既可以指时间的悠远，也可以指空间的广袤。无论是时间或空间，都是远远突破了创作主体的客观限制的。黄侃先生指出：“此言思心之用，不限于身观，或感物而造端，或凭心而构象，无有幽深远近，皆思理之所行也。寻心智之象，约有二端：一则缘此知彼，有斛量之能；一则即异求同，有综合之用。由此二方，以驭万理，学术之原，悉从此出，文章之富，亦职兹之由矣。”③ 黄侃先生这段话对“神思”的理解与阐释颇为值得注意，指出了艺术思维对审美时空的创造作用。“神思”的功能，恰在于并不局限于作者的所见所闻，而是发挥其艺术想象的作用，大大拓展了审美时空的边界。在美学的维度上，刘勰的“神思”观是远远超越于王夫之等人那种“身之所历，目之所见，是铁门限”④ 的创作思维论的。“思接千载”与“视通万里”，这两者是互通互融的，是内在于创造主体的思维范围的，正是因了这种内在的时间和空间的超越与变换，才有作为艺术作品的时空审美感。宗白华先生曾引了许多中国古典诗歌中的名句，如“画栋朝飞南浦云，珠帘暮卷西山雨”（王勃），“窗含西岭千秋雪，门泊东吴万里船”（杜甫），“欲回天地入扁舟”（杜甫），“山月临窗近，天河入户低”（沈佺期），等等，以为中国美学中那种“饮吸无穷于自我之中”、“网罗山川大地于门户”的例证。⑤ 在艺术创造中，时间和空间都是重要的问题，也都是审美体验所不可或缺的因素。在作品中所体现出的时间和空间，与客观的时间和空间有着密切关联却又不是一回事的审美性质，它们是完全可以突破客观的时间和空间

① 张怀瑾：《文赋译注》，北京出版社 1984 年版，第 46 页。
② 范文澜：《文心雕龙注》，人民文学出版社 1962 年版，第 493 页。
③ 黄侃：《文心雕龙札记》，上海古籍出版社 2000 年版，第 93 页。
④ 戴鸿森：《姜斋诗话笺注》卷 2，人民文学出版社 1981 年版，第 55 页。
⑤ 宗白华：《美学散步》，上海人民出版社 1981 年版，第 102 页。

的限制而以创作主体的审美思维来作为创造基因的。对于作为鉴赏者的审美主体而言，艺术品的时间感和空间感都是必不可少的，同时，又是要有别于一般的客观时间和空间的带有一定的陌生感的审美性质的。这种审美时空最明显的特征乃是它的自由性和超越性。刘勰用非常形象而又凝练的语言描述了这种时空的审美性质，当然，它们是在创造主体的思维里的。黄侃先生所说的“思心之用”，是指“神思”的创化之功，它是源于“身观”而又不局限于“身观”的。“感物造端”是说创造主体在与客观事物的感通中生发艺术灵思，“凭心构象”是说创造主体以心灵为出发点而构建意象。这样无论是时间的幽深，还是空间的远近，都是“思理”所为。由此，我们还可发现艺术思维中的时间空间，是与主体的身心知觉密切相关的，或者说是由主体的身心出发的。“千载”之时，是以主体的思虑为端点的；“万里”之域，是在主体的视知觉中呈现的。

“神思”的自由性质还在于不拘成法，变化万端，进入一种自然灵妙的境界。“神”的含义所指，一是神灵和精神的作用，二是微妙的变化。这里引张岱年先生的论述以说明之：“以‘神’表示微妙的变化，始于《周易大传》。《系辞上传》云：‘阴阳不测之谓神。’又云：‘知变化之乎！’《说卦》云：‘神也者妙万物而为言者也。’这就是说，神是表示阴阳变化的不测，表示万物变化的‘妙’。何谓‘不测’？《系辞下传》云：‘易之为书也不可远，为道也屡迁，变动不居，周流六虚，上下无常，刚柔相易，不可为典要，唯变所适。所谓‘不测’，即‘不可为典要’，唯变所适之义，表示变化的极端复杂。‘妙’王肃本作‘眇’，妙眇古通，即细微之意。‘妙万物’即显示万物的细微的变化。韩康伯《系辞注》云：‘神也者，变化之极，妙万物而言，不可以形诘也。故曰阴阳不测。尝试论之曰：原夫两仪之运，万物之动，岂有使之然哉？莫不独化于太虚，尔自造矣。’韩氏以变化之极解释‘神’，基本上是正确的，神表示变化的复杂性。”① “神思”之神，首先是微妙变化之意，而神思则是变化莫测的运思。如唐代张怀瓘所论的“千变万化，得之神功，自非造化发灵，岂能登峰造极！”②

---

① 张岱年：《中国古典哲学概念范畴要论》，中国社会科学出版社 1987 年版，第 97 页。

② （唐）张怀瓘：《书断》卷中，见《钦定四库全书·子部》，文渊阁影印本，第 56 页。

二　审美感兴与审美抽象

“神思”虽是千变万化，微妙难言，但它的发生机制并不是主观臆想，而是审美感兴的产物。刘勰以“思理之妙，神与物游”的命题，颇为准确地揭示了“神思”是在外物的感发下所产生的这样一种意思。关于这个命题，研究者甚多，笔者则是从感兴的角度加以理解。“神思”的发生契机，是在与外物的偶然遇合下得到的。而这个“物”，指的是“物色”，即是事物的变化着的外在形象。这一点，可以从《文心雕龙》的《物色》篇中得到印证。《物色》云：“春秋代序，阴阳惨舒，物色之动，心亦摇焉。盖阳气萌而玄驹步，阴律凝而丹鸟羞；微虫犹或入感，四时之动物深矣。若夫珪璋挺其惠心，英华秀其清气，物色相召，人谁获安？是以献岁发春，悦豫之情畅，滔滔孟夏，郁陶之心凝；天高气清，阴沉之志远，霰雪无垠，矜肃之虑深。岁有其物，物有其容；情以物迁，辞以情发。”① 这一段话是很值得注意的，刘勰认为引发创作主体的情感波动、从而产生创作冲动是客观事物（这里所说的主要是自然物的）的形貌变化。所谓“神与物游”，是讲“神思”是在创作主体的心智与外在物象的触发与交融中发生的。黄侃先生释此云：“此言内心与外境相接也。内心与外境，非能一往相符会，当其窒塞，则耳目之近，神有不周；及其怡怿，则八极之外，理无不浃。然则以心求境，境足以役心；取境赴心，心难于照境。必令心境相得，见相交融，斯则成连所以移情，庖丁所以满志也。”② 黄侃以心境关系释“神与物游”，可谓独具慧眼。“境”非纯然的客观外物，而是外物映于内心的镜像。“游”字原意交游、交往，《孟子》云：“夫子与之游，又从而礼貌之。”③《荀子》云：“故君子居必择乡，游必就士。”④ 此处则是说创作主体的心智与外在物象的交融互即。黄先生指出了两种情况都并非是可以产生“神思”的，一种是“以心求境”，这样是“境足以役心”，也就是心灵受外物的制约；另一种是“取境赴心”，这样则“心难于照境”，即外物不能浸透心灵的色彩。黄侃所云“心境相得，见相交融”方是“神与物游”的含义。刘勰接着谈

---

① 范文澜：《文心雕龙注》，人民文学出版社1962年版，第693页。

② 黄侃：《文心雕龙札记》，上海古籍出版社2000年版，第4页。

③ 郑训佐、靳永：《孟子译注》，齐鲁书社2009年版，第143页。

④ （清）王先谦：《荀子集解》卷1，中华书局1981年版，第4页。

的这段话也是颇有理论价值的。“神居胸臆，而志气统其关键；物沿耳目，而辞令管其枢机。”[①] 神这里指机微变化的灵性，而主体的那种和宇宙、社会相通的思想意志（也即“志气”）则是其间的关键所在。[②]《礼记·孔子闲居》曰：“清明在躬，气志如神。”[③]《正义》释云：“清明在躬者，清谓之静，明谓之显著，言圣人清静光明之德在于躬身。”[④] 在《礼记》此章中，“志气”、“气志”多次出现，如“孔子曰：志之所至，《诗》亦至焉。《诗》之所至，礼亦至焉。礼之所至，乐亦至焉。乐之所至，哀亦至焉。哀乐相生，是故正明目而视之，不可得而见也；倾耳而听之，不可得而闻也；志气塞乎天地。此之谓‘五至’”[⑤]。在这里，“志气”或“气志”，指圣人与天地相通的思想意志。本章又云：“子夏曰：‘五至’既得而闻之矣，敢问何谓‘三无’？孔子曰：无声之乐，无体之礼，无服之丧。此之谓‘三无’。子夏曰：‘三无’既得，略而闻之矣，敢问何诗近之？孔子曰：‘夙夜基命宥密’，无声之乐也；‘威仪逮逮，不可选也’，无体之礼也；‘凡民有丧，匍匐救之’，无服之丧也。子夏曰：‘言则大矣、美矣、盛矣。言尽于此而已乎？’孔子曰：‘何为其然也？君子之服之也，犹有五起焉。’子夏曰：‘何如？’孔子曰：‘无声之乐，气志不违；无体之礼，威仪迟迟；无服之丧，内恕孔悲。无声之乐，气志既得；无体之礼，威仪翼翼；无服之丧，施及四国。无声之乐，气志既从；无体之礼，上下和同；无服之丧，以畜万邦。无声之乐，日闻四方；无体之礼，日就月将；无服之丧，纯德孔明。无声之乐，气志既起；无体之礼，施及四海；无服之丧，施于子孙。”[⑥]《神思》篇中的“志气”，是与此有内在关联的。它并非是一般的思想情感，而是有着重要的社会内容的。“物沿耳目，而辞令管其枢机”一段，也是值得深入考察的。“物沿耳目”，指的是物象联翩，充塞于主体的耳目等感官，使之产生了许多知觉；“辞令管其枢机”，是说语言在其中对于这些物象作了自觉或不自觉的抽象，成为艺术创作中的“枢机”，也即整体的艺术构形的灵魂所在。这个“辞令”不能理解为概念，但却是关键性的语言，这种

① 范文澜：《文心雕龙注》，人民文学出版社 1962 年版，第 493 页。

② （清）阮元等：《十三经注疏》，中华书局 1980 年版，第 1616 页。

③ 王云五、朱经农主编：《礼记·孔子闲居》，商务印书馆 1947 年版，第 160 页。

④ （汉）郑玄注，（唐）孔颖达疏：《礼记正义》卷 51，见李学勤《十三经注疏》，北京大学出版社 1999 年版，第 1397 页。

⑤ 王云五、朱经农主编：《礼记·孔子闲居》，商务印书馆 1947 年版，第 156—157 页。

⑥ 同上书，第 156—158 页。

语言是对物象的审美化抽象。这是不同于逻辑的抽象的，逻辑抽象是在大量的表象材料中祛除偶然的因素，而提炼出普遍性的本质，它的表现形态是概念或范畴；审美抽象则不然，是在审美过程中，以某种艺术语言凝聚为感性化的符号，使之能够概括出对象的审美特征。苏珊·朗格对于艺术创造中的审美抽象有较为系统的阐述，她说："但是，艺术中的抽象过程却又不完全不同于科学、数学和逻辑中的抽象，艺术中的抽象不是那种帮助我们把握一般事实的理性推理形式，而是那种能够表现动态的主观经验、生命的模式、感知、情绪、情感的复杂形式，这样的形式不能通过逻辑中使用的渐进式概括手法得到，这就使得整个艺术的发展和它使用的一切技术与推理思维的发展及其使用的技术有了根本的不同。——艺术家所面临的问题，就是对某种特殊的事物加以抽象地处理，使它以某种具体的形式呈现出来，而这一步骤又是不像逻辑中使用的渐进式概括法那样，还要从某一类相似的事物中抽象出它们的共同形式。在艺术抽象中，通常要做的第一件事就是设法使得将要加以抽象处理的事物的外观突出出来。"① 与其说刘勰的"枢机"是概念化的辞令，不如说它是审美抽象的艺术语言。这个问题，刘勰在《物色》篇中有过更明晰的论述，他说："是以诗人感物，联类不穷；流连万象之际，沉吟视听之区。写气图貌，既随物以宛转；属采附声，亦与心而徘徊。故灼灼状桃花之鲜，依依尽杨柳之貌，杲杲为日出之容，瀌瀌拟雨雪之状，喈喈逐黄鸟之声，喓喓学草虫之韵。皎日嘒星，一言穷理；参差沃若，两字穷形：并以少总多，情貌无遗矣。"② 刘勰这里所说正是一种审美化的抽象方式。《神思》篇中所说的"枢机方通，则物无隐貌，关键将塞，则神有遁心"，也是说通过审美抽象而使所要表现的对象得以完美的呈现。

三　审美意象的创造与物化

刘勰的"神思"论还特别谈论了"意象"问题，可以说，刘勰是正面谈论"意象"的第一人。他对中国美学的贡献是"意象"范畴的创立。"意象"对于中国美学的发展是起了重要作用的，而且是有着深厚的中国哲学的、文化的背景。刘勰在《神思》篇中予以了正面的论述，这样一段话是

① ［美］苏珊·朗格：《艺术问题》，滕守尧、朱疆源译，中国社会科学出版社1983年版，第168页。

② 范文澜：《文心雕龙注》，人民文学出版社1962年版，第693—694页。

人所共知的："是以陶钧文思，贵在虚静，疏瀹五脏，澡雪精神。积学以储宝，酌理以富才，研阅以穷照，驯致以怿辞；然后使玄解之宰，寻声律而定墨，独照之匠，窥意象而运斤；此盖驭文之首术，谋篇之大端。"① 刘勰第一次把"意象"合成一个稳定的审美范畴，而且指出意象的创造乃是"驭文之首术，谋篇之大端"，即文学创作的关键。这在中国美学思想史上是有首创之功的。"意"与"象"作为哲学的概念，此前都已单独地存在过，但是作为一个合在一起的完整的美学范畴，出现在创作理论里，这还是第一次。而且，刘勰是将它置于艺术思维的最关键的环节的。也可以说，"意象"是"神思"的主要内容。刘勰论述了"意象"产生的条件，首先是"虚静"的审美心胸。"神思"有以创造最佳的艺术品，在其内在运思环节上，主要还在于落实到意象上。关于"虚静"，这是古代文论和美学中的一个大家都熟悉的话题，无须更多地饶舌，但是以笔者的理解，"虚静"作为一种审美态度，是作为开启"神思"的必要条件。"虚静"并非是消极的、虚无的、反倒是创造的、生成的。正如王元化先生所指出的："刘勰的虚静说却与此完全不同，他只是把虚静作为一种陶钧文思的积极手段，认为这是构思之前的必要准备，以便藉此使思想感情更为充沛起来。"② "五脏"在这里指主体的性情内蕴，《白虎通义》云："性情者，何谓也？性者阳之施，情者阴之化也。人禀阳气而生，故内怀五性六情。"③ 又论"五脏六腑主性情"说："内有五脏六腑，此情性之所由出入也。"④ "疏瀹五脏"即是调理性情，不使其为现实生活中的利害所烦恼，如范文澜先生所释："谓情性不可妄动，使人烦澹也。"⑤ "澡雪精神"，是使精神得以涤荡，而呈现出饱满清明的状态。《文心雕龙》中的《养气》篇论述甚精："夫学业在勤，功庸弗怠，故有锥股自厉，和熊以苦之人。志于文也，则有申写郁滞，故宜从容率情，优柔适会。若销铄精胆，蹙迫和气，秉牍以驱龄，洒翰以伐性，岂圣贤之素心，会文之直理哉？且夫思有利钝，时有通塞，沐则心覆，且或反常，神之方昏，再三愈黩。是以吐纳文艺，务在节宣，清和其心，调畅其气，烦而即舍，勿使壅滞；意得则舒怀以命笔，理伏则投笔以卷怀，逍遥以针劳，谈笑以药倦，常弄闲于才锋，贾余于文勇，使刃发如新，凑理无滞，

① 范文澜：《文心雕龙注》，人民文学出版社 1962 年版，第 493 页。
② 王元化：《文心雕龙创作论》，上海古籍出版社 1984 年版，第 152 页。
③ （汉）班固：《白虎通义》，商务印书馆 1937 年版，第 318—319 页。
④ （清）陈立：《白虎通疏证》，中华书局 1994 年版，第 382 页。
⑤ 范文澜：《文心雕龙注》，人民文学出版社 1978 年版，第 498 页。

虽非胎息之迈术，斯亦卫气之一方也。”① 这正可以作为“澡雪精神”的注脚。要得到“神思”那种变化灵妙的状态，精神之“闲”是非常必要的，刘勰在《养气》篇的赞语中说得很好：“纷哉万象，劳矣千想。玄神宜宝，素气资养。水停以鉴，火静而朗。无扰文虑，郁此精爽。”②

仅仅是谈“虚静”，重“养气”，只是“神思”产生的某种条件，作为艺术创作的“神思”，不可归之于宗教体验式的玄虚，而必然是有着丰富的社会内容和艺术蕴含的。刘勰对于“神思”的主体条件提出了这样几个方面：“积学以储宝，酌理以富才，研阅以穷照，驯致以怿辞。”作为“神思”的准备和基础，创作主体必须有非常丰富的学识，精审的义理，卓越的才华。而深厚的学养是神思的宝藏，才华横溢又必以义理的参酌作为前提。“研阅”则是指通过体验阅历来洞察事物，“驯致以怿辞”是说通过上述的这些因素渐次达到语言畅达灵妙的境界。“驯致”是逐渐到达之意，“怿”是欢喜、愉悦之意，这里可理解为作品语言的自由与美好。其实，这个“辞”并非仅指作品的词语，而是作品的完整的艺术表现。这也是“神思”的所要达到的最终的效果。刘勰并未使“神思”神秘化或玄虚化，而是指出了形成“神思”的必要条件。黄侃先生云：“凡言理者，必审于形名，检以法式，虚以待物，而不为成说所拘，博以求通，而不为偏智所蔽，如此则所求之理，真信可凭，智力之充，由渐而致。”③ 在艺术创作的临机状态中，“神思”表现为“思接千载”、“视通万里”的自由和“来不可遏，去不可止”的灵妙，但又并非天外飞来，而是平素修养所成。

“玄解之宰”指心灵，“寻声律而定墨”，指作家借助声律等外在的语言艺术规律，形成作品的艺术形式，也就是使“神思”所创造出的审美意象成为文本，使之得以物化。这才是最为关键的一步。“独照之匠，窥意象而运斤”，指作家出之以审美直觉的深刻洞照，将心中已呈现出的审美意象游刃有余地表现出来。“照”是佛学用语，指的是对终极真理的本质直观。这在佛教典籍中时有所见。如南北朝时著名佛教高僧竺道生云：“未是我知，何由有分于入照？岂不以见理于外，非复全昧。知不自中，未为能照耶!”④ 高僧慧达在《肇论疏》中阐释道生的“顿悟”说时云：“夫称顿者，明理不

---

① 范文澜：《文心雕龙注》人民文学出版社1958年版，第646—647页。

② 同上书，第647页。

③ 黄侃：《文心雕龙札记》，上海古籍出版社2000年版，第94页。

④ 转引自汤用彤《汉魏两晋南北朝佛教史》，中华书局1983年版，第479页。

可分，悟语极照。以不二之悟，符不分之理。”① 大诗人、佛教徒谢灵运也在其佛学论文《辨宗论》中说过：“夫明非渐至，信由教发。何以言之？由教而信，则有日进之功；非渐所明，则无入照之分。”② “照”在这里指的是对佛教终极真理的直观把握。汤用彤先生云：“悟者又名照，乃顿，为真，为常，为智，为见理。”③ 汤先生认为“照”是以“顿悟”的形式来“见理”的。在笔者看来，“照”是直观而非逻辑的，但又是洞彻终极真理的。“独照”，是独到的照见，是迥出寻常的奇妙之思。“独照之匠”就是以非同寻常的审美直觉所呈现的匠心。“窥意象而运斤”这个命题非常重要，是说根据心中的审美意象加以自由的艺术表现和传达。“意象”在这里是个中心词，也代表着中国创作论的特征。“意象”是一种内心的视像，它是艺术作品获得成功的前提，但它还没有获得明晰的表现形式，这就有待于作家将这种内心视像转化为文本的艺术形象。“运斤”用了《庄子》中的典故，指的是出神入化的艺术表现，它是以文本形式为标志的。刘勰的“神思”论非常重要的部分是谈审美意象的“物化”的。刘勰接着指出“夫神思方运，万途竞萌，规矩虚位，刻镂无形”④，都是谈审美意象的物化问题。作家的灵思妙运之际，各种物象纷至沓来，不一而足；但是真正要形成艺术作品，必须通过抉择而创造出完整的、独特的艺术符号。其间的过程是难以言传的，然而却是真正的语言艺术。我们不妨看一下陆机《文赋》的有关描述：“体有万殊，物无一量。纷纭挥霍，形难为状。辞程才以效伎，意司契而为匠。在有无而僶俛，当浅深而不让。虽离方而遁圆，期穷形而尽相。”⑤ 所论述的也是这样一个物化的过程。外在的物象是纷纭杂多的，而且是模糊的、不稳定的，而作为创作的审美意象在头脑中的呈现，则已然应该是经过加工以后的、较为稳定的、明晰的内在视像了。而真正要使心中的审美意象成为文本，必须经过一个最后的关键阶段，那就是用艺术语言将其物化的阶段。“规矩虚位，刻镂无形”，突出地强调了文学作品通过语言艺术规律将心中的审美意象表现出来，成为文本。这一段都是在讲审美意象物化过程。

刘勰还剖析了这种物化过程的难度所在。他说：“方其搦翰，气倍辞

① 转引自汤用彤《汉魏两晋南北朝佛教史》，中华书局 1983 年版，第 471 页。

② （晋）谢灵运：《辨宗论》，见《中国佛教思想资料选编》第 1 卷，中华书局 1981 年版，第 222 页。

③ 转引自汤用彤《汉魏两晋南北朝佛教史》，中华书局 1983 年版，第 479 页。

④ 范文澜：《文心雕龙注》，人民文学出版社 1958 年版，第 493—494 页。

⑤ 张怀瑾：《文赋译注》，北京出版社 1984 年版，第 29 页。

前，暨乎篇成，半折心始。何则？意翻空而易奇，言征实而难巧也。是以意授于思，言授于意，密则无际，疏则千里；或理在方寸而求之于域表，或义在咫尺而思隔山河。是以秉心养术，无务苦虑；含章司契，不必劳情也。”①刘勰指出了创作中的这种现象：下笔前踌躇满志，等作品出来时觉得和心中所思大打折扣。刘勰还令人信服地解释了其间的原因：“意”是处在观念形态的，是虚的，所以容易出奇；而语言表现则是将虚的东西变成实的，所以有相当大的难度。这是构思和传达之间的矛盾。这其中，意是由思而生的，言是由意而生的，但是它们之间是有各自的独立性的，这里的重点在于意和言之间的关系。疏密之间，大有径庭。“密”就是语言表现的自如贴切；疏则是言意之间失之千里。刘勰强调了创作中的语言表现功力的修养，而不在于临机的冥思苦索。“含章司契”则是指言能够优美而自如地传达意象。范文澜先生释之曰：“‘或理在方寸’，以下指‘疏则千里’而言，夫关键将塞，神有遁心，虽穷搜力索何益。若能秉心养术，含章司契，则机枢常通，万途竞萌，正将规矩虚位，刻镂无形，又安见其不加经营运用之功耶！”②这种解释是很对的。

刘勰进一步强调了艺术语言的表现张力和审美功能。“若情数诡杂，体变迁贸。拙辞或孕于巧义，庸事或萌于新意；视布于麻，虽云未费，杼轴献功，焕然乃珍。至于思表纤旨，文外曲致，言所不追，笔固知止。至精而后阐其妙，至变而后通其数，伊挚不能言鼎，轮扁不能语斤，其微矣乎！”③在整个作品的文本化或物化过程中，艺术语言所起到的作用是不可忽视的，也是决定着作品的审美性质的重要因素。创作主体的情感复杂多变，作品的体貌也因之多所迁易。因此，在作品的语言表现上会呈现出各种情形：或是质拙的词语孕育巧妙的立意，或是平凡的叙事中包含着新鲜的思想。刘勰以布麻比较为喻，布之于麻，虽然质地相若，但却显得“焕然乃珍”，是因其经过“杼轴献功”。“杼轴”一语，出于《文赋》：“虽杼轴于予怀，怵他人之我先。”④ 杼、轴本是织机上的部件，这里以织为喻，指文章的组织构思。黄侃先生认为这段话是：“此言文贵修饰润色。拙辞孕巧义，修饰则巧义显；庸事萌新意，润色则新意出。凡言文不加点，文如宿构者，其刊改之

① 范文澜：《文心雕龙注》，人民文学出版社1958年版，第494页。
② 同上书，第501页。
③ 同上书，第495页。
④ 张怀瑾：《文赋译注》，北京出版社1984年版，第34页。

功，已用之平日，练术既熟，斯疵累渐除，非生而能然者也。"[①] 王元化先生不同意黄侃先生的观点，认为"用杼轴一词来表示文学的想象活动，原出于陆机。《文赋》：虽杼轴于予怀，怵他人之我先，是刘勰所本。在这里，'杼轴'具有组织经营的意思，是指作家构思活动而言"[②]。笔者认为，黄侃先生所云"文贵修饰"未必十分确切，因为此处说到"拙辞"或"庸事"等都不是强调词语的修饰，但笔者觉得也不一定如王元化先生所说就是文学想象，笔者以为是通过"神思"的灵妙之用，使艺术语言和表现内容之间呈现一种张力，使之达到"焕然乃珍"的审美效果。"杼轴"则是指由"神思"而外显的语言安排。刘勰还揭示了"言不尽意"的某种微妙境界，为了创造出令人感到更加神秘的审美意蕴，对于那些"文外曲致"，作者应该有意识地简省笔墨，这些可以产生至精至变的微妙效果。

四 神思与审美情感

"神思"这个美学范畴是与创作主体的情感密切联系在一起的，或者说，它具有浓厚的情感内涵。这种情感的力量，是"神思"运化的自始至终的动力因素。所谓"思接千载"也好，"视通万里"也好；所谓"吐纳珠玉之声"也好，"卷舒风云之色"也好，都是在情感的推动下呈现的。审美意象的创造与物化，也是在与主体情感的融合中产生的。《神思》篇中说的"登山则情满于山，观海则意溢于海，我才之多少，将与风云而并驱矣"[③]，就是说在审美意象的形成过程中，一直是有情感因素伴随其中的。《神思》的赞语中又云："神用象通，情变所孕。物以貌求，心以理应。刻镂声律，萌芽比兴。结虑司契，垂帷制胜。"[④] 这个赞语未可等闲视之，有丰富的理论内涵可供我们探寻。刘勰在这里指出，"神思"的运化，是以意象为载体和基本质料的，正是审美意象的创造和联结，才构成了"神思"的运动。没有意象的创造与联系，神思是无从谈起的。"情变所孕"是指审美意象的创造是由情感变化所孕育的，情感就成了神思运化的基础性因素。"物以貌求，心以理应"是说物象的获得是以外在的形貌作为标志的，而心灵对此

① 黄侃：《文心雕龙札记》，中华书局1962年版，第93页。
② 王元化：《文心雕龙创作论》，上海古籍出版社1984年版，第132页。
③ 范文澜：《文心雕龙注》，人民文学出版社1958年版，第493—494页。
④ 同上书，第495页。

的把握是凭借理性的构形能力的。这种“理”其实是指主体的以先验理性为其特征的综合外在表象的能力，它凸显着主体的独特色彩。这也就是康德在《纯粹理性批判》中所说的“悟性”。康德对此有深刻的阐述，他说：“表象之杂多能在纯为感性（即仅为感受性）之直观中授与；而此种直观之方式，则能先天的存吾人之表象能力中，只为主观在其中被激动之形象。但‘普泛之杂多’之连贯则决不能由感官而来，故不能已包含在感性直观之纯粹方式中。盖联结乃表象能力所自发性之活动；且这种能力与感性相区别，必须名为悟性，故一切联结……不问吾人意识之与否，或为直观杂多之联结，……皆为悟性之活动。”① 刘勰所说的“理”，就是这样一种对于表象的联结能力，康德称之为“悟性”，它表现为对于杂多的表象的综合。在这个过程中，“理”表现为“我思”。康德在这种综合联结中突出了“我的”主体的地位，于此，又显示为“我思”。康德云：“杂多（在直观中所授与者）之统觉之一贯的同一，包含表象之综合，且此同一亦仅由此种综合之意识而可能者。……故‘直观中所授与之表象皆属于我’云云之思维，正与我连贯表象在一自觉意识中（或至少能如是联结之）云云之思维这同一之思维；此种思维其自身虽非综合表象之意识，但以此种综合之可能性为其前提者。易言之，仅在我能总括表象之杂多在一意识中，我始名此等表象一切皆为我之表象。否则我将有形形色色之自我，一如我所意识之种种表象之数。故视先天的所产生之‘直观杂多之综合的统一’，乃‘统觉自身之同一’之根据，此统觉乃先天的先于我所有一切确定之思维者。但联结非存于对象中，且不能得之对象，由知觉取入悟性中。反之，联结实为悟性独有之任务，盖悟性自身亦只‘先天的联结所与表象之杂多而置之于统觉之统一下’之能力而已。故统觉之原理，乃人类知觉全范围中最高之原理。”② 刘勰所谓“物以貌求，心以理应”，正是可以由康德的先验理性的原理来阐释的。创作主体以“我思”将纷纭杂多的表象综合为一个完整的审美意象，其实也就是康德所说的“联结”。刘勰在前面又谈道：“是以临篇缀虑，必有二患：理郁者苦贫，辞溺者伤乱。然则博见为馈贫之粮，贯一为拯乱之药，博而能一，亦有助乎心力矣。”③ 他认为在文学创作中有两种弊病：一种是作家因缺少与外界的物象感兴而显得内在的审美意象的贫乏；另一种是因为主体缺

① ［德］康德：《纯粹理性批判》，蓝公武译，商务印书馆1960年版，第98页。
② 同上书，第102页。
③ 范文澜：《文心雕龙注》，人民文学出版社1958年版，第494页。

乏统摄能力而显得驳杂零乱。通过“博见”即广泛与外在的物象接触而解决贫乏之弊，通过提高“贯一”的能力而达“拯乱”之效。“博而能一”，即以主体的独特的综合能力来提摄纷纭杂多的物象，从而形成一个完整而充盈着主体色彩的艺术符号。

刘勰所论“神思”以主体的情感为其主要的因素，但他所说的情感并非作为日常生活中所产生的自然情感，而是以艺术表现的形式化为其特征的审美情感。日常生活中的情感、快乐、忧伤、恐惧等，在没有进入艺术作品时，它还是个人的、自然的、自在的；而只有通过艺术形式表现的情感方能成为审美情感。所谓审美情感，指的是艺术家通过艺术形式所表现出来的情感，它与人的自然情感是有密切联系的，但又不能等同。黑格尔在其《美学》中已经谈到了情感的审美化的问题，尽管他没有提出“审美情感”的概念。他说：“一般地说，音乐听起来就像云雀在高空中歌唱的那种欢乐声音，把痛苦和欢乐尽量叫喊出来并不是音乐，在音乐里纵然是表现痛苦，也要有一种甜蜜的声调渗透到怨诉里，使它明朗化，使人觉得能听到这种甜蜜的怨诉，就是忍受它所表现的那痛苦也是值得的。这就是在一切艺术里都听得到的那种甜蜜和谐的歌调。”① 黑格尔所说的“把痛苦和欢乐叫喊出来”②，只是自然情感的发泄，而不能作为艺术表现，也不能成为使人们获得审美感受的情感；而在艺术中表现出来的情感，即使表现的是痛苦的感情，也应该“有一种甜蜜的声调渗透到怨诉里，使它明朗化”③，这是一种高度审美化的表现手法。黑格尔这里所谈的正是情感的审美化问题。美国著名美学家苏珊·朗格对于自然情感和审美情感作了相当明确的区分，她认为：“一个艺术家表现的是情感，但并不是像一个大发牢骚的政治家或是像一个正在大哭或大笑的儿童所表现出来的情感。艺术家将那些在常人看来混乱不整和隐蔽的现实变成了可见的形式，这就是将主观领域客观化的过程。但是，艺术家所表现的绝不是他自己的真实情感，而是他认识到的人类情感。一旦艺术家掌握了操纵符号的本领，他所掌握的知识就大大超出了他全部个人的经验的总和。艺术品所表现的是关于生命、情感和内在现实的概念，它既不是一种自我吐露，又不是一种凝固的‘个性’，而是一种较为发达的隐喻或一种非推理性的符号，它所表现的是语言无法表达的东西——意

① ［德］黑格尔：《美学》第 1 卷，朱光潜译，商务印书馆 1981 年版，第 205 页。

② 同上书，第 204—205 页。

③ 同上书，第 205 页。

识本身的逻辑。”① 苏珊·朗格所说的“人类情感”，其实就是我们所说的“审美情感”，在她看来，艺术所表现的情感不应是个人的瞬间情绪，更不是纯粹的自我表现。“人类情感”也即审美情感是须在作品的艺术形式中加以表现的。刘勰在《文心雕龙》中所谈的情感，往往有一个由自然情感转化为审美情感的过程。《神思》篇的赞语中“刻镂声律，萌芽比兴”，是说通过声律等语言的艺术形式，将内在的意象和情感“刻镂”出来，成为表现在精美的艺术形式中的情感。《情采》篇则集中论述了文学作品的审美情感表现问题。“情采”被刘勰凝结为一个审美范畴，说明了刘勰高度重视情感的审美化问题。作家的感情在作品中是应该以文采形式表现出来的。他说：“故立文之道，其理有三：一曰形文，五色是也；二曰声文，五音是也；三曰情文，五性是也。五色杂而成黼黻，五音比而成韶夏，五情发而为辞章，神理之数也。”② 其赞语中又说：“言以文远，诚哉斯验。心术既形，英华乃赡。吴锦好渝，舜英徒艳。繁采寡情，味之必厌。”③ 这些都是在讲情感的审美化才能使篇章成为优秀的艺术品。

刘勰对“神思”的论述，具有重要的美学价值，现在看来，其中的很多看法对于我们今天的中华美学建构来说仍然是有宝贵的启示意义的。我觉得“神思”不是一个单纯的构思或想象等问题，而是关乎艺术创作思维的整个过程，是艺术思维的核心范畴。对它的阐释还是远远没有穷尽的，而且，还会有很大的阐释空间。关于“神思”运化中的感兴机制，关于审美意象创造和物化，关于审美抽象和审美情感等问题，我们是可以在审美的现代性上与之接通的。刘勰当年未必然，我们则未必不然。刘勰的理论概括能力是令人叹为观止的，我们今天的理解和阐释看似有些“离谱”，但《文心雕龙》又仍然是一个说不尽的话题。在其中生发出来的一些美学的思考，尽管不那么“经典”，却又不乏解释艺术问题和审美现象的理论张力。

---

① ［美］苏珊·朗格：《艺术问题》，滕守尧、朱疆源译，中国社会科学出版社1983年版，第25页。

② 范文澜：《文心雕龙注》，人民文学出版社1958年版，第537页。

③ 同上书，第539页。

灵性与物性*

一

在有关文学艺术的创作论中，有这样一对关乎审美主客体的范畴尚未经过我们的阐发，或者说其中的独特意蕴还没有美学层面的理解，那就是灵性与物性。认真考究的话，古人用“灵性”和“物性”的说法并不多，但是相关的提法用这两个词语来提摄才更能体现其理论上的深刻独到之处。

以“灵性”和“物性”来揭橥中国古代创作论的某种特殊美学品格，是和“心”与“物”、“情”和“景”颇有不同的。在谈到主客体关系时，中国古代的文论家，始则“心”和“物”，继而用“情”和“景”来表述艺术创造发生过程中的审美主客体关系，如《礼记·乐记》中所说的“凡音之起，由人心生也。人心之动，物使之然也”①。“心”“物”还是笼统地指人的内心和外在的客观事物。以“情”“景”来指代审美主客体关系，是后于“心”、“物”的，它侧重于指创作主体的情感和作为审美对象的外在景物的关系。无论是“心”“物”也好，还是“情”“景”也好，我们都是将其作为一对相互对待、稳定结合的辩证的审美范畴来阐释的，“灵性”和“物性”也是如此。

“灵性”者何谓？从文学艺术创作的角度而言，是指作为审美创造主体的人，其气质中包含着的诗性智慧，同时，也指因长期进行艺术创作而形成的、易于为外在触媒激发的灵机。“物性”不是一般地指客观事物，而是作为审美对象的客观事物的独特形态和独特机理。“物性”又是一个勃发着宇宙生机的生命性概念，它不是静止的，更不是死寂的，而是造物的生命体现。在中国古代美学思想中，审美主体的灵性和审美客体的物性互相感应，

* 本文刊于《社会科学战线》2006年第2期。

① 王云五、朱经农主编：《礼记·乐记》，商务印书馆1947年版，第83页。

互相激发，才能创造出最佳的艺术作品。灵性和物性的碰撞和交融，是艺术创作的最佳契机。灵性和物性是相对而言的，是在审美创造过程中互为感应的。

灵性并非指一般所说的“心”或“情”，或者说，它不是指作为审美主体的单纯的理性或感性的主体指称，它带有先验的直觉的色彩，又是人在历史发展进程中积淀生成的诗性智慧。它是人类艺术地掌握世界的内在欲望和心理能力。但从另一方面来看，它又不仅是感性的，而是融合着理性的因素在其中。

中国古代诗学中的“妙悟”说，其实正是人的灵性的闪光及与审美对象的融为一体。“妙悟”说的倡导者严羽的名言：“大抵禅道惟在妙悟，诗道亦在妙悟。且孟襄阳学力下韩退之远甚，而其诗独出退之之上者，一味妙悟而已。惟悟乃为当行，乃为本色。然悟的浅深，有分限，有透彻之悟，有但得一知半解之悟。”[①]“妙悟”是诗人灵性在创作过程中的展现，同时，也是诗人在与外物的感兴中豁然贯通，获得了整体性的审美意象的状态。其表现形态是感性化的，不取逻辑思维一途；但其中又不乏理性的内涵以及后天实践修养功夫。因而，严羽又说：“夫诗有别材，非关书也；诗有别趣，非关理也。然非多读书，多穷理，则不能极其至。”[②] 诗作为审美客体而言，呈现着不同于书本知识的审美特征和不同于逻辑思维的艺术思维方式。它所体现的便是作为审美创造主体的诗人的灵性。这种灵性我以为是有先天气质的重要因素的，但决非仅止于先天气质，人作为实践主体的“读书”、“穷理”，是非常必要的，非此不可能达到“极其至”的境界。

灵性在一定意义上说，是属于人性的范畴，是人性中的审美因子。关于人性问题，在中国古代思想史上是一个非常重要的问题，从先秦到明清时代，都有思想家的系统论述。人性本身具有先验的性质。如先秦时告子所言：“生之为性。”[③] 荀子认为：“凡性者天之就也，不可学，不可事。……不可学不可事而在人者，谓之性。”[④] 唐代大儒韩愈也说：“性也者，与生俱生也。”[⑤] 宋明理学也将性情作为根本范畴来研究。张载、二程、朱熹等理学家都专门论述过性情问题。到了明代的心学，王阳明提出了“心即理”

① 郭绍虞：《沧浪诗话校释》，人民文学出版社1961年版，第12页。
② 同上书，第26页。
③ 杨伯峻：《孟子译注》，中华书局2012年版，第278页。
④ 王先谦：《荀子集解》，中华书局1988年版，第435—436页。
⑤ 韩愈：《韩昌黎集·原性》，商务印书馆1933年版，第202页。

之说，将本体和主体合而为一。王阳明又提出了“致良知”的命题，所谓“良知”，是对主体功能的表述。在笔者看来，中国哲学中关于人性的理论，到了王阳明这里，开始具有了人的审美能力的内容。王阳明将“良知”说成天地万物的“灵明”，或称“明觉”、“精灵”，强调了人的主体的灵性，同时，还揭示了主体与世界的意义关联。王阳明说：“心者身之主也，而心之虚灵明觉，即所谓本然之良知也。”[①]“良知”是直觉的，而非理性的，按孟子的说法说是“不学而知”，它又有着个体性和感性的特点。如王阳明说：“良知即是天植灵根，自生生不息。”[②]“良知是造化的精灵。这些精灵，生天生地，成鬼成帝，皆从此出。真是与物无对。”[③] 这个“良知”，是直觉的，活生生的，其实是理学中最具美学意义的命题。王阳明还指出了心的“灵明”与事物的意向性关系。这样一段语录是具有经典价值的，“先生游南镇，一友指岩中花树问曰：‘天下无心外之物，如此花树，在深山中自开自落，于我心亦何相关?’先生曰：‘你未看此花时，此花与汝心同归于寂。你来看此花时，则此花颜色一时明白起来。便知此花不在你的心外”[④]。在王阳明看来，“心外无物”并不意味着否定物的存在，而物是在心的观照中，在与心的感应中呈现出其光彩的。

中国古代的文论家和艺术家对此是有所阐述的。刘勰作为中国古代最有成就的美学思想家，在他的《文心雕龙》中以本体论的高度来阐述了人的灵性的重要作用，他说：“文之为德也大矣，与天地并生者何哉?夫玄黄色杂，方圆体分，日月叠璧，以垂丽天之象；山川焕绮，以铺理地之形：此盖道之文也。仰观吐曜，俯察含章，高卑定位，故两仪既生矣。惟人参之，性灵所钟，是谓三才；为五行之秀，实天地之心。心生而言立，言立而文明，自然之道也。”[⑤] 刘勰此处所说“文之为德”，指的是与“道”相对之“德”，这个“道”显然是天地宇宙之道，“德”是与“道”相对的范畴，后者为体，前者为用。《老子》云：“道生之，德畜之，物形之，势成之。是以万物莫不尊道而贵德。”[⑥] 王弼释云：“道者，物之所由也；德者，物之

① （明）王阳明：《语录》2，见《王阳明全集》，上海古籍出版社1992年版，第47页。

② （明）王阳明：《语录》3，见《王阳明全集》，上海古籍出版社1992年版，第101页。

③ 同上书，第104页。

④ 同上书，第108页。

⑤ 范文澜：《文心雕龙注》，人民文学出版社1958年版，第1页。

⑥ 李存山注译：《老子》，中州古籍出版社2008年版，第111页。

所得也。”① 刘勰认为，“文”作为“道”的外显的作用是非常之大的。刘勰所说的“文”，既是文章之“文”，也是作为天地万物的形式的文饰之“文”，具有明显的审美性质。作为创造“文”的主体之人，与天、地合称为“三才”，而实际上是最具主体性的，是宇宙之核心。刘勰虽然论述了天文、地文和人文，而其落脚点乃在于由人而创造的人文。人文的创造是“性灵所钟”的结果，《原道》正是讲人文的功能、性质和产生过程。人文所体现的正是人性中的审美因子。在刘勰看来，人文又是和自然之道相通、带有先验的性质的，又由人文而产生出文字之美。如其所说：“人文之元，肇自太极，幽赞神明，易象为先。庖牺画其始，仲尼翼其终，而乾坤两位，独制文言。言之文也，天地之心哉！若乃河图孕乎八卦，洛书韫乎九畴，玉版金镂之宝，丹文绿牒之华，谁其尸之，亦神理而已。自鸟迹代绳，文字始炳，炎皞遗事，纪在三坟，而年世渺邈，声采靡追。唐虞文章，则焕乎始。”② 刘勰所抉发的，正是人之灵性与文字之美的关系。所谓“神理”，当是指人文中的灵性而言。

齐梁时期的文论家萧子显在其著名的文论篇章《南齐书·文学传论》中以“神思”论文学创作，时在刘勰之前，而萧氏认为“神思”是出于作家的灵性的。他是这样说的：“文章者，盖情性之风标，神明之律吕也。蕴思含毫，游心内运，放言落纸，气韵天成。莫不禀以生灵，迁乎爱嗜，机见殊门，赏悟纷杂。若子桓之品藻人才，仲治之区判文体，陆机辨于《文赋》，李充论于《翰林》，张眎擿句褒贬，颜延图写情兴，各任怀抱，共为权衡。”③ 萧子显并未用“灵性”一词，但其意思与笔者之所论正合。所谓“情性”，所谓“神明”，并非一般地指性情，而是指作家那种内在的灵性。萧氏所说“禀于生灵”，即是指作家诗人那种禀赋于天的灵秀之气。萧子显认为只有创作主体的“禀以生灵”的灵性与外物的“天机”之遇，方能创造出“气韵天成”的杰作。这也就是萧氏所说的“神思”之义。而正因为是作家的灵性和外物的遇合，才有了作品的个性和变化。萧氏云：“属文之道，事出神思，感召无象，变化无穷。俱五声之音响，而出言异句；等万物之情状，而下笔殊形。”④ 在萧子显看来，面对相同的客体，但却写出个性

① 楼宇烈：《王弼集校注》，中华书局1980年版，第137页。

② 范文澜：《文心雕龙注》，人民文学出版社1958年版，第2页。

③ （南朝·梁）萧子显：《南齐书》卷52《文学传》，中华书局1975年版，第907页。

④ 同上。

殊异的作品，都系于作家的灵性。宋代著名画论家韩拙非常全面地阐述了有关的观点，他说："且画者，辟天地玄黄之色，泄阴阳造化之机，扫风云之出没，别鱼龙之变化，穷鬼神之情状，分江海之波涛，以至山水之秀丽，草木之茂荣，翻然而异，蹶然而超，挺然而奇，妙然而怪。凡识于象数，图于形体，一扶疏之细，一蝌蠓之微，覆于穹窿，载于磅礴，无逃乎象数。而人为万物之最灵者，故合于画。造乎理者能画物之妙，昧乎理者则失物之真，何哉？盖天，性之机也。性者天所赋之体，机者人神之用，机之发万变生焉。惟画造其理者，能因性之自然，究物之微妙，心会神融，默动静于一毫，投乎万象，则形质动荡，气韵飘然矣。故昧于理者，心为绪使，性为物迁，汩于尘氛，扰于利役，徒为笔墨之所使耳，安足以语天地之真哉！"① 韩拙在谈到画家作为审美创造的主体时，是以灵性为其最重要的因素的。"人为万物之最灵者"，便是从人性上来揭示人的审美智慧。韩拙还深刻地论述了与灵性密切相关的物性问题，"物性"也就是"物之妙"、"物之真"，其与灵性的天机融会即可创作出艺术佳作。

明清时期主"性灵"者对灵性更为重视，但似乎不太在意与物性相遇合的机缘，大戏剧家汤显祖曾言："天下文章所以有生气者，全在奇士。士奇则心灵，心灵则能飞动，能飞动则下上天地，来去古今，可以屈伸长短生灭如意，如意则可以无所不如。"② 汤显祖还认为："天下大致，十人中三四有灵性。能为伎巧文章，竟佰什乃至千人无名能为者。则乃其性少灵者与？老师云，性近而习远。今之为士者，习为试墨之文，久之，无往而非墨也。犹为词臣者习为试程，久之，无往而非程也。宁惟制举之文，令勉强为古词诗歌，亦无往而非墨程也者。则岂习是者必无灵性与，何离其习而不能言也。夫不能其性而第言习，则必有所有余。余而不鲜，故不足陈也。犹将有所不足，所不足者又必不能取引而致也。盖十余年间，而天下始好为才士之文。然恒为世所疑异。曰：乌用是决裂为，文故有体。嗟，谁谓文无体耶。观物之动者，自龙至极微，莫不有体。文之大小类是。独有灵性者自为龙耳。"③ 汤显祖认为天下人中多有富于灵性者，这是能作出佳作的基础。但

① （宋）韩拙：《山水纯全集》，见俞剑华《中国古代画论类编》，人民美术出版社 2000 年版，第 683 页。

② （明）汤显祖：《序丘毛伯稿》，见蔡景康编选《明代文论选》，人民文学出版社 1993 年版，第 277 页。

③ （明）汤显祖：《张元长嘘云轩文字序》，见徐朔方笺校《汤显祖诗文集》卷 32，上海古籍出版社 1982 年版，第 1079 页。

他又重视“习”的作用，所谓“习”就是长期的艺术习练。汤显祖并未将灵性与“习”对立起来或割裂开来，而是主张“灵性”与“习”的结合；但他又指出，“灵性”是成为名作的根本。“公安三袁”之一的袁中道从其性灵论的立场出发，认为好诗的产生是作家灵性外溢的结果，他说：“凡慧则流，流极而趣生焉。天下之趣，未有不自慧生也。山之玲珑而多态，水之涟漪而多姿，花之生动而多致，此皆天地间一种慧黠之气所成，故倍为人所珍玩。”① 清人田同之认为诗人别具一种慧灵，他说：“山川草木，花鸟禽鱼，不遇诗人则其情形不出，声臭不闻，诗人之笔，盖有甚于画工者。即如雪之艳，非左司不能道；柳花之香，非太白不能道；竹之香，非少陵不能道。诗人肺腑，自别具一种慧灵，故能超出象外，不必处处有来历，而实处处非穿凿者。固由笔妙，亦由悟高，乌足以知此！”② 他认为诗人笔下自然意象的独具个性和风貌，是因为诗人各自有其“慧灵”，也即是灵性。

“灵性”是中国古代创作论中关于创作主体一方的重要质素，这在许多文论家和作家中是颇为看重的。它被视为带有先天禀赋的性质，属于人性中的审美因子。但是，要创造出好的艺术佳作来，只有灵性还是远远不够的，它必须和“物性”相碰撞、相遇合。这在中国古代文论和美学思想中是颇有特色的。

二

关于艺术创造中的物性问题，20 世纪的伟大思想家海德格尔有着自己的独到思考，只不过与我们所说的物性并非一个角度。但是，海氏在《艺术作品的本源》和《物》等论文中所作的论述，对我们仍然是有着深刻的启示。在海德格尔看来，“一切艺术品都有这种物的特性”③。这里所指，还是说艺术品的物质形态。而海德格尔对于建筑中的希腊神殿及绘画中的农鞋的论述中，则为我们揭示了作品所表现的事物的意向性存在。海德格尔称它们“敞开了一个世界”。在主体的观照之中，事物的物性呈现出存在的深度。海德格尔说：“作品中的真理，并非只是某物的真实，它是在活动之

① （明）袁中道：《刘玄度集句诗序》，见袁中道《珂雪斋文集》卷 10，上海古籍出版社 1989 年版，第 456 页。

② （清）田同之：《西圃诗说》，见郭绍虞《清诗话续编》，上海古籍出版社 1983 年版，第 753 页。

③ ［德］海德格尔：《诗·语言·思》，彭富春译，文化艺术出版社 1991 年版，第 22 页。

中。显示了农鞋的绘画，言说罗马喷泉的诗歌，并非只是这种个别的存在物的显示——严格地说，它根本不显示这种个别的存在物。不如说，它形成的显露是作为关涉到整体所是的如此发生。鞋子越纯然越本真地贯注于其本性，喷泉越明显越纯粹地贯注于其本性，伴随它们的所有存在便更直接和更有力地达到存在的更大深度。这便是自我遮蔽的存在物如何被照亮的情形。"① 海德格尔认为进入艺术作品的物，是存在的显现，同时，也是建立了一个世界。这就告诉我们，物性并非单独的存在，而是在和主体的融通中显发出来的。

在中国古代美学中，关于"物"的论述是非常之多的，也都是以之作为创作中客体一方的概念，如所谓"感物"、"体物"等等，但其实"物"在中国哲学或美学中是抽象程度非常之高的。王元化先生对刘勰《文心雕龙》中的"物"字的含义有具体的统计和深刻的辨析，认为："这些物字，除极少数外，都具有同一涵义。以创作论各篇来说，如：《神思篇》物字三见，皆同本篇'神与物游'中物字之训。《比兴篇》物字六见，皆同本篇'写物以附意'中物字之训。《物色篇》物字八见，皆同本篇'诗人感物，连类不穷'中物字之训。不仅这些物字涵义相同，而且它们与上篇《明诗篇》中诸物字（'感物吟志'、'应物斯感''宛转附物''情必极貌以写物'）或《诠赋篇》中诸物字（'体物写志'、'品物毕图''象其选择扩散宜''睹物兴情''情以物兴'、'物以情观'、'写物图貌'）同训。这些物字亦与《原道篇》所谓郁然有采的'无识之物'，作为代表外境或自然景物的称谓。"② 元化先生又推王国维关于"物"的训释为长："王氏《释物篇》云：'古者谓杂帛为物，盖由物本杂色牛之名，后推之以名杂帛。——由杂色牛之名，因之以名杂帛，更因以名万有不齐之庶物，斯文字引申之通例也。'王氏并不否认万物之训，他只是指出物的本义不是万物，而是杂色牛，推之以名杂帛，后更因以名万有不齐之庶物。因此，万物乃物字的引申义。王氏之说，义据甚明，可谓胜解。"③ 元化先生肯定了王国维关于"物"字的训释，认为"物"的含义即是"外境"、"自然"或"万物"，它基本上可以概括中国古代美学中的"物"的意思了。笔者这里要指出的是，"物"在一些具体语境中可以是指感性存在的事物，同时，在很多时候，它

① ［德］海德格尔：《诗·语言·思》，彭富春译，文化艺术出版社 1991 年版，第 54 页。
② 王元化：《文心雕龙创作论》，上海古籍出版社 1984 年版，第 106 页。
③ 同上书，第 110 页。

还有着“自然”、“造物”这样带有形而上意义的层面。在文论、诗论、画论等有关美学思想中，一般提到“物”，就是指客观外物自身。如钟嵘所说的“气之动物，物之感人，故摇荡性情，形诸舞咏”①，刘勰所说的“人禀七情，应物斯感。感物吟志，莫非自然”②，等等，都是概括地指称外物本身。但在很多时候，落实到具体语境中，或是“物”这个词再和其他词搭配起来用的情形，就往往表现物的不同形态、不同层面。如刘勰的“物色”，指的是物的外在形貌。他指出：“春秋代序，阴阳惨舒，物色之动，心亦摇焉。盖阴气萌而玄驹步，阴律凝而丹鸟羞，微虫犹或入感，四时之动物深矣。若夫珪璋挺其惠心，英华秀其清气，物色相召，人谁获安？是以献岁发春，悦豫之情畅，滔滔孟夏，郁陶之心凝，天高气清，阴沉之志远，霰雪无垠，矜肃之虑深。岁有其物，物有其容；情以物迁，辞以情发。”③这里所说的“物色”，是指自然事物的富于生命感的外在形貌。王夫之提出：“苏子瞻谓‘桑之未落，其叶沃若’，体物之工，非‘沃若不足以言桑，非桑不足以当‘沃若’，固也。然得物态，未得物理。‘桃之夭夭，其叶蓁蓁’，‘灼灼其华’、‘有蕡有实’言，乃穷物理。”④指出“物态”和“物理”的差异，要求对物的描写，应该不仅描摹“物态”，而且要“穷物理”。笔者则用“物性”来表述作家所描绘的客观事物与宇宙自然相通的内在机理及其微妙外显。古人也许很少用“物性”这个概念，但中国古代作家、艺术家们是特别重视于此的。陆机在《文赋》中所说的“体有万殊，物无一量，纷纭挥霍，形难为状”⑤，就是指“物性”的多样化和个性化。刘勰的名言有：“故思理为妙，神与物游。神居胸臆，而志气统其关键；物沿耳目，而辞令管其枢机。枢机方通，则物无隐貌；关键将塞，则神有遁心。”⑥“神与物游”之物，非是仅指物象，而是包含着独特的性质和机微变化的外显状态。不然的话，“思理”也就无妙可言；而后面所说的“物无隐貌”，也不能简单地理解为只是对物的外在描写，它是有着机微变化在内的。

“物性”在很大程度上是指客观事物的特殊性，这有着中国哲学的深厚基础，同时，又是中国美学思想的精义所在。文论、诗论和画论中大多都有

① 陈延杰：《诗品注》，人民文学出版社1961年版，第1页。
② 范文澜：《文心雕龙注》，人民文学出版社1958年版，第65页。
③ 同上书，第693页。
④ 戴鸿森：《姜斋诗话笺注》卷1，人民文学出版社1981年版，第17页。
⑤ 张怀瑾：《文赋译注》，北京出版社1984年版，第29页。
⑥ 范文澜：《文心雕龙注》，人民文学出版社1962年版，第493页。

着这样的观念，即：具体的自然事物是与宇宙造化相通的，并以后者为母体。道家哲学所说之“道”，就是天地万物的本根。我们不妨将“道”和西方人观念中的精神实体相联系，相比较。中国人所讲的“道”，是天地万物的本体，但它不是脱离万物而抽象地存在，而是体现在万物之中。魏晋玄学中的“贵无”，或者“以无为本”，并非是脱离了“有”而抽象存在的，而是就在“有”之中。“无”是“有”的本体，“有”是“无”的外显。玄学中体现了高度的思辨色彩的若干对范畴如“有无”、“体用”等，都可以作如是理解。作为本体的“道”，是万物一体的，而作为其外显的“德”，则是殊相的，个性的。魏晋时期著名玄学家郭象，其哲学思想倡“独化论”。“独化”就寓含了“物性各异”的思想。郭象序《庄子》云“通天地之统，序万物之性”，就指出万物各自有性。郭氏所谓“独化”，意思是事物并无其他的生成原因，而是自我生成的结果。汤用彤先生所释颇为准确：“独化者，物各自然，无使之然也。——故造物者无物，而有物各自造。”[①] 由“独化”论而演为“物性各异”的观念，郭氏云：“物各有性，性各有极。”[②] 又云：“物各性然，又何物足悲哉!”[③] 都是认为物性是殊异的，而非相同的。

物性是客观事物尤其是自然事物所蕴含的微妙变化的性质，它是在审美创造主体的观照下显现出来的。魏晋时期的著名画家宗炳在其画论中有这样的名言：“圣人含道映物，贤者澄怀味象。至于山水，质有而趣灵。”[④] 山水作为审美对象，它是有着物的属性的，这便是所谓“质有”；但同时，又有着独特的灵趣，这是由于人作为审美主体的观照而产生的。中国美学中的“随物赋形”之说，也是指微妙的变化着的物性而言。苏轼所云：“唐广明中，处士孙位始出新意，画奔湍巨浪，与山石曲折，随物赋形，尽水之变，号称神逸。”[⑤] 即是指水的物性而言。清代诗论家叶燮论述作为“物”的三个要素：理、事、情，对我们理解物性大有裨益，他说：“曰理，曰事，曰情三语，大而乾坤以之定位，日月以之运行，以至一木一草，其能发生者，

---

① 汤用彤：《魏晋玄学论稿》，上海古籍出版社 2001 年版，第 48 页。

② 《南华真经注疏》，中华书局 1998 年版，第 5 页。

③ 同上书，第 60 页。

④ （南朝·宋）宗炳：《画山水序》，见俞剑华《中国古代画论类编》，人民美术出版社 2000 年版，第 583 页。

⑤ （宋）苏轼：《书蒲永升画后》，见王水照编《苏轼选集》，上海古籍出版社 1984 年版，第 376 页。

又有总而持之，条而贯之者，曰气。事、理、情之为用，气为之用也。譬之一木一草，其能发生者，理也。其既发生者，则事也。既发生之后，夭矫滋植，情状万千，咸有自得之趣，则情也。”① 叶氏所云之“理”、“事”、“情”，当然不等同于“物性”，但它包含了“物性”这个概念所要表达的某些东西。叶氏所说的“理”指事物的发生原因；“事”指事物发生的过程；而“情”是指事物的情状。而每个事物都有自己的“理”、“事”、“情”。物性也是包含了事物的内在机理、发生过程和其变化着的物态的。清代大诗人袁枚在其《续诗品》中有诗云：“混元运物，流而不住。迎之未来，揽之已去。诗如化工，即景成趣。逝者如斯，有新无故。因物赋形，随影换步。彼胶柱者，将朝认暮。”② 袁枚主张表现的正是物的流动的、变化着的性质，这是中国古代的文学家、艺术家们都相当重视的。

三

“灵性”和“物性”不是孤立的存在，而是在其互相感应中而成为创造佳作的契机的。作家艺术家灵性的发显，乃至于进入审美体验的状态，是由于物性的召唤，也就是物性中那种内蕴着宇宙生命力的机微变化，触发了作家艺术家的灵性。这个过程又是自然而然的，也是以偶然性为其主要样态的。刘勰在《文心雕龙·物色》篇中的论述阐明了这个意思，其云：“自近代以来，文贵形似，窥情风景之上，钻貌草木之中。吟咏所发，志惟深远；体物为妙，功在密附。故巧言切状，如印之印泥，不加雕削，而曲写毫芥。故能瞻言而见貌，印字而知时也。然物有恒姿，而思无定检，或率尔造极，或精思愈疏。且诗骚所标，并据要害，故后进锐笔，怯于争锋。莫不因方以借巧，即势以会奇，善于适要，则虽旧弥新矣。是以四序纷回，而入兴贵闲；物色虽繁，而析辞尚简；使味飘飘而轻举，情晔晔而更新。”③ 刘勰在这里所说的“体物”，对于中国诗学而言，是一个具有重要意义的观念，惜乎并未得到充分的展开和足够的重视。“体物”的内涵并非是一般性地描摹物象，而是将事物的内在“物性”呈现出来。所谓“曲写毫芥”，是说生动

① （清）叶燮：《原诗·内篇下》，见霍松林、杜维沫校注《原诗·一瓢诗话·说诗晬语》，人民文学出版社 1979 年版，第 21 页。

② 郭绍虞：《续诗品注》，人民文学出版社 1963 年版，第 173 页。

③ 范文澜：《文心雕龙注》，人民文学出版社 1958 年版，第 694 页。

地表现对象的精微之处。宋代诗论家朱弁集中发挥了“体物”思想，在他的《风月堂诗话》中倡“体物”之说云：“诗人体物之语多矣，而未有指一物为题而作诗者。晋宋以来始命操觚，而赋咏兴焉。皆仿诗人体物之语，不务以故实相夸也。”朱弁最为推崇的是杜甫的入蜀诗，在其《诗话》中大加称赞，他数次引用杜甫入蜀诗及后人高度评价的话，如说：“老杜《剑阁》诗云：‘惟天有设险，剑门天下壮。连山抱西南，石角皆北向。’宋子京知成都过之，诵引诗，谓人曰：‘此四句盖剑阁实录也。’”[①] 又云：“‘山行有常程，中夜尚未安。微月没已久，崖倾路何难。大江动我前，汹若渤溟宽。篙师理暗楫，歌啸轻波澜。霜浓木石滑，风急手足寒。入舟已千忧，陟险仍万盘。回眺积水外，始知众星乾。远游令人疲，衰疾惭加餐。’此《水会渡诗》也。”[②] 又借苏轼之口赞曰：“东坡云：‘老杜自秦州越成都，所历辄作一诗，数千里山川在人目中，古今诗人殆无可拟者。独唐明皇遣吴道子乘传画蜀道山川，归对大同殿，索其画，无有，曰‘在臣腹中，请匹素写之’，半日而毕。明皇后幸蜀，皆默识其处，惟此可比也。”[③] 如此称许杜甫入蜀诗者凡多处，其实都是他的“体物”的美学思想的体现。“体物”并非一般性地描写景物，或者所谓“亲历”、“直寻”，更重要的是对象的特性。“体物”所写则正是“体”之物性。杜甫的入蜀诗，描绘诗人在入蜀途中的山川景物，动荡奇特，变幻万千，诗人将这些山川的神秘与变幻写得非常生动。《青阳峡》、《石龛》、《龙门镇》等，都体现了这种特征。清人江盈科评之云：“少陵秦州以后诗，突兀宏肆，迥异昔作。非有意换格，蜀中山水，自是挺特奇崛，独能像景传神，使人读之，山川历落，居然在眼。所谓春蚕结茧，随物肖形，乃谓真诗人，真手笔也。”[④] 明代人王嗣奭也说：“公于极穷苦中，一见胜地，不顾程期，能于境遇外，别具一副胸襟，冥搜而搆奇。”[⑤] 朱弁对杜甫入蜀诗的推崇，在于这种“体物”的特点。

灵性与物性的偶合，是艺术品创作中的最佳契机，或可以称为“天机”。所谓“天机”，始由庄子提出，他说：“古之真人，其寝不梦，其觉无忧，其食不甘，其息深深。真人之息在喉。屈服者，其嗌言若哇。其耆欲

---

① （宋）惠洪，朱弁，吴沆：《冷斋夜话·风月堂诗话·环溪诗话》，中华书局1988年版，第104页。

② 同上。

③ 同上。

④ （明）江盈科：《雪涛诗评·评唐》，见《江盈科集》，岳麓书社1997年版，第802页。

⑤ （明）王嗣奭：《杜臆》卷3，上海古籍出版社1983年版，第110页。

（即嗜欲）深者，其天机浅。”① 陈鼓应先生释曰：“天机：自然之生机，当指天然的根器。”② 而从中国古代的文学艺术理论来看，“天机”正是主体的“灵性”与客体的“物性”相碰撞、相遇合、相感应的最佳契机。事物在创作主体的召唤下，其内在的变化着的微妙之处都闪现出来。正如陆机在《文赋》中所说的“若夫应感之会，通塞之纪，来不可遏，去不可止。藏若影灭，行犹响起。方天机之骏利，夫何纷而不理?”③ 这段名言，实际上正是讲主客体之间的感应。“应感”是心灵与我物的感应，而这个外物，并非仅是指物的外形，而是事物的机微变化的特性。清人方成珪从而阐释云：“应感，物感我，我从而应之，乃文之题目。会，心与物会合之时。”④ 徐复观先生也认为：“应感，是就主客的关系而言。作者的心灵是主；由题材而来的内容是客。有时是主感而客应，有时是客感而主应。‘会’是主客应感的集结点，亦即是主客合一的场。这是创作的出发点。”⑤ 陆机一开始就把“天机”的产生置于创作主体与客观外物互感的基础之上。宋代著名画论家董逌论画特重“天机”，如论李伯时画云：“伯时于画，天得也。常以笔墨为游戏，不立寸度，放情荡意，遇物则画，初不计其妍蚩得失。至其成功，则无毫发遗恨。此殆进技于道，而天机自张耶?”⑥ 又评范宽山水图云：“伯乐以御求于世，而所遇无非马者。庖丁善刀藏之十九年，知天下无全牛。余于是知中立放笔时，盖天地间无遗物矣。故能笔运而气摄之，至其天机自运，与物相遇，不知披拂隆施，所以自来。忽乎太行王屋起于前，而连之若不可掩。计其功，当与嫦娥争力。吾尝夜半求之，石破天惊，元气淋漓，蒲城之所遇而问者，不可求于冀南汉阴矣。”⑦ 董氏认为“天机自运”是艺术创作的最佳契机，而所谓“天机”就是人的灵性与物性的感应与遇合。董氏论画中是有这样的美学内涵的。如他说：“夫移形索影，写照寓神，自是

① 陈鼓应：《庄子今注今译》，商务印书馆 2007 年版，第 199 页。

② 同上书，第 171 页。

③ 张怀瑾：《文赋译注》，北京出版社 1984 年版，第 46 页。

④ 张少康：《文赋集释》，人民文学出版社 2002 年版，第 242 页。

⑤ 同上。

⑥ （宋）董逌：《广川画跋》，见于安澜《画品丛书》，上海人民美术出版社 1982 年版，第 290 页。

⑦ （宋）董逌：《题王居卿待制所藏范宽山水图》，见于安澜《画品丛书》，上海人民美术出版社 1982 年版，第 303 页。

夺物精魄。苟造其微，得其玄解，则物有寓者。”[①] “夺物精魄”，“得其玄解”，都是指艺术家将对象的变化着的特性表现出来。董氏在其《画跋》中对于“物性”是通过具体的对象有所阐述的。如其《论孙白画水图》说：“画师相与言，靠山不靠水，谓山有峰峦崖谷，烟云水石，可以萦带掩连见之。至水则更无带映，曲纹斜势，要尽其窳隆派别，故于画为尤难。彼或争胜取奇，以夸张当世者，不过能加蹙纹起浪，若更作蛟蜃出没，便是山海图矣，更无水也。唐人孙位画水，必杂山石，为惊涛怒浪。盖失水之本性，而求假于物，以发其湍瀑，是不足于水也。”[②] 从具体的绘画题材出发，董氏认为画水应该画出水的本性，而非“假于物”。董氏又指出：“虽然，观物者莫先穷理，理有在者，可以尽察，不必求于形似之间也。”[③] “穷理”即是体察物性。他论戴嵩画牛说：“戴嵩画牛，得其性于尽处。”[④] “天机”的获得，并非是创作主体单方面刻意求之的结果，而是主体的灵性和客体的物性在偶然间遇合而得到的。所以宋人理学家和诗人邵雍论诗说“句会飘然得，诗因偶尔成。天机难状处，一点自分明”[⑤]，揭示了“天机”的这种偶然性因素。明代谢榛所说的“诗有天机，待时而发，触物而成，虽幽寻苦索，不易得也”[⑥]，将“天机”的这种主客体相因偶然的遇合性质概括得颇为准确。清代大画家沈宗骞最重“天机”，如其所说：“机神所到，无事迟回顾虑，以其出于天也。其不可遏也，如弩箭之离弦。其不可测也，如震雷之出地。前乎此者杳不知其所自起，后乎此者杳不知其所由终。不前不后，恰值其时，兴与机会，则可遇而不可求之杰作成焉。”[⑦] 他认为“天机”作画是不可模仿的，因为这是出于画家的灵性与外在的物性的偶然天合。如其所说：“盖天地一积灵之区，则灵气之见于山川者，或平远以绵衍，或峻拔而崒嵂，或奇峭而秀削，或穹窿而丰厚，与夫脉络之相联，体势之相称，迂回映带之间，曲折盘旋之致，动必出人意表，乃欲于笔墨之间，委曲尽之，不綦难哉！原因人有是心，为天地间最灵之物，苟能无所锢蔽，将日引日生，无有穷尽。故得笔动机随，脱腕而出，一如天地灵气所成，而绝无隔碍。虽

① （宋）董逌：《跋韩干马后为龙眠居士书》，见于安澜《画品丛书》，上海人民美术出版社1982年版，第296页。

② （宋）董逌：《书孙白画水图》，同上书，第247页。

③ （宋）董逌：《御府吴淮龙秘阁评定因书》，同上书，第264页。

④ （宋）董逌：《书戴嵩画牛》，同上书，第280页。

⑤ （宋）邵雍：《伊川击壤集》卷4，学林出版社2003年版，第38页。

⑥ （明）谢榛：《四溟诗话》卷2，中华书局1985年版，第23页。

⑦ （清）沈宗骞：《芥舟学画编》卷2，人民美术出版社1959年版，第86页。

一艺而实有与天地同其造化者。……要知在天地以灵气而生物，在人以灵气而成画，是以生物无穷尽，而画之出于人亦无穷尽，惟皆出于灵气，故得神其变化也。今将展素落墨，心所预计者，不过何等笔法，何等局法，因而洋洋洒洒，兴之所至，毫端皆达，其万千气象，都出于初时意计之外，今日为之而如是，明日为之又是一样光景，如必欲若昨日之所为，将反有不及昨日者矣。何者？必欲如何，便是阻碍灵趣。”① 沈氏所云，创作主体必以灵性而成画，同时也禀赋了天地的灵气；这种灵性又与自然造化相遇合，“见于山川”，其作品当是“与天地同其造化”，出乎人们的意表，不可重复，亦不可模仿的。

“天机”并非只是人的因素，而是以“天人合一”作为其哲学背景的艺术创作论观念，指艺术家的主体灵性和事物的物性在特定机缘中的遇合。这很难说是一般地心物融合，或者说对于物象的捕捉，而是艺术家的灵性对于对象的物性在其遇合碰撞中的发现与把握。这是只可有一，不可有二的。董氏论画云：“当中立有山水之嗜者，神凝智解，得于心者，必发于外。则解衣盘礴。正与山林泉石相遇。虽贲育逢之，亦失其勇矣。故能揽须弥于一芥，气振而有余，无复山之相矣。……岂知心放于造化炉锤者，遇物得之，此其为真画者也。”② “圣人以神运化，与天地同巧。寓物写形，随意以得。盖自元造中，笔驱造化，发于毫端。万物各得全其生理，是随所遇而见。”③ “全其生理”，即是指将物性完满地呈现出来。明代诗论家谢榛论诗也重“天机”，他说：“诗有天机，待时而发，触物而成。虽幽寻苦索，不易得也。如戴石屏‘春水渡旁渡，夕阳山外山。’属对精确，工非一朝，所谓‘尽日觅不得，有时还自来’。”④ 在谢榛看来，最好的诗歌佳作，是“天机”的产物，而“天机”是与“幽寻苦索”迥然而异的，它是主体的灵性“触物而成”的结果。

灵性与物性作为一对中国美学的范畴，标志着审美主客体的某种特殊的关系，也使我们看到，审美过程中的主客体关系并非是单一的、笼统的，而是有着不同的侧面和方式。“灵性”揭示了人性中的审美智慧，看起来颇有先验的色彩，但它又是在主体的特定的社会实践中不断生长和实现出来的。

① （清）沈宗骞：《芥舟学画编》卷2，人民美术出版社1959年版，第78页。

② （宋）董逌：《书范宽山水图》，见于安澜《画品丛书》，上海人民美术出版社1982年版，第307页。

③ （宋）董逌：《广川画跋·书御画瑶池马图后》，同上书，第307页。

④ （明）谢榛：《四溟诗话》卷2，中华书局1985年版，第23页。

而作为主体的审美智慧的灵性，与其相联系、相对待的是客体的“物性”。灵性是与物性的遇合触发中展现和发挥出来的；而所谓“物性”并非仅是客观事物的单独存在，而是在与审美主体的灵性遇合和观照中呈现给主体的内在特性，它是变化着的，也是个性化的。我们所说的“物性”，不是事物的其他属性，而是在审美角度呈现出的客体方面的特性。这对我们认识审美活动的主客体关系，有着更为深入的意义。

佛性论之于南北朝的美学观念*

在佛教哲学中，佛性论是一个具有根本性的理论问题，也是在佛学的历史演进中不断地汲取时代的哲学思想养料，而成为具有强烈的辐射功能、进而影响人们的价值观念的理论命题。在中国佛学史和中国思想史上，像佛性这样有如此久远的历史渊源而又不断焕发现实活力的重要理论问题，实属罕见。佛性问题已经无法简单地归结为佛教内部的一个宗教的或学术的问题，而是对于中国思想史发生了重大影响而带有深刻的普遍意义。诚如任继愈先生所说："南北朝到隋唐，继魏晋玄学之后，中国哲学发展又上了一个台阶，由本体论进入心性论由中国哲学史上的一个支流上升为主流，从而把中国哲学的发展向前推进了一大步。"① 在魏晋南北朝及其后，佛性论的思想无论是对玄学、理学、禅学和心学，都成为某种渊源，而其对历代美学观念的渗透及其的问题，对于我们了解中国美学史来说，是一个有意思的角度。

在笔者所关心的领域中，更因其对于中国美学的一些具有代表性意义的观念及表现，有着直接或间接的深刻影响，而使笔者对于佛性论和中国美学观念之间的关系一直萦绕于怀。本文先摭取其几端，以大略见其踪迹。

一　佛性的内涵及其历史演变

佛性问题从印度佛教时期就已成为佛教的重要问题，小乘佛教虽然已有此提法，但主要是在大乘佛教中产生的。所谓"佛性"，在当时是指成佛的可能性，众生能否成佛以及如何成佛，这是佛教作为宗教的根本问题，于是，佛性问题在印度佛教的中期大乘佛学中已经孕育成熟并得以明确。印度佛教中的大乘般若类经典，以"空"为根本义理，然其"空"并非一无所

---

* 本文刊于《中国文化研究》2006 年第 4 期。

① 任继愈：《禅宗与中国文化》，《社会科学战线》1988 年第 2 期。

有，而是性空幻有、空有相即。般若经典已用“中道”思想阐释佛性，所谓“空”，并不否认现象的存在，只是“无自性”而已，也即“性空”。《摩诃般若波罗蜜经》云：“何以故？无有法与法合者，其性空者。舍利弗，色空中无有色，受想行识空中无有识。……色不异空，空不异色，色即是空，空即是色。”① “性空”是在“幻有”之中的。而在大乘《胜鬘经》、《如来藏经》等经典中，阐发佛性和如来藏，佛性思想得以充分的发展。如来藏，藏是胎藏之义，如矿中之金。众生具有无量功德，众生本来具有清净的法身，是为“如来藏”。“如来藏”还意味着在众生烦恼中即含藏如来之性德，丁福保编《佛学小辞典》中释“如来藏”云：“真如在烦恼之中，烦恼隐覆如来之性德，使不显现，为之如来藏”②，“真如在烦恼中含摄如来一切之功德，故名如来藏”③。“如来藏”实际上即指佛性。般若类经典已多有阐说一切众生皆有佛性之义。《大法鼓经》云：“一切众生有如来藏”④，《胜鬘经》也说，人人皆有如来之藏，藏有自体清净之如来，只因客尘烦恼所染，而现出种种非清净之杂染相，即为真空中所显现之妙有。对于中国佛性思想影响最大的当属《大般涅槃经》，此经得出“佛身是常、一切众生皆有佛性及一阐提人亦有佛性”的思想，又经由竺道生的阐扬激发，而对后世佛教宗派影响甚广。另有《华严经》、《法华经》、《维摩诘经》等几部经典，既不属于如来藏学，又不属于唯识学，但对中土佛性思想具有直接的影响。《华严经》倡净心缘起，体现在佛性论上，即是所谓“性起”说。性起就是“称性而起”，就生佛关系来说，指一切众生无不具足如来智慧，只要称性而起，即可作佛。如智俨在《华严五十要问答》中所说：“是一切凡圣因，一切凡圣皆从佛性而得生长。”⑤《维摩诘经》在唐宋时期最为流行，尤以著名翻译家鸠摩罗什译本为最权威。《维摩诘经》主张“如来种”就在现实社会里，就在众生烦恼中。如说：“是故当知一切烦恼为如来种，譬如不下巨海终不得无价宝珠。”⑥ 这种观念对中土的佛性思想有深刻的影响。

佛性思想在中国的播扬并在思想界产生广泛的渗透力，有两个高峰期，

① 任继愈：《佛教经籍选编》，中国社会科学出版社1985年版，第17页。

② 丁福保：《佛学小辞典》，长春市古籍书店1984年版，第165页。

③ 同上。

④ 藏经书院：《续藏经》第129册，新文丰出版公司1994年版，第751页。

⑤ （唐）智俨集：《华严五十要问答》，见大正新修《大藏经》第45卷，佛陀教育基金会出版部1990年版，第532页。

⑥ （晋）僧肇、鸠摩罗什：《维摩诘所说经》，黑龙江人民出版社1994年版，第110页。

一是魏晋南北朝时期，二是唐宋时期。前者以竺道生、慧远和梁武帝为代表；后者主要体现在天台、华严和禅宗这三大宗派的教义之中。

南北朝佛性说以竺道生最为著名。道生提出“一阐提人亦有佛性”之说，在当日佛门中引起轩然大波，因其与六卷本《泥洹经》观点不符。所谓“一阐提人”，即是善根断尽、无可救药之人，六卷本《泥洹经》认为这种人是没有佛性，不能成佛的，其云：“如一阐提懈怠懒惰，尸卧终日，言当成佛。若成佛者，无有是处。”① 竺道生以玄学的思想方法进行阐释，大胆提出了“阐提人皆可成佛”的命题。《高僧传》载：“生既潜思日久，彻悟言外，乃喟然叹曰：‘夫象以尽意，得意则象忘；言以诠理，入理则言息。自经典东流，译人重阻，多守滞文，鲜见圆义。若忘筌取鱼，始可与言道矣。’……又六卷《泥洹》先至京师，生剖析经理，洞入幽微，乃说阐提人皆得成佛。于时大本未传，孤明先发，独见忤众。于是旧学以为邪说，讥愤滋甚，遂显大众，摈而遣之。”② 后来大本《涅槃》到了南京，其中果真称“阐提亦有佛性”，道生于是声名鹊起。大本《涅槃》即“北本”，其中后半部分论证阐提佛性不断的思想，其云：“善男子，一阐提者亦不决定，若决定者，是一阐提终不能得阿耨多罗三藐三菩提，以不决定，是故能得，如汝所言，佛性不断。云何一阐提断善根者？善根有二种：一者内，一者外，佛性非内非外，以是义故，佛性不断。”③ 北本以中道释佛性，认为阐提虽断善根，而不断佛性，因为善根有内外常断之分，佛性非内非外，非常非无常，故不断。这是北本和六卷本相区别的重要标志所在。道生以其独到的思想方法提出了这样的命题，印证了北本的佛性思想，使僧俗两界都受到强烈的震撼。慧远是南北朝时期著名的佛教领袖，主要活动在东晋时期。在佛性问题上，慧远提出了“法性论”。所谓“法性”，在印度佛教中与实相、真如、法界、佛性等同义而异名，指不生不灭、不有不无之体性。但慧远的“法性”说承认了一个主体的“人我”，也就是轮回的主体，这体现于他的因果报应说和形尽神不灭论中。梁武帝在佛性论上，则提出“真神佛性论”，也就是以真神为佛性，以真神作为成佛的依据。吉藏《大乘玄论》中说：“第六师以真神为正因佛性。若无真神，那得成真佛？故知真神为正因

① 转引自汤用彤《汉魏两晋南北朝佛教史》，中华书局 1983 年版，第 463 页。

② （南朝·梁）慧皎：《高僧传》，中华书局 1992 年版，第 257 页。

③ 转引自赖永海《中国佛性论》，上海人民出版社 1988 年版，第 54 页。

佛性也。”[①] 这个“第六师”，即指梁武帝。梁武帝将般若和涅槃学说统一起来即以中道来说佛性，其《注解大品序》中云：“涅槃是显其果德，般若是明其因行。显果则以常住佛性为本，明因则以无生中道为宗。以世谛言说，是涅槃，是般若；以第一义谛言说，岂可复得谈其优劣。”[②] 梁武帝还是把这二者归结到佛性说的，他论证人人都有成佛的本性，这个本性就是人的“神明”（灵魂）。其《立神明成佛义记》云：“源神明以不断为精，精神必归妙果。妙果体极常住，精神不免无常。无常者，前灭后生，刹那不住者也。若心用心于攀缘，前识必异后者，斯则与境俱往，谁成佛乎？经云：心为正因，终成佛果。……故知生灭迁变，酬于往因；善恶交谢，生乎现境。而心为其本，未曾异矣。以其用本不断，故成佛之理皎然；随境迁谢，故生死可尽明矣！”[③] 萧氏所谓“心”，也即是他说的“神明”，也即是其成佛之性。

唐宋时期在佛学界佛性是一个非常重要的问题，其中最普遍的观念是“一切众生悉有佛性”[④]。天台、华严、禅宗这三大宗派，都是主张这个理论的。而具体到各派的佛性论，还是有着自己的特点的。赖永海先生概括道：“要而言之：天台讲生佛互具，华严主如来性起，禅宗主张即心即佛。”[⑤] 这是相当精辟的。

天台宗作为隋唐时期最主要的佛教宗派之一，其势力仅次于禅宗。天台宗在佛性问题上有其明确的主张，成为天台宗的理论旗帜，简而言之，即是所谓“性具”说，意谓本觉之性悉具一切善恶诸法。以众生与佛的关系论，指一切众生既本具佛性，也本具恶法。天台宗的实际创立者智顗大师提出“十界互具”、“一念三千”的命题，在《法华玄义》中说：“此一法界具十如是，十法界具百如是，又一法界具九法界，则有百法界千如是。”[⑥] “夫一心具十法界，一法界又具十法界，百法界，一界具三十种世间，百法界即具三千种世间。此三千在一念心，若无心而已，介尔有心，即具三千。”[⑦] 既

① （唐）吉藏：《大乘玄论》，见石峻等《中国佛教思想资料选编》第2卷第1册，中华书局1983年版，第354页。

② （南朝·梁）僧祐：《出三藏记集》，中华书局1995年版，第295页。

③ 石峻等：《中国佛教思想资料选编》第1卷，中华书局1983年版，第299页。

④ 石峻等：《中国佛教思想资料选编》第4卷，中华书局1992年版，第167页。

⑤ 赖永海：《中国佛性论》，上海人民出版社1988年版，第23页。

⑥ 张曼涛：《现代佛教学术丛刊57》第6辑《天台思想论集》，大乘文化出版社1979年版，第201页。

⑦ 石峻等：《中国佛教思想资料选编》第2卷第1册，中华书局1983年版，第61页。

然每一心念都同时具足三千世间，那么，说性具善恶也就是顺理成章的了。

华严宗也是隋唐时期最主要的佛教宗派之一，其思想影响于中国哲学和美学者非常深远。就佛性论而言，华严宗主张“性起”说。所谓“性起”，就是“称性而起”，认为一切众生无不具足如来智慧，只要称性而起，便可作佛。而从佛性与万法的关系说，指一切诸法都是佛性的体现，佛性之外，更无一法。华严宗大师智俨有《华严五十要问答》，是华严教义的代表作之一，其中论佛性云：“佛性义者，略有十种，谓体性、因性、果性、业性、相应性、行性、时差别性、遍处性、不变性、无差别性。依佛性论，小乘诸部解执不同。若依分别部说，一切凡圣众生，并以空为其本，所以凡圣众生，皆从空出。故空是佛性，佛性者即大涅槃。”① 这大致可见华严宗佛性思想的要义。华严宗佛性思想的特点还在于，认此一生起众生万物之佛性是本明纯净、毫无污染的，华严经典《修华严奥旨妄尽还源观》云：“显一体者，谓自性清净圆明体。然此即是如来藏中法性之体，从本以来，性自满足，处染不垢，修治不净，故云自性清净。性体遍照，无幽不烛，故曰圆明。又，随流加染而不垢，返流除染而不净，亦可在圣体而不增，处凡身而不减，虽有隐显之殊，而无差别之异，烦恼覆之则隐，智慧了之则显，非生因之所生，唯了因之所了。《起信论》云：真如自体，有大智慧光明义故，遍照法界义故，真实识知义故，自性清净心义故。广说如彼，故曰自性清净圆明体也。”② 华严宗主佛性为至善，唯是净法，是清净至善圆明体。

禅宗在唐宋时期是佛教最大的宗派，对于唐宋时期的文人及文学创作影响至为深远。禅宗立教即以佛性为最为核心的问题，而且，在佛性问题上，前后也是有其不同的认识的。这对唐宋时期的审美观念是有广泛的渗透的。可以说，禅宗的“顿悟成佛”的理论要旨整个都是建立在佛性论基础之上的，尤其是竺道生的“一切众生悉有佛性，一阐提人亦有佛性”的思想更是禅宗的先驱。禅宗六祖慧能主张“佛性平等”，他在回答弘忍大师的问话时说：“人即有南北，佛性即无南北；獦獠身与和尚不同，佛性有何差别!”③ 禅宗以将佛性与自性合而为一，所谓“成佛”，无非是对自性的觉悟。这种“自性”的地位在禅宗经典中是至上的。其云：“此三身佛，从性上生。何名清净法身佛？善知识，世人性本自净，万法在自性，思量一切恶

① 石峻等：《中国佛教思想资料选编》第2卷第2册，中华书局1983年版，第66页。
② 同上书，第98页。
③ 郭朋：《坛经校释》，中华书局1983年版，第8页。

事，即行于恶；思量一切善事，便修于善行。如是一切法，尽在自性。自性常清净，日月常明，只为云覆盖，上明下暗，不能了见日月星辰。忽遇惠风吹散卷尽云雾，万象森罗，一时皆现。世人性净，犹如青天，惠如日，智如月，知惠常明。于外著境，妄念浮云盖覆，自性不能明。故遇善知识开真法，吹却迷妄，内外明彻，于自性中，万法皆见。"① 慧能认为自性即是佛性，其实就在人性之中。佛性之悟，其实就是对自性的返照。迷时佛即众生，悟后众生即佛。所谓"顿悟"，就是拂去蒙蔽在自性上的妄念。《坛经》又云："故知不悟，即是佛是众生；一念若悟，即众生是佛。故知一切万法，尽在自身中，何不从于自心顿现真如本性。"② 这是禅宗的基本佛性观念。慧能的高足、弘扬南宗禅的禅宗大师神会，更多地阐扬佛性的须臾顿悟及直觉的方式，其云："发心有顿渐，迷悟有迟疾。若迷即累劫，悟即须臾。……若遇真正善知识，以巧方便，直示真如，用金刚慧，断诸位地烦恼，豁然晓悟，自见法性本来空寂，慧利明了，通达无碍，证此之时，万缘俱绝。恒沙妄念，一时顿尽。"③ 后期禅宗提倡"无情有性"之说，意谓不但有情众生悉有佛性，而且连草木瓦砾等无情之物也悉有佛性。此说最早出于被称为"天台九祖"的湛然，集中体现在他的《金刚錍》中，而后期禅宗则多以此立论，最有名的话头就是："青青翠竹，总是法身；郁郁黄花，无非般若。"④ 又云："诸佛体圆，更无增减，流入六道，处处皆圆。万类之中，个个是佛。"⑤ 这些有名的话头，在后期禅宗的佛性思想中是非常具有代表性的，也深刻地浸润于文学艺术的审美观中。

有关佛性的学理探求，既是佛学自身发展的一个贯通性的脉络，也是现实社会精神欲求的一种满足。在中土佛教的源流中，以魏晋南北朝开始为其重要的起点，而到唐宋时期又达到了一个遍及佛门且又广泛进入世俗人们的人生观和宇宙观的重要问题。而以其对美学观念的进入而言，则是在魏晋南北朝时期就已展开为几个令人瞩目的倾向的。

① 郭朋：《坛经校释》，中华书局1983年版，第40页。
② 同上书，第58页。
③ 石峻等：《中国佛教思想资料选编》第2卷第4册，中华书局1983年版，第94页。
④ （宋）普济：《五灯会元》卷3，中华书局1983年版，第157页。
⑤ 石峻等：《中国佛教思想资料选编》第2卷第4册，中华书局1983年版，第220页。

二 南北朝重“神”的美学思想与佛性论

魏晋南北朝时期的美学思想，有一个重要的现象，就是对“神”的高度重视。无论是诗歌美学，还是绘画美学，都以“神”作为艺术表现的重要因素。当然，在不同的领域中，“神”的内涵也是有明显差异的，如顾恺之所讲的“以形写神”、“传神写照”之“神”，宗炳讲的“应会感神”之“神”和刘勰的“神思”之“神”，都有着各自的不同内蕴，而究其根底，却能与当时流行的佛性论找到深刻的联系。宗炳既是著名的画家和画论家，又是虔诚的佛教徒，刘勰依僧祐多年，最后出家，他们的画论、文论，都和佛学思想有内在的瓜葛。而如大诗人谢灵运，他与竺道生是好友，直接写文章来声援道生。他的审美观念是与佛性思想难以分割的。萧衍、萧纲、萧绎、萧子显等齐梁皇族，笃信佛教而又倡导文学，在当日思想界和文论界都是领导潮流的人物。在佛性论上，梁武帝萧衍有其独到的主张，萧纲、萧绎、萧子显等在文论范畴内主张“神思”，其间也是不难找到深层的联系的。

从东汉延续到魏晋南北朝的关于形神关系的论争，也就是“神灭论”和“神不灭论”的大讨论，是中国思想史上是一个重要的事件，也是中华民族哲学思维水平大大提高的一个标志。考察魏晋南北朝时期的美学思想，无法回避有关“神灭”和“神不灭”的哲学论争，因为魏晋南北朝时期在美学上具有代表性的某些人物，恰恰又是这场论争的积极参与者，如宗炳、谢灵运是也。过去我们都是从哲学角度来谈论形神关系的论争，因以唯物主义肯定“神灭论”，以唯心主义否定“神不灭论”。这自然是有哲学界唯物史观的判定标准在，笔者无意也无暇来重新论析这桩哲学史上的公案。笔者既没有这样的水平，又没有这样的权威，说不清楚是必然的；但是从美学角度，笔者就不勉强为之说，因为要对魏晋南北朝乃至整个的中国美学思想史上有关审美主体的问题有一个较为清晰的认识，就无法回避美学上的“形神”关系这对非常重要的范畴；而谈论到美学上的“形神”问题，自然是与哲学上的这场论争无法剥离的。我们又必须看到，美学上的重“神”，在魏晋南北朝影响到文学艺术的各个层面；在整个美学思想史上，则是对审美主体的功能、作用的大大提升。而其间是与大乘佛教的佛性说有内在关系的。这一节文字，主要是面对这样一个问题。其中最主要的当属宗炳和谢灵运，因为他们的美学观念与佛性论的关系是有案可稽的。

宗炳（375—443）无论在佛学史上，还是在美学史上，都是一个值得认真关注和深入研究的人物。他在《画山水序》中提出“澄怀味象”的美学命题，其思想渊源不仅在于老庄哲学中的“虚静”说，还有佛学中的佛性论。《画山水序》前半部分说：“圣人含道应物，贤者澄怀味象。至于山水，质有而趣灵。是以轩辕、尧、孔、广成、大隗、许由、孤竹之流，必有崆峒、具茨、藐姑、箕、首、大蒙之游焉。又称仁智之乐焉。夫圣人以神法道而贤者通，山水以形媚道而仁者乐，不亦几乎？余眷恋庐、衡、契阔荆、巫，不知老之将至。愧不能凝气怡身，伤跕石门之流，于是画象布色，构兹云岭。”[①] 宗炳这段论述，实际上是会通了儒、道、释三家的思想。所谓“圣贤”者，所谓“仁智之乐”者，都是儒家的观念，这里毋庸细说；而“澄怀味象”具有重大意义的美学命题，就不那么简单了，而须认真考索之。“澄怀味象”涉及的有审美主体的虚静的审美态度，同时，还涉及山水作为审美客体的性质。“虚静”作为道家的思想是显而易见的。老子讲的“涤除玄鉴”，庄子讲的“心斋”、“坐忘”，都是“虚静”之源，这是为人熟知的；问题是“涤除玄鉴”也好，“心斋”、“坐忘”也好，都不是在谈美学问题，也并非涉及审美对象。老子、庄子要求主体的心灵澄静空明，不含杂质，目的是对道的反观，并非具体的审美对象。正如《老子》十六章所云“致虚极，守静笃，万物并作，吾以观复”[②]，明确揭示了“虚静”的目的在于“观复”，即反观“形而上”之“道”。庄子所讲的“心斋”、“坐忘”，仍是与道相通的手段，庄子云：“回曰：敢问心斋。仲尼曰：若一志，无听之以耳而听之以心，无听之以心而听之以气！听止于耳，心止于符。气也者，虚而待物者也。唯道集虚。虚者，心斋也。”[③] 认为虚静之心方能得道。庄子又云：“堕肢体，黜聪明，离形去知，同于大通，此谓坐忘。”[④]“大通”者即大道。“坐忘”才能通于大道。庄子还在《天道》篇中集中地论述了“虚静”，其云：“圣人之静也，非曰静也善，故静也，万物无足以挠心者，故静也。水换而明烛须眉，平中准，大匠取法焉。水静犹明，而况精神！圣人之心静乎！天地之鉴也，万物之镜也。夫虚静恬淡寂寞无为者，天地之本，而道德之至，故帝王圣人休焉。……夫虚静恬淡无为者，万物之

---

① （南朝·宋）宗炳，王微：《画山水序·叙画》，人民美术出版社1985年版，第1页。
② 李存山注译：《老子》，中州古籍出版社2008年版，第67页。
③ （清）郭庆藩：《庄子集释》卷2，中华书局1961年版，第147页。
④ 陈鼓应：《庄子今注今译》上册，中华书局1983年版，第205页。

本也。”① 从中也可看出庄子的“虚静”是得到“形而上”的本体的状态。李泽厚、徐复观等先生，全然以审美理论来阐释老庄的“虚静”说，笔者以为未必客观。如徐复观先生所说：“心斋的意境，便是坐忘的意境。达到心斋与坐忘的历程，如下所述，正是美的观照的历程。而心斋、坐忘，正是美地观照得以成立的精神主体。”② 宗炳在此基础上，向前大大跨进了一步。《画山水序》所说的“澄怀味象”，提出了审美观点客体的问题。“圣人”“贤者”这两句，其实是互文。“象”是作为审美客体的山水之象。离开了审美对象，审美主体也就不复存在。而此处的“象”，是画家在晤对山水时呈现给心灵的山水意象。笔者觉得英国美学家鲍桑葵对于审美关系说得颇为清楚，他认为：“除掉那些可以让我们看到的以外，什么都对我们没有用处，而我们所感受或者想象的只能是那些能成为直接外表或表象的东西。……到目前为止，审美态度好像是这样的：贯注在一个愉快的情感上，体现在一个可以静观的对象上，因而遵守一个对象的那些规律；而所谓对象，是指通过感受或想象而呈现在我们面前的对象。凡是不能呈现为表象的东西，对审美态度说来是无用的。”③ 与老庄的“虚静”理论相比，宗炳所说的“澄怀味象”，是一个完整的审美关系命题。

我们如果了解了宗炳在《明佛论》中的有关思想及其渊源，就可以更为准确地把握宗炳在山水画论中美学观念的独特价值。宗炳是“神不灭”论的理论主将，在《明佛论》中作了深入而周密的辨析。在形神关系上，他坚持认为，神（即是人的灵魂、精神）是形（人的躯体）的主宰，形是神的寓所。神以生形，形赖神生。而这正是以人皆可以成佛的佛性理论来论证的。他在《明佛论》中说：“须弥之大，佛国之伟，精神不灭，人可成佛，心作万有，诸法皆空，宿缘绵邈，亿劫乃报乎！”④ 宗炳认为神为形君，神妙形粗，神是可以超越于形而独立存在的。他说：“神也者，妙万物而为言矣。若资形以造，随形而灭，则以形为本，何妙以言乎？……夫圣神玄照而无思营之识者，由心与物绝，唯神而已。故虚明之本终始常住，不可凋矣。”⑤ 由此出发，宗炳还进一步认为，不仅人的形体中有“神”作为主宰，

① （清）王先谦：《庄子集解》，上海书店1986年版，第81页。

② 徐复观：《中国艺术精神》，春风文艺出版社1987年版，第62页。

③ ［英］鲍桑葵：《美学三讲》，周煦良译，上海译文出版社1983年版，第5—6页。

④ （南朝·宋）宗炳：《明佛论》，见石峻等《中国佛教思想资料选编》第1卷，中华书局1983年版，第228页。

⑤ （南朝·宋）宗炳：《明佛论》，同上书，第233页。

而且，山川河流也都有神灵作为其内在的精魄。他说："今请远取诸物，然后近求诸身。夫五岳四渎，谓无灵也，则未可断矣。若许其神，则岳唯积土之多，渎唯积水而已矣。得一之灵，何生水土之粗哉？而感托岩流，肃成一体，设使山崩川竭，必不与水土俱亡矣。神非形作，合而不灭，人亦然矣。"① 在宗炳看来，山川河渎也与人一样，都是有灵的，因其有灵，才有其独特的形态与个性化的特征，设使无灵的话，山就不过是堆土，川不过积水而已，就不会有其特殊的形态与神韵。于是他断定，即使是山崩川竭，山水之灵必不会与山水俱亡，而会不灭于宇宙之间。从唯物主义哲学观来看，这种观点的荒唐是不值一驳的，但要注意的是，宗炳以"神不灭"的观念来强调精神现象的超越功能，在美学上却起到了不可忽视的作用。"质有而趣灵"无疑是以《明佛论》中的这种"神不灭论"为其哲学基础的，但作为审美客体的山水，就中有了独特灵韵，这对中国的文学艺术创作有着非常深刻的影响。而"趣灵"的发现，则是审美主体和客体相互感通的产物，离开了主体对客体（山水）的映照晤对，这个"灵"是无从发现的。这里要指出的是，主体与客体之间相互感通的基础，是形而上之道，也就是老子所说的"玄之又玄，众妙之门"② 的"道"。"圣人含道映物，贤者澄怀味象"，主体要具备与道相通的条件，要有虚静的心胸，才能感受到山水之象；山水则是其独特的形质与道相通，从而才能使主体感悟其中之灵。

《画山水序》由这种观念出发，又提出了更具有绘画美学意义的问题。宗炳说："且夫昆仑山之大，瞳子之小，迫目以寸，则其形莫睹，迥以数里，则可围于寸眸。诚由去之稍阔，则其见弥小。今张绢素以远映，则昆、阆之形，可围于方寸之内。竖划三寸，当千仞之高；横墨数尺，体百里之迥。是以观画图者，徒患类之不巧，不以制小累其似。如是，则嵩、华之秀，玄、牝之灵，皆可得之于一图矣。"③ 一般认为，这一段主要是论述山水画的透视问题，这自然是对的。在观看作为对象的山水时，如果逼近了看，则无法看到对象的整体形状，而如果将眼睛拉开距离，就可以将对象之形尽收眼底。在作山水画时，铺开绢素而将昆仑之形写入画幅。竖划三寸，就使人感到千仞之高，横墨数尺，就可以体现百里山川。这一方面说明了山

① （南朝·宋）宗炳：《明佛论》，见石峻等《中国佛教思想资料选编》第1卷，中华书局1983年版，第230页。

② 李存山注译：《老子》，中州古籍出版社2008年版，第47页。

③ （南朝·宋）宗炳，王微：《画山水序·叙画》，人民美术出版社1985年版，第5页。

水画的透视关系，另一方面也指出了山水画要表现出山水之灵而形成的独特个性。

宗炳在佛学思想是紧紧追随慧远的。慧远是南北朝时期最著名的高僧之一，他在庐山结社讲学，影响广大。宗炳作为慧远的俗家弟子，时常在庐山听慧远说法，史书谓其“入庐山就释慧远考寻文义”[①]。慧远继承和发展了道安的思想，发挥了佛教的“三世报应”和“神不灭”论。在“神不灭”论这个阵营中，慧远是一面最有号召力的旗帜。以现存文献为限，慧远著有《沙门不敬王者论》、《三报论》和《明报应论》等重要佛学文献，专门论述因果报应和神不灭论。而这正是以其佛性思想为主要支点的。《高僧传》载：“先是中土未有泥洹常住之说，但言寿命长远而已。远乃叹曰：‘佛是至极，至极则无变，无变之理，岂有穷耶？’因著《法性论》曰：至极以不变为性，得性以体极为宗。罗什见论而叹曰：边国人未有经，便暗与理合，岂不妙哉？”[②]《法性论》已佚，但此中所引《法性论》这两句话，已经道出了它的基本思想。所谓“极”与“至极”都是指佛教的最高境界“涅槃”，意谓：佛教的涅槃当以不寂不变、不空不有为其真性，要得其真性，又要以体悟涅槃境界为根本。慧远所论是在鸠摩罗什译般若经典之前，却与般若实相精义甚合，所以罗什叹道：“边国人未有经，便暗与理合。”[③]慧远所谓“体极”，就是涅槃佛性。而对佛性的体认，是不空不有、不常不断的。慧远将世间万物分为“有灵”与“无灵”两类：“凡在有方，同禀生于大化，虽群品万殊，精粗异贯，统极而言，唯有灵与无灵耳。有灵则有情于化，无灵则无情于化。无情于化，化毕而生尽，生不由情，故形朽而化灭。有情于化，感物而动，动必以情，故其生不绝。”[④]“体极”即体认佛性，就必然走向超越形体的“神不灭论”。慧远又认为：“是故反本求宗者，不以生累其神；超落尘封者，不以情累其生。不以情累其生，则生可灭；不以生累其神，则神可冥。冥神绝境，故谓之泥洹。”[⑤]慧远还正面论述了“神不灭”的理论，他说：“夫神者何耶？精极而为灵者也。……夫神者，圆应无生，妙尽无名，感物而动，假数而行。感物而非物，故物化而不灭；假数而

① （唐）李延寿：《南史》卷75《隐逸传》上，中华书局1975年版，第1860页。

② （南朝·梁）慧皎：《高僧传》卷6，中华书局1992年版，第218页。

③ 转引自熊十力《新唯识论》，商务印书馆2010年版，第390页。

④ （晋）慧远：《沙门不敬王者论》，见石峻等《中国佛教思想资料选编》第1卷，中华书局1983年版，第83页。

⑤ （晋）慧远：《沙门不敬王者论》，同上书，第85页。

非数，故数尽而不穷。有情则可以物感，有识则可以数求。数有精粗，故其性各异；智有明暗，故其照不同。推此而论，则知化以情感，神以化传，情为化之母，神为情之根。情有会物之道，神有冥移之功。"① 依慧远的观点，神是没有具体的形质的，也是无法用语言描绘的。之所以"形尽而神不灭"，是因为神非物却是感物的。神寄寓于物中却又超越于物，当物尽时神可以"冥移"于他物。慧远以形神关系论争中最常见的比喻薪火关系来说明神可以在脱离一个形体后移入另一形体，他说："火之传于薪，犹神之传于形；火之传异薪，犹神之传异形。前薪非后薪，则知指穷之术妙；前形非后形，则悟情数之感深。"② 在慧远看来，神是超越于形的，故形灭而神不灭；然神又是感物而动的，由此而形成了所寓之形的不同。慧远是以此来论证人的灵魂可以从一个形体迁入另一形体，进而宣扬因果报应论，但在客观上揭示了由于神之感物而产生的"其形各异"，这对于宗炳的美学思想有直接的影响。宗炳在其《明佛论》中贯通其"天地有灵，精神不灭"的观点，同时，又主张物各有灵、其形各异。而他在《画山水序》中对于山水作为审美对象的观照，也认为其是各有其个性所在的。他所说的"嵩、华之秀，玄、牝之灵，皆可得之于一图矣"，正是表达了这种思想。

三 "顿悟"与"神理"：谢灵运的审美思维与佛性论

谢灵运（385—443）在整个魏晋南北朝是名声最为显赫的诗人之一，在中国文学史上可以说是一流的大家。谢灵运之所以在文学史上有这样独特的位置，其实很大程度上是因其独特的美学观念。谢氏的美学观念其与佛性论相关者大致为"顿悟"说和"神理"观。二者都与慧远、竺道生的佛性理论甚有渊源。

谢灵运和宗炳一样，都是慧远的俗家高足。慧远逝后，谢灵运即为慧远作了《庐山慧远法师诔》，极尽敬慕之情。谢灵运还受慧远之托撰写了《佛影铭》，其序云："夫大慈弘物，因感而接，接物之缘，端绪非一，难以形检，易为理测，故已备载经传，具著记论矣。……庐山法师闻风而悦，于是随喜幽室，即考空岩，北枕峻岭，南映滮涧，摹拟遗量，寄托青彩，岂唯像

---

① （晋）慧远：《沙门不敬王者论》，见石峻等《中国佛教思想资料选编》第1卷，中华书局1983年版，第86页。

② 同上。

形也笃，故亦传心者极矣。道秉道人远宣意旨，命余制铭，以充刊刻。”① 在形神关系的论争中，谢灵运与宗炳一样，是“神不灭”论一派的坚决主张者，他为此专门作了《辨宗论》，阐扬神不灭论，而在其中更以道生的佛性学说为依据，主张顿悟之说，这对当时和后世的美学思想产生了非常深远的影响。汤用彤先生述谢氏与道生学说之联系云：“谢康乐具文学上之天才而于哲理则不过依傍道生，实无‘孤明先发’之处。惟其所著《辨宗论》，虽本文不及二百字，而其中提出孔释之不同，折中以新论道士（道生）之说，则在中国中古思想史上显示一极重要之事实。”② “辨宗”也即“证体”，换言之，也即成佛之道或作圣之道。竺道生以玄学思想方法理解般若佛性之说，认为“一阐提人亦有佛性”，并由此倡导“顿悟成佛”之说。汤用彤先生论“竺道生之顿悟义”说：“竺道生主大顿悟。大顿悟者，深探实相之本源，明至理本不可分。悟者乃言‘极照’。极照者冥符至理。理既不可分，则悟自不可有阶段。”③ 这从逻辑上阐明了道生有佛性论与其顿悟说的内在关系。《涅槃集解》卷一引道生序文可大略见其宗旨：“夫真理自然，悟亦冥符。真则无差，悟岂容易？（故悟须顿）不易之体，为湛然常照，但从迷乖之，事未在我耳。”④ 慧达所作《肇论疏》中述道生理论云：“竺道生法师大顿悟云，夫称顿者，明理不可分，悟语极照，以不二之悟，符不分之理。”⑤ 佛性乃佛教的终极之理，它是不可分的，那么，对它的体认把握也是不可阶渐的。这种理论，对于后来禅宗的“顿悟见性”，是最为重要的渊源。谢灵运所作《与诸道人辨宗论》，即以问答形式阐发“顿悟”之说。文中说“夫明非渐至，信由教发。何以言之？由教而信，则有日进之功；非渐所明，则无入照之分。然向道善心起，损累出垢伏。伏似无同，善似恶乖。此所务不俱，非心本无累。至夫一悟，万滞同尽耳”⑥，描绘了“顿悟”之后所体验的境界。

所谓“神理”，并非是由谢灵运提出的理论命题，却是由清代大思想家王夫之论其诗所提出来的。然寻其源，仍在于慧远。所谓“神理”，基本上

---

① （晋）谢灵运：《佛影铭（并序）》，见《谢灵运集校注》，中州古籍出版社 1987 年版，第 247 页。

② 汤用彤：《汤用彤学术论文集》，中华书局 1983 年版，第 288 页。

③ 汤用彤：《汉魏两晋南北朝佛教史》，中华书局 1983 年版，第 470 页。

④ 华严编藏会整编：《新修华严经疏钞》2，财团法人台北市华严莲社 2001 年版，第 536 页。

⑤ 汤用彤：《汉魏两晋南北朝佛教史》，中华书局 1983 年版，第 471 页。

⑥ （晋）谢灵运：《辨宗论》，见石峻等《中国佛教思想资料选编》第 1 卷，中华书局 1983 年版，第 222 页。

是一个美学的概念，王夫之论谢灵运时多以此作为评价标准。如其评谢灵运《登上戍石鼓山诗》云："言情则于往来动止、缥缈有无之中，得灵蠁而执之有象；取景则于击目经心，丝分缕合之际，貌固有而言之不欺。而且情不虚情，情皆可景；景非滞景，景总含情。神理流于两间，天地供其一目，大无外而细无垠。"① 船山对谢灵运诗最为推崇者便是诗中富有"神理"。"神理"即是在作品的神韵中蕴含的理趣。慧远作铭文即道"神理"之意："廓矣大像，理玄无名。体神入化，落影离形。迴晖层岩，凝映虚亭。"② 慧远是在论证形中之神时提出神理的，神理是在感物中体悟到的。慧远云："夫幽宗旷邈，神道精微，可以理寻，难以事诘。……因兹而观，天地之道，功尽于运化；帝王之德，理极于顺通。"③ "理"为佛教终极之理，实即所谓佛性。而它并非是脱离具体之形的抽象之物，而即寄寓于形中。慧远还以非常富有审美意味的描写道出"神理"的意蕴，他在《阿毗昙心序》中说："《阿毗昙心》者，三藏之要颂，咏歌之微言，管统众经，领其宗会，故作者以心为名焉。……凡二百五十偈，以为要解，号之曰心。其颂声也，拟象天乐，若云昙自发，仪形群品，触物有寄。若乃一吟一咏，状鸟步兽行也；一弄一引，类乎物情也。情与类迁，则声随九变而成歌；气与数合，则音协律吕而俱作。拊之金石，则百兽率舞，奏之管弦，则人神同感。斯乃穷音声之妙会，极自然之众趣，不可胜言者矣。又其为经，标偈以立本，述本以广义，先弘内以明外，譬由根而寻条，可谓美发于中，畅于四肢者也。"④ 慧远之所以门庭广大，而且赢得许多文学家和艺术家如谢灵运、宗炳、刘遗民等人的倾心敬慕，游学其门，《高僧传》所载："彭城刘遗民、豫章雷次宗、雁门周续之、新蔡毕颖之、南阳宗炳、张莱民、张季硕等，并弃世遗荣，依远游止。"⑤ 这恐怕是与慧远深谙艺文、颇有审美情趣有很大关系的。佛教偈语多以韵语寓禅机，玄奥枯燥，罕有意趣。然慧远为之作序的《阿毗昙心》，系法胜所作。以二百五十偈来表达《阿毗昙经》的要义，写得颇有诗意。慧远序盛称其文采，并非常形象地道出其美学特征。"触物有寄"正是

① （清）王夫之：《古诗评选》卷5，见《船山全书》第14册，岳麓书社1996年版，第736页。

② （南朝·梁）慧皎：《高僧传》卷6，中华书局1992年版，第213页。

③ （晋）慧远：《沙门不敬王者论》，见石峻等《中国佛教思想资料选编》第1卷，中华书局1983年版，第85页。

④ （晋）慧远：《阿毗昙心序》，郁沅、张明高编选《魏晋南北朝文论选》，人民文学出版社1996年版，第233页。

⑤ （南朝·梁）慧皎：《高僧传》卷6，中华书局1992年版，第214页。

“神理”的表现。“神理”是通过感物而体证幽玄之理，“理”是在审美感兴中随机悟出的，而非堕入理窟。慧远是主张以此方式来言佛理的。他在《念佛三昧诗集序》中所言，也体现了这种主张，其云：“夫称三昧者何？专思寂想之谓也。思专，则志一不分；想寂，则气虚神朗。气虚，则智恬其照；神朗，则无幽不彻。斯二者，是自然之玄符，会一而致用也。是故靖恭闲宇，而感物通灵，御心惟正，动必入微。此假修以凝神，积习以移性，犹或若兹，况夫尸居坐忘，冥怀至极，智落宇宙，而暗蹈大方者哉？请言其始，菩萨初登道位，甫窥玄门，体寂无为而无弗为。及其神变也，则令修短革常度，巨细互相违，三光回景以移照，天地卷舒而入怀矣。”[①]《念佛三昧诗集》当然是体悟佛理之作，但因是诗，故有诗境诗味。慧远序中所称，仍是以虚静态度来“感物通灵”，“冥怀至极”，在感兴中体悟佛理。这就与诗画等艺术的审美创造大有相通之处了。

宗炳的画论其实是与慧远的“神理”思想大有渊源的。《画山水序》后半部分有云：“夫以应目会心为理者，类之成巧，则目亦同应，心亦俱会。应会感神，神超理得。是复虚求幽岩，何以加焉？又，神本无端，栖形感类，理入影迹。诚能妙写，亦诚尽矣。于是闲居理气，拂觞鸣琴，披图幽对，坐究四荒，不违天励之藂，独应无人之野。峰岫峣嶷，云林森眇。”[②]宗炳提出了画中之“理”的问题。“应目会心”，并非单纯的审美主客体的融通遇合，而是在观对象时以心灵来体悟，得到一种垂直的提升。这种“理”即当是神理，就是在审美感兴中感悟其理。宗炳对理甚为重视，乃至将“理得”作为最高的价值尺度。“应会感神，神超理得”，其意是说，在主体和客体的应会中感悟到了对象中的“神”，而体会到了神对形的超越，也就是理了。当然，这种理还是有具体的内涵的，但是，宗炳已将神和理的关系问题按着他的逻辑说清楚了。主体在与客体（如画家和山水之像）的遇合中感受到了对象的激活乃至于一种精神性的存在，如李白诗中的“相看两不厌，唯有敬亭山”，这便是“神”；而在感受神对形的超越中体味到具体的理性因素，这便是“理”。“神本无端，栖形感类，理入影迹。诚能妙写，亦诚尽矣。”“神”本身是没有形迹的，因而，也就是无从把握的，但它寄寓于形中，可以通过“感类”而得，不妨可以说，这个感类的过程，

① （晋）慧远：《念佛三昧诗集序》，见石峻等《中国佛教思想资料选编》第1卷，中华书局1983年版，第98页。

② （南朝·宋）宗炳，王微：《画山水序·叙画》，人民美术出版社1985年版，第7页。

也就是“理”。

谢灵运诗多富神理，在山水景物的刻画中升华出理趣，实际上，诗人是以般若佛性的观念来体味山水之像。王夫之盛称康乐诗，即是谓其以神理见胜。如一语道破《晚出西射堂》云：“心期寄托，风韵神理。”① 评《田南树园激流植援》云：“亦理，亦情，亦趣，逶迤而下，多取象外，不失圜中。”② 评《入彭蠡湖口》云：“抉微挹秀，无非至者，华净之光，遂掩千秋。”③ 评《入华子冈是麻源第三谷》云：“理关至极，言之曲到。人亦或及此理，便死理中，自无无气。此乃须捉着，不尔飞去。”④ 应该说，王船山论谢诗是以“神理”为其最高的评价的。而“神理”则是指动态的、感兴中的物象所生发之理。试取其颇具代表性的篇什如《石壁精舍还湖中作》一诗以观之：“昏旦变气候，山水含清晖。清晖能娱人，游子憺忘归。出谷日尚早，入舟阳已微。林壑敛暝色，云霞收夕霏。芰荷迭映蔚，蒲稗相因依。披拂趋南径，愉悦偃东扉。虑澹物自轻，意惬理无违。寄言摄生客，试用此道推。”这类诗在康乐诗中确乎是有代表性意义的。诗人的景物刻画是处在时间的变幻之中的，是带着原生态的生命感的。诗人在景物描写之后总要有“理”的升华，尽管这种“理”在后来的诗论家评价中不无微词，认为其与景物刻写分张并列，但这种情况其实是诗歌发展的一种历史状态，真正的情景交融，则是唐代诗歌才达到的境界。而谢诗中的“理”则是一种在具有生命感的景物感兴中升发出来的，自有独特的价值。

这样的“神理”，是当日的重要审美观念，也是和佛学界的佛性论有难以剥离的因缘的。

四 “神思”的佛性论底色

这里谈“神思”作为审美创造的思维范畴与佛性论的关系。

关于“神思”，最系统的论述当然要推魏晋南北朝最有名的文论家刘勰。此外，萧子显、宗炳等人也都使用着这个范畴。《文心雕龙》的创作论部分，首篇即是《神思》篇，其在《文心》理论体系中的重要性是自不待

---

① （清）王夫之：《古诗评选》卷5，见《船山全书》第14册，岳麓书社1996年版，第732页。

② 同上。

③ 同上书，第742页。

④ 同上。

言的。这方面，许多“龙学”的论著都有精辟之论。关于“神思”的内涵，有的学者认为是艺术想象，有的认为是灵感，有的认为是艺术构思，这些都有充分的理由和根据；但从刘勰的《神思》篇全文来看，它可以说是创作论的总纲，创作论后面这些篇所谈论的问题其实都是此篇的展开。笔者是将“神思”作为艺术创造思维的整体加以论述的。[①] 在笔者看来，“神思”可视为艺术创造思维的核心范畴。它可以包含狭义和广义两个层面：狭义是指创造出达于出神入化的艺术杰作的思维特征、思维规律和心意状态；广义则是指在普遍意义上揭示了艺术创造的思维特征、思维过程和心理状态。它包含了审美感兴、艺术构思、创作灵感、意象形成乃至于审美物化这样的重要的艺术创作的思维要素。同时，它也是对于艺术思维过程的动态描述。

刘勰与佛教有不解之缘，他长期生活在佛寺中，从事大量的佛经的编撰与翻译工作。根据考证，刘勰二十几岁入定林寺，协助当时著名高僧僧祐整理佛经。《梁书·刘勰传》谓：“今定林寺经藏，勰所定也。”[②] 如僧祐所撰《三藏记》、《法苑记》、《世界纪》等，当多出于刘勰之手。作为僧祐信赖的高足，刘勰对于般若佛性学说自然不会生疏，而是相当熟稔。僧祐编撰的《弘明集》和《出三藏记集》等，关于佛性之论颇多。

佛性论多有与神思论相通之处。

佛性在道生等人的观念里，是一切众生都具有的，它是对涅槃实相的证悟，当然是超越于世间形质的。如汤用彤先生所阐释的：“竺道生曰：一切众生，莫不是佛，亦皆泥洹。泥洹者，乃自证无相之实相，物我同忘，有无齐一，断言语道，灭诸心行，除惑灭累，而彻悟人生之真相。由是而有真我之说生焉。”[③] 佛性的证得也就是一种“泥洹”即涅槃的境界。“实相”即是“无相”，是一种“物我同忘，有无齐一”的自由。般若经典则以中道释佛性。在《北本涅槃经》中，佛性是超世相、绝言表、非内非外、不落有无的“中道理体”。如说：“佛性名第一义空，第一义空名为智慧。所言空者不见空与不空，……中道者名为佛性。”[④] “众生佛性犹如虚空，虚空者非

① 有关观点，已在《文心雕龙研究》第六辑的拙文《“神思”作为美学范畴的本体追问》中有所表述。

② （唐）姚思廉：《梁书·刘勰传》，中华书局1974年版，第493页。

③ 汤用彤：《汉魏两晋南北朝佛教史》，中华书局1983年版，第454页。

④ （北凉）昙元谶：《北本涅槃经》，见石峻等《中国佛教思想资料选编》第4卷，中华书局1992年版，第169页。

过去非未来非现在非内非外。”① “众生佛性非有非无。……佛性虽无不同兔角，何以故？龟毛兔角虽以无量善巧方便不可得生，佛性可生，是故佛性非有非无，亦有亦无。”② 这种非有非无、非内非外的佛性，在慧远、宗炳等人的“神不灭”论的雄辩中，成为虽则感物却超于物、则形虽灭而神不灭的精神实体。“神”是无形无象的，又是可以超越时空的，可以从一个形体迁移到另一个形体，即慧远所谓“冥移”。这里请注意的一点是，“神”的生成与变化、迁转，是感物而动的，这同样是对魏晋南北朝的审美创造理论具有深刻影响的。宗炳在《明佛论》中描述了“神”的这种超越形质、超越时空的特征，其云：“神也者，妙万物而为言矣。若资形以造，随形以灭，则以形为本，何妙以言乎？夫精神四达，并流无极，上际于天，下盘于地，圣之穷机，贤之研微。”③ 宗炳在《画山水序》中所说的“神超理得”，也讲的是“神”的这种超越性质。

刘勰论“神思”，首先揭示的便是创作主体的自由本质，其云：“古人形在江海之上，心存魏阙之下，神思之谓也。文之思也，其神远矣！故寂然凝虑，思接千载；悄焉动容，视通万里；吟咏之间，吐纳珠玉之声；眉睫之前，卷舒风云之色，其思理之致乎！”“神思”可以突破时间和空间的限制，使想象的翅膀冲破客观时空的云层，上可达于天，下可入之地。可以回溯于千载之前，可以驰骋于百代之后。刘勰对神思的界定明确揭橥了这层意思。

神思的自由性质还在于不拘成法，变幻万端，进入一种自然灵妙的境界。神的含义所指一是神灵和精神的作用，二是指微妙的变化。张岱年先生指出：“以‘神’表示微妙的变化，始于《周易大传》。《系辞上传》云：‘阴阳不测之谓神。’又云：‘神无方而易无体。’又云：‘知变化之道者，其知神之所为乎！《说卦》云：‘神也者妙万物而为言者也。’也就是说：‘神’是表示阴阳变化的‘不测’、表示万物变化的‘妙’。何谓‘不测’？《系辞下传》云‘易之为书也不可远，为道也屡迁，变动不居，周流六虚，上下无常，刚柔相易，不可为典要，唯变所适。’所谓‘不测’，即‘不可为典要’，‘唯变所适’之义，表示变化的极端复杂。‘妙’王肃本作‘眇’，妙眇古通，即细微之意。韩康伯《系辞注》云：‘神也者，变化之

① （北凉）昙元谶：《涅槃经》第2卷，宗教文化出版社2001年版，第646页。

② 转引自赖永海《中国佛性论》，上海人民出版社1988年版，第55页。

③ （南朝·宋）宗炳：《明佛论》，见石峻等《中国佛教思想资料选编》第1卷，中华书局1983年版，第230页。

极，妙万物而为言，不可以形诘者也。故曰阴阳不测。尝试论之曰：原夫两仪之运，万物之动，岂有使之然哉？莫不独化于太虚，尔自造矣。’韩氏以‘变化之极’解释‘神’，基本上是正确的，‘神’表示变化的复杂性。”① “神思”也是这样一种摆脱束缚、变化万端的艺术思维。萧子显谈及“神思”也从这个角度论述：“文章者，盖情性之风标，神明之律吕也。蕴思含毫，游心内运，放言落纸，气韵天成。莫不禀以生灵，迁乎爱嗜，机见殊门，赏悟纷杂。若子桓之品藻人才，仲治之区判文体，陆机辨于《文赋》，李充论于《翰林》，张眎擿句褒贬，颜延图写情兴，各任怀抱，共为权衡。属文之道，事出神思，感召无象，变化无穷。俱五声之音响，而出言异句，等万物之情状，而下笔殊形。”② 变化无穷的神思，使“属文之道”充满了复杂的情境，而在非常有限的形式中，腾挪变幻出各自不同的艺术个性来。

魏晋南北朝时期的美学思想是相当丰富的，也是与这个阶段的思想史联系非常密切的。一些重要的美学观念，与当时盛行的佛学和玄学等哲学思潮有着不解之缘。佛教虽是外来宗教，但其经典以其思辨的深度和介入现实的广度广泛为中土人物所接受，佛性问题更不是一个简单的宗教问题，而在当日的思想界具有特殊的涵盖力。很难说佛性与美学的关系，仅限于这里谈到的几个人，其实，当时的玄学家和文学家、艺术家深受佛性思想浸润者是很难计数的。我们摭举这几个与佛教有直接关系的著名的文学家、艺术家来看佛性与美学的关系，其间的联系基本上是不会受到质疑的。此外的相关问题、相关人物尚有许多，俟后再加考量吧。

---

① 张岱年：《中国古典哲学概念范畴要论》，中国社会科学出版社 1987 年版，第 97 页。

② （南朝·梁）萧子显：《南齐书·文学传论》，见《中国历代美学文库·魏晋南北朝卷》下，高等教育出版社 2003 年版，第 351 页。

“感兴”：情感唤起与审美表现*

一 “兴”即情感的唤起

在中国古代诗学中，“兴”是一个众说纷纭而又莫衷一是的范畴。在笔者看来，“兴”或云“感兴”不是一个个别的、普通的诗学概念，而是创作发生的最基本的理念，也是最能说明中国美学特质的元范畴。抛开那些文字上的辨析，笔者想直接道出对“兴”的根本看法：从创作论的角度来说，“兴”就是对于创作主体的审美情感的唤起，“兴”的起因是客观外物的变化给主体心灵带来的触发。从这个意义上说，“兴”即“感兴”，也就是感于物而兴。“兴”还有另一个方面，它不仅是心之于物的受动过程，更是主体情感被唤起之后将所感外物化为审美意象的过程。易言之，“兴”这个范畴概括了创作主体从创作冲动的发生到审美意象形成的这样一个完整的过程。这个过程，又是将主体的情感唤起和作品中的审美情感贯通一气的。

关于“兴”的内涵，多种解释中笔者认为最客观、最切中实质的是对情感的唤起。英国著名美学家赫伯恩（R. W. Hepbum）在其论述审美情感的论著中特别重视“情感唤起”的作用①，笔者以为借此来说明“兴”的性质是恰如其分的。“兴”是客观事物对于主体情感的唤起，这种唤起是在偶然的契机中发生的。感物而发，即为兴也。中国古代论述艺术发生机制几乎都是以“感物”为其动因。这种主客体的关系不是认识的性质，决不可以从认识的角度来解释，倘若此，那就足以从整体上误解中国美学的独特品格了。事实上，古代文论中关于“兴”的主流意见，远非认识或模仿，兴作为审美主体和客体的中介功能不是在于主体通过“兴”的过程，得到了什么关于外物的知识，如果说有，那也一定是一种附加值，最重要的当是对

---

* 本文刊于《文艺理论研究》2008 年第 2 期。

① ［美］李普曼：《当代美学》，邓鹏译，光明日报出版社 1986 版，第 309 页。

主体情感的兴发唤起。“兴者，起也”①，是最直接也是最切合实际的训释。秦汉时论乐以“其本在于人心之感于物也”②，当时最为常用的这个“心”，就是后来的“情”。到南北朝时，“兴”就直接被释为“起情”了。“兴”是物对情的感发激荡，是对主体心灵情感的唤起，由此而产生创作冲动，“兴”的作用是作者进入创作过程的关键。作为艺术发生学的“兴”，是对作为作家或艺术家的审美主体而言的，它限定于艺术创作的范围，不是随便什么人都可以“兴”的。这就意味着“兴”的主体应该是具有特殊的情怀和纯熟地运用艺术语言的作家或艺术家。

所谓“情感唤起”的过程，其实是由主体所感受到的自然情感到审美情感的转化与升华。这个过程是自然而然的，但却发生着自然情感向审美情感的暗转。同时，作品的生成也就产生在这个过程之中。明代李梦阳所说的“情者，动乎遇者也。……故遇者物也，动者情也，情动则会，心会则契，神契则音，所谓随寓而发者也”③，较为明确地描述了这个过程。而在真正的创作发生中，这个过程又是一体化的。在这个过程中，被兴发了情感的人，正在向审美主体生成。在其中，情感唤起的受动性质并不影响主体的能动把握的发挥。反之，在主体情感被唤起之后，作为作家或艺术家的审美主体，便以非常积极的、能动的思维，将外在物象择其要者改造为审美意象。我们对“兴”的认识，以往是罕有对其能动性思维的阐发的，这里再引用赫伯恩的论述来表达笔者的意思：“我们应该强调，承认情感唤起的作用是与很早提到的艺术领域内的情感经验是一种积极活动而不是被动的情感灌注这一论断并行不悖的。”④“兴观群怨”，“兴”居其首，正说明了“兴”的这种性质。笔者非常注意的是宋代的李仲蒙关于兴的阐释：“触物以起情，谓之兴。物动情者也。”⑤笔者认为这种阐释是概括了前人有关“兴”的最基本的理解，而又最为全面的说法。刘勰《文心雕龙·比兴》篇的阐释可以使我们得到很多相关的启示，其云：“诗文弘奥，包韫六义，毛公述传，独标兴体；岂不以风通而赋同，比显而兴隐哉？故比者，附也；兴者，起

① （汉）毛亨等：《毛诗正义》，见李学勤主编《十三经注疏》，北京大学出版社1999年版，第14页。

② 王云五、朱经农主编：《礼记》，商务印书馆1947年版，第83页。

③ （明）李梦阳：《梅月先生诗序》，见王筱云、韦风娟等《中国古典文学名著分类集成·文论卷》，百花文艺出版社1994年版，第378页。

④ ［美］李普曼：《当代美学》，邓鹏译，光明日报出版社1986年版，第320页。

⑤ （宋）胡寅：《与李叔易书》，见《斐然集》卷18，中华书局1993年版，第386页。

也。附理者切类以指事，起情者依微以拟议。起情故兴体以立，附理故比例以生。比则畜愤而斥言，兴则环譬以记讽。盖随时之义不一，故诗人之志有二也。”① 这段论述内涵丰富，此处只抉发其要而言之。刘勰对“兴”的训释就是“起也”，起即“起情”，也即情感唤起。比兴为诗之二法，相对而言，比显而兴隐。这是因为，比是寻一切近之物以比附事理；“兴”则是通过情感唤起，以其微妙之象表现之。“兴”的关键在于“起情”，比的关键在于“附理”。《毛诗》郑玄笺：“兴者，托事于物，则兴者起也。取譬引类，起发己心，诗文诸举草木鸟兽以见意者皆兴辞也。”② 郑氏此处也明确指出“兴”是“起发己心”也就是对于主体情感的唤起。朱熹释“兴”也说：“可以兴，感发志意。”③ 其实也是指情感的发动。

“兴”作为创作冲动的发生，主要是外物的变化对心灵情感的发动唤起，这在汉代时主要是讲物之于心的感发作用。《礼记·乐记》是有代表性的，如说：“凡音之起，由人心生也。人心之动，物使之然也。感于物而动，故形于声。”④ “乐者，音之所由生也；其本在人心之感于物也。”⑤ 指出音乐的发生在于人心受外物的感发而自然生成。此处所云之“心”，主要是主体的情感。于是又说“是故其哀心感者，其声噍以杀；其乐心感者，其声啴以缓；其喜心感者，其声发以散；其怒心感者，其声粗以厉；其敬心感者，其声直以廉；其爱心感者，其声和以柔；六者非性也，感于物而后动。”哀心、乐心、喜心、怒心、敬心、爱心，这六者是六种人的基本情感。在中国古代哲学中，情和性密切联系，情是性之发动。未发之谓性，已发之谓情。所谓“六者非性也”，正是指其“感于物而后动”之情。

魏晋南北朝时期的文论中关于创作的发生，基本上都是这种感于物的情感发动，而“物”的变化，直接影响到情感的类型。如陆机说：“遵四时以叹逝，瞻万物而思纷。悲落叶于劲秋，喜柔条于芳春。”⑥ 钟嵘也说得相当明确：“气之动物，物之感人，故摇荡性情，形诸舞咏。”⑦ 这都阐发了物之感发人心，唤起创作主体情感的感兴思想。萧统亦言：“炎凉始贸，触兴自

① 范文澜：《文心雕龙注》，人民文学出版社 1958 年版，第 601 页。

② （汉）毛亨等：《毛诗正义》，见李学勤主编《十三经注疏》，北京大学出版社 1999 年版，第 14 页。

③ （明）朱熹：《四书集注》，中华书局 1983 年版，第 178 页。

④ 王云五、朱经农主编：《礼记·乐记》，商务印书馆 1947 年版，第 83 页。

⑤ 同上。

⑥ 张怀瑾：《文赋译注》，北京出版社 1984 年版，第 20 页。

⑦ 陈延杰：《诗品注》，人民文学出版社 1961 年版，第 1 页。

高。睹物兴情，更向篇什。”①

《文心雕龙》论述感兴思想颇为系统和全面，其中大有可以抉发之处。

关于诗的训释，按《毛诗正义》谓诗有三训，即承也，志也，持也。“作者承君政之善恶，述己志而作诗，为诗所以持人之行，使不失坠，故一名三训也。”② 刘勰认为诗的功能在于“持人情性”，其云：“是以在心为志，发言为诗，舒文载实，其在兹乎！诗者，持也，持人情性，三百之蔽，义归无邪：持之有训，有符焉尔。”③ 是采用《诗纬·含神雾》中所云“诗者，持也”的义项，而在“持”的内容上却加上了自己的观点：“持人情性”，看似简单，其实却是刘勰诗学本体观对于传统的重大突破。在这里，我们不难想起被海德格尔所反复提及的荷尔德林的诗句：“但诗人，创建那持存的东西。”④ “持存的东西”，正是人们心中那种活生生的、却又转瞬即逝的情感，通过诗人的审美表现而呈现在世人眼前，存留于时间之中。而诗人不是一般的保留，而必须经过一种“创建”，即通过艺术语言的创造性构建，而呈现为一个审美的境界。海德格尔指出：“这个诗句构成《追忆》的一诗的结尾：‘而诗人创建持存’。凭借这个诗句，就有一道光线进入我们关于诗之本质的问题之中了。诗乃一种创建，这种创建通过词语并在词语中实现。如此这般被创建者为何？持存者也。但持存者竟能被创建么？难道它不是总是已经现存的吗？决非如此。”⑤ 海德格尔关于“持存”的论述，对于我们理解刘勰的诗学观，还真是有所裨益的。刘勰认为，诗即是人的情感的持存。“志”是由感物而生发的情感，含蕴在内心即为“志”。持，《说文解字》训为“握也”，也即含蕴、把握。这是《诗大序》的发挥。《诗大序》云：“诗者，志所之也。在心为志，发言为诗。”⑥ 心中情感，未发为志，形而发之为诗。《毛诗正义》释此云：“上言用诗以教此。又解作诗所由。诗者人志意之所适也。虽有所适，犹未发口，蕴藏在心，谓之为志。发

---

① （南朝·梁）萧统：《答晋安王书》，见郁沅、张明高《魏晋南北朝文论选》，人民文学出版社1996年版，第330页。

② 范文澜：《文心雕龙注》，人民文学出版社1958年版，第68—69页。

③ 同上书，第65页。

④ ［德］海德格尔：《荷尔德林诗的阐释》，孙周兴译，商务印书馆2000年版，第100页。

⑤ ［德］海德格尔：《荷尔德林和诗的本质》，见《海德格尔选集》，孙周兴译，上海三联书店1996年版，第317页。

⑥ 范文澜：《文心雕龙注》，人民文学出版社1958年版，第65页。

见于言，乃名为诗。"[①] 所谓"志"，是蕴藏在心的情感。

"志"的由来，是诗人心灵受外物感发的产物，《明诗》篇又说："人禀七情，应物斯感，感物吟志，莫非自然。"[②]"吟志"即是将蕴藏于心的情感表现出来。《物色》篇论及感兴尤为精彩，其云："春秋代序，阴阳惨舒，物色之动，心亦摇焉。盖阳气萌而玄驹步，阴律凝而丹鸟羞，微虫犹或入感，四时之动物深矣。若夫珪璋挺其惠心，英华秀其清气，物色相召，人谁获安？是以献岁发春，悦豫之情畅；滔滔孟夏，郁陶之心凝；天高气清，阴沉之志远；霰雪无垠，矜肃之虑深。岁有其物，物有其容；情以物迁，辞以情发。一叶且或迎意，虫声有足引心。况清风与明月同夜，白日与春林共朝哉！"[③] 这段美妙的文字，集中地阐述了感兴是情感的唤起，是由于外物感召而兴发了不同类型的情感。

二 与心徘徊：兴的审美表现主体功能

感兴不仅唤起了主体的情感，更在于以此为艺术创作的动力，将所感之物象化为创作中的有机审美意象。"兴"的这种功能是不应该被忽视的。可惜的是，以往我们在这方面并未予以充分的关注。现在看来，兴所承担的这种功能是"兴"的内涵不可或缺的重要内容。兴是一种强劲的推动力，使创作主体所感之物象，颇为自然地在心灵中创化为审美意象，又以作者所谙熟的艺术语言表现出来，这个时候，"兴"则更多地体现为主体的创化能力。所感之物，往往经过作者的审美运思而进入作品，而成为审美意象，也就是《毛诗正义》之所谓"诗文诸举草木鸟兽以见意者，皆兴辞也"[④]。刘勰对于感兴的阐发，更多地着眼于情感被外物唤起后，物象化为意象时审美主体的创化能力，《物色》篇云："是以诗人感物，联类不穷；流连万象之际，沉吟视听之区。写气图貌，既随物以宛转；属采附声，亦与心而徘徊。故灼灼状桃花之鲜，依依尽杨柳之貌，杲杲为日出之容，瀌瀌拟雨雪之状，喈喈逐黄鸟之声，喓喓学草虫之韵。皎日嘒星，一言穷理；参差沃若，两字

---

① （汉）毛亨等：《毛诗正义》，见李学勤主编《十三经注疏》，北京大学出版社 1999 年版，第 7 页。

② 范文澜：《文心雕龙注》，人民文学出版社 1958 年版，第 65 页。

③ 同上书，第 693 页。

④ （汉）毛亨等：《毛诗正义》，见李学勤主编《十三经注疏》，北京大学出版社 1999 年版，第 14 页。

穷形：并以少总多，情貌无遗矣。”[①] 这段话一方面指出了诗人由于“感物”而兴情，另一方面更由于情感被外物唤起之后，物象进入作者心灵，涌现不断，联类不穷，成为审美意象的主要来源。刘勰这里揭示了心与物之间的两种关系，一是“写气图貌”、“随物宛转”，将物象摄入内心，而成为审美意象之源，二是心对物的剪裁与表现，即“属采附声”、“与心徘徊”。这是审美主体的艺术创化能力，充分体现了主体精神。这是“兴”的题中应有之义。《物色》篇的“赞”语云：“山沓水匝，树杂云合。目既往还，心亦吐纳。春日迟迟，秋风飒飒。情往似赠，兴来如答。”[②] 这个“赞”语，被清代大学者纪昀评为“诸赞之中，此为第一。”[③] 在笔者看来，这个“赞”语之妙，并非仅是文采之美，更在于理论内涵之丰富。“目既往还”是外物之入眼帘，“心亦吐纳”则是心灵的主体创化功能。“情往似赠，兴来如答”，正可理解为情感唤起之后，“兴”即作品的神思是对作者的回报，“兴”是包括了这个过程的。嵇康论音乐创作时也说：“心应感而动，声从变而发；心有盛衰，声亦降杀；哀乐之情，必形于声音。”[④] 同样认为，音乐也是由感兴而得情之哀乐，然后必然形之于声音，创作出美妙的音乐。

三　自然发生与审美个性

“兴”在实际上是人与造化的遇合。唤起主体情感的外物，其实是自然造化的表征。物对心的感发，是宇宙自然的生命感所显现的变化，呼唤着心灵的感应。因此，四时的节物之变及其所呈现出来的不同物象，是使主体心灵产生波动的重要因素。在感兴论中，与情相感的物，不是个别的物，而是以整个宇宙自然为其背景或根基的。人们所能见到的有关兴的论述，都是植根于传统的“天人合一”的深层观念之中的。

较早的感兴论中兴发主体情感的“物”，多是由节候迁转而呈现的自然景物的变化。陆机所说的“悲落叶于劲秋，喜柔条于芳春”[⑤]，钟嵘所说的

① 范文澜：《文心雕龙注》，人民文学出版社 1958 年版，第 693 页。

② 同上书，第 695 页。

③ 同上书，第 697 页。

④ （三国·魏）嵇康：《声无哀乐论》，见郁沅、张明高《魏晋南北朝文论选》，人民文学出版社 1996 年版，第 87 页。

⑤ 张怀瑾：《文赋译注》，北京出版社 1984 年版，第 20 页。

"春风春鸟，秋月秋蝉，夏云暑雨，冬月祁寒，斯四候之感诸诗者也"①，刘勰所说的"春秋代序，阴阳惨舒，物色之动，心亦摇焉"②，等等，都是以季节变换而呈现的不同物象，来感染兴发主体的情感的。这些物象并非是单纯的，而是宇宙自然的律动的表征。作家艺术家作为主体与外物的感应，也不是仅与物象相交感，而是感受宇宙造化的脉动和生生不息。所谓"兴"者，实质上是宇宙自然对人的情感的感发唤起，也是人的情感对于宇宙自然的呼应。宇宙造化在中国人的观念中是一个具有生命感的整体，是育化万物的母体。在道家哲学看来，世界是统一于"道"的，而这个"道"，其实就是宇宙自然的统一体。《老子》四十二章云："道生一，一生二，二生三，三生万物。万物负阴而抱阳，冲气以为和。"③ 指出万物中是有一个作为生成母体的道的，同时，万物又是一个生生不息的整体。而"道"又是依自然的规律而运行的。因此，《老子》又说："人法地，地法天，天法道，道法自然。"④ 宇宙自然观在中国古代是深入人心的。中国古代思想中，"气"是一种本原性的范畴，它是依于道而化生万物的元物质。《庄子》中说"通天下一气耳"⑤，其意为，世界是一个连续统一的整体，世界万物都是"一气"所产生。战国之后，"一气"的概念一直被沿用，如《淮南子》所说："天地之合和，阴阳之陶化，万物皆乘一气者也。"⑥ "道始于虚廓，虚廓生宇宙，宇宙生气，气有涯垠，清阳者薄靡而为天，重浊者凝滞而为地。"⑦ 气作为化生万物的元物质，也被称为"元气"。元气之流行化育，使天地万物成为有生命感的、有动力的整体。汉代思想家王充论之曰："天之动行也，施气也，体动气乃出，物乃生矣。……天动不欲生物，而物自生，此由自然也。施气不欲为物，而物自为，此则无为也。谓天自然无为者何？气也。"⑧ 从宇宙构成论的角度，指出了宇宙万物的生命性以及与元气的关系。

感兴之论，其深层的哲学底蕴正是在这种宇宙自然思想之中的。物象的变化如所谓"柔条"、"落叶"之类，其实是宇宙造化的生命律动的外显，见到这些物象的变化而生发了情感的波动，是在深层上与宇宙造化相交接。

① （南朝·梁）钟嵘：《诗品》，中华书局 1991 年版，第 11 页。
② 范文澜：《文心雕龙注》，人民文学出版社 1958 年版，第 693 页。
③ 李存山注译：《老子》，中州古籍出版社 2008 年版，第 101 页。
④ 同上书，第 79 页。
⑤ （清）郭庆藩：《庄子集释》卷 7，中华书局 1961 年版，第 733 页。
⑥ （汉）刘安：《淮南子》卷 8，河南大学出版社 2010 年版，第 314 页。
⑦ 同上书，第 174 页。
⑧ （汉）王充：《论衡》卷 18《自然篇》，上海人民出版社 1974 年版，第 278 页。

正是在这个意义上，钟嵘才在《诗品序》开端处即言：“气之动物，物之感人，故摇荡性情，形诸舞咏。照烛三才，辉丽万有，灵祇待之以致飨，幽微藉之以昭告，动天地，感鬼神，莫近于诗。”① 刘勰论“物色”也同样是以此种宇宙自然观为底蕴的。

从美学的意义上看，这种以宇宙造化为整体底蕴的物象，唤起了作家艺术家的审美情感，这是一个自然而然的过程，同时，也是产生“言有尽而意无穷”的审美场域的重要因素，也即刘勰说的“以小总多，情貌无遗”。宋人郭熙论画说：“真山水之云气，四时不同。春融怡，夏蓊郁，秋疏薄，冬黯淡，尽见其大象，而不为斩刻之形，则云气之态度活矣。”② 是通过所见四时景物之状貌，而“见其大象”，这样，画作才充满了生气活力。外物对主体情感的唤起，也是难以预期的，而往往是偶然的触遇。正因如此，兴作为创作的发生机制，是难以言说的。方其来时，不可遏止；俾其去时，倏忽而灭。其间多有机微之处，却是文学艺术佳构的生成因素。那种只可有一、不可有二的精妙之作，基本上都是以感兴为其创作动因的。刘勰所云“依微以拟议”，“微”即作品的机微之处，它不是如“比”那样“切类指事”，意义明显，却是可以有见于言外的多重意蕴的。刘勰在《比兴》篇的赞语中说：“诗人比兴，触物圆览。”③ 其重心宜在“兴”上。萧子显述其创作体验时云：“若乃登高目极，临水送归，风动春朝，月明秋夜，早雁初莺，开花落叶，有来斯应，每不能已也。……每有制作，特寡思功，须其自来，不以力构。”④ 所谓“有来斯应”，正是诗人情感被自然而然地唤起。刘勰所说的“感物吟志，莫非自然”。遍照金刚《文镜秘府论》中引王昌龄《诗格》“十七势”，中有“感兴”一势：“感兴势者，人心至感，必有应说，物色万象，爽然有如感会。”⑤ 显然认为，感兴是“人心至感”的情感唤起，是与“物色万象”的“爽然感会”，当然是自然而然的遇合，而非有意寻求。罗根泽先生论之曰：“这种感兴是由内及外的心灵感兴，而不是由外及内的景物感兴。”⑥ 看到感兴的“由内及外”的趋向，这是一般论者所

---

① 陈延杰：《诗品注》，人民文学出版社 1961 年版，第 1 页。

② （宋）郭熙：《林泉高致》，见俞剑华《中国古代画论类编》，人民美术出版社 1998 年版，第 635 页。

③ 范文澜：《文心雕龙注》，人民文学出版社 1958 年版，第 603 页。

④ （南朝·梁）萧子显：《自序》，见郁沅、张明高《魏晋南北朝文论选》，人民文学出版社 1996 年版，第 342 页。

⑤ ［日］遍照金刚：《文镜秘府论·地卷》引，人民文学出版社 1975 年版，第 41 页。

⑥ 罗根泽：《中国文学批评史》，上海书店出版社 2003 年版，第 316 页。

忽略的，但由外及内和由内及外，正是感兴的两种互动的趋向，不可偏废。唐诗人贾岛论兴云："兴者，情也。谓外感于物，内动于情，情不可遏，故曰兴。"① 其言精赅，对于感兴的情感唤起概括准确，而且指出情感被唤起之后是不可遏止的。明代诗论家论诗最为重视"兴"的创作机理，而于其中又阐发其自然之趣，认为只有以"兴"为诗才能达到化境。如说："诗有不立意造句，以兴为主，漫然成篇，此诗之入化也。"② "凡作诗，悲欢皆由乎兴，非兴则造语弗工。欢喜之意有限，悲感之意无穷。欢喜诗，兴中得之虽佳，但宜乎短章；悲感诗，兴中得之更佳，至于千言反复，愈长愈健。"③ 主张"兴"中得悲欢之情，自然为诗，造语尤工。谢氏认为只有以"兴"为诗，才能不可遏止，入乎神化，其论说："或造句弗就，勿令疲其神思，且阅书醒心，忽然有得，意随笔生，而兴不可遏，入乎神化，殊非思虑所及。"④ 清初大思想家王夫之更指出"兴在有意无意之间，比亦不容雕刻。关情者景，自与情相为珀芥也。情景虽有在心在物之分，而景生情，情生景，哀乐之触，荣悴之迎，互藏其宅。天情物理，可哀而可乐，用之无穷，流而不滞，穷且滞者不知尔。"⑤ 王夫之认为"兴"是自然而发的，同时也是情感的发动触遇，情景相生，诗才能达到圆融之境。

"兴"作为中国古代的艺术发生学的基本观念，揭示了由自然情感的兴发到审美情感的转换，再由审美情感自然外显为臻于化境的艺术形式。可以说兴不是一般的创作冲动的发生过程，而是指艺术杰作产生中的思维进路。其发生原因在于主体的心灵受到外在事物的触发，是主客体的偶然遇合，这个过程是有着受动的性质的。"人心之动，物使之然也"⑥，究其本因来说在于此，这也是"兴"最为基础的内涵；作为被唤起的情感，也是有着自然情感的性质的。如钟嵘在《诗品序》中所说的"至于楚臣去境，汉妾辞宫，或骨横朔野，魂逐飞蓬；或负戈外戍，杀气雄边；塞客衣单，孀闺泪尽，或士有解佩出朝，一去忘返，女有扬蛾入宠，再盼倾国；凡斯种种，感荡心灵"⑦，这些都是人在体验这些遭际时产生的自然情感，也是作为作者感荡

① （唐）贾岛：《二南密旨》，见叶朗主编《中国历代美学文库·隋唐五代卷》下册，高等教育出版社2003年版，第239页。

② （明）谢榛：《四溟诗话》卷1，中华书局1985年版，第15页。

③ 同上书，第53页。

④ 同上书，第77页。

⑤ 戴鸿森：《姜斋诗话笺注》卷1，人民文学出版社1981年版，第33页。

⑥ 王云五、朱经农主编：《礼记·乐记》，商务印书馆1947年版，第83页。

⑦ （南朝·梁）钟嵘：《诗品》，文学古籍刊行社1954年版，第2页。

于心，必欲发之的强烈动因。但既是作者（作家、诗人、艺术家），就必须有熟练地使用艺术语言的才能，这是谈论这个问题的前提；对于没有这种能力的人来说，就不可能在创作的意义上来谈“兴”了。作家在感兴之时，已将所感的自然情感向审美情感转化了。在这个过程中，作家与其说是受动的，毋宁说是能动的。这个能动的态势，又是不可遏止的，自然而然的。或者可以这样认为，“兴”的过程，情感已在这个发动之中，将感于心的外物，作为载体加以熔裁，形成了审美意象了，而情感也在这个过程中转化为审美情感了。陆机所说“情曈昽而弥鲜，物昭晣而互进”①，就从情感和物象两个方面指出了这种进境。《文心雕龙·神思》所说的“夫神思方运，万途竞萌，规矩虚位，刻镂无形”②，也是这种以意象创造来表现审美情感的过程。作家所感受的外在事物，大多数情形下是杂多的、不完整的，而它却以一种强烈的性质打动了作者，作者则以其有明确指向的审美情感和艺术语言，剪裁出最有魅力的物象而作为作品中的审美意象，得到的效果却是“兴之托喻，婉而成章，称名也小，取类也大”③，“以少总多，情貌无遗”④。刘勰还指出其艺术手法在于：“然物有恒姿，思无定检。或率尔造极，或精思愈疏。且诗骚所标，并据要害，故后进锐笔，怯于争锋。莫不因方以借巧，即势以会奇，善于适要，则虽旧而弥新矣。是以四序纷回，而入兴贵闲；物色虽繁，而析辞尚简；使味飘飘而轻举，情晔晔而更新。”⑤ 这种“善于适要”的艺术手法，是面对杂多物色的审美性把握，也即以突出的审美意象来涵盖整体的氛围，达到“以少总多，情貌无遗”的审美效应。正是在这个意义上，钟嵘对“兴”的界定是：“文已尽而意有余，兴也。”⑥ 值得注意的是，一般的排序都是“赋、比、兴”，而钟嵘却反之，以“兴”为首，这是认为“兴”是最能创造出最佳的诗歌艺术效果的。其云：“故诗有三义焉：一曰兴，二曰比，三曰赋。文已尽而意有余，兴也；因物喻志，比也；直书其事，寓言写物，赋也。宏斯三义，酌而用之，干之以风力，润之以丹采，使味之者无极，闻之者动心，是诗之至也。”⑦ 钟嵘在《诗品》

---

① （晋）陆机：《文赋》，见（南朝·梁）萧统选，（唐）李善注《文选》，商务印书馆1936年版，第350页。

② 范文澜：《文心雕龙注》，人民文学出版社1958年版，第493—494页。

③ 同上书，第601页。

④ 同上书，第693—694页。

⑤ 同上书，第694页。

⑥ （南朝·梁）钟嵘：《诗品》，中华书局1991年版，第10—11页。

⑦ 同上。

阐明了自己的诗歌价值的最高标准，即是"味之者无极，闻之者动心"，而"兴"则最能得此诗境，故置之于三义之首。

论"兴"者多认为兴是使作品臻于"入神"、"造极"之境的创作思维。《文镜秘府论·南卷·论文意》说："眠足之后，固多清景，江山满怀，合而生兴，须屏绝事务，专任情兴。因此，若有制作，皆奇逸。"① 认为由"情兴"而生之诗是奇逸之作，是超绝于凡庸之作的。宋代画家董逌以感兴论画，认为无所立意，与山水邂逅而为画者最能得之"天机"。他对范宽、燕仲穆的画最为推崇，并谓其之所以能画出超逸绝伦之作，正是因其与气象万千的山水相遇。如其论燕画云："燕仲穆以画自嬉，而山水尤妙于真形。然平生不妄落笔，登临探索，遇物兴怀。胸中磊落，自成丘壑。至于意好已传，然后发之。"② 又谓："余评燕仲穆之画，盖天然第一。其得胜解者，非积学所至也。想其解衣盘礴，心游神放，群山万水，泠然有感而应者。"③ 这在画论中是非常有代表性的。王夫之也看到，兴之为法，可以达到"化工"的至高境界，他说："含情而能达，会景而生心，体物而得神，则自有灵通之句，参化工之妙。"④ 清代张实居论诗亦重"兴"，而且认为"兴"是创造名篇的普遍原因，他说："古之名篇，如出水芙蓉，天然艳丽，不假雕饰，皆偶然得之，犹书家所谓偶然欲书者也。当其触物兴怀，情来神会，机括跃如，如兔起鹘落，稍纵则逝矣。有先一刻后一刻不能之妙，况他人乎？"⑤ 认为感兴为诗最能得其神妙。同时，这段话也寓含了"兴"可以产生富于个性之美的品格。"兴"是审美主体和客观外物的偶然触发，因此有先一刻后一刻不能之妙，这就自然而生成了作品不同凡响的个性。此前宋人叶梦得也主张"兴"为诗家根本，其云："'池塘生春草，园柳变鸣禽'，世多不解此语之工，盖欲以奇求之耳。此语之工，正在无所用意，猝然与景相遇，借以成章，不假绳削，故非常情所能到。诗家妙处，当须以此为根本，而思苦言难者，往往不悟。"⑥ "故非常情所能到"，当然是极具个性的，而其发生原因，就在于猝然与景相遇的感兴。感兴之所以能够产生个性色彩鲜

---

① ［日］遍照金刚：《文镜秘府论》，人民文学出版社 1975 年版，第 139 页。

② （宋）董逌：《广川画跋·书燕龙图写蜀图》，见于安澜《画品丛书》，上海人民美术出版社 1982 年版，第 297 页。

③ （宋）董逌：《广川画跋·书王氏所藏燕仲穆画》，同上书，第 307—308 页。

④ 戴鸿森：《姜斋诗话笺注》卷 2，人民文学出版社 1981 年版，第 95 页。

⑤ （清）郎廷槐：《师友诗传录》，见丁福保《清诗话》，中华书局 1963 年版，第 128 页。

⑥ （宋）叶梦得：《石林诗话》卷中，见（清）何文焕《历代诗话》，中华书局 1981 年版。第 426 页。

明的作品，还在于对于不同的审美主体来说，同样的物象所唤起的主体情感是不尽相同的，因而，所创造的审美意象也是不尽相同的，也就由此而生成了独特的个性。谢榛的这番话特具美学意义："作诗本乎情景，孤不自成，两不相背。凡登高致思，则神交古人，穷乎遐迩，系乎忧乐，此相因偶然，著形于绝迹，振响于无声也。夫情景有异同，模写有难易，诗有二要，莫切于斯者。观则同于外，感则异于内，当自用其力，使内外如一，出入此心而无间也。"① 在面对景物兴发情感时，即使是面对同样的观照对象，审美主体所感却是有所不同的。"自用其力"，就是以其具有个性的功力投入创造之中，"内外如一"，则是主体的独特情感与外境成为特殊的审美情境。谢榛继而还有一段鲜为人知的论述，说明了审美主体的独特气质形成的作品风貌的殊异，其云："自古诗人养气，各有主焉。蕴乎内，著于外，其隐见异同，人莫之辨也。熟读初唐诸家所作，有雄浑如大海奔涛，秀拔如孤峰峭壁，壮丽如层楼叠阁，古雅如瑶瑟朱弦，老健如朔漠横雕，清逸如九皋鸣鹤，明净如乱山积雪，高远如长空片云，芳润如露蕙春兰，奇绝如鲸波蜃气，此见诸家所之不同也。"② 诗人养气之不同，即是主体的特殊情怀，谢氏将诗人创作的不同风貌，归之于主体的养气的各有不同。谢榛还指出因其情景的感兴关系，而造就了浑然一体的卓异，他说："景乃诗之媒，情乃诗之胚，合而为诗，以数言而统万形，元气浑成，其浩无涯矣。同而不流于俗，异而不失其正，岂徒丽藻炫人而已。然才有异同，同者得其貌，异者得其骨。人但能同其同，而莫能异其异。吾见异其同者，代不数人尔。"③ 作为"诗之胚"的主体情感，是有其特殊性的。因而，"以数言而统万形"，就是个性化的境界。王夫之于此也说："'池塘生春草'，'胡蝶飞南园'，'明月照积雪'，皆心中目中相融浃，一出语时，即得珠圆玉润，要亦各视其所怀来，而与景相迎者也。"④ 王夫之举谢灵运的名句，认为是心中目中与相融浃，即诗人感兴之作，所以才能一出语便得"珠圆玉润"的精美自然，其根本原因在于诗人以其当时的特殊情怀而与外在景物相迎。王夫之继而又说"'日暮天无云，春风散微和'，想见陶令当时胸次，岂夹杂铅汞人能作此语？程子谓见濂溪一月坐春风中。非程子不能知濂溪如此，非陶令不能自

① （明）谢榛：《四溟诗话》卷3，中华书局1985年版，第41页。
② 同上。
③ 同上。
④ 戴鸿森：《姜斋诗话笺注》卷2，人民文学出版社1981年版，第50页。

知如此。"[①] 这是以陶渊明和周敦颐来说明诗人的不同胸次。所谓"怀来"，即指诗人当时的胸襟怀抱。语见《汉书·司马相如传》："于是士大夫茫然，丧其所怀来，失厥所以进。"[②] 叶燮论诗特重触遇感兴，但同时强调诗人的审美主体的独特胸襟，他说："我谓作诗者，亦必先有诗之基焉。诗之基，其人之胸襟是也。有胸襟，然后能载其性情、智慧、聪明、才辨以出，随遇发生，随生而盛。千古诗人推杜甫。其诗随所遇之人之境之事之物，无处不发其思君王、忧祸乱、悲时日、念友朋、吊古人、怀远道，凡欢愉、幽愁、离合、今昔之感，一一触类而起，因遇得题，因题达情，因情敷句，皆因甫有其胸襟以为基。如星宿之海，万源从出，如钻燧之火，无处不发，如肥土沃壤，时雨一过，夭矫百物，随类而兴，生意各别，而无不具足。"[③] 叶氏以杜甫为例，充分表明了作者那种深厚独特的胸襟，对于诗歌境界和诗歌个性之美的至关重要意义。纪昀也看到兴于诗歌创作时生成艺术个性的功用，他说："凡物色之感于外，与喜怒哀乐之动于中者，两相薄而发为歌咏，如风水相遭，自然成文；如泉石相舂，自然成响。刘勰所谓'情往似赠，兴来如答'，盖即此意。岂步步趋趋，摹拟刻画，寄人篱下者所可拟哉！"[④] 赫伯恩特别重视审美情感的独特性，他认为"有这样性质特殊、高度个性化的情感"，并指出这种情感的价值，他说："有时候这意味着一个人以一种特殊方式解释一种情景，体验一种普通的激动。但这种分析并不适用于一切情况。虽然有时候我们的激动是混乱的，但有时却是高度特殊化的，而千差万别的鉴别，便往往是审美价值的源泉之一"[⑤]。赫伯恩此语是对审美主体在面对艺术品时所产生的特殊审美感受而言的，但我们在认识作者在感兴中的独特情感也是同样适用的。

在笔者看来，中国美学中有着足够代表性的范畴就是"兴"。它适足以表明在艺术发生学的立场上中国美学与西方美学的不同，到现在也仍然是充满生命力的。"兴"从主体因素来说，不是意味着"天才"或主体迷狂，如果仅以灵感论，也远不够全面，它必须是主体与客体的触发感遇，在偶然的

---

① 戴鸿森：《姜斋诗话笺注》卷2，人民文学出版社1981年版，第50页。

② （汉）班固：《汉书·司马相如传》，中华书局1962年版，第1967页。

③ （清）叶燮：《原诗·内篇下》，见霍松林、杜维沫校注《原诗·一瓢诗话·说诗晬语》，人民文学出版社1979年版，第17页。

④ （清）纪昀：《清艳堂诗序》，见《纪晓岚文集》第1册，河北教育出版社1995年版，第202页。

⑤ ［美］李普曼：《当代美学》，邓鹏译，光明日报出版社1986年版，第322页。

契机中迸发出不可遏止的创作冲动和独特的审美意象。从这个意义上，“兴”即感兴。“兴”是对主体情感的唤起，古人所谓“触物以起情”对于“兴”的阐释是再地道不过了。但我们切勿将“兴”仅仅视为一个“物使心动也”的受动过程，主体情感被外物在偶然契机触动中便被升华为审美情感，这种审美情感带有鲜明的独特性。在这种“兴”的冲击中，作为艺术家作家的头脑进入了亢奋而奇妙的创作阶段，“以数言而统万形”，用无可替代的艺术语言创造出珠圆玉润的杰作来。审美主体独特的情怀、纯熟的艺术表现力，在与外物的偶然契合中生发出美妙的佳作。

中国美学中的宇宙生命感及空间感*

中国古人那里当然没有“美学”这样的概念，但是，中国古代的文学艺术理论，又是有着浓郁的美学气质和丰富的美学蕴含的，对于其间的一些美学观念，径直称之为“中国美学”，或许不会引起太多的歧义。

中国美学当然同样有审美主体和审美客体的对待，但是，在主体与客体的互动或感通中，往往有着充盈而丰沛的宇宙生命感生成其中。就其哲学意义而言，这种宇宙生命感可以得到“道”、“气”、“理”等范畴的解释，而本文仅是道出这种现象作为中国美学的独特存在，并且指出其在审美活动中的功能。

创作的也好，理论的也好，这方面的例子都太多太多。笔者还是要从几个层面上，呈示在文学艺术范围内审美活动的宇宙生命感的存在。

一

从主体与对象的感兴层面，也即文学艺术创作的审美发生层面来看，中国美学在以客观物象作为审美对象时，极少将“景”作为纯客观的对象看待，而是视为充满生命感的对象化存在，刘勰称之为“物色”，我以为这个概念可用，本文中一般以之作为进入文学艺术创作的景物，也即成为客体的“景”。这种生命感又并非仅是存在于个体的，而是宇宙自然所生发出来的。本文所说的“宇宙生命感”，就是指在中国美学思想中普遍存在着对于自然“物色”所感受到的生命和性灵，它们是流行化育的，是吸纳了宇宙万物的创造伟力的。正如方东美所指出的：“对我们来说，自然是宇宙生命的流行，以其真机充满了万物之属。在观念上，自然是无限的，不为任何事物所局限，也没有什么超自然凌驾乎自然之上，它本身是无穷无尽的生机。它的

---

* 本文刊于《社会科学辑刊》2010年第3期。

真机充满一切，但并不和上帝的神力冲突，因为在它之中正含有神秘的创造力。再说，人和自然也没有任何间隔，因为人的生命和宇宙的生命也是融为一体的。”① 此论非常切合本文的论题与观点，也是笔者深以为然的。

中国古代文学艺术理论中相关的论述颇多，即便是这样一些理论的文字，都会给我们以生命的鼓舞和性灵的沟通。如陆机在《文赋》中所说：“遵四时以叹逝，瞻万物而思纷。悲落叶于劲秋，喜柔条于芳春。”② 如果说“落叶”和“柔条”是兴发作家情感的景物，那么，这种景物又是由“劲秋”和“芳春”的大自然的周期律动生成的表征。刘勰《文心雕龙》的《物色》篇，是论述作为诗人的审美对象的“物色”也即物象的名篇，同样是将“物色”作为自然生命运动的外显，其中有云：“春秋代序，阴阳惨舒，物色之动，心亦摇焉。盖阳气萌而玄驹步，阴律凝而丹鸟羞，微虫犹或入感，四时之动物深矣。若夫珪璋挺其惠心，英华秀其清气，物色相召，人谁获安？是以献岁发春，悦豫之情畅；滔滔孟夏，郁陶之心凝；天高气清，阴沉之志远；霰雪无垠，矜肃之虑深。岁有其物，物有其容；情以物迁，辞以情发。”③ “物色”并非仅指客观事物，而是事物的外在形象，“色”是借用佛教中“色”的含义，指与本体相对应的现象界，也即“色不异空，空不异色”的“色”。这里所说的四时变化所产生的景象，都是活泼泼的，有着内在的生命力的。魏晋南北朝时期文论家谈及景物引起人的心灵感应，从而生成创作冲动，大都是揭示其四季轮回而产生的景物变化，从而使人感觉到造物自然作为其内在的本体的伟大而神秘的力量。如钟嵘所说：“若乃春风春鸟，秋月秋蝉，夏云暑雨，冬月祁寒，斯四候之感诸诗者也。”④ 萧统所说：“或日因春阳，具物韶丽，树花发，莺鸣和，春泉生，暄风至，陶嘉月而熙游，藉芳草而眺瞩，或朱炎受谢，白藏纪时，玉露夕流，金风时扇，悟秋士之心，登高而远托，或夏条可结，倦于邑而属词，冬雪千里，睹纷霏而兴咏。”⑤ 萧子显的《自序》亦云：“若乃登高极目，临水送归，风动春朝，月明秋夜，早雁初莺，开花落叶，有来斯应，每不能已也。”⑥ 这些论述都不是单纯地谈论“物色”，而是主体所感受到的“物色”之变。宇宙自

① 方东美：《中国的人生观》，见方东美《生生之美》，北京大学出版社2009年版，第82页。
② 张怀瑾：《文赋译注》，北京出版社1984年版，第20页。
③ 范文澜：《文心雕龙注》，人民文学出版社1958年版，第693页。
④ （南朝·梁）钟嵘：《诗品》，中华书局1991年版，第11页。
⑤ 黄侃：《文心雕龙札记》，上海古籍出版社2000年版，第225页。
⑥ （南朝·梁）萧子显：《自序》，见《全梁文》卷23，商务印书馆1999年版，第259页。

然的运行产生了四季的轮回，而四季对人们的影响，恐怕主要的还不是温度，而是四季给物色带来的不同生命形态使人的情感产生的共振。而这些“物色”之变所呈现的生命感，并不是个体的或局部的，而是整体的、来自宇宙自然、得自岁时更迭的。此处所说的“物色”，是“四时之动物”的结果。而作为审美主体，作家由“物色”感发所获得的审美感兴，并不仅是景象的本身，而是自然界的律动和变换呈现的生命感，触发了作家的情感，从而产生表现的冲动及过程。“岁有其物，物有其容；情以物迁，辞以情发”，正可说明此种情形。刘勰在《文心雕龙·原道》篇中从文之根本的角度，已经指出了“文”包括“天文”、“地文”和“人文”，其根源在于“自然之道”，其云：“文之为德也大矣，与天地并生者何哉？夫玄黄色杂，方圆体分，日月叠璧，以垂丽天之象；山川焕绮，以铺理地之形：此盖道之文也。仰观吐曜，俯察含章，高卑定位，故两仪既生矣。惟人参之，性灵所钟，是谓三才；为五行之秀，实天地之心。心生而言立，言立而文明，自然之道也。旁及万品，动植皆文：龙凤以藻绘呈瑞，虎豹以炳蔚凝姿，云霞雕色，有逾画工之妙；草木贲华，无待锦匠之奇：夫岂外饰？盖自然耳。”①在中国美学中，“文”在很大程度上与是与“美”重合的概念，指外显的美的形式。“自然之道”，当是道家哲学的本体论观念，刘勰以之作为“文”的内在根源，体现出宇宙生命的力量。六朝画家宗炳的《画山水序》，是一篇典型的绘画美学论文，尤以山水审美为其内涵：“圣人含道映物，贤者澄怀味象。至于山水，质有而趣灵，……山水以形媚道，而仁者乐。”② 认为山水作为审美对象，是有生命的，有灵趣的。在中国古代的文学艺术作品中，则更多地呈现出这种观念。如陶渊明《时运》诗：“山涤余霭，宇暧微霄。有风自南，翼彼新苗。洋洋平津，乃漱乃濯。邈邈遐景，载欣载瞩。”《癸卯岁始春怀古田舍诗》：“平畴交远风，良苗亦怀新。”王羲之《兰亭集序》云：“是日也，天朗气清，惠风和畅，仰观宇宙之大，俯察品类之盛，所以游目骋怀，足以极视听之娱，信可乐也。”谢灵运《登池上楼》：“池塘生春草，园柳变鸣禽。”王维《鸟鸣涧》：“人闲桂花落，夜静春山空。月出惊山鸟，时鸣春涧中。”《辛夷坞》：“木末芙蓉花，山中发红萼。涧户寂无人，纷纷开且落。”这些都使人感到自然造化的生命力的脉息。这类例子不胜枚举，在作品中呈现的“物色”，不仅是有生命感的，而且是有性灵的，

---

① 范文澜：《文心雕龙注》，人民文学出版社 1958 年版，第 1 页。

② （南朝·宋）宗炳，王微：《画山水序·叙画》，人民美术出版社 1985 年版，第 1 页。

它们在作品中都是特殊的意象，但其予以我们的信息却是非个体的，透露出宇宙自然的整体律动，在有限的意象中透露出无限的生机，体现出造化的伟力。五代荆浩的描述可以看出在画家眼中“物色”的独特生命气象：“太行山有洪谷，其间数百亩田，吾常耕而食之。有日登神镇山四望，回迹入大岩扉，苔径露水，怪石祥烟，疾进其处，皆古松也。中独围大者，皮老苍藓，翔鳞乘空，蟠虬之势，欲附云汉。成林者，爽气重荣；不能者，抱节自屈。或回根出土，或偃截巨流。挂岸盘溪，披苔裂石。因惊而异，遍而赏之。明日携笔复就写之，凡数万本，方如其真。”① 清人龚贤眼中的山水则是：“千峰万峰，中有主宰，昂然者君，拱立臣采，又若儿孙，高高矮矮。罔不正直，各舒精彩。翠列眉端，已在天外。”②

二

审美客体所透露出的宇宙造化的生命感，更多地体现在中国文论或其他艺术理论中的“气化”思想里。从哲学上论“气”和论艺术创作中的“气”都大有人在，而本文只是将其纳入到审美主客体关系中进行观照。“气”在审美主体和客体的关系中起着特殊的作用，它一方面成为主体和客体互相感应的媒质，另一方面，成为联通宇宙万物的动态途径。在如钟嵘所说：“气之动物，物之感人，故摇荡性情，形诸舞咏。照烛三才，辉丽万有，灵祇待之以致飨，幽微藉之以昭告。动天地，感鬼神，莫近于诗。”③以“气之动物”作为诗歌审美感兴的发生动因。正因为“气”使物象禀赋了生命，呈现出各种情态的变化，所以才能感人，引唤起主体的审美情感，产生创作冲动。

在中国的哲学思想中，“气”不仅是作为个体生命的存在依据，也是连通自然万物的最基本的物质。而“气”本身的动态性质，也使宇宙自然充满了运动的状态。老子将气作为“道生万物”进程中的一个环节，万物都有阴与阳两个方面，阴阳对待、统一而不停运动，“冲气”和合而化生万物。庄子发挥老子“万物负阴而抱阳，冲气以为和”的思想，认为阴阳之

① （五代）荆浩：《笔法记》，见周积寅《中国历代画论》，江苏美术出版社 2007 年版，第 257 页。

② （清）龚贤：《半千课徒画说》，见俞剑华《中国古代画论类编》，人民美术出版社 2000 年版，第 803 页。

③ 陈延杰：《诗品注》，人民文学出版社 1961 年版，第 1 页。

气是构成天地万物的本始物质。宋人董逌论画云“且观天地生物，特一气运化尔，其功用妙移，与物有宜，莫知为之者，故能成其于自然”[①]，都是以“气”作为主客体之间产生感兴的主要原因。气之化育流行，是宇宙万物生成的基础，同时，也是宇宙万物一体化的内核。庄子指出“气”之聚散是生死的区别：“人之生，气之聚也；聚则为生，散则为死。”[②] 同时，又说：“聚散通天下一气耳。”即认为，天地宇宙是由一气贯通而为一整体的。《管子》明确道出了气的生命性质：“故曰有气则生，无气则死。”[③] “气”作为物色的内蕴，则使之呈现出活跃的生命感，同时，又是宇宙万物连为一体的，而且“气”就是将宇宙万物连为一体的媒介物。在中国的文学艺术评论中，“气”论无所不在，是最能见出作品的生命气象的。谢榛论诗有颇精彩者，云：“景乃诗之媒，情乃诗之胚，合而为诗，以数言而统万形，元气浑成，其浩无涯矣。”[④] 正因为“元气浑成”，才能有“其浩无涯”的境界。谢榛还主张作家“养气”的不同，而形成的各自的不同风格和审美情态，云：“自古诗人养气，各有主焉。蕴乎内，著乎外，其隐见异同，人莫之辨也。熟读初唐盛唐诸家所作，有雄浑如大海奔腾，秀拔如孤峰峭壁，壮丽如层楼叠阁，古雅如瑶琴朱弦，老健如朔漠横雕，清逸如九皋鸣鹤，明净如乱山积雪，高远如长空片云，芳润如露蕙春兰，奇绝如鲸波蜃气，此见诸家所养之不同也。学者能集众长合而为一，若易牙以五味调和，则为全味矣。”[⑤] 这是将“诗人养气”而形成的不同审美风貌，落实在创作之中。清代诗论家叶燮以“理”、“事”、“情”作为审美客体的基本因素，而以“气”作为贯通三者的根本灵魂，曰：“曰理、曰事、曰情三语，大而乾坤以之定位，日月以之运行，以至一草一木一飞一走，三者缺一，则不成物。文章者，所以表天地万物之情状也。又有总而持之，条而贯之者，曰气。事、理、情之所为用，气为之用也。譬之一木一草，其能发生者，理也。其既发生，则事也。既发生之后，夭矫滋植，情状万千，咸有自得之趣，则情也。苟无气以行之，能若是乎？又如合抱之木，百尺干霄，纤叶微柯以万计，同时而发，无有丝毫异同，是气之为也。苟断其根，则气尽而立萎。此

① （宋）董逌：《广川画跋》，见于安澜《画品丛书》，上海人民美术出版社 1982 年版，第 270 页。

② （清）郭庆藩：《庄子集释》卷 7，中华书局 1961 年版，第 733 页。

③ 赵守正：《管子注译》，广西人民出版社 1982 年版，第 105 页。

④ （明）谢榛：《四溟诗话》卷 3，中华书局 1985 年版，第 41 页。

⑤ 同上。

时理、事、情俱无从施矣。吾故曰：三者藉气而行者也。得是三者，而气鼓行于其间，絪缊磅礴，随其自然，所至即为法，此天地万象之至文也。岂先有法以驭是气者哉！不然，天地之生万物，舍其自然流行之气，一切以法绳之，夭矫飞走，纷纷于形体之万殊，不敢不及于法，将不胜其劳，乾坤亦几乎息矣。”① 叶燮虽将审美客体的基本因素分解发为“理”、“事”、“情”，但又以气来条贯、整合三者，那么，气就成了最根本的东西，而在创作之中，也就成了“天地万象之至文”，由此可以看出，气在叶燮的美学思想中，是流行于宇宙万象而又在作品中形成审美形态的根本。在审美主体和客体之间的关系角度来谈气，是要从审美主体所感受的宇宙生命力，聚合为作品的审美意象，发显为千殊万别的审美情态。蒲震元对气化美学的分析是非常富有启发性的：“美学上的气虽然与哲学上的气一样，都可以用指宇宙生命的本体、原质和功能，但是美学上的气与哲学上的气相较，又出现了一种很值得注意的特征。即哲学上的气概念可以创生转化和包容万物、万象，所以张载说：‘凡象，皆气也。’（《正蒙·乾称》）但美学上的气概念则由于与象对称，而具有超象性、深层性和内在性。在审美中，气常偏指宇宙万物内在的生机活力（主要指动态生机活力）与深层生命内涵，具有内化特征。所以中国传统的气之审美，往往是一种体认宇宙万物的生机活力和深层生命内涵的审美，是一种由有形悟入无形、虽无形而实有的审美。气之审美的特质，便是在对宇宙万物的生机活力与深层生命内涵的独特体悟中实现对事物生命的整体把握与深层体验，进而达到对宇宙人生作宏观审美与深层探索的要求。”② 笔者以为关于“气”的美学角度，蒲氏的表述是颇为透辟的，也是可以用来说明我们的话题的。

三

“物色”的宇宙生命感使审美主体和客体之间的关系，不止于一般的联系，而是产生强烈的审美感兴功能。“感兴”即是感物而发，“物色”对主体的触动唤起了主体的审美情感，从而产生创作欲望。“物色”所蕴含的生命感与主体的生命意识在这种主客体的联通中产生了高度的共振，并且由于

---

① （清）叶燮：《原诗·内篇下》，见霍松林、杜维沫校注《原诗·一瓢诗话·说诗晬语》，人民文学出版社 1979 年版，第 21 页。

② 蒲震元：《中国艺术意境论》，北京大学出版社 1999 年版，第 122 页。

"物色"作为对象的生命感使之主体似乎与客体一起进入大宇宙生命之中。所以刘勰感受的"物色"本身如同有性情的生命体，哪怕是非常微小的事物，都以其灵性召唤着主体，并且透露出宇宙自然的脉息。遍照金刚《文镜秘府论》中论"感兴"一势时说"感兴势者，人心至感，必有应说，物色万象，爽然感会"①，就是与宇宙万象融为一体的审美感受。"物色"的生命感，是艺术家作为主体的审美体验所获取的。"物色"的宇宙生命感因其不止于个体内部，而是与造化自然连通为一，方使主体的情感受到强烈的鼓荡，兴发了主体的审美创造欲念。清人盛大士论诗画之语甚妙："诗画均有江山之助，若局促里门，踪迹不出百里外，天下名山大川之奇胜，未经寓目，胸襟何由而开拓！"② 这个"寓目"，不只是一般的观赏，而是与造化自然互为感通的体验。换言之，物色的宇宙生命感，更是与主体的体验和敏悟分不开的。

生命感作为物色的内蕴，使客体有了灵性，有了情感，在某种意义上与作家艺术家互为主体。刘勰在《物色》的"赞"语中说："山沓水匝，树杂云合。目既往还，心亦吐纳。春日迟迟，秋风飒飒。情往似赠，兴来如答。"③ 山水有情感、有灵性，完全是与人互为主体的关系。唐志契《绘事微言》专有"山水性情"一节，其论颇得要领："凡画山水，最要得山水性情。得其性情，便得山环抱起伏之势。如跳如坐，如俯仰，如挂脚，自然山情即我情，山性即我性，而落笔不生软矣。得涛浪潆回之势，如绮如鳞，如云如怒，如鬼面，自然水情即我情，水性即我性，而落笔不板呆矣。或问山水何性情之有，不知山性虽止，而情态则面面生动；水性虽流，而情状则浪浪具形。探讨之久，自有妙过古人者。古人亦不过于真山真水上探讨，若访旧人者，而只取旧本描画，那得一笔似古人乎？岂独山水，虽一草一木，亦莫不有性情。若含蕊舒叶，若披枝行干，虽一花而或含笑，或大放，或背面，或将谢，俱有生花之意，画与写者，正在此处着精神。亦在未举笔之先，预有天巧耳。不然，则画家六则，首云气韵生动，何所得气韵耶！"④ 在唐氏看来，山水都是有性情的，山有山之性情，如能得山之性情，画中之山便得环抱起伏之势，而且如同人一样有了各色表情，水有水的性情，得了

① ［日］遍照金刚：《文镜秘府论·地卷》，人民文学出版社1975年版，第41页。

② （清）盛大士：《溪山卧游录》，见俞剑华《中国古代画论类编》，人民美术出版社2000年版，第261页。

③ 范文澜：《文心雕龙注》，人民文学出版社1958年版，第695页。

④ （明）唐志契：《绘事微言》卷1，人民美术出版社1985年版，第11页。

水之性情，便会有各种情状呈现。山水性情之得，便在于“我”的性情与之感兴。因之，山性即我性，水性也即我性，山水草木是有性情的，也都是与我互相映发的。“物色”不是单纯的审美客体，而是也似乎成为一个审美主体了。用现象学的观念来看，这就是典型的“互为主体性”（或云“主体间性”）。胡塞尔对于“互为主体性”非常重视，且给予明晰的阐述：“一方面把他们看作世界的对象，另一方面又不能单纯地把他们看作是自然的东西（Naturddinge）（尽管他们在某方面是作为物理的东西）。事实上，我也把他们看成是可以在心理上支配他们各自的自然身体（Naturleibern）的。与其他东西不一样，他们是连同身体，作为心理—物理的对象而在世界中存在的。另一方面，我同时又把他们经验为这个世界的主体。他们同样在经验着我所经验的这同一个世界，而且同时还经验着我，甚至在我经验这个世界和在世界中的其他人时也如此。沿着这个方向继续思考，我就能够解释各种各样的意向对象了。”① 这也便是现象学所说的“交互主体”的含义，对于我们理解中国美学中的生命感以及物我关系，是切中肯綮的。山水之性情与我之性情，正可以视为互为主体，而非单纯的自然物。这种“物色”的生命感，使审美主体在与其感兴中非常微妙，如刘熙载所说：“在外者物色，在我者生意，二者相摩相荡而赋出焉，若与自家生意无相入处，则物色只成闲事，志士遑问及乎？”② 所谓“生意”，就是生命感。所谓“生意”，在此语境中是作家方面的，或者说是属于审美主体的，因之称之为“在我者生意”、“自家生意”，但其实这岂是主体单方面的？而是主体从作为对象的“物色”中所感受到的。刘熙载论赋，不仅看到赋与比兴的区别，同时也看到赋与比兴的相通，他说：“李仲蒙谓：‘叙物以言情谓之赋，索物以托情谓之比，触物以起情谓之兴。’此明赋比兴之别也。然赋中未尝不兼具比兴之意。”③《艺概》有中《文概》、《诗概》、《赋概》、《词曲概》、《书概》及《经义概》等六部分，明显是以艺术门类来论艺，而《赋概》中则又将赋与比兴放在一起讨论，又兼有艺术法则之意。刘氏主张“赋兼比兴”，认为赋法同样“则以言内之实事，写言外之重旨”④。而且，他还更为重视“兴”的功能，认为通过“触物起情”的兴，表征出造化自然的生命感。于是他

① ［德］胡塞尔：《胡塞尔选集》，倪良康译，上海三联书店1997年版，第878页。
② 王气中：《艺概笺注》卷3，贵州人民出版社1980年版，第287—288页。
③ （宋）胡寅：《与李叔易书》，见《斐然集》卷18，中华书局1993年版，第386页。
④ 王气中：《艺概笺注》卷3，贵州人民出版社1980年版，第286页。

说："春有草树，山有烟霞，皆是造化自然，非设色之可拟。故赋之为道，重象尤宜重兴。兴不称象，虽纷披繁密而生意索然，能无为识者厌乎？"① 他如此重视"赋兼比兴"之用，其意在此。石涛"一画"说是为人熟知的，其云："以一画测之，即可参天地之化育也。测山川之形势，度地土之广远，审峰嶂之疏密，识云烟之蒙昧，正踞千里，邪睨万重，统归于天之权，地之衡也。天有是权，能变山川之精灵；地有是衡，能运山川之气脉。我有是一画，能贯山川之形神。此予五十年前未脱胎于山川也；亦非糟粕其山川，而使山川自私也。山川使予代山川而言也，山川脱胎于予也，予脱胎于山川也。搜尽奇峰打草稿也。山川与予神遇而迹化也。"② "山川"与"予""你中有我，我中有你"，同样是互为主体的。

"物色"的宇宙生命感还在与主体的感兴中还形成了主体的意向性，也即是说，审美主体的情感是集中在一个方向上的，这对创作出作为一个完整的艺术品是非常必要的。《诗大序》云："诗者，志之所之也。在心为志，发言为诗。"③ "志"是蕴涵在内，而集矢于一个方向的情感。《毛诗正义》指出："上言用诗以教此。又解作诗所由。诗者志意之所适也。虽有所适，犹未发口，蕴藏在心，谓之为志。发见于言，乃名为诗。"④ 这里"志意之所适也"是指诗人情感的指向性。"志"的由来，是诗人的心灵受外物感兴的产物。孔氏还说"诗者，人志意之所适也。志之所适，外物感焉"⑤，就揭示了"志之所适"的意向性的发生原因是"外物感焉"。《文心雕龙》的《隐秀》篇在"赞"语中将"秀"概括为："言之秀矣，万虑一交。"也是说在作品中的"秀"，是将思致集中在一个方向上。司空图在《二十四诗品》中的"含蓄"一品中有"是有真宰，与之沉浮。如渌满酒，花时返秋。悠悠空尘，忽忽海沤。浅深聚散，万取一收"之句，是说"含蓄"之旨，还在于诗意的归一。"意向性"在现象学的框架里，一方面指意识的"对象化"特征，即任何意识都是相关某物的意识；另一方面，又指意识的统一性。现象学家施皮格伯格于此概括道："意向的统一：意向对象化功能的下

---

① 王气中：《艺概笺注》卷3，贵州人民出版社1980年版，第286页。

② （清）石涛：《苦瓜和尚画语录·山川章》，见俞剑华《中国古代画论类编》，人民美术出版社2000年版，第153页。

③ （汉）毛亨等：《毛诗正义》，见李学勤主编《十三经注疏》，北京大学出版社1999年版，第7页。

④ 同上。

⑤ 同上。

一步就是它使我们把各种连续的材料归结到意义的同一相关物或‘极’上。如果没有这种统一的功能，那就只有知觉流，它们是相似的，但决不是同一的。意向提供一种综合的功能，借助于这种功能，一个对象的各个方面，各种外观和各个层次，全都集中并合并于同一核心上。”① 中国美学则从艺术思维的意义上印证了这一点，“物色”的宇宙生命感使作家艺术家在构思中产生了强劲的思维统一。

“物色”蕴含的宇宙生命感，对于艺术品的审美表现也是至关重要的。其所带来的是，作品在审美表现中“联类不穷”的特征，却是以符合审美形式规律的艺术语言来呈现之。这种艺术语言是简约的，但又能够使人联类而及地联想起远大于作品本身的深广意蕴。如刘勰所说：“是以诗人感物，联类不穷，流连万象之际，沉吟视听之区；写气图貌，既随物而宛转；属采附声，亦与心而徘徊。故灼灼状桃花之鲜，依依尽杨柳之貌，杲杲为出日之容，瀌瀌拟雨雪之状，喈喈逐黄鸟之声，喓喓学草虫之韵。皎日嘒星，一言穷理；参差沃若，两字穷形：并以少总多，情貌无遗矣。”②“物色”的生命感，造成了“联类不穷”、“流连万象”的深广蕴含。骆鸿凯释《物色》篇所云颇能见出其意蕴所在：“诗人感物，连类不穷者，明《三百篇》写景之辞所以广也。赋体之直状景物者姑置不论，即比兴之作，亦莫不假于物，事难显陈，理难言罄，辄托物连类以形之，此比义也。外境当前，适与官接，而吾情郁陶，借物抒之，此兴之义也。比有凭而兴无端，故兴之为用，尤广于比。……夫其托物在乎有意无意之间，而取义仅求一节之合，兴之为诗，所以为用无穷也。”③ “生命感”当然不止于“物色”一侧的，而恰恰是主体在与“物色”的晤对中所感受到的。而这恰是为艺术品的审美表现带来了“气韵”、“生机”和“妙境”。明人李日华论画则曰：“绘事以微茫惨淡为妙境，非性灵廓彻者未易证入。所谓气韵必在生知，正在虚澹中所含意多耳。其他精刻逼塞，纵极功力，于高流胸次间何关也。”④ 李氏所云，正是画家胸次所感受到的生机，也即生命感，而只靠“纵极功力”者是无预“高流”的。明代诗论家谢榛说得更为清楚：“诗有造物，一句不工，则一

① ［美］赫伯特·施皮格伯格：《现象学运动》，王炳文、张金言译，商务印书馆 1995 年版，第 157 页。

② 范文澜：《文心雕龙注》，人民文学出版社 1958 年版，第 693 页。

③ 黄侃：《文心雕龙札记·附录》，中华书局 1962 年版，第 224 页。

④ （明）李日华：《紫桃轩杂缀》，见陈传席《中国绘画美学史》，人民美术出版社 2000 年版，第 356 页。

篇不纯，是造物不完也。造物之妙，悟者得之。”① 诗人要能感悟“造物之妙”，非此则是“造物不完”。“造物之妙”是诗人所感受到的物色的宇宙生命感。清人叶燮以“诗人胸襟”为“诗之基”，诗人有了博爱而敏悟的胸襟，才能更好地感受到万物的“生意”：“如星宿之海，万源从出；如钻燧之火，无处不发；如肥土沃壤，时雨一过，夭矫百物，随类而兴，生意各别，而无不具足。”② “物色”的生命感，是在与审美主体的胸襟相遇时，才获得了最美的呈现的。

四

“物色”的生命感是与宇宙造化连通一气的，因之使主体的创作思维及作品都有着动荡开阖的时空境象。钟嵘评阮籍《咏怀》诗：“言在耳目之内，情寄八荒之表”③，概括了阮诗在时空上的特征。因其与宇宙造化相通，所以使人感到阔大无涯而又充满内在的运动与张力。司空图《二十四诗品》所描绘“劲健”一格：“行神如空，行气如虹。巫峡千寻，走云连风，饮真茹强，蓄素守中。喻彼行健，是谓存雄。天地与立，神化攸同。期之以实，御之以终。”其诗境的空间之无涯，内蕴之饱满，都是与其宇宙造化的生命感密切相关的。南朝画家王微论画所云：“以一管之笔，拟太虚之体”④，也是指画家在对自然的感发中表现出宇宙的浑茫。杜甫评画家王宰山水图“尤工远势古莫比，咫尺应须论万里”⑤，《宣和画谱》论山水云“岳镇川灵，海涵地负，至于造化之神秀，阴阳之明晦，万里之远，可得之于咫尺间。其非胸中自有丘壑，发而见诸形容，未必知此”⑥，都深刻道出与宇宙造化的生命感相关的空间感。清人布颜图从构图的角度讲画的空间气象，曰：“所谓布置者，布置山川也。宇宙之间惟山川见大，始于鸿蒙，而备于大地，人莫究其所以然。但拘拘于石法树法之间，求长觅巧，其为技也，不亦卑乎！制大物必用大器，故学之者当心期于大，必先有一段海阔天空之

① （明）谢榛：《四溟诗话》卷1，中华书局1985年版，第2页。

② （清）叶燮：《原诗·内篇下》，见霍松林、杜维沫校注《原诗·一瓢诗话·说诗晬语》，人民文学出版社1979年版，第17页。

③ （南朝·梁）钟嵘：《诗品》，文学古籍刊行社1954年版，第4页。

④ （南朝·宋）王微：《叙画》，见沈子丞《历代论画名著汇编》，文物出版社1982年版，第16页。

⑤ （清）仇兆鳌：《杜诗详注》，中华书局1979年版，第754页。

⑥ 《宣和画谱》，见俞剑华《中国古代画论类编》，人民美术出版社2000年版，第660页。

见，在于有迹之内，而求于无迹之先。无迹者鸿蒙也，有迹者大地也。有斯大地而后有山川，有斯山川而后有斯草木，有斯草木而后鸟兽生焉，黎庶居焉，斯固定理昭昭也。”① 这些论述，都足见出绘画创作中山川的生命感与造化自然融为一体，同时，其空间蕴含正是出于这种造化之中的。

诗中的空间感也是与诗人在物色中所体验到的生命感内在相通的，也就是说，诗境中的空间感也是充满生命的律动的。举王维为例，如他的《终南山》：“太乙近天都，连山到海隅。白云回望合，青霭入看无。分野中峰变，阴晴众壑殊。欲投人处宿，隔水问樵夫。”《汉江临眺》：“楚塞三湘接，荆门九派通。江流天地外，山色有无中。郡邑浮前浦，波澜动远空。襄阳好风日，留醉与山翁。”诗境中的空间感给人以强烈印象，动荡开阖，似有无限动力就中涌出。杜甫入秦诗中更展现出造化自然所赋予的生命强力，如《木皮岭》：“远岫争辅佐，千岩自崩奔。始知五岳外，别有他山尊。仰干塞大明，俯入裂厚坤。”《水会渡》：“山行有常程，中夜尚未安。微月没已久，崖倾路何难。大江动我前，汹若溟渤宽。篙师暗理楫，歌笑轻波澜。”《剑门》：“惟天有设险，剑门天下壮。连山抱西南，石角皆北向。两崖崇墉倚，刻画城郭状。一夫怒临关，百万未可傍。”杜之入秦之作，雄奇浑茫，尽显造化之奇，诗人的感发充满了宇宙生命感，其空间感非常明显。清代画论家方薰论之曰：“读老杜入峡诸诗，奇思百出，便是吴生、王宰蜀中山水图。自来题画诗亦惟此老使笔如画。人谓摩诘诗中有画，未免一丘一壑耳。”② 方氏所论，认为杜甫入峡诗（即入秦诸首）比王维的“诗中有画”有着更为深广的空间感，有着与宇宙造化相通的内在生成。清人王夫之论诗重在这种“咫尺万里”的“势”，在《姜斋诗话》中，他指出：“论画者曰：‘咫尺有万里之势。’一‘势’字宜着眼。若不论势，则缩万里于咫尺，直是《广舆记》前一天下图耳。五言绝句，以此为落想时第一义。唯盛唐人能得其妙，如：‘君家住何处？妾住在横塘。停船暂借问，或恐是同乡。’墨气所射，四表无穷，无字处皆其意也。”评古乐府时说：“尺幅之中，春波万里。”③ 评刘桢《赠从弟》云：“短章有万里之势。”④ 所论皆揭示了这种

---

① （清）布颜图：《画学心法问答》，见俞剑华《中国古代画论类编》，人民美术出版社 2000 年版，第 194 页。

② （清）方薰：《山静居画论》，见俞剑华《中国古代画论类编》，人民美术出版社 2000 年版，第 231 页。

③ （清）王夫之：《古诗评选》，见《船山全书》第 14 册，岳麓书社 1988 年版，第 538 页。

④ 同上书，第 672 页。

"咫尺万里"的空间感的审美张力。这种审美上的空间感，不是静止的或空泛的，而是有着丰富的蕴含，有着动荡开阖的内在生命。其往往将时间和空间化为一体，时间的悠远和空间的浩茫是融贯其中的。宋人叶梦得评杜诗所云"诗人以一字为工，世固知之，惟老杜变化开阖，出奇无穷，殆不可以形迹捕。如'江山有巴蜀，栋宇自齐梁'。远近数千里，上下数百年，只在'有'与'自'两字间，而吞纳山川之气，俯仰古今之怀，皆见于言外"①，堪可道出此种时空特征。

"物色"所蕴含的宇宙生命感，以其动态变化，使作品产生了与其广远的空间之势相对的微妙，因而，在对作品的理解和诠释中难以明确表述。微妙或又可称为"精微"，是在诗画等艺术品中存在的细微之处，也是使其审美空间产生亮点的笔致。艺术家凭着对于外在事物由于其生命的感染而生发出的微妙难言之处。"精微"（或"微妙"、"微至"）并非仅指刻画细致入微，更有奇妙变幻、刻画传神等意思。刘勰即已在其创作思想中非常重视一个"微"字，其论"比兴"时云："故比者，附也；兴者，起也。附理者切类以指事，起情者依微以拟议。起情故兴体以立，附理故比例以生。比则畜愤以斥言，兴则环譬以记讽。盖随时之义不一，故诗人之志有二也。"② 关于比、兴本义的探究，早有学者莫衷一是的阐发，非本文所拟解决的问题，但笔者是以"情感的唤起"来阐释"兴"的。笔者于此概括为："兴就是对于创作主体的审美情感的唤起，兴的起因是客观外物的变化给主体带来的触发。兴还有另一个方面，它不仅是心之物的受动过程，更是主体情感被唤起之后将所感外物化为审美意象的过程。"③ 笔者对"兴"的理解迄今尚无本质的变化，只是作与本文论题相关的推阐而已。"兴，起也"本是《说文》的训释，"兴，起也，从舁从同，同力也"。对"舁"的训释同是"共举也"。那么，对兴的起始意义，可以理解为同力共举，有"起始"的含义在内。以"起"训"兴"，那么，它的对象或者说内涵是什么？刘勰明确说是"起情"——"起情故兴体以立"，说得再清楚不过了，"兴"就是对情感的唤起。"起情"之释"兴"，与"起"相比，虽则只是多了一个字，却成就了一个了不起的发展。在关于"比兴"的阐释诸家中，最早道出了兴的情感本质。而"起情者依微以拟议"，则是揭示了"兴"在文学创作中的审

---

① （宋）叶梦得：《石林诗话》卷中，中华书局1991年版，第14页。

② 范文澜：《文心雕龙注》，人民文学出版社1958年版，第601页。

③ 张晶：《"感兴"：情感唤起与审美表现》，《文艺理论研究》2008年第2期。

美特征，即以外物的某种微妙之处作为契机，进入情感的表达。刘勰在下文中有所解释："观夫兴之托喻，婉而成章，称名也小，取类也大。"① 意谓作品中以"兴"之法进行创作，所摄写外物往往是具体而微妙的，但其所托讽之意蕴却多是广大的。在《物色》中，他指出："吟咏所发，志惟深远。体物之妙，功在密附。故巧言切状，如印之印泥，不加雕削，而曲写毫芥。"刘勰主张以非常自然的方式，来表现对象的微妙之处，而这还是对于"四序纷回"的体物之感，从"物色虽繁"中提取了简约的词语。叶梦得论诗的"天然工妙"，重在其"精微"："诗语固忌用巧太过，然缘情体物，自有天然工妙，虽巧而不见刻削之痕。老杜'细雨鱼儿出，微风燕子斜'，此十字殆无一字虚设。雨细著水面为沤，鱼常上浮而淴，若大雨则伏而不出矣。燕体轻弱，风猛则不能胜，唯微风乃受以为势，故又有'轻燕受风斜'之语。至'穿花蛱蝶深深见，点水蜻蜓款款飞'，深深若无穿字，款款若无点字，皆无以见其精微如此。"② 谢榛论诗重视诗境的广远和微妙之处，其云："诗乃摹写情景之具，情融乎内而深且长，景耀乎外而远且大。当知神龙变化之妙，小则入乎微罅，大则腾乎天宇。"③ 指出了诗歌创作中广远之境与精微之笔的内在关系。王夫之论诗更是揭示了"物色"的宇宙生命感所产生的"广远"与"微至"融而为一的审美特征，他在评谢灵运《登池上楼》时云："始终五转折，融成一片，天与造之，神与运之。呜呼，不可知已！'池塘生春草'，且从上下前后左右看取，风日云物，气序怀抱，无不显者，较'胡蝶飞南园'之仅为透脱语，尤广远而微至。"④ 又评谢灵运《登上戍石鼓山诗》："神理流于两间。天地供其一目，大无外而细无垠。"⑤ "广远"与"微至"、"大"与"细"的融会，是船山论诗的审美标准所在。艺术理论中对于广远阔大之境的赞赏，是人们所熟悉的；而对于与之融会的"精微"（或"微妙"、"微至"等）则很少见到理论上的概括，而实际上，中国古代美学思想于此是有颇多论述的。

"精微"（或"微妙"、"微至"等）其实更为重要的含义，是在其曲尽对象的情态，把握对象最具特征的东西，有先一刻后一刻不能之妙，这是不

① 范文澜：《文心雕龙注》，人民文学出版社 1958 年版，第 601 页。

② （宋）叶梦得：《石林诗话》卷下，见（清）何文焕《历代诗话》，中华书局 1981 年版，第 431 页。

③ （明）谢榛：《四溟诗话》卷 4，中华书局 1985 年版，第 78 页。

④ （清）王夫之：《船山全书》第 14 册，岳麓书社 1988 年版，第 732 页。

⑤ 同上书，第 736 页。

可重复的，也是与“物色”的宇宙生命感有着深刻的内在联系的。“物色”中所蕴含的宇宙生命感使之呈现出难以把捉的变化，而审美主体与其在偶然间的遇合，产生了作品中“造微入妙”之处，这正是古代艺术理论所说的“天机”。钱锺书先生引徐渭之语表明自己的观点：“徐渭《青藤书屋文集》卷十七《奉师季先生书》：‘《诗》之兴体，起句绝无意味，自古乐府亦已然。乐府盖取民俗之谣，正与古国风一类。今之南北所谓《竹枝词》，无不皆然。此真天机自动，触物发声，以启其下段欲写之情，默会亦自有妙处，决不可以意义说者。’皆深有得于歌诗之理，或可以阐‘触物起情’为‘兴’之旨欤!”[①] 钱氏以“触物起情”阐释“兴”，并以徐渭的“天机自动，触物发声”说明“兴”的发生机制，一方面道出它的偶然性，另一方面，也指出了与物相触的主客体关系。王夫之的“以追光蹑影之笔，写通天尽人之怀”颇能道出其中意蕴。宋人邵雍《闲吟》诗中所言可以见出“天机”的特点：“忽忽闲拈笔，时时乐性灵。何尝无对景，未始变忘情。句会飘然得，诗因偶尔成。天机难状处，一点自分明。”他感觉到自己诗中的佳句是偶然所得的，这便是“天机”，而这种“天机”是“难状”的，也即无法说得清楚的，而在诗中，却恰恰是“精微”的亮点。宋代画家韩拙对画之“天机”有这样的论述：“而人为万物之灵者也，故人之于画，造于理者，能尽物之妙，昧乎理则失物之真，何哉？盖天机之性也。性者天所赋之体，机者至人神之用。机之一发，万变生焉。惟画造其理者，能因性之自然，究物之微妙，心会神融，默契动静，挥于一毫，显于万象，则形质动荡，气运飘然矣。”[②] 这是以造化自然的赋予来说明“天机”的，而“天机”则能将“物之微妙”呈现出来。宋代画家董逌最为集中地以“天机”论画，如其评李成山水画：“其绝人处，不在得真形，山水木石，烟霞岚雾间。其天机之动，阳开阴阖，迅发惊绝，世不得而知也。”[③] 其评李龙眠画也重在“天机”：“伯时于画，天得也。常以笔墨为游戏，不立寸度，放情荡意，遇物则画，初不计其妍蚩得失。至其成功，则无毫发遗恨。此殆进技

① 钱锺书：《管锥编》第1册，中华书局1986年版，第64页。

② （宋）韩拙：《山水纯全集》，见俞剑华《中国古代画论类编》，人民美术出版社2000年版，第683页。

③ （宋）董逌：《广川画跋》，见于安澜《画品丛书》，上海人民美术出版社1982年版，第276页。

于道，而天机自张者耶?"[1]"天机"的获得，并非仅在于主体的心灵，而是主体与外物的偶然遇合中得到的审美敏悟；而客体则是具有生命感的"物色"变化，它是生机勃勃的，鸢飞鱼跃的，是与造化自然融为一体的。董逌所说的"发于生意，得之自然"[2]，最能道出其发生机制所在。谢榛说"诗有天机，待时而发，触物而成，虽幽寻苦索，不易得也"[3]，指出其发生的偶然性，这同样是因为作为审美客体的"物色"是充满生命的动感的，是和宇宙自然相通为一的。

作为审美客体，"物色"所显现出的生命感并非个体的，而是与宇宙造化为一体的，中国的美学思想，透露出这种独特的倾向，这其实是与主体的感兴与敏悟深切相关的。这就使主体似乎与客体一道进入到宇宙自然的生命之中，而非单一的主客体的对应关系。审美主体在对"物色"的感兴中所感受到的其所连带的造化的生机，是与"天地为一"的整体生命律动，于是，主体被这种宇宙造化的生命力鼓荡得神完气足，同时，客体不再是单纯的客体，而是与主体交流对话、往返晤谈的生命体，其与主体的关系，则成了互为主体。"物色"中蕴含的这种宇宙生命感，使作品产生了广远与精微融而为一的审美空间。这在中国美学中是值得抉发的，也是具有现实的美学理论意义的。

---

① （宋）董逌：《广川画跋》，见于安澜《画品丛书》，上海人民美术出版社 1982 年版，第 290 页。

② 同上书，第 288 页。

③ （明）谢榛：《四溟诗话》卷 2，中华书局 1985 年版，第 23 页。

宗炳绘画美学思想新论*

南北朝时期著名画家宗炳在画论史上颇为受人关注，其画论《画山水序》被视为中国绘画理论的经典之作，几乎所有画论史和美学史的著述都会收载论析之。这充分说明了宗炳《画山水序》的重要理论价值，同时也显现出我国的艺术美学研究向纵深开展的态势。笔者高度认同宗炳画论在画论史或美学史上的地位，认为《画山水序》在美学思想上具有开创性的意义。现在本文要谈的是，宗炳不仅是个画家和画论家，而且是一位佛教思想家，他的佛学论著同样在魏晋南北朝时期的思想史上具有特殊的意义。再则，宗炳并非是独尊佛门而排斥儒道两家思想，而是以佛学观念来统合儒道哲学。这些都直接关乎对《画山水序》的深入理解。本文意在从思想史的角度来透视宗炳画论的美学内涵，同时，也对其中的若干命题道出自己的理解。

一

宗炳在《画山水序》提出“澄怀味象”的美学命题，真正将“虚静”理论纳入到艺术创造的审美过程之中；宗炳又提出山水是“质有而趣灵”的，认为山水是有生命、有灵性的；宗炳提出“竖划三寸，当千仞之高；横墨数尺，体百里之迥”① 的透视原理，这也是视觉审美理论的重要突破；宗炳又提出“应目会心为理”②、“应会感神，神超理得”③，阐发了“理”在审美中的意义，如此等等，都是与其独特的佛学思想有深切关系的。

* 本文刊于《江淮论坛》2010 年第 3 期。

① （南朝·宋）宗炳，王微：《画山水序·叙画》，人民美术出版社 1985 年版，第 5 页。

② 同上书，第 9 页。

③ 同上。

《画山水序》的第一段就有深刻的美学和哲学意蕴，其云："圣人含道映物，贤者澄怀味象。至于山水，质有而趣灵，是以轩辕、尧、孔、广成、大隗、许由、孤竹之流，必有崆峒、具茨、藐姑、箕、首、大蒙之游焉。又称仁智之乐焉。夫圣人以神法道，而贤者通；山水以形媚道，而仁者乐。不亦几乎?"[①] 前两句可以视为互文，即是说圣贤之人禀道于心而外映于物，澄净胸怀而体味山水之象。宗炳还将儒家的"仁者乐山，智者乐水"的比德，予以佛道阐释，使其所言之"道"，具有了儒道释三家融而为一的复杂内涵。"澄怀味象"显然是承绪了道家哲学中的"虚静"、"坐忘"的主体论，却将其纳入到山水审美的轨迹。

"澄怀"非但不与"含道"相矛盾，反而是有着内在的联系，也显示出宗炳所谓"道"的道家思想色彩。在道家哲学中，"道"是超越具体性相的精神实体，是天地万物的本根。《老子》二十五章云："有物混成，先天地生。寂兮寥兮，独立而不改，周行而不殆，可以为天下母。吾不知其名，强字之曰'道'，强为之名曰'大'。"[②] 老子认为万物的根源是"虚静"状态的。《老子》四章云："道冲而用之或不盈，渊兮，似万物之宗。"[③] 即是说道体本身是虚状的，这虚体并非一无所有，却含藏着无尽的创造因子。而体道的方式一定是处于虚静状态的。《老子》十六章云："致虚极，守静笃。万物并作，吾以观复。夫物芸芸，各得归其根。归根曰静，静曰复命。"[④] 认为只有以"致虚极，守静笃"的胸臆方能"得归其根"，也就是能对道有把握与体验。而我们要看到的是，无论是老子的"虚静"。还是庄子的"坐忘"，都是内心的一种状态，而非外射于物的，可以视为体道的根本方式，而至宗炳，则成为意向性的活动，也就是具有了对象化的性质。

"含道映物"必然是虚静之心来映射外物，这也就是下面所说的"澄怀"。这里要指出的是，老子所主张的虚怀体道，是没有物像的，因为道体作为"万物之宗"，是超越于具体物像的。宗炳却是以之来讲晤对山水时所产生的"象"。"含道映物"不是对道家"虚静"理论的一般绍述，而是将从道家哲学的"虚静"到艺术美学的转化之关键节点。所谓"映物"，是以主体的心胸来映射外物，这是直观，也是"明见"，所谓"物"并非"物"

① （南朝·宋）宗炳，王微：《画山水序·叙画》，人民美术出版社1985年版，第1页。
② 李存山注译：《老子》，中州古籍出版社2008年版，第79页。
③ 同上书，第53页。
④ 同上书，第67页。

之本身，而是经过主体意向性映射而获致的映像。“澄怀味象”则进一步将这个主体映射过程予以审美化表述。“澄怀”不是无对象的，而是有着具体的物像的。“味”在这里是一个动词，如《老子》六十三章所说的“为无为，事无事，味无味”。前一个“味”字，正是一个动作，可以解为吟味、把玩。这里引陈望衡教授对于“味”的阐释来说明之，他认为：“味作为动词，表示审美行为，相当于审美感受。《老子》讲的‘味无味’，这第一个味字就是表动作的。当然，在他并不是审美，但通向审美。南朝的宗炳说：‘圣人含道映物，贤者澄怀味象’，这味象很明显是审美了。味与别的词连缀仍表示审美的还有玩味、品味等。味作为审美感受它的突出特点一是体验性，体验中有认识，但本质是体验；二是直觉性，它只能是当下体验的行为，瞬间存在，但这个瞬间的出现却是长期积累所致；三是理解性，味不只是感觉，感觉中理解，对事物实质的深层理解；四是非概念性，虽然味对事物的实质有深层的理解，但这种理解不具概念的形式，它仍然是感性的。”[①]“味象”其实是“映物”的延续与审美化过程。“质有而趣灵”可以说是一个具有宗炳独特的思想色彩的命题。“趣”可以作动词和名词两种理解，前者同“趋”，意为趋向、趋近；后者则是兴趣或意味。综观全文及从宗炳思想了解，似应以后者为佳。这里是谈到对于山水作为审美对象的性质。山水是形质的实在，却蕴含着灵性。宗炳又通过“仁智之乐”谈到形、神、道的关系。“形”“神”是汉魏时期哲学和文论的一对重要范畴，既可以指人的肉身和灵魂，也可以指山水的形质与灵性。通观全文，宗炳在这里重在以“神”指山水之灵性。“道”是宇宙万物的本根，是普遍性的，“神”是寓于个别形体的精神或灵性。“以神法道”是通过人的精神来与道感通；“以形媚道”则是说自然山水是通过形质来亲近“道”、体现“道”。这也便是“仁者乐山，智者乐水”的一种精神内蕴。

宗炳在《画山水序》中充分显现出“山水有灵”的观念，这在中国美学思想发展中是有特殊意义的。这是与他的佛学思想有着内在的深刻联系的。宗炳最为尊崇魏晋时期的佛教大师慧远，曾不远千里，到庐山入慧远的“白莲社”，“就释慧远考寻文义”。[②] 慧远是当时佛学界的领袖，尤以“因果报应”的学说为世人所广泛接受，对中土的思想潮流影响甚大。在哲学上，慧远反复论证“形尽神不灭”，在南北朝时期有关“神灭”和“神不

① 陈望衡：《中国古典美学二十一讲》，湖南教育出版社 2007 年版，第 84 页。
② （南朝）沈约：《宋书》卷 93《隐逸传》，中华书局 1975 年版，第 2278 页。

灭”的论争是“神不灭”论的思想魁首。在其佛学经典名篇《沙门不敬王者论》中，专有“形尽神不灭”一节，其言：“神也者，圆应无生，妙尽无名，感物而动，假数而行。感物而非物，故物化而为灭；似数而非数，故数尽而不穷。”① 他还用薪火关系比喻形神：“火之传于薪，犹神之传于形。火之传异薪，犹神之传异形。前薪非后薪，则知指穷之术妙；前形非后形，则悟情数之感深。惑者见形朽于一生，便以为神情俱丧，犹睹火穷于一木，谓终期都尽耳。”② 这种思想为宗炳所深入接受，并大加阐发。宗炳与刘遗民、雷次宗等人追随慧远，《高僧传》载：“彭城刘遗民、豫章雷次宗、雁门周续之、新蔡毕颖之、南阳宗炳、张莱民、张季硕等，并弃世遗荣，依远游止。”③ 慧远虽为佛学领袖，但却精于儒家和道家学说，并擅“三玄”。汤用彤先生指出：“慧远学问兼综玄释，并擅儒学，……然慧远固不脱两晋佛学家之风习，于三玄更称擅长。《僧传》称其少时博综六经，尤善《庄》、《老》。又谓其释实相引《庄子》为连类，听者晓然。《世说》载其与殷仲堪谈《易》，谓《易》以感为体。其行文亦杂引《庄》、《老》，读其现存之篇什，触章可见，不待烦举。故远公虽于佛教独立之精神多所扶持，而其谈理之依傍玄言，犹袭当时之好尚也。法师（指慧远）既兼通《庄》、《老》、儒经，故虽推佛法为‘独绝之教，不变之宗’，（《弘明集·沙门不敬王者论》）然亦尝曰：‘内外之道，可合而明’。（同上）‘苟会之有宗，则百家同致。’（《与刘遗民书》）又曰：‘如今合内外之道，以弘教之情，则知理会之必同，不惑众涂而骇其异。’（《弘明集·三报论》）则其整合内外之趣旨，甚显然也。”④ 这段话颇为全面地揭示了慧远以佛教兼融儒道的思想特点。所谓“融合内外”，即是“内圣外王”的融合，其实就是儒道释三家的融合。当然，慧远是以佛家思想为其统辖，这是不言而喻的；虽是涵容儒道，但慧远又坚决认为，佛教“真谛”是高于儒道二家的，如他所说：“因兹而观，天地之道，功尽于运化；帝王之德，理极于顺通。若以对夫独绝之教、不变之宗，固不得同年而语其优劣，亦已明矣。”⑤ 宗炳在学术思想上

① （晋）慧远：《沙门不敬王者论》，见石峻等《中国佛教思想资料选编》第 1 卷，中华书局 1981 年版，第 85 页。

② 石峻等：《中国佛教思想资料选编》第 1 卷，中华书局 1981 年版，第 86 页。

③ （南朝·梁）释慧皎著，汤用彤校注：《高僧传》，中华书局 1992 年版，第 214 页。

④ 汤用彤：《汉魏两晋南北朝佛教史》，中华书局 1983 年版，第 256 页。

⑤ （晋）慧远：《沙门不敬王者论》，见石峻等《中国佛教思想资料选编》第 1 卷，中华书局 1981 年版，第 85 页。

是与慧远一致的，他并不排斥儒、道，但是认为佛可以包容之、超越之，他说："今以茫昧之识，烛幽冥之故，既不能自览鉴于所失，何能独明于所得？唯当明精暗向，推夫善道，居然宜修，以佛经为指南耳。彼佛经也，包五典之德，深加远大之实；含老庄之虚，而重增皆空之尽。高言实理，肃焉感神，其映如日，其清如风，非圣谁说乎？"① 宗炳在这里阐明了他的观点，主张佛教是"包五典之德"、"含老庄之虚"的，即统摄儒家道家思想。而在此论中对于"神"与"道"的关系的推阐，则是在慧远的理论基础之上又有自己的发挥而成为独特的路向，对于理解其《画山水序》中讲的神与道的关系，是直接相通的。宗炳云："今称'一阴一阳之谓道'，'阴阳不测之谓神'者，盖谓至无为道，阴阳两浑，故曰'一阴一阳'也；自道而降，便入精神，常有于阴阳之表，非二仪所究，故曰'阴阳不测'耳。……然群生之神，其极虽齐，而随缘迁流，成粗妙之识，而与本不灭矣。今虽舜生于瞽，舜之神也，必非瞽之所生，则商钧之神，又非舜之所育，生育之前，素有粗妙矣。既本立于未生之先，则知不灭于既死之后矣。又，不灭则不同，愚圣则异，知愚圣生死不革不灭之分矣。故云：精神受形，周遍五道，成坏天地，不可称数也。"② 宗炳这里论证的是"神不灭"之理，即是作为个体之"神"，存在于一个人的"未生之先"，又不灭于"既死之后"；但他又谈到道和神的关系："自道而降，便入精神"③，神是道在个体中的派驻。道是万物的本根，是无处不在的，当然是普遍性的；而神则是"受形"于个体的，也是变化莫测的。它体现了主体的无限超越性。宗炳在此又有对"神"的性质精神的描述："神也者，妙万物而为言矣。若资形以造，随形而灭，则以形为本，何妙以言乎？夫精神四达，并流无极，上际于天，下盘于地，圣之穷机，贤之研微。逮于宰、赐、嵇、吴札、子房之伦，精用所乏，皆不疾不行，坐彻宇宙，而形之臭腐，甘嗜所资，皆与下愚同矣。"④ 在宗炳看来，神是万物中尤其是人物的最灵最妙的精神化实体，是超越于"形"而"并流无极"的。神寓于形中，却又不依赖于形而存在，从而体现了人的独特价值。

---

① （南朝·宋）宗炳：《明佛论》，见石峻等《中国佛教思想资料选编》第1卷，中华书局1981年版，第229页。

② 同上书，第230页。

③ 同上。

④ 同上。

二

宗炳又以“神不灭”的思想来看待山水自然，认为山水是有灵的。这恰恰是宗炳山水画论的基础所在。这在他的《明佛论》中有相关的论述。宗炳云：“若使形生则神生，形死则神死，则宜形残神毁，形病神困。据有腐则其身。或属纩临尽，而神意平全者，及自牖执手，病之极矣，而无变德行之主，斯殆不灭之验也。若必神生于形，本非缘合，今请远取诸物，然后近求诸身。夫五岳四渎，谓无灵也，则未可断矣。若许其神，则岳唯积土之多，渎唯积水而已矣。得一之灵，何生水土之粗哉？而感托岩流，肃成一体，设使山崩川竭，必不与水土俱亡矣。神非形作，合而不灭，人亦然矣。”① 宗炳在这里是以山水之有灵来论证神非形作，形亡神存的“神不灭”观点，而其以自然山水的灵性化来说明神是可以超越时间和空间存在和周转的。“山水有灵”的观点到了他的画论中则提升了他的审美理论。这在哲学上，难以令人信服；而到了山水审美中，则使中国的美学向前大大推进了一步。宗炳认为“五岳四渎”这样的名山大川，虽是自然物，却也是有灵的，因而才有了不同的山水的不同状貌和不同的个性；如果不是如此，那么山岳只是积土而已，湖海也只是积水而已。而在宗炳看来，“感托岩流，肃成一体”，每一个山水都被赋予了特殊的灵性，假如山崩川竭，这种灵性不会与水土俱亡的。这种从僵硬的“神不灭”论得出的说法，显得有些奇怪，也很难为正常的思路所理解；但宗炳以之用来观照山水，却使其画论有了特殊的意蕴。山水对象各有其形质，也各有其灵性，所谓“以形媚道”，其实是通过山水中所蕴之神。《画山水序》中的下面一段话也是相当重要的：“夫以应目会心为理者，类之成巧，则目亦同应，心亦俱会。应会感神，神超理得。虽复虚求幽岩，何以加焉？又，神本无端，栖形感类，理入影迹。诚能妙写，亦诚尽矣。”宗炳善言“理”，这是于史有载的。“理”者何耶？也即思辨之理，同时，也是各种事物的具体道理。这里我们可以通过陈传席先生对此所作的较为深入的阐述来把握宗炳所言之理，陈传席教授说：“宗炳先说‘道’，此处又说‘理’，下文还有‘应目会心为理’、‘神超理得’、‘理入影迹’等。宗炳是‘精于言理’的（见本传）。理和道既有联系又有区

---

① （南朝·宋）宗炳：《明佛论》，见石峻等《中国佛教思想资料选编》第1卷，中华书局1981年版，第230页。

别，凡是用理的地方皆不可用道代。因之必须弄清道和理的关系，否则便不能真正理解。理由道生，道因理见。道本体是形而上者，中可知其本然，而不可知其所以然的。可知其所以然者则为‘理’。但为什么要任顺自然，我们就要作具体的解释和分析，要落实到具体物上，这叫理。道是万事万物的各种规律之总和，无数具体规律的总依据。《老子》云：‘道者，万物之奥。’而理则是每个事物所以构成的具体规律、特殊规律。……所以宗炳说‘理绝于中古之上者，可意求于千载之下’，而不说‘道绝……’，又说‘应目会心为理’、‘神超理得’‘理入影迹’，而都不用道字。这里的‘理’都由道生，是能知其所以然的，可变的，不同于形而上的‘道’。”① 笔者认为陈先生这里对理的阐释是中肯的，是符合“理”的哲学性质的。“应目会心为理”指的是画家视觉所及的山水对象因其灵性而与画家的心灵映照。“应会感神”是指画家在与山水的互相应会之中使其“神”得以感发，而神的超越又悟得其理。值得注意的是，宗炳在这里反复提出的“理”，具有独特的美学意义。宗炳在南北朝时期的士人中以“精于言理”而著称，体现了当时的一种突出的理性意识。宗炳所倡的“神不灭”论，可以认为是非常典型的佛教唯心主义思想，但它是通过严密的逻辑思辨形式而提出来的，因此，关于“神灭”和“神不灭”的哲学论争，充满了浓郁的思辨色彩。这对中国思想史上哲学思辨水平的提高，是起了重要的推动作用的。宗炳在《明佛论》中也是将“理”作为一个普遍性的范畴加以推究的，如说：“高言实理，肃焉感神，其映如日，其清如风，非圣谁说乎？故一体耳，推今之神用，求昔之所始终，至于圣人之所存而不论者，亦一理相贯耳，岂独可议哉?”② 可见，“理”在宗炳思想中是主体追求的至高范畴。这也体现在他的山水画论中。“神本亡端，栖形感类，理入影迹。诚能妙写，亦诚尽矣。”③ “亡端”意谓其是无形无象的，但它却“栖居”在形体之内，感通于画中，而“理”就在于画之影迹之中。宗炳以其“神不灭”的理论为其画论的哲学基础，使作为审美对象的山水呈现出独特的灵性。

---

① 陈传席：《中国绘画美学史》，人民美术出版社 2000 年版，第 50 页。

② （南朝·宋）宗炳：《明佛论》，见石峻等《中国佛教思想资料选编》第 1 卷，中华书局 1981 年版，第 234 页。

③ （南朝·宋）宗炳，王微：《画山水序·叙画》，人民美术出版社 1985 年版，第 9 页。

三

宗炳对于山水画创作中的透视关系作了深刻论述，其言：“且夫昆仑山之大，瞳子之小，迫目以寸，则其形莫睹，迥以数里，则可围于寸眸。诚由去之稍阔，则其见弥小。今张绢素以远映，则昆、阆之形，可围于方寸之内。竖划三寸，当千仞之高；横墨数尺，体百里之迥。是以观图画者，徒患类之不巧，不以制小而累其似，此自然之势。如是，则嵩、华之秀，玄、牝之灵，皆可得之于一图矣。”① 宗炳先从画家对于山水的视觉把握的变化来谈。瞳子与昆仑山相比当然是小得不成比例，如果将眼睛贴近后者，则不可能看到昆仑山之形；如果拉开距离，到数里外去远望，则巍峨的昆仑能够尽收寸眸之间。这是由于透视原理所致。宗炳将其提升为普遍性的规律：“去之稍阔，其见弥小。”② 宗炳还从山水画创作的具体艺术规律角度来看，如果以很远的角度来摄取山水之形，那么在方寸间就可以创造出昆仑、阆风的整体形貌。竖划三寸，可使人感到壁立千仞；横墨数尺，可以展现百里之遥的宽广气势。从观赏者的角度上讲，并不会因为画面小而无法感受山水的整体气势，而只怕是画家画得形象不巧。而从绘画的美学要求来说，山水画是要通过画面而呈现出山水之神韵和灵性的。所谓“嵩、华之秀，玄、牝之灵，皆可得之于一图”，不唯是说可以“以小见大”，在一幅山水画中见出山之轮廓，而且使山水之灵秀与人互感。故此，宗炳所讲的山水画的透视关系，既有科学的成分在内，更有人文的内涵蕴蓄其中。更进一步来说，宗炳的山水画透视论是为了与山水之灵互为感通的。另则，宗炳的透视法，还在于以非常自然的形态表现出山水对象的整体构形。如果没有适当距离的透视，“则其形莫睹”，也就是山的整体形状；而倘能以“迥以数里”的透视来观照“昆仑山之大”，那么，它的整体形貌就能“围于寸眸”了。无论是“千仞之高”，抑或是“百里之迥”，并非是以其高或远为其标准，而是将山的整体状貌尽收视域之内。所谓“昆、阆之形”，不可轻轻放过，联系《画山水序》全文，可以看出，宗炳尤为重视的是山水作为画面的整体构形，这一方面是山水的“自然之势”，也就是画面与对象的相似度，这其中已经包含有山水的各异之态；而同时，宗炳有意识地强调了画家也即审美创造主

---

① （南朝·宋）宗炳，王微：《画山水序·叙画》，人民美术出版社 1985 年版，第 5 页。

② 同上书。

体的构形，它是画家观照山水形貌而形成内心的审美构形，这是画面上的山水之像的内在依据，也是山水画佳作创造的关键因素所在。在上面一段中，宗炳还指出："况乎身所盘桓，目所绸缪。以形写形，以色貌色也。"前一个"形"，即是画家的内心营构之形，后一个"形"，是画面之形。"以色貌色"亦可作此理解。

构形问题在艺术美学中尚未得到充分重视，而依笔者看，这恰恰是艺术佳作创造的最为重要的环节。伟大的歌德早就说过："艺术早在其成为美之前，就已经是构形的了，然而在那时候就已经是真实而伟大的艺术，往往比美的艺术本身更真实、更伟大些。原因是，人有一种构形的本性，一旦他的生存变得安定之后，这种本性立刻就活跃起来；只要他一旦感到无忧无虑，这个半神半人的生物就会寓动于静地向周围摸索那可以注进自己精神的东西。……原因是，一个单一的情感将这些部分创造成为一个独特的整体。"①而早在一个多世纪之前，德国艺术理论家鲁道夫·希尔德勃兰特在造型艺术的领域里明确提出"构形方法"，并以之与模仿相对应。他说："当艺术家模仿时，他必须处置的形式问题直接源自他对自然的感觉。但是，如果只是这些问题而不是别的问题需要解决，或者说，如果艺术家的作品只注意这些方面，那么它除了自然之外就不能获得一种独立性。为了获得这种独立性，艺术家必须把他作品的模仿作用提到更高的层面上，他实现这一目的的方法我称为构形方法。"② 作为绘画这个艺术门类来说，构形方法就显得尤其重要。后来的德国著名思想家卡西尔从人类心灵的能动性的角度也谈道："美不能根据它的单纯被感知而被定义为'被知觉的'，它必须根据心灵的能动性来定义，根据知觉活动的功能并以这种功能的一种独特倾向来定义。它不是由被动的知觉构成，而是一种知觉化的方式和过程。但是，这种过程的本性并不是纯粹主观的，相反，它乃是我们直观客观世界的条件之一。艺术家的眼光不是被动地接受和记录事物的印象，而是构造性的，并且只有靠着构造活动，我们才能发见自然事物的美。美感就是对各种形式的动态生命力的敏感性，而这种生命力只有靠我们自身中的一种相应的动态过程才能把握。"③ 在笔者看来，构形问题应该成为美学研究的一个重要的论域，它可

① ［英］鲍桑葵：《美学三讲》，周煦良译，上海译文出版社 1983 年版，第 60 页。

② ［德］希尔德勃兰特：《造型艺术中的形式问题》，潘耀昌等译，中国人民大学出版社 2004 年版，第 19 页。

③ ［德］恩斯特·卡西尔：《人论》，甘阳译，上海译文出版社 1985 年版，第 102 页。

以使我们对艺术创造的内在机制有一个更为深入也更有实际操作价值的理论借鉴。通过对宗炳的《画山水序》的读解，我们可以看到这个问题在宗炳那里已经得到了揭示。

宗炳在《画山水序》中特别重视“神”这个范畴，这当然是与“形”相对的。“形神”在汉代到南北朝时期的思想界一直是倍受争议的一对范畴，哲学上有许多这方面的文献。从哲学角度看，宗炳是“神不灭”论的有力倡导者，在思想史上，宗炳或许并非是一个很光彩的角色。但作为画家的他，将“形”和“神”这对范畴引入到画论中来，并赋予了非常丰富的意义，这是其对哲学上“形神之争”的突破。我们注意到，宗炳对山水中的精神气韵称之为“灵”，而将“神”归之于主体。《画山水序》中所说的“应会感神”、“神超理得”，都是主体方面的高级精神活动。“神”一方面是精神实体，一方面也是超越过程。在《画山水序》的最后一段中，宗炳说：“圣贤映于绝代，万趣融其神思。余复何为哉，畅神而已。神之所畅，孰有先焉?”在山水画中得到精神的快乐，同时也是一种超越，这即是“畅神”。这个过程，注定是一种审美愉悦。还要指出的是，“畅神”不是一般的快感和愉悦，而是带着精神的升华和内在的自由。宗炳还在前面一段描述道：“于是闲居理气，拂觞鸣琴，披图幽对，坐究四荒，不违天励之丛，独应无人之野。峰岫峣嶷，云林森眇。”是说以虚静的心态也就是“澄怀”来欣赏山水画卷而在心灵中展现的气象，这也是“畅神”所致。

作为南北朝时期的画家，宗炳的山水画论不是止于一般的技法和画品，而是以其深厚和独特的思想基础，阐明了画家在进行审美观照时的相关问题，其间并非是对过程的客观描述，而是提出了若干重要的美学立义，如“澄怀味象”、“畅神”等。还有就是对于作为客观之物的山水自身所蕴含的灵性的抉发，使得画家在面对山水时产生晤对之感，这不仅是对山水画论的开启，更是对中国美学的独特贡献。

“形神”论的现象学之思*

一

“形神”既是一对哲学范畴，又是一对美学范畴，二者之间有密切的联系，同时也有很大区别。汉代以来，形神关系一直是哲学论争的一个中心问题。在哲学论争中，王充、范缜、何承天等人，都主张“形尽神灭”的唯物主义观点，而慧远、宗炳、沈约等人都是从佛教唯心主义的轮回观念出发，主张灵魂不朽的“神不灭”论。这场论争使形神问题在中国思想史上的地位得以大大地凸显。而到魏晋南北朝时期，形神便在艺术创作领域成为最为令人瞩目的命题，同时，也深刻地影响着中国美学思想的历史性进程。

“形”的本来义即是指人的形体、身体，“神”指精神、灵魂。方立天先生指出：“由形神两者之间的离合而产生的问题，是哲学、宗教和自然科学的大问题。在哲学上，它是哲学基本问题即思维与存在的关系问题的重要表现形式之一，是从属于本体论的一个重要侧面；在宗教学上，唯物的形神论和唯心的形神论，分别成为无神论、无鬼论和有神论的理论基础；在自然科学上，它是生物学、生理学、心理学等重要的研究课题。形神关系问题的内容非常复杂，涉及广泛的研究领域，是哲学和科学的最大难题之一，在中国哲学史、宗教史和科学史上长期争论不休，形成了唯物主义和唯心主义两条路线的斗争。”① 由此可见形神问题在哲学等领域的重要意义。

“形神”关系问题是由来已久的，而且很早便萌生了传神论的思想。如庄子在《大宗师》中说：“且彼有骇形而无损心，有旦宅而无情死。”② 意谓：人的精神可以变易住宅，而不死亡。这是“形灭而神不灭”的观点。

---

* 本文刊于《江西师范大学学报》2010 年第 5 期。

① 方立天：《中国古代哲学问题发展史》，中华书局 1990 年版，第 256 页。

② （清）郭庆藩：《庄子集释》卷 3，中华书局 1961 年版，第 275 页。

庄子还提出了“美在神而不在形”的美学观。如《德充符》中的哀骀它，形貌丑陋却在精神上与道相合，一切任其自然，反倒是人人都非常喜爱他。庄子通过这样的故事说明美在神而不在形。汉代的《淮南子》在形神问题上进一步提出了“神主形从”说，认为神是形之君，形是受神主宰的。《原道训》云：“故以神为主者，形从而利；以形为制者，神从而害。”① 《精神训》云：“故心者，形之主也；而神者，心之宝也。”② 这更为明确地提出了“神为形之君”的命题。《淮南子》还将传神的思想运用到对艺术的评论上，《说山训》云：“画西施之面，美而不可说；规孟贲之目，大而不可畏，君形者亡焉。”③ 认为西施的外形画得再美，孟贲的眼睛画得再大，却因为缺少“君形者”即神，而不可爱，不可畏。《淮南子》关于形神关系的论述，已经反映出了以传神为主、形神兼备的艺术理念。

二

魏晋南北朝时期的大画家顾恺之的画论，使形神关系成为艺术理论的最为核心的问题，他提出的几个有关的命题，有非常丰富却又相当明确的美学意蕴，深刻地影响着中国古典美学的历史走向。顾恺之（约346—约407），字长康，小字虎头，晋陵无锡（今江苏无锡）人，是魏晋时期最杰出的画家。当时的士族领袖谢安评价顾恺之的绘画成就云：“卿画自生人以来未有也。”④ 顾恺之的画论今存有《论画》、《魏晋胜流画赞》和《画云台山记》三篇，均赖晚唐张彦远的《历代名画记》以存之。顾恺之提出了“以形写神”和“传神写照”的命题，《世说新语》载：“顾长康画人，或数年不点目睛。人问其故，顾曰：‘四体妍蚩，本无关于妙处，传神写照，正在阿堵中。’”⑤ “顾长康道：画‘手挥五弦’易，‘目送归鸿’难。”⑥ 顾恺之还在《魏晋胜流画赞》中说：“其于诸像，则像各异迹，皆令新迹弥旧本，若长短刚软、深浅广狭，与点睛之节，上下、大小、酞薄、有一毫小失，则神气

① 张双棣：《淮南子校释》，北京大学出版社1997年版，第125页。

② 同上书，第745页.

③ （汉）刘安：《淮南子·说山训》，见杨有礼《淮南子》，河南大学出版社2010年版，第547页。

④ （唐）张彦远：《历代名画记》，上海人民美术出版社1964年版，第97页。

⑤ 余嘉锡：《世说新语笺疏》，中华书局1983年版，第849页。

⑥ 同上。

与之俱变矣。……凡生人亡有手揖眼视而前亡所对者，以形写神，而空其实对，荃生之用乖，传神之趋失矣，空其实对，则大失，对而不正，则小失，不可不察也。一像之明昧，不若悟对之通神也。"①

顾恺之画论关于"形神"关系的主要论述基本都在这里。很明显，顾氏的形神论是在人物画领域中的。形神关系的论争在哲学领域其实是说人的灵魂是不是可以脱离人的肉体而独立存在，佛教讲"轮回"，而"轮回"又是必须有一个主体的，这就是"神"。所谓"神不灭"即是说人死之后精神或灵魂仍然"不灭"，可以迁徙到其他的肉体之中。顾恺之在人物画论中所讲的"传神写照"和"以形写神"，则使形神论在这里有了浓重的美学意味。"形"即画家所画的人物外形，也就是观赏者所能见到的人物的视觉形象。而"神"则是指人物的精神气韵。顾恺之的艺术追求是以"传神"为旨归的。"以形传神"，"形"成了手段，而"神"则成了目的。但是顾恺之其实并未将"形""神"二者对立起来，他作为魏晋时期最著名的画家，如果画人而不似，是不可能有如此高的声誉的。因为"形"的刻画，势必以模仿之真为其标准。顾恺之重"神"，其前提却是"形"的逼真。顾恺之在魏晋画坛上的崇高地位，首先在于其可视的形体描写的准确与生动。顾氏的过人之处，并不在于其脱离"形似"，而恰在于精妙的形体描绘中透射出人物的神韵。按张彦远记载云："又常画中兴帝相列像，妙极一时。"所谓"妙极一时"，自当以形象之肖为首要条件。顾恺之的画论，其实多"摹写要法"，也即人物之形的摹写要领。这里我们要谈及对"形"的理解。笔者以为对"形"的理解，不可拘于对象的自然外形，而是通过画家的眼睛的知觉把握而呈现的笔墨之"形"。这个"形"，本身就含有着饱满的生命感和个性化特征。它不仅是对象自身的，而且是画家的知觉构建的。这个"形"，是一个"格式塔"质，是审美主体对对象的完整把握，它一方面是对象的自然形态的摹写，同时也是主体知觉所形成的幻象。顾恺之所论之"形"，实际上是强调了"形"的逼真及审美性。顾恺之在其《论画》中评"小列女"画云："面如银，刻削为容仪，不尽生气。又插置丈夫肢体，不以自然，然服章与众物既甚奇，作女子尤玉。衣髻俯仰中，一点一画，皆相

① （东晋）顾恺之：《魏晋胜流画赞》，见《历代名画记》，上海人民美术出版社 1964 年版，第 110 页。

与成其艳姿，且尊卑贵贱之形，觉然易了，难可远过之也。”① 顾氏对《小列女》画的“形”的描述与评价，正可以见出“形”的生动性和情感性特征。顾恺之还在《魏晋胜流画赞》中概括地谈道：“美丽之形，尺寸之制，阴阳之数，纤妙之迹，世所并贵。”② 这里高度概括了“形”作为审美知觉的性质所在。画家所写的对象，其“形”有美丽之质，有尺寸比例，显示出阴阳的生命变化，并体现出画家笔法的纤妙。西方当代的艺术理论，非常重视知觉的作用，现象学学说和格式塔心理学美学都深刻地阐发了知觉的特性和功能。胡塞尔作为现象学的创始人，在其《现象学的观念》等著作中都突出地强调了知觉。梅洛—庞蒂作为现象学家，就以对知觉的研究而著称，杜夫海纳的美学研究，也是建立在审美知觉上的，他的《审美经验现象学》，把审美知觉作为审美经验最重要的心理因素。英国著名的艺术史家冈布里奇认为审美价值显示了心灵对其知觉材料的创造力和表现力。美国的著名美学家V. C. 奥尔德里奇在他的《艺术哲学》中对于普通的知觉和审美知觉作了精彩的区别，他说：“让我们把‘观察’（Observation）称为认识物理空间中的物质事物的知觉方式。正是这种对事物的观看将成为一种对它们的空间属性的最初认识。这种空间属性是由度量标准和测量活动所确定的。以这种方式看到的东西所具有结构特征，与相同的事物在审美知觉中所具有的结构特征将是不同的。我们把后面那种方式称为‘领悟’（Prehension）。这种被领悟的东西的审美空间，是由诸如色度、色调和音量、音质这些特性来确定的。……在对物质性事物的观察性观看和日常的最一般的观看中所忽视的，恰恰是这种意义上的媒介。因此，如果你愿意的话，领悟也可以说是一种‘印象主义’（Impessionistie）观看方式，但它仍然是一种知觉方式，它所具有的印象给被领悟的物质客观地灌注了活力。那么，我们就可以说，在观察中，物质性事物的性质表现为对它进行‘限定’的‘特性’，而在领悟中，物质性事物的性质表现为‘赋予它活力’的外观。”③ 尽管对奥尔德里奇将普通知觉和审美知觉相区别的做法颇有争议，但笔者以为审美知觉不仅是存在的，而且在艺术创作中的体现是非常普遍的。顾恺之所说的“形”，决非仅是客体对象的自然外形，而是经过了画家的审美知觉

① （晋）顾恺之：《魏晋胜流画赞》，见王振复主编《中国美学重要文本提要》上册，四川人民出版社2003年版，第196页。

② （唐）张彦远：《历代名画记》，上海人民美术出版社1964年版，第106页。

③ ［美］奥尔德里奇：《艺术哲学》，程孟辉译，中国社会科学出版社1986年版，第31页。

把握的、具有生命感和独特性的。正是在这种形象描绘中，对象的"神"也就油然而生了。张彦远《历代名画记》云："象人之美，张得其肉，陆得其骨，顾得其神，神妙无方，以顾为最。"① 顾氏之神，并非是与形对立或相脱离的，恰恰就是在其惟妙惟肖的形体刻画中体现出来的。

所谓"神"，在顾恺之的画论中其内涵又是如何呢？简而言之，其所指即是所画人物的神韵、精神。但是处在顾恺之的时代，也包括其后的宗炳，都不可避免地笼罩在玄学风气之中。而魏晋玄学的兴起，便有赖于人物品藻的社会政治风气。当时的人物品藻注重从人物的形貌透视其才性、精神，即从人的外形来体察人的精神世界。刘劭著《人物志》，实为人物品藻之经典。《人物志》云："人物之本，出乎情性。情性之理，甚微而玄，非圣人之察，其孰能究之哉？凡有血气者，莫不含元一以为质，禀阴阳以为性，体五行而著形。苟有形质，犹可即而求之。"② 所谓"情性"，即指人之精神。刘劭之语道出了人物品藻的旨归在于通过人物的形质以见人物的精神，而人物的精神必以形质为其载体。这段话在《人物志》中是非常重要的，可以说是纲领性的论述。由此可见，当时的人物品藻的宗旨在于把握人的精神，但又是即其形质而观察之的。

三

魏晋玄学多是对称的范畴，如言意、一多、本末、有无、形神、体用等等，这些范畴的共同特点是本体和现象的对举。玄学即"玄远之学"，玄学名士不满于汉代的章句之学，而直探宇宙本根。追索事物的形上之质，是玄学的特征所在。汤用彤先生指出魏晋玄学与汉代学术之不同云："然谈玄者，东汉之与魏晋，固有根本之不同。桓谭曰：'扬雄作玄书，以为玄者天也，道也。言圣贤著法作事，皆引天道以为本统。而因附属万类王政人事法度。'亦此所谓天道，虽颇排斥神仙图谶之说，而仍不免本天人感应之义，由物象之盛衰，明人事之隆污。稽察自然之理，符之于政事法度。其所流心，未超于象数。……魏晋玄学则不然。已不复拘拘于宇宙运行之外用，进而论天地万物之本体。汉代寓天道于物理，魏晋黜天道而究本体，以寡御众，而归于玄极，忘象得意，而游于物外。于是脱离汉代宇宙之论，而留连

① （唐）张彦远：《历代名画记》卷6，上海人民美术出版社1964年版，第100—101页。

② （三国·魏）刘劭：《人物志》，中州古籍出版社2007年版，第31页。

于存存本本之真。汉代之又一谈玄者曰：‘玄者，无形之类，自然之根。作于太始，莫与之先。’（张衡《玄图》）此则基所谓玄，不过依时间言，万物始于精妙幽深之状，太初太素之阶。其所探究不过谈宇宙之构造，推万物之孕成。及至魏晋乃常能弃物理之寻求，进而为本体之体会。舍物象，超时空，而研究天地万物之真际。”① 汤先生这段话颇能切中玄学之实质。而魏晋士人于上面所述之对称范畴，是以代表本体之端为旨归的。如言意关系中以意为旨归，本末关系以本为旨归，形神关系以神为旨归，以之类推。但从中国哲学的特色而言，虽然将现象与本体列为对称范畴，但却并不是将其对立起来，或将其截然分开，而认为本体即在现象之中，而非在现象之外，无论玄学或佛学，都有这种思想特色。

魏晋时期著名的《世说新语》，多是具体的人物品藻，记载了魏晋名士的许多逸事，其中体现出的一个突出倾向是注重人物的神韵。如说：“太尉神姿高彻，如瑶林琼树，自然是风尘外物。”② “庾公目中郎：‘神气融散，差如得上。’”③ “王平子目太尉：‘阿兄形似道，而神锋太俊。’”④ 这类说法在《世说新语》中非常之多。李泽厚、刘纲纪著《中国美学史》曾将其中涉及“神”的评论用语加以列举，如“神明不损”、“神明开朗”、“形神惨悴”、“神色恬然”、“神气闲畅”、“风神清令”、“神姿锋颖”等，并且指出：“由此可以看出，神这个词可与不同的词搭配使用。其中，‘神明’、‘神锋’侧重指人的智慧、思想，‘神怀’、‘神情’、‘神意’、‘神气’、‘神色’侧重于指人的内在的情感状态及其在外貌上的表现，‘神姿’、‘风神’侧重于指人的风度。而所有这些用法，都与人的各个不同的具体表现相关，确可以用许许多多不同的词藻加以形容。‘神’既与姿、怀、意、情等相联，也就是与人的精神的感性表现相联，不同于对人物在道德上的善恶的抽象评价。即令是和道德上的善恶相关，魏晋时所重视和赞赏的也是主体在道德实现过程中所表现出来的智慧、才能、精神等等，而不只是行为本身的善恶。”⑤ 这些分析是很有意义的。《世说新语》中对人物之“神”的重视与品评，与《人物志》相比，突现了美学的色彩。对人物之“神”的评价，显然不是从政治的、道德的角度出发的，而是从审美角度出发的。人物

① 汤用彤：《汤用彤学术论文集》，中华书局 1983 年版，第 233 页。
② 徐震堮：《世说新语校笺》，中华书局 1984 年版，第 233 页。
③ 同上书，第 244 页。
④ 同上书，第 243 页。
⑤ 李泽厚、刘纲纪：《中国美学史》第 2 卷上册，中国社会科学出版社 1987 年版，第 473 页。

之“神”（包括“神气”、“神明”、“神色”等等），不是与人物的形质对立而抽象出来的，而恰恰是从人物的可见视像中感受到的。《世说新语》对人物的评价，多是从人物的外貌和举止中见其内在的精神气质，往往通过一些比喻，将其揭示得非常生动传神，如：“世目李元礼‘谡谡如劲松下风’。”① “王右军道谢万石，在林泽中为自遒上，叹林公器朗神隽。”② “时人目夏太初‘朗朗如日月之入怀’，李安国‘颓唐如玉山之将崩’。”③ “嵇康身长七尺八寸，风姿特秀。见者叹曰：‘萧萧肃肃，爽朗清举。’或云：‘肃肃如松下风，高而徐引。’山公曰：‘嵇叔夜之为人，岩岩若孤松之独立；其醉也，傀俄若玉山之将崩。”④ “时人目王右军‘飘如游云，矫若惊龙’。”⑤ 这些都是从人物的形貌中见出其内在的神韵。李泽厚、刘纲纪先生指出：“到了东晋时期，‘神’这一概念，就其应用于人物品藻和艺术而言，已完全变为一个审美的范畴。对神的肯定或否定的评论，也就是对美或丑的评论。”⑥ 这种具有历史主义眼光的看法是中肯的。

顾恺之所云之“神”，是指描绘对象即所画人物的内在精神气韵，对画家而言，也是审美对象的“神”。但这个“神”，是否仅是存在于客体即所观察描绘的对象自身呢？其实并非如此。顾氏所谓“传神”，所谓“以形写神”，都并非仅是审美客体方面的问题，而是在审美主体对客体的直观晤对中感受和领悟到的。顾氏在《魏晋胜流画赞》中论“以形写神”的话值得我们认真玩味。“凡生人亡有手揖眼视而前亡所对者”⑦，是说在现实生活中人之举止，没有手里作揖，眼睛前视，却没有一个面对的对象、没有一个具体的环境。“空其实对”，是说画人物形象，人物的眼睛却没有具体的对象和环境，顾氏认为这是作画之“大失”。不仅要“对”，而且还要“对正”，也即人物和对象之间的关系要正相晤对，不应松散游移。“一象之明昧，不若悟对之通神也”⑧，是说在画面上，人物外形的明朗或模糊，其意义不如“悟对通神”。所谓“悟对通神”也即“晤对通神”，是说人物在与其所观对象的交流中方才能够见出神韵。进而言之，这种“神”，又是画家作为审

① 徐震堮：《世说新语校笺》，中华书局 1984 年版，第 227 页。
② 同上书，第 257 页。
③ （南朝·宋）刘义庆：《世说新语》，浙江古籍出版社 1998 年版，第 334 页。
④ 同上书，第 335 页。
⑤ 同上书，第 341 页。
⑥ 李泽厚、刘纲纪：《中国美学史》第 2 卷上册，中国社会科学出版社 1987 年版，第 474 页。
⑦ （唐）张彦远：《历代名画记》卷 5，上海人民美术出版社 1964 年版，第 110 页。
⑧ 同上书，第 111 页。

美主体在对对象的观察和交融中所领悟到的。如果借用现象学的观念来说，这就是一种“交互主体性”或“主体际性”。

画像作为审美主体描写的人物，也是一个主体。对于画家来说，他是一个客体，但他并非一个没有意志、没有情感的自然物，这一点与其他的绘画题材是有相当差异的。画家作为审美主体面对他所观照和描写的人物时，不应把对象仅仅作为单纯的客体来对待，也应同时把他作为一个主体来考虑。“交互主体性”是胡塞尔现象学的一个重要命题，它所要解决的问题是意向的复杂性。在笔者看来，以此来认识顾恺之人物画理论，颇有启示作用。胡塞尔这样阐释“交互主体性”：“例如，在易变的、协调一致的经验多样性中，我就把他人经验为现实地存在着的，也就是说，一方面，我把他人经验为一个世界对象（weltobjerte），而不只是自然物（尽管按照某一方面他人也是某个自然物）。他人的确也是作为在属于他们各自所属的自然身体中心地起支配作用的人而被经验到的。所以，作为‘心理物理学的’对象，特别是当他们与身体相结合时，他们就是在世界中的。另一方面，我同时又把他人经验为对这个世界来说的主体，他们同样能经验到这个世界，以及那些单纯的自然物（尽管按照某一方面他人也是一个自然物）。这同一个世界也正是我所经验到的那个世界，同时，在这个世界中，世界也能经验到我，就象我经验到它和在它之中的他人那样。因此，沿着这个方向继续走下去，我也能在意向对象上作出多种多样的解释。所以，无论如何，在我之内，在我的先验地还原了的纯粹的意识生活领域之内，我所经验到的这个世界连同他人在内，按照经验的意义，可以说，并不是我个人综合的产物，而只是一个外在于我的世界，一个交互主体性的世界，是为每个人在此存在着的世界，是每个人都能理解其客观对象的世界。然而，每个人都有他自己的经验，有他自己的显现及其统一体，有他自己的世界现象，同时，这个被经验到的世界自身也是相对于一切经验着的主体及其世界现象而言的。”① 顾恺之在这里所说的“以形传神”，其实是一种交互的主体性。一是画家作为一个主体，所画人物之“神”，是画家与其晤对而感受到的；另一个是画中人物作为一个主体，这个主体也在面对一个对象，面对经验世界，于是才有所谓“神”的产生。

① ［德］胡塞尔：《笛卡尔式的沉思》，张廷国译，中国城市出版社2002年版，第125页。

四

“传神写照”的问题。“写照”与“传神”密切相连，但是并非同义重复。“写照”这个说法，有很深刻的哲学背景，主要是佛学的概念。在顾恺之之前，谈及人物画像时，从未有过“写照”这个词，而有“写其形象”，“写载其状”，“法其形貌”等，“写照”亦是始于顾恺之。李泽厚、刘纲纪先生指出：“在佛学中，所谓‘照’指的是心的一种神妙无方的直觉认知的能力，它是和人的精神分不开的。慧远说：‘鉴明则内照交映，而万象生焉。’（《念佛三昧诗集序》）僧肇说：‘智有穷幽之鉴，而无知焉；神有应会之用，而无虑焉。神无虑，故能独王于世表；智无知，故能玄照于事外。’《涅槃无名论》中还提到‘三明镜于内，神光照于外’的说法。‘照’既是一种神妙的感知能力，是主体的有‘穷幽之鉴’的智慧（佛学所谓‘般若’）的表现，因而它也就和玄学常讲的‘神明’连到一起了。所以，‘写照’就不是一般所说画像的意思，而是要写出人的神当选的精神、智慧、心灵的活动。”[①] 这种分析是十分透彻的。

著名学者方立天教授指出：“与观紧密相连的是照。照即照鉴，照见。印度佛教说，佛、菩萨具有洞见众生和万物的大用。中国佛教则把最高真理、终极本体‘真如’和主体的心联系起来，说真如也有凤照万物的妙用。真如本体是空寂的，由此中国佛教又把照与寂连用，从而有寂照和照寂之说。寂，寂静，反映真如本体的空寂状态。寂照，即寂体（真如本体）的观照作用。照寂，即观照的内容归结为空寂的真如本体。禅宗人尤为重视在禅修中的功用，如曹洞宗就提倡默照禅。默，静默专心打坐。照，以智慧照见自身的灵知心性。这是强调通过兀兀坐定，无念无想，专注于默然观照，以洞见清净本性，契合最高真理。临济宗提倡‘四照用’的教学方式，照，洞照，以显其体，即对客体的认识；用，激发，以呈其用，反映对主体的认识。四照用就是运用四种观照主客体的方式，以分别破除视主体、客体为实有的世俗观点。中国佛教所言的照寂、寂照、默照以及照用，虽然具体说法有别，但是就其照的途径、方式来说，实际上都是一种直觉思维。”[②]“照”是一种直观把握方式，从佛教角度来说，是通过直观的方式，对佛教的

---

① 李泽厚、刘纲纪：《中国美学史》第2卷上册，中国社会科学出版社1987年版，第478页。

② 方立天：《中国佛教哲学要义》，中国社会科学出版社2002年版，第1034页。

"终极真理"的洞彻。在某种意义上，"照"与"悟"又是同义的，汤用彤先生谓："悟者又照，乃顿，为真，为常，为智，为见理。"① "写照"当然首先是形貌的描绘，但更重要的要洞见人物的神明智慧。"照"的本身又离不开审美主体的意向投射。"写照"一方面要把人物的形貌描绘得逼真，另一方面更要将人物最具特征的气质神韵表现出来。

在形神关系方面，顾恺之的认识是非常深刻的、科学的。他主张"传神"、"通神"，论画以"神"作为中心，以此作为诠次优劣的标准，给人的印象似乎是重神轻形。其实，顾恺之对于形和神的论述是甚有借鉴意义的。他在绘画上虽然以"传神"为其旨归，但他所说的"神"决非抽象的、脱离于形的，而恰恰是寓含在"形"之中的。这一点，前面业已有所涉及，此处再加以申说。

中国古代的画论重视传神，尤其是在文人画的传统中具有至关重要的意义。但是，我们亦应看到，画论中论形之处也多有精彩之笔。顾恺之重"传神写照"，但他恰恰却是将形作为"传神"的唯一途径和基础的。因而，他又是非常重视"形"的传写的。如他说："若长短刚软、深浅广狭，与点睛之节，上下、大小、醲薄，有一毫小失，则神气与之俱变矣。"② 在这些"形"的描绘方面，他认为有一点"小失"，就会直接影响神气之变，可见顾氏所重之"神"，正是由"形"所体现出来的。宗炳论山水画时虽也提出"畅神"、"应会感神"之命题，但同样是建立在"形"之上的。《画山水序》云："况乎身所盘桓，目所绸缪，以形写形，以色貌色也。"③ "身所盘桓"，是说画家身入山水之境；"目所绸缪"，是说画家细致地观察山水形貌，以得其关于山水的整体知觉印象。"以形写形"，即是以画家对山水的审美知觉的"形"来图写山水的"形"；"以色貌色"，则是以画家笔下的色彩来表现山水之色。在宗炳看来，山水中具有灵性的，体现了形上之道的，恰恰是由山水富有个性的形貌而寓含的。而山水之形，是与"道"相通的。但是，宗炳认为山水各有其形质，也即各有其独特的"神"。他说："至于山水，质有而趣灵，是以轩辕、尧、孔、广成、大隗、许由、孤竹之流，必有崆峒、具茨、藐姑、箕首、大蒙之游焉。又称仁智之乐焉。夫圣人以神法道，而贤者通；山水以形媚道，而仁者乐，不亦几乎？"不同的山

① 汤用彤：《汉魏两晋南北朝佛教史》，中华书局1983年版，第476页。

② （唐）张彦远：《历代名画记》，上海人民美术出版社1964年版，第110页。

③ （南朝·宋）宗炳，王微：《画山水序·叙画》，人民美术出版社1985年版，第5页。

水，各有其形态，也各以其个性化的形态与道相通。因此，他又说："神本亡端，栖形感类，理入影迹。诚能妙写，亦诚尽矣。"[①] 认为"神"是抽象无形的，然而却是寓含在山水之形中，因而，画家"妙写"其形，即可传达出其中之灵趣。

中国古代的画论中，对"形"的论述其实颇多，而且并非都是采取轻视的态度，反之，却是有着丰富的内容。如中国画有"尚简"的美学传统，这就体现在"形"之简省。在文人画的领域中尤其突出。宋人黄休复论"逸格"云："笔简形具，得之自然。莫可楷模，出于意表，故目之曰逸格尔。"[②] 认为笔墨简省，却可以有出人意表的效果。形之描绘虽简，然意思却反而因之更为丰富。欧阳修在《六一题跋》中认为"形似"并非易事，恰恰是难能可贵的，他说："善言画者，多云：'鬼神易为工。'以为画以形似为难，鬼神人不见也。然至其阴威惨澹，变化超腾，而穷奇极怪，使人见辄惊绝；及徐而定视，则千状万态，笔简而意足，是不亦为难哉！"[③] 还有论者全然将形似与神似统一起来，认为神似即为形似之极。如元代刘因便认为："夫画形似可以力求，而意思与天者，必至形似之极，而后可以心会焉。非形似之外，又有所谓意思与天者也。"[④] 清人徐沁则认为："造微入妙，形模为先。"[⑤] 宋代的大文人苏轼是以主张神似而著称的，他曾说："论画以形似，见与儿童邻。赋诗必此诗，定非知诗人。"（《书鄢陵王主簿所画折枝二首》）从文人画的立场出发，是以"神似"为主张的。但苏轼并不反对形似，而是认为对于事物的形，应该从对象的特征出发，才能画得更为生动而富于变化。他由此提出了"随物赋形"的命题。苏轼在《书吴道子画后》一文中，高度赞赏吴道子在对事物之形的描绘上技巧之高，他说："故诗至于杜子美，文至于韩退之，书至于颜鲁公，画至于吴道子，而古今之变，天下之能事毕矣。道子画人物，如以灯取影，逆来顺往，旁见侧出，横斜平直，各相乘除，得自然之数，不差毫末，出新意于法度之中，寄妙理于豪放之外，所谓游刃余地，运斤成风，盖古今一人而已。"[⑥] 苏轼更为称许

① （南朝·宋）宗炳，王微：《画山水序·叙画》，人民美术出版社1985年版，第9页。

② 俞剑华：《中国古代画论类编》，人民美术出版社2004年版，第405页。

③ （宋）欧阳修：《题薛公期画》，见张春林《欧阳修全集》，中国文史出版社1999年版，第418页。

④ （元）刘因：《静修先生文集》卷2《田景延写真诗序》，中华书局1985年版，第49页。

⑤ 俞剑华：《中国古代画论类编》，人民美术出版社2004年版，第498页。

⑥ （宋）苏轼：《书吴道子画后》，见《苏东坡集》卷23，商务印书馆1933年版，第402页。

的是绘画中对象之形富于变化，充分表现所画事物的特征。他说："画以人物为神，花、竹、禽、鱼为妙，宫室、器用为巧，山水为胜，而山水以清雄奇富、变态无穷为难。"① 明代著名画家唐志契认为："传神者必以形，形于心手相凑而相忘，神之所托也。"② 这些都可看出，中国古代的艺术理论家们对于"形"是予以了充分关注的，而且赋予了它颇为深刻的内涵。作为中国美学中一对贯穿古今的范畴，在文学艺术的创作中，发挥着普遍的功用，而从现象学的角度可以揭示出其独特的意蕴所在。

① （宋）苏轼：《跋蒲传正燕公山水》，见张春林《苏轼全集》上，中国文史出版社 1999 年版，第 605 页。

② （明）唐志契：《绘事微言》，见卢辅圣主编《中国书画全书》第 5 册，上海书画出版社 2009 年 2 版，第 470 页。

中国美学的生态论思想观照*

中国古代的文学艺术理论，有天然的美学性质，可以为当代的美学理论提供非常丰富的资源，并且建立起一种独特的思维路向，因为它们多是与艺术创作共生的。同时，中国美学也并不是与哲学脱离的，而是有着深刻的哲学渊源的。而近年来生态美学的迅速发展，为我们思考美学问题提供了一个新的维度。因为生态论的角度，不仅使我们对古代的文艺理论有了独特的阐释，而且也在哲学观念上有了新的会通。

生态美学，在国内美学界是一个非常引人注目的话题，近几年来有许多美学和文艺学学者投入到这个领域的研究之中，已有若干部专著问世，并有相当多的论文对生态美学发表了自己的学术见解。生态美学在我国美学界得以首倡，有着深刻的时代原因和历史依据。本文着重论述的，将是生态美学与中国思想传统的深厚渊源。

一

生态学的一个核心问题是人与自然的关系。造成地球生态危机的是人类将自然看作是人的对立物，在人和自然关系上以“人类中心主义”为准则。而生态学则主张人对自然的充分尊重。人类与自然不应该是掠夺与被掠夺、榨取与被榨取的关系，而应该是对自然保持一种非常尊重的态度。人与自然、人与其他物种之间应该是一个和谐的生物链，处在动态的平衡状态。这也是当代生态哲学和生态美学最有针对性的思想观点。在地球上，人类和其他物种以其生命运动构成了活跃的生命系统。人与自然之间，是一个统一生命体的有机部分。人为破坏或戕害其他物种，最终只能造成人类自身的灾难。“这种‘人类中心主义’的理论以及在此影响下的实践，造成了生态环

* 本文刊于《江苏社会科学》2011 年第 2 期。

境受到严重破坏并直接威胁人类生存的严重事实，许多有识之士在20世纪后半期才提出了生态哲学及与其相关的生态美学。生态哲学与生态美学完全摒弃了传统的'人类中心主义'的观点，而主张人类与自然构成不可分割的生命体系，如奈斯的'深层生态学'理论与卢岑贝格的人与自然构成系统整体的思想。奈斯的'深层生态学'提出著名的'生态自我'的观点。这种'生态自我'是克服了狭义的'本我'的人与自然及他人的'普遍共生'，由此形成极富价值的'生态平等对话'的'生态智慧'，正好与当代关系中存在的'主体间性'理论相契合。卢岑贝格则提出，地球也是一个有机的生命体，是一个活跃的生命系统，人类只是巨大生命体的一部分。"[①]对于自然的尊重，人类与自然是一个巨大的有机生命系统，这是生态哲学的要义之一。

中国古代思想史在这方面所能提供的思想资源是非常丰富而且具有更鲜明的美学性质。作为中国哲学最基本的观念，"天人合一"蕴含着深刻的生态学思想。中国哲学中的天人关系，由于对天和人的内涵的不同理解，含有三种不同层次的意义：一是指意志之天和人的关系，二是指自然与人的关系，三是指客观规律和人的主观能动性的关系。关于"天人合一"，又有天人相通、天人感应和天人合德等模式，而其基本的意思，都有人与天是息息相通的统一整体，彼此之间实无相隔之分。中国古代哲人不是把自然物看作是一个一个单独的存在物，而是视为一个有生命的、互相联系的整体。人与自然的万物，是由这样的一个自然本体所共同生育的，人与万物是和谐的整体。这一点，无论是儒家，还是道家，都是一致的。儒家所谓"天"，一般指自然界的最高存在，所谓"天人合一"，是指人和自然界的和谐统一。道家哲学中充分发挥了这种思想。庄子所说的"天地与我并生，万物与我为一"[②]，惠施所说的"泛爱万物，天地一体"[③]等，都是从人和万物的关系来讲统一性。而在后来理学的系统中，"天人合一"更是一个最基本的观念，其实也是说人和自然的有机统一。"天人合一"的命题，就是由张载提出来的。张载云："儒者则因明致诚，因诚致明，故天人合一，致学而可以成圣。"[④]二程则是以理为天，"天者理也"[⑤]。但理不离气，从整体上说，

---

① 曾繁仁：《试论生态美学》，《文艺研究》2002年第5期。
② 陈鼓应：《庄子今注今译》上册，中华书局1983年版，第88页。
③ 陈鼓应：《庄子今注今译》下册，中华书局1983年版，第887页。
④（宋）张载：《正蒙·乾称下》，见《张载集》，中华书局1978年版，第65页。
⑤（宋）程颢、程颐：《二程遗书》卷11，上海古籍出版社2000年版，第178页。

天是理气之合，也就是宇宙自然界的整体。天人之所以合一，在于一理相通，一气相通。“天人本无二，不必言合。”①

人与自然、人与人之间的“和”，这是中国古代哲学的重要范畴，这也是最具生态学性质的观念。“和”的思想在中国由来已久，它非但不意味着要求事物的趋同，恰恰是要求事物要各具特性，而按着一定的规则，协调好矛盾，形成一种“和而不同”的关系。春秋时期，各国诸侯把“以德和民”看成一条重要的治国之道。《左传·隐公四年》说：“臣闻以德和民，不闻以乱。”认为“以德和民”就不会发生社会暴乱。从哲学高度揭示“和”内涵的，是西周末年的思想家史伯。他说：“今王（周幽王）弃高明昭显（德高望重之臣），而好谗慝暗昧（即邪恶不明事理之人）；恶角犀丰盈，而近顽童穷固，去和而取同。夫和实生物，同则不继。以他平他谓之和，故能丰长而物归之。若以同裨同，尽乃弃矣。故先王以土与金木水火杂，以成百物。是以和五味以调口，刚四支以卫体，和六律以聪耳，正七体以役心，平八索以成人，建九纪以立纯德，合十数以训百体。百体即百官。出千品，具万方，计亿事，材兆物，收经入，行姟极。故王者居九畡之田，收经入，以食兆民，周训而能用之，和乐如一。夫如是，和之至极也。于是乎先王聘后乎异性，求财于有方，择臣取谏工，而讲以多物，务和同也。声一无听，物一无文，味一无果，物一无讲，王将弃是类也而与剸同。天夺之明，欲无弊，得乎？”② 史伯从辩证法的高度对“和”与“同”的区别作了系统的阐述，揭示了和与同的内涵和功能。“和”即是不同事物或对立物之间的和谐统一。“以同裨同”，是说同类事物相加，即绝对等同，这是不能产生新的事物的，而只有不同事物之间的和谐统一，才能产出新的事物。《管子》也讲“和合”。认为人是天地相合的产物，其云：“凡人之生也，天出其精，地出其形，合此以为人。和则生，不和不生。”③ 而《易传》也提出“太和”的观念，如《乾·彖传》中说：“大哉乾元，万物资始，乃统天。云行雨施，品物流行，大明终始。六位时成，时乘六龙以御天。乾道变化，各正性命，保合太和，乃利贞。首出庶物，万国咸宁。”④ 意谓乾取象于天，天生万物是由渐变到质变的过程。在此过程中，各类品物变化形成，天地四时

---

① （宋）程颢、程颐：《二程遗书》卷6，上海古籍出版社2000年版，第132页。

② 转引自叶朗主编《中国历代美学文库·先秦卷》，高等教育出版社2003年版，第311页。

③ 黎翔凤：《管子校注》，中华书局2004年版，第945页。

④ 廖名春校点：《周易》，辽宁教育出版社1997年版，第1页。

而化生万物。所谓“太和”，即是说在宇宙间使天地四时之气相协调，才使万物得以生成。

人与自然万物的相互感应，息息相通，也是中国哲学的一个重要观念。如《易·乾·文言》说：“夫大人者与天地合其德，与日月合其明，与四时合其序，与鬼神合其吉凶，先天而天弗违，后天而奉天时。”① 在《易》的思想中，如李泽厚先生所言：“一方面，人必须顺天之道，循阴阳之量；另方面，天（自然）也具有人的品格性能。总之，天人在这里连成一气，自然的‘天’和意志的‘天’在这里完全融合。”② 可见，《易经》中已有深刻的人与自然万物相感应的思想。中国古代哲学中的“天人感应”之说，其中也有“自然之天”的内涵。意志之天往往和自然之天是不可分割的。“天人感应”论源于西周，认为作为人格化至上神的“天”是根据统治者的德行来实施赏善罚恶。西周末年至战国时，天人感应的思想又有新的发展，认为自然界的某些异常现象是由于人的不良行为而引起的，而自然的内涵就逐渐进入天的内涵之中。人们已逐步发现自然界的某一种现象总是与另一种现象相应，如“同声相应，同气相求。水流湿，火就燥。云从龙，风从虎”③。汉代的董仲舒是天人感应说的集大成者，董氏所谓的“天”，主要指神秘化、道德化的天，但它又是通过阴阳五行学说而与自然界密切联系的。董仲舒把自然界的日月星辰的运行，春夏秋冬的更迭，都说成是“天意”的表现，因而也具有社会道德和人类感情的色彩。《礼记·月令》以“天人感应”的观念提出了生态环境保护的可贵思想，如立春之月，“是月也，天气下降，地气上腾，天地和同，草木萌动。王命布农事，命田舍东郊，皆修封疆，审端经术，善相丘陵，阪险原隰，土地所宜，五谷所殖，以教道民，必躬亲之。田事既饬，先定准直，农乃不惑。是月也，命乐正入学习舞，乃修祭典。命祀山林川泽，牺牲毋用牝。禁止伐木，毋覆巢，毋杀孩虫，胎夭飞鸟，毋聚大众，毋置城郭，掩骼埋胔。是月也，不可以称兵，称兵必天殃。兵戎不起，不可从我始。毋变天之道，毋绝地之理，毋乱人之纪。孟春行夏令，则雨水不时，草木早落，国时有恐；行秋令，则其民大疫，飙风暴雨總至，藜莠蓬蒿并兴；行冬令，则水潦为败，雪霜大挚，首种不入”④。

---

① 高亨：《周易大传今注》，齐鲁书社 2009 年版，第 50 页。

② 李泽厚：《中国古代思想史论》，人民出版社 1986 年版，第 127 页。

③ 周振甫：《周易译注》，中华书局 1991 年版，第 5 页。

④ 阮元等：《十三经注疏》，中华书局 1979 年版，第 1357 页。

《礼记》中“立春之月”通过“天人感应”的形式，告诫人们要爱护生灵，保护生态环境，而且要遵守自然的节序规律，“立春之月”不可以行夏令、行秋令、行冬令，而应按四时节律秩序行事，否则会破坏生态平衡，造成自然失序，招致天殃。四时的节候变化及其秩序感也是中国古代生态思想的一个重要方面。孔子以“四时行焉，百物生焉”① 言天道，指出百物生长是按四时更迭的秩序和规律，这对后来影响很大。《吕氏春秋》中的《十二纪》，是把许多有历史根据的材料，按照“同气”的原则，作了一个大的综合，纪录一年四季十二月的节候、产物，以适应农业社会的需要。将四时的节物和阴阳五行结合起来，使万物成为一个大有机体。

二

中国美学有上述的哲学思想为其根基，有着深厚的生态学的内涵在其中。中国美学以自然为一个大的有机整体，一个统一的生命体，认为审美的兴趣是由人和自然对象的相互感应而致。对于宇宙自然的节律变化非常敏感，而且从这种时序变化中汲取了许多的美感。中国美学对自然事物作为审美对象有着独到的体验，尤为重视自然事物的生命，时时充满着对于自然对象的亲和感。

中国古代的艺术理论家，对于四时的变化有着特殊的感受，并由此引发不同类型的情感体验。中国美学很早地将主体的审美情感和作为客体的“物”加以区分，同时，普遍性地认为美感的产生是由于心和物的感应。在先秦时期的艺术理论中，“心”和“物”的对应就已成为一对成熟的范畴。人和自然事物的互相感应而生成美感，进而产生艺术创造的认识，已颇为深刻。而且，人与自然事物之间的感应是双向的，不仅“物”对“心”起着感发激动的作用，同时，由心的感发而生成审美形式之后，亦可以对自然产生重要的影响。而最终的归结则在人与人之间的和谐关系。试以《礼记·乐记》中的若干论述来说明之。

《乐记》中的《乐本》篇，认为音乐的产生是由人心之感于物的产物。其云：“凡音之起，由人心生也。人心之动，物使之然也。感于物而动，故形于声。声相应，故生变，变成方，谓之音。比音而乐之，及干戚羽旄，谓

① （宋）朱熹：《四书章句集注》，中华书局 1983 年版，第 181 页。

之乐。"[①]"乐者，音之所由生也；其本在人心之感于物也。"[②] 物的变化引起人心的波动，人心之动发而为声，声按着一定的规律组合，就成了音；音配之以内容、舞蹈等，就成了乐。这个"乐"，就是儒家礼乐文化的"乐"，是有社会性的内涵的。《乐记》认为，乐的发生在于物之感动人心。《乐记》还论述了乐使人心和合的作用，"大乐与天地同和，大礼与天地同节"[③]。而"和"则会使万物生长，和谐有序，其间的中介，应该是人与人之间的社会性的和谐，由人之间的和谐而产生人与自然之间的和谐与生命力健旺。《乐记》又云："天高地下，万物散殊，而礼制行矣；流而不息，合同而化，而乐兴焉。春作夏长，仁也；秋敛冬藏，义也。仁近于乐，义近于礼。"[④]"乐"作为一种审美文化，是"天地之和"的象征，天地之和带来的是四时的顺畅、万象的繁兴。《乐记》中的这些论述，有着鲜明的生态学思想，认为礼乐之举可以使秩序昭然，天地阴阳相谐和，草木繁盛，万物都生育无害，这都归之于圣人礼乐参赞之道。

乐的作用在于内心情感的发动，同时，它也是情感发动的产物。但是它要经过一个形式化的过程。人心的情感已经有了社会化的内容，再和之以"干戚羽旄"等形式，所起的作用主要在于人与人之间的沟通、协调。这一点，乐和礼的功能是颇有区别的。礼主要在于人与人之间的等级差异，使人明确尊卑贵贱。虽然礼是必要的，但在儒家文化中，目的还是要建立起秩序井然、尊卑有节，却又是人与人和谐、人与自然和谐的社会，所以乐的功用主要在于使社会和合。《乐记》中这方面的宗旨是很明确的，如说："大乐与天地同和，大礼与天地同节。和，故百物不失。节，故祀天祭地。明则有礼乐，幽则有鬼神。如此则四海之内合敬同爱矣。"[⑤]"乐者，天地之和也；礼者，天地之序也。和，故百物皆化；序，故群物皆别。"[⑥]《乐记》还要求乐的中和之美，这同样有着生态学的意义："是故先王本之情性，稽之度数，制之礼义。合生气之和，道五常之行，使之阳而不散，阴而不密，刚气不怒，柔气不慑，四畅交于中而发作于外，皆安其位而不相夺也。然后立之

① 王云五、朱经农主编：《礼记·乐记》，商务印书馆1947年版，第83页。

② 《礼记·乐本》，见叶朗《中国历代美学文库·秦汉卷》，高等教育出版社2003年版，第221页。

③ 同上书，第224页。

④ 同上书，第225页。

⑤ 同上书，第224页。

⑥ 王云五、朱经农主编：《礼记》，商务印书馆1947年版，第87页。

学等，广其节奏，省其文采，以绳德厚。律小大之称，比终始之序，以象事行。使亲疏贵贱长幼男女之理，皆形见于乐。故曰：‘乐观其深矣。’土敝则草木不长，水烦则鱼鳖不大，气衰则生物不遂，世乱则礼慝而乐淫。是故其声哀而不庄，乐而不安，慢易以犯节，流湎以忘本。广则容奸，狭则思欲，感条畅之气，而灭平和之德，是以君子贱之也。”① 在这里，乐的社会功能之大，是超乎想象的，但它的理想状态，必须是有着中和之美，否则，甚至会影响到生态平衡与繁荣。而礼乐的施行，则能使天地和气交感，从而使万物兴育，因此，《乐情篇》中云：“是故大人举礼乐，则天地将为昭焉。天地欣合，阴阳相得，煦妪覆育万物，然后草木茂，区萌达，羽翼奋，角觡生，蛰虫昭苏，羽者妪伏，毛者孕鬻，胎生者不殰，而卵生者不殈，则乐之道归焉耳。”② 在《礼记・乐记》的作者看来，乐是可以调节人心，使人心感动，使人心向善，而乐的发于声音，可以形成节奏，一方面有了变化的音律，一方面又使各种社会关系得以协调。

人与自然万物的感应，使人心性情产生波动和感染，从而以艺术语言表现出来，这也就形成了文学艺术的佳作。而文学艺术的创作，并非全是人们刻意为之的，在某种意义上，也是自然律动的外化，是造物的声音或美的外形。魏晋南北朝时期的美学思想，多半都有这种观念。如钟嵘在其著名的《诗品序》中说：“气之动物，物之感人，故摇荡性情，形诸舞咏。照烛三才，辉丽万有，灵祇待之以致飨，幽微藉之以昭告，动天地，感鬼神，莫近于诗。”③ 钟嵘把诗作为人与自然环境的互相感通的产物。作为人心至感的诗，具有使自然的律动形式化、审美化的作用。所谓“照烛三才，辉丽万有”，指诗作可以使天、地、人“三才”光大，使世间万物生辉。刘勰在他的《文心雕龙》中更是以“人文”为与天地宇宙并生，且为万物之灵，他说：“文之为德也，大矣；与天地并生者何哉？夫玄黄色杂，方圆体分，日月叠璧，以垂丽天之象；山川焕绮，以铺理地之形。此盖道之文也。仰观吐曜，俯察含章；高卑定位，故两仪既生矣。惟人参之，性灵所钟，是谓三才。为五行之秀，实天地之心。心生而言立，言立而文明，自然之道也。旁及万品，动植皆文。龙凤以藻绘呈瑞，虎豹以炳蔚凝姿。云霞雕色，有逾画

① 《礼记・乐本》，见叶朗《中国历代美学文库・秦汉卷》，高等教育出版社 2003 年版，第 228 页。

② 王云五、朱经农主编：《礼记》，商务印书馆 1947 年版，第 101 页。

③ 陈延杰：《诗品注》，人民文学出版社 1961 年版，第 1 页。

工之妙；草木贲华，无待锦匠之奇。夫岂外饰，盖自然耳。至于林籁结响，调如竽瑟；泉石激韵，和若球锽。故形立而章成矣，声发则文生矣。”① 刘勰认为，“人文”作为“大道”的分有，是与天地并生的，是与“天文”、“地文”同体存在的。“日月叠璧”、“云霞雕色”的天文，“山川焕绮”、“草木贲华”的地文，都是自然大道的外显，也都是自然的杰作；而“人文”的生成，也是自然的过程。

生态自然体现为物种在大自然中的各得其所的生态位，以及各自以其独特的状貌而呈现的勃勃生机或者说是生命感。生态状况良好的环境中，各个物种都呈现欣欣向荣的气象，人与自然非常和谐地共处在一个生态圈里。而从中国的美学思想来看，最为重视的便是这种人在和自然的遇合中彼此达到高度默契而产生的创作契机和审美价值。这一点，无论是在诗论还是画论等美学文献中都体现得非常充分。

宋代诗论家叶梦得推崇魏晋南北朝大诗人谢灵运的名句：“池塘生春草，园柳变鸣禽”，但他的理解是与众不同的。他说：“‘池塘生春草，园柳变鸣禽’，世之不解此语为工，盖欲以奇求之耳。此语之工，正在无所用意，猝然与景相遇，借以成章，不假绳削，故非常情所能到。诗家妙处，当须以此为根本，而思苦言难者，往往不悟。”② 叶梦得认为谢灵运的诗之所以好，并非在于刻意求奇，恰恰是因为诗人无所用意，而在与自然事物的偶然遇合中产生了绝妙的诗思，这种诗句是不可重复的。并认为这是好的诗境创造的条件和普遍规律。宋代画论家董逌认为最好的画乃是画家“遇物兴怀”的产物，他评画家燕肃之画云：“山水在于位置，其于远近阔狭，工者增减，在其天机。务得收敛众景，发之图素。惟不失自然，使气象全得，无笔墨辙迹，然后尽其妙。故前人谓画无真山活水，岂此意也哉？燕仲穆以画自嬉，而山水尤妙于真形。然平生不妄落笔，登临探索，遇物兴怀，胸中磊落，自成丘壑。至于意好已传，然后发之。或自形象求之，皆尽所见，不能措思虑于其间。自号能移景物随画，故平生画皆因所见为之。”③ 董氏论画，最为推崇这种在与自然外物遇合中的作品，他称之为“天机”。董氏所说的“天机”，是指画家和造化自然相融为一，从而画出“无毫发遗恨”的绝世

① 范文澜：《文心雕龙注》，人民文学出版社 1958 年版，第 1 页。

② （宋）叶梦得：《石林诗话》卷中，见（清）何文焕《历代诗话》上册，中华书局 2004 年版，第 426 页。

③ （宋）董逌：《广川画跋》，见于安澜《画品丛书》，上海人民美术出版社 1982 年版，第 297 页。

之作。而这种艺术家和自然外物的相遇合，使作品以凝练的形式，呈现出大自然的生机征收其内在的伟力。

中国美学在其“天人合一”的哲学基础上，非常重视作品的生命感和运动感，魏晋时期的画论家谢赫提出的著名的“绘画六法”，第一个就是“气韵生动”。所谓“气韵生动”，指的就是作品的生命感。在艺术家看来，身处的环境都蕴含着独特的生机，如宋代画家郭熙说：“真山水之川谷，远望之以取其势，近看之以取其质。真山水之云气，四时不同：春融怡，夏蓊郁，秋疏薄，冬黯淡；画见其大象，而不为斩刻之形，则云气之态活矣。真山水之烟岚，四时不同：春山澹冶而如笑，夏山苍翠而如滴，秋山明净而如妆，冬山惨淡而如睡。”① 明代画论家唐志契也认为：“凡画山水，最要得山水性情，得其性情：山便得环抱起伏之势，如跳如坐，如俯仰，如挂脚，自然山性即我性，山情即我情，而落笔不生软矣。水便得涛浪潆洄之势，如绮、如云、如奔、如怒，如鬼面，自然水性即我性，水情即我情，而落笔不呆板矣。或问山水何性情之有？不知山性即止而情态则面面生动，水性虽流而情状则浪浪具形。探讨之久，自然妙过古人者。古人亦不过于真山真水上探讨，若访旧人，而只取旧本描画，那得一笔似古人乎？岂独山水，虽一草一木亦莫不有性情，若含蕊舒叶，若披枝行干，虽一花而或含笑，或大放，或背面，或将谢，或未谢，俱有生化之意。”② 山水作为人的审美对象和艺术描写对象，在画家眼里都是有性情的，而这正与画家的性情相通，因此，涵入其画作中便充满了生命感。这种性情不能简单地看作就是审美主体的性情，而就是山水本身的性情，这是一种人与自然环境的“主体间性”。

三

从生态的观点来看，一个物种、一个环境，会在自然的变迁之中产生动态的变化，这在生态学上称之为生态群落的演替（succession）。19 世纪末、20 世纪初的丹麦生态学家沃明在他的生态学名著《植物生态学》的最后一部分论述了生态演替的动态过程。他认为，群落并非停留在同样的、永远保

---

① （宋）郭熙：《林泉高致》，见俞剑华《中国古代画论类编》，人民美术出版社 2000 年版，第 634 页。

② （明）唐志契：《绘事微言》，见俞剑华《中国古代画论类编》，人民美术出版社 2000 年版，第 742 页。

持着一种由某种神圣的力量所注定的稳定状态之中。[①] “演替”是生态学的一个重要的概念，而中国古代的文学家或诗人，对于自然群落的演替现象是非常敏感的。这表现在他们对自然群落的演替过程的感应和描写上，而且，一般说来，都是将审美主体的心态和这种演替联系起来。如陆机在《文赋》中所说的“遵四时以叹逝，瞻万物而思纷。悲落叶于劲秋，喜柔条于芳春”，即是在自然节候的变迁中所感受的悲喜之情。

生态学不满于“人类中心主义”，而认为各个物种都处在共生的环境中。各个物种都有自己的生存权利，依一定的时间和空间形成生态系统，人与万物构成一个和谐的整体。作为许许多多的物种之一，人不仅应该尊重人类自己的生存权利，同时，也应该尊重其他物种的生存权利。中国古代的哲学和美学思想，在这方面是有非常深刻而丰富的思想资源的，如孟子所提倡的“仁政”，就包含了对自然生命法则的尊重。孟子的“仁民爱物”说，一方面是对人的尊重，另一方面是对自然物的热爱。北宋著名思想家张载提出了有名的“民胞物与”之说，是最为典型的。张载在《西铭》中说：“乾称父，坤称母，予兹藐焉，乃混然中处。故天地之塞，吾其体；天地之帅，吾其性。民吾同胞，物吾与也。”[②] 张载的意思是，无论人还是万物，都是自然界之子，而天地也即是人和万物的父母。在这一点上，人与万物都是平等的。人对于万物应该是友爱的、体恤的，视万物如自我。张载又有《大心》篇，其中的“大心”说，颇有生态哲学的味道。《大心》篇云：“大其心则能体天下之物，物有未体，则心为有外。世人之心，止于闻见之狭。圣人尽性，不以见闻梏其心，其视天下无一物非我，孟子谓尽心则知性知天以此。天大无外，故有外之心不足以合天心。”[③] “大其心”也就是扩展心量，不以闻见局束己心，而能体恤万物。其后程颢提出了“仁者以天地万物为一体”的命题，他说：“仁者，以天地万物为一体，莫非己也。认得为己，何所不至？若不有诸己，自不与己相干。如手足不仁，气已不贯，皆不属己。故‘博施济众’，乃圣人之功用。仁至难言，故止曰‘己欲立而立人，己欲达而达人，能近取譬，可谓仁之方也矣。’欲令如是观仁，可以得仁之体。”[④]

---

① 参见［美］唐纳德·沃斯特《自然的经济体系》，侯文蕙译，商务印书馆1999年版，第244页。

② （宋）张载：《西铭》，见《张载集》，中华书局1978年版，第62页。

③ （宋）张载：《张子正蒙》卷7《大心》，见《张载集》，中华书局1978年版，第25页。

④ 《程氏遗书》卷2上。

大程子又云："学者须先识仁。仁者，浑然与物同体。"① 程颢以"天地万物为一体"、"浑然与物同体"阐释"仁"的内涵，是从孟子以还的仁学思想的一个重要发挥。仁爱之人，视天地万物如中一体，如同己身。中国古代的文学艺术及其所表现出来的美学思想中，多有对自然和万物的亲爱、尊重，对于其他物种生命的珍视与保护，视山河草木如同友生，对于其他的动物、植物都关爱有加。而在艺术作品中则体现出灵性的光芒。《世说新语》中记载梁简文帝"入华林园，顾谓左右曰：'会心处不必在远，翳然林水，便自有濠、濮间想也，觉鸟兽禽鱼自来亲人'"②。李白以明月为友："花间一壶酒，独酌无相亲。举杯邀明月，对影成三人"，"暮从碧山下，山月随人归"。他还将青山作为知己："相看两不厌，只有敬亭山"。杜甫有着更为深切的仁民爱物的情怀，如他的《缚鸡行》，充分体现了他对动物生命的关怀。诗中说："小奴缚鸡向市卖，鸡被缚急相喧争。家中厌鸡食虫蚁，不知鸡卖还遭烹。虫鸡于人何厚薄，吾叱奴人解其缚。鸡虫得失无了时，注目寒江倚山阁。"因为鸡是吃虫蚁的，诗人因为怜惜虫蚁生命而要将鸡卖掉；但又想到鸡被卖给人家，也难逃被吃的命运，于是又让仆人放了鸡。正如仇兆鳌所评："末二句设难作结，爱物而几于齐物矣。"③ 杜甫在后期生活稍稍安定一些的时候，对于动物、植物都充满了爱意，当作自己的朋友，如说"山鸟山花吾友于"。宋代词人辛弃疾则在词中将松树视为"酒友"："以手推松，曰去"，并将青山视为相互爱悦的友人："我见青山多妩媚，料青山见我应如是。"（《贺新郎》）都是将自然之物视为有生命、有感情的友人。

四

尊重自然界的权利，对于动物、植物和自然界的其他事物，确认它们在一种自然状态中持续存在的权利，重视自然价值，这是生态伦理学的基本理念。如生态学家 P. W. 罗尔斯顿从生态学出发，"认为自然价值是指自然物所固有的、不依赖于人的意识和体验的'内在价值'，这种价值是从人们的主观体验中延伸到其他生命的客观生命中去的，例如生命支撑价值、使基因多样化价值、多样性和统一性的价值、稳定性与自发性的价值、辩证的价值

① （宋）程颐、程颢：《二程集》，中华书局 2004 年版，第 16 页。
② 徐震堮：《世说新语校笺》，中华书局 1999 年版，第 67 页。
③ （清）仇兆鳌：《杜诗详注》卷 18，中华书局 1979 年版，第 1566 页。

以及生命价值等等。他认为，不仅自然物具有价值，而且生态系统本身也具有价值。他还把人类有利于生态系统的完整的行为，同莱奥波尔德关于‘生态系统的完整性本身就是具有价值’的论点结合起来，认为我们在自然界中保持的价值，是我们理解为美的、稳定的、有序的、完整的、和谐的等等东西。”① 尊重物种的生态规律，使其获得充分发展的权利，这是生态学的重要观念。

从这个角度来看，《老子》中所说的“人法地，地法天，天法道，道法自然”② 就具有了这种生态学的意义。这里所说的“自然”，并非是一个实体范畴，而是功能范畴。河上公注老子云：“道性自然，无所法也。”童书业先生评老子说：“老子书里的所谓‘自然’，就是自然而然的意思，所谓‘道法自然’就是说道的本质是自然的。”③ 庄子也极力主张尊重物的自然本性，而反对人为地改变或戕害物性。庄子在其《秋水》篇中所说的“天”、“人”之别，其实就是物的自然天性和人为矫厉的不同。其云：“牛马四足，是谓天；落马首，穿牛鼻，是谓人。故曰，无以人灭天，无以故灭命，无以得殉名。谨守而勿失，是谓反其真。”庄子以牛马为例，牛马生来有四只脚，这是天然，然而用辔头络在马头上，用缰绳穿在牛鼻上，这就是人为。庄子认为，不应用人为去毁灭天然，不要用造作来毁灭性命。一切都应顺乎其自然天性。魏晋玄学的代表人物王弼提倡“自然之性”，何劭《王弼传》云：“弼注易，颍川人荀融难弼《大衍义》。弼答其意，白书以戏之曰：夫明足以寻极幽微，而不能去自然之性。颜子之量，孔父之所预在。然遇之不能无乐，丧之不能无哀。又常狭斯人，以为未能以情从理者也。而今乃知自然之不可革。”④ “自然之性”，指的是人的自然本性，这是与名教相对而言的。魏晋时期的著名诗人、玄学家嵇康，提出“越名教而任自然”⑤ 的哲学命题，以“自然”作为最高的价值取向，继之而起的是玄学家郭象的“独化”论，“独化”其实也是“自然”之一义。“独化”论本是以之解释万物生成的原因，郭象既不主张“贵无”，也不主张“崇有”，而认为万物生成的原因在于没有外力的“独化”。郭象的哲学观点都在其《庄子注》中。郭

---

① 参见傅华《生态伦理学探究》，华夏出版社 2002 年版，第 186 页。

② 李存山注译：《老子》，中州古籍出版社 2008 年版，第 79 页。

③ 陈鼓应：《老子注译及评介》，中华书局 1984 年版，第 168 页。

④ 楼宇烈：《王弼集校注》，中华书局 1980 年版，第 639 页。

⑤（三国·魏）嵇康：《释私论》，见殷翔、郭全芝《嵇康集注》，黄山书社 1986 年版，第 231 页。

象云："请问夫造物之域，虽复无两，未有不独化于玄冥之境者也。故造物者无主，而物各自造。物各自造而无所待焉，此天地之正也。故彼我相因，形景俱生，既复玄合而非待也。明斯理也，将使万物各反宗于体内，而不待乎外。"[①]"独化"者，无所待也。其生成的原因只在于自身之中，而非外在的因素。"独化"是与"自然"密切联系在一起的。郭象认为，万物自有其性，即所谓"物性自然"。其云："各以得性为至，自尽为极也。"[②]在郭象看来，每个物种都有自己的"性"，也即自己的生态规律。自循自己的天性而动，也就是"自然"。"独化"的根据便是这种自然之性，即每个物种的生态规律。中国古代美学以"自然"作为审美取向和极高的审美价值标准，其中就包含着顺性而为的意思。不满于人为矫饰，而崇尚发自于本性的美质。这种"自然"，也并非仅只是素朴无华，而只要是顺应事物的本来规律就是"自然"的。如刘勰在《文心雕龙·原道》篇中所说的"旁及万品，动植皆文，龙凤以藻绘呈瑞，虎豹以炳蔚凝姿，云霞雕色，有逾画工之妙，草木贲华，无待锦匠之奇；夫岂外饰，盖自然耳"。刘勰认为，无论是动物、植物，其华美的外表都是造化的产物，而非人为修饰的结果，这就是自然之美，这就是最好的境界。刘勰认为诗歌创作也应是发自于本心的："人禀七情，应物斯感，感物吟志，莫非自然。"[③]在我们现在看来，似乎魏晋南北朝时的谢灵运诗已是颇为华美了，但时人认为他的诗作是有"自然"之美的。如汤惠休曾言："谢诗如芙蓉出水，颜如错彩镂金。"[④]在其眼里，谢诗与颜诗的比较，并不在于颜诗比谢诗更为"绮靡"，才显得谢诗是"自然可爱"的，关键在于谢诗是发之于自然，而非人工雕缋。如初发芙蓉般的"自然"，这是相当高的价值评判。钟嵘在其《诗品序》中提倡"自然英旨"，其云："故大明、泰始中，文章殆同书钞。近任昉王元长等，词不贵奇，竞须新事，尔来作者，浸以成俗。遂乃句无虚语，语无虚字，拘挛补衲，蠹文以甚。但自然英旨，罕值其人。"[⑤]钟嵘所说的"自然英旨"，是诗人与自然社会直接接触而产生的诗兴，而非以典故堆砌而成、缺少真情实感的作品。唐代诗论家司空图在《二十四诗品》中列有"自然"一品，其云："俯拾即是，不取诸邻。俱道适往，著手成春。如逢花开，如瞻岁新。真与

① （唐）成玄英：《南华真经注疏》，中华书局1998年版，第57页。

② 同上书，第7页。

③ 范文澜：《文心雕龙注》，人民文学出版社1958年版，第65页。

④ 陈延杰：《诗品注》，人民文学出版社1961年版，第43页。

⑤ 同上书，第4页。

不夺，强得易贫。幽人空山，过雨采苹。薄言情悟，悠悠天钧。”这里的“自然”品是说诗的意境应该是自然而然的，是与造化的生命感偕行的。

中国古代文艺理论中有着非常丰富的生态思想，而且是生长于深厚的哲学根基之中的，从美学的层面来加以认识，会为我们打开一道美妙而新奇的景观。

“兴象”的审美特征*

“兴象”是中国古代文论中的一个独特范畴，有重要的审美价值和特殊的历史语境。它由唐代诗论家殷璠最早提出，却是中国文论的感兴美学传统的必然产物。“兴象”可以纳入审美意象的范畴序列，它揭示了意象的发生方式。“兴象”的内涵虽在一些美学和诗论著作中有所接触，但却远远没有得到系统的阐发。我们认为，兴象这个范畴是有丰富的美学史价值及现代美学建构意义的，值得进行美学角度的分析与阐释。

一

唐代诗论家殷璠编选《河岳英灵集》，是唐人选唐诗中最为重要的一种。殷璠是唐天宝后期进士，丹阳（今江苏省丹阳市）人。《河岳英灵集》原分为上下两卷，到元明之际则出现3卷本。依殷氏在其《序》中自述：“粤若王维、昌龄、储光羲等24人，皆河岳英灵也，此集便以《河岳英灵》为号。诗234首，分为上下卷，起甲寅（654），终癸巳（693）。伦次于叙，品藻各冠篇额。如名不副实，才不合道，纵权压梁、窦，终无取焉。”① 遍照金刚《文镜秘府论·南卷》也称其分为上下卷，《新唐书·艺文志》也称《河岳英灵集》为2卷，南宋陈振孙《直斋书录解题》和官修《中兴馆阁书目》都作2卷，可见，北宋到南宋中期，《河岳英灵集》是以2卷行世的。至明末毛晋刻《河岳英灵集》即为3卷，此后多有3卷本行世。至清代《四库全书总目》称其为3卷，《四库全书总目提要》云：“是集录常建到阎

---

* 本文刊于《解放军艺术学院学报》2011年第3期。

① 李珍华、傅璇琮：《河岳英灵集研究》，中华书局1992年版，第117页。该书分为两大部分，一部分是李、傅二位先生关于《河岳英灵集》的研究论著，另一部分是《河岳英灵集》的校点本，本文中所引《河岳英灵集》的引文部分，均出自该书。

防二十四人，诗二百三十四首，姓名之下各著品题，仿钟嵘《诗品》之体，虽不分次第，然篇数无多，而厘为上中下卷，其人又不甚叙时代，毋亦隐寓钟嵘三品之意乎？”① 这个说法因其根据不足而遭人诟病，在《河岳英灵集》所选篇章中实在看不出有什么以三品进行轩轾之意。我们可以参照李珍华先生和傅璇琮先生经过考证研究得出的结论，其云：“殷璠自编的本子原为二卷，这个本子一直流传到南宋。宋元之际或元明之际，二卷本的《河岳英灵集》极少流传，几至失传。而自明代前期开始，有三卷本出现。”② 至于现存篇数为230篇，可能是在流传中散佚了。

《河岳英灵集》编选盛唐诗人常建、李白、王维、张谓等24人作品，在每位诗人下附评语即序中所说的“品藻”。诗集前面有序文，与对各个诗人的评语合观，能够较为清晰地看到编者的论诗尺度和审美价值标准。有无兴象，便是其中最为突出的一个标准。其评陶翰诗云：“历代诗人诗笔双美者鲜矣。今陶生实谓兼之，既多兴象，复备风骨，三百年前，方可论其体裁也。”③ 评孟浩然诗云：“浩然诗，文彩丰茸，经纬绵密，半遵雅调，全削凡体。至如‘众山遥对酒，孤屿共题诗’，无论兴象，兼复故实。”④ 殷璠还在《河岳英灵集》序中说：“夫文有神来、气来、情来，有雅体，野体、鄙体、俗体。编纪者能审诸体，委详所来，方可定其优劣，论其取舍。至如曹、刘诗多直语，少切对，或五字并侧，或十字俱平，而逸驾终存。然挈瓶庸受之流，责古人不辨宫商徵羽，词句质素，耻相师范。于是攻异端，妄穿凿，理则不足，言常有余，都无兴象，但贵轻艳。虽满箧笥，将何用之？”⑤ 可见，“兴象”是殷璠用以评价诗歌审美价值的一个基本范畴。兴象虽由殷璠首倡，但它却不是凭空产生，而是有着深厚的中国诗学思想的渊源，并且能够代表中国诗学的特质的。李珍华先生和傅璇琮先生曾指出“兴”的内涵的变化：“兴差不多是中国文学理论最古老的词语之一。它似乎是随着《诗经》的研究开始就被人运用，这就是诗的六义之一。唐朝的孔颖达引东汉的郑玄（所谓郑笺）谓：‘兴者，托事于物，则兴者，起也，取譬引类，发起己心。’这算是经典式的说明。但兴的含义，又因人而有变化。……在那

① （清）永瑢等：《四库全书总目》卷186《集部·总集类·一》《河岳英灵集》部分，中华书局1965年版，第1688页。

② 李珍华、傅璇琮：《河岳英灵集研究》，中华书局1992年版，第113页。

③ 同上书，第166页。

④ 同上书，第206页。

⑤ 同上书，第117页。

时（盛唐），人们已把兴作为外界与主体相契合而产生的一种创作萌动，一种积极的艺术思维的闪光。……我们可以说，兴这一词已突破《诗经》六义之一的界说范围，已经不是因事而起兴的那种静态，而是诗人的一种创作跃动，既是外界的反映，又是对外界的把握，创作主体处在一种亢奋状态，似乎有一种笼万物为己有的情状。”① 这种阐释是特别具有历史性的眼光的，同时也是符合“兴”在唐诗中的具体内涵的。关于“象”及“兴象”合成为一个别具新义的范畴，李、傅二位学者也有颇为客观的说明：“象也是中国古老的哲学上的概念，一般指事物的各种外观，各种表现形式。盛唐时则常常把它与‘物’连用，称‘物象’，有时也称‘万象’，总之，象这一概念比较确定，指的是外界事物的各种表象。殷璠也单独使用‘兴’，如他说常建诗‘其旨远，其兴僻’，说刘昚虚‘情幽兴远’，与盛唐时其他人的用义相近。但是，他把兴与象连起来，作为一个词语，一个概念，却产生了意念的飞跃。对殷璠来说，神、气、情构成思维的内容，但表达思维的‘形象’又是什么呢？在《河岳英灵集》，里，形象与思维不是分开来讲的，而是统一的、整体的，这就是所谓‘兴象’。兴象不同于比兴，也不是寄兴，它指的是形象与思维的结合方式，说得窄一点，是情与景的相熔。……这就是殷璠所说的兴象。从兴象所蕴含的内涵来说，是神、气、情。在盛唐时代，特别是气与情，对于创造具有兴象那样的诗境起了很大的作用，正由于有那样一种表现力量之美的气骨和体现丰富内心世界的情致，才促使诗人萌动着的创作欲与物象相结合，造成了一种明朗透彻、丰满阔大、能以深切的或强烈的情绪激发读者的艺术形象。”② 援引这里的阐释是因其从盛唐时的创作实践出发，使我们能够信服。

如果要在理论上对“兴象”作一个特别概括的界定，笔者认为叶朗先生的说法足以当之，叶先生认为，兴象是意象的一种。他说：“而所谓‘兴象’，就是按照‘兴’这种方式产生和结构的意象。”③ 叶朗先生的解释是可以认同的。笔者则进一步加以说明：兴象是由感兴而得的意象，“兴”是“象”的发生机制，“象”是“兴”的产物。由兴而生象，是意象的一个基本类型，也是中国古代的意象学说发展到唐代、由唐诗体现出来的必然产物。

---

① 李珍华、傅璇琮：《河岳英灵集研究》，中华书局 1992 年版，第 64 页。

② 同上书，第 67 页。

③ 叶朗：《中国美学史大纲》，上海人民出版社 1985 年版，第 263 页。

二

“意象”之说，在中国古代文论中有很早的渊源。《易传·系辞上》中即有：“子曰：‘书不尽言，言不尽意。’然则圣人之意，其不可见乎？子曰：‘圣人立象以尽意，设卦以尽情伪，系辞焉以尽其言。”① 认为“象”是可以表达“意”的。魏晋时期著名玄学家王弼在《周易略例·明象》篇中有一段话更直接影响了中国文论中意象说的生成：“夫象者，出意者也；言者，明象者也。尽意莫若象，尽象莫若言。言生于象，故可寻言以观象；象生于意，故可寻象以观意。意以象尽，象以言著。故言者所以明象，得象而忘言；象者所以存意，得意而忘象。”② 这就是在玄学史上著名的“言意之辨”，进一步揭示了意与象之间的依存关系。魏晋南北朝时期著名文艺理论家刘勰，最先将意象作为一个完整的文论范畴引入到审美和文学创作领域。他说：“是以陶钧文思，贵在虚静，疏瀹五脏，澡雪精神。积学以储宝，酌理以富才，研阅以穷照，驯致以怿辞；然后使玄解之宰，寻声律而定墨，独照之匠，窥意象而运斤：此盖驭文之首术，谋篇之大端。”③ 这是意象首次作为完整的、稳定的文论范畴在文论史上出现。而后，意象便经常出现在文论里。如唐代的王昌龄、司空图，宋代的唐庚，明代的陆时雍、王廷相、胡应麟、何景明、王世贞等著名文论家，都多处以“意象”作为论诗的尺度。诗论之外，书论、画论中，也多有以意象来评价书画创作的，如宋代郭若虚论唐代名画家张璪的作品：“尤于画松，特出意象。”④ 清代文艺理论家刘熙载也以“意象”论画：“画之意象变化，不可胜穷，约之，不出神、能、逸、妙四品而已。”⑤ 这些说明“意象”已经逸出了文论，而成为艺术审美的普遍性范畴。

“兴象”可说是意象理论发展的必然结果，也是唐代意象说的时代性标志。作为意象的产生方式的“兴”，源自于中国先秦诗学中“比兴”的兴，也成为后来的“感兴”之兴。关于兴的解释颇多，如《周礼·大师》郑注：

---

① （三国·魏）王弼等：《周易正义·系辞上》，见李学勤主编《十三经注疏》，北京大学出版社1999年版，第291页。

② （魏）王弼，（晋）韩伯康：《周易王韩注》，岳麓书社1993年版，第251页。

③ 范文澜：《文心雕龙注》，人民文学出版社1978年版，第493页。

④ （宋）郭若虚：《图画见闻志》卷5，人民美术出版社1963年版，第125页。

⑤ （清）刘熙载：《艺概·书概》，上海古籍出版社1978年版，第168页。

“比见今之失，不敢斥言，取比类以言之。兴见今之美，嫌于媚谀。取善事以喻劝之。”①《毛诗正义》：“兴者，托事于物，则兴者，起也。取譬引类，起发己心，《诗》文诸举草木鸟兽以见意者，皆兴辞也。”② 朱熹称兴为“先言他物以引起所咏之词也”③。这些都指出了“兴”是以外物起发己心的。我们认为，对“兴”解释得最为明确的，当属宋人李仲蒙所说的“触物以起情谓之兴，物动情也”④。即是说：兴是作家受到外物变化的触发，唤起了内心的情感，从而引起创作冲动。这里面有这样几个要素：一是要有外物的触发，也即感物；二是这种感发的偶然性，而非预先立意，刻意为之；三是主体情感的唤起，如刘勰论比兴时说的：“兴者，起也。起情故兴体以立。”⑤ 感兴的直接结果便是诗人、作家或艺术家的内在情感被外物变化所唤起。如陆机所说“遵四时以叹逝，瞻万物而思纷。悲落叶于劲秋，喜柔条于芳春”⑥，是说四季引起的万物变化使作家产生或悲或喜的情感。钟嵘在《诗品序》中说“气之动物，物之感人，故摇荡性情，形诸舞咏”⑦，也是说感兴是外物对主体情感的引发唤起。

文学或艺术创作中的意象，原指作家艺术家的内心营构之象，后也呈现于作品中的具有情感含量的艺术形象。而前者是创作的关键，所以刘勰称为“驭文之首术”。它们是以作家艺术家审美情感孕育而成的。刘勰所说的“神用象通，情变所孕”⑧，具有准确的概括性。而情感的唤起则是感兴的结果。唐诗的意象无论在创作上还是理论上都已较为成熟，诗人们认为由感兴而生成的意象才是真正的诗歌意象，“兴象”这个范畴便应运而生。王昌龄在《诗格》中所论“生思”，也即感兴所生意象，他说：“久用精思，未契意象，力疲智竭，放安神思，心偶照境，率然而生。”⑨ 韩林德先生阐发道：

① 《周礼·春官·大师》，见郭丹《先秦两汉文论全编》，上海远东出版社 2012 年版，第 817 页。

② （汉）毛亨等：《毛诗正义》，见李学勤主编《十三经注疏》，北京大学出版社 1999 年版，第 14 页。

③ （宋）朱熹：《诗集传》卷 1，上海古籍出版社 1958 年版，第 1 页。

④ （宋）胡寅：《崇正辩斐然集》卷 18《与李叔易书》，中华书局 1993 年版，第 386 页。

⑤ 范文澜：《文心雕龙注》，人民文学出版社 1978 年版，第 601 页。

⑥ （晋）陆机：《文赋》，见郁沅、张明高《魏晋南北朝文论选》，人民文学出版社 1996 年版，第 146 页。

⑦ 陈延杰：《诗品注》，人民文学出版社 1980 年版，第 2 页。

⑧ 范文澜：《文心雕龙注》，人民文学出版社 1962 年版，第 495 页。

⑨ （唐）王昌龄：《诗格》，见张伯伟《全唐五代诗格汇考》，凤凰出版社 2002 年版，第 173 页。

“王昌龄的意思是，意象的形成，有待于审美感兴中心与境二者的交融合一，而焦思苦虑的‘精思’之所以‘未契意象’，就在于缺少想象和灵感这种‘神思’的作用。一旦‘神思’勃发，‘心偶照境’，‘意象’在刹那间即形成。可见，‘意’与‘象’的相契，必待审美感兴中‘心’与‘境’的融合。”① 王昌龄所说的意象，就是感兴生成之象，这是没有问题的。他认为那种“久用精思”的“苦吟”一类，是与意象的创造未合的，真正的意象，应该是诗人通过“心偶照境，率然而生”的感兴方式创造的。其实，早在刘勰那里，意象就是由“比兴”产生的。所以《神思》赞语中有“神用象通，情变所孕。……刻镂声律，萌芽比兴”之句，这是值得关注的。《比兴》篇的赞语则可互见相解。“赞曰：诗人比兴，触物圆览。物虽胡越，合则肝胆。拟容取心，断辞必敢。攒杂咏歌，如川之涣。”② 笔者以为刘勰虽是比兴并论，然其重心似在于“兴”。《比兴》篇中所云：“故比者，附也；兴者，起也。附理者切类以指事，起情者依微以拟议。起情故兴体以立，附理故比例以生。”③ 比是切类以指事，就是通过类似事物相比附；兴则是通过细微之物以唤起情感，故谓起情。继而又说：“观夫兴之托喻，婉而成章，称名也小，取类也大。”④ 这也正是刘勰一贯的以少总多的美学原则。“赞”语中的“触物圆览”，正是以兴取象。感兴就是触于外物而唤起情感，但这决非终结，而只是过程，感兴是审美意象创造的生成方式。因而“圆览”一语颇值得重视。以字面而论，“圆览”即为全方位的观照。联系下面所说，则可以理解为由触物感兴而生成完整的意象。“物虽胡越，合则肝胆”⑤，指作家所见物象是散在的，甚至相距颇远。胡为北方，越为南方，喻指相差甚远。《淮南子·俶真训》：“自其异者视之，肝胆胡越。”高诱注：“肝胆喻近，胡越喻远。”⑥ “合则肝胆”是指作家在内心将散在的外在物象整合为一个紧凑的整体意象。这两句虽是比喻，却具有特别紧密的逻辑联系，同时具有深刻的美学理论价值。“拟容取心”是对前两句的理论提升，即以主体之心对外在物象观照模拟，并提取出完整的意象。著名文艺理论家

① 韩林德：《境生象外》，三联书店 1995 年版，第 53 页。

② 范文澜：《文心雕龙注》，人民文学出版社 1978 年版，第 603 页。

③ 同上书，第 601 页。

④ 同上。

⑤ 同上书，第 603 页。

⑥ （汉）刘安：《淮南子》卷 2《俶真训》，见刘文典《淮南鸿烈集解》第 1 辑，中华书局 1989 年版，第 55 页。

王元化先生有很好的阐释，他说："'拟容取心'这句话里机的'容''心'二字，都属于艺术形象的范畴，它们代表了同一艺术形象的两面：在外者为'容'，在内者为'心'。前者是就艺术形象形式而言，后者是就艺术形象内容而言。'容'指的是客体之容，刘勰有时又把它叫做名或象；实际上，这也就是针对艺术形象所提供的现实的表象这一方面。'心'指的是客体之心，刘勰有时又把它叫做理或类。实际上，这也是针对艺术形象所提供的现实意义这一方面。'拟容取心'合起来的意思就是：塑造艺术形象不仅要摹拟现实的表象，而且还要摄取现实的意义，通过现实表象的描绘，以达到现实意义的揭示。现实的表象是个别的、具体的东西，现实的意义是普遍的、概念的东西，而艺术形象的塑造就在于实现个别与普遍的综合，或表象与概念的统一。这种综合或统一的结果，就构成了刘勰所说的艺术形象的'称名也小，取类也大'……个别蕴含了普遍或具体显示了概念的特性。"① 元化先生对刘勰在《比兴》篇中提出的"拟容取心"这样一个命题作了系统的阐析，对我们有颇为深刻的启示。他认为"容"是客体之表象，"心"是客体之意义。"拟容取心"就是描摹其表象，以概括其意义。此篇文章正标题"释《比兴篇》拟容取心说"下面还有一个副标题："关于意象：表象与概念的综合"，可见，元化先生是将"拟容取心"作为意象创造的核心命题的。笔者对元化先生这样一位思想家和杰出的理论家高山仰止，对《文心雕龙创作论》也于二十几年前拜读，深受此书的沾溉；而今天读来，却有一点小小的献疑。笔者觉得"拟容"之容，是客体之容，笔者是完全赞同的；而关于"取心"之心，应是主体之"心"，则更近于刘勰本意。刘勰《文心雕龙》诸篇之赞语，不仅语言优美，而且极具思辨深度，逻辑严密。以本篇而言，亦是如此。"触物圆览"的行为主体当是作家之"心"。而能使远如胡越之物象，合而为近如肝胆之意象，当然也非客体之意义，而是主体之心。拟容取心，正是拟客体之容而取之于主体之心。而作为意象的产生方式，"触物圆览"，正是审美感兴。"触物"是外物对主体心灵的触发感动，如刘勰在《物色》篇中所说的"春秋代序，阴阳惨舒，物色之动，心亦摇焉"②，触则是主体与外在物象的邂逅相遇，偶然相触，而非刻意取求，预先立意。"圆览"则是以主体的眼光将所观照的物象整合为内心的完整意象，这也即是"拟容取心"。"触物"与"圆览"之间有着非常紧密的内在

① 王元化：《文心雕龙创作论》，上海古籍出版社1984年版，第180页。

② 范文澜：《文心雕龙注》，人民文学出版社1958年版，第693页。

关系。这里的意象，可以说即是兴象。因而，魏晋南北朝时期的刘勰，已经为兴象奠定了坚实的理论基础。

唐代诗歌以创造意象为尚，这在很多诗论中已可证明。而关于意象，也是以感兴方式产生的意象为主的，因而“兴象”之说应运而生。殷璠《河岳英灵集》乃其代表。殷璠评诗重兴，如论刘昚虚诗“情幽兴远，思苦言奇，忽有所得，便惊众听”[①]，评孟浩然“无论兴象，兼复故实”[②]，认为这些佳作都是由感兴而得。唐代司空图廿四品论诗，其中有“是有真迹，如不可知。意象欲出，造化已奇”[③]。此处所说的诗中意象，是在“水流花开，清露未晞。……犹春于绿，明月雪时”[④] 的自然感兴中生成的。明代诗论家谢榛最尊唐诗，其中关键在于唐诗兴象。他说：“诗有不立意造句。以兴为主，漫然成篇，此诗之入化也。”[⑤] 认为：“诗有四格：曰兴，曰趣，曰意，曰理。”[⑥] 以“兴”为四格之首。评杜诗云：“子美曰：细雨荷锄立，江猿入画屏。此语宛然入画，情景适会，与造物同其妙，非沉思苦索而得之也。”[⑦] 杜甫的这两句诗的意象创造，不是“沉思苦索”的结果，而是“情景适会”的感兴。谢榛还认为，“凡作诗，悲欢皆由乎兴，非兴则造语弗工。欢喜之意有限，悲感之意无穷。欢喜诗，兴中得之虽佳期，但宜乎短章；悲感诗，兴中得之更佳，至于千言反复，愈长愈健。熟读李杜全集，方知无处无时而非兴也”[⑧]。认为李杜诗中佳作都是由兴而得。明代诗论家胡应麟论诗以“兴象”、“风神”为其根本，“兴象”更是首当其冲。胡应麟指出：“作诗大要不过二端，体格声调，兴象风神而已。体格声调有则可循，兴象风神无方可执。故作者但求体正格高，声雄调鬯；积习之久，矜持尽化，形迹俱融，自尔超越。譬则镜花水月，体格声调，水与镜也；兴象风神，月与花也。必水澄镜朗，然后花月宛然。”[⑨] 另一处也说：“盖作诗大

---

① 李珍华、傅璇琮：《河岳英灵集研究》，中华书局 1992 年版，第 155 页。

② 同上书，第 205 页。

③ 郭绍虞：《诗品集解》，人民文学出版社 1963 年版，第 26 页。

④ 杜黎均：《二十四诗品译注评析》，北京出版社 1988 年版，第 130 页。

⑤ （明）谢榛：《四溟诗话》卷 1，见丁福保《历代诗话续编》，中华书局 1983 年版，第 1152 页。

⑥ （明）谢榛：《四溟诗话》卷 2，见丁福保《历代诗话续编》，中华书局 1983 年版，第 1163 页。

⑦ 同上书，第 1171 页。

⑧ （明）谢榛：《四溟诗话》卷 3，见丁福保《历代诗话续编》，中华书局 1983 年版，第 1195 页。

⑨ （明）胡应麟：《诗薮·内编》卷 5，中华书局 1962 年版，第 100 页。

法，不过兴象风神，格律音调。"[①] 以"兴象"为诗歌的基本要素。胡氏是以唐诗为兴象玲珑的范本的，如其所言："五言绝，须熟读汉、魏及六朝乐府，源委分明，径路谙熟；然后取盛唐名家李、王、崔、孟诸作，陶以风神，发以兴象。真积力久，出语自超。"[②] "盛唐绝句，兴象玲珑。句意深婉，无工可见，无迹可寻。"[③] 这些都说明兴象之说，并非仅是一家之言，而是唐诗美学风貌的理论概括。

三

"兴象"作为意象的基本一类，具有怎样的审美特征呢？最为突出的一点，在于其在完整的意象结构中产生的味外之旨、韵外之致。其实，"兴"的审美特质里已经蕴含了这一点。魏晋南北朝著名文论家钟嵘，将"兴"作为"诗之三义"之首，并释为"文已尽而意有余"[④]，这是与其他人的解释颇为不同的。钟嵘对"兴"的界定是从诗的接受效果而言的。这也开启了后来人们对"兴"的这种具有言外之意的审美效果的关注。钟嵘还指出赋比兴这"三义"在诗中的功能说："宏斯三义，酌而用之，干之以风力，润之以丹采，使味之者无极，闻之者动心，是诗之至也。"[⑤] 将这种言外余味视为诗的至境，诗之余味，可以视为钟嵘的诗歌价值观。

关于味外之旨，在司空图的诗论中得到了突出的强调，成为唐代诗歌美学的亮点。司空图指出："文之难，而诗之难尤难。古今之喻多矣，而愚以为辨于味而后可以言诗也。江岭之南，凡是资于适口者，若醯，非不酸也，止于酸而已；若鹾，非不咸也，止于咸而已。华之人以充饥遽辍者，知其咸酸之外，醇美者有所乏耳。彼江岭之人，习之而不辨也宜哉！诗贯六义，则讽谕、抑扬、渟蓄、温雅，皆在其间矣。然直致所得，以格自奇。前辈编集，亦不专工于此，矧其下者耶！王右丞、韦苏州澄澹精致，格在其中，岂妨于遒举哉？贾浪仙诚有警句，视其全篇，意思殊馁，大抵附于蹇涩，方可致才，亦为体之不备也。矧其下者哉！噫！近而不浮，远而不尽，然后可以

---

① （明）胡应麟：《诗薮·外编》卷1，中华书局1962年版，第126页。
② （明）胡应麟：《诗薮·内编》卷6，中华书局1962年版，第114页。
③ 同上。
④ 陈延杰：《诗品注》，人民文学出版社1980年版，第2页。
⑤ （南朝·梁）钟嵘：《诗品》，中华书局1991年版，第11页。

言韵外之致耳。”[①] 在同一篇文章里，司空图又评李生诗云：“今足下之诗，时辈固有难色，倘复以全美为工，即知味外之旨矣。”[②] 司空图在此处提出的“味外之旨”、“韵外之致”，含义略同，而且成为中国诗歌美学中关于含蓄之美的经典命题。以味言诗，在中国诗学中自有传统。钟嵘如此，刘勰亦如此。司空图主张“辨于味而后可以言诗”，又以味为喻，单纯的酸或单纯的咸都远远不够，而应该是超乎其上而杂有众味者方可称之为“醇美”。在诗中，讽谕、抑扬、渟蓄、温雅等各种要素“皆在其间”。这即是“味外之旨”。司空图认为诗与文相比是难中之难，其实也认为诗的审美价值更高一筹，而最重要的就是诗要有“味外之旨”。辨于味而后方可言诗，成为诗歌创作和欣赏的前提。以“韵”论诗，在中国诗学中亦多有先例。韵指诗歌的气韵、神韵等。“韵外之致”也是指诗中超乎言语之外的含蕴之美，使诗的韵味悠远丰饶，而又没有固定的痕迹，也即所谓“近而不浮，远而不尽”。司空图还提出“象外之象，景外之景”的说法，其云：“戴容州云：‘诗家之景，如蓝田日暖，良玉生烟，可望而不可置于眉睫之前也。’象外之象，景外之景，岂容易可谈哉？然题纪之作，目击可图，体势自别，不可废也。”[③] 显然，司空图是将它作为诗歌创作的一种至高的审美价值加以标举的。这与前述的“味外之旨”等颇为相近，而前一个“象”，是在作品中描绘出的“象”，后一个“象”是读者欣赏时在此“象”基础上生发出的“象”，是呈现于读者的审美知觉中的。“景外之景”可作同样理解。

“兴象”的生成有很大的偶然性，所以兴象的产生并非预先立意，因而往往给人以神奇的、独特的感受。殷璠以兴象论诗，并非仅是个案，而是在其《河岳英灵集》的选诗、评诗中贯穿的一个基本的审美尺度。即便是在评语中没有出现“兴象”字样的，殷璠其实也都是以“兴象”的有无作为评选标准的。他对南北朝诗歌之病的批评，就在于“理则不足，言常有余，都无兴象，但贵轻艳”[④]。而他之所以选取盛唐王维、王昌龄等24位著名诗人的佳作而为《河岳英灵集》，是以兴象之有无作为基本原则的。而殷璠之所以选这些作品入集，是在他看来它们都是非常新奇而颇富个性的。如其对王维诗的评语：“维诗词秀调雅，意新理惬，在泉为珠，着壁成绘，一句一

① 祖保泉、陶礼天：《司空表圣诗文集笺校》，安徽大学出版社2002年版，第193页。

② （唐）司空图：《与李生论诗书》，见傅云龙、吴可《唐宋明清文集》第1辑《唐人文集》卷4，天津古籍出版社2000年版，第2570页。

③ 祖保泉、陶礼天：《司空表圣诗文集笺校》，安徽大学出版社2002年版，第215页。

④ 王克让：《河岳英灵集校注》，巴蜀书社2006年版，第1页。

字，皆出常境。”① 对王季友诗的评语：“季友诗，爱奇务险，远出常情之外。”② 对储光羲诗的评语：“储公诗，格高调逸，趣远情深，削尽常言，挟风雅之道，得浩然之气。”③ 诸如此类。这些受到殷璠高度赞誉的诗人创作，一个共同之处在于（至少是在殷璠看来）是“皆出常境”而又“远出常情”的，也就是具有脱略凡庸、个性超逸的审美风貌。宋代大诗人苏轼特别称赏陶渊明诗《饮酒》第五首中的名句“采菊东篱下，悠然见南山”，并指出其妙处所在：“因采菊而见山，境与意会，此句最有妙处。近岁俗本作望南山，则此一篇神气索然矣。”④ 苏轼认为这两句成为千古名句的陶诗，妙处就在于“意与境会”，关键在一个“见”字，也即诗人与南山的邂逅相遇，而如俗本所妄改的“望南山”，那便是刻意而望，则神气索然了。在同卷的另一篇题跋中，苏轼再评此诗：“采菊之次，偶然见山，初不用意，而境与意会，故可喜也。”⑤ 则意思更为显豁，也更具有美学上的理论价值。宋代诗论家叶梦得评谢灵运诗时最能道出其中原委，他说：“‘池塘生春草，园柳变鸣禽’，世多不解此语之工，盖欲以奇求之耳。此语之工，正在无所用意，猝然与景相遇，借以成章，不假绳削，故非常情所能到。诗家妙处，当须以此为根本，而思苦言难者，往往不悟。”⑥ 叶氏对谢灵运这个经典之作的分析是不同凡响的。他认为此诗之所以有非常奇特的效果，并不在于诗人的刻意求奇，而是因为诗人“无所用意，猝然与景相遇”的感兴成诗所创造出的独特意象，这正是“常情”所无法达到的。这里所举的谢诗，正是典型的“兴象”。明代诗论家陆时雍论诗特重意象，如其说：“苏李赠言，何温而戚也。多唏涕语，而无蹶蹙声，知古人之气厚矣。古人善于言情，转意象于虚圆之中，故觉其味之长而言之美也。”⑦ “实际内欲其意象玲珑，虚涵中欲其神色毕著。”⑧ 而陆氏所说的“意象”，基本上是由感兴而得的“兴象”，如说：“诗不待意，即景自成。意不待寻，兴情即是。王昌龄多意

---

① 李珍华、傅璇琮：《河岳英灵集研究》，中华书局 1992 年版，第 148 页。

② 同上书，第 163 页。

③ 同上书，第 213 页。

④ （宋）苏轼：《题渊明饮酒诗后》，《苏轼文集》卷 67，中华书局 1986 年版，第 2092 页。

⑤ （宋）苏轼：《书诸集改字》，同上书，第 2098 页。

⑥ （宋）叶梦得：《石林诗话》卷中，见（清）何文焕《历代诗话》，中华书局 1981 年版，第 426 页。

⑦ （明）陆时雍：《诗镜总论》，见丁福保《历代诗话续编》，中华书局 1983 年版，第 1402 页。

⑧ 同上。

而多用之，李太白寡意则寡用之。昌龄得之椎练，太白出于自然，然而昌龄之意象深矣。刘禹锡一往深情，寄言无限，随物感兴，往往调笑而成，‘南宫旧吏来相问，何处淹留白发生？’‘旧人惟有何戡在，更与殷勤唱渭城。’更有何意索得？此所以有水到渠成之说也。”① 陆时雍举盛唐诗人王昌龄、李白，中唐诗人刘禹锡的佳作，指出它们是“兴情即是”、“随物感兴”的产物，主客体之间是偶然的遇合。谢榛论诗歌创作最重偶然的感兴，而且认为，这种创作的发生方式是最能得到诗的“神化”之境的，如其说：“今人作诗，忽立许大意思，束之以句则窘，辞不能达，意不能悉。譬如凿池贮青天，则所得不多；举杯收甘露，则被泽不广。此乃内出者有限，所谓‘辞前意’也。或造句弗就，勿令疲其神思，且阅书醒心，忽然有得，意随笔生，而兴不可遏，入乎神化，殊非思虑所及。”②“作诗有相因之法，出于偶然。”③“夫情景相触而成诗，此作家之常也。或有时不拘形胜，面西言东，但假山川以发豪兴尔。”④ “未必篇篇从头叙去，如写家书然，毕竟有何警拔？或以一句发端，则随笔意生，顺流直下，浑成无迹，此出于偶然，不多得也。”⑤ 在谢榛诗论中，诗人在创作的发生方式上最为推重的便是这种偶然的感兴，并认为这是最能创作出神入化的诗歌意象的。可以认为，尽管谢榛诗论中基本上未出现“兴象”字样，而是以“兴”为其创作论的前提，但他的诗话是最能体现兴象说的特征的。

由诗人感兴而生成的“兴象”，给人的审美感受是完整而又透明的，即如胡应麟所称许的“兴象玲珑”也是造就王国维所说的“不隔之境”的主要基因。司空图评王维、韦应物诗所说的“趣味澄夐，若清沇之贯达”⑥，即是此种形态。殷璠所选有兴象的诗如常建诗：“松际露微月，清光犹为君。”“山光悦鸟性，潭影空人心。”刘眘虚诗：“林山相晚暮，天海空青苍。暝色空复久，秋声亦何长。”“孤峰临万象，秋气何高清。庭际南郡出，林端西向明。”陶翰诗：“夜来猿鸟静，钟梵寒云中。岑翠映湖月，泉声乱溪风。”“作吏到西华，乃观三峰壮。削成元气中，杰出天河上。”这类诗句，

---

① （明）陆时雍：《诗境总论》，见丁福保《历代诗话续编》，中华书局1983年版，第1420页。

② （明）谢榛：《四溟诗话》卷4，见丁福保《历代诗话续编》，中华书局1983年版，第1229页。

③ 同上。

④ 同上书，第1224页。

⑤ 同上书，第1221页。

⑥ 祖保泉、陶礼天：《司空表圣诗文集笺校》，安徽大学出版社2002年版，第189页。

颇具上述审美特色。宋人严羽最为推崇的是盛唐之诗，而对宋诗中“以文字为诗，以才学为诗，以议论为诗”的倾向深致不满，对“盛唐诸公”予以高度赞赏，说：“盛唐诸人惟在兴趣，羚羊挂角，无迹可求。故其妙处透彻玲珑，不可凑泊，如空中之音，相中之色，水中之月，镜中之象，言有尽而意无穷。”[①] 严羽所称赞的“盛唐诸人惟在兴趣”，是与宋诗中那种“多务使事，不问兴致”的诗法大相径庭的感兴之作，“透彻玲珑，不可凑泊”，指的恰是具有很强的透明感的诗歌意象。

“兴象”因为是诗人在外物的偶然触发下形成的审美意象，非预先立意，也非刻意求取，所以呈现鲜明的自然风采，而无矫揉造作之态。钟嵘认为好诗应是“直寻”而来，也就是“气之动物，物之感人，故摇荡性情，形诸舞咏”[②] 的感兴过程，指出：“至于吟咏情性，亦何贵于用事？‘思君如流水’既是即目，‘高台多悲风’，亦惟所见；‘清晨登陇首’，羌无故实；‘明月照积雪’，讵出经史。观古今胜语，多非补假，皆由直寻。”[③] 钟嵘称之为“自然英旨”。唐代司空图的《诗品》中更为形象地描绘了感兴为诗的自然样态，其中专有“自然”一品：“俯拾即是，不取诸邻。俱道适往，著手成春。如逢花开，如瞻岁新”[④]，“缜密”品中有“水流花开，清露未晞。……犹春于绿，明月雪时”[⑤]，“实境”品中有“情性所至，妙不可寻。遇之在天，泠然希音”[⑥]，等等，都是特别自然而无造作的情态。在中国古典美学中，“自然”是一种非常高的境界，甚至可说是很高的艺术品位。宋代词人姜夔列举诗中有四种高妙；“一曰理高妙，二曰意高妙，三曰想高妙，四曰自然高妙。碍而实通，曰理高妙；出自意外，曰意高妙；写出幽微，如清潭见底，曰想高妙；非奇非怪，剥落文采，知其妙而不知其所以妙，曰自然高妙。”[⑦] 姜白石提出的这四种“高妙”，是逐次上升的，“自然高妙”于其中是最高境界。明代诗论家谢榛就认为，“自然妙者为上，精工

① 郭绍虞：《沧浪诗话校释》，人民文学出版社 1983 年版，第 26 页。
② 陈延杰：《诗品注》，人民文学出版社 1961 年版，第 1 页。
③ 同上。
④ 杜黎均：《二十四诗品译注评析》，北京出版社 1988 年版，第 109 页。
⑤ 同上书，第 130 页。
⑥ 同上书，第 151 页。
⑦ （宋）姜夔：《白石道人诗说》，见（清）何文焕《历代诗话》，中华书局 1981 年版，第 682 页。

者次之，此着力不着力之分，学之者不心专一而逼真也”[①]，都是以自然为诗的至境的，而他们都是以主张感兴为诗的。

罗宗强先生在他的代表著作《隋唐五代文学思想史》中，从对殷璠的贡献切入，论述了“兴象”之说在美学史上的地位，他说：“兴与象结合成一个新的文学理论基本概念，则是殷璠的创造。他在盛唐诗人们已经创造了情景交融的诗歌意境之后，继承了前此在文艺领域已经使用的‘兴’与‘象’这样两个术语，似是吸收了‘兴’的感情兴发之义，而把‘象’扩大为境界的概念加以使用，并且，把它们结合在一起，用来表述情景交融的诗歌意境。”[②] 罗先生以很强的历史感和美学的敏锐度，描述了兴象说的发展进程，对这个问题的延伸认识，给我们以深刻的启示。

① （明）谢榛：《四溟诗话》卷4，见丁福保《历代诗话续编》，中华书局1983年版，第1229页。

② 罗宗强：《隋唐五代文学思想史》，上海古籍出版社1986年版，第110页。

以品论画：中国古代绘画审美观念的变迁*

中国古代画论中的品鉴或是说以品论画，由南朝谢赫的《古画品录》始，不乏其人，尤以唐宋时期的画论最成系统。其中唐人朱景玄的《唐朝名画录》和宋人黄休复的《益州名画录》最为突出。前者以“神妙能逸”为品评的次第，后者则将逸提到最高一格，以“逸神妙能”作为品评的次第。诠次翻复之间，体现了绘画审美观念和评价体系的鲜明反差。寻绎诸多有关品鉴的画论，可以看到，《唐朝名画录》和《益州名画录》的品鉴次第是最能代表唐宋之际绘画审美观念的变化的。本文拟以二者为着眼点，也兼及其他文本，试图勾勒其间的变迁之迹，并由此透视“墨戏”画的发生与特征。

一

以品论艺，源自于汉魏之际以“九品”论人，人物品藻，以此为其标准。南北朝钟嵘又以品论诗，著《诗品》，以上中下三品对汉魏时期121位五言诗人进行评鉴，评骘等级之意甚明。以品论画，首见于南齐谢赫的《古画品录》。是书以六品诠次当时画家，分明是将画家分为这六个等级的。然谢氏在《画古品录》中所倡“六法”，并非“六品”。前者是绘画在艺术上的六种要素，而非等级诠次。其序中所言：“夫画品者，盖众画之优劣也。图绘者，莫不明劝戒，著升沉，千载寂寥，披图可鉴。虽画有六法，罕能尽该；而自古及今，各善一节。六法者何？一、气韵生动是也；二、骨法用笔是也；三、应物象形是也；四、随类赋彩是也；五、经营位置是也；六、传移模写是也。唯陆探微、卫协，备该之矣。然迹有巧拙，艺无古今，

* 本文刊于《艺术百家》2011年第4期。

谨依远近，随其品第，裁成序引。不广其源，但传出自，神仙莫之闻也。”①“六法”虽是《古画品录》之精髓，但它本身并非品第，此可明矣。谢氏认为能够“尽该”六法的画家是古今罕见的，一般而言，都是“各善一节”。当然，如能兼善六法，自然当列上上之品了。谢赫以陆、卫为最上乘的画家，认为其能“备该之矣”。《古画品录》共以六品评画家27位，第一品5人，第二品3人，第三品9人，第四品5人，第五品3人，第六品2人，如其序中对“画品”的界定：“夫画品者，盖众画之优劣也。”② 其意甚明，就是从上而下，叙其优劣的。近人余绍宋在《书画书录解题》中论《古画品录》时指出：“论画之书，今存者以是书为最古；而品画之作，亦始于是书，弥足珍重。后来姚最、李嗣真虽曾指其未当，然各人见地不同，未可据以为信也。六法之论，创于是书，洵千载画宗矣。”③ 揭明其作为画品源头所在。

唐人朱景玄撰《唐朝名画录》，以神、妙、能、逸四品评画，神、妙、能又各分上中下三等，成为唐代画品之代表作。神、妙、能、逸，由高向低次第排列，当无疑问，只是逸品较为特殊，因而也就埋下了后面黄休复将逸品列为至上的伏笔。朱景玄有自序云：“古今画品，论之者多矣。隋梁以前，不可得而言。自国朝以来，惟李嗣真《画品录》，空录人名，而不论其善恶，无品格高下，俾后之观者何所考焉。景玄窃好斯艺，寻其踪迹，不见者不录；见者必书。推之至心，不愧拙目。以张怀瓘《画品断》神、妙、能三品，定其等格上中下，又分为三。其格外有不拘常法，又有逸品，以表其优劣也。”④ 朱景玄在此处已将其评画的方式及标准作了明确的阐发，以神品、妙品、能品、逸品作为评骘的等级，各品之中又分为上、中、下三等，就成了神之上、神之中、神之下，妙之上、妙之中、妙之下，能之上、能之中、能之下，共有九品，其高下优劣的价值评判是了了分明的。逸的情况较为特殊，似乎很难纳入其中，因其超乎绘画传统的规范之外，“不拘常法”，这是逸的根本特点。逸格的问题，其实早在谢赫的《古画品录》中业已提出，称为“高逸”、“逸方”、“逸笔”等。如评第二品中的袁蒨：“比方陆氏，最为高逸。象人之妙，亚美前贤。但志守师法，更无新意；然和璧

① 于安澜：《画品丛书》，上海人民美术出版社1982年版，第6页。

② （南朝·齐）谢赫著，王伯敏译：《古画品录》，人民美术出版社1959年版，第3页。

③ 于安澜：《画品丛书》，上海人民美术出版社1982年版，第4页。

④ 同上书，第68页。

微玷，岂贬十城之价也。"① 评第三品中的第一人姚昙度云："画有逸方，巧变锋出。魑魅神鬼，皆能绝妙。同流真伪，雅郑兼善。莫不俊拔，出人意表。天挺生知，非学所及。"② 评第三品中的毛惠远云："书体周赡，无适弗该。出入穷奇，纵横逸笔，力遒韵雅，超迈绝伦。其挥霍也必极妙；至于定质块然，非尽其善。神鬼及马，泥滞于体，颇有拙也。"③ 评第三品中张则："意思横逸，动笔新奇。师心独见，鄙于综采。变巧不竭，若环之无端。"④ 谢赫以"逸"评画，不乏其例。而且也指出其纵横变化、出人意表的特征，这也是为后世画论家所发挥的。但谢氏还远远没有将"逸"作为一个成熟的画论范畴使用，更没有将它作为品鉴的最高等级。他以"逸"来评价的画家，在第二品中 1 人，第三品中 3 人，第一品里并无一人，而且都指摘其缺点所在。唐代朱景玄则对逸格予以突出并揭示内涵。

在朱氏的评价系统中，逸品明显是不在神妙能三品之上的，故置之于后；但因其特殊，又无法简单地将逸品列在能品之下。值得特别提出的是，朱景玄以神妙能逸四格论画，既是对之前此画品的继承，但又有了明显的发展。之前的画品，谢赫的"六品"，是单纯地以次第论高下，李嗣真和张怀瓘提出了"神妙能"三品，却尚未以具体的审美内涵来界定之，因而其评价也是较为抽象的，单纯感觉式的，还缺少理性的和具有历史感的分析。朱景玄不满足于此，指出其"空录人名，而不论其善恶，无品格高下"，也即缺少批评意识和价值判断标准。朱景玄对于"国朝"的绘画艺术是有着高度的责任感和担当意识的。"不见者不录，见者必书"，可见其严肃认真的评价态度。《四库全书总目提要》评之云："所分凡神妙能逸四品，神妙能又各别上中下三等，而逸品则无等次，盖尊之也。初庾肩吾、谢赫以来品书画者，多从班固古今人表分九等。《古画品录》'陆探微'条下称上上品之外，无他寄言，故屈标第一等，盖词穷而无以加也。李嗣真作书品后，始别以李斯等五人为逸品。张怀瓘作《书断》，始立神妙能三品之目。合两家之所论定，为四品，实始景玄。至今遂因之，不能易。四品所载共一百二十四人。卷首列唐代亲王三人，皆不入品第，犹之怀瓘《书断》，帝后不入品第，盖亦贵贵之礼云。"⑤ 这个评价颇为中肯地揭示了朱景玄以四品论画的

① 于安澜：《画品丛书》，上海人民美术出版社 1982 年版，第 7 页。
② 同上书，第 8 页。
③ 同上。
④ 于安澜：《画品丛书》，上海人民美术出版社 1982 年版，第 9 页。
⑤ 《四库全书总目提要》卷 112，河北人民出版社 2000 年版，第 2876 页。

历史地位，突出了其对画史的重要影响，还是颇为允当的。而言“逸品无等次，盖尊之也”，笔者意以为似有未稳之处。景玄对于评为“逸品”的三位画家王墨、李灵省及张志和的画风，没有和神妙能三品一样，再分上中下三等，是认为他们“不拘常法”，特立独行，觉得难以和神妙能三品一样叙其高下，但也并非是“尊之”于其上，果真如此，那又为何不将其排在神妙能之前，如后来黄休复作《益州名画录》那样？所谓“逸”，便是摆脱规范，无视传统，不在正常的诠次之内。朱景玄在对逸品的评价中说：“此三人非画之本法，故目之为逸品，盖前古未之有也，故书之。”① 这里其实已将自己对逸品的认识及价值定位有所披露，“非画之本法”是逸品的实质，如果认为“尊之”于神妙能之上，恐有未合之处。

《唐朝名画录》中以神为上，妙次之，能在其下，这是非常明显的，无须多加论证，其中神品上又是最高，只有吴道子一人当此！吴道子是唐代最为著名的画家，也是最为符合朱景玄所说的“神品”理想的。吴道子的画风如有神助，下笔立成，而又形神毕肖，如朱景玄记述：“时将军裴旻厚以金帛，召致道子，于东都天宫寺，为其所亲，将施绘事。道子封还金帛，一无所授。谓旻曰：‘闻裴将军旧矣，为舞剑一曲，足以当惠。观其壮气，可助挥毫。’旻因墨缞为道子舞剑。舞毕，奋笔俄顷而成，有若神助，尤为冠绝，道子亦亲为设色，其画在寺之西庑。……明皇天宝中忽思蜀道嘉陵江水，遂假吴生驿驷，令往写貌。及回日，帝问其状，奏曰：‘臣无粉本，并记在心。’后宣令于大同殿图之，嘉陵江三百里山水，一日而毕。时有李思训将军，山水擅名，帝亦宣于大同殿图，累月方毕。明皇云：‘李思训数月之功，吴道子一日之迹，皆极其妙也。’……又数处图壁，只以墨踪为之，近代莫能加其彩绘。凡图圆光，皆不用尺度规划，一笔而成。”② 这些记载都能看出吴道子出神入化的境界和有如神助的画风。神品中列周昉一人，在唐代画史上地位亦极高，如《唐朝名画录》所说：“无不叹其精妙，为当时第一。”③ 神品下列 7 人，有阎立本、阎立德、尉迟乙僧、李思训、韩干、张藻（即张璪）、薛稷。《唐朝名画录》评阎立本：“鞍马、仆从皆若真，观者莫不惊叹其神妙。”④ “神”是唐代的文学艺术一个至高的审美范畴，盖指

---

① 于安澜：《画品丛书》，上海人民美术出版社 1982 年版，第 88 页。
② 同上书，第 75 页。
③ 同上书，第 76 页。
④ 同上书，第 78 页。

作品中呈现的出神入化的境界，如杜甫所说的“读书破万卷，下笔如有神”的“神”，并非是形似和神似的“神”，后者指的是灵魂或精神。

唐代另有书论家李嗣真、张怀瓘等以品论书，在艺术品鉴中也是颇有影响的。李嗣真作《书品后》，将自秦至唐的书法家共81人分为十等，其中以逸品为最高，列李斯、张芝、钟繇、王羲之、王献之等5位大书法家。其中又将李斯置于其他4人之上，论为古今一人。对李斯的评价为：“右小篆之精，古今妙绝。秦望诸山及皇帝玉玺，犹夫千钧强弩，万石洪钟，岂徒学者之宗匠，亦是传国之遗宝。”① 又评另外4位书家即钟、张、二王云：“右四贤之迹，扬庭效技，策勋底绩，神合契匠，冥运天矩，皆可称旷代绝作。”② 逸品5人之下，非以神妙能为等级，而是分为上上品（2人）、上中品（7人）、上下品（12人）、中上品（7人）、中中品（12人）、中下品（7人）、下上品（13人）、下中品（10人）、下下品（7人）。逸品之外，分为九品。自然是以逸为超越其他的顶尖级别。但李嗣真并未以逸和神妙能整合为一个有机的评价系统，他对逸格的内涵也没有明确的说明，只是以形象的语言加以描绘。如其评述王献之的“逸气”：“子敬草书逸气过父，如丹穴凤舞，清泉龙跃，倏忽变化，莫知所成。或蹴海移山，或翻涛簸岳。”③ 张怀瓘作《书断》，亦是以品论人。《书断》评书家以神妙能三品而无逸品。其述《书断》之初衷云：“怀瓘质蔽愚蒙，识非通敏。承先人之遗训，或纪录万一。辄欲芟夷浮议，扬榷古今。拔狐疑之根，解纷挐之结。考穷乖谬，敢无隐于昔贤；探索幽微，庶不欺于玄匠。爰自黄帝史苍颉，迄于皇朝黄门侍郎卢藏用，凡三千二百余年，书有十体源流，学有三品优劣，今叙其源流之异，著十赞一论；较其优劣之差，为神、妙、能三品。人为一传，亦有随事附者，通为一评，究其臧否，分成上、中、下三卷，名曰《书断》。”④ 怀瓘以对中国书法强烈的担当意识，考镜源流，品评优劣，神妙能三品的功能是非常明确的。但是张怀瓘并未对三品的内涵与标准加以理论的说明，同时，也没有逸品之说，仍是以神品为最高品级的。

著名画论家张彦远也以品论画，不过他是用自然、神、妙、精这四品作为品鉴范畴的。其言：“夫失于自然而后神，失于神而后妙，失于妙而后

① （唐）张彦远：《法书要录》，辽宁教育出版社1998年版，第47页。
② 同上书，第48页。
③ 于安澜：《画品丛书》，上海人民美术出版社1982年版，第4页。
④ （唐）张彦远：《法书要录》，辽宁教育出版社1998年版，第112页。

精，精之为病而成谨细。”① 这是对这四品的高低排列。很显然，自然为最上，次之是神，再次是妙，最后是精。他又以这几品分为五个档次：“自然者，为上品之上；神者，为上品之中；妙者，为上品之下；精者，为中品之上；谨而细者，为中品之中。余今立此五等，以包六法，以贯众妙。”② 列自然于神品之前，与后来黄休复以“逸神能妙”四品评画相似，或以为逸品就是自然。笔者难同此见，后面有说。张彦远推崇自然之境，是与朱景玄及黄休复的逸格有一些重合的内涵，但是区别亦是明显的。张彦远不满于“谨细”，明确批评其“精之为病”，也即等而下之。彦远云：“夫画物特忌形貌采章，历历具足，甚谨甚细，而外露巧密。所以不患不了，而患于了。既知其了，亦何必了？此非不了也。若不识其了，是真不了也。”③ “不了”在这里的意思是笔墨简省，而“了”的意思则是“甚谨甚细”，彦远深以为病，尖刻地予以针砭。彦远主张水墨，认为其能得自然之性，又说：“夫阴阳陶蒸，万象错布，玄化亡言，神工独运。草木敷荣，不待丹碌之采；云雪飘飏，不待铅粉而白；山不待空青而翠，风不待五色而綷。是故运墨而五色具，谓之得意。意在五色，则物象乖矣。”④ 这即是他所说的“自然”。而这不能与逸格等同，也是没有疑义的。

北宋前期的刘道醇作《圣朝名画评》，亦是以品论画。其书以神妙能三品为诠序等级，无及逸品。《四库全书提要》评此书谓：“书分六门，一曰人物，二曰山水林木，三曰畜兽，四曰花草羽毛，五曰鬼神，六曰屋木。每门之中，分神、妙、能三品，每品又分上、中、下，所录凡九十余人。”关于本书无逸品的问题，《四库全书提要》认为：“案朱景元（玄）《名画录》分神妙能逸四品，而此仍从张怀瓘例，仅分三品，殆谓神品足以该逸品，故不再加分析，抑或无其人以当之，姑虚其等也。”⑤ 而依笔者之见，刘氏画评中不设逸品，并非认为神品中已有逸品内涵，更非认为逸品高于神品，画家中无人当之，搞一个“特等奖空缺”，而是在他的绘画审美观念中，逸这种“非画之本法”的画风，是不在其视界之中的，换言之，逸在其评价系统中是不入其流的。何以知之？刘氏在《圣朝名画评》前有序，就中可见其评画是极有自觉意识的，也是建构了一套论画的审美价值系统的。其序

---

① （唐）张彦远：《历代名画记》，上海人民美术出版社1964年版，第38页。

② 同上。

③ 同上书，第37—38页。

④ 同上书，第37页。

⑤ 《四库全书总目提要》卷112，河北人民出版社2000年版，第2879页。

云："夫识画之诀，在乎明六要，而审六长也。所谓六要者：气韵兼力，一也；格制俱老，二也；变异合理，三也；彩绘有泽，四也；去来自然，五也；师学舍短，六也。所谓六长者：粗卤求笔，一也；僻涩求才，二也；细巧求力，三也；狂怪求理，四也；无墨求染，五也；平画求长，六也。既明彼六要，是审彼六长，虽卷帙溢箱，壁版周庑，自然至于别识矣。大凡观画，抑有所忌，且天气晦冥，风势飘迅，屋宇向阴，暮夜执烛，皆不可观。何哉？谓其悉不能极其奇妙，而难约以六要、六长也。必在平爽霁清，虚室面南，依正壁而张之，要当澄神静虑，纵目以观之。且观之之法：先观其气象，后定其去就，次根其意，终求其理，此乃定画之钤键也。是故见短勿诋，返求其长，见功勿誉，返求其拙。夫善观画者必于短长、功拙之间，执六要，凭六长，而又揣摩研味，要归三品。三品者，神、妙、能也。品第既得，是非长短，毁誉功拙，自昭然矣。"① 神妙能三品，是刘道醇评画之等级，评骘明确，思理昭然，并以"六要"、"六长"为评判标准。刘氏绝口不提逸品，决非闻寡见陋，对于李嗣真、朱景玄品鉴书画中的逸品，他是非常熟悉的。道醇另有《五代名画补遗》一书，其等差一如《圣朝名画评》，也是神妙能三品，"其门品上下，一如圣朝名理评之例类"②，可见其评画标准是一以贯之的。"六要"、"六长"作为三品的品鉴依据，而"六要"、"六长"中却是没有吻合逸品的内涵的。庶几可以认为那种"非画之本法"的逸品，在刘道醇的审美价值系统中是没有地位的。

二

北宋初年黄休复作《益州名画录》，也以这四格论画，但却和朱景玄有了重大的不同，这个不同就是将"逸"作为最高的品级，置于神、妙、能三品之上。黄休复，字归本，北宋淳化五年（994）王小波、李顺的农民起义军攻下成都，寺院壁画受到损毁，黄休复心中郁积，把曾经目睹的壁画记录下来，并以四格品之，分为三卷，题为《益州名画录》。同是以四格品画，但将逸品列为最上，其意味可说是非同寻常。宋代文人画在画坛上不断上升，而且在审美意识上成为具有代表性的倾向，黄休复以逸品为最尊的价值标准起了"导夫先路"的作用。

---

① 于安澜：《画品丛书》，上海人民美术出版社1982年版，第111页。

② 同上书，第93页。

黄休复对于逸、神、妙、能四格作了描述，在理论上加以阐释，这对四格及其序次关系的确立，甚有益处。其中逸格："画之逸格，最难其俦。拙规矩于方圆，鄙精研于彩绘，笔简形具，得之自然，莫可楷模，出于意表，故目之曰逸格。"① 神格："大凡画艺，应物象形，其天机迥高，思与神合，创意立体，妙合化权，非谓开厨已走，拔壁而飞，故目之曰神格尔。"② 妙格："画之于人，各有本性，笔精墨妙，不知所然，若投刃于解牛，类运斤于斫鼻，自心付手，曲尽玄微，故目之曰妙格尔。"③ 能格："画有性周动植，学侔天功，乃至结岳融川，潜鳞翔羽，形象生动者，故目之曰能格尔。"④ 四格序次，逸、神、妙、能，由高向低，这是显而易见的。对于四格的理论阐释，也是颇为精当的，将四格的特点作了形象的揭示，四格之间的序次轩轾，也可由此得到体现。先看对逸的概括，因为"逸格"在黄休复这里具有至上的地位，所以称其"最难其俦"，也即难以伦比。"拙规矩于方圆"，最能道出逸格的特征，就是超越一般的规矩窠臼，以规矩为拙；"鄙精研于彩绘"更是标示了文人画的画风和审美意识，即鄙薄精研彩绘，而以水墨画法为艺术语言，以冲淡为高境。"笔简形具"，也是典型的文人画趋向。笔墨简省，却形神具备。"得之自然"正与"精研彩绘"相对，认为逸格上与自然之道相通。关于这个问题，有学者认为逸格即是自然，这却是笔者所难以苟同的。逸格最重要的品性是超越传统，脱略规范，有"自然"之样态，而认为逸格即自然，恐未必确切。"莫可楷模，出于意表"，是说逸格之作是难以作为楷模模仿的，当然也不以他人之作为楷模，因而出于人们的意表之外。这是对于逸格相当完整的概括，在理论上远远超越了朱景玄，而且具有很强的时代感。神格在黄休复之前的书画品鉴中都是最高品级，无论是张怀瓘、李嗣真，抑或是朱景玄，无不以神品为最上品；而在黄休复这里，却是屈居其次了。神品的特征是"应物象形"达到了"妙合化权"的境界，也即形神兼备，它是在"规矩"之内的，却是"从心所欲不逾矩"的自由状态。与逸格相比，黄休复列为看重后者的"莫可楷模"、"出人意表"，而对神格也是相当推崇的。在《益州名画录》所录58位画家中，逸格只有1人，即孙位；神格也只有2人，即赵公祐、范琼，黄休复对

① （宋）黄休复：《益州名画录》，四川人民出版社1964年版，第1页。
② 同上书，第6页。
③ 同上书，第7页。
④ 同上书，第1页。

他们也是非常尊崇的。妙格和能格又在格内分为上、中、下三个等次。妙格上品有陈皓等7人，妙格中品有辛澄等10人，妙格下品有李升等11人。能格上品有吕峣等15人，能格中品有陈若愚等5人，能格下品有姜道隐等7人。妙格的特点又是如何呢？黄氏所言"曲尽玄微"，若庖丁解牛、郢人运斤一样，得之于手，应之于心，难以用语言释，无法以知性解。能格的特点更多地在于形似，也即如黄氏所说的"形象生动"。四格之中，居于最次。

宋代画论家邓椿有客观的评述："自古鉴赏家分品有三：曰神，曰妙，曰能。独唐朱景玄撰《唐贤画录》，三品之外，更增逸品，其后黄休复作《益州名画录》，乃以逸为先，而神、妙、能次之。景玄虽云逸格不拘常法，用表贤愚，然逸之高，岂得附于三品之末，未若休复首推之为当也。"① 邓氏所论，揭示了以品论画的关键节点，尤其是朱景玄和黄休复的历史性贡献。朱景玄以"不拘常法"规定逸格的本质，对此，邓椿道出其要害所在，然而，这里也指摘出朱景玄之说的内在矛盾，而认为黄休复的"逸神妙能"这四品次第更为允当。其实，我们不妨将黄休复之论视为对朱景玄的发展，对于逸格，朱景玄已指出其最为实质的意思，而黄休复则是将逸格堂而皇之地置于宝塔尖的顶端。

逸格在最上之品，奠定了逸在绘画审美领域的至高地位，也就体现了逸品超越于神品的时代性的轨迹。神是形神毕肖、化机一片的境界，在唐代是至高的范畴。宋人严羽最为推崇盛唐之诗，称"诗之极致有一，曰入神。诗而入神，至矣，尽矣，蔑以加矣！惟李杜得之，他人得之盖寡也"②。到了北宋时期，超越形神兼备的层次，进而使逸成为文人画的主导倾向。在宋代的文人画中，是越发得以彰显的。苏轼在一首诗中对王维和吴道子的评价，非常充分地表达了他作为一个文人画的代表人物的美学立场，这就是《王维吴道子画》：

> 何处访吴画？普门与开元。吾观画品中，莫如二子尊。开元有东塔，摩诘留手痕。道子实雄放，浩如海波翻。当其下手风雨快，笔所未到气已吞。亭亭双林间，彩晕扶桑暾。中有至人谈寂灭，悟者悲涕迷者手自扪。蛮君鬼伯千万万，相排竞进头如鼋。摩诘本诗老，佩芷袭芳荪。今观此壁画，亦如其诗清且敦。祇园弟子尽鹤骨，心如死灰不复

① （宋）邓椿：《画继》卷9，人民美术出版社1964年版，第114页。
② 郭绍虞：《沧浪诗话校释》，人民文学出版社1983年版，第8页。

温。门前两丛竹，雪节贯霜根。交柯乱叶动无数，一一皆可寻其源。吴生虽妙绝，犹以画工论。摩诘得之于象外，有如仙翮谢笼樊。吾观二子皆神俊，又于维也敛衽无间言。①

吴道子在唐代画史上的地位，可说是无出其右的。他在当时寺院里画了很多佛像画和佛教故事画，《两京耆旧传》云："寺观之中，吴生图画殿壁，凡三百余堵，变相人物，奇纵异状，无有同者。"② 故朱景玄《唐朝名画录》中将吴道子置于神品上的地位，在诸多画家之中，唯此一人而已。而王维则被置于妙品之上，在画坛上并没有特殊的地位，与吴道子相差悬殊。王维在盛唐时期是声誉甚隆的诗人，其成名早于李白，更比杜甫要早一个时期了。应该说，在唐代，王维的画名是远不能与其诗名同日而语的。而到了北宋，他在画坛上却是声名鹊起，已然和吴道子并驾齐驱了。苏轼此诗，明显地表达出这种审美价值标准的变迁。他先说在画品中"莫如二子尊"，将吴和王作为画家中的最尊者。他在对吴画的"雄放"作了生动的描绘之后，又对王维作了不同寻常的赞美。在这里，东坡先生对王维画的评价侧重什么呢？笔者以为主要是在于王维画的诗性蕴含和文学品格。东坡论王维诗画的名言"味摩诘之诗，诗中有画；观摩诘之画，画中有诗"③，几可称为家喻户晓的，对于王维画而言，其特点首在于其中蕴含的诗性内涵。这首诗里又认为摩诘的壁画"亦如其诗清且敦"，这里对王维画的评价，其实是体现苏轼一贯的文人画的立场。文人画家都是士大夫，他们虽是以余事作画，却以自己的士大夫身份和浓厚的文学修养自矜，鄙视画院里的那些专业画家，称之为"画师画"或"画工画"。苏轼评宋汉杰画时说："观士人画，如阅天下马，取其意气所到。乃若画工，往往只取鞭策皮毛槽枥刍秣，无一点俊发，看数尺便倦。汉杰真士人画也。"④ 推重士人画（即文人画），鄙薄画工画的意思了了分明，溢于言表。文人画的突出特点便是具有诗性蕴含。说王维画的"画中有诗"，便是推崇其为文人画之先驱。苏轼又一则画跋也说："燕公之

① （宋）苏轼：《王维吴道子画》，见王水照选注《苏轼选集》，上海古籍出版社 1984 年版，第 16 页。

② 潘天寿：《中国绘画史》，上海人民美术出版社 1983 年版，第 69 页。

③ 李之亮：《苏轼文集编年笺注·诗词附 9》，巴蜀书社 2011 年版，第 593 页。

④ （宋）苏轼：《跋汉杰画山》，见《苏轼文集》卷 70，中华书局 1996 年版，第 2216 页。

笔，浑然天成，粲然日新，已离画工之度数而得诗人之清丽也。”① 苏轼对吴道子也是真心称赏的，此诗中对吴道子的赞美“当其下手风雨快，笔所未到气已吞”颇能得吴画的神韵。苏轼对吴道子画的评价其实非常之高，如另一处评吴画：“诗至于杜子美，文至于韩退之，书至于颜鲁公，画至于吴道子，而古今之变，天下之能事毕矣。道子画人物，如以灯取影，逆来顺往，旁见侧出，横斜平直，各相乘除，得自然之数，不差毫末，出新意于法度之中，寄妙理于豪放之外，所谓游刃余地，运斤成风，盖古今一人而已。”② 可说推崇备至；而在这首诗中，苏轼以“吴生虽妙绝，犹以画工论”两句轻轻一拨，便将吴道子置于王维之下，其审美价值的尺度，是对“画工”的鄙薄和对士人画的高度认同。

王维这位唐代的诗人兼画家，在北宋的文人画家的观念中，被视为文人画的开山祖师。这在苏、黄等人的艺术评论中是有鲜明体现的。这里至少有两个因素：一是王维画中的文学品位，与宋代文人画的文学化恰相吻合，苏轼对其画的经典评价“画中有诗”，本诗中“今观此壁画，亦如其诗清且敦”③，又印证了这一点。二是以水墨为艺术媒介来作画，这又是与院体画、画工画大相径庭的。王维的画论《山水诀》中说：“夫画道之中，水墨最为上，肇自然之性，成造化之功，或咫尺之图，写百千里之景，东西南北，宛尔目前，春夏秋冬，写于笔下。”④ 王维以水墨为最上，这在后来的文人画创作中得到了普遍的实践。三是脱略传统，不守成法，游戏笔墨，其实是逸品的代表。宋人沈括所述可见一斑：“书画之妙当以神会，难可以形器求也，世之观画者，多能指摘其间形象、位置、彩色瑕疵而已，至于奥理冥造者，罕见其人。如彦远评言王维画物多不问四时，如画花往往以桃杏、芙蓉、莲花，同画一景。余家所藏摩诘画袁安卧雪图有雪中芭蕉，此乃得心应手，意到便成，故造理入神，迥得天意，此难可与俗人论也。”⑤ 王维的画在唐代难以得到画坛的更高认可，其重要原因之一便在于他的画不是按照通常的时空关系来构图的，而是突破一般性的时空关系，而以超乎人们的身观局限的奇特构思给人以审美上的惊奇感，所谓“雪中芭蕉”就是特别典型

① （宋）苏轼：《跋蒲传正燕公山水》，见《苏轼文集》卷70，中华书局1996年版，第2212页。

② （宋）苏轼：《书吴道子画后》，见《苏轼文集》卷70，中华书局1996年版，第2210页。

③ （宋）苏轼：《王维吴道子画》，见《苏轼诗集》，中华书局1982年版，第108—110页。

④ 沈子丞：《历代论画名著汇编》，文物出版社1982年版，第30页。

⑤ （宋）沈括：《梦溪笔谈》卷17《书画》，辽宁教育出版社1997年版，第92页。

的例子。这在唐代被认为是怪异，而到宋代却成了文人画的杰作。苏轼认为王维画的妙处“得之于象外”①，是揭示其诗意的特征，这就特别符合文人画的文学化趋向。又说他“有如仙翮谢笼樊”②，喻指其超越形似，脱略规矩，这更是“逸品”的特征。

“逸”在宋元以降得到了前所未有的重视，在画坛上成为文人画的核心价值观念。元季画家倪瓒（云林），对于“逸笔”有着自觉的追求，“明初，被召不起，人称无锡高士，山水不著色，枯木平远竹石，以天真幽淡为宗，称逸品”③。倪瓒对自己的画风以“逸笔”为其标志，其云：“仆之所谓画者，不过逸笔草草，不求形似，聊以自娱耳。”④ 又云：“以中每爱余之竹聊写胸中逸气耳。岂复较其似与非，叶之繁与疏，枝之斜与直哉。或涂抹久之，他人视以为麻为芦，仆亦不能强辩为竹，真没奈览者何。”⑤ 作为元代文人画的代表，倪瓒更为突出了逸品。将这两则画论连在一起理解，可以看到，他所谓“逸笔”，一是出于“胸中逸气”，二是超越形似。前者是强烈的主体意识，与世不谐的情怀，这是“逸笔”成为其主要特色的主体基因；后者揭示出逸笔的形态特征，以“不求形似”为其美学追求。云林画竹，以之为符号聊抒胸中逸气，至于竹的似与非似，竹叶的繁与疏，竹枝的斜与直，都不在考虑之列，其实是有意超越之。

对于逸的推重，在清代画家恽格（南田）这里臻于极致。恽格（1633—1690），字寿平，一字正叔，号南田，武进人，擅画山水、花卉，其《南田画跋》为明清画论中之超卓者。南田论画，最重逸品。如其言：“逸品其意难言之矣。如卢敖之游太清。列子之御泠风也。其景则三闾大夫之江潭也，其笔墨如子龙之梨花枪，公孙大娘之剑器，人见其梨花龙翔，而不见其人与枪也。”⑥ 恽氏所举几个比喻，都是难于以形迹把捉的。这也正是逸品超越形似之处。逸品还在于不落俗套，不入时趋，他明确宣称：“不落畦径，谓之士气；不入时趋，谓之逸格。其创制风流，昉于二米。盛于元季，泛滥明初，称其笔墨，则以逸宕为上，咀其风味，则以幽淡为工。”⑦

① （宋）苏轼：《王维吴道子画》，见张春林编《苏轼全集》上，中国文史出版社 1999 年版，第 16 页。

② 同上。

③ 沈子丞：《历代论画名著汇编》，文物出版社 1982 年版，第 206 页。

④ 同上书，第 205 页。

⑤ 同上书，第 30 页。

⑥ 同上书，第 329 页。

⑦ 同上书，第 333 页。

前面所谓“士气”也就是文人之气，是文人画的气质。在这里“士气”和“逸格”是互文见义的，或者说是相通的。其实，《南田画跋》通篇都是讲逸品的，即以逸为画品最上，也是最为通行的价值尺度。这当然是颇为偏执的，但却反映了宋元明时期绘画重逸的画坛趋势。观《南田画跋》，可知逸为其绘画品鉴中最高的境界，远远超越了一般的规矩法度，而臻于出神入化的艺术之美。如说：“作画须有解衣盘礴旁若无人意，然后化机在手，元气狼藉，不为先匠所拘，而游于法度之外矣。”①此处虽然并未标之以逸，但却是典型的逸格。又说：“高逸一种，盖欲脱尽纵横习气，澹然天真，所谓无意为文乃佳。故以逸品置神品之上，若用意模仿，去之愈远。倪高士云，作画不过写胸中逸气耳，此语最微，然可与知者道也。”②“天外之天，水中之水，笔中之笔，墨外之墨，非高人逸品，不能得之，不能知之。”③在南田看来，逸格并非笔墨可达，而是出自画家的内心世界的逸气和灵性。其论画曰：“观石谷写空烟，真能脱去町畦，妙夺化权，变态要眇，不可知已。此从真相中盘而出，非由于毫端，不关于心手，正杜诗所谓真宰欲出矣。”④

三

逸格与文人画中的“墨戏”相通，墨戏在宋元以降的文人画中成为时尚，其实是与逸格一脉相承的。其中的关键，在于主体的游戏态度。文人画鄙薄画工画，以游戏态度为画，故对作画不称为“画”而称为“写”，即主张以抒写内心情绪为目的，而不以笔墨形构为能事。文人画家都是有相当身份的士大夫，有独立人格和文学声誉，如《唐朝名画录》中列为逸品的张志和，可说是文人画的先声。王维作为文人画的开山人物，更是令后来的文人画家钦佩得五体投地。宋代文人画的代表人物苏轼宣称：“文以达吾心，画以适吾意而已。”⑤这是典型的文人画观念。上举元代倪瓒“聊写胸中逸气”，正是标举文人画的创作态度。“墨戏”作为文人画的范畴，可谓是颇具代表意义的。“墨戏”在笔者看来首先是创作中主体的游戏态度，即游戏

① 沈子丞：《历代论画名著汇编》，文物出版社1982年版，第334页。
② 同上书，第30页。
③ 同上书，第337页。
④ 同上书，第334页。
⑤（宋）苏轼：《书朱象先画后》，见孔凡礼点校《苏轼文集》卷70，中华书局1996年版，第2211页。

笔墨，抒写逸气；次之是临机作画，而非精心结撰；再次是笔墨荒简，无关彩绘。“墨戏”可说是文人画的“专利”，而无涉于院画。如果仅以一般绘事泛指“墨戏”，大失其本义所在。以笔者体会，那些工笔彩绘、精心营构之作，如《女史箴图》（晋·顾恺之）、《嘉陵江山水图》（唐·李思训）、《步辇图》（唐·阎立本）、《簪花仕女图》（唐·周昉）、《韩熙载夜宴图》（南唐·顾闳中）、《清明上河图》（宋·张择端）这类精心结构的名作都与“墨戏”相距甚远；反之，如苏轼、黄庭坚、文同、米芾、米友仁、倪瓒等人的枯木窠石、荒寒山水等则多为“墨戏”。元代吴镇对“墨戏”的解释，笔者以为最为允当，其云：“墨戏之作，盖士大夫词翰之余，适一时之兴趣。”① 迄今为止，这是关于“墨戏”笔者能见到的最为确切的说法。而《中文大辞典》：“墨戏，谓绘事也。”的词条，显然是过于宽泛，不能说明“墨戏”的特征。

“墨戏”从宋代文人画开始，先是称为“游戏笔墨”，渐至稳定地成为“墨戏”这样一个重要的绘画范畴。北宋诗僧惠洪，评苏轼之画：“东坡居士游戏笔墨，作大佛事如春形容，藻饰万象，又为无声之语。”② 又作赞语说：“唯老东坡，秀气如春。游戏笔墨，拄雷翻云。”③ 这里已是用“游戏笔墨”作为对苏轼绘画的概括评价。苏轼作墨竹画师事其表兄文同（与可），文同亦是文人画的大家，他也是以游戏翰墨的态度来作画的。《宣和画谱》称：“文臣文同，字与可，梓潼永泰人。善画墨竹，知名于时。凡于翰墨之间，托物寓兴，则见于水墨之戏。”④ 苏轼题文与可画竹诗云：“斯人定何人，游戏得自在；诗鸣草圣余，兼入竹三昧。”⑤ 揭示了文同墨竹画的“墨戏”性质。宋代著名画家米芾和米友仁父子，作画都以“墨戏”著称，黄庭坚称赏米氏的画云：“米黻（即米芾）元章在扬州，游戏笔墨，声名藉甚。其冠带衣襦，多不用世法。”⑥ 其中专门指出其“游戏笔墨”。米芾之子米友仁（号为小米）亦是宋代著名画家，在“游戏笔墨”上比之其父有过

① 沈子丞：《历代论画名著汇编》，文物出版社1982年版，第206页。

② （宋）释惠洪：《石门文字禅》卷19，见陈高华《宋辽金画家史料》，文物出版社1984年版，第394页。

③ 同上。

④ 岳仁译注：《宣和画谱》，湖南美术出版社1999年版，第407页。

⑤ （宋）苏轼：《题文与可墨竹》，见张春林编《苏轼全集》上，中国文史出版社1999年版，第231页。

⑥ （宋）黄庭坚：《书赠俞清老》，见《黄庭坚全集》第2册，四川大学出版社2001年版，第654页。

之而无不及。小米作画，自题为“墨戏”，这也是“墨戏”作为中国画的一个成熟概念的肇始。邓椿《画继》述：“友仁宣和中为大名少尹。天机超越，不事绳墨，其所作山水，点滴烟云。草草而成，而不失天真，其风气肖乃翁也。每自题其画曰：墨戏。”① 南宋张元幹跋米元晖山水图云：“士人胸次洒落，遇物发兴，江山云气，草木风烟，往往意到时为之。聊复写怀，是谓游戏水墨三昧，不可与画史同科也。”② 所谓“画史”，画工或云画师之也。与画史判为二途，即是指出其文人画的性质。二米皆是以墨戏著称，也是“墨戏”发展过程中的重要的里程碑。“墨戏”作为中国画的重要概念在元代已臻成熟稳定，论者经常以之评论画家，如汤垕评苏轼画说：“东坡先生，文章翰墨，昭耀千古，复能留心墨戏。作墨竹师事文同，枯竹奇石，时出新意。”③ 宋元之后，墨戏渐为画坛之显者，是与文人画的写意一体化的。

潘天寿先生评述墨戏画在宋代的发展说：“吾国绘画，虽自晋顾恺之之白描人物，（南朝）宋陆探微之一笔画，唐王维之破墨，王洽之泼墨，从事水墨与简笔以来，已开文人墨戏之先绪；然尚未独立墨戏画之一科。至宋初，吾国绘画，文学化达于高潮，向为画史画工之绘画，已转入文人手中而为文人之余事；兼以当时禅理学之因缘，士夫禅僧等，多倾向于幽微简远之情趣，大适合于水墨简笔之绘画以为消遣。故神宗、哲宗间，文同、苏轼、米芾等出以游戏之态度，草草之笔墨，纯任天真，不假修饰，以发其所向；取意气神韵之所到，而成所谓墨戏画者。其画材多为简单笔水墨之林木窠石，梅兰竹菊，以及简笔水墨之山水等，已开明清写意派之先声。”④ 潘天寿先生以历史性的眼光，揭示了“墨戏”画在宋代画坛上的发生，并指出其中的文学化趋势。文人以余事作画，不求形似，笔墨草草，却在画中将文人的灵趣、学养、品格注入笔端，随意写出，其创作态度以游戏出之。逸格在这个绘画时代已不再是“剑走偏锋”，而是在画坛上大行其道了。到了元代画坛，这种趋势更为主流，潘天寿先生又指出元代墨戏的发展情势：“故凡文人学士，以及士夫者流，每欲藉笔墨，以书写其感想寄托，以为消遣。故从事绘画者，多郁苍，以写愤恨者，多狂怪，以鸣高蹈者，多野逸，凭作者之个性，与不同之胸怀，或残山剩水，或为麻为芦，以达其情意而已。既

① （宋）邓椿：《画继》，人民美术出版社1964年版，第29页。

② （宋）张元幹：《跋米元晖山水》，转引自徐建融《书画题款·题跋·钤印》，上海书店出版社2000年版，第215页。

③ （元）汤垕：《画鉴》，见于安澜《画品丛书》，上海人民美术出版社1982年版，第421页。

④ 潘天寿：《中国绘画史》，上海人民美术出版社1983年版，第148页。

不以技工法式为尊重，亦不以富丽精工为崇尚，任意点抹，自成蹊径。故有元一代之绘画，全承宋代绘画隆盛之余势，以元人治华之环境，一任自然发展而成之者。故无论山水、人物、花鸟、草虫，非特不重形似，不尚真实，凭意虚构，用笔传神，乃至于不讲物理，纯于笔墨上求意趣，实为元代画风之特点。”[①] 可见，元代绘画是以“墨戏”为主的。意趣高扬，不求形似，乃是元画的普遍风气。与宋代文人画相比，更是扬波汩澜、变本加厉了。而如倪瓒的“逸笔草草，聊写胸中逸气耳”，[②] 则可以说成为一个绘画时代的标志。

以品鉴画，是中国古代美术批评的重要方式，也留下了非常丰富的理论遗产，还有许多需要梳理的问题。唐之朱景玄的“神妙能逸”和宋之黄休复的“逸神能妙”，可以认为是其中最有代表性的，这种顺序的颠倒意味着画史上审美标准的变异，批评家本人也都是有自觉批评取向的。以此为风向标，由唐五代到宋元之际的画风变化得以知之。逸格成为上上之品，作为宋元时期的品鉴标准，与墨戏画的独树一帜并渐臻炽热，难道仅是一种巧合？

---

① 潘天寿：《中国绘画史》，上海人民美术出版社1983年版，第164页。

② （元）倪瓒：《玄元馆读书序》，见《全元文》第46册，凤凰出版社2004年版，第618页。

中国古代文艺理论中审美关系的特征*

中国古代的美学思想是渊深而博大的，而且有着与西方美学不同的文化背景与形态特征。通过多年来对古代的文艺理论的濡染，笔者感觉在审美关系方面，这种独特性就最能得以体现。谈及审美关系，自然离不开审美主体和审美客体的对待，这也许会被有的学者讥笑为“主客二分”。而在笔者看来，要抛开审美主体和客体的二分与对待来谈审美关系，美学将会撤除其赖以存在的基础。超越主客二分，是我们的追求；抛开主客体的对待，也许我们会无所适从。这并非仅是理论的立义，而且也是无数的艺术理论资料的客观维度。

中国古代的文艺理论，不能等同于我们惯常所说的“古代文论”。后者是指古代的文学理论，而我们所说的“文艺理论”，是包含着文论、画论、书论、乐论等主要内涵的。中国美学，最为集中地包蕴在其中。中国古代当然没有“美学”之目，却很早就在审美的意义上彰显主客体的关系了。如在魏晋南北朝时期业已颇为成熟的“心物”这对范畴，就是典型的主体和客体的关系。中国古代的文艺理论中所展示的审美主体和客体的关系，体现出哪些特征呢？在笔者看来，一是由感兴而使主客体处于高度激活的状态之中；二是主客体相互作用而生成审美意象；三是审美主体和客体都有属于中华文化传统的独特品格。主客体并非单纯地对待，而是客体以其宇宙生命为依托，主体与客体并非一对一的对待，而是进入一片浩茫的境界。

一　“感兴”是中国古代文艺理论主客体关系的特殊方式

关于感兴的研究非常之多，仅笔者自己也不止一篇文章论及。然而，笔者在这里将其纳入审美主客体关系的向度再来审视，其意蕴自有不同。感兴

---

* 本文刊于《社会科学战线》2011 年第 8 期。

的基本义即由比兴之兴而来，其义非止一项，如朱自清先生所概括之："《毛传》'兴也'的兴有两个意义。一是发端，一是譬喻；这两个意义合在一块儿才是'兴'。"① 而兴的本义就是"起也"，已直接是主客体之间的关系了。《毛传》在《大雅·大明》篇"维予侯兴"下云："兴，起也。"《说文》中也释兴为"起也"。刘勰在《文心雕龙·比兴》中对比兴的阐释说"故兴者，附也；兴者，起也。附理者切类以指事，起情者依微以拟议。起情故兴体以立，附理故比例以生"②，明确指出兴即是对情感的唤起。情感自然是主体之情感。是什么唤起艺术家（主体）的情感呢？是进入艺术家视野的"物"。物是审美客体，情则代表主体的方面。值得注意的是，兴是以一种特殊的方式使主体和客体发生关联的。这种特殊方式，可用"触物以起情"来表达。宋人李仲蒙对兴的表述："触物以起情，谓之兴。物动情者也。"③ 笔者认为这是对兴最为符合其本质的命题。"触物"是主体与客体之间的偶然邂逅，而非刻意地求取。这也正是感兴的实质所在。刘勰在《比兴》篇的"赞"语中说"诗人比兴，触物圆览"④，非常凝练地概括出关于兴的这种主客体触遇而生成审美意象的性质。虽是"比兴"并提，其实是偏重于对兴的性质的揭示。宋儒郑樵论诗云："'关关雎鸠'……是作诗者一时之兴，所见在是，不谋而感于心也。"⑤ 宋人叶梦得也指出了兴的"触物"性质："诗本触物寓兴，吟咏情性，但能输写胸中所欲言，无有不佳。"⑥ 明代文学家李梦阳更为明确地指出："情者动乎遇也……故遇者物也，动者情也。情动而会心，会则契神，契则音所谓随寓而发者也……契者会乎心者也。会由乎动，动由乎遇，然未有不情者也，故曰情者动乎遇者也。"⑦ 李梦阳所说的"遇"，与"触"的意思一样，都是不期然而然的"邂逅"，也即审美主客体之间在并无预先立意的情况下偶然的碰撞与交融。这对感兴来说，是最为突出的一个标志。

---

① 朱自清：《诗言志辨》，凤凰出版社 2008 年版，第 57 页。

② 范文澜：《文心雕龙注》，人民文学出版社 1958 年版，第 601 页。

③ （宋）胡寅：《与李叔易书》，见《斐然集》卷 18，中华书局 1993 年版，第 386 页。

④ 范文澜：《文心雕龙注》，人民文学出版社 1958 年版，第 603 页。

⑤ （宋）郑樵：《六经奥论》，见徐中玉《意境·典型·比兴编》，中国社会科学出版社 1994 年版，第 285 页。

⑥ （宋）叶梦得：《玉涧杂书》，见徐中玉《意境·典型·比兴编》，中国社会科学出版社 1994 年版，第 285 页。

⑦ （明）李梦阳：《梅月先生诗序》，见吴文治主编《明诗话全编》第 2 册，凤凰出版社 1997 年版，第 1978 页。

感兴是审美主体在外物的触发下唤起审美情感、从而产生创作冲动的过程，作为审美客体的“物”，充当着不可或缺的角色。这在汉魏以降的文艺理论中，是相当丰富的。如《礼记·乐记》中所说“凡音之起，由人心生也。人心之动，物使之然也，感于物而动，故形于声。声相应，故生乐，变成方，谓之音。比音而乐之，及干戚、羽旄，谓之乐”①，认为音乐的产生是人心感物的结果。感物起情，是在文艺创作的范围内说的，并非一般的泛泛之论。如刘勰在《文心雕龙·明诗》篇中所说：“人禀七情，应物斯感，感物吟志，莫非自然。”② 这是指诗人兴发情感的过程。

感兴的这种偶然的触遇的性质，在古代的文艺理论中是有着明确的意识的，而且形成了一以贯之的理论系统。如梁萧统说到自己的创作时：“炎凉始贸，触兴自高，睹物兴情，更向篇什。”③“触兴”即是说明感兴是触物而发的。“睹物兴情”也非一般的感怀，而是“更向篇什”，即以诗歌创作为其旨归。唐代著名诗人王昌龄论诗有“感兴”势：“感兴势者，人心至感，必有应说，物色万象，爽然有如感会。亦有其例。如常建诗云：‘冷冷七弦遍，万木澄幽阴，能使江月白，又令江水深。’又王维《哭殷四》：‘泱漭寒郊外，萧条闻哭声，愁云为苍茫，飞鸟不能鸣。’”④ 王昌龄强调了诗人主体的“人心至感”，这样才能“必有应说”，与物色万象触遇，如有感会。宋代大诗人杨万里对此有明确的观点：“大抵诗之作也，兴，上也；赋，次也；赓和，不得已也。然初无意于作是诗，而是物是事，适然触于我，我之意亦适然感乎是物是事，触先焉，感随焉，而是诗出焉，我何与哉？天也。斯之谓兴。”⑤ 杨万里认为兴在诗歌创作中是最上乘的状态，因为它并非预先立意，而是无意为诗，外在的事物与诗人的内在灵府适然相触，于是诗歌便由此而生了。宋代画论家董逌论画特重“天机”，认为遇物兴怀才是最佳的创作状态，如其评宋代著名画家燕肃（仲穆）画云：“余评燕仲穆之画，盖天然第一。其得胜解者，非积学所致也。想其解衣盘礴，心游神放，冷然有感是应者。”⑥“燕仲穆以画自嬉，而山水尤妙于真形，然平生不妄落笔，

① （清）孙希旦：《礼记集解》，中华书局1989年版，第976页。

② 范文澜：《文心雕龙注》，人民文学出版社1958年版，第65页。

③ （南朝·梁）萧统：《答复晋安王书》，见《全梁文》卷20，商务印书馆1999年版，第215页。

④ ［日］遍照金刚：《文镜秘府论·地卷》，人民文学出版社1975年版，第41页。

⑤ （宋）杨万里：《答建康府大军库监门徐达书》，见《诚斋集》卷67，四部丛刊本，第6页。

⑥ （宋）董逌：《广川画跋·书王氏所藏燕仲穆画》，见于安澜《画品丛书》，上海人民美术出版社1982年版，第307—308页。

登临探索，遇物兴怀。胸中磊落，自成丘壑。”① 评宋代大画家范宽的山水画云：“当中立有山水之嗜者，神凝智解，得于心者，必发于外。则解衣盘礴，正与山林泉石相遇。虽贲育逢之，亦失其勇矣。故能揽须弥于一芥，气振而有余，无复山之相矣。彼含墨咀毫，受揖入趋者，可执工而随其后耶？世人不识真山而求画者，垒石累土，以自诧也。岂知心放于造化炉锤者，遇物得之，此其真画者也。”② 董氏在这些画论中不仅是对画家的鉴赏与评价，更是张扬了自己的绘画观念。在他看来，“遇物兴怀”才能创造出画之杰作，而“含墨咀毫，受揖入趋”③ 是无法与之同日而语的。明代诗论家谢榛论诗重兴，也是以偶然触遇为兴的重要特质，如说：“诗有不立意造句，以兴为主，漫然天成，此诗之入化也。”“诗有天机，待时而发，触物而成，虽幽寻苦索，不易得也。如戴石屏‘春水渡旁渡，夕阳山外山’，属对精确，工非一朝，所谓‘尽日觅不得，有时还自来。’”④ 这种对兴的倡导构成了四溟诗论的一大特色。清代诗论家叶燮同样认为作诗应是“先有所触”的感兴才能产生佳作，他说：“原夫作诗者之肇端而有事乎此也，必先有所触以兴起其意，而后措诸辞、属为句、敷之而成章。当其有所触而兴起也，其意、其辞、其句，劈空而起，皆自无而有，随在取之于心。出而为情、为景、为事，人未尝言之，而自我始言之，故言者与闻其言者，诚可悦而永也。”⑤ 这些都是将感兴和“触物”直接联系起来的。

感兴是中国文艺理论中颇具美学价值的思想，在诗论、文论、画论、乐论等领域都是广泛存在的。在审美活动的这个角度上，它非常明确地揭示了审美主客体之间的偶然触遇的相互作用的方式。这在一般的哲学和美学理论中是极少见到的。“偶然”在中国美学中的贯通是西方哲学美学中并不存在的。而在中国美学中，却是大量的、自觉的。主客体之间的这种偶然触遇的方式，为文学艺术的创作，带来了什么样的审美效应呢？首先，在笔者看来最为突出的一点，是使审美主体（艺术家）在偶然的契机下受到外物的召唤，兴发起的情感并非一般性的情感，而是一种达到极致的情感体验，也是

① （宋）董逌：《广川画跋·书燕龙图写蜀图》，见于安澜《画品丛书》，上海人民美术出版社1982年版，第297页。

② 同上书，第307页。

③ 同上。

④ （明）谢榛：《四溟诗话》卷1，见丁福保《历代诗话续编》，中华书局1983年版，第1152、1161页。

⑤ （清）叶燮：《原诗·内篇上》，见霍松林、杜维沫校注《原诗·一瓢诗话·说诗晬语》，人民文学出版社1979年版，第5页。

无法重复的。叶梦得说得非常明白："'池塘生春草，园柳变鸣禽。'世多不解此语之工，盖欲以奇取之耳。此语之工，正在无所用意，猝然与景相遇，借以成章，不假绳削，故非常情所能到。诗家妙处，当须以此为根本，而思苦言难者，往往不悟。"① "猝然与景相遇"的主体情感，是极具张力的，也是超乎普通情感的，因此，才能创造出千古名句来。王昌龄《诗格》中对感兴的界说也是"人心至感，必有应说"，"至感"当然可以理解为情感之极。唐代诗人贾岛的《二南密旨》中论兴云："兴者，情也，谓外感于物，内动于情。情不可遏，故曰兴。"② 这些都认为触物感怀所兴之情，是一种达于极致的情感，当然也是一种富有形式感的审美情感，这种情感是产生于作家或艺术家的主体世界的，而决不会产生于没有任何创作经验的普通人的内心。作家艺术家在与外物触遇时被唤起的情感，既是一种远轶于普通情感的情之极致，也是与内在的艺术语言融而为一的审美情感。刘勰所说的"登山则情满于山，观海则意溢于海，我才之多少，将与风云而并驱矣"③，正是这种情感形态。

主客体的感兴方式，在偶然的触物兴怀中，改变了一般性的审美主客体关系。在后者的情况下，审美主体是主动的，客体是被动的。主体与客体虽是互相依存的，但在主动与被动方面是判然有别的。感兴的触遇则使作为客体的"物"，充满了主动的活跃的色彩，焕发着灵性。刘勰在《文心雕龙·物色》的"赞"语说得特别形象："山沓水匝，树杂云合。目既往还，心亦吐纳。春日迟迟，秋风飒飒。情往似赠，兴来如答。"④ 情与物之间，主体与客体之间，吐纳往还，似同赠答，这也正是现象学所说的"互为主体性"。在感兴的方式中，主体与客体高度的交融互渗，所兴发的情感在瞬间达到极致，具有很强的穿透力，从而使作品具有动人心魄的力量。

二　审美主客体在互动中生成审美意象

中国古代的文艺理论，以艺术创造为其旨归，而非一般性的抽象概括。

---

① （宋）叶梦得：《石林诗话》中，见（清）何文焕《历代诗话》，中华书局 1981 年版，第 426 页。

② （唐）贾岛：《二南密旨》，见叶朗《中国历代美学文库·隋唐五代卷》下，高等教育出版社 2003 年版，第 239 页。

③ 范文澜：《文心雕龙注》，人民文学出版社 1958 年版，第 493—494 页。

④ 同上书，第 695 页。

在讲到主体和客体的相互作用时，着眼点在于审美意象的创生。而“意象”作为成熟的审美范畴，其诞生正在于中国美学的母体里。刘勰在《文心雕龙·神思》中所提出的“意象”，其意义恰是我们现在所理解的美学意义。其云：“故思理为妙，神与物游，神居胸臆，而志气统其关键；物沿耳目，而辞令管其枢机。枢机方通，则物无隐貌；关键将塞，则神有遁心。是以陶钧文思，贵在虚静，疏瀹五脏，澡雪精神，积学以储宝，酌理以富才，研阅以穷照，驯致以怿辞；然后使玄解之宰，寻声律而定墨；独照之匠，窥意象而运斤：此盖驭文之首术，谋篇之大端。”① 这才是“意象”作为一个稳定的成熟范畴的最早出处。“意象”最原初的意义在此，而其最具审美心理学价值的内涵也在此。在创作构思过程中，经过主客体的交互作用而呈现出的内在形象——它是艺术品产生的前提。后来在很多时候使用的“意象”的意思，已经远非此意了。笔者并非是“九斤老太”式的保守主义者，只是觉得被用滥的“意象”，缺少了它的特殊含义，和“形象”、“表象”等概念无法区分，也无法发挥它的独特功能。“意象”在刘勰这里得以凝练成为一个具有深刻美学意义的范畴，有着非常浓厚的中国美学背景。从《易经》到王弼，意与象的关系得到了高度哲学化的建构，而只有在具体的艺术理论中，意象才真正获得了美学品格。对于意象的理论建构和深度阐发，是中国美学的独特贡献，而这正是置于审美主客体的感通中的。意象是作家艺术家观照物象而以主体的审美情感提摄而成的，刘勰的《文心雕龙·神思》的赞语前四句“神用象通，情变所孕。物以貌求，心以理应”，寥寥数语，却有相当高的美学理论价值。在刘勰看来，作家的神思是以意象连通和贯穿的，而意象又是情感的变化所孕育。意象是在摄取了物象的基础上产生的，而主体的思理渗透和把握也是不可少的。南朝画家宗炳的画论经典《画山水序》中提出“圣人含道映物，贤者澄怀味象”，可以视为互文。而“澄怀味象”真可以说是一个完整的审美命题。老子的“虚静”，庄子的“心斋”，都在中国哲学史和美学史上有极为重要的影响，但它们都不是在艺术创造的框架里说的，到了宗炳这里，则完全是在绘画的审美创造过程的意义上提出的。“澄怀”即是“疏瀹五脏，澡雪精神”，使画家真正地进入一个澄明的内心世界。“味”是主体对于客体的一种把握方式，品味、玩味等差可近之，而“象”是山水呈现于画家心中的意象。北宋诗人梅尧臣认为最佳诗

① 范文澜：《文心雕龙注》，人民文学出版社 1958 年版，第 493 页。

作应该是“状难写之景如在目前，含不尽之意见于言外，斯为至矣”①。这是诗歌的审美意象的最重要的特征。诗歌的审美意象有着内视的特征，使人在鉴赏品味时“如在目前”，但同时在文字之外又蕴含着“不尽之意”。审美意象的创造也多是感兴的产物。如晚唐画论家朱景玄《唐朝名画录》中评李灵省所云：“若画山水、竹树，皆一点一抹，便得其象，物势皆出自然。或为峰岑云际，或为岛屿江边，得非常之体，符造化之功，不拘于品格，自得其趣尔。”② 王昌龄在《诗格》中将诗思分为三种：“一曰生思，二曰感思，三曰取思。”所谓“生思”：“久用精思，未契意象，力疲智竭，放安神思，心偶照镜，率然而生。”③ 以此来说，意象的创造便在于“心偶照境”的主体与客体的感兴作用。韩林德先生为此阐发说：“王昌龄的意思是，意象的形成，有待于审美感兴中心与境二者的交融合一，而焦思苦虑的精思之所以‘未契意象’，就在于缺少想象和灵感这种神思的作用。一旦神思勃发，心偶照境，意象在刹那间即形成。可见，意与象的相契，必待审美感兴中心与境的融合。”④ 韩林德颇为中肯地道出了审美意象的创造过程中，主体与客体的感兴融合的关系。

关于意象的这种创造方式，唐代诗论家殷璠编选《河岳英灵集》，专选盛唐常建、李白以下计 24 位诗人作品 230 首，并附以对每位诗人的评论，使是书具有了文学批评的性质。不唯是具体的评论，而且在序文中也体现出颇为自觉的诗论见解。“兴象”便是殷璠提出的最具创造性的美学范畴。殷璠在《河岳英灵集》的序论中指斥那些浮薄作者说：“然挈瓶肤受之流，责古人不辨宫商徵羽，词句质素，耻相师范。于是攻异端，妄穿凿，理则不足，言常有余，都无兴象，但贵轻艳。”⑤ 将“兴象”的有无作为评价诗歌价值的重要标准。在对诗人的评价中，殷璠也是以兴象作为特别重要的尺度，如评陶翰：“历代词人，诗笔双美者鲜矣。今陶生实谓兼之，既多兴象，复备风骨。”⑥ 评孟浩然：“浩然诗，文彩丰茸。经纬绵密，半遵雅调，

---

① （宋）欧阳修：《六一诗话》，见（清）何文焕《历代诗话》，中华书局 1981 年版，第 267 页。

② 于安澜：《画品丛书》，上海人民美术出版社 1982 年版，第 88 页。

③ （唐）王昌龄：《诗格》，见张伯伟编《全唐五代诗格汇考》，凤凰出版社 2002 年版，第 173 页。

④ 韩林德：《境生象外》，生活·读书·新知三联书店 1995 年版，第 53 页。

⑤ 李珍华、傅璇琮：《河岳英灵集研究》，中华书局 1992 年版，第 117 页。

⑥ 同上书，第 166 页。

全削凡体。至如‘众山遥对酒，孤屿共题诗’，无论兴象，兼复故实。”① 通观《河岳英灵集》，可以认为殷璠是以“兴象”为其诗歌批评的主要尺度的，而且这个范畴也特别体现了它的独创性质。正如傅璇琮和李珍华先生对殷璠提出的“兴象”的阐发：“殷璠也单独使用过兴，如他说常建诗‘其旨远，其兴僻’，说刘昚虚诗‘情幽兴远’，与盛唐时其他的人用义相近。但是，他把兴与象连起来，作为一个词语，一个概念，却产生了意念的飞跃……在《河岳英灵集》里，形象与思维不是分开来讲的，而是统一的，整体的，这就是所谓‘兴象’。兴象不同于比兴，也不是寄兴，它指的是形象与思维的结合方式，说得窄一些，是情与景的相熔。”② 傅、李二位先生的意见是值得重视的，认为兴象是形象与思维的结合，是“情和景的相熔”。这也道出了“兴象”作为诗歌审美要素中的主客体关系。然而，笔者总是觉得有些不够确切。在笔者看来，如果直白地说，兴象就是由诗人感兴的方式创造出来的审美意象，是意象的一种，它是特别能够体现盛唐诗歌的创作特征的。叶朗先生对于“兴象”的论述，更能代表中国美学的独特之处，他说：“兴象这个概念是在意象说的基础上提出来的。兴象是意象的一种。它的涵义与战国时期出现的赋比兴这一组美学范畴中的兴有着直接的联系……战国儒家学者提出的赋比兴这一组范畴，是对于诗歌艺术中意（情意）和象（形象）的关系的一种分析和概括，它们涉及审美意象产生的方式和结构的特点，也就是涉及诗歌艺术中，意与象之间以何种方式互相引发，并互相结合成统一的审美意象，而这种审美意象又以何种方式感发读者的问题。其中所谓‘兴’，是起于物对心的感发，物的触引在先，心的情意感发在后，而且这种感发是自然的，无意的，大多由于感性的直觉的触引，不必有理性的思索安排。而所谓兴象，就是按照兴这种方式产生和结构的意象。”③ 相对而言，叶朗先生的论述更能揭示“兴象”的本质特征，也更能说明中国美学中的审美关系的独特之处。当下的美学，意象范畴重新得到高度重视，标志性的成果是叶朗先生的新著《美在意象》和《美学原理》。叶先生将审美的核心归结为审美意象的生成，并且整合和提升了美学思想史上的若干重要成果的理念。笔者当然是特别崇尚叶先生的这个基本的美学观念的，只是由此想到，我国新时期以来在文学艺术批评领域曾经有过的“意

① 李珍华、傅璇琮：《河岳英灵集研究》，中华书局 1992 年版，第 167 页。

② 同上书，第 66 页。

③ 叶朗：《中国美学史大纲》，上海人民出版社 1985 年版，第 263 页。

象”的泛化和某些误用，无论什么情况都用“意象”，似乎以“意象”取代“形象”是一种理论的时尚。其实，意象作为一个美学的范畴，和形象并不能等同，也没有必要浪潮般地以“意象”来覆盖“形象”。在美学理论的范围内，意象有其特定的内涵。笔者倒一直认为，刘勰对意象理论的贡献，不仅在于是其首先在《文心雕龙》中最早将意象整合为一个稳定的成熟的范畴，更在于其所用之义，稳固地奠定了意象的美学根基。无疑地，意象产生于审美主体和客体的交互作用之中，同时，也是审美创造活动最主要的成果。可以进而说明的，主客体之间的感兴方式，是创造出最佳的审美意象的前提。

三　审美主体和审美客体的特殊品格

在中国古代的文艺理论中，从创作论的维度看，审美主体与审美客体都有其特殊的品格，而并非一般的观照与被观照。如果说“感兴”是中国美学中的审美关系最有特色的“亮点”，感兴又是外物对主体的感发，那么，就有一个问题需要得到说明，那就是：什么样的审美主体才能获得感兴，从而创造出绝佳的艺术作品？在一般的感兴论中，特别容易给人的错觉是，人心感物，物使心动，就会产生创作冲动，乃至就会有佳作降临。“感兴”特别强调物对心的感发，而且把偶然的触遇作为最佳的契机，如刘勰所说的：“人禀七情，应物斯感。感物吟志，莫非自然。”① 钟嵘所说的：“气之动物，物之感人。故摇荡性情，形诸舞咏。”② 这类论述多处可见，也易于使人产生错觉，似乎无论何人，都可以在偶然的感物中发生灵感，从而创造出艺术佳作。其实事情远非如此简单。从审美关系的角度来说，审美主体的条件是至关重要的。无论是诗歌、绘画还是音乐、书法，审美感兴都是对创作而言的，所以，泛泛的主客体关系不在我们的视域之中。在这种意义上的审美主体，应该是有着深厚的艺术修养及出色的表现能力的。无论是何种艺术门类，主体对艺术语言的谙熟把握和自由发挥是基本的条件。如陆机在《文赋》中谈及语言的表现能力问题：“其始也，皆收视反听，耽思傍讯，精骛八极，心游万仞。其致也，情曈昽而弥鲜，物昭晰而互进。倾群言之沥液，漱六艺之芳润。浮天渊以安流，濯下泉而潜浸。于是沉辞怫悦，若游鱼衔钩

① 范文澜：《文心雕龙注》，人民文学出版社 1958 年版，第 65 页。
② 陈延杰：《诗品注》，人民文学出版社 1961 年版，第 1 页。

而出重渊之深；浮藻联翩，若翰鸟缨缴而坠曾云之峻。收百世之遗文，采千载之遗韵。谢朝华于已披，启夕秀于未振。”这段为人们所熟知的话，其实说的是以出色的语言能力来表现前所未有的审美时空。画论里面谢赫的《古画品录》，提出画之“六法”，也正是画家应当具有的技巧和艺术语言能力，其云：“虽画有六法，罕能尽该；而自古及今，各善一节。六法者何？一、气韵生动是也；二、骨法用笔是也；三、应物象形是也；四、随类赋彩是也；五、经营位置是也；六、传移模写是也。唯陆探微、卫协，备该之矣。”① 从画家的主体能力来说，这“六法”应该是兼备的。然而事实上难以兼善，谢赫认为只有陆探微、卫协真正能够“六法”兼备。刘勰在论文学创作时则将吟咏情性和主体的表现能力有机地统一起来，在《体性》篇中说：“夫情动而言形，理发而文见，盖沿隐以至显，因内而符外者也。然才有庸隽，气有刚柔，学有浅深，习有雅郑，并情性所铄，陶染所凝，是以笔区云谲，文苑波诡者矣。故辞理庸隽，莫能翻其才；风趣刚柔，宁或改其气；事义浅深，未闻乖其学；体式雅郑，鲜有反其习：各师成心，其异如面。”② 刘勰在本篇中其实主要是讲作品的不同风貌与主体的体性之内在关系，但这种沿隐至显、因内符外的过程，是以主体的语言表现能力为条件的。

作为一个卓越的作家或艺术家，只有娴熟的艺术表现能力还是很不够的，主体的胸襟情怀与人格修养是至关重要的。中国古代的文艺理论，在这方面也多有阐述。宋代画论家郭若虚论画家的主体修养时说：“六法精论，万古不移，然而骨法用笔以下，五者可学，如其气韵，必在生知，固不可以巧密得，复不可以岁月到，默契神会，不知然而然也。尝试论之。窃观自古奇迹，多是轩冕才贤，岩穴上士，依仁游艺，探赜钩深，高雅之情，一寄于画，人品既以高矣，气韵不得不高；气韵既已高矣，生动不得不至，所谓神之又神，而能精焉。凡画必周气韵，方号世珍，不尔虽竭巧思，止同众工之事，虽曰画，而非画。故杨氏不能授其师，轮扁不能传其子，系乎得自天机，出于灵府也。”③ 郭氏从谢赫“六法”说起，认为后五者皆可后天师法，唯独气韵是出自于人品格调的。人品既高，气韵自高。清代诗论家叶燮论诗

① 于安澜：《画品丛书》，上海人民美术出版社 1982 年版，第 6 页。

② 范文澜：《文心雕龙注》，人民文学出版社 1958 年版，第 505 页。

③ （宋）郭若虚：《论气韵非师》，见《图画见闻志》卷 1，人民美术出版社 1963 年版，第 14—15 页。

特重诗人之胸襟，他说：“我谓作诗者，亦必先有诗之基焉。诗之基，其人之胸襟是也。有胸襟，然后能载其性情、智慧、聪明、才辨以出，随遇发生，随生即盛。”① 叶氏举的最典型的例子便是杜甫，杜甫在艺术上的卓越成就，在很大程度上与其崇高的人文情怀也即叶氏所说的“胸襟”是直接相关的。叶燮指出：“千古诗人推杜甫。其诗随所遇之人之境之事之物，无处不发其思君王、忧祸乱、悲时日、念友朋、吊古人、怀远道，凡欢愉、离合、今昔之感，一一触类而起，因遇得题，因题达情，因情敷句，皆因甫有其胸襟以为基。如星宿之海，万源从出；如钻燧之火，无处不发；如肥土沃壤，时雨一过，夭矫百物，随类而兴，生意各别，而无不具足。”② 叶燮概括道：“由是言之，有是胸襟以为基，而后可以为诗文。不然，虽日诵万言，吟千首，浮响肤辞，不从中出，如剪彩之花，根蒂既无，生意自绝，何异乎凭虚而作室也!”③。这类关于主体胸襟或修养的论述在中国古代文艺理论中是很多的。

在中国古代的文艺理论中，关于审美活动的对象的描述是颇为普遍的。在魏晋南北朝时期，相对于主体之心或情，“物”或“物色”是客体一方，但是，我们可以明显感受到，物或物色都并非单纯的具体事物，而是表征着宇宙时空的生命感。使主体的心灵得到触引感发的，是四季轮回所带来的物象之变，如陆机《文赋》中的“遵四时以叹逝，瞻万物而思纷。悲落叶于劲秋，喜柔条于芳春。”④ 钟嵘在《诗品序》中所说的：“若乃春风春鸟，秋月秋蝉，夏云暑雨，冬月祁寒，斯四候之感诸诗者也。”⑤ 刘勰在其《物色》篇中所说：“春秋代序，阴阳惨舒，物色之动，心亦摇焉。盖阳气萌而玄驹步，阴律凝而丹鸟羞，微虫犹或入感，四时之动物深矣。若夫珪璋挺其惠心，英华秀其清气，物色相召，人谁获安？是以献岁发春，悦豫之情畅，滔滔孟夏，郁陶之心凝；天高气清，阴沉之志远；霰雪无垠，矜肃之虑深。岁有其物，物有其容，情以物迁，辞以情发。”⑥ 都是以四时的物象之变作为对象。然而，这并非是单纯的对应，其实，在四时的物色变化中，所透射

---

① （清）叶燮：《原诗·内篇下》，见霍松林、杜维沫校注《原诗·一瓢诗话·说诗晬语》，人民文学出版社 1979 年版，第 17 页。

② 同上。

③ 同上。

④ 张怀瑾：《文赋译注》，北京出版社 1984 年版，第 20 页。

⑤ （南朝·梁）钟嵘：《诗品》，中华书局 1991 年版，第 11 页。

⑥ 范文澜：《文心雕龙注》，人民文学出版社 1958 年版，第 693 页。

出的是宇宙自然的节律运动。宗炳论山水画，在提出“澄怀味象”后，继言：“至于山水，质有而趣灵”，认为山水之象都是蕴涵着生命和灵魂的。作为审美客体的物象，它们呈现在作家艺术家的视域中是充盈的、莹澈的，而实际上它们又都不是个体性的，而是吐纳着宇宙大化的生命，如叶梦得评杜甫诗所说：“‘江山有巴蜀，栋宇自齐梁。’远近数千里，上下数百年，只在‘有’与‘自’两字间，而吞纳山川之气，俯仰古今之情，皆见于言外。”[①] 物象是以其蕴涵的宇宙生命而与主体相晤对的。南朝画家王微在《叙画》中说“以一管之笔，拟太虚之体”[②]，明代董其昌论画也说“画之道，所谓宇宙在乎手者，眼前无非生机”[③] 等，也都体现了同样的审美关系。主体对于客体的观照，并不是笼统的，而是细微的，使进入作品的物象焕发出“灿烂的感性”；但它却在主体的交融中显现了宇宙造化的气象。王夫之评谢灵运之诗的一段话颇能道出这种特点：“谢诗有极易入目者，而引之益无尽；有极不易寻取者，而径遂正自显。然顾非其人，弗与察尔。言情则于往来动止、缥缈有无之中，得灵蠁而执之有象；取景则于击目经心、丝分缕合之际，貌固有而言之不欺。而且情不虚情，情皆可景；景非滞景，景总含情；神理流于两间，天地供其一目，大无外而细无垠。”[④] 虽是对谢灵运《登上戍石鼓山诗》的分析评赏，却可以从普遍的意义上给我们以独到的启示。

中国的文艺理论当然是浩繁纷杂的，也是无法穷尽的。不用说区区一篇文字，即便千帙万卷，亦难道其万一。这个道理，笔者焉能不知？然而，如从审美关系的角度，又能见出一点独特的面目，也就不避谫陋，尝试言之。审美关系当然不是什么新鲜的话题，但从这个视角来考察中国古代的文艺理论，却可以使我们深入一步。

---

① （宋）叶梦得：《石林诗话》卷中，见（清）何文焕《历代诗话》，中华书局 1981 年版，第 420 页。

② （唐）张彦远：《历代名画记》卷 5，上海人民美术出版社 1964 年版，第 132 页。

③ （明）董其昌：《画禅室随笔》，中国书店 1983 年版，第 47 页。

④ （清）王夫之：《古诗评选》卷 5，见《船山全书》第 14 册，岳麓书社 1996 年版，第 736 页。

中国古代画论中的“四时”*

春夏秋冬，这四季的轮回变化，是大自然永不间断的“演出”。它从何时开始，又在何时结束，是无人能够回答的问题。但是，当人们的心灵感受到了四时变化的生命悸动，喜怒哀乐的情感，便与之结下了不解之缘。在中国古代的艺术理论中，有关“四时”与文艺创作的论述便处处可见。它们构成了艺术理论中不可缺少的部分。在诗论和文论里，如陆机所说：“遵四时以叹逝，瞻万物而思纷。悲落叶于劲秋，喜柔条于芳春。”① 刘勰所写：“春秋代序，阴阳惨舒，物色之动，心亦摇焉。”② 钟嵘所说：“若乃春风春鸟，秋月秋蝉，夏云暑雨，冬月祁寒，斯四候之感诸诗者也。”③ 季节的变换，四时的更迭，是感召诗人心灵、引发创作冲动的主要因素，而四时的变迁，物候的转换，是与人们的精神世界息息相关的。中国古代画论中关于“四时”与绘画关系的论述也多有经典之语，而且具有独特的审美蕴涵。春、夏、秋、冬四季物色的变化，体现在画论之中，一方面是宇宙生命律动的表征，另一方面在经典的山水画家那里积淀了很多有关四时山水景物的法式。这二者的交融，成为山水画论的重要内涵。

一

关于“四时”的画论，主要呈现于山水画论之中。与前面所引的诗论文论中关于“四时”的论述相呼应，山水画论也见于魏晋南北朝时期。如宗炳的《画山水序》、王微的《叙画》等。王微《叙画》云：“望秋云，神

---

* 本文刊于《艺术百家》2012 年第 2 期。

① 张怀瑾：《文赋译注》，北京出版社 1984 年版，第 20 页。

② 范文澜：《文心雕龙注》，人民文学出版社 1958 年版，第 693 页。

③ （南朝 · 梁）钟嵘：《诗品》，中华书局 1991 年版，第 11 页。

飞扬；临春风，思浩荡。虽有金石之乐，珪璋之琛，岂能仿佛之哉！披图按牒，效异山海。绿林扬风，白水激涧。呜呼！岂独运诸指掌，亦以明神降之。此画之情也。”① 南北朝时萧绎论山水画格时说：“秋毛冬骨，夏荫春英。炎绯寒碧，暖日凉星。巨松沁水，喷之蔚荣。裒茂林之幽趣，割杂草之芳情。”② 唐代大诗人兼大画家王维，其画论谈到四时景物的画题：“春景则雾锁烟笼，长烟引素，水如蓝染，山色渐青。夏景则古木蔽天，绿水无波。穿云楼瀑布，近水幽亭。秋景则天如水色，簇簇幽林，雁鸿秋水，芦岛沙汀。冬景则借地为雪，樵者负薪，渔舟倚岸，水浅沙平。凡画山水须按四时。或曰烟笼雾锁，或曰楚岫云归，或曰秋天晓霁，或曰古冢断碑，或曰洞庭春色，或曰路荒人迷。如此之类，谓之画题。”③ 王维所描绘的四时景物，既是四季里非常典型的物色，具有鲜明的视觉形象，又呈现出自然山水的活泼泼的生命感；另一方面，这些画题，也成为山水画中的常见画材，具有积淀很深的艺术传承。在积累了大量艺术实践的基础上，宋代山水画论中关于“四时”的论述非常丰富，在创作上有更具体的指导意义。最为典型的应是郭熙、郭思父子的《林泉高致》。关于郭熙，北宋画家郭若虚在其画学名著《图画见闻志》中有这样的记载：“郭熙，河阳温人。今为御书院艺学。工画山水寒林，施为巧赡，位置渊深，虽复学慕营丘（笔者按：指北宋著名山水画家李成一），亦能自放胸臆。巨障高壁，多多益壮，今之世为独绝矣。”④ 对这位同为北宋时而年代稍前的画家，给予了非常高的评价。《宣和画谱》对郭熙有更为详尽的记载，其中说：“郭熙，河阳温县人。为御画院艺学。善山水寒林，得名于时。初以巧赡为工；既久，又益精深，稍稍取李成之法，布置愈造妙处，然后多所自得。至抒发胸臆，则矜于高堂素壁，放手作长松巨木，回溪断崖，岩岫巉绝，峰峦秀起，云烟变灭；晻霭之间，千态万状，论者谓熙独步一时。虽年老，落笔益壮，如随其年貌焉。熙后著《山水画论》（笔者按：即《林泉高致》），言远近浅深。风雨明晦，四时朝暮之所不同，则有‘春山澹冶而如笑，夏山苍翠而如滴，秋山明净而如妆，

① （南朝·宋）王微：《叙画》，见沈子丞《历代论画名著汇编》，文物出版社 1982 年版，第 16 页。

② （南朝·梁）萧绎：《画山水松石格》，见俞剑华《中国古代画论类编》，人民美术出版社 1957 年版，第 607 页。

③ （唐）王维：《山水论》，见沈子丞《历代论画名著汇编》，文物出版社 1982 年版，第 32 页。

④ （宋）郭若虚：《图画见闻志》卷 4，人民美术出版社 1963 年版，第 90 页。

冬山惨淡而如睡’之说。至于溪谷桥彴，渔艇钓竿，人物楼观等，莫不分布使得其所。言皆有序，可为画式。文多不载。至其所谓‘大山堂堂，为众山之主；长松亭亭，为众木之表’；则不特画矣，盖进乎道欤！”[①] 将郭熙山水画论的精华揭示了出来，尤其是关于春山夏山秋山冬山的不同姿态的形容，成为画论中的经典之论。《林泉高致》是郭熙之子郭思据其父讲述所整理的，郭思序《林泉高致》云：“思丱角时，侍先子游泉石，每落笔，必曰：‘画山水有法，岂得草草？’思闻一说，旋即笔记。今收拾纂集，殆数十百条，不敢失坠，用贻同好。”[②] 可知其书由来。书中谓：“真山水之云气，四时不同：春融怡，夏蓊郁，秋疏薄，冬暗淡。画见其大象，而不为斩刻之形，则云气之态度活矣。真山水之烟岚，四时不同：春山澹冶而如笑，夏山苍翠而如滴，秋山明净而如妆，冬山惨淡而如睡。画见其大意，而不为刻画之迹，则烟岚之景象正矣。”[③] 这段话非常有名，作者将四时不同的“云气”、“烟岚”的不同形态，特别形象地描述出来，这其实也是大自然在四时变化中呈现的不同状貌。春天的山峦澹冶如笑，夏天的山峦苍翠欲滴，秋天的山峦明净如妆，冬天的山峦惨淡如睡，非常生动地表现出四时山峦的不同气象。不仅如此，作者还写出了四时山林中人的不同意态：“春山烟云连绵人欣欣，夏山嘉木繁荫人坦坦，秋山明净摇落人肃肃，冬山昏霾翳塞人寂寂。”[④] 有了人在山林中的活动，而且由于四时的不同，人物在画面中呈现出的不同意态，成为画面上最令观者感到气韵生动的亮点。

《林泉高致》所论四时在画面上的呈现，还远不止于上面这些，而是进一步将具体的阴晴雨雪与四时变化交织，形成四时中的不同景象的画面：“一种画春、夏、秋、冬各有始终晓暮之类，品意物色，便当分解。况其间各有趣哉！”[⑤] 作者以早春为例，便有许多早春的不同景致构成的绘画：“谓如早春有早春云景，早春雨景、残雪，早春雪霁，早春烟雨，早春寒云，欲雨春，早春晚景，晓日春山，春云欲雨，早春烟霭，春云出谷，满溪春溜，春雨春风，作斜风细雨，春山明丽，春云白鹤，皆春题也。”[⑥] 这些“春

① 岳仁译注：《宣和画谱》，湖南美术出版社 1999 年版，第 243—244 页。

② （宋）郭熙：《林泉高致》，见俞剑华《中国古代画论类编》，人民美术出版社 1957 年版，第 631 页。

③ 同上书，第 635 页。

④ 同上。

⑤ 同上书，第 644 页。

⑥ 同上。

题”，是画家笔下的春天景物，也见出画家对春天景物的观察之细致。关于夏天的绘画主题有：“夏有夏山晴霁，夏山雨霁，夏山风雨，夏山早行，夏山林馆，夏雨山行，夏山林木怪石，夏山松石平远，夏山雨过，浓云欲雨，骤风急雨，又曰飘风急雨，夏山雨罢云归，夏雨溪谷溅涨，夏山烟晓，夏山烟晚，夏日山居，夏云多奇峰。皆夏题也。”① 关于夏天的画题就有如此之多，也正因画家眼中夏天山水千姿百态。关于秋天的画题：“秋有秋初雨过，平远秋霁，亦曰秋山霁，秋云下陇，秋烟出谷，秋风欲雨，又曰西风欲雨，秋风细雨，秋晚烟岚，秋山晚意，秋山晚照，秋晚平远，远水澄清，疏林秋晚，秋景林石，秋景松石，平远秋景。皆秋题也。”② 关于冬天的画题则是：“冬有寒云欲雪，冬阴密雪，翔风飘雪，山涧小雪，四溪远雪，雪后山家，雪中渔舍，舣舟沽酒，踏雪远沽，雪溪平远，绝涧松雪，松轩醉雪，水榭吟风，皆冬题也。”③ 郭熙父子对于四季山水变化的观察非常细腻，同时是以画家的敏感来捕捉四季山水的面目的。

北宋徽宗时画家韩拙有山水画论名著《山水纯全集》，其中亦多有关于山水画的四时不同之论。韩拙本系画院中人，擅长山水林石。《山水纯全集》有张怀所作后序，其中称韩拙“今有琴堂韩公纯全，以名宦簪履之后，家世业儒，自垂髫诵习之间，每临笔研，多戏以窠石。既冠，从南北宦游，常于江山胜概，为所乐者，图其所至之景，宛然而旋踵在前。继而攻画于山水，则落笔惊人，迥出尘俗，不蔽于一偏，不滞于一曲，不取媚于世，不苟名于时，但游艺于心术精神之间。”④ 又评价该书的价值云：“然所集山水之论，莫不纤悉备载。且指物而各序其说，言无华藻，事归典实，博古验今，增加证识。分云水山林，关城桥彴，传其笔墨之法，讲其气韵之病。通四时景候，识三古用笔，一句一事，粲然使后之学者，览而为枢机津梁之要，顾不伟哉?”⑤ 指出韩拙论画对“四时”在山水画中表现出的不同气象。如说：“山有四时之色：春山艳冶，夏山苍翠，秋山明净，冬山惨淡，此四时之气

① （宋）郭熙：《林泉高致》，见王伯敏、任道斌《画学集成》，河北美术出版社 2002 年版，第 303 页。

② 同上。

③ 同上书，第 645 页。

④ （宋）张怀：《山水纯全集》后序，见俞剑华《中国古代画论类编》，人民美术出版社 1957 年版，第 683 页。

⑤ 同上书，第 685 页。

象也。”① 画中之水也有四时之态：“然水有四时之色，随四时之气。春水微碧，夏水微绿，秋水微清，冬水微惨。”② 画中的林木也有四时之异：“凡林木有四时之荣枯，大小丛薄，咫尺重深，以远次近。故林木要看苍逸健硬，笔迹坚重，或质或丽，以笔迹断而复续也。”③ 韩拙还借梁元帝“木有四时，春英夏荫，秋毛冬骨”④ 之语以阐发四时林木的特征：“春英者，叶细而花繁也；夏荫者，叶密而茂盛也；秋毛者，叶疏而飘零也；冬骨者，叶枯而枝槁也。”⑤ 四时林木的状貌各有不同，这是大化运转的表征，也是宇宙生命的外在形态。韩拙不仅对山水的四时景象描绘甚细，而且将人物形象置于四时变化之中，他提出：“品四时之景物，务要明乎物理，广乎人事。”⑥ 作者将人物活动与四时景物合为一体，构成一幅以人物为亮点的四时图景：“春时可以画人物忻悦而舒和，郊游踏青，翠陌秋千，渔唱渡水，归牧耕锄，山种捕鱼之类也。夏可画以人物，但于山阴林壑之处，或行旅憩歇，水阁高亭避暑纳凉，玩水浮舟，临江浴涤，晓汲涉水，风雨过渡之类也。秋画以人物吹箫、玩月、采菱、浣纱、渔笛、捣帛、夜舂、登高、赏菊之类也。冬画以人物则围炉饮酒、惨冽游宦、雪笠寒僮、骡网运粮、雪江渡口、寒郊游猎、履冰之类也。”⑦ 四时人物各有不同的活动方式，是与四时的季节特点浑融适应的。韩拙作为画家，对于人们的社会生活有非常深刻而细微的洞察。

宋代之后的画论，也多有从四时的角度来谈论山水景物的不同形态的，如清代画论家唐岱谈云烟的画法就区别四时的云烟：“夫云出自山川深谷，故石谓之云根。又云夏云多奇峰，是云生自石也。石润气晕则云生。初起为岚气，岚气聚而不散，薄者为烟，烟积而成云，云飘渺无定位，四时气象于是而显。故春云闲逸，和而和畅，夏云阴郁，浓而叆叇。秋云飘扬，浮而清明，冬云玄冥，昏而惨淡，此辨四时之态也。”⑧ 唐岱对于风雨也从四时角

① （宋）韩拙：《山水纯全集》，见俞剑华《中国古代画论类编》，人民美术出版社 1957 年版，第 664 页。

② 同上书，第 666 页。

③ 同上书，第 667 页。

④ 同上书，第 611 页。

⑤ 同上书，第 669 页。

⑥ 同上书，第 673 页。

⑦ 同上。

⑧ 唐岱：《绘事发微》，见俞剑华《中国古代画论类编》，人民美术出版社 1957 年版，第 860 页。

度来感受："大块之噫气为风，起于巽方，以应四时之节候。故春为和风则暖，夏为薰风则温，秋为金风则凉，冬为朔风则寒。"① 唐岱还在其画论中揭示出四时在南北不同地域所呈现出的不同风情："或崇山峻岭，陡开大阳，旷野平林，烟火攒簇，樵斧耕锄，隐约在目，是隐遁所居也，在北地则有之。"② 这是带有四时特征的北方风物。而在南方，"虾房蟹舍，或采菱、或捕鱼，小舟荡漾来往浓荫之下，柳堤花坞，尽在春光骀荡之中。水乡人家，桔槔声起，牛背笛声，两两归来，此耕田凿井余风也，在江南则有之。能画者品四时之景物，分南北之风俗，明乎物理，察乎人事"③。将南北方不同的四时风物描绘得生动无比。清代画家郑绩则从四时的不同来谈山水画的用色，其云："山水用色，变法不一。要知山石阴阳，天时明晦，参观笔法墨法，如何应赭、应绿、应墨水、应白描，随时眼光灵变，乃为生色。执板不易，便是死色矣。如春景则阳处淡赭，阴处草绿。夏景则纯绿、纯墨皆宜，或绿中入墨，亦见翠润。秋景赭中入墨设山面，绿中入赭设山背。冬景则以赭墨托阴阳，留出白光，以胶墨逼白为雪。此四季寻常设色之法也。"④ 石涛论画有"四时"一章，其中说："凡写四时之景，风味不同，阴晴各异，审时度候为之。古人寄景于诗，其春曰：'每同沙草发，长共水云连。'其夏曰：'树下地常阴，水边风最凉。'其秋曰：'寒城一以眺，平楚正苍然。'其冬曰：'路渺笔先到，池寒墨更圆。'亦有冬不正令者，其诗曰：'雪悭天欠冷，年近日添长。'虽值冬似无寒意，亦有诗曰：'残年日易晓，夹雪雨天晴。'以二诗论画，欠冷、添长、易晓、夹雪，摹之不独于冬，推于三时，各随其令。亦有半晴半阴者，如：'片云明月暗，斜日雨边晴。'亦有晴似阴者：'未须愁日暮，天际是轻阴。'予拈诗意以为画意，未有景不随时者。满目云山，随时而变，以此哦之，可知画即诗中意，诗非画里禅乎?"⑤ 石涛也认为四时之景风味不同，无论诗还是画，都要"审时度候为之"。

---

① 唐岱：《绘事发微》，见俞剑华《中国古代画论类编》，人民美术出版社 1957 年版，第 860 页。

② 同上书，第 862 页。

③ 同上。

④ （清）郑绩：《梦幻居画学简明论山水》，见俞剑华《中国古代画论类编》，人民美术出版社 1957 年版，第 973 页。

⑤ （清）石涛：《苦瓜和尚画语录》，见俞剑华《中国古代画论类编》，人民美术出版社 1957 年版，第 157 页。

二

中国古代画论中多有以四时论画者，这与诗论文论是有内在相通的美学思想的，或者说有很深的联系，都是基于对山水生命的发现与感悟。四时是时间运动的周期变化，人的生命在宇宙的长河中是很短暂的，四季轮回，春天的草木萌荣，夏天的山林蓊郁，秋天的落叶凋零，冬天的冰雪覆盖，都使人产生对于生命消长的敏感。笔者这里引北京大学朱良志教授的有关论述：“中国文化中还建立了以四时为主的四大生命板块。《史记·太史公自序》引司马谈云：‘夫春生、夏长、秋收、冬藏，此天道之大经也。’四时反映了自然生命发展的四个阶段，每个季节都有独特的生命特征，中国人却从这自然顺序中得出了天地生命的重要启示。……四时模式作为一种生命模式。对中国人的时间观念、生命精神产生深刻的影响，并在中国艺术和美学思考中烙下了深深印迹。其实，在中国艺术中也存在着这样的‘四时模式’，由此表达一种生命的关注。如中国艺术中的‘四时山水’的问题，就是一个以生命为中心的艺术母题。”① 笔者是高度认同朱良志教授的这种看法的，同样认为，在中国艺术中，四时问题是对时间的感悟，更是对于宇宙生命的体认。但这个问题既然是在画论中提出，就要看到画论中的“四时”观念的独特意义，这样，才能使问题向前推进一步。

诗论、文论中对四时“物色”变化的论述，其内蕴主要是指出自然中四时的物色对诗人或作家的情感兴发，重点并不在于物色本身的描绘。宗白华先生有这样的名言：“晋人向外发现了自然，向内发现了自己的深情。”② 其实，可以引申而论，对自然的发现与对自己内心深情的发现，是一体化的。换言之，魏晋时人之所以对四时物色的变迁有许多感悟，其原因更在于对人的生命意识及情感世界的自我觉醒。如《世说新语》中很有名的两则：“王子敬云：‘从山阴道上行，山川自相映发，使人应接不暇。若秋冬之际，尤难为怀。’”③ “桓温北征，经金城，见前为琅琊时种柳皆十围，慨然曰：‘木犹如此，人何以堪？’攀条执枝，泫然流泪。”④ “尤难为怀”“泫然流

① 朱良志：《中国艺术的生命精神》，安徽教育出版社 2006 年版，第 47 页。

② 宗白华：《宗白华全集》第 2 卷《世说新语与晋人的美》，安徽教育出版社 1994 年版，第 273 页。

③ （南朝·宋）刘义庆：《世说新语》，浙江古籍出版社 1986 年版，第 71 页。

④ 同上书，第 61 页。

泪”是一种深情的表露，而这正是面对自然物候变化而产生的感伤！刘勰《文心雕龙》中的《物色》篇，正是论述四时物色之变给人心带来的感发：“春秋代序，阴阳惨舒，物色之动，心亦摇焉。盖阳气萌而玄驹步，阴律凝而丹鸟羞，微虫犹或入感，四时之动物深矣。若夫珪璋挺其惠心，英华秀其清气，物色相召，人谁获安？”[①] 主要的意思在于四时“物色”相对于诗人作家情感的唤起。此篇赞语中所写“山沓水匝，树杂云合。目既往还，心亦吐纳。春日迟迟，秋风飒飒。情往似赠，兴来如答”[②]，以十分诗意的语言表达出四时物色与诗人感兴之间的互动。南朝诗人萧子显自道其创作心态时说：“若乃登高目极，临水送归，风动春朝，月明秋夜，早雁初莺，开花落叶，有来斯应，每不能已也。”[③] 是说“风动春朝，月明秋夜”的四时物色感发自己的心情，引起不能自已的创作冲动。诗论家钟嵘指出：“若乃春风春鸟，秋月秋蝉，夏云暑雨，冬月祁寒，斯四候之感诸诗者也。”[④] 这些诗论文论中关于“四时”的论述，是侧重于对诗人作家情感的感兴触发。

三

画论中的“四时”，与诗论文论的共同之处在于，四时物色的不同引发艺术家的情感，进入创作的心态；但画论中的四时描述，是用画家的眼光感受出来的，具有更为具体、更为鲜明的视觉印象。我们所见的画论，都是著名的画家所为，他们是以非常专业的眼光来观察四时景物的特征的。画论对四时的不同描绘，其实已经是画家用文字所表述的自然造化的不同生命样态，它们是具体的、感性的、视觉化的，也是笔墨的、构图的和设色的。关于“四时”的画论，一方面是大自然的生机勃勃的新鲜印象，另一方面，又是经典山水画家对于山水四时的法式的积淀。既有充满内在生命力的山水百态，又有中国山水画的艺术传统。笔者不禁想到康德的深刻论述：“想象力（作为生产的认识机能）是强有力地从真的自然所提供给他的素材里创造一个像似另一个自然来。当经验对我呈现得太陈腐的时候，我们同自然界

① 范文澜：《文心雕龙注》，人民文学出版社 1958 年版，第 693 页。

② 同上书，第 695 页。

③ （南朝·梁）萧子显：《自序》，见《魏晋南北朝文论选》，人民文学出版社 1996 年版，第 342 页。

④ （南朝·梁）钟嵘：《诗品》，中华书局 1991 年版，第 11 页。

相交谈。”① 画论家们所描绘的，是四时所呈现的山水景物。自然的生命力量，在这里被展示得生香活色，境界又是玲珑透彻的。作为画家的王维，在唐代未必有大师级的尊荣，到了宋代则被推尊至超越其他画家的崇高地位，以苏轼为代表的文人画派，更把王维视为文人画的开山祖师。吴道子在唐代被尊为第一，晚唐朱景玄作《唐朝名画录》，以“神妙能逸”四品论画，神、妙、能三品又各分为三，即如汉魏时期之九等论人。吴道子置于神之上，这个等级只有吴一个而已；而王维则被置于妙品上，与吴道子相差甚远。② 苏轼对王维的推崇远轶道子，有诗证之：“吴生虽妙绝，犹以画工论；摩诘（王维字）得之于象外，有如仙翮谢笼樊。吾观二子皆神俊，又于维也敛衽无间言。”③ 苏轼诗中明白无误地表达出他对王吴二人的轩轾，这其中鲜明地表现出苏轼的文人画价值观。吴道子虽为绝代画圣，但以苏轼的观念来看，他与王维相比，还只能是一个“画工”。这其中包含着苏轼对画院的“画师”（画工）即职业画家的轻视。王维在苏轼这里，则是最能代表文人画观念的画家。王维当然不只是画家，更是盛唐时期成名甚早的大诗人。王维染禅甚深，可以说是一位深谙佛学的大学者。他的美学观念中，是将宇宙自然看作一体化的，山水物色，是造化的生命体现。传为王维所作的《山水诀》等画论，与王维的哲学思想和美学观念是相吻合的。如说：“画道之中，水墨最为上。肇自然之性，成造化之功。或咫尺之图，写百千里之景。东西南北，宛尔目前；春夏秋冬，生于笔下。”④ 王维作画，并不忽略形似，而是在生动的画面上注入了自然的生命感。

郭熙论山水画，更直接地体现出作为一个专业画家的审美眼光，但同时，他又是以大自然的朋友的怀抱来与自然对话的。所谓“春山如笑，夏山如怒，秋山如妆，冬山如睡”⑤，哪里是一般性的对自然景物的描绘呢，完全是把四时山水作为朋友相晤谈的产物。郭熙特别注重观察自然物色的角度和方法。在空间上，在时间上，他都主张在变换角度中得到对象的不同形态。“远看”和“近看”的不同观察角度，就会产生山水作为观察对象的千

① ［德］康德：《判断力批判》，宗白华译，商务印书馆 1985 年版，第 160 页。

② 此处可参看张晶、张佳音《以品论画：中国古代绘画审美观念的变迁》，《艺术百家》2011 年第 3 期。

③ （宋）苏轼：《王维吴道子画》，见王水照选注《苏轼选集》，上海古籍出版社 1984 年版，第 16 页。

④ （唐）王维：《山水诀》，见俞剑华《中国古代画论类编》，人民美术出版社 1957 年版，第 592 页。

⑤ （清）恽格：《南田画跋》，上海人民美术出版社 1987 年版，第 32 页。

姿百态，如其说："真山水之川谷，远望之以取其势，近看之以取其质。"① "真山水之风雨，远望可得，而近者玩习不能究错纵起止之势。真山水之阴晴，远望可尽，而近者拘狭不能得明晦隐见之迹。"② 郭熙对于山水，还提出变换空间和时间的角度来进行观照，以见出不同的景观："山近看如此，远数里看又如此，每远每异，所谓山形步步移也。山正面看如此，侧面看又如此，背面看又如此，每看每异，所谓山形面面看也。如此是一山而兼数十百山之形状，可得不悉乎？山春夏看如此，秋冬看又如此，所谓四时之景不同也。山朝看如此，暮看又如此，阴晴看又如此，所谓朝暮之变态不同也。如此是一山而兼数十百山之意态，可不得究乎？"③ 画家有意识地变换时空的角度来观照山水林泉，于是乎便得到了无数不同的画面意境。

韩拙虽系画院中人，但其画学观念，却是追慕王维的，颇与文人画有相通之处。其在《山水纯全集》序中说："夫画者，肇自伏羲氏画卦象之后，以通天地之德，以类万物之情。……传曰：'书者成造化，助人伦，穷神变，测幽微，与六合同功，四时并运。法于天然，非由述作。其书画同体而未分，故知文能序其事，不能载其状。有书无以见其形，有画不能见其言。存形莫善于画，载言莫善于书，故知书画异名，其揆一也。'古云：'画者圣也。盖以穷天地之至奥，显日月之不照。挥纤毫之笔，则万类由心；展方寸之能，则千里在掌，岂不为笔补造化者哉！'……且夫画山水之术，其格清淡，其理幽奥，至于千变万化，四时景物，风云气候，悉资笔墨而穷幽妙者，若非博学广论焉得通妙用欤！"④ 这正代表了他本人的绘画美学观念。韩氏对于山水的绘画理论，很多是在郭熙的基础上加以发挥的，四时的问题，他是置于具体的画材之中加以论述的，论山，"山有四时之色"⑤，论水，"水有四时之色，随四时之气"⑥，论林木，"凡林木有四时之荣枯"⑦等。韩拙对山水画的四时表现，有更多具体艺术表现技法的论述，还有前面所述的关于四时与人物社会生活的题材与构图的经验。清人郑绩则从设色的

---

① （宋）郭熙：《林泉高致》，见俞剑华《中国古代画论类编》，人民美术出版社1957年版，第634页。

② 同上书，第635页。

③ 同上。

④ （宋）韩拙：《山水纯全集》，见俞剑华《中国古代画论类编》，人民美术出版社1957年版，第662页。

⑤ 同上书，第664页。

⑥ 同上书，第666页。

⑦ 同上书，第667页。

角度来讲四时画境的创造，然又指出，设色以描绘四时山水，不能执板不变，而应是“随时眼光灵变”，他主张“生色”而不用“死色”，这样才能表现自然宇宙的生命感。正如其所说：“夫画山水，守法固严，变法须活。要胸罗万象，浑涵天地造化之机。”①

中国古代画论中诸多对“四时”物色特征的论述，首先是自然山水的四季变化的客观反映。春天、夏天、秋天、冬天，是一年之中最为明显的节候转折，在自然物象上有鲜明的变化，诗人画家从这些物象上得到感兴，所面对的是具体的某个物象，这些物象是生动具体的，也是充满生命活力的。春夏秋冬给人的不仅是温度的感受，更重要的是宇宙的生命信息的传达。绘画是造型艺术，画家要用画笔来表现这个大千世界，对于自然的四时景象，必然要有细致的观察，方能表现出大自然的风貌。画家在画论中对于四时景物所作的描述，一方面是对自然景物的客观反映，另一方面，则是以画家主体的审美眼光和范式摄取自然的产物。对于山水的观照角度也好，构图也好，设色也好，都远非客观的反映，而是以画家的主体胸襟及专门的艺术语言来把握山水物象的结果。唐代画家张璪的名言“外师造化，中得心源”②，对于画论中的四时景象的描绘与营造，是再合适不过了。《宣和画谱》中说：“岳镇川灵，海涵地负。至于造化之神秀，阴阳之明晦，万里之远，可得之于咫尺间。其非胸中自有丘壑，发而见其形容，未必知此。”③ 胸中之丘壑，其实是画家的主体情怀。以画家的主体情怀来看待山水，才能真正具有山水画的个性化特征。山水画境界的创造，决非仅是画家模仿自然的结果，而是画家以其独特的艺术语言来观察自然、把握自然的创造性产物。绘画在其传统中形成了一些法度与模式，这是画家在学习绘画过程中是要从老师那里得到传承的。倘若不是有固定的老师，一个真正成名的画家，也一定是从传统中掌握了这些既定的模式或者也可以称为图式。题为五代画家荆浩的《山水赋》中说过：“凡画山水，意在笔先。丈山尺树，寸马豆人，此其格也。远人无目，远树无枝，远山无皴，高与云齐；远水无波，隐隐似眉，此其式也。山腰云塞，石壁泉塞，楼台树塞，道路人塞。石分三面，路分两歧，树看顶𩕳，水看岸基，此其法也。凡画山水：尖峻者峰，平夷者岭，峭

① （清）郑绩：《梦幻居画学简明论山水》，见俞剑华《中国古代画论类编》，人民美术出版社1957年版，第975页。

② （唐）张彦远：《历代名画记》卷10，上海人民美术出版社1964年版，第201页。

③ 《宣和画谱》，见俞剑华《中国古代画论类编》，人民美术出版社1957年版，第660页。

壁者崖，有穴者岫，形圆者峦，悬石者岩，两山夹水者涧，夹路者壑。水注山者溪，泉通川者谷，路下土山者坡，似土而高者坂。若能辨别乎此，则知山水之仿佛也。”① 郭熙所说的“春题”、“夏题”、“秋题”、“冬题”、“晓题”、“晚题”等，韩拙论“用笔”、“用墨”等，元人黄公望论山水画所说：“或画山水一幅，先立题目，然后著笔。若无题目，便不成画，更要记春夏秋冬景色。春则万物发生，夏则树木繁冗，秋则万象肃杀，冬则烟云黯淡，天色模糊。能画此者为上矣。”② 诸如此类。画论中多是这种经典画家留下的预成的法式。学画者是通过学画过程习得这些法式而积淀在头脑中成为自己的绘画艺术语言的。画家观察外物，头脑中并非“一张白纸”，而是以许多先前习得的笔法和构图法式作为内在的艺术语言来观察外物的，在这种观察中形成新的画面感，也即对于当下观察的对象进行调整和某种创造。关于艺术语言，笔者有这样的概括性说明：“艺术语言是指各种艺术门类的创作中所使用的符号体系，它是艺术家的构思得以生成和作品得以产生的物质化媒介。在艺术品的创作中，艺术语言的存在和发生作用，不是个别的，偶然的，而是普遍的、系统性的。不同的艺术门类，自然是有着面目各异的艺术语言序列，即便是同一艺术门类，也因了艺术家的个性差异而呈现出不尽相同的艺术语言。”③ 画家在观察艺术的表现的对象，形成创作冲动的时候，一些预成的法式在自己的头脑中发挥作用，同时根据对象的新的特征进行整体性的改造。这也就从郑板桥说的“眼中之竹”到“胸中之竹”。英国美学家鲍桑葵指出了这个问题，他认为：“显然，我们不能放弃我们已经获得的东西，即那个我们姑且叫做先验表现的简单图案或节奏。任何艺术品和任何美的东西都在它的所谓表面上作出这样一种图案。但是我们必须设法理解这同一原则怎样扩充到再现事物的领域中去。”④ 这也就是贡布里希所说的“投射”，也就是艺术家将自己头脑中先在的一些图式投射到对象中去。南朝画家宗炳在其画论经典《画山水序》中所说的“旨微于言象之外者，可心取书策之内。况乎身所盘桓，目所绸缪，以形写形，以色貌色也”⑤，

---

① （五代）荆浩：《山水赋》，见俞剑华《中国古代画论类编》，人民美术出版社 1957 年版，第 600 页。

② （元）黄公望：《写山水诀》，见俞剑华《中国古代画论类编》，人民美术出版社 1957 年版，第 700 页。

③ 张晶：《艺术语言作为审美创造的媒介功能》，《文艺理论研究》2011 年第 1 期。

④ ［英］鲍桑葵：《美学三讲》，周煦良译，上海译文出版社 1983 年版，第 23 页。

⑤ （南朝·宋）宗炳：《画山水序》，见沈子丞《历代论画名著汇编》，文物出版社 1982 年版，第 14 页。

其中的第一个“形”和第一个“色”，便是画家头脑中潜在的“形”与“色”的法式。这种先在的法式，是通过多年的习得和积累而致，画家在观察和把握对象时，这些东西发挥着基础的作用。那么，创新与个性的问题又当如何处理呢？那便是要师法自然，随机生变。唐志契论山水画云：“凡学画山水者看真山水极长学问，便脱时人笔下套子，便无作家俗气。……盖山水所难在咫尺之间，有千里万里之势，不善者纵摹画前人粉本，其意原自远，到落笔反近矣。故画山水而不亲临极高极深，徒摹旧人栈道瀑布，终是模糊丘壑，未可便得佳境。”① 这更多地强调了体验“真山水”对于创新的意义。贡布里希从艺术心理学的角度提出：“艺术家在纸上作出一个构形，这个构形将为他提示一个物像。不过，他最好让他的图像灵活多变，这样，在投射过程中无论遇到什么困难，都可以得到调整和纠正。”② 这样，才能形成新的图式。

画论中的“四时”问题，当然远非这些。这里只是就笔者所见，生发一点想法，将其呈给同道。“四时”一方面是宇宙生命的表征，一方面又在画论中形成了一些法式，这中间是有一些美学的意蕴可以思考的。

---

① （明）唐志契：《绘事微言》，见俞剑华《中国古代画论类编》，人民美术出版社1957年版，第737页。

② ［英］贡布里希：《艺术与错觉》，林夕等译，湖南科学技术出版社2002年版，第138页。

谢榛诗论的美学诠解*

明代中期的谢榛，在中国古代诗学史上有着独特的建树。笔者认为，从美学的角度看，《四溟诗话》的美学内涵远较前后七子其他人的论著更为丰富和具有现代阐释价值。本文不拟论述谢榛与“后七子”中其他人的关系，也无意辨析其在明代诗学谱系中的位置，而是以美学的眼光来抉发谢榛诗论的理论蕴涵，以见其可与当代美学思想的相通之处。

《四溟诗话》(《诗家直说》）收入近人丁福保辑《历代诗话续编》为四卷，中华书局版；又有宛平的校点本，由人民文学出版社出版；近又读到李庆立先生的《谢榛全集校笺》本，以明代万历年间赵府冰玉堂刻《四溟山人全集》为底本，广搜明清以来有关别集、方志、丛书等，又得赵本未载之诗话34条及《诗家直说自序》一篇，作为补佚，又增一卷。本文所论，仍以《历代诗话续编》本为主，兼及李庆立先生的“全集校笺”本。

一

从审美发生的角度而言，谢榛论诗，最重诗人感兴。感兴当然并非谢榛的创造，而是在中国的诗歌美学中有着古远的渊源。关于“兴”，有若干不同的解释，笔者则以为宋人李仲蒙的“触物以起情谓之兴，物动情者也”①颇为准确地概括了“兴”的性质，并将“兴”和“赋”、“比”作了清晰的区分。笔者曾在《审美感兴论》中有较为明确的认识：“在我看来，感兴就是‘感于物而兴’，指创作主体在客观环境的偶然触发下，在心灵中诞育了艺术境界（如诗中的意境）的心理状态与审美创造方式。感兴是以主体和客体的瞬间融化也即‘心物交融’作为前提，以偶然性、随机性为基本特

---

* 本文刊于《北京大学学报》(哲学社会科学版）2012年第5期。

① （宋）胡寅：《斐然集》卷18《与李叔易书》，中华书局1998年版，第386页。

征的。"[①] 这是笔者对"兴"的基本概括。而从谢榛的《四溟诗话》中可以看到，谢榛将"兴"作为诗歌创作的基本因素；同时，他不仅将"兴"作为诗人产生创作冲动的动因，而且还将"兴"作为诗歌能否达到化境的直接条件。他说："诗有不立意造句，以兴为主，漫然成篇，此诗之入化也。"[②] 按谢榛的看法，诗歌创作中"以兴为主"的方式，也就是并不刻意为之，而是随机触遇，"漫然成篇"，而这正是"诗之入化"的成因。谢榛还认为"诗有四格：曰兴，曰趣，曰意，曰理"（卷二）。这四种因素，谢榛毫不含糊地将"兴"置于首位，并举李白的《赠汪伦》中的"桃花潭水深千尺，不及汪伦送我情"为"兴"之显例。谢榛还指出，诗中之兴并非空洞抽象的，而是有着具体的情感内涵的，最为基本的情感类型便是"悲"与"欢"。由兴而起的悲欢之情，成为诗中的主要情感元素。谢榛说："凡作诗，悲欢皆由乎兴，非兴则造语弗工。欢喜之意有限，悲感之意无穷。欢喜诗，兴中得者虽佳，但宜乎短章；悲感诗，兴中得者更佳，至于千言反复，愈长愈健。熟读李杜全集，方知无处无时而非兴也。"[③] 谢榛这段论述，以前我们很少加以重视，其实可以理解玩味的东西颇多。谢榛非常推崇李杜，以李杜为诗的最高境界，这一点在《诗话》中多有表述，这也是继承了宋代严羽在《沧浪诗话》中的思想。严羽论诗以盛唐为准，而对宋诗则直言诋诃。对于盛诗诸家，并非如以往的成见，认为他是"偏嗜王孟一派"[④]。沧浪论诗，崇尚盛唐境界，以李杜为最高典范。如其言："子美不能为太白之飘逸，太白不能为子美之沉郁。太白《梦游天姥吟》、《远别离》等，子美不能道；子美《北征》、《兵车行》、《垂老别》等，太白不能作。论诗以李杜为准，挟天子以令诸侯也。"[⑤] "少陵诗，宪章汉魏，而取材六朝；至其自得之妙，则前辈所谓集大成者也。"[⑥] 谢榛在《四溟诗话》中对诗人的评价，其最为推尊者，亦为李杜。当然，谢榛的评价是有其独特角度的。如以"格"和"韵"来论李白杜甫诗云："《扪虱新话》曰：'诗有格有韵。渊明'悠然见南山'之句，格高也；康乐'池塘生春草'之句，韵

① 张晶：《美学的延展》，商务印书馆2006年版，第90页。

② （明）谢榛：《四溟诗话》卷1，见丁福保《历代诗话续编》，中华书局1983年版，第1152页。

③ 同上书，第1194页。

④ 郭绍虞：《沧浪诗话校释》附录，人民文学出版社1983年版，第271页。

⑤ 同上书，第168页。

⑥ 同上书，第171页。

胜也。’格高似梅花，韵胜似海棠。欲韵胜者易，欲格高者难。兼此二者，惟李杜得之矣”①，是从格与韵的角度高度评价李杜的，其他尚有多处推崇李杜的赞语。谢榛这里从审美心理的意义上揭示了悲欢之情对于诗歌体式的影响。他认为无论是悲还是欢，都是由诗人与外界事物的触遇感兴中而得，进入诗歌创作之后，便成为与诗歌形式密切融合的审美情感。从人的心理角度来看，谢榛从经验的层面认为，欢喜之意有限，悲感之意无穷，这大致是符合人们的情感体验特征的。落实到诗歌创作中，表现欢喜之情的作品“宜乎短章”，而表现悲感之情的篇什，则是“千言反复，愈长愈健”。这在李杜集中可以得到许多验证。如李白之《远别离》、《蜀道难》、《梁甫吟》等；杜甫之《北征》、《自京赴奉先县咏怀五百字》、《奉赠韦左丞丈二十二韵》等。虽然这不能绝对化，但是却对审美情感与形式表现的关系有了更进一步的认识。谢榛还将诗的完美创造及其经典化，与“兴”直接联系，认为“非兴则造语弗工”。如李杜这样的千载诗歌典范，无时无处不是从兴中得来的。“兴”所引发的是诗人的审美情感，故刘勰言“兴”有所谓“兴者，起也”，“起情故兴体以立”②。很明显，刘勰是以情感的唤起作为“兴”的本义的。唐诗人贾岛更为明确地说：“兴者，情也。谓外感于物，内动于情，情不可遏，谓之兴。”③ 都指出了“兴”唤起诗人的审美情感。谢榛则一直都是将诗的感兴发生和艺术形式的精美琢炼联系在一起，如其言：“诗以两联为主，起结辅之，浑然一气。或以起句为主，此顺流之势，兴在一时。”④ 这就将艺术创作的审美情感和形式之间的关系予以较为中肯的说明。由此我们想到卡西尔的有关论述：“审美的自由并不是不要情感，不是斯多葛式的漠然，而是恰恰相反，它意味着我们的情感生活达到了它的最大强度，而正是在这样的强度中它改变了它的形式。因为在这里我们不再生活在事物的直接的实在之中，而是生活在纯粹的感性形式的世界中。在这个世界，我们所有的感情在其本质和特征上都经历了某种质变过程。情感本身解除了它们的物质重负，我们感受到的是它们的形式和它们的生命而不是

① （明）谢榛：《四溟诗话》卷2，见丁福保《历代诗话续编》，中华书局1983年版，第1157页。

② 范文澜：《文心雕龙注》，人民文学出版社1958年版，第601页。

③ （唐）贾岛：《二南密旨》，见叶朗主编《中国历代美学文库·隋唐五代卷》下卷，高等教育出版社2003年版，第239页。

④ （明）谢榛：《四溟诗话》卷2，见丁福保《历代诗话续编》，中华书局1983年版，第1161页。

它们带来的精神重负。说来也怪，艺术作品的静谧（calmness）乃是动态的静谧而非静态的静谧。艺术使我们看到人的灵魂最深沉和最多样化的运动。但是这些运动的形式、韵律、节奏是不能与哪种单纯的或单一的情感状态同日而语的。我们在艺术中所感受到的不是哪种单纯的或单一的情感性质，而且生命本身的动态过程，是在相反的两极——欢乐与悲伤、希望与恐惧、狂喜与绝望——之间的持续摆动过程。使我们的情感赋有审美形式，也就是把它们变为自由而积极的状态。在艺术家的作品中，情感本身的力量已经成为一种构成力量（formative power）。”① 卡西尔这里所论述的艺术审美规律，在诗歌创作中同样表现得很明显也很普遍。谢榛所说的“兴”所唤起的情感，也是一种“相反的两极”如悲欢的“持续摆动过程”。诗人通过对这个过程的形式处理，形成了有机的审美形式，从而成为动态的生命体。谢榛《四溟诗话》多处强调诗歌应该是有机的整体形式，却又是通过感兴而获得的创作契机。

诗之“兴”即感兴，其发生契机是有着偶然的性质的。这一点，此前的感兴之论，也是多有表述的。中国古代诗论中多以“触”、“遇”、“适会”等词语指诗兴之获得，都体现了很明显的偶然性质。晋代孙绰云：“情因所习而迁移，物触所遇则兴感。”② 唐代遍照金刚云：“感兴势者，人心至感，心有应说，物色万象，爽然有如感会。”③ 宋代杨万里云：“大抵诗之作也，兴，上也；赋次也；赓和，不得已也。然初无意于作是诗，而是物是事，适然触于我，我之意亦适然感乎是物是事，触先焉，感随焉，而是诗出焉，我何与哉？天也。斯之谓兴。”④ 前面所引李仲蒙对“兴”的界定“触物以起情，谓之兴”，也明显地包含着偶然的意思。谢榛论诗之感兴，一以贯之地强调了它的偶然性契机，而且把它作为创造出出神入化的佳作的必要条件。前面所引的“不立意造句，以兴为主，漫然成篇，此诗之入化也”，其理论倾向非常明确。谢榛称赏杜诗云：“子美曰：‘细雨荷锄立，江猿入画屏’。此语宛然入画，情景适会，与造物同其妙，非沉思苦索而得之也。”⑤ 对于杜甫这样的名作佳句，谢榛认为是“情景适会”的产物，决非

① ［德］恩斯特·卡西尔：《人论》，甘阳译，上海译文出版社 1985 年版，第 189 页。

② （晋）孙绰：《三月三日兰亭诗序》，见严可均《全晋文》卷 61，商务印书馆 1999 年版，第 638 页。

③ 卢盛江：《文镜秘府论汇校汇考》，中华书局 2006 年版，第 393 页。

④ （宋）杨万里：《答建康府大军库监门徐达书》，见《诚斋集》卷 67，四部丛刊本，第6 页。

⑤ （明）谢榛：《四溟诗话》卷 2，见丁福保《历代诗话续编》，中华书局 1983 年版，第 32 页。

"沉思苦索"、事先立意能够得到，而这才能臻于"与造物同其妙"的大美之境。他又赞赏杜诗云："子美《秋野》诗：'水深鱼极乐，林茂鸟知归'。此适会物情，殊有天趣。"[①] 又论贾岛名句"独行潭底影"云："其词意闲雅，必偶然得之，而难以句匹。"[②] 谢榛还正面论述了作诗的"相因之法"，也就是诗人的主体情感和作为客体的外物相遇合的关系，其云："作诗有相因之法，出于偶然。因所见而得句，转其思而为文。先作而后命题，乃笔下之权衡也。一夕，读《道德经》：'大巧若拙。'巧拙二字，触其心思，遂成《自拙叹》云：出门何所营？萧条掩柴荆。中除不洒扫，积雨莓苔生。感时倚孤仗，屋角鸠正鸣。千拙养气根，一巧丧心萌。巢由亦偶尔，焉知身后名？不尽太古色，天末青山横。'《漫书野语》云：'太古之气浑而厚，中古之风纯而朴。'夫因朴生文，因拙生巧，相因相生，以至今日。其大也无垠，其深也叵测，孰能返朴复拙，以全其真，而老于一邱也邪？"[③] 这里的"出于偶然"，也就是诗的感兴，即主体和客体的相因相生，而由此方能臻于"其大也无垠，其深也叵测"的境界。由于对诗之感兴的全力倡导，谢榛是不满于事前立意、沉思苦索的创作方式的。他认为一流的作品是诗人以真性情与外物偶然晤对的结果，如其评陶诗说："皇甫湜曰：'陶诗切以事情，但不文尔。'湜非知渊明者。渊明最有性情，使加藻饰，无异鲍谢，何以发真趣于偶尔，寄至味于淡然？"[④] 他称这种偶然而得的创作契机为"天机"："诗有天机，待时而发，触物而成，虽幽寻苦索，不易得也。如戴石屏'春水渡旁渡，夕阳山外山'，属对精确，工非一朝，所谓'尽日觅不得，有时还自来。'"[⑤] 这是其感兴诗论的亮点。"天机"虽然并非谢榛的创造，但在他的感兴诗论中却被赋予了更为深刻的内涵。"天机"最早见于《庄子》，其《大宗师》篇中有："古之真人，其寝不梦，其觉不忧，其食不甘，其息深深。真人之息以踵，众人之息在喉。屈服者，其嗌言若哇。其耆欲（即嗜欲）深者，其天机浅。"[⑥] 庄子之意是将"真人"与众人相比，因为众人嗜欲深重，所以天机就浅薄。陈鼓应先生注曰："天机，自然之生

---

① （明）谢榛：《四溟诗话》卷4，见丁福保《历代诗话续编》，中华书局1983年版，第1215页。

② 同上书，第1212页。

③ 同上书，第1219页。

④ 同上书，第1161页。

⑤ 同上。

⑥ 陈鼓应：《庄子今注今译》，中华书局1983年版，第199页。

机，当指天然的根器。”① 很显然，庄子所说的“天机”，原非是在美学或艺术理论的意义上提出的。魏晋时期的陆机在其文论经典《文赋》中谈及感兴带来的文之神思说：“若夫应感之会，通塞之纪，来不可遏，去不可止。藏若影灭，行犹响起。方天机之骏利，夫何纷而不理?”② 是在文学创作的框架中提出“天机”。“天机”给人的感觉是颇为神秘的，却又是与西方的灵感概念有深刻不同的概念。笔者认为“天机”是中国古代艺术美学中一个充满生命感的实体性概念。它不是仅存在于审美主体一方，而是发生于审美主客体在偶然的互感中；同时，它又是创造出艺术佳作甚至是经典之作的重要条件。宋代哲学家邵雍论诗云：“忽忽闲拈笔，时时乐性灵。何尝无对景，未始变忘情。句会飘然得，诗因偶尔成。天机难状处，一点自分明。”③ 画家董逌也以“天机”来评画之杰作，如评李伯时画云：“伯时于画，天得也，常于笔墨为游戏，不立寸度，放情荡意，是遇物则画，初不计妍蚩得失。至其成功，则无毫发遗恨。此殆进技乎道，而天机自张者耶?”④ 谢榛以“天机”论诗，是将其作为感兴过程的实体性存在，而且，它有待于诗人之性情与外物之触发而生成。

二

谢榛论诗之感兴，对于艺术创作的审美主客体关系有了更具创造性的阐发，这对于我们更为深入地理解审美活动有很大的启示价值。且读谢榛的这样一段论述：“作诗本乎情景，孤不自成，两不相背。凡登高致思，则神交古人，穷乎遐迩，系乎忧乐，此相因偶然，著形于绝迹，振响于无声也。夫情景有异同，模写有难易，诗有二要，莫切于斯者。观者同于外，感则异于内，当自用其力，使内外如一，出入此心而无间也。景乃诗之媒，情乃诗之胚，合而为诗，以数言而统万形，元气浑成，其浩无涯矣。”⑤ “情景”作为一对范畴，代表艺术创作中的主客体双方，这在中国古典美学中已是渊源颇

① 陈鼓应：《庄子今注今译》，中华书局 1983 年版，第 171 页。

② 张怀瑾：《文赋译注》，北京出版社 1984 年版，第 46 页。

③ （宋）邵雍：《伊川击壤集》卷 4，学林出版社 2003 年版，第 38 页。

④ （宋）董逌：《广川画跋》，见于安澜《画品丛书》，上海人民美术出版社 1982 年版，第 290 页。

⑤ （明）谢榛：《四溟诗话》卷 3，见丁福保《历代诗话续编》，中华书局 1983 年版，第 1180 页。

久，而到明代，更是形成了稳定的对待关系。谢榛所论，当然是在这种框架之中，但他对于情景关系没有仅作抽象的、一般性的论述，而是作了深入的发挥，其中多有美学思想上的拓展。概而言之，一是阐明了情景作为审美主客体双方的对待关系，在艺术创作中的情之为情，景之为景，都不能是单独的存在，所谓“孤不自成，两不相背”，缺少了对景的映照，也就不成其为创作意义上的情；同样，如果没有主体的情感投射，作品中的“景”也不可能具有审美价值。谢榛将情景作为诗歌创作最为重要的两个要素，所谓“诗有二要，莫切于斯者”。二是作为审美主体和客体，其内涵并非简单，而是相当复杂的，因而形成了“独此一家”的对待关系，而非模式化的或者抽象的。诗人“登高致思”，并不是仅仅“悲落叶于劲秋，喜柔条于芳春”，而是在外在物色的触遇中，引发了历史的、人事的和社会的忧乐之情，其蕴涵特殊而丰富。三是阐明了这样的美学观念：面对同一个对象，不同的审美主体会产生不尽相同的审美体验，所谓“观则同于外，感则异于内”。四是审美主体有着充分的建构能力，能够以语言文字对进入视野的物色赋形，所谓“著形于无迹，振响于无声”。因为物色的丰富多变和主体情感的复杂，使得诗作有着“与造物同其妙”的浑成境界，而在这其中，又有着情感的主导取向成为统摄杂多外在物色，从而形成作品中一个特殊的而又是完整的境界。歌德曾言：“一个单一的情感将这些部分创造成为一个独特的整体。而这种独特的艺术正是唯一的真正艺术。当它出于内在的、单一的、个别的、独立的情感，对一切异于它的东西全然不管、甚至不知，而向周围的事物起作用时，那么这种艺术不管是粗鄙的蛮性的产物，抑是文明的感性的产物，它都是完整的、活的。”① 歌德所说的“单一的情感”，按我的理解，不是指艺术家情感的一极，而是说统摄情感的意向性。

在另外一段论述中，谢榛又进一步阐明道：“夫万景七情，合于登眺。若面前列群镜，无应不真，忧喜无两色，偏正惟一心；偏则得其半，正则得其全。镜犹心，光犹神也。思入杳冥，则无我无物，诗之造玄矣哉！”② 这是一种主客不分的状态，也是审美的至高境界。诗人的审美情感对“万景”的渗透和投射，使得作品在呈现一个完整的审美境界中突出了“我”的色彩。黑格尔的论述恰好可以帮助我们理解谢榛这些话的含义，他说：“通过

---

① 见［英］鲍桑葵《美学三讲》，周煦良译，上海译文出版社 1983 年版，第 60 页。

② （明）谢榛：《四溟诗话》卷 3，见丁福保《历代诗话续编》，中华书局 1983 年版，第 1181 页。

渗透到作品全体而且灌注生气于作品全体的情感，艺术家才能使他的材料及其形状体现他的自我，体现他作为主体的内在的特性。因为有了可以观照的图形，每个内容（意蕴）就能得到外化或外射，成为外在事物；只有情感才能使这种图形与内在自我处于主体的统一。"①

谢榛在其诗论中，多处强调了诗人作为"这一个"的主体存在，而且由此也造就了艺术创作的不同风貌。对于审美主体的修养与独特个性的重视，是与感兴论互相裨补的。在这个方面，前此的感兴论少有论及。谢榛论诗歌不同的风格特征说："作诗譬如江南诸郡造酒，皆以麯米为料，酿成则醇味如一。善饮者历历尝之曰：'此南京酒也，此苏州酒也，此镇江酒也，此金华酒也。'其美虽同，尝之各有甄别，何哉？做手不同故尔。"② 谢榛这里的譬喻是说明诗人的主体因素造就了诗的不同韵味，关键在于"做手不同"。谢榛论及诗人的"养气"："自古诗人养气，各有主焉。蕴乎内，著乎外，其隐见异同，人莫之辨也。熟读初唐盛唐诸家所作，有雄浑如大海奔涛，秀拔如孤峰峭壁，壮丽如层楼叠阁，古雅如瑶瑟朱弦，老健如朔漠横雕，清逸如九皋鸣鹤，明净如乱山积雪，高远如长空片云，芳润如露蕙春兰，奇绝如鲸波蜃气，此见诸家所养之不同也。"③ 谢榛以如此富有诗意的语言所描绘的唐代诗人所形成的不同创作风貌，其成因在于诗人的"养气"，也即诗人的主体修养，这种主体修养，既有道德品格方面的，也有审美素质方面的；既有知识积累方面的，也有形式创造方面的，它是一个综合的而又形成了一个属于诗人自我的特殊禀赋与气质。由于多年的修养积淀之差异，便令诗歌创作也体现出充分的审美主体性，"各有主焉"，明确地昭示了诗人的主体意识。谢榛还特别强调了诗人的道德修养的重要意义，并指出其作为诗人来说德与才相济的关系："人非雨露，而自泽者，德也；人非金石，而自泽者，名也。心非源泉，而流不竭者，才也；心非鉴光，而照无偏者，神也。非德无以养心，非才无以充其气。心犹舸也，德犹舵也。鸣世之具，惟舸载之；立身之要，惟舵主之。士衡士龙有才而恃，灵运玄晖有才而露。大抵德不胜才，犹泛舸中流，舵师失其所主，鲜不覆矣。"④ 谢榛将"德"即道德修养作为诗歌创作的主体条件，这里所说的"名"，应该是文

① ［德］黑格尔：《美学》第1卷，朱光潜译，商务印书馆1979年版，第359页。

② （明）谢榛：《四溟诗话》卷3，见丁福保《历代诗话续编》，中华书局1983年版，第1184页。

③ 同上书，第1180页。

④ 同上书，第1190页。

学方面的成就。“德”以之养心，并成为心灵的主宰。“才”指创作才华，可以充其文气。他认为如陆机、陆云、谢灵运、谢朓等，都存在“德不胜才”的问题，因而，其人生和创作都“舵失其主”，当然谈不到成为一流的诗人了。“自泽”乃是作为诗人的自我修养、自我造就。这对以“立言”为人生目标的诗人来说，如同船上的舵轮一样重要。由此可以看出，谢榛对于诗歌创作的境界要求很高。他并不认为，只要有感兴之机，无论主体条件如何，都能写出经典之作；他恰恰主张作为一个诗人的主体条件至关重要，必须是德才相济的长期涵养，方能写出气格高华的作品。谢榛进而强调诗的主体精神：“赋诗要有英雄气象，人不敢道，我则道之；人不肯为，我则为之。厉鬼不能夺其正，利剑不能折其刚。古人制作，各有奇处，观者自当甄别。”① 这里所推崇的“英雄气象”，是那种有着“浩然之气”的主体精神，作为诗歌的内在气质，是有着强大“气场”的，因而展现出鲜明的艺术个性。谢榛论诗以“气格”为价值取向：“诗文以气格为主，繁简勿论。”②“《余师录》曰：‘文不可无者有四：曰体，曰志，曰气，曰韵。’作诗亦然。体贵正大，志贵高远，气贵雄浑，韵贵隽永。四者之本，非养无以发其真，非悟无以入其妙。”③ 所论可以视为其云“气格”这个范畴的内蕴。我们从中也可看出，谢榛所主张的“气格”，是与当时盛行的“格调”概念颇有出入的，当然也不同于《金针诗格》一类所言的诗法，而是重在由诗人的主体修养而生成的作品风貌。诗人的修养以强化其主体性为其宗旨，谢榛又举汉代赋家为例：“汉人作赋，必读万卷书，以养胸次。《离骚》为主，《山海经》、《舆地志》、《尔雅》诸书为辅。又必精于六书，识所从来，自能作用。……千汇万状，出有入无，气贯一篇，意归数语，此长卿所以大过人者也。”④ 谢榛这里强调了“读万卷书”和“识所从来”的内在关系。

三

对于中国美学的感兴传统来说，人们一般性的理解是，主体方面受到外物的触动而产生情感波动，这在一些经典性的论述中给人以很深的烙印。如

---

① （明）谢榛：《四溟诗话》卷4，见丁福保《历代诗话续编》，中华书局1983年版，第1211页。

② 同上书，第1138页。

③ 同上书，第1141页。

④ 同上书，第35页。

《礼记·乐记》中的著名论断："凡音之起，由人心生也。人心之动，物使之然也。感于物而动，故形于声。"① 钟嵘《诗品序》中说："气之动物，物之感人，故摇荡性情，形诸舞咏。"② 刘勰在《文心雕龙·明诗》篇中说："人禀七情，应物斯感，感物吟志，莫非自然。"③ 诸如此类，都给人以这样的印象：感兴就是主体受到外物的触发而引起情感波动，其间的主要倾向是受动的，而非主动的。实际上，"兴"是在进入艺术创作的框架中而言的，这是具有特定的意义的，离开了艺术创作，"兴"便不是我们所谈论的"兴"。在诗学中，兴虽是指创作的发生契机，但却是指涉已经成为佳作乃至已经成为经典佳作的发生成因。因而，兴是与诗的审美表现贯通为一的。在这个意义上，我们理解了钟嵘对于"兴"的界定："文已尽而意有余，兴也。"④ 谢榛是将"兴"和诗的至高境界联系在一起的，也即认为，兴是达于化境之诗的前提条件，即他所说的"以兴为主"，"此诗之入化也"。在此过程中，诗人作为审美主体与外物相触遇，唤起了内心的审美情感，调动自己的平生修养和语言表现功力，从而创作出只可有一、不可有二的佳作。在这中间，诗人作为审美主体的主动构形能力就是非常重要的。在这里，我用德国哲学家卡西尔的一段论述来加以参照说明："一处风景的自然的美不同于它的美学的美。我可以在一美丽的风景地漫步，感受到该地一切天然的妙处，该地温和宜人的空气、绚丽多样的色彩、潺潺的溪流、芬芳的花朵可以让我得到享受。所有这一切给了我一种具体的而且是十分强烈的快感。但是，这种快感还不是一种审美的经验。审美的经验是以我的心情突然为之一变开始的。我开始用艺术的眼光而不是以单纯参观者的眼光来审视这风景了。我在心中为这风景作了一幅'画'。在这幅画中，这风景的所有特性都原封未动地保留着。这也难怪，因为即使是最丰富、最了不起的想象力也不能凭空造出一个新世界来。但是，艺术家处理自然时，自然的所有要素却都获得了一种新的形式。艺术的想象和思考向我们展示的，不会是僵化的物质的东西或无言的感性属性，而是一个由运动的、活跃的形式构成的世界——是协调的光和影、节奏、旋律、线条与轮廓、图案与图样。所有这一切，都不是用那种被动的方式所能得到的，为了认识、为了观察、感受这些形式，

---

① 王云五、朱经农主编：《礼记·乐记》，商务印书馆 1947 年版，第 1175 页。
② 陈延杰：《诗品注》，人民文学出版社 1961 年版，第 1 页。
③ 范文澜：《文心雕龙注》，人民文学出版社 1958 年版，第 65 页。
④ （南朝·梁）钟嵘：《诗品》，中华书局 1991 年版，第 10—11 页。

我们就必须建造、制造这些形式。这个动态的方面使那个静态的物质方面有了新的色调，新的意义。我们所有的被动状态于是都变成了主动的活力。”①卡西尔这里所论的自然与艺术创作之间的关系，非常适合在诗歌创作中的诗人的主体性功能。诗中所呈现的自然，其实已经是经过了诗人创造力“再铸造”后的东西了。谢榛非常明确地主张，诗歌创作的感兴是在偶然的契机下获得的；同时，他并没有忽略主体的因素，认为主体在作创作时是大有施为余地的。这就体现在诗人的审美构形能力方面。关于审美构形，笔者曾在《再论审美构形》一文中有这样的表述：“在美学范围内，我们指的是在艺术想象基础上借助艺术家主体的独特艺术语言而生成内在的艺术形象的过程。它是艺术创作得以物化为作品文本前的最后一个环节，它是相对稳定和明晰的。”② 这个问题并非笔者心血来潮的产物，而是曾经进入了西方艺术家和美学家的视野，如伟大诗人歌德就曾说过：“艺术在其成为美之前，就已经是构形的了，然而在那时候就已经是真实而伟大的艺术，往往比美的艺术本身更真实、更伟大些。原因是，人有一种构形的本性，一旦他的生存变得安定之后，这种本性立刻就活动起来。”③ 歌德所说的“构形”，正是从人的审美创造的本性来讲的，也即是艺术品尚未得到物化时便已在头脑中呈现了的。艺术创造中的审美构形与艺术想象的关系非常密切，甚至难分彼此，这也是以往在美学理论中构形问题未能得到彰显出来的原因所在；而实际上，审美构形在逻辑上是想象之后的阶段，想象还是较为不确定的、游移的，也是片断的、局部的；而进入构形阶段，则是进一步定型，而且是以艺术语言为其载体，也是完整的。黑格尔也谈到了艺术家的这种能力，他说：“艺术家的这种构造形象的能力不仅是一种认识性的想象力、幻想力和感觉力，而且还是一种实践性的感觉力，即实际完成作品的能力。”④ 这是非常准确的，揭示了艺术创作的构形阶段的定位。黑格尔还将想象与构形加以区分：“因为想象的任务只是在于把上述内在的理性化为具体形象和个别现实事物的认识，而不是把它放在普泛命题和观念的形式里去认识。所以艺术家须用从外在界吸收来的各种现象的图形，去把在他心里活动着和酝酿着的东西表现出来，他须知道怎样驾御这些现象的图形，使它们服务于他的目的，

① ［德］恩斯特·卡西尔：《语言与神话》，于晓等译，三联书店1988年版，第197页。
② 张晶：《再论审美构形》，《文艺理论研究》2009年第2期。
③ ［英］鲍桑葵：《美学三讲》，周煦良译，上海译文出版社1983年版，第59页。
④ ［德］黑格尔：《美学》第1卷，朱光潜译，商务印书馆1979年版，第363页。

它们也因而能把本身真实的东西吸收进去，并且完满地表现出来。”① 这里所谈到的，正是我们所说的“审美构形”。艺术作品的诞生，仅靠想象是不能完成的，必须通过完整的审美构形才能使作品呱呱落地。谢榛在《四溟诗话》中反复谈论的“浑成无迹”、“浑化”，并非是客观物色，而恰恰是诗人内在构形的完整性。他又认为：“夫能写眼前之景，须半生半熟，方见作手。”② “半生”，在于诗人的创造；“半熟”，是自然的影迹。诗的艺术风格，诗歌臻于“与造物同其妙”的至境，都是与诗人的主体因素分不开的。

四

谢榛对于诗人作为审美主体的要求，还有一个更重要之处，那便是“悟”。这自然是深受宋人严羽的“妙悟”之说影响的。严氏在《沧浪诗话》中“以禅喻诗”的关键之处便是“妙悟”：“大抵禅道惟在妙悟，诗道亦在妙悟。且孟襄阳学力下韩退之远甚，而其诗独出退之之上者，一味妙悟而已。惟悟乃为当行，乃为本色。”③ “悟”在谢榛这里也同样是其诗学的关捩所在。这个“悟”是诗人通过长期的艺术修养和创造实践活动而形成的艺术领悟能力，它对于整体的艺术境界的创造至关重要。美国著名哲学家奥尔德里奇将认识物理空间的知觉方式和把握审美空间的知觉方式加以区别，将前者称为“观察（Observation）”，将后者称为“领悟（Prehension）”。这和我们所说的“悟”是颇为接近的。它使我们通过审美知觉得到一种整体的而又是虚幻的审美境界，如其所言：“这种特性在知觉中给事物灌注活力而不是限定事物，这种特性是以领悟方式才能知觉到的，存在于审美空间中的事物的一种外观。”④

“悟”也许不能排除先验的因素，但后天的艺术修为也同样非常重要。在谢榛这里，“悟”更多地体现为一种艺术思维能力，而非偶然的“从天而降”。兴的偶然契机之获得与“悟”有直接关系，而“悟”本身却是主体的一种禀赋。谢榛论“悟”说：“其悟如池中见月，清影可掬。若益之以勤，如大海息波，则天光无际。悟不可恃，勤不可间。悟以见心，勤以尽力。此

① ［德］黑格尔：《美学》第1卷，朱光潜译，商务印书馆1979年版，第359页。

② （明）谢榛：《四溟诗话》卷3，见丁福保《历代诗话续编》，中华书局1983年版，第1182页。

③ 郭绍虞：《沧浪诗话校释》，人民文学出版社1961年版，第12页。

④ ［美］奥尔德里奇：《艺术哲学》，程孟辉译，中国社会科学出版社1986年版，第35页。

学诗之梯航，当循其所由而极其所至也。”① 可见，“悟”是诗人所必有的艺术领悟素质，也是养成诗人的审美主体性的枢机所在。它关乎于诗人能否透彻地把握诗的整体艺术情境的眼光。谢榛下面的话同样很令人思考：“古人论诗，举其大要。未尝喋喋不休以泄真机，但恐人小其道尔。诗固有定体，人各有悟性。夫有一字之悟，一篇之悟，或由小以扩乎大，因著以入乎微，虽小大不同，至于浑化则一也。或学力未全，而骤欲大之，若登高台而摘星，则廓然无着手处。若能用小而大之之法，当如行深洞中，扪壁尽处，豁然见天，则心有所主，而夺盛唐律髓，追建安古调，殊不难矣。”② 谢榛所讲的“由小而大”的“悟”，主张由细处入手而透过层层关隘，进而领悟诗的整体艺术情境，如“豁然见天”之感。

诗人之悟，以创造臻于妙境的诗作为鹄的，这在《四溟诗话》中有着明确的指向。谢榛认为，诗之佳作是有内在生命感的，这种生命感充溢于作品的整体，而非流于枝节。好诗应该有完整的、却又是幻象般的艺术境界，如其所言：“诗有可解、不可解、不必解，若水月镜花，勿泥其迹可也。”③ 这与严羽诗论中“盛唐诸人唯在兴趣，羚羊挂角，无迹可求。故其妙处，透彻玲珑，不可凑泊，如空中之音，相中之色，水中之月，镜中之象，言有尽而意无穷”④ 一脉相承。谢榛还明确将“悟”与诗的虚幻的审美境界联系起来，其言：“诗境由悟而入，愈入愈深妙。法存乎仿佛，其迹不可捉，其影不可缚。寄声于寂，非扣而鸣；寓像于空，非写而见。不造大乘者，语之颠末，若矢射石，石而弗透也。沧海深有包含，青莲直无枝蔓。诗法禅机，悟同而道别，专者得之。”⑤ “悟”本来是大乘佛学尤其是禅宗的基本范畴，指对佛性的彻底把握。严羽“以禅喻诗”，将“悟”作为禅学与诗学的思维共同规律，因而，悟进入了中国古典美学，成为一个重要范畴，其中一种内涵，便是包括了诗歌的审美境界的虚幻性，这是“妙悟”后的诗境。但这还是我们对严羽的一种理解而已。及至谢榛，则将诗歌创作的思维特质之“悟”，与诗境的虚幻超妙直接联系起来，认为诗境之“深妙”即是“法存乎仿佛，其迹不可捉，其影不可缚”的幻境，这是不同于摹写现实的诗学

---

① （明）谢榛：《四溟诗话》卷3，见丁福保《历代诗话续编》，中华书局1983年版，第1197页。

② 同上书，第1221页。

③ 同上书，第1137页。

④ 郭绍虞：《沧浪诗话校释》，人民文学出版社1961年版，第26页。

⑤ 李庆立：《谢榛全集校笺》，江苏古籍出版社2003年版，第1323页。

观念的。

谢榛还提出："诗有造物，一句不工，则一篇不纯，是造物不完也。造物之妙，悟者得之，譬诸产一婴儿，形体虽具，不可无啼声也。赵王枕易曰：'全篇工致而不流动，则神气索然'。亦造物不完也。"① 所谓"诗有造物"，很明显可以看出，指的是诗歌作品内在的鲜活生命，谢榛以婴儿的啼声来譬喻之，可谓绝妙。谢榛又主张诗有神气："诗无神气，犹绘日月而无光彩。学李杜者，勿执于字句之间，当率意熟读，久而得之。"② 又引元代诗人范椁语云："当以神气为主，全篇浑成，无饾饤之迹，唐人间有此法。"③ 这与"诗有造物"的意思相近，都是主张诗要有内在的生命。谢榛推崇盛唐之诗，也与严羽的口吻一致，而且也同于前后七子的文学价值观念。而谢榛对盛唐的推崇，也是在于其浑成无迹而又如在目前的审美境界。如其所言："七言绝句，盛唐诸公用韵最严，大历以下，稍有旁出者。作者当以盛唐为法。盛唐人突然而起，以韵为主，意到辞工，不假雕饰；或命意得句，以韵发端，浑成无迹。此所以为盛唐也。宋人专重转合，刻意精练，或难于起句，借用旁韵，牵强成章，此所以为宋也。"④ "唐人或漫然成诗，自有含蓄托讽。此为辞前意，读者谓之有激而作，殊非作者意也。"⑤ "诗有辞前意、辞后意，唐人兼之，婉而有味，浑而无迹。宋人必先立意，涉于理路，殊无思致。"⑥ 谢榛扬唐抑宋同样也是严羽的腔调，而其标准是主张好诗应有浑成无迹的完整境界。这种境界在谢榛看来应该是一种美的幻境，其云："凡作诗不宜逼真，如朝行远望，青山佳色，隐然可爱，其烟霞变幻，难于名状，及登临非复奇观，惟片石数树而已。远近所见不同，妙在含糊，方见作手。"⑦ 其实这就是谢榛心目中的上乘之作，谢榛用了非常诗意的语言来描述它，因其呈现给读者的是一幅难以名状的美妙幻境。如果拘泥于实景刻画，反倒是索然无味了。诗人以自然物色作为诗歌创作的材料，并非是亦步亦趋地对其进行写实，而是创造出一个完整的、却又是虚幻的意境，这才是真正的审美对象。严羽的"镜花水月"之喻，就是这样的诗歌境界。

---

① （明）谢榛：《四溟诗话》卷1，见丁福保《历代诗话续编》，中华书局1983年版，第1139页。

② 同上书，第1164页。

③ 同上书，第1167页。

④ 同上书，第1143页。

⑤ 同上书，第1149页。

⑥ 同上。

⑦ （明）谢榛：《四溟诗话》卷3，中华书局1985年版，第1184页。

它是具有生命、具有活力的，美国的著名哲学家苏珊·朗格从符号学的角度指出这种幻象的性质："任何一件艺术品都是直接作用于知觉的个别形式，这是一种极其特殊的形式，因为它不仅仅是一种视觉形象——它看上去似乎还具有某种生命的活力，或者说，它似乎具有人类的情感，换言之，虽然它不是一件在实践中被真实应用的事物，然而它传达给人们的却是某种超出了真实的感性材料的东西。"① 朗格还谈道："艺术品作为一个整体来说，就是情感的意象。对于这种意象，我们可以称之为艺术符号。这种艺术符号是一种单一的有机结构体，其中的每一个成分都不能离开这个结构体而独立存在，所以单个的成分就不能单独地去表现某种情感。——在一件艺术品中，其成分总是和整体形象联系在一起组成一种全新的创造物。"② 诗的意境正是有着这种性质，它是一种整体性的幻境，是诗人以自己的情感向度对自然物色进行"再铸造"的产物。谢榛所说的"不宜逼真"，正是对其幻境性质的表达。而进入诗人视界的外在物色，对于诗的审美境界来说，却决非可有可无，而是作为诗的审美境界的动力因素和材料，在诗人的审美情感的投射和贯通下，造成了充满生命的鲜美的幻境，从而呈现给人们的审美知觉。请看谢榛的这段论述："今人作诗，忽立许大意思，束之以句则窘，辞不能达，意不能悉。譬如凿池贮青天，则所得不多；举杯收甘露，则被泽不广。此乃内出者有限，所谓'辞前意'也。或造句弗就，勿令疲其神思，且阅书醒心，忽然有得，意随笔生，而兴不可遏，入乎神化，殊非思虑所及。或因字得句，句因韵成，出乎天然，句意双美。若接竹引泉而潺湲之声在耳，登城望海而浩荡之色盈目。此乃外来者无穷，所谓'辞后意'也。"③ 所谓"外来者"也就是大千世界进入诗人的创作情境的映像。它当然不能是"照单全收"的，而是通过诗人的情感熔炼整合为一个整体的艺术幻境。然而，"外来者无穷"却给诗境提供了深广的源泉。谢榛又说："诗乃摹写情景之具，情融乎内而深且长，景耀乎外而远且大。当知神龙变化之妙，小则入乎微罅，大则腾乎天宇。此惟李杜二老知之。"④ 这揭示了诗中情景两个要素的丰富性和深刻性。

① ［美］苏珊·朗格：《艺术问题》，滕守尧、朱疆源译，中国社会科学出版社 1983 年版，第 124 页。

② 同上书，第 129 页。

③ （明）谢榛：《四溟诗话》卷 4，见丁福保《历代诗话续编》，中华书局 1983 年版，第 1219 页。

④ 同上书，第 1221 页。

谢榛非常重视诗的整体审美境界。他以感兴为创作的发生机制，而且认为好诗一定有着内在的生命感和动态的神气；但他又特别重视诗中核心诗句的作用，重视诗人的语言创造功力。在他看来，感兴和功力并非矛盾，而是统一在诗歌创作中。如他说："走笔成诗，兴也；琢句入神，力也。句无定工，疵无定处，思得一字妥帖，则两疵复出；及中联惬意，或首或尾又相妨。万转心机，乃成篇什。譬如唐太宗用兵，甫平一僭窃，而复干戈迭起。两献捷，方欲论功，余寇又延国讨。百战始定，归于一统，信不易为也。夫一律犹一统也，两联如中原，前后如四边，四边不宁，中原亦不宁矣。思有无形之战，成有不赏之功，子建以词赋为勋绩是也。"① 谢榛高度重视诗的统一和完整的结构，而从自己的创作体验出发，他认为要达到这种统一的和谐，对于诗人来说殊为不易，须待"百战始定"。他又主张诗中可以先得警句作为核心，那么，这又如何能够达成"浑成无迹"的境界呢？他说："凡作诗先得警句，以为发兴之端，全章之主。格由主定，意从客生。若主客同调，方谓之完篇。譬如苏门山深松草堂，具以琴樽，其中纶巾野服，孙登也。如此主人，庸俗辈不得跻其阶矣。惟竹林七贤，相继而来，高雅如一，则延之上坐，始足其八数尔。"② 诗中的警句，要从感兴中得来，才能真正成为好诗的灵魂！而这种警句并非只是天才的光顾，虽然得之在俄顷，却是平素的积累和修炼的结果。因此谢榛说："作诗譬如有人日持箕帚，遍于市廛扫沙，簸而拣之，或破钱折簪，碎铜片铁，皆投之于袋，饥则归饭，固不如意，往复不废其业。久而大有所获，非金则银，足赡卒岁之需，此得意在偶然尔。夫好物得之固难，警句尤不易得。扫沙不倦，则好物出；苦心不休，则警句成。"③ 谢榛认为诗中警句是平素积累和修炼的结果，但却是在偶然的契机中获得。这种看法是较为全面和客观的。《四溟诗话》中论佳句、警句之处颇多，如其说："诗以佳句为主。精练成章，自无败句，所谓'善人在坐，君子俱来。'"④ "诗以一句为主，落于某韵，意随字生，岂必先立意哉？"⑤ "若得紧要一句，则全篇立成。熟味唐诗，其枢机自见矣。"⑥

① （明）谢榛：《四溟诗话》卷 4，见丁福保《历代诗话续编》，中华书局 1983 年版，第 1186 页。

② 同上书，第 1190 页。

③ 同上。

④ （明）谢榛：《四溟诗话》卷 3，见丁福保《历代诗话续编》，中华书局 1983 年版，第 33 页。

⑤ 同上书，第 1158 页。

⑥ 同上书，第 1208 页。

等等。而诗中虽有警句，全篇的“浑成无迹”，又是如何达成的呢？谢榛有这样的说法：“未必篇篇从头叙去，如写家书然，毕竟有何警拔？或以一句发端，则随笔意生，顺流直下，浑成无迹。此出于偶然，不多得也。”① 意谓先有了警句为其灵魂，即可挟带全诗顺流而下，成其浑成之作。当然，这还有待于诗人的“妙转心机”。警句的产生决非“先立意”的产物，——“先立意”恰被谢榛所不屑，他对宋诗的挖苦正在于此：“宋人谓作诗贵先立意。李白斗酒百篇，岂先立许多意思而后措辞哉？盖意随笔生，不假布置。”② 而警句正因其是从感兴中来，才带着生香活色，也才有了能生成“浑成无迹”的完整诗境的势能。

谢榛诗论颇有美学探究的价值和空间，对我们今天思考美学问题、建构具有民族特色的美学理论体系，可以提供更为深入的思考向度。如他特别重视诗的感兴，却并不认为诗人可以放弃主体的道德和艺术修养，只凭“性灵”就能产生好诗。他不主张诗人的幽思苦索，却又提倡诗的“各有主焉”，彰显出深层的艺术个性。他看重作品“浑成无迹”的完整审美境界，却又认为诗中的语言琢炼是形成这种境界的不可或缺的要素。诸如此类，对当代的文艺美学建设都是可供深入探讨的思路。抉之剔之，可契我心！

---

① （明）谢榛：《四溟诗话》卷3，见丁福保《历代诗话续编》，中华书局1983年版，第1221页。

② 同上书，第1149页。

中国古代文艺理论中“天机”论的现象学观照*

中国古代的文艺理论，包括诗论、文论、画论、书论、曲论等多个领域，而不等于惯常所说的“古代文论”，因为后者基本上指的是古代的文学理论。在中国古代的文艺理论资料里，“天机”是一个并不罕见的说法，不少诗人、文论家、画家等都以“天机”论艺。“天机”无论出现在诗论还是画论或其他的艺术理论中，都是指那种“来不可遏，去不可止”的神来之笔，给人以浓厚的神秘感。笔者和其他个别论者，有对“天机”的理论阐释，但笔者最近在对古代文艺理论的重新检视中，对“天机”问题有了进一步的理解，故再撰此文以使这个论题向前推进，并且就中阐发其美学理论价值。借助于西方当代哲学中的现象学方法，对于理解“天机”可以有所深化，故本文从这一角度进行诠解。

一

当代美术史家周积寅先生主编之《中国画论大辞典》中有“天机”的词条，其谓：“1. 北宋苏轼《书李伯时山庄图后》：‘醉中不以鼻饮，梦中不以趾捉，天机之所合，不强而自记也。’谓指天赋之灵性。2. 明代练安《金川玉屑集》：‘画之为艺世之专门名家者，多能曲尽其形似，而至其意态情性之所聚，天机之所寓，悠然不可探索者，非雅士胜工，超然有见尘俗之外者，莫之能至。’谓指天的机密，造物者的奥妙。”① 这部《画论大辞典》关注到“天机”的存在，将其列为中国绘画理论的一个范畴，无论是画论史上，还是美学史上，都是一个发展，有很重要的理论意义。这部画论大辞

---

* 本文刊于《文艺理论研究》2013 年第 1 期。

① 周积寅：《中国画论大辞典》，东南大学出版社 2011 年版，第 357 页。

典以具体的资料生发出对于“天机”的解释：一是主体方面的“天赋之灵性”；一是客体方面的“天的机密”，笔者读之是颇感欣慰的，但也同时感到难以满足。因为它只是对于“天机”的个别材料的简单解释，而缺少当代意义的美学阐释，甚至也没有上升到普遍性的界说。这当然是远远不够的，因为“天机”具有非常丰富的美学理论内涵，而且在某种意义上是体现了中华美学的民族品性的。在中国古代文艺理论中，“天机”明显属于创作论的范畴。“天机”并非是一般性的创作理论，而是指具有独创价值的艺术精品的创造契机。它不是属于单纯的主体灵性（如前引《古代画论大辞典》中所说的“天赋灵性”），也并非仅是属于客体的“造物的奥妙”。将“天机”分解为这样主体与客体各执一面，是并不符合中国美学中“天机”的真实面目的，也就难以真正揭示出其在美学方面的特殊内涵。如果说，“天机”是中国古典美学的独特产物，在某种意义上闪烁着华夏智慧的耀眼光彩，就在于它是主客体的偶然遇合中产生的奇妙升华。在这一点上，它是与西方的灵感说有明显的不同的。

“天机”其实是在偶然的契机触发下而光临艺术家头脑的艺术品的内在“胚胎”。它昭示着一个极具创新性质的艺术生命的诞生！可以认为，“天机”包含着这样一些质素：一是由外界事物触发审美创造主体灵性的偶然性契机；二是不可遏制、必欲涌动而出的艺术生命；三是独一无二、不可重复的内在审美构形；四是充盈着主体的审美直观的强烈意向；五是表征着宇宙生命和自然渊薮的神秘力量。本来，“天机”是难以加以理论说明的，而用这五个方面的质素来描述本身是一个浑然一体的“天机”，是一种不得已而为之的办法，目的是进一步展现它的整体品性，同时，也是借此来阐发其中的当代美学价值。

在艺术创作中，“天机”的出现之所以带着某种神秘感，首先在于它的偶然性的出现契机。在较早提出“天机”的陆机《文赋》中，明白无误地体现了这种情形。《文赋》中写道：“若夫应感之会，通塞之纪，来不可遏，去不可止。藏若影灭，行犹响起。方天机之骏利，夫何纷而不理?”[①] 这是对“天机”来临之际的最佳描述。“天机”是指文学创作中的灵感之思。所谓“天机”，是说其难以由作家主体自己控御，“来不可遏，去不可止。藏若影灭，行犹响起”[②]，有明显的自发性和偶然性。而这种自发性带着相当

① 范文澜：《文心雕龙注》，人民文学出版社1962年版，第505页。

② 张怀瑾：《文赋译注》，北京出版社1984年版，第46页。

强烈的势能。徐复观先生阐释这段话时说："《说文》六上：'机，主发谓之机。'《国语·周语》：'耳目，心之枢机也'。写作时，想象、思考之始，乃由内向外发动之始，谓之机。不知其然而然的发动，谓之天机。"① 这指出了"天机"的偶然性状态，是不期然而然的。宋代理学家和诗人邵雍有著名的《闲吟》一诗，其云："忽忽闲拈笔，时时乐性灵。何尝无对景，未始变忘情。句会飘然得，诗因偶尔成。天机难状处，一点自分明。"② 这里也把诗歌创作中的"天机"的偶然性明确揭示出来。在邵雍这里，"天机"似乎是一个倏忽往来于诗人头脑中的东西一样。明代诗论家谢榛论诗歌创作时说："诗有天机，待时而发，触物而成，虽幽寻苦索，不易得也。如戴石屏'春水渡旁渡，夕阳山外山'，属对精确，工非一朝，所谓'尽日觅不得，有时还自来。'"③ 这是说诗歌创作中的"天机"是不请自来的，或者说是难以驾驭的。它虽然不请自来、难以控御，却是艺术杰作的创造契机。

二

画论中也多有以"天机"论画者，其中也多是谈及画家灵思到来时的偶然状态，同时，画论中所率及的"天机"，更多的指向那种不可重复的艺术独创之作，艺术家的内在审美构形独一无二，妙合无垠。艺术家在"天机"光临之时所产生的是出神入化的巅峰之作。如宋人张怀为画韩拙《山水纯全集》所作后序中说的"天性之机"，也即"天机"，其云："且画者辟天地玄黄之色，泄阴阳造化之机，扫风云之出没，别鱼龙之变化，穷鬼神之情状，分江海之洪涛，以至山川之秀丽，草木之茂植，翻然而异，蹶然而超，挺然而奇，恢然而怪。凡域于象数，囿于形体，一扶疏之细，一帡幪之微，覆于穹窿，载于磅礴，无逃乎象数。而人为万物之最灵者也，故人之于画，造于理者，能尽物之妙，昧乎理则失物之真，何哉？盖天性之机也。性者天所赋之体，机者至神之用。机之一发，万变生焉。惟画造其理者，能因性之自然，究物之微妙，心会神融，默契动静，挥一毫，显于万象，则形质

① 张少康：《文赋集释》，人民文学出版社 2002 年版，第 244 页。

② （宋）邵雍：《伊川击壤集》卷 4，中州古籍出版社 1992 年版，第 38 页。

③ （明）谢榛：《四溟诗话》卷 3，见丁福保《历代诗话续编》，中华书局 1983 年版，第 1161 页。

动荡，气运飘然矣。”[①] 张怀这里对“天性之机”即“天机”的描述，其内容是颇为丰富的。既指出了“天机”是在画家也即审美创造主体方面的内在禀赋，又认为天机之至，能尽物之妙，臻于“心会神融，默契动静”[②] 的境界。在画家挥毫之间，万象生于笔底，形质融于一体。宋代画论家董逌以“天机”评画，认为画之极致者乃是“天机之动”，如评大画家李成云：“营邱李咸熙，士流清放者也。故于画妙入三昧，至无蹊辙可求，亦不知下笔处，不在得真形，山水木石，烟霞岚雾间。其天机之动，阳开阴阖，迅发惊绝，世不得而知也。故曰：‘气生于笔，笔遗于像。’夫为画而至相忘画者，是其形之适哉？非得于妙解者，未有能遗此者也。”[③] 这是绘画的至高境界，为画却相忘于画，却是形神兼备。董逌赞李公麟（伯时）之画：“伯时于画，天得也。常以笔墨为游戏，不立寸度，放情达意，遇物则画，初不计其妍蚩得失。至其成功，则无毫发遗恨。此殆进技于道，而天机自张者耶?”[④]“无毫发遗恨”，当然是画中极品，这正是“天机自张”的产物。董逌又论大画家范宽的画说：“伯乐以御求于世，而所遇无非马者。庖丁善刀藏之十九年，知天下无全牛。余于是知中立放笔时，盖天地间无遗物矣。故能笔运而气摄之，至其天机自运，与物相遇，不知披拂隆施，所以自来。”[⑤] 董逌以“天机自运”、“天机自张”等为赞语所评画作，都是一流的精品，达到出神入化之境。明代大画家董其昌特别推崇唐代王维，如此评价王维画：“右丞山水入神品。昔人所评云峰石色，迥出天机，笔意纵横，参乎造化，唐代一人而已。”[⑥] 如上面所引这些画评，都是以“天机”称赏画史上最为杰出的画家和画作。“天机”并非仅指存在于主体头脑中的灵性，也并非指审美客体中的“奥妙”，而是主体与客体在互相的感应中所产生的强烈创作冲动、艺术灵思，也即陆机所说的“应感之会”。徐复观的解释较为准确：“应感，是就主客的关系而言。作者的心灵活动是主；由题材而来的内容是客。有时是主感而客应，有时是客感而主应。‘会’是主客应感的集结点，

---

① （宋）张怀：《山水纯全集》后序，见俞剑华《中国古代画论类编》，人民美术出版社 2000 年版，第 683 页。

② （宋）张怀：《论画》，见俞剑华《中国绘画史》上册，上海书店 1992 年版，第 233 页。

③ （宋）董逌：《广川画跋》，见于安澜《画品丛书》，上海人民美术出版社 1982 年版，第 277 页。

④ 同上书，第 290 页。

⑤ 同上书，第 303 页。

⑥ （明）董其昌：《画禅室随笔》，见沈子丞编《历代论画名著汇编》，文物出版社 1982 年版，第 259 页。

亦即是主客合一的‘场’。这是创作的出发点。”① 主客的应感，是“天机”的实质所在。值得指出的是，在中国古代的文艺理论中的“天机”所蕴含的“应感”含义，并非就意味着艺术家的心灵就是“主”，外在事物就是“客”，（在原典中表述为“心物”或“情景”的对待关系。）“天机”中的主客关系，已经远非你就你、我就是我的对待，而是相融互摄，也就是你中有我，我中有你。进入主体视野的外物，这时已经不再是物质的、被动的，而是赋予了灵性的，具有了主动的势能的。这也正是刘勰在《文心雕龙·物色》的赞语中所写的：“山沓水匝，树杂云合。目既往还，心亦吐纳。春日迟迟，秋风飒飒。情往似赠，兴来如答。”② 在“天机”论的话语中，“天机”都是主客体应感的产物，而外物并非是被动的、僵硬的，而是主动的、充满性灵的，如董逌评李成画云：“观咸熙画者，执于形相，忽若忘之，世人方且惊疑以为神矣，其有寓而见耶？咸熙盖稷下诸生，其于山林泉石，岩栖而谷隐。层峦叠嶂，嵌欹山崒嵂，盖其生而好也。积好在心，久则化之，凝念不释，殆与物忘。则磊落奇特，蟠于胸中，不得遁而藏也。他日忽见群山横于前者，累累相负而出矣。岚光霁烟，与一一而下上，漫然放乎外而不可收也。盖心术之变化，有时出则托于画以寄其放，故云烟风雨，雷霆变怪，亦随以至。方其时忽乎忘四肢形体，则举天机而见者，皆山也。”③艺术家的灵性是与对象相互呼应的，正如魏晋时期的著名画家宗炳所说的“至于山水，质有而趣灵”④。清代画家沈宗骞论画说：“盖天地一积灵之区，则灵气之见于山川者，或平远以绵衍，或峻拔而崒嵂，或奇峭而秀削，或穹窿而丰厚，与夫脉络之相联，体势之相称，迂回映带之间，曲折盘旋之致，动必出人意表，乃欲于笔墨之间，委曲尽之，不綦难哉！原因人有是心，为天地间最灵之物，苟能无所锢蔽，将日引日生，无有穷尽。故得笔动机随，脱腕而出，一如天地灵气所成，而绝无隔碍。虽一艺而实有与天地同其造化者。夫岂浅薄固执之夫所得领会其故哉！要知在天地以灵气而生物，在人以而成画，是以生物无穷尽而画之出于人亦无穷尽，惟皆出于灵气，故得神其

① 引自张少康《文赋集释》，人民文学出版社2002年版，第242页。

② 范文澜：《文心雕龙注》，人民文学出版社1958年版，第659页。

③ （宋）董逌：《广川画跋》，见于安澜《画品丛书》，上海人民美术出版社1982年版，第306页。

④ （南朝·宋）宗炳：《画山水序》，见沈子丞《历代论画名著汇编》，文物出版社1982年版，第14页。

变化也。”[①] 沈氏认为作画在于灵气，灵气既在画家主体方面，又在主体所观照的外物方面。人与物的灵气相通为一，方能有杰作出现。“天机”思维中的创作主体，似乎是被外物所感兴，被动地受到外物的触发，但其实，主体的审美情感被唤起的同时，就已经有了丰富的内涵、强烈的指向和内在的审美构形。笔者认为审美构形是艺术创作思维重要的环节，它的功能是与想象不同的，也是想象所无法替代的。在美学范围内，构形指在艺术想象基础上借助艺术家主体独特的艺术语言而生成的艺术形象的过程。它是艺术创作得以物化为作品文本前的最后一个环节，它是相对稳定和明晰的。伟大诗人歌德认为：“艺术在早其成为美之前，就已经是构形的了。然而在那时候就已经是真实而伟大的艺术，往往比美的艺术本身更真实、更伟大些。原因是，人有一种构形的本性，一旦他的生存变得安定之后，这种本性立刻就活跃起来。”[②] 歌德在这里所主张的是，构形在艺术创作中是艺术表现的前提，同时也是人的一种本性。黑格尔也特别重视艺术创造中的构形：“通过渗透到作品全体而且灌注生气于作品全体的情感，艺术家才能使他的材料及其形状的构成体现他的自我，体现他作为主体的内在的特性。因为有了可以观照的图形，每个内容（意蕴）就能得到外化或外射，成为外在事物；只能情感才能使这种图形与内在自我处于主体的统一。”[③] 这个“可以观照的图形”是在艺术家的头脑中预先构成的，作品的最后表现正是依据于此，刘勰在其创作论名篇《文心雕龙·神思》中所说的“窥意象而运斤”，正是此意。黑格尔明确指出：“艺术家的这种构造形象的能力不仅是一种认识性的想象力、幻想力和感觉力，而且还是一种实践性的感觉力，即实际完成作品的能力”[④]，将构形能力的内在形成和外在艺术实践结合起来论述。德国著名思想家卡西尔不满于艺术创造中泛泛认为艺术是“强烈感情的自发流溢”，并认为艺术不应该停留在“复写”的层面上——无论是“作为对物理对象的事物之复写”，或是“对我们的内部生活，对我们的感情和情绪的复写”，而应该以构形为艺术表现的前提。卡西尔认为：“艺术确实是表现的，但是如果没有构形（Formative）它就不可能表现。”[⑤] 从中国美学来看，“天机”

① （清）沈宗骞：《芥舟学画编》，见李来源、林木《中国古代画论发展纪实》，上海人民美术出版社 1997 年版，第 398 页。

② ［英］鲍桑葵：《美学三讲》，周煦良译，上海译文出版社 1983 年版，第 60 页。

③ ［德］黑格尔：《美学》第 1 卷，朱光潜译，商务印书馆 1981 年版，第 363 页。

④ 同上。

⑤ ［德］卡西尔：《人论》，甘阳译，上海译文出版社 1985 年版，第 180 页。

恰是催生艺术家内在的构形的最佳契机。陆机《文赋》中所称“遵四时以叹逝，瞻万物而思纷。悲落叶于劲秋，喜柔条于芳春”①，是说景物变化对人的情感的感染召唤，而“天机骏利”之时，“思风发于胸臆，言泉流于唇齿。纷葳蕤以馺遝，唯毫素之所拟。文徽徽以溢目，音泠泠而盈耳”②，则是形容作家头脑中已经充满了美妙的文辞。作家、艺术家被外物兴发起创作冲动后，头脑中并非仅是空洞的抽象的意志，而是形式感的审美意象。刘勰描述了这种情形：“是以诗人感物，联类不穷，流连万象之际，沉吟视听之区；写气图貌，既随物以宛转；属采附声，亦与心而徘徊。”③ 诗人与外物的感兴，产生的是头脑中的视听美感和内在构形，因而就不仅是“随物宛转”的问题，同时伴随的还是“与心徘徊”。董逌论画时说：“然寓物写形，非天机深到，取成于心者，不可论也。”④ 指出了“天机深到”是“寓物写形”的最佳契机，也即是画家在头脑中产生了整体的构形。董氏还在评燕仲穆画山水画时说：“山水在于位置，其于远近阔狭，工者增减，在其天机。务得收敛众景，发之图素。惟不失自然，使气象全得，无笔墨辙迹，然后尽其妙。故前人谓无真山活水，岂此意也哉？燕仲穆以画自嬉，而山水尤妙于真形。然平生不妄落笔，登临探索，遇物兴怀。胸中磊落。自成丘壑。至于意好已传，然后发之。或自形象求之，皆尽所见，不能措思虑于其间。”⑤ 燕仲穆的山水画，在董逌眼里，是最得“天机”的，画家不是闭门造车，而是登临探索，遇物兴怀，而山水之形都尽得于画中。

三

“天机”的这种思维状态，其实是完全可以用现象学的“意向性”来解释的。意向性是胡塞尔现象学中最为基本的概念，也是它的逻辑起点。胡塞尔从他的老师布伦塔诺那里继承和发展了“意向性”观念，指意识活动中的最基本的结构，简单而言，按此结构，任何意识都不是空洞的，而是关于某物的意识，意识总是指向某种对象。胡塞尔论述意向性说：“意向体验的

---

① 张怀瑾：《文赋译注》，北京出版社 1984 年版，第 20 页。

② 同上书，第 46 页。

③ 范文澜：《文心雕龙注》，人民文学出版社 1958 版，第 693 页。

④ （宋）董逌：《广川画跋》，见于安澜《画品丛书》，上海人民美术出版社 1982 年版，第 290 页。

⑤ 同上书，第 297 页。

特别之处在于，它们是以不同的方式与被表象的对象发生关系。它们恰恰是在意向的意义上做这件事。一个对象在它们之中被意指，被瞄向，并且是以表象的方式，或者同时也以判断的方式，如此等等。但在这里所包含的无非是，某些体验是体现性的，它们具有意向的特征，并且特殊地具有表象意向、判断意向、欲求意向等等特征。”① 胡塞尔在这里所说的“意向体验”，也就是意向性的基本的内涵，可以看出它是颇为丰富的，但其基本的意思，是认为任何的意识都必然是包含着、呈现着作为对象的“某物”的。而意向体验又有着强烈的指向性，带有明显的主动特征。它不是空洞的，抽象的，而是表象的、充盈的。意向性被胡塞尔更多地表述为“意向体验”，是因为在互为主体性的建构中产生了意向，而不是既定的、现成的。现象学家施皮格伯格对于胡塞尔的“意向性”有这样的解释：“意向的构成：就是在《逻辑研究》第一版以后的这个时期，对象便成了意向活动的‘成就’（Leistung）。因此，意向对象不再被看作预先存在的，意向活动当作已经给定的东西与之发生关系的相关物，而被看作是发源于活动的某种东西。意向活动的这种构成作用只有借助于胡塞尔称作意向的方法才能揭示出来。”② 施皮格伯格还概括了意向性活动的一些特征，他说：“意向是任何一种活动的这样一种特征，它不仅使活动指向对象，而且还（a）用将一个丰满的对象呈现给我们意识的方式解释预先给与的材料，（b）确立数个意向活动相关物的同一性，（c）把意向的直观充实的各个不同阶段连接起来，（d）构成被意指的对象。”③ 施皮格伯格用较为通俗明白的语言将意向性的丰富意蕴呈现出来。中国古代艺术理论中的“天机”，可以从这方面得到理解。一是艺术家主体在“天机骏利”时心意状态是呈现着直观的审美意象并产生了强烈的指向性和统一性，它不是空洞的抽象的，而是充盈的、明见的。如陆机所描述的：“其致也，情曈昽而弥鲜，物昭晰而互进。倾群言之沥液，漱六艺之芳润。浮天渊以安流，濯下泉而潜浸。于是沉辞怫悦，若游鱼衔钩而出重渊之深；浮藻联翩，若翰鸟缨缴而坠层云之峻。”④ 这也正是“天机骏利”的思维状态，它是专指文学创作的灵感爆发时头脑中物像纷呈、妙语联篇的感觉，刘勰则用“夫神思方运，万途竞萌，规矩虚位，刻镂无形，

---

① ［德］胡塞尔：《逻辑研究》，倪良康译，上海译文出版社 1999 年版，第 413 页。

② ［美］赫伯特·施皮格伯格：《现象学运动》，王炳文、张金言译，商务印书馆 1995 年版，158 页。

③ 同上。

④ 张少康：《文赋集释》，人民文学出版社 2002 年版，第 34 页。

登山则情满于山，观海则意溢于海，我才之多少，将与风云并驱矣”[①] 来形容“神思”在其主要的意义上与“天机”类似。当此之时，内在的诸多意象聚集笔底，并且瞬间形成了完整的构形。清代画家沈宗骞所说的“机神凑合”，正是这种情形，他说：“若士大夫之作，其始也曾无一点成意在胸中，及至运思动笔，物自来赴，其机神凑合之故，盖有意计之所不及，语言有所难喻者，顷刻之间，高下流峙之神，尽为笔墨传出。又其位置剪裁，斟酌尽善，在真境且无有若是其恰好者，非其能得大意之所在，何以若是耶?”[②] 这里的“机神凑合”也就是“天机”的光临，此时，先前所没有预想到的，语言所难形容的，都以完整的形式凸显出来。明代诗论家谢榛论作诗的“天机”说：“作诗本乎情景，孤不自成，两不相背。凡登高致思，则神交古人，穷乎遐迩，系乎忧乐，此相因偶然，著形于绝迹，振响于无声也。夫情景有异同，模写有难易，诗有二要，莫切于斯者。观则同于外，感则异于内，当自用其力，使内外如一，出入此心而无间也。景乃诗之媒，怀乃诗之胚，合而为诗，以数言而统万形，元气浑成，其浩无涯矣。”[③] “天机”虽然如邵雍所说那样“难状”，也即难以名状，难以预测，但它并非是空洞的、抽象的，而是意象联翩、生机盎然的。它呈现于不自主的涌出状态，而且是与凡庸之作迥然不同的独创意象。如董逌论宋代大画家李成画时所说：“于画妙入三昧，至无蹊辙可求，亦不知下笔处，故能都无蓬块气。其绝人处，不在得其形，山水木石，烟霞岚雾间。其天机之动，阳开阴阖，迅发惊绝。世不得而知也。”[④] 董氏谈论“天机”，又认为天机在艺术创作中具有不可控御的自发性，如其评范宽的山水图时说：“故能笔运而气摄之，至其天机自运，与物相遇，不知披拂隆施，所以自来。”[⑤] 评李伯时画时说：“伯时于画，天得也。常以笔墨为游戏，不立寸度，放情荡意，遇物则画，初不计其妍蚩得失。至其成功，则无毫发遗恨。此殆进技于道，而天机自张

① 范文澜：《文心雕龙注》，人民文学出版社 1958 版，第 493 页。

② （清）沈宗骞：《芥舟学画编》，见俞剑华《中国古代画论类编》，人民美术出版社 2000 年版，第 905 页。

③ （明）谢榛：《四溟诗话》卷 3，见丁福保《历代诗话续编》，中华书局 1983 年版，第 1180 页。

④ （宋）董逌：《广川画跋》，见于安澜《画品丛书》，上海人民美术出版社 1982 年版，第 277 页。

⑤ 同上书，第 303 页。

者耶?"[①] 董氏所论“天机”，都是不由自主的自我发动。

以现象学的眼光来看，艺术创作中的“天机”，带来的是艺术家头脑中审美意象的“充盈”。现象学对于艺术创造之所以具有深刻的意义，在其对意向活动的“本质直观”。通过“本质直观”，在主体意识中所形成的是表象的“充盈”。胡塞尔认为，本质直观具有充实统一的特征，“在这个充实统一中，具有充实成分之特征并且也具有在最本真意义上给予充盈的成分之特征的是直观的成分，而不是符号的成分”[②]。由充实而上升到“充盈”，不是符号意向，而是直观意向，充盈则是意向活动中呈现于主体头脑的充满活力与生机的表象形态。胡塞尔指出：“在从一个符号意向到相应直观的过渡中，我们不仅只体验到单纯的上升，就像从一个苍白的图像或一个单纯的草图向一个完全活生生的绘画的过渡所体验到的那样。毋宁说，符号意向自为地缺乏任何充盈，只是直观表象才将符号意向带向充盈并且通过认同而带入充盈。符号意向只是指向对象，直观意向则将对象在确切的意义上表象出来，它带来对象本身之充盈的东西。”[③] 胡塞尔这里已经揭示了由直观意向带来的充盈的特征，充盈是不同于“充实”的。充盈并非是静止的，而是充满活力与生机的，是一个涌出的过程。它是以非常鲜活的表象形态呈现于主体的头脑中的。“天机”对于艺术家来说，正是这种充盈的状态。它是由“直观”或者说是主客体的直接遇合感兴而生成的。而由此生成在头脑中的画面，非常真切的、充满生机活力的，也即是充盈的。清代画家布颜图论作画之天机时说：“夫境界曲折，匠心可能，笔墨可取，然情景入妙，必俟天机所到，方能取之。但天机由中而出，非外来者，须待心怀怡悦，神气冲融，入室盘礴，方能取之。悬缣楮于壁上，神会之，默思之，思之思之，鬼神通之，峰峦旋转，云影飞动，斯天机到也。天机若到，笔墨空灵，笔外有笔，墨外有墨，随意采取，无不入妙，此所谓天成也。”[④] 布颜图所论“天机”到来之时的情景云影飞动，充满灵机，眼前意象透彻玲珑，可以“充盈”视之。清人沈宗骞论画时所谓“机神”也即“天机”，也如此描述说：“当夫运思落笔，时觉心手间有勃勃欲发之势，便是机神初到之候，更能迎

① （宋）董逌：《广川画跋》，见于安澜《画品丛书》，上海人民美术出版社 1982 年版，第 290 页。

② ［德］胡塞尔：《逻辑研究》，倪良康译，上海译文出版社 1999 年版，第 74 页。

③ 同上。

④ （清）布颜图：《画学心法问答》，见俞剑华《中国古代画论类编》，人民美术出版社 2000 年版，第 208 页。

机而导，愈引而愈长，心花怒放，笔态横生，出我腕下，恍若天工，触我毫端，无非妙绪。”① 强调的是天机来临之时“勃勃欲发”的无限生机，这也可以“充盈”的观念加以理解。胡塞尔这段对“充盈”的论述很可以借鉴，他说：“因而这种充盈是各个表象所具有的与质性和质料相并列的一个特征因素；当然，它在直观表象那里是一个实证的组成部分，而在符号表象那里则是一个缺失。表象越是清楚，它的活力越强，它所达到的图像性阶段越高，这个表象的充盈也就越丰富。据此，充盈的理想可以在一个完整无缺地包含着对象及其现象学内容中达到。”② 这种充盈的性质，是与中国古代文艺理论中的“天机”的特征可以互相参照的。

四

“天机”既非纯然主体的灵性，也非客体的奥妙，而是主客体在不期然而然的遇合中所产生的审美创造意向。仔细看来，“天机”是与宇宙自然的生机勃发密切相关的，它所创造出的艺术品，并不止于意象呈现的自身，而是涵蕴着宇宙造化的生命感与神秘感。《庄子·大宗师》云：“其嗜欲深者，其天机浅。”陈鼓应先生注曰：“天机：自然之生机。”③ 这里的“自然”，一可以理解为不同于刻意求取的“自然而然”，二是通于宇宙造化，浑涵汪茫。董逌评孙知微所画水图时说：“孙生为此图，甚哉其壮观者也。初为平漫潢洑，汪洋渟滀。依山占石，鱼龙出没。至于傍挟大山，前直冲飚。卒风暴雨，横发水势。波落而陇起，想其盘礴解衣，虽雷霆之震，无所骇其视听，放乎天机者也。岂区区吮笔涂墨，求索形似者，同年而语哉?”④ 对他认为最得“天机”的范宽的山水图，董逌又评道：“当中立有山水之嗜者，神凝智解，得于心者，必发于外。则解衣盘礴，正与山林泉石相遇。虽贲育逢之，亦失之勇矣。故能揽须弥尽于一芥，气振而有余，无复山之相矣。彼含墨咀毫，受揖入趋者，可执工而随其后耶？世人不识真山而求画者，叠石

① （清）沈宗骞：《芥舟学画编》，见李来源、林木《中国古代画论发展史实》，上海人民美术出版社 1997 年版，第 399 页。

② ［德］胡塞尔：《逻辑研究》，倪良康译，上海译文出版社 1999 年版，第 75 页。

③ 陈鼓应：《庄子今注今译》，中华书局 1983 年版，第 171 页。

④ （宋）董逌：《广川画跋》，见于安澜《画品丛书》，上海人民美术出版社 1982 年版，第 302 页。

累土，以自诧也。岂知心放于造化炉锤者，遇物得之，此其为真画者也。”①董逌所认为的“真画”，并非局限于山水形貌，而是在其呈现出“造化炉锤”的宇宙生命感。董其昌评王维画说：“王右丞诗云：‘宿世谬词客，前身应画师。’余谓右丞，云峰石迹，迥出天机，笔思纵横，参乎造化，唐以前安得有此画师也。”② 认为王维的画是与宇宙造化相通的，而又是“迥出天机”的。艺术创造中的“天机”，决非静止的，而是在主客体的偶然遇合中超越“物色”的表层，而生成充满宇宙生命感的意象。如南朝画家王微论画所说“以一管之笔，拟太虚之体”③，也是认为画家在对自然的感发中表现出宇宙的整体生命。在此种情境下创造出的作品，是超越了主体，也超越了客体的，但它又融摄了主体与客体。它不局限于某个单纯的物象，而又将许多物象统摄于艺术家所创造的意象之中。邓椿《画继》评米友仁画云：“友仁宣和中为大名少尹，天机超逸，不事绳墨，其所作山水，点滴烟云，草草而成，而不失天真。”④ 米友仁作画以“墨戏”著称，所作《云山墨戏图》等山水图卷，确如此处所评，云烟缥缈。不事绳墨，也即超越绳墨。在“天机”的创作契机中所创造出的艺术品，都突破了物色表层的形式，而吐纳造化的气息，鼓荡着来自宇宙深处的生命。正如钟嵘所说：“言在耳目之内，情寄八方之表。”⑤ 杜甫评画家王宰的山水图时所说：“尤工远势古莫比，咫尺应须论万里。”（《戏题王宰画山水图歌》）所谓“万里”，并非仅指空间感，而是那种宇宙鸿蒙的生命气象。《宣和画谱》论山水画时所说的“岳镇川灵，海涵地负，至于造化之神秀，阴阳之明晦，万里之远，可得于咫尺间。其非胸中自有丘壑，发而见诸形容，未必知此”，颇得其意。“天机”是超越了主体和客体的对待的，而处在一种高度融合的激发状态，其意向性相当之强烈。艺术家所感受的绝非个别事物，而是造化生机，奔赴而来，也如董其昌所说：“迥出天机，笔意纵横，参乎造化者。”⑥ 而艺术家主体方向形成的意向具有深刻的统一性和融摄性，如前所说的“以数言而统万形”。“随物宛转”的同时，却又是“与心徘徊”。独特的凝练的形式之

① （宋）董逌：《广川画跋》，见于安澜《画品丛书》，上海人民美术出版社 1982 年版，第 307 页。

② （明）董其昌：《画禅室随笔》，山东画报出版社 2007 年版，第 145 页。

③ （唐）张彦远：《历代名画记》卷 5，上海人民美术出版社 1964 年版，第 132 页。

④ （宋）邓椿：《画继》卷 3，人民美术出版社 1963 年版，第 29 页。

⑤ 陈延杰：《诗品注》，人民文学出版社 1961 年版，第 23 页。

⑥ （明）董其昌：《画旨》，见俞剑华《中国古代画论类编》，人民美术出版社 2000 年版，第 718 页。

美中则是蕴含着蓬勃而浩茫的宇宙生命与大地气息，石涛所说的“一画”，正谓此也。他说：“一画者，众有之本，万象之根。见用于神，藏用于人，而世人不知所以。一画之法乃自我立。立一画之法者，盖以无法生有法，以有法贯众法也。夫画者，从于心者也。山川人物之秀错，鸟兽草木之性情，池榭楼台之矩度，未能深入其理，曲尽其态，终未得一画之洪规也，行远登高，悉起肤寸。此一画收尽鸿蒙之外，即亿万万笔墨，未有不始于此，而终于此，惟听人之握之耳，人能以一画具体而微，意明笔透。腕不虚则画非是，画非是而腕不灵。动之以旋，居之以旷。出如截，入如揭，能圆能方，能直能曲，能上能下，左右均齐，凸凹突兀，断截横斜，如水之就深，如火之炎上，自然而不容毫发强也。用无不神，而法无不贯也；理无不入，而态无不尽也。”① 石涛的“一画”，是表现和把握万象的根本。“一画”并非是虚空的、形而上的，却是“具体而微”的。但它可以贯通众法，统摄万象。这里所体现的意向性，万象森罗，昭晰互进，却又是呈现出强烈的主体指向的。施皮格伯格称之为“意向的统一”：“意向对象化功能的下一步就是它使我们把各种连续的材料归结到意义的同一相关物或‘极’上。如果没有这种统一的功能，那就只有知觉流，它们是相似的，但决不是同一的。意向提供一种综合的功能，借助这种功能，一个对象的各个方面、各种外观和各个层次，全都集中并合并于同一个核心上。”② 中国古代艺术理论中的“天机”，蕴含了这种内在的意向统一功能，从而也使作品呈现出强烈的个性化特征，是“常情所不能到”的。

“天机”在中国古代文艺理论中是一个不容易说得明白的创作论范畴，但它却具有很深的民族文化渊源。它所描述的创作感受，与灵感类似，甚至有更强的神秘感。然而它却并不像灵感那样突出强调主体一方，而主张主体和客体的偶然遇合。现象学理论作为20世纪西方最主要的哲学体系，固然与中国古代文艺理论没有什么“瓜葛”，但是以之阐释中国古代文艺理论的一些内容，却令人感到别有会心。

① （清）石涛：《苦瓜和尚画语录》，山东画报出版社2010年版，第3页。

② ［美］赫伯特·施皮格伯格：《现象学运动》，王炳文、张金言译，商务印书馆1995年版，第157页。

中国古代诗学中"偶然"论的审美价值意义*

"偶然"是一个并不陌生的哲学范畴，是与"必然"既相反又相成的。我们在这里要说的并不是哲学中的偶然与必然，而是大量存在于中国古代诗学中的"偶然"观念，当然也包括虽无"偶然"之名、却有"偶然"之实的许多类似话语，如"触"、"遇"之类。这些具有明显的"偶然"内涵的表述，在中国古代诗论中决非个别现象，而是具有相当的普遍性和代表性。在中国诗学的许多传世经典中都表达了这种观念。笔者没有办法将有关的文献资料统计清楚，它们遍在于中国古代诗论中的诸多文本之中。从文艺学的角度看，这些论述基本上都属于创作论，而且是指产生只可有一、不能有二的艺术杰作的契机。可以看出，这些有关"偶然"的话语，在其倡导者那里，则决非"偶然"，而是有着深厚的民族审美观念根基和理论指向的。中国古代诗论中的"偶然"观念，有非常丰富的美学内涵，远不止于哲学中的偶然和必然范畴的义界，也不同于西方的"天才"或灵感的概念，而是指具有深厚艺术修养和创造力的诗人在与不可预知的外界事物的邂逅触遇中获得诗思从而产生佳作的创作契机。在很大程度上，"偶然"观念体现了中华美学思想的特质。而且，"偶然"在中国诗学中的普遍存在，还内在地说明了诗歌作为特定的文学体裁区别于其他文体的思维特征，揭示了诗歌创作的审美规律。这是值得我们加以认真考量的。

一 "偶然"在中国诗学中的普遍化存在

作为与"必然"相对待的哲学范畴，"偶然"是指与必然相悖而随机出现的契机。亚里士多德对其作了最初的界说："在现存事物中，有些保持着常态而且是出于必然（不是强迫意义的必需；我们肯定某一事物，只是因

* 本文刊于《文学评论》2013 年第 4 期。

为它不能成为其它事物)。有些则并非必然，也非经常，却也随时可得而见其出现，这就是偶然属性的原理与原因。这些不是常在的也非经常的，我们就说这是偶然。”① “偶然”的基本含义，在一般人的理解中是有着自明性的。

中国古代诗论中有许多关于“偶然”的直接表述或是意思相近的话语，体现了一种具有深层意义的美学观念，在理论上的价值是特别丰富而又深刻的。这些话语，多是说明诗学中的创作思维特征，揭示诗歌运思中那种“来不可遏，去不可止”② 的灵感状态，而览之多矣则深切感觉到中国诗学中的偶然远非一般所说的“灵感”之意义所可包括，诗歌创作中主体与客体因“偶然”的触遇而激发出不可重复的审美价值，其诗论自身也以充沛的生气展现了中国美学的独特风貌。

中国古代诗学中关于“偶然”的表述是多样化的，但其意义却不会产生多少歧义。很多诗话或论诗诗中就径直以“偶然”、“偶尔”等话语出现，有的则是“猝然”、“忽然”、“触”、“遇”、“会”“不经意”等表示偶然触发的话语。作为中国诗学中的基本诗学观念之一“感兴”的内涵，就包含着偶然的契机；另如“天机”等概念，也都具有明显的偶然性质。有些论述，虽然并未出现上述话语，但其中的意思包含着明显的偶然性质。

值得我们关注的是，中国诗学中的“偶然”之说，并非仅指创作主体的思维特征，而是指主体的情感与思维在与外在物象变化的邂逅相遇中，激发起创作冲动，并形成难以重复的艺术佳构。“感兴”也好，“天机”也好，都具有这种意义。现在举一些例子，可以使我们直观地感受到偶然诗论的普遍存在。如直接用“偶然”或“偶尔”、“忽然”、“猝然”的。如唐代诗人王昌龄有著名的“诗有三格”之说：“一曰生思，三曰感思，三曰取思。”“生思”即是“久用精思，未契意象，力疲智竭；放安神思，心偶照境，率然而生。”③。宋代理学家兼诗人邵雍说：“句会飘然得，诗因偶尔成。”④ 南宋诗人杨万里论诗说：“广平作梅花赋，少陵无海棠诗。正自一时偶尔，俗

① ［希腊］亚里士多德：《形而上学》，吴寿彭译，商务印书馆 1959 年版，第 121 页。

② 张怀瑾：《文赋译注》，北京出版社 1984 年版，第 46 页。

③ （唐）王昌龄：《诗格》，见叶朗《中国历代美学文库·隋唐五代卷》上册，高等教育出版社 2003 年版，第 369 页。

④ （宋）邵雍：《闲吟》，《伊川击壤集》卷 4，见徐中玉主编《中国古代文艺理论专题资料丛刊》之《神思·文质编》，中国社会科学出版社 1994 年版，第 21 页。

人平地生疑。”[①]“酒不逢人还易醉，诗如得句偶然来。”[②] 陆游也说“文章本天成，妙手偶得之。粹然无疵瑕，岂复须人为”[③]，也是指诗而言。戴复古《论诗诗》中写道：“诗本无形在窈冥，网罗天地运吟情。有时忽得惊人句，费尽心机做不成。”[④] 明代诗论家谢榛论诗，多以“偶然”揭示诗歌创作的特质，如其说：“皇甫湜曰：‘陶诗切以事情，但不文尔。’湜非知渊明者。渊明最有性情，使加藻饰，无异鲍谢，何以发真趣于偶尔，寄至味于澹然？”[⑤]“诗中用虚活字，时有难易：易若剖蚌得珠，难如破石求玉。且工且易，愈苦愈难。此通塞不同故也。纵尔冥搜，徒劳心思。当主乎可否之间，信口道出，偶然浑成，而无龃龉之患。”[⑥]“若论体制，则大异而小同，及论作手，则大同小异也。未必篇篇从头叙去，如写家书然，毕竟有何警拔？或以一句发端，则随笔意生，顺流直下，浑成无迹，此出于偶然，不多得也。”[⑦]“及错综成篇，工而能浑，气如贯珠，此作长律之法，久而能熟，无不立成。心中本无些子意思，率皆出于偶然，此不专于立意明矣。”[⑧]“作诗有相因之法，出于偶然。因所见而得句，转其思而为文。”[⑨] 清初著名思想家、文学家王夫之论诗说：“对偶有极巧者，亦是偶然凑手，如‘金吾’、‘玉漏’、‘寻常’‘七十’之类，初不以此碍于理趣。求巧则适足取笑而已。”[⑩] 清代诗论家贺贻孙也以“偶然欲书”为作诗的最佳契机：“书家以偶然欲书为合，心遽体留为乖。作诗亦尔。”[⑪] 评谢灵运诗亦见此意：“晋谢康乐诗尤多警语，而独喜‘池塘生春草’五字，自谓神助，可见诗以偶然语写偶然景为得意，凡他人所谓得意者，非作者所谓得意也。”[⑫] 如此等等，

---

① （宋）陆游：《六言杂兴》，见郭绍虞等《万首论诗绝句》，人民文学出版社 1991 年版，第 95 页。

② （宋）杨万里：《冬至前三日》，《诚斋集》卷 11，见徐中玉《中国古代文艺理论专题资料丛刊》之《神思·文质编》，中国社会科学出版社 1994 年版，第20 页。

③ 同上。

④ （宋）戴复古：《论诗十绝》，见郭绍虞等《万首论诗绝句》，人民文学出版社 1991 年版，第 120 页。

⑤ （明）谢榛：《四溟诗话》卷 2，见丁福保《历代诗话续编》，中华书局 1983 年版，第 1161 页。

⑥ 同上书，第 1214 页。

⑦ 同上书，第 1221 页。

⑧ 同上书，第 1228 页。

⑨ 同上书，第 1229 页。

⑩ 戴鸿森：《姜斋诗话笺注》，人民文学出版社 1981 年版，第 98 页。

⑪ （清）贺贻孙：《诗筏》，见郭绍虞《清诗话续编》，上海古籍出版社 1983 年版，第 140 页。

⑫ 同上书，第 178 页。

直接以“偶然”“偶尔”等话头论诗者就时常可见。中国古代相当多的著名诗人和诗论家都从不同的角度和意义上，指出“偶然”在诗歌创作上不可替代的作用，就尤为值得引起我们的高度重视。

在中国古代诗论中，除了以“偶然”、“偶尔”等直接表示的话语，还有相当多的是以“触”、“猝然”、“遇”、“会”等话语来表示“偶然”的意味的，其中“触”“遇”的出现频率最高，其主要义项是偶然的遭逢而生感应。另外如“感兴”、“天机”也都有着偶然的性质在其中。陆机《文赋》中的名言“若夫应感之会，通塞之纪……方天机之骏利，夫何纷而不理?”这里所说的创作思维中的“天机”，就有着无法预期的偶然性。南北朝时期的文学家孙绰说：“情因所习而迁移，物触所遇而兴感。”① 萧统写道：“天凉始贸，触兴自高。睹物兴情，更向篇什。”② 宋人葛立方在《韵语阳秋》：“诗之有思，卒然遇之而莫遏，有物败之则失之矣。”③ 宋人叶梦得在评价谢灵运的名篇佳句时认为：“‘池塘生春草，园柳变鸣禽。’世多不解此语为工，盖欲以奇求之耳。此语之工，正在无所用意，猝然与景相遇，借以成章，不假绳削，故非常情所能到。诗家妙处，当须以此为根本，而思苦言难者，往往不悟。”④ 谢榛在《四溟诗话》中除了有“偶然”、“偶尔”之外，还多处用“触”“适会”等话语来表示同样的意思，论杜甫诗：“子美曰：‘细雨荷锄立，江猿入画屏。’此语宛然入画，情景适会，与造物同其妙，非沉思苦索而得之也。”⑤ “夫情景相触而成诗，此作家之常也。”⑥ 清代著名诗论家叶燮说：“原夫作诗者之肇端有事乎此也，必先有所触以兴起其意，而后措诸辞、属为句、敷之而章。当其有所触而兴起也，其意、其辞、其句，劈空而起，皆自无而有，随在取之于心。出而为情、为景，为事，人未尝言之，而自我始言之，故言者与闻其言者，诚悦而永也。”⑦ “盖天地有

---

① （晋）孙绰：《三月三日兰亭诗序》，见严可均《全晋文》卷61，商务印书馆1999年版，第638页。

② （南朝·梁）萧统：《答晋安王书》，见徐中玉主编《中国古代文艺理论专题资料丛刊》之《意境·典型·比兴编》，中国社会科学出版社1994年版，第262页。

③ （宋）葛立方：《韵语阳秋》，见（清）何文焕《历代诗话》下册，中华书局1981年版，第500页。

④ （宋）叶梦得：《石林诗话》，见（清）何文焕《历代诗话》下册，中华书局1981年版，第426页。

⑤ （明）谢榛：《四溟诗话》卷2，见丁福保《历代诗话续编》，中华书局1983年版，第1171页。

⑥ 戴鸿森：《姜斋诗话笺注》，人民文学出版社1981年版，第63页。

⑦ （清）叶燮：《原诗》，人民文学出版社1979年版，第5页。

自然之文章，随我之所触而发宣之。”[①] 大量存在着的“倏然”、“偶发”、“触”、“遇”“适会”“触物兴怀”等话语，都并非刻意求取，而是于情景邂逅中偶然得之的诗思。

中国诗学范畴中的“感兴”、“天机”，都是具有偶然性质的。“感兴”之源即在赋比兴之兴，其义界阐释者不一。如郑众所谓“兴者，托事于物”，朱熹所谓“兴者，先言他物以引起所咏之词也”[②]。而笔者以为宋人李仲蒙的解释最为赅恰：“触物以起情谓之兴，物动情也。”[③]“兴”的含义首在兴发主体的情感，以诗歌创作思维论，也即诗人与外物偶然遭逢相遇，唤起了诗人的内在情感。如刘勰所界定的“兴者，起也”，“起情故兴体以立”[④]，“起”或“起情”，意思都是情感的兴起或唤起。“兴”的产生绝非主体单方面所为，必待与外在物象遇合时方能产生。在此意义上，“感兴”是与“感物”相通的。刘勰对此就有很多精辟之语如：“人禀七情，应物斯感；感物吟志，莫非自然。”[⑤]“春秋代序，阴阳惨舒，物色之动，心亦摇焉。……物色相召，人谁获安？”[⑥]“兴”离不开感物，此为题中应有之义。这方面的论述颇多，也不难为人们所认同。笔者这里要强调的是，“兴”中有着偶然的契机在其中的。如遍照金刚所论“十七势”中的“感兴”势：“感兴势者，人心至感，必有应说，物色万象，爽然有如感会。”[⑦] 应该说遍照金刚的界说明确地揭示了“感兴”的本质特征。诗人产生至深之感，而纷纭变幻的物色万象对诗人之情有所应和，其间的契机有如爽然感会，也是偶然的遇合。南宋大诗人杨万里谈及作诗的创作体验时最为推崇的便是“兴”：“大抵诗之作也，兴，上也；赋，次也；赓和，不得已也。然初无意于作是诗，而是物是事，适然触于我，我之意亦适然感乎是物是事，触先焉，感随焉，而是诗出焉，我何与哉？天也。”[⑧] 杨万里认为作诗时最佳的方式应该是感兴，而他在这里鲜明地描述了感兴的偶然性质。感兴之感，正

① （清）叶燮：《原诗》，人民文学出版社1979年版，第5页。

② （宋）朱熹：《诗集传》，上海古籍出版社1958年版，第1页。

③ （宋）胡寅：《斐然集》卷18，中华书局1993年版，第386页。

④ 范文澜：《文心雕龙注》，人民文学出版社1958年版，第601页。

⑤ 同上书，第65页。

⑥ 同上书，第693页。

⑦ （唐）遍照金刚：《文镜秘府论·地卷》，见胡经之《中国古典美学丛编》，中华书局1988年版，第323页。

⑧ （宋）杨万里：《答建康府大军库军门徐达书》，见徐中玉《中国古代文艺理论专题资料丛刊》之《意境·典型·比兴编》，中国社会科学出版社1994年版，第265页。

是诗人主体与外在客体的“是物是事”深度契合，前提便是偶然之“触”，感是随之而来的。

谢榛论诗重“兴”：“诗有不立意造句，以兴为主，漫然成篇，此诗之入化也。”① 谢氏不主张预先立意，而是在情景触遇中唤起诗兴，“漫然成篇”，当然是“偶然”。叶燮说的“当其有所触而兴起其意”，也包含着兴的偶然性质。笔者曾在一篇论述审美感兴的文章中指出：“审美感兴论的又一明显的理论特征是强调审美主客体之间的偶然触发，或者说是一种随机性的遇合，这几乎是每条有关感兴的论述都包含的内容。前面引述的有关资料中，这是可以得到毫无疑问的印证的，大量出现的‘触’字，足以说明感兴的随机的、偶然的性质。从语义上讲，‘触’是无意间的遭逢、碰撞，这是不言自明的。”② 迄今我仍坚持着对“感兴”的这种理解与阐释。

“天机”也可以作为一个中国美学的独特范畴，它所含蕴的偶然的审美特性也是显而易见的。“天机”最早出现在《庄子》中，《庄子·大宗师》篇中有云“古之真人，其寝不梦，其觉无忧。其食不甘，其息深深。真人之息以踵，众人之息以喉。屈服者，其嗌言若哇。其耆欲深者，其天机浅。”③ 庄子的原意是把“真人”与众人相比，因为众人嗜欲深重，所以“天机”就浅薄了。陈鼓应先生对天机的解释是“自然之生机，当指天然的根器。”④ 庄子所说的“天机”，显然不是在审美或艺术的角度提出的，但却以“真人”为载体，表达出人与自然息息相关的观念。正如陈鼓应先生所说：“其观点为天人作用本不分，‘天与人不相胜’，人与自然为息息相关而不可分的整体，人与自然是为亲和的关系。庄子天人一体的观念，表达人和宇宙的一体感，人对宇宙的同感与整合感。”⑤ 其后魏晋时期著名文学家陆机在他的经典文论《文赋》中将“天机”用之于文学创作思维：“若夫应感之会，通塞之纪，来不可遏，去不可止。藏若影灭，行犹响起，方天机之骏利，夫何纷而不理?”⑥ 这段特别有名的论述，是以“天机”为核心概念的，同时，也非常典型地描述了“天机”作为创作契机的偶然性特征。宋代理

① （明）谢榛：《四溟诗话》卷1，见丁福保《历代诗话续编》，中华书局1983年版，第1152页。

② 张晶：《美学的延展》，商务印书馆2006年版，第101页。

③ 陈鼓应：《庄子今注今译》，商务印书馆2007年版，第199页。

④ 陈鼓应：《庄子今注今译》，中华书局1983年版，第171页。

⑤ 同上书，第167页。

⑥ 张怀瑾：《文赋译注》，北京出版社1984年版，第46页。

学家兼诗人邵雍《论诗诗》中云：“天机难状处，一点自分明。”邵氏以“天机”来谈自己作诗的体验，他感到自己诗中的佳句，更多的是“天机”的造访，而这又是飘然而至、偶尔形成的。南宋诗论家包恢也以“天机”论诗：“盖古人于诗不苟作，而或一诗之出，必极天下之至精。状理则理趣浑然，状事则事情昭然，状物则物态宛然，有穷智极力所不能到者，犹造化自然之声也。盖天机自动，天籁自鸣，鼓以雷霆，豫顺以动，发自中节，声自成文，此诗之至也。”① 包恢认为“天机自动”的诗才是“极天下之至精”。谢榛也以天机论诗，如说：“诗有天机，待时而发，触物而成，虽幽寻苦索，不易得也。如戴石屏‘春水渡旁渡，夕阳山外山’，属对精确，工非一朝，所谓‘尽日觅不得，有时还自来’。”② 明确揭示了其中的偶然性质。诗有“天机”，这当然是谢榛所特别认同的，它与“幽寻苦索”是不同的致思路径。谢榛认为诗中的“天机”是非常奇特而精彩的，“幽寻苦索”的思维方式是不可达到这种境界的，而应是“触物而成”的产物。

诸如此类的话语，在中国古代诗论中是随处可见的。以上所举的例子，都是“偶然”的意思颇为明晰的，无须分析考辨。这些话语，都是在诗歌创作的意义上提出的，有着充分的创作论蕴含。而这些关于“偶然”的话语，不同于“天才”之类的理论，不是单讲主体方面的灵机，而是认为主体情感与外在物象在动态中的偶遇中会产生难以重复的诗作。可以认为，中国古代的诗学观念里，“偶然”是诗思的普遍性契机。

二 “偶然”作为人与宇宙生命遇合的契机

“偶然”并非实体性的范畴，而是关系性的范畴。诗学中的“偶然”论话语，最为突出地指涉诗歌的审美价值的特质。诗歌是一种艺术，其中蕴含的价值主要是艺术品中最本质的价值形态——审美价值。而艺术品的审美价值与其他价值形态相比较而言，除了一般价值共同属性之外，还有属于自己的特殊属性。苏联著名美学家斯托洛维奇对审美价值有着权威的理论建构，在其美学名著《审美价值的本质》一书中明确简述了审美价值与其他价值形态的区别，在他看来，其他价值（以同审美价值的差别最为明显的功利

① （宋）包恢：《答曾子华论诗》，见陶秋英《宋金元文论选》，人民文学出版社 1984 年版，第 391 页。

② （明）谢榛：《四溟诗话》卷 2，中华书局 1985 年版，第 23 页。

价值为例）以满足主体的物质性需要为目的，而“审美价值以摆脱直接物质需要的某种自由为前提”①；另一方面，“对于功利价值，对象形式的完整性是无关紧要的”②，而审美价值，“则表现对社会的人和人类社会、对人在世界中的确证的综合意义。这种综合意义的体现者是感性感知可以接受的、对象独特的完整形式”③。诗学中的“偶然”论话语，所涉指的客体一方，其实都是充满生命感的物象，或者如刘勰所说之“物色”，它们是直接呈现于主体感知的完整形式。

在中国古代诗学中，客体一方一般都以“物”“景”称之，从钟嵘的《诗品》开始，“物”不仅包含了自然景物，也包含了社会事物，但诗论中所涉及的主客体关系，客体一方最为普遍的还是指自然景物的外在形式，也即“物色”。这在魏晋南北朝时期的诗论中最为明显，这也是中国诗学的感兴论传统所决定了的。感兴即是“感于物而兴”。魏晋南北朝时期的诗论便特别注重四时的景物变化对诗人情感的兴发感染，如陆机《文赋》中所说：“遵四时以叹逝，瞻万物而思纷。悲落叶于劲秋，喜柔条于芳春。”④ 钟嵘《诗品序》中说：“若乃春风春鸟，秋月秋蝉，夏云暑雨，冬月祁寒，斯四候之感诸诗者也。”⑤ 萧子显《自序》中所说：“若乃登高极目，临水送归，风动春朝，月明秋夜，早雁初莺，开花落叶，有来斯应，每不能已也。”⑥ 这都是四时的景物变化引发诗人的心灵波动。因此，“物”就并非单纯的自然景物，而是大自然所呈现的变幻多端的物候景象，而它们也是直接呈现给诗人的审美感知完整形式。刘勰在《文心雕龙·比兴》篇的赞语中所说“诗人比兴，触物圆览”⑦，大具深意。“触物”正是诗人情感与外物的触遇，“圆览”是诗人眼中所摄取的物象的圆融完整。赞语中还有“拟容取心”一句，也是颇有理论价值的，受到理论家们的关注，成为一个重要的诗学命题。那么，“拟容取心”又是什么意思呢？“拟容”即是采摄事物的外在形貌，“取心”则是提取事物的内在精神。著名文艺理论家王元化先生

① ［苏联］列·斯托洛维奇：《审美价值的本质》，凌继尧译，中国社会科学出版社 1984 年版，第 88 页。

② 同上书，第 90 页。

③ 同上书，第 89 页。

④ 张怀瑾：《文赋译注》，北京出版社 1984 年版，第 20 页。

⑤ （南朝·梁）钟嵘：《诗品》，中华书局 1991 年版，第 11 页。

⑥ （南朝·齐）萧子显：《自序》，见（唐）姚思廉《梁书》卷 35，中华书局 1974 年版，第 356 页。

⑦ 范文澜：《文心雕龙注》，人民文学出版社 1958 年版，第 603 页。

阐释道："容指的是客体之容，刘勰有时又把它叫做'名'或'象'；实际上，这也就是针对艺术形象所提供的现实的表象这一方面。'心'指客体之心，刘勰有时又把它叫做'理'或'类'。实际上，这也就是艺术形象所提供的现实意义这一方面。"[①] 这种理解基本是客观和准确的。刘勰《文心雕龙》中有一重要的篇章曰《物色》，论述的即是"诗人感物"的审美过程。"物色"作为一个审美范畴，是有着深刻的创造性意义的，读者切莫囫囵放过。笔者以为刘勰吸纳了佛学"色"的观念而合成了"物色"这样一个审美范畴，所指并非一般的自然景物，而是指自然事物的外在形象。在佛学话语体系中，"色"与"空"相对待，指的是呈现给人们的现象界。"色不异空，空不异色，色即是空，空即是色"，这是大乘佛学基本命题。刘勰早年即入定林寺，依著名高僧、义学大师僧祐，协助僧祐整理佛经，晚岁皈依佛门。他的佛学修养是颇为深厚的。"物色"的概念，带有佛学的色彩，是在情理之中的。《物色》篇贯穿了这种涵蕴。开篇即云："春秋代序，阴阳惨舒，物色之动，心亦摇焉。盖阳气萌而玄驹步，阴律凝而丹鸟羞，微虫犹或入感，四时之动物深矣。若夫珪璋挺其惠心，英华秀其清气，物色相召，人谁获安？是以献岁发春，悦豫之情畅；滔滔孟夏，郁陶之心凝；天高气清，阴沉之志远；霰雪无垠，矜肃之虑深。岁有其物，物有其容，情以物迁，辞以情发。一叶且或迎意，虫声有足引心。况清风与明月同朝，白日与春林共哉！"[②] 这段非常优美的文字，诗意地描述了大自然的四时那些变化着的物象，对于诗人心灵的召唤。"岁有其物，物有其容"，再明白不过地道出了"物色"的意蕴，即自然物候的外在形象。由于宇宙自然的运行规律，四季的变化带来了景物的次第更新，体现着宇宙造化的勃勃生机，给诗人的心灵带来了情感的波动成为创作冲动发生的契机。

价值的生成在于主客体的统一，在于客体满足主体的内在尺度的需要。而一般价值关系中，主体和客体还是两个彼此外在、相互独立的实体。审美价值是客体满足主体的审美需要而产生的，但审美价值的产生过程中，主体与客体不是两个独立实体之间的认识论的关系，而是超越了这种关系而达到合而为一的境界。审美价值的产生在于人的审美意识的勃发与敞亮。这些进入诗人情感世界、成为审美客体的"物色"，在中国古代的诗论家眼里，与其说是外在于人的景致，毋宁说是有生命、有性灵的对象，通过偶然的契

① 王元化：《文心雕龙创作论》，上海古籍出版社 1984 年版，第 180 页。
② 范文澜：《文心雕龙注》，人民文学出版社 1958 年版，第 693 页。

机，诗人的心灵与“物色”相晤谈，进入了一种神奇的境界。如刘勰在《物色》的赞语中所写的：“山沓水匝，树杂云合。目既往还，心亦吐纳。春日迟迟，秋风飒飒。情往似赠，兴来如答。”①“物色”与诗人，是互为主体，而非是主客关系了。“物色”所呈现的并非仅是某一单独的景物，而是荷载着宇宙造化的生命力。中国诗学中谈及兴发诗人情感的“物色”时，总是那么洋溢着大自然的生命气息，造物主的创造伟力。而诗人所体察的，也是“万物一体”的博大浩渺。而诗人和物色的遇合，总是在偶然契机中(也包括“触”“遇”、“适会”等)。谢榛有一段话道出了这种联系：“作诗本乎情景，孤不自成，两不相背。凡登高致思，则思交古人，穷乎遐迩，系乎忧乐，此相因偶然，著形于绝迹，振响于无声也。夫情景有异同，模写有难易，诗有二要，莫切于斯者。观则同于外，感则异于内，当自用其力，使内外如一，出入此心而无意也。景乃诗之媒，情乃诗之胚，合而为诗，以数言而统万形，元气浑成，其浩无涯矣。”② 谢榛所描述的诗境，正是含蕴了宇宙造化的生命感的，而在他的情景关系模式中，“相因偶然”是最为重要的。清初王夫之评诗多从这个角度着眼，其评谢灵运《登池上楼》：“始终五转折，融成一片，天与造之，神与运之。呜呼，不可知已！‘池塘生春草’，且从上下前后左右看取，风日云物，气序怀抱，无不显者，较‘胡蝶飞南园’仅为透脱语，尤广而微至。”③ 清代诗论家吴雷发也谈道：“夫诗岂不贵寓意乎？但以为偶然寄托则可，如必以此意强入诗中，诗岂肯为俗子所驱遣哉？总之：诗须论其工拙，若寓意与否，不必屑屑计较也。大块中景物何限，会心之际，偶尔触目成吟，自有灵机异趣。倘必拘以寓意之说，是锢人聪明矣。”④ 吴氏不满于强使寓意入诗，而面对“大块”即宇宙自然，在触目成吟中就会产生灵机异趣。诗人以其独特的审美体验而与宇宙自然晤谈，所生发的诗兴是与众不同的。

诗人面对自然时所受到兴发的并被描写到作品中的景物，似乎是单一的、个体的，实际上它们所显现出来的却是宇宙造化的整体生命感。海德格尔揭示了诗人与自然的吸摄与互融：“自然之所以强大，是因为它是圣美的，是令人惊叹而无所不在的。这个自然拥抱着诗人们。诗人们被吸摄入自

① 范文澜：《文心雕龙注》，人民文学出版社1958年版，第695页。

② （明）谢榛：《四溟诗话》卷3，中华书局1985年版，第41页。

③ （清）王夫之：《古诗评选》卷2，见《船山全书》第14册，岳麓书社1996年版，第732页。

④ （清）吴雷发：《说诗菅蒯》，见《清诗话》，上海古籍出版社1999年版，第901页。

然之拥抱中了。”① 如陶渊明《读山海经》的“微雨从东来，好风与之俱”，谢灵运《登池上楼》的“池塘生春草，园柳变鸣禽”，李白《春日独酌》中的“东风扇淑气，水木荣春晖”这类诗句，都是通过在景物描写中透露出宇宙造化的脉息，大自然变化的节律。而诗人之所以能够得到这种“与天地为一”的独特感受的契机却总是“偶然”，如叶燮所说的“盖天地有自然之文章，随我之所触而发宣之，必有克肖其自然者为至以立极”②，这其中的奥秘难道不是值得我们追问的吗？

“偶然”不是刻意，没有硬性的规定，而是一种自由，是超越了必然的。就其本质而言，诗人与对象的这种“偶然”遭逢，兴发的是审美意识，而非其他的意识活动。著名哲学家张世英教授将人与世界的关系分为“主—客二分”和“人—世界融合”两种在世结构，而前者基本是一种认识活动，后者则是审美意识的特征。著名哲学家张世英先生在他的新著《美在自由》中指出：“审美意识既非经验主义所说的生理上的快感，亦非理性主义所说的理性的概念。生理上的快感和理性的概念，或属于感性认识，或属于理性认识，总归都是主客关系式的认识的结果。审美意识不是这些，而是超越主客关系达到与周围交融合一境地的一种感受，这种感受是人的生命的激荡，人因这种激荡，特别是这种激荡得到适当形式的表现和抒发形式而获致一种精神上的满足感，这种满足感就是所谓‘美的享受’。”③ 中国哲学思想中的“万物一体”，是全面地渗透在人们的审美意识之中的。诗论、画论和书论等领域，都通过主体情感受到外物的兴发，而呈现出宇宙造化的生命感和节律，其间的契机被普遍认同为“偶然”。这也成为中国美学思想的一大亮点。

三 “偶然”与诗歌最佳审美价值的生成

诗是一种艺术，当然有其独特的艺术品性，也就有着独特的审美价值。不仅与其他大的门类有明显的区别，即便是在文学的家族之中，诗歌也有着与其他文体迥然各异的魅力。从审美的角度来看，会给人带来“摇荡心灵”

① ［德］海德格尔：《荷尔德林诗的阐释》，孙周兴译，商务印书馆2002年版，第62页。

② （清）叶燮：《原诗·内篇下》，见霍松林、杜维沫校注《原诗·一瓢诗话·说诗晬语》，人民文学出版社1979年版，第25页。

③ 张世英：《美在自由》，人民出版社2012年版，第21页。

的审美享受。而由“偶然”的契机所创造出来的诗歌审美价值，是颇为独特的，不可重复的，当然也是一种最佳的审美价值体现。“天机”也好，“化境”也好，都有不可重复的个性化特征，也都达到了“至矣，尽矣”的至高境界。叶梦得的“故非常情所能到”，许学夷的“忽然而来，浑然而就，而圆转超绝，多入于圣”，都是由其不可重复的个性而臻于极致。艺术品的审美价值正有着这样的品格。德国现象学美学家盖格尔在其代表性著作《艺术的意味》中突出地阐明了这种思想。他认为审美价值并非可以用一般概念来加以领会的，独一无二、不能被还原成一般概念的东西是审美价值所特有的。如其所言：“每一个艺术品所具有的审美价值都是独一无二的，这不同于任何其他艺术作品所具有的审美价值。”① 主张“偶然”的创作契机的诗论，都以非常灵动的笔致，凸显了诗歌的独特审美价值所在。

堪称佳作的诗歌，往往以其神秘而奇妙的感觉冲击着读者的心灵，使之产生心灵的悸动，产生强烈的惊异感，从而进入高峰体验状态的审美过程。而这种创作多是于偶然的契机中得之，并且获得难以重复的最佳境界。王夫之评谢惠连的《代古》诗时说：“兴、赋、比俱不立死法，触着磕着，总关至极，如春气感人，空水莺花，有何必然之序哉？”② 在对这首其高度赞扬的诗的评价中，认为它是“触着磕着，总关至极”的，而无必然之序。清人张实居指出：“古之名篇，如出水芙蓉，天然艳丽，不假雕饰，皆偶然得之，犹书家所谓偶然欲书者也。当其触物兴怀，情来神会，机括跃如，如兔起鹘落，稍纵则逝矣。有先一刻后一刻不能之妙，况他人乎？”③ “古之名篇”是诗歌史上的经典之作，而在张氏看来，这些名篇佳什都是浑然天成的，它们的产生是偶然得之的，却又是无法重复的。从审美的意义讲，它们都有着“出水芙蓉”般的天然之美。明代胡震亨同样认为：“诗有偶然到处，虽名手极力搜索，亦不能加。”④ 这种“偶然到处”的诗作，却是名家极力搜索都无法写出的，当然是无以的杰作。

中国古代的诗论家或诗人们，或以“天机”，或以“感兴”等论诗，所指的作品都是在其看来可入极品之流的佳作。反之，也即是认为，在偶然契机下触发的诗思，才能创造出极致的审美价值。司空图《二十四诗品》中

---

① ［德］盖格尔：《艺术的意味》，艾彦译，华夏出版社 1999 年版，第 45 页。
② （清）王夫之：《古诗评选》，见《船山全书》第 14 册，岳麓书社 1996 年版，第 744 页。
③ （清）郎廷槐：《师友诗传录》，见丁福保《清诗话》，中华书局 1963 年版，第 128 页。
④ （明）胡震亨：《唐音癸签》，上海古籍出版社 1981 年版，第 278 页。

的“实境”一品中云：“取语甚直，计思匪深。忽逢幽人，如见道心。清涧之曲，碧松之阴。一客荷樵，一客听琴。情性所至，妙不自寻。遇之于天，泠然希音。”① 司空图在“实境”一品中所描述的就是诗人在与外境的随遇触发中所得到的“泠然希音”。如孙联奎《诗品臆说》所解：“古人诗即目即事，皆实境也。”②“计思匪深”是说并无事先的刻意计划。“遇之于天”正是在与自然的偶遇中获得的。“泠然希音”指旷世的佳作。杨廷芝《诗品浅解》则直接认为“此以天机为实境也”。郭绍虞先生从而解释说：“言‘情性所至’，见得无非是实；言‘妙不自寻’，又见得妙境独造，非出自寻：正所谓‘遇之自天’也。正因为遇之自天，偶然得之，所以成为‘泠然希音’。”③ 这个意思也正是笔者要所表达的。苏轼评析陶诗经典诗句说：“陶潜诗‘采菊东篱下，悠然见南山’，采菊之次，偶然见山，初不用意，而境与意会，故可喜也。”④ 苏轼对陶潜的名句当然赞赏至极，而认为它是“偶然见山”、“境与意会”的产物。在另一处就说得更明白了：“因采菊而见山，境与意会，此句最有佳处。近岁俗本皆作‘望南山’，则此一篇神气索然矣。”⑤“俗本”所改之“望南山”，为苏轼所鄙薄，是因其有意望之，刻意求取，如此便会神气全无。明代诗论家许学夷认为“古人为诗，有语语琢磨者，有一气浑成者。语语琢磨者称工，一气浑成者为圣。语语琢磨者，一有相类，疑为盗袭；一气浑成者，兴趣所到，忽然而来，浑然而就，不当以形似求之。”⑥ 他又举孟浩然诗为例：“浩然造思极深，必待自得，故其五言律皆忽然而来，浑然而就，而圆转超绝，多入于圣矣。”⑦ 在许氏看来，“圣”与“工”是两个层级的价值尺度。“工”是语语琢磨而成的，“圣”是忽然而来而致的，但圣者则是诗的至高之境，看他对孟浩然的评价足以明此。清初王夫之以“神理”论诗，“神理”之有无，成为诗品高下的标准。王夫之评谢灵运诗说：“情不虚情，情皆可景；景非滞景，景总含情。神理流于两间，天地供其一目，大无外而细无垠。”⑧ 可见，诗中的“神理”，是一种至高境界，而它也是“偶然入感”的产物。王夫之在评李

① 杜黎均：《二十四诗品译注评析》，北京出版社 1988 年版，第 151 页。
② 郭绍虞：《诗品集解》，人民文学出版社 1981 年版，第 33 页。
③ 同上书，第 34 页。
④ （宋）苏轼：《书诸集改字》，见《苏轼文集》，中华书局 1986 年版，第 2099 页。
⑤ （宋）苏轼：《题陶渊明饮酒诗后》，同上书，第 2092 页。
⑥ （明）许学夷：《诗源辨体》，人民文学出版社 1987 年版，第 165 页。
⑦ 同上。
⑧ （清）王夫之：《古诗评选》，见《船山全书》第 14 册，岳麓书社 1996 年版，第 736 页。

白《春日独酌》诗时说：“以庾、鲍写陶，弥有神理。‘吾生独无依’，偶然入感，前后不刻画求与此句为因缘。是又神化冥合，非以象取。”颇为充分地表达了这种意思。王夫之所说的“神理”，是“偶然入感”的产物。另一番论述“神理”之语也认为：“以神理相取，在远近之间。才着手便煞，一放手又飘忽去：如‘物在人亡无见期’，捉煞了也；如宋人《咏河豚》云：‘春洲生荻芽，春岸飞杨花。’饶他有理，终是于河豚没交涉。‘青青河畔草’与‘绵绵思远道’，何以相因依，相含吐？神理凑合时，自然恰得。”①也是以充满偶然色彩的“神理”，作为佳作的价值尺度。王夫之对张协名诗的评价也完全超越了个案而具有普遍的价值：“风神思理，一空万古，求共伯仲，殆唯‘携手上河梁’、‘青青河畔草’足以当之。诗中透脱语自景阳开先，前无倚，后无待，不资思致，不入刻画，居然为天地间说出，而景中宾主，意中触合。‘胡蝶飞南园’，真不似人间得矣。谢客‘池塘生春草’，盖继起者，差足旗鼓相当。笔授心传之际，殆天巧之偶发，岂数觏哉？”②王夫之认为“胡蝶飞南园”是诗歌史上罕见的佳句，“不似人间得矣”，如同天籁之音，而它却是“天巧之偶发”的产物，因之不可重复，有着独一无二的艺术魅力，无法多次得见。“神理”是王夫之整合而成的一个非常重要的诗歌审美范畴，王夫之以有无“神理”作为评价诗歌审美价值的主要标准。诗中“神理”又是如何获得的呢？是以知性分析、刻意求取的方式，在诗中先入为主地诗前立意，还是以触物感兴的方式，在与自然、社会的随机感遇中产生？王夫之的答案是后者。王夫之评李白的《春日独酌》为“弥有神理”，又指出其是“偶然入感”的产物，其间的意思非常明确。

诗歌作品臻于“化境”，这是诗歌的审美价值的最高表现。臻于化境，至矣，尽矣，蔑以加矣！“化”之本义，一是指变化、改变之意；二是指造化，即自然界生成万物的功能。艺术创作中的“化境”，指其如同宇宙造化所生的天工自然之态，其境界蕴含无限生机而又浑然天成。臻于化境，就是超越有形的艺术语言，不见安排之迹，直如自然之化生。清代诗论家贺贻孙论诗最为推尊的便是“化境”，其诗话著作《诗筏》中，多处以“化境”为最高的范本评诗，如其所说：“诗家化境，如风雨驰骤，满眼空幻，满耳飘忽，突然而来，倏然而去，不得以字句诠，不可以迹相求。”③王夫之也

① 戴鸿森：《姜斋诗话笺注》，人民文学出版社1981年版，第63页。

② （清）王夫之：《船山全书》第14册，岳麓书社1996年版，第706页。

③ （清）贺贻孙：《诗筏》，见郭绍虞《清诗话续编》，上海古籍出版社1983年版，第165页。

说："含情而能达，会景而生心，体物而得神，则自有灵通之句，参化工之妙。"[①] 推崇的也是臻于化境的诗歌审美价值。化境之获得，在诗人们看来，并非刻意求取的结果，而是审美创造的主体与客体的偶然遇合的产物。清人徐熊飞认为："自然而出，无关造作，此化境也。化境多从无心得之。"[②] 价值的生成，本来就是主体与客体的统一，而主体和客体以何种方式相统一，相洽合，则关系到作品审美价值的高下。以"偶然"论诗者，皆以主体情怀与客体物色的偶然遇合为最佳审美价值的生成机制。

四　审美价值生成的主体条件

由前论可以得知，中国古代诗歌中被视为臻于化境、自然高妙的篇什，往往都是主客体偶然遇合而生成的，并非诗人刻意求取所能获致的产物。这种观念是不满于诗人事前立意、沉思苦索的写作方式的。谢榛就很多佳作的产生是"心中本无些子意思，率皆出于偶然，此不专于立意明矣"[③]。清人吴雷发认为诗中如有寓意，也应是"偶然寄托"所得，他说："夫诗岂不贵寓意乎？但以为偶然寄托则可，如必以此意强入诗中，诗岂肯为俗子所驱遣哉？总之，诗须论其工拙，若寓意与否，不必屑屑计较也。大块中景物何限，会心之际，偶尔触目成吟，自有灵机异趣。倘必拘以寓意之说，是锢人聪明矣。"[④] 似乎对于诗歌创作来说，"偶然"的主客相接才是最重要的。那么，这就引发一个疑问：偶然是创造最佳的审美价值的契机，那么，是不是什么人都可以在"偶然"中创造出艺术杰作呢？都可以生成最佳的审美价值呢？如果这样认为，恰恰是一个误区。因为这种认识是忽略了一个重要的前提，那就是审美主体的条件。从价值论的角度看，诗人可以被认作是审美价值的创造主体，而这个主体是有着的个体实践的性质的。价值主体本身就含有个体性的一面，而在艺术创造中，审美价值的创造主体，尤其是以个体实践性而成为审美价值的产生前提。这种个体实践与社会实践并非对立，而是辩证地交融在一起。马克思已经明确阐述了这个问题，马克思指出："首

① 戴鸿森：《姜斋诗话笺注》，人民文学出版社1981年版，第95页。

② （清）徐熊飞、陆坊：《修竹庐谈诗问答》，见（清）王士祯等《诗问四种》，齐鲁书社1985年版，第264页。

③ （明）谢榛：《四溟诗话》卷4，见丁福保《历代诗话续编》，中华书局1983年版，第1228页。

④ （清）吴雷发：《说诗菅蒯》，见《清诗话》，上海古籍出版社1999年版，第901页。

先应当避免重新把‘社会’作为抽象物同个人对立起来。个人是社会的存在物。……因此，如果说人是一个特殊的个体，并且正是他的特殊性使他成为一个个体和现实的、单个的社会存在物，那么，同样地他也是总体、观念的总体，可以被思考和被感知的社会之主体的，自为的存在。”① 作为审美价值的主体，这种性质又是非常鲜明的。中国古代诗论中主张“偶然”作为创造契机者，其实已多有隐含着审美主体的个体性质的意蕴在内。如苏轼、谢榛、王夫之以及叶燮等皆然。

我们谈论“偶然”的主体因素，是限定在熟练地掌握文学创作技巧、自由地运用文学的艺术形式的诗人和作家，而且他们又都是具有鲜明的创作个性的，此外几乎没有这种可能。如果不是一个具有深厚艺术修养和丰富艺术创作经验的人，那么，无论如何“偶然”，都不可能有诗作或艺术品的诞生。主张在偶然的契机中创造出艺术精品的人，他们本人也都是具有丰富的创作经验的诗人或诗论家。“偶然”的前提当是诗人的人格与艺术修养，当是对于艺术创作的不舍追求。偶然是作为一种不可预见的契机，如同一股强电流一样，将审美主体与审美客体接通融合，从而创造出不可再得的最具个性的审美价值！如果没有深厚的人格修养与艺术修养，没有孜孜以求的创造欲望，没有得之于心应之于手的艺术语言，只想靠“偶然”来获得成功，那无异于痴人说梦！正如黑格尔所讽刺的：“单靠心血来潮并不济事，香槟酒产生不出诗来，例如马蒙特尔说过，他坐在地窖里面对着六千瓶香槟酒，可是没有丝毫的诗意冲上他脑里来。同理，最大的天才尽管朝朝暮暮躺在青草地上，让微风吹来，眼望着天空，温柔的灵感也始终不光顾他。”② 黑格尔鄙薄的恰是没有主观努力却总是幻想灵感到来，事实上这是一无所成的。中国古代诗论中重视偶然契机的话语中当然包含了灵感的因素，但却侧重于主体与客体的遇合，同时，也颇为重视主体的艺术修养与精进追求。明代诗论家谢榛论诗特重偶然的感兴，在其诗论名著《四溟诗话》中时时都讲“以兴为主”、“触物而成”，但他又特别重视诗人的主体世界的独特性情，他认为情景二者“孤不自成，两不相背”，是作为诗歌创作的二种要素。“观则同于外，感则异于内，当自用其力，使内外如一，出入此心而无间也。景乃诗之媒，情乃诗之胚，合而为诗，以数言而统万形，元气浑成，其

① 马克思：《1844 年经济学—哲学手稿》，刘丕坤译，人民出版社 1979 年版，第 76 页。
② ［德］黑格尔：《美学》第 1 卷，朱光潜译，商务印书馆 1996 年版，第 364 页。

浩无涯矣。”[①] 在情景关系上，谢榛认为二者的融合才能创造出好诗，而诗人的情是更为关键的。谢榛主张好诗的契机在于情景相因偶然，但却是要在平素的积累求索才能有所收获的。他对此有颇为恰当的比喻：“作诗譬如有人日持箕帚，遍于市廛扫沙，簸而拣之，或破钱折簪，碎铜片铁，皆投之于袋，饥则归饭，固不如意，往复不废其业。久而大有所获，非金则银，足赡卒岁之需，此得意在偶然尔。”[②] 谢榛认为获得诗意是在“偶然”，而平素的积累则是成功的基础。

主体的因素在于内在修养，贺贻孙径直称为“内养”，他指出：“诗文之厚，得之内养，非可袭而取也。”[③] 他又论“化境”之获得：“清空一气，搅之不碎，挥之不开，此化境也。然须厚养气始得，非浅薄者所能侥幸。”[④]“化境”是诗作的至高境界，是“忽然有得”的产物，但却须诗人具有深厚的主体修养，即是贺氏说的“厚养气”，浅薄者是无缘于此的。清人叶燮论诗主张以偶然的触遇为感兴之机，但他特别强调诗人的主体修养，在《原诗》中叶氏指出：“原夫作诗者之肇端而有事乎此也，必先有所触以兴起其意，而后措诸辞、属为句、敷之而成章。”[⑤] 但叶燮又认为诗歌创作中的偶然触兴只是发生的契机，关键还在于诗人的主体世界：“当其有所触而兴起也，其意、其辞、其句，劈空而起，皆自无而有，随取之于心。出而为情、为景、为事，人未尝言之，而自我始言之，故言者与闻其言者，诚可悦而永也。”[⑥] 叶燮还提出作诗最主要的主体因素在于诗人的“胸襟”：“我谓作诗者，亦必先有诗之基焉。诗之基，其人之胸襟是也。有胸襟，然后能载其性情、智慧、聪明、才辨以出，随遇发生，随生而盛。”[⑦] 叶燮于此举了唐代伟大诗人杜甫为例：“千古诗人推杜甫。其诗随所遇之人之境之事之物，无处不发其思君王、忧祸乱、悲时日、念友朋、吊古人、怀远道，凡欢愉、幽愁、离合、今昔之感，一一触类而起，因遇得题，因题达情，因情敷句，皆

---

① （明）谢榛：《四溟诗话》，见丁福保《历代诗话续编》，中华书局 1983 年版，第 1180 页。

② 同上书，第 1190 页。

③ （清）贺贻孙：《诗筏》，见郭绍虞《清诗话续编》，上海古籍出版社 1983 年版，第 135 页。

④ 同上书，第 137 页。

⑤ （清）叶燮：《原诗·内篇上》，见霍松林、杜维沫校注《原诗·一瓢诗话·说诗晬语》，人民文学出版社 1979 年版，第 5 页。

⑥ 同上。

⑦ （清）叶燮：《原诗·内篇下》，见霍松林、杜维沫校注《原诗·一瓢诗话·说诗晬语》，人民文学出版社 1979 年版，第 17 页。

因甫有其胸襟以为基。”① 在叶氏看来，胸襟问题是诗歌创作臻于高境的根本因素。具体来说，叶燮又以“理、事、情”为审美客体的要素，而以“才、识、胆、力”为作为诗人的主体要素。因之又言：“曰理、曰事、曰情，此三言者足以穷万有之变态。凡形形色色，音声状貌，举不能越乎此。此举在物者而为言，而无一物之或能去此者也。曰才、曰胆、曰识、曰力，此四言者所以穷尽此心之神明。凡形形色色，音声状貌，无不待于此而为之发宣昭著。此举在我者而为言，而无一不如此心以出之者也。以在我之四，衡在物之三，合而为作者之文章。大之经纬天地，细而一动一植，咏叹讴吟，俱不能离是而为言者矣。”② 以叶氏看来，才识胆力，是诗人主体方面的几大要素，客体之理事情，必待主体的才识胆力加以发明。叶燮对才识胆力有分别的阐述，但他坚持主张，客体与主体的相接在于偶然的触遇：“盖天地有自然之文章，随我之所触而发宣之，必有克肖其自然者，为至文以立极。”③ 与之密切相关的，叶燮认为诗人之“志”是一个更具方向性的主体因素，他说：“虞书称‘诗言志’。志也者，训诂为‘心之所之’，在释氏，所谓‘种子’也。志之发端，虽有高卑、大小、远近之不同；然有是志，而以我所云才、识、胆、力四语充之，则其仰观俯察、遇物触景之会，勃然而兴，旁见侧出，才气心思，溢于笔墨之外。志高则其言洁，志大则其辞弘，志远则其旨永。如是者，其诗必传，正不必斤斤争工拙于一字一句之间。”④ “志”作为诗人的主体因素，与“胸襟”有密切关系，但又并非一事。“胸襟”重在诗人忧国忧民、悲天悯人的情怀；“志”则是更具方向感的主体意志，志的高下，很大程度上决定了作品的品格；而其能够“勃然而兴”，还是有待于“遇物触景”的偶然性契机。其实，在中国古代强调“偶然”创作契机的诗论中，并不是忽略诗人作为主体的作用单纯主张“偶然”的创作因素，而是在胸襟、性情、才禀等主体因素的前提下提出的。“情景相触”，情是根本。所以谢榛有“情乃诗之胚，景乃诗之媒”的名言。此外，如前面所举之主体要素，都是好诗产生的必然条件。

---

① （清）叶燮：《原诗·内篇下》，见霍松林、杜维沫校注《原诗·一瓢诗话·说诗晬语》，人民文学出版社 1979 年版，第 17 页。

② 同上书，第 21 页。

③ 同上书，第 25 页。

④ 同上书，第 47 页。

五 “偶然”最能体现诗歌创作的思维特征

为什么这些以“偶然”论创作的话语都出现在诗论中？或者说，“偶然”作为最佳作品的创作契机是否专属于诗呢？这是个值得追问的问题。我以为中国古代文论中对于“偶然”的丰富论述，其深层含义在于揭示诗与文在思维方式上的差异——当然在画论中也有许多，但这里所举，更多的是诗作为文体与其他文体（尤其是狭义的“文”）的思维特征。本文无意于对诗与文进行全面的文体特征分析，而只是从前举如此之多的有关偶然的例证出发，指出诗更重于偶然兴发，而文则更重于必然。清人吴乔正是从思维特征方面揭示了诗文之异，其云：“诗思与文思不同，文思如春气之生万物，有必然之道；诗思如醴泉朱草，在作者亦不知所自来，限以一韵，即束诗思。”① 吴乔的意思是非常明确的，即认为文思有“必然之道”，而诗思则以“偶然”的造访为契机。大多数有关“偶然”的论述并没有如此醒豁地点明诗思与文思之别，但却是以“偶然”之机来强调诗思的特征的。宋人葛立方也从诗思角度来说：“诗之有思，卒然遇之而莫遏，有物败之则失之矣。”② 宋人叶梦得评谢灵运的名句意又同此，其云：“‘池塘生春草，园柳变鸣禽’。世多不解此语为工，正欲以奇求之耳。此语之工，正在无所用意，猝然与景相遇，借以成章，不假绳削，故非常情所能到。诗家妙处，当须以此为根本，而思苦言难者，往往不悟。”③ 叶氏认为这种“猝然与景相遇”产生的诗句，是远非“常情”可及的浑然天成之作。叶氏还认为这是作诗的根本之道，上升到本体层面加以体认。“诗家妙处”自然不是其他体裁的“妙处”。很多相关的论述都是从诗思的特征也即与其他文体的不同来讲的。黑格尔在论述诗的本体特征时，与其他艺术门类相比，如绘画、音乐等，认为后者容易与宗教表象、科学思维等相区别，“但是在其他艺术里，整个构思方式是不同的，因为它们在打腹稿时就已随时考虑到要用各自特有的感性材料（媒介）

---

① （清）吴乔：《围炉诗话》卷1，见郭绍虞《清诗话续编》，上海古籍出版社1983年版，第486页。

② （宋）葛立方：《韵语阳秋》卷2，见（清）何文焕《历代诗话》，中华书局1981年版，第501页。

③ （宋）叶梦得：《石林诗话》卷中，见（清）何文焕《历代诗话》，中华书局1981年版，第426页。

去进行创作，这种构思方式一开始就和宗教表象、科学思维以及凭知解力的散文式区别开来了”①。诗则不同，它和宗教表象、科学思维等都用同一种媒介，即语言。因其如此，“它就不免要和宗教的、科学的之类散文意识处在同一个活动范围里，因而也就要避免闯入这些意识领域及其构思方式，或是和这些意识领域混淆起来”②。黑格尔指出了散文的规范是“精确、鲜明和可理解性”，而诗的特征却在于：“每一件真正的诗的艺术作品都是一个本身无限的（独立自由的）有机体，丰富的内容意义展现于适合的具体现象。它是统一的，但是统一体中的个别特殊因素并不是抽象地服从形式和符合目的性，而是各个部分都现出有生命的独立，而整体则把它们联系成为融贯的圆满结构，表面上却不露出意匠经营的痕迹。”③黑格尔也认为外在事物是作为诗思产生的契机，“现实材料对诗人是一种外在机缘，诗人在这种机缘推动之下，就对这种材料进行深刻的体验和精细的洗炼，从而从他自己心灵里创造出在当前情况下没有他这位诗人就不能有以这样自由的方式表现出来的作品。”④ 这也与中国诗论中所反复强调的“感于物而动”是全然可以互通的。而黑格尔又认为：“真正的诗的效果应该是不着意的，自然流露的，一种着意安排的艺术就会损害真正的诗的效果。”⑤ 所谓“不着意的”，也就是偶然的。

为什么偶然感兴会成为诗思的特征？这要从诗歌“吟咏性情”的功能说起。陆机《文赋》中说到文体的不同特征，先言“诗缘情而绮靡”，认为诗是缘于表现情感而美妙的。无怪乎成为文论的经典话语。刘勰认为诗的发生在于“人禀七情，应物斯感，感物吟志，莫非自然”⑥，而情感的发生又不是恒定的、可以预期的，而是在外界的客观事物（包括自然景物和社会事物）的刺激下产生的。所谓“七情”，就是人的七种情感，《礼记·礼运》篇中说：“何谓人情？喜怒哀惧爱恶欲七者，弗学而能。”⑦ 七情是人生而具有的自然情感，用不着后天的学习。“感于物而动”，是情感发生的原因。钟嵘在《诗品序》中将诗人

① ［德］黑格尔：《美学》第1卷，朱光潜译，商务印书馆1996年版，第53页。
② 同上。
③ 同上书，第50页。
④ 同上。
⑤ 同上书，第67页。
⑥ 范文澜：《文心雕龙注》，人民文学出版社1958年版，第65页。
⑦ 程树德：《论语集释》卷8，中华书局1990年版，第255页。

情感的发生概括为："气之动物，物之感人，故摇荡性情，形诸舞咏。"① 何时何地诗人的心灵受到外物的感召兴发起情感从而产生创作冲动，是没有办法预先得知的。"诗者，吟咏情性也。"诗的这种功能，决定了它在大多数时候并不是事前立意的，反倒可以产生"有先一刻后一刻不能之妙"。明代诗论家徐祯卿对此作了形象而深刻的说明："情者，心之精也。情无定位，触感而兴。既动于中，必形于声。故喜则为笑哑，忧则为吁戏，怒则为叱咤。……由是而观，则知诗者乃精神之浮英，造化之秘思也。若夫妙骋心机，随方合节，或约旨以植义，或宏文以叙心，或缓发如朱弦，或急张如跃楛，或始迅以中留，或既优而后促，或慷慨以任壮，或悲凄以引泣，或因拙以得工，或发奇而似易。此轮匠之超悟，不可得而详也。"② 诗人情感之发生无法定位，因其是与外物触感而兴。

偶然的感兴在诗论中所涉及的都是主体之情和客体之景的关系，"情景交融"一直是中国诗论中最常见的说法。而诗歌创作中的偶然契机所生发的并不是被动的"感于物"，而是被唤起的情感进入深度的审美体验，主体的情感具有鲜明的意向性，情之于景不是一般的观照，而是在偶然的触遇中产生你中有我、我中有你的互为主体性。刘勰在《文心雕龙·物色》的赞语："山沓水匝，树杂云合。目既往还，心亦吐纳。春日迟迟，秋风飒飒。情往似赠，兴来如答。"③ 最为诗意描述了这种互为主体的情景关系。偶然的感兴使诗人的情感处于非常充沛的状态，而且是以充盈的意向性将外物纳入主体的视界的。孔颖达释"诗者，志之所之也"时所说"包管万虑，其名曰心。感物而动，乃呼为志。志之所适，外物感焉"④，意思是非常清楚的。主体的这种情感所含的意向性，使得作品呈现出无法重复的个性以及充沛无比的气韵。

"偶然"在诗论中的存在，并没有逻辑在先的哲学前提，但却是如此普遍，可以看出，都是诗人们在丰富的创作实践中的感悟。在中国古代诗论的一流经典中，可以时时见到"偶然"之论，而且以之为例的又往往是传之

① 陈延杰：《诗品注》，人民文学出版社 1961 年版，第 1 页。

② （明）徐祯卿：《谈艺录》，见（清）何文焕《历代诗话》，中华书局 1981 年版，第 766 页。

③ 范文澜：《文心雕龙注》，人民文学出版社 1958 年版，第 695 页。

④ （汉）毛亨等：《毛诗正义》，见李学勤主编《十三经注疏》，北京大学出版社 1999 年版，第 7 页。

久远的佳作名句，创造性的审美价值蕴含其中。在主体与客体的偶然触遇中，诗人的胸襟才情都得到最大程度的激活，作品的艺术个性油然而生，诗的审美意象和整体的意境，都有了无与伦比的独特魅力。诗人们对于偶然触遇所产生的审美价值的体认是相当深刻的，在中国古代的诗论中，已然把它上升到普遍的意义上了。

化境：艺术创作中审美价值的极致*

中国古代没有西方那种的自觉的、思辨的美学理论，但是却有极其丰富的审美范畴系统，与西方美学的范畴体系有明显的不同，彰显着中国美学的民族特色，而且具有活跃的现实因子，对于当代的文艺美学，有着不可小觑的现实意义。我们知道，“意境”是中国美学最有代表性的理论范畴，已有难以计数的研究成果；而本文则拈出“化境”作为话题，以之作为中国美学中关于艺术的审美价值的最高品级。

以“化境”为艺术创作的最高价值体现，即是将其作为中国的意境范畴系列的最高层次，并非仅仅是从层级的比较而言，而是认为，“化境”具有深刻的中国哲学背景，其内涵有着特殊的中国美学色彩，有着非常充分有艺术性质，在西方美学中是难以见到类似的理论观念的。

一

“化境”（或入化、化工等）在中国古代艺术领域是一个评价最高的范畴，也是从艺术欣赏角度来看具有最大审美价值的范畴。在诗论、画论、书论、剧论等领域都有许多这样的说法。如果评价某个作品“臻于化境”，那当然是对它至高无上的褒奖。而将“化境”作为一个审美范畴进行研究，可以看到与之相关的论述，包含着对于艺术美的理解和其产生的理论渊源。

明代诗论家谢榛论诗云：“诗有不立意造句，以兴为主，漫然成篇，此诗之入化也。”① 谢榛所谓“入化”，也即臻于化境。明代著名思想家、文学家李贽评论戏曲时指出：“《拜月》、《西厢》，化工也；《琵琶》，画工也。

---

* 本文刊于《社会科学战线》2014 年第 5 期。

① （明）谢榛：《四溟诗话》卷 1，见丁福保《历代诗话续编》，中华书局 1983 年版，第 1152 页。

夫所谓画工者，以其能夺天地之化工，而其孰知天地之无工乎？今夫天之所生，地之所长，百卉具在，人见而爱之矣，至觅其工，了不可得，岂其智固不能得之欤！要知造化无工，虽有神圣，亦不能识知化工之所在，而其谁能得之？由此观之，画工虽巧，已落二义矣。”① 很明显，李贽认为高明的《琵琶记》虽是戏曲中之上乘，但与《拜月亭》、《西厢记》相比，就只能算是“第二义”了。《琵琶记》是“画工”，而《拜月亭》、《西厢记》则是“化工”，那么就是“第一义”了。“第一义”是佛教术语，指至高境界，无上真理，第二义则是等而下之了。明代诗论家胡应麟评诗亦以“化境”尚之：“近体盛唐至矣，充实辉光，种种备美，所少者曰大、曰化耳。故能事必老杜而后极。杜公诸作，真所谓正中有变，大而能化者。今其体调之正，规模之大，人所共知。惟变化二端，勘覈未彻，故自宋以来，学杜者什九失矣。不知变主格，化主境，格易见，境难窥。变则标奇越险，不主故常；化则神动天随，从心所欲。如五言咏物诸篇，七言拗体诸作，所谓变也。宋以后诸人竞相师袭者是，然化境殊不在此。”② 以杜甫诗为化境，认为后来宋诗坛上那些学杜者都与化境殊远。清代诗论家贺贻孙正面论述说：“诗家化境，如风雨驰骤，鬼神出没，满眼空幻，突然而来，倏然而去，不得以字句诠，不可以迹相求。”③ 又言：“高岑五言古律，俱臻化境，而高达夫尤妙于用虚。”④ 清代画家郑绩也以“化境”称许画中杰作：“境无夷险：盖古人布境有巉岩崒嵂者，有深翳曲折者，有平远空旷者，有层层重叠者，其境不一，每图中虽极平淡，其间必有一变，险阻处令人意想不到，乃入化境也。”⑤。中国古代艺术批评中以“化境”论艺者尚有许多，有的则称为“入化”等，都可以纳入“化境”这个审美范畴加以考察。从上述这些话语中我们完全可以认为，“化境”是中国古代艺术批评中对于作品的审美价值的最高肯定，是作品审美境界中的极致。

从这些有关“化境”的论述中，我们又可以看出在艺术作品中，“化境”有着怎样的形态呢？也可以同时发问：化境作为审美范畴，有着怎样的内涵呢？这是没有任何现成的答案的，而是要从相关的材料中分析而出。

---

① （明）李贽：《焚书》卷1《杂说》，中华书局2011年版，第154页。

② （明）胡应麟：《诗薮·内编》卷5，上海古籍出版社1979年版，第90页。

③ （清）贺贻孙：《诗筏》，见郭绍虞《清诗话续编》，上海古籍出版社1983年版，第165页。

④ 同上书，第173页。

⑤ （明）郑绩：《梦幻居画学简明》，见俞剑华《中国古代画论类编》，人民美术出版社2000年版，第953页。

从中国古代艺术评论有关化境的论述中我们可以看到，化境首先是指作品中那种浑然天成、无迹可求的圆融之境。从诗史的角度看，盛唐那些最具代表性的诗人，如王、孟、李、杜、高、岑等人的篇什，就时常被论者作为“化境”的经典。标举化境的谢榛，即以盛唐诗人的“浑而无迹”为其推崇的典范，而对宋诗中“涉于理路”的作法深致不满。如其所说：“诗有辞前意、辞后意，唐人兼之，婉而有味，浑而无迹。宋人必先命意，涉于理路，殊无思致。”① 他引用了元代诗人范椁之语表达自己的观点：“当以神气为主，全篇浑成，无餖飣之迹，唐人间有此法。”② “餖飣之迹”指诗中那种堆砌痕迹。谢榛这种观点，其实是来自于南宋诗论家严羽。严氏在其诗论著作《沧浪诗话》中“以盛唐为法”，所标举之“盛唐诸人唯在兴趣，羚羊挂角，无迹可求。故其妙处透彻玲珑，不可凑泊，如空中之音，相中之色，水中之月，镜中之象，言有尽而意无穷”③，正是严氏的诗学理想所在，笔者曾撰文数篇来论证，严羽所标举的正是浑融圆整的审美境界，而他诋诃宋诗之“近代诸公乃作奇特解会，遂以文字为诗，以才学为诗，以议论为诗。夫岂不工，终非古人之诗也。盖于一唱三叹之音，有所歉焉。且其作多务使事，不问兴致；用字必有来历，押韵必有出处，读之反复终篇，不知着到所在”④，正是批评宋诗以文字和议论为诗，与“盛唐诸人”的浑然之境相去甚远。后世许多诗论家都秉承和发挥了这种观点，而主张化境之论的诗论家，基本上都是以盛唐之诗为化境的案例的。胡应麟推崇杜诗为化境说：“老杜字法之化者，如‘吴楚东南坼，乾坤日夜浮’，‘碧知湖草外，红见海东云’。坼、浮、知、见四字，皆盛唐所无也。然读者但见其闳大而不觉其新奇。又如‘孤嶂秦碑在，荒城鲁殿余’，‘古墙犹竹色，虚阁自松声’，四字意极精深，词极易简，前人思虑不及，后学沾溉无穷，真化不可为矣。句法之化者，‘无风云出塞，不夜月临关’，‘露从今夜白，月是故乡明’，‘江山有巴蜀，栋宇自齐梁’，‘近泪无干土，低空有断云’之类，错综震荡，不可端倪，而天造地设，尽谢斧凿。篇法之化者，《春望》、《洞房》、《江汉》、《遣兴》诸作，意格皆与盛唐大异，日用不知，细味自别。”⑤ 胡应麟

---

① （明）谢榛：《四溟诗话》卷1，见丁福保《历代诗话续编》，中华书局1983年版，第1149页。

② 同上书，第1167页。

③ 郭绍虞：《沧浪诗话校释》，人民文学出版社1961年版，第26页。

④ 同上。

⑤ （明）胡应麟：《诗薮·内编》卷5，上海古籍出版社1958年版，第90页。

对化境的推尊，还是以盛唐的浑然无迹为旨归的，如其所言："盛唐句法浑涵，如两汉之诗，不可以一字求。"①

与之密切相关的，化境之作以自然天成为上，而谢去人工雕琢之痕。前述李卓吾以《拜月》、《西厢》为"化工"，为第一义，以《琵琶记》为"画工"，为"第二义"，而在其看来，化工即"无工"，也即纯任自然，不见人为工巧。在此篇中李卓吾又云："《西厢》、《拜月》，何工之有！盖工莫工于《琵琶》矣。彼高生者，固之殚其力之所能工，而极吾才于既竭。惟作者穷巧极工，不遗余力，是故语尽而意亦尽。词竭而味索然亦随之竭。吾尝揽《琵琶》而弹之矣，一弹而叹，再弹而怨，三弹而向之怨叹无复存者，此其何故邪？岂其似真非真，所以入人心者不深邪？盖虽工巧之极，其气力限量，只可达于皮肤骨血之间，则其感人仅仅如是，何足怪哉！《西厢》、《拜月》乃不如是。意者宇宙之内，本自有如此可喜之人，如化工之于物，其工巧自不可思议耳。"② 李卓吾认为，《琵琶记》可谓工巧之至，但却是人为之工，所以并无余味；而《西厢》《拜月》是天然造化之工，看似无工，却是天下之至文。明代汤临初以"化工"论书法，而其化工在于自然，他说："大凡天地间至微至妙，莫如化工，故曰神，曰化。皆由合下自然，不烦凑泊。物物有之，书固宜然。今观执笔者手，运手者心，赋形者笔，虚拳实指，让左侧右。意在笔先，字居心后。此心手相资之说。特作字之法，非字之本旨。字有自然之形，笔有自然之势，顺笔之势则字形成，尽笔之势则字法妙，不假安排，目前皆具此化工也。"③ 汤临初认为笔势之妙，在于化工，也就是顺应自然。

二

艺术品中的化境，并非是静止的或空洞的，而是蕴含着动态的势能，勃发着生机。化境作为中国美学的范畴，其根基在于中国哲学中的"万物一体"、"天人合一"的观念。中国哲学称宇宙的生化不息为"大化"，如荀子说："阴阳大化，风雨博施。"④ 大诗人陶渊明有著名诗句："纵浪大化中，

① （明）胡应麟：《诗薮·内编》卷5，上海古籍出版社1958年版，第91页。

② （明）李贽：《焚书》卷1《杂说》，中华书局2011年版，第157页。

③ （明）汤临初：《书指》，见卢辅圣《中国书画全书》第6册，上海书画出版社2009年版，第408页。

④ （清）王先谦：《荀子集解》，中华书局1988年版，第308页。

不喜亦不惧。”① 所谓“大化”，“即天地变化之大历程”②。中国哲学中有“万物一体”的观念，如庄子即言“天地与我并生，万物与我为一”③，主张人与万物是道通为一的。宋代哲学家张载，通过“气一元论”的思想，表述天人合一的观念。程伊川也认为“天地人只一道也，才通其一，则余皆通”④。这类说法在中国古代哲学中是颇为普遍的，“天人合一”是中国哲学最为基本的观念。艺术创作中的“化境”思想是产生在这样的基础之上的。“化境”远非人工可为，而是与宇宙造化相通的产物。如谢榛评杜诗时所说：“子美曰：‘细雨荷锄立，江猿入画屏。’此语宛然入画，情景适会，与造物同其妙，非沉思苦索而得之也。”⑤ 化境又是蕴蓄着内在的生机的，正因其与天地万物相通，宇宙自然之气在作品中流动，故其作品生机勃发，外与宇宙相通，内使人心至感。谢榛指出“诗有造物，一句不工，则一篇不纯，是造物不完也。造物之妙，悟者得之。譬如产一婴儿，形体虽具，不可无啼声也。赵王枕易曰：‘全篇工致而不流动，则神气索然’，亦造物不完也。”⑥ 谢氏所说的“诗中造物”，即是诗的内在生命感。有了“造物之妙”，诗作才能充满艺术魅力，才能感动人心。贺贻孙谈诗之化境以高适诗为例：“如达夫《途中寄徐录事》云：‘落日风雨至，秋天鸿雁初。离忧不堪比，旅馆复何如？君又几时去，我知音信疏。空多箧中赠，长见右军书。’‘君又’、‘我知’等虚字，岂非篇中筋力，但觉其运脱轻妙，如骏马走坂，如羚羊挂角耳。”⑦ 清初的思想家、文学家王夫之，在其诗歌批评中虽然罕见其提及诗的“化境”，但他所高度评价的谢灵运等人的作品，都有这种化境的性质。如其评大谢的《登池上楼》所说：“始终五转折，融成一片，天与造之，神与运之。呜呼，不可知已！”⑧ 又评谢之《游南亭》诗云：“天地之妙，合而成化者，亦可分而成用；合不忌分，分不碍合也。”⑨

---

① （晋）陶渊明：《陶渊明集》，中华书局1979年版，第36页。

② 张岱年：《中国哲学大纲》，中国社会科学出版社1982年版，第92页。

③ 陈鼓应：《庄子今注今译》，中华书局1983年版，第71页。

④ （宋）程颐、程颢：《二程集·语录》卷18，中华书局1981年版，第183页。

⑤ （明）谢榛：《四溟诗话》卷2，见丁福保《历代诗话续编》，中华书局1983年版，第1171页。

⑥ 同上书，第1139页。

⑦ （清）贺贻孙：《诗筏》，见郭绍虞《清诗话续编》，上海古籍出版社1983年版，第172页。

⑧ （清）王夫之：《古诗评选》，河北大学出版社2008年版，第240页。

⑨ （清）王夫之：《古诗评选》卷5，见《船山全书》第14册，岳麓书社1996年版，第733页。

艺术作品既以“化境”为至高评价，为审美价值的极致，当然也就是艺术家所追求的理想。那么，化境之作又是如何产生的呢？从创作机制上看，是刻意为之，冥思苦索，还是以艺术家的审美感兴与外物邂逅，从而产生出只可有一、不可有二的独特艺术境界呢？在主张化境的论者看来，答案却是在后者。谢榛认为“诗之入化”是“不立意造句，以兴为主，漫然成篇”而产生的。与作品的“化境”关系最为密切的创作契机，称之为“天机”。谢榛的说法最为典型：“诗有天机，待时而发，触物而成，虽幽寻苦索，不易得也。如戴石屏‘春水渡旁渡，夕阳山外山’，属对精确，工非一朝，所谓‘尽日觅不得，有时还自来。’”① 在谢榛的诗学思想中，“天机”是诗之化境的创作契机。“天机”是关于创作论的一个具有独特民族特色的范畴，指在艺术创作中不可预知的偶然性创作契机。“天机”最早出现在《庄子》中，《庄子·大宗师》说：“古之真人，其寝不梦，其觉无忧，其食不甘，其息深深。真人之息以踵，众人之息以喉。屈服者，共嗌言若哇。其耆欲深者，其天机浅。”② 在《庄子》里，“天机”尚无艺术创作方面的内涵，而是指“自然之生机”。陈鼓应释为“天然的根器”。③ 魏晋时期著名文学家陆机最先将“天机”纳入到文学艺术创作的轨道上，他在论述文学创作的思维状态时便提出“天机”说：“若夫应感之会，通塞之纪，来不可遏，去不可止。藏若影灭，行犹响起。方天机之骏利，夫何纷而不理。”④ 陆机将创作冲动发生时的灵感状态用“天机”加以概括，对后来这个范畴在文学艺术中的发展起了重要的开端作用。“天机”在陆机的文论中呈现出倏忽来去、难以控御的神秘色彩，陆机这样表述自己的困惑：“虽兹物之在我，非余力之所勠。故时抚空怀而自惋，吾不识夫开塞之所由。”⑤ 他非常客观地承认，自己也无法预知、无法控御“天机”的来去。“天机”有很强的自发性和偶然性，而这种自发性带有强烈的势能。后世以“天机”论艺术创作者多有所见。如宋代理学家、文学家邵雍在诗中所说：“忽忽闲拈笔，时时乐性灵。何尝无对景，未始变忘情。句会飘然得，诗因偶尔成。天

① （明）谢榛：《四溟诗话》卷2，见丁福保《历代诗话续编》，中华书局1983年版，第1161页。

② 陈鼓应：《庄子今注今译》，中华书局1983年版，第169页。

③ 同上。

④ 张少康：《文赋集释》，人民文学出版社2002年版，第241页。

⑤ 同上。

机难状处，一点自分明。”① 这里也将“天机”的偶然性明确揭示出来。“天机”看似神秘，倏忽来去，不可控御，其实它是“触物起情”的感兴产物。所谓“天机”，都是诗人或艺术家在与外物的偶然遇合中产生的，而并非仅仅是主体的灵光一闪。宋人董逌论画特重“天机”，凡是他所推崇的一流画家，都以“天机自张”赞美之，如评宋代著名画家李成的山水画说：“营丘李咸熙，士流清放者也。故于画妙入三昧，至无蹊辙可求，亦不知下笔处，故能都无蓬块气。其绝人处，不在得真形，山水木石，烟霞岚雾间。其天机之动，阳开阴阖，迅发惊绝，世不得而知也。”② 董逌推崇“天机自张”的画家，都是“臻于化境”的大师，而在他看来，也都是“遇物兴怀”的感兴创作方式，而非刻意求取的产物，如其评燕肃的山水画时说：“山水在于位置，其于远近阔狭，工者增减，在其天机。务得收敛众景，发之图素。惟不失自然，使气象全得，无笔墨辙迹，然后尽其妙。故前人谓无真山活水，岂此意也哉？燕仲穆以画自嬉，而山水尤妙于真形。然平生不妄落笔，登临探索，遇物兴怀。胸中磊落，自成丘壑。至于意好已传，然后发之。或自形象求之，皆尽所见，不能措思虑其间。”③ 董逌评为“天机自张”的画家还有王维、范宽、李龙麟（伯时）等，而题材多为山水画，这是因为山水画最能体现“心放于造化炉锤”、与万物相通为一的精神。

艺术品中的“化境”是物我冥合，超越了主体和客体的。情与景、心与物在作品中浑化一气，难分彼此，而成一莹彻之境界。宋代大诗人苏轼称文同所画墨竹说：“与可画竹时，见竹不见人。岂得不见人，嗒然遗其身。其身与竹化，无穷出清新。庄周世无有，谁知此疑神。”④ 苏轼所描述的是北宋画家文与可画竹时的“身与竹化”的状态。身与竹化，物我两忘，要创造出艺术品中的化境，艺术家在创作时应该处于这种状态。清代画家邹一桂记述宋代工草虫的画家曾云巢作草虫画时说：“宋曾云无疑工画草虫，年愈迈愈精。或问其何传，无疑笑曰：‘此岂有法可传哉！某自少时，取草虫笼而观之，穷昼夜不厌，又恐其神不完也。复就草间而观之。于是始得其天。方其落笔之时，不知我之为草虫耶，草虫之为我耶。与此与造化生物之

① （宋）邵雍：《闲吟》，见《康节说易全书》，学林出版社2003年版，第38页。

② （宋）董逌：《广川画跋》卷四，见于安澜《画品丛书》，上海人民美术出版社1982年版，第277页。

③ 同上书，第297页。

④ （宋）苏轼：《书晁补之所藏与可画竹三首》，见王水照选注《苏轼选集》，上海古籍出版社1984年版，第186页。

机缄，盖无以异，岂有可传之法哉！”[①] 这里所说的画家与草虫之间，物我两忘，“造化生物之机”勃发于其间，这样作画，庶几臻于化境。清代大画家石涛论画有“一画”之说：“以一画测之，即可参天地之化育也。测山川之形势，度地土之广远，审峰障之疏密，识云烟之蒙昧。正踞千里，邪睨万重，统归于天之权地之衡也。天有是权，能变山川之精灵，地有是衡，能运山川之气脉。我有是一画，能贯山川之形神。此予五十年前未脱胎于山川也，亦非糟粕其山川自私也。山川使予代山川而言也。山川脱胎于予也，予脱胎于山川也。搜尽奇峰打草稿也。山川与予神遇而迹化也。所以终归之于大涤也。”[②] 石涛这段话广为人知，也是画家自己的甘苦之言。画家为山川代言，脱胎于山川，其与山川彼此“神遇而迹化”，这样才真正能够产生山水画的“化境”。

三

“化境”多是产生于偶然触遇的审美感兴，但能否认为，随便什么人就能够创造出“化境”之作呢？当然并非如此！作为艺术的审美价值的最高体现，化境绝不是随便什么人都可以创作出来，而是对艺术家的主体人格修养及艺术修养，有着非常高的要求。作为创作者的艺术家，要有对于审美心胸的深刻陶养，要有艺术语言的长期训练。如果要以那种苦吟力索的刻意求取，很难有化境的产生！刘勰在《文心雕龙》中有《养气》一篇，其实是针对文艺创作的主体修养的。其中有言：“夫学业在勤，功庸弗怠，故有锥股自厉，和熊以苦之人。志于文也，则申写郁滞，故宜从容率情，优柔适会。若销铄精胆，蹙迫和气，秉牍以驱龄，洒翰以伐性，岂圣贤之素心，会文之直理哉！且夫思有利钝，时有通塞，沐则心覆，且或反常，神之方昏，再三愈黩。是以吐纳文艺，务在节宣，清和其心，调畅其气，烦而即舍，勿使壅滞；意得则舒怀以命笔，理伏则投笔以卷怀。逍遥以针劳，谈笑以药倦，常弄闲于才锋，贾余于文勇：使刃发如新，凑理无滞，虽非胎息之迈术，斯亦卫气之一方也。”[③] “养气”属刘勰“文心”体系的创作论部分，

---

① （清）邹一桂：《小山画谱》，见沈子丞《历代论画名著汇编》，文物出版社 1982 年版，第 462 页。

② （清）石涛：《苦瓜和尚画语录》，见沈子丞《历代论画名著汇编》，文物出版社 1982 年版，第 369 页。

③ 范文澜：《文心雕龙注》，人民文学出版社 1958 年版，第 647 页。

是在东汉哲学家王充的养气论的基础之上加以发挥的。而王充所讲“养气”，主要是养生之论，王充在其《论衡·自纪》篇中曾有自述：“章和二年，罢州家居，年渐七十，时可悬舆，仕路隔绝，志穷无如。事有否然，身有利害。发白齿落，日月逾迈，俦伦弥索，鲜所恃赖。贫无供养，志不娱快。历数冉冉，庚辛域际。虽惧终徂，愚犹沛沛，乃作《养性》之书凡十六篇。养气自守，适食则酒，闭明塞聪，爱精自保，适辅服药引导，庶冀性命可延，斯须不老。”① 王充的“养气”说影响广泛，而从其“自纪”中可见其内容主要在于养生之术。刘勰的“养气”，则是为了“文艺”而作。刘勰还在《养气》中提出“率志委和，则理融而情畅；钻砺过分，则神疲而气衰。此性情之数也”② 的著名观点。黄侃先生指出：“此篇之作，所以补《神思》篇之未备，而求文思常利之术也。”③ 这是客观的诠释。而王元化先生则认为：“‘率志委和’一语是指文学创作过程中的一种从容不迫、直接抒写的自然态度。”④ 所论甚中肯綮。从本文的角度讲，刘勰的“率志委和”说，正是指诗人涵养审美心胸的主体条件。

艺术品的“化境”，呈现的是一种浑成天然之境，物我两忘，情景俱化，但并不是可以不读书不涵养可致。严羽推尊盛唐诸人那种“透彻玲珑，不可凑泊”⑤ 的审美境界，可谓“化境”，他对诗歌的审美特征有独到的阐发，指出：“诗有别材，非关书也；诗有别趣，非关理也。”⑥ 即是说，诗歌有其特殊的材质，并非书本知识的堆垛；诗歌有其特殊的趣味，并非逻辑思路的结构。接下来，严羽又说了“然非多读书，多穷理，则不能极其至”⑦。宋人魏庆之的《诗人玉屑》中所录在这前面还有“而古人未尝不读书，不穷理”⑧。在所有《沧浪诗话》的版本中，魏庆之是离严羽年代最近的，当为可信。严羽虽然主张诗歌的“别材、别趣”，却又认为，真正能够“极其至”的诗人，则是要多读书，多穷理的。谢榛提出“养胸次”的主体修养问题：“汉人作赋，必读万卷书，以养胸次。《离骚》为主，《山海经》、《舆地志》、《尔雅》诸书为辅。又必精于六书，识所从来，自能作用。若扬

---

① （汉）王充：《论衡·自纪篇》，见《论衡校释》，中华书局 1990 年版，第 1209 页。
② 范文澜：《文心雕龙注》，人民文学出版社 1958 年版，第 646—647 页
③ 黄侃：《文心雕龙札记》，上海古籍出版社 2000 年版，第 203 页。
④ 王元化：《文心雕龙创作论》，上海古籍出版社 1984 年第 2 版，第 281 页。
⑤ 郭绍虞：《沧浪诗话校释》，人民文学出版社 1961 年版，第 26 页。
⑥ 同上。
⑦ 同上。
⑧ （宋）魏庆之：《诗人玉屑》，中华书局 2007 年版，第 3 页。

祂、戍削、飞襳、垂髾之类，命意宏博，措辞富丽，千汇万状，出有入无，气贯一篇，意归数语，此长卿所以大过人者也。”① 认为诗人是要通过“读万卷书”以养胸次。这是创造出化境之作的主体根基。

“化境”作为一个内涵丰富、具有鲜明的中国美学特征的审美范畴，尚未得到理论家的重视，对其进行系统研究者罕有其人。但“化境”在中国艺术理论中是标志着审美价值的最高范畴，而且对当代的文艺美学建设有重要意义。本文论之，以俟宏音。

① （明）谢榛：《四溟诗话》卷2，见丁福保《历代诗话续编》，中华书局排印本1983版，第1175页。

刘勰"物色"论的美学释义*

刘勰的文论巨著《文心雕龙》中有《物色》篇，当属创作论范畴。《物色》篇是《文心雕龙》中的主要篇章之一，这是没有疑义的，以往的研究者对此也多有阐析，其间胜义迭出，使人获益良多。然而，《文心雕龙》是一座含量无比丰富的理论巅峰，不惟对中国古代文论来说是最为重要的经典，而且对于当代的文学理论和美学发展而言，也能够不断地提供新的动力和理论资源。笔者这样说并非夸大其词，也非胶柱鼓瑟，而是客观地考量了中国文艺理论的"前世今生"之后得到的见识。以《物色》篇为例，笔者认为其理论价值远远没有穷尽，它可以生发出更为深刻的美学内涵。

一

《物色》虽然只是《文心雕龙》五十篇中之一篇，而其重要性则远非止此。笔者称之为"物色"论，言下之意视之以一种理论学说。在笔者的感受里，"物色"论所阐发的是在文学艺术创作中的审美主客体关系的基本观念，是超越同时代甚至是此后很多世代的辩证思维。

在中国古代文论中，一般是讲情景关系，"情景交融"这个诗学命题是贯穿于文论长河的始终的。而《物色》篇则建立起一个"物—情—辞"的三维构架，从而较为清晰地说明了"情景交融"所难以说得清楚的"模糊地带"。其实，"情景交融"还难以说明文学艺术创作的审美规律，而《文心雕龙》中关于"情—物—辞"的三维构建，才真正使创作的审美功能得以真正的发挥。

关于"物色"的含义，这是值得我们认真思考的。"物色"作为文论的范畴，并非应用得十分广泛，但它却有着重要的理论意义，有着独特的美学

---

* 本文刊于《晋阳学刊》2014 年第 6 期。

理论价值。如果仅是把“物色”作为自然之物来理解，就使其意蕴大大打了折扣。在我看来，“物色”是指变化着的自然物象，其真正的意义便在于它以事物的外在表象作为对象。“物色”是由宇宙造化生成的，因此具有无限的生机；它是以四季物候的不同样态为表征的，因而呈现着鲜明的变化。在魏晋时期的文论中，“物感”是具有普遍意义的观念，如陆机所说的“瞻万物而思纷”①，钟嵘所说的“气之动物，物之感人，故摇荡性情，形诸舞咏”② 等，都是指自然物象对审美主体的感召。而刘勰则以“物色”为其创作论的重要篇目，可见他是有意识地创构这样一个审美的范畴，并且是突出自然事物的外在形象。

刘勰濡染佛学久矣，早岁入定林寺，依著名佛教高僧僧祐，协助僧祐翻译佛典。刘勰具有很高的佛学理论修养，当是无可怀疑的。“物色”之名，有明显的佛学印痕。空与色，是佛学的一对基本概念。“空”在佛教看来是世界的本质属性，空并非空无一物，而是说世界万物的虚幻不实。而“色”则是世界的外在呈现，属现象界。大乘佛学的经典《般若波罗蜜心经》中的名言：“色不异空，空不异色，色即是空，空即是色。”③ 空是寓含在现象中的虚幻本质，色是呈现世界虚幻本质的现象。刘勰以“物色”所指谓的并非一般的自然景物，而是造化生成的自然事物的外在表象。“物色”是处在变化之中的，而这种变化是以宇宙运化的四季为节点的。因而，在中国古代的诗论或画论中，关于“四时”的物色变化，是有许多鲜活描述的。《文心雕龙》的《物色》开篇就说：“春秋代序，阴阳惨舒，物色之动，心亦摇焉。盖阳气萌而玄驹步，阴律凝而丹鸟羞，微虫犹或入感，四时之动物深矣。若夫珪璋挺其惠心，英华秀其清气，物色相召，人谁获安？是以献岁发春，悦豫之情畅；滔滔孟夏，郁陶之心凝；天高气清，阴沉之志远；霰雪无垠，矜肃之虑深。岁有其物，物有其容，情以物迁，辞以情发。一叶且或迎意，虫声有足引心。况清风与明月同夜，白日与春林共朝哉！”④ 刘勰在这里就非常生动地描述了四时物色变化对人的情感的感召，而且明确提出，“岁有其物，物有其容”，揭示出“物色”的内涵在于物之容，即自然事物的外在形象。刘勰在这里所说的并非仅是四时的物色不同，而且揭示了在四

---

① 张怀瑾：《文赋译注》，北京出版社 1984 年版，第 20 页。

② 陈延杰：《诗品注》，人民文学出版社 1961 年版，第 1 页。

③ （南朝·梁）萧子显：《自序》，见郁沅、张明高《魏晋南北朝文论选》，人民文学出版社 1996 年版，第 25 页。

④ 范文澜：《文心雕龙注》，人民文学出版社 1958 年版，第 693 页。

时的物色变化的感召下，审美主体的不同心态。这也是物色这个文论范畴真正的指向。中国古代的诗论画论中多有关于“四时”物色的描述，这其中有着重要的美学内涵。如陆机在《文赋》中所说：“遵四时以叹逝，瞻万物而思纷。悲落叶于劲秋，喜柔条于芳春。”① 钟嵘在《诗品序》中所说：“若乃春风春鸟，秋月秋蝉，夏云暑雨，冬月祁寒，斯四候之感诸诗者也。”② 萧子显所说：“若乃登高目极，临水送归，风动春朝，月明秋夜，早雁初莺，开花落叶，有来斯应，每不能已也。”③ 上述是魏晋时期诗论中的描述，画论中如王微《叙画》中所说：“望秋云，神飞扬；临春风，思浩荡。虽有金石之乐，圭璋之琛，岂能仿佛之哉！”宋代画家郭熙《林泉高致》中写道：“真山水之烟岚，四时不同：春山澹冶而如笑，夏山苍翠而如滴。秋山明净而如妆，冬山惨淡而如睡。画见其大意，而不为刻画之迹，则烟岚之景象正矣。”④ 在中国文化传统中，“四时”有其深层的哲学意味，《管子》中有“四时”的专章，其中说：“唯圣人知四时。不知四时，乃失国之基。”⑤ 又指出：“是故阴阳者，天地之大理也。四时者，阴阳之大径也。”⑥ 以阴阳和四时相结合，为宇宙运动之根本。所以《黄帝内经》中也说：“夫四时阴阳者，万物之根本也。”⑦ 可见，四时的观念在中国文化中的地位是很重要的，被视为宇宙变化的支点所在。笔者对这个问题所看到的，一是在中国古代文艺理论中，涉及“四时”的都是由于四季变化而呈现的景物特征，物象鲜明，生机盎然，充满了宇宙造化的生命力；二是关于四时的描述，并非仅止于景物一端，而都是揭示外在物色的变化对主体心灵的触发，心物形成互动关系。也就是刘勰所说的“心亦摇焉”。刘勰谈到四时物色，每句都写到诗人受物色感召的心态。

在《物色》篇中，刘勰第一次完整地表达了“物—情—辞”三者的关系，这是远远超越了一般的物感说的理论阈限的，对于文学创作的问题来说，仅是谈到物对情的感发，说明了创作的动力，但没有涉及语言艺术表现

---

① 张怀瑾：《文赋译注》，北京出版社 1984 年版，第 20 页。

② （南朝·梁）钟嵘：《诗品》，中华书局 1991 年版，第 11 页。

③ （南朝·梁）萧子显：《自序》，见郁沅、张明高《魏晋南北朝文论选》，人民文学出版社 1996 年版，第 342 页。

④ （宋）郭熙：《林泉高致》，见俞剑华《中国古代画论类编》，人民美术出版社 2000 年版，第 635 页。

⑤ 黎翔凤：《管子校注》，中华书局 2004 年版，第 839 页。

⑥ 同上。

⑦ 何文彬、谭一松：《素问》，中国医药科技出版社 1998 年版，第 9 页。

的环节，刘勰则在其文论中自觉地建构了这个完整的链条。“情以物迁，辞以情发”。刘勰认为诗人的语言表现是缘于情感的涌动，而情感之动则来自于外物变化的感召，落实在了创作的语言表现上。在这里，辞似乎处在这个链条的末端，但它绝非是被动的，而是对作品的创作有着至关重要的作用的。《神思》作为《文心》创作论中最重要的篇章，其中写道：“故思理为妙，神与物游。神居胸臆，而志气统其关键；物沿耳目，而辞令管其枢机。枢机方通，则物无隐貌；关键将塞，则神有遁心。”① 《神思》和《物色》都是《文心》创作论中最重要的篇章，而且二者之间有着非常紧密的内在联系。“神与物游”是以“物色相召”为前提的。在“神与物游”的过程中，“辞令”发挥着最为基本的作用，或者说“神思”本身就是凭借“辞令”进行的。这并非仅是主体心灵受到物色感召的被动状态，而是诗人以其超卓的艺术语言能力来感受外物、把握外物的互动过程。《物色》篇中这一段话值得充分重视：“是以诗人感物，联类不穷，流连万象之际，沉吟视听之区；写气图貌，既随物以宛转；属采附声，亦与心而徘徊。故灼灼状桃花之鲜，依依尽杨柳之貌，杲杲为出日之容，瀌瀌拟雨雪之状，喈喈逐黄鸟之声，喓喓学草虫之韵。皎日嘒星，一言穷理；参差沃若，两字穷形：并以少总多，情貌无遗矣。”② 这段话有非常重要的美学理论价值。所论不仅是诗人感物，而且“与心徘徊”的主体驾驭和把握物色的过程。“灼灼状桃花之鲜”以下，主要借诗经的一些经典语句，讲诗歌的艺术表现，而不是内在的艺术思维；但前面却是艺术思维的过程，而这二者又是连在一起的。在诗人感物而发生创作冲动时，运思已经开始进行，而且已经凭借着语言和韵律来进行内在的意象结构了。

二

刘勰所建构的“物—情—辞”三者的关系模式，是值得研究古代文论和美学的学者深度注意的。因为一般论者无论是讲感物、感兴，还是讲心物、情景关系，都没有论及情感和语言的关系，而刘勰则认为，诗人感物而进入运思时，语言已经内在地成为不可缺少的凭借了。我称之为文学的艺术媒介。我曾为“艺术媒介”作过这样的界定：“艺术媒介是指艺术家在艺术

---

① 范文澜：《文心雕龙注》，人民文学出版社 1958 年版，第 493 页。

② 同上书，第 693 页。

创作中凭借特定的物质性材料，将内在的艺术构思外化为具有独创性的艺术品的符号体系。艺术创作远非克罗齐所宣称的‘直觉即表现’，而有一个由内及外、由观念到物化的过程。任何艺术品都是物性的存在，艺术家的创作冲动、艺术构思和作品形成这一联结，其主要的依凭就在于媒介。”① 刘勰在“物色”和“神思”中所论，都已将“辞”作为感物而引发的神思的凭借了，也就是文学的媒介。《神思》中有云：“物沿耳目，而辞令管其枢机。枢机方通，而物无隐貌。”② 也是指作家在耳目受到物色感兴时，“辞令”已经起着内在的作用了。

不同的艺术门类都有属于自己的艺术媒介，而媒介是有着明显的物性的。不同的艺术门类有不同的物质属性，反之，不同的物质属性，也就成为艺术分类的重要依据。比如，绘画中的色彩、线条，音乐中的旋律、节奏，雕塑的青铜、大理石等等。20 世纪著名思想家海德格尔阐述艺术品的物性以揭示其本质的存在：“一切艺术品都有这种物的特性。如果它们没有这种物的特性将如何呢？或许我们会反对这种十分粗俗和肤浅的观点。托运处或博物馆的清洁女工，可能会按这种艺术品的观念来行事。但是，我们却必须把艺术品看作是人们体验和欣赏的东西。但是，极为自愿的审美体验也不能克服艺术品这种物的特性。建筑品中有石质的东西，木刻中有木质的东西，绘画中有色彩，语言作品中有言说，音乐作品中有声响。艺术品中，物的因素如此牢固地现身，使人们不得不反过来说，建筑艺术存在于石头中，木刻存在于木头中，绘画存在于色彩中，语言作品存在于言说中，音乐作品存在于音响中。”③ 艺术品的存在当然不等于物质，但物性却是艺术品的依据。媒介不同于材料，这是美学家已经作了区分的，但是，媒介是以材料为其基本元素的，它的物性是不言而喻的。美学哲学家奥尔德里奇对艺术品的材料和媒介加以区分，使我们对艺术品的物性特征有了更加清晰的认识，他指出：“即使基本的艺术材料（器具）也不是艺术的媒介。弦、颜料或石头，即使在被工匠为了艺术家的使用而准备好以后，也还不是艺术的媒介。不仅如此，甚至当艺术家在使用弦、颜料或石头时，或者艺术家在完工的作品中赋予它们的最终样式中，它们也还不是媒介。在这种最终的状态中，基本的艺术材料已被艺术家制作成一种物质性事物—艺术作品—它有特殊的构思，

① 张晶：《艺术媒介论》，《文艺研究》2011 年第 12 期。

② 范文澜：《文心雕龙注》，人民文学出版社 1958 年版，第 493 页。

③ ［德］海德格尔：《诗·语言·思》，彭富春译，文化艺术出版社 1991 年版，第 23 页。

以便让人们把它当作审美客体来领悟。当然，在创作的过程中，材料本身对于艺术家来说是物质性事物，而不是物理客体。艺术家并没有对它们进行观察。确切地说，艺术家首先是领悟每种材料要素——颜色、声音、结构——的特质，然后使这些材料和谐地结合起来——以构成一种和谐的调子(composite tonality)。这就是艺术作品的内容。严格地说，艺术家没有制作媒介，而只是用媒介或者说用基本材料要素的调子的特质来创作，在这个基本意义上，这些特质就是艺术家的媒介。”① 奥尔德里奇的细致分析是有必要的。媒介是用材料构成的整体样式（或者说是“调子”），材料本身还不能说是媒介，但是媒介是离不开材料的物质性的。

文学（诗）的媒介在艺术诸门类中是显得较为特殊的，因为它是以语言文字为媒介的，从物性的角度来看，语言文字当然是相当虚化、弱化的。但是，艺术的媒介是作为审美客体的基本前提的，媒介的物性也是透过审美客体来显现其存在的。对于人们的审美经验而言，客体是必须呈现为审美知觉的，而非零散的、杂乱无章的材料。在这个意义上，奥尔德里奇对媒介与材料的区分就是特别必要的，也是美学理论上的一个重要进步。艺术品的物性存在，是要以审美客体的形态出现的，否则就是与艺术无缘的。奥尔德里奇指出：“审美客体就是在其种类外观下出现的按一定构思组合的物质性事物（艺术作品），这种外观是适合于领悟性知觉的。”② 在这个意义上，媒介的功能绝非只是材料可以担当的。

艺术品的物性提供了可供审美知觉把握的客体，但它并不等同于一般的物质概念，正如海德格尔所揭示的：“流行的物的概念不足以把握作品的物的特性。”③ 艺术品的物性超越于一般的物质，而呈现为属于艺术的独特品格。海德格尔的话颇为晦涩，但他指出了艺术品物性的这种特点：“当一作品从这种或那种作品材料（石头、木头、金属、色彩、语言、音响）中显现出来，我们也说它们得到创造，从中显现出来。但正如作品要求一种在奉献着——赞美着的意义上的建立，因为作品的作品存在就在于世界的建立中，同样显现便成为必需，因为作品自身的作品存在拥有显现的特性。作品作为作品，在其现身，在其显现，在其创造。”④ 作为文学的媒介的语言，

① ［美］奥尔德里奇：《艺术哲学》，程孟辉译，中国科学出版社1986年版，第56页。

② 同上。

③ ［德］海德格尔：《诗·语言·思》，彭富春译，文化艺术出版社1991年版，第39页。

④ 同上书，第45页。

它的物性恰恰要从这种意义上得到理解。关于诗歌的媒介的物性，英国著名美学家鲍桑葵明确地阐述了这样的观点：“诗歌和其他艺术一样，也有一个物质的或者至少一个感觉的媒介，而这个媒介就是声音。可是这是有意义的声音，它把通过一个直接图案的形式表现的那些因素，和通过语言的意义来再现的那些因素，在它里面密切不可分地联合起来，完全就像雕刻和绘画同时并在同一想象境界里处理形式图案和有意义形状一样。语言是一件物质事实，有其自身的性质和质地；这一点我们从比较不同语言，并观察不同图案，如沙弗体或六音句，在不同语言如希腊或拉丁中所具的形式，会很容易看出来。用不同的语言写诗，如用法语和德语写诗，和用铁与用泥塑造装饰性作品，同样是不同的手艺。”① 诗人雪莱认为：“诗好像对付的是一种完全合适的而且透明的媒介，这种媒介并没有自己的质地，而别的艺术所运用的媒介，由于是粗鄙的、物质的、而且是具有其本身的质地，在他看来，毋宁说是表现的障碍，而不是表现的合适工具。”② 雪莱认为诗歌适于表现诗人的情感，是因其与其他艺术门类相比它的媒介没有相应的质地，这是鲍桑葵所不同意的。鲍桑葵主张诗歌之所以能够体现主体的情感，恰恰是诗歌的媒介有与其他艺术一样的物性的质地，因而指出：“使媒介具有体现情感的能力的，是那些质地；诗的媒介是响亮的语言，而响亮的语言也恰恰和其他的媒介一样有其种种特点和具体的能力。”③ 作为艺术媒介，我认为它的功能并不仅是外在的表现，而是在创作的发生阶段就已经和艺术思维融为一体的，或者说是用内在化的媒介感来触发物感、产生艺术冲动的。无论是钟嵘所说的“气之动物，物之感人，故摇荡性情，形诸舞咏。”还是刘勰的“诗人感物，联类不穷”，前提都是对于“诗人”即有纯熟的艺术训练的文学家艺术家而言。诗人（艺术家）受到“物色”感召，所兴发的不是普通人的情感，而是以内在的媒介生成意象的审美情感。艺术创作冲动的生成，应该是都有着这种性质，而于文学尤为明显。那么，可以这样认为，刘勰所说的“岁有其物，物有其容，情以物迁，辞以情发”，似乎是有一个先后的顺序，其实这三者的关系只是逻辑上的，而非具体时空中的。大哲学家杜威以绘画为例，谈到类似的观点：“画家并非带着空白的心灵，而是带着很久以前就注入到能力和爱好之中的经验的背景，或者带着一种由更晚近的经验形成的

① ［英］鲍桑葵：《美学三讲》，周煦良译，上海译文出版社 1988 年版，第 32 页。

② 同上书，第 33 页。

③ 同上书，第 34 页。

内心骚动来接近景观的。——成为观察的标志的激情性伴随着新形式的发展——这正是前面说到过的审美情感。但是，它并非独立于某种先在的、在艺术家的经验中搅动的情感之外；这后一种情感通过与一种从属于具有审美性质材料的视觉形象的情感上融合而得到更新和再造。”① 杜威这里讲的画家在与外界景物接触而获得绘画的灵机时，正是我们所说的以具有内在媒介审美情感来感受，从而创造出具有创造价值的作品。关于这个问题，鲍桑葵的论述更为明快，也更加切中要害，他说：“任何艺人都对自己的媒介感到特殊的愉快，而且赏识自己媒介的特殊能力。这种愉快和能力感当然并不仅仅在他实际进行操作时才有的。他的受魅惑的想象就生活在他的媒介的能力里；他靠媒介来思索，来感受；媒介是他的审美想象的特殊身体，而他的审美想象则是媒介的唯一特殊灵魂。”② 鲍桑葵用非常准确的表述揭示了这种创作观，即诗人或艺术家在其受到外物感召而产生创作冲动时就已经是凭借着内在的媒介了。

三

诗（文学）的情形又当如何？诗的媒介是语言，语言的物性看似比起绘画、雕刻、舞蹈等都较为虚化和弱化，但它构造审美客体、呈现为审美知觉的能力恰恰又是最强的。语言（刘勰所说的“辞令”）是离不开发出语言的人的，也就是主体，主体的情感是渗透和穿透在语言之中的。刘勰所说的“登山则情满于山，观海则意溢于海”③、“神用象通，情变所孕”④，都道出了语言和情感的这种关系。笔者所坚持的观点认为，语言是有其物性的，在诗歌或其他的文学作品中，构成客体化的艺术媒介。黑格尔对这个问题的回答是相当值得我们深思的，他认为：“但是要得到这种完整世界的展现，并不是通过木石和颜色而是只通过语言。语言的音律、重音之类，正如语言的表情姿势。通过它们精神内容意蕴才获得表现。如果要问这种表现方式的材料基础（媒介的担当者）何在，我们就可以回答说，语言并不像造型艺术作品那样独立自在，不依存于艺术创造的主体，而是只有活的人，即说话的

---

① ［美］杜威：《艺术即经验》，高建平译，商务印书馆 2005 年版，第 94 页。
② ［英］鲍桑葵：《美学三讲》，周煦良译，上海译文出版社 1988 年版，第 31 页。
③ 范文澜：《文心雕龙注》，人民文学出版社 1958 年版，第 493—494 页。
④ 同上书，第 495 页。

人，才是一篇诗作品的感性现实存在的担当者。——但是诗在本质上是有声的，如果要使诗尽量地作为艺术而出现，它就不可没有声响，因为诗只有通过声响才真正和客观存在发生联系。印刷的或书写的字母当然也是客观存在的，但只是任意用来标志语言和文字的符号。我们前已说过，文字只是标志观念的手段，诗至少还要就这种符号的时间因素（音长）和声响（音质）进行加工，把它提高到成为受到它所有标志的那种精神意义灌注生命的材料(媒介)。"① 这是诗的物性特征。诗的语言具有精神性，但它同时更有刻画成形的物性效果。黑格尔没有对材料和媒介加以区别，这种区别是较为晚近的奥尔德里奇的贡献；而他所说的"精神意义灌注生命的材料（媒介）"，则是"已在心灵中成形"的审美客体，而非零散的物化元素。而按着奥氏的理念来看，所谓艺术媒介，乃是以材料为元素的整体性符号，它是以物性为基础的，但艺术家所用的材料还只是媒介的要素而非媒介本身。20 世纪伟大的思想家卡西尔对于艺术更为强调的是内在的构形力量，他认为："审美的自由并不是不要情感，不是斯多葛式的漠然，而是恰恰相反，意味着我们的情感生活达到了它的最大强度，而正是在这样的强度中它改变了它的形式。因为在这里我们不再生活在事物的直接实在之中，而是生活在纯粹的感性形式的世界中。……我们在艺术中所感受到的不是哪种单纯的或单一的情感性质，而是生命本身的动态过程，是在相反的两极——欢乐与悲伤、希望与恐惧、狂喜与绝望——之间的持续摆动过程，使我们的情感赋有审美形式，也就是把它们变为自由而积极的状态。在艺术家的作品中，情感本身的力量已经成为一种构成力量（formative power)。"② 卡西尔认为艺术创作并非在于描绘或复写某一经验对象，而在于情感的内在构形。这个过程中，艺术家并非凭空想象，而是以其内在的媒介来感受世界、把握世界，并且在头脑里涌现出创造性的内在审美构形，这是艺术创造的根基所在。卡西尔于此有特别精彩的论述："艺术的情感是创造的情感，这种情感是我们生活在形式的生活中感受到的情感，每一形式都不仅是一种静态存在，而是一种动态力量，一种它自身的动态生命。……在艺术中，不仅我们感性经验范围扩大了，而且是我们对现实的景象的看法也发生了变化，我们用一种新的眼光，用一种活生生的形式媒介来看待现实。"③ 诗人、艺术家是用形式媒介的眼

---

① ［德］黑格尔：《美学》第 3 卷下册，朱光潜译，商务印书馆 1981 年版，第 97 页。
② ［德］恩斯特·卡西尔：《人论》，甘阳译，上海译文出版社 1985 年版，第 189 页。
③ ［德］恩斯特·卡西尔：《语言与神话》，于晓等译，三联书店 1988 年版，第 140 页。

光来感受现实，同时也建构了艺术品的胚胎。

“诗人感物”的过程，也即诗人以特有的媒介感受外物、并且形成了诗的意象和整体的构形。“属采附声”是诗人在内心世界进行创造的特征，它是“与心徘徊”的。《神思》篇中所说的“使玄解之宰，寻声律而定墨；独照之匠，窥意象而运斤”[①]，指的也是在内心中的这种以独特的媒介进行内在的构形。这种诗人的内在构形，通过“以少总多”的语言加以“定墨”，便使诗人在感物的瞬间兴发的情感产生了永恒的魅力。刘勰在这里揭示了这个道理：“思经千载，将何易夺？”[②] 这是特别值得我们深刻思考的。刘勰是特别重视文学的这种永恒魅力的，历经千载而不可易夺。

四

刘勰在《物色》篇中指出了“体物为妙”和“善于适要”的关系，其中言：“自近代以来，文贵形似，窥情风景之上，钻貌草木之中。吟咏所发，志惟深远；体物为妙，功在密附。故巧言切状，如印之印泥，不加雕削，而曲写毫芥。故能瞻言而见貌，印字而知时也。”[③] 刘勰在这里揭示了当时文坛尤其是诗歌创作中的“体物”特征。以往的研究，大都认为刘勰是贬低“体物”的，而笔者以为，“体物”在中国美学中是没有得到重视的审美创造方式。在以往对刘勰这段话的理解与评价上，似乎都认为刘勰是持贬抑和批评的态度，其实未必尽然。“体物”在中国古代美学思想史上并未得到重视和高度评价，而这其实是颇为遗憾的事情。“体物”观念要求精细地刻画对象物的形态及特征，这对艺术创作来说是非常必要的。中国艺术更多地强调传神，却有意无意地忽略了“体物”，这在很大程度上形成了自身的严重局限性。在魏晋南北朝时期的文论思想中，“体物”思想还是具有肯定性的价值的。先于刘勰的陆机，其文论经典《文赋》，核心理念在我看来便是“体物”。《文赋》中论及文体特征时所说的“诗缘情而绮靡，赋体物而浏亮”，人们多是将这二句拆开来解读，并将“诗缘情”作为诗歌创作的基本观念，而其实这两句是可以和应该作为互文来理解的。这两句被置于诸多文体特征之首（“诗缘情而绮靡，赋体物而浏亮，碑披文以相质，诔缠绵

---

① 范文澜：《文心雕龙注》，人民文学出版社 1958 年版，第 493 页。

② 同上书，第 694 页。

③ 同上。

而凄怆，铭博约而温润，箴顿挫而清壮。颂优游以彬蔚，论精微而朗畅，奏平彻以闲雅，说炜烨而谲狂。”）其意义不仅在于揭示诗赋两体的特征，而是具有根本的、普遍的性质。“缘情”与“体物”可说是为文之两翼，而陆机则是重在“体物”的，《文赋》序中表达了这种初衷：“余每观才士之所作，窃有以得其用心。夫其放言遣辞，良多变矣，妍蚩好恶，可得而言。每自属文，尤见其精。恒患意不称物，文不逮意，盖非知之难，能之难也。”① 在陆机看来，为文之难在于“意不称物，文不逮意。”“意不称物”指作者之意不能与作为描写对象的物相符合。物能否被准确、精微的摹写，成为作文的利害所在。陆机《文赋》的重心，并在不于作者如何进行自我表现，抒写个人情感，而在于如何摹写物的形态。《文赋》论述过程中是以物为其焦点的。“遵万物而思纷”是作者看到万物变迁之象而兴发创作激情；“情曈昽而弥鲜，物昭晰而互进”，是说物象在作者头脑中纷至沓来；“笼天地于形内，挫万物于笔端”，是说广阔的天地都可吸纳进物象，万物之象都可描绘于笔端。“体有万殊，物无一量。纷纭挥霍，形难为状。辞程才以效伎，意司契而为匠。在有无而黾勉，当浅深而不让。虽离方而遁圆，期穷形而尽相。”更是表明了《文赋》的意图所在：“穷形尽相”。陆机在《文赋》中多处言“物”，绝非偶然，而是传达出他的总体思想，是以能否更为准确细致地描写物象为旨归。“体物”的观念在《文心雕龙》中也颇有体现。如在《诠赋》篇中释“赋”云：“赋者，铺也。铺采摛文，体物写志也。”这当然是属于赋作为文体的特征。而在其赞语中则说：“赋自诗出，分歧异派。写物图貌，蔚似雕画。”② 可以认为是将赋的艺术特征上升到了美学的高度。刘勰非常重视文学艺术的形象描绘，《总术》篇中提出“视之则锦绘，听之则丝簧，味之则甘腴，佩之则芬芳。”认为艺术形象的描写应该是这样有色、有声、有气、有味，刘勰是主张“体物之妙”的。“功在密附”，指描写的贴切与精微。“体物”本身就包含着感兴的触发，诗人之情是其间的灵魂。之所以能达到“不加雕削，而曲写毫芥”的自然而精微的状态，关键还在于“诗人感物，联类不穷”的感兴作用。

“体物”的精微固然重要，刘勰更主张在物色的不断变化中把握其最具特征的“要害”之处。接下来刘勰说道：“然物有恒姿，思无定检，或率尔造极，或精思愈疏。且诗骚所标，并据要害，故后进锐笔，怯于争锋。莫不

① 郁沅、张明高：《魏南北朝文文论选》，人民文学出版社 1996 年版，第 146 页。
② 范文澜：《文心雕龙注》，人民文学出版社 1958 年版，第 136 页。

因方以借巧，即势以会奇，善于适要，则虽旧弥新矣。”① 物色呈现周期性的样态，而人的情感则是复杂多变的。文学的思维，有时偶然间便写出精品；有时则苦吟力索却效果不佳。从诗经、楚辞作为经典的范本看，关键在于作者下笔能够体现要害。刘勰在这里所说是有以前不太为人所关注的美学价值的。抓住对象的要害特征，这是我们一般的理解，而刘勰的主张更在于是在物色的不断变化中捕捉到瞬间的特征，并将其用语言表现出来。这便是“因方以借巧，即势以会奇”，“善于适要”是把握对象的精要之处，也即是指在动态中呈现对象特征，这样才能虽旧弥新，具有常读常新的艺术魅力。这是由感兴而起的，同时诗人的艺术修养也有着非常重要的作用。刘勰这里谈到由“善于适要”产生的艺术效果“虽旧弥新”，这是具有普遍意义的审美价值。“兴者，起也。取譬引类，起发己心，诗文诸举草木鸟兽以见意者，皆兴辞也。”② 我们面对以往的经典，却能使人产生新的审美感受，这也就是“兴”在审美接受的环节所具有的兴发情感的作用。“兴者，起也”，也可视为“情感唤起”。海德格尔对荷尔德林诗的阐释，可能最重要的不是对荷诗的酷爱或是对它的解释，最关键是的海德格尔所举的荷氏的诗句都是包含着诗的普遍性质。如海德格尔所举荷氏的“但诗人，创建那持存的东西”，这是最能道出诗歌的本质的。这也是中国文论所谈到的：“诗者，持也，持人情性。”③ 诗歌的价值和魅力很大程度上便在于：诗人将当时的瞬间的情感呈现为意象，却使后来的读者不断地引发情感的共鸣，因而，这种情感在诗中得以持存。海德格尔就此加以发挥：“凭借这个诗句，就有一道光线出现在我们关于诗之本质的问题中了。诗是一种创建，这种创建通过词语并在词语中实现。如此这般被创建者为何？持存者也。但持存者竟能被创建出来么？难道它不是已经现存的东西吗？决非如此。恰恰这个持存者必须被带向恒定，才不至于消失。”④ 这与刘勰所说的“思经千载，将何易夺？”都是在诗歌创作的意义上说的，而它们的内蕴又是何等的相似。

接下来“物色”的论述更有美学理论价值，刘勰所说的“是以四序纷回，而入兴贵闲；物色虽繁，而析辞尚简。使味飘飘而轻举，情晔晔而更

① 范文澜：《文心雕龙注》，人民文学出版社 1958 年版，第 694 页。

② （汉）毛亨等：《毛诗正义》，见李学勤主编《十三经注疏》，北京大学出版社 1999 年版，第 14 页。

③ 范文澜：《文心雕龙注》，人民文学出版社 1958 年版，第 65 页。

④ ［德］海德格尔：《荷尔德林诗的阐释》，孙周兴译，商务印书馆 2002 年版，第 44 页。

新。”① 这段话虽则不长，但却是意义丰富。至少有这样三层意思：一是审美情兴的进入是因了主体心态的闲静；二是面对纷繁的物色，描述它们的文字却应是简约的；三是由于以上原因，使作品韵味轻扬，情感历久弥新。这三点又是相互连接的。“入兴贵闲”可以视为一个基本的审美命题。“入兴”者，在“四序纷回”获致创作的或审美的兴趣、灵机，而其前提又在于主体心灵的闲淡虚静。学者或以规矩法度来训释“闲”字，如陆侃如、牟世金先生以“法度”释“闲”，并译解这句为：“因此，一年四季虽然多变，但写到文章中去要有规则。”② 笔者以为，释“闲”为法度，固然并非毫不沾边，却要曲为之释，全然不符合《文心雕龙》关于创作的一贯认识。“闲”在这里，无须穿凿，就是闲适的心态。纪昀的评述最为中肯：“四序纷回尤精。凡流传佳句都是有意无意之中，偶然得一二语，无累牍连篇苦心力造之事。”③ 纪氏显然是认为此处之“闲”，就是闲淡无意的心态。骆鸿凯补黄侃《札记》物色篇中指出：“数语尤精。四序纷回，入兴贵闲者，盖以四序之中，万象森罗，触于耳而寓于目者，所在皆是，苟非置于心倏然闲旷之域，诚恐当前好景，容易失之也。陶诗：采菊东篱下，悠然见南山，山气日夕佳，飞鸟相与还，此中有真意，欲辨已忘言。因采菊而见山，一与自然相接，便见真意，而至于欲辨忘言，使非渊明摆落世纷，寄心闲远，曷至此乎？”④ 所论尤是中肯，颇合“入兴贵闲”本意。刘勰在《文心雕龙·养气》篇中提出“率志委和”说，系统地阐述了虚静闲淡的创作心态的功能，开篇即说：“昔王充著述，制养气之篇，验己而作，岂虚造哉！夫耳目鼻口，生之役也；心虑言辞，神之用也。率志委和，则理融而情畅；钻砺过分，则神疲而气衰：此性情之数也。”⑤ 刘勰认为“弄闲于笔锋”才能有最佳的状态，因而他指出：“夫学业在勤，功庸弗怠，故有锥股自厉，和熊以苦之人。志于文也，则申写郁滞，故宜从容率情，优柔适会。若销铄精胆，蹙迫和气，秉牍以驱龄，洒翰以伐性，岂圣贤之素心，会文之直理哉？且夫思有利钝，时有通塞，沐则心覆，且或反常，神之方昏，再三愈黩。是以吐纳文艺，务在节宣，清和其心，调畅其气，烦而即舍，勿使壅滞；意得则舒

① 范文澜：《文心雕龙注》，人民文学出版社 1958 年版，第 694 页。

② 陆侃如、牟世金：《文心雕龙译注》，齐鲁书社 1995 年版，第 554 页。

③ 范文澜：《文心雕龙注》，人民文学出版社 1958 年版，第 697 页。

④ 骆鸿凯：《文心雕龙札记》“物色”补，见黄侃《文心雕龙札记》，中华书局 2006 年版，第 282 页。

⑤ 范文澜：《文心雕龙注》，人民文学出版社 1958 年版，第 646—647 页。

怀以命笔，理伏则投笔以卷怀，逍遥以针劳，谈笑以药倦，常弄闲于才锋，贾余于文勇；使刃发如新，凑理无滞，虽非胎息之迈术，斯亦卫气之一方也。”① 刘勰以王充的“养气”说作为创作论之借鉴，认为那种“销铄精胆，蹙迫和气”的苦吟力索，不但难以写出杰作，而且是在摧残生命；只有以逸待劳的状态中才能使文思“刃发如新”，意兴勃发，思如泉涌，这是“入兴贵闲”的含义所在。“物色虽繁，而析辞尚简”②，也是一个重要的创作理念，其中有着很深的艺术辩证法。外在的物色形态万千，变化无穷，要表现事物美的特征，不能亦步亦趋地琐细描写，而是要以简妙的辞语把握住对象的特征，也就是所谓“善于适要”。这使人们想到格式塔心理学美学提出的简化规律。其代表队人物阿恩海姆深入研究了视觉艺术的审美规律，特别强调了视觉的选择性与简化功能。阿恩海姆认为：“视觉与照相是绝然不同的。它的活动不是一种像照相那样的消极的接受活动，而是一种积极的探索。视觉是高度选择性的，它不仅对那些能够吸引它的事物进行选择，而且对看到的任何一种事物进行选择。”③ 简化不等于简单，而是看上去“简单”，其实却蕴藏着更多的丰富性和复杂性。阿恩海姆明确指出：“由艺术概念的统一所导致的简化性，决不是与复杂性相对立的性质，只有当它掌握了艺术的无限性，而不是逃向贫乏和孤立时，才能显示出简化性的真正优点。”④ 刘勰主张在面对纷繁物色加以描绘时，“尚简”是个重要的原则，正是与之不谋而合。简化不但并非走向贫乏，恰恰相反，是使作品产生丰富意蕴和新奇的审美效果的重要原因。刘勰由此说：“使味飘飘而轻举，情晔晔而更新。”在读者的感受中，韵味油然而生，情感历久弥新，这正是“析辞尚简”的结果。刘勰继而还揭示了物色与通变的关系：“古来辞人，异代接武，莫不参伍以相变，因革以为功，物色尽而情有余者，晓会通也。若乃山林皋壤，实文思之奥府，略语则阙，详说则繁。然屈来所以能洞鉴风骚之情者，抑或江山之助乎！”⑤ 因革通变是文学史的重要规律，文学日新，佳作迭出，既有传承，更见创造。作品之所以能不断以新的面貌呈现，创造的动力之所以永不枯竭，“物色”带着宇宙的生命力的涌现，是其基本因素之

---

① 范文澜：《文心雕龙注》，人民文学出版社 1958 年版，第 646 页。

② 同上书，第 694 页。

③ ［美］阿恩海姆：《艺术与视知觉》，滕守尧、朱疆源译，中国社会科学出版社 1984 年版，第 49 页。

④ 同上书，第 68 页。

⑤ 范文澜：《文心雕龙注》，人民文学出版社 1958 年版，第 694—695 页。

一。所以，在刘勰看来，山林皋壤是文思的奥府，江山之助是经典的契机。

《文心雕龙》五十篇每篇结尾处都有“赞”语，尽是精要点晴之笔。《物色》篇的“赞”语，尤受推重，被清代大学者纪昀评为“诸赞之中，此为第一”①。《物色》赞语，不唯文辞优美，音调浏亮，而且高度概括，见解卓越。其言曰：“山沓水匝，树杂云合。目既往还，心亦吐纳。春日迟迟，秋风飒飒。情往似赠，兴来如答。”② 通过此“赞”，刘勰将作家诗人的心灵与外在物色的往还吐纳传达得惟妙惟肖。在刘勰看来，心与物的关系，是一种双向互动，而“目”在其中也起了最为重要的传递作用。“情往似赠，兴来如答”，进一步揭示了审美态度在创造活动中的重要意义。情是诗人受到物色感召所产生的情感波动，然后又以这种情感投射到对象中去。由此而生成审美感兴。“兴”是至高至妙、浑然无间的创造契机，它已经在诗人心中诞育了新的审美意象，它是一个“全新的世界”。一方面联系着客体的形态，一方面又给人以耳目一新的审美感受。在诗人的笔下，一切“原来为人们所熟悉的事物都具有了一种人们从未见过的外表”。③ 刘勰的物色论，使我们产生了更多的美学观念的启迪，在今天还是令人常读常新的。

① 范文澜：《文心雕龙注》，人民文学出版社 1958 年版，第 697 页。

② 同上书，第 695 页。

③ ［美］阿恩海姆：《艺术与视知觉》，滕守尧、朱疆源译，中国社会科学出版社 1984 年版，第 68 页。

叶燮感兴论的审美主体建构*

中国古代诗学中的感兴论，发源于诗之“六义”，迄明清而不衰，经过许多诗人和诗论家的踵事增华，具有了更为独特和深厚的美学理论内涵，成为中国诗学和美学的一个独特的传统，以其鲜明的民族特色而与西方美学的相关理论相区别，对于当代的文艺美学建设，也有着非常重要的借鉴意义。感兴的基本含义是外在物色对诗人的触发兴感，其重要特征在于偶然性和主客体的遇合。感兴论者认为感兴是创造诗歌精品的最佳创作契机，但都对感兴所涉及的诗人和外物的内在因素语焉不详。清代叶燮以其诗论的系统性著称，感兴成为其创作论最核心的理念。他的诗学代表性著作《原诗》及其另外一些诗学文献，都贯穿着感兴触遇的创作思想。然而，感兴论并非叶燮独特的理论贡献，而在其感兴诗论中，关于主客体两方面的要素的分析与建构，使中国诗学中的感兴论达到了前所未有的高度。对于诗人作为审美主体的内在要素，如胸襟、才识胆力的充分论述，更为深刻而透辟地揭示了感兴作为创作契机之所以能够产生诗歌经典的原因所在。

一

中国古代的感兴论，其本质的内容是讲外物对诗人情感的触发和兴起。感兴的本义就是感于物而兴，如刘勰对兴的训释：“兴者，起也。”[①] 起即“起情”。《文心雕龙·比兴》篇中明确说：“起情故兴体以立。”[②] 宋人李仲蒙对“兴”的界说尤能准确揭示感兴的本质属性：“触物以起情，物动情

---

* 本文刊于《河北学刊》2015 年第 2 期，与孟丽博士合作。

① 范文澜：《文心雕龙注》，人民文学出版社 1958 年版，第 601 页。

② 同上。

也。”[1] 中国古代诗论中有大量的关于感兴的论述都谈到感兴是物对心的触发，从而使诗人产生神思。感兴论所具有的两个特点在于：一是物对心的触发，二是偶然性的契机。这是感兴论述中所具有的普遍性品格。对于中国古代感兴论而言，这两者都是具有普遍性的品格的。感兴是以物色对诗人心灵的触发为其特征的，没有物色的感发，则无以称其为感兴。这一点正是中国的感兴理论与西方灵感论的区别所在。如钟嵘《诗品序》中说：“气之动物，物之感兴。故摇荡性情，形诸舞咏。”[2] 刘勰在《文心雕龙·物色》中也说：“春秋代序，阴阳惨舒，物色之动，心亦摇焉。”[3] 诗人情感的兴发，都是有外在的物色作为动因和触媒的。感兴又都是有着明显的偶然的契机。这也是感兴论的基本要素。如遍照金刚《文镜秘府论》中有创作的“十九势”，其中的“感兴势”即言：“感兴势者，人心至感，心有应说，物色万象，爽然有如感会。”有明显的偶然性质。宋代诗人杨万里诗中说：“酒不逢人不醉，诗如得句偶然来。”（《冬至前三日》）。感兴论揭示了诗歌创作思维的内在机制，同时强调了物对心的感发作用。从审美主体和客体的关系来说，客体的因素似乎成为了创作中的主因。其中也有一些论者谈到了作家的主体因素，但由于缺乏系统性的理论阐述，而未能更为明确地引发人们的关注。

清代诗论家叶燮（号横山）在中国古代诗学发展史上有着重要的地位，他的《原诗》，在中国诗论中是以系统性和理论性而著称的。从创作论的角度来看，叶燮是以“感兴”作为诗歌创作的根本动因的。然而，叶燮的诗歌感兴论却融入了更多的理性内涵，并将感兴论的主体和客体析为“才识胆力”和“理事情”等要素，使感兴论充实进前所未有的近代性内涵，可以说叶燮使感兴论达到了峰巅境界。

二

叶燮论诗，最重感兴。郭绍虞先生揭示叶燮的诗学观念为“触兴是作诗之本”[4]，这是把握了叶氏诗学的本质的。在《原诗·内篇》中，叶燮指

---

① （宋）胡寅：《与李叔易书》，见《斐然集》卷18，中华书局1993年版，第386页。

② 陈延杰：《诗品注》，人民文学出版社1961年版，第1页。

③ 范文澜：《文心雕龙注》，人民文学出版社1958年版，第693页。

④ 郭绍虞：《中国文学批评史》，商务印书馆2010年版，第592页。

出："原夫作诗者之肇端而有事乎此也，必先有所触以兴起其意，而后措诸辞、属为句、敷之而成章。当其有所触而兴起也，其意、其辞、其句，劈空而起，皆自无而有，随在取之于心。出而为情、为景、为事，人未尝言之，而我始言之，故言者与闻其言者，诚悦而永也。使即此意、此辞、此句虽有小异，再见焉，讽咏者已不击节；数见，则益不鲜；陈陈踵见，齿牙余唾，有掩鼻而过耳。"① 叶燮的《原诗》，从诗史变迁以论创新之为首要，认为唐诗大家恰是因其"一一能为创"而"特立兴起"，其开宗明义处就以纵谈古今的历史观来谈创新之价值，对于"前后七子"的"诗必盛唐"之论一击而中要害："自'不读唐以后书'之论出，于是称诗者必曰唐诗；苟称其人之诗为宋诗，无异于唾骂。谓'唐无古诗'，并谓'唐中、晚且无诗也'。噫！亦可怪矣！今之人岂无有能知其非者；然建安盛唐之说，锢习沁入于中心，而时发于口吻，弊流而不可挽，则其说之为害烈矣。"② 叶燮对诗必盛唐之论的掊击是建立在创新的诗歌价值立场上的，而他认为诗歌创新的原动力就在于"触兴"，即所谓"有所触而兴起也"。"触兴"就是感兴的一种说法，即是诗人和外物的触碰相遇，以其偶然性和主客体的契合性为其特征。从字意层面来讲，"触"是二者无意间的碰撞和遇合，这是没什么疑义的。在诗学中，"触"指的便是诗人的心情与外物相触碰而兴发审美情感，从而引起创作冲动。而从很早开始，"触"便作为感兴的一个重要话头了。如魏晋南北朝时期文论家萧统所说："天凉始贸，触兴自高。睹物兴情，更向篇什。"③ 感兴，就是感于物而兴情，兴的功能首在对诗人情感的兴起。所以刘勰在《文心雕龙·比兴》篇中对"兴"的定义："兴者，起也"，阐明了物体兴发诗人情感的功能。值得我们特别注意的是，刘勰在《比兴》篇的篇尾赞语中又说："诗人比兴，触物圆览。"从《比兴》通篇的意思来看，说此处的"比兴"侧重指兴，不为牵强。而刘勰又强调了兴的"触物"性质，乃如黄侃《札记》中所说："原夫兴之为用，触物以起情，节取以托意，故有物同而感异者，亦有事异而情同者，循省六诗，可榷举也。"④ 参

---

① （清）叶燮：《原诗·内篇上》，见霍松林、杜维沫校注《原诗·一瓢诗话·说诗晬语》，人民文学出版社1979年版，第5页。

② 同上。

③ （南朝·梁）萧统：《答复晋安王书》，见《全梁文》卷20，商务印书馆1999年版，第215页。

④ 黄侃：《文心雕龙札记》，中华书局1962年版，第173页。

与兰亭雅集的南朝诗人孙绰亦言："情因所习而迁移，物触所遇而兴感。"[①]这同样是将触物作为感兴的契机了。宋代大文学家苏轼论文学创作时也说："山川之秀美，风俗之朴陋，贤人君子之遗迹，与凡耳目之所接者，杂然有触于中而发于咏叹。"[②] 南宋大诗人杨万里论诗歌创作以兴为上，其所言之兴也正是物我相触，说："大抵诗之作也，兴，上也，赋，次也，赓和，不得已也。我初无意于作是诗，而是物是事适然触乎我，我之意亦适然感乎是物是事，触先焉，感随焉，而是诗出焉，我何与哉？天也，斯谓之兴。"[③]元末明初大文学家宋濂谈及创作时说："道充于是，事触于外而形乎言，不能不成文尔。"[④] 由上可见，以触论兴是中国诗学的一个传统。叶燮是在感兴论在框架里阐述诗歌创作的，叶燮诗学贯穿了这种感兴的精神，然而，叶燮在感兴论中注入了更为丰富也更为理性的内涵。

感兴是审美主体和客体的遇合，由此而兴发出诗人的审美情感和创作冲动。以往诸人论感兴，以物对心的触发、心对物的感遇为契合点，并认为感兴是产生杰作的最佳契机，如宋人叶梦得所说的"此语之工，正在无所用意。猝然与景相遇，借以成章，不假绳削，故非常情所能到。诗家妙处，当须以此为根本"[⑤]，明代诗论家谢榛所说的"诗有天机，待时而发，触物而成，虽幽寻苦索，不易得也"[⑥] 等是代表性的观点。但是，感兴论容易令人产生这样的误解，即诗人无须经过长期艰苦卓绝的艺术训练，只要在偶然的机遇中与外物触遇，即可创作出杰出的作品。在某种意义上，叶燮之前的感兴论，是未能充分认识和阐述感兴的主体条件的。而叶燮则是将诗歌感兴所创造的审美主体作了系统而深刻的建构性阐述。

叶燮以其宏阔而辩证的历史感论诗史之变，一部中华诗史，也即递变相嬗之史。叶燮论诗之创作感兴，是不能离开这个大的背景的。在《原诗·内篇》中，叶燮即言："盖自有天地以来，古今世运气数，递变以相禅。古云：'天道十年而一变。'此理也，亦势也，无事无物不然；宁独诗之一道，

---

① （晋）孙绰：《三月三日兰亭诗序》，见《全上古三秦汉三国六朝文》第4册，河北教育出版社1997年版，第636页。

② （宋）苏轼：《南行前集叙》，见张春林编《苏轼全集》，中国文史出版社1999年版，第575页。

③ （宋）杨万里：《答建康府大军库监门徐达书》，见《诚斋集》卷67，四部丛刊本，第6页。

④ （明）宋濂：《宋学士全集》第5册《朱葵山文集序》，中华书局1985年版，第220页。

⑤ （宋）叶梦得：《石林诗话》卷中，见（清）何文焕《历代诗话》，中华书局1981年版，第426页。

⑥ （明）谢榛：《四溟诗话》卷2，中华书局1985年版，第23页。

胶固而不变乎?”① 在诗史的变迁中，诗人的主体因素，成为诗史变创的动力之源。不肯沿袭前人，以自己的独特风貌崛起于诗坛，方才造就了峰峦迭起的诗史轨迹。叶燮认为，感兴是诗歌创作的生成契机，而真正凭借这种契机，产生传世经典的在于诗人的主体因素，即诗人之胸襟。这是诗歌创作的基础所在。叶燮认为传世佳作的产生，并非“就诗以求诗”所能获得的，而在于诗人的主体因素，这才是诗歌创作的基础所在。因此，叶燮说：“诗之可学而能者，尽天下之人皆能读古人之诗而能诗，今天下之称诗者是也；而求诗之工而可传者，则不在是。何则？大凡天资人力，次序先后，虽有生学困知之不同，而欲其诗之工而可传，则非就诗以求诗者也。我今与子以诗言诗，子固未能知也；不若借事物以譬之，而可晓然矣。今有人焉，拥数万金而谋起一大宅，门堂楼庑，将无一不极轮奂之美。是宅也，必非凭空结撰，如海上之蜃，如三山之云气。以为楼台，将必有所托基焉。而其基必不于荒江、穷壑、负郭、僻巷、湫隘、卑湿之地；将必于平直高敞、水可舟楫、陆可车马者，然后始基而经营之，大厦乃可次第而成。我谓作诗者，亦必先有诗之基焉。诗之基，其人之胸襟是也。有胸襟，然后能载其性情、智慧、聪明、才辨以出，随遇发生，随生而盛。”② 叶燮将创作的审美感兴和诗人主体之间的关系，在这里作了明确的揭示。叶燮以“胸襟”这样一个总体性概念来指谓诗人的主体因素，胸襟，包含了诗人的人品、视野、价值追求、艺术修养等内在要素，但它们又是一个整体，是不可分割的。胸襟不是什么人都能具备的，而是一个志存高远、胸怀广阔、修养深厚的诗人才可具备的。“随遇发生”，正是感兴的创作契机。只有胸襟高远之人，才能创作出传世之作。以诗人之胸襟为诗歌创作基础，叶燮以杜甫为例：

> 千古诗人推杜甫。其诗随所遇之人之境之事之物，无处不发其思君王、忧祸乱、悲时日、念友朋、吊古人、怀远道，凡欢愉、幽愁、离合、今昔之感，一一触类而起，因遇得题，因题达情，因情敷句，皆因甫有其胸襟以为基。如星宿之海，万源从出；如钻燧之火，无处不发；如肥土沃壤，时雨一过，夭矫百物，随类而兴，生意各别，而无不具足。即如甫集中《乐游园》七古一篇：时甫年才三十余，当开宝盛时；

① （清）叶燮：《原诗·内篇上》，见霍松林、杜维沫校注《原诗·一瓢诗话·说诗晬语》，人民文学出版社 1979 年版，第 4 页。

② 同上书，第 17 页。

使今人为此，必铺陈飏颂，藻丽雕缋，无所不极；身在少年场中，功名事业，来日未苦短也，何有乎身世之感？乃甫此诗，前半即景事无多排场，忽转“年年人醉”一段，悲白发，荷皇天，而终之以“独立苍茫”，此其胸襟之所寄托何如也！①

叶燮以杜甫为诗人胸襟的例子是最为典型的。因其忧国忧民的博大胸怀，所以能够随遇发生，创造出那么多伟大的篇什。感兴是其创造的发生契机，而胸襟才是诗人创造的基础。在《原诗》的外篇中，叶燮又谈道：“诗是心声，不可违心而出，亦不能违心而出。功名之士，决不能为泉石淡泊之音；轻浮之子，必不能为敦庞大雅之响。故陶潜多素心之语，李白有遗世之句，杜甫兴‘广厦万间’之愿，苏轼师‘四海弟昆’之言。凡如此类，皆应导报而出。其心如日月，其诗如日月之光。”② 这里所说的“心声”，正是诗人胸襟的回响。

胸襟是叶燮对诗人品格胸怀和总体风貌的概念，因其人胸襟之差异，而有诗人面目之不同。通过诗人与外物的感兴触遇，而呈现出不同的诗歌风貌，此即诗人风格或个性之别。叶燮在《原诗·外篇》中指出：“‘作诗者在抒写性情’。此语夫人能知之，夫人能言之；而未尽夫人能然之者矣。‘作诗有性情必有面目’。此不但未尽夫人能然之，并未尽夫人能知之而言之者也。如杜甫之诗，随举其一篇，篇举其一句，无处不可见其忧国爱君，悯时伤乱，遭颠沛而不苟，处穷约而不滥，崎岖兵戈盗贼之地，而以山川景物友朋杯酒抒愤陶情；此杜甫之面目也。我一读之，甫之面目跃然于前。读其诗一日，一日与之对；读其诗终身，日日与之对也。故可慕可乐而可敬也。举韩愈之一篇一句，无处不可见其骨相棱嶒，俯视一切；进则不能容于朝，退又不肯独善于野，疾恶甚严，爱才若渴：此韩愈之面目也。举苏轼之一篇一句，无处不可见其凌空如天马，游戏如飞仙，风流儒雅，无入不得，好善而乐与，嬉笑怒骂，四时之气皆备：此苏轼之面目也。此外诸大家，虽所就各有差别，而面目无不于诗见之。”③ 诗人之不同面目，是由其胸襟而致。

---

① （清）叶燮：《原诗·内篇下》，见霍松林、杜维沫校注《原诗·一瓢诗话·说诗晬语》，人民文学出版社1979年版，第17页。

② 同上书，第52页。

③ 同上书，第50页。

胸襟而外，叶燮提出“才、胆、识、力”之说，作为诗人创作佳作的主体因素。作为优秀诗人，这四个方面的因素是缺一不可的。在外物方面，叶燮以“理、事、情”三者作为基本要素，而以才、胆、识、力为主体方面的四大要素。主体和客体的触兴遇合，也表现为这双方的契合。叶燮正面阐述道：“曰理、曰事、曰情，此三言者足以穷尽万有之变态。凡形形色色，音声状貌，举不能越乎此。此举在物而言，而无一物之或能去也。曰才、曰胆、曰识、曰力，此四言者所以穷尽此心之神明。凡形形色色，音声状貌，无不待于此而为之发宣昭著。此举在我才为言，而无一不如此心以出之者也。以在我者四，衡在物在三，合而为作者之文章。大之经纬天地，细而一动一植，咏叹讴吟，俱不能离是而为言者矣。”① 叶燮将审美创造的主体能力析为才、胆、识、力四种，在外物方面，则析为理、事、情三种要素。契而合之，方成文章。契合之机，在于触兴。在物我两方面中，主体方面的才识胆力是主动的，外物之理事情，有待于主体的才胆识力“发宣昭著”。作一个杰出的诗人，才、胆、识、力缺一不可。叶燮指出：“大凡人无才，则心思不出；无胆，则笔墨畏缩；无识，则不能取舍；无力，则不能自成一家。”② 那种以复古为旗帜而无自身所禀赋的才、胆、识、力，只能是拾人牙慧，陈陈相因，无以见古人之真面目。

叶燮又论四者之间的关系和作用，其中最重要的是识。其言：“在物者前已论悉之。在我者虽有天分之不齐，更无不可人才充之。其优于天者，四者俱足，而才独外见，则群称其才，而不知其才之不能无所凭而独见也。才见不足，人皆曰才之歉也，不可勉强也；不知有识以居乎才之先，识为体而才为用，若不足于才，当先研精推求乎其识。人惟中藏无识，同晤事情错陈于前，而浑然茫然，是非可否，妍蚩黑白，悉眩惑而不能辨，安亡命其敷而出为才乎！文章之能事，实始乎此。今夫诗，彼无识者，既不能知古来作者之意，并不自知其有何所兴感、触发而为诗。”③ 才与识之间，叶氏认为识为体，才为用，才是识的外显，识是才的灵魂。叶燮特别重视诗人的主体存在，主张诗要有独特的面目，而不以模仿古人为务。而这又并非刻意求取，而是在其感兴触发之间。叶燮看到了识与感兴之间的内在关系，故而其云：

① （清）叶燮：《原诗·内篇下》，见霍松林、杜维沫校注《原诗·一瓢诗话·说诗晬语》，人民文学出版社1979年版，第21页。

② 同上书，第16页。

③ 同上书，第24页。

"惟有识，则是非明；是非明，则取舍定。不但不随世人脚跟，并不随古人脚跟。非薄古人为不足学也；盖天地有自然之文章，随我之所触而发宣之，必有克肖基自然者，为至文以立极。我之命意发言，自当求其极者。昔人有言：'不恨我不见古人，恨古人不见我。'又云：'不恨臣无二王法，但恨二王无臣法。'斯言特论书法耳，而其人自命如此。等而上之，可以推矣。"① 体现出强烈的主体精神。叶燮以"求其至极者"而为诗人的价值目标，这当然是以彪炳诗史、辉映诗坛为其追求的，对那种"随世人影响而附会之"的模仿习气尤为鄙薄。叶燮认为，如果诗人无识，就无从谈起价值判断，无所适从，即便有所感兴，也是盲目的。在感兴的发生之中，识的作用是不可或缺的。

关于胆，叶燮认为胆可以使才得到伸张，使文章得千古不朽。他说："昔贤有言：'成事在胆'，'文章千古事'，苟无胆，何以能千古乎？吾故曰：无胆则笔墨畏缩。胆既诎矣，才何由而得伸乎？"② 力对才的显现，也是强劲的助力。所以叶燮说："吾尝试观古之才人，合诗与文而论之，如左丘明、司马迁、贾谊、李白、杜甫、韩愈、苏轼之徒，天地万物皆递开辟于其笔端，无有不可举，无有不能胜，前不必有所承，后不必有所继，而各有其愉快。如是之才，必有其力以载之。惟力大者而才能坚，故至坚而不可摧也。历千百代而不朽者以此。昔人有云：掷地须作金石声。六朝人非能知此义者，而言金石，喻其坚也。此可见文家之力。"③ 那些名垂千古的经典之作，必当是有力之作。四者交相为济，缺一不可成为优秀诗人。其中，叶氏还是最为重视识的核心作用，其言："四者无缓急，而要在先之以识；使无识，则三者俱无所托。无识而有胆，则为妄、为卤莽、为无知，其言背理、叛道，蔑如也。无识而有才，虽议论纵横，思致挥霍，而是非淆乱，黑白颠倒，才反为累矣。无识而有力，则坚僻、妄诞之辞，足以误人而惑世，为害甚烈。若在骚坛，均为风雅之罪人。惟有识，则能知所从、知所奋、知所决，而后才与胆力，皆确然有以自信；举世非之，举世誉之，而不为其所摇。安有随人之是非以为是非者哉！"④ 叶燮认为，才、识、胆、力四者之间，识起着最重要的作用。

---

①（清）叶燮：《原诗·内篇下》，见霍松林、杜维沫校注《原诗·一瓢诗话·说诗晬语》，人民文学出版社1979年版，第25页。

② 同上书，第26页。

③ 同上书，第27页。

④ 同上书，第29页。

对于诗人所面对、所表现的物色，叶燮析之为理、事、情三者，这是人们所熟知的；而叶燮以气而统理、事、情三者，并说明了诗的感兴创造在客体方面的机理，这是应该指出的。叶燮指出："曰理、曰事、曰情三语，大而乾坤以之定位、日月以之运行，以至一草一木一飞一走，三者缺一，则不成物。文章者，所以表天地万物之情状也。然具是三者，又有总而持之，条而贯之者，曰气。事、理、情之所为用，气为之用也。譬之一木一草，其能发生者，理也。其既发生者，则理也。既发生之后，夭矫滋植，情状万千，咸有自得之趣，则情也。苟无气以行之，能若是乎？"① 理、事、情可以说已经是分层次地概括了客观事物的基本要素，但是，作为具有生命情态的事物的现实存在，作为活生生的对象，又是以气贯通于其中的。气作为中国哲学的基本范畴，对于中华美学思想产生了非常深远的影响，这并非几句话可以说清楚的。而气作为宇宙间的元物质，是生化具体事物的动力。从叶燮对事物的分层解析来看，理是事物能够呈现的物理，事是事物"物理"已然呈现的现实。情是事的外在情状。南宋永嘉学派的叶适以"理、情"作为外在事物的特征："夫形于天地之间者，物也；皆一而有不同者，物之情也；因其不同而听之，不失其所以一者，物之理也；坚凝纷错，逃遁谲伏，无不释然而解、油然而遇者，由其理之不可乱也。"② 叶燮以理事情作为客观事物的要素，其与叶适有相通之处，但是更具美学品格。"气"在中国哲学中的地位就更为重要，从汉之王充到宋之张载等，都把气作为宇宙万物的本体。在理学中则有理在气先还是气在理先的争论。叶燮的诗论虽然谈到理和气，但并非是在理学家的范畴体系中建构其内涵的。如他讲的"理"，并非程朱理学所讲的理那样具有万物本体的地位，而是如王夫之所说的"物理"。而这里所说的"气"，也没有主张"气一元论"的思想家所标举的高度，但它作为化育万物的运动性物质的形态，是叶燮诗学中的基本含义。外物之所以充满生机、千姿成态，皆是因为气鼓行于其间。《原诗·内篇》又说："又如合抱之木，百尺干霄，纤叶微柯以万计，同时而发，无有丝毫异同，是气之为也。苟断其根，则气尽而立萎。此时理、事、情俱无从施矣。吾故曰：三者借气而行者也。得是三者，而气鼓行于其间，絪缊磅礴，随其自然，所至即为法，此天地万象之至文也。岂先有法以驭是气者哉！不然，

① （清）叶燮：《原诗·内篇下》，见霍松林、杜维沫校注《原诗·一瓢诗话·说诗晬语》，人民文学出版社 1979 年版，第 21 页。

② （宋）叶适：《叶适集》，中华书局 1961 年版，第 699 页。

天地之生万物，舍其自然流行之气，一切以法绳之，夭矫飞走，纷纷于形体之万殊，不敢过于法，不敢不及于法，将不胜其劳，乾坤亦几乎息矣。”①气化流行使万物处于生生不息的变化之中，诗人只有在触遇感兴中才能获取前一刻后一刻都不曾有的审美意象。气的存在使审美对象成为一实在内容，并使其成为审美主体的体验高峰点。

三

叶燮以感兴作为诗歌创作的最佳契机，自觉而系统地发挥了中华诗学的感兴论传统；但他并不认为随便什么人只要在偶然的触遇中都可以获得“天启”，灵感一来就能创造出杰作，从而成为了不起的诗人。诗人要以长期的主体能力的培养来提高自己认识世界、体察真理的眼光。因此，叶燮将理学中的“格物”之说引入诗学，作为诗人主体能力培养的重要途径。《原诗·外篇》指出：“彼诗家之体格、声调、苍老、波澜，为规则、为能事，固然矣；然必其人具有诗之性情、诗之才调、诗之胸怀、诗之见解以为其质。如赋形之有骨焉，而以诸法传而出之；犹素之受绘，有所受之地，而后可一一增加焉。故体格、声调、苍老、波澜，不可谓为文也，有待于质焉。不可谓为皮之相也，有待于骨焉，则不得不谓之皮相焉。吾告善学诗者，必先从事于‘格物’，而以识充其才，则质具而骨立，而以诸家之论优游以文之，则无不得，而免于皮相之讥矣。”② 叶燮认为体格、声调、苍老、波澜等，都是诗之佳作的要素，以他的话说是“恒为先务”，“论诗者所谓总持门也”。其诗作呈现了这些要素，才能获得论诗者的高度评价，“目为到家，评诗者所为造诣境也”③。在叶氏看来，体格、声调、苍老、波澜，当然也是诗的“要言妙义”，但这还是外显于诗的表层的因素，而更为本质的因素则是作为诗人主体因素的性情、才调、胸怀、见解。叶燮以诗体格声调、苍老、波澜为诗之文，以性情、才调、胸怀、见解为诗之质。“由是言之，之数者皆必有质焉以为之先者焉”——作为诗之质的性情、才调、胸怀、见解，与体格、声调、苍老、波澜相比，则更为前提，更为重要。而它们的获

---

① （清）叶燮：《原诗·内篇下》，见霍松林、杜维沫校注《原诗·一瓢诗话·说诗晬语》，人民文学出版社 1979 年版，第 21 页。

② 同上书，第 46 页。

③ 同上书，第 45 页。

得，叶燮则主张通过“格物”而致。

“格物致知”是宋明理学的重要命题，指通过“格物”的方式把握物理获取知识。其源出于《四书》中之《大学》。《大学》中说：“古之欲明明德于天下者，先治其国；欲治其国者，先齐其家；欲齐其家者，先修其身；欲修其身者，先正其心；欲正其心者，先诚其意；欲诚其意者，先致其知；致知在格物。”朱熹阐释说：“格，至也。物，犹事也。穷至事物之理，欲其极处无不到也。”① “格物”是穷至事物之理，朱熹还为《大学》按二程之意补了一段：“所谓致知在格物者，言欲致吾之知，在即物而穷其理也。盖人心之灵莫不有知，而天下之物莫不有理，惟于理有未穷，故其知有不尽也。是以《大学》始教，必使学者即凡天下之物，莫不因其已知之理而益穷之，以求至乎其极。至于用力之久，而一旦豁然贯通焉，则众物之表里精粗无不到，而吾心之全体大用无不明矣。此谓物格，此谓知之至也。”② 致知其实是求理。格物是在与具体事物的接触中把握作为本源的“理”。“物”的外延非常广泛，既有自然事物，又有社会事物。朱熹更为强调的是物的感性存在及其客观性。如其说：“天道流行，造化发育，凡有声色貌象而盈天地之间者，皆物也。”③ 叶燮将“格物”说引入诗学，即是主张诗人通过格物即接引事物而穷尽理之极致。理学家以“理”为万物本体，又主张理遍在于一切事物之中，这就是“理一分殊”的命题的含义所在。程颐提出“体用一源”之说，为理学的宇宙本体论奠定了理论基础。他说：“至微者理也，至著者象也。体用一源，显微无间。”④ 朱熹认为，万物的本体是“理”，而各个具体事物中都含有这个“理”，也称之为“太极”。他说：“本只是一个太极，而万物各有禀受，又自各全具一太极尔。如月在天，只一而已，及散在江湖，则随处可见，不可谓月已分也。”⑤ 这就是所谓的“理一分殊”。叶燮诗学中的“格物”之说，是以此为思想来源使之成为诗学的有机内涵的。值得我们关注的是，叶燮诗学中的“格物”说，更为明确地体现出其感兴的审美创造理论的深刻之处。他的《赤霞楼诗集序》正面地道出了他的诗学观念。虽然序文很长，但全文录出更能见出本来面目，序云：

---

① （宋）朱熹：《四书章句集注》，中华书局1983年版，第3页。

② 同上。

③ （宋）朱熹：《大学或问》，日本龙谷大学藏本，第19页。

④ 蒙培元：《理学范畴系统》，人民出版社1989年版，第15页。

⑤ （宋）朱熹著，黎靖德编：《朱子语类》卷94，中华书局1986年版，第2409页。

理，一而已，而天地之事与物有万，持一理以行乎其中，宜若有格而不通者，而实无不可通，则事与物之情状，不能外乎理也。昔者圣人既教人志乎道矣，而又推之以游艺，夫射御书数，似乎技术之末，然其理无不为道所该，故即一可以见其全。如庖丁之解牛，郢匠之斫轮，以至承蜩弄丸之末技，皆有此理之极致，以运乎中，道无二也。吾尝谓凡艺之多端，而能尽天地万物之情状者，莫如画。彼其山水云霞、林木鸟兽、城郭宫室，以及人士男女、老少妍蚩、器具服玩甚至状貌之忧离欢乐，凡遇于目，感于心，传之于手，而为象，惟画则然，大可笼万有，小可析毫末，而为有形者所不能遁。吾又以谓天地万物之情状者，又莫如诗。彼其山水云霞、人士男女、忧离欢乐等类而外，更有雷鸣风动、鸟啼虫吟、歌哭言笑，凡触于目，入于耳，会于心，宣之于口而为言，惟诗则然，其笼万有、析毫末，而为有情者所不能遁。昔人评王维之画曰：画中有诗，又评王维之诗曰：诗中有画。由是言之，则画与诗，初无二道也。然吾以为何不云摩诘之诗即画，摩诘之画即诗，又何必论其中之有无哉？故画者，天地无声之诗；诗者，天地无色之画。滁阳朱君朴庵，今之有道明理之士也。吾尝见其画矣，天地无心而赋万事万物之形，朱君以有心赴之，而天地万事万物之状，皆随手腕以出，无有不得者；余于是深叹其艺之绝，知其于事物之事洞照于中，而运以已之神明，此为能摩诘之画，必能为摩诘之诗，无疑也。朱君果出赤霞诗集相示，见其因物赋意，因情傅事，诸体严而众善备，吾不能更赘一辞，即以称其画者，称其诗已矣。乃知画者，形也，形依情则深；诗者，情也，情附形则显，是理也，宁独画与诗哉？推而极之，天地间无一物一事之不然者矣。①

叶燮这篇序文是为其朱姓友人诗集《赤霞楼诗集》所作，有其具体的评价，这并非需要我们所特别关注的。叶燮在这里所表述的诗学理论，却是将“理一分殊”的思想与感兴诗论结合起来的。在叶燮看来，天地万物各具形态的情状，都蕴含着理在其中。诗人以“触于目、入于耳、会于心”的感兴方式所作之诗，是可以“笼万有、析毫末”的。诗可以使事物之理洞照其中，但诗人又要“运以已之神明”。“随其手腕以出，无有不得”，这是感兴的审美创造方式。

① 吴宏一、叶庆炳：《清代文学批评资料汇编》，台湾成文出版社1978年版，第268页。

在叶燮的诗学观念中，“格物”并不仅仅是被动地接物，诗人通过各种际遇，洞明其理，砥砺其志，光大其心，而成为志士，再随其感兴而出之以诗，则可为传世之作。其《密游集序》所言：“古今有才人之诗，有志士之诗。事雕绘，工镂刻，以驰骋乎风花月露之场，不必择人择境而能为之，随乎其人其与境而无不可以为之，而极乎谐声状物之能事，此才人之诗也；处乎其常，而备天地四时之气，历乎其变，而深古今身世之怀，必其人而后能为之，必遭其境而后能出之，即其片语只字，有令人永怀三叹，而不能置者，此志士之诗也。才人之诗，可以作，亦可以无作；志士之诗，即欲不作，而必不能不作。才人之诗，履丰席厚，而时或不传；志士之诗，愈贫贱忧戚，而决无不传。才人之诗，古今不可指数；志士之诗，虽代不乏人，然推其至，如晋之陶潜，唐之杜甫，宋之苏轼，为能造极乎诗，实能造极乎其志，盖求其本乎性之高明以为其质，历乎事之常变以坚其学，遭乎境之坎壈郁怫以老其识，而后以无所不可之才出之，此固非号称才人之所可得而几，如是乃为传诗，即为传人矣。”① 对于才人之诗和志士之诗，叶燮当然是心仪后者而鄙薄前者。他认为真正的传世之作，必为志士之诗。志士之诗出于志士之手，他们经历了各种遭际磨砺，而使其意志造极，使其见识卓越，这样才能写出传世之诗。这也正是叶燮所说的“格物”的诗学内涵。“格物”是诗人通过接物得以主体的丰富与升华的。而作诗的契机又是诗人在与事物的感兴触遇中获得的。此序是为沈云步的诗集《密游集》而作，其评沈诗云：“今观其诗，见其所历之地，皆周秦汉唐成败兴废之墟，昔贤英哲之所回翔，骚人羁客之所凭吊而永叹者，其所遭如彼，而所触之境又如此，欲无所动于中，胡可得耶？其诗也，皆其抚心感魄之见于言者也。予盖太息于其志，知其有所不得不作，而决其为可传矣。”② 沈云步的诗作是在游历那些“兴废之墟”的感兴中写出来的，叶燮此序当然是称其为志士之诗。

“格物”是诗人提升自我境界的方式，而在具体的感兴过程中，诗人又是如何获得诗的审美境界的呢？在叶燮看来，就是“自得”。如果说，“格物”有着“正宗”的中国哲学性质，而“自得”则更显现出审美的意味。叶燮在《原诗》中举杜诗名句“碧瓦初寒外”为例来说明“诗之至处”那种“妙在含蓄无垠，思致微渺，其寄托在可言不可言之间，其指归在要与不可解之会，言在此而意在彼，泯端倪而离形象，绝议论而穷思维，引人于

① 吴宏一、叶庆炳：《清代文学批评资料汇编》，台湾成文出版社 1978 年版，第 262 页。

② 同上。

冥漠恍惚之境"[①] 的独特审美境界，进而指出其"特借'碧瓦'一实相发之，有中间，有边际，虚实相成，有无互立，取之当前而自得，其理昭然，其事的然也。"[②] 这里的"取之当前而自得"，说明了这种诗歌境界的获取方式。"自得"在中国古代学术史上，是一种方法论的命题。《孟子》中就明确提出"自得"的概念："君子深造之以道，欲其自得之也。自得之，则居之安；居之安，则资之深；资之深，则取之左右而逢其原，故君子欲其自得之也。"[③]。从孟子的整体思想来看，"自得"应是自然而然地得之于心，与外在的安排相左。"自得"所主张的是学者主体性的发挥。理学家二程在讲治学时特重"自得"："为莫贵于自得，得非外也，故曰自得。"[④] 朱熹阐释"自得"时也引程子之言："学不言而自得者，乃自得也。有安排布置者，皆非自得也。"[⑤] 则是侧重于"自得"的得之自然，而非刻意安排。明代哲人陈献章在学术方法上首推"自得"："自得者，不累于万物，不累于耳目，不累于造次颠沛，鸢飞鱼跃，其机在我，知此才之善学，不知此者虽学而无益也。"[⑥] 陈献章对"自得"的张扬，更多的是主体对世界的能动把握。在诗论中，"自得"也是一些诗论家所标举的理想境界，如《诗人玉屑》中说："诗吟函得到自得处，如化工生物，千花万草，……若模勒前人，无自得，只如世间剪裁花草，只一件样，只做一件也。"[⑦] 此处所讲的"自得"，是一种相当高的审美境界，蕴含着与宇宙万物相关联的内在生命力。金代诗论家王若虚论诗也以"自得"为标准，他说："古之诗人，虽趣尚不同，体制非一，要皆出于自得。"他是通过对"自得"的提倡，反对江西诗派以句法束缚诗人。叶燮在诗论中对"自得"的倡导，主张通过感兴的方式而造就诗人的独特风貌，其《黄叶村庄诗序》中有云：

> 夫境会何常，就其地而言之，逸者以为可挂瓢植杖，骚人以为可登临望远，豪者以为是秋冬射猎之场，农人以为是祭韭献羔之处；上之则

---

① （清）叶燮：《原诗·内篇下》，见霍松林、杜维沫校注《原诗·一瓢诗话·说诗晬语》，人民文学出版社 1979 年版，第 30 页。

② 同上。

③ 杨伯峻：《孟子译注》，中华书局 1960 年版，第 189 页。

④ （宋）程颢、程颐：《二程遗书》卷 25，上海古籍出版社 2000 年版，第 374 页。

⑤ （宋）朱熹：《四书章句集注》，中华书局 1983 年版，第 292 页。

⑥ （明）陈献章：《赠彭惠安别言》，见（清）黄宗羲《明儒学案》，中华书局 2008 年版，第 90 页。

⑦ （宋）魏庆之：《诗人玉屑》卷 10，上海古籍出版社 1978 年版，第 220 页。

省敛观稼、陈诗采风，下之则渔师牧竖、取材集网，无不可者；更王维以为可图画，屈平以为可行吟。境一，而触境之人心不一，孟举于此不能不慨焉而兴感也，觉天地之浩渺，古今之寥廓，无一非其百感交集之所，得于心，形于腕，于以为诗而系之黄叶村庄，意有在也。孟举于古人之诗，无所不窥，而时之论孟举之诗者，必曰学宋。予谓古人之诗可似而不可学，何也？学则步趋，似则吻合。学古人之诗，彼自古人之诗，与我何涉？似古人之诗，则古人之诗似我，我乃自得，故学西施之颦则丑，似西施之颦则美也。①

叶燮在这里反对写诗刻意模仿古人，而是在各种“境会”的感兴中可以得到独特的创意。面对同一境会，触境之人所兴发的情感是不一样的，这当然也就形成了不同的诗境。“自得”便是在直接的感兴中获得独创的诗思。而那种如同东施效颦步趋古人，则不可能有真正的诗美，当然也不可能有自己的独特地位。

叶燮的诗学理论可以看作是中国文学批评史上的一座高峰，在诗话系列中，其理论的系统性、深刻性，达到了前所未有的高度。叶燮的诗论是以“感兴”为其创作发生的核心理念的，他的诗学著作《原诗》以及其他一些诗论中，将感兴的诗歌美学思想作了贯通性的发挥。而叶燮的感兴论远远超越了以往的诗人和诗论家的有关论述，对于感兴中的审美主体和客体的要素作了前所未有的分析与建构。感兴作为创作契机是有其偶然性特征的，所谓“触”“遇”，都突出地体现着偶然性的色彩。这样感兴论容易使人产生随便何人都可以在偶然的触遇中获得最佳的创作状态，从而产生出杰作的错觉；实际上诗人的主体因素则是更为根本的和更为重要的。叶燮对审美主体的建构透彻地阐述了这个问题，时至今日，对于诗歌创作乃至艺术的审美规律，都有着不可替代的借鉴作用。

① 吴宏一、叶庆炳：《清代文学批评资料汇编》，台湾成文出版社 1978 年版，第 263 页。

从对陶谢的轩轾看王夫之的诗学观念*

作为清初的著名思想家、文学家，王夫之（船山先生）在诗学理论和诗学批评方面有系统的观念，有与众不同的见地。在他的《姜斋诗话》、《诗广传》、《古诗评选》、《唐诗评选》、《明诗评选》等诗学著作中，都有丰富而深刻的展开。王夫之的诗论有其自己的哲学渊源，也有面对具体作家作品时的个性化审美分析。笔者在《古诗评选》中读到其对陶渊明和谢灵运的评价与判断，强烈地感受到船山诗论的卓异个性。

陶谢并称，这在诗学史上早有定评，后代诗人或诗论家往往陶谢并提，如杜甫诗中所说的“焉得思如陶谢手”。在魏晋南北朝的诗坛上，陶渊明和谢灵运堪称最耀眼的两颗巨星。但是唐宋以还的诗学批评中，陶渊明的地位却是日见其高，远居于谢灵运之上。如苏轼所论陶诗：“吾于诗人，无所甚好，独好渊明之诗。渊明作诗不多，然其诗质而绮，自曹、刘、鲍、谢、李、杜诸人，皆莫及也。”① 这种至高无上的评价，在宋代是颇具代表性的。陶谢并提，陶先谢后，这种价值判断是一直延续至今的。但在王夫之的诗评之中，这个顺序是颠倒过来的。王夫之对谢灵运诗的评价是远远高于陶渊明的。这在《古诗评选》和《姜斋诗话》等诗论著作中都有鲜明的体现。王夫之兼大思想家和大文学家于一身，这在中国的文化史上是罕有其匹的。正如肖驰先生所言：“就哲学思想和诗学的直接联系的全景而言，船山几乎是惟一的标本。”② 这个看法是我们可以首肯的，而王夫之的诗论并非只是感性和印象的批评，而是有着系统的诗学观念和批评标准。这种观念和标准，又是和他的哲学思想有着深刻的内在联系的。王夫之对谢灵运、陶渊明的轩轾，以作品批评的方式呈现了王夫之的诗学观念。

---

* 本文刊于《复旦学报》2015 年第 3 期。

① 李之亮：《苏轼文集编年笺注·诗词附 9》，巴蜀书社 2011 年版，第 77 页。

② 肖驰：《抒情传统与中国思想——王夫之诗学发微》，上海古籍出版社 2003 年版，第 5 页。

一

《古诗评选》、《唐诗评选》和《明诗评选》是王夫之诗歌批评的经典之作。对谢灵运和陶渊明的诗歌批评，集中地体现他的《古诗评选》之中。《古诗评选》中选陶诗17首，选谢诗26首。这是数量上的差异，可从某一方面看出选评家的态度。真正能体现船山对陶谢的不同评价的，当然更在于评语之中。如其评谢灵运《登上戍石鼓山诗》所云："谢诗有极易入目者，而引之益无尽；有极不易寻取者，而径遂正自显然；顾非其人，弗与察尔。言情则往来动止、缥缈有无之中，得灵蠁而执之有象；取景则于击目经心、丝分缕合之际，貌固有而言之不欺。而且情不虚情，情皆可景；景非滞景，景总含情；神理流于两间，天地供其一目，大无外而细无垠。落笔之先，匠意之始，有不可知者存焉，岂徒兴会标举，如沈约之所云者哉！自有五言，未有康乐；既有康乐，更无五言。或曰不然，将无知量之难乎！"① 通过对谢灵运此诗的评价，船山对谢诗作了极高的赞许，可以视为是对谢灵运之诗的总体评价。这其中充分呈现了船山论诗的诗学理念。在评价谢灵运的《石壁精舍还湖中作》诗时说："凡取景远者，类多梗概；取景细者，多入局曲；即远入细，千古一人而已。"② 船山认为诗境应是"即远入细"，而在这方面，他推许谢为"千古一人"，可见评价之高。评谢灵运的《入彭蠡湖口》诗云"抉微挹秀，无非至者，华净之光，遂掩千秋"③，都是以无以复加的赞语来揭示谢诗的审美价值。

关于陶渊明，王夫之虽然对一些作品也有较高的评价，而从总体上的价值判断，则是无法与谢诗媲美的。而在对具体篇什的分析中，也贯穿着他的诗学观念。王夫之在《古诗评选》中评陶诗的第一首《归园田居》的评语，可以视为对陶诗的总评，其云："得后四句，乃引人著胜地。钟嵘目陶诗'出于应璩'，为'古今隐逸诗人之宗'，论者不以为然。自非沉酣六义，宜不知此语之确也。平淡之于诗，自为一体；平者取势不杂，淡者遣意不烦之谓也。陶诗于此固多得之，然亦岂独陶诗为尔哉！若以近俚为平，无味为淡，唐之元、白，宋之欧、梅，据此以为胜场，而一行欲了，引之使长，精

① （清）王夫之：《船山全书》第14册，岳麓书社1996年版，第736页。

② 同上书，第737页。

③ 同上书，第742页。

意欲来，去之若鹜，乃以取适老妪，见称蛮夷，自相张大，则亦不知曝背之非暖而欲献之也。且如《关雎》一篇，实为风始，自其不杂不烦者言之，题以平淡，夫岂不可？乃夫子称其不淫不伤，为王化之基。今试思其不淫不伤者何在，正自古今人莫喻其际。彼所称平淡者，淫而不返，伤而无节者也。陶诗恒有率意一往，或篇多数句，句多数字，正惟恐愚蒙者不知其意，故以乐以哀，如闻其哭笑。斯惟隐者弗获，已而与田舍翁妪相酬答，故习与性成，因之放不知归尔。夫乃知钟嵘之品陶为得陶真也。今以诗存诗，不以陶存陶，故为世所艳称者，皆刊落之。此意不可为苏长公知，凡所存者，要无容渠和韵处也。"① 王夫之论陶诗，大致以钟嵘《诗品》中对陶渊明的定位为参照，同时也表述了自己的看法。钟嵘以谢灵运为上品，以陶渊明为中品，王夫之对此是颇为认同的。在诗评家眼里，陶诗以"平淡"为其特色，而船山对诗史上以"平淡"著称的诗人却是颇有微词的。他举"唐之元、白，宋之欧、梅"这几位诗人为例，指其"近俚为平，无味为淡"。船山认为陶诗"平淡"者颇多，而且于平淡风格方面与后之唐诗人元、白，宋诗人欧、梅为一脉络。船山还直接批评陶诗中那种"正惟恐愚蒙者不知其意"、"放不知归"之作，这在他的评价中，当然不以之为上乘。钟嵘置谢灵运为"上品"，置陶渊明为"中品"，在船山看来，宜乎其然也。船山在对陶诗的选篇上也与其他选家多有不同，他有明确的理念曰："以诗存诗"，而非"以陶存陶"，也即主张他的诗学标准，而非以陶渊明的名声为存诗的依据。正因如此，对于很多通常的陶诗名篇，船山都不予选入。船山对陶诗中一些较少为人关注之作加以青睐，作为《古诗评选》之选篇，而在其评语中对世所共知的若干名篇加以批评，由中可见其诗学主张所在。如其选陶诗中的《诸人共游周家墓柏下》，其诗云："今日天气佳，清吹与鸣弹。感彼柏下人，安得不为欢！清歌散新声，绿酒开芳颜。未知明日事，余襟良以殚。"论者或选家眼中的陶诗里，此诗并非一流杰作，多数陶诗选本亦未见其踪迹，船山看好此诗，认为其远胜于《归园田居》这样的名篇。其评语云："笔端有留势。如此篇章，岂不贤于'方宅十余亩，草屋八九间'乎？亦赖'余襟良已殚'五字为风雅砥柱，不然，轻佻圆丽，曹邺之长伎耳。"② 船山认为此诗之佳，在于"笔端有留势"，而非那种一览无余之作。在此种眼光之下，陶之《归园田居》其一这样的名篇，在船山这里是不入法眼的。

① （清）王夫之：《船山全书》第14册，岳麓书社1996年版，第716页。

② 同上书，第718页。

这种在选诗评语中批判陶诗名篇的作法在《古诗评选》中时有见之。如对陶诗中《癸卯岁始春怀古田舍》二首，一般都是选其二，因其中有“平畴交远风，良苗亦怀新”的名句，世以之为经典；而船山则选其一而黜其二，现将二诗录此。其一：“在昔闻南亩，当年竟未践。屡空既有人，春兴岂自免？夙晨装吾驾，启途情已缅。鸟哢欢新节，泠风送余善。寒竹被荒蹊，地为罕人远。是以植杖翁，悠然不复返。即理愧通识，所保讵乃浅！”其二云：“先师有遗训，忧道不忧贫。瞻望邈难逮，转欲志长勤。秉耒欢时务，解颜劝农人。平畴交远风，良苗亦怀新。虽未量岁功，即事多所欣。耕种有时息，行者无问津。日入相与归，壶浆劳近邻。长吟掩柴门，聊为陇亩民。”《怀古田舍》这二首之间，一般论者都推许其二而忽略其一，船山反之，选其一而不选其二，同时在评语中表述了他的看法，其中可见其诗学观念：“通首好诗，气和理匀，亦靖节之仅遘也。‘鸟哢欢新节，泠风送余善’，自然佳句，不因排撰矣。陶此题凡二作，其一有云‘平畴交远风，良苗亦怀新’，为古今所共欣赏。‘平畴交远风’，信佳句矣，‘良苗亦怀新’，乃生入语。杜陵得此，遂以无私之德，横被花鸟；不竞之心，武断流水。不知两间景物关至极者，如其涯量亦何限，而以己所偏得，非分相推，良苗有知，宁不笑人之曲谀哉！不言理而理自至，无所枉而已矣。”① 船山对《怀古田舍》二首的取舍，对“良苗亦怀新”的尖刻批评，是因其“生入”，虽是以景物而“关至极”，却显“非分相推”；而从船山来看，应该是“不言理而理自至”，才是佳作。这是有违于船山对诗中“神理”的观念的。船山选《读山海经》十三首中之第一首，其评语中说：“此篇之佳，在尺幅平远，故托体大。如托体小者，虽有佳致，亦山人诗尔。‘少无适俗韵’，‘结庐在人境’，‘万族各有托’，不满余意者以此。‘微雨从东来’二句，不但兴会佳绝，安顿尤好。若系之‘吾亦爱吾庐’之下，正作两分两搭，局量狭小，虽佳亦不足存。”② 王夫之对《读山海经》第一首是高度欣赏的，故此选之。他明确指出其之所以看好此诗，在于其“托体大”。所谓“托体大”，很难说得具体，但大致可以认为是诗的格局阔大，气象高远。从这个眼光来看，他对“少无适俗韵”、“结庐在人境”、“万族各有托”这几首名作都表示了明确的不满，讥为“山人诗”，其理由就在其“托体小”。王夫之另有一段议论，尤为可见其对陶诗是颇有微词的，其云：“门庭之外，更

① （清）王夫之：《船山全书》第14册，岳麓书社1996年版，第719页。

② 同上书，第723页。

有数种恶诗：有似妇人者，有似衲子者，有似乡塾师者，有似游食客者。妇人、衲子，非无小慧。塾师、游客，亦侈高谈。但其识量不出针线、蔬笋、数米、量盐、抽丰、告贷之中，古今上下，哀乐了不相关；即令揣度言之，亦粤人咏雪，但言白冷而已。然此数者，亦有所自来，以为依据。似妇人者，仿国风而失其不淫之度；晋宋以后，柔曼移于壮夫；近则王辰玉、谭友夏中之。似衲子者，其源自东晋来。钟嵘谓陶令为'隐逸诗人之宗'，亦以其量不弘而气不胜，下此可知已。"① 王夫之不仅认同钟嵘对陶诗的定位，而且加上了自己的评价："量不弘气不胜"，也即认为陶诗器量狭小。有了这种看法，宜乎其扬谢而抑陶了。

二

就其大者而观之，船山在陶谢之间自有其轩轾，对大谢诗的评价是远高于陶渊明的，这与通行的定评可说是大相径庭。恰恰是这种与众不同的陶谢诗评，体现了王夫之诗学观念的内涵和特质。首先就是"现量"说在诗学批评实践中的体现。关于船山诗学中的"现量"说，多有论者阐发，其间胜义迭出，然从诗歌批评角度，仍有拓展空间。在船山看来，以"现量"为诗的最佳典范仍是首推谢灵运之诗。船山论及"现量"说："'僧敲月下门'，只是妄想揣摩，如说他人梦，纵令形容酷似，何尝毫发关心？知然者，以其沉吟'推''敲'二字，就他作想也。若即景会心，则或推或敲，必居其一，因景因情，自然灵妙，何劳拟议哉？'长河落日圆'，初无定景；'隔水问樵夫'，初非想得：则禅家所谓'现量'也。"② 船山对于那种凭空臆造、"妄想揣摩"的诗歌构思方式颇致不满，而力主"即景会心"的"现量"式的审美观照。现量是佛教因明学中的主要范畴之一，与"比量"相对。现量指明显的、现前的，指人的直接感知，而比量则是一种经过归类之后的推理。现量的认识对象是"自相"，即事物的本来的、独特的形象，而比量的认识对象则是"共相"，是事物经过了归类后的类的特性。英国学者渥德尔在其《印度佛教史》中对"现量"和"比量"有颇为准确的阐释，他说："现量是没有分别的知识。这里解释为无分别（avikalpaka），未通过分类（visesana）或假立名言（abhidhyayaka）等的转换（upacara，比喻，

① 戴鸿森：《姜斋诗话笺注》，人民文学出版社1981年版，第145页。
② 同上书，第52页。

更严格说是转换）的知识，它是在五官感觉的各个方面直接缘境（artha）如色境（rupa）等等，而显现的。比量是通过中词得来的知识，它认识一个主体是属于某一类别的，属于具有某种特殊性质（中词）事物的一类。主体也可以属于其他类别，如果选定了其他特性。但是比量只认识的特性（共相），而现量认识对象自身的特性。"① 在印度哲学中，现量和比量是认识论的一对主要范畴，二者的区分是颇为明显的。前者是指外界对象和外部作用器官接触所引起的认识；后者是在前者的认识基础上再通过内部作用的器官——分别、确定和给予名称之后所得的认识。比量实际上已加上概念作用，属于理性认识的范围了。

王夫之是一位大儒，"现量"的说法只是借用了佛教因明学的理论来阐述自己的诗歌创作观念。他有《相宗络索》一书，其中的"三量"一节可说是直接通其诗学的。"现量，现者有现在义，有现成义，有显现真实义。现在不缘过去作影，现成一触即觉，不假思量计较；显现真实，乃彼之体性本自如此，显现无疑，不参虚妄。前五根于尘境与根合时，即时如实觉。知是现在本等色法，不待忖度，更无虚妄。"② 船山将"现量"析为三重含义，即："现在"、"现成"和"显现真实"。这里颇为完整地揭示了他对诗歌审美意象的基本理解。著名美学家叶朗先生对此作了正面的阐述："现量的这三种涵义，显然是对于审美观照的一种分析。在王夫之看来，审美观照是感觉器官接触客观景物时的直接感兴，排除过去的印象；审美观照是瞬间的直觉，排除抽象概念的比较、推理；审美观照中所显现的是事物的完整的'实相'（自相），不是脱离事物'实相'的虚妄的东西，也不是事物的'共相'（事物的某一特征、某一规定性）。"③ 概括得全面而又准确。在我看来，现量说要求诗歌的创作构思是诗人与"物色"之间的随机遇合、"即景会心"，而非预设主题、苦吟力索。诗中所呈现的审美意象则是如在目前，"显现真实"。这二者之间又是有着深刻的内在联系的。王夫之以现量论诗，主张以偶然的感兴才能创造出情景真切、如在目前的佳作，对于那种"必求出处"的做法，船山是极为不屑的。他举杜甫《后出塞》名句为例说："'落日照大旗，马鸣风萧萧，'岂以'萧萧马鸣，悠悠旆旌'为出处

① ［英］渥德尔：《印度佛教史》，王世安译，商务印书馆2000年版，第420页。

② （清）王夫之：《相宗络索》，见石峻等《中国佛教思想资料选编》第3卷第3册，中华书局1989年版，第380页。

③ 叶朗：《中国美学史大纲》，上海人民出版社1985年版，第463页。

邪？用意别，则悲愉之景原不相贷，出语时偶然凑合耳。必求出处，宋人之陋也。”① 宋人为诗，多求出处，论诗亦然。王夫之则深致不满。“现量”说叙事为他的基本诗学观念，是贯穿于他的诗论全部的。王夫之论诗认为：“只于心目相取处得景得句，乃为朝气，乃为神笔。景尽意止，意尽言息，必不强括狂搜，舍有而寻无。”② 他对谢灵运的“池塘生春草”、“明月照积雪”等作高度推崇：“‘池塘生春草’、‘胡蝶飞南园’、‘明月照积雪’，皆心中目中相融浃，一出语时，即得珠圆玉润，要亦各视其所怀来，而与景相迎者也。”③ “心中目中相融浃”，指的便是情景之间的感兴触遇，而出语“即得珠圆玉润”，则是指诗歌意象的玲珑莹彻。诗歌所创造的意象莹彻透明，“如在目前”，这是中国古代诗学对诗歌意象的基本规定。唐人王昌龄所说的“视境于心，莹然掌中，然后用思，了然境象”④，宋人严羽对盛唐之诗的描述“透彻玲珑，不可凑泊”⑤，都是指诗歌意象的莹彻透明。王夫之则认为，只有现量为诗，方能有此种意象。而这里所体现出的创作思想，其实也就是感兴。谢灵运的名作《登池上楼》，正是因感兴而成为经典的例子。宋代诗论家叶梦得正是用“猝然与景相遇”的感兴来解释其成为经典的原因所在：“‘池塘生春草，园柳变鸣禽’，世多不解此语之工，盖欲以奇求之耳。此语之工，正在无所用意，猝然与景相遇，借以成章，不假绳削，故非常情所能到。诗家妙处，当须以此为根本，而思苦言难者，往往不悟。”⑥ 从诗歌的构思方式来说，“现量”与“感兴”是一致的。船山对谢灵运诗予以高度推崇的，是因其以“现量”为诗思方式，如对《游南亭》的评语所说：“作者初不作尔许心，为之早计，如近日倚壁靠墙汉说埋伏照映。天壤之景物、作者之心目如是，灵心巧手，磕着即凑，岂复烦其踌躇哉？”⑦ 指出这样的佳作，并非是诗人预先措意安排所为，而是偶然的感兴所致。

从诗歌创作的角度而言，王夫之所谓“现量”对情景关系有深入一步的理解与阐发。“现量”的第一层意思便是“现在”义，即是“不缘过去作

---

① 戴鸿森：《姜斋诗话笺注》，人民文学出版社 1981 年版，第 122 页。

② （清）王夫之：《船山全书》第 14 册，岳麓书社 1996 年版，第 999 页。

③ 戴鸿森：《姜斋诗话笺注》，人民文学出版社 1981 年版，第 50 页。

④ （唐）王昌龄：《诗格》，见张伯伟《全唐五代诗格汇考》，江苏古籍出版社 2002 年版，第 172 页。

⑤ 郭绍虞：《沧浪诗话校释》，人民文学出版社 1961 年版，第 26 页。

⑥ （宋）叶梦得：《石林诗话》卷中，见（清）何文焕《历代诗话》，中华书局 1981 年版。第 426 页。

⑦ （清）王夫之：《船山全书》第 14 册，岳麓书社 1996 年版，第 733 页。

影”。诗人与物色在偶然的触遇中情景产生动态性的高度契合，之前的任何记忆都被置之于“括弧”而不能掺杂于当下的意象生成之中。关于情景关系，这绝非什么新鲜话题，但船山对此加入了新的美学内涵。在船山诗学中，“现量”方式排除了“过去作影”，而使情和景在动态的意向中达到深度融合，这样使诗的审美情境既充盈着情感的生机，又呈现出镜像的生动。如船山所描述的：“含情而能达，会景而生心，体物而得神，则自有灵通之句，参化工之妙。”① 船山指出了情景之间的动态融合关系：“兴在有意无意之间，比亦不容雕刻。关情者景，自与情相为珀芥也。情景虽有在心在物之分，而景生情，情生景，哀乐之触，荣悴之迎，互藏其宅。天情物理，可哀而可乐，用之无穷，流而不滞，穷且滞者不知尔。”② 王夫之对谢灵运之所以高度推崇，很重要的一方面就在于谢诗情景之间的动态融合。如其评《邻里相送至方山》诗云：“情景相入，涯际不分。振往古，尽来今，唯康乐能之。”③ 对《登上戍石鼓山诗》的评语，也描述了谢诗在情景关系上的动态特征。

三

与此相关的重要观念还在于神理与势。王夫之是一位大思想家，有着系统的哲学思想，对于诗歌创作，他也是非常重视“理”的存在的。其实，诗的价值在很大程度上在于以审美意象蕴含了社会人生的哲理，但不能抽象言理，那就背离了诗的审美本质。堕入理窟，是诗人和诗论家所视为下劣的。宋代诗论家严羽掊击宋诗中某种“以议论为诗”的倾向，提出“诗有别材，非关书也；诗有别趣，非关理也”④，成为诗论中的经典之论，被大多数人所认可；但严羽并不是笼统地反对诗中之“理”的存在，又说：“然非多读书，多穷理，则不能极其至。”⑤ 他是反感于“理”以理性思维的方式在诗中的出现。王夫之是不同意对诗的非理性态度的。船山在评价谢灵运诗时指出：“谢灵运一意回旋往复，以尽思理，吟之使人卞躁之意消。《小宛》抑不仅此，情相若，理尤居胜也。王敬美（王世懋字，笔者按）谓

① 戴鸿森：《姜斋诗话笺注》，人民文学出版社 1981 年版，第 95 页。

② 同上书，第 33 页。

③ （清）王夫之：《船山全书》第 14 册，岳麓书社 1996 年版，第 731 页。

④ 郭绍虞：《沧浪诗话校释》，人民文学出版社 1961 年版，第 26 页。

⑤ 同上。

‘诗有妙悟，非关理也’，非理抑将何悟?”[①] 严羽主张诗中“妙悟”，王世贞则绍述之，此处误记为世贞弟王世懋所言。沧浪之“妙悟”说，对明清之际的诗学影响甚深，似乎与理相悖。船山则以逻辑力量轻轻一拨，如果不是理的话，那么又悟的是什么呢！但是，船山诗中之理不能以“名言之理”即逻辑思维的方式存在，在评司马彪《杂诗》时说：“王敬美谓‘诗有妙悟，非关理也’，非谓无理有诗，正不得以名言之理相求耳。”[②] “名言之理”是逻辑思维的存在形态，王夫之是明确反对以“名言之理”来表达诗中之理的。那么，船山认为理诗中的理想存在状态是什么呢？那就是“神理”！“神理”在王夫之的诗论中可说是一个最高的价值范畴。船山论诗云：“以神理相取，在远近之间。才着手便煞，一放手又飘乎去，如‘物在人亡无见期’，捉煞了也；如宋人咏河豚云：‘春洲生荻芽，春岸飞杨花。’饶他有理，终是与河豚没交涉。‘青青河畔草’与‘绵绵思远道’，何以相因依，相含吐？神理凑合时，自然恰得。”[③] 这是对“神理”的描述，可见，神理是以生香活色的动态呈现在诗中的。船山评《登上戍石鼓山诗》所说的“神理流于两间，天地供其一目，大无外而细无垠”[④]，可谓至高褒奖之词，也揭示了“神理”是以动态的面目在诗中存在着的。评谢灵运的《入华子冈是麻源第三谷》诗云：“理关至极，言之曲到。人亦或及此理，便死理中，自无生气。此乃须捉着，不尔飞去。”[⑤]“理障”之诗，是无生气的，而谢诗则是充满生气，如不捉住，唯恐飞去。陶诗中多有言理之作，这也是船山所肯定的，但从评语来看，是与谢灵运诗颇见轩轾的。涉及“理”的问题，如评《癸卯岁始春怀古田舍》时说：“通首好诗，气和理匀，亦靖节之仅遘也。”[⑥] 评《饮酒》“悽悽失群鸟”一诗说：“如此情至、理至、气至之作，定为杰作，世人不知好也。”[⑦] 评《饮酒》“幽兰生前庭”诗说：“真理，真诗。浅人日读陶集，至此种作，则全不知其所谓，况望其吟而赏之？说理诗必如此，方不愧作者，后来张曲江擅场，陶固有‘人生归有道’、忧道不忧贫’一种语，为老措大称赏者。一部《十三经》，元不听腐汉挦剥作

① 戴鸿森：《姜斋诗话笺注》，人民文学出版社 1981 年版，第 31 页。
② （清）王夫之：《船山全书》第 14 册，岳麓书社 1996 年版，第 687 页。
③ 戴鸿森：《姜斋诗话笺注》，人民文学出版社 1981 年版，第 63 页。
④ （清）王夫之：《船山全书》第 14 册，岳麓书社 1996 年版，第 736 页。
⑤ 同上书，第 742 页。
⑥ 同上书，第 719 页。
⑦ 同上书，第 720 页。

头巾戴。侮圣人之言，必诛无赦，余固将建钟鼓以伐之。”① 陶渊明此诗，比兴之意还是较为明显的。借幽兰以自喻，诗人借以表现自己的幽独情怀。船山认为其可称是表现了“真理、真诗”，但还是在“说理诗”的层面上。《古诗评选》中所选陶诗，在船山的评诗眼光里，陶的杰作臻于情理兼备、“气和理匀”的境界，但他更为推崇的是谢诗的“神理”，那是一种“天与造之，神与运之”的灵动。

“现量”与“神理”有非常密切的关系。对王夫之来说，现量是诗歌创作思维的最佳发生方式，也即“一触即觉”的直接感知。比量、非量，都无法写出好诗，写出具有“神理”的杰作。王夫之在《姜斋诗话》中下了这样的断语：“禅家有三量，唯现量发光，为依佛性；比量稍有不审，便入非量。”② 值得注意的是，王夫之在这里不是谈禅，而是专论诗歌的创作方式。戴鸿森先生对此加以阐发说：“此为佛教法相宗术语，又见《宗镜录》。船山借以论诗，大抵指诗中有人，情味深永，触类而长者为现量；模拟规划事物形象者为比量；雕琢词句，征引故实，强相攀附，为死法所束缚者为非量。”③ 这些都是诗学中言。“现量”是诗人的直接感知，“神理”却蕴含着理性的内涵，它们之间又是如何发生因果关系的呢？王夫之在《诗广传》中的一段论述连通了二者，其言：“有识之心而推诸物者焉，有不谋之物相值而生其心者焉。知斯二者，可与言情矣。天地之际，新故之迹，荣落之观，流止之几，欣厌之色，形于吾身以外者化也，生于吾身以内者心也；相值而相取，一俯一仰之际，几与为通，而浡然兴矣。”④ 细读之，正是可以回答，以现量的直接感知，何以能够使诗作获得与天地造化相通的神理。

与“神理”密切相关的是诗中之“势”。势也即诗歌所呈现出来的动势，所谓“神理”，是乘势而行的。王夫之说：“把定一题、一人、一事、一物，于其上求形模，求比似、求词采、求故实，如钝斧子劈栎柞，皮屑纷霏，何尝动得一丝纹理？以意为主，势次之。势者，意中之神理也。唯谢康乐为能取势，宛转屈伸以求尽其意；意已尽则止，殆无剩语：夭矫连绻，烟云缭绕，乃真龙也，非画龙也。”⑤ “以意为主”，在中国古代文论中不是一个新鲜的话题。唐之杜牧，金之王若虚，都明确阐述过“以意为主”的主

① （清）王夫之：《船山全书》第14册，岳麓书社1996年版，第720页。
② 戴鸿森：《姜斋诗话笺注》，人民文学出版社1981年版，第153页。
③ 同上书，第155页。
④ （清）王夫之：《诗广传》卷2，中华书局1964年版，第68页。
⑤ 戴鸿森：《姜斋诗话笺注》，人民文学出版社1981年版，第48页。

张；但笔者并不认为意就是思想观念，而不妨理解为作品中贯通全篇的主题意向。这在诗歌创作中尤为重要，可称是作品的灵魂所在。与其将思想观念称为“意”，毋宁将意看作是一种具有情感力度和方向感的意向更符合诗歌创作的实际。王夫之主张“以意为主”，并非是强调诗歌创作的观念化，而是认为诗歌应有贯通全篇的意向。如其所说：“无论诗歌与长行文字，俱以意为主。意犹帅也。无帅之兵，谓之乌合。李杜所以称大家者，无意之诗十不得一二也。烟云泉石，花鸟苔林，金铺锦帐寓意则灵。若齐梁绮语，宋人抟合成句之出处，（宋人论诗，字字求出处。）役心向彼掇索，而不恤己情所自发，此之谓小家数，总在圈缋中求活计也。”① 此处论述，可以视为王夫之对诗中之意的正面阐发。宋诗中有一种倾向，由江西诗派开其端绪，就是如严羽所批评的“且其作多务使事，不问兴致；用字必有来历，押韵必有出处”②，这乃是王夫之所针对的反例。处处以前人之典为出处而非以诗人的内心情感为主线，也即王夫之所说的“无帅之兵，谓之乌合”③；那么，“意”应该是贯通作品整体的意向。既然王夫之讲“以意为主，势次之”④，那么，理解势就要把他所说的意和势的关系大致理清。在笔者看来，意是势所负载的内涵，势是意的运行形态。势本身是动态的、张力的、具有方向感的。早在魏晋南北朝时期，刘勰在《文心雕龙》中就有《定势》一篇，其中说：“势者，乘利而为制也。如机发矢直，涧曲湍回，自然之趣也。”⑤ 其篇末赞语又云：“形生势成，始末相承。湍回似规，矢激如绳。因利骋节，情采自凝。枉辔学步，力止襄陵。”⑥ 有些学者把“势”解为法度、标准，或规格、格局，都是不确切的。在刘勰这里，势是因文章的不同体裁而形成的态势。它是贯穿全篇的动态趋向，具有明显的张力感和方向性。王夫之还论势道：“论画者曰：‘咫尺有万里之势’，一势字宜着眼。若不论势，则缩万里于咫尺，直是《广舆记》前一天下图耳。五言绝句，以此为落想时第一义。唯盛唐人能得其妙，如：‘君家住何处？妾住在横塘。停船暂借问，或恐是同乡。’墨气四射，无字处皆其意也。”⑦ 杜甫题画诗中所写：“尤工

---

① 戴鸿森：《姜斋诗话笺注》，人民文学出版社 1981 年版，第 44 页。
② 郭绍虞：《沧浪诗话校释》，人民文学出版社 1961 年版，第 26 页。
③ 戴鸿森：《姜斋诗话笺注》，人民文学出版社 1981 年版，第 44 页。
④ 同上。
⑤ 范文澜：《文心雕龙注》，人民文学出版社 1958 年版，第 529—530 页。
⑥ 同上书，第 520 页。
⑦ 戴鸿森：《姜斋诗话笺注》，人民文学出版社 1981 年版，第 138 页。

远势古莫比，咫尺应须论万里”，应为此处“咫尺有万里之势”所本。王夫之于此以绘画为例，说明作为绘画艺术，之所以与作为科学的地图有区别，就在于绘画是有着“咫尺万里”之势的。从造型艺术的角度看，有势与无势，成为艺术与非艺术的分水岭；而在诗歌中，有没有充满张力的势，也是诗与非诗的区别。

就取势而言，王夫之最为推崇的也还是谢诗，所以他说“唯谢康乐为能取势”①。在《古诗评选》中，王夫之对谢灵运诗的高度称赏，也都与其篇什中能蕴含其势相关。如评《富春渚》诗云：“因势一转，藏锋锷于光影之中，得不谓之神品可乎?”② 评《石壁精华舍还湖中作》：“结局亦因仍委顺耳，而有金钩虿尾之力，收放双取，唯《三百篇》为然。”③ 评《从斤竹涧越岭行》诗说：“且如此诗，用‘想见’，不换气直下，是何等蕴藉！抑知诗无定体，存乎神韵而已。”④ 评《庐陵王墓下作》：“是古今第一首挽诗，亦是古今有数五言，如神龙夭矫，随所向处，云雷盈动。”⑤ 评《人华子冈是麻源第三谷》：“此乃须捉着，不尔飞去。”⑥ 如此等等，都是从谢诗之取势予以至高之赏的。还可以说的一点意思在于：在王夫之看来，谢诗之势，不惟体现于篇内，很多篇什还有吐纳大荒、接引造化之势，是诗人的内在宇宙与外在宇宙的呼应吸纳。如其评谢诗所说之“神理流于两间，天地供其一目”⑦、“风日云物，气序怀抱，无不显著”⑧ 等，俱是如此。而这些极尽推崇的赞美之词，王夫之是舍不得送给陶渊明的。

综上所述，在《古诗评选》和《姜斋诗话》中，王夫之对魏晋南北朝时期并称于诗史的陶渊明和谢灵运，有着与一般定评迥然相异的评价。陶谢并称，陶先谢后，是历代诗人和诗评家积淀下来的定评。王夫之则异于是。相对而言，右谢而左陶，扬谢而抑陶，其间议论，颇可玩味。品读这些评语，从中可以直观地感受到王夫之诗学的一些重要观点；反之，也可视为王夫之诗学在诗歌批评中的具体体现。其实，倘细究之，所涉及的问题则更为繁难复杂，如在本文中想一并解决，恐多生枝节，只能有俟于另文了。

---

① 戴鸿森：《姜斋诗话笺注》，人民文学出版社 1981 年版，第 48 页。
② （清）王夫之：《船山全书》第 14 册，岳麓书社 1996 年版，第 731 页。
③ 同上书，第 737 页。
④ 同上书，第 739 页。
⑤ 同上书，第 741 页。
⑥ 同上书，第 742 页。
⑦ 同上书，第 736 页。
⑧ 同上书，第 732 页。